卜永堅　錢念民　主編

廖恩燾詞箋注（上冊）

廣東省出版集團

廣東人民出版社·廣州

圖書在版編目（CIP）數據

廖恩燾詞箋注／卜永堅，錢念民主編. —廣州：廣東人民出版社，2016. 1

ISBN 978-7-218-10533-8

Ⅰ.①廖… Ⅱ.①卜…②錢… Ⅲ.①詞（文學）—作品集—中國—現代 Ⅳ.①I226. 8

中國版本圖書館 CIP 數據核字（2015）第 266203 號

Liaoentao Ci Jianzhu

廖恩燾詞箋注

卜永堅　錢念民　主編

版權所有　翻印必究

出　版　人：曾　瑩

責任編輯：沈展雲　謝　尚　夏素玲　李展鵬
責任技編：周　傑　易志華
裝幀設計：亦可文化

出版發行：廣東人民出版社
地　　址：廣州市大沙頭四馬路 10 號（郵政編碼：510102）
電　　話：（020）83798714（總編室）
傳　　真：（020）83780199
網　　址：http://www.gdpph.com
印　　刷：恆美印務（廣州）有限公司
開　　本：640mm×970mm　1/16
印　　張：81.5　　插　頁：6　　字　數：1000 千
版　　次：2016 年 1 月第 1 版　2016 年 1 月第 1 次印刷
印　　數：1—1000 套
定　　價：260.00 元（上下冊）

如發現印裝質量問題，影響閱讀，請與出版社（020 – 83795749）聯繫調換。
售書熱綫：（020）83795240

ISBN 978-7-218-10533-8

承繼先人的智慧，希望本書傳諸後代，獻給世世代代的讀者，其中包括我的女兒錢念國，我的侄子錢利民、錢利嘉、錢利德，和我的外甥女錢慈恩。

——錢念民

To generations of readers that follow, among them, my dear daughter Imogen; my nephews Phillip, Stephen, and Winston; and my niece Zane Rose.

——Evelyn Nien-Ming Ch'ien

民國時期的廖恩燾

1926 年的廖恩燾，時任駐古巴公使。

晚清時期的廖恩燾

廖恩燾幼年時期與父親廖竹賓的合影

　　1926年，廖恩燾（前排右一）與夫人邱琴（後排左
一）、九女兒廖承荔（中）、十女兒廖承芝（前排左一）
及八兒子廖承鑒（後排右一）在上海滄州飯店門前合影。

20 世紀 30 年代，廖恩燾（中排左二）與夫人廖邱琴（中排左三）、女婿許崇清（後排右三）等人的合影。

廖恩燾胞弟廖仲愷

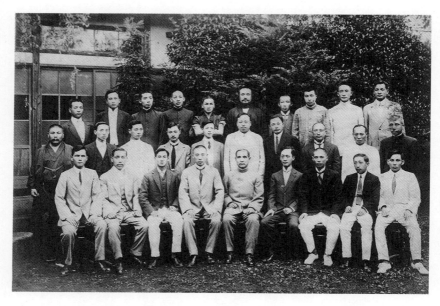

1915 年，廖仲恺（前排右二）与孙中山（前排右五）、胡汉民（前排右四）及其他中华革命党党员在东京的合影。

前言一

錢念民[1]

　　我的曾外祖父廖恩燾（1864—1954），字鳳書、鳳舒，號懺盦、懺綺盦主人、珠海夢餘生，不僅是一名出使過古巴和日本的外交官，也是一位熱衷於用官話和廣東方言創作的文人。他的著作有詞集、粵謳和粵語打油詩，這些作品一方面臧否了過去的各個朝代，另一方面也展現了他眼中的清代以來的官場生態。儘管在專制走向共和的歷程中，中國政局長期動盪不安，他的詩詞卻透露出一種安詳的內在生命。寫作給他帶來內心的安寧，但這需要他付出更多的精力，因為他常常要應對政治動亂，出使他國，並擔負個人的其他責任。對此，他曾這樣寫道："憂患在，文章底事，誤畢生，幾兩吟屐。"[2]現如今，他的詩詞已經在文學界獲得眾多讀者，如果他仍在世，一定會為此欣喜不已。本書的箋注呈現了廖恩燾詞中的歷史與文學的背景，同時揭示了那個時代發生的事件以及當時人的觀點。

　　廖恩燾為官期間，中國發生了翻天覆地的改變，尤其是在 1905

　　① 我是來自法國里昂第三大學跨文本跨文化研究所（Institute of Transtextual and Transcultural Studies at Université Jean Moulin Lyon Ⅲ）的研究員，我在此要衷心感謝美國富布萊特基金會（Fulbright Foundation）的慷慨資助，以及其他幾位在精神和金錢方面給予我支持的親朋好友，他們分別是錢天佐、Matthew Albert、錢念中、李玉泉、錢天麗、周成蔭、呂延沁。我亦要感謝 Kickstarter 網絡平台上的許多資助者，是他們讓本書得以順利出版（為本書提供箋注或幫助的人員名單具體詳見下列網站的視頻短片：http://www. kickstarter. com/projects/1595700694/rare – historical – artifact – poetry – from – china – 1864 – 19）。

　　② 施議對：《當代詞綜》第 1 冊第 1 卷，福州：海峽文藝出版社，2002 年，第 24—25 頁，《琵琶仙》。

年，中國取消了科舉考試。①科舉制度的廢除意味著官員的選拔不再要求具備經史子集的知識，因此，當廖恩燾與同時代許多官僚鑒賞文學的時候，他必定覺察到官場中人對文學已經失去了興趣。他滿懷熱情地同他的胞弟廖仲愷，汪精衛和胡漢民，以及其他重要的政治人物交流詩詞，互相唱和。他也委託一些畫家，其中包括知名畫家黃賓虹，為其創作山水畫。官場生活中對藝術必備的深刻鑒賞力在後來變得越來越罕有，正因如此，他的文學收藏成為非常重要的歷史文獻。

廖恩燾傾心於中國的傳統。他的筆觸涉及古代的官員，比如眾所周知的蘇東坡和唐朝的奇才元稹，他們都能詩擅畫。中國政治的歷史讀起來像一系列的寓言故事，因為中國的官員有能力進行創作，在皇權的統治之下，他們必須富有才華才可以謀得一官半職。他們的創作反映了官場文化及其對中國社會的影響，同時也檢視中國文化的傳統價值和信仰。善待這些信仰讓讀者仿佛置身於"聞笛即死"②的時代，一個健在的詩人通過閱讀，與已逝的詩人們得以在精神上相聚，生命因而更富有意義。

廖恩燾在文學上還鼓勵使用粵語。儘管在民國，北京話已經成為通用的標準語和文學的媒介。粵語文學擁有超過三百年的歷史。

---

① Michel Hockx writes, "The abolition of the imperial examinations in China in 1905 heralded, among many other things, a significant change in the Chinese practice and understanding of literature. Prior to 1905, knowledge of literary texts and the ability to compose essays and poems were crucial components of the education of any man wishing to advance himself in society, as well as of the home education of many women from gentry families. After 1905, this direct link between literary reading and writing on the one hand and social status and power on the other gradually disappeared, as did the privileged access of men to public education." (Michel Hockx, "The involutionary tradition in modern Chinese literature", *in Kam Louieed.*, The Cambridge Companion to Modern Chinese Culture, *Cambridge*: *Cambridge University Press*, 2008, 235.)

② 這是一個有關古希臘哲人柏拉圖逝世的典故。據云，柏拉圖是在一位色雷斯女子的笛聲中逝世的。

早在秦漢時期，廣東話或者粵語已經是南方眾多省份主要的口頭用語。早期的粵語經常用來演唱。韓上桂（1572—1644）是一位生活在 16 世紀左右的學者，據說他喜歡操粵音曼聲長歌。廖恩燾捍衛粵語歌謠，因為這些"民謠代表了市井百姓的聲音"。①廖恩燾的摯友羅忼烈日後追憶："鳳老住在香港堅尼地道一層大洋房，環境幽靜，花木扶疏，俯瞰灣仔區的維多利亞海峽。他談鋒很健，說過許多清末外交官在外國出洋相的故事，軍閥和達官貴人的醜聞，這一切都是他耳聞目睹的掌故，聽來非常有趣。"②這些掌故可以在他的《嬉笑集》和《新粵謳解心》等粵語作品中看到。

我父親錢天佐的故事總讓我對家族史興趣益然，當然，我母親何佩玉的經歷也讓我對家族史癡迷。她曾是蔣介石的護士，2007 年她的去世促使我關注先人的歷史。2011 年，富布萊特基金讓我得以旅居中國廣州，從而開展廖恩燾和他的胞弟廖仲愷之間關係的研究。廖仲愷是中華民國第一任臨時大總統孫中山的至交，在他遇刺之前，他很有可能成為孫中山的接班人。廖仲愷當時的地位只有胡漢民和汪精衛能與之抗衡，胡漢民後來被懷疑與他的遇刺有關，而汪精衛在國民黨內的勢力對他構成了威脅。總之，廖氏兩兄弟事實上是站在最高層次近距離體察了民國的政治。藉由文學上的交流，他們與留日學生及國內革命者之間的友誼得以加深，而這些敏感的政治性交流往往通過典故和暗喻的方式進行。

2011 年，我來到廣州，那時這座城市正遍地盛開醒目的紫荊花，雖然廖恩燾當年生活的景象不復存在，但是廣州卻固守了它的傳統和那熙熙攘攘的街市商貿。現代化的速度讓它的行人在不到一分鐘的時間要穿過五車道的大馬路，而遍佈大街小巷的攤販們仍然在兜

---

① Phoenix Liao，Author's Preface of *The New Cantonese Songs and Expressions of One's Mind*.

② 羅忼烈：《憶廖恩燾·談〈嬉笑集〉》，《海洋文藝》，第 6 卷第 3 期，1979 年 3 月。

售著禽鳥、絲綢、水果和藥材，以及活蠍、乾海馬、鹿角、沉香、草本、紅茶和綠茶等等。在我曾外祖父的年代，這座城市到處都是人力車，時常可以聽到公寓宅邸的庭院傳出悠揚的琴聲。這些宅邸擁有亭臺樓閣和小池塘，它們遠離城市的喧囂，顯得格外清靜。

　　我在廣州的最初幾週，有幸得知香港中文大學的卜永堅教授曾就廖恩燾的著作開了一次講座。在香港中文大學的一次愉快的會面之後，我們決定出版廖恩燾的詞集，並廣泛招集人員箋注廖恩燾的詞，他們的工作重述了中國史上著名詞人的歷史和廖恩燾在晚清民國的經歷。卜永堅教授的童年在廣州度過，他於香港中文大學完成學業後，又獲得英國牛津大學的博士學位。卜教授是一位理想的合作者，因為要瞭解廖恩燾的外交經歷和他的傳統文化學養，不僅需要專業知識，還要求老成練達的能力，他的學術背景，對專擅哲學和文學的我是一個很好的補充。廖恩燾不僅僅是一個中國人，他還是旅居過美國、日本和古巴的散住公民，所以我組織了團隊來研究他的生平。給廖恩燾詞作注的都是博學多才的古典學者，他們解釋了廖恩燾詞中的眾多典故和故事。①我在廣州也認識了中山大學歷史系的碩士生朱志龍，他是程美寶教授的學生。在過去的幾年時間里，朱志龍一直對廖恩燾的生平進行研究，在他的協助之下，我收集了許多有關廖恩燾的材料。另外，他又編了一份廖恩燾年譜，附在本書後面，讓讀者對廖的生平有更多了解。本書完成之前，朱志龍還

---

　　① 　除了從檔案館和圖書館收集的研究材料，我也從祖母、父親、叔伯和姑姑口中得悉廖恩燾的私人生活細節。20 世紀 80 年代，我與我的祖母、廖恩燾的九女兒廖承荔（1906—2001）生活在一起。我父親錢天佐是廖恩燾的外孫，他和我母親何佩玉跟我分享了許多有關廖恩燾的故事。在廣州，我同許錫揮以及他的家人有過多次交談，許錫揮是廖恩燾六女兒廖承蘢的哲嗣，他們讓我對廖恩燾在上海的生活有更深入的瞭解。另外，我還偕同姑姑錢天美到夏威夷拜訪過沈祖勳，他是廖恩燾三女兒廖幸妹的公子。廖恩燾的大家庭走出了一些知名人士，比如陳香梅，她現住美國。還有朱光亞，20 世紀 90 年代初期我在北京探望過他，可惜當時尚未開始這項研究，因而他沒有留下任何口述材料。

發現了廖恩燾不為人知的一些詩詞。

廖恩燾於 1864 年在惠陽出生，九歲的時候移居舊金山。廖氏的祖先是 16 世紀遷到惠陽的客家人，[①] 他們富有冒險精神且膽識過人。廖恩燾的父親廖竹賓早年畢業於香港聖保羅書院，能講一口流利的英文，曾在香港匯豐銀行的外匯局工作，19 世紀 60 年代，他被調往舊金山協助籌建匯豐銀行在此地的第一家分支機構。廖竹賓至少會說四種語言，官話、客家話、粵語和英語，這種多語現象在廖氏的後人中繼續保持，廖恩燾能操西班牙語和日語，而廖竹賓的孫輩還會說上海話和法語。

19 世紀 50 年代，吃苦耐勞的中國人曾在加州的金礦和鐵路行業廣受歡迎，但是從 19 世紀 60 年代開始，種族主義興盛一時，並在 1873—1879 年經濟衰退期間達到了高潮，隨後竟一直持續到 19 世紀 90 年代的克朗代克淘金熱。廖家在美期間，美國濃厚的反華情緒影響到廖恩燾和他的弟妹，尤其改變了廖仲愷的一生。不管怎樣，廖竹賓還是成功積累了財富。沈祖勳是廖恩燾的外孫，2008 年，我到他在夏威夷考艾島的家作客，他告訴我："我已經不記得他是如何在美國採礦者、西班牙移民和愛爾蘭鐵路工人中間奮鬥過來的，我只知道他不僅很快發了財，而且也變得很有涵養。等到他回到廣州的時候，他可以同我祖父，一個晚清總督的孫子，互相來往。他的兒子恩燾之後帶回了他的新娘，也就是我的外祖母，她出生在加州的薩克拉門托，不單能說粵語，而且可以閱讀英文或西班牙文的書籍、報紙。"根據我姑媽錢天美的說法，廖竹賓當時在外匯部門工作，幫助中國工人匯款回國，廖恩燾後來也在銀行實習類似的匯兌業務。19 世紀 70 年代，將近有五萬中國人移民到加州，[②] 而且絕大多數來自廣東，這樣，廖竹賓的語言能力和從業經驗使得他成為當時匯豐

---

① 廖佩珣監修，廖佩鎏等編纂：《惠陽廖氏族譜》，排印本，1925 年。

② Samuel Flagg Bemis, *A Diplomatic History of the United States*, New York：Holt, Rinehart and Winston, 1965, p. 678.

銀行理想的員工。

十四歲那年，廖恩燾返回廣州師從廣東學者陳伯陶，之後他中了舉，成為舉人。1887 年，他與邱琴結縭，兩人生育了十個兒女。廖恩燾的事業由擔任職業外交官起步。1891 年，他被清廷任命為駐古巴馬丹薩領事。在古巴，廖恩燾將他的懷鄉情愫寄託於在古巴的寓所生活："清光緒末葉，余再于役美洲之古巴島，於鄉落間購得故家別墅，頗極江山花木臺榭之勝，因（？）更鑿壞，葺閣面海，增樓拓餘地，點綴為吾國園亭。塘五畝，仿最巨型珠江畫舫，建船廳，疊石為巖洞，曲欄繞出水中央。夾岸梨、桃、槐、柳、松、竹、芭蕉、桄榔、影樹，蔚為綠天，長夏荷花盛開，讌集無虛夕。"①

沈祖勳回憶說："廖恩燾的客家話、粵語和官話講得很流利，但我不能肯定他在英語、西班牙語和日語方面的能力，他仍健在的時候，我對那些語言還不是很瞭解。外交部的官方檔案顯示，他在1914 年被任命為古巴總領事，次年的 4 月到達古巴。我猜那時歐洲的貴族肯定聚集在那裏躲避戰禍。1917 年 11 月 16 日，當時一戰還沒結束，廖恩燾離開了古巴。他的下一個任所在日本。我不知道他是什麼時候到達那裏，我只記得在 1922 年的 6 月，他出任東京代表團的臨時代辦。"在日本，廖恩燾款待了孫中山和蘇聯外交代表越飛，此外還有他的親弟廖仲愷。廖仲愷當時藉口前來參加一個婚禮，實際上是為孫中山開展工作，他最終促成了"孫越宣言"。廖恩燾很顯然沒有意識到，他那時正在主持並贊助國民黨和蘇聯之間的一次關鍵性的革命聯盟。

廖恩燾在中國長大，後來在美國待了幾年，但很快就回到中國以及中國的知識傳統。廖仲愷則不同，他在美國出生，並在那裏度過了大部分的童年歲月。廖仲愷是懷著強國夢返回中國的，因為在舊金山，他親歷了太多的反華種族主義，包括 1882 年的排華法案、

---

① 錄自我收藏的一幅字畫，大約 1950 年作。

1888 年的斯科特法案和 1892 年的一項禁止中國勞工入境的新法案。當時，中國的勞工在美國被謀殺，遭石頭砸死或者在手無寸鐵的情況下受到虐待。毫無疑問，在美期間，廖仲愷目睹過恐怖的暴力行為。1880 年，中國正式同意美國立法限制中國移民，這讓美國的華人深感失望。回國後的廖仲愷跟他時任清廷廣東買辦的叔父廖紫珊生活，他本來可以步兄長的後塵進入官僚系統，但當他斷定傳統的教育已無法應對現代社會時，他避開了這條道路，廖氏兄弟由此對中國的傳統文化產生了截然不同的觀點。他們之間的關係常常很尷尬，尤其是廖仲愷之後追隨孫中山成為一名職業革命家，而廖恩燾則在清廷和民國的北京政府擔任外交官。與廖仲愷不同，廖恩燾過著傳統文人的生活，他創立了一個詞社來寄託對逝去王朝的追思。就在這一代人裏面，中國的政治已然出現了分化，廖仲愷追求中國的全盤西化，而廖恩燾似乎接受了儒家甚至更守舊的生活態度。

當廖恩燾把玩來自世界各地的奢侈品和藝術品的時候，廖仲愷和他的至交孫中山成為了革命運動的領袖。廖仲愷就讀於日本早稻田大學，在那裏他翻譯社會主義學說，為宣傳革命打造思想武器。而廖恩燾與他在銀行任職的父親也不同，他不僅是一個藝術家，他的生活態度也很豁達。沈祖勳說："廖恩燾雖是一個富人，有傳言他通過投資房地產積累了一筆財富，但實際上他並沒有太多的物質財富，因為時局混亂，他的財產損失倒是常有的事。"我的姑姑錢天美則回憶說："廖恩燾在橫濱擁有一套豪宅，各個套間的牆壁上佈置錦緞，顏色各異。官方的記錄顯示他在 1922 年 8 月離開了日本，但我相信他只是去朝鮮談生意，也有可能在 11 月回到北京見證我的出世。總之，12 月他再次出現在日本，次年纔真正離開那裏。另外，我只記得他在北京過五十歲壽辰的那場盛大的慶祝宴會，當時幾乎所有知名的京劇演員都聚集在他的大房子裏，為他演出。他們的表演肯定是不收費的，但其他的工作人員據說獲得了一筆不少的賞錢。這次祝壽大概是在 1924 年或者 1925 年，當時關東大地震摧毀了廖恩燾在日本的莊園，人們說當他聽到這個損失巨大的消息時，眼睛眨都沒眨一下。"

中華民國成立之後，廖恩燾被派往古巴代辦使事兼任總領事官，有證據顯示他在古巴的卡馬圭省擁有一套住宅。① 1925 年 1 月，他出任南京金陵關監督，同時兼理江寧交涉員的職務。對於中華民國和廖恩燾來說，1925 年是一個不幸的年份，因為就在孫中山病逝後幾個月，廖恩燾的親弟廖仲愷遭遇暗殺身亡。廖恩燾在詞裏表達了失去胞弟的悲慟；在廖仲愷離世七年之後，他描述了一次為亡弟掃墓的情景，並談到他因哀傷而無法安寧。即便如此，廖恩燾在這之後仍然要面對歷史的種種考驗。1942—1945 年間，廖恩燾在南京汪精衛偽"國民政府"擔任政府委員。他不僅失去了廖仲愷，他此時的名譽也遭到了質疑。由於參與汪精衛的"和平運動"，與汪有長期交情的廖恩燾受到了牽連。不過，據我父親錢天佐說："抗戰後，外公廖恩燾仍在上海，有朋友勸他去香港。因為可能牽連的緣故，外公因此遷居香港堅尼地道廿五號樓下，那是何香凝以前住過的屋子，背山面海。外公和汪精衛有私交，但沒有做漢奸賣國的事，論關係，蔣介石和汪精衛更密切，而且同是國民黨人。"

在加入汪偽政權而致名譽受損之前，廖恩燾家中也發生過變故。他的七女兒廖承蘇因毒品走私而被逮捕，最後被關進了監獄。儘管家裏人一致堅信，事情真相是她的丈夫高瑛將毒品暗藏在她的行李箱裏，她的丈夫是真正的罪魁禍首，但無論如何，這樁醜聞給她父親的仕途帶來了很大的麻煩，廖恩燾不得不再次離開古巴。父親錢天佐後來回憶："關於我七姨媽廖承蘇和高瑛運鴉片的事，在家裏很少討論，實際上也從未真正討論過，但我外公被撤職是確有其事。七姨媽和高瑛離了婚，二子跟爸爸，女兒美美跟母親，和外公住在一起到上大學。七姨媽後來一直住在她的娘家，她仍然是一個深受

---

① FO 420/273 South and Central America: Further Correspondence (Folder 18) 1927 Jan-June Confidential Print: Latin America, pp. 128—129.

喜愛的家庭成員，她九十多歲在香港去世。20世紀50年代，還有古巴華僑寄當地中文報給我外公，我也因此集了不少古巴郵票。外公整日看書作詞，從不發脾氣，而且做了香港詞會會長，朋友絡繹不絕登門拜訪。"上述遭遇對任何一個官員來說都不算是小事，廖恩燾因此失去了工作，又丟了顏面。儘管如此，他仍然處變不驚，堅持寫作。他那時恐怕很難無動於衷，如果有作品能揭示他的内心想法的話。

廖恩燾所有的孫輩都不敢在他面前表現無禮，而廖恩燾事實上還有喜歡歡樂的一面。他的許多孫輩宣稱他們小時候是祖父的心肝寶貝。姑姑錢天美告訴我："可能是以前事業和地位的緣故，外公在這個大家庭裏是一個德高望重的長者。他時常受邀主持慶典，而且總是坐在一桌最主要的位置。我們這些小孩子從來不畏懼他，儘管我們從未在他面前胡作非為過。我還記得他帶我們看過電影，他愛看好萊塢的音樂劇，而且越是細膩誇張的就越喜歡。我永遠也忘不了他給我們買玩具車的事，那是最新的塗有紅黃搪瓷的汽車模型。抗戰的那些年，他給我們買甜零食，還帶給我們許多難得的樂趣。"廖恩燾的外孫女陳香梅說："我五歲的時候和我的外公外婆同居了一年，我不記得為什麼會被送到北京外公外婆家。這之後，我也經常到外公外婆家走動。我記得外公有一個很大的書齋，裏頭藏有中英文書籍，他鼓勵我閱讀這些書。外公喜歡在書齋練習書法。"也許，廖恩燾最大的成功之一就是既能在頻繁的政府更迭中順利生存下來，同時還能保護他的家人。

因為與汪政權的關係以及之前在日本的經歷，廖恩燾受到質疑。1948年，他回到廣州，次年寓居香港，直到1954年他在那裏去世。晚年的廖恩燾遠離政治，更多的是將時間投入到寫作中去。姑姑錢天麗回憶："我小時候和公公婆婆住在一起，我記得公公是一個很睿智的人，且富有紳士風度，他從不會發怒或者說別人壞話。他晚年陶醉於創作並且編輯他的詞集。休息的時候，他會坐在舒適的椅子上，用一種我完全聽不懂的方言，很有韻律地誦讀他自己或別人的詩詞。他也有一群老年朋友，每月會定期在我家見面吃午餐，然後整個下午一起交流或者共同創作詩詞。公公每年的壽辰是家裏的大事，所有的親朋好友紛紛前來祝賀，為了助興，當晚通常會邀請一個盲人（通常是瞽女）來給客人演唱。"

廖恩燾雖然可以舉辦奢華的聚會，但私下卻非常儉樸。姑姑錢天美稱他"是一個有固定規律但做事簡單的人。他每天早上洗完澡後，要是待在家裏，就會穿上傳統的中國服裝，棉布馬褂加棉布褲子。要是出門，他就再在外面套上一件絲綢長衫。他早餐都會吃一個放在杯子裏煮熟的雞蛋。他不喝酒，不過偶爾抽煙，他拿著一根細長的象牙煙杆，煙嘴鑲著綠翡翠，煙杆末端的鍋口用來放煙草"。從廖恩燾留下的相片來看，在他三十多歲的時候，他長得眉清目秀，相貌清癯而優雅。令我驚訝的是，我哥哥錢念中的長相與廖恩燾極其相似，可他已經是曾外祖父的第四代人了。根據孫輩的描述，廖恩燾後來變得肥胖了。但在相片裏，他看起來不比身旁的同僚胖多少。

廖恩燾儘管生活在政局動盪的年代，卻仍不廢吟詠。他在創作中得到了些許悠閒的時光。姑姑錢天美告訴我說："外公早上會坐在書桌前，邊吟誦邊用毛筆寫下屢經斟酌的詞。我經常在他那張大書桌旁，瞪大眼欣賞桌上的古董和小擺設，其中有歐洲的小古玩，比如用象牙雕的安裝在黑色臺座上的希臘羅馬式女性頭像，金銀色的筆筒和搪瓷盒子，另外還有小塊的玉雕和半透明的寶石。外公承諾送給我一個瑪瑙瓶，他去世後，母親將它給了我。有一年夏天，我倚在外公的沙發靠背上，他逐行逐句為我解釋《長恨歌》這首長詩。"

父親錢天佐說："外公平時就喜歡填詞砌字，我記得他用剪子和米飯將方塊上面的字貼上，蓋住要改的字，這樣他就能寫上新的詩詞。他的書齋有用玻璃櫃裝著的小骨董，牆上有朋友送的字畫，其中有康有爲的對聯，也有何仙姑和鐵拐李的畫像，還有一些山水畫。外公吃飯很慢，食量也不大，但絕不浪費。外祖父和外祖母脾氣太好了，他們待人接物都很和氣。但是，外公也會寫些作品來諷刺他不喜歡的人。譬如，他寫過一首粵語打油詩諷刺被曹錕趕下臺的北洋總統徐世昌，非常幽默。另外，我還記得他收藏有一系列紀念郵票，有一張上面是畫著徐世昌、葉恭綽和靳雲鵬三個人的頭像。”

父親錢天佐和姑姑錢天美都記得廖恩燾以前有個侍者，叫張慶，是旗人。父親說：“他曾是外公廖恩燾在古巴擔任使節時候的僕從，我母親記得他站在我外公馬車的後面。回國後，外公介紹他去鐵路局做事。每逢節日，張慶都會穿著制服來拜訪我們家，還帶來許多禮物。在上海的時候，張慶的女兒也在我們家做工。”姑姑錢天美告訴我說，當時一家人離開大陸的時候，張慶是最後一個同他們告別的。

廖恩燾的寓所常常聚集了許多客人。他們一起吟詩作對，評書論畫。“午後，他時常吟詠詩詞，和著韻律搖頭晃腦。親朋好友也前來閒聊或者敘舊。每隔幾個月，他都會和其他文人參加詞會，一起聊天，吟詠，喝茶，往往要待上一整個下午。有一次，一位古董商來找外公，外公賣給他一些書畫，這些書畫是他在1937年逃離南京時帶出來的一部分，而他的大多數收藏都留在了南京。到上海不久，他打聽到他在南京公寓所有的東西都被洗劫一空。”姑姑錢天美補充說，她從其他親戚的口中聞知外公獲知此事時鎮靜自若，並沒有因此憤怒或者難過。

廖恩燾交遊很廣，我父親錢天佐說廖恩燾在上海的寓所有好些常客，包括“康有爲的女兒，廖仲愷、何香凝的女兒廖夢醒，冒鶴亭，許崇智的太太，還有留著長白鬍子的夏敬觀。在香港，他的客人有劉百端、張叔儔、羅忼烈和湯定華等”。曾外祖父廖恩燾有很多畫家朋友，他們從不同的角度繪畫廖恩燾的書齋，然後送給他，這些畫家之中就有聞名於世的黃賓虹、鄭午昌和吳湖帆。

　　姑姑錢天美描述外公廖恩燾的妻子是一個賢慧而生性恬靜的女子。在報紙上，其他的外交官也稱讚她的英語水準極佳。她因時常舉行社交集會而多次見諸報端頭條，其中有一回是她招集外交圈裏的朋友一起打橋牌和尤克牌。廖恩燾的外孫許錫揮從未見過這對伉儷不和，他說："在我印象中，我外公不是很嚴屬的人，外婆也是一樣。外婆養了一隻小狗，叫 Chichi，和他們一起吃睡。可惜，Chichi 後來眼睛瞎了，但外公一直養到牠老死。"

　　廖恩燾身材魁梧且器度不凡，他的妻子廖邱琴也長得秀外慧中。姑姑錢天美說，"我的外婆出生在薩克拉門托，她的父親是一群修鐵路的中國人的工頭。她很可能在小學和中學讀過幾年書"；"外婆是一個少言寡欲的女人，她身材苗條，總是穿著一件非常乾淨的灰色或棕色絲綢旗袍，她的白頭髮用一張隱蔽的髮網寬鬆地盤著。她有雙皺巴巴的眼睛，常是孩子氣似的輕笑不語。她和外公用客家話交流"。

　　如果我祖母廖承荔的形容準確，那麼，廖恩燾和他的妻子在哈瓦那過的應該是一種田園般的生活。祖母講過，他們清晨在沙灘上騎馬，而她父親廖恩燾在海邊的別墅有來自世界各地的訪客。她描述的見聞常常逗人發笑，比如十一個孩子買鞋的故事："我們會在商店裏耗上好幾個小時，因為鞋幫上孔眼很多，繫鞋帶的時候要一直繫到小腿上。店員很無奈地幫我們這些人一一繫上。"在田納西州的家裏，祖母經常提起其父親會雇傭隨時聽差的僕人，這是一種我們完全陌生的生活觀念，"每次有客人一起吃晚餐，都有一個僕人站在他們的座椅後面"。她這樣跟我們說，而且每道菜都有它專用的餐具，主菜用銀叉，甜點用金叉，搭配得相宜。最後一道菜是水果拼盤，它用金色的碟子裝盛，而珍珠白與銀色的鹽瓶和胡椒瓶也用來點綴餐桌。

　　廖恩燾生活的世界已經遠去，而他遺留的詩詞讓人們可以去重新想像那個時代，並且思考晚清民國時期多元的中國文化。廖恩燾是一個文筆獨特，視角與眾不同的文人，他冀望後世的人能感受詩歌，以及詩歌所帶來的安寧，因為詩詞曾經伴隨他度過生命中最艱難的時刻。

Introduction

Evelyn Nien-Ming Ch'ien 錢念民①

My great-grandfather Liao Entao 廖恩燾② （1864 – 1954）, while known for his official roles as a diplomat to Cuba and Japan, was also a poet and enthusiastic supporter of writing in both Mandarin and Cantonese dialects. His writings include humor, limericks, poems about past dynasties, and provide a personal view of official life from the Qing regime to the Communist takeover. His poems reveal a quiet interior life despite the turbulence of the period, created by the end of dynastic rule and the rise of the Republic. Writing gave him peace but also demanded much energy as he was often in the midst of political turmoil, several long voyages across the world, and personal responsibilities. Self-aware, he wrote: "The hardship of my state responsibilities persist, but my devotion to writing/Cost me a lifetime. ③ In the 21st century, his writing has gained a virtual and physical audience—forms of literary society he would appreciate if

---

① I am currently a member of the Institute of Transtextual and Transcultural Studies at Université Jean Moulin Lyon III. With great appreciation I acknowledge funding from the Fulbright Foundation, contributors Lawrence Ch'ien 錢天佐, Matthew Albert, Felix Ch'ien 錢念中 and Cindy Li 李玉泉, Tillie Ch'ien 錢天麗, Anna Chenault 陳香梅, Eileen Chow 周成蔭, Ivy Lui Rawson 呂延沁, and many Kickstarter contributors who made the publication of this project possible （Please see the website for a list of supporters at http://www. kickstarter. com/projects/1595700694/rare – historical – artifact – poetry – from – china – 1864 – 19）.

② All proper names on *first* mention will have Chinese characters next to them.

③ From "Lyrics to the Melody of a celestial pipa player" in *Shi Yidui*: *Collection of Contemporary Ci Poems*, vol. 1 p. 22.

still alive. This collection will provide the historical and literary context for his writing. It recounts points of view and events unique to the period.

During his tenure as an official, many changes occurred; significantly in 1905, China no longer held the imperial exams. [1] The end of this examination ritual meant that officials would no longer have an official required knowledge of literature and literary history. Thus, while Liao Entao shared his literary interests with many officials during his time, he was witness to a loss of literary practices among those of official rank. His contributions and attention to humanities and humanist endeavors thus mark an important transition in Chinese political culture. He enthusiastically shared poetic exchanges with his brother Liao Zhongkai 廖仲愷, Wang Jingwei 汪精衛, and Hu Hanmin 胡漢民 among other significant political figures. He commissioned several painters, one of them the renowned Huang Binhong 黃賓虹, to create landscapes. This profound appreciation for the arts required for official life would become rare, thus the integration of the two elements make his literary collection an extremely important historical record for the period.

Entao had great faith for Chinese traditions. He wrote about officials from the past, such as the well-known Su Dongpo 蘇東坡 and the prodigy

---

[1] Michel Hockx wrote, "The abolition of the imperial examinations in China in 1905 heralded, among many other things, a significant change in the Chinese practice and understanding of literature. Prior to 1905, knowledge of literary texts and the ability to compose essays and poems were crucial components of the education of any man wishing to advance himself in society, as well as of the home education of many women from gentry families. After 1905, this direct link between literary reading and writing on the one hand and social status and power on the other gradually disappeared, as did the privileged access of men to public education. (Michel Hockx, "The involutionary tradition in modern Chinese literature", in Kam Louieed. , *The Cambridge Companion to Modern Chinese Culture*, Cambridge: Cambridge University Press, 2008, p.235.)

Yuan Zhen 元稹 during the Tang Dynasty who were master poets and artists. China's political history is often told as a series of fables because the officials had the capacity to create narratives and stories from the reigns of emperors—they had all been required to have artistic talent in order to reach an official position. They used this talent to reflect on official culture and its influence on Chinese society, as well as examine traditional values and beliefs in Chinese culture. The gentle regard for these beliefs transport the reader to a time when the sound of flutes portended death, a living poet could reunite with dead poets through reading, and life can be measured by in two pairs of shoes.

Entao also encouraged the use of Cantonese in literature in the Republican era, a time when Mandarin became the principal linguistic currency and literary medium. Cantonese literary history exceeds 300 years and Entao was dedicated to its preservation. Since the Qin and Han dynasties, Cantonese, or *yueyu* 粵語, was the principal spoken language in many Southern provinces. Older forms of Cantonese were often sung. Han Shanggui 韓上桂, a scholar who lived from 1572 to 1644, asserted that he liked to *sing* in Cantonese. In Southern China the word for a type of Chinese poetry, *ci* 詞, often overlaps in usage with *qu* 曲, the word for traditional opera of the Yuan Dynasty. Entao also defends Cantonese ballads as morally valuable, as these "folk ballads represent the voices of street life[①]", Liao's close friend Lou Kanglie 羅忼烈 wrote, "Old Feng lived in a big western-style house on Kennedy Road in Hong Kong with a tranquil garden and view of Victoria Strait... He told us stories about late Qing diplomats who had been foolish abroad, and about scandals committed

---

① Liao Fengshu 廖鳳舒, Author's Preface of *The New Cantonese Songs and Expressions of One's Mind.*

by warlords and royalty...making them quite alive and comic. "①

The stories of my father Lawrence Ch'ien encouraged me to explore our family history as well as those of my mother, Anne Ch'ien 何佩玉, who began her career as a 17-year-old nurse on duty assigned to a hospitalized Chiang Kei-shek 蔣介石. Her death in 2007 motivated me to capture the history of the previous generations. In 2011, a Fulbright fellowship enabled me to travel and live in Guangzhou, China and research Liao Entao's relationship with his brother Zhongkai. Zhongkai was a close friend of Sun Yat Sen 孫中山, the first president of the Republic of China, and was a likely successor to the presidency before his assassination, challenged only by Hu Hanmin, later connected to his assassination, and Wang Jingwei, whose intimacy with the Kuomintang compromised his position. The Liao brothers thus had a close view of politics in China at the highest level during the Republican period. Their close friendships with the select leaders of republican China, formed while they were students in Japan and revolutionaries in China, were reaffirmed by literary exchanges. These often allowed communication of a sensitive political nature to be coded through allusions and metaphors.

When I arrived in Guangzhou in 2011, the city was full of its signature bauhinia flowers. While Guangzhou has transformed since the time of Liao Entao, the city upholds its traditions as well as a bustling commercial life. Modernity gives its pedestrians less than a minute to cross a five-lane boulevard, but vendors throughout the city still sell birds, silks, fruit, medicinal goods such as live scorpions, dried seahorses and antlers, incense, herbal, black and green teas. During my great grandfather's time this port city was filled with rickshaws and mansions where the sounds from a zither

---

① Luo Kanglie, *Yi Liao Entao · Tan Xixiaoji*, Translated by Evelyn Ch'ien.

would waft through courtyards, and the interior of these mansions boasted small ponds under latticed arbors that provided peace from the urban center.

Within a few months of my arrival I had the good fortune to hear about Professor Puk Wing Kin 卜永堅 at the Chinese University of Hong Kong, who had given a lecture on Entao's work. After a dynamic and stimulating meeting at the Chinese University of Hong Kong, we decided to create a book of Liao's poetry, collaborating with annotators across the globe who could interpret Liao's poems; their work provides the context and history of famed poets throughout Chinese history as well as Liao's experiences during late Qing and Republican China. Professor Puk, who spent his childhood in Guangzhou, his university years at the Chinese University of Hong Kong and later obtained a doctorate at Oxford, is an ideal co-editor as Liao's cosmopolitan and traditional approaches require not only expertise but worldliness. His historical background is a complement to my specialties in philosophy and literature, and his academic literary network enabled the project to launch. As Entao was not only Chinese but also a diaspora citizen of America, Japan, and Cuba, it required a team to cover his life. Professor Puk's ability to create a network, his energy and insights were instrumental in obtaining our talented group of classicists who have explained many of the allusions and stories embedded in Liao's poetry. ① With the re-

---

① Aside from research materials in archives and libraries, details of Liao's personal life come from my grandmother, father, uncles and aunts. In the 1980s I lived with Liao's ninth daughter, Inez or 廖承荔 (1906 – 2000). My father, Liao's grandson 錢天佐 and mother 何佩玉, shared many stories with me. In Guangzhou multiple conversations with 許錫揮, the son of his sixth daughter 廖承麓 (Alice) and his family, gave me insight into Liao's life in Shanghai. I traveled to Hawaii with aunt 天美 to visit 沈祖勳, the son of his third daughter 廖幸妹 (Victoria). While the Liao family includes some well-known figures 陳香梅, who lives in United States, and 朱光亞, whom I visited in Beijing in the early 90s. But in the past I was not engaged in this research project and regrettably did not ask for any stories or records.

search effort and help from Sun Yatsen University student Zhu Zhilong 朱志龍, whom I met in my first weeks in Guangzhou when he was an undergraduate and who subsequently dedicated his subsequent masters' work researching Liao's life for the past two years under myself and Professor Ching May Bo 程美寶, much material and a coherent view of Liao's life has surfaced. Zhu Zhilong also discovered several poems written by Liao just before this book was finished.

Liao Entao was born in Huiyang 惠陽 circa 1863, and at nine sui 歲[1] he moved to San Francisco. The Liao clan were Hakkas who had moved to Huiyang in the 1500s[2] and were reputed to be adventurous and courageous. Entao's father Liao Zhubin 廖竹賓 worked in the exchange bureau at the Hong Kong Shanghai Bank (HSBC). He was transferred to help establish the first HSBC in San Francisco in the 1860s. Zhubin had been educated at St. Paul's College and was fluent in English. This multilingualism—Zhubin spoke at least four languages including Mandarin, Kejia dialect 客家話, Cantonese, and English—would persist in the Liao clan for generations. Entao would add Spanish and Japanese to this list as a diplomat to Cuba and Japan; his grandchildren and great grandchildren would add both of these languages plus Shanghainese and French to the list.

While in the 1850s the Chinese were welcomed to California with their efficient labor in gold mines and on railroads, by the 1860s there was burgeoning racism, which reached an all-time high during the economic depression from 1873 – 1879 and persisted even after the Klondike gold rush in the 1890s. At the time the Liaos worked in America, there was a great deal of anti-Chinese sentiment which would influence Entao

---

[1] Sui is a Chinese solar year.

[2] Liao P'ei-liu 廖佩鎏 et al., Hui-yang Liao-shih chia-p'u (1925).

and his siblings, including brother Zhongkai, for a lifetime, but Zhubin succeeded in amassing wealth in San Francisco despite this. My uncle, the late Richard Shen 沈祖勳 whose father married Liao Entao's third daughter, told me during a visit in 2008 at his home in Kua'ai, "The complete details of Zhubin's struggle there among the American prospectors, Spanish denizens, Irish rail workers and Red Indians escape me. In terms of Entao, I can only surmise that he quickly not only made a fortune but also became well-educated. By the time he returned to Canton, he could rub shoulders with my father's father, who was the grandson of a viceroy. He also brought back his bride, my grandmother, born in Sacramento, California, who could not only speak Cantonese but always read books and newspapers in English or Spanish." Because almost 50000 Chinese had immigrated to California by 1870[1]—almost all from Guangdong—Zhubin, with his language skills and banking experience, was an ideal employee. According to my aunt Christine 錢天美, Entao eventually followed in his father's footsteps briefly and was working in the exchange market helping Chinese workers send money back to their homeland.

At the age of fourteen, Liao Entao returned to Guangzhou to study under the Cantonese scholar Chen Botao 陳伯陶 and to sit for China's imperial exam (he passed). In 1887, he married and eventually his family grew to ten children, and he started his career as a professional diplomat. In 1891, He was appointed by Emperor Guangxu 光緒皇帝 to be consulate of Matanzas in Cuba. Thus he was a diplomat during the famous sinking of the USS Maine, a ship sent to protect US interests during the Cuban revolt against Spain. Liao described the beauty of Cuba and its potential to harbor his nostalgia for China: "At the end of Qing Guangxu, I was dis-

---

① Samuel Flagg Bemis, *A Diplomatic History of the United States*, New York: Holt, Rinehart and Winston, 1965, p. 678.

patched, again, to diplomatic work in Cuba. I bought a villa in the countryside from an esteemed local family. The villa had pavilions, terraces, trees and flowers. I took down the old shambling house and and built a new one facing the sea, surrounding it with a classical Chinese garden. There was an pond about 5 *mu* 畝 square, where I built a boat house inspired by paintings of pleasure-boats floating on the Pearl River. Around the boat house were pear trees, locust trees, willows, palms, vivid peacock flowers (*delonix regias*) and so on. When the lotuses blossomed, we often had parties there to enjoy their beauty the entire day. "[1]

Richard Shen 沈祖勳 said: "He spoke fluent Hakka, Cantonese and Mandarin. His ability in English, Spanish and Japanese I cannot judge, for I did not know enough of those languages while he was alive. The official record of the Foreign Ministry shows that he was appointed Consul General to Havana in 1914 and arrived in Cuba in April the next year. I presume at that time the nobility of Europe must have congregated there to avoid the War. Then he departed before the War was concluded, on November 16, 1917. His next assignment was in Japan, I don't know when he went there, I only know that in June of 1922, he was appointed Chargé d'Affaire at the Tokyo legation. " While in Japan, Entao saw Sun Yatsen and Soviet diplomat Adolphe Joffe, and brother Zhongkai, who ostensibly came to attend a wedding but in reality was in Japan to support Sun during these talks. The meeting eventually produced the Sun – Joffe manifesto. Entao was probably unaware that he was witnessing a key revolutionary alliance between the KMT and the Soviet Union.

While Entao had spent his first years in China, going to America only for a few years before returning to China and its intellectual traditions,

---

[1]   From a scroll in my collection, circa 1950.

Zhongkai was born and spent much of his formative life in America, and came back to China with the determination to make China stronger because he witnessed so much anti-Chinese racism in San Francisco, including the Chinese Exclusion Act (1882), the Scott Act (1888) and in 1892 the passage of a law that prohibited the entry of Chinese laborers. Chinese laborers were murdered, stoned to death or abused without recourse to enforce this law, and it is likely that Zhongkai witnessed some of these incidents firsthand as he traveled by boat a number of times. In any case, undoubtedly Zhongkai saw terrible violence during his American sojourn. In 1880 China formally permitted the United States to regulate and limit Chinese immigration, thus disappointing the Chinese population in America in a profound way. Zhongkai, who was living with his uncle Liao Zishan 廖紫珊, a Qing official comprador, in Guangdong, could have followed his brother's footsteps into officialdom but eschewed this path after deciding traditional education was not adequate to cope with the modern world. The Liao brothers thus held completely different views on Chinese traditional culture; often relations between them were awkward, especially when Zhongkai became a career revolutionary attached to Sun Yatsen while Entao was a diplomat working in the Qing regime and later for the republic. Unlike Zhongkai, Entao cultivated an aesthete's life, starting a poetry club and waxing nostalgic over the end of China's dynastic history. Within a generation, Chinese politics already proved divisive. Zhongkai was in favor of wholesale modernism for China, while Entao seemed to adopt a Confucian and even old-fashioned approach to life.

Entao, for example, enjoyed luxuries and art from all over the world, while Zhongkai rose to the head of the revolutionary movement with close friend Sun Yatsen, and studied at Waseda University, translating works of socialism in order to create the ideological backbone for revolution. ① Entao was resilient, however, and though less financially focused than his banker father, he was able to be economically successful while at the same time relatively uncharmed by material wealth. Richard adds that while Liao was a rich man, rumored to have built a fortune through real estate, he was not overly attached to material goods, and due to the turbulence of the time, financial losses were frequent. Richard said, "My aunt said that he owned an opulent mansion in Yokohama, with various suites designated by the color of the brocade that lined their walls. Official record shows that he left Japan in August, but I believe he only went to Korea on business or he could have come back to Peking to witness my birth in November. In the next month, December 1922, he was in Japan again and left there the next year. I barely remember the e-normous celebration of his 50th birthday in Peking, when virtually all the famous Chinese opera stars gave him free performances on the stage of his big house. Their shows might have been free, but the cumshaw passed on to the supporting staff was said to be a fortune. This celebration was in 1924 or 1925, when the Kantō earthquake demolished his Japanese man-or. People said he hardly blinked at the news of such a great loss. "

After the establishment of the Republic of China, Entao was sent to Cuba as a commissioned representative and consul-general; he also had a residence in Camaguey, Cuba. ② In January 1925 he returned to China to assume the position of Superintendent of Nanjing Customs and became the commissioner of foreign affairs in Jiangning, China. 1925 was a tragic year for the republic and Entao: Sun Yatsen died that year and only a few

---

① I would like to thank Victor Sun for his help in obtaining essays and work by the Liao brothers, and one short essay on socialism written by Zhongkai.

② FO 420/273, South and Central America: Further Correspondence (Folder 18), 1927 January – June, Confidential Print: Latin America, pp. 128 – 129.

months later, Zhongkai was assassinated. Entao wrote about losing his brother in this poetry collection, and seven years after Zhongkai's death he composed a poem about one of his visits to his brother's grave. Entao wrote about being unable to find tranquility due to his grief. Afterwards Entao continued to be tested repeatedly by history, at times undone by his own past choices. He fled from the Rape of Nanjing in 1937 to Shanghai, and years later, from 1942 to 1945, he held a nominal position as a consultant to his close friend Wang Jingwei's National Government in Nanjing, supported by the Japanese army. But he did not formally work—and it is questionable whether he was protected by this position or coerced into it because of his friendships. At any rate, because of this, his political status was questioned, and both he and his close friendship with Wang Jingwei suffered because of Wang's political past. My father Lawrence Ch'ien said, "After the Sino-Japanese War, he was advised by his friends to relocate to Hong Kong. He and Wang Jingwei had a very personal friendship; but Entao never actively participated in the government, nor did he betray his country. Chiang Kai-shek and Wang Jingwei shared an even closer relationship, both being members of the Nationalist party. Wang was an early revolutionary against the Qing dynasty. Because of his association with Wang, Entao had to move to Hong Kong and took up residence at 25 Kennedy Road, in a former residence of He Xiangning 何香凝, the widow of his brother Zhongkai."

Entao also encountered difficulties regarding his own family. His seventh daughter was arrested and eventually jailed for drug trafficking although family members corroborated on the story that her husband was actually the culprit and had planted drugs—in this case opium—in her suitcase. Whatever the precise details actually were, the scandal created enough problems for her father's career that he had to leave Havana. Lawrence Ch'ien continued, "Regarding our seventh aunt and her husband Gaoying's 高瑛 opium smuggling incident, there was little, if any, discussion about it in the family. But our grandfather did indeed lose his job because of it. But even into the 1950s, overseas Chinese in Havana still regarded him as a friend and sent our grandfather letters and Havana-published local Chinese newspapers—I remember this well as I was able to collect many Cuban stamps during my childhood." Despite these problems—no small ones for an official as he lost both jobs and "face", Liao Entao continued to write and remain unflappable.

If his writing revealed his inner spirit, he was also difficult to ignore. All of his grand children were described being unwilling to misbehave around him. But he also appeared the ultimate diplomat: many of his grandchildren asserted they were his favorite. My aunt Christine said, "Perhaps because of his past career and his status as the eldest in a large Liao family, (to provide some evidence for the immense size of the family, we even had a great uncle we called No. 33), grandfather was a respected figure, asked to officiate at ceremonies and always seated at the head of the table. We children did not live in fear of him, though it would never occur to us to misbehave in front of him. What I remember of my grandfather was him taking us to the movies—he loved Hollywood musicals, the more elaborate and extravagant the better. I will never forget the toy cars he once bought us, replicas of the latest model painted in red and yellow enamels. He enjoyed and shared with us sugary snacks, luxuries during the war years." Perhaps one of Entao's greatest achievements was surviving the changes of government and protecting his family.

As aforementioned, due to his relationship with Wang's puppet government and former experiences in Japan, Entao moved to Guangzhou in 1948, then to Hong Kong in 1949 where he died on April 13th, 1954.

The dusk of his life would be see him disengaged in politics almost entirely and more involved with writing. Tillie Ch'ien said: "I lived in the same house with my grandparents during my formative years. I remember Gung Gung as a sage and gentle man who never raised his voice or spoke ill of anyone. During his waning years, he devoted himself to writing and editing his poetry. For relaxation, he would sit in a comfortable chair reciting his own or other poems in a sing-song rhythm in a dialect totally foreign to me. He also had a group of elderly men who met for lunch once a month at our house. They spent the afternoon exchanging and/or collaborating each other's work. His birthdays were grand affairs, all the relatives and close friends came to offer their congratulations. The evening meal was catered, but cooked fresh in the house. For entertainment, a blind musician (usually a female) would entertain the guests for the evening."

Though Entao could hold lavish parties, he was austere in his private life. Christine called him "a man of set but simple routines". She said, "He took time every morning to bathe and dress himself in traditional Chinese garments, cotton jacket and trousers at home, long silk gown over them when he went out. Breakfasts always included one boiled egg in a cup. He did not drink liquor but occasionally smoked, using a slim ivory holder, the mouthpiece in green jade, and a gold bowl at the other end to hold the cigarette." Photographs of Liao Entao show that, as a young man in his thirties, he was slim, elegant and extremely fine-featured. In fact, I am struck by my brother's (Felix Ch'ien) likeness to Entao, four generations later. In later life, he was described by his grandchildren as physically large, though in photographs he appears about average size, no larger than his colleagues next to him. This is why I think his personality was big, rather than his actual physical size.

While Entao was involved in the drastic governmental changes in China, he had the privilege to write and sing in his home. When I speak to his descendants, they never describe him as being in a rush. Clearly, despite his voyages and wartime experiences, there were moments of leisure that he profited from while writing. Christine told me, "In the mornings he sat down at his desk and wrote with a brush, intoning as he set down lines of poetry. I often lingered at his large desk, admiring the curios and tchochkas spread across its surface. There were European *objets d'art* such as an ivory woman's head in Greco-Roman style on a black pedestal, gold and silver pen holders, enameled boxes. There were small carvings in jade and translucent semi-precious stones. I was promised a small agate vase and I received it from my mother after his death. One summer, leaning against the arm of his sofa, I memorized the long poem Changhen Ge 長恨歌.[1] Grandfather explained the poem to me, line by line. He smiled and glossed over certain passages. Now I know why."

Lawrence Ch'ien added that "Grandpa Liao would use scissors to cut out Chinese characters he had written on paper and then paste these characters in a variety of ways. In this way he could manipulate the characters to create new poems. I remember that he had a glass cabinet that held some small antiques. He also had Chinese calligraphy and paintings on the wall, including Chinese couplets by Kang Youwei 康有為, and immortal paintings such as those by He Xiangu 何仙姑 and Tieguai Li 鐵拐李 (also called Li Tieguai, or 'Li with the Iron Crutch'), and some Chinese ink and wash paintings. Grandpa took meals very slowly and ate little, never wasting his food. Our grandparents both had good tempers, and treated people with great gentility. However Grandpa would write sa-

---

[1] Song of Everlasting Sorrow, http://en. wikisource. org/wiki/Song_ of_ Everlasting_ Regret.

tiric poems about people who had not earned his respect. For example, Xu Shichang 徐世昌, who was a premier of Beiyang Government and not very effective or moral, was ousted by Cao Kun 曹錕. Grandpa had a satiric limerick about him that was very funny. I remember a set of commemorative stamps with a picture of Xu Shichang, Ye Gongchuo 叶恭綽 and Jin Yunpeng 靳雲鵬 on it. "

Both Lawrence and Christine remember fondly Zhang Qing 張慶 who worked for Entao. "Zhang Qing, a Manchu, was employed in his youth as a footman for the Chinese legation in Cuba. My mother remembered him standing behind my grandfather's carriage," said Lawrence. After returning to China, my grandfather helped him find a job on the railroads. During the holidays he would visit us, decked out in uniform and laden with gifts. Zhang Qing's daughter also worked for our family in Shanghai. " Christine told me that an entire story could be written about Zhang Qing, who was the last person to wish them goodbye when they left the mainland.

There were many guests at Liao's house, who enjoyed discussing poetry with him, singing, and engaging in aesthetic experiences together, although he would sometimes relax in his solitude. Christine described afternoons thus: "In the afternoons he would read, singing out the *ci*, nodding off at intervals. Friends and relatives would drop in to chat, gossiping and reminiscing. Every few months there would be a gathering of other writers (*cihui* 詞會) for a whole afternoon of talking, chanting and tea drinking. An occasional visitor was a dealer in curios and antiques, to whom grandfather would sell a few scrolls of painting and calligraphy from local artists from what little of a collection he was able to bring out with him while fleeing the massacre of Nanjing. He learned soon after arriving in Shanghai that the entire contents of his house there had been looted. " In line with what other relatives said, Christine said that her grandfather just seemed to take all such events naturally with no anger or even sadness.

Entao had many friends. Lawrence said that there were many regular visitors to Liao's house in Shanghai. These included: (1) the daughter of Kang Youwei; (2) Liao Zhongkai and his wife He Xiangning as well as their daughter Mengxing; (3) Mao Heting 昌鶴亭; (4) the wife of the Guangdong warlord Xu Chongzhi 許崇智; (5) Xia Jingguan 夏敬觀; (6) Liu Baiduan 劉伯端; (7) painter Zhang Shutao 張叔濤; (8) Luo Kanglie; (9) Tang Dinghua 湯定華. Grandpa Liao also had many friends who were painters and each painted his studio for him from as many as fifteen different angles. One of the painters included the well-known artist Huang Binhong among the others were talented artists Zheng Wuchang 鄭午昌, Wu Hufan 吳湖帆 and Huang Zechuan 黃澤傳.

Christine added that Grandpa Liao's wife was a capable and quiet companion; other diplomats remarked that "her English was perfect" as cited in newspapers. She held many social gatherings that made headlines in the newspapers, including providing tables for playing bridge and euchre in the diplomatic communities. My uncle Xu Xihui 許錫揮, Entao's grandson, said he never heard the pair have a disagreement, adding, "Grandpa was not at all strict or stern and Grandma was similar. Grandma took care of a little dog, called Chichi, who ate and slept with them. When Chichi lost her eyesight, Grandpa took great care of her until she died."

While Entao was a commanding figure, his wife was strong and colorful as well. Christine said, "My grandmother Liao was born in Sacramento; her father was the foreman of a crew of Chinese men building railroads. She went to school—most likely elementary and middle school—for a few years. "All grandfather's daily activities were tended to quietly by my grandmother Liao. She was also a woman of simple needs and few words. Slim and straight-backed, she was always immaculately dressed in grey or brown silk cheongsams, her hair a cloud of white held loosely in an invisible net. With crinkly eyes, she would silently smile at our silly childish ways. She and my grandfather conversed in Hakka. "

Entao and his wife had an idyllic life in Havana, if descriptions by my grandmother Liao are accurate. My grandmother Inez, Entao's ninth daughter, told stories of riding horses on the beach in the mornings and having visitors from all over the world in her father's seaside mansion. Her vignettes were often amusing, such as buying shoes for all the children, who numbered ten: "We would spend hours in the store, because the shoes had so many eyelets to lace, all the way up the calf. And the salesman had to lace a pair for each of us." Grandmother often used the word servants, a foreign concept to us in our Tennessee house. "Every dinner guest had a servant standing behind their chair," she would tell us. And every course would have its own set of tableware. Silver for the main course; gold for the dessert, engraved appropriately: thus, gold plates with fruit designs for the final course. Salt and pepper shakers of in mother of pearl and silver would decorate the table as well.

The world that Liao Entao lived in is gone. But the survival of his literature will enables individuals to re-imagine this world, and reflect on China's cultural richness during the republican period. Furthermore Liao Entao was an artist with a unique perspective and writing style, who wanted future generations to enjoy poetry and share the peace that writing brought him during some of the most difficult moments in history. His view of China is also unique, given his status and closeness to the political life that shaped the first republic and saw the end of the last dynasty.

前言二

卜永堅

廖恩燾（1864—1954），字鳳舒，號懺盦，廣東惠陽人，廖仲愷兄長。一生著述甚豐，除粵語詠史詩《嬉笑集》外，詞作編集出版者凡四種，風格以吳文英為底色，但正如朱祖謀所言，"驚采奇艷"，為民國詞林"別開世界"，對於晚清民國中國文學史、政治史、社會文化史等，均極有價值。

錢念民博士為廖恩燾外曾孫女。2011 年她由富布賴特基金會資助在廣州中山大學做有關廖恩燾、廖仲愷兄弟的研究。由於我們研究的主題相同，於是她邀請我委託各地相關學者，共同箋注廖恩燾先生的《懺盦詞·懺盦詞續集》、《半舫齋詩餘》、《捫蝨談室詞》、《影樹亭詞》四種詞集及集外詞合共 650 首，並將中山大學歷史系研究生朱志龍編撰之廖恩燾年譜附錄於後，都為一書。

本書接近八十萬字，由於箋注成於眾手，各有風格，體例多有差異，編者不強求統一；又典故相同處、注釋重複處，亦不勉強綜合。

以下對廖恩燾先生《懺盦詞·懺盦詞續棄》、《半舫齋詩餘》、《捫蝨談室詞》、《影樹亭詞》四種詞集，略作說明。

一、《懺盦詞》和《懺盦詞續棄》

《懺盦詞》，刻本，一冊，八卷，刊行於民國二十年辛未（1931），由陳洵題簽，有朱祖謀序言和廖恩燾自序。上海圖書館藏有一式三本，編號分別爲"線普長 63917"、"線普長 22557"、"線普長 624584"，香港大學圖書館特藏部編號"杜 822.5590"即屬該版本。以下簡稱八卷本。

《懺盦詞‧懺盦詞續稾》，刻本，一冊，其中《懺盦詞》八卷，《懺盦詞續集》四卷。上海圖書館藏有一式兩本，編號分別爲"線普長 638828"、"線普長 22558"。《懺盦詞續稾》由張爾田題簽（張爾田題簽作"續集"），並寫上日期"甲戌秋日"，即民國二十三年（1934）。書內有陳洵序言，寫於"壬申立秋三日"，即民國二十一年（1932），謂"《懺盦詞續稾》二卷"云云。書後所附六篇跋及書信，有年份可考者也是 1934 年。但《懺盦詞續稾》實有四卷，而第四卷《教簫集》注明是"乙亥春"即民國二十四年（1935）的作品，可見應該是刊行於 1935 年。以下簡稱十二卷本。

十二卷本後出於八卷本，且既已囊括八卷本，則本書似應以十二卷本爲底本，進行箋注。但是，十二卷本對於八卷本內詞作之詳細序言，往往有所刪削。因此，箋注《懺盦詞》八卷，採用八卷本，箋注《懺盦詞續稾》四卷，則用十二卷本。

二、《半舫齋詩餘》

《半舫齋詩餘》，鉛印本，一冊，不分卷。上海圖書館藏有一式四本，編號分別為"線普長 019369"、"線普長 019370"、"線普長 019371"、"線普長 23471"，但最後一本館藏狀況為"架缺"。該書由"實盂"題簽於"己卯九秋"即民國二十八年（1939），但書內注明是收錄"丙子冬迄庚辰春"的作品，又書內各人序言及題詞，亦往往有庚辰者，可知該書出版於民國二十九年庚辰（1940）。

三、《捫蝨談室詞》、《捫蝨談室集外詞》和《影樹亭和詞摘存》

鉛印，一本，不分卷。香港蔚興印刷場出版，藏香港中文大學圖書館，編號 PL2781. A63M3。《捫蝨談室詞》注明是收錄壬午即民國三十一年（1942）以來的作品。《捫蝨談室集外詞》封面寫明是"戊子春杪重鈔"，即民國三十七年（1948）；又封面"半舫齋詞集之四"云云，當指《懺盦詞·懺盦詞續集》、《半舫齋詩餘》、《捫蝨談室詞》、《捫蝨談室集外詞》四種。《影樹亭和詞摘存》有作者跋，謂"己丑二次遘難穗城，轉徙至香港"云云，可知是民國三十八年（1949），時廖恩燾已經移居香港，且採用了新的室號"影樹亭"，可見該書出版於 1949 年。

四、《影樹亭詞》

鉛印，1951 年由香港的華強印務公司出版，藏香港中文大學圖書館，編號 PL2781. A63Y5。

此外，廖恩燾詞作甚豐，編者將找得到的四十首詩詞附於上述四種詞集之後，並按照發表年份先後排列。至於廖恩燾先生膾炙粵人之口的粵語詠史詩《嬉笑集》及更早前發表的粵語文學作品《新粵謳》、《解心》等，考慮到其性質風格迥異於上述詞作，且坊間亦已有出版，所以決定不收入本書之內。

本書稿計劃，從 2012 年 3 月廣發邀請信開始，至 2013 年 9 月書稿底定，凡一年有半。錢念民女士率先倡議，又提供經費贊助，支持不懈。各方箋注者亦於百忙之中，肆其學力，發微探幽，俾廖恩燾先生詞作之深情高義，復見於人間。朱志龍君編撰廖恩燾先生年譜，旁徵博引，多所發覆。廣東人民出版社沈展雲、謝尚、夏素玲、李展鵬諸先生，編輯覈對，不辭勞苦，補闕糾謬，功成不居，是皆宜大力鳴謝者。然編者學識有限，書稿內錯誤遺漏之處，均為編者責任云。

2014 年 1 月 26 日香港中文大學歷史系

箋注者名錄（按箋注詞作先後順序排列）

姓　名	身　份
林　立	新加坡國立大學中文系副教授
程中山	香港中文大學中國語言及文學系高級講師
廖蘭欣	臺灣東華大學中國語文學系碩士生
陳智詠	臺灣東華大學中國語文學系碩士生
蕭家怡	臺灣佛光大學文學系博士生
徐　瑋	香港中文大學中國語言及文學系助理教授
傅碧玉	香港中文大學中國語言及文學系碩士
許嘉瑋	臺灣政治大學中文系博士生
李國明	詞人、書畫家、《嶺雅》總編輯（香港）
何祥榮	香港樹仁大學中國語言文學系副教授
黃莘瑜	臺灣佛光大學中國文學與應用學系助理教授
黃杰華	香港大學饒宗頤學術館副研究主任
黃永順	香港中文大學中國語言及文學系碩士生
周爾康	中信泰富集團計算機軟件工程師
楊月英	上海古籍出版社編輯
許明德	哈佛大學東亞研究系碩士生
陳健成	東京大學大學院人文社會系研究科博士生
王建慧	香港中文大學中國語言及文學系碩士
巢立仁	香港中文大學自學中心高級講師
陳美亞	香港中文大學自學中心講師
朱　紅	上海社會科學院文學研究所副研究員
楊利成	香港中文大學中國語言及文學系講師
簡逸光	臺灣中國文化大學中國文學系兼任助理教授
林佳燕	中國醫藥大學通識教育中心助理教授
陳煒舜	香港中文大學中國語言及文學系助理教授
鄭麗娟	香港中文大學中國語言及文學系博士
洪若震	香港中文大學中國語言及文學系高級講師

續表

姓　名	身　份
龔　敏	香港大學饒宗頤學術館副研究主任
樊善標	香港中文大學中國語言及文學系副教授
郭偉廷	香港樹仁大學中國語言文學系訪問助理教授
鄒穎文	香港中文大學聯合書院多媒體圖書館分館主任
周兼善	香港理工大學中文及雙語學系講師
卜永堅	香港中文大學歷史系助理教授

目　録

上　冊

懺盦詞

懺盦詞續槀

半舫齋詩餘

下　冊

捫蝨談室詞

兒》以下二十餘闋，皆背誦極熟。探幽索微，確信周、
吳導源所自。嘗謂讀吳而得周之髓，讀周而得柳之神；
由柳追而上之，豁然悟南唐五代如天仙化人，奇妙不可
測。十二年前回粵，以語海綃翁，翁歎為知言。顧武陵
陳氏、鐵嶺鄭氏闡發柳詞文字，迄未獲見。近頃映老以
《抱碧齋集》見貽，閱詞話中載叔問舍人一書，於柳詞
推崇備至，其奧義罩旨剖析無遺。且引夢華老人言：
"耆卿為北宋巨手。"伯弢又云："屯田詞在院本如《琵
琶記》，小說如《金瓶梅》，惜百年來無人能道隻字。"
余竊自喜平生對柳詞見地不謬。拙著此稿將問世，殿此
小令，亦飲水思源之意云爾。 …………………………… 606

捫蝨談室集外詞（乙酉）

影樹亭和詞摘存

影樹亭詞

影樹亭詞續稿

集外詞

懺盦詞

朱孝臧序言

胎息夢窗，潛氣內轉，專於順逆伸縮處求索消息，故非貌似七寶樓臺者所可同年而語。至其驚采奇豔，則又得於尋常聽覩之外，江山文藻，助其縱橫，幾為倚聲家別開世界矣。

孝臧拜讀并注

自　序

辛未（1931）七月既望，歸安朱彊邨先生在病中。余自海外歸滬上，齎六年來所為詞百五十餘首親詣就正，未獲晤，留藁去。一月後再訪，則先生扶病起，以藁見還，汰存慢令百二十八首，殷殷勸付剞劂。重違先生宏獎之雅，鐫版焉，即以先生題語并簡端。

恩燾謹識

懺盦詞卷一　初航集　丙寅丁卯（1926—1927）

琵琶仙　滬上候船渡太平洋[1]，挈家人游西湖。歸，枚叔、
詠霓設祖餞[2]，枚叔有詩送行，舟次報以此解。[3]

西子西湖。我曾記。載鶴携梅來別。[4]花裏催發輕
舟。[5]殘年怕聞笛。春未老。東風柳綠。[6]已纖盡。舞腰[7]
無力。雪點袍斑。霜絲鏡影。人況遷客。　　又誰信。鐙
閣杯光。映寒夜。歌衫好顏色。知否詰朝[8]相送。黯千山
雲碧。憂患在。文章底事。誤畢生。幾絅吟展。[9]且向吹角
龍沙。醉魂將息。[10]

【箋　注】

〔1〕1925 年，廖氏派代駐智利公使館代辦使事；1926 年 2 月，兼任
　　駐巴拿馬公使。此詞當作於赴南美任前。

〔2〕枚叔、詠霓：枚叔，疑為章炳麟（1869—1936）。章氏字枚叔，
　　号太炎。浙江餘杭人。清末民初著名學者，曾參加同盟會，倡
　　議反清。著有《章氏叢書》。詠霓，翁文灝（1889—1971），字
　　詠霓，浙江鄞縣（今屬寧波）人。清末留學比利時，專攻地質
　　學。1919 年與丁文江一同創設北洋政府地質調查所，任所長。
　　曾任北京大學地質學教授、清華大學代理校長等職。1932 年，
　　任國防設計委員會（即資源委員會的前身）秘書長，後又歷任
　　國民政府行政院秘書長、行政院副院長、院長等職。1949 年後

曾居香港及巴黎，1951 年回國，任全國政協委員等職。翁氏除專注於地質學研究外，尚好吟詠，著有《蕉園詩稿》（1946）、《翁文灝詩集》（1996，附《詠霓詞》）。

祖餞：餞行。《後漢書·文苑傳下·高彪》：“時京兆第五永為督軍御史，使督幽州，百官大會，祖餞於長樂觀。”祖，出行時祭祀路神，引申為餞行。

〔3〕舟次：船上，行船途中。報以此解：以此詞酬答對方。解，原指樂曲的章節。《樂府詩集》二六《相和歌辭解題》：“《古今樂錄》曰：‘傖歌以一句為一解，中國以一章為一解。’”後引申為詩篇。

〔4〕西子句：蘇軾《飲湖上初晴後雨》詩之二：“若把西湖比西子，淡粧濃抹總相宜。”載鶴携梅，宋代詩人林逋隱居於杭州孤山，終生不娶，而植梅放鶴，稱“梅妻鶴子”。

〔5〕催發輕舟：化用柳永《雨霖鈴》詞：“方留戀處、蘭舟催發。”

〔6〕春未老句：蘇軾《望河南·超然臺作》詞：“春未老，風細柳斜斜。”

〔7〕舞腰：白居易《與牛家妓樂雨夜合宴》詩：“歌臉有情凝睇久，舞腰無力轉裙遲。”此處指柳絲柔弱無力。

〔8〕詰朝：明旦，明朝。《左傳·僖公二十八年》：“戒爾車乘，敬爾君事，詰朝將見。”杜預注：“詰朝，平旦。”

〔9〕文章底事：底事，何事。趙翼《陔餘叢考·底》：“江南俗語，問何物曰底物，何事曰底事。唐以來已入詩詞中。”緉，一雙。《說文解字》：“緉，履兩枚也。”又《世說新語·雅量篇》：“陳留人阮孚（遙集）好屐，自吹火蠟屐，曾歎曰：‘未知一生當著幾量屐。’”辛棄疾《滿江紅》（過眼溪山）詞：“佳處徑須攜杖去，能消幾緉平生屐。”屐，木屐，六朝人登山多用之，尤以謝靈運所製最著。李白《夢遊天姥吟留別》詩：“腳著謝公屐，身登青雲梯。”

〔10〕吹角句：龍沙，指塞外沙漠之地。《後漢書·班超傳贊》：“定遠慷慨，專功西遐，坦步蔥雪，咫尺龍沙。”將息，養息，休息。李清照《聲聲慢》（尋尋覓覓）詞：“乍暖還寒時候，最難將息。”

【評　析】

作者出使外國在即，內心不無遷謫之感，尤其是與家人遊畢西湖之後，更增加了他的離愁別緒。他化用了擅寫羈旅詞的柳永的句子，似乎就是把自己想像成去國離鄉的柳永。因此在上片末句用“遷客”二字自況。無力的柳條、衣袍上的柳絮（雪點）、倒映在湖光裏的白髮（霜絲），都是用來渲染他落寞心情的意象。

下片用兩個設問句（“又誰信”和“知否”），說歌酒之歡，已隨他的離去而告終。接著感嘆在憂患的時世，文章可以誤人一生，但自己姑且在域外，借酒來消愁。

此詞上片明顯受柳永羈旅詞的影響。作者曾於《捫蝨談室詞》中的《添字採桑子》小序自言：“余年五十，學為倚聲，輒嗜柳七詞。自黃鶯兒以下二十餘闋，皆背誦極熟，採幽索微，確信周（邦彥）、吳（文英）導源所自。嘗謂讀吳，而得周之髓；讀周，而得柳之神。由柳追而上之，豁然悟南唐五代，如天仙化人，奇妙不可測。”由此可知他的詞實脫胎自柳永。所謂“余年五十，學為倚聲”，據作者對王韶生說：“年五十，在古巴代辦任內，始學填詞。”（見王氏《紀香港兩大詞人》，載氏著《懷冰室文學論集》，香港志文出版社，1981年）。按廖氏任古巴公使，是在1927年，而此詞作於1926年。說在古巴任內始學填詞，似有誤。

另，此詞曾選入葉恭綽《廣篋中詞》內。

（林立箋注）

【編者按】

葉恭綽《廣篋中詞》卷四選廖恩燾詞十首，這是第一首；施議對《當代詞綜》卷一選廖恩燾詞十首，這是第四首。見葉恭綽選輯、傅宇斌點校《廣篋中詞》（北京：人民文學出版社，2011 年 12 月）；施議對，《當代詞綜》（福州：海峽文藝出版社，2002）。

掃花遊　舟次扶桑，櫻花落盡，惘然撫此。

東風第一。記町路三叉。酒人初到。[1]障寒側帽。聽歌聲相勸。接䍦同倒。[2]再約來遲。綠鬢[3]當門已掃。惹煩惱。正著意賞花。花太開早。　　閒事甯意料。但造物於人。恁都欺了。[4]負春尚小。怕筝篌麗玉。素絃彈老。[5]燕婉鶯嬌。只索離離露草。[6]共歸釣。[7]擁溪雲。半竿殘照。

【箋　注】

〔1〕詞題“扶桑”，指日本。《梁書·諸夷傳·扶桑國》：“扶桑，在大漢國東二萬餘里，地在中國之東，其土多扶桑木，故以為名。”此詞應寫於赴南美途中。撫，原指撫琴作曲，此指填詞。東風句：詞牌有《東風第一枝》，此指櫻花遇春早開。町，田間小路。《說文解字》：“町，田踐處曰町。”酒人，嗜酒之人。《史記·刺客列傳》：“荊軻雖游於酒人乎，然其為人沈深好書。”裴駰集解引徐廣曰：“飲酒之人。”

〔2〕障寒句：障寒，禦寒。側帽，帽子欹側。《周書·獨孤信傳》：“在秦州，嘗因獵，日暮，馳馬入城，其帽微側，詰旦，而吏人有戴帽者，咸慕信而側帽焉。”接䍦，古代的一種頭巾。元熊忠《韻會》：“接䍦，白帽也。又通作攡。”接䍦同倒即倒著接䍦，用

晉人山簡典故。相傳山簡每出嬉遊，多往習家池上，置酒輒醉，名之曰高陽池。時有童兒歌曰：“山公出何許，往至高陽池。日夕倒載歸，茗芋無所知。時時能騎馬，倒著白接䍦。”（見《晉書·山濤列傳》）。李白《襄陽歌》詩：“落日欲沒峴山西，倒著接䍦花下迷。”

〔3〕綠鬢：指年輕女子。

〔4〕閒事句：甯，豈，難道。恁，如此，這般。

〔5〕箜篌麗玉句：麗玉，朝鮮津卒霍里子高妻，善箜篌。晉崔豹《古今注·音樂》：“子高晨起刺船而濯。有一白首狂夫，被髮提壺，亂流而渡。其妻隨呼止之不及，遂墮河水死。於是援箜篌鼓之，作《公無渡河》之歌，聲甚悽愴，曲終，自投河而死。霍里子高還，以其聲語妻麗玉，玉傷之，乃引箜篌而寫其聲，聞者莫不墮淚飲泣焉。”此處引申為歌女。素絃，不加裝飾的琴。

〔6〕燕婉鶯嬌句：元張翥《摸魚兒·春日西湖泛舟》詞：“鶯嬌燕婉，任狂客無腸，王孫有恨，莫放酒杯淺。”只索，不得不，只好。《京本通俗小說·錯斬崔寧》：“如今的時勢，再有誰似泰山這般憐念我的？只索守困。”離離，盛多、濃密。《詩·小雅·湛露》：“其桐其椅，其實離離。”孔穎達疏：“言二樹當秋成之時，其子實離離然垂而蕃多。”白居易《賦得古原草送別》詩：“離離原上草，一歲一枯榮。”

〔7〕歸釣：歸去釣魚，指隱居。

【評　析】

此詞是借櫻花的凋謝，寄喻作者失落的心情。上片寫曾經在花前醉酒，但當年的樂事，而今已無法重尋。“著意賞花”的願望，因“花太開早”而落空。下片慨嘆造物弄人。從花的凋謝，又聯想到麗人的老去，以前的“燕婉鶯嬌”（大抵指歌女），都四散而去。雖則如此，他仍希望像東漢的嚴光那樣，有歸隱的一日。

　　作者以時間的推移來構篇。開篇寫往昔，到"再約來"一句，歸結到今。下片從"負春尚小"開始想望將來，但像如今的情景一樣，將來仍不免令人惆悵，唯一的安慰就是歸隱了。這似乎是所有舊式文人共同的願望，尤其是對正在離鄉去國的作者來說，沒有比歸隱更好的結局了。

（林立箋注）

側　犯　舟泊金門，[1] 已入夜。憶四十年前公度曾官是地，[2] 正美國禁華工例[3] 發軔伊始，今則變本加厲矣。[4] 竹屋所謂"倚闌一望情何極"者也。[5]

　　浪輪緩鼓。[6] 指鐙墻外繁星聚。蟾吐。正海挾飛雲、啟雙戶。[7] 樓臺二十萬，總是黃金鑄。[8] 愁竚。甚舊日，詞仙此間住。　　雞鳴禁入，天與秦關阻。[9] 誰使我，舵樓欹，橫劍待風雨。見說當年，裂天能補。[10] 叱石成羊，女媧休妒。[11]

【箋　注】

[1] 金門：指美國三藩市。因有金門大橋（Golden Gate Bridge），故名。

[2] 公度句：黃遵憲（1848—1905），字公度，號人境廬主人。廣東梅州人，光緒二年（1876）舉人。曾任駐日參贊、三藩市總領事、駐英參贊、新加坡總領事，戊戌變法期間署湖南按察使，助陳寶箴推行新政。任三藩市總領事時為 1882 年。黃氏為"詩界革命"巨子，喜以新名詞入詩，著有《人境廬詩草》、《日本雜事詩》。

[3] 美國禁華工例：光緒八年（1882），美國議院通過實行禁止華工

例。梁啟超《新大陸游記》附記《華工禁約》云:"當時華盛頓
政府,已漸為興論所動,始漸謀限制之法。乃與中國公使商議,
令我政府以自願限禁之名,定一條約,即光緒六年(1880)《北
京條約》也。其第一款云:'大清國與大美國公同商定,如他時
大美國查華工前往美國并在境內居住等,倘有妨礙美國之利益,
或有騷擾境內居民等情,大清國准大美國議暫止,或定人數,
或限年數,并非盡行禁絕,純須酌中定限。此是專指華人續往
美國承工者而言,其餘別等華人,均不在限制之列。所有定限
辦法,凡續往美國承工者,必須按限進口,不得稍有凌虐。'其
第二款云:'凡中國商民及學業生徒游歷人等與跟隨雇用之人,
兼已在美國境內居住之華工,均可任其往來自使,同沾優待各
國最厚之利益。' 此約以光緒七年互換,光緒八年實行。實行以
後,美國以是年西曆五月六日,由議院頒限禁華人例案凡十五
款。"黃遵憲當時寫有《逐客篇》以記其事。

〔4〕變本加厲:蕭統《文選·序》:"蓋踵其事而增華,變其本而加
厲。" 此指禁止華工之法,比前更為嚴苛。

〔5〕竹屋句:南宋詞人高觀國,字賓王,號竹屋。今存《竹屋痴語》
一卷,收詞108首。"倚闌一望情何極" 一句,出自其《醉落
魄》(鈎簾濕翠)詞。

〔6〕浪輪緩鼓句:鼓,搖動。

〔7〕蟾吐句:蟾,指月。傳說月中有蟾蜍,故名。雙戶,未詳,或
指船入峽口,兩岸如門戶相對之狀。

〔8〕黃金鑄:早年華工多赴美國加利福尼亞州開採金礦,故三藩市
俗名舊金山。

〔9〕雞鳴句:舊時雞鳴始開啟關門。秦關,原指秦地關塞。晉張華
《蕭史曲》:"龍飛逸天路,鳳起出秦關。" 此指美國設關限,禁
止華工進入。

〔10〕裂天能補:原指女媧補天。《淮南子·覽冥訓》:"往古之時,

四極廢，九州裂，天不兼覆，地不周載……於是女媧鍊五色石以補蒼天，斷鼇足以立四極。"辛棄疾《賀新郎》（老大那堪記）詞："看試手，補天裂。"

〔11〕叱石句：叱石成羊，《藝文類聚》卷九四引葛洪《神仙傳》："皇初平牧羊，為一道士引至金華山石室中，四十餘年未歸。其兄初起尋訪至山，問羊何在，答云，'在山東。'兄往視，但見白石，不見羊。平曰：'羊在耳，兄自不見。'平乃往，言：'叱！叱！羊起！'於是白石皆起成羊數萬頭。"補天之石皆成羊，則不能補天。指無法改變華工被禁之條款。

【評　析】

此詞感慨華工在美國遭受歧視。上片寫詞人乘船進入三藩市，所見兩岸如門戶開啟，與下文說華工不得進入形成對照。接著以"樓臺二十萬，總是黃金鑄"，極寫三藩市的繁華景象。"甚舊日、詞仙此間住"一句，追憶詞序中提及的黃遵憲。

下片轉入美國禁止華工一事。"禁入"、"秦關阻"，乃借故言今。"橫劍待風雨"，則表露詞人抑憤不平的心情。後兩句用女媧補天的故事，冀望此事能獲解決，但事實是兩國之間的裂痕與華工的心理創傷，已無法修補。"叱石成羊"一句中的"羊"，或諧音為"洋"，既指外邦，亦指補天之石（外交手段）已經無效。

詞人有著極為敏感的史識與詩緻，踐跡前人所歷之地，即勾起他對史事的追懷。他與當年的黃遵憲一樣，以外交官的身份來到美洲，亦與黃一樣目睹美國排華政策的實行。此詞述及前後四十年間人事的承替，無疑具有相當濃厚的詞史意識。

（林立箋注）

倦尋芳

醉眉壓恨。吟鬢黏愁。寒夜鐙炧。[1]細數花風，二十四番都過。[2]短袂曾親楊柳折。脆簫纔引櫻桃破。[3]甚如今。又湖樓百尺。元龍高臥。[4]　　便莊蝶。蘧蘧招我。未卜三生。[5]因證香火。夢雨[6]飛回。慵翅濕紅難馱。近市鮫人珠乍泣。隔鄰雛女錢還簸。[7]這銷魂。沒來由。儼成真箇。[8]

【箋　注】

〔1〕寒夜鐙炧：炧，同炧，殘燭。

〔2〕細數花風句：花風，即花信風。庾信《北園新齋成應趙王教》詩：“鳥聲惟雜囀，花風直亂吹。”二十四番，即二十四番花信風，指應花期而至的風。自小寒至穀雨，凡四月，共八個節氣，一百二十日，每五日一候，計二十四候，每候應以一種花的信風。每氣三番，略如下，小寒：梅花、山茶、水仙；大寒：瑞香、蘭花、山礬；立春：迎春、櫻桃、望春；雨水：菜花、杏花、李花；驚蟄：桃花、棣棠、薔薇；春分：海棠、梨花、木蘭；清明：桐花、麥花、柳花；穀雨：牡丹、酴醾、楝花。見南朝宗懍《荊楚歲時記》、宋程大昌《演繁露·花信風》、宋王逵《蠡海集·氣候類》。

〔3〕短袂句：袂，衣袖。楊柳折，舊時送行，有折楊柳之習，以柳諧音留之故。《三輔黃圖·橋》載：霸橋，在長安東，跨水作橋。漢人送客至此橋，折柳贈別。脆簫，清脆的簫聲。櫻桃破，李清照《一斛珠》（晚妝初過）詞：“一曲清歌，暫引櫻桃破。”櫻桃指女子的朱唇。

〔4〕湖樓百尺，元龍高臥：東漢陳登，字元龍。《三國志·魏志·陳登傳》載，許汜與劉備論陳元龍，汜曰：“陳元龍湖海之士，豪

氣不除。……昔遭亂過下邳，見元龍。元龍無客主之意，久不
相與語，自上大牀臥，使客臥下牀。”備曰：“君有國士之名，
今天下大亂，帝主失所，望君憂國忘家，有救世之意，而君求
田問舍，言無可采，是元龍所諱也，何緣當與君語？如小人，
欲臥百尺樓上，臥君於地，何但上下床之間邪？”後以“元龍高
臥”指人品格高逸，不與俗流相過從。

〔5〕便莊蝶句：用莊周夢蝶典故。《莊子·齊物論》：“昔者莊周夢為
胡蝶，栩栩然胡蝶也，自喻適志歟！不知周也。俄然覺，則蘧
蘧然周也。不知周之夢為胡蝶歟，胡蝶之夢為周歟？周與胡蝶，
則必有分矣。此之謂物化。”三生，指前生、今生、來生。

〔6〕夢雨：李商隱《重過聖女祠》詩：“一春夢雨常飄瓦，盡日靈風
不滿旗。”

〔7〕近市鮫人句：鮫人，神話傳說中的人魚。晉張華《博物志》卷
九：“南海外有鮫人，水居如魚，不廢織績……從水出，寓人家，
積日賣絹。將去，從主人索一器，泣而成珠滿盤，以與主人。”
李商隱《錦瑟》詩：“滄海月明珠有淚，藍田日暖玉生煙。”錢
還簸，即簸錢，古時一種以擲錢角勝負的游戲。唐王建《宮詞》
之九三：“暫向玉花階上坐，簸錢贏得兩三籌。”宋錢愐《錢氏
私志》：“内翰伯見而笑云：‘年十七，正是學簸錢時也。’”清王
彥泓《夕秀詞》：“尺六腰肢上掌擎，簸錢年紀占歌名。”

〔8〕沒來由句：來由，原因，緣故。儼，宛如，就如。

【評　析】

廖氏這首沒有題序的《倦尋芳》詞，似乎有寄託的意味。從
“短袂曾親楊柳折，脆簫纏引櫻桃破”以及“這銷魂，沒來由，儼成
真箇”等詞句看來，是與男女之情有關，但用上“元龍高臥”及
“莊周夢蝶”等典故，顯然又別懷旨趣。而其遣辭用字，在在都有李
商隱《錦瑟》一詩的影子。此詩雖說有題，但詩題僅取自起句中的

首兩字（錦瑟無端五十弦），一如《詩經》起興的手法，故此實與無題詩無異。廖詞中的"便莊蝶"與"近市鮫人"兩句，就頗像李詩中的"莊生曉夢迷蝴蝶"與"滄海月明珠有淚"，結句"這銷魂，沒來由，儼成真箇"，又很有"只是當時已惘然"的況味。整首詞都似乎脫胎自李商隱的無題之作，說它有寄託並不為過，但所指為何，卻難以言詮。大抵是回憶前事，如夢似幻，心中所想無法達成，僅落得"真箇銷魂"而已。

（林立箋注）

瑣窗寒

斷絮飄鐙。[1]飛梅礙笛。夜窗慵賦。觚稜夢影。寒入玉豚吹雨。[2]數蠻春。鬧了幾番。架紅半落鶯無語。只鏡鸞[3]領畧。十年滋味。鬢根霜苦。　　眉嫵。[4]休輕炉。看簾月纖鈎。挂愁不去。鈿箏寶雁。[5]點檢淚珠盈柱。滿天涯。巢燕未歸。故園忍說誰是主。鎮無聊。鸂鴨銀塘。聽徹喧蛙鼓。[6]

【箋　注】

〔1〕飄鐙：出自李商隱《春雨》詩："紅樓隔雨相望冷，珠箔飄鐙獨自歸。"

〔2〕觚稜句：宮闕上轉角處的瓦脊成方角稜瓣之形，謂之觚稜，借指宮闕。《文選》班固《西都賦》："設璧門之鳳闕，上觚稜而栖金爵。"呂向注："觚稜，闕角也。"又引申為京城或故國。玉豚吹雨，化自唐許渾《金陵懷古》詩："石燕拂雲晴亦雨，江豚吹浪夜還風。"

〔3〕鏡鸞：南朝范泰《鸞鳥》詩序："昔罽賓王結罝峻卯之山，獲一

鸞鳥，王甚愛之。欲其鳴而不致也，乃飾以金樊，饗以珍羞。對之愈戚，三年不鳴。其夫人曰：'嘗聞鳥見其類而後鳴，何不懸鏡以映之。'王從其意，鸞覩形悲鳴，哀響衝霄，一奮而絕。"後常以鏡鸞喻夫婦分離。

〔4〕眉嫵：同眉憮。謂眉樣嫵媚可愛。《漢書·張敞傳》："又為婦畫眉，長安中傳張京兆眉憮。"顏師古注："孟康曰：'憮音詡，北方人謂媚好為詡畜。'蘇林曰：'憮音嫵。'蘇音是。"後又為詞牌名。

〔5〕鈿箏句：鈿箏，晏殊《蝶戀花》（六曲闌干）詞："誰把鈿箏移玉柱，穿簾海燕雙飛去。"寶雁，指箏上的琴柱，如雁行有序，故名。賀鑄《呈纖手》詞："秦弦絡絡呈纖手，寶雁斜飛三十九。"

〔6〕鎮無聊句：鎮，常，長久。見張相《詩詞曲語辭匯釋》卷二。鬥鴨，使鴨相鬥的博戲，相傳起於漢初。《西京雜記》卷二："魯恭王好鬥雞鴨及鵝雁。"《三國志·吳志·陸遜傳》："時建昌侯慮於堂前作鬥鴨欄，頗施小巧。"蛙鼓：蛙鳴。《南齊書·孔稚珪傳》："門庭之內，草萊不剪，中有蛙鳴，或問之曰：'欲為陳蕃乎？'稚珪笑曰：'我以此當兩部鼓吹，何必期效仲舉。'"

【評　析】

這又是一首沒有題序的詞。從"觚稜"、"十年滋味"、"滿天涯、巢燕未歸，故園忍說誰是主"等語觀之，顯然有去國懷鄉之意。"誰是主"又隱指政權屢屢易主，而篇末的"喧蛙鼓"，復指眾聲喧嘩，莫衷一是。

上片從夜闌靜坐，引起感觸開始，"斷絮"、"礙笛"都指向內心的鬱結。"觚稜夢影"一句，揭示了此一鬱結乃由於思念故國。"數蠻春"以下，則似指國情紛擾，最後落得"架紅半落鶯無語"的蕭條景況。

下片續寫愁緒難解，鼓琴復引發人在天涯的感傷。最後打消愁緒的辦法，就是“無聊”地看池塘上的“鬬鴨”了，而這些互相傾軋的鴨子，似乎又別有所指。總之，這首詞是頗有興寄意味的。

（林立箋注）

高陽臺　閣龍公園[1]晚步，瞻石像有感。閣龍者，西班牙譯音哥侖布也。公遺蛻[2]厝古巴三百餘年，古巴獨立後[3]，輿櫬[4]歸西班牙，正首邱矣。[5]

　　煙拂花鬢。雨敲松子。山河一局棋枰[6]。蛻劍凝塵。鶴歸華表瑤京。[7]濃陰未放斜陽入。早蒼然。暮景侵亭。又飛鴉。亂影浮圖[8]射海紅鐙。　　蕭條四百年人物。不帝秦島客。曾慕田橫。[9]喬木無端。廢池猶厭言兵。[10]英雄事逐沙鷗去。騰敗殘。鱗甲秋鯨。[11]惱東風。那有垂楊。竟有啼鶯。[12]古巴襲美國故智，立例禁止華工入境，島中不種柳，故云。

【箋　注】

〔1〕閣龍公園：在古巴首都哈瓦那。

〔2〕遺蛻：即遺骸。據互聯網《國際在線》載，1506 年 5 月 20 日，哥倫布死于西班牙北部城市巴利亞多利德。1537 年，哥倫布弟弟的遺孀將哥倫布的遺骸送到多明尼加共和國的聖多明各大教堂。1795 年，當西班牙人從伊斯帕尼奧拉島撤退時，決定不能讓哥倫布的遺骸落到當時的敵人——法國人手中，於是將被認為是哥倫布的遺骸送往古巴的哈瓦那；1898 年美西戰爭爆發時，又送回西班牙的塞維利亞。

〔3〕古巴獨立：1898 年美國與西班牙爆發戰爭，並佔領古巴。1902年，美國承認古巴獨立，但仍不願撤軍。

〔4〕輿櫬：運載棺木。《左傳·僖公六年》：“許男面縛銜璧，大夫衰

經，士輿櫬。”

〔5〕正首邱：《禮記·檀弓上》：“古之人有言曰：‘狐死正邱首’，仁也。”鄭玄注：‘正邱首，正首邱也。’”孔穎達疏：“所以正首而向邱者，邱是狐窟穴根本之處，雖狼狽而死，意猶向此邱。”屈原《九章·涉江》：“鳥飛反故鄉兮，狐死必首邱。”後以“首邱”喻歸葬故鄉。

〔6〕山河句：明王冕《秋興》詩其一：“萬里山河一局棋，曠懷百感獨傷悲。”

〔7〕鶴歸句：指世事變遷。陶潛《搜神後記》卷一：“丁令威，本遼東人，學道於靈虛山。後化鶴歸遼，集城門華表柱。時有少年，舉弓欲射之。鶴乃飛，徘徊空中而言曰：‘有鳥有鳥丁令威，去家千年今始歸。城郭如故人民非，何不學仙塚纍纍。’遂高上沖天。”華表，設在橋梁、宮殿、城垣或陵墓前作裝飾用的巨柱，柱身往往雕有紋飾。

〔8〕浮圖：原指佛塔，此或指公園內的紀念碑。

〔9〕不帝秦句：據《戰國策·趙策》載：戰國時，秦兵圍趙國都城邯鄲，辛垣衍通過平原君，勸說趙王尊秦王為帝，則秦兵便會解圍而去。其時齊人魯仲連恰在城中，向平原君解釋尊秦為帝的禍害，使平原君覺悟。後得魏國信陵君領兵援趙，大破秦軍，遂解圍。田橫，原為齊國貴族。值陳勝、吳廣起兵反秦，田橫與兄田儋、田榮亦反秦自立，兄弟三人先后佔據齊地為王。漢高祖劉邦統一天下，田橫不願稱臣於漢，率五百門客逃往海島，高祖派使者招撫，田橫乘船赴洛陽見高祖，距洛陽三十里地時，因不甘受辱而自刎。島上五百部屬聞田橫死，亦全部自殺。見《史記·田儋列傳》。

〔10〕喬木句：化自姜夔《揚州慢》（淮左名都）詞：“自胡馬窺江去後，廢池喬木，猶厭言兵。”

〔11〕鱗甲秋鯨：化自杜甫《秋興八首》其七：“石鯨鱗甲動秋風。”

《西京雜記》載：昆明池刻玉石為鯨，每至雷雨常鳴吼，鬐尾
皆動。此指園景荒涼。

〔12〕那有句：李商隱《隋宮》詩："終古垂楊有暮鴉。"

【評　析】

此詞乃屬懷古詠史之作。這類作品不脫對於人事蕭條的感慨，
景物描寫亦偏於敗殘零落一面，以起烘托愁懷的作用。

上片的"鶴歸華表瑤京"，指哥侖布遺櫬移回西班牙，繼而形容
公園內的寂寞景觀，似乎遺櫬一但離開，整個公園都變得蕭條了。

下片追溯古巴歷史，以"不帝秦"喻古巴不願受美國掣肘，而
哥侖布的豐功偉績，亦已渺不可視，如"沙鷗"隱沒於天地之中，
今人看到的，只是歷史的遺跡（"鱗甲秋鯨"）。從開篇至此，詞人都
將自己納入當地的情勢中審視今昔，但最後對古巴的華工政策提出
批判，則是回復到華人的身份立場去議事了。

另外值得注意的是，雖然詞人描寫的是西方人事，但所用的典
故，卻出自中國的史書、傳說或文學作品，可說是以傳統的手法去
包裝現代的內容。這種寫法，在同時的另一位女詞人呂碧城的海外
作品中，亦屢見不鮮。

據夏曉虹《近代外交官廖恩燾詩歌考論》，廖氏曾於 1891 年任
駐薩巴丹（今譯馬坦薩斯）領事，1903 至 1907 年又任駐古巴總領
事，民國後又於 1915 至 1917 年再任古巴領事，前後居古巴超過 17
年，因而與古巴的淵緣甚深，作品中屢有提及。其《灣城竹枝詞》
二十二首就以民歌情韻描寫古巴的民情風俗，組詩《紀古巴亂事有
感》則述及古巴的歷史與政情。這類詩作，惟有廖氏這位長期在古巴
生活過的詩人才能寫出，因此在中國近代文學史中實是"獨一無二"。
這首紀載哥侖布遺襯事典的《高陽臺》詞，同樣也是獨一無二的。

（林立箋注）

蝶戀花（六首）

　　落盡酴醿[1]如雨細。濕透斜陽，怕上寒鴉背。[2]日日鴉兒盤上髻。[3]玉顏早自抍憔悴。　　酒在花前休惜醉。只恨東風，不為流鶯計。鶯夢欲圓風攪碎。金鈴錯向花枝繫。[4]

　　碧瓦紅牆誰院宇？千古垂楊，總是樓前樹。樓外纖腰今不舞。萋萋芳草天涯路。[5]　　莫問王孫[6]歸甚處。句句啼鴂，抵死[7]留人住。蝴蝶穿花飛已去。可知夢也全無據。[8]

　　綠滿枝頭陰萬頃。庇得鴛鴦，兩兩憐同命。月轉迴廊風乍定。未防露重闌干冷。　　濃睡海棠呼不醒。[9]莫是和人，瘵酒懨懨病。[10]怕見銀缸沈斷綆。行裙又近黃金井。[11]

　　拆了鞦韆人自覺。不待游蜂，飛到尋紅索。[12]嗅得餘香徒亂撲。黏簾花片風吹落。　　隔院琵琶聲又作。遮莫江頭，有客青衫著。[13]海樣恩情猶說薄。淚痕十斛量珠博。[14]

　　徹夜歌筵鐙不爐。月到天心，正沒人間分。絮絮陰晴都莫問。一般恩怨渾無準。[15]　　妝罷彩蟬妨睡損。[16]燕子呢喃，鎮日教儂困。[17]百計留春春未允。落紅報道春歸訊。

　　滴向淚盤多少蠟。[18]暗問紅龍，[19]含睇還羞答。衣換吳縑初試夾。槐煙散入梨雲靉。[20]　　十二雕闌看鬪鴨。[21]嫩步沙邊，笑共閒鷗狎。好雨年時新菜甲。郊原青滿無人踏。[22]

【箋　注】

〔1〕酴醾：又作荼蘼，花名，初夏開花，重瓣，不結實。明王象晉《群芳譜》稱此花“色黃如酒，固加酉字作酴醾。”宋王淇《暮春遊小園》詩：“開到酴醾花事了，絲絲天棘出莓牆。”

〔2〕濕透句：周邦彥《玉樓春》詞：“雁背夕陽紅欲暮。”

〔3〕鴉兒盤上髻：古代婦女髮髻。闕名《潛居錄》：“巴陵俗，元旦梳頭，先以櫛理鴉羽，祝曰：‘願我婦女，顯發髟髟；惟百斯年，似其羽毛。’故楚人謂女髻為鴉髻。”

〔4〕金鈴：即護花鈴。五代王仁裕《開元天寶遺事》載：“天寶初，寧王日侍，好聲樂，風流蘊藉，諸王弗如也。後園中紉紅絲為繩，密綴金鈴，繫於花梢之上。每有鳥鵲翔集，則令園吏制鈴索以驚之，蓋惜花之故也。”

〔5〕樓外句：纖腰，指柳條。柳永《合歡帶》詞：“妍歌艷舞，鶯慚巧舌，柳妒纖腰。”萋萋，草茂盛之貌。崔顥《黃鶴樓》：“芳草萋萋鸚鵡洲。”宋李重元《憶王孫·春詞》詞：“萋萋芳草憶王孫。”蘇軾《蝶戀花》（花褪殘紅）詞：“天涯何處無芳草。”

〔6〕王孫：指貴族子弟，亦泛指青年男子。《楚辭·招隱士》：“王孫遊兮不歸，芳草生兮萋萋。”

〔7〕抵死：竭力，冒死。周邦彥《西平樂》詞：“駝褐寒侵，正憐初日，輕陰抵死須遮。”又有“總是”意。晏殊《蝶戀花》詞：“百尺朱樓閒倚遍。薄雨濃雲，抵死遮人面。”

〔8〕可知句：宋趙佶《燕山亭》詞：“無據，和夢也新來不做。”歐陽修《青玉案》（一年春事）詞：“不枉東風吹客淚，相思難表，夢魂無據。”

〔9〕濃睡海棠：宋釋惠洪《冷齋夜話》卷一引《太真外傳》，唐明

皇登沉香亭，召太真妃，于時卯醉未醒，命力士從侍兒扶掖而至。妃子醉顏殘妝，鬢亂釵橫，不能再拜。明皇笑曰："豈是妃子醉，真海棠睡未足耳！"

〔10〕殢酒句：殢酒，醉酒。宋劉過《賀新郎》詞："人道愁來須殢酒，無奈愁深酒淺。"懨懨，精神委靡貌。唐劉兼《春晝醉眠》詩："處處落花春寂寂，時時中酒病懨懨。"

〔11〕怕見句：銀缾沉斷綆，白居易《井底引銀瓶》詩："井底引銀瓶，銀瓶欲上絲繩絕。"銀缾，汲水器。斷綆，斷掉的汲水繩。黃金井，井欄上有雕飾的井；一指石井，喻其堅固。李賀《河南府試十二月樂詞·九月》詩："雞人罷唱曉瓏璁，鴉啼金井下疏桐。"葉蔥奇注："金井，即石井。古人凡說堅固，多用金，如金塘、金堤等。"

〔12〕不待句：化用吳文英《風入松》（聽風聽雨）詞："黃蜂頻撲鞦韆索，有當時、纖手香凝。"

〔13〕遮莫句：用白居易《琵琶行》詩內"潯陽江頭夜送客……江州司馬青衫濕"句意。遮莫，儘管、任憑；不論、不管。楊萬里《和張功父梅詩》之一："老無半點看花意，遮莫明朝雨及晴。"

〔14〕十斛量珠：斛，口小底大的方形量器，容量本為十斗，後改為五斗。唐劉恂《嶺表錄異》卷上："綠珠井，在白州雙角山下。昔梁氏之女有容貌，石季倫為交趾採訪使，以真珠三斛買之。"原指重金買妾，此處珠指淚珠。

〔15〕無準：沒定準，不一定。

〔16〕妝罷句：秦觀《畫堂春·本意》（東風吹柳）詞："杏花零落燕泥香，睡損紅妝。"

〔17〕燕子句：呢喃，燕鳴聲。宋祁《錦纏道》詞："燕子呢喃，景色乍長春晝。"鎮日，整日。

〔18〕滴向淚盤多少蠟：指蠟淚，蠟燭燃燒時滴下的液態蠟，如流淚

狀。杜牧《贈別》其二：“蠟燭有心還惜別，替人垂淚到天明。”

〔19〕紅龍：或指袞袍。唐曹唐《小遊仙詩》之五一：“玉皇欲著紅龍袞，親喚金妃下手裁。”或指燭檠。蘇軾《夜燒松明火》詩：“夜燒松明火，照室紅龍鸞。”

〔20〕衣換句：吳緜，吳地所產之絲綿，亦作吳棉、吳綿。白居易《新制布裘》詩：“桂布白似雪，吳綿軟於雲。”槐煙，槐樹間的煙霧。南朝梁簡文帝《玄圃園講頌序》：“風生月殿，日照槐煙。”梨雲，指梨花雲。宋張邦基《墨莊漫錄》卷六引唐王建《夢看梨花雲歌》：“薄薄落落霧不分，夢中喚作梨花雲。”後以梨雲指夢境。蘇軾《西江月》（玉骨那愁瘴霧）詞：“高情已逐曉雲空，不與梨花同夢。”

〔21〕十二句：李商隱《碧城》詩三首其一：“碧城十二曲闌干，犀辟塵埃玉辟寒。”宋陳允平《摸魚兒·西湖送春》詞：“倚東風、畫欄十二，芳陰簾幕低護。”鬪鴨，見 15 頁《瑣窗寒》注〔6〕。

〔22〕好雨句：菜甲，菜初生的葉芽。杜甫《有客》詩：“自鋤稀菜甲，小摘為情親。”郊原青滿無人踏，指踏青，亦作蹋青。古人在清明節前後有郊遊的習俗，舊時並以清明節為踏青節。孟浩然《大堤行》：“歲歲春草生，踏青二三月。”

【評　析】

廖懺庵的六首《蝶戀花》，讀起來“若顯若晦”，很有五代詞人馮延巳《蝶戀花》（又名《鵲踏枝》）組詞委婉含蓄、興寄遙深的味道。或許他真有所指，或許只是平時的習作，究竟屬於何者，吾人已無法知曉。然而可以肯定的是，詞中透露的都是失落、憔悴、悔悟、怨恨、慨嘆一類的情緒。以下姑就表面意思來解讀各詞。

第一首是惜春，從開首的“落盡酴醾”一句已可以看出。後片又說“只恨東風，不為流鶯計”，怨意更是明顯。結句或以鶯喻己，說欲在花間圓夢，卻被無情的、錯繫的金鈴驅走了。

第二首從"樓外纖腰今不舞"一句看來，似乎是感嘆今非昔比。下片說王孫行踪無定，但"啼鴂"卻偏想把他留住。結句的"蝴蝶"可與第一首的"流鶯"互相參照，與多情的流鶯相比，蝴蝶顯然是無情的。它又是《莊子》裏人生如夢的象徵符號，因此蝴蝶一去，自然夢也無可憑據了。

第三首是擔憂與相愛者不能長相廝守。他們雖然得到"綠陰"的庇護，卻難以防範"重露"的侵擾。最後憂慮會像銀缾斷綆一樣，失去對方。"黃金井"本來是美好的事物，這裏卻暗寓危機，看來是一個陷阱。

第四首是怨恨對方終不領情。"鞦韆"被拆，然則美好回憶的憑借物亦被移除了，那隻嗅到餘香的"游蜂"自然找不到香氣的來源，被吹落的花片則比喻情事的告終。下片用白居易《琵琶行》的故事，以青衫形容一己的落泊。最後兩句怨意極深，說即使為對方流下十斛淚珠，仍被責怪恩情淡薄。

第五首承上一首而來，說人間的恩怨都難以辨明，就像天氣的"陰晴"無法預知一樣。下片呢喃的燕子，本來是比喻情人細語喁喁，但此處只增加了詞中人的煩惱。結句"百計留春"，呼應了第一首的"只恨東風，不為流鶯計"。春天對於詞中人的懇求不加理會，依然離開了。

第六首似乎是對前事的一個總結，開首是回憶與對方在閨中的應答，但很快這一切都變為夢境（"梨雲"）。下片像前述的《瑣窗寒》一詞，以"看鬭鴨"喻一己的無聊。這時詞中人形單影隻，亦嬾於與閒鷗狎玩。最後描寫一片寂寞的郊原，景色雖好，卻無人遊玩，喻意青春尚在，但詞中人的心境已變得甚為枯淡了。

（林立箋注）

蕙蘭芳引　寅夜[1]歌院步歸

鐙顫九華。[2]照人瘦。料輸明燭。濺滴點蘭襟,[3]知是淚痕可掬。露行不怕,怕冷人、被鴛驚宿。正夢魂無據,半晌貪歡難續。[4]　　片雲歌雲,都疑蒼狗,那笑黃鵠。[5]歎花總飄零,何況道旁柳禿。哀箏聊擘,此情誰屬。聞隔江、猶唱定風波曲。[6]

【箋　注】

〔1〕寅夜:深夜。

〔2〕九華:重九之花,指菊花。華通花。陶潛《九日閑居》詩序:"余閒居,愛重九之名。秋菊盈園,而持醪靡由。空服九華,寄懷於言。"

〔3〕蘭襟:芬芳的衣襟。漢班倢伃《搗素賦》:"佇長袖於妍袂,綴半月於蘭襟。"

〔4〕半晌句:李煜《浪淘沙》(簾外雨潺潺)詞:"夢裏不知身是客,一晌貪歡。"

〔5〕片雲句:歌雲,典出《列子·湯問》:"薛譚學謳於秦青,未窮青之技,自謂盡之,遂辭歸。秦青弗止,餞於郊衢,撫節悲歌,聲振林木,響遏行雲。薛譚乃謝求反,終身不敢言歸。"宋張先《鳳棲梧》(密宴懨懨)詞:"可惜歌雲容易去,東城楊柳東城路。"蒼狗,杜甫《可嘆》詩:"天上浮雲似白衣,斯須改變如蒼狗。"原指浮雲變幻,后用以比喻世事變幻無常。黃鵠,一指高人逸士。《文選》屈原《卜居》:"寧與黃鵠比翼乎?將與雞鶩爭食乎?"劉良注:"黃鵠,喻逸士也。"一指他鄉遊子。《漢書·西域傳下·烏孫國》:"昆莫年老,語言不通,公主(江都

王建女細君）悲愁，自為作歌曰：'……居常土思兮心內傷，願
為黃鵠兮歸故鄉。'"

〔6〕聞隔江句：杜牧《夜泊秦淮》詩："商女不知亡國恨，隔江猶唱
後庭花。"定風波，唐教坊曲，後用為詞牌。雙調六十二字，平
仄韻互用。

【評　析】

中國古典詩詞裏面關於聽歌或聽曲的作品，總會寫到歌聲如何
引起聽者內心的愁緒。白居易的《琵琶行》不用說，清代項鴻祚的
《減字木蘭花·春夜聞隔牆歌吹聲》及《玉漏遲·冬夜聞南鄰笙歌達
曙》兩首詞作，同樣也借聽歌寫到自己的失落憔悴。

懺庵這首《蕙蘭芳引》，是寫聽完歌之後的感懷。上片描述聽歌
的現場，歌者的身份由"蘭襟"點出，顯現是一歌女。從"半晌貪
歡難續"一句看來，這個地方似乎是歡場。下片以"都疑蒼狗"、
"歡花總飄零"等句，帶出人生無常、年華易逝的訊息。總的說來，
仍不脫傳統寫聽歌的路數。不過懺庵當時是在古巴，所聽的歌曲，
不知是中文的還是外文的；而他的用辭和書寫模式都頗為傳統。

（林立箋注）

渡江雲　殘夏風雨竟夕，兀坐無緒，倚作秋聲。〔1〕

袚愁〔2〕無酒夜。暗簾閣雨。窗影亂飄鐙。夢身將化蝶。
遠遠笳吹。乍醒又重溟。〔3〕魚龍氣惡。牽一髮。無奈山
青。〔4〕何故還。問天賒月。照徹玉關情。〔5〕　　淒清。先秋
紈扇。褪粉雕闌。〔6〕想歌餘舞賸。消幾番。西風蟬鬢。
魂斷飛鶯。彈棋不入興亡局。任鐵馬。簷際長鳴。〔7〕來日事。簪
巾商畧殘英。〔8〕

【箋　注】

〔1〕兀坐：獨自端坐。倚作秋聲：倚聲，即按譜填詞；秋聲，歐陽
　　修有《秋聲賦》。

〔2〕袚愁：消除愁緒。姜夔《翠樓吟》（月冷龍沙）詞：“仗酒袚清
　　愁，花銷英氣。”

〔3〕夢身句：化蝶，見13頁《倦尋芳》註〔5〕。溟，形容潮濕、昏暗。

〔4〕魚龍句：魚龍，原指鱗介水族，又指古代百戲雜耍中能變化為
　　魚及龍的猱狲模型。此處指好壞的東西混雜。牽一髮，無奈山
　　青，語出蘇軾《澄邁驛通潮閣》詩之二：“杳杳天低鶻沒處，青
　　山一髮是中原”。形容青山遠望如髮絲，極言其遙遠。

〔5〕照徹句：李白《子夜秋歌》詩：“秋風吹不盡，總是玉關情。”

〔6〕先秋句：紈扇，用漢代班婕妤《怨歌行》詩意：“新裂齊紈素，
　　鮮潔如霜雪。裁為合歡扇，團團如明月。出入君懷袖，動搖微
　　風發。常恐秋節至，涼飆奪炎熱。棄置篋笥中，恩情中道絕。”
　　褪粉，花朵凋零。周邦彥《瑞龍吟》：“章台路。還見褪粉梅梢，
　　試花桃樹。”

〔7〕彈棋句：見17頁《高陽臺》注〔6〕。鐵馬，簷鈴。懸於簷間的
　　鈴，因風吹發聲。

〔8〕簪巾句：周邦彥《六醜·落花》詞：“殘英小，強簪巾幘。”

【評　析】

　　秋聲的衰颯最易感人，此所以歐陽修作有《秋聲賦》。詞人方
面，南宋詞人王沂孫作有《掃花遊·秋聲》，清代詞人厲鶚有《齊天
樂·秋聲館聽秋聲》一闋，項鴻祚亦有《水龍吟·秋聲》一闋。懺
庵的詞題中有“秋聲”二字，雖則不是專詠秋聲，卻也是關於秋意
給他帶來的愁緒。

　　此愁大抵是鄉愁，這從“牽一髮、無奈山青”、“照徹玉關情”

二句可見。不過他感慨的還有世局的紛擾（"魚龍氣惡"），以及對世事的失望（"彈棋不入興亡局"）。最後他的態度也頗為隱晦，"來日事、簪巾商畧殘英"一句，是將心事寄托於殘花，還是殘花可以表達他的心事？這就頗引起讀者的細味了。

詞中畢竟還有關於秋聲的描寫，例如"遠遠笳吹"、"任鐵馬、簷際長鳴"，只是這些聲音都是詞中秋意構成的一部份。

（林立箋注）

眉 嫵　六月晦夕，纖雲在空，殘月挂樹，黯然成詞。

便游鱗猜餌，宿羽疑弓，驚定倦魂悄。[1]解得窺簾意，殷勤甚，都來殘夢催曉。[2]素娥[3]耐老。怎未教、長伴花好。但人背，碧漢紅牆見，[4]正眉樣新巧。　　　休惱。麻姑伸爪。[5]向額雲一搯，重損天貌。自樂昌鸞鏡，分飛去，金杯又誰邀到。[6]繡裙拜了。漫玉階、猶弄餘照。怕明日披圖，山河影、[7]更愁小。

【箋 注】

〔1〕便游鱗句：游鱗，游魚。晉潘岳《閒居賦》："游鱗濊瀺，菡萏敷披。"王維《戲贈張五弟諲》詩之三："設置守麏兔，垂釣伺游鱗。"游鱗猜餌，指游魚疑懼會上釣。宿羽疑弓，亦即驚弓之鳥的意思。

〔2〕解得句：窺簾，王沂孫《眉嫵·新月》詞："故山夜永。試待他、窺戶端正。"殘夢催曉，柳永《雨霖鈴》（寒蟬淒切）詞："今朝酒醒何處？楊柳岸、曉風殘月。"

〔3〕素娥：嫦娥的別稱，代指月。《文選》謝莊《月賦》："引玄兔於帝臺，集素娥於後庭。"李周翰注："常娥竊藥奔月，因以為名。

月色白，故云素娥。"李商隱《霜月》詩："青女素娥俱耐冷，月中霜里鬥嬋娟。"王沂孫《眉嫵·新月》詞："畫眉未穩。料素娥，猶帶離恨。"

〔4〕碧漢：即銀河，亦指青天。隋江總《和衡陽殿下高樓看妓》："起樓侵碧漢，初日照紅妝。"紅牆，紅色的牆。此句化自李商隱《代應》詩："本來銀漢是紅牆，隔得盧家白玉堂。"

〔5〕麻姑：神話中仙女名。葛洪《神仙傳》載，東漢桓帝時，麻姑曾應仙人王遠远召，降於蔡經家，為一美麗女子，年可十八九歲，手纖長似鳥爪。蔡經見之，心中念曰："背大癢時，得此爪以爬背，当佳。"方平知經心中所念，使人鞭之，且曰："麻姑，神人也，汝何思謂爪可以爬背耶？"麻姑自云：接侍以來，已見東海三為桑田。"

〔6〕自樂昌句：唐孟棨《本事詩·情感》載，南朝陳將亡時，駙馬徐德言與妻樂昌公主計不能相保，因破銅鏡，各執其半，約於正月十五日售其破鏡，俾取聯繫。陳亡，妻沒入楊素家。及期，徐輾轉依約至京，果訪得售半鏡者，夫妻卒得重聚。此處鏡亦指月。金杯，指凹形銅鏡。《淮南子·天文訓》："故陽燧見日則燃為火"漢高誘注："陽燧，金也。取金杯無緣者，熟摩令熱，日中時，以當日下，以艾承之，則燃得火也。"《周禮·秋官·司烜氏》："司烜氏掌以夫遂取明火於日。"清孫詒讓《周禮正義》："高氏云金杯無緣，即窐鏡之形，非真用杯也。"此句亦襲自王沂孫《眉嫵·新月》詞："歎漫磨玉斧，猶掛金鏡。"

〔7〕山河影：王沂孫《眉嫵·新月》詞："看雲外山河，還老盡、桂花影。"

【評　析】

宋末王沂孫的《眉嫵·新月》是詠月詞的經典，該詞借月的盈虧寄託了王氏的亡國之恨。懺庵此詞採用了同樣的詞牌，雖不是專

門詠月，但卻處處都有王氏詞的影子，這從注解中多個句子的出處
和用辭可以看出。

懺庵所感嘆的是何事，我們已無從知曉。但當中所抒發的哀愁，
卻是顯而易見的。下片提到樂昌分鏡的典故，是有感於夫婦相隔異
地否？而這一典故亦與家國興亡有關，則其所指似又不限於個人的
遭遇。末句"怕明日披圖，山河影、更愁小"，很有憂慮國家被列強
蠶食之意，可以作為此解的佐證。

（林立箋注）

祝英臺近　江樓晚眺

鶖孤飛，天一色，秋淡戍樓景。[1] 人立斜陽，[2] 不辨鬢
塵影。玉豚吹浪無聲，笛雲呼起，聳波底、髯虯潛聽。[3]

峭闌凭。十年消受黃昏，風高袖香凝。[4] 扶夢蟬枝，[5] 餘
溫足花暝。問伊搖落江潭，霜枯片葉，可還認、碧梧金
井。[6]

【箋　注】

〔1〕鶖孤飛句：化用王勃《滕王閣序》："落霞與孤鶩齊飛，秋水共
　　　長天一色。"戍樓，邊塞守軍的瞭望樓。南朝梁元帝《登堤望
　　　水》詩："旅泊依村樹，江槎擁戍樓。"

〔2〕人立斜陽：柳永《玉蝴蝶》（望處雨收雲斷）詞："黯相望，斷鴻
　　　聲裏，立盡斜陽。"

〔3〕玉豚句：玉豚吹浪，見14頁《瑣窗寒》注〔2〕。虯，傳說中有
　　　角的小龍。

〔4〕十年句：化自李清照《醉花陰》（薄霧濃雲）詞："東籬把酒黃昏
　　　後，有暗香盈袖。"

〔5〕蟬枝：唐方干《旅次揚州寓居郝氏林亭》詩："鶴盤遠勢投孤
　　嶼，蟬曳殘聲過別枝。"後以"蟬過別枝"指事過境遷。

〔6〕問伊句：搖落江潭，庾信《枯樹賦》："桓大司馬聞而歎曰：
　　'昔年種柳，依依漢南。今看搖落，淒愴江潭。樹猶如此，人
　　何以堪。'"金井，見 21 頁《蝶戀花》（六首）注〔11〕。碧
　　梧金井，唐李中《經廢宅》詩："玉纖素綆知何處，金井梧枯
　　碧甃寒。"秦觀《如夢令·春景》詞："睡起不勝情，行到碧梧
　　金井。"

【評　析】

　　懺庵這首《祝英臺近》，採用了上片寫景，下片抒情的手法。上
片基本是寫在江樓所見的事物，但也有些是作者的想像，如"波底
潛虬聽"，無論是寫實與否，都是通過描述開闊而蕭颯的秋景以引起
下片的感嘆。

　　下片的"十年消受黃昏"，即帶出年華易逝的主題。"扶夢蟬枝，
餘溫足花暝"一句，寫詞中人似乎仍未死心，仍在眷戀"餘溫"，但
事情已像"蟬過別枝"一樣無法回頭了。最後作者再用庾信《枯樹
賦》裏的名句和枯葉這一意象，點出今非昔比之哀。

　　　　　　　　　　　　　　　　　　　　　　　　（林立箋注）

長亭怨慢　石帚引桓溫語度此曲[1]，因次其均[2]。美洲各
　　　　　　地皆有柳，古巴獨無，原因不可考。

　　問蛛網、何曾牽絮。礙著花飛，綠椰庭戶。[3]妒舞西
風，漢宮腰細定難許。[4]老夫耄矣。猶念切、垂條樹。[5]樹
不見垂條，只客鬢、蕭蕭如此。　　薄暮。笑藏鴉未穩，
破驛冷楓慵數。[6]城笳起也，漫還把、黛愁輕付。[7]怕咽斷、

故國江南，好春色、嬌鶯無主。勸記取樽前，休惜黃金歌縷。[8]美工黨因嫉華工奪食，倡禁垂四十年。[9]古巴不排斥華工，顧亦有禁，則美干政時作俑，流毒至今。碎璧秦庭[10]，使者之責，爭之不獲已，負疚深焉。然而嗷鴻謀稻粱海外[11]，招鷹鸇逐[12]，誰實驅之？而尸其咎[13]，不忍言也。懺盦附注。

【箋 注】

〔1〕 石帚：指宋代詞人姜夔。過往詞家多以為姜石帚即姜夔，據夏承燾考證，其實是另有其人。見其《石帚辨》。引桓溫語：見前首一詞《祝英臺近》注〔6〕引庾信《枯樹賦》。

〔2〕 因次其均：即次姜夔《長亭怨慢》一詞所用韻。姜氏原詞為："漸吹盡枝頭香絮。是處人家，綠深門戶。遠浦縈回，暮帆零亂向何許。閱人多矣，誰得似、長亭樹？樹若有情時，不會得、青青如此。　　日暮。望高城不見，只見亂山無數。韋郎去也，怎忘得、玉環分付。第一是、早早歸來，怕紅萼、無人為主。算空有並刀，難翦離愁千縷。"

〔3〕 問蛛網句：辛棄疾《摸魚兒》（更能消）詞："算只有殷勤，畫簷蛛網，盡日惹飛絮。"

〔4〕 漢宮腰細：細腰，同細要。《墨子·兼愛中》："昔者，楚靈王好士細要，故靈王之臣皆以一飯為節。"細腰宮，楚國離宮名。杜牧《題桃花夫人廟》詩："細腰宮裏露桃新，脈脈無言幾度春。"又借指纖細的柳條。庾信《和春日晚景宴昆明池》詩："上林柳腰細，新豐酒徑多。"韓偓《春盡日》詩："柳腰入戶風斜倚，榆莢堆牆水半淹。"

〔5〕 老夫句：耄，七十至九十歲稱為耄，指年老。垂條，低垂的枝條。司馬相如《上林賦》："垂條扶疏，落英幡纚。"

〔6〕 笑藏鴉句：藏鴉，唐吳融《隋堤》詩："搔首隋堤落日斜，已無餘柳可藏鴉。"周邦彥《渡江雲》（晴嵐低楚甸）詞："千萬絲、

陌頭楊柳，漸漸可藏鴉。"破驛，陸游《三月十七日夜醉中作》詩："破驛夢回燈欲死，打窗風雨正三更。"

〔7〕城笳句：城笳，城中的笳吹聲。陸游《九月二十五日雞鳴前起待旦》："堪笑枯腸漸畏茶，夜闌坐起聽城笳。"黛愁，指愁眉。

〔8〕休惜句：杜秋娘《金縷曲》："勸君莫惜金縷衣，勸君惜取少年時。"

〔9〕禁華工：見10頁《側犯》注〔3〕。

〔10〕碎璧秦庭：《史記·廉頗藺相如列傳》載：秦王許諾趙王以十五座城換取和氏璧，藺相如因以和氏璧赴秦，獻璧後，秦王卻不提換城之事。相如乃奪璧奏秦王曰："大王必欲急臣，臣今頭與璧俱碎於柱矣。"此指作為大使，懺庵自感應使華工得到公平待遇。

〔11〕嗷鴻謀稻粱：嗷鴻，哀鳴的鴻雁。《詩經·小雅·鴻雁》："鴻雁于飛，哀鳴嗷嗷。"稻粱謀，本指禽鳥覓食，後以喻人謀求衣食。杜甫《同諸公登慈恩寺塔》詩："君看隨陽雁，各有稻粱謀。"此處指華工為求衣食之資，遠赴海外。

〔12〕招鷹鸇逐：招致鷹鸇等猛鳥的驅逐。鷹鸇，原指勇者，《左傳·文公十八年》："見無禮於其君者，誅之，如鷹鸇之逐鳥雀也。"又比喻兇殘之人。劉向《說苑·敬慎》："臣聞之，行者比於鳥，上畏鷹鸇，下畏網羅。"此處用後一解釋。

〔13〕尸其咎：本指擔當責任，此處應指華工被人怪罪。

【評　析】

姜夔的《長亭怨慢》甚為詞家讚賞。懺庵此詞既採用姜詞的韻部，追效之跡也相當明顯。上片"樹"字處用頂真法，即與姜詞同出一轍。不過懺庵在這一傳統的詠物詞中注入了時事，使內容不致流於空洞。

上片開頭用的都是傳統的詠柳手法，說柳條"礙著花飛"，像宮女般"腰細"。至"老夫耄矣"一句，轉入對年華流逝的感慨。這與姜詞的章法也是一樣。

下片主要是追懷故國，最後一句似乎是勸華工不要再蹉跎於異鄉，盡早歸國，切合了自注中提到華工在古巴被排斥的狀況。但假如沒有自注說明，讀者或許會簡單地把這首詞看成是作者個人情感的抒發。

（林立箋注）

雙雙燕　陳蘭甫先生登華首臺[1]，得"羅浮睡了"四字。潘老蘭[2]爲足成《雙雙燕》曲，人境廬主人[3]有和作，余酷嗜之。今三十餘年矣，詞已遺忘。偶爾根觸，聊復繼聲，次梅谿均[4]。（二首）

羅浮睡了，夢千樹梅開，[5]枕雲清冷。花陰伺蝶，看煞[6]翠交紅垃。依約丹流橘井。正蟲榻、枯禪坐定。[7]泠然白雨吹厓，化作空潭龍影。[8]　　仙徑。春衣霧潤。記鶴舞經壇，也如人俊。扶歸了鬢，五百洞天[9]新暝。應是梨雲更穩。那還問、今番風信。[10]呼起玉鏡秦娥，[11]試與畫屏共凭。

羅浮睡了，又還見飛來，一峯秋冷。[12]雙成別後，約負彩鸞驂垃。[13]泉涸仙翁舊井。[14]甚樹拂、霞光不定。扶頭醉已千年，夢入斜陽無影。　　窺徑。雲容玉潤。恐我佛低眉，妒伊嬌俊。濃妝初卸，早是月昏巖暝。應諗芳盟未穩。誤梅尉、[15]重探春信。商畧踐草香蹄，且解繡鞍笑凭。

【箋　注】

〔1〕陳蘭甫：陳澧（1810—1882），字蘭甫、蘭浦，號東塾，祖籍江

蘇江寧，生於廣州木排頭。清道光十二年（1832）舉人，曾任學海堂學長、菊坡精舍山長。於天文、地理、樂律、算術、古文、駢文、填詞、書法，無所不究，著有《東塾讀書記》、《漢儒通義》、《聲律通考》等。詞集名《憶江南館詞》。華首臺：又名華首寺，乃南朝梁武帝時所建五個佛寺之一，位於廣東博羅羅浮山西南麓。據說當年有五百花首真人聚集此地，因得名華首寺。明萬曆年間，羅浮山佛教興盛，有十八寺，華首寺被稱為“第一禪林”。

〔2〕潘老蘭：潘飛聲（1858—1934），字蘭史，號劍士、心蘭、老蘭。祖籍福建，先祖於乾隆年間遷居廣東經商，遂落籍於廣東番禺。光緒十三年（1887年）8月執教於德國柏林大學，任漢文學教授，講授中國文學。1891年返國，1894年秋赴香港，任香港《華字日報》、《實報》主筆。1907年定居上海，加入南社。晚年家境清貧，在上海以賣文鬻字為生。長於詩詞書畫，與羅惇曧、曾習經、黃節、黃遵憲、胡展堂並稱為“近代嶺南六大家”。著有《說劍堂全集》、《說劍堂詩集》、《說劍堂詞集》。

〔3〕人境廬主人：即黃遵憲，見9頁《側犯》注〔2〕。

〔4〕梅谿：南宋詞人史達祖（1163—1220?），字邦卿，號梅谿，汴（今河南開封）人。一生未中第，早年任幕僚。韓侂胄當國時，甚得重用，為其撰擬文書。韓敗，史受黥刑，被貶死。有《梅谿詞》。次梅谿均，指依史達祖《雙雙燕》詞韻。

〔5〕羅浮句：羅浮，舊題柳宗元《龍城錄》載，隋開皇中，趙師雄於羅浮山遇一女郎。與之語，則芳香襲人，語言清麗，遂相飲竟醉，及覺，乃在大梅樹下。後因以為詠梅典實。羅浮山，道教十大名山之一。位於廣東博羅縣長寧鎮境內。內有大小山峯四百三十二座，飛瀑名泉九百八十多處，洞天奇景十八處，石室幽巖七十二個。司馬遷稱之為“粵岳”，故羅浮山素有“嶺南第一山”之稱。千樹，姜夔《暗香》（舊時月色）詞：“千樹壓、

西湖寒碧。"

〔6〕看煞：煞，極；看極。

〔7〕丹流橘井句：葛洪《神仙傳·蘇仙公》載，蘇仙公修仙得道，仙去前對其母說："明年天下疾疫，庭中井水，簷邊橘樹，可以代養。井水一升，橘葉一枚，可療一人。"來年果有疾疫，遠近悉求其母治療。皆以得井水及橘葉而癒。後因以"橘井"為良藥之典。明楊珽《龍膏記·閨病》："丹無橘井，醫無杏林，投餌全無效也。"蠹榻，壞榻。枯禪，枯坐參禪。

〔8〕泠然句：泠然，寒涼、清涼貌。《太平廣記》卷八二引唐薛用弱《集異記·李子牟》："叟乃授之微弄，座客心骨泠然。"空潭龍影，佛教故事。佛本身曾作大力毒龍，眾生受害。受戒以後，忍受獵人剝皮，小蟲食身，以至身乾命終，後卒成佛。見《大智度論》卷十四。後用以比喻妄心。王維《過香積寺》詩："薄暮空潭曲，安禪制毒龍。"

〔9〕五百洞天：羅浮有山峯四百三十二座，謂五百或取其約數。洞天，道教稱神仙的居處，意謂洞中別有天地。

〔10〕梨雲句：梨雲，見22頁《蝶戀花》注〔20〕。風信，即花信風，見12頁《倦尋芳》注〔2〕。

〔11〕玉鏡秦娥：玉鏡，指月。唐張子容《璧池望秋月》詩："滿輪沉玉鏡，半魄落銀鉤。"秦娥，秦地女子，泛指歌女。

〔12〕又還見飛來句：飛來峯，又名靈鷲峰，在浙江省杭州市西湖西北，與靈隱寺隔溪相對。《咸淳臨安志》卷二三引晏殊《輿地志》："晉咸和元年西天僧慧理登茲山，歎曰：此是中天竺國靈鷲山之小嶺，不知何年飛來。佛在世日，多為仙靈所隱，今此亦復爾邪？因掛錫造靈隱寺，號其峰曰飛來。"

〔13〕雙成句：雙成，董雙成，神話中西王母侍女名。見《漢武帝內傳》。白居易《長恨歌》："金闕西廂叩玉扃，轉教小玉報雙成。"泛指美女。彩鸞，鸞鳥，傳說中的神鳥。李商隱《寓懷》

詩：“綵鸞餐頲氣，威鳳入卿雲。”

〔14〕泉涧仙翁舊井：西晉末潘茂名，嘗於高州煉丹，所鑿一井，與
　　龍山水脈相通，井内流出的都是龍涎之泉。《太平寰宇記》載：
　　“潘真人煉丹之水，味甚香美，煎茶試之，與諸水異。力士奏取
　　其水歸朝。”

〔15〕梅尉：縣尉的美稱。西漢梅福曾為南昌尉，有美政，後隱居於
　　南昌城郊之南。曾在泰寧棲真岩煉丹修行，有云其後得道成
　　仙。事蹟見《漢書·梅福傳》。唐李端《送趙給事偄尉丹陽》
　　詩：“遙知拜慶後，梅尉稱仙才。”

【評　析】

　　這又是兩首追摹宋人的詞作，可見懺庵心儀的，乃是南宋的典
雅派。梅花代表文人的清高品格，南宋人又偏尚醇雅，因而特多詠
梅詞，當時的黃大輿甚至編了一本《梅苑》，收錄唐至南宋以來詠梅
詞作數百首。懺庵第一首採用了陳澧的舊句，這是一則與梅有關的
典故，而此一典故又出自道教經典；後半片便順理成章地寫其枯寂
泠然的心境了。

　　下片仍是那麼的不吃人間煙火，“仙徑”、“鶴舞經壇”、“五百洞
天”、“梨雲”等，都讓人感到超然於塵外。這麼美妙的境界，若有
一美人相伴，自是錦上添花。因此最後便有與“秦娥”共凭畫屏的
結句了。

　　第二首仍有不少佛道的典故，如“飛來峯”、“雙成”、“仙翁舊
井”、“梅尉”等。上片的結句說人生如夢，醒來已是另一境界，彷
彿躺於梅花之下，令其有所覺悟了。

　　下片則著力描寫梅花的高雅俊逸。後半說希望與梅花鞏固“芳
盟”，因此要騎著馬到處尋索梅花的踪跡。

　　但這兩首詞最引人注意的，不是詞作本身，而是開首的一段
序。它交待了一段詞壇風雅之事，由陳澧的一句話開始，經過潘

飛聲、黃遵憲的吟詠，再到懺庵自己的追和，讓人看到廣東文人一脈相承之處，亦可見出陳澧在廣東文壇的影響力，他的一句話便引出了三首詞作。當然，羅浮山濃厚的道教色彩，亦很容易讓人產生出塵之想。

然而懺庵的憶述，卻有訛誤。據梁啟超《飲冰室詩話》第一百六十一條所錄，應是黃遵憲題詠在先，潘飛聲繼和於後。茲錄該條資料如下：

> 公度集中，詩多詞少，然亦曾為數十首，其原稿昔在余篋中。戊戌之役，同成灰燼，平生一憾也。蘭史頃以公度一詞見寄，調寄《雙雙燕》，題為"題蘭史《羅浮記游圖》"，今錄之。

> 羅浮睡了，試召鶴呼龍，憑誰喚醒。塵封丹竈，賸有星殘月冷。欲問移家仙井。何處覓、風鬟霧鬢。只應獨立蒼茫，高唱萬峯峯頂。　荒徑。蓬蒿半隱。幸空谷無人，棲身應穩。危樓倚遍，看到雲昏花暝。回首海波如鏡。忽露出、飛來舊影。又愁風雨合離，化作他人仙境。（原注云：蘭史所著《羅浮游記》，引陳蘭甫先生"羅浮睡了"一語，便覺有對此茫茫、百端交集之感。先生真能移我情矣，輒續成之，狗尾之誚，不敢辭也。又蘭史與其夫人舊有偕隱羅浮之約，故"風鬟"句及之。）

> 羅浮睡了，看上界沈沈，萬峯未醒。喚起霜娥，照得山河盡冷。白遍梅田千井。見玉女、青青兩鬢。恰當天上呼船，倒臥飛雲絕頂。　仙洞。有人賦隱。羨胡蝶雙棲，翠屏安穩。煙扃擬叩，還隔花深松暝。誰揭瑤臺明鏡。應畫我、高寒瘦影。指他東海火輪，祇是蓬萊塵境。（原注云：昔在菊坡精舍，聽陳蘭甫先生話羅浮之游。云僅得"羅浮睡了"四字，久之未成詞也。壬寅三月，余游羅浮，至東江，泊舟望四百峯橫亙煙月中，覺陳先生此四字神妙如繪，故於游記中紀其事。而黃公度京卿以飄逸仙才，成詞一首見寄，猿驚鶴舉，惜不能起陳先生相賞

也。寒夜無眠，獨起步月，如置身五龍潭上，玉女峯邊。忽憶
京卿原韻，意有所悟，擬和成稿，蓋距京卿寄示時又易一寒暑
矣。）

　　按：潘飛聲此詞，不見載於其詞集。

（林立箋注）

夜合花　玉簪花本西洋種[1]，此地獨無。粵東移根到此十
　　　　年，園林皆滿。士女投贈，非此不可。廳事供數
　　　　枝，爲賦此解。[2]

　　淺暈描蛾，幽芳含麝，此花宜伴冬郎。[3]蘭情蕙盼，窺
來宋玉東牆。[4]冰綺潔，粉肌涼。問白雲、何處仙鄉。[5]歎
胡沙遠，明妃久謫，垂淚成行。[6]　　不曾寂守空房。記當
時玳瑁，鸞鏡留妝。[7]簾前被酒，釵蟲夢暗無光。[8]朋便盍，
態休狂。度壺中、天地春長。[9]最憐今夜，銀屏燭底，蕭鬟
評量。[10]

【箋　注】

[1] 玉簪花：多年生草本植物。葉叢生，卵形或心臟形。花莖從葉
　　叢中抽出，總狀花序。秋季開花，色白如玉，未開時如簪頭，
　　有芳香。懺庵稱此花本西洋種，但宋人如黃庭堅、王安石等已
　　有吟詠，或其所指的是不同種類的玉簪花。

[2] 解：見5頁《琵琶仙》注[3]。

[3] 冬郎：唐代詩人韓偓小名。宋錢易《南部新書》乙："韓偓，即
　　瞻之子也，兄儀。瞻與李義山同年，集中謂之韓冬郎是也。故
　　題偓云：'七歲裁詩走馬成。'冬郎，偓小名。偓，字致光。"

[4] 蘭情句：蘭情蕙盼，出自吳文英《瑞鶴仙》（晴絲牽緒亂）詞：

"蘭情蕙盼。惹相思、春根酒畔。"窺來宋玉東牆，宋玉《登徒
子好色賦》："天下之佳人，莫若楚國；楚國之麗者，莫若臣里；
臣里之美者，莫若臣東家之子⋯⋯然此女登牆闚臣三年，至今
未許也。"後以"窺宋"指女子對意中人的愛慕。

〔5〕問白雲句：《莊子·天地》："乘彼白雲，遊於帝鄉。"後因以
"白云鄉"為仙鄉。

〔6〕歎胡沙句：用姜夔《疏影》(苔枝綴玉) 詞："昭君不慣胡沙遠，
但暗憶、江南江北。"明妃，即王昭君。晉代避司馬昭 (文帝)
諱，改稱明君，後人又稱之為明妃。

〔7〕記當時句：玳瑁，亦稱瑇瑁，指玳瑁的甲殼。亦指用其甲殼製
成的裝飾物。《漢書·東方朔傳》："宮人簪瑇瑁，垂珠璣。"鸞
鏡，參見前14頁《瑣窗寒》注〔3〕和28頁《眉嫵》注〔6〕。

〔8〕釵蟲：指釵上有蟲形的裝飾。王沂孫《八六子》(掃芳林) 詞：
"寶釵蟲散，繡屏鸞破。"

〔9〕朋便句：朋便盍，朋友相合。壺中天地，指逍遙的生活。《水經
注·汝水》："昔費長房為市吏，見王壺公懸壺於市，長房從之，
因而自遠，同入此壺，隱淪仙路。"

〔10〕最憐句：銀屏，鑲銀的屏風。白居易《长恨歌》："攬衣推枕起
徘徊，珠箔銀屏邐迤開。"蕭鬟，飄蕭的鬟髮。

【評 析】

此詞開首便描述玉簪花的形態、香氣，說他配得上與詩人
("冬郎") 作伴。其芬芳可惹來別人的窺視。上片的後半部，從花
色的清雅，想到仙人的生活；但卻慨嘆它像王昭君一樣流落異域，
不能返鄉。

大抵是由於玉簪花令其想起美人，懺庵遂在下片寫到閨房生活。
因為一直有人相伴，因此玉簪花"不曾寂守空房"。後半部仍呼應神
仙的故事，最後寫在燭底下仔細賞花的情態。

這是一首很典型的詠花詞，能引起讀者興趣的，仍是開頭的小序。我們結合序文來讀，方可領悟到懺庵去國懷鄉的愁緒。

（林立箋注）

暗　香　故園梅花

古香玉色。正夢痕縹緲，龍沙[1]飛笛。冷臥白雲，不抵衣裳臥花側。驢背馱詩去後，[2]空愁煞、紗窗人隔。甚寄得、驛使孤枝，書素絕魚尺。[3]　　消息。水惻惻。悵雁到已遲，望極天北。淚綃暗滴。金屋誰還貯嬌識。[4]殘賸南朝粉黛，先謝卻、鉛華重飾。[5]漸冉冉、[6]春至也，畫簷笑憶。

【箋　注】

〔1〕龍沙：泛指塞外漠北邊塞之地；荒漠。唐楊炯《瀘州都督王湛神道碑》：“旌節龍沙，軒旗象浦。”

〔2〕驢背句：張岱《夜航船》載，孟浩然嘗冒雪騎驢尋梅，曰：“吾詩思在灞橋風雪中驢背上。”秦觀《憶秦娥·灞橋雪》詞：“驢背吟詩清到骨。人間別是閑勳業。”

〔3〕甚寄得句：驛使孤枝，南朝陸凱《贈范曄》：“折梅逢驛使，寄與隴頭人。江南無所有，聊贈一枝春。”書素，即素書；古人以白絹作書，故以稱書信。蔡邕《飲馬長城窟行》詩：“呼兒烹鯉魚，中有尺素書。長跪讀素書，書中竟何如？”魚尺，見同詩。

〔4〕金屋句：《漢武故事》載，武帝少時，長公主抱置膝上問曰：“兒欲得婦否？”長主指左右長御百餘人，皆云“不用”。指其女曰：“阿嬌好否？”笑對曰：“好，若得阿嬌作婦，當作金屋貯之。”

〔5〕殘賸句：粉黛，原指女子所用化妝品。《韓非子·顯學》：“故善

· 40 ·

毛嬙、西施之美，無益吾面，用脂澤粉黛，則倍其初。”後泛指
美女。鉛華，古時妝粉裏面添加鉛，故鉛華即妝粉。曹植《洛
神賦》：“芳澤無加，鉛華弗御。”

〔6〕冉冉：漸進。古樂府《陌上桑》：“盈盈公府步，冉冉府中趨。”

【評　析】

《暗香》、《疏影》都是南宋姜夔的自度曲，也是詠梅名作。懺
庵此詞及之後的一首，顯然都受到姜夔的影響，即使押韻也用上同
一個韻部。這首詞的主題是“故園梅花”，因此處處都借梅抒發懷鄉
之情。

上片先以“龍沙”表示自己身在異域，與親友隔絕，連書信都
無法收到。下片說即使收到書信（雁），消息已經過時，他只能望向
故國垂淚悲泣。最後他想起畫簷下的梅花，算是得到了一點慰藉。

（林立箋注）

疏　影　梅影石帚[1]均

寒漪映玉。惹啼煙翠羽，[2]池上驚宿。竚立庭陰，鬢亂
釵橫，銀蟾[3]正捎窗竹。春風解寫真妃面，却不是、沈香
亭北。[4]有對湖、放鶴逋仙，認得縞衣人獨。[5]　　依舊羅
浮色相，鏡鸞那不記，鈿黛凝綠。[6]雪裏孤標，脈脈無言，
只怨殘鐙金屋。[7]南樓昨夜曾吹笛，[8]漫濕向、玉闌干曲。
待一枝、重返芳魂，繡作畫綃裙幅。

【箋　注】

〔1〕石帚：見31頁《長亭怨慢》注〔1〕。

〔2〕啼煙翠羽：朱祖謀《解連环·賦瓶中落梅》：“碎釧香跡，引啼

煙翠羽，細窺簾隙。”

〔3〕銀蟾：月亮的別稱。傳說月中有蟾蜍，故稱。白居易《中秋月》
詩：“照他幾許人腸斷，玉兔銀蟾遠不知。”

〔4〕春風句：真妃，楊貴妃名玉環，字太真，故稱真妃。沈香亭，
唐時宮中亭名。李白《清平調詞》之三：“解釋春風無限恨，沉
香亭北倚闌干。”

〔5〕有對湖句：放鶴逋仙，指宋代詩人林逋。見 5 頁《琵琶仙》注
〔4〕。林逋以詠梅詩最著，有句云：“疏影橫斜水清淺，暗香浮
動月黃昏。”縞衣，比喻潔白的梅花或羽毛。蘇軾《十一月二十
六日松風亭下梅花盛開》詩：“海南仙雲嬌墮砌，月下縞衣來叩
門。”

〔6〕依舊句：羅浮，見 34 頁《雙雙燕》注〔5〕。色相，佛教名詞，
指一切事物的形狀外貌。《華嚴經》：“無邊色相，圓滿光明。”
鏡鸞，見 14 頁《瑣窗寒》注〔3〕。鈿黛，花鈿與螺黛。泛指女
性飾物。南朝沈約《登高望春》詩：“日出照鈿黛，風過動羅
紈。”

〔7〕雪裏句：孤標，指山、樹等特出的頂端。《水經注·涑水》：“東
側磻溪萬仞，方嶺雲迴，奇峯霞舉，孤標秀出，罩絡羣山之
表。”杜甫《同諸公登慈恩寺塔》詩：“高標跨蒼天，烈風無時
休。”脈脈，凝視貌。《漢書·東方朔傳》：“跂跂脈脈善緣壁，
是非守宮即蜥蜴。”顏師古注：“脈脈，視貌也。”《古詩十九
首·迢迢牽牛星》：“盈盈一水間，脈脈不得語。”金屋，見 40
頁《暗香》注〔4〕。

〔8〕南樓句：南樓，在武昌。《世說新語·容止》：“庾太尉（亮）在
武昌，秋夜氣佳景清，使吏殷浩、王胡之之徒登南樓理詠。音
調始遒，聞函道中有屐聲甚厲，定是庾公。俄而率左右十許人
步來，諸賢欲起避之。公徐云：‘諸君少住，老子於此處興復不
淺！’因便據胡床，與諸人詠謔，竟坐甚得任樂。”李白《陪宋

中丞武昌夜飲懷古》詩："清景南樓夜，風流在武昌。庾公愛秋月，乘興坐胡床。龍笛吟寒水，天河落曉霜。"

【評　析】

此詞承上一首，仍是學步姜夔的作品。這一首更連押韻的位置都與姜夔原調一樣。稍為特別的，是以梅影而不是梅本身為詠吟的主題，因此要用上若干虛筆。開首的"寒漪映玉"，就表明是水中梅的倒影。接下來的"竚立庭陰"，也是寫梅的影子。不過到了後半部分，便很難說清是梅還是梅影了。

下片開頭又用"色相"、"鏡鸞"等虛幻的物象來強調這是梅影，但後來仍無法把梅和梅影區別開來。要之，這首詞純粹是習作，不過也如傳統文人一樣，以梅來表示詞人的清高幽獨，並寄寓與佳人重聚的願望。

（林立箋注）

懺盦詞卷二　夢彊集　戊辰（1928）春

燭影搖紅　人境廬主人[1]，余四十年前海外忘年交也。戊戌[2]約同赴歐洲，又約東渡扶桑[3]，政變牽率，[4]皆不果行。公歸梅州，閉門著述，成《日本國志》若干卷。[5]貽余書，謂曹子桓云："既成老翁。尚未白頭。"[6]未幾遽溘朝露[7]。悲夫！讀彊邨老人"人境廬話舊"一曲[8]，凄然和均。感人事今昔之異，不止黃壚之悲[9]已。

鯨沫[10]黏天，潑雲如墨春空蔽。社鷗飛散不成盟，菱鏡霜絲墜。[11]無故東風剗地。[12]背啼鶯、輕簾揭起。青紅[13]偷換，流夢韶華，新愁重繫。　　當日詞仙，引杯閒話殘鐙事。劇憐搤策過西州，又灑羊曇淚[14]。百尺湖樓舊倚。好江山、摩挲劍氣。[15]扶桑刊藁，早定千秋，浮生聊寄。

【箋　注】

〔1〕人境廬主人：即黃遵憲，見9頁《側犯》注〔2〕。

〔2〕戊戌：即1898年，光緒二十四年。

〔3〕扶桑：即日本。《南齊書·東南夷傳贊》："東夷海外，碣石、扶桑。"《梁書·諸夷傳·扶桑國》："扶桑在大漢國東二萬餘里，地在中國之東，其土多扶桑木，故以為名。"

〔4〕政變：指戊戌政變。光緒年間，康有為等倡儀變法，要求習用西學，改革政制、教育，發展農、工、商業，1898 年 6 月 11 日，光緒帝頒布《明定國是詔》，宣布變法，遭到慈禧太后等反對。同年 9 月 21 日，慈禧太后等發動政變，光緒帝被囚，康有為、梁啟超逃往日本，譚嗣同等"六君子"被殺。變法歷時僅一百零三日，故又稱"百日維新"。牽率，牽連。

〔5〕《日本國志》：黃遵憲撰，出版於光緒十三年（1887）。共四十卷，分國統、鄰交、天文、地理、職官、食貨、兵志、刑法、學術、禮俗、物產及工藝十二志。此書記載明治維新時期日本的情況，並總結維新以後日本在政治、經濟、軍事、文化及教育等方面出現的變化。按：此書既成於 1887 年，即先於戊戌政變。懺庵所述不確。

〔6〕曹子桓：即魏文帝曹丕，字子桓。所引句出自曹丕《又與吳質書》，原文為："已成老翁，但未白頭耳。"

〔7〕遽溘朝露：遽，倉卒。溘，忽然。朝露，比喻存在時間短促。《漢書·蘇武傳》："人生如朝露，何久自苦如此！"顏師古注："朝露見日則晞，人命短促亦如之。"此指其辭世。

〔8〕彊邨老人：清末民初詞人朱祖謀（1857—1931），為"清末四大家"之一。號上彊邨民、彊邨。浙江歸安人，光緒九年（1883）進士，曾擔任禮部右侍郎、廣東學政等職。後乞病解職，卜居蘇州。民國後以"遺老"自居，1915 年定居上海。曾任詞學組織春音詞社和漚社的社長。著有《彊邨叢書》、《彊邨遺書》，詞集名《彊邨語業》。人境廬話舊，朱祖謀撰有《燭影搖紅·晚春過黃公度人境廬話舊》一詞，原詞為："春暝鈎簾，柳條西北輕雲蔽。博勞千囀不成晴，煙約遊絲墜。狼藉繁櫻剗地。傍樓陰、東風又起。千紅沈損，鵯鶋聲中，殘陽誰繫。　容易消凝，楚蘭多少傷心事。等閒尋到酒邊來，滴滴滄洲淚。袖手危闌獨倚。翠蓬翻、冥冥海氣。魚龍風惡，半折芳馨，愁心難寄。"

〔9〕黃壚之悲：《世說新語·傷逝》："（王浚沖）經黃公酒壚下過，顧謂後車客："吾昔與嵇叔夜、阮嗣宗共酣飲於此壚。竹林之游，亦預其末。自嵇生夭、阮公亡以來，便為時所羈絏。今日視雖近，邈若山河。"後詩文以"黃公酒壚"指亡友曾經聚飲之所，借以抒發物是人非之感。

〔10〕鯨沫：鯨魚攪起的波浪在古代每比喻為兇險的環境。例如杜甫《舟出江陵南浦奉寄鄭少尹》詩："溟漲鯨波動，衡陽雁影徂。"

〔11〕社鷗句：社鷗，猶言盟鷗，喻退隱。《列子·黃帝》："海上之人有好漚鳥者，每旦之海上，從漚鳥遊，漚鳥之至者百住而不止。"陸遊《雨夜懷唐安》詩："小閣簾櫳頻夢蝶，平湖煙水已盟鷗。"菱鏡：菱花鏡。隋薛道衡《昭君辭》："自知蓮臉歇，羞看菱鏡明。"霜絲，指白髮。

〔12〕無故句：剗地，依舊，照樣。辛棄疾《念奴嬌·書東流村壁》（野塘花落）詞："剗地東風欺客夢，一枕雲屏寒怯。"

〔13〕青紅：指花草樹木。

〔14〕羊曇淚：羊曇，謝安之甥。《晉書·謝安傳》："羊曇者，太山人，知名士也，為安所愛重。安薨後，輟樂彌年，行不由西州路。嘗因石頭大醉，扶路唱樂，不覺至州門。左右白曰：此西州門。曇悲感不已，以馬策扣扉，誦曹子建詩曰：'生存華屋處，零落歸山丘。'慟哭而去。"後引用為感舊興悲之典。

〔15〕百尺句：湖樓，見12頁《倦尋芳》注〔4〕。摩挲，撫摸。《釋名·釋姿容》："摩挲，猶末殺也，手上下之言也。"

【評　析】

懷庵在作品中多次提及黃遵憲，可見對其甚為欽佩。這首追和朱祖謀的詞作，也可視為另一則文壇感舊的例子。

朱氏的原作，表達了對時局的憂慮，當時清朝還沒覆亡。懷庵此詞採用的意象，也與朱氏相似，例如開首的"鯨沫黏天，潑雲如墨春空蔽”，就頗像原作的首句和末句，都是以險惡的環境比喻世局動盪。次句“社鷗飛散”，便是指無法實踐與黃遵憲同遊歐洲及日本的舊約，而自己也已老大（“菱鏡霜絲墜”）；隨著韶華的流逝，想起故人，不免“新愁重繫”。

下片追懷從前朱祖謀與黃遵憲的交誼，並用羊曇的典故，悼念亡友。最後稱讚黃氏所著的《日本國志》，能夠傳誦千古。

（林立箋注）

氐州第一　夜不成寐

　　花氣篩簾，[1]鐙香月豔，人間夜覺春悄。劍蠹身閒，鸞驂侶舊，[2]塵外掀髯一笑。庭樹酣霜，葉葉漸、新陰成了。莫問東風，池臺醖造，綺愁多少。　　繫馬長楸當日道。想鋪滿、王孫芳草。[3]臥笛青山，箋詩白屋，[4]缺鬌羅嬌小。數銀壺、更箭轉，關心事、猿孤鶴峭。[5]化蝶莊魂，莽天涯、飛還不到。

【箋　注】

〔1〕篩簾：從簾的孔隙穿過。范成大《驚蟄家人子輩為易疏簾》詩：“幽蟄夜驚雷奮地，小窗朝爽日篩簾。”

〔2〕劍蠹句：蠹，蛀蝕之意。鸞驂，仙人的車乘。王勃《八仙徑》詩：“代北鸞驂至，遼西鶴騎旋。”此處指與舊侶的車乘。

〔3〕繫馬句：長楸，高大的楸樹。古時常種於道旁。《離騷·九章·哀郢》：“望長楸而太息兮，涕淫淫其若霰。”王逸注：“長楸，大梓。言己顧望楚都，見其大道長樹，悲而太息。”王孫芳草，《楚辭·招隱士》：“王孫游兮不歸，春草生兮萋萋。”王夫之通釋：“王孫，隱士也。秦漢以上，士皆王侯之裔，故稱王孫。”

引喻為歸隱。

〔4〕箋詩白屋：箋詩，為詩歌作箋注。白屋，指不施采色、露出本材的房屋。一說指以白茅覆蓋的房屋，為古時平民所居。《尸子·君治》："人之言君天下者瑤臺九纍，而堯白屋。"《漢書·王莽傳上》："開門延士，下及白屋。"顏師古注："白屋，謂庶人以白茅覆屋者也。"

〔5〕數銀壺句：銀壺更箭，指銅壺滴漏。隋江總《雜曲》之三："鯨燈落花殊未盡，虬水銀箭莫相催。"猿鶴，南朝孔稚珪《北山移文》："蕙帳空兮夜鶴怨，山人去兮曉猿驚。"此處指隱居心願未了。

【評　析】

這首詞屬於詠懷類作品，很有阮籍《詠懷》第一首的味道。阮氏詩云："夜中不能寐，起坐彈鳴琴。薄帷鑒明月，清風吹我襟。孤鴻號外野，翔鳥鳴北林。徘徊將何見，憂思獨傷心。"和阮籍一樣，懺庵同樣是在寧靜的環境下產生愁緒。

開首寫"花氣篩簾，鐙香月豔"，都是優美的環境，正如阮籍《詠懷》詩中的"薄帷鑒明月，清風吹我襟"。然而這種安逸，卻不能讓人覺得圓滿。"身閒"與"侶舊"是首先引起愁懷的兩個因素，再下來便是漸成新陰的庭樹，醞造綺愁的東風。似乎周遭的事物都是傷感的來源，就像阮籍詩中的"孤鴻"、"翔鳥"一樣。

下片仍然是對現狀不滿的表露。無法歸隱、缺乏女伴、時間流轉、生命微弱等種種感懷，全部都在安逸的夜晚湧現。詞人的心境與外部環境，遂形成了很大的反差。

（林立箋注）

望海潮　古巴革命軍與西班牙戰，不支。美艦名緜延者，巡洋至古巴海岸，爲人炸沈，美、班遂搆戰釁[1]。古巴革命功成，美有力焉。古巴人不忘德，因爲艦中士兵殉難者二百餘人建紀功碑，歲時致祭。今年鐙節後十日[2]，爲三十年紀念，舉行慶祝。踵事增華[3]，極一時之盛。顧美艦之沈也，有議美國自炸以圖干涉古巴內亂者。蓋當日艦中員弁，多已登岸，留守衛兵耳。疑竇至今未破。是日觀禮畢，歸撫斯曲。

　　沙都沈鐵，碑還留石，兵端忍問誰開。[4]刼洗羊紅，濤翻馬白，飛灰恨島長埋。[5]華表[6]嶂雲階。笑千秋疑案，幾點殘苔。是是非非，付他遙夜鶴歸[7]來。　　鶯花換盡樓臺。只孤峯舊在，喬木[8]新栽。橫索斷江，搖旂蔽野，鐃歌拍帶笳哀。[9]吹夢玉簫猜。過鬧鐙十日，猶趁裙釵。冷眼鷗邊斜照，百感酹蒿萊。[10]

【箋　注】

〔1〕美、班遂搆戰釁：據載，1898 年 2 月 15 日，美艦緬因號（即懺盦所稱緜延號）在古巴首都哈瓦那港口被炸沈，造成 266 名士兵死亡。其時多數將官已登陸，僅有兩名軍官在艦上。同年 4 月 24 日，西班牙向美宣戰。

〔2〕鐙節：1928 年農曆正月十五日元宵節，正是新曆 2 月 16 日，為美艦當年被炸沈的翌日。

〔3〕踵事增華：踵，繼承。蕭統《文選》序：“蓋踵其事而增華，變其本而加厲。物既有之，文亦宜然。”

〔4〕沙都句：沈鐵，杜牧《赤壁》詩：“折戟沈沙鐵未消，自將磨洗

認前朝。"此處指美艦被炸沈。

〔5〕 刼洗句：羊紅，即紅羊，讖緯之說，代指國難。古人認為丙午、
丁未乃國家發生災禍的年份。以天干"丙"、"丁"和地支
"午"在陰陽五行中都屬火，為紅色，而"未"這個地支在生
肖上屬羊，每六十年出現一次的"丙午丁未之厄"，便被稱為
"紅羊劫"。馬白，即白馬；濤翻白馬，亦指國家的亂象。《太平
廣記》卷二九一載：伍子胥屢諫不從，被吳王賜死。臨終，囑
其子投屍于江，矢言"朝暮乘潮，以觀吳之敗"。"自是，自海
門山，潮頭光高數百尺，越錢塘魚浦，方漸低小。朝暮再來，
其聲震怒，雷奔電走百餘里。時有見子胥乘素車白馬在潮頭之
中，因立廟以祠焉。"飛灰，蘇軾《念奴嬌·赤壁懷古》："談笑
間、檣櫓灰飛煙滅。"

〔6〕 華表：古時設於宮殿、陵墓等大建築物前面作裝飾用的大柱。
《搜神記》載：遼東城門有華表柱，有一白鶴集柱頭，時有少
年，舉弓欲射之，鶴乃飛，徘徊空中言曰："有鳥有鳥丁令威，
去家千歲今來歸。城郭如故人民非，何不學仙塚壘壘。"遂高上
沖天。

〔7〕 鶴歸：見注〔6〕。

〔8〕 喬木：木之高而上曲者曰喬。《孟子·梁惠王下》："所謂故國
者，非謂有喬木之謂也，有世臣之謂也。"趙岐注："所謂是舊
國也者，非但見其有高大樹木也，當有累世修德之臣，常能輔
其君以道，乃為舊國可法則也。"後因以"喬木"為故國或故里
的典實。姜夔《揚州慢》(淮左名都) 詞："自胡馬窺江去後，廢
池喬木，猶厭言兵。"

〔9〕 橫索句：橫索，三國時晉將王濬伐吳，吳以鐵索橫江截之。又
作鐵錐長丈餘，暗置江中，以逆距船。見《晉書·王濬傳》。鐃
歌，軍中樂歌，傳說黃帝、岐伯所作。漢樂府中屬鼓吹曲，馬
上奏之，用以激勵士氣。笳，通常稱胡笳，古代北方民族的一

種吹奏樂器，聲悲。

〔10〕蒿萊：野草、雜草。《韓詩外傳》卷一："原憲居魯，環堵之室，茨以蒿萊。"杜甫《夏日嘆》詩："萬人尚流冗，舉目惟蒿萊。"

【評　析】

　　此詞爲詠史之作。與之前幾篇與古巴有關的詞作一樣，懺庵在此也同樣使用中國的典故來書寫西洋的歷史。小序已將故事交待得甚爲詳盡，詞作本身則以抒情筆調，表達作者對史事的觀感，堪稱懺庵的佳作。

　　上片先寫美艦的沈沒，這讓懺庵聯想起三國時吳國沈江的鐵索。在他看來，無論哪一方是正義之師，戰爭都是一場刼難。對於陣亡的士兵，他致以深切的哀悼。對於美艦被炸毀的傳疑，他認爲其中的是非與真相，已隨著時間埋沒於"殘苔"之間，只有逝者（鶴）才知道底蘊。

　　下片承華表鶴歸的典故，慨嘆山川變換，而人面已全非。後半部描寫紀念日的盛況，從前的恨事，已成爲一項熱鬧的慶典。作者在喧闐過後，冷靜思考歷史，對著"鷗邊斜照"，不禁產生蕭疏寂寞之感。

（林立箋注）

賀聖朝　寒食夜憶況舍人云[1]，車馬殷填[2]，裙屐褲遲中[3]。能有幾人知今夜是寒食耶？閱天津報載某貴人近況一則，愴然拈此。

　　瓦鴛[4]不見炊煙碧。日日疑寒食。千門畫鴨[5]幾家調，燕一般沈寂。　　飛花斜柳，依前費力。爲東君裝飾。黃昏時候，漢宮傳燭，[6]都成陳迹。

【箋　注】

〔1〕寒食：節日名，在清明前一日或二日。相傳春秋時晉文公歸國登位後，忘記賞賜從其流亡的介之推，之推乃隱於綿山。後文公悔悟，燒山逼令出仕，之推抱樹焚死。後人為紀念之推，遂於其忌日禁火冷食。相沿成俗，謂之"寒食"。況舍人，況周頤（1859—1926），原名周儀，以避宣統帝溥儀諱，改名周頤。字夔笙，一字揆孫，別號玉梅詞人，晚號蕙風詞隱。廣西臨桂人，原籍湖南寶慶。光緒五年舉人，曾官內閣中書。辛亥革命後寄跡上海，鬻文為生。為晚清四大詞人之一。著有《蕙風詞》、《蕙風詞話》。

〔2〕殷塡：眾多貌。又作"殷闐"。

〔3〕褦遝：亦作"雜沓"，紛雜繁多貌。《文心雕龍·知音》："夫篇章雜沓，質文交加，知多偏好，人莫圓該。"杜甫《麗人行》詩："簫管哀吟感鬼神，賓從雜遝實要津。"

〔4〕瓦鴛：即鴛瓦，鴛鴦瓦，成對的瓦。李商隱《當句有對》詩："密邇平陽接上蘭，秦樓鴛瓦漢宮盤。"

〔5〕畫鴨：《淵鑑類函·歲時部·寒食三》載，寒食節習俗，人家雕畫鴨子以相餉。《拾遺記》云："文公焚山求子推，時有百鳥從煙中斃。"

〔6〕漢宮傳燭：又稱傳火、傳蠟。舊時寒食節禁煙後重行舉火，宮中先取火以賜近臣，再傳遞民家。唐韓翃《寒食》詩："日暮漢宮傳蠟燭，輕煙散入五侯家。"

【評　析】

此詞最耐人尋味的，是序中所謂的"某貴人近況"。此貴人是誰，按詞最後的"漢宮傳燭，都成陳迹"推敲，應是前清貴族或大臣，甚至可能是廢帝溥儀。懺庵填此詞時，溥儀與不少前清臣貴，都住在天津。

上片寫寒食節家家煙火沈寂的景況。下片說那些"飛花斜柳"都費力地為"東家"做裝飾，言下之意，可能是指前清臣貴竭力謀求復辟，此"東家"便應是溥儀。最後懺庵隱指復辟無望，因為過去的王權政治（以"漢宮傳燭"來表示）都"已成陳迹"了。

懺庵雖然酷愛舊體文學，但政治立場並不保守。此詞看來只是像一般詠史詞一樣哀嘆前清的覆亡，而並沒有為清朝效忠的意思。

（林立箋注）

留客住 西班牙舊友有曠宅，莊嚴綺麗，埒[1]王宮營造，費金幣二十餘萬。極園亭之勝，牆邊修竹成林，石臺臨大海，一望無際。願假余居之，重違其意，徙焉并紀以詞，擬清真[2]。見毛氏《宋六十家詞選》[3]。

　　飛鷗鷺。已濛濛、迴環闌檻，況對千竿修竹，鬧煙疑雨。驀記[4]香留過蝶，冉冉殘影，試問山鬢雲擾，絕似秦宮，恩恩又誰偏賦。　　換新主。算點檢園林，春光良苦。鋪翠張紅，日就鶯笙[5]填譜。漫道梅教鶴守[6]，燕依人住。世上何者吾所有，便天地、可廬且任棲去。[7]

【箋　注】

〔1〕埒：等同。

〔2〕清真：北宋詞人周邦彥（1056—1121），字美成，號清真居士。精通音律，詞作多有創調，格律嚴謹，渾厚雅麗，人稱北宋詞之"集大成"。有《清真集》傳世。

〔3〕毛氏《宋六十家詞選》：指明人毛晉（1599—1659）所輯的宋詞

總集。毛晉，江蘇常熟人。少為諸生。天啟、崇禎間屢試不就。後無意仕途，搜集善本古籍甚富，達八萬餘本，建汲古閣、目耕樓以藏其書。《宋六十家詞選》，又名《宋六十名家詞》，共收詞人詞集六十一家，分六集。所刻先後次序，按得詞付刻之時為准，不依時代排列。原擬續刻其他詞集，因財力不足而作罷。為晚明以來詞學研究的重要叢書。

〔4〕蓦記：忽記。

〔5〕鶯笙：指歌女與及各種樂器。

〔6〕梅教鶴守：用宋代詩人林逋的典故。見5頁《琵琶仙》注〔4〕。

〔7〕便天地句：《世說新語·任誕第二十三》："劉伶恆縱酒放達，或脫衣裸形在屋中。人見譏之，伶曰：'我以天地為棟宇，屋室為褌衣。諸君何為入我褌中？'"

【評　析】

廖恩燾作為中國駐古巴外交官，須有一定門面作為外交平臺，則西班牙朋友的豪華莊園似正好大派用場，也許這就是日後的半舫齋，因此廖恩燾"重違其意"即難於違反朋友的美意而接受之，但又強調世間沒有什麼東西是自己擁有的，一切都屬於自然。因此，他並不需要豪宅，只要天地之間有一處容身之所，便感滿足了。

（林立箋注）

花心動

休問茶煙，怎雕闌、黃昏殢人殘醉。[1]紗逗語香，詩染簫痕，記聽隔花彈指。[2]捲簾收了真珠串，垂一串、還如珠淚。噪鴉外，林聲又喚，怨蟾[3]東起。　　　莫道魚龍海氣。〔4〕裝點好、樓臺勝他紅翠。雲影片帆，墖〔5〕勢清江，過眼百年興廢。浪淘畫鷁笙歌去，淘不散、羌邨燈市。〔6〕無那也、鉛仙暗流恨水。〔7〕

【箋　注】

〔1〕黃昏句：殢，糾纏，沉溺。

〔2〕記聽句：納蘭性德《菩薩蠻》詞：“隔花才歇簾纖雨，一聲彈指渾無語。”

〔3〕怨蟾：指月。見 10 頁《側犯》注〔7〕。

〔4〕魚龍海氣：見 26 頁《渡江雲》注〔4〕。

〔5〕墖：同塔。

〔6〕浪淘句：畫鷁，指有畫飾的船首。《淮南子・本經訓》：“龍舟鷁首，浮吹以娛。”高誘注：“鷁，大鳥也。畫其像著船頭，故曰鷁首。”南朝陳正見《泛舟橫大江》詩：“波中畫鷁涌，帆上錦花飛。”羌，中國西部的少數民族。此處指外族。

〔7〕鉛仙句：鉛仙，金銅仙人的省稱。《三輔黃圖・建章宮》：“神明臺在建章宮中，祀仙人處，上有銅仙舒掌捧銅承雲表之露。”恨水，指眼淚。李賀《金銅仙人辭漢歌》：“空將漢月出宮門，憶君清淚如鉛水。”王沂孫《齊天樂・蟬》詞：“銅仙鉛淚似洗，嘆攜盤去遠，難貯零露。”

【評　析】

　　此詞無序，因此意旨亦頗費推敲。據下片內容看來，是感嘆人世的興替。上片開首寫人在室內怨抑無聊，從“捲簾”一句開始，視野轉到室外。但簾上的珠串，已使人聯想到眼淚，因此先伏下無法遣悶的意思。而室外的噪鴉，只能增加內心的愁緒，一輪明月，也似乎滿懷怨意。

　　下片寫室外之景，意境稍為開拓，但眼中所見的事物，卻無不引起“百年興廢”的嘆息。最後以鉛淚的典故，再次強調這一感慨。

（林立箋注）

宴清都　送春

　　午檻花枝亞。紅襟客，杏梁離緒留話。[1]明年此會，知誰尚健，更番游冶。[2]簫聲冷落雲東，歎鏡裏、朱顏易謝。[3]忍遣得、舊藁園林，丹青[4]又裝殘畫。　　疎陰雨後斜陽，輕輕送入，前度臺榭。榆錢[5]買醉，驄鞍馱夢，好春難捨。鶯金蝶粉休問，恐散向、飛鴛翠瓦。[6]記渭城、莫唱何戡，妨伊淚下。[7]

【箋　注】

〔1〕午檻句：亞，低垂。紅襟客，指燕子胸前的羽毛。晉郭璞《玄中記》：“越燕紅襟，聲小。”唐丁仙芝《餘杭醉歌贈吳山人》詩：“曉幕紅襟燕，春城白項烏。”清宋徵輿《玉樓春》（雕梁畫棟）詞：“紅襟惹盡百花香，翠尾掃開三月雨。”杏梁，文杏木所製的屋梁。司馬相如《長門賦》：“刻木蘭以為榱兮，飾文杏以為梁。”晏殊《采桑子》（春風不負）詞：“燕子雙雙，依舊銜泥入杏梁。”

〔2〕明年句：化用杜甫《九日藍田崔氏莊》詩：“明年此會知誰健，醉把茱萸仔細看。”游冶，游蕩娛樂。李白《君馬黃》詩：“共作游冶盤，雙行洛陽陌。”

〔3〕歎鏡裏句：化用南唐馮延巳《鵲踏枝》（誰道閑情）詞：“日日花前常病酒，不辭鏡裏朱顏瘦。”

〔4〕丹青：丹砂和青䃧，可作顏料，借指畫像、圖畫。杜甫《過郭代公故宅》詩：“迥出名臣上，丹青照臺閣。”楊倫箋注：“丹青，

謂畫像也。"

〔5〕榆錢：榆莢。因其形似小銅錢，故稱。唐施肩吾《戲詠榆莢》
詩："風吹榆錢落如雨，繞林繞屋來不住。"董解元《西廂記諸
宮調》卷一："滿地榆錢，算來難買春光住。"

〔6〕飛鴛：指鴛瓦，見52頁《賀聖朝》注〔4〕。

〔7〕記渭城句：劉禹錫《與歌者何戡》詩："舊人唯有何戡在，更與
慇勤唱渭城。"後借指世亂後幸存的歌者。

【評　析】

　　此詞題為"送春"，當是一首遣懷之作。開首從燕子的離去，
引出送別春天這一主題。接著想到明年不知誰人還會健在，由此
轉入時光流逝、"朱顏易謝"的嘆喟。而春天走後，園林景色也變
得衰殘了。

　　下片仍扣緊"送"字，被送入"前度臺榭"的，好像是斜陽的
光暉，但同樣也可以是消逝的春光。詞人繼而表達對春天的"難
捨"，惟恐與春天有關的"鶯金蝶粉"，都隨春天四散了。最後寫不
欲聽到《渭城》曲，以免更加傷感。

　　　　　　　　　　　　　　　　　　　（林立箋注）

解蹀躞

　　片紅點茵似繡，乍礙離人眼。[1]午鐘敲幕，東風起來
嬾。纔自撇過闌干，又謝病酒心情，雨巾誰岸。[2]　　暗吹
散。雲裏將殘春雁。滄波淚痕泫。[3]寶釵鈿合，[4]疎恩早成
怨。往事千載悠悠，可憐桃李新陰，[5]到門都晚。

【箋　注】

〔1〕乍礙離人眼：白居易《錢塘湖春行》詩："亂花漸欲迷人眼，淺

草纔能沒馬蹄。"

〔2〕病酒句：病酒，沉溺於飲酒，或因過量飲酒而得病。南唐馮延
　　巳《鵲踏枝》（誰道閑情）詞："日日花前常病酒，不辭鏡裏朱顏
　　瘦。"岸，動詞，高戴頭巾，前額外露，形容態度灑脱或衣著簡
　　率不拘。唐劉肅《大唐新語·極諫》："中宗愈怒，不及整衣履，
　　岸巾出側門。"

〔3〕淚痕泫：泫，水珠下滴，此指淚流。納蘭性德《如夢令》（纖月
　　黃昏）詞："誰見，誰見？珊枕淚痕紅泫。"

〔4〕寶釵鈿合：白居易《長恨歌》："唯將舊物表深情，鈿合金釵寄
　　將去。"

〔5〕往事句：五代李珣《巫山一段雲》（古廟依青嶂）詞："水聲山色
　　鎖重樓，往事思悠悠。"桃李新陰，黃庭堅《方帥務德生朝》詩
　　三首之二："枌榆故國三千里，桃李新陰四十州。"

【評　析】

　　這是另一首傷春感逝之作，同前一首一樣，宋代的周邦彥都有
名作。懺庵這些作品，可能都有意模仿周氏。

　　開篇寫落花飛舞，離愁滿腹，喝酒都無法排遣離緒。下片寫別
後思憶，欲寄信和釵鈿（信物）與對方，但感情已變得疎隔。回首
往事，一切都像門前的桃李新陰一樣，要追悔都已經太遲了。

　　　　　　　　　　　　　　　　　　　　　（林立箋注）

懺盦詞卷三　柳雪集　戊辰（1928）夏秋冬

摸魚子　寓齋修竹百竿，夏日益濃翠可喜。

翠篔簹、[1] 小窗敲徧，隔花環珮疑近。[2] 逍遙倦枕聞牀在，爭奈西風催緊。眠怎穩。鬧一片、雨淋鈴曲淒清韻。[3] 啼禽也哂。[4] 道夢裏封侯，先生休矣，垂老更無分。[5] 雲行處，沙雁平安莫問。籬根萌得新筍。天寒袖薄人誰倚，[6] 曾記淚彈銀粉。高不盡。何必向、竿頭百尺還前進。瀟湘畫本。待月轉廻廊，石苔爲紙，揮帚與君論。

【箋　注】

〔1〕篔簹：竹之別名，粵音讀作雲當。

〔2〕環珮：圓環型玉佩，此借爲玉佩碰撞發出之聲。

〔3〕雨淋鈴：指柳永《雨淋鈴》之淒清詞意。

〔4〕哂：笑。

〔5〕分：與也，讀去聲。

〔6〕天寒袖薄人誰倚：用杜甫《佳人》"天寒翠袖薄，日暮倚修竹"之意。

【評　析】

本詞乃寫作者夏日閒居，見寓齋修竹濃翠可喜，抒發生活悠閒之情。

（程中山箋注）

一萼紅　四月二十五夜，池蛙聒耳，因念京師西苑十刹海一帶荷花盛開，游賞已成陳迹。晉軍入駐，[1]南遷之說甚囂塵上。海外消息沈滯，渺兮予懷也。

　　故園思。正蛙堂鼓吹，[2]鳴徹井欄西。涼漏寬宵，殘鐙續夢，荷袂猶掩華池。翠壺載、城根路入，記倚棹、曾唱鶴南飛。[3]舞蓋亭前，顫蟬聲裏，千騎今馳。　　兒戲棘門[4]何在，料軍屯細柳，[5]不似當時。收釣看花，呼鬟滌硯，江海人尚歸遲。繡苔薄、沙禽臥熱，[6]此情問、流水也應知。但得金波蕩愁，漫又霑衣。

【箋　注】

〔1〕晉軍入駐：指 1928 年國民革命軍第三集團軍總司令閻錫山揮軍北伐，攻入北京。

〔2〕吹：鳴吹。吹讀去聲。馬致遠《新水令》：“枕頭上鼓吹鳴蛙，江上聽甚琵琶。”

〔3〕記倚棹、曾唱鶴南飛：典出胡仔《苕溪漁隱叢話後集》：“元豐五年十二月十九日，東坡生日也。置酒赤壁磯下，踞高峰，俯鵲巢，酒酣，笛聲起於江上。客有郭、石二生，頗知音，謂坡曰：‘笛聲有新意，非俗工也。’使人問之，則進士李委聞坡生日，作新曲曰《鶴南飛》以獻。呼之使前，則青巾、紫裘、腰笛而已。既奏新曲，又快作數弄，嘹然有穿雲裂石之聲，坐客皆引滿醉倒，委袖出嘉紙一幅曰：‘吾數求於公，得一絕句足矣！’坡笑而從之。‘山頭孤鶴向南飛，載我南游到九疑。下界何人也吹笛，可憐時復犯龜茲。’”本詞乃喻寫昔年北京賞荷之情景。

〔4〕兒戲棘門：棘門，指軍門。兒戲棘門，指軍紀鬆散，猶如兒戲。

典出《史記·絳侯周勃世家》："曩者霸上、棘門軍，若兒戲耳，其將固可襲而虜也。"

〔5〕細柳：指細柳營，紀律森嚴之軍營。典出《史記·絳侯周勃世家》，謂漢代周亞夫屯兵於細柳，軍紀森嚴，天子欲入軍營，亦須依軍令行事。

〔6〕沙禽臥熱，用姜夔《一萼紅》"驚起臥沙禽"詞意。

【評　析】

此詞寫作者奉使古巴，寄居異國，因聽蛙鳴，乃憶昔年北平賞荷之遊。及聞北伐軍入京，國都將遷回南京，時局變化，海外躊躇不已。

（程中山箋注）

綠蓋舞風輕　白蓮花。草窗均。

一笑水仙王，[1]素韈凌波，[2]飄然步層綺。天樣闌干，鸂鶒飛永日，斷笛猶倚。漫與催妝，鬖雲亂、蘋絲難繫。[3]乍湖光，月色開奩，都化霜蕊。　　窗底。看浴真妃，[4]翠羽[5]辨分明，粉靨風洗。縞袂雙鬟，[6]捧金盤、幾許露珠量淚。落照沙邊，寸心託、蘋歌[7]偷寄。畫船回，人帶赤城霞氣。[8]

【箋　注】

〔1〕水仙王：宋代西湖旁有水仙王廟，祀錢塘龍君，世稱錢塘龍君為"水仙王"。

〔2〕素韈凌波，飄然步層綺：指神女柔姿步伐。用曹植《洛神賦》"凌波微步，羅襪生塵"之意。

〔3〕蘋：同蘋，即蘋草。蘋絲難繫，此處借指亂髮。

〔4〕看浴真妃：楊貴杞，字太妃，俗稱真妃，喜於華清池沐浴。

〔5〕翠羽：原指翠鳥，此引申為佩飾之類。

〔6〕縞袂雙鬟：縞袂，白色絲袖；雙鬟，指兩位小姑娘。喬吉《水
　　仙子·尋梅》：“忽相逢縞袂綃裳。”

〔7〕蘋歌：指《詩經·召南·采蘋》之詩意。

〔8〕赤城霞氣：赤城，山名，在今浙江天台北，因土色皆赤，狀如
　　雲霞，故名。李白《當塗趙炎少府粉圖山水歌》：“滿堂空翠如
　　可掃，赤城霞氣蒼梧煙。”

【評　析】

本詞乃和南宋詞人周密詠白蓮花之詞，亦為詠蓮之作。

（程中山箋注）

天仙子　邨居即事（三首）

　　日聽采菱歌一曲。[1]胡姬小住臨溪屋。城中姊妹往來
頻，裙六幅。[2]車金犢。踏莎行過鴛鴦浴。　　薄暮微涼生
袖底。汗香乾透冰綃膩。蜻蜓欸欸[3]尚依人，荷葉背。蒙
鷗水。斜陽灌了青山醉。

　　十二迴廊連曲苑。招招玉手新團扇。[4]迎頭落葉打釵
風，愁一綫。并州剪。[5]簪前又墜雙飛燕。　　過了浣花天
氣蕩。悠揚野蝶飛三兩。蘭橈桂棹不曾回，閏月上。眉兒
樣。金蟲繡在流蘇帳。[6]

　　輭沁麴塵[7]初過雨。羅裙濺得新泥土。年年懊惱看荷
花，花欲語。人誰訴。無端結子心還苦。　　宿鳥池邊閒

響屟。[8]虛堂不見笙歌月。歸來悄自剔殘缸，消瘦骨。秦絃
拂。[9]明朝又送金鞍發。[10]

【箋　注】

〔1〕采菱：樂府清商曲名，又稱《采菱歌》、《采菱曲》。宋羅願
　　《爾雅翼》："吳楚之風俗，當菱熟時，士女相與采之，故有采菱
　　之歌以相和，為繁華流蕩之極。"

〔2〕裙六幅：李群玉《同鄭相并歌姬小飲戲贈》："裙拖六幅湘江水，
　　鬢聳巫山一段雲。"

〔3〕蜻蜓欵欵：杜甫《曲江》詩："穿花蛺蝶深深見，點水蜻蜓款款
　　飛。"欵同款。

〔4〕團扇：用王昌齡《長信秋詞》"奉帚平明金殿開，且將團扇共徘
　　徊"之意，代指寂寞婦女。

〔5〕并州剪：古代并州所產剪刀，以鋒利著稱。

〔6〕流蘇帳：古代用流蘇裝綴四邊之蚊帳。

〔7〕麴塵：淡黃色。唐牛嶠《楊柳枝》："裊翠籠煙拂暖波，舞裙新
　　染麴塵羅。"

〔8〕宿鳥池邊句：賈島《題李凝幽居》："鳥宿池邊樹，僧敲月下
　　門。"響屟，原指春秋吳宮之走廊，後泛指走廊。

〔9〕秦絃拂：疑用李白《憶秦娥》之詞意，寫離別之意。

〔10〕金鞍：代指從軍之人。

【評　析】

　　此詞以邨居所見為題，描寫外國婦女之閨怨情感，以寓離國之
愁緒。其一寫婦女終日辛勤工作之情景；其二寫婦女孤單獨處，深
閨寂寞；其三寫深閨相思之情。

（程中山箋注）

大　酺　哥侖布故居放歌。擬清真。

　　帶橘煙幽，川帆迥，飛宇題名高矗。隨流青雀舫，[1] 正銀笙吹處，釦交釵觸。亂碧禽枝殘，暗蛋唱叢，莽灰黏廊燭。樓前無聊水，斷簾陰一綫，恨縣莎竹。歎留蝶痕輕，弄霙寒淺，故年心目。　　才人今古哭。每驚問、誰又河山屬。怎奈向、鸞軿[2] 猶渺，鶴輕偏遙，[3] 等閒時、宴休金谷。[4] 只有滄浪客，腰短笛、幕天孤宿。弔芳躅杯澆綠。澆罷應醉，沈醉消來棋局，盪眸凍雲似玉。

【箋　注】

〔1〕青雀舫：泛指舫舟。庾信《奉和濬池初成清晨臨泛》：“時看青雀舫，遙逐桂舟迴。”劉長卿《秋日夏口涉漢陽獻李相公》：“偶乘青雀舫，還在白鷗群。”

〔2〕軿：指掛有帷幕之車，後世多指貴婦所乘之車。

〔3〕鶴輕偏遙：指飄逸之舞步。明傅一臣雜劇《人鬼夫妻》：“（撲燈娥）軒舉似乘風，翩躚如鶴輕。”

〔4〕金谷：西晉石崇於洛陽營金谷園，宴會文士。

【評　析】

　　作者此詞模擬周邦彥之詞法，以寫遊古巴哥侖布故居所見所感。

（程中山箋注）

【編者按】

　　施議對編《當代詞綜》選廖恩燾詞十首，這是第十首。見《當代詞綜》卷一（福州：海峽文藝出版社，2002）。

木蘭花慢　孤雁（二首）

　　記梁州[1]乍別，渾飄泊，到江湖。甚和雨和風，又和月色，清影還孤。平生雪泥爪印，[2]向玉關、[3]曾白幾頭顧。一點蕭然賸墨，爭教寫得成書。　　游居。與鹿豕何如。[4]木石正相須。況衰柳斜橋，寒沙淺瀨，滿目煙蕪。愁看十年伴侶，帶暮雲、排陣落荒都。却笑往來避繳，難辭辛苦銜蘆。[5]

　　鎮逍遙海上，輕拋却，稻粱謀。[6]算野曠煙低，帆飛日落，無數滄洲。[7]淒然笛聲又起，念那人、猶倚舊妝樓。[8]欲寄相思隻字，誰憐枉度殘秋。　　江州。楓葉荻花稠。衫淚底難收。[9]想身世微塵，蟲沙浩劫，[10]此意悠悠。珍叢翠禽再見，料故巢、還認漢時溝。一水蒹葭宛在，吾廬天地長留。

【箋　注】

〔1〕梁州：古九州之一。約在今陝西、四川一帶。本詞代指中國。

〔2〕雪泥爪印：原指鴻雁踏過雪泥遺留之爪痕，後比喻往事所遺留之痕跡。蘇軾《和子由澠池懷舊詩》：“人生到處知何似？應似飛鴻踏雪泥。泥上偶然留指爪，鴻飛那復計東西。”

〔3〕玉關：原指玉門關，為漢唐出塞之關城。此喻為出使美洲。

〔4〕游居。與鹿豕何如：典出《孟子·盡心篇》：“舜之居深山之中，與木石居，與鹿豕遊，其所以異於深山之野人者幾希。”本詞句指作者奉使美洲，與原始土著等同處。

〔5〕銜蘆：《淮南子》卷十九《脩務訓》：“夫雁順風以愛氣力，銜蘆

而翔，以備矰弋。"高誘注："銜蘆，所以令繳不得截其翼也。"

〔6〕稻粱謀：杜甫《同諸公登慈恩寺塔》："君看隨陽雁，各有稻粱謀。"本詞句代指作者拋卻國內汲汲之權利。

〔7〕滄洲：指水邊州際，後多指隱者之居處。本詞句指奉使海外，猶如隱居。

〔8〕念那人、猶倚舊妝樓：用柳永《八聲甘州·對瀟瀟暮雨灑江天》詞意："想佳人、妝樓顒望，誤幾回、天際識歸舟？"

〔9〕江州，楓葉荻花稠句：用白居易《琵琶行》詩意："潯陽江頭夜送客，楓葉荻花秋瑟瑟。……座中泣下誰最多，江州司馬青衫濕。"

〔10〕蟲沙浩劫：原指周穆王南征，全軍盡沒，君子化為猿與鶴，小人化為蟲與沙。見《太平御覽·羽族部》。後喻為戰死之將士。

【評　析】

本詞乃作者以詠孤雁為題，借此抒發奉使美洲之身世，猶如孤雁，飄泊無依，時見思國之情。

（程中山箋注）

月下笛　寒夜笛聲起林木間，詢知吹者為黑種人。細聽之，殆粵調也。為詫歎久之。

籟寂青林，霜天破燠，[1]篆留殘炷。[2]鐙脣似語。笛聲招喚鴻爐。還疑人、在梨花院，舊時月溶溶照處。[3]正疏陰繞夢，涼痕如水，[4]暗裏飛度。　　無據。愁還貯。問此曲誰曾，鸚鵡傳譜。[5]零腔斷拍，狗兒吹已成句。年涯尋到銷魂地，鬧鄰飲、烏孫[6]醉去。漫將恨，遠引行雲起戶又喧雨。

【箋　注】

〔1〕烜：同烜，即暖之異體字。

〔2〕篆留殘炷：狀晚煙如篆刻之形狀。

〔3〕舊時月溶溶照處：用姜白石《暗香》"舊時月色，算幾番照我，
　　梅邊吹笛"之詞意。

〔4〕涼痕如水：用杜牧《秋夕》"天階夜色涼如水"詩意。

〔5〕鷓鴣傳譜：指《鷓鴣天》詞調。

〔6〕烏孫：西域國名。此代指古巴。

【評　析】

　　此詞寫作者寄居古巴，聞黑人吹笛，似係作者家鄉廣東之曲調，
遂生故鄉之思。

（程中山箋注）

臨江仙　擬稼軒

　　莫問成連[1]東海去，抱琴幾度蟾圓。[2]我來島國[3]又經
年。白鷗同住久，玩月也無眠。　　不識金銀真有氣，[4]長
疑燭散青煙。[5]喁喁私語蘸冰絃。夜潮愁一綫，訴上畫闌
邊。

【箋　注】

〔1〕成連：春秋時期著名琴師。伯牙曾從成連學琴，三年未通，成
　　連乃偕伯牙同往東海蓬萊山，使聞海水激蕩、林鳥悲鳴之聲，
　　伯牙遂歎曰"先生將移我情"，輒得啟發，琴技大進。本詞句乃
　　反用典故，言奉使海外，雖曾廣見聞，然經年羈旅，思鄉不已。

〔2〕蟾圓：月圓。

〔3〕島國：指古巴。

〔4〕"金銀氣"句：杜甫《題張氏隱居》："不貪夜識金銀氣，遠害朝看麋鹿遊。"

〔5〕長疑燭散青煙：陳子昂《春夜別友人》："銀燭吐青煙，金樽對綺筵。"

【評 析】

本詞乃寫作者奉使古巴，輒又一年，望月不寐，思鄉有感，乃擬辛稼軒詞。

（程中山箋注）

轉應曲（三首）

鸚鵡鸚鵡。調舌簾前誰語。天寒商畧溫存。[1]擁髻圍鑪麗人。人麗人麗。一樣玉籠身世。

明鏡明鏡。雲鬟幾番留影。池冰結得清圓。玉勒青絲[2]面前。前面前面。風撲柳花如霰。

清酒清酒。不必樽中常有。杖頭日挂千錢。[3]近市黃壚醉眠。眠醉眠醉。星斗滿天飛墜。

【箋 注】

〔1〕"商畧"句：商畧，料想。溫存，溫柔。

〔2〕玉勒青絲：玉飾之馬銜及馬韁繩，本詞句代指遠征之人。韓翃《送康洗馬歸滑州》："青絲玉勒康侯馬，孟水金堤滑伯城"。納

蘭性德《風流子》:"記玉勒青絲,落花時節。"

〔3〕"杖頭錢":沽酒錢。《世說新語·任誕》:"阮宣子常步行以百錢掛杖頭,至酒店,便獨酣暢。雖當世貴盛不肯詣也。"

【評　析】

　　此詞寫閨怨之情。其一,以籠中鸚鵡自比困守閨房;其二,顧影自憐,忽憶遠人,用王昌齡《閨怨》意;其三,借酒以消相思之愁緒。

(程中山箋注)

懺盦詞卷四　嘯海集　己巳（1929）

過秦樓　別情。和片玉。

紫勒飛驌[1]，玉釵分燕。久別素書[2]都斷。支頤[3]對鏡，蘸[4]額憑梅，怕檢舞裙歌扇[5]。無那又是晚來，銀鹿[6]心頭，急弦催箭。正虛廊月上，愁絲千縷，鳳沈簫遠。

教象尺帶結量腰，絨針[7]穿孔，彩絹淚痕重染。虯[8]籤度幕，螢穗昏鐙，密意未妨終變。渾恐因循，洞中人面依稀，桃花嬌倩。[9]但劉郎[10]再到，容易淒霜鬢點。

【箋　注】

〔1〕驌：駿馬。

〔2〕素書：信函。《文選·飲馬長城窟行》：“長跪讀素書，書上竟何如。”

〔3〕支頤：用手托住臉頰。白居易《除夜》詩：“薄晚支頤坐，中宵枕臂眠。”

〔4〕蘸：把東西沾上液體或黏附其他物質。

〔5〕歌扇：古代歌者歌唱時，持以掩面的扇子。歐陽修《玉樓春》詞：“春山斂黛低歌扇，暫解吳鉤登祖宴。”

〔6〕銀鹿：顏真卿的家僮名。唐李肇《唐國史補》卷上：“顏魯公之在蔡州，再從侄峴家僮銀鹿始終隨之。”後用以代稱僕人。

〔7〕絨針：蘇繡針法之一，編繡的一種。是以經緯線拋出各種不同的花紋，適宜繡小件實用品上有規律、連續性紋樣。

〔8〕虯：蜷曲。

〔9〕“人面桃花”，女子的面容與桃花相輝映，後用於泛指所愛慕而不能再見的女子，或形容由此而產生的悵惘心情。崔護《題都城南莊》詩：“去年今日此門中，人面桃花相映紅。人面不知何處去，桃花依舊笑春風。”

〔10〕劉郎：指東漢劉晨。相傳劉晨和阮肇入天台山採藥，為仙女所邀，留半年，求歸，抵家子孫已七世。唐司空圖《遊仙》詩之二：“劉郎相約事難諧，雨散雲飛自此乖。”

（廖蘭欣箋注）

霜花腴　和夢窗

怨眉恨額，沁素霜，殘年換戴緇冠[1]。羌調吹晴，鵶[2]音啼雨，東風忍俊[3]都難。帶圍舊寬。瘦沈腰，甯[4]獨鐙前。但閒牀，伴得窗娥，熨[5]肌偏歎薦猶寒。　　莊蝶夢邊休舞。[6]早千金不擲，扇底歌蟬。吟席[7]鷗推。行廚[8]詩膾，雁賓捧出雲棧[9]。甚煩畫船[10]。又載來、了鬐人娟。乍濃春、點就螺鬟[11]，駐橈江上看。

【箋　注】

〔1〕緇冠：古人始行冠禮，初加緇布冠。

〔2〕鵶：指烏鴉。

〔3〕忍俊：忍不住的笑。

〔4〕甯：願、盼望。通寧。《說文解字》：“甯，所願也。”

〔5〕熨：緊靠著、緊貼著。《世說新語·惑溺》：“冬月婦病熱，乃出中庭自取冷，還以身熨之。”

〔6〕此句典故源自“莊周夢蝶”。典出《莊子·齊物論》：“昔者莊周

夢為蝴蝶，栩栩然蝴蝶也，自喻適志與！不知周也。俄然覺，則蘧蘧然周也。不知周之夢為蝴蝶與，蝴蝶之夢為周與？周與蝴蝶，則必有分矣。此之謂物化。"後以此喻人生變幻無常。

〔7〕吟席：指詩人的席位。

〔8〕行廚：謂出遊時攜帶酒食；亦謂傳送酒食，或執炊，掌灶。

〔9〕雁賓：謂雁來客居。古時常指九月。語出《禮記·月令》："（季秋之月）鴻雁來賓，爵入大水為蛤。"雲牋：雲狀花紋的紙。

〔10〕畫船：裝飾華美的遊船。

〔11〕螺鬟：形容盤旋直上、雲煙繚繞的峰巒。金陳庚《西岩迭巘》詩："螺鬟煙髮矗萬峰，行人指點梵王宮。"

（廖蘭欣箋注）

一斛珠

脂侵粉掠。臉霞漸比夭桃[1]薄。巫山除是雲遮却。[2]花底逢人、一綫羞紅覺。　　歌罎那仗閒愁博。笑聲偷向燈帷落。沈腰[3]子細思量著。回月虛廊、瘦影松陰鶴。

【箋　注】

〔1〕夭桃：《詩經·周南》："桃之夭夭，灼灼其華。"後以"夭桃"稱豔麗的桃花。

〔2〕此句典出元稹《離思》："曾經滄海難為水，除卻巫山不是雲。"

〔3〕沈腰：典出《梁書·沈約傳》："沈約與徐勉素善，遂以書陳情於勉，言己老病，百日數旬，革帶常應移孔，以手握臂，率計月小半分。以此推算，豈能支久？"後以"沈腰"作為腰圍瘦減的代稱。

（廖蘭欣箋注）

荷葉杯　擬韋莊

　　燭影捎簾釵落，人覺。花底又重來。月光如水浸鴛苔，[1]薄暈上香顋。[2]　　歌罷那回行酒，雙袖。臨別淚千絲，綠窗殘夢漏聲稀，郎馬去猶遲。

【箋　注】

〔1〕此句典出唐趙嘏《江樓感舊》詩：“獨上江樓思渺然，月光如水水如天。”

〔2〕香顋，美女的腮頰。

（廖蘭欣箋注）

蝴蝶兒　擬張泌

　　蝴蝶兒。草煙霏[1]。莊生初入夢魂時。[2]夢回花滿枝。翻盡黃金縷[3]。佳人妒舞衣。鞦韆牆上撲還飛。扇羅教放低。

【箋　注】

〔1〕煙霏：雲煙瀰漫。唐席元明《三月三日宴王明府山亭》詩：“煙霏萬雉，花明四郊。”或作煙霧雲團。韓愈《山石》詩：“天明獨去無道路，出入高下窮煙霏。”

〔2〕形容夢中樂趣或人生變化無常。典出《莊子·齊物論》。

〔3〕黃金縷：金絲製成的衣裳。馮延巳《鵲踏枝》：“楊柳風輕，展盡黃金縷。”

（廖蘭欣箋注）

減字木蘭花　過派克湖上

雁汀春暮，過客支筇頭似鷺。[1] 笑語西風，亭上開花不許紅。　　赤欄橋倚，看煞黃昏鐙火市。帆影飛來，橫海將軍[2]舊有臺。

【箋　注】

〔1〕支筇：筇，同筇，竹名。宋丘葵《支筇》詩：“天乎多往事，老矣負初心。病骨瘦又瘦，愁詩吟復吟。一生空碌碌，萬綠自森森。多少關情處，支筇古樹陰。”頭似鷺：謂髮白也。

〔2〕橫海：漢代將軍名號，謂能橫行海上。《史記·東越列傳第五十四》：“天子遣橫海將軍韓說出句章，浮海從東方往。”

（廖蘭欣箋注）

唐多令　閨情

篆炷[1]睡前添，鐙花夢後占。到晨來、喜鵲喧簷。只恨整妝明鏡裏，愁不掃，兩眉尖。　　偏又引微嫌，鴛針總怕拈。侍兒也、小病懨懨。除是玉籠鸚鵡叫，渾嬾[2]去，捲珠簾。[3]

【箋　注】

〔1〕篆炷：篆文狀的盤香。

〔2〕嬾：同懶。

〔3〕捲珠簾：語出李白《怨情》詩：“美人捲珠簾，深坐顰娥眉。但見淚痕濕，不知心恨誰。”

（廖蘭欣箋注）

前　調

　　煙水正迢迢^[1]，春歸趁畫橈^[2]。好斜陽、攔向虹橋。知道倚樓人未老，和小住，聽吹簫。　　燕子也魂銷^[3]，簾花帶雨澆。最桐陰、門巷無聊。載酒欲尋蟬唱^[4]去，渾輸與，晚鶯嬌。

【箋　注】

〔1〕迢迢：形容遙遠。

〔2〕畫橈：指有畫飾的船槳。唐方乾《採蓮》詩：“指剝春蔥腕似雪，畫橈輕撥蒲根月。”

〔3〕魂銷：形容因別離而傷心之極。元稹《同州刺史謝上表》：“臣自離京國，目斷魂銷。”

〔4〕蟬唱：蟬聲。清朱中楣《千秋歲》詞：“風移蟬唱杳，雨滴梧聲碎。方信道，離懷未飲心先醉。”

　　　　　　　　　　　　　　　　　　　　（廖蘭欣箋注）

定風波

　　自送春歸燕倍親，飛來簾底故依人。天際夕陽鴉上陣，休問，十年華髮^[1]嶺頭雲。　　到枕邊聲猶料峭^[2]，填胸史事半酸辛。蝴蝶暗猜花未穩，香近，輕輕瞞過鬧蜂聞。

【箋　注】

〔1〕華髮：鬢髮花白，指人年老。陶淵明《命子》詩：“顧慚華鬢，負影隻立。”

〔2〕料峭：形容風冷。蘇軾《定風波》詞：“料峭春風吹酒醒，微
　　冷，山頭斜照卻相迎。”

（廖蘭欣箋注）

驀山溪

　　眉梢眼底，冉冉[1]春歸恨。梁畫黯歌塵[2]，早泥香，
飄零燕吻。思量半晌，索性莫思量，風漸引。清和[3]近。
雨影添花暈。　　彈來瑤軫[4]，解得瞋嬌慍。淡泊過朝昏，
石榴裙[5]，紅綃[6]眠損。蟬聲一夢，柳下碧陰涼、迴雁
陣。[7]都休問。夫婿封侯訊。[8]

【箋　注】

〔1〕冉冉：緩慢行進的樣子。屈原《離騷》：“老冉冉其將至兮，恐
　　脩名之不立。”《醒世恆言·卷四·灌園叟晚逢仙女》：“忽見月
　　影下，一青衣冉冉而來。”

〔2〕歌塵：形容歌聲動聽。《藝文類聚》卷四三引漢劉向《別錄》：
　　“漢興以來，喜《雅歌》者魯人虞公，發聲清哀，蓋動梁塵。”

〔3〕清和：形容天氣晴朗和暖。韋莊《和同年韋學士華下途中見寄》
　　詩：“正是清和好時節，不堪離恨劍門西。”

〔4〕瑤軫：玉制的琴軫，借指琴。李白《北山獨酌寄韋六》詩：“坐
　　月觀寶書，拂霜弄瑤軫。”又指琴曲。元王結《贈成子周》詩：
　　“更欲弦吾詩，深衷寄瑤軫。”

〔5〕石榴裙：紅色的裙子。泛指婦女的裙子。武則天《如意娘》詩：
　　“不信比來長下淚，開箱驗取石榴裙。”

〔6〕紅綃：紅色薄綢。馮延巳《應天長》詞：“枕上夜長祇如歲，紅
　　綃三尺淚。”

〔7〕雁陣：成列而飛的雁群。王勃《滕王閣詩序》：“雁陣驚寒，聲
斷衡陽之浦。”

〔8〕夫婿封侯訊：典出王昌齡《閨怨》詩：“閨中少婦不曾知愁，春
日凝妝上翠樓。忽見陌頭楊柳色，悔教夫婿覓封侯。”

（廖蘭欣箋注）

八節長歡　蕭齋坐雨，檢曆書，知爲四月八日。記賦繞佛閣詞，忽忽一年矣。

風午蟬鳴，灑黃梅雨，細響簾晶。雲容三寶相，[1]湖翠
兩眉稜。佳辰刪了便忘却。灌佛頭、[2]湯又蘭馨。且把襟塵
袖垢。淘洗清瑩。　　山荒未必無僧。牽世網、除歸墨怎逃
名。垂老感飄零。拚白首、皈依暗問傳鐙[3]。天花豔。渾恐
被、一霎留情。酣來態、狂奴[4]非故。西鄰軋上哀箏。[5]

【箋　注】

〔1〕雲容：比喻淡雅、飄逸的容貌。梁辰魚《香遍滿·寄王桂父》
套曲：“雲容月貌，尋常淡粧難畫描。”三寶：（梵 Triratna）佛
教語，《釋氏要覽·三寶》：“三寶，謂佛、法、僧。”

〔2〕灌佛：佛教的一種儀式，又稱浴佛，用各種名貴香料所浸之水
灌洗佛像。相傳農曆四月八日為釋迦牟尼的生日，每逢該日佛
教信徒舉行這種浴佛儀式。

〔3〕傳鐙：佛家指傳法。佛法猶如明燈，能破除迷暗，故稱。崔顥
《贈懷一上人》詩：“傳燈遍都邑，杖錫游王公。”

〔4〕狂奴：藐視權貴、狂放不羈者。

〔5〕哀箏：悲涼的箏聲。曹丕《與朝歌令吳質書》：“高譚娛心，哀
箏順耳。”

（廖蘭欣箋注）

鶯啼序 賀古巴總統在新建國會行蟬聯就任禮。是夕，赴國宴。用夢窗豐樂樓均紀之。

決決大風[1]表海，從藍天曳綺。向螭[2]棟、引起飛雲，瑞鰐狂舞波際。驟日午、銅笳放烆，吹開鏡裏瑤顏霽[3]。擁六州元首古巴分省為六，香飄萬卉車墜。　　溫玉崇階，軟幄廣坐，背笙屏乍倚。馬聲近、叠叠人山，雪毛遙颭冠翠。銜[4]軍容、金麾畫纛[5]。鬢蟬沁釵。光如水、俯層闌染，眼鶯花紺[6]塵何世。　　仙鳧[7]履舄，上國賓僚，頌獻奐輪美。誰省記、初闢鴻昧[8]，問巋鯨手，[9]仗劍何年，莫談前事。謂哥侖布。樓臺形勝，川原改換，沈戈銷戟通文軌。賴丹青、粉飾炎荒地，高瞻遠矚，雄圖鞏立新基，繡旗顯分纖緯。　　鐃歌[10]鬧夕，警蹕[11]清塵，正輦廻戶遲。勸旨酒，琉璃杯盞，鼎俎錯珍，扇映氍毹[12]麗鬟十二，奩[13]鶯笑臉，檀蛾羞黛玄宗休聽宮女，道淚痕雙，沾透羅衣袂，白頭早苦低垂，蠹墨題詩，謝娘[14]舊里。古巴脫西班牙羈軛三十年，庫藏充實。邇者蔗糖為美利堅箝制，菸業受歐戰揜擊，負債漸重，顧猶糜帑千四百萬金幣建築國會，議者以為過也。古巴總統近又傾心以事西班牙，訂協定條約，豈未忘舊君歟？抑別有作用？弗可解已。懺盦附注。

【箋　注】

〔1〕決決大風：本為春秋時季札讚美齊樂之辭。語本《左傳・襄公二十九年》："美哉決決乎！大風也哉！"後用以稱讚大國風度。

〔2〕螭：中國古代傳說中的動物，外形似龍而無角。建築或工藝品上常用此形狀做為裝飾。說文解字："螭，若龍而黃，北方謂之地螻……或云無角曰螭。"屈原《楚辭・九歌》："乘水車兮荷蓋，駕兩龍兮驂螭。"

〔3〕霽：雨後或霜雪過後轉晴。杜甫《閣夜》詩："歲暮陰陽催短景，天涯霜雪霽寒宵。"

〔4〕衒：炫示、誇耀。柳宗元《梓人傳》："不衒能，不矜名。"

〔5〕纛：以氂牛尾或雉尾為裝飾的大旗，古時多用在喪葬大事及顯貴人家。《周禮‧地官》："及葬持纛，以與匠師御柩而治役。"舞者所持的羽毛舞具。《爾雅‧釋言》："纛，翳也。"《周書》卷十七《劉亮傳》："亮乃將二十騎，先豎纛於近城高嶺，即馳入城中。"軍中的大旗。

〔6〕紺：微紅帶深青。《說文解字》："紺，帛深青而揚赤色也。"

〔7〕鳧：狀如鴨而略大。體長二尺許，嘴扁，腳短，趾間有蹼，翼長能飛翔，常群居於湖沼中。或稱為野鴨。

〔8〕鴻昧：猶鴻蒙，混沌。陳天華《論中國宜改創民主政體》："且當鴻昧初起，文明未開之際，吾民族已能嶄然見頭角，能力之偉大，不亦可想?"

〔9〕典出杜甫《戲為六絕句》詩："未掣鯨魚碧海中。"

〔10〕鐃歌：軍中樂歌，傳說黃帝、岐伯所作。漢樂府中屬鼓吹曲。馬上奏之，用以激勵士氣，也用於大駕出行和宴享功臣以及奏凱班師。

〔11〕警蹕：古代帝王出行時，在前清道阻止行人的人。或作"儆蹕"。《玉篇‧足部》："蹕，謂止行者。"

〔12〕氍毹：毛織的地毯。漢無名氏《隴西行》："請客北堂上，坐客氈氍毹。"清陳維崧《沁園春》詞："氍毹暖，趁銅街似水，賡和無題。"

〔13〕奩：盛裝婦女梳妝用品的小匣子。如粉奩。《後漢書》卷十《皇后紀上‧光烈陰皇后紀》："會畢，帝從席前伏御床，視太后鏡奩中物，感動悲涕。"

〔14〕謝娘：一說為晉王凝之妻謝道韞，有文才，後人稱才女為"謝

娘"。另一說為唐李德裕家中，謝秋娘為名歌妓，後因以"謝娘"泛指歌妓。

（廖蘭欣箋注）

三部樂　展堂題梁節厂詩集,[1]有"落花飛絮尋詩處，明月清風送客時"句，隱栝其意爲詞。

真箇詩仙。占罜[2]畫水堂。對峯如滴。峭闌聊倚。得共閒鷗[3]分席。雨簾外、聞木樨香。註梵經蠹卷。且休吹笛。絮飛欲寫。淚迸落花飄墨。　　黃公故壚[4]在否？酹酒[5]杯試灑。暮山秋色。記掀美髯一笑。終成頭白。武昌魚、[6]早都厭食。廊月暗、南園謝客。簫韻怕續。西州路、扉蘚捫[7]碧。

【箋　注】

〔1〕胡漢民（1879—1936），字展堂。孫中山主要助手之一，國民黨元老、早期領導人之一。梁鼎芬（1859—1919），號節庵（厂）。晚清名臣，著名詩人，有《節庵先生遺詩》。

〔2〕罜：用來捕魚或捕鳥的網。《玉篇·网部》："罜，罕也。以罔魚也。"或為覆蓋之意。《徐霞客遊記·卷八上·滇遊日記八》："峽中西望，重峰罜映。"

〔3〕閒鷗：比喻退隱閒散之人。龔自珍《水調歌頭》詞："賤子平生出處，雖則閒鷗野鷺，十五度黃河。"

〔4〕黃公故壚：典出《世說新語·傷逝》："王浚沖為尚書令，著公服，乘軺車，經黃公酒壚下過。顧謂後車客……，今日視雖近，邈若山河。"後世用作暢飲場所或追憶舊友的典故，又稱"黃公酒壚"、"黃公酒舍"、"黃公壚"、"黃翁"。

〔5〕酹：以酒灑地而祭。蘇軾《念奴嬌·赤壁懷古》詞：“人生如夢，一尊還酹江月。”

〔6〕武昌魚：《武昌縣志》載，“產樊口者甲天下。是處水勢迴旋，深潭無底，漁人置罾捕得之，止此一罾味肥美，餘亦較勝別地”，以“鱗白而腹內無黑膜者真”。此魚盛產湖北省鄂州市（古稱武昌縣）與武漢市江夏區（亦為武昌縣）交界的梁子湖中。武昌魚味道鮮嫩，為湖北名菜。

〔7〕捫：撫、摸。如“捫心自問”。陸游《午睡起遇急雨》詩：“揩眼捫鬚破晝眠，闌邊小立獨幽然。”或為持、執之意。《徐霞客遊記·卷三下·粵西遊日記二》：“捫石投水中，淵淵不遽及底。”

（廖蘭欣箋注）

惜秋華

萬縷柔情，委新詞半篋[1]，西風縈恨。冷照下樓，江鐙亂星搖蜃[2]。青娥怕見殘秋，況鏡裏凝塵頹鬢。當年，瘞花銘草入，[3]雲鴻高陣。　　歸計向誰問。歎招潛把菊，芳期難準。劍氣指牛斗，看釃[4]杯慵引。休憑闃鴨闌干，早壯懷，斷簫吹盡。無分。甚纍纍，佩黃金印[5]。

【箋　注】

〔1〕篋：放東西的箱子。

〔2〕蜃：一種大的蛤蜊。《國語·晉語九》：“雀入于海為蛤，雉入于淮為蜃。”韋昭注：“小曰蛤，大曰蜃。皆介物，蚌類。”

〔3〕瘞：掩埋。唐李洞《斃驢詩》：“蹇驢秋斃瘞荒田，忍把敲吟舊竹鞭。”草：起草，寫作。庾信曾作《瘞花銘》。吳夢窗《風入松》詞：“愁草瘞花銘。”謂無心思去寫惜春惜花的詩詞。

〔4〕醲：味道濃厚。蘇軾《正月二十日與潘郭二生出郊尋春忽記去年是日同至女王城作詩乃和前韻》："江城白酒三杯醲，野老蒼顏一笑溫。"或作顏色深。戴叔倫《贈慧上人》詩："雲霞色醲禪房衲，星月光涵古殿燈。"

〔5〕黃金印：黃金製作的印章，古時公侯將相所佩。《史記·五宗世家論》："高祖時諸侯皆賦，得自除內史以下，漢獨為置丞相，黃金印。"李白《別內赴徵》詩之二："歸時儻佩黃金印，莫見蘇秦不下機。"

（廖蘭欣箋注）

齊天樂　杜鵑花，東洋最盛。此間寓園，籬落皆滿，雖冬未著花，除代日別之，不可無詞。

　　不聞催喚人歸去，籬花底名鵑也。暗裏銷紅，頹然賸[1]綠，裝綴無聊殘畫。斜暉已掛。正橋月天津，相南占罷。翦雨窗鐙，夢痕孤劍十年話。　　蓬瀛[2]三島舊住，仙雲藏翠閣[3]，猩暈鴛瓦[4]。兩地欣逢，經時愁別，一例歌陶琴寫。憑將恨卸。漫蘸[5]入枝頭，淚珠盈把[6]。見說蠶叢[7]，頓教行路怕。

【箋　注】

〔1〕賸：餘留下來的。《新唐書·杜甫傳》："殘膏賸馥，沾丐後人多矣。"

〔2〕蓬瀛：蓬萊和瀛洲，為神山名，相傳為仙人所居之處，泛指仙境，此處指日本。葛洪《抱樸子·對俗》："（得道之士）或委華馴而轡蛟龍，或棄神州而宅蓬瀛。"唐許敬宗《遊清都觀尋沉道士得清字》詩："幽人蹈箕潁，方士訪蓬瀛。"明唐順之《送王

侍讀赴南都》詩：“此去周南異留滯，看君到處即蓬瀛。”

〔3〕翠閣：相傳為東晉謝安未仕時的遊宴之所，故址在浙江上虞縣
　　東山之上。元張昱《環翠閣》詩：“東山尚存環翠閣，謝傅來遊
　　經幾年。可是舊時攜妓到，粉香猶在畫闌邊。”

〔4〕鴛瓦：即鴛鴦瓦。李商隱《當句有對》詩：“密邇平陽接上蘭，
　　秦樓鴛瓦漢宮盤。”南唐馮延巳《壽山曲》詞：“鴛瓦數行曉日，
　　鸞旂百尺春風。”清曹寅《十六夜登虎丘作》詩之一：“樹杪浮
　　鴛瓦，罘罳望處明。”

〔5〕蘸：把東西沾上液體或黏附其他物質。

〔6〕盈把：滿把。把，一手握取的數量。杜甫《暮秋枉裴道州手劄
　　率爾遣興寄遞呈蘇渙侍禦》詩：“盈把那須滄海珠，入懷本倚崑
　　山玉。”元陳廩《子猷訪戴圖》詩：“山陰懷古意，欲攬不盈
　　把。”

〔7〕蠶叢：古蜀道，此處引申為艱難道路。李白《送友人入蜀》詩：
　　“見說蠶叢路，崎嶇不易行。”

（廖蘭欣箋注）

暗　香　和石帚

　　滿庭雪色。對雁天[1]冷淡，殘鐙飄笛。小損額黃[2]，莫
遣宮鈿鬢邊摘。前度懷春嫁了，新眉入、逋仙[3]閒筆。最羨
煞，十里鷗波[4]，分占一湖席。　　傾國。正寂寂。甚破
蕾[5]故遲，蘚屐蒼積。暗螢[6]自泣。寒蝶重回漫相憶。扶起
羅浮[7]夢舊，飛雨濕、千巖雲碧。有冉冉，[8]姑射[9]影，澗
龍覷得。

【箋　注】

〔1〕雁天：指秋天。唐鮑溶《行路難》詩：“君今不念歲蹉跎，雁天

明明涼露多。"宋陳造《香雲寺》詩:"沉沉僧夜淨,漠漠雁天寒。"文天祥《別謝愛山》詩:"後會知何日,西風老雁天。"

〔2〕額黃:六朝婦女施於額上的黃色塗飾,其制起于漢時。李商隱《無題》詩之一:"壽陽公主嫁時妝,八字宮眉捧額黃。"

〔3〕逋仙:宋朝詩人林逋隱於西湖孤山,不娶,種梅養鶴以自娛,人謂之"梅妻鶴子",後世常以"逋仙"稱譽之。

〔4〕鷗波:鷗鳥生活的水面。比喻悠閒自在的退隱生活。陸遊《雜興》詩:"得意鷗波外,忘歸雁浦邊。"

〔5〕破蕾:花蕾綻開。王安石《次韻春日即事》:"丹白自分齊破蕾,青黃相向欲交陰。"

〔6〕螀:似蟬而較小,色青赤。

〔7〕羅浮:山名。在廣東省東江北岸。風景優美,為粵中遊覽勝地。晉葛洪曾在此山修道,道教稱為"第七洞天"。相傳隋趙師雄在此夢遇梅花仙女,後多為詠梅典實。

〔8〕冉冉:濃密迷漫的樣子。《西廂記》:"耳邊廂金鼓連天振,征雲冉冉,土雨紛紛。"王夫之《玉樓春》詞:"綠雲冉冉粉初勻,玉露泠泠香自省。"

〔9〕姑射:山名。在山西省臨汾縣西,即古石孔山,九孔相通。

(廖蘭欣箋注)

喜遷鶯　夜聽阿根廷人弄樂器

金箏彈裂。問雁足[1]那絃,增人淒切。乍按商聲[2],忽傳宮譜,似燕又和鶯說。趣在箇中誰會?怪底當前無物。只繞處,認梁塵[3]飛落,迴波曾折。　　還怯。長記取,但與耳謀,聞奏鈞天迭。[4]遲暮看花,閒眠消酒,聾宋恁教警聒。便憑唾壺擊碎,難覓行雲彌缺。迷倦眼,幾歌場歡笑,華鐙明滅。

【箋　注】

〔1〕雁足：指書信。南朝王僧孺《詠擣衣》：“尺素在魚腸，寸心憑雁足。”

〔2〕商聲：為五音中的商音。

〔3〕梁塵：形容歌聲高妙動人。

〔4〕聞奏：猶奏聞。《晉書・汝南王亮傳》：“有不導禮法，小者正以義方，大者隨事聞奏。”鈞天，為“鈞天廣樂”的略語，指天上的音樂。《文心雕龍・樂府》：“鈞天九奏，既其上帝。”迭：輪流、更替。《詩經・柏風》：“日居月諸，胡迭而微。”

（廖蘭欣箋注）

【編者按】

施議對編《當代詞綜》（福州：海峽文藝出版社，2002）卷一選廖恩燾詞十首，這是第七首。

懺盦詞卷五　拜夢盦集　庚午（1930）春

塞垣春　歲旦小雨。和夢窗。

　　曉幕喧城笳。驟雨破。銅衢煗。[1]銘椒不頌。[2]勝旛無
緌。[3]寅但杓轉。[4]洗客襟。且酌葡萄琖[5]。只莫問。鐙光
短。聽新晴。簹鳩喚。一簾煙景春遠。　　何處繡鴛泥[6]
記黏絮鋪花。紅濺苔岸。老覺鬢絲繁。歎身更如燕。算飄
流瀚海。還是雕梁。舊巢痕。忽教見。雲濕又依岫[7]。謝
娘啼妝[8]淺。

【箋　注】

〔1〕銅衢：用銅所鋪之大路。煗：通“軟”，柔和。
〔2〕銘椒：文體名，泛指祝詞。《幼學瓊林·歲時類》：“元日獻君以
　　椒花頌，為祝遐齡。”
〔3〕旛：旗幟。緌：色彩鮮豔，此處做動詞，為添彩之意。
〔4〕寅但杓轉：春天將要結束。寅：正月，即春天。杓轉：杓，指
　　北斗七星，古人認為北斗七星杓柄方向有區分四時的作用。
〔5〕琖：音同“盞”，用玉做成的酒杯。《禮記·明堂位》：“爵用玉
　　琖仍雕。”
〔6〕繡鴛泥：鞋上所繡的鴛鴦沾上泥塵。吳文英《醉桃源》詞：“落
　　紅微沁繡鴛泥”。鴛，同鴛，鴛鳳之屬。
〔7〕雲濕又依岫：白雲依停於峰巒。典出陶潛《歸去來辭》：“雲無
　　心而出岫。”岫，峰巒。濕，疑為顯之誤。

〔8〕謝娘啼妝：古代美貌有才德女子代稱。啼妝，古代婦女的一種妝飾。東漢時，婦女以粉薄飾目下，有似啼痕，故名。

（陳智詠箋注）

聲聲慢

困花增媚。偃草[1]含嬌。簾雲弄日初晴。袖手杯旁開軒。笑揖山青。西郊乍逢柳眼[2]。語黃鸝。長欠丁甯。算依舊。有陽春[3]。郢曲和那成聲。　　無那玉關殘笛。乍鄰人。吹起撩故園情[4]。霜雁來遲。鏡天窺鬢零星。東風忍猶費力。綺羅塵。飛滿閒庭。蘸[5]詩影。翠微煙鴛薛又生。

【箋　注】

〔1〕偃草：被風吹彎的草。
〔2〕柳眼：形容初生的柳葉細長柔嫩，如人的睡眼初展。元稹《生春詩》：“何處生春早，春生柳眼中。”又李商隱《二月二日》詩：“花鬚柳眼各無賴。”另形容美女的眼睛，如“柳眼桃腮”。
〔3〕陽春：《陽春白雪》，楚國國都郢人所唱，較深奧難懂的樂曲，相對於通俗易懂的樂曲而言。典見宋玉《對楚王問》。
〔4〕故園情：懷念家鄉的離愁之情。李白《春夜洛城聞笛》：“何人不起故園情。”
〔5〕蘸：沾上液體或黏附其他物質。

（陳智詠箋注）

絳都春　玫瑰花大如盌，土人呼為美洲之美人，因賦。

風欺露井。染塵紺[1]怨入。霓裳仙詠[2]。繡閣麗姝。

簪押秦鬟香雲凝。彤屏歡夕華鐙[3]影。占海鶴。千年丹頂。
綺羅叢裏。趨鳧乍過。笑駕初迎。　　　端正。庭蟾[4]漫又。
半奩[5]鬪。漢額宮彎新整。暈粉臉圓。薰麝肌豐當時省。
猩林嘶騎重來徑。幾貰酒。[6]雕闌親凭。可曾商略[7]嬌扶。
醉歸酩酊[8]。

【箋　注】

〔1〕紺：顏色，微紅帶深青。《說文解字》：“紺，帛深而揚赤色也。”
禰衡《鸚鵡賦》：“紺趾丹嘴，綠衣翠襟。”

〔2〕霓裳仙詠：樂曲名，指《霓裳羽衣曲》，是唐代著名的宮廷舞
曲。原為西域舞曲，玄宗開元中，西涼節度使楊敬述獻上，又
經玄宗改編增飾並配上歌詞和舞蹈，於天寶十三年改用此名。
其曲舞皆描寫虛無縹緲的仙境和仙女的形象。

〔3〕鐙：通“燈”。

〔4〕庭蟾：庭院月色。

〔5〕奩：盛裝婦女梳妝用品的小匣子；或女子陪嫁的衣物。

〔6〕貰：賒欠。《史記·高祖本紀》：“常從王媼，武負貰酒。”

〔7〕商略：料想。黃庭堅《醇道得蛤蜊復索舜泉》詩：“商略督郵風
味惡。”

〔8〕酩酊：大醉貌。

（陳智詠箋注）

玉京謠　梅郎航海演劇於美國紐約城，傾動一時。拈夢窗
自製腔賦寄。

鵁[1]彩霓仙擁。破浪如飛。縹緲歌雲起。袖裏蠻春。
壺天[2]閒步層綺。暈翠黛。橫掃腥巖。問一笑。搴[3]簾誰

解。釵光底。鶯籌[4]數曲。羊裙書字。　　銅琶[5]漫語江東。早有虞姬[6]。正帕羅拭淚。宮燭雙挑。華清恩宴初賜。[7]上界迷。花雨繽紛。枉鏡海。玉娥偷睇[8]。都不辨。妝改幾回時世。報載梅連日演《霸王別虞姬》、《貴妃醉酒》、《天女散花》諸劇。

【箋　注】

〔1〕鶒：水鳥名。

〔2〕壺天：道教仙福之境。壺為福之諧音。

〔3〕搴：揭、撩。

〔4〕籌：酒杯，此指敬酒之意。

〔5〕銅琶：宋俞文豹《吹劍續錄》："柳郎中詞，只好十七八女孩兒執紅牙拍板，唱'楊柳岸曉風殘月'；學士詞，須關西大漢持銅琶鐵板，唱'大江東去'。"

〔6〕虞姬：項羽寵姬。

〔7〕華清句：為楊貴妃典故。白居易《長恨歌》："春寒賜浴華清池，溫泉水滑洗凝脂。待兒扶起嬌無力，始是新承恩澤時。"此闋詞為觀戲所作，應指戲劇劇情。

〔8〕睇：注視。

【編者按】

梅郎即梅蘭芳。

（陳智詠箋注）

珍珠簾　春分

薄寒乍向簾衣歔。瓊壺倒。費煞閒眠消嬾。殘夢落紅天[1]。已減春成半。柳染桃熏都過了。尚綺閣。吟梅人怨。還算。有嬌鶯更解。一曲相勸。　　無故。笛脆簫柔。惹東風。來往鞦韆庭院。賣杏隔明朝[2]。問幾家留燕。兩點妝娥[3]臨寶鏡。便暈開。新痕猶淺。誰遣。又蝶外流光[4]。恩恩[5]催轉。

【箋　注】

〔1〕落紅天：蓋謂滿天花雨也。故後文曰減春。

〔2〕賣杏隔明朝：陸游《臨安春雨初霽》："深巷明朝賣杏花。"

〔3〕妝蛾：即蛾妝，美麗的妝扮。晏幾道《浪淘沙》詞："一笑解愁腸，人會蛾妝。"

〔4〕流光：比喻光陰、歲月。李白《古風》："逝川與流光，飄忽不相待。"

〔5〕恩恩：通匆、忽，匆忙、急遽的樣子。

（陳智詠箋注）

永遇樂　三月朔日。譜依竹山。

黏蝶紅牆。駋驄[1]青陌。雲正行處。媚水回眸。秀巒靦面[2]。春已留人住。蔥盤薺甕。蝦酉[3]魚艇。舊訂鷺盟[4]猶誤。何須問。將歸燕子。妒花者番[5]風雨。　　韶華[6]一瞬。輕彈僵指。錦瑟繁絃澀柱。絡緯[7]鐙前。鞦韆索畔。芳恨添幾許。茫茫誰授。斑斕才管。寫盡黯然南浦[8]。堪憔悴。江關庾信，暮年又賦[9]。戊辰和稼軒，此調云："記得當時，洞簫吹過，花底鳴鑛路。幾回猶聽，隔船蠻女，學打青腰小鼓。從渠問，人間尚有，廣陵散否？"節錄於此。

【箋　注】

〔1〕殢驄：停馬。殢，滯留，逗留。

〔2〕靚：當面，迎面。

〔3〕罾：漁網。

〔4〕鷺盟：指隱居生活。宋黃庚《漁隱》："不羨魚蝦利，惟尋鷗鷺盟。"

〔5〕者番：者，通這。

〔6〕韶華：春光，又指年華。

〔7〕絡緯：蟲名，指燈前小蟲，名莎雞。

〔8〕南浦：南邊水岸，泛指送別之地。《楚辭·九歌·河伯》："送美人兮南浦。"

〔9〕江關庾信二句：指《哀江南賦》，為北朝詩人庾信後期的代表作，以庾信的一生遭遇為線索，展現了南朝蕭梁王朝盛衰的歷史。

（陳智詠箋注）

瑞龍吟　春感。有懷吾鄉小西湖。次夢窗送梅津均。

映歌袖。長是斷岸仍橋。畫堤未柳。黃昏吹角晴陰。女牆[1]放了。南州豆蔻[2]。　　點茵繡。一片翠雲江上。半妝螺岫。晶簾咫尺鷗天。漲痕平占。菱菰萬畝。　　遙念鷺湖家在。筍輿[3]墩路。玉肩罍[4]酒。紅出寺棉浮屠。高與枝驟。棲禪地僻。苔磴虯紋皺。[5]玄經展。蟬幩[6]細看。花深鐙漏。澗底尋碑籀。想猊鼎褭。沈檀炷舊。佛偈消香口。空換與，琵琶胡塵緇[7]後。亞闌按曲。[8]西風彈瘦。[9]

【箋　注】

〔1〕女牆：《古今論》記載："女牆者，城上小牆也。一名睥睨，言於

·91·

城上窺人也。"劉禹錫《石頭城》："夜深還過女牆來。"

〔2〕豆蔻：植物名，可入藥。指年輕的美少女。

〔3〕筍鞵：用竹蒻編結的鞋。鞵，同鞋。

〔4〕罍：小口大肚的瓶子。

〔5〕苔磴：布滿清苔的石階。虯：傳為古代一種無角龍，此解為捲曲之意。

〔6〕蟫幬：防書蟲的紗帳。蟫，即蠹魚。

〔7〕緇：玷汙。

〔8〕亞闌按曲：謂倚欄擊節唱曲。亞闌，疑為"壓欄"異字，解作倚欄。按曲，擊節唱曲。

〔9〕西風彈瘦：化用李清照《醉花陰》詞："莫道不銷魂，簾捲西風，人比黃花瘦。"

（陳智詠箋注）

繞佛閣

　　豔春未了。紅翠滿郭[1]。雲擁山勢。禽引池睇[2]。旅愁漫遣筵開坐花醉。淚鉛酒洗。懷遠又阻。衣帶間水。俊游須記。閬風不管成蹊自桃李。[3]　　秉燭夜呵壁。細審苔紋新蘸字。猶笑蠹魚千年攢故紙。[4]暗寶髻金蟲[5]。遑問珠履。亂鶯呼起。驟雨過溪橋。梅老青子。鬧光陰。度簫如沸[6]。

【箋　注】

〔1〕郭：城牆外再築的一道城牆，即外城。孟浩然《過故人莊》："綠樹村邊合，青山郭外斜。"

〔2〕睇：注視。

〔3〕閬風：山名，在崑崙之上，為神仙居所。閬，高貌。成蹊自桃李，典出《史記》：“桃李不言，下自成蹊。”

〔4〕蠹魚：蛀書小蟲。攢：拼湊，聚合。

〔5〕金蟲：婦女首飾，以黄金製成蟲形，故稱。吳均《和蕭洗馬子顯古意》：“蓮花銜青雀，寶栗鈿金蟲。”

〔6〕如沸：水沸騰或向上湧動。又或激盪貌。

（陳智詠箋注）

金縷歌　賦寄半櫻詞人林鐵僧

　　策蹇[1]西湖上。挂詩瓢。兒童笑煞。嬾殘[2]和尚。只道此僧眞是鐵。那識孤山近況。又冷豔。梅花偎傍。荒島好春尋不到。倩玉簫吹夢雲東向。聆午磬[3]。動清響。

　　雞林有賈曾欣賞。[4]舞筵間。紅添醉葉。館娃低唱。半折町櫻移栽後。剗地風光瀏亮。料鶯燕。知人無恙。雪夜扁舟歸日事。認桐陰門掩深深巷。談興發。抵吟掌。

【箋　注】

〔1〕策蹇：騎馬。蹇，體弱的坐騎。

〔2〕嬾殘：嬌慵懶散。

〔3〕磬：敲擊樂器名。

〔4〕雞林句：白居易的詩淺白易懂，流傳廣泛，深受一般讀者喜愛。雞林國的宰相通過商人以高價收買，其中偽者，宰相自能辨別（見《元氏長慶集》卷五十一）。雞林，指新羅國，唐代朝鮮半島國家之一。

（陳智詠箋注）

如夢令（三首）

蝴蝶未穿花去。飛向繡簾高處。一嗅髻雲香。釵上玉蟲[1]應妒。回顧。回顧。眉眼那人曾許。

燕子畫梁[2]間語。多少舊情難訴。前是月和花。今卻是風和雨。何去。何去。從我水西涯住。

鶯管鳳絃無數。不抵脆鶯啼樹。從此謝笙簫。攜酒且聽鶯去。吾與。吾與。門外玉虯[3]人語。

【箋 注】

〔1〕玉蟲：玉製蟲形的首飾。

〔2〕畫梁：有雕飾的梁柱。

〔3〕玉虯：玉龍。《離騷》："駟玉虯以乘鷖兮。"

（陳智詠箋注）

換巢鸞鳳　張隨員銘之量移智利國，歌以送之。

殘客遲歸。甚雲鴻送遠。也自歸遲。半肩琴與劍。滿篋[1]淚和詩。荊州王粲久相依。[2]見鶯燕都樓前亂飛。宵還夢。畫就了。黛眉[3]窗倚。　　塵起。風靡靡[4]。吹盡岸花。閒付魚龍戲[5]。殢笛牙檣。濺潮茸帽。人在沙鷗天地。[6]呼海同觀玉芝圖[7]。泛槎遙叩星宮事。傾餘杯。又南溟[8]。十萬山翠。

【箋　注】

〔1〕篋：小箱子，如書篋；藤篋。

〔2〕荊州王粲句：化用王粲《七哀詩》典故。

〔3〕黛眉：黛，青黑色的顏料，古時女子以之畫眉，後代稱美女。

〔4〕靡靡：遲緩貌。

〔5〕魚龍戲：魚群戲水的樣子。魚龍，取“鯉魚化龍”典故。

〔6〕人在沙鷗天地：形容人像渺小的沙鷗在天地中飄泊。典出杜甫
　　《旅夜書懷》：“飄飄何所似，天地一沙鷗”。

〔7〕玉芝圖：月景。玉芝，蛤蟆別名。葛洪《神仙傳》：“益州，北
　　平山，有蛤蟆，謂之玉芝，王喬食之成仙。”蛤蟆即蟾蜍。張衡
　　《靈憲》：“嫦娥遂托身於月，是為蟾蜍。”故蟾蜍亦指月亮。

〔8〕南溟：亦作南冥，南方大海。此指南行。莊子《逍遙遊》：“是
　　鳥也，海運則將徙於南冥。”

（陳智詠箋注）

虞美人　三月十六夜，對月，四鼓後小雨。漫成。

　　舊時簾底纖纖[1]月。惆悵銅華闕[2]。倚闌今夜看嬋娟。
三五盈盈依約破瓜年[3]。　　枕函[4]睡損紅妝薄。酒帶些
兒惡。雨聲還又到芭蕉。明日落花門巷太無聊。

【箋　注】

〔1〕纖纖：細柔嫵媚的樣子。

〔2〕銅華闕：銅鏡缺損分離。南朝徐德言與妻樂昌公主於戰亂分散
　　時各執半鏡，作為他日相見的信物，此後，果因此得以相聚歸
　　合。典出唐孟棨《本事詩·情感》。後比喻夫妻失散或分離後重

　　新團圓和好。吳文英《滿江紅》:"揚州無夢銅華闕。"

〔3〕破瓜年:古時指女子十六歲。宋汝南王《碧玉歌》:"碧玉破瓜
　　時。"又蘇軾《木蘭花令》:"三五盈盈還二八。"

〔4〕枕函:中間可以藏物的枕頭。

(陳智詠箋注)

鳳啣杯

　　心事將花都瞞了。怎還肯。向旁人道。便百計消愁。
怕愁消更無懷抱。拚是剩。些愁好。　　斷雲橫。孤煙裊。
逐笙船。弄波鷗小。占風月一江。半江分作奚囊料[1]。半
分付。丹青槀[2]。

【箋　注】

〔1〕奚囊料:詩文佳句。典出《新唐書·李賀傳》:"每旦日出,騎
　　弱馬,從小奚奴,背古錦囊,遇所得,投囊中。"

〔2〕丹青槀:史冊。丹冊,載功勳;青史,紀錄史事。槀,古通稿。

(陳智詠箋注)

懺盦詞卷六　讀山海經集　庚午（1930）夏秋

倒　犯　解使篆[1]半載，淹滯未歸。長夏借宅江鄉，極湖
　　　　　山歌舞之盛。夕雨乍歇，酒後登樓和夢窗。

　　醉眼。[2]看江山畫圖。暝痕何許[3]。高樓過雨。嬋娟[4]
素影孤煙阻。簫聲裏有、人鬧飛觴呼傳羽。[5]我願就青門。
學種瓜成圃。[6]甚黃金、買歌縷。　　林籟[7]龍吟[8]。冷上
鐙脣。風來穿繡戶[9]。臥處沁亂碧。夢驚覺。雲一塢。想
佩玉。乘鸞侶。[10]藕花深。凌波[11]輕展步。漫老却南
湖[12]。歸更依鷗住。浪蘋[13]霜鬢舞。

【箋　注】

〔1〕解使篆：篆，官印的代稱，指官職。此謂廖氏卸任大使職務。
　　編年《懺盦詞》起於 1926 年廖氏從上海出使古巴時，訖於 1931
　　年其歸國後攜詞稿往訪朱祖謀，全部八卷詞均圍繞出使古巴展
　　開。見夏曉虹《近代外交官廖恩燾》（《中國文化》第二十三
　　期）。
〔2〕醉眼：醉後視線模糊的眼睛。當時廖氏酒後登樓，故謂醉眼。
〔3〕何許：如何、怎麼樣。指登樓後所見夜景。
〔4〕嬋娟：形容月色明媚或指明月。
〔5〕觴：酒杯；飛觴：喝酒時把杯子傳來傳去。唐皇甫枚《王知
　　古》："雖薄涉儒術，而數奇不中春官選，乃退處於三川之上，

以擊鞠飛觴為事，遨遊於南鄰北里間。"傳羽：古代文書若有緊急的事，就插上鳥羽，表示緊急，用箭繫書射送，稱為"飛書傳羽"。此句指飲酒時熱鬧催酒的情景。

〔6〕漢代長安城東南的霸城門，因城門為青色，故俗稱為"青門"。或泛指京城的城門。《史記‧蕭相國世家》："召平者，故秦東陵侯。秦破爲布衣，貧，種瓜于長安城東，瓜美，故世俗謂之'東陵瓜'。"秦朝東陵侯召平深得西漢丞相蕭何的賞識，他曾經在劉邦殺韓信、彭越時勸蕭何獻出家産作爲補貼軍用，拒收封賞以鞏固地位。召平本人不願做官，接受蕭何的挽留，住在京城長安東門外青門靠種瓜爲生，以顯示他的清高。李白《古風》第九："青門種瓜人，舊日東陵侯。"廖氏意謂解除大使一職後，寄情山水，如秦時東陵侯青門種瓜，過著淡薄自適的生活。

〔7〕林籟：風吹樹林所發出的聲響。

〔8〕龍吟：笛聲。

〔9〕繡戶：有繡房的門戶。

〔10〕乘鸞侶：鳳、鸞為傳說中的神鳥。跨鳳乘鸞比喻騰飛、得意之狀。

〔11〕凌波：形容女子步履飄逸輕盈。

〔12〕此南湖指惠州西湖中的南湖。惠州西湖由菱湖、鱷湖、平湖、豐湖、南湖五湖組成。

〔13〕蘋：蘋風，秋風。

【評　析】

在一片喧鬧之中，廖氏酒後登樓見秋景有所傷觸，希望自己辭官後能夠如古人般歸隱山林。

（蕭家怡箋注）

秋 霽　張翰秋風起，思蓴羹鱸膾之美。[1]久滯海邦，不覺
　　　　情之同也。次均梅谿。

　　江雁蕭蕭[2]。帶斷綺殘霞。淺畫秋色。恨入峰眉。困
含波眼。鬧蟬正疲歌力。韻梧[3]未息。近牆擘破苔牋碧。[4]
似去國[5]。無那[6]賦情黏鬢老催客。　　曾是夢裏。咫尺
雲山。鯉魚[7]風吹。鄉訊猶寂。布帆輕。書裝待壓。掀天
塵起鷺迷白。何處釣艎[8]渾繫得。只蜃樓暝。還又莽莽人
煙。大星垂野。迅郵飛驛[9]。

【箋　注】

〔1〕張翰，字季鷹，晉朝人。據《晉書·張翰傳》記載："張翰在
　　洛，因見秋風起，乃思吳中苽菜蓴羹、鱸魚膾，曰：'人生貴適
　　忘，何能羈宦數千里以要名爵乎？'遂命駕而歸。"這段故事被
　　世人傳為佳話，"蓴鱸之思"，也就成了思念故鄉的代名詞。
〔2〕蕭蕭：形容群雁飛過的聲音。
〔3〕韻梧：風吹梧樹之韻。歐陽修詞"夜深風竹敲秋韻"，蓋此意也。
〔4〕擘：分開、分裂。苔牋蓋謂以苔紙製成之箋紙。擘破苔牋：指
　　擘牋，即裁紙。
〔5〕去國：離開本國。
〔6〕無那：無可奈何。
〔7〕鯉魚：比喻書信。
〔8〕釣艎：華麗的船。
〔9〕飛驛：古代供傳遞公文或官員來往使用的馬。

【評　析】

　　由小題可見作者"蓴鱸之思"，強烈的思鄉情緒。藉傷秋抒發身

處異國的無可奈何之感，加上等待鄉音的急切，更加重苦思。

（蕭家怡箋注）

醉蓬萊　客自美西來，為言梅郎[1]演劇畢。歸國，瀕行，某大學贈以博士學位。欷歔[2]久之。

　　一聲河滿[3]淚。灑夢鐙前。塞鴻能道。流落新亭。[4]歎人才江表[5]。彩筆書裙。[6]勝花簪鬌。冷謝郎[7]閒抱。嚇鼠文章。翻鴉[8]事影。匏樽[9]空倒。　　最念簫鄰。舞梅[10]身世。障隔銀紗。珮拖瑤草。蟬翼峩冠[11]。襯鏤金衣好。太息窮年。[12]案螢[13]曾守。幾蠹枯芸槁。院燭分蓮。[14]詩催宮點[15]。雙鬟[16]誰報。

【箋　注】

〔1〕梅郎：梅蘭芳（1894—1961）。

〔2〕欷歔：悲泣抽噎的樣子。

〔3〕河滿：“河滿子”舞曲名，亦為詞牌名。唐段成式《酉陽雜俎・貝編》：“荊州貞元初，有狂僧，些僧其名者，善歌《河滿子》。”宋葛立方《韻語陽秋》卷十五：“白樂天云：《河滿子》，開元中，滄州歌者臨刑進此曲以贖死，竟不得免。”亦省稱“河滿”。清余懷《板橋雜記・軼事》：“一聲《河滿》，人何以堪。”

〔4〕東晉南渡名士王導等，於新亭飲宴，舉目望見山河，而感慨國土淪亡，相與對泣之事。

〔5〕江表：指長江以南的地方。

〔6〕彩筆書裙：典出唐徐夤《山陰故事》：“紅鵝化鶴青天遠，綵筆成龍綠水空。愛竹只應憐直節，書裙多是為奇童。”

〔7〕謝郎：指晉朝謝安。他北伐勝利、正是功成名就之時，卻能激流

勇退，不戀權位，因此被後世人視為良相的代表，高潔的典範。

〔8〕翻鴉：即鴉翻，鴉鳥翻飛。陸遊《曉坐》詩：“空槖時時聞鼠
齧，小窗一一送鴉翻。”

〔9〕匏樽：泛指一般酒器。

〔10〕唐代梅妃善舞，此蓋以梅字隱指梅蘭芳。

〔11〕峨冠：高冠。

〔12〕太息窮年：一整年大聲嘆氣。

〔13〕案螢：比喻勤學苦讀。

〔14〕宋石孝友《滿江紅》：“丹詔下，公歸速。看日奏，三千牘。想
春迷柳院，夜分蓮燭。”

〔15〕宮點：宮漏的水滴，藉以表示時間。

〔16〕雙鬟：女童的代稱。

【評　析】

感嘆時局身世。

（蕭家怡箋注）

念奴嬌　秋心油然，讀稼軒[1]詞觸所好，率擬一解。[2]

淵明歸未。問伊家。三徑猶存松菊。[3]門外柳都腰恥
折。[4]管甚纖圍消玉。弔影山河。[5]傷心風雨。且展《離騷》
讀。[6]人之佳者。乃能遺世而獨。　　堪笑捫蝨雄談。當年
王猛。[7]真箇收殘局。今已滿盤淆黑白。旁立虯髯瞪目。誰
是車螳。誰為蟬雀。[8]誰又為鴻鵠。[9]滔滔天下。只知秦失
其鹿。[10]

【箋　注】

〔1〕稼軒：辛棄疾，字幼安，號稼軒。宋代豪放派詞人，與蘇軾合

稱 "蘇辛"。

〔2〕根據王雨婷在《論辛棄疾對陶淵明的接受》文中統計，稼軒詞
中詠陶淵明或者涉及陶的作品共計 92 首，約佔稼軒詞總數的七
分之一，可見稼軒對陶淵明之仰慕。稼軒關注的是陶淵明在仕
宦與田園自然之間的取捨，選擇的是陶淵明豪健卻非平淡的一
面，要的是陶淵明的節士、豪士，而非高士。

〔3〕原指陶淵明歸隱回到家園後，見到道路荒蕪，然松菊尚存的情
形。後遂用陶潛三徑來比喻歸隱或厭官思歸。

〔4〕比喻屈辱自己，奉承他人。

〔5〕此句謂孤獨無依無靠。

〔6〕《離騷》，屈原所著。漢王逸注："離，別也；騷，愁也；經，徑
也。言己放逐離別，中心愁思，猶陳直徑，以風諫君也。"

〔7〕前秦王猛年少窮苦，當東晉桓溫兵進關中時，他去謁見，一面
侃侃談論天下事，一面捻著身上蝨子，猶如旁若無人。廖氏曾
著《押蝨談室詞》（1949）。比喻態度從容，侃侃而談。

〔8〕蟬雀：即成語 "螳螂捕蟬，黃雀在後"。比喻眼光短淺，只貪圖
眼前利益而不顧後患。

〔9〕鴻鵠：指大鳥或謂志向遠大的人。

〔10〕《史記·淮陰侯列傳》："秦失其鹿，天下共逐之，於是高材疾
足者先得焉。" 以鹿喻帝位也。後以 "逐鹿" 喻爭奪統治權。

【評　析】

藉辛稼軒對陶淵明仕宦取捨以抒己感。廖氏除引陶淵明隱居山
林外，又展《離騷》而讀。雖言遺世而獨立之美，但並非真置身世
外，而是切身的關心時局。

（蕭家怡箋注）

法曲獻仙音　三十年前作粵謳，有人採入詩話。嗣在京師偶作，柳溪、[1] 瘦公、[2] 季裴、[3] 琭青、[4] 公睦[5] 輒擊節，慫恿付剞劂[6]。重違其意，既而悔之，顏園曰“懺綺”，良有以也。顧餘綺未懺，習為倚聲，則冥冥中有若驅策之者。涼秋鐙夕，百感根觸，吾欲無言得乎！

月押簾低。酒消衾薄。夜色催殘風簜[7]。短髮疏簪。敗苔休屐。闌干自溫花影。便已到招堤境[8]。還愁眾生病。乍深省。記臨江、珮環[9]初解。龍女去、塵事比秋更冷。洗恨玉壺冰。忍重看、漪皺蘋鏡。舊日彈詞。宵孃[10]歌、銀淚簫迸。甚淒蛋[11]咽雨。又惹隔窗人聽。

【箋　注】

〔1〕柳溪：原名紀清俀，河北獻縣人。1940 年考入保定女師，不久進入北平師範大學歷史系。1943 年參與學潮被列入黑名單，即離開學校，開始為北平地下組織工作。1945 年到達冀中解放區，先後在《冀中導報》任編輯，冀中軍區司令部任秘書。1947 年在饒陽地區進行土改和徵兵工作。

〔2〕瘦公：羅惇曧（1872—1924），字孝遹，號以行，又號瘦庵，晚號瘦公。廣東順德大良人。晚清名士。與梁鼎芬（節庵）、曾習經（剛甫）、黃節（晦聞）並稱“嶺南近代四家”。

〔3〕季裴：黎六禾，名國廉，字季裴，以號行。光緒十九年（1893）中舉，官至福建興泉永道道臺。民國初年，出任廣東省議會議員，為廣東力爭粵漢鐵路股權出力甚多，頗受粵人稱道。袁世凱復辟稱帝期間，他赴肇慶參加國民黨人為主體的軍政府，致力倒袁。其後，便不再過問政治，移居香港太平山半山別墅，

讀書填詞，精研美食，以名士生涯終老。去世時年過八十。

〔4〕瑑青：譚祖任，字瑑青。辛亥革命後將家宴開放來補貼家用，但對外不稱餐館。以"譚家菜"名於時。譚家菜又稱"榜眼菜"，是北京菜中官府菜的代表，出現於清末民國初年。

〔5〕公睦：陳慶和（1871—?），字公睦，廣東番禺人。1906 年任山東高等學堂監督。

〔6〕剞劂：雕版、刊印。

〔7〕檠：燈、燈架、燭臺。風檠即風吹動燭火。

〔8〕招堤位於貴州安龍縣城東北，是貴州省十大風景區之一。始建於康熙三十三年（1694），由總兵招國遴倡議修建，故名招堤。明楊慎《雨中夢安公石張習之二公情話移時覺而有述因寄》："暝宿招堤境，雲眠薔蔚房。樵歌搴薜荔，漁影照滄浪。"

〔9〕據西漢劉向《列仙傳》，鄭國大夫鄭交甫游漢江，見二神女皆麗服華裝，身上佩戴的明珠耀人眼目。交甫見而悅之，下請其佩，二女解佩與交甫。交甫受而懷之。再視，則懷空無佩。故佩環既指玉質佩飾物，又借指女子。

〔10〕宵孃：原指南唐後主李煜的宮嬪，此處借指歌女。

〔11〕蛩：蟋蟀。

【評 析】

形容秋天之殘，藉秋之寂寥以喻己之情，有濃濃的哀愁感。

（蕭家怡箋注）

賀新郎　稼軒詞："起望衣冠神州[1]路，白日銷殘戰骨。歎夷甫、諸人清絕。夜半狂歌悲風起，聽錚錚、陣馬簷間鐵。南共北，正分裂。"古今事如出一轍，黯然和均，即用原句作收。彊邨老人云："天涯別有憑闌意，除是杜鵑[2]能道。"蹈襲云乎哉！

　　忍對西風說。漸人間、笙歌夢裏。換裘拋葛。秋遠中原迷落雁。雲擁寒天欲雪。渺一綫、吳山如髮。負壑舟藏今不見。恐巨靈、擘破千江月。杯擲去。勸彈瑟。　　　漫教折柳[3]輕傷別。看橫刀、橋頭斷水。漸還冰合。記否吹笳城邊路。沕穆[4]腥塵沁骨。恨無故、當年裾絕[5]。淚鑄黃金都知錯。又瞢瞢[6]、錯鑄神州鐵。南共北、正分裂。

【箋　注】

〔1〕神州：比喻國土。

〔2〕杜鵑：在詩詞中，杜鵑多作為悲傷的意象出現，常以杜鵑啼血比喻哀傷至極。

〔3〕折柳：古人餞送友朋常折柳贈別，以表達依依之情。

〔4〕沕穆：深微之意。《史記·屈原賈生列傳》："沕穆無窮兮，古月可勝言。"司馬貞索隱："沕穆，深微之貌。"李白《明堂賦》："淳風沕穆，鴻恩滂洋。"

〔5〕裾絕：即絕裾。裾，衣服的前後襟。晉人溫嶠受劉琨之命，至江南奉表勸進，其母阻止，溫嶠便扯斷衣襟，毅然而去。典出《晉書·溫嶠傳》卷六十七。後形容決意離開曰絕裾而去。

〔6〕瞢瞢：晦暗不明。

【評　析】

　　此詞末句引用辛棄疾的詞，可以感受到作者對當時中國社會紛亂不安的傷感。詞中不時展露出無奈、傷痛的情感，想要豁達度日，卻仍心懷故國。

（蕭家怡箋注）

【編者按】

施議對編《當代詞綜》卷一選廖恩燾詞十首，這是第八首，見《當代詞綜》（福州：海峽文藝出版社，2002）。

新雁過妝樓　夢窗賦中秋之作，集中凡五見。余島居四度中秋，每輒賦一詞。今夕讌客江樓酒酣，見月益不自支，次均君特[1]。

島嶼荒寒。清輝共、秋宵賦就年年。度花一片。疑是桂殿鳴環。玉籟[2]飛聲來雁後。璇樞[3]倒影畫筵閒。醉難眠。露蛩占得。冰腕闌干。　　誰教涼鷗也覺。怕水樓噴笛。喚下嬋娟[4]。望中劍氣。銀浪不洗蜺天[5]。浮槎[6]海宮看舞。記曲節驚波釵墜鬟。銅華滿。賸有愁根在。娥馭青鸞。[7]

【箋　注】

〔1〕君特：宋代詞人吳文英字君特，號夢窗。
〔2〕籟：本指從孔竅中所發出的聲音，後泛指一切的聲音。
〔3〕璇樞：星名。北斗第一星為樞，第二星為璇。泛指北斗星。
〔4〕嬋娟：月色明媚或指明月。
〔5〕蜺：虹的一種。彩虹有內虹、外虹兩種，顏色鮮艷的是內虹，即虹；顏色暗淡的是外虹，即蜺。
〔6〕浮槎：傳說中來往於海上和天河之間的木筏。

〔7〕青鸞：傳說中的神鳥，似鳳，五色備舉而多青。

【評　析】

這首詞為中秋時所作，廖氏已四個中秋不在家鄉，今年再賦一詞，以寄思緒。

（蕭家怡箋注）

惜黃花慢　白菊花。夢窗均。

霧縠[1]輕裳。向畫闌省識[2]。竚立真娘[3]。未傳心素。已憐影瘦。夕樓雁過。書斷衡陽。[4]怨秋那怨秋色淡。最堪稱、梳內家妝。[5]宴水鄉、麗霞漾錦。休蘸流觴。　　雲英[6]杵玉多霜。搗露珠灑徧。嫣紫嬌黃。賀湖歸隱。散來鏡髮。陶籬[7]送酌。貼近衣香。嫩枝不上衰年[8]帽。滿頭怕。簪處生涼。盪寸腸[9]。冷簫坐月吹狂。

【箋　注】

〔1〕霧縠：縐紗。

〔2〕省識：認識。

〔3〕真娘：唐時吳妓。《雲溪友議》卷六：真娘者，吳國之佳人也，時人比於錢塘蘇小小，死葬吳宮之側，行客慕其華麗，競為詩題於墓樹。

〔4〕衡陽有回雁峰，相傳雁至此不再南飛。范仲淹《漁家傲》詞："衡陽雁去無留意。"後以衡陽雁去比喻音信渺茫。

〔5〕內家妝：又作內家粧、內家裝，宮內的妝飾。唐李珣《浣溪沙》詞："晚出閒庭看海棠，風流學得內家粧。"唐王涯《宮詞》之七："為看九天公主貴，外邊爭學內家裝。"

〔6〕雲英：唐代女子，相傳遇裴航於藍橋驛，遂結為夫妻，後夫婦俱入玉峰，食丹仙去。

〔7〕陶籬：陶淵明《飲酒》詩之五有"採菊東籬下，悠然見南山"句，後因以"陶籬"指恬淡自然的生活旨趣。

〔8〕衰年：衰老的年紀。

〔9〕寸腸：此指心裡。

【評　析】

詠菊詞也。

（蕭家怡箋注）

送入我門來　曩[1]居東京，每歲宮內省菊花會數百種，燦然陳列，歌舞盛一時。南竄荒陬[2]，前塵如隔世矣。客有餽盆菊者，室人取苗，植園中殆徧。忽忽重九，述得此解。

池影金浮。籬痕翠掩。重陽蹀躞[3]天涯。噪晚林鴉。去遠復飛來。先生邨裏沽尊酒。已費煞牀頭謀玉釵。乍歡夕。甚又籠鐙照得。雲鬢　奩[5]猜。　　衰帽茱萸[6]怕上。誰猶帶霜折贈。蕊正黃開。傍竹鋤畦。纖手試移栽。宅無五畝同桑種。問車鹿[7]何年駕老萊[8]。記東風舊逐。屧廊[9]千笑。密數花牌。

【箋　注】

〔1〕曩：從前、往日。

〔2〕荒陬：荒遠角落也。

〔3〕蹀躞：小步行走的樣子。

〔4〕雲鬟：捲曲如雲的鬟髮。

〔5〕奩：盛裝婦女梳妝用品的小匣子。

〔6〕茱萸：舊時風俗於農曆九月九日折茱萸插頭，可以辟邪。

〔7〕車鹿：即鹿車，指小車。《太平御覽》卷七七五引漢應劭《風俗通》："鹿車，窄小裁容一鹿也。"

〔8〕老萊：即老萊子，春秋晚期楚國隱士。因世亂，避世耕於蒙山之陽，楚王聞其賢，召為輔，不就，隨其妻居江南。

〔9〕廡廊：走廊。

【評　析】

廖氏清末時曾任駐日代辦。居古巴後有客餽盆菊，適逢重九，因而想到居日時的良景。

（蕭家怡箋注）

朝中措

潮聲剛趁碧煙平。天老月生稜。過雨簷花寒落。涵霜雁陣秋橫。　　消磨世態。十年長劍。千佛名經。斷夢歸樓殘點。稀星隔水初鐙。

【評　析】

上闋描述秋景；下闋抒情，抒發這十年以千佛名經消磨艱困時局，卻又有無奈的感傷。

（蕭家怡箋注）

懺盦詞卷七　知稼集　庚午(1930)冬

【徐瑋按：庚午即 1930 年，廖氏當時已卸任古巴領使，由古巴輾轉至美國，經日本，至 1931 年回到中國。】

江城梅花引　十月朔夕，風雨達旦。

　　宵來風雨送殘秋。徹江樓。滿香溝。蠟淚不收玉結小盤虯。[1]鐵馬簷聲[2]和恨洩，澀鷄籌[3]。珠簾曉，怕上鈎。

　　淺杯醉覺尚扶頭[4]。宦情休，簪乍抽[5]。片帆遠影，去鴻渺、早落滄洲[6]。壺裏天穿，歸夢水悠悠。[7]翠笛圍歌今老矣，倦雲游。室如斗，隘九州。

【箋　注】

〔1〕小盤虯：喻蠟淚結成盤龍狀。吳英文《月中行·和黃復庵》有"秋花旋結小盤虯"句。以"玉"飾之，極言其美。

〔2〕鐵馬：簷鈴，掛在簷下的金屬小片。簷聲：雨滴屋簷之聲，此處亦指風動簷鈴之聲。

〔3〕鷄籌：或為更籌之意。更籌是古代夜間計時用的竹籤。王維《和賈舍人早朝大明宮》詩有"絳幘鷄人報曉籌"句。鷄人，周代官名，負責警夜報時。鷄籌，又或為鷄人報更籌之意。

〔4〕扶頭：即扶起醉頭、解醒之意。李清照《念奴嬌》有"扶頭酒醒"語。古代習俗，夜飲醉酒，次日晨起困乏如病，即以飲酒來除酒病，扶頭酒即提神之酒。

〔5〕簪乍抽：即抽簪，散髮之意。

〔6〕滄洲：杜甫《曲江對酒》詩：“吏情更覺滄洲遠，老大悲傷未拂衣。”後以滄洲寓歸隱之意。

〔7〕歸夢水悠悠：溫庭筠《夢江南》詞：“誤幾回、天際識歸舟。斜陽脈脈水悠悠。腸斷白蘋洲。”

【評　析】

江城梅花引，調與姜夔自度曲《江梅引》同。此詞述杪秋風雨，詞人夜不能寐，借酒銷愁，既隱隱有去官後的輕鬆，也表現出遠離家國的鄉愁。

（徐瑋箋注）

點絳脣（二首）

一晌[1]心情，思量半晌都無著。霜紅飄落。滿地燕支薄。　鎮[2]日啾唧，簷鬧爭枝雀。新來覺。酒懷偏惡。消瘦渾如昨。

九折廻腸，彎環一水東流似。[3]并刀犀利。不翦愁邊水。[4]　水自東流，舟趁東流未。孤篷繫。十年身世。轉柁風波裏。

【箋　注】

〔1〕一晌：有兩義，一指片刻，一指多時，此處以第一義更佳。

〔2〕鎮：長久地。柳永《定風波》詞：“鎮相隨，莫拋躲。針綫慵拈伴伊坐。”

〔3〕廻腸句：柳宗元《登柳州城樓寄漳汀封連四州》詩有“江流曲

似九迴腸"句。

〔4〕并刀句：并州以製利剪聞名。杜甫《戲題王宰畫山水圖歌》云：
　　　"焉得并州快剪刀，剪取吳淞半江水。"李白《登謝朓樓餞別校
　　　書叔雲》詩："抽刀斷水水更流，舉杯銷愁愁更愁。"

【評　析】

　　第一首詞上片以落紅滿地暗喻飄零之身，下片以熱鬧景象反襯
愁懷，雖有酒亦不能消解。第二首詞上片全用比喻，訴九曲衷腸，
下片抒思鄉之情，感歎一己之飄零身世。

（徐瑋箋注）

【編者按】

　　《廣篋中詞》卷四選廖恩燾詞十首，其中第二首就是《點絳脣》
二首之一。見葉恭綽選輯、傅宇斌點校《廣篋中詞》（北京：人民文
學出版社，2011 年 12 月）。

探芳信　和夢窗

　　漸吹瘦。問暮雲城邊，笳聲知否。正畫羅裙[1]遠，無
人勸杯酒。夢花寒落空潭底，[2]獨客傷高後。又稜稜[3]、野
水舟橫，[4]荒雞潮候。[5]　　　霜蘚淡鴛繡。早倦旅光陰，棋
消閒晝。憶得瓊筵[6]，篆曲記紅豆[7]。淚綃不短英雄氣，
只惜桓溫柳，[8]帶愁痕、幾縷煙鬟鞾岫。[9]

【箋　注】

〔1〕畫羅裙：美麗的裙，喻美人。牛希濟《生查子》："記得綠羅裙，
　　　處處憐芳草。"

〔2〕夢花句：張若虛《春江花月夜》：“昨夜閑潭夢落花，可憐春半不還家。”

〔3〕稜稜：寒冷。鮑照《蕪城賦》：“稜稜霜氣，蕭蕭風威。”

〔4〕野水舟橫：韋應物《滁州西澗》：“春潮帶雨晚來急，野渡無人舟自橫。”

〔5〕荒雞：指三更前啼叫的雞。潮候：潮漲潮落之時。

〔6〕瓊筵：盛宴。李白《春夜宴從弟桃花園序》：“開瓊筵以坐花，飛羽觴而醉月。”

〔7〕紅豆：素用以寓相思之意。王維《相思》：“紅豆生南國，春來發幾枝。勸君多採擷，此物最相思。”

〔8〕淚綃……桓溫柳句：《世說新語·言語》：“桓公北征，經金城，見前為瑯邪時種柳，皆已十圍，慨然曰：‘樹猶如此，人何以堪！’攀枝執條，泫然流淚。”廖詞似隱括辛棄疾《永遇樂》句意：“可惜流年，憂愁風雨，樹猶如此。倩何人，喚取紅巾翠袖，搵英雄淚。”

〔9〕罼：下垂散亂的樣子。此句比喻煙霞散落群山的景象。

【評　析】

此為懷人感舊之作。上片以秋夜凄清之景，抒作客之孤獨，“畫羅裙遠”引出懷人之意。下片寫客裏光陰，閒極無聊，回憶舊時，徒添愁緒，有“樹猶如此，人何以堪”之慨，滿目所見都帶有故人的影子。

（徐瑋箋注）

金琖子　譜依夢窗吳城賞桂詞

信宿〔1〕雲鴻，滯去程催放，嶺梅寒萼。壘塊仗杯澆，須還我、生平此中邱壑。箭飛鷺外帆輕，恨歸心無着，剛褪了、林衣縞壺天地,[2]舊情霜薄。　　猿鶴。[3]故山約。
豪竹減、哀絲漸冷落。[4]吟魂古愁[5]喚起,孤檠對,風籤弄
影索索。[6]熨衾篆鼎香銷,早檀灰應覺。[7]閒身好、無那水
釣煙鋤,總費商略。

【箋　注】

〔1〕信宿:再宿曰信,信宿即連續兩夜。杜甫《秋興八首》其三:
　　　　"信宿漁人還汎汎,清秋燕子故飛飛。"

〔2〕林衣:樹葉。壺天地:胜境。《後漢書・方術傳・費長房》記費
　　　　長房為市掾時,見市中有老翁懸壺賣藥,市罷,跳入壺中。次
　　　　日費與老翁俱入壺中,見玉堂華麗,有旨酒甘肴,兩人共飲畢
　　　　而出。

〔3〕猿鶴:指隱逸之士。

〔4〕豪竹、哀絲:指樂聲悲壯,語出杜甫《醉為馬墜諸公携酒相
　　　　看》:"酒肉如山又一時,初筵哀絲動豪竹。"廖詞反用其意,寓
　　　　寂寞淒清之境。

〔5〕吟魂:詩人的靈魂。古愁:懷古幽思。

〔6〕檠:燈。風籤句:在燈影下,風吹更籤,索索作聲。

〔7〕香銷、檀灰:極言時間之長。

【評　析】

　　　副題所謂"譜依夢窗吳城賞桂詞"者,即吳文英《金琖子》(又
名《金盞子》)"賞月梧園"詞,依夢窗押入聲韻。此詞述歸鄉退穩
之志。上片寫將要回鄉,歸心似箭,心中不無感慨。下片寫退隱雅
志,隱然有懷人之意,最後以設想日後的漁隱生活作結。

(徐瑋箋注)

霓裳中序第一　鄰家秋海棠冬日初花過牆一枝，嫣然似人。

　　牆窺杏靨窄。宋玉東鄰先嫁畢。[1]天外一花乍坼[2]。正寒翅低飛，枝頭慵覓。纖眉淺額。襯翠鈿、顋粉凝白。相逢笑、不須避卻。半面似曾識。　　愁客。子雲[3]無宅。但到處、闌干醉拍。珠塵[4]吟袖漲得，故梣妝[5]梅，遠阻携屐，麝塵[6]流夢入。畫炬照、年時麗質。[7]松陵路，吹簫曲罷，坐我小紅側。[8]

【箋　注】

〔1〕宋玉東鄰句：宋玉《登徒子好色賦》謂宋玉東鄰有一絕色美女，仰慕宋玉，登牆窺之，三年而宋玉不與交往。此處指鄰家秋海棠"過牆一枝"。秋海棠一般於秋季開花，杏花於二月開花，首句謂"杏靨窄"，意謂杏花未開，此句謂海棠已先綻放，故有"先嫁畢"之語。張先《一叢花》云："沈恨細思，不如桃杏，猶解嫁東風。"

〔2〕乍坼：剛剛綻放。王沂孫《露華》："紺萼乍坼。"

〔3〕子雲：揚雄，詞人借以自況。

〔4〕珠塵：王嘉《拾遺記》卷一："（蒼梧之野有鳥名憑霄）銜青砂珠積成壟阜，名曰珠丘，其珠輕細，風吹如塵起，名曰珠塵。"

〔5〕妝：妝點、點綴。

〔6〕麝塵：溫庭筠《遠摩支曲》："搗麝成塵香不滅，拗蓮作寸絲難絕。"

〔7〕畫炬照句：用蘇軾《海棠》詩意："只恐夜深花睡去，故燒高燭照紅妝。"

〔8〕吹簫、小紅：姜夔《過垂虹》云："自作新詞韻最嬌，小紅低唱我吹簫。"此處以小紅喻秋海棠。

【評　析】

　　此詞詠海棠。上片用擬人手法，描寫海棠的形貌神韻。下片借
蠟照海棠、小紅低唱，暗寫遲暮作客的感慨。

（徐瑋箋注）

一寸金

　　吹篥[1]荒城，幾樹鴉藏又寒落。甚鏡空奩玉，愁塵乍
斂，書沈牋素，別情猶託。釵燕排雲約。羅扇疏、故恩漸
薄。[2]年年瘦、略似東陽，見盡腰圍損犀角。[3]　　垂暮閒
吟，樽前多事，臨風想珠箔。歎汎紅無語，一江鷗鷺，夕
暉已接千家樓閣。生計漁梁在，輸田買、茂陵[4]負郭。歸
來認、舊日人民，慰藉丁令鶴[5]。

【箋　注】

〔1〕篥：簧管樂器。

〔2〕羅扇疏句：相傳漢班婕妤失寵後作《團扇詩》：“新裂齊紈素，
　　鮮潔如霜雪。裁為合歡扇，團團似明月。出入君懷袖，動搖微
　　風發。常恐秋節至，涼飆奪炎熱。棄捐篋笥中，恩情中道絕。”

〔3〕年年瘦句：南朝沈約曾出守東陽，操勞消瘦，衣帶日寬。

〔4〕茂陵：漢武帝的陵墓。在長安之西，是西漢富豪之家所居之地。

〔5〕丁令鶴：《後搜神記》：“丁令威，本遼東人，學道於靈虛山。後
　　化鶴歸遼，集城門華表柱。時有少年，舉弓欲射之。鶴乃飛，
　　徘徊空中而言曰：‘有鳥有鳥丁令威，去家千日今始歸。城郭如
　　故人民非，何不學仙冢纍纍。’”此處感慨則可與歐陽修《採桑
　　子》其十對讀，其詞下片云：“歸來恰似遼東鶴，城郭人民。觸

目皆新。誰識當年舊主人。"廖詞此句反用其意，以為歸來當能盡見故人，可堪慰藉。

【評　析】

此詞上片以寫景敘起，述眼前之荒涼孤寂，轉出相思懷人之情。下片寫想念故鄉，生退隱之志，但求回鄉耕讀，並反用歐陽修"誰識當年舊主人"句意，寄寓思鄉懷人之情。

（徐瑋箋注）

玉蝴蝶　江樓夜感

墻[1]遠風搖鐙小，夢痕斷角，依枕吹冰。瑟鼓鮫絲[2]，今夜定有湘靈[3]。九州後、鬢餘霜白，一雁外、煙帶峯青。漫行星。繞闌貪看，棋賸殘枰。[4]　　江陵。都將舊事，付潮載去，那問楊瓊[5]。伴蝶裙邊，好花修得是前生。甚缺處、尚愁簾月，試醉來、閒數簷鈴。雨還晴、颺鳧天氣，猜上蘋汀。

【箋　注】

〔1〕墻：塔。

〔2〕鮫絲：傳說海底鮫人善織綃絲。梁任昉《述異記》云："鮫即泉先也，又名泉客。"又云："海南出鮫綃紗，泉先潛織，一名龍紗。其價百餘金，以為服，入水不濡。"

〔3〕湘靈：湘水之神，相傳為帝舜的兩位夫人娥皇、女英化成。屈原《遠遊》："使湘靈鼓瑟兮，令海若舞馮夷。"

〔4〕棋賸句：以棋喻星，以枰喻天空。

〔5〕楊瓊：楊花，即柳絮，喻漂泊不定之意。

【評　析】

　　此詞上片寫詞人倚欄觀潮，只見塔遠風搖，夜闌星殘，水上偶然傳來樂聲，勾起詞人的無限想像。下片寫去國懷鄉，漂泊不定，只盼倍伴佳人過着安定的日子，可惜月圓還缺，天晴又雨，世事多變，故鄉是可望而不可即了。

（徐瑋箋注）

漁家傲（二首）

　　一桁小鈎簾放下。輕颦淺笑人如畫。記得玉梅妝故檞。花艷冶。丰姿那似人瀟灑。　　直到更殘釵始卸。憑伊卜就歸期卦。夢穩雨歡重見也。來歲夜。簫聲弄月薔薇架。[1]

　　倦繡已妨茶破睡。汲泉撥火還呼婢。玉盌品來消宿醉。人不寐。勝教酒病懨懨地。[2]　　細爇[3]熏鑪烘素指。冰絃[4]澀盡須重理。莫恨雁書無一字。金鵲尾。[5]瑞煙[6]篆出相思意。

【箋　注】

〔1〕薔薇：杜牧《留贈》："舞靴應任旁人看。笑臉還須待我開。不用鏡前空有淚，薔薇花謝即歸來。"此處有歸來歡聚之意。
〔2〕酒病：飲酒過量所致之病。懨懨：精神不振貌。
〔3〕爇：焚燒。
〔4〕冰絃：琴弦的美稱，有謂用冰蠶絲作琴弦，故名。
〔5〕金鵲尾：用黃銅鑄成的喜鵲形香爐。《香譜》："以塗金為狻猊、麒麟、鳧鴨之狀，空其中以燃香，使香自口出，以為好玩。"

〔6〕瑞煙：瑞腦（一種香料）之煙。

【評　析】

第一首寫男女分別後盼望重逢之情。上片寫女子垂下簾櫳，思念瀟灑的情郎。下片寫女子等待直到深夜，盼望能與情郎團圓。第二首以飲茶解醒敘起，以焚香、理琴寫相思之情。

（徐瑋箋注）

雙雙燕　友見余丁卯所作此曲，因鈔示公度舊詞，[1]欣然如逢三十年前故人。詞為和潘老蘭與夫人有偕隱羅浮之約而作。[2]循誦數四，依韻再賸一解。

羅浮睡了，便擬叱金蛇，山靈鞭醒。[3]潭花妝靚，半浸簪痕玉冷。曲唱屯田泉井，[4]誰更覓飛瓊舞鬢。待看合十開巖，都向眾生摩頂。　　村徑。梅招未隱。[5]任雙蝶騎來，盟香先穩。濃雲似雨，怕又林昏鴉暝。眉照古天秦鏡。[6]莫畫得、霜娥瘦影。記人間世結廬，早闢千年詩境。[7]

【箋　注】

〔1〕公度：黃遵憲（1848—1905），近代著名詩人、外交家、學者。公度舊詞，指黃遵憲詞《雙雙燕》（羅浮睡了）。廖氏此詞乃係再和黃詞之作。

〔2〕潘老蘭：潘飛聲（1858—1934），近代著名詩人。羅浮：廣東惠州羅浮山，為中國道教名山。潘飛聲又自號“羅浮道士”。廖氏《初航集》有《雙雙燕》兩詞，亦用“羅浮睡了”起句。

〔3〕“羅浮睡了”典故見黃遵憲詞序：“題潘蘭史《羅浮紀游圖》。蘭史所著《羅浮游記》引陳蘭甫先生（注者按：即陳澧）‘羅浮

睡了’一語，便覺有對此茫茫，百端交集之感。先生真能移我
情矣。輒續成之，狗尾之誚，不敢辭也。又蘭史與其夫人舊日
有偕隱羅浮之約，故‘風鬟’句及之。”金蛇、山靈指山中的奇
獸、精靈。

〔4〕屯田泉井：指柳永。葉夢得《避暑錄話》：“柳永字耆卿……余
仕丹徒，嘗見一西夏歸朝官云：‘凡有井水處，皆能歌柳詞。’
言其傳之廣也。永終屯田員外郎。”

〔5〕梅招未隱：雖有羅浮梅花相招，潘飛聲與其夫人尚未歸隱。下
句雙蝶既指羅浮山的蝴蝶洞，也及於潘氏的夫妻之情。

〔6〕秦鏡：指夫妻情篤。漢代秦嘉妻徐淑贈秦明鏡，秦賦詩答謝：
“何用敘我心，遺思致款誠。寶釵好耀首，明鏡可鑒形。”

〔7〕黃遵憲詩集名《人境廬詩草》，典出陶潛《飲酒》“結廬在人
境”句。

【評　析】

此詞之緣起可追溯到潘飛聲《雙雙燕》“羅浮睡了”之自注：
“昔在菊坡精舍，聽陳蘭甫先生話羅浮之游，云僅得‘羅浮睡了’四
字，久之未成詞也。壬寅（1902）三月，余游羅浮，至東江泊舟，
望四百峰橫亘煙月中，覺陳先生此四字神妙如繪。”潘飛聲游廣東羅
浮山後有不少相關的藝術作品，詩歌、游記、《羅浮紀游圖》在當時
引起迴響，黃遵憲、丘逢甲等有詩詞相贈，梁啟超在《飲冰室詩話》
中也大加讚賞潘詩，以為有飄飄出世之意。潘詞《雙雙燕》則是和
黃詞而作。

廖氏《初航集》中已錄兩首和作，此詞又云“循誦數四，依韻
再賸一解”，可見極愛黃詞。故詞之上片其隱括黃詞而來，下片則兼
採潘詞之意象，而於歸結處再次對黃公度的才情表示拜服。

（徐瑋箋注）

六 醜 乍天寒念遠

　　乍天寒念遠，綺閣正千嬌妝額。帶寬舊圍，何郎羞賦筆。[1]屬粉凋色。待寫無題寄，[2]雁箋猶渺，殢暗塵飛陌。登臨自古傷詞客。草木山河，衣冠第宅。[3]蘭成暮年蕭瑟。[4]問歌雲一縷，誰和吹笛。　　簷暉漸入。恨花枝影隔。袖染闌干淚，晞未得。群鷗住久人暗。笑忘機海上，雪仍頭白。[5]妖鬟舞、鳳笙喧夕。不應判，薄絮心情總付，汎紅潮汐。良辰透、釵股[6]消息。任醉了又著殘鐙下，西風夢役。

【箋　注】

〔1〕帶寬：指沈約，南朝文學家。沈約因老病而身體瘦小，腰帶亦因而縮緊，後詩文中的“沈約病瘦”、“沈腰”等用典均本此而來。何郎：何遜，南朝詩人。八歲就能作詩，二十歲為秀才。

〔2〕無題：無題詩，多與男女愛情相關。唐朝詩人李商隱多無題詩。

〔3〕皆化自杜甫詩。草木山河：《春望》：“國破山河在，城春草木深。”衣冠第宅：《秋興八首》其四：“王侯第宅皆新主，文武衣冠異昔時。”

〔4〕蘭成：庾信，小字蘭成，南朝文學家。杜甫《詠懷古跡》其一：“庾信平生最蕭瑟，暮年詩賦動江關。”

〔5〕笑忘機海上句：《列子・黃帝篇》：“海上之人有好鷗鳥者，每旦之海上，從鷗鳥游，鷗鳥之至者百住而不止。其父曰：‘吾聞鷗鳥皆從汝游，汝取來，吾玩之。’明日之海上，鷗鳥舞而不下也。”雪仍頭白，化自蘇軾《八聲甘州》：“誰似東坡老，白首忘機。”

〔6〕釵股：借代女子。古代女子有臨別分釵相贈之俗。白居易《長

恨歌》："惟將舊物表情深，鈿合金釵寄將去。釵留一股合一扇，釵擘黃金合分鈿。"

【評　析】

此詞先從梅花詠起，暗寓懷人。梅花遙在遠方，待寫情書，卻"雁殘猶渺"。詞人不禁傷懷，又想到故國河山，風雲色變，自己遠使他國，故以庾信自況。下片寫眼前景象，從黃昏到夜晚，最後種種感慨和思念都付於醉夢之中。

（徐瑋箋注）

浪淘沙慢

遠吹動，飛鴉樹杪，聚雁橋側。帆葉欹煙自碧，溪痕過雨乍白。漸落照頹城催暮色。酹壺酒、不慰孤寂。歡眼底微塵渺如許，天和地寬窄。　　殘客。水濱漫問消息。點鏡檻風花隨潮去，看看流正急。空只笑游魚銀浪翻得。蓼邊趁席。尋舊盟，聊對翁鳬[1]長揖。　　填海今都無青翼，[2]誰還記、女媧煉石。[3]黍宮杳、人猶歌怨抑。[4]怕鐙夢又入銅駝，臥冷月、沙堤四望愁荊棘。[5]

【箋　注】

〔1〕鳬：水鴨

〔2〕填海句：即精衛填海典。《山海經》："又北二百里，曰發鳩之山，其上多柘木。有鳥焉，其狀如烏，文首，白喙，赤足，名曰精衛，其鳴自詨。是炎帝之少女，名曰女娃。女娃游於東海，溺而不返，故為精衛，常銜西山之木石，以堙於東海。漳水出焉，東流注於河。"詞人歎息今日已無人如精衛。

〔3〕女媧煉石：即女媧煉石補天典。《淮南子·覽冥訓》：“往古之時，四極廢，九州裂，天不兼覆，地不周載，火爁焱而不滅，水浩洋而不息，猛獸食顓民，鷙鳥攫老弱。於是，女媧煉五色石以補蒼天，斷鼇足以立四極，殺黑龍以濟冀州，積蘆灰以止淫水。蒼天補，四極正；淫水涸，冀州平；狡蟲死，顓民生；背方州，抱圓天。”補天顯然暗寓政治，既云“誰還記”，則是感慨此時天崩地裂，卻無人有撥亂反正之抱負和能力。

〔4〕黍宮句：用《詩經·王風·黍離》典。詩云：“彼黍離離，彼稷之苗。行邁靡靡，中心搖搖。知我者，謂我心憂，不知我者，謂我何求。悠悠蒼天，此何人哉！”《毛序》：“《黍離》，閔宗周也。周大夫行役，至于宗周，過故宗廟宮室，盡為禾黍，閔周室之顛覆，彷徨不忍去而作是詩也。”《黍離》一篇向來用以哀悼王朝衰亡。詞人曾為清朝使官，此處表達鼎革之悲，結合以上兩句，則更明白地道出“填海”、“補天”之意，同時詞人也明白時移世易，復辟是不可能的了。

〔5〕銅駝、荊棘：《晉書·索靖傳》：“靖有先識遠量，知天下將亂，指洛陽宮門銅駝，歎曰：‘會見汝在荊棘中耳！’”詞人感慨山河殘破，悲痛非常，不堪再想。

【評　析】

　　此詞分三片。第一片寫暮色頹城之景，逗出孤寂之感。詞人感慨人生天地間，渺小如砂塵，寬窄在乎一己的心境。第二片述作客之身世，如花飄零，如水急流。然而詞人卻不能像游魚般隨波逐流而安然逍遙。第三片轉入時事，用了多個典故抒發亡國之悲，“填海”、“補天”既已無望，則只能通過夢而逃避現實中的痛苦，所以結拍表示怕夢中又見銅駝荊棘之景。詞人是清朝遺臣，雖然也做了民國的官，但內心對清王朝不無懷念。這種思念在這首詞中尤為顯豁。

（徐瑋箋注）

月當聽　鐙下檢梅谿詞依譜填此

　　玉液滿注琉璃琖，當筵照影，塵鬢成絲。笑倩好花，還插莫厭衰遲。年少練裙污字，[1]漸羊曇、[2]冷淚付雲飛。倚樓問、書空斜雁，又為誰題。　　韶華去住渾無迹，甚區區，曲闌青換紅移。[3]一晌雨晴，閒費嫩葉禁持。猶記綺鄰放梅早，鬧蜂喧過隔窗枝。爭得似、今宵句，就沒箇人知。

【箋　注】

〔1〕練裙污字：《南史・羊欣傳》載羊欣夏天穿新絹裙畫寢，王獻之在他的新裙上揮筆寫字，羊欣醒後看到王字，十分高興，把新裙墨寶珍藏起來。此處比喻以前的書信。

〔2〕羊曇：羊曇是東晉謝安之姪，為謝安所重。謝安死後，羊曇悲慟不已，不再經過謝安病時走過的西州門，一日醉後誤至，痛苦悲歌而去。見《晉書・謝安傳》。詞人借此抒發感舊生悲之情。

〔3〕區區：細小、渺小，謙指詞人自己。青換紅移：借花草的凋零比喻美好的青春已經流逝。

【評　析】

　　詞題所指，即宋代詞人史達祖"白璧舊帶秦城夢"一詞，調為史自度曲，又作《月當廳》。廖氏此詞乃撫今追昔之作，詞人飲酒作樂，雖然塵鬢成絲，又有何妨，頗有豪氣。然而重看故人舊日書信，豪情盡消，用羊曇懷謝安典故，大抵故人已逝。下片想到自身亦甚渺小，將如草木凋零，最後以昔日的喧鬧反襯今宵的孤寂。

（徐瑋箋注）

柳梢青 周竹坡言"世固未有自作生日詞者，蓋自竹坡老人始也"云云。陳同甫有《垂絲釣》一首，《劉後村集》稱自壽詞凡三見。稼軒壬戌歲生日書懷，有《臨江仙》一首，惟《八難辭》則作於生日前兩日，非生日詞也。小寒日為余六十六初度，十六日，依稼軒例，亦作"八難"以自況焉。[1]

　　說壽身難。喬松瑞鶴，斯又何難。非述作難。一編壽世，揚子知難。　　瓿之覆[2]也傳難。牛汗棟、充兮故難。山倒玉難。[3]人猶是醉，我便醒難。

【箋　注】

〔1〕周竹坡，宋代詞人。陳同甫，南宋詞人陳亮。劉後村，南宋詞人劉克莊。稼軒，南宋詞人辛棄疾。辛棄疾《八難辭》："莫煉丹難。黃河可塞，金可成難。休辟穀難。吸風飲露，長忍饑難。勸君莫遠遊難。何處有、西王母難。休采藥難。人沈下土，我上天難。"

〔2〕瓿之覆：《漢書·揚雄傳》："時有好事者載酒肴從游學，而鉅鹿侯芭常從雄居，受其《太玄》、《法言》焉。劉歆亦嘗觀之，謂雄曰：'空自苦！今學者有祿利，然尚不能明《易》，又如《玄》何？吾恐後人用覆醬瓿也。'"後因以覆瓿作謙詞，喻自己的著作價值不高，只能用來蓋醬罐。

〔3〕山倒玉：玉山倒之倒裝句，形容酒醉欲倒的神態。《世說新語·容止》："嵇叔夜之為人也，巖巖若孤松之獨立；其醉也，傀俄若玉之將崩。"李白《襄陽歌》有"玉山自倒非人傾"句。

【評 析】

　　詞人仿辛棄疾"八難辭"之體，從人的壽命、著述的傳世和醒醉不為人知、慨歎人生的難題，以調侃自嘲的筆調寫成這首別開生面的壽詞。

（徐瑋箋注）

三姝媚　十二月十八日立辛未春，夜過派克湖感賦。

　　麴塵[1]波影外。記青驄、教人錦障泥解。[2]故國千林，漸笑聲偷換，燕鶯無賴。皓首韋郎，空眷念、玉簫難再。[3]歲近天寒，鐙夜誰招，好春同載。　　臘鼓辛盤[4]都改。只戍角西風，皁貂裘在。冷落池臺，問水流花放。幾番朝代。畫鷁飛來，[5]卻又道、將軍橫海。[6]未見如雲旛勝，釵蟲鬢賽。

【箋 注】

〔1〕麴塵：本指酒曲所生之菌，色淡黃如塵，後亦可借指鵝黃色的柳條。

〔2〕錦障泥解：垂於馬腹兩側，用來遮擋塵土。《世說新語·術解》："王武子善解馬性。嘗乘一馬，著連錢障泥，前有水，終不肯渡。王云：'此必是惜障泥。'使人解去，便徑渡。"蘇軾《西江月》詞"障泥未解玉驄嬌，我欲醉乘芳草"，亦用此典。

〔3〕韋郎、玉簫：唐范攄《雲溪友議》載一故事，韋皋與姜輔家侍婢玉簫私下有情，因兩人一別長達七年，韋未有應約而返，王簫遂絕食而死，後轉世復為韋之侍妾。

〔4〕臘鼓：古人於臘日或前一日擊鼓驅疫，後泛指歲末。辛盤：舊俗正月初一，用蔥韭等五種味道辛的蔬置於盤中，又稱"五辛

盤"，寓迎新之意。

〔5〕畫鷁：船的代稱。鷁是一種水鳥，善飛，不懼風雨。古人將鷁的形象描畫於船頭，以圖吉利。柳永《夜半樂》："泛畫鷁，翩翩過南浦。"

〔6〕將軍橫海：《史記·衛將軍驃騎列傳》："將軍韓說……元鼎六年，以待詔為橫海將軍，擊東越有功，為按道侯。"

【評　析】

派克湖：似為美國地名。詞人卸任古巴領使後，未即時回國，此詞或作於遊美之時，惟其行蹤鮮有文獻記載，而類派克湖之名見於美國多處，廖詞中亦未有具體所指，注者不敢妄加推測。辛未即 1931 年。

在鵝黃嫩綠的楊柳掩映下，詞人感舊懷人，慨歎青春已逝，佳人不再。過片點出時間，自己身在海外，每逢佳節，倍思親故。最後詞人借《史記》典故，表示本來想建功立業，但結拍謂"未見"，則知事功終究不成。

（徐瑋箋注）

【編者按】

葉恭綽選輯、傅宇斌點校《廣篋中詞》卷四選廖恩燾詞十首，這是第三首。見《廣篋中詞》（人民文學出版社，2011 年 12 月）。

八　歸　嚮吾國人居海外，殘臘，輒沿街設肆售花。改朔後，此風未除。今年國內屬禁祝舊曆年節，花肆闃然，水仙不可得矣。偶過西友家，見几間一二枝含蕾半吐，香氣襲人，夷然感賦。譜依梅谿。[1]

笙吹鬌散，雲侵裳冷，塵影素韈曾滌。仙山幾度滄桑變，誰念蕊珠宮裏，又彩鷺謫。[2]歲晚賣花門巷過，已不見嚬眉蛾窄。[3]便賺得、簾底回春，說與燕還嫉。　　偏是西鄰解事，培瓷盎似，遣芳辰孤寂玉。[4]徽[5]彈月粉，綃黏淚漫，擬當時傾國怕。風沙萬里沁，作王嬙畫圖色。[6]爭如展、翠微江步，[7]貼水蓮纖，駕波凌寸碧。[8]

【箋　注】

〔1〕梅谿：南宋詞人史達祖號。廖氏此詞依史達祖《八歸》"秋江帶雨"譜調。

〔2〕蕊珠宮：仙宮。彩鷺謫：以鷺鳥下凡比喻水仙花。

〔3〕嚬：顰。此句即小序中言歲晚花肆未見水仙事。

〔4〕偏是西鄰句：述小序中言西友家種水仙事。

〔5〕徽：琴徽。

〔6〕王嬙：王昭君。此處以王昭君出塞比喻在域外得見水仙。

〔7〕翠微：形容江水青翠縹緲。吳文英《玉京謠》："江上翠微流水。"

〔8〕波凌：即凌波，形容步履輕盈。全篇多用曹植《洛神賦》寫洛神"體迅飛鳧，飄忽若神，凌波微步，羅襪生塵"之意，故篇首有謂"塵影素韈曾滌"。

【評　析】

此詞雖以詠花為主，而小序云"今年國內屬禁祝舊歷年節"，乃是借描寫水仙花來抒發今昔之感。"舊歷"，原文如此，似為"舊曆"之誤。禁祝春節，花肆沒有水仙花，詞人身在國外反而可以自由過節，也如在西友家中見到水仙花一樣，在反諷之中更有慨歎的意味。

（徐瑋箋注）

玉漏遲　歲除前一夕偶成

　　暈鐙紅一點。檀煙繡箔。玉霜雕簟，漉酒烏巾，[1]猶伴故年書劍。萬里江山勝處，問臺榭、幾回春占。憑省念，素梅圖好，又消寒染。[2]　　尚未小築團焦，笑范蠡魚經，怎收鉛槧。[3]續曲絲闌，過眼鶯花雲淡。門外碧陰似水，只嬌柳、藏鴉偏欠。[4]妝弄豔娥，天半鈎銀閃。[5]

【箋　注】

〔1〕漉酒烏巾：《南史·隱逸傳·陶潛》："郡將候潛，逢其酒熟，取頭上葛巾漉酒，畢，還復著之。"

〔2〕梅圖、消寒：即"九九消寒圖"。舊俗於冬至畫素梅一枝，為瓣八十一，日染一瓣，八十一日後就是正月。

〔3〕團焦：圓形的草屋。范蠡魚經：《養魚經》，相傳為范蠡歸隱後著。鉛槧：寫字用的工具，此處借代做官。《西京雜記》記揚雄"常懷鉛提槧，從諸計吏，訪殊方絕域四方之語"。詞人屢為領使，或用以自況。此句述詞人有歸隱之思，但既"尚未"、"怎收"，可見仍在塵世之中。

〔4〕嬌柳句：寫初春景象，雖有楊柳，數量卻不多，不足以藏鴉。

〔5〕豔娥、半鈎銀閃：娥眉月。

【評　析】

　　此詞上片寫作者臨近歲晚，獨對一燈如豆，思念昔日"漉酒烏巾"的狂放和"書劍"所代表的情志。詞人現在遠離祖國，只能通過"消寒圖"來懷念故國山河。下片先述自己尚未能退隱而把一腔愁情付予門外的嬌柳彎月。

（徐瑋箋注）

鳳池吟　除夕約友為消寒會。酒酣，歌院聽曲。三鼓歸，兒女輩猶歡呼。作葉子戲，不能無羊去禮存之感。[1]

　　笑語圍鑪。酌椒杯又，草草歲餞重湑。[2]奏雲簫第一，聲休惹起，醉舞髯鯨。[3]曲顧周郎，誤絃拂徧總傾城。[4]宮移羽換，開元遺譜，忍問瑤京。[5]　　殘年乍轉深夜，正物華燦寶，玉漸低繩。[6]看簸錢[7]行樂，隔窗兒女，入影春鐙。那管東風，裹寒猶凝小池冰。朝來事，料翠禽、[8]道著平生。

【箋　注】

〔1〕葉子戲：又名葉子格戲，唐宋已有記載，惟年代不同，所指亦相異，有謂即紙牌之統稱，亦有謂即麻將之原型。羊去禮存：語出愛禮存羊之典。《論語·八佾》：“子貢欲去告朔之餼羊，子曰：‘賜也，爾愛其羊，我愛其禮。’”

〔2〕椒杯：以椒浸製的酒。《楚辭·九歌·東皇太一》：“蕙肴蒸兮蘭藉，奠桂酒兮椒漿。”椒漿多用以祭神。此兩句化用王安石《示長安君》“草草杯盤共笑語”之意。

〔3〕髯鯨：大鯨。

〔4〕曲顧周郎句：《三國志·吳書·周瑜傳》：“瑜少精意於音樂。雖三爵之後，其有闕誤，瑜必知之，知之必顧。故時有人謠曰：‘曲有誤，周郎顧。’”

〔5〕宮移羽換：宮、羽，古代音樂術語。宮，五聲音階的第一音；羽，五聲音階的第五音。周邦彥《意難忘》：“知音見說無雙，解移宮換羽，未怕周郎。”開元：唐玄宗年號，盛唐之代稱。瑤京：京城。此處暗寫易代之悲。

〔6〕物華句：王勃《滕王閣序》："物華天寶。"玉繩：星宿名。《文選·西征賦》："正睹瑤光與玉繩。"李善注以為玉衡星以北兩星即為玉繩。蘇軾《洞仙歌》："金波淡。玉繩低轉。"

〔7〕簸錢：古代一種擲錢的遊戲。此處借指葉子戲。

〔8〕翠禽：翠鳥。《類說》引《異人錄》說，隋唐時趙師雄行羅浮山，日暮於樹林遇一美人，與之對飲，有綠衣童子戲舞其側。翌日，趙醒來發現身倚大梅花樹，樹上有翠鳥，原來趙所遇美女就是梅花神，綠衣童子就是枝上翠鳥。

【評　析】

此調只吳文英一首，無別詞可校。

詞人在異鄉度過除夕，上片寫歌院聽曲事，感慨時移世換，因此下片寫兒女行樂時自己卻難以全情投入，並未能感受到新春到來的喜樂。

（徐瑋箋注）

滿庭芳　前闋脫藁，對案頭瓶供紅繡球花，大逾吾國牡丹幾倍，奇麗天然，感香成均。

笑擁彤雲，香團絳雪，環肥也自能嬌。[1]山頭群玉，浪費謫仙描。[2]鐙影入春無罅，鏡鸞見、依約魂銷。[3]故園夢、千花凝豔，如海泛猩潮[4]。　　潘涸。[5]吟鬢後，芳情綺緒，一例蕭條。問綵樓歌袖，今夕誰招。飛燕妝成可惜，舞將軍，掌上纖腰。[6]休還認，金扉[7]醉欺，人在謝孃[8]橋。

【箋　注】

〔1〕環肥：指唐玄宗之貴妃楊玉環，楊氏以體態豐滿稱美。故有
　　"燕瘦環肥"之說。燕瘦，指漢成帝皇后趙飛燕體態輕盈。此處
　　喻繡球花飽滿嬌艷。

〔2〕山頭群玉句：謫仙即李白。李氏《清平調》其一詠楊貴妃，有
　　"若非群玉山頭見，會向瑤臺月下逢"句。

〔3〕鏡鸞句：劉敬叔《異苑》："罽賓國王得一鸞，欲其鳴，不可致。
　　飾金繁，饗珍饈，對之愈戚，三年不鳴。夫人曰：'嘗聞鸞見類
　　則鳴，何不懸鏡照之？'王從其言。鸞覩影，悲鳴沖霄，一奮而
　　絕。"此處只用照鏡銷魂之意。

〔4〕猩潮：喻花海一片鮮紅。

〔5〕潘凋：西晉文學家潘岳三十二歲即生白髮。

〔6〕飛燕妝成可惜：李白《清平調》其二有"借問漢宮誰得似，可
　　憐飛燕倚新妝"語。可惜即可憐意。掌中纖腰：杜牧詩："楚腰
　　纖細掌中輕。"意謂體態輕盈，能作掌上舞。

〔7〕金扉：華貴的門戶。

〔8〕謝孃：唐代有名妓謝秋娘，後以謝娘、秋娘泛指歌妓。謝孃
　　橋：晏幾道《鷓鴣天》："夢魂慣得無拘檢，又踏楊花過謝橋。"

【評　析】

　　此詞詠紅繡球花，以楊貴妃為喻，趙飛燕為襯托，首尾相應。
上片寫紅繡球花嬌艷奪目，並非凡品。下片由花及人，寫人在異鄉，
已屆遲暮，已無心情作樂，所謂"芳情綺緒，一例蕭條"即是。

（徐瑋箋注）

懺盦詞卷八　詠而集　辛未(1931)春夏秋

探春慢　人日。依石帚譜作。

風信頭番。[1] 露枝手折。黏雞門庭猶是。白髮新冠。青鹽[2] 殘甕。長守酸儒[3] 故味。游倦詩情減。賸寥落。山河雲綺。草堂[4] 應念當時。浣花[5] 題句曾寄。　　誰分輶軒[6] 再訪。憐蕞綵俗刪。荊楚無記。[7] 畫荻[8] 灰寒。啼鶯簧巧。正惹綠窗人起。梅蕊遲催發。又放慢。東君[9] 心意。歲月都忘。桃開武陵[10] 溪未。

【箋　注】

〔1〕風信：應季節而來的風。頭番：二十四番花信風第一番。

〔2〕青鹽：鹽的一種。多產於西南、西北各地的鹽井、鹽池之中。大而青白，故稱。也稱戎鹽。

〔3〕酸儒：迂腐或寒酸的文人。

〔4〕草堂：隱士自稱其居住的地方，依後句指的是杜甫的浣花草堂。

〔5〕浣花草堂一詞源自杜甫避難於蜀，於成都建立草堂一處，因位於浣花溪畔故又名浣花草堂。

〔6〕輶軒：古代天子之使臣所乘的輕便車子。也可以為古代使臣的代稱。

〔7〕春秋戰國時代的楚國，位於荊州，故稱為"荊楚"。《荊楚歲時記》是南朝梁代宗懍撰寫的一部記載荊楚歲時習俗的著作，也是保存到現在的中國最早的一部專門記載古代歲時節令的專著。

〔8〕畫荻：宋代歐陽修的母親以荻草的莖畫地，教歐陽修學書的故事。

〔9〕東君：春神。

〔10〕桃開武陵：比喻世外樂土或避世隱居的地方。見陶淵明《桃花源記》。

【評　析】

　　上闋前三句抒寫春末景色，後三句用對比形式刻畫出一種不合時的殘景，並以酸儒調侃自己。雖言心倦，但美好的景色，讓廖氏想到杜甫也曾在失落時建造浣花草堂。

　　下闋寫到翦綵習俗的改變，是讓人無奈。春意闌珊，連世外桃源之處是否春息也未到。

　　　　　　　　　　　　　　　　　　　　　（蕭家怡箋注）

瑞鶴仙　春情

　　為誰留畫本。已不少。池臺妝成金粉。春陰護花嫩。怕恩恩。開落蝶情輕引。繁紅尚靳[1]。上梢遲、番風怎準。放繡簾燕子。歸來細數。故園[2]芳信[3]。　　閒恨絕塵書幌[4]。疎影闌干。鳳簫[5]慵困。巢鶯乍穩。嬉游事。正無限。過燒鐙漸是。清明節也。拾翠[6]佳人又問。問溪頭一寸。鞋尖草生幾寸。

【箋　注】

〔1〕靳：吝惜意。

〔2〕故園：故鄉。

〔3〕芳信：敬稱他人的書信。

〔4〕書幌：書帷，書齋的帷帳，借指書齋。

〔5〕鳳簫：相傳秦穆公之女弄玉，吹簫引鳳，後隨鳳凰而去，遂以
　　鳳簫泛指簫或排簫。

〔6〕拾翠：婦女春遊採拾花草。

【評　析】

　　廖氏傷春填詞，等待故人來信。以春鶯嬉遊、拾翠佳人的美麗
景象，與自己閒悶的心情對比。

（蕭家怡箋注）

絳都春　社日飲郊市夜歸，室人以瓶花供案上。

　　花分酒氣。似鐙影殢人。[1]華妝羞倚。社鼓[2]罷喧。聊
賞芳辰謀春醉。玉壺[3]沽向蠻邨裏。正繡閣[4]、停鍼[5]無
寐[6]。夜闌[7]歸去。鈎簾暗度。膽瓶[8]香細。　　長是[9]
文園病渴。[10]賦情嬾。那更斟紅酌翠。取次相看。消得禁持
流年駛。東風偷換閒桃李。[11]便莫問。緇塵[12]何世。曉來
鄰又湔裙[13]。徑駕到未。

【箋　注】

〔1〕殢：有糾纏、困於、沉溺意。唐李山甫《柳十首》之九：“強扶柔
　　態酒難醒，殢着春風別有情。”杜牧《送別》：“莫殢酒盃閒過日，
　　碧雲深處是佳期。”秦觀《夢揚州》：“殢酒困花，十載因誰淹留。”

〔2〕社鼓：古代祭祀社神時打的鼓。

〔3〕玉壺：喻明月。

〔4〕繡閣：女子居住的閨房。

〔5〕鍼：縫衣物的用具。

〔6〕無寐：睡不著。

〔7〕夜闌：夜深。

〔8〕膽瓶：頸部細長，腹部圓滿，形如懸膽將下墜之勢的花瓶。

〔9〕長是：時常，老是。

〔10〕文園病渴：漢朝司馬相如拜為孝文園令，後人遂以文園指司馬相如。或借指文人。"文園病"指稱病閒居。

〔11〕桃李：喻人的青春年少。

〔12〕緇塵：塵汙。比喻世俗的汙垢。

〔13〕湔裙：湔，洗。舊俗正月元日至月底，士女酹酒洗衣於水邊，可以避災度厄，洗掉晦氣。

【評　析】

此詞上闋描述喧鬧後，帶著酒意夜歸，月光灑進屋内卻睡不著；下闋以文園病渴暗寓自己稱病閒居，而且真無所事事。

（蕭家怡箋注）

【編者按】

《廣篋中詞》卷四選廖恩燾詞十首，這是第四首。見葉恭綽選輯、傅宇斌點校《廣篋中詞》（人民文學出版社，2011 年 12 月）。

丁香結　展堂養痾湯山，賦此却寄。

嬌綠藏鴉。亂香迷蝶。簾影乍重晴綺。正寶釵[1]垂髻[2]。響繡鞥[3]、動葉驚鴛廊底。鳳笙[4]搖珮弄。清湍寫、院筮韻細。臨歌頻勸。釀酊[5]酙[6]午偎花須醉。　　　閒背。畫檻看新枝。省識[7]雲行迤邐[8]。沁入詩眉。三分黛色。二分流水。游騎原草漫踏。賸得芳菲[9]幾。裁春紅落蕎。還有烏衣[10]小隊。

【箋　注】

〔1〕寶釵：舊時婦女頭上裝飾所戴的簪子。

〔2〕垂髻：指盤結於頭頂或腦後的頭髮，髮髻下垂，有各種形狀。

〔3〕靸：一種沒有後跟的鞋子。

〔4〕鳳笙：笙的美稱。

〔5〕醽酊：醇酒。

〔6〕酹：以酒灑地而祭。

〔7〕省識：認識。

〔8〕迤邐：連續不斷的樣子。

〔9〕芳菲：花草的芳香。

〔10〕烏衣：燕子。

【評　析】

　　這闋詞在描述廖氏自己養病賦閒欣賞美景。此時作者的心情應該不錯，對視覺上的顏色變化及景物、花鳥的描寫，加上許多不同的聲響，甚是豐富。

　　　　　　　　　　　　　　　　（蕭家怡箋注）

還京樂

　　畫簷底。鵲噪新晴又說風簾燕。正酒消人起。亞闌拍處。雲煙舒卷。放眼郵亭[1]路。年年草色成秋苑。鶯都老。誰忝勝游。教嘶驄[2]勸。　　想歸舟畔。未寒盟[3]鷗鷺。銀濤[4]碎踏。應隨帆影去遠。平生繭足無山。欠青鬟[5]、寫付鴛絹[6]。看斜陽、知繡陌寬春。紅妝弄晚。謝屐[7]欣然蠟。詩囊[8]聊為伊辦。

【箋　注】

〔1〕郵亭：古代傳遞信件的人沿途休息的地方。亦稱驛館。

〔2〕驄：毛色青白相雜的馬。

〔3〕寒盟：指違背盟約。

〔4〕銀濤：銀白色的波濤。

〔5〕青鬟：黑色環形髮髻。借指美人。

〔6〕鵞絹：亦作"鵞溪絹"，產於四川省鹽亭縣鵞溪的絹帛。唐代為　　貢品，宋人書畫尤重之。

〔7〕謝屐：一種前後齒可裝卸的木屐。原為南朝詩人謝靈運游山時　　所穿，故稱。

〔8〕詩囊：貯放詩稿的袋子。

【評　析】

　　上闋描述春色、春景，感傷所見古道一年復一年，春去秋來。下闋提到想歸舟畔、應隨帆影，但並未如願，只能遠望斜陽弄晚。最後引謝屐典故，吟詩以自娛。

（蕭家怡箋注）

燭影搖紅　暮春派克湖上望摩羅臺有感

　　春色花深。翳祛[1]塵表湖搖鏡。碧痕依樣畫闌干。鴛甃[2]紅成暝。杯底詩魂半冷。被流鶯、嬌聲喚醒。水窗虛掩。雛燕低飛。纖肩猶竚。　　歌吹[3]都疑。沼吳[4]雪恥層臺賸。青溪[5]紗浣靚妝人。不見來幽徑。雲意做晴未定。只垂虹、聊堪繫艇。種魚十畝。誰羨榮名。勒殘彝鼎[6]。

【箋 注】

〔1〕祛：去除。

〔2〕鴛甃：用對稱的磚瓦砌成的井壁。亦借指井。

〔3〕歌吹：歌唱吹奏。

〔4〕沼吳：猶言滅吳。語本《左傳·哀公元年》：“越十年生聚，而十年教訓，二十年之外，吳其為沼乎！”杜預注：“謂吳宮室廢壞，當爲汙池。”清楊焯《吳門雜感》之二：“煙波一櫂鴟夷子，閒對西施話沼吳。”魯迅《且介亭雜文·阿金》：“也不信妲己亡殷，西施沼吳。”

〔5〕青溪：碧綠的溪水。

〔6〕彝鼎：彝同彝。彝鼎，泛指古代祭祀用的鼎、尊、罍等禮器。

【評 析】

上闋描繪春末湖色澄清如鏡，浮現在澄澈水面上的波紋映照着闌干。但自己卻意興闌珊，詩魂半冷。下闋引用勾踐滅吳的典故。吳王夫差喜歡建造宮殿，興建亭台樓閣。於是越國就派人入山伐木，選擇木質好的大材，令工匠進行修飾。最終吳國滅亡，只剩這些樓閣仍在，不免令人欷歔。在這種天候未佳、時局不定之時，還是做個垂釣之人，不與世俗爭。

（蕭家怡箋注）

桃源憶故人　逆旅[1]主人，余十五年前舊宅居停[2]也，重見甚歡。為言年七十有七。長女已適人。猶日在逆旅中部署諸務，豐容盛鬋。無復垂髫時嬌小玲瓏矣。

綠陰窗戶鐙搖舊。一笑雪鬢呼酒。同看眼前蒼狗[3]。

和月循牆走。　　雲英瓊液斟盈斗。依約纖蛾圖就。舞損玉環[4]腰瘦。應記園東柳。

【箋　注】

〔1〕逆旅：旅居。

〔2〕居停：寄寓、棲止、歇足之處所，此指居停之主人。

〔3〕“蒼狗”有二義，一指青色的狗，一謂“白雲蒼狗”。若係指白雲蒼狗，則比喻世事變幻無常。杜甫《可歎》：“天上浮雲如白衣，斯須改變如蒼狗。”

〔4〕玉環：楊貴妃的小字。

【評　析】

　　廖氏見到十五年前屋宅的主人，重逢甚歡。主人年七十七，容貌豐腴盛鬚，已和以前有很大的不同。這首詞描寫兩人開心喝酒，用呼字可感受當時談話之歡愉，一同欣賞窗外景色，並填詞紀念。

（蕭家怡箋注）

高陽臺　東坡守錢塘無日不在西湖，余宦浙半載亦然。自轉內秩入譯垣于役海外三十餘年，中間只丙寅春一游。然吾鄉小西湖則幾如隔世矣。讀彊邨老人此曲，感往思來悠然和均。

　　雲海詞仙[1]。鷗天畫槳。當時縮本[2]西湖。點檢行塵。鷲峯[3]有夢飛徂[4]。東華[5]卅載頻來去。更殢[6]情、玉塞[7]煙蕪[8]。早清霜。侵鬢杯前。澀鏡堂隅。　　一竿依舊錢塘著。料扁舟簑笠。應仿髯蘇。載得花枝。看殘鴛水飄珠。尋詩不為裙書帶。為小窗。寒夜鐙孤。伴蒼顏。

丈室維摩[9]。那箇人如。東坡贈朝雲詞結句云，尋一首好詩，要書裙帶。[10]

【箋　注】

〔1〕詞仙：稱譽擅長填詞的人。

〔2〕縮本：指縮小的摹本、版本等。

〔3〕鵞峯：白鵝峰位於黃山東南部。李白有《送溫處士歸黃山白鵝峰舊居》詩，其中"歸休白鵝嶺，渴飲丹砂井"句，指黃山為溫處士的歸隱之處。

〔4〕徂：到、往、去。

〔5〕東華：泛指朝廷。

〔6〕殢：纏綿、糾纏。

〔7〕玉塞：玉門關的別稱。

〔8〕煙蕪：煙霧中的草叢。亦指雲煙迷茫的草地。

〔9〕丈室維摩：佛教語。維摩詰居士的方丈室。室雖只有一丈見方，其所包容極廣。在維摩詰居士的丈室中竟能容納三萬二千個師子座而無礙，住此法門的菩薩能隨順眾生令七日與一劫延促不定，亦可隨緣示現各種身形為眾生說法，具如此種種"不可思議"神通力。其實，它所開示的是要打破眾生對空間、時間、身相等等的執著，從種種的虛妄分別中解脫，以達到"生死"、"涅槃"不二之大乘菩薩解脫，故稱為"不可思議解脫"。

〔10〕蘇東坡被貶到惠州時，有妾朝雲相伴。

【評　析】

　　廖氏為惠州人，蘇軾也曾被貶至惠州。作者以西湖美景為引，提及自己旅外三十餘年中，只曾到西湖一游。上闋提到自己來去奔波，多少年來已是白髮蒼蒼。下闋以書裙帶為典，說自己應仿蘇軾，放情山水。自己和蘇軾的不同之處，是尋詩不為裙書帶，而是為蒼顏孤單的自己，如維摩詰一般從虛妄中解脫。

（蕭家怡箋注）

八聲甘州　夜登逆旅[1]樓上最高層，島國風光奇瑰萬態。以夢窗遊靈巖均寫之。

引天梯縹緲遡虹河。飛杯載行星。正纖雲[2]連袂。華鐙低閣。寒蜃荒城。化杖驂[3]風好喚。劍水洗鮫腥。鸞鶴煙中語。鈴墻千聲。　　塵世漫漫長夜。問幾人繡幄。蝶夢[4]初醒。笑溫犀[5]燃後。留得怪峰青。峭闌干、殘笳吹上。看雁猜、弦月落遙汀。誰收了、半痕濤綫。江又奩平。

【箋　注】

〔1〕逆旅：旅館、客舍。

〔2〕纖雲：微雲，輕雲。

〔3〕驂：泛指馬匹。

〔4〕蝶夢：指超然物外的玄想心境。

〔5〕溫犀：見《晉書·溫嶠傳》：“（嶠）至牛渚磯，水深不可測，世云其下多怪物，嶠遂燬犀角而照之。須臾，見水族覆火，奇形異狀。”後以“溫犀”比喻洞察一切的才識。

【評　析】

廖氏夜登頂樓一覽美景。上闋描寫仰望星空，充滿有趣的異想，有天梯、飛碟等，和地上塔的鐘聲形成一種奇趣。下闋寫到自己從玄想中醒來，復見蕭索的景象。

（蕭家怡箋注）

【编者按】

《廣篋中詞》卷四選廖恩燾詞十首，這是第五首。見葉恭綽選輯、傅宇斌點校《廣篋中詞》（人民文學出版社，2011 年 12 月）。

解連環　花事闌珊，芳春去矣。依夢窗“賦秋情”譜，填此以抒鬱伊。因簡展堂，時適在報紙上見湯山所為詩也。

　　滿頭華髮[1]。曾衝冠[2]記得。唾壺[3]還缺。漸冷落、韶景[4]流年。看梅子。已黃怒芽羞發。訴與薰絃。語鶯杳、咽蟬聲切。沁嬌塵怨入。賀老定場。舊沙檀撥。　　悠悠眼前過蝶。采園林臘香。自度生活。甚慷慨、橫槊稱雄。[5]對殘酒當歌。[6]醉呼星月。繞樹[7]無枝。那輕問。秋來啼鴂。有蛟龍夜深。未睡浪花噴雪。

【箋　注】

〔1〕華髮：花白的頭髮。

〔2〕衝冠：盛怒的樣子。岳飛《滿江紅》詞：“怒髮衝冠，憑欄處，瀟瀟雨歇。”

〔3〕唾壺：小口闊腹的盛痰器皿。

〔4〕韶景：指春景。

〔5〕此句指曹操。蘇軾《赤壁賦》：“釃酒臨江，橫槊賦詩，固一世之雄也！”

〔6〕曹操《短歌行》：“對酒當歌，人生幾何？譬如朝露，去日苦多。”原用以感嘆人生苦短，要及時有所作為；後亦指應當及時行樂。

〔7〕繞樹：曹操《短歌行》：“月明星稀，烏鵲南飛。繞樹三匝，何枝可依？”

【評　析】

廖氏見春去而感傷。上闋寫韶光已逝，過去的事還歷歷在目，但終究是一去不回頭。下闋借橫槊稱雄的曹操，引出其《短歌行》“對酒當歌，人生幾何”的典故，以豁達的心境看待世事。

（蕭家怡箋注）

西　河　游馬丹薩[1]鐘乳石巖。次夢窗“陪鶴林先生登袁園”均。巖在古巴，距都城二百里，平地下百三十餘尺。道光末葉，吾國人墾地海岸，得隧道叢莽中。告居人，相率持火入，蜿蜒行十餘里。峭壁四起，滴水凝結，纍纍如貫珠、如水晶、如玉，作山川神佛珍禽異獸形狀。又肖笙磬琴筑，叩之鏗然有聲。美利堅人沿徑曲折環以鐵闌，澗谷則架橋通焉。電鐙照耀如白晝。洵奇觀矣。相傳巖由海底達美國邊界，迄未能窮其究竟也。

煙景霽[2]。鈎藤[3]瘦杖融洩[4]。閒尋禹穴[5]下瑤[6]梯。凍巖滲水。[7]素妝仙女散花回。千鐙猿鳥娟麗。繞危檻[8]看墮蕊。韉羅[9]萴露層碎。　　晶虯[10]細甲近嬝嬛[11]。洞天似呪。有人擊壤[12]按商歌[13]。鸞簫吹又何世。　　秉成[14]鶴氅[15]半委地。沁殘雲、雕粉屏綺。壺裏沽春無計。向冰泉[16]、試約長房一醉。青玉簪。宜寒光洗。

【箋　注】

〔1〕馬丹薩：古巴地名，又譯馬坦薩斯，是古巴的西部省份。它西臨瑪雅貝克省，北臨佛羅里達海峽，東臨比亞克拉拉省和西恩富戈斯省。貝拉雅馬爾大岩洞是古巴最早發現的岩洞，位於馬坦薩斯省。1861 年，一群華工在馬坦薩斯省東南部山丘下鑿石挖洞時，無意之中發現了這個巨大幽深的地下洞穴。地洞深約五公里，洞內有小溪流水、天然橋樑、隧道和迴廊，還有千奇百怪的鐘乳石和石筍、石花。鐘乳石的形狀有圓形、十字形、渦形、螺旋形，石花有的像大理花，有的像鬱金香。

〔2〕霽：雨後或霜雪過後轉晴。

〔3〕鈎藤：植物名。茜草科，常綠攀援狀灌木，小枝四方形。葉對生，橢圓形。通常在葉腋處生有由花序柄變成的彎鈎兩枚，故名。

〔4〕融洩：流動貌。吳文英《西河·陪鶴林登袁園》詞："春乍霽，清漣畫舫融洩。"

〔5〕禹穴：地名。一，在浙江省紹興縣宛委山，相傳為禹藏書之所。或稱為"禹井"。二，在陝西省洵陽縣東，相傳禹決漢水時居此。

〔6〕瑤：美玉；玉製的、鑲玉的。

〔7〕此句形容鐘乳石狀。

〔8〕危檻：危欄。

〔9〕韈羅：即羅襪，絲羅製的襪。

〔10〕虯：一種古代傳說中的有角龍。

〔11〕嫏嬛：亦作嫏環。神話中天帝藏書處，也常用作對藏書室的美稱。

〔12〕擊壤：本為老人閒暇無事時的遊戲。唐張說《季春下旬詔宴薛王山池序》："河清難得，人代幾何？擊壤之歡，良有以也。"後比喻太平盛世。

〔13〕商歌：悲涼的歌。商聲淒涼悲切，故稱。

〔14〕汞成：謂之煉就丹藥之意。道教謂以鉛及汞入鼎煉丹，服之可以長生。

〔15〕鶴氅：用鶴羽製成的外衣。

〔16〕冰泉：清泉。

【評　析】

廖氏在古巴馬丹薩游貝拉雅馬爾大岩洞。上闋描寫鐘乳石穴的奇景，有像仙女散花、像龍形等各式形態。下闋則抒發在這銀白似月光的石洞裡，何關乎外面世界是太平抑或亂世。

（蕭家怡箋注）

花　犯　瓶中石榴花

浸斜枝。壺天清淺。紅塵乍吹到。絳[1]妃仙貌。憐弄影猩[2]裙。嬌妒多少。唾茸點染脂櫻小。詩吟人醉了。按錦瑟、無端一柱。[3]看花愁眼老。　　游情那堪更園林。番風次第[4]裏。春榮秋槁。湖海事。霞珠舞、紺[5]龍夭矯。澆懷漸、膽瓶注水。誰忍向、鐙窗樽又倒。但淚灑、碧闌[6]猶熱。蜀禽[7]應解道[8]。

【箋　注】

〔1〕絳：疑為絳之誤。

〔2〕猩：鮮紅色。

〔3〕李商隱《錦瑟》詩：“錦瑟無端五十弦，一弦一柱思華年。莊生曉夢迷蝴蝶，望帝春心託杜鵑。滄海月明珠有淚，藍田日暖玉生煙。此情可待成追憶，只是當時已惘然。”後人多以為悼亡詩，一說為自傷身世的作品。

〔4〕次弟：同次第。次序、依次之義。

〔5〕紺：微紅帶深青的顏色。

〔6〕碧闌：綠色欄杆。

〔7〕蜀禽：指杜鵑。傳說蜀國有一個國君叫望帝，死後他的魂魄化
　　　為杜鵑。因為思念故國，所以它總是啼著"不如歸去、不如歸
　　　去"的叫聲。

〔8〕解道：理解、知道之義。

【評　析】

　　上闋描述石榴花的外貌，鮮紅的顏色像仙子般艷麗，使詞人迷
醉又迷惘，如李商隱《錦瑟》詩的心境。下闋則言春花秋謝，這樣
的心情杜鵑應該知道。

（蕭家怡箋注）

西子妝慢　派克湖新荷未花，和夢窗孤調為催花詞。

　　雲擁碧幢。露凝素蓋。記襯籠鬟紅霧。賞花翻恨著花
遲。早魂銷、幾回香塢[1]。霓裳[2]未舞。萬一是、西風[3]
挽住。鏡開匳[4]。怕鷺絲羞對。潮妝如許。　　芳情誤。
韤[5]再凌波。定共攜笛去。綠陰深裏宿鴛鴦。夢昨宵、綵
旛[6]千樹。桃根[7]麗句。待雙槳、來時重賦。漫江隈[8]。
薄翠綃衣捲雨。

【箋　注】

〔1〕塢：泛指四周高而中央低的地方。

〔2〕霓裳：以霓所製的衣裳，指仙人所穿的服裝。

〔3〕西風：秋風。

〔4〕匳：女子梳妝用的鏡匣，泛指精巧的小匣子。

〔5〕韤：同襪。

〔6〕旛：狹長而下垂的旗幟。

〔7〕桃根：晉王獻之愛妾桃葉之妹，亦為獻之妾。《古今樂錄》曰：
　　“《桃葉歌》者，晉王子敬之所作也。桃葉，子敬妾名，緣於篤
　　愛，所以歌之。”後以“桃根桃葉”泛指美女。

〔8〕隈：水流彎曲的地方。

【評　析】

　　廖氏見派克湖中荷花未開，希望能快催花開。上闋先寫湖中景
象因雲霧、水氣而濛朧。春天時百花盛開，但現今仍未見荷花開，
難道是秋風已到。下闋則寫夢中曾見花開，決心再赴湖中尋芳。

（蕭家怡箋注）

夢芙蓉　沿堤多種影樹花，時如懸火齊，萬串遠望仿佛紅
　　　　棉，第不如紅棉高且葉茂。陰濃，作鳳尾形而長
　　　　耳。次夢窗均寫似。

　　飛朱霞染綺。向平林驟敞。錦圍十里。豔陽斜轉。樓影
髻螺[1]外。紺[2]煙鴉殢[3]醉。都來籠夢鴛被。異越王臺。飄
搖風雨夜。沖漢紫虯[4]起。　　萬古凡塵眼底。憔悴幽蘭[5]。
怨結佳人珮。此情聊付、詩袂酒襟洗。火雲[6]蒸頓[7]翠。誰
還會歲寒意。絳早成河。[8]傾盤仙掌露。淘恨化鉛水。[9]

【箋　注】

〔1〕髻螺：盤結於頭頂或腦後的頭髮，有各種形狀。

〔2〕紺：微紅帶深青的。

〔3〕殢：沉迷、沉溺。

〔4〕虯：一種古代傳說中的有角龍。

〔5〕幽蘭：生於幽谷的蘭花。

〔6〕夏天的紅雲。

〔7〕頓通軟。

〔8〕大紅色的光線投影在地上就像河流一般。

〔9〕比喻晶瑩凝聚的眼淚。李賀《金銅仙人辭漢歌》："空將漢月出
宮門。憶君清淚如鉛水。"

【評　析】

上闋描繪一片美麗的雲霞，轉而傷感。下闋則抒發自己的心境，
看盡世間事，如空古幽蘭以詩酒相伴。最後以總會天晴總結，赤紅
雲霞灑照大地，化為晶瑩的淚水。

（蕭家怡箋注）

蘭陵王　于役古巴六年，未嘗見柳舟泊金門。登山園，喜見千行翠縷婀娜臨風。舟中次清真均。

暝[1]煙直。鴉外峯峯沁碧。郵亭[2]裊。垂柳萬絲。不數當
年漢南色。飄零久去國[3]。猶識。攀條[4]送客。縈懷[5]處。誰
把故情。商畧[6]桃潭水千尺。　　迷離絮花跡。正燕蹴[7]多
時。鶯占前席。斜風[8]曾與裝寒食[9]。聊藉草偎坐。取樽[10]相
酌[11]。酬[12]來甯[13]問第幾驛[14]。雁雲渺西北。　　悽惻[15]。
鬢霜積。漸立影人移。歌韻蟬寂。樓臺炯炯鐙何極。驟掣電[16]
回輦[17]。趁流鳴笛。艤[18]舟重鼓。巨浪起。夢翠滴。

【箋　注】

〔1〕暝：幽暗、昏暗。

〔2〕郵亭：古代傳遞信件的人沿途休息的地方。

〔3〕去國：離開本國。

〔4〕攀條：攀引或攀折枝條，比喻別離。

〔5〕縈懷：牽掛於心。

〔6〕商畧：估計、料想。

〔7〕蹴：踏踩。

〔8〕斜風：細密的小雨隨風斜落。形容春天煙雨迷濛的情景。

〔9〕此句描述似與寒食節無關，或僅指冷的食物。

〔10〕樽：酒器。

〔11〕酹：以酒灑地而祭。

〔12〕酣：暢飲，盡興喝酒。

〔13〕願、盼望。

〔14〕古代供傳送公文的人或往來官員換馬、暫時休息的地方。

〔15〕悽惻：悲傷。

〔16〕掣電：形容像電光般快速。

〔17〕輦：古代用人拉著走的車子，後多指天子或王室坐的車子。

〔18〕鼇：傳說中海裏的大龜。

【評 析】

作者去國飄零久，乃寄寓湖光山色，以表達自己的思鄉之情。

（蕭家怡箋注）

江神子 七月四日舟發扶桑[1]，日已晡，[2]富士山在層霧裏。俄而[3]弦月[4]初上，翕然[5]露頂，殆所謂可望而不可即者耶！

天風不洗九微塵。境中人。嬋[6]鬢雲。十載[7]經過。山舊客愁新。冉冉[8]鈎蟾[9]妝點上。蛾黛色。[10]二三分。

閱殘徐市[11]長兒孫。骨嶙峋。[12]劫灰痕。氣作青銅。磨海起秋氛。咫尺蓬瀛[13]清淺水。無限好。是黃昏。

【箋　注】

〔1〕扶桑：日本。

〔2〕日已晡：天將暮時。

〔3〕俄而：不久。

〔4〕弦月：呈弓弦狀的月稱為"弦月"。

〔5〕翁然：茂盛的樣子。

〔6〕鼙：下垂的樣子。

〔7〕十載：形容長時間。

〔8〕冉冉：漸進之意。

〔9〕蟾：傳說月亮中有蟾蜍，故代稱月亮為"蟾"。

〔10〕蛾黛色：舊時婦女畫眉用的青黑色顏料。又名螺黛。或借指美女。

〔11〕徐市：徐福亦作徐市，本名議，字君旁，齊國琅琊人（今江蘇省贛榆縣），是一個道家方士。據《史記》，徐福曾于秦始皇二十八年和三十七年（前219和前210），先後兩次出海到三神山求仙藥。《史記》還記載了徐福再度出海攜帶了穀種，並有百工隨行。這次出海後，徐福來到"平原廣澤"（可能是日本九州，也可能在琵琶湖一帶），他感到當地氣候溫暖，風光明媚，人民友善，便"止王不來"，停下來自立為王，教當地人農耕、捕魚、捕鯨和漉紙的方法，不回去了。清趙翼《讀史》詩之四："徐福既入海，一去不復還。"清末，駐日公使黎庶昌、黃遵憲等人，都參觀過徐福墓，而且在詩文題記中稱，徐福傳說在日本已是家喻戶曉，人們為他建廟、祠、像，尊他為稻作、蠶桑、醫藥之神。

〔12〕骨嶙峋：形容為人剛毅正直。

〔13〕蓬瀛：謂日本。

【評　析】

　　夏曉虹按，廖氏“1921 年日本行”。據《新粵謳解心自序》：“今春養疴扶桑，朋輩絕鮮往還，怒然寡歡。”（《近代外交官廖恩燾詩歌考論》，《中國文化》第二十三期。）本闋詞寫廖氏搭船至日本，到達目的地時天已暗，遠看富士山雲霧繚繞，新月初上，照耀富士山頂，自感新月可望而不可及也。上闋寫廖氏曾到過日本，此番再去，夜景依然美麗，只是舊客新愁。下闋則引用秦時徐福東渡的典故，廖氏此行參觀徐福祠，可能想到日本也曾豐衣足食，但隨着戰亂，社會也難再清明。

（蕭家怡箋注）

夜飛鵲　七夕五鼓，舟抵吳淞候天明泊岸感賦。

　　雙星[1]度河夜。銀海[2]回槎[3]。纖月映帶鷗沙。天孫[4]裁翦到能巧。人間江筆生花[5]。穿鍼[6]舊亭榭[7]。問瓜筵誰乞。[8]樣錦連誇。飄零有恨。盼南翼、飛落煙斜。

　　休更露蘋千頃。生計羨浮家[9]。淞水之涯。遙指鐙光一片。叠樓紅霧。層綺仙霞。笙歌夢裏。料今宵。不是吹笳[10]。只船闌憑徧。寒流照影。殘鬢霜華。

【箋　注】

〔1〕雙星：牽牛、織女二星。比喻夫婦二人。

〔2〕銀海：銀河。

〔3〕槎：乘坐竹木編成的筏。傳說舊時天河與海相通，海邊的人每年八月見木筏往來；有人遂帶糧食乘筏，至天河，看到牛郎與織女。

〔4〕天孫：織女星的別稱。

〔5〕江筆生花：指文思俊逸，寫作能力特強。或稱譽文章佳妙。

〔6〕鍼：縫布帛的工具，同“針”。

〔7〕亭榭：亭閣臺榭。

〔8〕農曆七月七日夜晚，相傳天上牛郎織女於這晚相會，後世以此日為情人節。此日婦女會陳瓜果、穿七孔針在庭院中祭拜，以乞求巧藝，故七月七日亦謂“乞巧節”。

〔9〕浮家：指浮家泛宅，多指以船為家或長期在水上生活的疍民。

〔10〕吹笳：樂器名，即胡笳，似笛，本為胡人的吹奏樂器，後用於軍中。

【評　析】

　　吳淞，河川名，位於江蘇省境，源出太湖，經上海，合黃浦江入海，江口稱為“吳淞口”，扼長江咽喉，為江防要地，是蘇州至上海的水運要道。或稱為“蘇州河”。編者按：廖恩燾詞作多處提及“吳淞”、“淞濱”、“淞”，即上海之謂。

　　這闋詞為作者回國抵達上海時所作，正值七夕。上闋敘寫七夕牛郎、織女的愛情故事，並言人間詩歌讚頌美好。只是織女手再巧，總是飄零，無法長相守。下闋則寫淞水上的綺景，虛幻似的心境，人不是在國外，而是白髮人在寒夜的淞水上依靠著船闌有感而賦。

（蕭家怡箋注）

石州慢　　不晤彊邨老人十易寒暑矣。比自海外歸滬上[1]，亟思再挹丰采。聞已回閶門[2]故居。風雨浹旬，未往訪也。用老人“聽成竹山談香雪海之游”均，以寫鬱陶。

　　急雨敲窗。塵夢乍涼。秋又南國。[3]螢光小閣鐙紅。雁迹極天雲白。詞仙十載。海上記狎鷗閒。堂深煙閉漪生碧。苔石剝詩痕。費今番重覓。　　因憶。帶鴉黃柳。賓主當年。漫猜消息。喚酒皋橋。畫扇青山能識。幽扃[4]待欵[5]。正恐已老情懷。鴟夷[6]慵[7]載人吹笛。笑上古臺高。倩花扶無力。

【箋　注】

〔1〕滬上：上海。

〔2〕閶門：城門名，在江蘇省蘇州市城西。

〔3〕南國：泛指南方。

〔4〕扃：門戶的通稱。

〔5〕欵：同"款"，叩、敲意。如款門、款關。

〔6〕鴟夷：范蠡幫助越王勾踐復國後，隱姓埋名，浪跡江湖，"鴟夷"是他化名之一。

〔7〕慵：懶。

【評　析】

　　廖氏自云和詞人朱祖謀（彊邨老人）已是多年不見，但因風雨而未能謀面而有所感慨。上闋描寫急雨天涼，自己旅居海外多年，寫下不少的詞。下闋則寫到當年相聚飲酒作畫，現在卻是雙鬢斑白，連扶花的力氣都沒有了。

（蕭家怡箋注）

采桑子慢　滬上呈彊邨先生

　　維摩病起。[1]殘影孤鐙誰共。乍鶴夢[2]、涼雲吹醒。又報疏鐘。[3]丈室[4]吟成。散花人笑畫屏空。聊伸一指。玄機正抵。頭白天龍。　　迤邐豔塵密擁。鶯燕隨分青紅。欵霓羽、而今都換。鼙鼓[5]酸風[6]。夜雨江南。酒杯消向笛聲中。無言閒對。韓陵片石。[7]秋菊霜容。

【箋 注】

〔1〕《維摩經·文殊師利問疾品》載：佛在毘耶離城庵摩羅園，城中五百長者子至佛所請說法時，居士維摩詰故意稱病不往。佛遣舍利弗及文殊師利等問疾。文殊問："居士是疾何所因起？"維摩詰答曰："一切眾生病，是故我病；若一切眾生得不病者，則我病滅。"後用"維摩病"謂佛教徒生病。

〔2〕鶴夢：謂超凡脫俗的嚮往。

〔3〕疎鐘：亦作"疏鐘"。稀疏的鐘聲。

〔4〕丈室：佛教語。維摩詰居士的方丈室。室雖只有一丈見方，其所包容極廣。《維摩經·文殊師利問疾品》載：長者維摩詰現神通力，即時彼佛遣三萬二千師子坐，高廣嚴淨，來人維摩詰室，其室廣博，包容無所妨礙。

〔5〕鼙鼓：古代軍中使用的戰鼓。

〔6〕酸風：指刺人的寒風。

〔7〕韓陵山有座韓陵碑，上面的文章文采飛揚，所以就說其片石也是珍貴。後比喻少見的好文章。

【評 析】

這闋詞寫廖氏在上海拜訪朱祖謀先生。據夏曉虹云："其編年集《懺盦集》起於 1926 年從上海道途赴任古巴時，結以 1931 年歸國後攜詞稿往訪朱祖謀。"（《近代外交官廖恩燾詩歌考論》，《中國文化》第二十三期）整闋詞充滿悲傷情調，下闋寫到原是春日燕好，而今卻為秋菊寒風，無言閒對，甚是傷感。

（蕭家怡箋注）

懺盦詞續槀

陳洵序言

懺盦詞續槀二卷，皆辛壬（1931—1932）歸國後所作，其奇情壯采，不減海外諸篇，而格益蒼，律亦益細。昔王湘綺謂文章老成者，格局或老，才思定減。至如懺盦，豈復有才盡之患哉！惜彊邨先生不及見也。壬申（1932）先立秋三日，陳洵記。

懺盦詞續槀卷一　鳴蟄集　辛未秋冬壬申春

【傅碧玉按】

　　此卷二十七首詞作寫於"辛未秋冬"（1931 年）至"壬申春"（1932 年）期間，時作者六十八至六十九歲。

　　據卷中《木蘭花慢·冷箭吹戍壘》詞序云："歲暮客金陵，戰雲陡起，眷口在滬，塗梗不得歸。"可見當時作者身在金陵（南京）而時局不靖，無法與家人團聚。要理解卷中作品，不妨先了解一下辛未、壬申這兩年間發生了甚麼事。

　　辛未年秋冬，不得不提的是"九一八事變"。當時盤踞在中國東北的日本關東軍製造事端，由鐵道"守備隊"炸毀瀋陽柳條湖附近的日本修築的南滿鐵路路軌，嫁禍於中國軍隊，其後以此為藉口，突然向駐守瀋陽北大營的中國軍隊發動進攻。由於東北地方當局和國民政府執行"不抵抗政策"，因此，當晚日軍便攻佔北大營，次日佔領整個瀋陽城。其後，日軍在短短四個多月內攻佔遼寧、吉林和黑龍江等地區，使東北全部淪陷。這便是 1931 年震驚中外的"九一八事變"。這次事變是日本走向全面侵華的一個開端，除佔領東北三省，還利用投靠日本的廢帝溥儀在東北建立了"滿洲國"傀儡政權。與此同時，各地湧現反日、抗日浪潮，例如上海、杭州等地數十萬工人、學生進行反日罷工罷課；十二月十七日北平、天津、上海、廣州、武漢、濟南、蘇州等地學生代表集中到南京，與當地學生聯合舉行示威游行，要求國民黨政府出兵抗日，但示威人群在"珍珠橋"附近受到國民黨軍警鎮壓等等。而作者當時身處混亂時局的中心南京，家人亦在同樣不平靜的上海，其後更舉家輾轉避亂南下。

明乎此，我們就能理解這卷詞中大部份作品的寫作背景，及作者當時的心境了。

作者早已於己巳（1929年，66歲）"免去駐古巴公使職務"，且"去職後絕意官場"，轉而活躍於創作。返滬後"攜同詞稿一百四十首往訪朱祖謀（彊村）"，得其激賞，並評其詞云："胎息夢窗，潛氣內轉，專於順逆伸縮處求索消息，故非貌似七寶樓臺者可同年而語。至其驚采奇艷，則又得尋常聽覩之外，江山文藻，助其縱橫，幾為倚聲家別開生面。"《鳴蛰集》正是在獲得賞識之後的精益求精之作，而當時作者的"詞齡"已十八載（自言"余年五十，學為倚聲"云云），加之以國家風雲色變的種種經歷，情寄於詞，倍覺動人。誠如陳洵《懺盦詞續集》序云："……二卷皆於辛壬歸國後所作，其奇情壯采不減海外諸篇，而格益蒼，律亦益細。昔王湘綺謂'文章老成者，格局或老，才思定減'，至如懺盦，豈復有才盡之患哉！惜彊村先生不及見也。"亦謂讚歎續集之作更趨老成。《懷冰室文學論集》："現代吾粵詞家，除陳述叔外，其異軍特起，卓有雅音者，當推廖鳳舒恩燾，劉伯端景堂兩君，為今日詞壇祭酒。"（頁289）可見推崇之至。

霜葉飛　重九和夢窗

雁邊[1]零緒。孤煙淡，閒愁還欹江樹。故園[2]花事數籬東[3]，依舊多風雨。正脈脈、金烏[4]斂羽。開簾誰見天眉古。歎鬢雪無聊，帽未插、紅萸[5]倦袖，惜拋紈素[6]。

曾是彩筆[7]塵淹，殘杯弔甫[8]，怨曲[9]今又重賦。短檠[10]搖影亂星簷，漏斷[11]秦絃[12]語。夢不溼、河橋翠縷。飛鴉從帶秋聲去。便更休、登樓望，畫角[13]臺城[14]，淚痕知處。

【箋　注】

〔1〕雁邊：雁為候鳥，因時遷徙，游子見之往往觸發思鄉之情。因此文學作品中的“雁”的意象通常用以抒發鄉思。

〔2〕故園：即故鄉。杜甫《秋興》八首之一：“叢菊兩開他日淚，孤舟一繫故園心。”

〔3〕籬東：東邊的竹籬。陶淵明《飲酒詩》二十首之五：“採菊東籬下，悠然見南山。”後人多用以代指菊圃。

〔4〕金烏：南朝劉孝威《公無渡河》詩：“檣堰落金烏，舟傾沒犀柹。”相傳日中有三足烏，後因以“金烏”喻日。

〔5〕紅萸：亦即茱萸，乃山茱萸、吳茱萸的統稱。重陽節的習俗很多，有賞菊、喝菊花酒、吃重陽糕、插茱萸等等，王維《九月九日憶山東兄弟》詩有“遙知兄弟登高處，遍插茱萸少一人”之句。

〔6〕紈素：細緻光澤的白綢絹。《漢書·外戚傳下·孝成班倢伃傳》：“感帷裳兮發紅羅，紛綷縩兮紈素聲。”《文選·謝惠連·擣衣詩》：“紈素既已成，君子行未歸。”

〔7〕彩筆：南朝江淹少有文才，以詩名顯於天下。相傳他曾夢見郭璞授“五色筆”，因此文思泉湧，但晚年時又夢見郭璞索回寄放其處的“五色筆”，自此江淹作詩絕無佳句。後以五色彩筆比喻文才。

〔8〕甫：男子的美稱。《說文解字》：“甫，男子之美偁也。”《儀禮·士冠禮》：“曰伯某甫，仲、叔、季，唯其所當。”此處或指吳文英。

〔9〕怨曲：指夢窗（吳文英）《霜葉飛·重九》之作，內容亦多哀愁怨歎之情。

〔10〕檠：指燈。庾信《對燭賦》有“蓮帳寒檠窗拂曙，筠籠熏火香盈絮”句。元翁森《四時讀書樂詩》四首之三亦有“近床賴有短檠在，對此讀書功更倍”句。

〔11〕漏：古代的一種計時器。《說文解字》："漏，以銅受水刻節，晝夜百節。" 漏斷：漏聲已斷。指夜深。蘇軾《卜算子·感舊》詞："缺月掛疏桐，漏斷人初靜。"

〔12〕秦絃：樂器名。屬彈撥樂器，木製琴桿，設二弦而有品位，桐木製音箱，音色柔和清脆。又或指秦箏，形如瑟，相傳為秦人蒙恬所造。

〔13〕畫角：樂器名。傳自西羌，口細尾大，形如牛、羊角，以竹木、皮革或銅製成，表面彩繪裝飾。吹奏時發出嗚嗚聲，高亢激昂，古時軍中用以警戒、振奮、傳令、指揮，也用於帝王出巡的前導。

〔14〕臺城：晉宋時稱朝廷禁省為"臺"，故稱禁城為"臺城"。其舊址在今南京城北玄武湖側，與雞鳴山相接。見宋代洪邁《容齋續筆·臺城少城》。唐代韋莊《臺城詩》："江雨霏霏江草齊，六朝如夢鳥空啼。無情最是臺城柳，依舊煙籠十里堤"。

【評　析】

1931 年 10 月 19 日為重陽節，作者身在南京。

廖氏此詞"重九和夢窗"，不但是唱和之作，而且是次韻——步南宋詞人吳文英（號夢窗）《霜葉飛·重九》詞原韻。

上片由寫景發端，所描繪的意象如"雁"、"孤煙"、"江樹"、"風雨"等，都帶蕭瑟之氣；而"零緒"、"閒愁"、"無聊"、"倦"諸語亦透露作者心境愁悶難解。佳節正重陽，然而當時作者身在金陵，正是王維詩所謂"獨在異鄉為異客，每逢佳節倍思親"的情景。重陽自古以來有登高、賞菊、插茱萸等習俗，但隻身在外，已全無應節興致。

下片慨嘆夢窗之境遇，縱有江淹之"彩筆"亦不免被埋沒。夢窗一生未第，游幕終身。"怨曲今又重賦"，可圈可點，既憐夢窗，亦自況處境。面對短燭搖影，漏斷更殘，"夢不溼、河橋翠縷"為虛寫，夢也難成，更不要說登樓遠望，徒惹傷心。"畫角臺城"既寫實，又隱然透露當前時局。下片虛實相間，既回應夢窗原作，又寫出自己的處境和感受，在諸多限制中可謂難得之作。

（傅碧玉箋注）

浣谿沙

　　自入冬[1]來意更消[2]。霜天寒月隔藍橋[3]。玉人[4]樓上記吹簫。[5]　　書遠客猶煩素雁，[6]尊[7]空誰復惜金貂。[8]髭鬖[9]飛後木蘭橈[10]。

【箋　注】

〔1〕入冬：即1931年冬，時廖氏仍滯留南京。

〔2〕意更消：意氣更為消沉之意。

〔3〕藍橋：原指位於陝西省藍田縣東南溪上的一座橋。相傳唐代裴航落第，經藍橋驛，在此遇仙女雲英，求得玉杵臼搗藥，後來兩人結為仙侶。見《太平廣記・裴航》。後以藍橋比喻為戀人結為美好姻緣的途徑。清桂念祖《臨江仙・落盡紅英千點》詞："愁攀綠樹千條，雲英消息隔藍橋。"

〔4〕玉人：傳說春秋時秦有簫史善吹簫，穆公女弄玉甚為傾慕，穆公於是將弄玉嫁給他。簫史教弄玉吹簫作鳳鳴聲，後鳳凰飛止其家，夫婦俱隨鳳凰飛去。事見漢劉向《列仙傳》。後用作男女相慕、締結婚姻的典實。

〔5〕吹簫：同"玉人"注。又杜牧《寄揚州韓綽判官》詩云："青山隱隱水迢迢，秋盡江南草未凋。二十四橋明月夜，玉人何處教吹簫。"此詞"玉人樓上記吹簫"似化用杜牧句。

〔6〕素雁：古有鴻雁傳書的傳說。漢昭帝初年，匈奴與漢和親，漢請釋放被扣押的蘇武，匈奴謊稱蘇武已死。使者告訴單于，說

漢天子射獵上林中，得鴻雁，雁足繫帛書，言蘇武等在某澤中。匈奴不得已只好釋放蘇武。見《漢書·蘇建傳》。後比喻投寄書信或書信往來。當時廖氏滯留南京，而家眷在上海，只能靠家書互通音訊。

〔7〕尊：通樽，即酒瓶。

〔8〕金貂：即金貂換酒之意。晉代阮孚任高官後，曾以代表身分地位的金貂換酒來喝。見《晉書·阮籍傳》。後用以形容富貴者放蕩不羈。

〔9〕鳬髦：鳬，鳥綱雁形目，狀如鴨而略大，體長二尺許，嘴扁，腳短，趾間有蹼，翼長能飛翔，常群居於湖沼中。或稱為“野鴨”。髦，毛髮中較長者稱為髦。《爾雅·釋言》：“髦，選也。”邢昺疏云：“毛中之長毫，曰髦。”後用以比喻出眾的人才。唐太宗《令河北淮南諸州舉人詔》：“江淮吳會，英髦斯在。”

〔10〕木蘭橈：以木蘭為材料刻成的舟，後借指美好的小船。南朝任昉《述異記·卷下》：“木蘭舟，在潯陽江中多木蘭樹，昔吳王闔閭植木蘭於此，……七里洲中有魯班刻木蘭為舟，舟至今在洲中。”唐冷朝陽《送紅線詩》：“採菱歌怨木蘭舟，送客魂銷百尺樓。”

【評　析】

此詞上片述冬寒意緒，頗見消沉。眼前是入冬之後的蕭瑟景象：霜天、寒月，連天與月也染上冷冰冰的調子，而喻為締結美好姻緣的“藍橋”也被隔斷，伊人惆悵，記取昔日吹簫作樂的情景。

下片藉鴻雁傳書之說，表達對家人的思念，但眼前無法團圓，只能借酒消愁，以反問“尊空誰復惜金貂”表現故作瀟灑的意態。最後以景語作結，野鴨飛後，眼前只剩下美麗的小船，可惜時局混亂，欲濟無從。

（傅碧玉箋注）

探芳新 九女承荔結褵三日，隨壻渡太平洋，送之登舟。時暮雪初霽。拈夢窗自製腔[1]賦別。

趁飛雲，正玳梁[2]燕雙，纈舟[3]容載。漫數郵程，心事虯籤[4]甯耐。人生似萍聚散，笑圍鐙[5]、愁斂黛[6]。甚依依、癡兒女，我也情懷裼襗[7]。　　肇[8]又何申帶戒。便強飲自寬，閒眠卻廢。咫尺山河，煙樹[9]迷濛鴉外。漚珠[10]駕波颭影[11]，乍千花、齊競賽。按瓊簫，憑闌看、舵樓[12]春在。

【箋　注】

〔1〕自製腔：即不根據舊譜而自製新腔調。《探芳新》乃吳文英自度曲，與《探芳信》略有異同。雙調，九十三字，上下片各十二句五仄韻。吳文英自度曲除這首外尚有《平韻如夢令》、《西子妝慢》、《江南春》、《霜花腴》《玉京謠》、《鶯啼序》及《古香慢》七首。《全宋詞》收錄只吳文英《探芳新·九街頭》一首。

〔2〕玳梁：指雕飾精美的屋樑。清張景祁《雙雙燕》：“玳梁對語。歎門巷烏衣，舊家誰主？”亦作“玳瑁梁”。

〔3〕纈舟：纈，指有花紋的絲織品。薛濤《海棠溪詩》：“人世不思靈卉異，競將紅纈染輕紗。”纈舟，指裝飾美麗的船隻。

〔4〕虯籤：虯是古代傳說中的一種有角龍。又謂“蜷曲”之意，如“虯髯”。籤，則指用來求神問佛、占卜吉凶的細長竹條。此處言“心事虯籤甯耐”，大抵謂心事糾結、心緒不寧之意。

〔5〕圍鐙：鐙通燈。圍鐙意指一家團圓，在燈下圍坐，樂也融融的情景。

〔6〕斂黛：黛本指古時用以畫眉的顏料，後借指眉。此處“愁斂黛”之意，是因愁思而縐了眉頭。

〔7〕襱襨：本指夏日所戴的斗笠，用以遮日。後引伸為不明曉事理，不懂事的意思。《土風錄·襱襨》：「徐堅《初學記》載魏程曉伏日詩：'今世襱襨子，觸熱到人家。'《集韻》：襱襨，不曉事也。」

〔8〕鞶：指皮革製成的大腰帶，古人用來佩玉。《說文解字》：「鞶，大帶也。」通稱為「鞶帶」。

〔9〕煙樹：指雲氣繚繞的樹木或樹林。南朝鮑照《從登香爐峰詩》有「青冥搖煙樹，穹跨負天石」句。

〔10〕漚珠：漚，水泡。如「浮漚」。白居易《想東遊五十韻》：「幻世春來夢，浮生水上漚。」

〔11〕颭影：指吹動。柳宗元《登柳州城樓寄漳汀封連四州詩》有「驚風亂颭芙蓉水，密雨斜侵薜荔牆」句，可知「颭影」指風吹動旗幟或水波。

〔12〕舵樓：泛指交通工具上控制方向的設備。如升降舵、方向舵。舵樓大概指船上的駕駛室。

【評　析】

流離亂世，難得有可喜之事，此詞乃送新婚女兒與夫婿乘郵輪遠渡太平洋之作。

上片開端輕快，"趁飛雲"、"玳梁燕雙"指即將遠行的新婚夫婦，如翩翩雙燕，騰飛雲中；而"纜舟容載"則描述他們即將登上的船隻之美。然後情調陡變，轉而自述不捨之情，牽腸掛肚地數着行程。進而寫離別在即，"癡兒女"也因離愁而眉頭緊鎖，懷念燈下溫馨共處的情景。

下片在離愁別緒中強自振作，放懷暢飲。又設想相隔不過是"咫尺山河"，亦自我寬慰之語。最後寫送行情景：海水翻波，水珠亂跳，旗幟在風的吹拂下飄揚，一時之間如千花競綻，離歌奏起，反而是一個熱鬧的送別情景。

（傅碧玉箋注）

婆羅門引　題某君海外詩卷

　　征帆[1]洗雨，萬山青裏一編詩。炎禽諱說相思。吹笛伊人[2]曾共，雲海泛頗黎[3]。問歸來菱鏡[4]，幾許霜絲。

　　長安似棋。[5]動遷客[6]、廿年悲。[7]殘畫滄洲轉景[8]，觸處皆非。深杯潤眉，[9]渾不管、清宵玉漏稀。牆礙月、入影花遲。

【箋　注】

〔1〕征帆：遠行的船。元稹《送致用》詩：“遙看逆浪愁翻雪，漸失征帆錯認雲。”

〔2〕伊人：彼人、那個人、意中人。《詩經·秦風·蒹葭》：“所謂伊人，在水一方。”廖詞“吹笛伊人曾共，雲海泛頗黎”，大抵指其人作品中有懷人之作。

〔3〕頗黎：指玻璃，或指水清澈如玻璃。清周濟《滿庭芳·珍重經年》詞：“年年約，湔裙俊侶，沉醉碧頗黎。”

〔4〕菱鏡：背面雕鏤著菱花的鏡子。唐楊達《明妃怨》：“匣中縱有菱花鏡，羞對單于照舊顏。”

〔5〕長安似棋：比喻時局變幻無常。杜甫《秋興八首》之四有“聞道長安似奕棋，百年世事不勝悲。王侯第宅皆新主，文武衣冠異昔時”句。清鄭文焯《謁金門·留不得》詞云：“見說長安如奕，不忍問君蹤跡。”可見“長安似棋”指時局變幻，於此借指其人受時局影響，不得已流落海外。

〔6〕遷客：指因罪而流徙他鄉的人。江淹《恨賦》：“遷客海上，流戍隴陰。”李白《與史郎中欽聽黃鶴樓上吹笛》詩：“一為遷客去長沙，西望長安不見家。”

〔7〕廿年悲：指其人遠離國土多年。

〔8〕 轉景：指景物已非依舊，人面亦全非。廿年的人、事、物的變
更是巨大的。

〔9〕 潤眉：潤有修飾之意。“深杯潤眉”意指傾杯暢飲，借酒消愁，
藉以舒展緊縐的眉頭。

【評　析】

某君指何人，不可考。此詞為題贈“某君”詩集之作，謂“海
外”、“動遷客、廿年悲”，可知其人遠赴異國多年。

上片“征帆洗雨”，可理解為某君經歷風霜；而“萬山青裏一編
詩”，可謂廖氏對他的肯定。“炎禽”大概可解釋為“火鳥”，浴火
重生，然而“諱說相思”，即有難言之隱，或指其作品含蓄。某君詩
集中當有懷人之作，而憶述當時歡樂情景。但如今海外歸來，鏡中
已非昔日人面。

下片透露對某君之慨嘆。“長安似棋”、“遷客”、“廿年悲”諸
語反映其人不得已流落海外多年，如今歸來，景物已非依舊，人面
亦全非，難免感觸良多。唯有借酒消愁，寄情於吟詠風月。

(傅碧玉箋注)

滿庭芳　有以西湖水竹居主人題詩便面[1]索詞者，援筆賦此。

頹柳撐波，峭梅欹雪[2]，住湖仙客[3]耽吟。麴塵[4]輕
輭，凝翠沁蘭襟[5]。竹占二三分水，[6]鄰鷗費、幾日盟
尋。[7]晴簾午，游絲冒蝶，[8]搖曳過花陰。　　難禁鴛睡嬾，
池萍雨濺，甃石[9]苔侵。乍飛落空杯，雲影沈沈。不見淡
妝西子[10]，青紗浣、[11]人隔谿深。宵來約湘娥[12]，同載綠
綺[13]，弄清琴。

【箋　注】

〔1〕 便面：指扇子。因不想使他人看見時，便於遮面，故稱為“便面”。《漢書·張敞傳》：“然敞無威儀，時罷朝會，過走馬章臺街，使御史驅，自以便面拊馬。”清孔尚任《桃花扇·第二十三齣》：“便面小，血心腸一萬條；手帕兒包，頭繩兒繞，抵過錦字書多少。”

〔2〕 攲雪：攲，謂傾斜不正之貌；雪，則指梅瓣如雪，簇擁於枝頭。

〔3〕 仙客：即仙人，敬稱修道或隱居的人。唐玄宗《送胡真師還西山》詩：“仙客厭人間，孤雲比性閒。”唐崔峒《送侯山人赴會稽》詩：“仙客辭蘿月，東來就一官。”可見以“仙客”稱修道或隱居者由來已久。

〔4〕 麴塵：酒麴所生的細菌，又或指淡黃色。《周禮·天官·內司服》：“掌王后之六服，……鞠衣、展衣、緣衣、素沙。”鄭玄注云：“鞠衣，黃桑服也，色如麴塵，象桑葉始生。”唐牛嶠《楊柳枝》詩之五：“裊翠籠煙拂暖波，舞裙新染麴塵羅。”

〔5〕 蘭襟：衣襟的美稱。漢班婕妤《擣素賦》：“綴半月於蘭襟，表纖手於微縫。”

〔6〕 竹占二三分水：《西湖新志》卷八記載“水竹居”：“落成之始，粉黛列屋；最稱宏麗，旁有家祠。……蠣牆虹棟，錯雜水湄，窗際簾波與湖際水波，互相縈拂，洵為雅觀。”又《杭州通》：“莊園被譽為西湖第一名園，佔地面積三十六公頃。”園內之水可流淌到外湖，直達湧金門；又遍植修竹，是名副其實的水竹之居，故廖氏謂“竹占二三分水”。

〔7〕 “鄰鷗盟”：形容隱居江湖的人，與鷗鳥為伴侶，如有盟約。例如宋陳造《次丁嘉會韻》之二：“百年衮衮須今日，歲晚鷗盟要重尋。”

〔8〕 游絲胃蝶：蟲類所吐的絲，飛揚於空中，稱為“游絲”，春夏兩

季常見。唐盧照鄰《長安古意》詩："百丈游絲爭繞樹，一群嬌鳥共啼花。"唐皎然《效古》詩："萬丈游絲是妾心，惹蝶縈花亂相續。"

〔9〕甃石：指砌磚。《易經·井卦·六四》："井甃，無咎。"孔穎達《正義》："子夏傳曰：'甃亦治也。以磚壘井，脩井之壞，謂之甃。'"廖詞此"甃石"謂以石子砌成小路。

〔10〕淡妝西子：西子即春秋越國美女西施。蘇軾《飲湖上初晴後雨》詩之二："若把西湖比西子，淡妝濃抹總相宜。"即把西湖比擬為西施。

〔11〕青紗浣：亦與西施有關，相傳西施原是紹興諸暨苧蘿村一名浣紗女，以美名著稱。

〔12〕湘娥：傳說中的舜妃娥皇、女英。相傳二人因哀舜之崩殂，投湘江而死，化為湘水之神。

〔13〕綠綺：古琴名。相傳漢朝司馬相如作《玉如意賦》，梁王賜給他綠綺琴。後用以代稱音色材質具佳的琴。例如李白《聽蜀僧濬彈琴》詩："蜀僧抱綠綺，西下峨嵋峰。為我一揮手，如聽萬壑松。"亦稱為"綠琴"。

【評　析】

詞序所謂"西湖水竹居主人"者，"水竹居"又稱"劉莊"，位於西湖丁家山麓，現為西湖國賓館的一部分。原主人劉學詢是廣東香山人，清光緒進士。在中舉十八年後（即四十三歲）開始建造"水竹居"。當時他以每畝二百銀元的高價買下丁家山南傍湖的大片土地，親自設計，精心施工，耗時八年，耗資十餘萬銀兩，終於在1905年完成工程。水竹居內翠竹成林，水波蕩漾，美不勝收，劉學詢還自號"水竹老人"。劉學詢允文允武，有財有勢，既有商業頭腦又有政治野心，更有膽色、有作為。他前半生致力於政治，甚至和孫中山合作舉義；下半生則退隱西湖，全力建造自己的劉莊。隱居後的劉學詢游山玩水，栽花種竹，熱愛詩詞古董，當時人並不知道他曾在廣州做過一番大事業。1935 年 1 月 3 日，在水竹居做了三十四年隱士的劉學詢走完了他的人生路，終年八十歲。此詞寫於 1931 年秋冬至 1932 年春之間，可知當時劉學詢尚健在。

由詞序看來有人攜劉學詢題詩之扇面索詞，廖氏是否與劉學詢有直接交往，實未可知，而"索詞者"何人，亦未可考。唯劉學詢與孫中山有同鄉之誼，且曾鼎力襄助孫中山之革命事業；而廖氏之弟廖仲愷是孫中山之追隨者，在其手下擔當要職，故未知"索詞者"是否與之有關。

上片以描繪水竹居之勝景為開端：柳、梅不以直為美，反以欹斜屈曲的姿態取勝，在這樣的柳、梅、水波圍繞之中，隱居着神仙般的劉學詢。他的衣襟輕軟，被周遭的翠綠山水花草染上色彩。水竹居裏有湖光山色，翠竹遍地，而鷗鳥朝夕為伴，仿如持守盟約。蛛絲牽繫着蝴蝶，在花影下飄忽。這是很美的靜態和細節描寫。

下片設想水竹居中的生活，表現一種悠然、慵懶的情狀。園中縱有雨濺浮萍，苔痕侵染石子小路，雲影沉靜，但仍是優美的景致，悠然自得的生活。最後作者因水竹居之地理位置而聯想起西施，以及設想邀約湘水之神，撫弄清琴。

全詞主要讚揚水竹居之美，以及對主人劉學詢隱居生活的美好想像及嚮往。

（傅碧玉箋注）

木蘭花慢　歲暮[1] 客金陵[2]，戰雲陡起。[3] 眷口在滬，[4] 塗梗不得歸。酒後懷古，[5] 切聲不數仲宣登樓之賦[6] 已。

冷笳[7] 吹戍壘[8]，攬殘夢、秣陵潮。[9] 問贈別年年，隋堤幾樹，[10] 攀折纖腰。臺高。[11] 雨花[12] 散易，膩三峰、[13] 雲

氣拂長橋[14]。不見鐙船[15]傍岸，隔江笛步誰邀。　　　蕭
條。吟袖[16]漫空招，湖上、莫愁橈。[17]算金鷄[18]未報，銅
駝有淚，[19]怕說前朝。[20]離巢。舊家燕子，[21]到斜陽巷口[22]
總魂銷[23]。記否頭顱鏡裏，君王一笑無聊。[24]

【箋　注】

〔1〕歲暮：1931 年之歲晚。

〔2〕金陵：指南京。

〔3〕戰雲陡起：當是指 1931 年"九一八事變"後，中日關係陷入極
　　度緊張的境地，日方迅即佔領東北三省，並利用廢帝溥儀在東
　　北成立偽"滿洲國"傀儡政府。

〔4〕眷口在滬：當時廖氏身在南京，而家眷則安頓在上海，兩地相
　　隔。

〔5〕酒後懷古：傳統懷古之作大多是借景抒情，生古今之歎，或借
　　古諷今。廖氏生逢亂世，又身在古都金陵，不免觸景生情。

〔6〕仲宣登樓之賦：仲宣，即王粲（177—217），三國魏人。東漢末
　　避亂，依劉表於荊州，後仕魏，官至侍中。擅長辭賦，所作慷
　　慨悲涼，深刻感人，為"建安七子"之冠冕。作品有《登樓
　　賦》、《七哀詩》等。《登樓賦》見於《文選》卷十一，是建安
　　時代抒情小賦的代表作。王粲才華卓越，卻不被劉表重用，流
　　寓荊州十五年。東漢建安九年秋，王粲在荊州登上江陵城樓，
　　縱目四望，頗有感觸，於是寫下《登樓賦》，主要抒寫生逢亂
　　世，長期客居他鄉，才能不得施展而產生思鄉懷國之情以及懷
　　才不遇之感慨，亦表現其進退危懼之狀，以及對動亂時局的憂
　　慮。內容頗切合廖氏當時的處境及心境。

〔7〕冷笳：即胡笳，似笛，本為胡人的吹奏樂器，後用於軍中。《洛
　　陽伽藍記·法雲寺》："有田僧超者，善吹笳，能為壯士歌項羽
　　吟。"陸游《夜遊宮·雪曉清笳亂起》詞："雪曉清笳亂起，夢

遊處不知何也?"

〔8〕戍壘:用土、石或磚等堆砌起來的軍營中防守的掩蔽體或城堡。
如壁壘、堡壘。

〔9〕秣陵:即金陵,今南京。秦始皇統一六國後,為顯示自己至高
無上的權威,五次出巡,其中有兩次路過今江蘇。公元前 210
年,秦始皇第五次出巡回歸,至金陵時,幾個陪同的術士見金
陵四周山勢峻秀,地形險要,就對秦始皇說:金陵有天子氣。
秦始皇聽後大為不悅,命人開鑿方山,使淮水流貫金陵,把
"王氣"洩散,並將金陵改為"秣陵"。"秣"是草料的意思,
意即這裏不該稱"金陵",只能貶為牧馬場。自秦改金陵為秣
陵,漢、晉以迄南朝,治所屢有變革,隋以後廢。秣陵潮亦即
金陵潮。長江滾滾流經南京,潮水不住拍打石頭城。石頭城亦
代指南京。

〔10〕隋堤幾樹:指柳樹。隋代翰林學士虞世基獻計,請用垂柳栽於
汴渠兩堤上,一則樹根四散,可鞠護河堤;二則牽舟之人可護
其陰;三則牽舟之羊可食其葉。隋煬帝大喜,下詔民間有柳一
株,賞一縑。百姓競相獻之。又令親種,帝自種一株,群臣次
第種,方及百姓。栽種完畢,隋煬帝御筆寫賜垂柳姓楊,稱
"楊柳"也。(見《煬帝開河記》)可見"隋堤幾樹"乃指楊
柳。另外,柳諧音留,古人有折柳送別的傳統,以示依依不
捨、挽留之意。

〔11〕臺高:原指樓臺、房屋,此處指雨花臺。

〔12〕雨花:雨花臺在南京市南聚寶山上,形勢雄壯,為南京扼要之
地。相傳梁武帝時有雲光法師講經於此,感天而雨花,故稱為
"雨花臺"。地產五色石,晶瑩可愛,頗為知名。

〔13〕賸三峰:賸通剩,餘留下來的意思。南京周圍有不少山巒,如
鍾山、牛首山、梅花山、方山、東山、棲霞山,未知廖氏"三
峰"具體所指。

〔14〕 長橋：起於明代的"金陵四十八景"之說其中第三十七有"長橋選妓"，即今夫子廟對岸，昔日是明清妓院集中地。未知詞中"長橋"是否彼長橋。

〔15〕 鐙船：鐙同燈。如陳澧《水龍吟·詞仙曾駐峰頭》："賸出山迴望，鐙明佛屋，有閑僧睡。"鐙船指掛著燈的船隻。

〔16〕 吟袖：指詩人的衣袖。宋陳造《山居》詩："推門吟袖冷，滿帶野風歸。"

〔17〕 莫愁橈：莫愁，唐代石頭城人。《舊唐書·音樂志二》："石城有女子名莫愁，善歌謠。"當時有"石城樂"，其中和聲中復有"莫愁"聲，故歌云："莫愁在何處？莫愁石城西。艇子打兩槳，催送莫愁來。"而"橈"即船槳。後蜀歐陽炯《南鄉子》詞："畫舸停橈，槿花林外竹橫橋。"

〔18〕 金雞：雞同鷄。古代下詔書大赦時，在竿上設雞，口銜紅旗，以示吉辰。因其雞頭裝飾黃金，故稱為"金雞"。見《新唐書·百官志三》。後比喻為赦罪。如李白《流夜贈辛判官》詩："我愁遠謫夜郎去，何日金雞放赦回？"

〔19〕 銅駝有淚：昔魏明帝置銅駝諸獸於閶闔南街。陸機云："駝高九尺，脊出太尉坊者也。"楊守敬按《寰宇記》銅駝街引陸機《洛陽記》："漢鑄銅駝二枚，在宮南四會道頭，夾路相對。"此處用成語"銅駝荊棘"之意：晉時索靖知天下將亂，指洛陽宮門的銅駝嘆曰："就要看見你埋在荊棘裡。"典出《晉書·索靖傳》。後用來形容國土淪喪後的殘破景象。例如《清史稿·遺逸傳·莊元辰傳》："陛下試念兩都黍離麥秀之悲，則居處必不安；試念孝陵、長陵銅駝荊棘之慘，則對越必不安。"而"銅駝有淚"指因時局混亂、國家衰敗，連銅駝也流淚。

〔20〕 前朝：過去的朝代。此處指那些已過去的繁盛的朝代，之所以"怕說"，是相對於眼前的不堪而言，徒惹傷感。

〔21〕 舊家燕子：此處化用劉禹錫《烏衣巷》詩："朱雀橋邊野草花，

烏衣巷口夕陽斜。舊時王謝堂前燕，飛入尋常百姓家。” “王
謝” 乃六朝望族王氏和謝氏的合稱。《南史·賊臣傳·侯景
傳》：“又請娶於王、謝，帝曰：‘王、謝門高非偶，可於朱、張
以下訪之。’” 後比喻豪門望族。

〔22〕斜陽巷口：指烏衣巷，位於今南京市東南。東晉時王導、謝安
諸貴族多居此，故世稱王謝子弟為 “烏衣郎”。《晉書·紀瞻
傳》：“厚自奉養，立宅於烏衣巷，館宇崇麗，園池竹木，有足
賞翫焉。”

〔23〕魂銷：指內心悲痛。“舊家燕子，到斜陽巷口總魂銷”，意謂即
便如六朝王氏和謝氏之類的望族，雖盛極一時，到底歸於衰落
泯沒。他們的往事，只能讓後來的人緬懷而已，似乎連見證過
他們興盛的燕子，也會為之傷感。

〔24〕君王一笑無聊：意指即使是帝王將相，在歷史的長河中，所有
盛衰功過，終究如滔滔逝水，只能一笑置之而已。

【評　析】

1931 年，中日局勢緊張，由 “九一八事變” 激發起來的抗日浪
潮已擴散至各大城市，而南京亦曾於 12 月中旬發生國民黨政府鎮壓
示威學生的 “珍珠橋事件”。廖氏在詞序中提及王粲的《登樓賦》，
賦中的憂時傷懷、進退危懼之情，皆切合廖氏當時的處境及心境，
故廖氏自謂 “酒後懷古，切聲不數仲宣登樓之賦已”。

上片由景及情，寫 “冷笳”、“戍壘”、“秣陵潮”，反映時局之
不靖。接以折柳之問，慨歎古今多少離合；而如今只剩下雨花臺、
三峰、長橋，往昔盛景不再，表達其寥落、孤寂心境。

下片以 “蕭條” 領起，進一步描述金陵今非昔比的景象。用
“金雞未報”、“銅駝有淚”、“舊家燕子”、“斜陽巷口” 等典故，盡
皆國家衰敗之憂歎，歸結為一句 “怕說前朝”！最後以 “記否頭顱鏡
裏，君王一笑無聊”，大抵指帝王將相、盛衰功過也終究在歷史的洪

流中被湮沒，一切歸於虛無，又何妨一笑置之呢？

此詞多用與南京有關的典故，既緬懷昔日金陵之風雲際會，又憂歎今日時局之不靖，借古諷今，切合"懷古"之作的意義。詞中又結合自己滯留金陵之無奈，亦即如王粲《登樓賦》中所表現的進退危懼之情，可謂意蘊豐富。

（傅碧玉箋注）

祝英臺近　除夕立春風雨

殢[1]霜鐘，延臘鼓[2]，催徹歲華去。繡箔朱樓，鶯燕幾時度。最憐春色今宵，一年偷換，[3]又愁對、鐙枃風雨。

被誰誤。閒裏中酒[4]光陰，病花竟成痼。[5]殘調江南，[6]流怨采芳杜[7]。嫩條煙柳欹斜，藏鴉不穩，恁還是、石頭城[8]住。

【箋　注】

〔1〕殢：指滯留、逗留。《字彙・歹部》："殢，滯也。"羅隱《西京崇德里居》詩："進乏梯媒退又難，強隨豪貴殢長安。"

〔2〕臘鼓：古人常在臘日或臘前一日擊鼓，以趕走不祥的疫鬼，祈求平安。南朝宗懍《荊楚歲時記・十二月》："諺言，臘鼓鳴，春草生。村人並擊細腰鼓，戴胡公頭，及作金剛力士以逐疫，沐浴轉除罪障。"

〔3〕一年偷換：蘇軾《洞仙歌・冰肌玉骨》詞中有"但屈指、西風幾時來，又不道、流年暗中偷換"句，指時光在不知不覺中流逝，轉眼新的一年又到來。此處"一年偷換"意思相若。

〔4〕中酒：可理解為飲酒半酣時，《文選》左思《吳都賦》："鄱陽暴謔，中酒而作。"呂向注："中酒，為半酣也。"中酒亦有醉酒之

意，如晉張華《博物志》卷九："人中酒不解，治之以湯，自漬
即愈。"此外尚可理解為"病酒"，張元幹《蘭陵王·春恨》
詞："中酒心情怕杯勺。"胡雲翼注："飲酒成病。"結合下句"病
花竟成痼"而言，此處當可理解為飲酒成病。

〔5〕病花竟成痼：因耽迷酒色而引起的煩惱。元喬吉《揚州夢·第
一折》："這公事怎肯甘心便索休，強風情酒病花愁。"

〔6〕殘調江南：樂曲名，屬樂府清商曲。梁武帝改《西曲》為《江
南弄》七曲，風格輕艷綺靡，此處謂"殘調江南"，指醉不成
歡，連樂曲也不成調子，實是時局混亂而人又客居異鄉的無奈
之感。

〔7〕采芳杜：明徐賁《過荷葉浦》詩有"無處寄相思，停舟采芳
杜"句，"杜"是指杜若，乃一種香草，《楚辭》有"采芳洲之
杜若"句。詞中"殘調江南，流怨采芳杜"，意思是寄情於聲色
之娛，聊以抒發愁怨。

〔8〕石頭城：地名，故址在今南京市西石頭山後面。本楚金陵城，
漢獻帝建安十七年（212），孫權重築，改稱為"石頭城"，為三
國吳孫權的都城。六朝時，為建康的軍事重鎮，扼守長江險要，
為兵家必爭之地。古代長江繞清涼山麓東去，巨浪時時拍擊山
壁，將山崖沖刷成峭壁，唐代以後江水日漸西移，唐武德八年
（625）後，石頭城開始廢棄，故中唐詩人劉禹錫作《石頭城》
一詩有句云："山圍故國周遭在，潮打空城寂寞回。"詞中"恁
還是、石頭城住"，意思是尚滯留南京之意。

【評　析】

詞題曰除夕立春，為 1932 年 2 月 5 日，時作者仍滯留南京。上
片"霜鐘"、"臘鼓"，點出除夕習俗，而"殢"、"延"又揭示了滯
留的無奈。不知不覺間時光流逝，自己仍是對着旅舍中熒然一燈，
以及外間的風風雨雨，倍添愁緒。句中著一"又"字，言不止一次，

極言無奈之情。

下片以"被誰誤"領起，頗有無可奈何之感，只好寄情於酒，藉以消愁，以致於飲酒成病。眼前是初春景色，歪歪曲曲的瘦弱柳樹剛抽出嫩枝，綠葉剛萌芽，連鴉烏也難以藏身。而"恁還是、石頭城住"似乎在問：怎麼還是住在這裏（南京）？無奈之情，溢於言表。此詞充滿消沉的情調。

（傅碧玉箋注）

醜奴兒慢　雨甚，繼以大雪，再拈此解。

宵深市遠，杯酒盤椒寒凝。那還問，笙歌[1]塵世，變幾陰晴。語入新年，鬧花消息[2]不聞鶯。風姨[3]催喚，凌虛步綺，[4]初下飛瓊[5]。　前伴探芳，屐痕鴛蘚[6]，都化春冰。料廊月、當時曾見，宮草[7]飄螢。天滯書鴻，[8]此心誰報玉壺清[9]。蕉窗滴了，雪和殘雨，[10]人夢吳舲[11]。

【箋　注】

〔1〕笙歌：合笙歌唱，亦泛指奏樂唱歌。這裏指聲色之娛。

〔2〕鬧花消息：指花開濃盛。如宋祁《玉樓春‧東城漸覺風光好》詞："綠楊煙外曉寒輕，紅杏枝頭春意鬧。"

〔3〕風姨：古代傳說中的司風之神。《北堂書鈔》卷一四四引《太公金匱》："風伯名姨。"這是"風姨"之所本，又作"封姨"。劉克莊《送雷宜叔右司追錄》："東皇太乙方行令，寄語風姨且霽威。"元張可久《水仙子‧春晚》曲："日高初睡起，掃殘紅怨煞風姨。""風姨"俱指風而言。

〔4〕凌虛步綺：凌駕雲霄。曹植《節遊賦》："建三臺於前處，飄飛陛以凌虛。"唐張文琮《賦橋詩》："星文遙寫漢，虹勢尚凌虛。"

此處"凌虛步綺"可理解為雪花飄落宛如仙子蓮步姍姍的綺麗情態。

〔5〕飛瓊：本指仙女許飛瓊，後泛指仙女。《漢武帝內傳》："王母乃命諸侍女……許飛瓊鼓震靈之簧。"唐顧況《梁廣畫花歌》："王母欲過劉徹家，飛瓊夜入雲軿車。""飛瓊"後引伸指飄飛的白色物，如雪、玉蘭花等。如辛棄疾《滿江紅·和範先之雪》詞："天上飛瓊，畢竟向人間情薄。"清陳維崧《二郎神·玉蘭花餅》詞："萬片飛瓊，拋街填井。"廖氏此詞自序云"雨甚，繼以大雪"，故句中"初下飛瓊"可理解為下雪。

〔6〕鴛蘚："鴛蘚"一詞罕見。唯陳洵《金盞子·咽曲寒蟬》詞中亦有"鴛蘚冷流塵，嗟辛苦霜華，素懷能敵"之句。

〔7〕宮草：明太祖朱元璋立國後，定都南京，曾大興土木，營建宮室。事實上，追溯到三國時期，繼孫吳之後，東晉，南朝宋、齊、梁、陳，南唐以至明朝，近代之太平天國及中華民國亦先後定都南京，因此南京有"十朝故都"之稱。詞中"料廊月、當時曾見，宮草飄螢"句，大抵是春遊古蹟，想像當時宮闕夜月，冷照草長流螢的景色。

〔8〕書鴻：古有鴻雁傳書的傳說。《漢書·蘇武傳》："數月，昭帝即位。數年，匈奴與漢和親。漢求武等，匈奴詭言武死。後漢使復至匈奴，常惠請其守者與俱，得夜見漢使，具自陳道。教使者謂單于，言天子射上林中，得雁，足有繫帛書，言武等在某澤中。"詞中"天滯書鴻"言時局亂，音訊不得通之意。

〔9〕玉壺清：《文選·樂府下·白頭吟》有"直如朱絲繩，清如玉壺冰"之句。王昌齡《芙蓉樓送辛漸》詩二首之一："洛陽親友如相問，一片冰心在玉壺。"皆以此喻高潔。

〔10〕蕉窗滴了，雪和殘雨：可聯想起廣東客家箏藝流派中的代表曲目《蕉窗夜雨》，該曲充滿古樸優雅的韻味。廖氏祖籍廣東，或可理解為因此曲引起思鄉之情。此外，也可理解為實指客居

南京所見景色。客中無聊愁悶，兼逢夜雨滴芭蕉，不免想起清人蔣坦詞句："是誰多事種芭蕉，早也瀟瀟，晚也瀟瀟。是君心緒太無聊，種了芭蕉，又怨芭蕉。"

〔11〕吳舲：吳乃指今江蘇省南部和浙江省北部，後擴展至淮河下游一帶，同時也指國都吳（今蘇州）。舲，即有窗牖的小船。屈原《九章·涉江》："乘舲船余上沅兮，齊吳榜以擊汰。"王逸注云："舲船，船有窗牖者。"詞中"人夢吳舲"，可理解為作者歸心似箭。

【評　析】

上片寫天氣幻變，描述下雪情景。開端寫深宵旅舍中杯盤冷清，而外間變幻的天氣猶如變幻的時世，陰晴不定。已踏入新年，但沒有鶯鳥來通知花開的消息，反而是風帶來了漫天飛雪。用"風姨催喚，凌虛步綺，初下飛瓊"典故，用擬人化將下雪情景寫得很有美感。

下片憶述與同伴踏青。想像當時走過的足印，大概都像春冰一般融化掉，不留痕跡。想像廊間明月，曾照幾番昔日金陵盛世，皇朝宮闕的草長流螢。不論是個人的快樂時光，還是朝代的安穩興盛，美好的一切總是很快消逝無蹤。而如今，只落得滯留異鄉，音訊難通，夜靜無聊，暗生愁怨，歸心似箭而行不得。詞中仍是充滿無奈的情緒。

（傅碧玉箋注）

江神子　元旦[1]小飲江干客邸[2]，夜分雪甚，僦宿。[3]聲為此詞。

東風和雨送春回[4]。麝飛煤。[5]洗殘灰。詞筆何郎，[6]綺閣[7]正吟梅。裝就玉壺天地好，[8]華鏡裏，又霜催[9]。

昨宵餞歲[10]強銜杯。水雲隈。浪花堆。醉眼登樓，鉤
月暗相陪。不是荒雞[11]頻喚夢，蝴蝶約，選香魁。[12]

【箋 注】

〔1〕元旦：此指 1932 年元旦，是時作者仍滯留南京。

〔2〕江干客邸：江干，即江邊、江岸。王勃《羈遊餞別》詩：“客心
　　懸隴路，遊子倦江干。”戴叔倫《江干詩》：“江干望不極，樓閣
　　影繽紛。”亦稱為“江皋”。客邸即客舍。

〔3〕僦宿：租屋居住。唐段安節《樂府雜錄·觱篥》：“不數月，到
　　京，訪尉遲青，所居在常樂坊，乃側近僦居。”

〔4〕春回：作者自 1931 年秋冬滯留南京，至 1932 年元旦仍不得歸，
　　為時已將近半年。

〔5〕麝飛煤：指麝煤，即麝墨，含有麝香的墨，亦用以代指墨。唐
　　韓偓《橫塘》詩：“蜀紙麝煤沾筆興，越甌犀液發茶香。”

〔6〕詞筆何郎：姜夔《暗香》詞有“舊時月色。算幾番照我，梅邊
　　吹笛。喚起玉人，不管清寒與攀摘。何遜如今漸老，都忘卻、
　　春風詞筆”之句。何遜是南朝梁代詩人，以愛梅聞名。他的
　　《詠早梅》詩：“兔園標物序，驚時最是梅……應知早飄落，故
　　逐上春來。”“詞筆何郎”連結下句“綺閣正吟梅”，大概以何
　　遜自況，指用何遜那樣妙麗的文筆來吟詠梅花。

〔7〕綺閣：指裝飾華麗的房屋。《後漢書·仲長統傳》：“妖童美妾，
　　填乎綺室。”

〔8〕玉壺句：“壺中天地”指道家悠閑清靜無為的生活。故事來自
　　《雲笈七籤·二十八治》所載：成都附近的雲臺山因為道教正一
　　天師張道陵在此修行而出名，張天師命弟子張申為雲臺道觀主
　　持。張申是“神仙壺公”，他有一把酒壺，只要念咒語，壺中便
　　會展現日月星辰、藍天大地、亭臺樓閣等奇景，而更令人驚奇
　　的是他晚上鑽進壺中睡覺。後來李白《下途歸石門舊居》有

"何當脫屣謝時去，壺中別有日月天"之句，表達的就是對於清靜無為生活的嚮往。

〔9〕霜催：比喻鬢髮斑白，時光易逝催人老。

〔10〕餞歲：餞即送，餞歲即除夕互祝平安，亦稱為"辭歲"。唐李群玉《中秋夜南樓寄友人》詩："他鄉此夜客，對酌餞多愁。"宋蘇軾《賀正啟》："伏以葦桃在戶，磔禳以餞餘寒。"

〔11〕荒雞：雞同雞。舊時稱晚上三更以前啼叫的雞為"荒雞"，並傳說半夜雞啼是戰爭的徵兆。《晉書·祖逖傳》："中夜聞荒雞鳴，蹴琨覺曰：'此非惡聲也？'因起舞。"

〔12〕香魁：魁，即為首、帶頭的人。例如文魁、花魁、罪魁禍首。《漢書·游俠傳序》："及王莽時，諸公之間陳遵為雄，閭里之俠原涉為魁。"詞中"選香魁"即選花魁之意。

【評　析】

又是一個下雪的晚上。不知不覺間作者已留南京多月，至元旦仍不得歸，而時節已春回。

上片寫春回景況。東風夾雜著雨雪將春天送了回來，作者強自振作，搦管寫下眼前的景色。"詞筆何郎，綺閣正吟梅"，以何遜自況，希望用他那般的妙筆吟詠梅花。雖然客中生活悠閑，但菱花鏡裏的容顏，有如被催逼似的，一天天老去。

下片憶述昨夜辭歲飲宴情景，著一"強"字，可知是強自振作、強顏歡笑而已。醉後登樓，但見孤月一彎，仿如有情而暗自相陪，更顯作者的寂寞。若非雄雞不識時務地早早啼叫，也許就能和蝴蝶飛舞於百花之中，尋找最香最美的花朵了，意謂也許能做個好夢。反映出作者對於現實的不滿，但又無力改變。

（傅碧玉箋注）

古香慢　避亂[1]南歸[2]。元宵，[3]朋舊席間憮然。拈此。

恨鉛染水[4]，愁翠妝春，羈思[5]零亂。故壘[6]川塗[7]，夢迹幾回轍換[8]。雲氣鬱青蔥，引連海、鼉腥被面。[9]正新亭[10]、事影膡輿，過江特地游宴。[11]　　且漫把、良辰教看。鐙市秦淮[12]，鼛鼓[13]驚散。倚笛何人，對月也還吹怨。客燕[14]說興亡，記依約[15]、簾前語頓[16]。漸鄰箏，又淒上、素徽錦雁。[17]

【箋　注】

〔1〕避亂：1931—1932 年間，接連發生九一八事變、一・二八事件，東北已為日本侵佔，上海也遭到日軍攻擊。北平、天津、江蘇、南京、上海等大城市掀起抗日潮。戰事、政局亂紛紛，而南方相對平靜，故作者南下避亂。

〔2〕南歸：作者原籍廣東，故稱“南歸”。

〔3〕元宵：此指 1932 年 2 月 20 日。

〔4〕鉛染水：鉛指粉黛，為古代婦女修飾容貌所用的化妝品。《文心雕龍・情采》：“夫鉛黛所以飾容，而盼倩生於淑姿；文采所以飾言，而辯麗本於情性。”

〔5〕羈思：寄居他鄉所引發的愁思。唐戴叔倫《客夜與故人偶集》詩：“羈旅長堪醉，相留畏曉鐘。”

〔6〕故壘：舊時的營壁。蘇軾《念奴嬌・大江東去》詞：“故壘西邊，人道是三國周郎赤壁。”

〔7〕川塗：亦作“川途”，指道路或路途。例如南朝宋謝靈運《九日從宋公戲馬臺集送孔令》：“豈伊川途念，宿心愧將別。”

〔8〕轍換：改變行車的方向與路徑，後引申比喻改變方法或態度。宋魏慶之《詩人玉屑・張秦》：“東坡先生以為一代之詩當推魯直，二公遂捨舊而圖新，其初改轅易轍，如枯絃敝軫。”

〔9〕鼉腥：鼉指蛟龍。韓愈《石鼓歌》：“年深豈免有缺畫，快劍斫
斷生蛟鼉。”清王鵬運《滿江紅·風帽塵衫》詞：“氣礨蛟鼉瀾
欲挽，悲生筏鼓民猶社。”此處“引連海、鼉腥被面”，大抵指
興波作浪的人引致時局混亂，民不聊生。

〔10〕新亭：位於江蘇省江寧縣南，三國吳所築。地近江濱，依山為
城壘，為軍事及交通重地。東晉名士常遊宴於此。舊址在今南
京市南。或稱為“勞勞亭”。

〔11〕過江特地游宴：本指東晉南渡名士王導等，於新亭飲宴，舉目
望見山河，而感慨國土淪亡，相與對泣之事。見《世說新語·
言語》：“過江諸人，每至美日，輒相邀新亭，藉卉飲宴。周侯
中坐而歎曰：‘風景不殊，正自有山河之異！’皆相視流淚。唯
王丞相愀然變色曰：‘當共戮力王室，克復神州，何至作楚囚相
對？’後比喻懷念故國或感時憂國的悲憤心情。陸游《初寒病
中有感》詩：“新亭對泣猶稀見，況覓夷吾一輩人。”

〔12〕秦淮：秦淮河源於江蘇省溧水縣東北，西北流經南京城，橫貫
城中，西出三山水門注入長江。舊時南京的歌樓舞館，並列秦
淮河兩岸，畫舫遊艇紛集其間，夙稱金陵冶游勝地。

〔13〕鼙鼓：古代軍中使用的戰鼓。例如宋王清惠《滿江紅·太液芙
蓉》詞：“忽一聲，鼙鼓揭天來，繁華歇。”後借以指戰事。白
居易《長恨歌》：“漁陽鼙鼓動地來，驚破霓裳羽衣曲。”

〔14〕客燕：客子是候鳥，於冬季南下避寒，只是短暫停留，故謂
“客燕”，作者亦引以自況。

〔15〕依約：依稀隱約。白居易《答蘇庶子》詩：“蓬山間氣味，依
約似龍樓。”清厲鶚《疏影·輕陰冉冉》詞：“依約勻梳月底，
亂雲鋪滿徑。”

〔16〕語輭：輭同軟。蘇州話被稱為“吳儂軟語”，即聽來溫軟悅耳。
此處借指燕語呢喃。

〔17〕素徽錦雁：這裏指樂器，例如古琴由琴面、琴底、琴首、琴軫、

琴腹、琴徽、雁足所組成，而詞中"漸鄰箏，又淒上、素徽錦雁"之句與樂器有關，故"徽"、"雁"可知是指樂器而言。

【評　析】

此詞大抵寫於南下廣州避亂之際。序中自云"憮然"，可見作者心緒依舊黯然不樂。

上片用"恨"、"愁"領起，即便是秀麗山水、早春風光，在作者眼中彷彿染上了愁怨之色；而剛結束滯留南京的日子，心緒尚未平定，就要舟車勞頓南下避亂。時局有如蛟龍興波作浪，民不聊生，難以安穩。又用"新亭"典故自況，表達感時憂國之情。

下片"且漫把、良辰教看"，猶言暫且拋開煩惱，想想美好的時光吧！然而即便是秦淮那麼繁盛一時的冶遊之地，也被戰鼓驚散，意謂戰爭破壞了一切。嗚咽的笛聲彷彿在月下訴說着怨煩，而燕子南來北往，也見證了興亡的歷史，用牠那呢喃軟語輕訴着。偏在這時候，不知哪裏又傳來了淒然的琴箏聲，令人倍感黯然無奈。

（傅碧玉箋注）

紅林檎近　白雲麓[1]訪鄭仙祠[2]，日暮不及。登能仁寺，[3]小憩山亭而返。

分泉華煮茗，[4]坐雲凹看山。午磬[5]韻禽籟，晴嵐[6]粉花顏。叢祠[7]仙翁蛻久，澗險墜藥流丹。[8]望極塵外諸峯。飄氅[9]幾時還。　　浴日[10]翻海闊，纏石倒藤繁。涼颸[11]扇檻，片紅飛落人間。驟初寮鐙火，遙亭暮靄，半空懸瀑收影殘。

【箋 注】

〔1〕白雲麓：白雲山位於廣州市東北部，是南粵名山之一，自古就
有羊城第一秀的美稱。白雲山由三十多座山峰所組成，主峰摩
星嶺是廣州市最高的山峰，登上高處可俯瞰全市及珠江。每當
白雲昇起，山上彷彿籠罩着白色的面紗一般，故白雲山因此得
名。山中林木蔥鬱，溪流縱橫，是極受歡迎的避暑勝地。廖氏
離開南京之後，到相對平靜的廣州避亂，得以乘興出遊。

〔2〕鄭仙祠：鄭仙即秦方士鄭安期。鄭安期曾在廣州白雲山一帶行
醫賣藥，傳說當時瘟疫流行，為了拯救病患，他在山上採仙草
九節菖蒲時失足墮崖，駕鶴成仙。另一說為秦始皇聞說鄭安期
在白雲山覓得傳說中的仙草九節菖蒲，命其上貢，鄭安期不從，
於蒲澗跳崖，乘仙鶴飛昇。廣州一帶的百姓出於對鄭安期的感
激和敬仰，在其飛昇處建"鄭仙祠"供奉，又以飛昇之日——
農曆七月二十五日——為"鄭仙誕"，登山拜祭，遊人扶老攜
幼，絡繹於途。或於半山歇息，取泉烹茶；或採集菖蒲；或於
澗中沐浴，以祈求身體健康。這些節慶活動後來演化成廣州地
區的一種習俗，相當於重陽登高。老廣州通常在農曆七月二十
四日晚上吃罷晚飯就開始上山，到白雲山山頂待上一晚，翌日
祈福之後才下山。期間山路兩旁各種攤檔密佈，如賣茶水、餅
食、花卉、風車、香燭等等，非常熱鬧。

〔3〕能仁寺：位於白雲山玉虹洞的佛教寺院能仁寺，於清道光四年
（1824）由吟堅和尚修建，初時是"茅屋數椽，僅避風雨"（咸
豐三年《重修能仁寺記碑》）。隨後陸續增建，到了光緒末年，
已成為白雲山規模最大的佛寺。寺建築包括"佛境"牌坊、由
蘇曼殊所書"金剛法界"額的山門、大雄寶殿、慈雲殿（下有
甘露泉）、地藏殿、三摩地（靜室）、無塵地（靜室）、六祖殿、
寶月閣（知客）、鐘樓、鼓樓、祖師堂、說法堂、庫房、香積

廚、齋堂、客堂等，還保留了玉虹池舊跡，寺前水溪稱彌勒坑水。寺後有石橋題云“流雲漂月”，傳為昔日虹橋舊跡。佛殿側有虎跑泉，觀音殿後則保留甘露井，是一眼名泉。由此看來，山上溪泉遍佈，不難想像昔日廣州民眾於“鄭仙誕”上山時，憩於半途，煮泉泡茶的盛況。

〔4〕分泉華煮茗：泉華指從地下噴湧出來的泉水，可汲取以作烹茶之用。皮日休《友人以人參見惠因以詩謝之》：“名士寄來消酒渴，野人煎處撇泉華。”汲泉煮茶，是一種郊遊野趣。

〔5〕午磬：樂器名，即古代用玉石或金屬製成的打擊樂器，形狀像曲尺，可懸掛在架上。數量不一，有單一的特磬，也有成組排列的編磬。另一說是寺觀禮佛時所敲的銅製樂器，中空，形狀像缽，僧人敲擊用以表示活動的開始或結束。此處當取後一說，因廖氏所歇之處是能仁寺附近山亭，能聽見僧人敲擊磬聲。

〔6〕晴嵐：指山中的霧氣。又作山嵐、曉嵐。元張養浩《水仙子》曲：“一江煙水照晴嵐，兩岸人家接畫簷。”

〔7〕叢祠：指叢林中的神祠。《史記·陳涉世家》：“又閒令吳廣之次所旁叢祠中，夜篝火，狐鳴呼曰：‘大楚興，陳勝王。’”柳宗元《韋使君黃溪祈雨見召從行至祠下口號》詩：“谷口寒流淨，叢祠古木疏。”作者所指的“叢祠”是位於白雲山叢林之中的鄭仙祠。

〔8〕澗險墜藥流丹：此處用鄭仙鄭安期的傳說。同注〔2〕。

〔9〕飄氅：用鳥毛編成的外套、大衣，如大氅、羽氅。《紅樓夢》第五十二回：“把昨兒那一件烏雲豹的氅衣給他罷。”詞中以飄氅借指鄭安期乘鶴飛昇的傳說。

〔10〕浴日：指太陽倒映在水面上，隨波上下，如浴水中。唐楊巨源《寄昭應王丞》詩：“光動泉水初浴日，氣蒸山腹總成春。”

〔11〕涼颸：即涼風。唐宋華《蟬鳴》詩：“蕭蕭爾庭，遠近涼颸。”

【評 析】

此詞寫於作者避亂南下，暫居廣州之時。相對於北方的混亂，南方可謂比較平靜。作者閑中乘興出遊，於白雲山中尋幽探秘。

此詞上片寫景，巧妙融入鄭仙傳說以及"鄭仙誕"的習俗，例如遊人多就地取材，掬山泉烹茶，別有一番風味。口中啜飲着甘香茶湯，眼前所見是山色晴嵐，耳際傳來寺中鐘磬與幽幽鳥鳴的唱和，意態悠然。由景而及人——鄭仙，他懸壺濟世，拯救病患，但如今百姓水深火熱，鄭仙甚麼時候才回來呢？眼前不過是鄭仙祠和傳說中鄭仙採九節菖蒲而失足的險峻山崖罷了。末二句"望極塵外諸峰。飄氅幾時還"，有悲天憫人之意。

下片"浴日翻海闊"意象宏遠，甚有動感；接以近景"纏石倒藤繁"，皆描繪眼前白雲山所見。涼風習習，吹落山花，向着遠處的萬家燈火飄揚飛舞，那裏最終亦是自己的歸歇處。回首山亭在暮靄沉沉中，一片飛瀑濛濛。下片遠近景交錯，表現的是閑適平靜的心境。

（傅碧玉箋注）

綺寮怨　彊邨老人嘗語余云："海綃翁[1]詞逼真兩宋，近代獨一無二。"頃因秋湄[2]之介，相見恨晚。出示所著說詞，發前人未闡之秘。秋湄約飲市壚，依翁詞律賦此。

舊恨[3]青衫彈淚[4]，釀壺春又斟。念水曲、換紫移紅，閒鶯燕、恁費銷沈。琵琶嚶嚶自泣，[5]沙洲上、雁落愁到今。問是誰、第一流人，清詞好、按笛曾恣吟。　　悵悵畫扃[6]乍尋。蟲魚注[7]罷，簪花[8]細雨猶淋。鏡獨何心。[9]遣殘絮、鬢[10]沿侵。孤身亂峰扶起，有晚照[11]、怕登臨[12]。天聲在岑。[13]成連怎海去，[14]張素琴。[15]

【箋　注】

〔1〕海綃翁：即陳洵（1871—1942），字述叔，廣東新會人。少有才

思，遊江右十餘年，晚年於廣州中山大學執教。著有《海綃詞》。陳洵是近代名震南粵的詞人，作品多寄託家國之感於艷情，或直抒胸臆，寄興深廣。朱孝臧（彊村先生）對陳洵大為激賞，曾為其校印《海綃詞》，並題句云："雕蟲手，千古亦才難。新拜海南為上將，試要臨桂（即況周頤，著有《蕙風詞》）角中原，來者孰登壇。"又手批云："海綃詞，神旨俱靜，此真能火傳夢窗者。"稱其為吳文英之真傳，可謂推崇備至。王韶生《紀香港兩大詞人》則引述葉遐菴《廣篋中詞》評語："述叔詞最為彊村翁所推許，稱為一時無兩。述叔詞固非襞積為工者，讀之，可知夢窗真諦。"俱可見對陳氏評價極高。唯陳洵生性孤僻，交遊甚少，與詩人黃節有深交。王秋湄或通過黃節結識陳洵，其後介紹廖恩燾與之相識。當時廖氏六十九歲，陳氏六十一歲，正於廣州中山大學執教。

〔2〕秋湄：即王薳（1884—1944），字秋湄，號秋齋。清末至民國文人、書法家。王氏生於廣東番禺書香人家，少承庭訓，刻苦讀書，後入廣東武備學堂修業，成績優異，但因傾向革命，未被保送日本陸軍學校。曾北上就讀上海震旦大學，其後投身報業，宣揚革命，追隨孫中山先生，先後加入興中會、同盟會。在香港擔任兩會機關報《中國日報》記者及編輯。其後對"行政官自肥"而逐漸對民國政治感到失望，轉而投向實業救國，遠離官場，淡出報界。二十年代初定居蘇州，抗日戰爭爆發後舉家移居上海。王秋湄一生從事多種職業，始終不改文人本色，為人正直，尤重氣節。熱衷於鑽研書法、文字聲韻，又收藏金石書畫及碑帖，工詩，精於字畫鑑定，可謂多才多藝。他在文化界交遊甚廣，與章太炎、黃節（字晦聞）等人過從甚密。陳洵個性孤僻，但少時即與黃節結交，為至交好友，二人在當地卓有文名，稱"黃詩陳詞"。王秋湄或因黃節而與陳洵結識，並將之介紹予廖恩燾。

〔3〕舊恨：舊有的愁恨。唐盧綸《秋中野望寄舍弟綬兼令呈上西川尚書舅》詩：“舊恨尚填膺，新悲復縈睫。”

〔4〕青衫彈淚：青衫，青色的衣服，多為低階的官服或地位低微者的衣服，亦指便服。白居易《琵琶行》：“座中泣下誰最多？江州司馬青衫濕。”此處借用《琵琶行》詩意。

〔5〕琵琶嘤嘤自泣：形容琵琶樂聲淒然如泣。《琵琶行》其中一段描述琵琶聲：“轉軸撥絃三兩聲，未成曲調先有情。絃絃掩抑聲聲思，似訴平生不得志。低眉信手續續彈，說盡心中無限事。輕攏慢撚抹復挑，初為《霓裳》後《六么》。大絃嘈嘈如急雨，小絃切切如私語。嘈嘈切切錯雜彈，大珠小珠落玉盤。間關鶯語花底滑，幽咽泉流水下灘。水泉冷澀絃凝絕，凝絕不通聲暫歇。別有幽愁暗恨生，此時無聲勝有聲。”可見琵琶彈得出神入化，如泣如訴。

〔6〕扃：門戶的通稱。南朝孔稚珪《北山移文》：“雖情投於魏闕，或假步於山扃。”白居易《長恨歌》：“金闕西廂叩玉扃，轉教小玉報雙成。”

〔7〕蟲魚注：指譏諷考據家的瑣屑考訂為蟲魚之學。如韓愈《讀皇甫湜公安園池詩書其後》詩二首之一：“爾雅注蟲魚，定非磊落人。”

〔8〕簷花：靠近屋簷下所開的花。李白《贈崔秋浦》：“山鳥下聽事，簷花落酒中。”杜甫《醉時歌》：“清夜沉沉動春酌，燈前細雨簷花落。”趙次公注：“簷花近乎簷邊之花也。”

〔9〕鏡獨何心：謂“鏡心”，用以喻明潔物體的中心。韋應物《行路難》：“荊山之白玉兮，琱琢雙環連，月蝕中心鏡心穿。”

〔10〕鬒：指頭髮稠密而黑。此處“遣殘絮、鬒沿侵”謂原本稠密濃黑的頭髮如被飛絮所侵，日漸斑白，即年華已逝之嘆。

〔11〕晚照：指夕陽。杜甫《贈李八秘書別》詩：“杜陵斜晚照，潏水帶寒淤。”

〔12〕登臨：登高望遠。杜甫《登樓》詩：“花近高樓傷客心，萬方多難此登臨。”辛棄疾《水龍吟·楚天千里清秋》詞：“把吳鉤看了，闌干拍遍，無人會，登臨意。”自古以來文人“登臨”之作大多抒發憂國傷時、觸景傷情之慨嘆。

〔13〕天聲在岑：天聲指天的聲音，比喻大聲。《文選》揚雄《甘泉賦》：“登長平兮雷鼓磕，天聲起兮勇士厲。”“岑”即高而小的山。《文選》馬融《長笛賦》：“託九成之孤岑兮，臨萬仞之石磎。”

〔14〕成連怎海去：成連，春秋時人，善於鼓琴。相傳伯牙曾跟他學琴，三年無成，於是成連獨留伯牙於東海蓬萊山。伯牙終於因情思專一而有啟悟，成為天下操琴妙手。見唐吳兢《樂府古題要解·水仙操》。

〔15〕張素琴：無弦的琴。語出《晉書·陶潛傳》：“性不解音，而蓄素琴一張，弦徽不具。”後用以指琴。元稹《鶯鶯傳》：“素琴鳴怨鶴，清漢望歸鴻。”

【評　析】

廖氏避亂廣州，因緣際會之下，得王秋湄引見陳洵。詞中表現出相見恨晚、惺惺相惜之情懷，亦對海綃翁之著述推崇備至。序中提及“依翁詞律賦此”，查“綺寮怨”乃周邦彥創調，廖氏此詞嚴守周詞之正體格律。誠如陳洵於本卷序中所言：“（懺盦詞續稿二卷皆辛壬歸國後所作）其奇情壯采不減海外諸篇，而格益蒼，律亦益細。”

上片寫對酌情景。化用白居易《琵琶行》詩意及融合眼前景象，既表達與陳洵得以相逢的感受，又婉轉讚美陳洵詞。亦頗有“冠蓋滿京華，斯人獨憔悴”（杜甫《夢李白》）之慨嘆。

下片反用“蟲魚注”之意，為陳洵之大材小用而感到惋惜。“鏡獨何心”句即讚嘆其甘於淡泊，風華高潔。最後通過鍾子期與成連、素琴的典故，表達相逢恨晚知音稀的感受。

（傅碧玉箋注）

蝶戀花　予季仲愷[1]殉難七年[2]，墓木拱矣，揮涕展焉。比自金陵避兵南下，倉皇過滬。聞彊邨先生[3]捐館[4]，未克臨奠一哭，棖觸[5]有餘哀也。

屹屹[6]豐碑[7]花外峙[8]。老眼摩挲，認得留名字。收盡鴒原枝上淚[9]。要離冢[10]畔游人醉。　　六百年來詞絕系。[11]哀罷江南，[12]瘴海[13]春憔悴。莫問珠厓真割事。魚龍寂寞寒無睡。[14]

【箋　注】

〔1〕予季仲愷：指胞弟廖仲愷（1877—1925），原名恩煦、又名夷白，字仲愷，乃中國國民黨革命元勳之一，國民黨左派人物。於 1905 年加入同盟會，任執行部外務科負責人。1911 年辛亥革命後到廣東任都督總參議，1913 年隨孫中山先生亡命日本。1914 年任中華革命黨財政部副部長，之後因反對袁世凱而參加護法運動，又在國民黨刊物內發表文章，讚揚十月革命。1921 年孫中山到廣州任非常大總統時，廖為財政部次長，其後曾擔任國民黨中央執行委員、財政部長、工人部長、農民部長及黃埔軍校黨代表等職。1925 年 8 月 20 日於惠州會館的國民黨中央黨部（今廣州越秀南路 89 號中華全國總工會舊址）被刺殺，得年 48 歲。

〔2〕殉難七年：廖仲愷於 1925 年被刺殺，至 1932 年為七年。這宗刺殺案至今仍是中華民國史上一宗懸案，許多謎團仍未破解。

〔3〕彊邨先生：即朱孝臧（1857—1931），又名祖謀，字藿生，一字古微，號漚尹，又號彊邨。祖居浙江歸安（今吳興）埭溪鎮，宅上彊山麓。朱氏乃光緒進士，曾官至禮部右侍郎。辛亥革命後，朱氏仍擁護清室，以遺老終。初以詩聞名於世，風格近孟

郊、黃庭堅，陳衍稱其為"詩中之夢窗"（《石遺室詩話》）。四十歲時因王鵬運在京師設立詞社，邀其入社，方專力於詞，並與王鵬運同校《夢窗詞》。後窮究格律的家變源流，精詣獨步。朱詞清迴，時人譽為"今之周弁陽（周密）"，內容則多抒發壯懷零落、國土淪喪之感，悲痛沉鬱；晚年作品多為遺老孤獨索寞情懷或流連歌場之作。其詞取徑吳文英，上窺周邦彥，旁及宋詞各大家，能打破浙派、常州派的偏見，自成一家。由於講究審音，有"律博士"之稱。又因卓然成家，被時人尊為"宗匠"，乃至被譽為自唐宋到近代以來萬千詞家的"殿軍"，王國維稱其為"學人之詞"的"極則"（《人間詞話》）。除創作之外，朱氏又致力於詞籍校勘，積數十年之功而遍求南北藏書家善本，校編成《彊村叢書》，乃詞集四大叢刻之冠。彊村先生是公認的清末詞壇大宗師，論詞最為矜慎，未嘗率意下筆，故陳洵及廖氏能得到他的推崇，甚為可貴。

〔4〕捐館：館即住所，捐館指拋棄居所，比喻死亡、去世，或稱為"捐館舍"。顏真卿《中散大夫京兆尹漢陽郡太守贈太子少保鮮于公神道碑銘》："公之捐館也，萬里迎喪。"司馬光《郭子儀單騎退敵》："言天可汗已晏駕，令公亦捐館。"據《朱公行狀》云，朱彊村"辛未年（1931）十一月廿二日卒於上海寄廬，距生咸豐丁巳七月廿一日，享年七十有五"。1931年秋冬至1932年2月廖氏曾滯留南京，或消息不甚靈通，事過境遷之後方得悉彊村先生去世。序中自言"比自金陵避兵南下，倉皇過滬"，因而無法臨奠，實是傷懷、無奈。

〔5〕根觸：即感觸。李商隱《戲題樞言草閣三十二韻》："君時臥根觸，勸客白玉杯。"近代汪兆鏞《憶舊游·隱林梢半角》詞："根觸天涯情緒，淒咽答幽蟬。"

〔6〕屹屹：指高聳獨立的樣子。唐歐陽詹《弔九江驛碑材文》："屹

屺子碑，如神如祇。"

〔7〕豐碑：古人葬時引棺徐下入壙的工具，以大木做成。《禮記·檀弓下》："公室視豐碑，三家視桓楹。"後多指高大的碑石，常用以比喻不朽的杰作或很大的功績。

〔8〕峙：聳立、對立，如對峙。《文選》謝惠連《雪賦》："雪宮建於東國，雪山峙於西域。"《文選》潘岳《為賈謐作贈陸機》詩："綿綿瓜瓞，六國互峙。"

〔9〕鶺原枝上淚：比喻兄弟友愛，急難相扶持。語本《詩經·小雅·常棣》："脊令在原，兄弟急難。"杜甫《贈韋左丞丈濟》詩："鶺原荒宿草，鳳沼接亨衢。"宋王禹偁《寄題陝府南溪兼簡孫何兄弟》詩："枕簟與琴書，鶺原聊自奉。"

〔10〕要離家：要離，春秋時期吳國著名的刺客，行刺吳王慶忌，平息吳國即將發生的暴亂禍事。事後要離自殺身亡，吳王闔閭（原公子光）依其遺願，令伍子胥將之葬於鴻山的專諸墓旁，即今江蘇省無錫市"鴻山三墓"（要離、專諸、梁鴻），三人之墓成"品"字形排列。後來"要離家"或"要離墓"一語，常被詩人用來抒發壯烈豪情，尤多見於愛國志士的作品。如陸游《月下醉題》："生擬入山隨李廣，死當穿家近要離。"明末陳子龍《秋日雜感》："振衣獨上要離墓，痛哭新亭一舉杯。"而廖詞中"要離家畔游人醉"一句，似諷刺時人醉生夢死，不顧國家正值多難多事之秋。

〔11〕六百年來詞絕系：朱彊村中年始填詞，但能博取諸家之長，卓然成一代詞宗，與況周頤、王鵬運、鄭文焯合稱為"清末四大家"。張滌雲《論彊村與彊村詞》稱其"不愧結穴千年傳統詞的殿軍"，廖氏謂其"六百年來詞絕系"，確係的論。

〔12〕哀罷江南：《哀江南賦》乃北周庾信哀悼梁亡而作。庾信以梁人留仕北周，多思鄉之情，故為賦以致意。梁都為昔時楚地，

因此本宋玉《招魂》"魂兮歸來哀江南"語為賦名,其中文情哀感,為世傳誦。廖詞此處"哀罷江南",既痛心國家多難,又哀悼朱彊村。

〔13〕瘴海:瘴即山林間濕熱蒸鬱的毒氣,大陸地區西南部山區常見。此處指南方海域或南方瘴氣之地。唐翁綬《行路難》:"雙輪晚上銅梁雪,一葉春浮瘴海波。"宋王庭珪《送胡邦衡之新州貶所》:"名高北斗星辰上,身墮南州瘴海間。"廖氏當時身在南方廣東,故謂"瘴海"。

〔14〕魚龍寂寞:關於"魚"、"龍",一般引用《水經注》的"魚龍以秋日為夜。龍秋分而降,蟄寢於淵,故以秋為夜也"。庾信《哀江南賦》有"草木之遇陽春,魚龍之逢風雨"句,而杜甫《秋興》詩之四"魚龍寂寞秋江冷,故國平明有所思",則廖詞"魚龍寂寞寒無睡"句意與之相近。

【評　析】

作者胞弟廖仲愷為國民黨革命元勳之一,而彊邨先生乃清末詞壇大宗師。作者退休返國寓居上海時（約 1929 年）,曾攜詞稿拜訪彊邨先生,甚得其賞識（彊邨先生譽其詞為必傳之作,作者欣喜之餘,於六十六歲時刊行《懺盦詞正集》）。惜彊邨先生於 1931 年辭世。此詞寫於 1932 年,既懷胞弟,又感觸 1931 年間因倉皇逃難,無法親自前往祭奠彊邨先生。

上片懷胞弟。廖仲愷被刺後,遺體曾暫厝廣州駟馬崗朱執信墓旁（1935 年才遷葬金陵中山陵側）,而 1932 年作者身處廣州,自然得以前往憑弔。"屹屹豐碑"指弟為革命而犧牲,陰陽相隔,眼前徒留墓碑屹立。當時作者也已六十九歲,摩娑碑石上胞弟的名字,怎不傷懷?尤其是憶起昔日昆仲之情,更是淚滴沾襟。"要離"一句則似諷刺時人不顧國家乃多事之秋,依然醉生夢死。

下片懷彊邨先生。"六百年來詞絕系"，乃對彊邨先生在詞壇上的地位予以肯定。又借宋玉《招魂》及庾信《哀江南賦》，表達對彊邨先生辭世的哀嘆惋惜之情。

（傅碧玉箋注）

【編者按】

施議對編《當代詞綜》卷一選廖恩燾詞十首，這是第一首。見《當代詞綜》（福州：海峽文藝出版社，2002）。

浣溪沙（六首）

曉起妝成麝染衣[1]。廊深簾密放香遲。一雙蝴蝶已先知。　　拌把新愁消一曲，悔緘殘淚寄相思。海棠[2]昨夜正開時。

【箋　注】

[1] 麝染衣：麝香的香氣。李商隱《無題》詩："蠟照半籠金翡翠，麝熏微度繡芙蓉。"

[2] 海棠：薔薇科蘋果屬，春日開淡紅色花，種類很多。《楊妃傳》："唐明皇曾召太真妃，太真妃被酒新起，帝曰：'此乃海棠花睡未足耳。'"見《全芳備祖·前集》卷七。後代文人常以海棠喻美女。

【評　析】

這是一首極富閨閣氣息的作品。上片寫晨起畫妝，穿上用香料熏過的衣服。重重簾幕和回廊之外，飄來若有若無的香氣——是外面的花盛開了嗎？因多重阻隔，深閨裏的人渾然不知春天已來臨，有"庭院深深深幾許"的意味。翩翩蝴蝶則像是春的使者，早已飛舞在花叢中。蝴蝶的雙雙對對的歡快對比着人的形單影隻，倍添愁緒。

下片由景生情，抒發愁怨。閨中寂寥，獨自彈曲消磨愁緒和時間，謂"新愁"，即意味着有"舊愁"。舊愁和著相思淚，寄給那人，如今卻又添新愁和悔意——有用嗎？難道一紙相思會把那人喚回來？可如今是"海棠"正開，最是嬌顏如花的時候，一如唐杜秋娘《金縷衣》詩句："好花堪折直須折，莫待無花空折枝。"

這是一首典型的閨怨之作。通過描繪眼前器物與景物，寄寓懷人、愁怨的情緒，十分委婉。

團扇[1]依依轉似人。一回捐棄[2]一回親[3]。秋風彈指[4]又前塵[5]。　未必笙歌全了夢，揭來雨露漸無恩。[6]土花零落繡鴛[7]痕。

【箋　注】

〔1〕團扇：圓形有柄的扇子。王昌齡《長信秋詞》之三："奉帚平明金殿開，且將團扇共徘徊。"漢代班婕妤《怨歌行》："新裂齊紈素，鮮潔如霜雪。裁為合歡扇，團團似明月。出入君懷袖，動搖微風發。常恐秋節至，涼飆奪炎熱。棄捐篋笥中，恩情中道絕。"以團扇自況。而後來詩人也常以團扇比喻失歡失寵的人。例如李嶠《倡婦行》："團扇辭恩寵，回文贈苦辛。"李白《懼讒》詩："行將泣團扇，戚戚愁人腸。"

〔2〕捐棄：捨棄、拋棄。管子《立政》："正道捐棄，而邪事日長。"《三國志·魏書·臧洪傳》："是以捐棄紙筆，一無所答。"

〔3〕親：親近之意。"一回捐棄一回親"謂時而冷落時而親近，亦可喻男女之間的關係忽親忽疏，忽冷忽熱，時寵時棄，變幻不定。

〔4〕秋風彈指：比喻很短暫的時間或時間過得很快。如宋普潤大師

《翻譯名義集·時分·怛刹那》：“僧祇云：‘二十念為一瞬，二十瞬名一彈指。’”又比喻輕易、容易。《三國演義》第五十一回：“卻說周瑜、魯肅回寨，肅曰：‘都督如何亦許玄德取南郡？’瑜曰：‘吾彈指可得南郡，落得虛做人情。’”

〔5〕前塵：佛教用語，指人世間當前虛妄的塵境。語出《楞嚴經》卷二：“一切世間大小內外諸所事業，各屬前塵。”亦可理解為往事、舊事。

〔6〕曷來雨露漸無恩：曷即為何、如何的意思。晉束晳《近遊賦》：“攀蕐門而高蹈，曷徘徊而近遊。”而“雨露”比喻恩惠德澤。劉禹錫《蘇州刺史謝上表》：“江海遠地，孤危小臣。雖雨露之恩，幽遐必被。”詞中以女子口吻表達被冷落、抱怨不念舊情之意。

〔7〕繡鵉：鵉即鸞鳳之屬。司馬相如《上林賦》：“捷鵉雛，揜焦明。”

【評　析】

上片以“團扇”喻人，用班婕妤《怨歌行》詩意，表達情人離離合合的愁怨。女子就如團扇般婉轉可人，在炎熱夏季搧來陣陣涼風。可是情人卻時親時疏，態度飄忽，變化極快。

下片進一步說明自己的愁怨，抒發舊歡不再的寂寥。那一起彈琴唱歌的兩情繾綣的日子完結了嗎？可真是“事如春夢了無痕”！讓人疑幻疑真。“曷來雨露漸無恩”一句將怨懟之情表露無遺——傳統以花承雨露喻男女之情，如今對方已恩斷情絕，失去了雨露（愛情）滋潤的花只能是凋零，委落塵土，一片片如同繡鵉痕跡。

一抹峯眉太瘦生[1]。張郎[2]去後畫難成[3]。效顰[4]分付[5]與雛鶯。　　羅帶[6]瞞愁緣底事[7]，蠟珠饒淚[8]若為情。孤衾[9]遙夜[10]冷於冰。

【箋 注】

〔1〕太瘦生：生，語助詞。太瘦生指太瘦弱。李白《戲贈杜甫》詩：
"借問別來太瘦生，總為從前作詩苦。"

〔2〕張郎：指為妻畫眉的漢人張敞。《漢書・張敞傳》："敞為京兆，
朝廷每有大議，引古今，處便宜，公卿皆服，天子數從之。然
敞無威儀，時罷朝會，過走馬章臺街，使御史驅，自以便面拊
馬。又為婦畫眉，長安中傳張京兆眉憮。有司以奏敞。上問之，
對曰：'臣聞閨房之內，夫婦之私，有過於畫眉者。'上愛其能，
弗備責也。然終不得大位。"後代常以張敞畫眉故事喻夫妻恩愛
情深。

〔3〕畫難成：同注〔2〕。張敞為妻子畫眉，整個長安城內都知道他
為妻子畫眉畫得嫵媚動人。但廖詞此句反用典故，指情郎遠去，
眉難以描畫，喻失寵的哀傷。

〔4〕效顰：春秋越國美女西施因患心病而捧心皺眉，鄰居醜女東施
看見覺得十分美麗，於是摹仿西施捧心皺眉，然卻更見其醜，
結果村人紛紛走避或閉門不出。典出《莊子・天運》，後比喻不
衡量本身的條件而盲目模仿他人，以致收到反效果。

〔5〕分付：交付、囑咐。京本通俗小說《菩薩蠻》："教人分付臨安
府差人去靈隱寺拏可常和尚。"

〔6〕羅帶：指絲織的衣帶。隋李德林《夏日》詩："微風動羅帶，薄
汗染紅妝。"古人有以羅帶挽成同心結，以作定情。林逋《長相
思》："君淚盈。妾淚盈。羅帶同心結未成。江頭潮已平。"

〔7〕底事：何事、甚麼事。《醒世恆言・獨孤生歸途鬧夢》："夢短夢
長緣底事？莫貪磁枕誤黃粱。"《通俗常言疏證・人事・底事引
陔餘叢考》："江南俗語，問何物為底物，何事為底事，唐以來
已入詩詞中。"

〔8〕蠟珠饒淚：蠟燭燃燒時所滴下的蠟油，如淚一般，稱為"蠟

淚", 亦作"燭淚"。李賀《惱公》詩:"蠟淚垂蘭燼, 秋蕪掃綺
櫳。"溫庭筠《更漏子》詞:"玉爐香, 紅蠟淚, 偏照畫堂秋
思。"

〔9〕 孤衾:本指一個人單獨枕被而眠, 後多比喻閨怨中的女子。《紅
樓夢》第六十六回:"雖是夜晚間孤衾獨枕, 不慣寂寞, 奈一心
丟了眾人, 只念柳湘蓮早早回來, 完了終身大事。"

〔10〕 遙夜:漫長的夜晚, 或作"遙夕"。唐方干《陽亭言事獻漳州
于使君》詩:"平明疏磬白雲寺, 遙夜孤砧紅葉村。"宋宇文虛
中《在金日作》詩之二:"遙夜沉沉滿幕霜, 有時歸夢到家
鄉。"

【評　析】

上片描繪了一個失去情人的楚楚可憐的女子, 愁眉輕顰, 連眉
眼都顯得消瘦無神的可憐情狀。反用"張敞畫眉"的故事——情人
離去, 自己連眉也畫不好了, 表達了女子孤零失落的感受。不勝愁
緒, 忽發奇想, 希望能將相思分付予鶯鳥, 代為傳達。

下片更進一步敘寫冷清孤獨之狀。愁思無法向別人傾訴, 隻影
對孤燭, 蠟淚滴滴, 彷如思婦的眼淚。愁緒滿懷, 難以入眠, 並以
"孤衾遙夜冷於冰"作結——漫漫長夜, 枕冷衾寒, 倍感淒涼。

鬬草[1]年光冉冉過。風絲無奈鏡流何。畫橋衰柳閱人
多。[2]　　見的可憐花更苦, 別時聊勸酒微酡[3]。此情天也
有平頗[4]。

【箋　注】

〔1〕 鬬草:古代流行的一種遊戲, 有三種遊戲規則:一是以草鈎連
拉扯, 比賽誰的草強韌;二是先各自採集不同的花草標本, 限
時集合後, 雙方鬬花草的種類, 以獨得的花草多者為贏;三是

不僅鬥花草種類，還得鬥名目對仗，講究名目相對，平仄相當，自然工巧，此規則最為複雜、高深。

〔2〕畫橋衰柳閱人多：此處指離別。據《三輔黃圖·橋》：“霸橋在長安東，跨水作橋，漢人送客至此橋，折柳贈別。”“柳”與“留”諧音，折柳贈別不僅有“挽留”之意，也用來表達依依不捨的惜別之情。

〔3〕微酡：因飲酒而臉色泛紅。宋玉《招魂》：“美人既醉，朱顏酡些。”陸游《題嚴州王秀才山水枕屏》詩：“驛亭沃酒醉臉酡，長笛腰鼓雜巴歌。”

〔4〕平頗：亦作平陂，指平地與傾斜不平之地。語本《易·泰》：“無平不陂，無往不復。”後指事物的變遷不定或世道盛衰興亡。三國魏劉劭《人物志·九徵》：“然平陂之質在於神，明暗之實在於精。”清唐孫華《國學進士題名碑》：“士氣屈伸應有數，世道那得無平頗。”詞中“此情天也有平頗”，意指沒有恒久不變的情愛。

【評　析】

“鬥草”是古代的一種流行遊戲，甚受兒童或閨閣淑女歡迎。此處大概指無憂無慮的玩樂時光。美好的時光如流水、清風，無法挽留，多麼無奈。人也如此，要走的終須離開，那灞陵邊上的柳樹，見證了多少悲歡離合，所謂“年年柳色，灞陵傷別”（李白《憶秦娥》）。

愁緒滿懷，所見無非可憐可哀，即使是美麗的花，落在眼中也是失色的。離別之際，姑且拼卻一醉來淡化離愁別緒。古往今來，哪有恆久不變的情愛呢！全詞故作瀟灑，試圖以時光難留、人也難留、一切總會變化來自我寬慰，可是仍有一股不平之氣。

六幅湘裙[1]曳夕煙。衡泥巢燕自年年。相逢驀地兩神

仙。[2]　　　觀裏桃花人去後,[3]樓頭雲影[4]雁來前。落紅千
丈蔚藍天。

【箋　注】

〔1〕六幅湘裙:女子的裙子,六幅極言其飄逸華麗。元楊維楨《走
　　馬》詩:"半兜玉鐙裏湘裙,不許春泥汙羅襪。"明高明《琵琶
　　記》第十九齣:"湘裙展六幅,似天下嫦娥降塵俗。"

〔2〕相逢驀地兩神仙:似化用秦觀《鵲橋仙》詞意:"金風玉露一相
　　逢,便勝卻、人間無數。"

〔3〕觀裏桃花人去後:用"人面桃花"典故。唐人崔護於清明日獨
　　遊長安城南,邂逅一位少女。第二年的清明,崔護想起這段往
　　事,又再次造訪那戶人家,卻見大門深鎖,因此在門上題詩道:
　　"去年今日此門中,人面桃花相映紅。人面只今何處去,桃花依
　　舊笑春風。"典出唐孟棨《本事詩·情感》。後來以"人面桃
　　花"比喻男子思念的意中人或與意中人無緣再相見。如宋袁去
　　華《瑞鶴仙·郊原初過雨》詞:"縱收香藏鏡,他年重到,人面
　　桃花在否?"明梅鼎祚《玉合記》第十七齣:"悶孤眠帳額芙蓉,
　　可重逢人面桃花。"

〔4〕樓頭雲影:水的光色與雲的倒影,形容水面的美景。

【評　析】

　　上片以"六幅湘裙"摹寫美女,裙裾"曳夕煙"添其朦朧美
感。春天雖然離去,但總會回來;燕子冬往春還避寒,也總會年年
歸來,一切都順其自然。眼前都是美好的兆頭,在這種情況下邂逅,
是多麼令人驚喜。下片反用崔護詩意,即使美人離去,卻有"樓頭
雲影雁來前",總有別的眼前人堪憐取。末句意態瀟脫,眼前花落又
如何?背後是蔚藍的天空,意境悠遠。此詞讀來音節活潑明快,詞
意亦雲淡風清。

荇佩[1]牽風翠未殘。眼波橫翦[2]水潺潺。蜻蜓牢立又飛還。　　已惜鈎纖泥汙鳳，莫嫌釵妥髻偏鸞[3]。洛陽花譜[4]近全刪。

【箋　注】

〔1〕荇佩：荇指水草。金劉瞻《所見》詩："藻荇半浮苔半濕，浣紗人去不多時。"荇菜對於水質的要求甚高，污穢之地，荇菜絕跡。古人有佩戴香草的習俗，佩戴荇菜用以喻高潔。

〔2〕眼波橫翦：形容目光流盼如水波，多用於指女子目光。黃庭堅《浣溪沙·新婦灘頭眉黛愁》詞："女兒浦口眼波秋，驚魚錯認月沉鈎。"又或形容眼睛清澈明亮。如明周履靖《錦箋記》第九齣："不要說甚麼，你只看他雙瞳翦水迎人灧，風流萬種談笑間。"

〔3〕髻偏鸞：女子髮髻的一個款式，形如鸞鳳。明陳汝元《金蓮記·湖賞》："盈盈腰細，褢薔薇春條暗飛，青絲髮半覆螺眉，睡窗絨高妝鸞髻。"可想而知髻髮大抵是將髮絲高高盤在頭頂。而詞中謂"髻偏鸞"，則原是鸞髻而稍偏側，添慵懶之美，或言無心梳裹。如宋張樞《清平樂·鳳樓人獨》詞："曉奩懶試脂鉛，一綯鸞髻微偏。"

〔4〕洛陽花譜：《洛陽花譜》原是北宋張峋撰寫的牡丹學專著，清余鵬年《曹州牡丹譜》："滎陽張峋撰《花譜》二卷，以花有千葉多葉之不同，創例分類，凡千葉五十八種，多葉六十三種，蓋皆博備精究者之所為。"此書今佚。傳統以香草喻美人，"洛陽花譜"句或借指美女的名冊。

【評　析】

上片特寫女子"荇佩"、"眼波"，表現其高潔柔美以及嬌羞之態。她的眼波嬌怯，如蜻蜓忽飛忽止，長睫低垂。

這麼可愛的女子雖白璧微瑕，也還是值得珍惜的。她的青絲挽就偏鸞髻，平添一分慵懶美態，無可挑剔，不必再賞其他名花了。這裏似乎借刪《洛陽花譜》隱含情郎回首，不再流連章臺，也流露作者對於不幸的女子的憐惜之意。

六首《浣溪沙》可視為一組作品，有酬酢之作的痕跡，亦有《花間》風韻，多寫閨閣器物、情景或借女子口吻表達微愁淡怨，是"綺筵公子，繡幌佳人，遞葉葉之花箋，文抽麗錦；舉纖纖之玉手，拍按香檀。不無清絕之辭，用助嬌嬈之態"（《花間集序》）。但這類作品也可一窺作者避亂廣州時的生活的片段——出遊、酬酢，於酢酬之作中見其心思與才情。並非皆作消沉幽怨語，有活潑、豁達的，有風格清新的，以及表達對女子的同情的，這算是六首《浣溪沙》的特色。

（傅碧玉箋注）

風入松　清明小北道上

春郊無雨過清明。人也斷魂[1]行。年年桃李成蹊[2]慣，何曾惹、瞋燕轟鶯[3]。飛到逡巡[4]蜂蝶，酒旗邨店從橫[5]。

玉簫寒落暮雲平。隨分賣餳[6]聲。悠然今古空山裏，一拳石、一片苔凝。多事瘞花銘草[7]，馬塍[8]誰薦[9]芳馨。

【箋　注】

〔1〕斷魂：指非常惆悵、悲哀，好像失去魂魄的樣子。杜牧《清明》

詩：“清明時節雨紛紛，路上行人欲斷魂。”

〔2〕桃李成蹊：蹊，小路。指桃樹、李樹不會說話，但因其花朵美豔，果實香甜，人們紛紛去摘取，於是便在樹下踩出一條路來。亦作“桃李不言，下自成行”，“桃李無言，下自成蹊”。“桃李成蹊”後來引申比喻為人真誠篤實，自然能感召人心。例如《史記·李將軍傳》太史公曰：“李將軍悛悛如鄙人，口不能道辭。及死之日，天下知與不知，皆為盡哀。彼其忠實心誠信於士大夫也？諺曰：‘桃李不言，下自成蹊。’此言雖小，可以諭大也。”

〔3〕瞋燕顰鶯：瞋指發怒、生氣。同“嗔”。《廣韻·平聲·真韻》：“瞋，怒也。”《世說新語·忿狷》：“瞋甚，復於地取內口中，齧破即吐之。”顰即皺眉。如“顰眉”、“顰蹙”。李白《怨情》詩：“美人捲珠簾，深坐顰蛾眉。”此句“年年桃李成蹊慣，何曾惹、瞋燕顰鶯”，意指桃李原是依自己的生長規律，開花結果，並不曾刻意招惹那些鶯鶯燕燕。

〔4〕逡巡：指徘徊不前。杜甫《麗人行》：“後來鞍馬何逡巡，當軒下馬入錦茵。”

〔5〕酒旗邨店從橫：從橫即縱橫。此句指那些賣酒的小店，外面高懸酒幟交錯。有杜牧《清明》“借問酒家何處有，牧童遙指杏花村”的詩意。

〔6〕餳：即麥芽糖。《本草綱目·穀部·飴糖》：“集解：韓保昇曰：‘飴，即軟糖也，北人謂之餳。’時珍曰：‘飴餳用麥糵或穀芽同諸米熬煎而成，古人寒食多食餳，故醫方亦收用之。’”

〔7〕瘞花銘草：瘞即埋葬、掩埋的意思。《瘞花銘》是悼念花的文章，相傳是南北朝文學家庾信所寫，一般認為已失傳。《紅樓夢》中林黛玉有《葬花詩》。吳文英《風入松》有“聽風聽雨過清明，愁草瘞花銘”之句。廖詞中“多事瘞花銘草”似自嘲多情。

〔8〕馬塍：地名，在浙江省餘杭縣内，宋代時以產花著名。明田汝成《西湖遊覽誌餘·熙朝樂事》：“其時，馬塍園丁競以名花荷擔叫鬻，音中律呂。”清趙翼《管公祠香菊》詩：“吾鄉近年菊事繁，園戶俱工馬塍藝。”另一說是合歡花的別名。《佩文韻府·平蒸》“馬塍”條引《本草》：“合歡花一名馬塍花。”例如清曹寅《入靈谷寺》詩：“馬塍醉客穿陵隧，鴨腳干霄逼相輪。”

〔9〕薦：呈獻、進獻。《論語·鄉黨》：“君賜腥，必熟而薦之。”《禮記·祭義》：“卿大夫有善，薦於諸侯。”

【評　析】

詞題中的清明，指 1932 年 4 月 5 日。相傳清明乃黃帝誕辰，因距冬至日約一百零六天，故又稱“百六”。國民政府定都南京後，為慎終追遠，崇敬祖先，乃定清明節為民族掃墓節。而事實上，清明春祭已是自古以來的傳統。

上片寫清明節粵郊道上所見。當日雖無“雨紛紛”，但路上往來掃墓的人也顯得黯然惆悵。這花開花落，燕來鶯往，春秋代序，甚至生生死死，原也是自然規律，何必神傷？看那忙碌飛舞的蜂蝶，還有那縱橫錯落的酒旗，人間依然是一派熱鬧。

下片興今古之歎。暮色漸沉，耳際傳來小販賣麥芽糖的叫賣聲，這是自古流傳下來的清明習俗，可謂應景。作者徘徊在空山暮色裏，凝視着眼前的石塊、苔痕，那是見證着多少歷史更替、人事變幻的自然之物呢！一切自有安排，何勞多事憐花惜草，這都是人自作多情罷了。

此詞不無淡淡然的哀愁，但更多的是強自寬懷，自嘲多情，渴望解脫。

隔了八年（即 1940 年），作者又填了一闋《風入松》，但當時廣州已淪陷，二次大戰席卷全球，作者的意緒當然亦有所不同。

（傅碧玉箋注）

水龍吟　鎮海樓^[1]雨中晚望

越王臺榭^[2]登臨，殢人天氣^[3]廉纖雨^[4]。危闌^[5]慣是，行雲經過，悠然今古。佛界鐘聲^[6]，霸圖山色^[7]，飛甍^[8]層度。問流花^[9]在否，垂虹杳矣，提壺鳥^[10]、焉知處。

看到珠江^[11]容與^[12]。記笙簫、月簾星戶。東風舴艋^[13]，當時浩劫^[14]，消殘一炬^[15]。百尺榱題^[16]，紅棉挂上，斜陽愁舞。放高歌試落，空潭怕又，有仙鵝^[17]訴。

【箋　注】

〔1〕鎮海樓：又名望海樓，位於廣州市越秀山（今越秀公園內）小蟠龍崗上，是廣州城市標誌之一。現是專門收藏、展覽關於廣州歷史文物和史料的場所（廣州博物館）。明洪武十三年（1380）永嘉侯朱亮祖擴建廣州城之際，將宋三城（子城、東西兩城）合併，並開拓北城八百餘丈，城牆橫跨越秀山，在上面建了一座五層高樓以壯觀瞻。因這建築有雄鎮海疆之意，故名“鎮海樓”。登上鎮海樓最頂層，可一瞰廣州全景，直望珠江。清代兵部尚書彭玉麟於光緒十年（1884）奉命到廣州督師抗法，據說指揮部就設在鎮海樓上。彭玉麟並為鎮海樓寫下一副著名的對聯：“萬千劫危樓尚存，問誰摘斗摩星，目空今古；五百年故侯安在，使我倚欄看劍，淚灑英雄。”廖詞題謂“鎮海樓雨中晚望”，乃是登臨之作。在文學傳統中，“登臨”每多觸發人的悲愁之情，登高以望遠，往往能引發感懷身世、思親懷鄉、懷古傷今或言志抒情等等複雜的感情，這幾乎成了文學作品中永恒的主題。

〔2〕越王臺榭：全國多處有“越王臺”，如紹興、莆田、福州等地，而詞中所指是位於廣州越秀山的越王臺，據說是漢時南越王趙

佗所築。秦時首任南海尉任囂將郡治設在番禺，即今廣州市。任氏死後，趙佗據有嶺南，稱“南越王”，與漢朝保持臣屬關係。南越國是當時在嶺南建立的第一個政權，趙佗對嶺南的發展功不可沒。當時南越國在今廣州越秀地區曾建越王故宮、越王臺、越王井等，故廖氏詞中謂登臨所見有“越王臺榭”。

〔3〕殢人天氣：殢人即嗔怪人的意思。宋樂史《楊太真外傳·卷下》：“時妃子至，以手整上衣領曰：‘看何文書？’上笑曰：‘莫問，知則又殢人。’”“殢人天氣”即讓人鬱悶惱煩的天氣。

〔4〕廉纖雨：纖細的雨。韓愈《晚雨》詩：“廉纖晚雨不能晴，池岸草間蚯蚓鳴。”

〔5〕危闌：危即高聳的意思。《莊子·盜跖》：“使子路去其危冠，解其長劍，而受教於子。”陸游《送七兄赴揚州帥幕》詩：“急雪打窗心共碎，危樓望遠涕俱流。”闌，同欄。危闌，高樓上的欄檻。陳亮《賀新郎·同劉元實唐與正陪葉丞相飲》詞：“水激泠泠知何許，跳碎危闌玉樹。”

〔6〕佛界鐘聲：鎮海樓位於越秀山，附近多寺院，故在鎮海樓上能聽到佛寺傳來的鐘聲。

〔7〕霸圖山色：鎮海樓高五層，頗壯觀瞻，有“雄鎮海疆”之意，可知其所處地理形勢。登上鎮海樓最頂層，可一瞰廣州全景，直望珠江，故謂“霸圖山色”。

〔8〕飛甍：甍，屋脊。飛甍比喻高大的屋宇。鮑照《詠史》詩：“京城十二衢，飛甍各鱗次。”謝朓《晚登三山還望京邑》：“白日麗飛甍，參差皆可見。”

〔9〕流花：廣州有流花橋，是南漢古蹟，位於城西隅。

〔10〕提壺鳥：提壺蘆的別名，即鵜鶘。宋王禹偁《初入山聞提壺鳥》詩：“遷客由來長合醉，不煩幽鳥道提壺。”梅堯臣《和永叔六篇·啼鳥》：“提胡蘆，提胡蘆，爾莫勸翁沽美酒，公多金錢賜醇酎，名聲壓時為不朽。”

〔11〕珠江：粵人又叫珠江河。狹義的珠江指從廣州到入海口的一段
　　　河道。

〔12〕容與：徘徊猶疑之意。屈原《九章·思美人》：“固朕形之不服
　　　兮，然容與而狐疑。”班昭《東征賦》：“悵容與而久駐兮，忘
　　　日夕而將昏。”

〔13〕舴艋：或稱為“舴艋舟”，即小船。唐張志和《漁父·雪溪灣
　　　裡釣魚翁》詞：“雪溪灣裡釣魚翁，舴艋為家西復東。”李清照
　　　《武陵春·風住塵香花已盡》詞：“只恐雙溪舴艋舟，載不動、
　　　許多愁。”

〔14〕當時浩劫：大概是指清道光年間廣州白鵝潭一帶妓船麕集，熱
　　　鬧非常。當時花船十分華麗，對列成行，用板排釘連成路，而
　　　且皆用洋錦氈鋪墊，使客人如履平地。船上供應海鮮美食，有
　　　樂曲戲班獻唱，是鶯歌燕舞、徹夜歡娛的享樂之地。後來遭遇
　　　火災，木船及船上各種錦繡裝飾俱易燃之物，火勢一發不可收
　　　拾，加之船與船之間釘連貫串，因而火苗迅速蔓延，燃燒殆
　　　盡。這可謂是白鵝潭煙花之地的一場浩劫，自此風流雲散，無
　　　復當年盛況。

〔15〕消殘一炬：見注〔14〕。

〔16〕榱題：指屋椽的兩端之處。《孟子·盡心下》：“堂高數仞，榱
　　　題數尺。”

〔17〕仙鵝：廣州白鵝潭，簡稱“鵝潭”，位於廣州市沙面島以南的
　　　珠江水域，是西航道、前航道及後航道的交匯處。江面廣闊，
　　　水深流急，風景美麗，晚間清風送爽，月色明朗，因此“鵝潭
　　　夜月”成為羊城八景之一。“鵝潭”的來由相傳是明朝正統年
　　　間，廣東南海接連發生幾場天災，以致民生日困。正統十三年
　　　（1448）九月，一名叫黃蕭養的年輕人發動起義，聚集萬餘人
　　　向廣州進攻。次年六月，起義軍在珠江水面（今白鵝潭）上打
　　　敗了前來鎮壓的官兵。傳說在這次戰鬥中，兩隻經常在江面上

游弋的大白鵝為起義軍引航。後來起義軍寡不敵眾，節節敗退，緊急關頭之際兩隻大白鵝自江心浮出，背著黃蕭養游離戰場，消失在大霧中。後來人們就根據這傳說將那段珠江水面稱為"白鵝潭"。作者或因這傳說而將故事中具有靈性的白鵝稱為"仙鵝"。

【評　析】

此詞上片主要寫景。扣詞序"鎮海樓雨中晚望"，開門見山點出"越王臺樹登臨"，正是風雨飄搖，惱人天氣，意興闌珊。越王臺是個歷史悠久的古蹟，乃漢代時南越王趙佗所築，已歷悠悠千年。獨佇高樓，看著眼前風光，傳來山寺鐘聲，餘音裊裊，直教人墮入無邊愁思。而遠眺流花景，耳聞林中不知處的鳥鳴，不由得興起今古之嘆。

下片由"看到珠江容與"領起，抒發懷古傷今之情。廣州白鵝潭於清代道光年間曾有數千花艇聚集，鶯歌燕舞，笙簫管弦，說不盡的繁華熱鬧，後遭火災，花艇焚燒殆盡，白鵝潭風光不再。此處"舴艋"（小舟）、"當時浩劫"、"消殘一炬"，當是指白鵝潭的由盛轉衰的變化。由此而興嘆，即使眼前似乎是一派昇平，萬家燈火，卻只是虛有其表。

作者所嘆並非無病呻吟。事實上，廣州局勢雖不至於像北方那麼緊張，但也絕不是可以安居樂業的淨土。"越王臺"、"白鵝潭"不止出現在他的詞中，他的《新粵謳集》的《自題六首》大抵可與此詞互相參照對讀。其一："百粵雄藩鎮未開，尋春怕上越王臺。可堪流盡珠江水，猶有秦箏洗耳來。"其二："樂操土音不忘本，變徵歌殘為國殤。如此年華悲錦瑟，隔窗愁聽杜秋娘。"其三："軟紅何處醉花仙，一掬胭脂灑大千。不見秦時舊明月，鷓鴣啼破夢中天。"其四："萬花扶起醉吟身，想見同胞愛國魂。多少皂羅衫上淚，未應全感美人恩。"其五："小蠻裝束最風華，螺髻香盤茉莉花。除欲後庭歌玉樹，不教重譜入琵琶。”其六：“當筵誰唱望江南，傳遍珠江亦美談。一樣俠情今日記，簫聲吹滿白鵝潭。”詩中也借“越王臺”、“珠江”、“白鵝潭”表達他的感時傷世的情懷。

（傅碧玉箋注）

前　調　送秋湄歸滬上

人生難得相逢，相逢漫惜金杯[1]把。江南自古，杏花時節[2]，先生歸也。春雨霏微[3]，蘭舟[4]催發，溪山如畫。料行囊[5]滿貯，班香宋豔[6]，還擬向、鷗天寫。　　血濺狼煙青野[7]。甚書生[8]、忍言戎馬[9]。頭顱健在，儒冠[10]羞比，兜鍪[11]聲價。牛耳騷壇[12]，憑君旗鼓[13]從容定霸。看詩疆拓就，重來便好，結雞豚社[14]。

【箋　注】

〔1〕金杯：泛指精美的杯子。盧照鄰《秋霖賦》：“繡轂銀鞍，金杯玉盤。坐臥珠璧，左右羅紈。”

〔2〕杏花時節：杏花是傳說中十二花神之“二月花”，花期為陽曆三月至五月，故“杏花時節”當指春季。

〔3〕霏微：指霧氣、細雨瀰漫朦朧的樣子。南朝王僧孺《侍宴》詩：“散漫輕煙轉，霏微商雲散。”韓愈《喜雪獻裴尚書》詩：“浩蕩乾坤合，霏微物象移。”

〔4〕蘭舟：用木蘭樹所造的船隻，後為一般船隻的美稱。杜牧《陵陽送客》詩：“蘭舟倚行棹，桂酒掩餘罇。”龔自珍《浪淘沙·雲外起朱樓》詞：“同上蘭舟，鏡檻與香簾，雅憺溫柔。”柳永《雨霖鈴》詞有“都門帳飲無緒，留戀處，蘭舟催發”句。廖詞此處直接引用柳永成句。

〔5〕行囊：出外或旅行時所帶的行李袋。明瞿佑《剪燈新話·永州野廟記》："行囊罄竭，不能以牲醴祭享。"《初刻拍案驚奇·卷四》："待要歸家，與帶去僕人收拾停當，行囊豐滿。"亦稱為"行篋"。

〔6〕班香宋豔：班，指班固；宋，即宋玉。班固、宋玉二人皆為中國有名的辭賦家，因文辭華美，風格富麗，故稱為"班香宋豔"。孔尚任《桃花扇》第一齣："早歲清詞，吐出班香宋豔；中年浩氣，流成蘇海韓潮。"詞中此句乃對王秋湄之讚辭。

〔7〕狼煙青野：指古代戍守邊境的軍隊，遇有緊急情況即焚燒狼糞燃起烽煙。後比喻戰爭、兵亂。杜牧《邊上聞笳》詩之一："何處吹笳薄暮天，塞垣高鳥沒狼煙。"《三國演義》第二十一回："既把孤身離虎穴，還將妙計息狼煙。"詞中以此反映現實之戰亂。

〔8〕書生：即讀書人。《後漢書·方術傳下·費長房傳》："長房曾與人共行，見一書生黃巾被裘，無鞍騎馬，下而叩頭。"韓愈《與鄂州柳中丞書》："閣下書生也，詩書禮樂是習，仁義是修，法度是束。"王秋湄生於番禺書香世家，多年來又投身報業，故作者稱之為書生。

〔9〕戎馬：指軍旅生涯。《文選》陳琳《為袁紹檄豫州》："州郡整戎馬，羅落境界。"詞中指王秋湄本飽學之士，若在安穩的世道中應過着平靜的日子，如今卻不得不在亂世中投筆從戎。

〔10〕儒冠：本指儒者所戴的帽子，借指儒生。杜甫《奉贈韋左丞丈二十二韻》："紈褲不餓死，儒冠多誤身。"陸游《謝池春·壯歲從戎》詞："朱顏青鬢，擁彫戈西戍。笑儒冠自來多誤。"

〔11〕兜鍪：指古時戰士戴的頭盔，形如鍪，用以防禦兵刃。《三國演義》第七回："紹以兜鍪撲地，大呼曰：'大丈夫願臨陣鬥死。'"又借指士兵。辛棄疾《南鄉子·何處望神州》詞："年少萬兜鍪，坐斷東南戰未休。"

〔12〕牛耳騷壇：古代諸侯割牛耳歃血為盟，由主盟者執珠盤盛牛耳，故稱盟主為“執牛耳”。《左傳‧哀公十七年》：“諸侯盟，誰執牛耳？”杜預注：“執牛耳，尸盟者。”後泛指其人在某方面居領導地位。孔尚任《桃花扇》第四齣：“論文采，天仙吏，謫人間。好教執牛耳，主騷壇。”

〔13〕旗鼓：即旗與鼓，軍隊中用以壯軍威或發號令。《左傳‧成公二年》：“師之耳目，在吾旗鼓，進退從之。”《漢書‧李廣傳》：“力戰，奪左賢王旗鼓。”此處作者讚美王秋湄是能夠領風騷的人物。

〔14〕結雞豚社：指古時祭祀土地神之後鄉人聚餐的交誼活動。陸游《思歸示兒輩》詩：“興發雞豚社，心闌翰墨場。”元汪元亨《雁兒落過得勝會‧歸隱》曲：“恥隨鴛鷺班，笑結雞豚社。”詞中或借此表達對安定、歸隱生活的嚮往。

【評　析】

　　詞題“送秋湄歸滬上”，秋湄，見《綺寮怨‧舊恨青衫彈淚》注〔2〕。王秋湄二十年代初定居蘇州，抗日戰爭爆發後舉家移居上海，從《綺寮怨》詞序中可見王氏當時在廣州。王氏與作者胞弟廖仲愷同樣是孫中山先生革命事業的追隨者，其後王氏又介紹作者與嶺南著名詞人陳洵認識，可知二人交情非淺。

　　此詞主題為送別。上片借景抒情，表達離別時的不捨之情。開篇即謂“人生難得相逢”，感慨甚深，相逢已是難得，更何況是亂世裏的相逢相聚呢！可惜如今面臨的又是分離。接以“江南自古，杏花時節”，想像王氏所歸的滬上，正是江南杏花煙雨時節，似乎是一片良辰美景。而眼前細雨紛飛，倍添離愁，不由得想起柳永《雨霖鈴》“都門帳飲無緒，方留戀處，蘭舟催發”的詞句，離別的時刻終究要來臨。片末不忘恭維老朋友的文采，以班固、宋玉喻之，猜想他沿途不忘創作。

下片情懷陡轉，面對現實，烽煙亂世，即使是老朋友這樣的書香人家出身，也棄筆從戎，保衛國家。他的允文允武，自是比一般只會鑽研學問的讀書人強得多了。堪嘆的是一片雄心壯志，到頭來還是消磨在"詩疆"之中。下片語帶悲憤，既有對王氏之讚辭，也有對現實的無奈。最後強自振作，在百般無奈之中以對未來的美好的期望和祝願收結。

短短一首詞，寫來虛實交錯，時空的跨越度很大。空間方面，既有眼前景，又想像所歸之處的"江南"、沿途所見之"鷗天"，以及將來重聚的"結雞豚社"的熱鬧情景；時間方面，則跨越過去、現在、未來。此詞讀來情真意切，頗能感人。

（傅碧玉箋注）

隔浦蓮近　題前明張麗人二喬[1]《蓮香集》[2]

啼綃枯淚[3]已久。痕在情依舊。故壘東風便[4]，堪銅雀春深[5]又。眉嫵山夢秀。吳鶯[6]杳、舞影憐身後。斷腸驟。干卿甚事[7]，吹池一例都皺[8]。落花沈恨，何況章臺[9]人瘦。遺集[10]而今忍瓿覆[11]。澆酒。愁鐙飄下紅豆[12]。

【箋　注】

〔1〕張麗人二喬：張麗人即張喬（1615—1633），字喬婧（一作倩），號二喬，是明末廣州名女校書（歌妓）。先世本吳籍（今江蘇省），因母親流落廣州為妓而生了她，故為廣州人。清屈大均《翁山文外》、紐繡《觚賸·粵觚》及檀粹《楚庭稗珠錄》等均有記載她的事跡，稱她"體貌瑩潔，性質明慧，幼即能記歌曲，尤好詩詞，每長吟唐人'銅雀春深'句，因自名二喬"。又稱譽

她"美而工詩,敏而好學,琴棋書畫,無所不曉,尤善吟詩畫蘭"。可見她具才名、艷名。張喬常參與當時節烈文人"南園諸子"的集會,與陳子壯、黎遂球等嶺南著名詩人多有交往,稱為知己。可惜紅顏薄命,於十九歲因病香消玉殞。殯葬之日,騷人墨客百餘人為其送行,各執一花,環植其冢四周,並賦詩一首,以寄哀思,故其墓名"百花冢",碑銘則由黎遂球撰寫,可見她在當時社會的名望和地位。張喬墓早已蕩然無存,近年重修,仍在廣州白雲山下。

〔2〕張喬撰有一百多首詩詞,生前交給好友彭日禎保管,死後彭氏為她輯刊名《蓮香集》四卷。集中多懷人寄興之作,五律、六絕、七古諸體具備,此外還有四闋詞。《蓮香集》原刻於弘光元年(1645),即順治二年冬季,由於刊印少,因此在清初就很難找到了。據清羅天尺《五山志林》卷二"蓮香集殉葬"記載:"其集鏤刻精工,序志皆美,黎美周、鄺湛若諸公所作。屈大均輯《廣東文選》,遍搜無存。乾隆間順德梁藥房於肆間購得,酷愛之,寢食必偕,囑其子,必以殉葬。"乾隆三十年(1765),順德梁焊重新編印,全集為五卷,其卷五為續編。這些刻本今尚存世。

〔3〕啼綃枯淚:綃,指用生絲織成的絲織品。白居易《琵琶行》:"五陵年少爭纏頭,一曲紅綃不知數。""啼綃枯淚"指啼哭時用綃絹抹淚。

〔4〕故壘東風便:故壘,指前人的營壘。蘇軾《念奴嬌》詞:"故壘西邊,人道是三國周郎赤壁。"三國時吳蜀聯合抵禦曹操,諸事皆備,只欠東風,後得諸葛亮神機妙算,借東風以助火攻,終獲大勝。

〔5〕銅雀春深:銅雀臺乃曹操所建的高臺。樓頂置大銅雀,展翅若飛。劉克莊《沁園春》詞:"何處相逢;登寶釵樓,訪銅雀臺。"杜牧《赤壁》詩:"折戟沉沙鐵未銷,自將磨洗認前朝。東風不

與周郎便，銅雀春深鎖二喬。"此句詞意與注〔3〕連貫。

〔6〕鸞：傳說中的一種神鳥，似鳳凰。《說文解字》："鸞，赤神靈之精也。赤色，五采，雞形，鳴中五音，頌聲作則至。"《山海經·西山經》："有鳥焉，其狀如翟而五采文，名曰鸞鳥，見則天下安寧。"後來用以比喻夫妻。如唐盧儲《催妝》詩："今日幸為秦晉會，早教鸞鳳下妝樓。"

〔7〕干卿甚事：意謂與你有何相關，指多管閒事。南唐馮延巳《謁金門》詞："風乍起，吹縐一池春水。"南唐中主李璟跟他開玩笑說："吹縐一池春水，干卿底事？"語出《南唐書·馮延巳傳》。

〔8〕吹池一例都皺：同上注。此處化用馮延巳詞意。

〔9〕章臺：漢代妓院所在地，後多借指妓女。《群音類選·官腔類·分釵記·分釵夜別》："你是人間豪俊，當思顯姓揚名，須聽，再休折章臺楊柳。"

〔10〕遺集：張麗人於十九歲去世，留下一百多首詩詞，友人彭日禎為其輯刊，名《蓮香集》。

〔11〕瓿覆：多作覆瓿。漢代揚雄認為經莫大於《易》，故作《太玄》，欲求文章成名於後世。劉歆看了之後，告訴揚雄，天下學者尚不能通曉《易》，又如何能了解《太玄》，恐怕他的心血要被人拿來蓋醬缸罷了。典出《漢書·揚雄傳》。後多用以自謙著作價值不高或不受人重視。例如清王鵬運《摸魚兒·莽風塵雅音寥落》："文章事，覆瓿代薪朝暮，新聲那辨鐘缶？"

〔12〕紅豆：王維《相思》："紅豆生南國，秋來發幾枝。願君多采擷，此物最相思。"後人多以"紅豆"寄寓相思之意。

【評　析】

　　作者當時南下廣州避亂，多出遊，尤其喜歡到白雲山，此卷中已有多首作品提及。張麗人墓冢在白雲山下，作者對她的事跡多所注意，故生憐惜之情。

上片想像張麗人閨中淒清垂淚，又巧妙結合赤壁故事，暗用杜牧詩句"銅雀春深鎖二喬"，予人美好的聯想。

下片由"斷腸驟"領起，接以南唐馮延巳與中主李璟的"吹皺一池春水，干卿底事"的故事，有自嘲多情之意。伊人已杳，空餘遺恨，只有白雲山下荒冢一堆供人憑弔，而張麗人的遺作《蓮香集》如今已沒多少人知曉了，作者為之嘆惜。

（傅碧玉箋注）

琵琶仙　有贈

霜老芙蓉[1]，也還是、鏡閣[2]顏嬌如玉。遮面輕撥冰徽[3]，閒愁翠眉蹙。催去棹[4]、紗窗灩蠟[5]，正飛過、舊磯黃鵠[6]。掠鬢韶光[7]，飄花浪迹，殘夢相逐。　　便尋淚、教濕青衫[8]，忍重聽、春風大堤曲[9]。休問越娃[10]煙艇，傍江天誰宿。空只歎、巢鶯有柳，但築金[11]、貯已無屋[12]。那更香澤猶分，趁時妝束。

【箋　注】

〔1〕芙蓉：一種粉紅色的花，後以喻美女。如《西京雜記》卷二："文君姣好，眉色如望遠山，臉際常若芙蓉。"《聊齋誌異·丫頭》："室對芙蓉，家徒四壁。"

〔2〕鏡閣：指女子的住所。清黃景仁《新月》詩："陰陰當鏡閣，慘慘掛關門。"又清孫麟趾《金縷曲·定庵將歸托寄家書賦此送別》詞："鏡閣偎香無此福，冷巷重門深閉。"

〔3〕冰徽：徽，原指音樂。《文選》王粲《公讌詩》："管絃發徽音，曲度清且悲。"後指美音、德音。例如《文選》劉孝標《重答

劉秣陵沼書》："余悲其音徽未沫而其人已亡,青簡尚新而宿草將列,泫然不之涕之無從也。"《文心雕龍‧頌贊》："年積愈遠,音徽如旦。"

〔4〕去棹:棹,船槳;去棹指划船。也借以指船。《文選》張協《七命》之二:"縱棹隨風,弭楫乘波。"

〔5〕灧蠟:吳文英《宴清都》有"障灧蠟、滿照歡叢,蝥蟾冷落羞度"句,蘇軾《詠海棠》云:"只恐夜深花睡去,故燒紅蠟照紅妝。"吳詞三句大概化用蘇軾詩意,寫人們因惜花而秉燭夜賞的情景,可知"灧蠟"形容蠟淚。

〔6〕舊磯黃鵠:"磯"指水邊突出的巖石或石灘地,如采石磯、燕子磯。唐張旭《桃花谿》詩:"隱隱飛橋隔野煙,石磯西畔問漁船。""黃鵠"則是神話傳說中的大鳥,能一舉千里。屈原《卜居》:"寧與黃鵠比翼乎?將與雞鶩爭食乎?此孰吉孰凶,何去何從?"劉向《列女傳‧魯寡陶嬰》記載先秦時魯國女子陶嬰年輕守寡,以紡績為業,獨力養育幼兒。魯國人想娶她,她便作《黃鵠歌》以明貞潔之志。後以"黃鵠"比喻節婦。

〔7〕韶光:指光陰、時光。關漢卿《望江亭‧第一折》:"我待學恁這出家兒清靜,到大來一身散袒,難熬他這日月韶光似相隨相伴。"《初刻拍案驚奇》卷十三:"韶光短淺,趙聰因為嬌養,直捱到十四歲少,纔讀完得經書。"

〔8〕教濕青衫:作者詞作中多次用"濕青衫"句,取自白居易《琵琶行》:"座中泣下誰最多?江州司馬青衫濕。""青衫"多指官階低微或地位卑下者的服色,亦指便服。元代馬致遠曾作《青衫淚》,是寫白居易與長安名妓裴興奴的愛情故事,劇情乃取《琵琶行》增飾而成。

〔9〕春風大堤曲:是五言樂府作品,漢樂府風格大多質樸自然,能秉承《詩經》"溫柔敦厚"的傳統,雖表達思婦、遊子之情,但能"哀而不傷,怨而不怒"。李白詩云:"漢水臨襄陽,花開

大堤暖。佳期大堤下，淚向南雲滿。春風復無情，吹我夢魂散。
不見眼中人，天長音信斷。”

〔10〕越娃：泛指江南美女。娃，即美的意思，是吳楚衡淮之間的方
言。吳王夫差得越國美女西施之後，曾興建“館娃宮”。王勃
《采蓮賦》：“吳娃越艷，鄭婉秦妍。”李白《經亂離後憶舊游書
懷贈韋太守》詩：“吳娃與越艷，窈窕誇鉛紅。”宋孫光憲《河
傳》詞之四：“木蘭舟上，何處吳娃越艷，藕花紅照臉。”吳越
即今蘇杭一帶，山水秀麗，多出美女。詩詞作品中因而多“吳
娃”、“越艷”對舉。

〔11〕築金：此處用漢武帝“金屋藏嬌”的故事。《漢武故事·說纂一
·逸事一》記載：“後長主（指館陶長公主）還宮，膠東王（即
後來的漢武帝）數歲，公主抱置膝上，問曰：‘兒欲得婦否？’長
主指左右長御百餘人，皆云‘不用’。指其女曰‘阿嬌好否？’
笑對曰：‘好，若得阿嬌作婦，當作金屋貯之。’長主大悅。”

〔12〕貯已無屋：同上注。詞中二句反用“金屋藏嬌”的故事，指鶯
鳥尚且有柳樹可棲身，但薄命紅顏卻無法得到愛護，作者為之
惋惜哀嘆。

【評　析】

　　此詞副題謂“有贈”，當是酬酢場合有人求詞而作，所贈者誰，
無從稽考，似乎是歌筵酒席間的女子。

　　上片寫對方風韻猶存。詞中描述一連串閨閣意象以及美女容貌，
例如“鏡閣”、“顏嬌如玉”、“翠眉蹙”、“紗窗”等等，塑造一個含
愁帶顰的女子形象。

　　下片表達強忍心酸，重聽樂曲之意緒。“越娃”、“巢鶯”句慨
嘆其飄零無依，接以反用漢武帝“金屋藏嬌”故事，抒發愛莫能助，
叮嚀珍重的感情。全詞讀來，頗類白居易《琵琶行》詩意。

（傅碧玉箋注）

玉樓春

紫臺[1]一去無消息[2]。誰把胡笳[3]翻舊拍。小憐[4]鬢濕杏花煙[5]，恨破東風[6]錢幾值。　　青衫費淚都堪惜。枉為江山留豔迹。等閒老盡有情天[7]，海水淘沙終變石[8]。

【箋　注】

〔1〕紫臺：指帝王居住的地方。《文選》江淹《恨賦》："若夫明妃去時，仰天太息。紫臺稍遠，關山無極。"李善注："紫臺，猶紫宮也。"杜甫《詠懷古蹟》之三："一去紫臺連朔漠，獨留青冢向黃昏。"皆寫王昭君和番的故事，所去處是匈奴帝居。又指神仙所居，如《漢武帝內傳》："上元夫人語帝曰：'阿母今以瓊笈妙蘊，發紫臺之文，賜汝八會之書。五岳真形，可謂至珍且貴。'"盧照鄰《益州至真觀主黎君碑》："紫臺初構，霜露霑衣。碧洞新開，蓬萊變海。"

〔2〕一去無消息：結合下文詞意，疑指蔡文姬。她是東漢末年著名文學家蔡邕之女，極其聰穎，才貌雙全。惜因董卓亂京被其部下所擄，輾轉流落匈奴，下嫁匈奴王，生二子。十二年後方由曹操查訪下落，並重金贖回，即歷史上著名的"文姬歸漢"的故事。

〔3〕胡笳：古代的一種吹奏樂器，漢代流行於塞北和西域一帶，是漢、魏鼓吹樂中的主要樂器。因最初為胡人捲蘆葉吹之以作樂，故稱為"胡笳"。據傳蔡文姬有《胡笳十八拍》（從詩歌格律和人物稱謂來看，應是隋唐以後的作家代蔡文姬立言），是感人肺腑的千古絕唱。第一拍點出"亂離"的背景，她在兵荒馬亂中被擄掠西去。第二拍寫被擄途中的情況。第二拍到第十一拍的主要內容皆為思鄉之情，以及忍辱偷生的悲涼。第十二拍雖寫

重返中原，但與子別離，也是萬分不捨。第十二拍至尾聲寫別子、思兒成夢等內容，都是淒婉低迴，柔腸寸斷。"誰把胡笳翻舊拍"，大概是指《胡笳十八拍》。

〔4〕小憐：指馮小憐。她是北齊後主高緯的寵妃，歷史上著名的美人，狐媚多情，生性聰慧，善彈琵琶，能歌善舞。集三千寵愛在一身，在歷史上被視為禍水，高緯因她而荒唐昏庸，終致亡國。她後來被賜給代王宇文達為妾，非常受寵。後因楊堅代周建隋，馮小憐又再次成為俘虜，隋文帝將她賜給代王李氏之兄李詢。昔日馮小憐侍代王宇文達時，因受寵而備受李氏之妒，今竟落在李氏之兄手上，可謂冤家路窄。李詢母乘機代女兒進行打擊報復，馮小憐終自殺而亡。小憐善彈琵琶，因弦斷而作詩："雖蒙今日寵，猶憶昔時憐。欲知心斷絕，應看膠上弦。"可見其多情。李賀曾為作《馮小憐》詩云："灣頭見小憐，請上琵琶弦。破得春風恨，今朝值幾錢。裙垂竹葉帶，鬢濕杏花煙。玉冷紅絲重，齊宮妾駕鞭。"極寫其美貌得寵之情態。

〔5〕杏花煙：形容女子鬢髮之美，有如杏花含煙。見上注李賀《馮小憐》詩。

〔6〕恨破東風：《東風破》是古琵琶曲，《東風破》的"破"是一種調。馮小憐善彈琵琶，想必一曲《東風破》極其出色。至宋代有"曲破"一說，《宋史·樂志》載太宗親制"曲破"二十九曲，又"琵琶獨彈曲破"十五曲。廖詞中有關馮小憐二句，乃化用李賀《馮小憐》詩意。

〔7〕老盡有情天：形容傷感的氣氛悲悽已極。唐李賀《金銅仙人辭漢歌》詩句："衰蘭送客咸陽道，天若有情天亦老。"

〔8〕海水淘沙終變石：這裏大概是滄海桑田的意思，喻世事變幻極快。

【評　析】

此詞寫於壬申（1932年）春，是時作者仍暫居廣州避亂，生活相對安定，當與廣州文化界人有所過從，少不了酬酢往還。這首《玉樓春》正如前之六闋《浣溪沙》以及《琵琶仙·有贈》，應是酬酢之作。

上片敘寫古代的兩位薄命女子蔡文姬和馮小憐。“紫臺一去無消息”當是指蔡文姬的經歷，而相傳千古絕唱《胡笳十八拍》是文姬所作，故詞中有“誰把胡笳翻舊拍”句。後二句“小憐鬢濕杏花煙，恨破東風錢幾值”，化用李賀《馮小憐》詩。馮小憐也是歷史上一位美麗而聰明的女子，惜命運幾番起伏，身不由己，終落得自殺的悲慘結局。

下片“青衫費淚都堪惜”，表達了作者對於有才情而薄命的女子的憐惜之情，為她們的命運而哀嘆“枉為江山留豔迹”。“等閒老盡有情天”反用李賀《金銅仙人辭漢歌》 “天若有情天亦老”句意——有情？無情？終究是“風流總被雨打風吹去”，滄海桑田，風雲變幻無定。

（傅碧玉箋注）

好事近

寶枕[1]碧頗黎[2]，栩栩蝶魂[3]剛著。飛絮[4]一簾輕引，上薰風池閣[5]。　　壺中相信足天寬[6]，愁釀[7]費斟酌。鶗鴂[8]隔年心事，在闌干西角。

【箋　注】

〔1〕寶枕：指三國魏甄后的玉縷金帶枕。曹植持此枕至洛水，思甄后而作《感甄賦》，即《洛神賦》。李賀《春杯引》：“寶枕垂雲選春夢，鈿合碧寒龍腦凍。”又《花月痕》第十五回：“正是‘寶枕贈陳思（即曹植），漢佩要交甫。為歌《靜女》詩，此風亦已古’。”這裏用“寶枕”借指男女情愛。

〔2〕碧頗黎：指狀如水晶的寶石。《太平御覽》卷八零八引漢東方朔
　　《十洲記》："崑崙山上有紅碧頗黎宮，名七寶堂是也。"《本草綱
　　目・金石・玻璃》："本作'頗黎'。頗黎，國名也。其瑩如水，
　　其堅如玉，故名水玉，與水精同名。"可知是晶瑩剔透之物。

〔3〕蝶魂：猶蝶夢。《莊子・齊物論》："昔者莊周夢為胡蝶，栩栩然
　　胡蝶也，自喻適志與！不知周也。俄然覺，則蘧蘧然周也。不
　　知周之夢為胡蝶歟，胡蝶之夢為周歟？周與胡蝶，則必有分矣。
　　此之謂物化。"後來用"蝶夢"喻迷離恍惚的夢境。唐李咸
　　《早行》詩："困纏成蝶夢，行不待雞鳴。"陸游《新寒小醉睡起
　　日已高戲作》："栩栩蝶魂閑自適，綿綿龜息靜無聲"。

〔4〕飛絮：指飄飛的柳絮。北周庾信《楊柳歌》："獨憶飛絮鵝毛下，
　　非復青絲馬尾垂。"辛棄疾《摸魚兒》詞："算只有殷勤，畫簷
　　蛛網，盡日惹飛絮。"

〔5〕薰風池閣：薰風指和風，即和暖的風，特指夏天的東南風。《呂
　　氏春秋・有始》："東南曰薰風。"白居易《首夏南池獨酌》詩：
　　"薰風自南來，吹我池上林。"宋王沂孫《齊天樂・一襟餘恨宮
　　魂斷》詞："漫想薰風，柳絲千萬縷。"池閣，池苑樓閣。唐儲
　　光羲《舟中別武金壇》詩："月光麗池閣，野氣浮園林。"

〔6〕壺中相信足天寬："壺中天地"原指道家悠閑清靜的無為生活。
　　道教故事所記，成都附近的雲台山因為道教正一天師張道陵在
　　此修行而出名，張天師命弟子張申為雲台道觀主持。張申就是
　　神仙壺公，他有一把酒壺，只要念動咒語，壺中會展現日月星
　　辰，藍天大地，甚至有亭臺樓閣等景觀，更令人驚奇的是他晚
　　上竟能鑽進壺中睡覺。後代引"壺中天地"為清靜無為生活之
　　稱。如李白《下途歸石門舊居》："壺中日月存心近，島外煙霞
　　入夢清。"

〔7〕愁釅：釅，原指味道濃厚。蘇軾《正月二十日與潘郭二生出郊
　　尋春忽記去年是日同至女王城作詩乃和前韻》："江城白酒三杯

醞，野老蒼顏一笑溫。"此處"愁醞"指愁緒濃重，無法排遣。

〔8〕鶗鴂：即杜鵑鳥。《文選》張衡《思玄賦》："恃己知而華予兮，題鴂鳴而不芳。"李善注："《臨海異物志》曰：'題鴂，一名杜鵑，至三月鳴，晝夜不止，夏末乃止。'"白居易《東南行一百韻寄通州元九侍御等》："殘芳悲鶗鴂，暮節感茱萸。"秋瑾《滿江紅·鵑》詞："鶗鴂聲哀，恨此際芳菲都歇。"可知鶗鴂鳴聲淒切。

【評　析】

此詞上片通過寫閨閣名物，池閣庭院，借伊人口吻抒發愁悶之情。通過莊周夢蝶的典故，虛寫春夢悠然——枕著如水晶般的寶枕入眠，迷糊間如飛絮撲簾，又飄蕩在和暖輕風、園林池閣之中。如夢如真，夢中的一切是那麼安祥美好。

下片延續"夢境"，用"壺中天地"典故，表達對道家清靜無為生活的嚮往。可惜現實中只有濃濃的愁緒，費盡思量、斟酌，一場好夢終被杜鵑聲聲淒切喚醒。隱隱透露憂時傷國之情，全詞情調由喜轉悲。

（傅碧玉箋注）

杏花天

商量欲便隨春去。簾幕底、呢喃燕語[1]。揭來[2]留得和花住。閒過黃梅好雨[3]。　　臨窗影、頻窺翠嫵[4]。斜陽巷、凌波舊路[5]。當時玉砌雕闌[6]處。無那[7]風光又暮。

【箋　注】

〔1〕呢喃燕語：燕子的鳴叫聲。唐姚合《酬任疇協律夏中苦雨見寄》

詩：“樹暗蟬吟咽，巢傾燕語愁。”宋無名氏《西江月·梁上喃
喃燕語》詞：“梁上喃喃燕語，紙間戢戢蠶生。”王國維《蝶戀
花·窗外綠陰添幾許》詞：“坐看畫梁雙燕乳。燕語呢喃，似惜
人遲暮。”後又用以比喻聲音婉轉柔美。

〔2〕曷來：指為何、如何。晉束晳《近遊賦》：“攀華門而高蹈，曷
徘徊而近遊。”又可作發語詞，無義。蘇軾《生日王郎以詩見慶
次其韻并寄茶二十一片》詩：“曷從冰叟來游宦，肯伴臞仙亦號
儒。”

〔3〕黃梅好雨：指春末夏初所下的雨，因正值黃梅成熟時節，故稱
“黃梅雨”。白居易《送客之湖南》詩：“帆開青草湖中去，衣濕
黃梅雨裡行。”

〔4〕翠嫵：猶翠微，形容山光水色青翠嫵媚、縹緲。《文選》左思
《蜀都賦》：“鬱葐蒀以翠微，崛巍巍以峨峨。”劉逵注：“翠微，
山氣之輕縹也。”韓愈《送區弘南歸》詩：“洶洶洞庭莽翠微，
九疑鑱天荒是非。”吳文英《玉京謠》詞：“蕙帳移、煙雨孤山，
待對影，落梅清泚。終不似。江上翠微流水。”

〔5〕凌波舊路：用以形容女性步履飄逸輕盈的樣子。出自曹植《洛
神賦》：“體迅飛鳧，飄忽若神。凌波微步，羅襪生塵。”姜夔
《念奴嬌·鬧紅一舸》詞：“情人不見，爭忍凌波去。”賀鑄《青
玉案》詞：“凌波不過橫塘路，但目送、芳塵去。”

〔6〕玉砌雕闌：指刻鏤華麗的欄杆。李煜《虞美人》詞：“雕闌玉砌
應猶在，只是朱顏改。”憶念舊時宮殿樓閣及如花美眷。清吳偉
業《圓圓曲》：“遍索綠珠圍內第，強呼絳樹出雕欄。”

〔7〕無那：通“無奈”，無可如何之意。杜甫《奉寄高常侍》詩：
“汶上相逢年頗多，飛騰無那故人何。”柳永《定風波·自春來》
詞：“無那，恨薄情一去，音書無個。”

【評　析】

作者選調甚具心思，頗為講究。此詞選用《杏花天》，所指正是

春天，而詞中內容主要是抒發傷春之情，擇調與主題十分配合。

上片寫春景、黃梅時節。"商量欲便隨春去"與"簾幕底、呢喃燕語"構成倒裝句，是誰在"商量"與春同歸去呢？原來是簾幕之下的燕子。有甚麼方法能留得住這似錦繁花和春天呢？這個問題的答案似有還無——"閒過黃梅好雨"，時間總會過去的，轉眼之間已是梅雨時節，那意味著是春天的尾聲，夏天的初臨。

下片抒發韶光易逝之感。倚窗遠望，山光水色青翠堪賞，但曾遊玩過的巷陌，姍姍踏過的小路，玉砌雕闌似的美景，也已是風光難再，一如李商隱《登樂遊原》詩句，"夕陽無限好，只是近黃昏"，眼前何嘗不是春光無限好，只是近黃昏呢？下片主要是抒發時光易逝的無奈之感。

（傅碧玉箋注）

懺盦詞續棄卷二　粉榆集　壬申（1932）夏秋冬

荔枝香近　四月二日立夏

　　送了穠春清晝，無箇事。繞牆低撲飛螢，羅扇應猶記。[1]薰風[2]不管人愁，煗夢閒窗睡。蛛網、漸較鱎苔[3]少新意。　　澆恨地[4]。畫船傍、荷休繫。好樹亭臺，依約水晶簾底。吹笛招涼，小袖輕衫峭闌[5]倚，沁面[6]遠峯雲翠[7]。

【箋　注】

〔1〕 “低撲飛螢”句：杜牧《七夕》詩“銀燭秋光冷畫屏，輕羅小扇撲流螢”句。

〔2〕 薰風：和暖的風，指初夏時的東南風。《呂氏春秋·有始》：“東南曰薰風。”

〔3〕 鱎苔：指生長整齊的青苔。

〔4〕 澆恨地：借酒澆心中愁緒、塊壘。

〔5〕 峭闌：高聳危立的欄杆。

〔6〕 沁面：意指登高望遠而感受到涼意。

〔7〕 雲翠：雲氣與綠意。

【評　析】

　　此闋詞上片漫寫無聊心緒，以送春肇始，“無箇事”，則以側筆

寫出百無聊賴之心緒。接着點出初夏天氣雖暖而令人昏沉欲眠，送
春者神思縹緲，唯有羅扇記取曾輕撲流螢，而如今無人追逐，流螢
也只能繞牆低飛。不做兒女姿態，此中自有莫名愁思。下片盪開一
筆，視線由近而遠推展。飲酒消愁，登高望遠，吹笛臨風，無非
希冀能解內心無端而興之感。如究其實，則季節轉換之際，本易
引發情緒轉折，加以百花穠鮮的春日業已遠去，缺少濛濛惹人的
飛絮。天色淨闊，反而四下無著，帶來強烈的空虛感。是以較諸
空盪寂寥的蛛網，茂生的苔蘚似乎顯得更有生氣。眼中所有美好
景色，是否也將消逝無蹤？依約二字，當可細細品讀。若對方如
期赴約，則何以吹笛遠望？遠山飛寒，沁面生涼，通篇寫景，亦
是反覆抒情，情在景中而纏綿繚繞。雖稱無事，而不可說之事一
一潛藏於字裏行間。詞末勾勒伊人臨風佇立、笛聲飄袂之景，亦
惹人遐想悠遠。

（許嘉瑋箋注）

澡蘭香　浴佛日，[1]拈夢窗"淮安重午"均。[2]

　　明漪[3]盪垢，早荔凝丹[4]，佛擁倦盦晝覺。蘭紉佩靚，
藕雪人佳[5]，肯負綵船簫約。鬧芳辰、廊底繁蟬，驚心榴
花半萼。裊鬟飛、絲亂似□，鷗汀菰蒻[6]。　　勿論天池
飲散，賸得如鈎，小冰壺魄。[7]薰香露盎，蠹粉蟫蝍[8]，與
世幾重塵幕。問憑何、洗者煩襟，休采江芙薦酌。怕暗送、
入苑邊愁，斜陽吹角。

【箋　注】

〔1〕浴佛日：農曆四月八日為佛誕，該日佛教徒以香料盥洗佛像，
　　故謂浴佛。

〔2〕指用宋代著名词人吳文英《澡蘭香·淮安重午》詞韻。

〔3〕明漪：清澈乾淨的水流。

〔4〕早荔凝丹：荔枝色赤，產期集中於五月，浴佛日時已有早熟的荔枝轉紅。

〔5〕蘭紉句：知浴佛者為女性，其修飾美好、膚色潔白。

〔6〕裊鬟句：依格律，廖词此處"丝亂似□"，缺一字。裊鬟，柔弱繚繞的鬢髮。鷗汀菰蒻，停有鷗鳥的沙洲上有菰蒻等水生植物。菰，植物名，生於淺澤，春日從地下莖生新苗，高一公尺許，莖細長而尖，扁平；葉叢生，夏秋開花。蒻，香蒲，亦水生植物。

〔7〕"天池"句：天池指新疆天池，據聞落日餘暉曾現佛光。冰壺魄，谓如鈎弦月。言此際天色將暮，與末句斜陽相呼應。

〔8〕薰香句：指佛像置於幗中，為薰香、蠹粉所染。蟫即蠹魚，又名衣蟲，老時其身有粉。《爾雅翼》：蟫，始則黃色，既老，則身有粉，視之如銀，故名白魚。

【評　析】

本詞分上下片，各有兩層轉折。上片先敘修飾美好之佳人素手浴佛，後轉入因浴佛而負遊玩之約；復寫遠處水邊沙洲景色，烘襯女子神魂馳飛之貌。下片則倒述佛身沾染世俗煙塵，故須濯洗；接著自作問答，表達女子殷勤浴佛背後的原因，同時也點出無法出門採擷鮮花供佛的關鍵，在於所思之人赴邊關征戰。欲向佛祈求對方平安，又怕聽見風中傳來角吹之聲，撩動愁緒。於是上片出現的"驚心"與"絲亂"，就能得到妥貼的解釋。

詞作中雖呈現一派熱鬧景象，但喧囂背後實為一片寧靜。風吹漣漪，噪蟬掛樹，皆是被淡化的背景。畫面中形象最為鮮明者，莫過於仔細浴佛、無心出遊的女子。浴佛供佛，總不脫相思之良人，題目雖稱是浴佛日所作，內容確屬傳統閨怨思婦。若非收束處略加透露消息，讀者恐難得知隨風吹送入小苑者，為角聲邊愁。命題設意，自屬佳篇。

（許嘉璋箋注）

十二郎　白鶴洞[1]望素馨斜[2]隔一衣帶水[3]。懷古成詞，聲均依夢窗。[4]

素馨乍蕊，岸隔處、豔斜白凝。記好笛闌干，空江亭子，曾載吟壺繫艇。變起歌鬐如雲散，總世局、興亡隨定。嗟絳蝶馱來，青鸞[5]招去，現疊人境。[6]　　佳興。凌滄試看，越臺[7]飛鏡。奈鬢雪依前，銷魂憑弔，愁共磯鷗賽影。冒袖香縣[8]，沁眉藍水，還濺鶴苔清冷。扶醉步、澗石棲鴉，幾點紺林[9]喧暝。

【箋　注】

〔1〕白鶴洞：簡稱鶴洞，在廣州城西南。與市區隔珠江相望。清代此地草木叢生，成群白鶴築巢棲息，故名。清末曾建有招鶴亭。

〔2〕素馨斜：清陳坤《嶺南雜事詩鈔》：廣州“珠江南岸有村曰莊頭，周里許，悉種素馨，因謂之花田”，其地曰素馨斜。據黃任恒《番禺河南小志》，素馨花本名耶悉茗花，鄉人或稱千葉茉莉，婦人多以竹籤子穿之像生物，置佛前供養。又取乾花浸水洗面，滋其香耳。

〔3〕一衣帶水：原形容江流狹窄有如一條衣帶，後亦泛指江河阻隔不足以限制交往。《南史·陳本紀下》：“隋文帝謂僕射高熲曰：‘我為百姓父母，豈可限一衣帶水不拯之乎？’”

〔4〕指聲韻依吳文英《十二郎》詞。

〔5〕青鸞：傳說中似鳳的神鳥，五色備舉而多青。

〔6〕現曇人境：喻美好的事物稍縱即逝，語出《法華經‧方便品》：“佛告舍利佛，如是妙法，諸佛如來時乃說之，如優曇缽花時一現耳。”

〔7〕越臺：指越王臺，故址在廣州越秀山上，相傳為南越王趙佗所建。今已湮沒無存。

〔8〕罥袖香縣：罥有纏繞、掛取之意。此應指挽袖飄香。

〔9〕紺林：微紅而帶深青色的樹林。

【評　析】

此詞雖題為懷古之作，實乃藉題發揮，通過“隔水”此一情況，表達古今興亡多屬一江對望而有風景殊異之嘆。然而，由“一衣帶水”此典揣度內容所指涉，當指民國代清而立，非如東晉南渡諸賢新亭對泣。世局如棋，興亡無由預測，所有滄桑變化，最終都將成為記憶。人們感嘆過去，如同後世亦會感嘆歷史滄桑。儘管詞人也試著放開心胸，在悲涼中記取好景，但寒風冷水，觸體豈能無感，僅能藉酒杯，略澆積鬱塊壘。

嶺南士風剛毅剽悍，對現實的關懷與積極參與，有其悠遠傳統。清末民初尤為政治變革之重要區域，無論梁啟超、孫逸仙，乃至黃花崗、辛亥之役，皆可見人傑秀出。廖恩燾為廣東人，學成返國之後，以西方眼光觀看當時中國之處境，自對嶺南事蹟頗多感興。就內容觀之，此詞雖見興亡之意，但更多是臨景緬懷、憑弔。通篇選字，於素白、藍水等冷色調中，仍可見絳蝶、紺林流露出一絲溫暖。在時間洪流中，人事冷暖都是極其短暫的，詞人並沒有過度沉溺於“懷古”情緒，仍可見其積極一面。

（許嘉瑋箋注）

西江月　擬史梅谿

十里湖山放犢，一廬風雨聞雞[1]。笙歌鐙火畫樓西，又是人間何世？　　躡足下臨無地，振衣[2]高據層梯。雙瞳炯炯翦波齊，雲影煙光清泚[3]。

【箋　注】

〔1〕風雨聞雞：典出《毛詩·鄭風·風雨》："風雨如晦，雞鳴不已。既見君子，云胡不喜？"

〔2〕振衣：語出《楚辭·漁父》："新沐者必彈冠，新浴者必振衣。"後喻將欲出仕。

〔3〕清泚：清澈純淨貌。

【評　析】

此闋雖言擬南宋詞人史達祖（號梅谿），實則與梅溪詞風格不甚相同，所擬者，當為古代知識分子學而優則仕的傳統。首兩句詞意相反而成：湖山放犢，為家居之閒趣；風雨聞雞，乃志士之胸襟。古代文人進則兼善天下，退則獨善其身。詞人夜來放歌，看似縱情歡愉，而"又是人間何世"數字，看似問句，實則對於時局甚為清楚，亦可見廖恩燾之目光仍時時聚焦於現實。晚清世道紊亂，又豈能如某些苟且之徒，久安於畫樓之內放蕩逸樂。

史達祖屢試不中，只能為韓侂胄幕僚，代筆文書，歷史評價也因依附權臣而遭貶斥。相較之下，廖恩燾二十餘歲便已進入清廷所設總理事務衙門任職，後長期擔任外交工作達五十年。仔細分辨，這一首詞雖題名為"擬"，實為"不擬"，至少境遇有別。面對當時西方列強入侵，詞人敏感纖細的心不能不有所感，此一熱切之心自始至終從未改變。是以無法忍受長期賦閒，勢必有所作為。於是下片即表現出用世情態，即便高處不勝寒，縱使退無可退，也許前方有所阻礙，雲影煙光可能模糊視線，仍無法阻止報國赤忱。

（許嘉瑋箋注）

西江月

　　釧玉痕深臂雪，鬢鈿印上顋霞[1]。語香濃未透窗紗，睡穩雙鴛廊下。　　燕子渾輸崔護，重來不見桃花。[2]門前紅茁石榴芽，若箇人兒裙衩。

【箋　注】

〔1〕顋霞句：顋同腮，指面頰兩側。此句謂睡時壓住髮飾，而暈紅的雙頰印上飾品的痕跡。

〔2〕"崔護、桃花"句：見孟棨《本事詩》："清明日，護獨遊都城南，得居人莊。……寂若無人。扣門久之，有女子自門隙窺之，問曰：'誰耶？'以姓字對，曰：'尋春獨行，酒渴求飲。'女人以杯水至。開門，設床命坐。獨倚小桃斜柯佇立，而意屬殊厚，妖姿媚態，綽有餘妍。崔以言挑之，不對，目注者久之。崔辭去，送至門，如不勝情而入。崔亦睠盼而歸，嗣後絕不復至。及來歲清明日，忽思之，情不可抑，逕往尋之。門牆如故，而已鎖扃之。因題詩於左扉曰：'去年今日此門中，人面桃花相映紅。人面祇今何處去，桃花依舊笑春風。'"

【評　析】

　　這闋詞為典型的"花間"詞風，體製清麗芊綿，寫男女情事，自是幽微婉曲之詞體所長。綜觀此作，通篇採取白描手法，上片描摹女子嬌憨睡態，隱隱然夢囈未斷，一派瀋瀋旖旎風光；迤轉入下片，則竟已人跡杳然，恍兮惚兮，在可解不可解之間。

　　雖用崔護"人面桃花"典故，卻稱燕子未若崔護最終得以一親芳澤。若桃花比喻女子，則石榴亦當作如是觀，桃花失其所在，而見門前石榴吐芽，豈失之東隅，得之桑榆耶？若然，則燕子何需怨懟，石榴嫣紅，亦為賞心樂事矣。上片實寫女性肌膚首飾，因下片頓化為虛，讀者方悟原來下片生機盎然的石榴，才是本詞真正的主角。風動無方，燕尾翦翦來去，榴色搖曳之間，更是令人印象深刻的風景。

（許嘉瑋箋注）

菩薩蠻　古意十二首集李長吉詩句

楊花撲帳春雲熱，〔1〕江山迢遞無休絕。〔2〕急語向檀槽，〔3〕玉裝〔4〕鞍上搖。　邀人裁半袖〔5〕，呵臂懸金斗。何日刺蛟回，〔6〕鏡中雙淚姿。〔7〕

【箋　注】

〔1〕李賀《胡蝶飛》："楊花撲帳春雲熱，龜甲屏風醉眼纈。"

〔2〕李賀《有所思》："江山迢遞無休絕，淚眼看燈乍明滅。"

〔3〕檀槽：檀木所製弦樂器上，架弦用的槽格。李賀《感春》："胡琴今日恨，急語向檀槽。"

〔4〕玉裝：美好的服飾。李賀《感諷六首》之三："何年帝家物，玉裝鞍上搖。"

〔5〕半袖：短袖上衣。李賀《謝秀才有妾縞練，改從於人，秀才引留之不得，後生感憶。座人製詩嘲謝，賀復繼四首》之四："邀人裁半袖，端坐據胡床。"

〔6〕金斗：金製的酒器。李賀《送秦光祿北征》詩句："呵臂懸金斗，當唇注玉罍。……今朝擎劍去，何日刺蛟回。"

〔7〕李賀《出城》："卿卿忍相問，鏡中雙淚姿。"

中天夜久高明月，[1]桂花幾度圓還缺。[2]花入曝衣樓，[3]
凝雲頹不流。[4]　　繫書隨短羽，[5]病骨傷幽素。[6]不忍過瞿
塘，[7]闌珊懸佩璫。[8]

【箋　注】

〔1〕李賀《崑崙使者》：“何處偏傷萬國心，中天夜久高明月。”

〔2〕李賀《有所思》：“自從孤館深鎖窗，桂花幾度圓還缺。”傳聞月
　　中有桂樹，而此藉由月之圓缺言花起開落，皆比喻無常也。

〔3〕李賀《七夕》：“鵲辭穿線月，花入曝衣樓。”

〔4〕李賀《李憑箜篌引》：“吳絲蜀桐張高秋，空白凝雲頹不流。”

〔5〕李賀《潞州張大宅病酒遇江使寄上十四兄》：“繫書隨短羽，寫
　　恨破長箋。”短羽者，古代傳書有以飛鴿為憑藉者，此處亦同。

〔6〕李賀《傷心行》：“咽咽學楚吟，病骨傷幽素。”

〔7〕李賀《蜀國弦》：“誰家紅淚客，不忍過瞿塘。”瞿塘峽，為三峽
　　中最短但形勢最為險峻者。

〔8〕李賀《李夫人》：“紅璧闌珊懸佩璫，歌臺小妓遙相望。”闌珊，
　　此有消沉零落之意。

千山濃綠生雲外，[1]梁王老去羅衣在。[2]鏡上擲金蟬，[3]
稍知花簟寒。[4]　　憂來何所似，[5]為決天河水。[6]無物結同
心，[7]洞房思不禁。[8]

【箋　注】

〔1〕李賀《河南府試十二月樂詞·四月》：“曉涼暮涼樹如蓋，千山
　　濃綠生雲外。”

〔2〕李賀《牡丹種曲》有“梁王老去羅衣在，拂袖風吹蜀國弦。”
　　梁、王、羅衣，皆為善於歌吹之歌伎，此處則自比年華老去，

青春不再。

〔3〕李賀《屏風曲》原句作"團迴六曲抱膏蘭，將鬟鏡上擲金蟬"，此略去二字以就詞律。金蟬者，為金製蟬型首飾。

〔4〕李賀《河南府試十二月樂詞·七月》："僅厭舞衫薄，稍知花簟寒。"

〔5〕李賀《追和何謝銅雀妓》："石馬臥新煙，憂來何所似。"

〔6〕李賀《白虎行》原句作"雄豪氣猛如焱煙，無人為決天河水"，此略去二字，遂成積極肯定之意。天河者，銀河也。

〔7〕李賀《蘇小小歌》："無物結同心，煙花不堪翦。"

〔8〕李賀《謝秀才有妾縞練，改從於人，秀才引留之不得，後生感憶。座人製詩嘲謝，賀復繼四首》之三："洞房思不禁，蜂子作花心。"

　　鴉鴉向曉鳴森木，去年南陌歌離曲。〔1〕半醉百花前，〔2〕瑤琴重拂絃〔3〕。　　夢中相聚笑，〔4〕夜起游天佬〔5〕。沙遠席箕愁〔6〕，明朝桐樹秋〔7〕。

【箋　注】

〔1〕李賀《有所思》："去年陌上歌離曲，今日君書遠游蜀。……鴉鴉向曉鳴森木，風過池塘響叢玉。"森木，謂叢生之木也。

〔2〕語出李賀《嗣少年》："有時半醉百花前，背把金丸落飛鳥。"

〔3〕重拂絃：檢李賀詩作重撥絃。見李賀《謝秀才有妾縞練，改從於人，秀才引留之不得，後生感憶。座人製詩嘲謝，賀復繼四首》之二："碧玉破不復，瑤琴重撥絃。"

〔4〕李賀《秋涼詩寄正字十二兄》："夢中相聚笑，覺見半床月。"

〔5〕李賀《聽穎師琴歌》："芙蓉葉落秋鸞離，越王夜起遊天姥。"天佬，指天姥山，在浙江新昌與天台縣交界處。山勢逼仄險危，李白曾有《夢遊天姥吟留別》之作。

〔6〕李賀《塞下曲》："秋靜見旄頭，沙遠席箕愁。"席箕愁：有數種

說法，或曰"坐臥羈愁之蓆"，或曰"臥沙中，以豆箕為席也"，亦有以為草名者。然此處當指草名。

〔7〕李賀《莫愁曲》："今日槿花落，明朝桐樹秋。"桐葉春晚乃生，望秋輒槁，此比喻君去之後，妾心如秋枯槁。

　　日絲繁散曛羅洞，鷰裾鳳帶行煙重。[1]夢載楚溪船，[2]楞伽堆案前。[3]　　南塘蓮子熟，[4]夜靜吹橫竹。[5]意氣自生春，[6]濃眉籠小脣[7]。

【箋　注】

〔1〕日絲、鷰裾二句，皆出於李賀《洛姝真珠》："金鵝屏風蜀山夢，鷰裾鳳帶行煙重。八驄籠晃臉參差移，日絲繁散曛羅洞。"鷰裾、鳳帶，皆指衣飾之華美。

〔2〕李賀《潞州張大宅病酒，遇江使寄上十四兄》："覺騎燕地馬，夢載楚溪船。"

〔3〕李賀《贈陳商》："楞伽堆案前，楚辭繫肘後。"楞伽，指楞伽經，全名《楞伽阿跋多羅寶經》，是大乘佛法中綜合了"虛妄唯識系"及"真常唯心系"之重要經典。相傳此四卷楞伽，乃達摩所傳，故宋明以來最為流通，今亦用之。

〔4〕李賀《梁公子》："南塘蓮子熟，洗馬走江沙。"

〔5〕李賀《龍夜吟》："鬖髮胡兒眼睛綠，高樓夜靜吹橫竹。"橫竹者，指笛子。

〔6〕李賀《走馬引》："襄陽走馬客，意氣自生春。"

〔7〕李賀《蘭香神女廟》："團鬢分蛛巢，穠眉籠小脣。"

　　窗舍曉色通書幌，[1]歌臺小妓遙相望。[2]門掩杏花叢，[3]似悲團扇風。[4]　　曉匳妝秀靨，[5]晚樹迷新蝶。[6]暫得見何郎，[7]誇嬌來洞房。[8]

【箋　注】

〔1〕曉色，李賀詩作遠色，見《南園十三首》其八：“窗含遠色通書
　　幌，魚擁香鉤近石磯。”

〔2〕李賀《李夫人》：“紅璧闌珊懸佩璫，歌臺小妓相遙望。”

〔3〕李賀《惱公》：“歌聲春草露，門掩杏花叢。”杏花，每年三四月
　　間盛開，於詩詞中常借指春色。

〔4〕李賀《感諷六首》其五：“曉菊泣寒露，似悲團扇風。”團扇風，
　　典出於漢代班婕妤《怨歌行》，自道為君所棄之悲愁。

〔5〕李賀《惱公》：“曉匳妝秀靨，夜帳減香筒。”

〔6〕李賀《惱公》：“晚樹迷新蝶，殘霓憶斷虹。”

〔7〕李賀《同沈駙馬賦得御溝水》：“幸因流浪處，暫得見何郎。”何
　　郎，指何晏，三國時期魏國玄學家，美姿容，頗有才能。此藉
　　以讚譽郎君之樣貌。

〔8〕李賀《感諷六首》其一：“飛光染幽紅，夸嬌來洞房。”

　　春營騎將如紅玉[1]，酒中倒臥南山綠。[2]雪下桂花
稀，[3]老鶊成木魅。[4]　　今朝擎劍去，灞水樓船渡。[5]垂翅
附冥鴻，[6]人間無阿童。[7]

【箋　注】

〔1〕紅玉：《西京雜記》卷一：“趙后體輕腰弱，善行步進退，弟昭儀
　　不能及也。但昭儀弱骨豐肌，尤工笑語。二人並色如紅玉，為
　　當時第一，皆擅寵後宮。”後用紅玉指以貌美者充騎將。李賀
　　《貴主征行樂》：“奚騎黃銅連鎖甲，羅旗香幹金畫葉。中軍留醉
　　河陽城，嬌嘶紫燕踏花行。春營騎將如紅玉，走馬捎鞭上空綠。
　　女垣素月角咿咿，牙帳未開分錦衣。”

〔2〕李賀《江南弄》：“鱸魚千頭酒百斛，酒中倒臥南山綠。”

〔3〕李賀《出城》：“雪下桂花稀，啼烏被彈歸。”

〔4〕李賀《神弦曲》：“百年老鴞成木魅，笑聲碧火巢中起。”

〔5〕李賀《送秦光祿北征》：“灞水樓船渡，營門細柳開。……今朝擎劍去，何日刺蛟回。”

〔6〕李賀《高軒過》：“我今垂翅附冥鴻，他日不羞蛇作龍。”

〔7〕阿童，指晉人王濬。《晉書·羊祜傳》：“又時吳有童謠曰：‘阿童復阿童，銜刀浮渡江。不畏岸上獸，但畏水中龍。’祜聞之曰：‘此必水軍有功，但當思應其名者耳。’會益州刺史王濬徵為大司農，祜知其可任，濬又小字阿童，因表留濬監益州諸軍事，加龍驤將軍，密令修舟楫，為順流之計。”李賀《王濬墓下作》有“人間無阿童，猶唱水中龍。白草侵煙死，秋梨遶地紅”句。

　　無情有恨何人見，[1]梨花落盡成秋苑。[2]爛熳惱嬌慵，[3]波間吟古龍。[4]　　洛南今已遠，[5]身與塘蒲晚。[6]白馬不歸來，[7]亦須生綠苔。[8]

【箋　注】

〔1〕李賀《昌谷北園新筍四首》其二：“無情有恨何人見，露壓煙啼千萬枝。”

〔2〕李賀《河南府試十二月樂詞·三月》：“曲水漂香去不歸，梨花落盡成秋苑。”

〔3〕李賀《美人梳頭歌》：“春風爛熳惱嬌慵，十八鬟多無氣力。”

〔4〕古龍，應指古龍峽，在廣東清遠，歷來便有古龍吟泉之說，為當地名勝。李賀《湘妃》：“幽愁秋氣上青楓，涼夜波間吟古龍。”

〔5〕李賀《七月一日曉入太行山》：“洛南今已遠，越衾誰為熟。”

〔6〕李賀《還自會稽歌》：“吳霜點歸鬢，身與塘蒲晚。”

〔7〕李賀《洛姝真珠》：“花袍白馬不歸來，濃蛾疊柳香唇醉。”

〔8〕李賀《拂舞歌》：“門外滿車馬，亦須生綠苔。”

芙蓉泣露香蘭笑，[1]雨梁燕語悲身老。[2]簾額著霜痕，[3]逗煙生綠塵。[4]　義和能走馬，[5]海水杯中瀉。[6]對月鬭彎環，[7]千觴無赭顏。[8]

【箋　注】

〔1〕李賀《李凭箜篌引》：“崑山玉碎鳳凰叫，芙蓉泣露香蘭笑。”

〔2〕李賀《新夏歌》：“刺香滿地菖蒲草，雨梁燕語悲身老。”

〔3〕李賀《宮娃歌》：“寒入罘罳殿影昏，彩鸞簾額著霜痕。”

〔4〕李賀《河南府試十二月樂詞·二月》：“薇帳逗煙生綠塵，金翅峨髻愁暮雲。”

〔5〕李賀《天上謠》：“東指義和能走馬，海塵新生石山下。”義和，古之日神，傳說為帝俊之妻，共生十日。此處指時光荏苒消逝。

〔6〕李賀《夢天》：“遙望齊州九點煙，一泓海水杯中瀉。”

〔7〕李賀《河南府試十二月樂詞·十月》：“金鳳刺衣著體寒。長眉對月鬭彎環。”彎環，即所畫長眉也。

〔8〕李賀《送韋仁實兄弟入關》：“送客飲別酒，千觴無赭顏。”

禿襟小袖調鸚鵡，樓頭曲宴仙人語。[1]綠刺冒銀泥，[2]傍簷蟲緝絲。[3]　犀株防膽怯，莫鑽茱萸篋。[4]與作耳邊璫，[5]光明如太陽。[6]

【箋　注】

〔1〕李賀《秦宮詩》：“樓頭曲宴仙人語，帳底吹笙香霧濃。……禿衿小袖調鸚鵡，紫繡麻鞍踏哮虎。”調鸚鵡，指調習訓練，使鸚鵡能知人意。

〔2〕李賀《月漉漉》："挽菱隔歌袖，綠刺胃銀泥。"銀泥，謂衣裙也。如隋煬帝宮中有雲鶴金銀泥披襖子。

〔3〕李賀《河南府試十二月樂詞·八月》："傍簷蟲緝絲，向壁燈垂花。"

〔4〕李賀《惱公》："莫鎖茱萸匣，休開翡翠籠。……犀株防膽怯，銀液鎮心松。"茱萸匣，原指裝有茱萸的匣子，或借指以茱萸錦包覆收藏首飾之篋笥。犀株，指以犀牛角入藥，《本草綱目》稱犀角可治心煩、止驚、鎮肝。

〔5〕李賀《大堤曲》："青雲教綰頭上髻，明月與作耳邊璫。"

〔6〕李賀《宮娃歌》："願君光明如太陽，放妾騎魚撇波去。"

舍南有竹看書字，[1]思君清淚如鉛水。[2]竹葉翦花裙，[3]馬卿家業貧。[4]　深屏生色畫，[5]石鏡秋涼夜。[6]何處逐英雄，[7]麒麟腰帶紅。[8]

【箋　注】

〔1〕李賀《南園十三首》其十："舍南有竹堪書字，老去溪頭作釣翁。"

〔2〕李賀《金銅仙人辭漢歌》："空將漢月出宮門，憶君清淚如鉛水。"

〔3〕李賀《謝秀才有姜縞練，改從於人，秀才引留之不得，後生感憶。座人製詩嘲謝，賀復繼四首》之一："荷絲制機練，竹葉剪花裙。"此形容服飾之盛美。

〔4〕李賀《出城別張又新酬李漢》："趙壹賦命薄，馬卿家業貧。"馬卿者，司馬相如也，其家貧，後取卓文君，賣酒於街上。

〔5〕李賀《秦宮詩》："桐英永巷騎新馬，內屋深屏生色畫。"

〔6〕李賀《勉愛行二首送小季之廬山》："長船倚雲泊，石鏡秋涼夜。"

〔7〕李賀《馬詩二十三首》其十："君王今解劍，何處逐英雄。"

〔8〕李賀《秦宮詩》："越羅衫袂迎春風，玉刻麒麟腰帶紅。"

落花起作迴風舞，[1]不須浪飲丁都護。[2]青簡一編書，[3]龍州無木奴。[4]　　桃花連馬發，[5]獨睡南牀月。[6]燭樹蟻煙輕，[7]買冰防夏蠅。[8]

【箋　注】

〔1〕李賀《殘絲曲》："花臺欲暮春辭去，落花起作迴風舞。"

〔2〕李賀《浩歌》："不需浪飲丁都護，世上英雄本無主。"丁都護，舊註指南朝劉宋時之都護丁旿，清人王琦以為，唐時邊州設都護府，此當指丁姓而曾任都護府官職者，為李賀舊識，皆懷才不遇。此處之意為知音難逢，無須借酒澆愁。

〔3〕李賀《秋來》："誰看青簡一編書，不遣花蟲粉空蠹。"

〔4〕李賀《感諷五首》其一："合浦無明珠，龍洲無木奴。"木奴，指橘樹，謂橘樹所產可供生活飲食之資，見裴松之注引《襄陽記》中李衡典故。

〔5〕李賀《送秦光祿北征》："桃花連馬發，彩絮撲鞍來。"

〔6〕李賀《莫種樹》："獨睡南牀月，今秋似去秋。"

〔7〕李賀《秦王飲酒》："仙人燭樹蠟煙輕。清琴醉眼淚泓泓。"蟻即蠟。

〔8〕李賀《出城別張又新酬李漢》："開貫瀉蚨母，買冰防夏蠅。"

【評　析】

李賀（790—816），字長吉，唐代著名詩人。

於前人詩詞中集句而為己作，雖屬遊戲性質，但箇中難度，非極度嫻熟此道者不能為。此處十二闋《菩薩蠻》，皆集李賀詩句，可看得出廖恩燾對李賀詩的喜愛。此一系列作品，沒有必然的聯繫，分而讀之，亦不影響閱讀樂趣與審美，若視為一個整體，則聯章背後應呈現較大的敘述背景與框架。大略觀之，十二首詞作仍可視為閨怨主題。正如鍾嶸於《詩品序》中曾提到："至於楚臣去境，漢妾辭宮。或骨橫朔野，或魂逐飛蓬。或負戈外戍，殺氣雄邊。塞客衣單，孀閨淚盡。或士有解佩出朝，一去忘返；女有揚蛾入寵，再盼傾國。"廖作之中，男子出外追求功名，女性望穿秋水的等待，亦躍然紙上。以下略書各篇梗概，在看似紛雜的片段中，尋找可能的聯繫。

第一首上下片各以男子出征遠方的英武姿態起始，分別以女子彈琴送行與含淚等待的形貌作結。此路漫漫無休絕，引出後文"何日刺蛟回"的嘆問，兩地彼此思念，卻用不同的形式表達，男子以金斗滿酒消愁，閨人則眼淚盈眶。第二首之時序，則由春入秋，明月幾度圓缺而良人不歸，於是寄信探問，將望歸的無限幽思，化為短短縑素。用"瞿塘"典故，無疑是從女性的視角鋪陳，因三峽之中，瞿塘峽最短、形勢也最為雄峻，風吹颯颯，行船顛簸，想像玉瑞清脆撞擊的聲音都覺得危險，何況是經此而過的良人。關懷、擔心、憂慮，情緒複雜卻以數筆淡淡寫之。或許出於此種心情的深化，第三闋詞轉為自傷自惜年華漸老，卻獨睡無人相伴，夜深人靜更添寒意。又疑當初未有一物締結同心，不知遠行良人能否察覺閨房內千迴百轉的感觸，乃浮想連翩，又彷彿神遊萬里，頓時忘卻此身之孤冷。

第四首忽然陷入回憶，提醒讀者，原來送別良人已是一年前的往事。如今眼前是啞啞鴉鳴、森森蔭晚，只能對花獨酌，重拂琴弦，終於酒力不勝而醉倒。醉倒之後，與良人夢中相聚歡笑，同遊天姥山。但好夢遲早會醒，良人其實沒有回來，他仍在遙遠的戰場征戰，一覺醒來，仍是秋意泠泠，寓目蕭瑟。第五首則繼續這份無法排遣的感情，但略顯收斂。畢竟醒來後日子還是要過，幸好有夢、有佛經可勉強寬慰。女子力圖振作，為不讓對方擔心（詞句中蓮子者，諧指憐子也），即便天氣入秋，夜靜吹笛，聊以自娛慰人。同時也因為想到對方，眉宇之間仍不覺漾起春意。季節持續遞嬗，再度由秋入春，正如首闋。而第六首詞所寫的時間點更為提早，場景恍若兩人初遇，通過團扇悲風，點出春日相遇、秋日見棄的無奈，在女性視角下，悲喜交集。妝點容貌，是想要記起初次會面的美好，如同隨時都能回到良人第一次進入閨中的場景。

或問，前六首多半是女性視角，則良人何在？是否男性出外便毫不眷戀苦等的閨婦？第七闋詞便提到，即便軍營中有如趙飛燕姐妹般的美人，外出的男子仍因思念而選擇醉臥。即便所處時節四處春綠，也隨心情而出現秋色。離開心愛的女子，本想闖蕩出一番事業，孰知前途茫茫難料，自己也不是王濬，建功遙遙無期，徒增悲傷。兩地累積的相思除卻本人，沒有誰可以體會理解。於是路途遙遠，年華老去，成為征夫思婦無法跨越的鴻溝。第八首的主旨大抵於斯。世界不會因一兩個人的遭際而改變，日月更替，唯有不斷回想過去才能夠暫時擺脫愁悶。第九首無疑說明某種莫可奈何之感，昔日有人相伴，飲盡千杯也無赭顏，如今獨酌，自然不免頻頻醉倒。

接着下闋詞再度以兩人視角寫出，言女性窗前豢養之鸚鵡縱能學人語，亦僅能聊以為伴，終究無法代替良人；男性則願化為耳璫，日日相聚，不時低語，就像太陽一般給予女子溫暖。儘管思念，詞中的女性依舊沒有阻擋良人追求功名。最後兩闋，先是拈出家貧的司馬相如（馬卿），雖有才華抱負而最終不得重用，故辭官歸里，最後無法列名於漢武帝所設之麒麟閣，其意乃在期許良人繼續努力。最後則強調自己會忍受寂寞、維持堅貞，等待良人歸來。

十二首集句之作，如繁針亂繡，看似支離而自有章法。尤其交錯着男女戀情的過去與現在，通過歷史典故與目下的對比，呈現出良人征途與眼前春秋轉換的空間圖像。面對功名與愛情，此乃千古以來常見的命題，其中各自的掙扎與矛盾心情，輾轉反側，欲說而難說。有自寬自解，亦有自傷自憐，最終在字面逐漸抽離具體的情緒，以燭樹輕煙、買冰防蠅作結，一筆盪開。簡言之，此組聯章詞作一唱三歎，反覆致意，頗能見詞體深委婉曲之美。

（許嘉瑋箋注）

六么令　半痕煙景

　　半痕煙景，湘水裙拖綠[1]。鏡空黛蛾慵整，雨霎林鬟沐。不信蜻蜓點小，玷卻荷衣玉。鳧氅[2]飛速。霓裳怯冷，菱唱都非舊時曲。　　　便教消夏種得，百畝淇園竹[3]。風裏恁地敲廊，一鶴眠[4]猶足。紅袖旗亭[5]已往，誰見添窗燭。花落人獨。雕闌立徧，未解閒情尋簫局[6]。

【箋　注】

〔1〕李群玉《杜丞相筵中贈美人》："裙拖六幅湘江水，鬢聳巫山一段雲。"本指女子美好修容，此應指山色空濛青翠。

〔2〕鳧氅：以水鳥羽毛所製作之大衣。

〔3〕典出《史記·河渠書》："於是天子已用事萬里沙，則還自臨決河，沈白馬玉璧于河，令羣臣從官自將軍已下皆負薪寘決河。是時東郡燒草，以故薪柴少，而下淇園之竹以為楗。"

〔4〕鶴眠：指隱居、孤眠。

〔5〕紅袖，借指女性。旗亭，典出《博異記》："開元中，詩人王昌齡、高適、王之渙齊名。一日天寒微雪，三詩人共詣旗亭。貰酒小飲，忽有梨園伶官十數人登樓會宴，俄有妙妓四輩，尋續而至。旋則奏樂，皆當時之名部也。昌齡等私相約曰：'我輩各擅詩名，每不自定其甲乙，今可密觀諸伶所謳，若詩入歌詞之多者，則為優矣。'"後王昌齡以歌伎所歌詩最多而勝。

〔6〕簫局：薰籠。明王志堅《表异錄·器用》引《記事珠》："簫局，古熏籠也，一名秦篝。"

【評　析】

以遠景起篇，而逐漸聚焦於山前水中一舟。畫面雖慢慢清晰，但背景呈現出一片靜謐清冷。加上風逼船行頗疾，船上之人頗有幾分身不由己，此由“鳧鷖飛速、霓裳怯冷”二語可想見。水面映照山景，在細雨紛紛中，本該被滌清的思緒，卻在“玷卻荷衣玉”之語中，帶出如此隱居閒情，似乎並非詞中人所願。古有三不朽，曰立德、立言、立功，當三種方式逐漸被消解，士人很難避免心有所感。隱居山林，顯然無法立功，而紅袖旗亭已成往事，如今采菱女所唱都非舊時曲調，立言的部份好像也無著落，只剩下立德一途，差可告慰。然而縱使自身修持、堅守，終究不過“落花人獨、雕闌立徧”，僅能孤芳自賞。添燭，尚明也，正如同郅書燕說故事中以舉燭為舉賢之意，仍希望為當局所用。

（許嘉瑋箋注）

垂絲釣近　濱亭逭暑[1]。夢窗均。

殢風殢水[2]，幽亭虛壁苔掩。盪槳越娥，閒采江豔。迴笑靨。正絮煙縈纜。飛鷗撼。亂蠟鐙影澹。　　瘴雲連海，無因天放瑤鑑[3]。舊愁頓減。杯洗珠光灔。襟袖嫣香染。相對飲，喚岫螺[4]兩點。

【箋　注】

〔1〕逭暑：即避暑之意。

〔2〕殢：滯留貌。

〔3〕瑤鑑：即瑤臺鏡，此指月亮。

〔4〕岫螺：指遠處的小山巒。

【評　析】

　　前兩句寫靜景，詞人身在舟中，夜遊消暑。接着以越女笑靨、盪槳縈纜、鷗飛影亂順承而下，所寫頓時轉為動態。而由臘鐙二字，知為夜景，又因水波中月影撩亂，可見燭光無以遠照。故虛壁苔掩，甚至縈纜繫舟，或許也潛藏着些許推測成分，因在煙水縹緲中，雙眼實未能清楚辨析，相較而言，唯有聽覺是有效的。從槳聲、笑聲、鷗聲，各種聲音一層層堆疊推進，如非風聲、水聲停滯凝結，恐難以清楚分梳。是知首二句極為重要，開啟上片。下片詞人走出艙外，視覺便取代聽覺，在雲影堆積中窺見一抹月色而消解煩憂。筆鋒至此一轉，寫與女伴對坐而飲，心境便從解悶轉為取樂。而深謐月光穿出重雲，正如眼前美人之清麗，一筆雙寫。舉杯對飲暗示味覺品嚐到的美好，再加上嗅覺傳來淡淡香氣，詞人所有感官之安適與歡愉，都通過此闋詞作六十餘字進行鋪敘。題為避暑，卻無一字涉及“熱”；而夜色深幽，風平水凝，又分明帶出涼意。此篇之妙處，正在於細節處的白描功力，層次井然，開合有度，頗能得其風致。

（許嘉瑋箋注）

萬年歡　端午觀競渡。被聲梅谿并次均。[1]

　　戲鼓沿花，紺雲[2]高、斾搖船迅衝雪。濺起波心飛鏡，靚光爭發。臂縷猩痕褪了，膩寶軫[3]、歌薰夐絕。千嬌媚、綵篆誰招，輭風涼沁纖骨。　　箋騷[4]素懷[5]頓歇。漫湘蘭[6]佩好，還贈人別。海市冰綃[7]，除淚那有佗物。多恐蛟腥[8]易汙，第一是、江妃塵韤[9]。何當倩、雨滌菰樽[10]，興來篷鐏[11]斟月。

【箋 注】

〔1〕指次韻南宋詞人史達祖（梅谿）《萬年歡‧春思》詞。

〔2〕紺：微紅帶深青的。《說文解字》：「紺，帛深青而揚赤色也。」

〔3〕軫：樂器上調整弦線的軸。

〔4〕騷：指屈原《離騷》。

〔5〕素懷：平素之懷抱。

〔6〕湘蘭：指湘水邊生長之幽蘭，後用以比喻高潔的人或事物。

〔7〕海市：謂海市蜃樓。冰綃，則指透明如冰，潔白如雪的絲織品。

〔8〕蛟腥：帶有腥氣的蛟涎。傳聞屈原投江後，當地漁民惟恐水中蛟龍魚蝦吞食其遺體，故有競渡擲糭之舉。

〔9〕江妃塵轡：江妃，傳說中的神女。清厲鶚《折桂令‧浩然巾》：「分明是江妃後塵，又猜疑孟浩前身。」

〔10〕菰樽：菰菜與酒樽。

〔11〕篷鏬：船篷之縫隙。鏬，罅也。

【評 析】

　　端午節乃中國傳統重要的節日之一，而龍舟競渡與裹糭祭江更是歷來紀念屈原的隆重儀式。此詞上片偏重寫景，下片則多抒懷。起句先敘江中划船者馳騁水中的矯健，又寫夾岸觀者所見所聞，通過視角的巧妙轉換，隱隱然將二者融為一體。鼓聲、風聲、水聲、歌聲彼此交織，描繪出熱鬧的景像，頗具臨場感。此刻，詞人筆鋒陡然一轉，興發感觸，藉由箋釋《離騷》而聯想自身與屈原際遇之間的相似。古來文人面對懷才不遇的窘迫時，常以屈原為標的，更容易生出空自脩潔而知者寥寥之異代共感。浩嘆之際，還有憐惜之意，不忍屈原投江之後，一片冰心遭受蛟龍所汙。歷史為當代之借鑑，於是詞人隱約透露出不如歸去以全菰菜蓴羹之志。可是必須注意的是，這不過是短暫的念頭，對廖恩燾而言，家國乃須臾不能離者，"何當倩"三字，實則蘊涵何時、何人能夠讓太平盛世到來，自己也就無須奔波於政治、外交，得以返鄉，以閒適的心情邀月共飲，而非臨江灑淚、酹酒自傷。

（許嘉瑋箋注）

戀繡衾

　　籠鐙初上屧響廊，逗煙紗、花氣自香。亂螢送、荷風細，到流蘇、縬放夜涼。　　畫簾飛下金釵影，正觀星、臨水倚窗。做一段、池鴛夢[1]，費銀壺、虯箭漏長。[2]

【箋　注】

〔1〕池鴛夢：比喻夫妻相會的夢境。亦謂鴛鴦夢。如宋石孝友《鷓鴣天》詞："夜來縱有鴛鴦夢，春去空餘蛺蝶圖。"

〔2〕銀壺：為銀製之漏壺。漏壺乃計時工具，又稱為水鐘。虯箭，亦作虬箭，古時漏壺中的箭；水滿箭出，用以計時。箭有虬紋，故稱。王勃《乾元殿頌序》："虬箭司更，銀漏與三辰合運。"杜審言《除夜有懷》："冬氛戀虬箭，春色候雞鳴。"

【評　析】

　　本闋詞呈現一派恬然靜謐的景象，又有一股雍容華貴之氣。寫小兒女情態，躍然紙上。從相偕走過迴廊，細寫眼前景致，到最後恩愛擁眠，直至夜深。一路順敘而下，雖情調纖穠，用字典雅，然較少一己情思，洵為《花間》之風。

（許嘉瑋箋注）

賀新涼　端午後一日追憶昨游感賦

岸際鼕鼕鼓。走邨翁、汗流相告，又逢重午。翦得菖蒲紛薦琖[1]，綵鷁游船似霧。佩辟惡、香囊無數。忠骨那憂蛟龍食，枉冰盤、玉糉頻投與[2]。看畫鷁[3]，正飛渡。

沈湘幽恨歸詞賦。歎才人、江湖落魄，古今何許。不怨蛾眉終見嫉，料怨華年易暮。[4]便只合、吾行吾素[5]。萬倦陳編飢難煮。笑蠹魚、校訂都迂腐。多識字，畢生誤。[6]

【箋　注】

〔1〕琖：小杯子，同盞。

〔2〕冰盤：盤内放置碎冰，擺放藕菱瓜果者，稱為冰盤。投糉者，傳聞屈原投江自盡後，當地漁民惟恐水中蛟龍魚蝦吞食其遺體，故有競渡投糉之舉。

〔3〕畫鷁：船首畫有鷁鳥的小船。此指競渡之舟。

〔4〕蛾眉見嫉、華年易暮，皆出自屈原《離騷》：“眾女嫉余之蛾眉兮，謠諑謂余以善淫。”“日月忽其不淹兮，春與秋其代序。惟草木之零落兮，恐美人之遲暮。”

〔5〕吾行吾素：指不因他人言語而改變自身平素之行為標準。典出《禮記·中庸》：“君子素其位而行，不願乎其外。素富貴行乎富貴，素貧賤行乎貧賤，素夷狄行乎夷狄，素患難行乎患難，君子無入而不自得焉。”

〔6〕此當用蘇軾《石蒼舒醉墨堂》之句意：“人生識字憂患始。”

【評　析】

本闋與《萬年歡·端午觀競渡，被聲梅谿并次均》有別，由題目可知，此乃“追憶”之作，而由内容描寫，詞人心緒頗有轉折。開篇對細節部分的鋪排，與前作同中有異。通過老翁奔走、菖蒲香囊、投糉賽舟等習俗來重構場景，而將重點放在耿直“忠骨”，認為屈原之清高品格，其實無須畏懼蛟龍。參照觀競渡當日所作，“多恐蛟腥易汙”的心情於此有了改變。詞人從憐人進而自憐的狀態，轉為自我寬慰。自古多少懷才不遇者，寧可保持自身脩潔，也不隨波逐流、憂讒畏譏。

《萬年歡·端午觀競渡》是由屈原的遭遇而陡生感觸，這闋詞同樣藉由屈原生平為例，卻隱然得出不同結果。《離騷》所謂“恐美人之遲暮”，是擔憂自己年華老去而無法為君王效力，背後仍是家國之思，未必是落魄江湖之感。而詞人於下片最末幾句，又筆鋒一轉，用自嘲的方式，認為自己若不讀書識字，就不會惹來如許煩惱。究其實，此段自白毋寧反話，是故作決絕語。稱“笑蟲魚”者，嚴肅而非嬉笑怒罵，言“迂腐”，更是對抗主流的價值觀。

（許嘉瑋箋注）

芳草渡 振民約湘帆、勵剛、子勉、暨志、澄壻，以萬花、晚鮮二舫載眷屬游頂湖。途次風雨雷電交作，舟子旁皇急趨西南下椗。經宿再前行，夾岸煙巒迎客欲笑。依片玉均喜賦。

夕照裏，放畫檝悠揚，載吹簫侶[1]。驟縠波[2]飛片，敲篷亂響風雨。諳否游味苦。天冥濛鼉訴[3]。霧障了，賴有阿香，叱馭鞭去。　　旋覩。靚鬟秀臉[4]，共喜江晴重上路。漫縈想、新荷故苑，跳珠夜喧戶。此心已醉，任宛轉、曙禽撩緒。但岸幘[5]，笑看汀菰又舞。

【箋　注】

〔1〕簫侶：仙侶也。典出漢代劉向《列仙傳》卷上：“蕭史善吹簫，
　　作鳳鳴。秦穆公以女弄玉妻之，作鳳樓，教弄玉吹簫，感鳳來
　　集，弄玉乘鳳，蕭史乘龍，夫婦同仙去。”

〔2〕縠波：水面因風漾起的細微波紋。

〔3〕鼉訴：江底鼉龍鳴咽傾訴之聲。當化用蘇軾《赤壁賦》之典：
　　“客有吹洞簫者，倚歌而和之，其聲嗚嗚然。如怨如慕，如泣如
　　訴。餘音裊裊，不絕如縷。舞幽壑之潛蛟，泣孤舟之嫠婦。”

〔4〕靚鬟秀臉：指美人。

〔5〕岸幘：指推起頭巾，露出前額。喻態度灑脫或衣著簡率不拘。
　　孔融《與韋端書》：“閒僻疾動，不得復與足下岸幘廣坐，舉杯
　　相於，以為邑邑。”

【評　析】

　　依照小題，可知此詞所載為廖恩燾與友人相約乘船遊湖所見所
聞。途次雖遇風雨，但詞人想要表達者，卻顯得輕鬆愜意，故能笑
看景致的變化。

　　而下片又思緒馳換。隔夜已無風雨，詞人卻又回想起雨珠擊打
船篷之聲，與上片遙相呼應。“心醉”二字，其實基於能夠“任宛
轉”而不為外物所拘限，否則天晴驟雨，都有可能撩動情緒。唯有
與物冥合，方能忘卻得失。此詞寫得疏淡曠達，能於困厄中自我調
適，無論景色如何改異，終無罣礙於心，境界亦在其中矣。

（許嘉瑋箋注）

透碧霄　頂湖山宿慶雲寺，依《樂章》均。[1]

　　白雲邊。數峯青抱滿湖煙。卍開舊字，蓮生今世，有

界三千[2]。經堂深邃，緇流[3]導入，金粟諸天。[4]問何人、能耐悲歡。漸兩甌齋粥，初更鐘磬，夢準游仙。　　　　覓冠纓[5]濯處，寒潭飛水，濺起浪花妍。盪酒襟、涵詩鏡，飄影柳帶如鞭。石華[6]冷沁，塵根悟徹，幽賞依然。待平林、妝上嬋娟。試細捫蝸迹[7]，應省蟫幠[8]，佛典編年。

【箋　注】

〔1〕依《樂章》均：指依柳永詞集《樂章集》中《透碧霄》詞韻。

〔2〕有界三千：佛家語，以須彌山為中心，上自色界初禪，下至大地底下的風輪，其間包括四大洲、日、月、欲界六天及色界梵世天等為一小世界。一千個小世界，名一小千世界。一千個小千世界，為一中千世界。集一千中千世界，上覆蓋四禪九天，為一大千世界。佛家以為世間有三千大千世界，喻無窮無盡，不可計數。

〔3〕緇流：指僧徒。僧尼多著黑衣，故稱之。明謝榛《四溟詩話》卷四："或謂脗合禪機，前身亦緇流中人也。"

〔4〕金粟：指金粟如來。諸天，佛教中有二十八天之說，凡欲界六天、色界十八天、無色界四天。

〔5〕冠纓：帽帶也，此指仕宦。

〔6〕石華：介類，附生於海中石上。肉如蠣房，可食；殼如牡蠣而大，可裝飾戶牖。

〔7〕蝸迹：蝸牛有黏液，行走後會留下一條晶亮的黏液痕跡。

〔8〕蟫幠：蟫，蠹魚也。幠，疑櫥之誤。蟫櫥，此指有蠹魚的書櫥。幠，一種似櫥形的帳子，或以幠借指書櫥。

【評　析】

先概略勾勒慶雲寺所在位置的週遭景色，寫其與世隔絕之幽謐。

隨即連用數個佛教辭語，如時間上的輪迴與空間上的界分，屬於概念性的描寫。至此皆可算是虛筆帶過，接著沿着僧人引領，見壁畫與相關雕刻，進而生出種種對於"此在"的探問，實寫內心所感。但順跌而下，竟已飲食睡眠作為上片結束，構思甚妙。其中末句寫夢裡遊仙，對應"問何人、能耐悲歡"之嘆，又開啟下片"冠纓濯處"，值得琢磨。建功立業，本是廖恩燾一生職志所在，也是他擔任外交使節以來心念之所在。儘管隨着境遇的起伏，順逆悲歡無法預料，但漫問仙佛之目的，最終也不過扣問自己內心，只要能夠不以物喜，不以己悲，又有何悔？領會此事，詩酒、美景等外物，便可清賞而不為之所滯溺，否則佛門境地，當斥此濁物。

　　而令人好奇之處在於，寒潭、柳帶者，此現實耶？夢境耶？隱隱然打成一片，難分虛實。姑且不論虛實，詞人似乎更想表現出通脫徹悟後所能感受者：窗外習習詞人寒風與晨間幽然的青山與平林。現實雖如佛家所言，終究只是夢幻泡影，但凡經歷便會留下痕跡，載錄佛理的典籍雖可能遭受蠹魚啃食，形體之累卻不妨礙其精神之誤。職此，人間世又何異於金粟諸天，仙佛不待外求，惟存乎此心而已。

（許嘉瑋箋注）

花上月令　雨中發羚羊峽[1]，抵肇慶城下小泊。擬夢窗。

　　慵雲翻峽雨飛聲。黛螺色[2]，膩煙青。一舟斜遡虹河上，禦風行[3]。鷗夢醒，雁愁生。　　城堞[4]不收形勢盡，人面起，墥嶒崚[5]。暮潮咽似秦絲急，勸瑤觥，醉休問，種魚經[6]。

【箋　注】

〔1〕西江有小三峽，羚羊峽為其一，銜接兩廣。羚羊峽位於肇慶城

　　東南部，在小三峽之中，山最高、水最深、峽最長，最為雄偉
　　壯觀。它由羚羊山和爛柯山夾西江而成。

〔2〕黛螺色：山峰為翠綠之色。

〔3〕禦風行：此言船行輕快，如乘風而行。禦同御。

〔4〕堞：城上的短牆。此句謂登上城牆，四周形勢一覽無遺。

〔5〕墖：同塔。嶒崚，山高聳貌。

〔6〕明代黃省有農學著作《種魚經》，為養殖漁業的專門書籍。種
　　魚，即養魚。

【評　析】

　　詞中寫溯流穿峽與停泊上岸之景色。以視覺、聽覺所見所聞開
篇，接著寫乘船的感受，禦風二字，可知雨後湍流之疾、舟行之快。
然憑虛御風，看似輕靈，然仍有所待。鷗夢、雁愁等意象，更能清
楚看出詞人別有所思，是以風雨和奔流的急促，反襯出內心的苦悶。
相似的敘述也同樣出現在下片。寫登上城牆之後，四周山脈高聳，
更見自身之渺小。人為的防禦力量與自然的雄偉壯闊，已是一層對
比，而人居於其間，所能掌握者則更少。即便如此，他猶試圖以酒
澆塊壘，想要有所作為，不願輕易歸隱於山澤。

（許嘉瑋箋注）

泛清波摘徧　　西潦方漲，七星巖[1]一片汪洋。正呼渡間，
　　　　　　　　大雨滂沱，同游諸人衣冠盡溼。舟子取蓑笠
　　　　　　　　至，共易之。回棹拈晏叔原[2]聲均漫成。

　　歌徵舫小。燭引杯長，爭似釣綸湖上好。菜饒蝦足，
近晚衡門閉須早。行聽道。鞭絲雨洗，衫影風欹，無限俊
游都謝了。過客相逢，頓惜知音世間少。　　　水天渺。空

翠釀霖沛然，下注灌苔淹草。奔潦妨車徑迷^[3]，霧昏煙曉。
趁船杳。沙鷺背郭競飛，山靈笑人遲到。矧^[4]更偎蓑枕笠，
放篙眠倒。

【箋　注】

〔1〕七星巖位於肇慶市區北約四公里處，景區由五湖、六崗、七岩、
　　八洞組成，為典型的石灰岩地形。

〔2〕晏叔原：晏幾道，字叔原。北宋著名詞人。

〔3〕對參晏幾道詞，廖詞此句疑闕漏一字。

〔4〕矧：況且。

【評　析】

　　本闋與前闋撰作時間相近，內容為途經肇慶而行山水之遊，與
友人於旅次適逢大雨阻途，題目所寫，頗見狼狽匆促，而詞中卻表
現出一派自在閒適，可見興致未因此而減。上片寫近景，船上歌聲
清朗悅耳，在觥籌交錯間看出文人的高雅風範。其他遊人皆因風雨
漸起而紛紛離去，詞人與友朋卻換上雨具，由水路順流而下。從衡
門閉早、知音世少，說明能懂得此中之樂趣者終究不多。儘管雨勢
增強，在詞人筆下，掩沒苔草的暴雨卻以沛然甘霖，搭配一片煙霧
輕罩，舟行途徑，風景悠然。雨猶未歇，沙鷺競飛，山靈如笑，放
篙眠倒，雲淡風輕。暫擱俗事，隨舟行之來去，何其寫意。

（許嘉瑋箋注）

齊天樂　七星巖

　　飛星無語蛾天墜。何年蛀成空洞。^[1]翠羽啼昏。幽雲迸
裂。峭壁蒼龍猶夢。冰泉解凍。馭瑤鶴仙回。斷簫初弄。

午磬聲中。繡殘蛛網鼎長供。[2]　　石函深扃未啟。馬蹄碑[3]故在。甯問僧衆。撥蘚尋詩。緣梯看瀑。人物誰非錢鳳[4]。當時見重。照官燭雙雙。為伊矜寵。笑我今來。破槎舟子共。

【箋　注】

〔1〕此二句，詞人發揮想像，以為石灰岩洞地形乃飛星自天而墜，落地時蛀蝕而成。

〔2〕鼎長供：七星巖附近有鼎湖山，傳聞為黃帝軒轅氏鑄銅為鼎，得道時成龍飛去之處。前句"峭壁蒼龍"，亦運用此典故。

〔3〕馬蹄碑：傳聞唐代詩人李紳至肇慶，在七星巖勒馬觀看刻有李邕所撰之《端州石室記》的石碑，馬蹄因踏在石碑中間，故又稱之為馬蹄碑。

〔4〕錢鳳：晉人，為王敦之謀士，一時頗受恩寵。後王敦起兵造反，錢鳳亦隨之叛逆。

【評　析】

前闋寫由七星巖的行船過程前後，此首則圍繞七星巖的地形地貌，旁及周遭景色，最後聚焦於石室巖南麓的馬蹄碑。首二句通過帶有神祕意味的想像，將石灰岩洞與飛星墜落連結，突顯造化之神奇。接著寫洞外之物，如禽鳥、幽雲、怪石、泉水等，呈現一片動態之美。以上皆屬於視覺摹寫。旋即以簫聲、磬聲等聽覺，加上步移景換的移動感，引領讀者一起探幽訪勝。

不過馬蹄碑雖在，寫下碑文的李邕和遭貶謫來到此地留下馬蹄碑傳說的李紳已杳然不可尋，各朝題詠者早已物故，這樣的人事流轉，不免引起感慨。若軀體無法永久存在，是該潔身自好而遭斥，還是如參與王敦謀逆的錢鳳，在生前備受寵禮？詞人沒有給出確切答案，但細細讀來，應能夠品出“笑我今來”四字既是自嘲，也是自解、自重。

（許嘉瑋箋注）

【編者按】

施議對編《當代詞綜》（福州：海峽文藝出版社，2002）卷一選廖恩燾詞十首，這是第五首。

過澗歇近　和柳耆卿聲均[1]

午醒。噪簷鵲、煖幄花氣融愁，皺鏡池痕流影。絃索靜。夜裏賓筵，夢綺衾凝。歌雲窗灑，雨蕉點點，疏篁[2]阻繁聽。　　壘塊胸杳，那惜醺醺渾酒病[3]。世塵轉燭[4]，歡盟竟何定。縹緲樓頭，雁起煙冷。驄行江遠，陡情動把游鞭整。

【箋　注】

〔1〕柳永，字耆卿。北宋著名詞人。廖詞此闋和柳永《過澗歇近》聲韻。

〔2〕疏篁：稀疏的竹林。篁，竹林，竹子。

〔3〕酒病：猶病酒。因飲酒過量而生病。唐姚合《寄華州李中丞》：“養生非酒病，難隱題詩名。”清黃仲則《錢塘舟次》：“風雪衣單知歲晚，江湖酒病與年深。”亦指為消胸中塊壘，借酒澆愁，飲得醺醺然如病狀。

〔4〕轉燭：風搖燭火。喻世事變幻莫測。

【評　析】

至午方醒，且為雀鳥所擾；言花氣融愁，實則幃幄經花氣薰染，氤氳之氣更聚集不散。知是別有鬱結，故輾轉難眠，一旦睡去後，又想藉著夢魂千里，不願太早醒來的矛盾心境。前夜歡宴，聽夜雨點點，增添幾許煩悶之緒。惟當時有歌有竹，故可忘憂解悶。醒來風雨雖已停止，但臨池照影，一片模糊難辨，恰似昨夜分別前的種種景象，也隨着弦索靜止變得似有若無，不可捉摸。廖詞於斯分寫兩頭。此端男子亦是借酒澆愁，不欲離家而又必須出外爭取功名，屢屢回望，佳人已遠，卻是忍不住被撩動內心深處的情感。糾結鬱積，卻是淡淡數筆描摹，借景寫情。先寫女子別後慵倦情態、相思模樣，又寫男子行旅未止，故歡盟難定，人生還如情路，漫漫不知其所之，終是不得已而又莫奈之何。"陡情動"三字，乃早已心有所感，並非無端而發。通過前文的鋪陳，最後凝聚於"歡盟何定"的不確定感。整體論之，上片旖旎溫香，熨貼入微，而下片強解鬱愁，其神在骨，頗得柳耆卿況味。

（許嘉瑋箋注）

三姝媚　賦羅岡洞荔支亞娘鞋[1]，被聲夢窗《過都城舊居》之作。[2]

　　戎州慳置郡[3]。甚郊坰[4]，雲痕雨痕如粦。拄笏林端，見絳珠無數，醉虯狂噴。[5]似雪圓膚，模樣好、邨鬟羞近。皓齒青娥，閒擬樓船，載來嬌俊。　　　仙步凌波須寸。幾紺韉飛塵，涴殘蟬鬢。殿曲長生，自海南休貢，太真添恨。[6]舞貼歌氍，弓[7]未改、羅緣香褪。那有紅馳一騎，嚲蛾翠暈。[8]

【箋　注】

〔1〕羅岡洞在廣州市郊，盛產荔枝。"亞娘鞋"為荔枝中的品名，在

羅崗、增城一帶均有少量栽培。生勢壯旺，葉片橢圓形，果身略扁而帶心形，恰似纏足小腳的紅鞋，模樣可愛，故名。

〔2〕指南宋詞人吳文英（號夢窗）《三姝媚・過都城舊居有感》詞。

〔3〕戎州，古代行政區劃分。南朝梁置僰道縣，隋大業初改為犍為郡，唐武德元年（618）復為戎州。轄境相當今四川省宜賓、南溪、屏山等市縣地。貞觀四年（630）置都督府。天寶時曾一改名南溪郡。

〔4〕坰：離城較遠的野外。郊坰即郊野。

〔5〕拄笏……狂噴：此三句形容荔枝樹椏枝、果實茂密繁盛。

〔6〕殿曲長生……太真添恨：長生，指洪昇所撰《長生殿》，取材自唐玄宗、楊貴妃事。楊玉環，號太真。唐玄宗李隆基貴妃。楊貴妃喜食荔枝，玄宗命人自嶺南飛馬進京，以博得佳人一笑。白居易《長恨歌》述唐玄宗楊貴妃事。

〔7〕弓：鞋弓也，此指纖足小巧。

〔8〕此用杜牧《過華清池》"一騎紅塵妃子笑，無人知是荔枝來"句意。

【評　析】

本闋乃詠荔枝之作。先寫荔枝的生長地點、環境、物候，接着寫荔枝樹和果實的形態，並轉為擬人筆法，將之與明眸皓齒的女子相比，強調其惹人憐愛之貌。同時通過樓船載嬌，指出戎州所產的荔枝，乃藉由水路運出，與唐玄宗時以快馬將嶺南荔枝送往京師的路徑及運輸工具有別。

下片則順承前文，不寫船行，而言凌波步伐挪移靈動，突顯"亞娘鞋"荔枝於名物上的特性，也接續上片所描摹的美人姿態。此刻忽然盪開一筆，帶入楊貴妃故事，把歷史上一段著名的男女情愛結局之不完美，轉移聚焦於荔枝是否繼續朝貢。詞人並未直接說明這是由於安史之亂後造成的破壞，還是有其他原因。卻在最末以香豔筆墨，點染女子於歌舞輕旋中褪去鞋襪之情景，美人與荔枝的神韻在詞人筆下交相疊合，分不清是誰噸蛾翠暈，古、今、人、物四者，若即若離。

（許嘉瑋箋注）

喜遷鶯　次南唐李後主均[1]

　　午幕透，日絲微。眠損彩蟬[2]敧。泥人窗柳故依依。風頓絮花稀。　　游舸散。鈿車亂。曲折畫廊通院。去年羞道便留伊。殘醉夜扶歸。

【箋　注】

〔1〕指次李煜《喜遷鶯·午幕透》詞韻。
〔2〕彩蟬：又稱鈿蟬，指鑲嵌金、銀、玉、貝等物的蟬形髮飾。宋汪藻《醉落魄》：“結兒梢朵香紅仈，鈿蟬隱隱搖金碧。”

【評　析】

　　此閱題為次韻南唐後主李煜《喜遷鶯》詞，乍讀之下，雖猶可稍微領略南唐詞之韻味，在題材上也與李煜早期詞作相近。但李詞神韻清疏雋秀，愁思幽微，偏向灰寒色調，屬於男性口吻；而廖恩燾用詞遣字，軟膩溫滑，可知是描寫女性。從情感之表達、筆法之安排，內容之描寫三方面觀察，皆能看出廖詞有別於李後主，而稍近乎“花間”一脈。

（許嘉瑋箋注）

清平樂　同上[1]

　　笛樓天半。遏得行雲斷。夜久月搖銀燭亂。落淚一聲河滿。[2]　　　露涼氷腕何憑。漏移詩句纔成。危檻不游鴛侶，再來再是苔生。

【箋　注】

〔1〕指次李煜《清平樂·別來春半》詞韻。

〔2〕此用張祜《宮詞》典：“故國三千里，深宮二十年。一聲何滿子，雙淚落君前。”而銀竹搖亂，則比喻情緒之激動。

【評　析】

　　本詞音節清朗，悲而不怨，傷而不溺，雖無李後主之深邃蘊藉，但一往情深之處，終究是詞家手筆。不直書思念之殷切，而寫高樓吹笛，聲聲斷雲；不寫心緒搖盪，卻通過描寫夜深不寐，觀燭火搖晃不定，視線恍惚之間，斯人不禁落淚。意蘊委曲。下片轉折跌宕，寫詞中人物持筆出神，竟不知如何表達，在靜態描摹中，通過“漏移”二字，帶出具體的時間感受。可惜，詩句隱而不彰，難以得知箇中情緒，但從危檻不游、苔草蔓生，依舊能感受到女子對分隔兩地的無奈與惆悵。

（許嘉瑋箋注）

中興樂　擬李德潤四聲同原作[1]，見《瓊瑤》、《尊前》二集。[2]

　　世塵歷歷入蒼黃。愔愔月戶雲窗。杖懸瓢大[3]，谿汲泉芳。平生詩興能狂。笛聲長。廣寒直透，嫦娥乍聽，晚起梳妝。　　侵天荷翠著輕鬠。錦鳧弄影穿廊。等閒眠處，甃[4]石為牀。醒時苔濺衣香。試新涼。遠鴉旋覺，煙林初暝，催引清觴。

【箋　注】

〔1〕李珣，字德潤，唐五代詞人，詞風清婉。此指李珣《中興樂·
後庭寂寂日初長》詞。

〔2〕李珣詞有《瓊瑤集》，已佚。《花間集》存詞三十七首，《尊前
集》存詞十七首，凡五十四首。

〔3〕懸瓢，喻隱居。

〔4〕礧有砌壘堆疊之意。

【評　析】

　　李珣原作香綺婉麗，廖詞雖言擬作，除選取聲韻相叶之外，筆
下意象、佈局、風格皆與李作大相逕庭。簡言之，本詞肇始即可見
眼界甚大，從茫茫天地、滾滾紅塵展開描寫，從感嘆人事、窗前月
色，自然地轉為遯世隱居。上片自抒懷抱，詩人狂士雖然離群索居，
面對一片空天幽冷，仍有情境相似的嫦娥可以體會。不提碧海清天
夜夜心，卻將嫦娥寫為晚起梳妝的美人。天上美人是古典詩詞常見
的書寫傳統，是君臣遇合的譬喻。於此，我們似乎不難推測出隱居
之因與政治失意的關係。由塵世推想天上仙人，晚起梳妝，高處不
勝寒，嫦娥是否真能聽見表達心意的清亮笛聲？

　　下片寫清晨之際，天色將白而未亮，視線從近處至遠處漸漸拉
遠，最後收束於因景生情，催人欲飲，其中自有無限感慨。與上片
相比，此處全然是感官體驗，如荷花翠葉、水鳥掠影，都是隱居時
所見，石牀、苔香、鴉飛，是觸覺、嗅覺與聽覺的遞次交接，故能
不隔。從遣詞用字可知，翠與錦點出個人品格脩潔美好，但一片清
雅孤寒，仍顯示空無知音的淡淡寂寞，偏又不寫塊壘積累，只言待
舉清觴。詞之言外味、弦外響，均是乎在，是有意境之作也。

　　　　　　　　　　　　　　　　　　　　　（許嘉瑋箋注）

秋　思　白雲晚眺。夢窗孤調。[1]

　　杯影孤亭側。墮半簪、煙翠髻螺真色。鴉背負暄，雁聲收雨，雲入眸窄。響泉玉瑽琤[2]、籟天商過變[3]掩抑。早澗空、蒲自碧。歎占卻青山，一坏[4]香土，定有碎鈿零佩，泥人追憶。　　宵酌。蚪籤[5]任滴。敍素懷、語笑濃飾。恨添瑤瑟。鴛鴦沙上，那頭不白。念萼綠華來夢招，身欠雙健翼。叩洞鑰、渾未識。但皓月依前，花扶殘醉送得。照徹橋南路北。

【箋　注】

〔1〕指宋代詞人吳文英（夢窗）《秋思·堆枕香鬟側》詞。

〔2〕瑽琤：玉石交擊聲，可用來形容泉聲、琴聲。

〔3〕除單調外，詞多由上下兩片組成，慢詞有多至三片、四片的，其中下片首句和上片首句句式不同的，一般稱為換頭，或稱過變。

〔4〕一坏：坏同抔，小丘；一坏黃土，指墳。柳亞子《金縷曲·六月六日秋俠忌辰》：“大好西湖無福分，甚一坏難葬伊人骨。”

〔5〕蚪籤：計時器具，其效如水鐘。

【評　析】

　　此闋用字雅馴，音聲清婉，表達欲說不說，深藏於心的逼仄。寫男女分別之事，情感收放之際不滯不泥，唯有一股悽惻淡淡透出。以輕淺數筆寫濃愁無限，終縮束於皓月當空，無人相伴而藉酒澆胸中惆悵，一路步履蹣跚而去。對照前後情景，裝作不在意的哀傷最是深沉，強顏歡笑也無法改變現實，但長路漫漫終究要走下去。題目稱是晚眺，而無論是寫景或造景，隱沒在黑夜盡頭的那個背影，盼望着而未必被盼望，真可謂"含不盡之意，見於言外"。

首句杯影孤亭，點出斯人獨酌，醉態已酣，加之心念所繫神魂杳然，髮散簪墜，所見僅眼前一片青山。寥寥幾字，勾勒痴絕情貌。復通過周遭各種聲響，鋪寫淒絕秋聲。可惜眾聲喧嘩，在詞人腦海中只有一人衣容笑貌。商音，傷也，面對離別產生的諸多壓抑，在自然景色的感觸中愈發強烈。奈何佳人已逝，青山空碧，徒留往事可堪追憶。而人亡物在，令人思念。

過片以"宵酌"二字，帶出時間的流轉。虬籤聽漏為眼前事，笑語敘素懷則應是恍惚疑見佳人來會，忽又清醒，知兩地相隔，徒惹鴛鴦白頭，但餘夢中參差可見。畫面錯亂跳接，毋寧是真實想望的反映。細細寫來，有歡笑，亦有愁苦，彼此依違。眼前嬌美花枝儘管沿途相送，但美人如花隔雲端，明月仍舊，往事全非。今再無人相隨，橋南路北，此後只能獨自走過，如同如今的獨酌、獨憶、獨歸，更不知悉酒醒何處，夢醒何在，路盡何往。字字沉重，寫得濃郁凝滯，卻又能夠隱約不露，委婉波折，多用曲筆，看似抽離而意蘊真摯，誠然為悼亡之佳作。

（許嘉瑋箋注）

更漏子

玉燕釵，金蟬髻。容易翠敧雲委[1]。嬌殢醉，嬾尋眠，月高花影妍。　　飄粉汗，染羅薦[2]。爭奈已拋紈扇。思往事，怎為情。問天天未明。

【箋　注】

〔1〕雲委：雲指雲鬟，委為堆積之意。
〔2〕羅薦：絲織的席褥。

【評　析】

　　內容所寫，即詞牌之意，夜深聽漏而思人未眠。通篇圍繞棄婦心情，先敘目前情景。過片二句隱晦陳述過往恩情，旋即表明主旨：秋扇見捐。最後又與起句相銜，轆轤迴轉，如無盡的相思。妝扮修飾之容貌，卻因醉無眠，顯得憔悴。寫歡情處僅六字，更無一字涉及對方形象，但"粉汗"、"羅薦"曾經如此真實地存在，良人卻已離開。言是天色未明，一夜凝滯難解，情之一字，竟不知所為何來。

（許嘉瑋箋注）

暗香疏影　題高其佩[1]指頭畫梅花。依夢窗聲均。[2]

　　素枝一一。是硯池放了，梅花欺雪。半縷春痕，流怨關山管吹裂。不數神蛟弄爪，卻幾曾、懸鍼為筆。[3]溯影斜、依舊谿南雲，已隔明月。　　誰羨華光妙腕，粉癟暗補處、還更清徹。頰上毫添，[4]贏得濃妝，嬌立玉環琳闕。爭知窗底持螯[5]罷，正鐙火、昏黃時節。染袖香、墨汁初晞，陡覺野煙寒闊。

【箋　注】

〔1〕高其佩（1660—1734），清代畫家，為指畫之鼻祖。

〔2〕指依吳文英《暗香·占春壓一》詞韻。

〔3〕弄爪：此處指作畫時手的姿態。懸鍼為筆：指書法運筆之法。起筆見方而收筆尖銳，結體上密下疏，字型修長，收筆尖銳，有如鋼針下懸，故謂之。鍼同針。

〔4〕頰上毫添：典出《世說新語·巧藝》："顧長康畫裴叔則，頰上

·267·

益三毛。人問其故？顧曰：'裴楷儁朗有識具，正此是其識具。'看畫者尋之，定覺益三毛如有神明，殊勝未安時。"後遂以"頰上三毛"或"頰上添毫"為典，比喻文章或圖畫的得神之處。清毛際可《今世說》序："蓋筆墨靈雋，得其神似，所謂頰上三毛者也。"

〔5〕持螯：此借指飲酒。《世說新語・任誕》："畢茂世云：'一手持蟹螯，一手持酒桮，拍浮酒池中，便足了一生。'"

【評　析】

本詞聚焦之處可略分為二，一在於手爪之形，一在於圖畫之制，而以墨彩敷於指間，將所描摹的人物花卉通過文字重新勾勒。歌詠畫作的同時，也隱隱然速寫出繪圖者點染撇捺之情貌。上片先破題，約略寫出梅花的枝幹、顏色，同時將故事背景呈現：閨怨相思，男女分處關山內外。接著以追述想像之筆，寫高其佩技法高妙，以指為筆，運轉自如。陳述其畫中梅影橫斜，雲山明月。下片岔開一筆，言畫家善於著粉襯補，以明暗反差的效果，讓梅花更加顯眼。這是自然界的梅花所沒有的，卻可增添神韻，勝似嚴妝打扮的美人。結拍處筆勢大轉，又回到描寫高其佩作畫的情景，時當黃昏，墨液初乾的瞬間，但覺野煙寒闊。

（許嘉瑋箋注）

望江南　題同前山水冊。次均夢窗"賦畫靈照女"之作。[1]

天尺五[2]，特地聳螺鬟。雪迹孤鴻留爪外，煙痕京兆畫眉間。留待後人看。　　紅塵世，無此好山顏。磴[3]逼霜枝穿萬險，潭迴雲麓起千寒。花雨又漫漫。

【箋　注】

〔1〕指依吳文英《望江南·賦畫靈照女》詞韻。

〔2〕天尺五：極言地勢之高。黃庭堅《醉蓬萊》：“盡道黔南，去天尺五。”

〔3〕磴：以石砌成之台階。

【評　析】

　　同為題畫之作，這首詞的敘述迥異於前作，主要集中在圖畫中的山水形貌、週遭景色。先寫其高拔聳峙，鳥跡難至，復寫其顏色黛青，煙靄曩然，於虛實掩映間，竟似有一冰清玉潔的神女形象緩緩自迷濛中浮現。言其高者，可望而不可及；至於言其美，是可遠觀而不可褻玩之意。畢竟玉顏難留，如此山色、氣候，轉瞬即逝，唯有寫照圖貌，後人方能一窺其彷彿。山光雲影，通過筆墨得以保存，知藝術之不朽。

（許嘉瑋箋注）

懺盦詞續棄卷三　秣陵集　癸酉甲戌（1933—1934）

宴山亭[1]　題《海綃樓填詞圖》。用海綃翁[2]《壬申重九風雨登高》均。[3]

　　千載鶯花，同結世緣，占得谿山佳處。鮫淚染綃[4]，雁翼敧樓，珠玉九天吹雨。巷陌飄零，燕都似、斜陽無主。延佇。吟款笛嬌龍，軟波休語。　　誰畫高臥詞仙，想經歲滄江，素懷能苦。龜紋浪影，鳳錦霞光，[5]憑闌翠樽遙度。怎說風流，除岸柳、楚腰[6]非故。愁暮，渾未損，蘭成詞賦。[7]

【箋　注】

〔1〕《欽定詞譜》作"燕山亭"。《詞律》："此調本名《燕山亭》，恐是'燕國'之'燕'。《辭彙》刻作《宴山亭》，非也。"

〔2〕陳洵（1871—1942），字述叔，廣東新會人，晚號海綃翁。近代嶺南著名詞人。

〔3〕陳洵原詞《宴山亭·辛未九日，與風餘諸子風雨登高》："閒夢東籬，悽絕素心，暝色相攜高處。殘照翠微，舊月黃昏，佳約有時風雨。漫惜多陰，知道是、秋光誰主？凝佇。曾舊識江山，看人無語。　　還喜身健登臨，且隨分清樽，慰秋良苦。漉巾愛酒，岸幘簪花，商略較誰風度？盡日停雲，休更憶、昔年親故。遲暮，須料理、幽居詞賦。"按，廖氏引海綃翁詞題"壬申"二字誤，查陳洵原詞，當為"辛未"。

〔4〕鮫淚染綃：鮫人為神話中的生物，居於南海，所織之綃輕薄如

霧，其泣則淚水成珠。

〔5〕龜紋浪影，鳳錦霞光：此指龜甲有紋，其狀如浪痕；鳳有五色，喻霞光多采。

〔6〕楚腰：細腰也。《戰國策·楚策》：“昔者先君靈王好小腰，楚子約食，憑而能立，式而能起。”

〔7〕此指庾信（513—581），字子山，小字蘭成，南朝梁新野人，後留滯北方。善於詞賦，杜甫有“暮年辭賦動江關”之譽。

【評　析】

明清二代，文人倩畫工描繪行樂圖之風頗盛，而自清代釋大汕為陳其年著《填詞圖》後，友朋群體交相唱和，此舉遂為詞人所重。海綃翁填詞圖亦承此傳統。陳洵為近代詞壇重要人物，與朱祖謀、廖恩燾等人俱有舊。此詞次韻陳洵《壬申重九風雨登高》，原作悽惻幽獨，頗有懷念故國之思，蓋與作者政治立場有關。廖恩燾與之相熟，故題圖時也能依照其身世之感，點出內心那份愁苦。

上片連用鶯花、雁翼、飄零、斜陽四個詞，都在說明時間與空間的不確定感，而以延佇二字輕輕一托，則外在環境的不可抗逆性，全都消融在主體的執著與不悔之中。其中最值得注意的，在“斜陽無主”四字。斜陽者，可視為國勢之傾頹，正因動盪危急之際，故曾保有美好的“谿山佳處”，如今都無法保證能夠留存下些什麼。“軟波休語”，既是對現實環境的殷殷期盼，同時更是內心波濤起伏的具體外顯。故內外交逼之下，欲其休語，終不可得。此詞之作，已能通過畫面之背景，勾勒出陳洵所處的時代氛圍。而傳說中鮫人者居於南海，而陳洵乃廣東人，泣淚成珠，自是有所寄託，不可作尋常語解。

上片所寫，虛中有實，旨在點染心境情衷。下片則從畫主所在位置、環境著手，卻是以實寫虛。倚樓遠望者，雖有浪影霞光、翠樽岸柳，但寫景處全在寫人。浪影霞光者，不畏波瀾而脩潔自好也；

翠樽岸柳，欲澆塊壘而終究形貌消瘦憔悴。高臥二字，是強作逍遙，或是放任醉倒，煙水迷離，於可解不可解之間。然而，詞人終究在結尾處留給讀者一絲線索。通過庾信南人北移的故實，說明陳洵心境。至於言愁暮者，既是哀嘆自身年華老去而不得用，也是見證一個曾經強盛的帝國於焉老去。讀者知人論世，當能略得輪廓。

全篇結構清楚，彼此掩映，筆法、章法皆有出彩之處。尤其因與畫主相知，更能扣緊其精神世界。蓋以兩人心緒頗有相通處，故收束雖僅以"蘭成詞賦"四字表之，不言之言，盡在其中矣。

（許嘉瑋箋注）

木蘭花慢　為冒鶴亭[1]題水繪盦[2]填詞圖

水明樓在否，冷梅影、一鐙盦。[3]正癯鶴慳眠，詞仙起看，[4]銀宇光涵。閒簾。共誰鬪韻，灌花陰涼氣凭蟾諳。公子風流老去，鶯邊殘笛江南。　　嗔貪。癡與愛同，參悟徹、到伽藍[5]。鶴亭嘗刻小印文曰從貪嗔癡愛入手學佛。試摩挲舊石，碧痕蘚籀[6]，古意重探。高瞻，眼縈萬感，好山川休化鉢池曇。繡佛人間買徧，新絲初上吳蠶[7]。

【箋　注】

〔1〕冒廣生（1873—1959），字鶴亭，號疢齋，江蘇如皋人。近代著名學者，詩人。是明末清初著名文學家，冒襄第六代侄孫。

〔2〕水繪園為明末冒襄之園林，冒廣生沿襲其名，晚年自號水繪盦老人。

〔3〕水明樓建於乾隆二十三年（1758），位於如皋水繪園內，為船舫式園林建築。冷梅影，與冒襄為悼念董小宛所撰之《影梅庵憶語》有關。

〔4〕當脫胎自姜夔《翠樓吟》："此地。宜有詞仙，擁素雲黃鶴，與
　　君遊戲。"

〔5〕伽藍：原指僧眾居住之園林，後指寺廟。

〔6〕碧痕蘚籒：言石上青苔生長的姿態，猶如古篆筆畫。

〔7〕吳鹽：指良鹽也。吳地鹽絲業發達，出產質地優異的絲織品。

【評　析】

　　以水明樓之存否起興，帶出冒氏家族自明清以來的背景。如此
顯赫的家世，梅影喻德行之孤潔清高，鐙庵則喻書香門第。次句則
藉鶴之形象寫人，點出冒廣生之清癯與夜半不眠填詞之景。詞為豔
科，清人愛之而又時常流露鄙薄之意，惟此情、此心之難忍，鬬韻
倚聲，亦屬風流雅事，堪作滾滾紅塵中一劑清涼散。其實，明末清
初時，水繪園主人冒襄也常在園林中舉行詩酒文會，廣邀各地文人
歡飲為樂，麇集則不忘吟詩填詞。過往如煙，曾經喧鬧一時的水繪
園雅集，如今只剩下冒廣生一人在燈前影下。儘管如此，公子雖老
風流仍在，依舊維持江南才子之情調。

　　下片筆鋒一轉，通過詞為豔科的隱微線索，拉出佛家對男女情
愛與貪嗔癡三毒的看法，由此亦可悟道之理。同時，也用冒廣生自
刻小印上的文字來烘托其人倜儻不羈之狀。世間有情，不以空為執
念，破除二與不二的界線，方見真我。而舊時苔痕，此刻雖能眼見
手觸，終究也無法長久。無法留下的一切，僅能靠文字和圖像保留
記憶。江山雖好，依舊轉瞬如曇花一現，所幸代有人事之繼承、呼
應，就像冒襄之於冒廣生，時有先後，事無殊異。

　　通篇扣緊於水繪園填詞圖加以發揮，又全詞寫人之處多於寫景。
上、下片分寫不同情事，從填詞而至參佛，又從參佛悟道，轉迻出
詞人之心在於為萬事、萬物保有一份善感、敏銳。

（許嘉瑋箋注）

八聲甘州　褉集莫愁湖,[1]分均得文字。

　　沂空明[2]、半醉倚危闌,三峯見雲真。問永和何世,蘭亭何地,修褉何人。[3]欬唾如珠落處,劍水起星文。[4]花木煙光底,但沱妝春。　　消受風鬟倭墮,想箇儂情態,不數桃根[5]。費飛來鴻燕,閒弔轆羅塵。淚難乾、龍鍾雙袖[6],更廢樓、蝸壁醱苔新。憑誰與、六朝金粉,洗恨無痕。

【箋　注】

〔1〕褉集:褉,猶祭也。古俗春秋兩季於水濱設祭祓除不祥。後借以指文人雅集。莫愁湖,位於南京秦淮河西。

〔2〕空明:空曠澄澈。韓愈《祭郴州李使君文》:"航北湖之空明,覵鱗介之驚透。"

〔3〕王羲之《蘭亭集序》:"永和九年,歲在癸丑。暮春之初,會於會稽山陰之蘭亭,修褉事也。"

〔4〕欬唾:比喻談吐文雅或文詞優美。星文,似借指劍。唐劉長川《寶劍篇》:"匣裏星文動,環邊月影殘。"或指佩劍的人。

〔5〕桃根:借指歌妓或愛戀的女子。南朝梁費昶《行路難》詩:"君不見長安客舍門,娼家少女名桃根。"

〔6〕龍鍾雙袖:岑參《逢入京使》:"故園東望路漫漫,雙袖龍鐘淚不乾。"

【評　析】

　　歷史上藉修褉而進行文人雅集者,最有名的莫過於王羲之蘭亭修褉,此後,在三月舉行文酒之會似乎成為一種慣例,而逐漸與三月三日"上巳"在水邊舉行祭禮的祓禊儀式、民俗區分開來。

此作屬文人分韻填詞之雅。上片所見物色，一派遠景，從容開闊，僅在末句約略點出煙水迷離之致。不知是微風吹水如鱗，或是醉眼閱世迷濛。東晉王羲之等人終究已是歷史陳跡，如今群聚歡會者，想必也將如前人杳然無痕，承此，乃敷衍出下片所述哀感文字。下片從描摹女子形象出發，從其慵懶憔悴的凝望姿態，看出其深深的無奈。自六朝以降，秦懷河畔本多才子佳人故事，清初至民國，南京一帶仍佔據文化上重要的位置。這裡不知是否詞人別有寄託，然而若將之視為想像的重塑，古代女子的身影，正和開篇所勾勒的倚樓遠眺相似。朝代更迭，年年皆有修禊活動，愁恨與離別本都該隨之消除無痕，但真能做到，又何須雅集修禊，更不必提及王羲之。詞人心思，於焉可知。

（許嘉瑋箋注）

渡江雲　前題

平湖歌詠地，水樓夢迹，句豔古愁分。背花笙語好，漫認吳儂，怨曲翠陰聞。相如病渴[1]，縱解得、難袚塵根。沿畫廊、不言魚鳥，故故款情文。　　銷魂。悲歡兒女，成敗英雄，總樽前莫問。春正憐、飛煙迷草，征雁隨雲。山河未到殘棋局，被遠角、吹下斜曛[2]。浮艇去、年年判約湔裙[3]。

【箋　注】

〔1〕相如：指司馬相如。據載他患有消渴症（即今所謂糖尿病）因而辭官。

〔2〕曛：落日的餘光。斜曛指夕陽。

〔3〕湔裙：舊俗於農曆正月元日至月晦，士女於水邊酹酒洗衣，藉以辟災度厄。

【評　析】

此闋內容亦為修禊雅集，但一題一韻，寫成兩首不同詞牌之作品，概以表述情感有別之故。前作興感於歷史，頗見浩歎；本詞文字則纖麗清綿，情緒也消弭不少鬱悶糾結。相同之處，在於詞中都出現女子的視角，且風景不乏山色、飛煙。相異之處，在於這首詞是從近景出發，逐漸將畫面拉遠，彷彿胸懷也隨之開闊，尤其"山河未到殘棋局"，透露出對未來的希望；《八聲甘州》一詞則由遠至近，至下片，甚至陷入某種對歷史的緬懷，彷彿沉溺不可自拔。兩首並觀，便可知詞人的情感轉折。

（許嘉瑋箋注）

澡蘭香　閏重午[1]，漚社[2]詞課。

釵符[3]正卸，酒艾[4]重斟，鶒彩競波罷揫。無聊夢影，冷落城陰，怎地再酬佳節。料吹殘、天上雲璈[5]，依稀梅花舊闋。□[6]久滯，江鄉過眼，風鐙明滅。　　欲為湘纍寫怨，按拍離騷，古音全別。清簫故苑，畫舫秦淮[7]，往事水禽能說。問羅裙、可似榴猩，消與歌鬟妒煞。但怕又、玉指冰絃，鳴蟬悽咽。

【箋　注】

〔1〕重午：農曆五月五日端午節，又叫重午節。

〔2〕漚社：以朱祖謀為盟主的詞社，於上海社課，參與者凡二十餘家，每月一集，後出版《漚社詞鈔》，內容多仿宋遺民唱和之

《樂府補題》。

〔3〕釵符：為端午節佩帶的一種辟邪首飾。宋陳元靚《歲時廣記》：
　　"端午剪繪彩作小符兒，爭逞精巧，摻於鬟髻之上，都城亦多撲
　　賣。"稱為釵頭符，省作釵符。

〔4〕酒艾：指雄黃酒與艾草，為端午節應景之物。

〔5〕雲璈：即雲鑼，古代打擊樂器。

〔6〕依詞譜，此處缺一字。

〔7〕秦淮河畔為南京煙花繁盛之地，游船如織，晚明即為文人麇集
　　之處，明亡後，亦為遺民懷舊流連之地。

【評　析】

　　此非廖恩燾首次寫重午（《懺盦詞續槀》卷二即有兩闋），對於
詞人，特定節日亦有其特殊意義。除卻儀式上的飲艾酒、掛菖蒲、
觀競渡，最重要的是遙相感應去國懷鄉的屈原。全詞蕭瑟幽怨，毫
無節慶情調，充滿欲說而不能的難言之隱。放回創作時的背景，箇
中遺民之感，顯而易見。屈原對楚國的眷戀，明末秦懷河畔的畫舫
風光，都易寫、易說，但目下之痛卻難以具體指陳。眼前的"離騷"
有別於屈原的《離騷》，梅花與故苑景物依稀，迥異於古。耳畔不斷
傳來的樂聲、蟬聲，透出一絲清冷，不類重午天氣之炎炎，竟有一
種悽然的感受。

（許嘉瑋箋注）

醉花陰

　　莫說鴛盟狼藉盡。巢占花枝穩。夜久月籠明，院落彈
箏，濕淚桃顋粉。　　閒眠把箇紅妝損。鸞鏡偎相近。鬟
亂玉釵橫，惱煞徐妃[1]，半面依稀認。

【箋　注】

〔1〕徐妃：徐昭佩，為梁元帝蕭繹之妃。遽聞蕭繹一隻眼睛失明，徐妃嫌棄其貌醜，兩人感情不睦。某日蕭繹至，徐妃僅半面著妝，問其故，乃言陛下僅以一目視我，是以半面不化妝。此隱然有深閨怨懟之意。

【評　析】

　　寫閨婦回憶，有愁、有怨、有思、有佯怒，複雜情緒背後，皆肇因於曾經歡愛的恩情。本詞不脫“花間”一脈風格，而上、下片各有偏重。上片寫執著不悔，癡癡相待景貌。巢者，愛巢也，是以郎心雖去，此意不移。夜愈深，月愈明，伊人困而無眠。談箏而不彈琴，或以琴為君子所配，故彈箏者不為良人所重，但也暗示著琴（情）音不再。

　　下片則寫倦極、苦極，無暇整理紅顏。怕見銅鏡上鸞鳳相偎，觸動心傷，但又顯得有幾分刻意，用徐妃半遮面的典故，隱隱流露幾分惱怒，卻又期盼良人能夠偶然而至。女子對雙方過往情份，仍抱持信心，相信即便妝容憔悴，仍依稀可辨認。而扣合上片，更可知女子所以有此信心，來自於留在原地不離不棄的等待。而桃頰珠淚對應鬢亂釵橫，閨婦情緒之起伏，由此可見一斑。

　　　　　　　　　　　　　　　　　　　　（許嘉瑋箋注）

桃源憶故人

　　玉簫吹皺鴛池水。月漾碧波生綺。樓上宴闌人醉。鈿壓鬢雲墜。　　羅衾猶滴多情淚。沾濕花紋連理。樹早綠成陰矣。羞見枝頭子。[1]

【箋　注】

〔1〕據《唐詩紀事》卷五十六：“（杜）牧佐宣城幕，遊湖州。史崔君張水戲，使州人畢觀。令牧閒行閲奇麗，得垂髫者十餘歲。後十四年，牧刺湖州，其人已嫁，生子矣。乃悵而為詩曰：‘自是尋春去校遲，不須惆悵怨芳時。狂風落盡深紅色，綠葉成陰子滿枝。’”

【評　析】

　　此闋以“桃源憶故人”為調，未知廖恩燾是否有意用傳統典故中劉晨、阮肇入天台山遇仙的桃源故事。人仙相戀，終未能永久相伴。上片可視為鋪寫過往情景：男子吹簫，撩動一池春水，月色盪盪，波光動人耳目，歡宴過後，彼此遇合。下片時序則接續至別離之後，相思成淚，而羅衾上的連理花紋，反襯出主人翁的孤單寂寞。這場露（淚）水姻緣，卻植下根深蒂固的情種，蔓延的綠蔭，即心情寫照。言是羞見，實殷切眷戀皆在於不得相見。清麗纏綿而不流於濃豔，正乃此篇佳處。

（許嘉瑋箋注）

滿江紅　漚社詞課，次夢窗澱山湖均。〔1〕

　　明鏡姮娥，應怯見、霜殘鬢蓬。花底有、鶴奴曾侍，偃石虯松。窗近雲光搖夢亂，晝長棋影落杯空。語參軍、可惜舌南蠻〔2〕，禽未通。　　簾捲處，愁雨風。人別後，水西東。付小憐彈怨〔3〕，錦撥聲中。鄉國漫乖青鳥信〔4〕，客船纔動上方鐘〔5〕。載玉簫、遠引問何年，斜曳篷。

【箋　注】

〔1〕指依吳文英《滿江紅·雲氣樓臺》詞韻。

〔2〕典出《世說新語·排調》：郝隆為桓公南蠻參軍，三月三日會，作詩，不能者，罰酒三升。隆初以不能受罰，既飲，攬筆便作一句云："娵隅躍清池。"桓問："娵隅是何物？"答曰："蠻名魚為娵隅。"桓公曰："作詩何以作蠻語？"隆曰："千里投公，始得蠻府參軍，那得不作蠻語也？"

〔3〕小憐彈怨：小憐者，指馮小憐，北齊後主高緯的寵妃。本為穆舍利皇后之侍女，姿色美豔，狐媚多情，生性聰慧，善彈琵琶，能歌善舞，甚得後主歡心。

〔4〕青鳥為傳說中為西王母取食傳信的使者，此指消息之傳遞往來。

〔5〕上方鐘：指天上鐘聲。此處形容月色波光中的悠遠清揚的搖櫓行進聲。

【評　析】

本詞猶為哀感身世之作，無限情語而託諸景語，最終搖盪徘徊於水紋之間，藉船聲、簫聲的蔓延激盪，將衷曲化為音波無限擴散，不知其所當止。上片除最後一韻外，皆在寫景。從歲歲年年的明月當空聯想到自身之衰老，是對過往的深切懷念。而石、松、雲、酒杯，清幽靜謐的景色描寫，卻用"搖"、"亂"、"空"等詞彙描寫，無奈、無語、無所事事，非不欲為，而是無法施展。是以引出蠻語參軍之典故，看似自貶，實可見廖氏對一己的自信。"可惜"二字，意在其中矣。

下片從風雨寫起。知有風雨而不垂下簾幕，反而捲簾觀之。"人別後"透露些許線索，但"鄉國漫乖青鳥信"才真正看出詞中人物舟楫旅次的期盼，加上"小憐彈怨"，不難看出此乃亡國之思。儘管對興亡感觸甚深，卻未曾全然放棄希望，所以憂愁風雨，仍等待遠方捎來佳音。最後是否盼來好消息不可得知，但當時風雨已散，卻傳來如訴如慕的嗚嗚簫聲，隨客船漸行漸遠。

（許嘉瑋箋注）

前　調　清涼山掃葉樓[1]懷古

　　無數青山，遮不住、新愁舊愁。[2]人頗似，逐風飛上，拱北高樓。千樹斜陽鴉背送，半盦香火佛前收。看秦淮、淺碧入冥濛，何處流。　　門嬾掃，僧已休。雲一去，古難留。賸題紅遙想，往迹宮溝。[3]羌笛吹殘聲是淚，菊花簪徧鬢成秋。待百壺、酒盡倩嫠蟾[4]，扶醉頭。

【箋　注】

〔1〕掃葉樓為明末清初詩人龔賢故居。龔賢於明亡隱居南京，築掃葉樓於清涼山下，自號掃葉樓僧，交遊者均前明遺老輩。

〔2〕辛棄疾《菩薩蠻·書江西造口壁》有"青山遮不住，畢竟東流去。江晚正愁余，山深聞鷓鴣"句，此化用之。

〔3〕賸題紅……宮溝：據范攄《雲溪友議》所載，唐宣宗時有一士人盧渥進京科考，偶臨御溝，見一紅葉，葉上題詩云："水流何太急，深宮盡日閑。殷勤謝紅葉，好去到人間。"詞意幽怨。後宣宗放還宮女，任其婚嫁，盧渥所配，正是當初題詩紅葉者，遂傳為佳話。

〔4〕嫠，指寡婦。蟾，為月中蟾。此處嫠蟾為嫦娥之意，傳說嫦娥盜藥升天，至月而化為蟾。

【評　析】

　　懷古之作，從來多有，金陵故地，題詠尤多。登臨懷古，莫不

·281·

藉景說愁，而意存乎言外。此闋上片寫愁，由青山見其鬱，由高樓知其寒，由斜陽飛鴉可略窺其唏噓。至於“佛前”二字，欲自解而不得也。但有秦淮流水，日夜東去卻無法掌握去向。情意脈脈，無限哀愁，通過眼見、耳聞、身感，勾勒出一片足以耽溺、深陷的氛圍。下片逗出心緒，言過往難留，似浮雲變換，徒餘眼前宮溝可緬懷追想舊時故事。愈想愈悲，乃直接點出吹笛如淚，簪菊成秋，情感累積至最為濃郁勃發，讀罷隱隱清冷襲來。結拍處，看似不復理愁，轉而寫酒，欲藉此澆除塊壘，然飲百壺應醉而不醉，酒盡而望月者，正側寫其愁。此曲筆也，雖風格蒼涼，但宛轉致意，亦頗得詞體本色。

（許嘉瑋箋注）

【編者按】

施議對《當代詞綜》（福州：海峽文藝出版社，2002）卷一選廖恩燾詞十首，這是第二首。

揚州慢　題訒盦[1]填詞圖。白石道人均，為林子有作。

寒水籠煙，綠莎黏岸，采香趕上鷗程。向荒盦息影，感華髮山青。計惟有、深杯在手，破愁無物，聊用奇兵[2]。幸芸籤、堆玉封侯，新拜書城。[3]　　避秦[4]故侶，算殘灰、重話休驚。看徑樹移陰，溪雲帶雨，何限關情。飼鶴灌梅餘暇，逋仙[5]後、好續吟聲。笑牆根題石，莓苔[6]知甚時生。

【箋　注】

〔1〕訒盦：林葆恒，字子有，號訒盦，福建閩侯人。晚清著名詞人，

為林則徐之侄孫，漚社創建者之一，輯有《閩詞徵》。

〔2〕奇兵：韓偓《殘春旅舍》："禪伏詩魔歸靜域，酒衝愁陣出奇兵。"此化用之。

〔3〕芸籤者，書籤也。堆玉，指美好事物聚集在一起。

〔4〕避秦：用陶潛《桃花源記》典故，避秦人者，出自文中"先世避秦時亂，率妻子邑人，來此絕境，不復出焉"句。

〔5〕逋仙：指宋人林逋，性孤高恬淡，後隱居梅山，終身不仕不娶，有"梅妻鶴子"之稱。

〔6〕苺苔：即青苔。

【評　析】

廖恩燾有不少題填詞圖之作，皆為往來友朋而作，無論藉景寫人，或是通過典故突顯言行，多透顯一派安然自適光景。此蓋與"填詞圖"之特性有關，也與畫主本身流露之風格或特質有關。林葆恒為閩地著名詞人，曾參與漚社、須社唱和，曾編有《補國朝詞綜補》（又名《詞綜補遺》）以續丁紹儀之纂。自朱彝尊以降，《詞綜》系列被目為浙派自我標榜的選集，故"家白石而戶玉田"一脈的清空騷雅，成為主要風格。而嘉道後，"常州詞派"之說雖籠罩詞壇，但廣東地區仍崇尚清剛雅健，廖恩燾所作，亦多類此。是以廖、林二人詞學主張頗有相近處，題目點出次韻白石道人，原因當出於二人同推"浙西"之風。

上片寫林葆恒以書酒自遣，雖年華漸老亦足以為樂；下片則強調林葆恒賦閒家居生活的景致與心情。前後互為表裡，上片情緒較濃，用字稍重，從"籠"、"黏"可略窺一二；下片悄然蕩開，筆勢清靈，更潛藏幾分知交輕鬆調笑的意味。最可注意處，應在"計"、"幸"、"看"、"笑"四個領字帶出的文氣轉折。"計"之感慨，由"幸"字消除，故雖重而不滯，於關節處能有轉圜。"看"充滿空間的移動感，"笑"則蔓延於時間之流，而時空又彼此交錯，彷彿林逋與林葆恒異代同感，畫面感乃躍然紙上。

（許嘉瑋箋注）

玉燭新　半櫻[1]屬為嗣君覺俶作新婚詞，次均清真。[2]

蔥屏飛雀後。正鏡影妝臺，靚雲梳就。麝鐙鳳蠟，高輝處、那管籤聲催漏。傳呼卻扇，早燕客、華堂迎候。[3]鴛戶啟、嘉耦旋成，神仙竝肩交袖。　　趨庭記受新詞，問體效花間[4]，詠情工否。黛蛾試鬭，應略似、畫裏一般山瘦。風姿挺秀。好襯得銀紗蒙首。施步障[5]、教解郎圍，鶯笙細奏。

【箋　注】

〔1〕半櫻：林鷗翔（1871—1940），字鐵尊，浙江吳興人。清末民初政治人物、詞人，曾參與漚社，著有《半櫻詞》。

〔2〕清真：北宋著名詞人周邦彥。

〔3〕華堂，指屋之正廳所在。燕子即玄鳥，古以為祥瑞，飛於華堂，比喻和樂情貌。

〔4〕體效花間：指花間體，蓋出於《花間集》之編纂，為五代以來詞之重要風格，所選內容主要描寫男女情愛。如歐陽炯序文稱："綺筵公子，繡幌佳人。遞葉葉之花箋，文抽麗錦；舉纖纖之玉指，拍按香檀。"

〔5〕步障：古代用以遮蔽風塵或視線的屏幕。

【評　析】

此為賀人婚嫁的應酬文字，然不直書新人的容貌姿態，而圍繞著燈火綽綽、賓客引頸的環境鋪展開來。上片全用白描，從內室寫起，是儀式之前奏。而"鴛戶啟"一句，承上啟下，轉入家長於內庭仔細囑咐的場景。"體效花間"四字，尤其耐人尋味。是挪轉花間詞中男女酒筵歌席歡會的背景，單取其纏綿悱惻的一面。"詠情"二字，隱隱為樞紐之所在。又以揣想之筆，突顯璧人結合之美好，最後文字在樂聲悠揚中戛然而止，韻味嫋嫋不絕，不盡之意，則存乎言外。

（許嘉瑋箋注）

臨江仙

啼鴂[1]那知人世恨，恁般撩起秋心。簾紋篩影動宵吟。鐙前無限事，隨夢轉花陰。　又是平居思故國，魚龍寂寞江深[2]。砰然爨下一聲琴。不曾焦到尾[3]，誰與辨清音。

【箋　注】

〔1〕啼鴂：即杜鵑，傳為蜀望帝所化，啼聲淒切。

〔2〕杜甫《秋興》其四有"魚龍寂寞秋江冷"句，此用之。

〔3〕據《後漢書·蔡邕列傳》記載："吳人有燒桐以爨者，邕聞火烈之聲，知其良木，因請而裁為琴，果有美音，而其尾猶焦，故時人名曰'焦尾琴'焉。"

【評　析】

啼鴂者，杜鵑也，其鳴"不如歸去"，本為相思故國之音，詞人此處筆法之深微，正在雖有家國之念，卻不堪聽聞催促歸去之聲。內外交逼，有苦難言。秋心者，愁也。是知雖欲歸去而前程茫茫，無處可去。鼎器易手，深宵對鐙，但有前塵往事、此刻心緒，俱成一夢。此中蘊含不可說、不能說、不忍說之痛，知人論世，便知此處切莫輕輕放過。"平居思故國"五字為全篇關目所在，卻用杜甫

《秋興》詩句輕輕帶出，正引人懷想之處，倏然收束。最末以焦尾琴之典，說明自身並未對國事全然心灰意冷，但此情此意，又是否能夠找到知音？知音者，實指賞識廖恩燾之伯樂，以知啼鳩開篇，以無人理解作結，更添悲涼愁苦。

（許嘉瑋箋注）

永遇樂 重陽，清涼山掃葉樓上，以龔半千[1]半畝園詩分均，得大字。

秋色籬開，午陰樓拂，重九堪愛。領取高曦，能消暗雨，放眼風光大。簹牙蛛網，城頭龍氣，盦佛見殘興廢。算清涼、還有此山，看人掃雲澆菜。　　茱萸漫插，烏巾[2]已改，便著一塵都礙。曇鉢蓮生，瓶花座散，天女頤休解。石罅窺烏，霜絲梳柳，倚妝與誰爭態。認詩僧、閑園半畝，舊題句在。

【箋 注】

〔1〕 龔半千即龔賢，隱居於清涼山，築掃葉樓。可參見《滿江紅·清涼山掃葉樓懷古》注釋〔1〕。

〔2〕 烏巾：即黑頭巾，古代多為隱居者的帽子。南朝劉宋人羊欣《采古來能書人名》：“吳時張弘好學不仕，常著烏巾，時人號為張烏巾。”

【評 析】

此登臨懷古之作，時間，重陽；地點，清涼山掃葉樓；人物，龔賢之詩韻分韻題詠，當有意涵蘊藏於詞作當中。清涼山為金陵名勝，而金陵乃千年古城，對於文人來說，自有一份情感。本詞開篇卻以一派清朗筆調進行鋪寫，唯有"蛛網"、"興廢"數字，隱隱然透顯對歷史的感慨。惟能不耽溺，才能更清楚看出興廢的軌跡。"龍氣"與"盦佛"之對比，頗耐人尋味。紅塵喧嘩，此山清涼，突顯詞人內心渴求歸隱的一面，但不可全然作此意解，稱詞人毫無政治上的理想抱負。詞境曲折幽深，仍隱約顯露詞人內心之矛盾與複雜，如下片"烏巾已改"四字，絕非表現改易隱居之志，乃由"便著一塵都礙"說明悟道之理，在於不執著於隱居。當烏巾成為隱居的象徵，那麼穿戴烏巾就如同一種表演的形式，與下文"倚妝與誰爭態"共觀，遂可明白一切外在的粉飾，都不如坦然面對自己。龔賢亦曾經參與復社活動，但五十歲後知事不可為，故隱居清涼山，築掃葉樓。堪進時進取，當退時勇退，不著俗相，亦為透徹清晰。

（許嘉瑋箋注）

水龍吟　前題

重陽有約登高層，梯拾級僧樓外。賦萸詠菊，風流休溯，義熙[1]年代。一笑憑闌，悠悠今古，乾坤偌大。問六朝舊事，佛無言答，聞花樹、喧禽籟。　　畫本丹鉛未壞。震詩名、幾家羅拜。[2]青山黃屋[3]，白雲蒼狗，眼前纖芥。遠市笙簫，近城鐘鼓，禪心衲襖[4]。校蟫嚙梵典，魯訛[5]掃盡，如殘葉在。

【箋　注】

〔1〕義熙（405—419）是東晉安帝司馬德宗的年號，共計十四年。

〔2〕羅拜：指環繞著下拜。

〔3〕黃屋：借指帝位。此有興替之歷史感懷，如顧炎武《金壇縣南五里顧龍山上有高皇帝御題詞一闋》："黃屋非心天下計，青山

如舊帝王宮。"

〔4〕襬襫：夏天遮日的短笠，此指在炎世中能得一絲清涼。

〔5〕魯訛：即魯魚亥豕，指書籍在傳鈔與刻印過程中，因形似而出現的文字錯訛。

【評　析】

本篇與前闋同題，皆屬分韻歌詠之作，可相互參照。重陽佳節，登高遊興之餘，佩帶茱萸，服飲菊酒，為常見習俗。背後的寓意則分別為思念友朋、冀求長壽。

此詞文眼，在於"一笑"二字。文人登高，本為雅事，詞人卻云，"風流休溯，義熙年代"，蓋以東晉偏安，雖維持詩酒文會，然而平穩安定背後的征伐流離，卻無法令人忽視。不過，筆鋒一轉，又將之放回更大的時空背景去觀察，故興衰起伏之事，在此清涼地、佛鐙前，皆可等量齊觀，無須為此費心傷神。自然物色從未因為朝代更迭而產生變化，既然如此，風流遺韻是否溯及東晉實已無妨。故下片黃屋青山，白雲蒼狗，鐘鼓笙簫，都應取其中觀，切莫執著於一端。紅塵世事變幻無常，唯有此心通透，始得不滯於物，拘泥著出仕或是隱居，都難避免似是而非之誤。

正如同明末清初隱居於清涼山的龔賢，形軀已如雲煙，獨留掃葉樓供人憑弔唱和，而最後即便樓塌景消，仍為尋常。呼應"風流休溯，義熙年代"，我們或可解讀為對目下的一種澈悟。

（許嘉瑋箋注）

聲聲慢　放翁生日，穎人招集青溪社分均賦詩。未赴。鶴亭為拈得師字。

家家團扇，樹樹梅花，放翁[1]欣動吟眉。七百年間，騷壇制勝偏師。生朝[2]酹杯沾地，費殘苔、蠻砌根移。人已老、乍谿山，驚眼鷺裛秋絲。　　誰念承平觴詠，但衣冠、南渡多宴臺池。鄰笛無端，隔江三弄桓伊[3]。銀屏畫紗淹夢，又寒雲、孤雁飛遲。霜角曉，動石頭[4]，城外馬嘶。

【箋　注】

〔1〕陸遊（1125—1210），字務觀，號放翁，南宋著名詩人。陸遊愛梅，曾寫過組詩六首詠梅，又有“吳中近來君知否，團扇家家話放翁”之句。

〔2〕生朝：指出生之日。

〔3〕三弄桓伊：典出《世說新語·任誕》：“王子猷出都，尚在渚下。舊聞桓子野善吹笛，而不相識。遇桓於岸上過，王在船中，客有識之者云：‘是桓子野。’王便令人與相聞云：‘聞君善吹笛，試為我一奏。’桓時已貴顯，素聞王名，即便回下車，踞胡牀，為作三調。弄畢，便上車去。客主不交一言。”

〔4〕南京又稱石頭城，而石頭城為六朝古蹟，遺址在清涼山一帶，三國東吳孫權就石壁築城戍守，故得此名。

【評　析】

此詞借陸遊詠梅，加以發揮，藉以自抒襟懷。陸遊愛梅，除有六首梅花詩之外，更有《卜算子》詠梅，其偏好不難想見。歷代詩人喜歡梅花的孤芳自賞、獨生幽谷的特質，若與之和遭逢巨變，卻無法施展抱負的文人形象結合，則可知其並非只是愛梅，背後更令人聯想到陸遊對於家國的眷念。

廖氏從陸遊詠梅破題，通過水酒奠祭的方式，感謂斯人亡故，梅花根移，一己漸老。轉眼又是朝代更迭，人事流轉，此古今一也。金陵為六朝故都，當時衣冠歷歷，新亭對泣者，自始至終亦無法恢復河山，唯留下弄笛逸事，千年後擾人心緒。桓伊被謝安稱為“一往有深情”，正在於能夠細膩察覺音符中潛藏的訊息。廖恩燾在南京的所見所聞，也觸動他的敏感心靈，故最末所寫，皆是各種不同的聲響，孤雁聲、霜角聲、馬嘶聲，無不透露孤寒悽惻之感。"掩夢"二字，知時辰已晚，而詞人一夜若有所思，無眠難寐。上片寫事、寫景，收束於"驚眼"二字，淒迷恍惚，更添清愁。

（許嘉璋箋注）

雙荷葉 青溪社拜東坡生日，分均得惜字。記公湖州贈賈耘老小妓詞，改《憶秦娥》為是名。因戲譜三首。

　　公生日。拜公遺像髯如戟。髯如戟。朝雲[1]素手，也曾拂拭。　當年鞍馬斜橋側。一溪風月教人惜。教人惜。同安漫記，放魚事實[2]。

【箋　注】

〔1〕朝雲：蘇軾之侍妾，蘇軾遭謫時長相陪伴，後病死於惠州。舊傳朝雲和蘇軾之間有許多軼事，蓋以二人情篤之故。

〔2〕放魚事實：蘇軾有《蝶戀花·同安生日放魚，取金光明經救魚事》詞，紀錄貶謫儋耳時，曾有漁人於城南之陂，得鯽二十一尾，求售於東坡居士。坐客皆欣然欲買放之。乃以木盎養魚，舁至城北淪江之陰，吳氏之居，浣沙石之下放之。時吳氏館客陳宗道，為舉《金光明經》流水長者因緣說法，念佛以度是魚。

　　公生日。羨公蓑笠攜雙屐。攜雙屐。吟牋早染，外湖淺碧。　後之視今今猶昔。[1]酹殘江月杯誰惜。[2]杯誰惜。飛來一鶴，徑苔爪跡。[3]

【箋　注】

〔1〕王羲之《蘭亭集序》有"後之視今，亦猶今之視昔"之句，感

嘆人事之興替。

〔2〕蘇軾《念奴嬌·赤壁懷古》有"人生如夢，一尊還酹江月"句。

〔3〕蘇軾《放鶴亭記》最末記友人雲龍山人所作歌："鶴飛去兮，西
山之缺。高翔而下覽兮，擇所適。翻然斂翼，宛將集兮，乎何
所見？矯然而復擊！獨終日於澗穀之間兮，啄蒼苔而履白石。"
典故當出於此。

　　公生日。祝公應獻詩成帙。詩成帙。維摩境界，散花
丈室。　　賦才千古周郎壁[1]。江山膽與聞吹笛。聞吹笛。
黃州謫宦[2]，曷云可惜。

【箋　注】

〔1〕蘇軾《念奴嬌·赤壁懷古》有"大江東去，浪淘盡，千古風流
人物；故壘西邊，人道是、三國周郎赤壁"句。

〔2〕蘇軾於"烏臺詩案"後遭謫黃州，職任檢校水部員外郎黃州團
練副使，時當宋神宗元豐二年（1079）。該職為虛銜，無實權，
亦不得批改公文。

【評　析】

　　這一組詞為社集分韻之作，當天日期恰為蘇軾生辰，故以此為
題進行唱和。名為"戲譜"，仍可看出廖氏對於東坡之熟悉與傾慕。
詞中多用其人之生平及作品等相關典故，不妨視為歌詠歷史人物之
篇章。此組詞主要描寫東坡遭遇貶謫的反應與狀態，有意突顯他風
流多情、閒適自得的形象。

　　首闋從眾人禮拜蘇軾遺像下筆，從眼前圖畫所繪的如戟之髯鬚，
聯想到與蘇軾相隨千里、直至儋州的朝雲，而這樣的相知相惜，絕
非普通的男女情愛可以比擬。風月遺韻對比流徙南荒，放魚積德對
比遭讒被害，令人惋惜者，是人事的不可測；令人感佩者，是身陷

困境仍不忘維持善心。第二、第三闋則分別對蘇軾貶謫徐州、黃州時期前後流露的心路歷程有較多著墨。蓋主旨均稱頌蘇軾能夠不為外物所動，從赤壁懷古的情懷，到與友人討論隱居之樂，友人作放鶴、招鶴之歌，佛道思想對於面臨困厄挫折的才士文人，有極大的撫慰作用。而通過書寫蘇軾，廖氏亦感悟到東坡之澈悟。如將三闋視為一個整體，則最值得注意之處，在於"教人惜"、"杯誰惜"、"何云可惜"三個"惜"字所蘊藏的幽微轉折。惜人者，多半亦為自己嘆息，最後卻在無須可惜中沖淡過於濃烈的情緒。恰若東坡所說："九死南荒吾不恨，茲游奇絕冠平生。"

（許嘉瑋箋注）

蟂山谿　癸酉歲未盡十日立甲戌春。玄武湖[1]上作。

　　遊船多少，長是城根艤。飛夢著湖天，杳閒年、沿堤歌吹。渡江梅柳，早早約春回，[2]鶯未巧、燕猶癡，怎會提壺[3]意。　　陰晴不定，猜徧雲行止。獨立弔蒼茫，灑煙蕪、詞人費淚。夕鴉啼後，還賸幾斜陽。桃李下，漸成蹊[4]，莫問今何世。

【箋　注】

〔1〕玄武湖為南京名勝，六朝前稱桑泊，東吳時為水師操練處，為江南三大名湖之一。

〔2〕此化用杜審言《和晉陵陸丞早春遊望》中"雲霞出海曙，梅柳渡江春"句意。

〔3〕提壺：此處應指鵜鶘鳥。

〔4〕此用成語"桃李不言，下自成蹊"。典出《史記·李將軍列傳》。蹊，小路。原意是說桃樹不招引人，但因它有花和果實，

人們在它下面走來走去，走成了一條小路。後比喻人只要真誠、忠實，就能感動別人，自然也會讓眾人欽慕而想要接近。

【評　析】

此詞充滿愁緒。上片於喧鬧中隱然見孤寂之意，下片則明確點出悲苦啼淚。而此一情緒所為何來，頗令人費解。填詞者不妨以有寄託入，無寄託出。而斜陽二字，依稀可略作推敲。斜陽者，多半象徵頹敗之帝國，而廖恩燾雖參與如漚社等遺民雅集唱和，但同時也出任民國外交官，未必有如斯強烈的亡國意識，也許更清晰的是對於時局世事的感慨。甲戌為 1934 年，是年 1 月初，偽滿洲國於東北成立，清遜帝溥儀則在 3 月出任元首，此詞之撰作，正介於兩者之間時段。約莫同時，國民政府疲於攘內，情勢依舊動盪不安。廖氏當有所感而作。

（許嘉瑋箋注）

【編者按】

《廣篋中詞》卷四選廖恩燾詞十首，這是第七首，見葉恭綽選輯、傅宇斌點校《廣篋中詞》（人民文學出版社，2011 年 12 月）。

秋思　十二年前，亡弟仲愷為季公題《秋庭晨課圖》[1]。圖失去而題詞獨存，季公倩人補圖，與題詞合裝成冊。覽之泫然，因作此解。

暾影甄花覺。正豔晨、閒課縚蜒兒[2]學。萱帶露姿，桂饒風意，庭石如濯。早濡墨揮毫、案頭搖腕動五嶽。硯皺波、眉燦蕚。料象尺停裁，荻芽添畫[3]，定有引雛簷燕，向人商略。
圖索。慈暉杳邈。檢笥塵、粉本無著。故山猿鶴[4]，凋零空膡，舊題一角。問尺幅誰還寫生，情況長記昨。待對燭、聊喚酌。怕酀湮秋魂，城烏啼夢更惡。片雯愁縈恨縛。

【箋 注】

〔1〕 季公者，指汪兆銘（1883—1944）。汪氏，字季新，故稱季公；號精衛，以號為人所知。廖恩燾之弟廖仲愷（1877—1925），名恩煦，於廣州遭人刺殺而亡。《秋庭晨課圖》有二，一為溫幼菊所繪，一為方君璧所繪，此指後者。

〔2〕 綰虵兒，指幼童紮著髮辮的樣子。虵兒，小蛇也。

〔3〕 象尺停裁，指孟母斷杼故事。荻牙添畫，指歐陽修之母畫荻教子故事。

〔4〕 故山猿鶴：語出《文選》南齊孔稚珪《北山移文》注：“此因山言之，故托猿鶴以寄驚怨也。”此實有哀悼之意。

【評 析】

此作之撰寫，共有兩條主要脈絡交織而成：一為睹物思人，因廖恩燾之弟廖仲愷為汪精衛所題《秋庭晨課圖》，今圖亡而題詞尚存，但題詞者已杳然故去；一為從《秋庭晨課圖》所描繪的母子親情轉為友于棠棣之思。且圖亡後，汪精衛可倩人補圖，藉以追思辭世的母親；但為之題詞的廖仲愷亡去後，廖恩燾只能通過勾勒汪精衛童年學習的丹青作品，以寄託懷抱。故詞牌選“秋思”，實寄託秋心成愁也。

上片隨圖所繪景象加以點染，寫童年汪精衛在母親教導下習畫，從裝扮、動態、外在景物，逐一描寫，幾可謂再次為該圖進行題詠。汪精衛綁著小辮子的孩童模樣，引發廖恩燾想起一起成長的廖仲愷。故下片明寫汪母，實已轉為對亡弟的哀思；但角色轉換，從緬懷汪母慈暉變為以年長者送年少者，更添傷慟。故山猿鶴，悽惻啼鳴，歷歷俱在；而聞者所見，空餘一角舊題。“問尺幅誰還寫生”一句最是動人。汪精衛之母與廖仲愷相繼而去，就算圖像得以重新繪製，卻非舊日之物。昔日情景揮之不去，傷之、泣之、念之，一夜難眠而藉酒澆之，魂牽夢縈卻又被啼鴉驚醒。直寫"愁縈恨縛"，情真景真，極其動人。

（許嘉璋箋注）

高山流水

禊集玄武湖，一時應招蒞止者七十餘人。有吹笛者，西園舊主為度崑曲。聽之黯然，感音而歎。分均得羲字。

種湖一一柳初黃。賞佳辰、吟緒紛飛。英氣仗花銷，芳樽正被愁宜。[1]當歌地、有竹無絲。何戡在、猶恨翻殘渭曲[2]，翠笛聲移。似開元座上，白髮話軒羲。[3]　牆西。春來久陰雨，羣雀已、鬧盡爭枝。閒膡采香人，笑躅野岸青歸。算蘭亭[4]、往事休提。逐雲去，看徧煙螺擁髻，背郭山姿。任林鴉晚，噪苔滑、杖藜[5]遲。

【箋　注】

〔1〕姜夔《翠樓吟》有"仗酒祓清愁，花銷英氣"句。

〔2〕渭曲：指渭城曲。王維《送元二使安西》："渭城朝雨浥輕塵，客舍青青柳色新。勸君更進一杯酒，西出陽關無故人。"

〔3〕開元，唐玄宗年號。此化用元稹《行宮》詩"白頭宮女在，閒坐說玄宗"句意。

〔4〕蘭亭：指東晉王羲之等人於上巳修禊蘭亭之故實，見王羲之《蘭亭集序》。本有感嘆人事興替、生死無常之意，此處則應作曠達解。

〔5〕杖藜：指拄杖而行。

【評 析】

對廖恩燾而言，這並非首次與詞友雅集於玄武湖；而修禊之事，自東晉王羲之以來，本帶有人事代謝成古今的意味。

起句先寫柳絮與詩緒紛紛情貌，卻暗渡愁思幾許。聞樂聲裊裊，竟似送別勸酒，故國當年，恍若笛音流轉，如今眾人如白頭宮女，閒說舊事。時值春雨綿綿，群雀躁鬧，更撩人心煩意亂。對照詞題所云"聽之黯然"，與詞句"笑蹋野岸青歸"，正形成強烈反差。世事白雲蒼狗，青山長在，城郭也依稀未變，但沒明白點出城郭已幾番易主。故最末運用之領格字"任"，充滿無可奈何的無力感。"杖藜遲"呼應"往事休提"，縱然不說，仍掩飾不住對過往的依依眷戀。

（許嘉璋箋注）

三部樂　彊翁[1]下世二年有半矣，遺書以次畢鉛槧。春杪，榆生[2]書來，言翁語業卷三將付影印，屬題詞。泫然拈此。

鶗鴂[3]聲沈，早淚眼問春，斷紅誰續。棟充牛汗，百輩詞流同哭。怎能比、歌雪爭傳，記夢邊校槀，夜窗消燭。練裙不忍，點檢墨汙殘幅。　　熱鬧舊曾怕倚，對半髠岸柳，翠煙猶沐。更堪水樓筆杳，絲絃琴觸。好簾櫳、有鸚占得。憑閱盡、楸枰[4]幾局。蘭佩自結，千秋下、人被芬馥。

【箋 注】

〔1〕彊翁：朱孝臧（1857—1931），一名祖謀，字古微，號彊村。朱

氏乃晚清四大詞人之一，引領一代風氣，尤長於校定詞籍，對夢窗詞有極深之造詣。

〔2〕榆生：龍沐勛（1902—1966），字榆生，晚號忍寒公，為朱祖謀之傳硯弟子。

〔3〕鵓鴣：鳥名，似鳩，身黑尾長而有冠。春分始見，凌晨先雞而鳴，農家以為下田之候。亦稱為"催明鳥"。

〔4〕枰：棋盤。古時多用楸木製作，故名楸枰。

【評　析】

　　朱祖謀為晚清重要詞家，尤長於詞籍校勘之學，與王鵬運、鄭文焯、況周頤並稱四大家。朱氏與當時眾多文壇名流有交往，對清末民初詞學之傳承有重要影響。學者或曰其人上承"常州派"，下啟"彊村派"，龍沐勛為其授硯弟子，對近現代詞學的開展，有極大貢獻。朱祖謀對清廷有特殊感情，庚子事件發生時，他與王鵬運等困於北京，憂心國事而彼此唱和，成《庚子秋詞》，聲調激切。官至禮部侍郎，後因病假歸，寓居滬上。清亡則以遺民自處，並結漚社，取"漚"字之聚散無憑以表達心境，因其才高德劭，推為盟主。漚社經常舉行雅集活動，社課不乏抒發亡國之哀者。此外，收入《彊村遺書》之《滄海遺音集》亦屬此類作品，可見清遺民之政治認同。

　　本詞致力鋪寫朱氏在詞學上的貢獻，表達時人對朱氏故去的哀悼，同時對其人格形象也有著墨。首韻寫春至為播種開耕之期，卻不知斷紅誰續，側筆點出彊村之辭世乃詞壇之損失，但照應題目，也可知有期勉龍沐勛繼承其志業之意。上片後半部份，乃在描寫朱祖謀作品之雅以及他對詞籍校勘的專注與重視，其人主要詞學成就之所在。下片前二韻，可看成對朱氏舊時校書處所的回憶，亦可視作廖恩燾因眼前所見物色，想起昔日兩人往來的情景。如今友人罔存，"絲絃琴獨"四字，流露音時難知、知實難逢之根懷。值得注意者，在結尾幾句。楸枰比喻家國時局，蘭佩比喻節操清高，相較詞學成就，廖恩燾更稱譽朱祖謀面對易代之際的劇烈變化，能夠自我操持，認為這才是其人身後仍得以為人稱頌之原因所在。

古有立德、立功、立言三不朽，朱祖謀雖有官職，但面對晚清之大變局，其雖有德，卻無建功立業機會，一生積厚皆在詞學事業。此闋收束處不言填詞 "語業" 之影響，而突出其人之操守品行，推崇之意見於言外。

（許嘉瑋箋注）

最高樓 雞鳴寺僧石霞拓景陽舊址[1]，添建一樓為游人茗憩處。落成日，索詞題壁，書此應之。

六朝恨，牽眼底淮流。峯翠幾曾收。胭脂井水渾空色，蝦蟆天子[2]怎無愁。看臺城、雲氣又、作中秋。　　甚放下、午簾妨蝶舞。更撞起、晚鐘攪燕語。藤蔓長、認前修。捨身頗記梁王寺，布金誰茸梵王樓。[3]息栖栖，塵鬢影，一茶甌。

【箋　注】

〔1〕雞鳴寺東為景陽樓舊址。咸豐時，雞鳴寺曾毀於戰火，同治時重修，民國初期建景陽樓，此言僧石霞拓建景陽舊址，當指此事。

〔2〕南明福王朱由崧為滿足自己的淫欲，命太監田成派人於晚間出城，四處捕捉蝦蟆，配製春藥，是以民間稱朱由崧是 "蝦蟆天子"。

〔3〕梁王寺與梵王樓，皆典出梁武帝捨身同泰寺故實。或以為同泰寺為雞鳴寺之前身，因而名聲不墜。

【評　析】

登臨懷古之作，古來多有；而古蹟翻建新樓，索取題詞，不免令人生今昔之感。六朝之恨，金陵王氣，在繁華中散發出蒼涼氣息。

明朝京師北遷時，南京為留都，屬文化重心而非政治重心，而文人聚集秦淮河畔，空自旖旎風流、遊賞自適，怎知有志之士內心愁悶。廖恩燾曾胸懷抱負，有心貢獻一己之力，但現實逼仄，無法施展。雖為建築物題詞，尚堪稱雅事，但前朝故舊不啻為眼前景物縮影，幾番中秋月圓，人間興替頻繁。下片"甚放下"三字，是勉人亦是自勉，中有深微之意。曾捨身同泰寺的梁武帝也曾有過赫赫功業，如今身已故去，帝王尚且如此，何況栖栖惶惶之文人。從歷史現實出發，又與佛家解脫之悟相互表裏，末句那一甌茶，所飲者不過人生況味。為新建樓臺題詞，乃應囑之作，叩鐘而應，不滯不離，至少在此瞬間，可推想外交官廖恩燾當"放下"些許塵務俗心。

（許嘉瑋箋注）

霜葉飛　重陽前三日飲雞鳴寺，即席贈二空和尚，并預為登高之約。

　　亂鴉啼起。秋陰換，臺城重九天氣。去年招手翠雲飛，人上清涼寺。笑白髮、如今到此。鳴雞真恐非塵世，甚帽落龍山[1]，小醉怯、登樓早負，拂襟風意。　　誰共話劫前朝，談玄故院，向夕蛩韻吟費。影鐙留與伴維摩，慣是花開麗。墮一笛殘陽占地。鐘聲猶在三峯[2]裏。更那堪、芳辰見，淺碧秦淮，半痕煙水。

【箋　注】

〔1〕帽落龍山：典出《世說新語》引《孟嘉別傳》："晉孟嘉為征西大將軍桓溫參軍。九月九日溫游龍山，賓僚咸集，皆戎服。遊風吹嘉帽落，初不覺。溫令孫盛作文以嘲之，嘉即時以答，四座嗟服。"

〔2〕三峯：南京雞鳴寺附近的棲霞山有三峰，主峰名為三茅峰，又名鳳翔峰，東北有龍山，西北有虎山。

【評　析】

這詞撰寫之地點仍在雞鳴寺，惟即席之作，故內容所描繪的景色，當屬眼前之景，並由此鋪展。二空和尚，乃雞鳴寺僧人，1937年前後日軍入南京屠城，他曾幫助掩護抗日者鈕先銘（1912—1996），並接任該寺住持，就行為可略窺其人之風骨。

本闋寫於重陽前三日，筆法上層層交織對比。第一層對比是前朝（清廷）與當朝（民國），風景隨節令而變，亦隨政權更迭而讓觀看者有不同的感觸。第二層對比是秦淮風月已逝，廖恩燾年歲未老，卻自笑白髮方至此繁華之地，儘管金陵入秋後呈現一片蕭瑟涼意，招手處依舊有翠雲款飛。第三層則是人間與塵外的對比，入世之人贈詞於方外之士，僧人也與士人共話前朝。

不過，名剎終究建築於現實的土壤，若有心，凡夫俗子皆可前往。就地點觀之，一僧一俗於雞鳴寺談理醉飲，隱隱然隔閡與界線弭平。亂鴉紛啼，終將平靜。由明入清，復從清到民國，歷史上政權本就不斷更替，如有花開便有花落。就算殘陽笛聲將墜，只要寺廟仍在，鐘聲遺韻仍會在固定時間回盪耳際。既然變與不變是無庸置疑的常理，那麼昔日的秦淮又何異於今日的秦淮？最末句，真有煙水迷離之致，儘管詞題標為為贈二空和尚，但我們不妨將之視為詞人作灑脫語以自我安適。

（許嘉瑋箋注）

【編者按】

《廣篋中詞》卷四選廖恩燾詞十首，這是第八首。見葉恭綽選輯、傅宇斌點校《廣篋中詞》（人民文學出版社，2011 年 12 月）。

水調歌頭　榆生輯《東坡樂府箋》，成書來索題，步坡詞均賦寄。

桐葉下如雨，轉首雁霜天。集箋坡老剛畢，須憶丙辰年。[1]我亦浮鷗身世，還解瓊樓玉宇，高處必應寒。渺矣鳳雙起，雲裏帝城間。　　翦宵燭，披縹簡，殢遲眠。一編手授，師去龍子說能圓。[2]曾是蘇辛同轍，卻與周吳殊迹，領會早完全。洗硯池[3]紋涴，花影較鬖娟。

【箋　注】

〔1〕此指蘇軾名篇《水調歌頭·丙辰中秋，歡飲達旦，大醉，作此篇，兼懷子由》，稍後"瓊樓玉宇"、"高處應寒"等句，俱出於蘇軾此詞。

〔2〕此指《東坡樂府》由晚清著名詞人朱孝臧編年校注，其弟子龍榆生作箋，頗見薪火相傳之意。

〔3〕朱孝臧（彊村）彌留時以生平校詞硃硯授於弟子龍榆生，此處所謂洗硯池，當與授硯有關，為傳承詞學事業之象徵。

【評　析】

蘇東坡詞在清代被接受的狀況，頗有幾分起伏轉折。而晚清詞學家陳廷焯之詞學主張所以"由浙入常"，背後的原因正在於，浙西詞派無法安置曠達、豪放兼而有之的蘇詞。儘管朱祖謀（彊村）以校勘詞籍為當行，一般多強調他與夢窗詞的關係，但《彊村叢書》中所收《東坡樂府》也是相近時期的產物，可知朱祖謀雖標舉吳文英，但並非獨尊一家，而是清楚詞風的不同，也尊重蘇辛與周吳的差異。龍榆生箋注東坡詞，實亦繼承亡師遺業，故廖恩燾於下片中拈出此事。其中"手授"、"師去龍子能說圓"、"領會"等語，一步步點出此書編訂寫成的脈絡與因果。

至於上片，則頗多對人事的感慨，其中尤以挪借蘇軾《水調歌頭》詞最能看出。月色自有陰晴圓缺，《東坡樂府箋》1934 年由商務印書館出版，可謂完成朱祖謀之遺願；而"我亦浮鷗身世"，則係廖氏自抒感懷。朱氏有榆生繼承衣鉢，廖恩燾依舊宦海浮沉，雖欲忘機超塵，然始終徘徊於文章與功業之間，故生"高處必應寒"之嘆。職此，吾人可合理推估，他題辭之際的心境當頗為複雜矛盾。

然而，若我們理解廖氏作為《東坡樂府箋》成書的見證者，則可以想見他在填詞過程中，一方面緬懷亡友朱祖謀，一方面也為該書能夠付梓感到由衷喜悅。人儘管有悲歡離合，著作卻能在師徒的傳承中流芳後世。字裡行間，實能看出勉勵龍氏之意。

（許嘉瑋箋注）

【编者按】

《當代詞綜》卷一選廖恩燾詞十首，這是第三首。見施議對編《當代詞綜》（海峽文藝出版社，2002）。

水龍吟　秋暮泛舟玄武湖

夢中行徧江南樓，臺裝點仍煙雨。[1]林端乍起，峯鬟一簇，向人無語。酷似春陰，颯然秋景，微雲吹絮。笑挐舟按笛，隨波去遠，渾商略、誰風度。[2]　　籬菊招邀欲住。怕白衣、攜壺先誤。[3]遲歸塞雁，猶紅水葉，此情良苦。金粉飄零，六朝殘迹，儘多佳處。飲邨壚醉了，斜陽影轉，看飛鴉舞。

【箋　注】

〔1〕晏幾道《蝶戀花》詞有"夢入江南煙水路，行盡江南，不與離

人遇”句。

〔2〕典出《世說新語‧任誕》。王子猷行舟時巧遇桓伊，桓伊善吹笛，為之三弄後而去，彼此不交一言。

〔3〕化用王維“白衣攜壺觴，果來遺老叟”詩句。

【評 析】

閱讀本詞，不妨從“金粉飄零，六朝殘迹，儘多佳處”一句入手。該句當為全篇關節所在，扣緊遊覽玄武湖的背景。殘迹雖美，已是遺餘，況金粉飄零，人事皆非，華美中帶著蒼涼，不忍卒睹。“酷似春陰”，還似夢幻泡影；“颯然秋景”，才是眼前見聞之真正面貌。江南對明清文人來說，本有文化上的特殊意義，夢中行遍煙雨江南，撫今追昔，故有“此情良苦”之說。秋色茫茫，痛飲之後，以醉眼看天際斜陽飛鴉。斜陽之喻，既是歷史記憶的黃昏，也是個人年華的晚景。總縮全詞，當知秋士善感，有氣之動物、物之感人處，亦有內在心靈對過往人生之檢視與追憶。廖氏本非清室遺老，他出任民國政府的外交官，也是為天下而非一姓之國。可是也不可否認，在他的不少詞作裡，仍處處可見類似遺老愁緒的句子。

（許嘉瑋箋注）

【編者按】

《當代詞綜》卷一選廖恩燾詞十首，這是第六首。見施議對編《當代詞綜》(海峽文藝出版社，2002)。

瑞鶴仙 重陽社集雞鳴寺，分均得帽字。憶夢窗丙午重九[1]亦用此均，依聲漫成。

翠筇飛午嶠。正梵樓重九，齋鐘約早。雲陰款瑤草。

漸行經籬菊，素芳縈抱。鳴禽似眺。籟繁喧、詩天縹緲。算秋風、也解憐狂，忍落半斜烏帽。[2]　　誰道。湖山歌散，鼓角聲殘，柳衰蟬老。霜絲休裹。丹長駐、鏡顏少。但凝苔瞽井，胭脂何在，[3]空鎖禪關夜窈。恁無聊、澗底寒泉，亂蟾倒照。

【箋　注】

〔1〕指用吳文英《瑞鶴仙·亂雲生古嶠》詞韻。

〔2〕風落烏帽事，語出《孟嘉別傳》。前曾引之，此不贅述。

〔3〕雞鳴寺東有一古井，相傳即為古胭脂井，景陽樓舊址亦在此處。隋開皇九年，隋文帝發兵滅陳，隋軍攻入台城之時，陳後主與其妃張麗華、孔貴嬪藏入胭脂井，後被隋兵發現而成為俘虜，故又名辱井。瞽，枯也；廖詞刻本作"瞽"，疑誤，徑改。瞽井，枯井也。

【評　析】

　　依照題目所述，本闋與《霜葉飛·重陽前三日飲雞鳴寺，即席贈二空和尚，并預為登高之約》一詞，可參照閱讀。上片寫景，素淡中透露眾人詩酒文會時的疏狂，同時充滿空間的移動感；下片懷古，重九於民間習俗中借指有"長久"之意，而佩帶茱萸、菊花，也表示驅邪長生。登高望遠之際發思古之幽情，自能引發無限遐想。爬梳大旨，雖不無寬慰自解，卻依舊蘊藏些許悲意。前後二段文字恰巧形成晨昏景物與心境上的反差、對比。通篇轉折之處在於"但凝苔瞽井，胭脂何在，空鎖禪關夜窈"。該句將南朝陳的覆滅，通過嬪妃所藏胭脂井之事寫出。

　　下片看似著眼於興亡之事，卻又舉重若輕，竟以月照寒泉、波光撩亂悠悠作結，情在景中，含蓄不露。畢竟，舊日喧囂宮闕經歷兵燹後，現今已成佛寺，更聚集一班文人雅士在重陽節社集唱和。由禪關對應智井，又將歷史置入佛理進行思考。一筆盪開，用更抽離、旁觀的態度，閒看水光粼粼與塵世熙攘。

（許嘉瑋箋注）

笛家弄　榆生屬題授硯圖卷。[1]檢樂章譜填此。

青墨頻磨，紫雲初割，當時曾記，硯材雙選端巖秀。巧工雕罷，故里攜歸，詞場染藻，珠塵凝袖。與共千秋，幾多吟稟，莽莽誰知守。是傳人，定應似，衣鉢瞿曇[2]，案頭早授。　　著手。舊田新筆，臨池那怯，百變陰晴，對燭空悲，十年師友。際此、乍寫成圖小眉，翠點玉痕煙瘦。可堪渾疑，一凹清淚，從濺龍華[3]後。休沉醉，怕西州，哭倒依前[4]，正花飛又。

【箋　注】

〔1〕《授硯圖》所繪乃朱祖謀臨終前傳硯給弟子龍榆生之事，一時題詠唱和者甚眾，為詞壇盛事。

〔2〕鉢同缽。衣缽者，舊時禪宗師徒之間道法之傳衍，常以衣缽為憑藉。此言朱祖謀與龍榆生雖無師生之名，而有師生之實。瞿曇者，釋尊未出家前俗姓也。

〔3〕龍華：指龍華樹，傳說彌勒得道為佛時，坐於龍華樹下。龍華樹高大廣闊，因花枝如龍頭，故名。《彌勒下生成佛經》：「坐龍華菩提樹下，得阿耨多羅三藐三菩提。在華林園，其園縱廣一百由旬。大眾滿中。初會說法。九十六億人得阿羅漢。第二大會說法。九十四億人得阿羅漢。第三大會說法。九十二億人得阿羅漢。彌勒佛既轉法輪度天人已。將諸弟子入城乞食。」

〔4〕典出《晉書·謝安傳》：“羊曇者，太山人，知名士也，為安所
　　愛重。安薨後，輟樂彌年，行不由西州路。嘗因石頭大醉，扶
　　路唱樂，不覺至州門。左右白曰：‘此西州門。’曇悲感不已，
　　以馬策扣扉，誦曹子建詩曰：‘生存華屋處，零落歸山丘。’慟
　　哭而去。”

【評　析】

　　朱祖謀為近代詞學名家，龍榆生於上海暨南大學任教時，以地
利之便，多就詞學問題向其請教。二人關係亦師亦友，龍無明確拜
師之舉，而朱氏對龍則以弟子視之，故將校詞所用雙硯傳與龍榆生，
並有“吾未竟之業，子其為我了之”語，可見托付之重。後夏敬觀、
吳湖帆、湯定之、徐悲鴻、方君璧、蔣慧等人，分別繪《彊村授硯
圖》，一時引發大江南北詞人關注，題詞者眾，堪為詞壇韻事。廖恩
燾此詞乃係對哪幅授硯圖進行題詠，未詳，而依照繪圖年代先後，
徐悲鴻等人為 1935 年後之作，本詞填於甲戌（1934），應是前三圖
之一。

　　開篇以倒敘筆法回溯硯臺身世，從選石、開雕，乃至於用來研
墨校詞，在廖恩燾筆下，硯臺的身世亦恍若龍榆生從朱祖謀學詞之
過程。如果可造之材是一個明確的譬喻，從學力才氣、人品德行兩
方面來看，“端巖秀”應是人、硯雙寫。龍榆生較早時雖從陳衍學
詩，但詞的部分主要仍私淑於朱祖謀。朱氏以詞籍校勘之精良聞名，
故隨身硯臺，也可以視為一生詞學事業的象徵。傳硯即是傳衣鉢，
上片結尾通過佛教典故，將選材、琢磨、授硯串聯起來，為“莽莽
誰知守”一句自問自答，而“案頭早授”四字，更透露出朱祖謀憐
才之心思。

　　下片所述已是朱祖謀辭世，而龍沐勛以此硯繼承師志，而新舊、
陰晴，點出人事成非，惟睹物思人，對燭空悲。“十年師友”為泛
指，從 1928 年通過陳衍介紹，兩人結識，至 1931 年朱祖謀臨終，

前後不過三年，而情感時間又不可以物質時間對等換算。故又以彌勒為未來佛的"龍華"一典，隱約勾勒結緣來生之意，也有期許龍榆生為詞學發展作出貢獻。這也突顯龍榆生的矛盾心情，他一方面深感於知遇、見重之恩，最怕憶起亡師，一方面又不敢稍忘朱氏臨終所託，故校詞、研究詞學，仍以硯臺為工具。我們可以揣想，墨痕所凝無非清淚所化，其中複雜的心緒，可以想見。龍榆生請廖恩燾為授硯圖題詞，蓋出於廖氏對朱、龍情誼知之甚詳，而廖氏之題圖詞，則能將兩人真摯豐沛的情感表達得淋漓盡致。

（許嘉瑋箋注）

【編者按】

《當代詞綜》卷一選廖恩燾詞十首，這是第九首。見施議對編《當代詞綜》（海峽文藝出版社，2002）。

鷓鴣天　雨夜述感（三首）

瑟瑟秋歸雨外鐙。占人清抱幾蟲鳴。胷餘塊壘堅於鐵，手觸衾裯冷似冰。　催漏箭，咽簷鈴。不眠陪客有籠鸚。重簾直恁埋愁地，遲放東方一隙明。

夢裏胡雲捲作沙。怎生風色問琵琶。關河落落渾孤注，城郭恢恢又萬家。　鳩笑鵲，鳳隨鴉。[1]秋階殘葉漸如麻。感時濺淚[2]還些臙，付與人間海樣花[3]。

多事寒灰撥雀釵。修薰尋上篆鑪來。有情碧海何曾涸，無女高北為底哀。[4]　津劍合[5]，月匲開。蛛絲能結亦長才。年年市駿千金擲，誰賺燕昭浪築臺。[6]

【箋　注】

〔1〕據《事文類聚》載："杜大中起于行伍，妾能詞，有'彩鳳隨鴉'之句。"指女子所適，才貌皆不能與之匹配。

〔2〕化用杜甫《春望》詩"感時花濺淚"句意。

〔3〕海樣花：指紅塵如海，人如飄零無根的花朵。

〔4〕北，同丘。《離騷》："忽反顧以流涕兮，哀高丘之無女。"

〔5〕津劍合：指晉時張華得龍泉、太阿二劍，後兩劍落水化龍飛去在延津會合的故事，喻因緣會合。事見前引《藝文類聚·軍器部·劍》。

〔6〕指燕昭王為求賢而築黃金臺，事見《戰國策·燕策》。

【評　析】

"雨夜述感"，籠鸚、重簾、鳳隨鴉、海樣花、雀釵、月匲，乍看似乎是代女子立言之作，但實屬"求女不得"的屈騷傳統，大旨在描寫雨夜無人相與，孤苦伶仃而又此身無寄。雨落風寒，平添傷懷。儘管全詞並無香草美人之相關描寫，卻無疑能看出詞人自陳襟抱處。尤其遣辭用字，無綺麗之氣，而別有一股慷慨悲涼的情緒。

首闋內容呈現一片寥落清冷，雨夜蟲鳴，塊壘如鐵，心灰意冷，別有所思。漏聲如催分秒流逝，憂煩難眠，卻只有學舌鸚鵡相伴，重重簾幕，竟延遲了光明入室的時間。第二闋寫夢，卻在現實與虛幻之間，有一種欲建功立業而不可得的失落感。志向無人理會，感時憂國，卻只能以淚眼看世間離亂顛沛的紅塵之人。末闋則點出，才雖有大小之別，唯恐無人知見，懷才不遇，何異於遠遊天闕但無從求女的屈原？屈原遭謫，而廖恩燾亦一腔熱血，無處可灑。"燕昭築臺"之事典，終在殷殷扣問世間君王有幾人求賢若渴？苦悲之心，古今同慨。

（許嘉瑋箋注）

減　蘭

君前雙淚。千古悲歌何滿子。試隔簾聽。還又惺忪笑語聲。　　無端哀樂。絲竹中年吾也覺。[1]夢繞花枝。蝶是揚州杜牧之。[2]

【箋　注】

[1] 典出《世說新語·言語》："謝太傅語王右軍曰：'中年傷於哀樂，與親友別，輒作數日惡。'"

[2] 杜牧《遣懷》有"十年一覺揚州夢，贏得青樓薄倖名"句。

【評　析】

本詞全在聽覺描摹。寫雙淚漣漣，當不以眼見，而是聞悲歌而想望之。歌者啼笑，皆出乎聲調；聽者啼笑，則存乎一心。隔簾細聽，彷彿又有笑語傳來，虛實之間的界線，頓時消失。人至中年，悲喜無端；是夢是蝶，恍惚難辨，惟一己心知，藉由杜牧典故，憶當年風流往事。

（許嘉瑋箋注）

愁倚闌令

離筵月，戍樓[1]鐙。暗還明。長照恩恩[2]行色幾，雁宵征。　　垂柳紫陌紅亭。秋風裏褪了深青。何況簪愁雙鬢在，舊臺城。

【箋　注】

〔1〕戍樓：邊防駐軍防守的高樓。

〔2〕恩恩：同匆匆，急遽貌。

【評　析】

　　此詞所寫，全在目光挪移。通篇寫所見，而情感於不可見處幽幽逗出，最後將"愁"字落實在"舊臺城"。舊者，以其斑駁可堪追憶，而臺城又與防守有關，此乃詞人所不欲回想者。城猶在，人蹤杳，月色燈光，在明暗之間；雁鳥在夜裡飛過，隱沒在墨色裡。垂柳、紫陌、紅亭、秋風，在在反襯內心的愁緒。

（許嘉瑋箋注）

小重山

　　隨分衣香試畫籌。袅羅渾不耐、五更愁[1]。枕珊凝淚未忺收。蘭釭[2]影、微損玉搔頭[3]。　　花氣篆煙浮。郎邊無夢到、故情休。[4]籤聲迢遞水西樓。垂簾地、閒煞是銀鉤。[5]

【箋　注】

〔1〕用李煜《浪淘沙》"羅衾不耐五更寒"句意。

〔2〕蘭釭：燃燒蘭膏的燈，用以形容精緻的燈具。

〔3〕搔頭：簪的別名。據漢劉歆《西京雜記》，漢武帝過李夫人住處，曾以玉簪搔頭，後宮人皆用之。

〔4〕此處反用宋代謝逸《虞美人》"唯有夜深清夢，到郎邊"詞意。

〔5〕這裡乃用秦觀《浣溪紗》"寶簾閒挂小銀鉤"句意。

【評　析】

　　本詞化用前人作品之句共有三處，通篇善於鋪陳，內容屬閨閣閒情，深得五代北宋以降小令風致。起句寫薰衣香味，次句寫雖有禦寒錦被，卻難抵擋孤單一人的失眠情緒。正如同《長恨歌》所寫："鴛鴦瓦冷霜華重，翡翠衾寒誰與共。"房間擺設多麼華美精緻，也改變不了淚凝枕濕。從玉搔頭的事典可知，李夫人不欲見漢武帝，乃為在君王心中保持昔日美好的容貌。而此詞中的女子，卻是盼望良人相伴，但無法如願，搔頭微損，即有所缺憾之意。下片頭兩句承上而起，薰香蔓延，獨守無眠，唯有漏聲點點滴滴。簾幕垂下，究竟是為了隔絕外面的寒冷，還是清楚良人不會回來，無須捲起垂簾引頸盼望？答案不待外求，最後一句"聞煞"早已將箇中情思全盤逗出。

（許嘉瑋箋注）

小重山

　　漫把心情問去鴻。依前殘酒醒、錦屏空。柳橋吹笛那回同。從今起、紈扇畏秋風。[1]　　歌罷穩金蟲[2]。闌干剛好月、上弦弓。斷無鸚鵡不房櫳。年時教、猶恨語能工。[3]

【箋　注】

〔1〕典出班婕妤《怨歌行》："裁為合歡扇，團團似月明，出入君懷袖，動搖微風發。常恐秋節至，涼飆奪炎熱，棄捐篋笥中，恩情中道絕。"

〔2〕金蟲：婦女首飾，以黃金制成蟲形。李賀《惱公》詩："陂陀梳碧鳳，腰裊帶金蟲。"

〔3〕房櫳，指窗櫺。此二句言鸚鵡善學人語，惹動相思。

【評　析】

　　此詞與前作皆屬閨怨之作，而此闋於自怨自傷中自說自話，愁癡哀感以重筆濃墨出之。萬千情語待託鴻鳥，總得不到回應。終於在幾番殘酒、屢回聞笛的重複過程中，逐漸明白恩情短暫，自己猶如秋扇，雖能於揮舞間成風，而秋季一到，反而害怕蕭瑟金風。這無疑是對風的無聲嗟怨，也是對良人一去不回的嘆息。本想藉著酒意，引笛高歌，卻見得一彎弦月高掛，人間的不圓滿，似與天際月缺彼此呼應。偏生鸚鵡善學人語，又讓遠去的良人曾經說過的話重現。縱使話語可以重複，而昔日情景不再。

（許嘉瑋箋注）

【編者按】

　　《廣篋中詞》卷四選廖恩燾詞十首，這是第九首。見葉恭綽選輯、傅宇斌點校《廣篋中詞》（人民文學出版社，2011 年 12 月）。

東坡引　叔問[1]遺筆鏤小圃指揮四字，半櫻慨然見貽，拈此報之。

　　綵毫誰夢授。良工正刀奏。[2]勒名那取樵風舊。一枝春在手。一枝春在手。　　松煤未染，霜鋒仍透半。還似町櫻瘦。折梅聊贈情同否。江南何所有。江南何所有。[3]

【箋　注】

〔1〕鄭文焯（1856—1918）字叔問，號小坡，晚號大鶴山人。少工　　詞，與樊樊山、朱孝臧、況周頤稱清末四大家。文焯詞有“瘦

碧"、"冷紅"、"比竹餘音"、"茗雅"諸稿，晚年合訂為《樵風
樂府》，與《詞源斠律》等，並傳於世。

〔2〕綵毫，用江淹夢郭璞索取五色筆之典故。廖恩燾自謙酬答詞作
欠佳，為江郎才盡，又稱讚鄭文焯善於風雅，深諳筆刀縱橫如
意的篆刻之道。

〔3〕《太平御覽》卷九百七十引《荊州記》："陸凱與范曄相善，自江
南寄梅花一枝，詣長安與曄，贈詩曰：'折梅逢驛使，寄與隴頭
人。江南無所有，聊贈一枝春。'"

【評　析】

此為贈答之作，寫友情能於淡淡筆墨中透顯情思，而通過篆刻
金石，寓意深遠。本詞寫得情味盎然，更巧妙利用該詞牌上、下片
末句慣用疊句之特色，彷彿在語氣的重複迴旋中，彼此的相知之情
也得到強化。從詞句可知，該印本為漚社同人林鵾翔（著有《半櫻
詞》和《半櫻詞續》）受於鄭文焯，又經轉送而為廖恩燾所得，故
上片寫鄭文焯，下片則寫林鵾翔。最後則反用"江南何所有"詩句，
將填詞酬答視為"聊寄"之舉，上片"一枝春在手"乃銘謝刻印
者，特不用斡旋語；"松煤"、"霜鋒"描寫贈印者的高潔品格，而
梅又與松、霜遙相呼應，前後轉折用心，應在於此。

（許嘉瑋箋注）

隔溪梅令　移居新邨，戲示內子二首，因柬半櫻。

年年賃廡似梁鴻[1]。慣傭春。椎髻飛霜婦有、孟光風。
一瓢陪醉翁。　　延津劍[2]在意還慵。漫騰空。世上何人
所好、是真龍。笑看奔葉公。[3]

　　才名夾袋縱然儲。白髭須。呂相平生大事，不糊塗。[4]
怕遺滄海珠。　　　園筊能作釣竿無。卜溪居。[5]細雨桃花流
水、膩於酥。天教肥鱖魚。[6]

【箋　注】

〔1〕東漢太學生梁鴻，家貧而博學，品節清高。後返鄉娶孟光為妻，
　　感情和睦恩愛，有舉案齊眉、相敬如賓之譽，為後世美滿夫妻
　　的典範。

〔2〕指張華所得雙劍落水後，化龍而去之事。見 274 頁《八聲甘
　　州·禊集莫愁湖，分均得文字》註〔4〕。

〔3〕葉公：典出劉向《新序·雜事》，言古代葉子高愛龍成癖，真龍
　　聞之，降臨其戶，葉公反因驚嚇落荒而逃。後以葉公好龍比喻
　　並非真正喜愛某事物，而是僅止於表面所好。

〔4〕典出《宋史·呂端傳》："時呂蒙正為相，太宗欲相端，或曰：
　　'端為人糊塗。'太宗曰：'端小事糊塗，大事不糊塗。'決意相
　　之。會曲宴後苑，太宗作釣魚詩，有云：'欲餌金鈎深未達，磻
　　溪須問釣魚人。'意以屬端。"

〔5〕卜溪居：即卜西居，指下榻，如陸遊《寄張真父舍人》詩："猶
　　能下榻否，擬卜瀼西居。"此處言禮遇賓客。呼應前闋梁鴻與妻
　　子孟光相敬如賓的典故。

〔6〕細雨桃花……，肥鱖魚：用唐張志和《漁歌子》詞意："西塞山
　　前白鷺飛。桃花流水鱖魚肥。青箬笠，綠簑衣。斜風細雨不須
　　歸。"

【評　析】

　　這兩首詞寫夫妻情感與卜居生活，筆墨略帶詼諧，而又有自我
期許，娓娓道來，甚有情趣。題為戲示內子，細細讀來，第一闋詞
潛藏著極細微的沉痛與悲憤，但怨而不誹，在委婉深曲的詞體中，

仍可見其溫柔敦厚。且我們可以在第二闋中看出詞人的自我寬慰。

　　首闋以梁鴻自比，通過典故意義的追尋，描寫夫妻感情之和睦。而妻子亦如孟光之賢，不嫌棄貧困，願意一同在艱苦生活中舉杯共飲，享受相敬如賓的幸福與快樂。下片筆鋒陡轉，略帶諧謔口吻，將自身窮而未達、鬱悶不得志的窘迫，藉葉公好龍的故事，點出世人但重其名而輕其實，"真龍"二字，無疑也顯示對一己才學的矜傲。第二首同樣藉古人抒發懷抱，但卻於行文間，點出最為關鍵之處在於"怕滄海遺珠"。呂端有太宗賞識，而卜居的詞人只能於田園景色中安頓自身。雖說歷來君臣遇合，頗有願者上鉤之說，而滿園瘦竹，只堪作漁父歌唱，鱖魚空肥而無人問津，又與前首葉公好龍相呼應。

　　中國文學本有諧謔解嘲的傳統，在看似輕鬆遊戲的筆墨裡，其實寄託不少深沉而嚴肅的感懷。稱"戲"，往往偏向自我調侃，卻又在調侃之中表達堅定的信念。故"笑葉公好龍"之"笑"，乃出於自信，"天教鱖魚肥"的"天"，則是茫茫無定的天命。仰天一笑，喜耶悲耶，莫以明言，惟知者心解。

（許嘉瑋箋注）

清平樂　玄武湖上作。擬晏小山。（四首）

　　湖平水淺，羅薄眠鷗蘸。不復無愁天子見。獨自琵琶彈怨。　　畫隄絲柳煙搓。西風為爾消磨。山色青青如此，浮雲空際偏多。

　　禽鳴竹外，漸漸拏音改。粉靨嬌荷經雨壞。猶妒六朝眉黛。　　陂池別樣迴環。斜陽絕好闌干。蝶去蜂來幾度，依前草草幽歡。

　　臨流照影，藉便猜魚性。[1]城月弄鉤波萬傾。依約發人深省。　　雁來初放霜紅。殘杯酹向遙峯。長記越王祠[2]下，玉纖輕挨烏篷[3]。

　　憑高弔古，冷翠侵裾暮。怕過賣餳前日路。上有飛鴉無數。　　禦風列子泠然[4]。足資鄒衍談天[5]。遼鶴[6]眼中人物，是非分付歌筵。

【箋　注】

〔1〕《增廣賢文》有“近水知魚性，近山識鳥音”，此當用之。

〔2〕越王祠：紹興名勝，名稱幾易，本名光相院，建於東晉義熙二年，明嘉靖十一年以當地為越王故地，宜祀之，故改為越王祠，明萬曆中復建名光相，康熙中重修為名剎。

〔3〕烏篷：烏篷船，將篾篷漆成黑色的船，為紹興頗具地方特色的水上交通工具。

〔4〕《莊子·逍遙遊》：“夫列子御風而行，泠然善也，旬有五日而反。彼於致福者，未數數然也。”

〔5〕鄒衍，戰國時人，曾於其國稷下學宮論講。裴駰《史記集解》引劉向《別錄》曰：“騶衍之所言五德終始，天地廣大，盡言天事，故曰‘談天’。”

〔6〕典出《搜神後記》卷一：“丁令威，本遼東人，學道於靈虛山。後化鶴歸遼，集城門華表柱。時有少年，舉弓欲射之。鶴乃飛，徘徊空中而言曰：‘有鳥有鳥丁令威，去家千年今始歸。城郭如故人民非，何不學仙塚壘壘。’遂高上沖天。”

【評　析】

　　此四闋詞，題為玄武湖上作，而實則寫於玄武湖上參加筵席之所見、所思、所感。北宋詞人晏幾道，黃庭堅稱之為千古傷心人也，每在歌舞歡會之後，流露莫以言之的惆悵與哀思，其詞多著眼於男女情事。廖恩燾所擬，略得其神，然主旨稍異，藉歷史興感，隱隱有錚錚然的英雄氣。略依內容區分，則似乎有意以春夏秋冬四季轉換來描寫時氣與心境。

（許嘉瑋箋注）

臨江仙　壽王劼孚[1]六十初度，三首存一。

西北浮雲倦眼，東南孔雀修翎。[2]笙歌鐙火又逢迎。文章家國事，詩酒古今情。　我已旛旛髦叟，公猶好好先生[3]。磻溪他日釣竿銘[4]。後車隨斧鉞，殘局整棋枰。

【箋　注】

〔1〕王廣圻（1877—?），字劼孚，江蘇南匯人。與廖恩燾同為清末民初之外交官，後任國民政府內政司司長。1931年任駐波蘭兼捷克全權公使，未到任，越明年，免職。

〔2〕西北者，蓋出古詩"西北有高樓，上與浮雲齊"；東南句則挪借"孔雀東南飛，五里一徘徊"名意。

〔3〕《世說新語·言語》："南郡龐士元聞司馬德操在潁川。"劉孝標注引《司馬徽別傳》："司馬徽稱一切東西皆'佳'，故有'好好先生'之號。"

〔4〕磻溪，水名，位於陝西寶雞東南。相傳此地為呂尚（姜太公）與文王遇合之處，時呂尚臨溪持竿而無鉤，稱願者上鉤，此處用之。

【評　析】

廖恩燾與王廣圻所任公職之背景相似，從詞作內容看，兩人志趣應也相同，是以殷殷期許之意，躍然紙上；且廖氏齒齡稍長，故有"我已皤皤髦叟"句。王氏六十歲前後，正當派駐波蘭兼捷克公使之時，此作應是其人未赴任前所贈。壽詞多半善祝善禱，而此闋格局稍大，又融入對家國世事的感觸，於此類作品中別具一格。中國自晚清以來的亂局，在民國後仍未有改善。世事如棋，枰盤上紛紛四動，馬齒徒長而無所用世者，又豈獨王劼孚一人而已矣。本闋隱隱有自傷之意，而化為壽詞，則又蘊含一股老驥伏櫪的壯志，可見廖氏"心猶未死"，故以此勉人並自勵。

（許嘉瑋箋注）

浣溪沙　雨花臺口占二首

荒盡高僧說法臺。[1]煙鬟十二劫餘埃。墮釵飛作劍池苔。[2]冶山道院有吳王鑄劍池。　黃葉早和霜雁見，白雲曾為紙鳶開。江山如此費詩才。

只有流塵湼石斑。了無法雨起花殘。木魚仙去隔人間。服藥未緣添健步，支藤甯復怯層巒。天風吹上看鴉翻。

【箋　注】

〔1〕南朝梁武帝时期，佛教盛行，有位高僧雲光法師在此設壇說法講經，感動上蒼，落花如雨，雨花臺由此得名。

〔2〕相傳春秋戰國時，鑄劍名匠歐冶子在此鑄成龍淵、太阿、工布三劍，故謂之劍池。

【評　析】

這兩首詞圍繞雨花臺故實與金陵歷史而作。六朝古都本多名勝，而昔日高僧已杳，劍池生苔，故登臨懷古，感慨頗深。無論是第一首出現的黃葉、霜雁，抑或是第二首的流塵、鴉翻，莫不隱含衰颯。而詞人非刻意藉景詠懷，但朗曠溢於言表，其中尤以"服藥未緣添健步，支藤甯復怯層巒"二句，最能見其清雄之氣。此處已溢出歷史興亡之慨，盪開一筆，便不膠著。

（許嘉瑋箋注）

安公子

惹夢鴛鴦枕。枕痕巧織香顊錦。白雁關河[1]端的在，卻書沈雲漊[2]。漸小蕊、盤虯抱影伶俜甚。窺半蟾[3]、澂灩簾漪浸。問繡裙寬盡，爭似郎腰消沈。　　渾未長謠禁。按笙花底音誰審。漫省年時簪寶髻，鶂朱旛成篤[4]。便拾取、蜂愁蝶恨歌眉沁。從那回、領略歡情怎。歎殢酒懨懨[5]，病懷不曾勝飲。

【箋　注】

〔1〕關河：關防險塞之意，泛指山河。

〔2〕漊：指寒冷。

〔3〕蟾：指月亮，傳說月為太陰之精，上有蟾蜍。半蟾，虧而不圓之月。

〔4〕篤：戴勝鳥也。頭上具美麗的羽冠，狀似戴帽，故稱之。

〔5〕懨懨：謂精神萎靡，百無聊賴。

【評　析】

綜觀全詞，其旨趣所在不過欲強調歡情難忘，卻由此鋪展開許多文字。詞人從"夢"寫起，描摹女子因無法忘卻過往所生之種種思緒。起筆先敘書信無憑，只堪愁睡，復寫日夜交替，寒意侵尋，花樹如人，孤單抱影，惟仍深信情郎同樣因牽腸掛肚而消瘦。下片寫獨奏、獨妝、獨飲，是因癡生疾，反來覆去，全是一意。尤其最後兩句，從歡情之盛到病懷之深，飲與不飲，自有醉翁以外意。故非無法開懷痛飲，而在於缺少知心人依偎相伴。

（許嘉瑋箋注）

臨江仙[1]

繡屧響廊下，粉香簌簌，衫影飄飄。鳳釵溜、蜻蜓正撲雲翹。[2]紅潮。透頰暈淺，鴛池上，翠翼輕招。凝眸處、是送郎蘭槳，回傍楓橋。　　鐙宵。簾櫳坐悶，先便鸚鵡休調。卻重添、檀炷細㧖[3]瓊簫。無聊。念江淹賦，除南浦、怎不魂銷。[4]真珠淚，自賣綃人泣，還有誰饒。[5]

【箋　注】

[1] 依《欽定詞譜》，《臨江仙》有幾種體式，多半為五十六字與五十八字，如晏幾道“夢後樓臺高鎖”一闋，為五十八字。本闋共九十三字，檢《欽定詞譜》，此調當作《臨江仙慢》。

[2] 蜻蜓：既可實指，亦可指仿蜻蜓狀製成的髮釵。雲翹，高聳的髮髻式樣。

[3] 㧖：以指頭按壓。

[4] 此用江淹《別賦》中“黯然銷魂者，唯別而已矣！……春草碧色，春水淥波，送君南浦，傷如之何”之典。

[5] “真珠淚”三句，用鮫人之典。傳說中鮫人善織，所製稱為鮫綃，其泣時，落淚成珠。

【評　析】

　　詞寫空閨佳人心情由喜轉為惆悵，最後收束於自問自憐之轉折過程。先敘佳人迫不及待的足音與因奔跑而飄散在風中的粉香氣味，接著由妝髮之顫動，側寫其心情；從臉色、目光，逐漸凝聚到昔日送別之處。寫得極為清靈生動。後寫入夜獨坐，百無聊賴，連逗弄鸚鵡與輕奏樂器也顯得漫不經心。念江淹《別賦》，既是口頭的誦讀，也是心思的寄託。除非不相知、不相遇，否則怎能避免不相別、不相送。一念在心，不能免其掛懷。“自”傾珠淚，又何須誰來勸慰。

　　　　　　　　　　　　　　　　　　　（許嘉瑋箋注）

捉拍滿路花

　　綃薄籠肌雪，鏡淨裹[1]鬌雲。繡工夫漸困腰身。舊裁樣錦，鴛翠不成文。等閒拋鍼了，只恁扶著畫闌，一晌[2]銷魂。　　滿園煙草誰主，三兩蝶逡巡。西風容易起嬌瞋。喚殘箏雁，淺淺入眉顰。最是如珠雨，彈上梧桐，頓教立盡黃昏。

【箋　注】

〔1〕裹：同褭，柔弱纏繞貌。
〔2〕一晌：指短時間。李煜《浪淘沙》有“一晌貪歡”句。

【評　析】

　　先寫慵倦女子形貌，以淡筆輕掃，顏色對比強烈的雪肌與烏鬌，在薄綃鏡面中，略帶模糊。相對明確者，是久坐裁衣刺繡的動作與身影，但重點不在鋪陳人物本身之細節，而是在於無法成就其錦繡花樣。從"一晌銷魂"與"漸困腰身"可知那份因投入而忘卻時間的執著。可惜伊人不在，"等閒"二字，點出芳心莫可奈何。

下片寫，滿園煙草，內心景況，蝴蝶穿梭，西風箏雁，在在說明時序為秋，最是容易惹人愁思；此時又遇驟雨，讓所有情緒更顯得壓抑。過往記憶，眼前景色，皆可為癡情語，逐次轉深。不言期盼良人早歸，但寫女子無悔等候，筆勢至黃昏而止，餘意裊裊。

（許嘉瑋箋注）

殢人嬌　靈谷寺[1]探梅未開，悵然歸賦。

無雪巖扃，故怠東君[2]行意。羅浮夢、粉奴高髻。覺來惟有，珍禽多麗宿。霧底嬌、隱紺塵[3]何世。　　款笛姜仙[4]，尋幽鄧尉[5]。閱年慣、自饒風味。山靈在也，喚冰魂應起。休賺得、似此泥人凝睇。

【箋　注】

[1] 靈谷寺是南京東郊紫金山東南坡下的佛寺，曾於咸豐同治年間毀於太平天國戰火，雖然同治年間寺院得以重建，規模已大不如前。

[2] 楚地神話中，東君為日神，而東於方位上又隱含春季之意，為萬物生機勃發之時。

[3] 紺為深青帶紅之色，紺塵即指紅塵。

[4] 姜仙指南宋詞人姜夔，善自度曲，有詠梅之作《暗香》、《疏影》傳世。

[5] 鄧尉，山名也，在蘇州西南，因漢代鄧尉曾隱居於此而得名，以產梅聞名。

【評　析】

綜觀廖恩燾的詞作，詠梅篇章多矣，有些粲然綻放，有些尋而未遇，顏色則有紅有白，隨著情境的變化，書寫的切入點也會有細微差別。唯一不變之處在於，梅在中國傳統詩文中已有相對固定的形象與譬喻系統，多半用以表現孤高自潔的操守，故比之為隱士與美人最為習見。此闋上片將隱士與美人結合，訪梅未開，卻道是藏身紅塵，實則梅樹一一具在。承此，下片悄然轉出姜夔、鄧尉兩個與梅相關之典故。尋繹其旨，姜夔一生流徙江湖而未仕，鄧尉曾任司徒但去官隱居，寫的卻是詞人自身心境。再加上"閏年慣"，敦請山靈"喚冰魂"，"泥人凝睇"數語，都是以訪梅者的角度出發，透露此行乃無意宦途者求訪美人而未能得，但卻為此執著而深切凝望。就結構言，上片寫梅，下片寫訪梅者，又以君子美人無法得時相遇作結，未嘗不是廖恩燾對己身際遇的幽微寄懷。

（許嘉瑋箋注）

拜星月慢　依聲夢窗，為劉北鄉題其尊人省齋[1]先生舊藏。乾隆時沈補蘿[2]畫風雨歸舟圖卷，卷端有金冬心[3]題詩。

勁竹鳴條，弱楊飄綫，水國偏多風雨。客夢初回，解維舟官渡。歎歸計、鬧盡、閒雲一片行止，短笛無端朝暮。遠引飛帆，有涼鷗欲語。　　氣蕭森、似石尤新妒。[4]江山好、冷翠沈煙古。未寫倚袖谿橋，想羞蛾扃戶。只當時、醮墨淋浪處。經百換、歲月痕如故。且漫認、軸首留題，隔花人覓句。

【箋　注】

〔1〕劉北鄉與其父劉省齋，未知何人。

〔2〕沈鳳（1685—1755），字凡民，號補蘿，善書畫，為治印名家。

〔3〕金農（1687—1764），字壽門，號冬心。工詩詞，精鑒賞，兼善書畫、治印，為揚州八怪之一。

〔4〕傳說古有商賈尤某娶石氏女，情好甚篤。尤遠行不歸，石思念成疾，臨死曾言凡遇商旅遠行，當作大風為天下婦人阻之。實逆風也，以"石尤風"稱之。

【評　析】

　　廖恩燾此詞全與風雨二字密切相關。圖卷題作"風雨"，一也；景色所見風雨，二也；過往歷史現實中的風雨，三也；人生面臨之風雨，四也。上片寫歸舟遭遇之風雨，勁竹、弱楊呈現之狀態，其實與水無關，反而更像對兩種處世方式的描述，因耿直如勁竹而萌生退意，又嘆此身如弱楊身不由己。既是眼前景，也屬人間事。下片用"石尤新妒"典故，虛寫過往已然消逝的風雨，實則簡略勾勒目前面對的逆襲強風；又因典故意義之挪借，可知其中蘊藏著出外不如返家的期待與想望。此刻，自然界的風雨，又可與閨中等待良人者內心的風雨共觀。

（許嘉瑋箋注）

前　調　莫愁湖勝棋樓[1]上。次均清真。

　　廢堞吹笳，高樓搔鬢，影入江山綠暗。一鏡清霜，隔前王鈴院。世間事，算得、伊家橘住仙老[2]，幾局棋彈柯爛[3]。賭墅閒情，想湖花應見。　　畫船中、怕憶新妝面。

何須又、細問銀塘畔。浩瀚柳浪蘋煙，早飛鴛分散。賸蕭條、舊日芙蓉館。憑欄聽、悴葉飄零歎。叵耐那、澈膽寒光，鵜聲[4]淒不斷。

【箋　注】

〔1〕勝棋樓：相傳為明太祖朱元璋與名將徐達下棋之處，本名為弈棋樓，後連同莫愁湖賞賜給徐達，並更名為勝棋樓。

〔2〕橘，仙：指中國象棋書譜《橘中秘》和中國象棋的一種開局"仙人指路"。

〔3〕此句典出任昉《述異記》卷上："信安郡石室山，晉時王質伐木，至，見童子數人棋而歌。質因聽之。童子以一物與質，如棗核。質含之，不覺飢。俄頃，童子謂曰：'何不去？'質起，視斧柯盡爛。既歸，無復時人。"

〔4〕鵜，鶗鴂，即杜鵑鳥也。舊稱其聲近似"不如歸去"，哀怨淒切，引人鄉思。

【評　析】

此闋雖未明揭，然實為懷古之作，針對歷史抒發感懷。開篇映入眼簾者，為一派蒼涼景象。世事如棋，本難計算，而物是人非，至少留下可堪追憶的"不變"。如今登臨追撫，莫非蕭瑟凋敝之樓臺庭院，更引悲意？上片寫景，"想湖花應見"，半屬推測；"閒情"二字，亦轉為後人憑弔之幽情。下片似寫眼前春景，又似追憶明初朱元璋君臣游湖心情，虛實相濟，恰如濛濛蘋煙。徐達早亡，但頗受榮寵，朱元璋屠戮功臣胡維庸等人，也未加害徐達後人，禮渥一時無兩。可惜無論當時勝景如何，最終皆不過短暫繁華，個人功名不可恃，開國霸業消亡。如今詞人在莫愁湖上所詠，大抵也不脫他日遊湖者所悲。啼鵜聲聲"不如歸去"，而人生如棋，避無可避、歸無所歸。仕途取捨有定，此身進退無路，方是本詞呈現之悲懷。

（許嘉瑋箋注）

【編者按】

《廣篋中詞》卷四選廖恩燾詞十首，這是第十首。見葉恭綽選輯、傅宇斌點校《廣篋中詞》（人民文學出版社，2011 年 12 月）。

望江南

　　紅燭底，遲散是笙歌。脈脈花陰低玉漏，微微曙色淡銀河。[1]寒入被鴛多。　　榴巾淚，心字兩重羅[2]。麝氣融愁成枕霧，鶯聲啼夢上簾波。殘醉斂修蛾。

【箋　注】

〔1〕此二句似奪胎自白居易《長恨歌》："遲遲鐘鼓初長夜，耿耿星河欲曙天。"

〔2〕指羅衣之領口曲屈如篆體心字，言有深情蜜意寓於其間。

【評　析】

　　此詞穠豔筆墨，無限幽冷；歡宴之後，空餘惆悵。論其文字，則雕琢精工，鋪排華美。就內容觀之，詞人以兩句淡淡寫出夜晚時間流逝，而用其餘篇幅著力描寫孤寂。"遲散"，並非不散，卻透露出不願過快結束相聚。我們可以理解，正因無人相陪，是以藉由笙歌之樂延遲獨眠的時間。不過在熱鬧之後，終究要回歸最初的安靜，一床鴛被擋不住內心的空虛。紅燭盡而淚未停，朦朧望去燃香飄渺，竟是愁雲慘霧。終於在一翻折騰後，天色漸明，佳人總算得以稍事休憩，旋即又聽到黃鶯啼催，導致夢行莫能抵達神魂欲往之地，蛾眉收蹙，惹人憐惜。

（許嘉璋箋注）

采桑子

　　茜裙[1]新繡花和蝶，花也交枝。蝶也交飛。裙底雙鉤[2]得得移。　　繞亭行過風吹帶，影落華池。鴛睡濃時。只有廊蟾省識伊。

【箋　注】

〔1〕茜裙：顏色鮮紅的裙子。
〔2〕雙鉤：指鞋子。古時女子纏足，足弓彎曲如小鉤，如稱之。

【評　析】

　　所謂“衣不如新，人不如故”，詞作中那位穿戴精美服飾的少婦，加上富於寓意的纏綿花、蝶，描摹男女情愛的畫面躍然紙上。而輕巧移動的蓮足，潛在的聲響，帶來旖旎的想像。而下片以強烈的反差突顯苦候無人的輕寒，微風吹帶，形單影隻，欲找人訴說而不得。眼前鴛鴦依傫濃睡，佳人徘徊夜不能寐。最末一句，說明每天精心打扮的少婦，如此等待已有一段時間，故月光能識此纖細身影。無須刻意渲染，而上片越是輕靈，下片便越見寂寞滯重。

（許嘉璋箋注）

霜天曉角　　殘臘放晴，燠如三春，盆梅不得雪亦爛然開矣。索笑成均。

　　鶴苔繡屐，籬落渾相識。玉盎依前還見，瓊釵小、雲

· 327 ·

容窄。　　消息。寒未惻。翠簾銀蒜[1]覓。吹徹關山殘夢，知何處、數聲笛。[2]

【箋　注】

〔1〕銀蒜：銀質蒜條形簾鉤。庾信《夢入堂內》詩：“幔繩金麥穗，簾鉤銀蒜條。”

〔2〕似用姜夔《暗香》中“舊時月色。算幾番照我，梅邊吹笛。喚起玉人，不管清寒與攀摘”的句意。又與朱祖謀《高陽臺》“問關山。笛裡梅花，幾度吹開。聲聲不分鄰家鼓，把朦朧台榭，殘夢驚回”之詞意參差相近。可知殘夢吹笛為詠梅詞篇所慣用之語。

【評　析】

　　傳統評判詠物詞的藝術高度，多半以脫略其形、已臻神似為尚。古來頗以蘇東坡詠楊花作為極高的典範，其妙在寫物亦寫人，不即不離。廖恩燾此詞得其三昧，通篇寫梅，但亦在寫美人。玉盎、瓊釵、雲容，皆極力描摹其潔白，是外貌的，也是內在的，嫋娜之姿可以想見。而這樣一位擁有美好德容的佳麗，卻是在等待遠方的某人，夜半殘夢，未知能否笛聞千里。

　　　　　　　　　　　　　　　　　　　（許嘉瑋箋注）

竹馬兒　楊子毅[1]以倚松漱石小影索題，依聲石林[2]譜此。

　　是誰畫、斯人丰姿俊爽，灑然塵表。問天寬地窄[3]，芒屩何處，登臨曾到。四顧煙水濛濛，層霾乍斂，翠巒仍渺。雲壑起晴空，有吟龍高喚，千巖花曉。　　況又松泉在，迴風澗冷，皺苔崖老。冰霜幾年懷抱。忍計抽簪遲早。

卜築便擬孤山，擁梅偎鶴，[4] 爭似家園好。朱籠鸚鵡，想迎
門先報。

【箋　注】

〔1〕楊子毅（1878—1953），字弼朝，廣東中山人。

〔2〕葉夢得（1077—1148），南宋詞人，字少蘊，號石林居士，有
《石林詞》傳世。

〔3〕天寬地窄：這裡應指畫作所留上、下空白處。

〔4〕用林逋隱居西湖孤山，梅妻鶴子的故事。卜築，此指隱居之意。

【評　析】

　　此題倚松漱石圖詞的最後一部份，出現林和靖梅妻鶴子的典故，
這裡顯然是有意為之。松、石意象已可暗寓隱居生活，推測其用心，
當在突顯某種孤潔清高的品質。究其實，畫主楊子毅之生平與廖恩燾
頗有幾分相似，皆為留學生，也同樣在國民政府中擔任要職，兩人關
係頗為親近。"忍計抽簪遲早"，其實是難以割捨。略為考察楊子毅的
一生，發現楊氏從未真正歸隱，且用世之心頗為強烈。推敲此詞所流露
出強烈的山林之樂，或許和廖恩燾面對世變既想要有所作為，又希望承
平之日到來後可以返回山林的心理有關。故在勾勒楊子毅形象的同時，
亦帶入自身感懷，非徒贈人題詠而已。此一情形，在廖恩燾題畫詞作品
中頗為習見，蓋以"倚松漱石"，本為宦海沉浮者共同的心願。

（許嘉瑋箋注）

千秋歲　東坡生日集青溪社，分均拈得入字，依聲公作漫成。

早梅寒勒。臘盡江南圻[1]。風格羨，誰能入。舞腰肢

柳小。煞是金絲擘。春近也，新詞好按坡仙拍。　　眼底湖山窄，人自千秋隔。相約望，空遙揖。年年溪上社，似燕鶯飛集。休便笑、酒酣冠落銀箏側。江南臘盡，早梅花開，後分付、新春與垂柳。細腰肢、自有入格風流，又盡日無人，誰見金絲弄晴晝。皆東坡洞仙歌詠柳句也。

【箋　注】

〔1〕坼：指花朵開放。此句言梅花為寒所逼勒，臘日始開。

【評　析】

　　社集填詞，本是文人雅事；依照慣例，往往分題拈韻，各自成篇，也帶有一些競技鬥巧的意味在內，屬於智力的娛樂。以蘇東坡生日為由聚會，也藉此事作為創作題材的發揮。廖恩燾詞句頗喜奪胎換骨自東坡詞，此闋上片亦復如此，從字裡行間，可見對蘇軾的企慕與追仿。下片寫眼前景、事，平鋪直敘而略無點染，整體說來，並不算特別出色。但透過文字，我們能對當時文人的往來活動有較深的印象。文人春日聚會，多半在三月三日上巳修禊，東坡生日為十二月十九日，歲時近春而未至，但無論是早梅、柳線、燕鶯、酒箏，都呈現出歡愉氣氛，雖是應社之作，也從側面還原詞人與友朋相處融洽之現場。

（許嘉瑋箋注）

少年游　除夕市況盛常年，因紀。

　　閶門幾處斷桃符[1]。裙屐又歡呼。徹夕珠鐙，鬧雲瓊管，花市[2]繞銅衢。　　衰年舊節渾忘得，難避是詩逋。華髮山川，故林鶯燕，亦會此情無。

【箋　注】

〔1〕桃符：桃木有驅邪之效，古人於辭舊迎新之際，用桃板分別寫
　　上“神荼”、“鬱壘”之名，意在祈福滅禍。

〔2〕花市：宋代詞人歐陽修《生查子》詞：“去年元夜時，花市燈如
　　畫。”

【評　析】

　　除夕爲中國最重要之傳統節慶，也是一年之中送舊迎新的關鍵
點，最易觸動人對光陰流逝、歲月老去之感。除夕介於過去與未來
之間，無論多麼熱鬧，終究靠近結束，翌年是另一個開始。面對眼
前的繁華喧囂，令詞人想到衰年、華髮，對照種種看似未變的故林
與山川，潛藏的蒼涼幽幽地透出紙背。

　　眼前所見市況勝過常年，顯然暗示著過往除夕之街市活動不特
別盛大，加上“詩通”二字可知詞人並未出仕，爲隱居山林的狀態。
不見用於世，此堪稱一悲涼；若再配合《賀新涼·端午後一日追憶
昨遊感賦》一詞中“不怨蛾眉終見嫉，料怨華年易暮”等句，那份
對青春消逝的感慨，更加顯得深沉。無論際遇如何，生命從不停留。
除夕雖然值得慶祝，詞人似乎更想追問的是，在歲月反覆循環的過
程，是否存在某些永恆不變的人事物？

（許嘉瑋箋注）

懺盦詞續槁卷四　教簫集　乙亥(1935)春

一翦梅　元旦有感

　　小萼疎梅聊強簪。花怎能甘，髮豈無慚[1]。避兵燒鵲[2]幾曾諳。殘夢鶯聲，人在江南。　　曼衍魚龍何太憨[3]。寂寞吟身，伴一鐙盦。遣愁尋醉已難堪。聞道屠蘇[4]，鄰飲方酣。

【箋　注】

〔1〕簪，插、戴也。甘，甘心也。慚，羞也。蘇東坡語：花應羞上老人頭。古代典禮或佳節，男女皆戴花。

〔2〕避兵燒鵲：明朝瞿佑《居家宜忌》謂元日收鵲巢，燒灰著於廁間以避兵，撒於門裏以避盜。又傳《墨子秘要》亦有此記述，然查無此書，應為民間杜撰。"避兵燒鵲"以下二句謂人在江南而思故鄉。

〔3〕曼衍魚龍：曼衍謂變化無窮。曼衍魚龍謂變幻之戲術，如今之舞獅、舞龍一類亦是。憨：音堪，讀平聲，始叶韻。

〔4〕屠蘇：酒名，亦作酴酥。古代元旦有飲屠蘇酒習俗。

【評　析】

　　元旦，即元日，詞中指農曆正月初一日。前半闋以古人元旦風俗著筆，然因己簪花不美，不懂燒鵲避兵，且流落江南，聞鶯聲而有悽惋之感。後半闋謂外面正當節日舞獅舞龍，而自己却寂寞在庵中，伴燈寫作，豈不憨癡。鄰家方團聚飲屠蘇酒，而自己卻為遣愁尋醉。

（李國明箋注）

虞美人 樹人畫楓林孤鳥長幅見貽，并綴以句云"萬里江關秋氣厲，故園無計避鴟鴞"，[1]殆有所指而作也。為題二闋。

　　寒林昨夜霜痕釅。葉葉燕支染[2]。啼鵑聲裏看山河。扇影桃花淒斷不成歌[3]。　　一枝安穩珍禽占。付與無拘檢[4]。故園風雨落紅多。叵耐秋棠開處便蹉跎[5]。

　　丹楓自向亭臯舞。未嫁西風去[6]。聘錢十萬費東皇。枉買漫天霞錦為添妝[7]。　　巢湖別有閒鷗鷺。欲託微波語。陸沈休問水雲鄉。覓得吳江一葉此身藏[8]。

【箋　注】

〔1〕陳樹人（1883—1948）。廣東番禺人。少時學畫於居廉。留學日本。與高劍父、高奇峯開創嶺南畫派。從政廿餘年，然繪事吟詠從未中斷。詩作有《專愛集》、《戰塵集》等。鴟鴞，鳥名，亦名鴟梟，古代常以喻奸邪小人。

〔2〕釅：濃厚之意，霜痕釅指大量降霜。燕支：亦作胭脂，紅色顏料，可用作化妝。二句似寫自然秋景，實狀陳樹人畫中楓林之美。楓樹經霜後全部染上燕支色，有如畫中楓林。

〔3〕啼鵑：杜鵑又名子規、題鴂，亦稱杜宇，啼聲淒厲。杜甫嘗賦杜鵑詩以寄忠君愛國之思。扇影桃花：晏幾道有"舞低楊柳樓

心月，歌盡桃花扇影風”詞句。清孔尚任撰《桃花扇》劇曲，以南京為背景，抒寫明末亡國慘痛。二句謂聞淒厲鵑聲，對多難河山，歌舞亦不成歡矣。

〔4〕拘檢：檢束，拘束。此句謂圖中之孤鳥自由自在。

〔5〕故園：舊家園，故鄉。此應指廣東，因作者與陳樹人皆廣東人。叵耐：不可忍耐也。蹉跎：虛度光陰。暗指陳樹人當時從政未稱意。以“故園風雨落紅多”回應陳樹人畫中題句“故園無計避鷗鴉”也。

〔6〕亭皋：水邊平地。二句謂楓林紅葉未因秋風起而減退。

〔7〕東皇：神名，司春之神。二句言丹楓美極，何須高價聘東皇以錦霞為天上添妝。此從側面喻陳樹人畫中楓林之美也。

〔8〕巢湖：在安徽巢縣。別有閒鷗鷺：此謂可與鷗鷺為友。陸沉：喻隱居。休問水雲鄉：水雲瀰漫地方，向指隱者居游之地，此句意謂隱居莫問何處。吳江：吳淞江別稱，太湖最大支流。此詞中所言巢湖、吳江皆泛指隱居之湖海。一葉：指小船。

【評　析】

此二闋《虞美人》詞為聯章，可連讀。首闋因陳樹人之贈畫及畫中題句而聯想時局所賦，次闋則言明退隱之心，無須富貴，但求一隻小船藏身。

（李國明箋注）

醉翁操　黃晦聞挽詞

人生。浮萍。飛螢。等飄零。[1]班荊。逢君廿年前燕京。玉樽和淚澆亭。[2]詩大鳴。勁氣帶幽并。劫換河與山幾枰。[3]　病魔太酷，催去騎鯨。痛君地下，因底修文應徵。[4]山有峯兮雲凝。水有源兮泉清。君詩懸金繩。千秋留汗青。[5]綺夢了花塍。拜鵑誰是今杜陵。[6]

【箋注】

〔1〕謂人之一生有如浮萍、飛螢，於飄零中度過。

〔2〕班荊：荊為灌木名，品種甚多。班荊謂鋪荊於地而坐。燕京：今北京。"逢君廿年"以下兩句謂廿年前曾於北京帶淚痛飲，喻自己與黃晦聞相交之深。當時二人心中俱有不平之氣。《世說新語》：阮籍胸中壘塊，故須酒澆之。壘塊謂不平也。

〔3〕鳴：解作著稱，大鳴即甚聞名。幽并：即幽州，并州，古代燕趙之地，民眾慷慨悲歌，以任俠尚氣著名。枰：棋盤、棋局。一枰可解作一局。

〔4〕騎鯨：指隱遁或死亡，此處宜解作死亡。因底：因何。修文：舊稱文人早死因為地下修文；又傳晉蘇韶死後現形，對其兄弟言，顏淵、卜商地下為修文郎。此四句痛惜黃晦聞病卒，悼念之意已顯。

〔5〕金繩：古封禪儀式，以金為繩而編玉簡。汗青：古代以竹簡為書，先將其火炙令汗，乾則易書，又不受蟲蛀，稱之汗青。金繩句謂人重視黃晦聞詩集；汗青句則謂其詩之水準可名留千秋。

〔6〕綺夢：好夢。塍：土埂，此句謂黃晦聞於花塍下了結好夢。杜陵：地名，陝西西安東南有小陵，漢宣帝在此築陵。杜甫居此，自稱杜陵布衣、少陵野老。杜甫嘗賦杜鵑詩以寄忠君愛國之思。

【評析】

黃節（1873—1935），字晦聞。廣東順德人。近代著名詩人，與梁鼎芬、羅癭公、曾習經稱"嶺南近代四大家"。從名儒簡朝亮學。一九零九年在香港加入中國同盟會。歷任北京大學教授，孫中山元帥府秘書長，廣東省府委兼教育廳廳長，廣東省通志館館長等。著有《蒹葭樓詩》。

前半闋寫兩人之交情，及黃晦聞詩之風格與成就，亦暗喻時局多變，其詩中富家國之感。後半闋暗喻黃晦聞之後，如杜甫忠君愛國之詩人，當今已難再覓，令人更增哀痛之意。

（李國明箋注）

憶舊游　依均夢窗，寄懷海綃翁。

　　紺雲明醉眼，海氣收，珠光漾無涯。半樓殘陽裏，正煙條曳綠，亂柳藏鴉。故羣散作飛絮，心事入蟲沙[1]。念舊日吟情，王風蔓草，有淚沾花[2]。　　瑤華。久珍重，算雁只安排，書字橫斜。梅索巡簷笑，任游蜂喧過，門巷人家。夢痕帶雨多感，千壑鬭龍蚘。但燕子閑簾，呢喃似說春畫賒。[3]

【箋　注】

〔1〕蟲沙：喻戰死士兵或因戰亂而死者。

〔2〕王風：《詩經》十五國風之一，其音哀以思，後以象徵王道之衰微。蔓草：依一般意見，迺照《詩》序意理解，為"君之澤不下流，民窮於兵革"。

〔3〕瑤華：比喻對方書信及詞。"瑤華"以下三句謂盼得海綃翁陳洵書信也。梅索巡簷笑：索笑，求笑、取笑。杜甫詩句有"巡簷索近梅花笑，冷蕊疏枝半不禁"。千壑鬭龍蚘：蚘同蛇。鬭龍蚘即龍爭虎鬭，龍虎、龍蛇形容其勢盛且猛烈也。賒：長也，謂時間長也。

【評　析】

副題"依均夢窗寄懷海綃翁"，夢窗即南宋著名詞人吳文英。吳文英號夢窗。均，通韻。此詞依吳夢窗《憶舊游・送人猶未苦》之韻而作。海綃翁（1871—1942），陳洵，字述叔，廣東新會人。陳洵與黃節善、梁鼎芬譽稱"陳詞黃詩"。朱孝臧見其詞，亦加推許，荐爲中山大學教授。著有《海綃詞》、《海綃說詞》。

前半闋寫春深暮景，觸景生情。念及往日吟情，死於戰亂之友朋。結句有淚沾花，尤爲感人。下半闋借"瑤華"二字將詞意推進一層，然時正春深日暮，燕子亦似說寂寞中時間過得慢，令人益增惆悵。

（李國明箋注）

燕山亭　花朝風詠閣看杏花作。徽宗均。

林點緋霞，虛閣弄妝，臉窄猩渦微注。羅綺上春，更值芳辰，嬌入浣紗谿女。嫁得東風，最妙是、江南多雨。良苦。飛粉蝶逡巡，幾番朝暮[1]。　　何況挑菜年年，正橋畔斜陽，鳳韡人語。青帘賣酒，繡幰停車，依稀過牆紅處。怎不銷魂，剛送了小桃歸去。無據。閒夢與、梨花月做[2]。

【箋　注】

[1] 緋霞：紅色霞彩。虛閣：無人之閣，應指風詠閣。猩渦：赤色酒渦；渦亦言笑靨，詞中謂杏花之美如笑靨也。上春指正月，詞意泛指初春。"羅綺"三句謂上春芳辰，美衣點綴，浣紗谿女亦添麗色。南朝江淹《別賦》云："珠與玉兮豔暮秋，羅與綺兮嬌上春。"浣紗谿女：浣紗谿在浙江省青田縣，相傳南朝宋謝靈運遇浣紗仙女於此。又浣紗谿爲若耶谿別名，在今浙江紹興縣南若耶山下，谿旁有浣紗石，相傳西施浣紗於此。逡巡：遲疑徘徊，欲行又止。

〔2〕挑菜：唐代風俗農曆二月初二為挑菜節。鳳韡人語：韡，靴本字；鳳韡即女子所著之韡，代指女子。此句意謂女子在說話，而甚熱鬧也。青帘：古時酒店掛之幌子、酒帘，多青白布為之。楊萬里詩句："飢望炊煙眼欲穿，可人最是一青帘。"繡幰：幰廼車前帷幔；繡幰即有刺繡之帷幔，寓意其高貴也。依稀過牆紅處：謂坐車者偶然經過牆邊花開之處；紅處指杏花開處。小桃歸去：小桃是桃花之一種，上元前後著花，杏花盛時已謝，故云歸去。梨花：清代鄒一桂《小山畫譜》謂梨花紅白二種，二月開，三月盡。做：同作，做字讀去聲，御韻，與詞中他韻則叶矣。

【評　析】

舊俗以農曆二月十五日為百花生日，號花朝節，又稱花朝。宋徽宗趙佶（1082—1135）在位二十五年，靖康二年（1127）北狩，紹興五年崩於五國城。北行道中見杏花，賦《燕山亭》詞，廖氏此調廼依宋徽宗詞韻。杏花，薔薇科，喬木，花五瓣色白帶紅，遲於梅花開花。

全詞狀仲春諸花，上半闋獨言杏花有如浣紗仙女之美，然因多雨，粉蝶不前，孤單寂寞，亦暗喻作者時在虛閣，獨自看花，而生惆悵之感。後半闋則寫昔日賞花之熱鬧，今昔相對，尤令人感慨不已。

（李國明箋注）

絳都春　陳小樹、吳霜厓、林半櫻招飲市壚，在座喬大壯、沈豫庵、唐圭璋、石戩素、仇述盦，合余為九人。相約結社課詞，名曰"如社"。議既定，余有他約，不終席去。越翼日簡諸名勝。[1]

承平舊館。記前度過江，更番游宴。送日禁謠，依約高呼，華鐙畔。年年懽夕同飛琖。正柳陌、初囘青眼。故情無恙，林鶯占盡，翠溫紅軟[2]。　　閒散。何郎賦筆，漸而今老覺，東風都嬾。大地龍蚳，孤月湖山，行題徧。旗亭歌袖誰曾見。付絮語、商量簾燕。畫紗籠燭天明，替人淚泫[3]。

【箋　注】

〔1〕如社：按詞序，九人所結之詞社。見一九三六年《如社詞鈔》，合十二會雅集社作二百餘闋刊為一冊，計有廖恩燾、周樹年、邵啟賢、夏仁沂、蔡寶善、石淩漢、林鵾翔、楊玉銜、仇埰、孫濟源、夏仁虎、吳錫永、吳梅、陳世宜、壽鐧、蔡嵩雲、汪東、向迪琮、喬曾劬、程龍驤、唐圭璋、盧前、吳徵鑄、楊勝葆二十四人。翼日即翌日，翼與翌通。

〔2〕承平：太平之世。更番：即多次也，更讀平聲。送日禁謠：送日即目送日下。禁謠：即不傳謠，無閒語。飛琖：琖同盞，以玉飾之者；飛琖言飲酒之歡。青眼：柳葉形如人眼，詞中指柳葉已隨春由綠色轉青色。

〔3〕何郎：泛指喜修飾的年輕男子；詞中則暗喻其年輕時。龍蚳：詞中解作非常者。旗亭歌袖：酒樓歌女。

【評　析】

前半闋以舊館、前度、年年等語賦出往昔渡江游宴之樂。下半闋言如今已老，游宴感慨有異往昔。此詞結句輕收，其感觸反而在上半闋往昔游宴之追憶。

（李國明箋注）

傾　杯　如社詞課，以柳耆卿散水調命題，依均成此。[1]

鶴柵煙新，兔園霜老，依前迸作鐙色。舊雨夢入。咫尺正怯，隔冷楓荒驛。瓊筵夕敞羣仙在，也不堪吹笛。吟壺縱倒和淚綺，軋軋愁腸同織[2]。　　乍憶。封侯垤蟻，肘懸金印，頭上垂蟬翼。甚院落春回，鶯聲頻喚，醒湘簾眠客。柳北雲飛，花南淮濺，極目盤鵰迹。念傾國。空月影、滿江搖碧[3]。

【箋　注】

〔1〕此詞為“如社”第一集會社課，與下一首《傾杯·沃雪香肌》同見於《如社詞鈔》。柳耆卿：北宋著名詞人柳永，字耆卿。散水調：《燕樂探微》（丘瓊蓀遺著、隗芾輯補）云隋唐燕樂之調甚多，時世推移，舊調多為陵替，至宋實存十七調，“散水調”乃其中之一，亦即水調。或云此調起自隋煬帝，即非煬帝自制，亦其時所制。

〔2〕鶴柵、兔園，迺言如社聚會之地。兔園：漢文帝之子劉武設園囿曰兔園，用作享樂及款待賓客。吟壺句：指吟邊酒壺，意謂吟壺雖美，縱倒酒也帶淚斟出。軋軋：二字象聲，謂愁腸發出之聲。

〔3〕垤：蟻洞口小土堆。詞中暗用南柯夢。唐李公佐作《南柯太守傳》，即後人所稱之南柯夢或槐安夢，並以此故事比喻人生如夢，富貴得失無常。“乍憶”三句迺指得意者最後亦只南柯一夢而已。頭上垂蟬翼：頭上冠中裝飾，古代近臣始戴，意指居高位。甚：正。淮：淮水，今稱淮河，長江支流。

【評　析】

上半闋"鶴柵"至"鐙色"狀眼前景。自"舊雨夢入"至"愁腸同織"結句，廼寫前游之感。下半闋謂人欲靜，春却回，許多景象令人不得清靜。"念傾國"三句一筆宕開，以景作結句。

（李國明箋注）

前　調　上闋成，案頭水仙謝，久未忍棄也。適得阮伶玲玉香消之訊，根觸百憂，仍依《樂章》聲均感賦。[1]

沃雪香肌，畫蛾纖嫵，華鬘悟徹空色[2]。漢水記得。解卻佩玉，立晚汀煙驛。泠然輗小淩波處，引鶴天笙笛。成連見也琴定撫，曲曲虯紋濤織[3]。　　悵憶。宮霓絕響，舞慵歌嬾，誰跨翔鸞翼。只恨煞飛瓊，伊家名字，早喧傳塵客。淡薄霞綃，飄零雲鬢，萼綠迷仙迹。問花國。鵑血染、幾枝凝碧。[4]

【箋　注】

〔1〕柳永有《樂章集》，此詞牌《傾杯》，乃依柳永聲韻也。阮玲玉（1910—1935），原籍中山，生於上海，歌影名星，因畏於人言自殺。

〔2〕"沃雪"三句謂其肌膚如澆雪之美，眉亦嫵媚。"華鬘"謂已看破紅塵；"悟徹"二字則喻其逝去。華鬘美髮也，亦指其人。

〔3〕漢水：又名漢江，長江最大支流之一。泠然：清越、清冷貌。淩波：同凌波，言女性步履輕盈。成連：春秋時著名琴師，傳伯牙嘗師之。虯紋：虯，蜷曲也，此處指回紋曲水。

〔4〕宮霓：意指名曲，唐宮中有《霓裳羽衣曲》。

【評　析】

　　前半闋謂阮玲玉逝去後，解卻佩玉，澹妝徘徊於漢水晚汀煙驛，以笙笛引鶴，成連為之撫琴，每曲令水濤回旋。後半闋謂阮氏逝後，世間歌舞遜色，然其名字顯赫，仙游時，春花如血，鵑聲遍野，同為哀痛。

（李國明箋注）

倦尋芳　太平門外桃花盛開，綿亘十餘里。正約攜屐，一夕風雪，游興索然，悽黯成均。[1]

　　暈霞笑影，凝露啼妝，春恨誰見。夢入山陰，憔悴去年人面。博得呼鬟廊下掃，幾曾廻棹谿根看。料飛瓊，弄金釵易落，玉醑空薦。[2]　　便霧裏猶青老眼，薄命憐伊，衰帽插徧。怕啟冰匲，千縷鷺絲愁綰。鶴與梅仙寒共守，我和花姊緣終淺。聽鈿簫，又番風，畫闌吹轉。[3]

【箋　注】

〔1〕太平門：門在南京城。綿亘：接連不斷也。悽黯：悽，悲傷也；黯，沮喪貌。均：通韻字。

〔2〕山陰：地名，即浙江省紹興。去年人面：言去年賞花所見之人。此句借用唐代崔護詩意：「去年今日此門中，人面桃花相映紅。人面不知何處去，桃花依舊笑春風。」鬟：環形髮髻，詞中指婢女也。谿根：谿澗也，谿根言在谿下。玉醑空薦：玉醑，美酒也；薦，獻也。

〔3〕猶青老眼：青眼看重之意也。薄命：天命短促，意指桃花為時不長。冰匲：鏡匣，古代婦女梳妝用，亦言盛物之器。鷺絲愁

縮：詞中指鬢髮如白鷺羽毛潔白，言其老矣。縮，旋繞打結也。
花姊：意指桃花。鈿簫：以金銀貝殼等鑲嵌之簫。

【評　析】

前半闋狀桃花盛開，因風雪未能往游，想像受風雪吹殘之景況。
後半闋謂雖與桃花緣淺，但仍看重憐惜也。

（李國明箋注）

古香慢　余戚許公武築農隱園於麒麟門外，掘地得甘泉。
村人來觀者言，相去十里，為宋王安石故居。亂
後子孫式微，貧無立錐地。因導至其處，則土阜
纍然，石祭台猶在，碑已無矣，墓門石柱二。父
老出族譜，按址求之，不差累黍。按世說荊公葬
半山寺，即今半山亭，《江寧縣志》因之，殆不然
矣，為記以此解。[1]

引泉刈霽，裁地犁雲，人正耕圃。乍識臨川，往日兔
裘卜處。封疏乞歸骸，料蟬蛻、還依故樹。甚花塍浪道舊
在，半山有箇亭古。[2]　　歎幾點、炊煙低戶。兵後殘黎，
雞犬三五。未蝕蟲魚，破篋久藏家譜。底事覓苔碑，認門
外、雕螭繞柱。試斜陽，酹杯看、倦鴉飛舞。[3]

【箋　注】

〔1〕王安石（1021—1086），北宋著名政治家、文學家。江西臨川
　　人。曾封荊國公，故世稱王荊公。不差累黍：謂無所差錯。古
　　時用黍百粒相累，取其長度為一尺之標準。

〔2〕刈，割也。"引泉"三句謂詞序所述之許公武築園引泉。臨川：
　　因王安石為臨川人，故亦稱其為臨川。兔裘：應作菟裘，地名。
　　《左傳·隱公十年》："使營菟裘，吾將老焉。"後世用以指隱居
　　之處。卜處：指卜居，卜占選擇住處。封疏乞歸骸：封疏，謂
　　向皇上奏進；乞歸骸，古代稱辭官謂歸骸骨。蟬蛻：古人謂得
　　道者屍解登仙，如蟬脫殼，此句喻王安石已卒。花塍浪道：塍，
　　田埂也，花塍，謂有花草之田埂。浪道，意即別說，漫道。
〔3〕黎：言平民百姓；殘黎指災劫後之平民。未蝕蟲魚：蝕，毀壞
　　也；蟲魚，指蠹魚蟲。未蝕蟲魚意指家譜今仍當存。螭：傳說
　　無角之龍，官宦碑碣常刻作裝飾。酹：以酒灑地祭奠。

【評　析】

　　前半闋謂因尋覓王安石舊居所見而憶及其平生。下半闋詞筆一
轉，謂眼見王安石故居之殘黎、苔碑、螭柱，斜陽處倦鴉飛舞，一
片蕭索景象，頓生感觸。

（李國明箋注）

念奴嬌　明孝陵見櫻花作

　　市朝幾換，賸麒麟青冢，花開如故。虎踞龍蟠成底事，
謾說江山千古。王氣銷沈，降旛吹動，考考城頭鼓。地雄
天險，只今猶保坯土[1]。　　何苦鐘簴輕遷，衣冠遺蛻，
後嗣屢南顧。月夜不飛華表鶴，敢信神靈呵護。非種應鋤，
似曇聊現，一片東風樹。草鶯啼外，銅駝疑作人語[2]。

【箋　注】

〔1〕市朝幾換：意指朝代已轉換幾次。麒麟青冢：麒麟，傳說之仁
　　獸，後借喻傑出人物；青冢，泛言墳墓。"麒麟青冢"迺謂朱元

璋墓也。豔說：文辭華麗之言。降旛：投降之旗。考考城頭鼓：謂城頭擊鼓聲；考考，謂擊鼓之聲。坯土：山之再成者，言朱元璋墓。

〔2〕鐘簴：懸鐘木架。"鐘簴輕遷"指政權變動，皇宮之鐘簴亦為之遷移。蛻：佛家謂解脫，並美稱修行者死去為蛻。後嗣厪南顧：後嗣，子孫後代；厪即僅也。此句謂晚明只徘徊南方，晚明亡於廣東、雲南一帶，故有此言。華表：古代宮殿、城垣或墓前之石柱。此句謂華表豎處蕭條，連夜鶴也不見飛過。敢信：豈敢信，反問語。非種應鋤：此語雖晦，然據詞意指櫻花似曇花一現，不如除掉。而於朱元璋墓前見到短暫盛開之櫻花，想及明代未能維持久治，引起無限之感慨。

【評　析】

孝陵，明代朱元璋墓，在今南京鍾山腳下。上半闋謂南京自古市朝幾換，雖云地雄天險，城頭鐘鼓聲依舊，亦時見降旗，如今面對更是一墳墓而已。下半闋述明代之衰亡。全詞因明孝陵所見，但鮮對景物陳述，對櫻花亦只一二句點綴，全以史事入詞，堪稱為孝陵懷古之作。

（李國明箋注）

花　犯　槁木一別十年，晤於舊京所居，園梨樹數株，蟠根老幹，殆百年物矣。花正盛開，登土山望之，如置身香雪海中，欣然為賦此解。[1]

似雲飛，春明夢影，殘年怕重見。素妃真面。誰念蕊珠宮，玉蕐初轉。縞裳便阻靈關遠。池臺猶故苑。那可惜、客中霜鬢，新痕渾未辨。^[2]　　遙知夜鐙掩門深，鉛華洗雨後、歌眉空法。和露點、箋天問^[3]、凍香凝硯。溶溶漸、銀蟾照處，鄰漫又、笛吹前度院。但數盡、番風彈指，一樽澆醉淺。

【箋　注】

〔1〕舊京：作者另一首《天香‧賦牡丹》詞，所言舊京指北京，二詞應同時所作。

〔2〕唐代長安，東面三門，中名春明，因以春明指京都，詞中春明謂北京。素妃：素女、神女也，詞中喻白色梨花為神女。蕊珠宮：道家傳說天上上清宮有蕊珠宮，為神仙所居。"縞裳"二句：縞裳，白色衣裳，詞中喻梨花，仍在故苑花開如雪。

〔3〕箋天問：以書問天。

【評　析】

全詞謂舊京所居，重見梨花盛開狀況。雖別後，人與樹亦老，亦為之欣然。詞中以殘年、霜鬢新痕言己已老。

（李國明箋注）

天香　舊京之游，不及牡丹期，恩恩南下。贊堯書來，言崇效寺今年花開特盛，悵然撫此。

京洛名花，禪房閒地，游情只任回首。一輅飛塵，十年吹帽，俊約鼠姑還又。豔春過卻，渾未極、池臺堆繡。惆悵沈香檻北，依稀畫羅屏後。^[1]　　無端去來太驟。聽流鶯、勸人厮守。判忍此行不。倩醉扶紅袖，空賸隋隄舞柳。伴夜雨、窗鐙暈紅瘦。想像環兒，猩脣帶酒。^[2]

【箋　注】

〔1〕崇效寺：在北京城。京洛：即洛陽，東周、東漢嘗建都於此，故有此稱也。洛陽牡丹盛名，故首句謂“京洛名花”，廼指牡丹也。鞓：馬勒也。吹帽：晉孟嘉游龍山，有風吹帽落。十年吹帽，指其十年行游也。俊約鼠姑：俊約謂佳約；鼠姑為牡丹別稱。此句言賞牡丹。豔春：言春色甚美。堆繡：言華麗之物堆積甚多，此指牡丹花開之盛。沈香：香木；詞中指唐玄宗時之沈香亭。玄宗嘗命移植牡丹於沈香亭前，並召李白製新曲《清平調》三首。其一云：“名花傾國兩相歡，常得君王帶笑看。解釋春風無限恨，沈香亭北倚闌干。”

〔2〕判忍：忍心離開。紅瘦：李清照《如夢令》詞以“綠肥紅瘦”述花草雨後之景，綠言葉，紅言花。此詞中廼狀隋隄夜雨中所見。“想像環兒”二句：意指因未見牡丹花開，想像其如楊玉環因酒後而口脣帶有紅色。猩脣即紅脣，女子之脣塗了口紅。

【評　析】

全詞寫北京之行未能賞牡丹而有惆悵。歸江南後，只能面對隋隄舞柳，想像牡丹之美。

（李國明箋注）

換巢鸞鳳　清和後天氣驟熱，自桃葉渡買舟至復成橋下，小泊納涼。華鐙甫上，笙歌盈耳矣。拈如社課題依均梅谿漫賦。[1]

　　桃葉無嬌。賸殘流瀲影，畫舸通橋。寵花酬甕酒，款蝶解囊簫。千絲纖柳鬭宮腰。漲鴛水、春紅痕怎銷。波廻處，正兩岸、翠簾收照。[2]　　雲悄。思眇眇。鐙火滿江，誰又琵琶抱。湛碧秦淮，舊皤潘鬢，猶認飛霜黏草。天界常寬足鷗眠，歲華容易空鶯老。推篷窗，對斜蟾，不辨昏曉。[3]

【箋　注】

〔1〕此調為如社第二集會社課，亦見於《如社詞鈔》第二集。清和：天氣清明和暖。宋史梅谿有《換巢鸞鳳·人若梅嬌》一詞，此調迺依其韻而賦。

〔2〕桃葉：指桃葉渡，在南京秦淮河畔，傳因王獻之於此歌送其妾桃葉而得名。款：款待，招待之意，全句謂解囊中之簫吹之，用以款待蝶兒。宮腰：意指宮女纖腰輕盈。鴛水：鴛鴦常游之水，意謂春水也。

〔3〕悄：寂靜貌。眇眇：遼遠之意。湛碧：水清碧綠。皤：素白之色。天界：按詞中之意謂天地也。歲華：言歲時；歲指年，時指春夏秋冬四時。蟾：蟾蜍。古代神話，月中有蟾蜍，故稱月為蟾。

【評　析】

全詞迺賦舟游秦淮河畔，由暮至夜所見所聞。

（李國明箋注）

【編者按】

該詞除收錄於《如社詞鈔》第二集外，亦發表於《藝文》1936年第一卷第二期。在這兩個版本中，首二句均作"桃葉如嬌，正殘流盪影、畫舸通橋"，與《懺盦詞續蕖》的這個版本不同。

綺寮怨

美酒甯同愁釅，淺杯宵又傾。漸斷續、漏轉籤虯，紋簾影、漾夢莔騰。風前危闌記拍，新吹鬧、此曲誰願聽。念絮雲，聚合無聊，廻腸甚、夜色遲向明。[1]　　湛湛溋懷故情。波層乍降，如繩雁度橋平。鬢昨飛星。點華鏡有涯生。江頭弄潮兒在，好嫁與、慰飄零。桐今爨仍。休憎縵已老，薰未成。[2]

【箋　注】

〔1〕美酒甯同愁釅：全句意謂美酒怎及憂愁之濃度。釅，味濃厚，即謂濃酒仍未能解愁。莔騰：矇矓迷糊。

〔2〕湛湛：清貌。如繩雁度橋平：謂鴻雁排列成直綫在平橋上空飛過。鬢昨飛星：髮鬢近日漸白也。江頭弄潮兒：迺用唐代李益詩意。李益《江南曲》云：“嫁得瞿塘賈，朝朝誤妾期。早知潮有信，嫁與弄潮兒。”弄潮兒指慣於潮漲時弄潮之人。爨：炊也。“桐今爨仍”，迺借用漢代蔡邕以燒焦良木製琴一事。縵：《禮記·學記》：“不學操縵，不能安弦。”縵即弦索，此處借指琴。

【評　析】

此調為如社社課，見於如社詞鈔第三集。全詞賦如社集會之情景。寄意在江頭弄潮兒至結句數語，謂能守信聚會，可慰飄零之心。並自謙如桐木在爨，未可作琴。

（李國明箋注）

陳衍來函

根柢夢窗而無絲毫蹇澀之致，其肆力於此道者深矣。讀懺盦詞畢，不禁為之一快。衍甲戌（1934）重九後三日。

林鵾翔來函

大集攜歸，捧讀數過，拜倒之至。彊邨師得夢窗之傳而無此奇麗，海綃翁衍夢窗之緒而無此恣肆，海內無人能抗手矣。鵾翔拜上。

陳洵來函

懺盦先生左右：得書甚慰。江南草長，佳日勝游，殊可羨也。大詞才情富麗，而游思閒散，是真四明家法，非貌為七寶樓臺者所知也。洵近亦得令詞三首，別紙錄呈，乞較其優劣一評之。北行何日？仍盼嗣音。敬頌道祉。不宣。洵頓首。四月七日。

龍榆生來函

尊詞麗密之中，潛氣內轉，用能運動無數麗字，一一飛舞，異乎世之以晦澀求夢窗者。鄙意學夢窗貴乎能入能出，而於蘇辛一派，勢不能無所沾染。彊翁從夢窗入，從東坡出。公詞則從稼軒入，從夢窗出，固宜其異曲同工矣。晚生龍沐勛上。二月十二日。

吳梅來函

天風海濤，詞之境也；金釭華燭，詞之遇也。至雄奇而沈著，縝密而疎俊，其詞心未易窺測矣。彊邨丈、海綃翁之外，學夢窗而不囿於夢窗者，又遇一先生，讀竟歎服不已。甲戌（1934）臘八日。吳梅謹注。

汪兆銘來函

大作沈博絕麗，造詣之精，令人感佩。五日此間有一禊會，先生赴平，未克共敘為悵。專此敬請台安。弟兆銘頓首。

半舫齋詩餘

廖懺盦先生半舫齋詩餘序　夏敬觀

　　詞之興，猶之詩也。令盛於唐五代，猶樂府新體之盛於六朝；慢盛於宋，猶律體之盛於唐也。自唐以來，燕樂大曲，多為五七言。絕句，詩家以為難於他體，而令詞自絕句演成，故詞家又以為令難於慢。令似易成而難工，慢似難成而工較易於令。無他，繁略有不同耳。劉彥和謂精論要語，極略之體，游心竄句，極繁之體。二者適分所好。此雖以論文章裁鎔之道，詞豈不然？矧令慢固顯有定裁耶？蓋文體雖別，文心不殊。必使略不可益，繁不可刪，思致乃臻於密也。北宋若永叔、叔原、子野、方回、少游、美成，無不鎔鑄唐蜀，接踵花間。故其慢詞亦益密麗深厚，南宋漸趨於薄。然若夢窗詞，能使縟采飛動，亦金荃陽春之遺法也。近頃詞流輩出，慢體多工。於小令輒不經意，獨懺盦先生於唐五代詞，得其精髓。細心微詣，曲折盡變。由是而規撫夢窗，神明於鑪錘機杼。諸評君詞者，或惟知其為夢窗詞而已，惟漚尹侍郎稱為能潛氣內轉，專於順逆伸縮處求索消息，信乎窮流溯源，有所從入，有所從出，莫君若也。君前已刊詞十二卷，方在古巴時，賦其山川，詞藻奇麗，輝映異域。世訝為軺軒絕代語復見於今。茲續刊是卷，雖曰別集所存，精采未之稍減。予於此益歎君之才力為不可幾及矣。庚辰（1940）初春，新建夏敬觀。

序　二　夏承燾

　　戊寅（1938）秋，違難上海，始獲奉手于惠陽廖翁。翁年七十五，而氣度磊塊如四五十，文章翰墨，老而愈捷。間出其《半舫齋詞》，督為一言。趨叩其淵源，則中歲為稼軒，晚乃折入夢窗也。既又求得其舊刻《懺厂詞》讀之，運密麗而能飛舞，信乎非貌似七寶樓臺者。夫辛吳殊尚，翁一手為之，才大誠無不可，然非其身世閱歷之所摩漸，亦烏以臻此哉！竊嘗申而論之，兩宋樂章，蛻自唐詩。飛卿瑰瑋奇秀，上承昌谷。昌谷在中唐，立意與元白分北，其於昌黎，蓋拔戟為一隊者。遞衍為少游、清真，而集成於夢窗。自濫觴而江河，波瀾固莫二也。稼軒以縱橫恣肆之才，益拓東坡之宇，驅使經子，并好櫽括昌黎字面，其鋪張排比，用漢賦法者，尤與韓詩同杼軸。集中若《哨遍》、《六州歌頭》、《蘭陵王》諸作，不能一二數也。文事尚變，有揣其末如胡越，探其本而肝膽者，辛、吳之與昌黎，貌異而心同，殆亦猶義山、山谷之於杜耶。自彊邨先生以東坡為夢窗，二十年來，為吳詞別創風會。今翁又合之稼軒，其海外蹤跡，遠出於尋常視聽之外者，自來詞人所未有，身世閱歷之所摩漸，宜其不終囿於夢窗也。予於翁詞，不敢妄有辭贊，謹舉辛、吳相通之義以求印可。世之讀翁詞者，倘不以為河漢耶。己卯（1939）大暑，永嘉夏承燾序於滬西綠楊村。

序　三　姚寘素

　　夢窗四稿，自佑遐給諫、古微侍郎校定重刊之後，人始知規撫四明。然所作不失於隱晦拗澀，即流於佻巧纖弱。其能得四明之神髓者幾何人哉！己卯（1939）春，余從吳門來滬，始與懺厂相識，年已七十餘矣，倜儻權奇之概，及耄弗衰。閒嘗述其身世升沈得失，脩然曠視，無介於中。余以為此人英也。暇日，出所刻《懺厂詞》十二卷，讀之，沈博閎麗，深厚芬悱，是殆出入四明，獨張一幟者夫！豈今世率爾操觚、侈於標榜、弇鄙夸誕、傲睨自雄之流所能望其項背耶。懺厂貴仕數十年，散資百餘萬，而豪情奇氣，不減當年。觀其詞可以知其人矣。近復有《半舫齋詩餘》之刻，樂為片言弁諸簡端。己卯（1939）立夏，吳興姚肇松寘素。

序 四 龍榆生

惠陽廖鳳舒先生既刻《懺盦詞》八卷、《續集》四卷，復刪定兩年來避難淞濱之作，別為《半舫齋詩餘》，將續刊行世。叩以"半舫"之由來，則先生三十年前于役古巴所營別業、而與彼都人士夏日游宴之所也。先生壯歲持節海外，足跡徧東瀛及南北美洲，而居古巴最久。素習倚聲，於宋賢特崇夢窗，時亦出入稼軒。舉遐荒絕域、詭詭奇麗之境，一託之於詞，鏤金錯采，適與彼土山川相輝映。及歸國，而南北奔馳，不遑甯處，浮沈宦海，若顯若晦。行蹤所至，輒復探幽訪古，發為詠歌，渾灝光芒，不少摧挫。此其胸次之曠遠，與夫天稟之超卓，洵有以異乎恒人。宜其麗藻繽紛，風力遒上。一編出，遂不脛而走矣。予始識先生於精衛先生席上。一語投契，忘年下交。嗣是每至金陵，必走視先生。先生健步履，喜登陟。雖年逾七十，而容色益敷腴，望之若四十許人，每與碧桐夫人童顏鶴髮，並肩相顧，儼然神仙眷屬也。前歲，於戎馬倉皇中扶病轉徙來滬，一廛之寄，屋小於舟。在恒情宜所難堪，而積年沈痾，一朝霍然而瘉。吾以是益信先生天稟之獨厚，後福且無疆矣。海天遙睇，渺兮予懷；吞雲夢於胸中，納須彌於芥子；一彈指而樓閣重現，豈第以七寶眩人眼目哉！晚近學夢窗者，歸安朱先生推君鄉海綃翁為獨至。翁與先生亦相見恨晚，而朱先生所稱得於尋常聽覩之外，江山文藻，助其縱橫者，則又先生之所獨有也。予不敢妄為評品，因雜書所感以歸之。己卯（1939）孟秋之月，萬載龍沐勛謹序。

自 序

自己丑以迄乙巳（1889—1905），于役美洲之古巴，於鄉落間買地闢園，極亭臺花竹之勝。塘六畝，累石為假山。山之下，仿珠江畫舫式，築齋焉。山銜其半，其半曲欄繞出水之中央，顏曰半舫，因自號半舫翁。夏日荷花盛開，招彼都士女游宴無虛夕。秩滿解組歸國，園遂為西班牙某巨室購作別業。民國改元，持節再至其地，則棟宇如新，手植樹已合抱，而所謂半舫者，蕩然無零磚斷瓦之存矣。頃者，避兵淞濱，端居閉門，得詞若干首，復搜舊篋，得金陵病中所為慢令十四首，不忍投敗紙籠中，又不及增入懺盦稿，故別以半舫齋詩餘名之，集夢窗句題水龍吟一闋，聊志鴻爪。曰：

> 移鐙夜語西窗。芙蓉心上三更露。冷空淡碧。烟江一舸。虹河平遡。別岸圍紅。送人雙槳。萬妝爭妒。聽鳳笙吹下。飛軿天際。新鴻喚。半汀鷺。　　洲上青蘋生處。載清吟。數聲柔艣。低簾籠燭。翠翹欹鬢。游情如霧。峭石帆收。裴郎歸後。幾番風雨。記行雲夢影。隔花時見。等閒留住。

己卯（1939）荷花生日，半舫翁自記

半舫齋詩餘題詞

夏敬觀

雪梅香 懺盦先生齋中茗談，展誦所著詞卷，因譜此奉題，即希教正。

水澄澈。鏘然一曲上孤桐。認蓬瀛歸櫂。攜來海角儒峰。渲染霜華熨寒寂。揣俟雲物麗晴空。錦紋織。萬草千花。知費春功。　冲融。夢痕縈。伏檻心情。半舫蓮風。剝茨論文。盡披閱世深衷。茗椀光。浮動巖碧。飯盂香。煓漬番紅。閒悲恨。共付危絃彈。看飛鴻。

敬觀呈稿

吳眉孫

夢橫塘 懺盦先生出眎新寫半舫齋詞卷，雒誦數過，譜此奉題，即希拍正。

詠花裁簡。鬥酒題襟。墮歡聊為收拾。草綠天涯。枉目斷。王孫消息。牽袂秦淮。繫船黃浦。可憐春色。算柔絲脆管。遣過中年。拚鰈頸。江南客。　回思海國浮家。笑鷗鄉寢處。枕簟分席。萬葉風荷。曾醉擘。水欄涼笛。待重話。羅浮蝶影梅香。恨輕擲。問訊湖山。只餘清籟。在飄零詞筆。

丹徒吳庠眉孫呈稿

呂貞白

舊句曾傳海外吟。雲山千叠蘊詞心。苕苕閒託芳菲思。譜入黃鐘大呂音。

七寶樓臺呈絢爛。九天雲綺散晴妍。新詞細唱江南好。草長鶯飛又滿川。

奉題懺老仁丈大人半舫齋詞卷
愚姪貞白呈稿

林葆恒

是何人。蕭瑟比江關。惸惸抱離憂。正兵戈俶擾。音書遠隔。欲語先愁。忍對燕釵蟬鬢。重話少年游。回首西江水。鄉思悠悠。

試憶當時豪俊。擁皇華使節。歷美經歐。奈紅桑換劫。客鬢已驚秋。算平生封侯無分。賸判將漁笛譜蘋洲。休傳唱。怕迴腸處。有淚盈眸。

八聲甘州，奉題懺盦吾兄社長《半舫齋詩餘》，即乞正拍。

庚辰（1940）清明弟葆恒第一稿

仇　埰

萬里星軺歸後。倦看花舞。夢尋煙月。羅浮遣羈旅。重理玉簡金荃。最憐寫怨孤桐。撫絃心苦。　黯無緒。猶記鍾山微步。行吟慣相遇。舊情商略。今宵晚淞雨。引睇一髮中原。佇君彈淚高歌。大江東去。

解蹀躞清真均奉題懺盦社長詞宗大集，錄呈教正。

庚辰二月江甯仇埰述盦初稿

易　孺

千年宮羽久銷沉。賸使華辭默賞音。八寶樓臺君占取。堯章旁譜惜難尋。

吾鄉舊有半帆亭。半曲維君半舫聽。我近零篇輸什九。當年知我鬌青青。

奉題懺翁半舫齋詞卷

大厂居士易孺

冒廣生

輶軒使者。老作填詞客。說著惠州人便識。記得當時江孝通李漢珍。曾共春明拓金戟。　　豐湖側。朝雲舊遺跡。試攜酒。蠟雙屐。更遠招明月羅浮入。如此江山。幾番風雨。合有一枝漁笛。

淡黃柳·奉題鳳舒同年半舫齋詞稿

疚齋冒廣生

半舫齋詩餘 丙子冬迄庚辰春

還京樂 元宵[1]，四鄰爆竹之聲不絕於耳。因念不過秦淮[2]酒家。荏苒[3]一年。雨雪輒阻攜屐[4]。東事[5]已爆發。惘然賦此。

　　夢飛到，隔戶，元宵鬧極聲未已。記賣鐙[6]門巷，故年十里，光飄珠玭[7]。歎徑霜猶滯，馳車怕入橋南市。暫避了，沽酒去處，笙歌[8]囂世[9]。　　覰[10]銀蟾[11]起，正開簾聊與，杯浮大白[12]，蕭然三影共醉。諸軍破敵崑崙[13]，怎茲辰，又付流水。灑吟牋[14]，應淚墨縈絲，愁煙皺綺。但逐莊蝴蝶[15]，花間依舊游戲。

【箋　注】

〔1〕農曆正月十五日叫上元節。這天晚上叫“元宵”。亦稱“元夜”、“元夕”。唐以來有觀燈的風俗，所以又叫“燈節”。

〔2〕秦淮：河名。流經南京，是南京市名勝之一。相傳秦始皇南巡至龍藏浦，發現有王氣，於是鑿方山、斷長壟爲瀆入於江，以泄王氣，故名秦淮。

〔3〕荏苒：漸漸過去。常形容時光易逝。漢丁廙妻《寡婦賦》：“時荏苒而不留，將遷靈以大行。”晉陶潛《雜詩》之五：“荏苒歲月穨，此心稍已去。”唐韓愈《陪杜侍御游湘西兩寺》詩：“旅程愧淹留，徂歲嗟荏苒。”

〔4〕攜屐：攜帶登山屐。表示即將登山。清唐孫華《贈借山大師》詩：“名山有約時攜屐，野客來尋嬾過橋。”

〔5〕東事：東方的事務。《晉書·宣帝紀》：“天子自廣陵還洛陽，詔帝曰：‘吾東，撫軍當總西事；吾西，撫軍當總東事。’於是帝留鎮許昌。”此指東方的戰事。

〔6〕鐙：膏鐙。也稱錠、釘、燭豆、燭盤。古代照明用具。青銅製，上有盤，中有柱，下有底。或有三足及柄。盤所以盛膏，或中有錐供插燭。《急就篇》卷三：“鍛鑄鉛錫鐙錠鐎。”顏師古注：“鐙，所以盛膏夜然燎者也，其形若杅而中施釭。有柎者曰鐙，無柎者曰錠。柎，謂下施足也。”王應麟補注：“黃氏（黃庭堅）曰：‘豆，有足曰錠，無足曰鐙。’《爾雅》：‘瓦豆謂之鐙。’注：‘即膏鐙也。’《楚辭》：‘蘭膏明燭華鐙錯。’注：‘鐙，錠也。’徐鉉曰：‘錠中置燭，故謂之鐙。’”

〔7〕珠琲：珠串。多形容形似珠串的水珠等。《文選》左思《吳都賦》：“金鎰磊珂，珠琲闌干。”劉逵注：“琲，貫也。珠十貫爲一琲。”《藝文類聚》卷九八引北齊邢劭《甘露頌》：“蜜房下結，珠琲上懸。”宋蘇軾《碧落洞》詩：“泉流下珠琲，乳溜交縵纓。”

〔8〕笙歌：合笙之歌。亦謂吹笙唱歌。《禮記·檀弓上》：“孔子既祥，五日彈琴而不成聲，十日而成笙歌。”唐王維《奉和聖制十五夜然燈繼以酬客應制》：“上路笙歌滿，春城漏刻長。”宋張子野《南歌子》詞：“相逢休惜醉顏酡，賴有西園明月照笙歌。”也泛指奏樂唱歌。清蒲松齡《聊齋志異·西湖主》：“歸過洞庭，見一畫舫，雕檻朱窗，笙歌幽細，緩蕩煙波。”

〔9〕囂世：塵世；擾攘的人世。唐陳子昂《送中岳二三真人序》：“羽人長往，去囂世，走青雲。”

〔10〕覷：看。漢蔡邕《漢津賦》：“覷朝宗之形兆，瞰洞庭之交會。”宋辛棄疾《祝英臺近·晚春》詞：“鬢邊覷，試把花卜歸期，才簪又重數。”

〔11〕銀蟾：月亮的別稱。傳說月中有蟾蜍，故稱。唐白居易《中秋月》詩：“照他幾許人腸斷，玉兔銀蟾遠不知。”元金仁杰《追韓信》第二摺：“正天淡雲閑，明滴溜銀蟾似海山。”

〔12〕大白：大酒杯。漢劉向《說苑·善說》：“魏文侯與大夫飲酒，使公乘不仁爲觴政，曰：‘飲不釂者，浮以大白。’”宋司馬光《昔別贈宋復古張景淳》詩：“須窮今日懽，快意浮大白。”

〔13〕崑崙：古代亦寫作“昆侖”。昆侖山。在新疆西藏之間，西接帕米爾高原，東延入青海境內。勢極高峻，多雪峰、冰川。最高峰達七七一九米。古代神話傳說，昆侖山上有瑤池、閬苑、增城、縣圃等仙境。《莊子·天地》：“黃帝遊乎赤水之北，登乎崑崙之丘。”《楚辭·離騷》：“遭吾道夫崑崙兮，路修遠以周流。”唐韓愈《雜詩》之三：“崑崙高萬里，歲盡道苦遭。”宋張元幹《賀新郎·送胡邦衡待制》詞：“底事崑崙傾砥柱，九地黃流亂注？”亦可解作古代西方國名。《尚書·禹貢》：“織皮昆侖、析支、渠搜，西戎即敘。”孔傳：“織皮，毛布。有此四國，在荒服之外，流沙之內。”

〔14〕吟牋：詩稿。宋范成大《東宮壽詩》：“薰炷爭延祝，吟牋曷讚揚。”宋陸游《病起》詩：“收拾吟牋停酒碗，年來觸事動憂端。”

〔15〕此指莊周夢蝶。《莊子·齊物論》：“昔者莊周夢爲胡蝶，栩栩然胡蝶也。自喻適志與！不知周也。俄然覺，則蘧蘧然周也。不知周之夢爲胡蝶與？胡蝶之夢爲周與？周與胡蝶，則必有分矣。此之謂物化。”

【評　析】

　　《還京樂》，詞牌名，調見宋周邦彦《片玉詞》。此詞寫於元宵之際，雨雪時作，阻礙詞人前赴秦淮，心感於時光荏苒，再感於戰事爆發，使詞人倍覺惘然。故是詞情調沉鬱，感慨萬千，深情無限。
　　起句“夢飛到，隔戶，元宵鬧極聲未已”，以鄰居爆竹熱鬧之聲破題，營造喧鬧氣氛，並與下闋對影成三之寂寥作對比。"記賣鐙門巷，故年十里，光飄珠琲"，以倒敘法變換時空，造成今昔對比，從而引出深沉感慨。"歎徑霜猶滯，馳車怕入橋南市。" 歎息霜雪凝滯，直抒其情，感慨深沉。"暫避了，沽酒去處，笙歌囂世"，欲避塵世繁囂，翩然物外，出塵脫俗，泠然善也。過片"覷銀蟾起，正開簾聊與，杯浮大白，蕭然三影共醉"，與月對影，孤寂無奈之境，昭然獨出，境界清空。"諸軍破敵崑崙，怎茲辰，又付流水"，引出最重要之主題，即序所云"東事爆發"，為詞人最關情處，然破敵最終事敗，倍增怨憤，使人徒歎奈何。抒情之力度，又進深一層。"灑吟牋，應淚墨縈絲，愁煙皺綺"，繼而淚灑吟牋，啼痕染絲，愁煙為之皺綺，情感之深，足以動眾。末以"莊周夢蝶"典故作結，諷諭人世間之遭際，皆如夢幻，亦如遊戲。

（何祥榮箋注）

四園竹　鶯

　　如簧[1]弄舌[2]，背檻語新鶯。巧曾翠織[3]，群又亂飛，傾國傾城[4]。高唱時，雲可入，狂風轉景。柳陰[5]吹斷千聲。　　為誰青。江南樹盡垂絲，金衣[6]到處逢迎[7]。最怕工輦[8]善妒，還惹東牆[9]，浪蝶關情[10]。殘照迴[11]，睡正熟，憪憪[12]醉未醒。

【箋　注】

〔1〕簧：樂器裡有彈性的薄片，用竹箬或銅片製成，作爲發聲的振動體。亦指簧片振動發出的聲音。《詩·小雅·鹿鳴》："吹笙鼓簧，承筐是將。" 孔穎達疏："吹笙之時，鼓其笙中之簧以樂之。"《楚辭·九嘆》："願假簧以舒憂兮，志紆鬱其難釋。" 南朝

梁劉勰《文心雕龍·總術》：“視之則錦繪，聽之則絲簧。”

〔2〕弄舌：掉弄口舌；饒舌。宋張先《滿江紅·初春》詞：“晴鴿試鈴風力軟，雛鶯弄舌春寒薄。”

〔3〕曾，飛翔之意。《楚辭·九歌·東君》：“翾飛兮翠曾。”《楚辭集注》：“曾，舉也，又騫飛也。”翠，翠鳥，《楚辭集注》：“翾然若翠鳥之舉也。”

〔4〕傾國傾城：形容女子極其美麗。《漢書·外戚傳上·李夫人》：“延年侍上起舞，歌曰：‘北方有佳人，絕世而獨立，一顧傾人城，再顧傾人國。寧不知傾城與傾國，佳人難再得！’”南朝陳徐陵《玉臺新詠》序：“雖非圖畫，入甘泉而不分；言異神仙，戲陽臺而無別，真可謂傾國傾城，無對無雙者也。”

〔5〕柳陰：柳下的陰影。詩文中多以柳陰爲游憩佳處。北周庾信《奉在司水看治渭橋》詩：“平隄石岸直，高堰柳陰長。”唐康駢《劇談錄·曲江》：“入夏則菰蒲蔥翠，柳陰四合，碧波紅蕖，湛然可愛。”宋蘇軾《三月二十日開園》詩之二：“西園牡籥夜沈沈，尚有遊人臥柳陰。”

〔6〕金衣：指古時華美的縷金之衣。爲貴官所服。唐張繼《明德宮》詩：“碧瓦朱甍白晝閒，金衣寶扇曉風寒。”

〔7〕逢迎：迎接；接待。《戰國策·燕策三》：“太子跪而逢迎，卻行爲道，跪而拂席。”北齊顏之推《顏氏家訓·治家》：“鄴下風俗，專以婦持門戶，爭訟曲直，造請逢迎。”唐王勃《秋日登洪府滕王閣餞別序》：“千里逢迎，高朋滿座。”也可解作迎合、奉承。《孟子·告子下》：“逢君之惡其罪大。”漢趙岐注：“逢，迎也。君之惡心未發，臣以諂媚逢迎而導君爲非，故曰罪大。”

〔8〕顰：皺眉。南唐張泌《浣溪沙》詞：“人不見時還暫語，今纔拋後愛微顰。”清袁于令《西樓記·泣試》：“還堪笑慚慚病鬼，重效美人顰。”

〔9〕東牆：東邊的牆垣。明湯顯祖《牡丹亭·言懷》：“無螢鑿遍了鄰

家壁，甚東牆不許人窺。”也可比喻美貌女郎傾心於男子。元姚燧
《新水令‧冬怨》套曲：“悔當日東牆窺宋，有心教夫婿乘龍。”

〔10〕關情：動心，牽動情懷。唐陸龜蒙《又酬襲美次韻》：“酒香偏
入夢，花落又關情。”元關漢卿《金線池》楔子：“語若流鶯聲
似燕，丹青，燕語鶯聲怎畫成？難道不關情。”也可解作對人
或事物注意、重視。唐崔峒《送蘇修游上饒》詩：“世事關情
少，漁家寄宿多。”明劉基《鷓鴣天‧冬暖》詞：“塵勞事，莫
關情，清風皓月共忘形。”

〔11〕迥：遙遠；僻遠。漢班彪《北征賦》：“野蕭條以莽蕩，迥千里
而無家。”南朝宋謝靈運《登江中孤嶼》詩：“懷新道轉迥，尋
異景不延。”

〔12〕懨懨：精神委靡貌。亦用以形容病態。唐劉兼《春晝醉眠》
詩：“處處落花春寂寂，時時中酒病懨懨。”元王實甫《西廂
記》第二本第一摺：“懨懨瘦損，早是傷神，那值殘春。”

【評　析】

《四園竹》詞牌名，又名《西園竹》。調見宋周邦彥《清真集》，
注小石調（仲呂商）。《詞律》卷一一列錄。《詞譜》卷十八以周邦
彥“浮雲護月”一詞為正體，雙調，七十七字，上片八句三平韻一
仄韻，下片八句四平韻一仄韻，平仄韻同部通叶。又列別體二種。

此詞以“鶯”為主題，為詠物詞，故以比興寄託之手法，貫串
全詞，並以描寫與說理為主。上闋極寫新鶯聲色。“如簧弄舌，背檻
語新鶯”；又云“高唱時，雲可入，狂風轉景。柳陰吹斷千聲”，用
誇飾手法，道盡新鶯高囀之聲，猶如樂器中之簧片，能振動共鳴，
聲音更能高唱入雲，甚至像狂風吹轉景物，力量巨大。“巧曾翠織，
群又亂飛，傾國傾城”，極摹新鶯以絕色美人之態，到處飛翔，故極
盡聲色之能事。然詞人卻為新鶯擔憂，因聲色作態，雖獲“金衣到
處逢迎”，但也會招來東牆浪蝶之嫉妒，最終自招損害，故曰“最怕

工顰善妒，還惹束牆，浪蝶關情”，諷諭聲色作態者，勿招搖過度，此為寄託之處。最後以寫景作結，“殘照迴，睡正熟，懨懨醉未醒”，在殘陽之映照下，寧願沉醉未醒，以醉眼觀世態，亦不願捲入其漩渦中。全詞寄託鮮明，言情、寫景、說理兼備。

（何祥榮箋注）

玲瓏四犯　牡丹清真均[1]

　　勻紫敷紅，是舊日昭陽[2]，新試妝豔。第一霓裳[3]，屏裏乍呈芳臉。誰道醉舞楊妃[4]，髻鳳[5]早顫[6]鈿[7]教亂。歎霧鬟[8]却未須換。垂老杜陵能見。　　釃[9]杯因底花時[10]薦。愛端凝[11]，半含嬌蒨[12]。神仙笑擁朝暾[13]出。塵世甯留眼。春正繪色繪香，肯便買，胭脂不點。布絳雲[14]十陣，駕有託，爭飛散。

【箋　注】

〔1〕均：即韻，該詞步周邦彥《玲瓏四犯》韻。

〔2〕昭陽：歲時名。十干中癸的別稱，用於紀年。《爾雅·釋天》：“（太歲）在癸曰昭陽。”《淮南子·天文訓》：“亥在癸曰昭陽。”高誘注：“在癸，言陽氣始萌，萬物合生，故曰昭陽也。”北周庾信《三月三日華林園馬射賦》：“歲次昭陽，月在大梁。”一作漢宮殿名。後泛指后妃所住的宮殿。《三輔黃圖·未央宮》：“武帝時，後宮八區，有昭陽……等殿。”漢班固《西都賦》：“昭陽特盛，隆乎孝成。”唐王昌齡《長信怨》詩：“玉顏不及寒鴉色，猶帶昭陽日影來。”清葉永年《燕》詩：“閒向主家談故事，昭陽臺榭已凝塵。”因此詞後句有“楊妃”一語，故此“昭陽”應指后妃宮殿。

〔3〕霓裳：神仙的衣裳。相傳神仙以雲爲裳。《楚辭・九歌・東君》：
　　"青雲衣兮白霓裳，舉長矢兮射天狼。" 元袁桷《甓社湖》詩：
　　"靈妃夜度霓裳冷，輕折菱花玩月明。" 也指飄拂輕柔的舞衣。
　　唐白居易《江南遇天寶樂叟》詩："貴妃宛轉侍君側，體弱不勝
　　珠翠繁。冬雪飄颻錦袍煖，春風蕩樣霓裳翻。"

〔4〕楊妃：唐蒲州永樂人。小名玉環。曉音律，善歌舞。初爲壽王
　　妃，後爲女道士，號太真。入宮後，得玄宗寵，封爲貴妃。安
　　祿山亂起，玄宗出奔。至馬嵬坡，軍士譁變，楊貴妃被迫縊死。
　　後人在詩歌、小說、戲曲中演爲故事。

〔5〕髻鳳：指插戴於髮髻的鳳釵。《太平廣記》卷四九二引唐無名氏
　　《靈應傳》："余乃再拜，昇自西階，見紅粧翠眉、蟠龍髻鳳而侍
　　立者，數十餘輩。"

〔6〕顫：物體震動。宋史達祖《杏花天・清明》詞："棲鶯未覺花梢
　　顫，踏損殘紅幾片。"

〔7〕鈿：用金、銀、玉、貝等製成的花朵狀的首飾。南朝梁劉孝威
　　《采蓮曲》："露花時濕釧，風莖乍拂鈿。" 明程中權《桂枝香・
　　春思》曲："髻釵雲亂，蛾鈿星散。"

〔8〕霧鬟：女子濃密秀美的頭髮。宋吳文英《絳都春・燕亡久矣京
　　口適見似人悵怨有感》詞："當時明月娉婷伴。悵客路、幽扃俱
　　遠。霧鬟依約，除非照影，鏡空不見。" 明何景明《嫦娥圖》
　　詩："《霓裳羽衣》世莫聞，霧鬟雪貌人難見。"

〔9〕釅：指茶、酒等飲料味厚。北魏賈思勰《齊民要術・種紅藍花
　　梔子》："作燕脂法，預燒落藜、藜、藋及蒿作灰，以湯淋取清
　　汁。" 原注："初汁純厚，太釅，即殺花，不中用。" 宋蘇軾《正
　　月二十日與潘郭二生出郊尋春忽記去年是日同至女王城作詩乃
　　和前韻》："江城白酒三杯釅，野老蒼顏一笑溫。"

〔10〕花時：百花盛開的時節。常指春日。唐杜甫《遣遇》詩："自
　　　喜遂生理，花時甘縕袍。" 宋王安石《初夏即事》詩："晴日暖

風生麥氣，綠陰幽草勝花時。"明袁宏道《除夕觀諸公飲》詩：
"角杯窮酒事，分帖記花時。"

〔11〕端凝：莊重。《舊唐書·馮定傳》："文宗以其端凝若植，問其
姓氏。"《宋史·李沆傳》："太宗目送之曰：'李沆風度端凝，真
貴人也。'"明方孝孺《陳先生墓碣》："先生資端凝，喜學問。"
《清史稿·世宗紀》："生有異徵，天表魁偉，舉止端凝。"

〔12〕蒨：鮮明、茂盛。謝靈運《山居賦》："水香送秋而擢蒨"。左
思《吳都賦》："夏曄冬蒨"。

〔13〕朝暾：初升的太陽。亦指早晨的陽光。《楚辭·九歌·東君》：
"暾將出兮東方，照吾檻兮扶桑"。

〔14〕絳雲：紅色的雲。傳說天帝所居常有紅雲擁之。南朝梁陶弘景
《冥通記》卷二："懸臺凌紫漢，峻階登絳雲。"北周庾信《道
士步虛詞》之八："北闕臨玄水，南宮生絳雲。"唐盧照鄰《贈
李榮道士》詩："圓洞開丹鼎，方壇聚絳雲。"

【評　析】

《玲瓏四犯》創自周邦彥，見《片玉集》。

此詞以詠牡丹為題，屬詠物詞一類。與《四園竹·詠鶯》不同，
此詞寄托之意並不明顯，純為對牡丹之讚頌與描繪。"勻紫敷紅"，
詞人首先以"色彩藻飾"為牡丹設墨，綴以紫、紅之色。作者又以
比擬之法，著力刻畫牡丹為神仙美眷，披上神仙之衣裳，即"第一
霓裳"；"神仙笑擁朝暾出。塵世甯留眼。"牡丹也如同簇擁著朝陽而
出之神仙，光輝燦爛，奪目耀眼。"布絳雲十陣"，"絳雲"用得妙，
以恆常縈繞天帝所居之紅雲，借喻牡丹之不同塵俗，超然物外。"春
正繪色繪香，肯便買，胭脂不點"，進一步道出牡丹自有出塵脫俗之
姿，若再點染胭脂，反傷其真美。全詞極盡描繪牡丹之能事，使出
塵絕俗，嬌豔欲流之牡丹形象，活現於讀者眼前。

（何祥榮箋注）

渡江雲　病中問孝陵尉靈谷寺梅花開未，託意於詞。

　　癯梅干底事[1]，惱人病榻，痊瘵兩無端[2]。在山開過了，會向簾前，點額帶妝[3]看。曾經鍊骨，便似鐵，衝得林寒。哀眾生，藥籠誰貯，顆顆返魂丹。　　非關，蕭齋相對[4]，翠盎[5]孤培，抵巖株十萬。蟾鏡[6]來，紗窗留影，苔砌添斑。荒盦[7]縱自慳游屐[8]，借酒力，應可躋攀。遲到處，巢禽未蹋枝翻。

【箋　注】

〔1〕底事：何事。

〔2〕無端：無奈。

〔3〕點額帶妝：《事類賦》卷二十六"梅"條下引《宋書》："武帝女壽陽公主，人日臥於含章簷下，梅花落公主額上，成五出之花，拂之不去，自後有梅花粧"。

〔4〕蕭齋：後人稱寺廟、書齋為"蕭齋"。

〔5〕盎：腹大口小之盆。

〔6〕蟾鏡：圓月。

〔7〕荒盦：此為詞人謙稱。

〔8〕慳：欠缺。游屐：典出《南史·謝靈運傳》："（謝靈運）尋山陟嶺，必造幽峻，巖嶂數十重，莫不備盡。登躡常著木屐，上山則去其前齒，下山去其後齒。"

（黃葦瑜箋注）

氐州第一　病起，山中看紅綠梅花。清真均。

　　堆綠屯緋[1]，山占萬畝，懸天粉本猶小。翠蝶交飛，喧蜂互鬧，穿入香叢縹緲。新倚宮妝，淡正帶，亭亭斜照。染雪孱[2]顏，支寒瘦骨，故人俱老。　　道是園林佳興少，恁還又，花陰行繞。冷蕊彈襟，疏枝點鬢，入浪吟閒抱。只風流，何遜減[3]，巡簷怕，嫣然索笑。[4]一醉蕾騰[5]，夢羅浮，仙鄉未曉。[6]

【箋　注】

〔1〕堆綠屯緋：形容山中紅綠梅花之眾。

〔2〕孱：衰弱。

〔3〕何遜減：姜夔《暗香·仙呂宮》：“何遜而今漸老，都忘卻春風詞筆。但怪得竹外疏花，香冷入瑤席。”又何遜著有《揚州法曹梅花盛開》詩：“兔園標物序，驚時最是梅。銜霜當路發，映雪擬寒開。枝橫卻月觀，花繞凌風臺。朝灑長門泣，夕駐臨邛杯。應知早飄落，故逐上春來。”

〔4〕巡簷怕，嫣然索笑：杜甫《舍弟觀赴藍田取妻子到江陵喜寄三首》之二：“馬度秦山雪正深，北來肌骨苦寒侵。他鄉就我生春色，故國移居見客心。歡劇提攜如意舞，喜多行坐白頭吟。巡簷索共梅花笑，冷蘂疏枝半不禁。”葛立方《滿庭芳》：“蘭亭畔，巡簷索笑，誰羨杜陵翁。”

〔5〕蕾騰：半醉半醒貌。

〔6〕夢羅浮，仙鄉未曉：柳宗元《龍城錄》卷上“趙師雄醉憩梅花下”條：“隋開皇中，趙師雄遷羅浮。一日，天寒日暮，在醉醒間，因憩僕車於松林間酒肆旁舍。見一女子，淡粧素服，出迓師雄。時已昏黑，殘雪對月色微明，師雄喜之，與之語，但覺芳香襲人，語言極清麗。因與之扣酒家門，得數盃，相與飲。少頃，有一綠衣童來，笑歌戲舞，亦自可觀。頃醉寢，師雄亦懵然，但覺風寒相襲。久之，時東方已白。

師雄起視，乃在大梅花樹下，上有翠羽啾嘈相顧，月落參橫，但惆悵而爾。"

（黃葦瑜箋注）

意難忘 況蕙風[1]嘗和清真[2]此調，四聲陰陽平一絲不苟。聊為效顰。

窗影昏黃，記筵開鏡閣，素手行觴。頤霞融酒淺，肌粉染鐙香[3]。蓮漏滴，月廳涼，吹玉管淋浪[4]。笑使君，明珠報曲，受授私相。　　文駕未約成雙，甚尋春較晚，亦恨崔郎[5]。閒談簫史[6]事，羞倚雪兒妝。鸚課罷，惹愁腸，放飛去無妨。那忍伊，籠中過卻，暢好韶光。

【箋 注】

〔1〕況蕙風：即況周頤，晚清詞學四大家之一，原名周儀，字夔笙，一字揆孫，晚號蕙風詞隱。

〔2〕清真：即周邦彥，北宋末葉著名詞人，字美成，號清真居士。

〔3〕鐙香：同"燈香"。韋莊《菩薩蠻》："紅樓別夜堪惆悵，香燈半捲流蘇帳。"

〔4〕淋浪：形容音聲相續不絕。朱熹《試院雜詩之二》："坐聽秋簷響，淋浪殊未休。"

〔5〕崔郎：或用唐代詩人崔護作《題都城南莊》的典故。

〔6〕簫史：劉向《列仙傳》卷上"簫史"條："簫史者，秦穆公時人也。善吹簫，能致孔雀、白鶴於庭。穆公有女，字弄玉，好之，公遂以女妻焉。日教弄玉作鳳鳴，居數年，吹似鳳聲，鳳凰來止其屋。公為作鳳臺，夫婦止其上，不下數年，一旦皆隨鳳凰飛去。故秦人為作鳳女祠於雍宮中，時有簫聲而已。"

（黃葦瑜箋注）

前　調　臥病中央醫院時，髡柳未黃，原草尚枯。一日窺
窗，見翠縷拂牆，綠茵遮路。碧桐君憮然曰："今
日三月三矣。"慨自纕蘅開藩貴陽都下，修禊僅潁
人。以青溪社招集三四十人，視曩年掃葉樓、雞
鳴寺之會，判若天淵。因憶五十年前鄉居讀書，
每禊日約二三同輩，攜酒郊游，此景宛然在目。
伏枕泚筆紀之，不啻服清涼劑也。

　　郊柳篩黃[1]，正繁鶯按曲[2]，勸我流觴。谿迴人倒影，
風煥草飄香。嵐翠濕，客衣涼，聽瀑瀉淋浪。徑漸深，尋
碑峭壁，幾費端相[3]。　　游車未挈鬟雙[4]，有巖花笑臉，
恰迓荀郎[5]。林晴蜂喜鬧，天晚蝶慵妝。囂世外，洗煩腸，
恣夕飲何妨[6]。喚遠空，雲開半隙，放下蟾光[7]。

【箋　注】

[1] 郊柳篩黃：春柳初萌，其芽嫩黃。

[2] 按曲：依節拍唱曲，"繁鶯按曲" 為擬人法。

[3] 端相：即端詳、細看。

[4] 鬟雙：為協韻而作 "雙鬟" 之倒裝。"雙鬟"，乃以雙鬟髮式借
指少女。

[5] 荀郎：原指荀彧（163—212），此為俊美男子之代稱。詩詞且常
見 "荀令留香" 的典故。《藝文類聚》卷七十 "香爐" 條引
《襄陽記》："劉季和性愛香，嘗上廁還，過香爐上，主薄張坦
曰：人名公作俗人，不虛也。季和曰：荀令君至人家，坐處三
日香。為我如何令君，而惡我愛好也？"

[6] 恣夕飲何妨：為 "夕恣飲何妨" 之倒裝。

[7] 蟾光：月光。

（黃莘瑜箋注）

遐方怨　憶舊

　　花窈窕，柳嬌嬈。記得月明，那人樓頭吹玉簫。如今樓在已人遙，[1]獨留團扇月[2]，照斜橋。

【箋　注】

〔1〕李清照《御街行》（一作《孤雁兒》）：“吹簫人去玉樓空，腸斷與誰同倚？”

〔2〕團扇月：吳文英《婆羅門引》：“堂空露涼，倩誰喚，行雲來洞庭。團扇月，只隔煙屏。”

（黃莘瑜箋注）

浣溪沙　偶至玄武湖上三首

　　簇簇鴉群散似煙，柳條疏處見歸船，不妨隄上稍流連。　無酒不成長日醉，有花聊[1]放一春顛。擬隨漁父學攤錢。[2]

　　歌哭平生且勿論，兒時啼笑老還真，可堪浮世作詞人。　款款[3]蝶情容易縛，昂昂[4]龍性本難馴。揭來[5]雲雁[6]是知津。

　　漸覺禪林報晚鐘，六朝山色去恩恩[7]，夕陽消受[8]好簾櫳[9]。　水鳥飛時剛過雨，河豚起處[10]欲吹風。一聲菱唱記吳儂[11]。

【箋　注】

〔1〕聊：姑且

〔2〕擬隨漁父學攤錢：杜甫《夔州歌十絕句》之七："蜀麻吳鹽自古通，萬斛之舟行若風。長年三老長歌裏，白晝攤錢高浪中。"攤錢，一種賭博之戲。近世演變為一種賭博方式，如搖攤、番攤。

〔3〕款款：徐緩貌。杜甫《曲江詩二首》之二："穿花蛺蝶深深見，點水蜻蜓款款飛。"

〔4〕昂昂：志行高遠貌。《楚辭·卜居》："寧昂昂若千里之駒乎？將氾氾若水中之鳧乎？"

〔5〕朅來：歸來。

〔6〕雲雁：高飛之雁。

〔7〕悤悤：音、義同"匆匆"，急遽。

〔8〕消受：享受。

〔9〕簾櫳：竹簾和窗牖。

〔10〕河豚起處：蘇軾《惠崇春江晚景》："蔞蒿滿地蘆芽短，正是河豚欲上時。"

〔11〕吳儂：吳音。

（黃莘瑜箋注）

玉樓春

　　低鬟[1]一笑渾[2]何似。絕似牡丹初破蕊。酒顏無那[3]燭花紅[4]。歌黛[5]可堪[6]山色翠。　　籠鸚[7]未解人顦頓[8]。念得郎詩空[9]惹淚。月痕猶戀海棠梢[10]。簾下獮兒[11]甯穩睡。

【箋　注】

〔1〕低鬟：即低頭，低下頭來。杜牧《杜秋娘詩》："低鬟認新寵，

窈裊復融怡。"是指歌女低下頭來,知道自己已得新寵之意。

〔2〕渾:指完全,全部。此處指低鬟一笑的整體情貌。

〔3〕無那:無奈,無可奈何。王昌齡《從軍行》:"更吹羌笛關山月,無那金閨萬里愁。"

〔4〕燭花紅:暗紅的燭火。李清照《浣溪沙》:"醒時空對燭花紅。"

〔5〕歌黛:歌女之眉。歐陽修《玉樓春》:"尊前百計得春歸,莫為傷春歌黛蹙。"

〔6〕可堪:那堪,抵受不住。秦觀《踏莎行‧郴州旅舍》:"可堪孤館閉春寒,杜鵑聲裏斜陽暮。"然而詞中此語當作"可以"解,歌女之眉足可媲美翠綠山色,言歌女輪廓之美。

〔7〕籠鸚:籠裡的鸚鵡。

〔8〕顦顇:同憔悴。況周頤《齊天樂》:"沈郎已自拌顦顇。"

〔9〕空:徒然。

〔10〕梢:樹的頂端。

〔11〕猧兒:供人寵養的小狗。

【評　析】

此詞抒發歌女掛念情郎,以致容顏憔悴的無奈。上片描寫歌女微醉的美態,她低頭一笑,猶如剛破蕊而出的牡丹花,似羞非羞,輪廓足可媲美翠綠山色。下片寫歌女念郎之情無法消減。"籠鸚未解人顦顇",作者借籠內鸚鵡無法理解人情世故起句,道出歌女一臉憔悴,下句即說出憔悴因由:"念得郎詩空惹淚",想念情人而不能相見,只能念詩寄情。然而念詩更添愁緒,只有徒然落淚。情感與上片歌女美貌成一對比。"月痕猶戀海棠梢",假借月影猶且可以留戀樹梢,有所依靠。狗兒亦自得其樂,穩睡簾下。只有歌女情郎不在,徒有念詩解愁而益增,暗示歌女無法消解的愁緒。

(黃杰華箋注)

虞美人

　　江天[1]尺幅[2]丹青[3]稿，添箇漁翁好。石磯西畔[4]立多時，看煞[5]落霞孤鶩一齊飛[6]。　　紅蕖[7]正自新妝了，對鏡盈盈[8]笑。鴛鶒[9]穿葉出偏遲[10]，直得雙鬟[11]打槳又來催。

【箋　注】

〔1〕江天：江面和天空，廣闊的場景。柳永《八聲甘州》：“對瀟瀟暮雨灑江天，一番洗清秋。”

〔2〕尺幅：即畫卷。

〔3〕丹青：丹，朱紅色；青，綠色，本是繪畫常用的兩種顏色，因而借代為畫。杜甫有詩名為《丹青引贈曹將軍霸》：“丹青不知老將至，富貴於我如浮雲。”丹青即作畫解。

〔4〕石磯西畔：石磯，指水邊突出的岩石。畔：旁邊。此語見張旭《桃花谿》：“隱隱飛橋隔野煙，石磯西畔問漁船。”

〔5〕看煞：煞，非常，極甚，同“殺”。李煜《望江南》：“滿城飛絮混輕塵，愁煞看花人。”

〔6〕落霞孤鶩一齊飛：孤鶩，即野鴨。落霞從天而下，孤鶩由下而上，高下齊飛。此句演化自王勃《滕王閣序》：“落霞與孤鶩齊飛，秋水共長天一色。”

〔7〕紅蕖：即荷花。

〔8〕盈盈：儀態美好。辛棄疾《青玉案·元夕》：“笑語盈盈暗香去。”

〔9〕鴛鶒：即鴛鴦。鶒，鳥類一種，屬鴨科。

〔10〕出偏遲：即偏遲出。楊萬里《釣雪舟中霜夜望月》：“溪邊小立苦待月，月知人意偏遲出。”

〔11〕雙鬟：鬟有兩義，一指古時女性梳的環形髮髻，如李煜《謝新
　　　恩》："雙鬟不整雲憔悴"；另指婢女、丫環。詞中作婢女解。

【評　析】

　　這是一首寫景詞，生動描繪了石磯西畔的美景。上片寫作者立
於西畔多時，手執丹青畫稿，描畫石磯勝景，盡見落霞孤鶩美景。
作者於此化用王勃《滕王閣序》一語，落霞孤鶩齊飛，將璀璨的落
霞景色與孤鴨連在一起，動靜結合，水天一色。詞謂畫中若添漁翁，
構圖必更雅致。

　　下片情藏景中，作者面對美景的閒適寫意之情。荷花展現了美
好的姿態，可謂出淤泥而不染。其姿優美，隨風輕搖，面對如鏡般
的倒影，猶如美人對鏡自得自滿樣子。鴛鴦穿梭於蓮葉間，構成一
幅絕佳圖畫。作者享受之際，適值婢女催促回歸。"又來"一語，暗
示作者在此早已沉醉多時，"落霞"之際仍無歸意。

（黃杰華箋注）

前　調

　　春風著意嬌楊舞，〔1〕那計花仙妒。沈郎〔2〕休道不勝
衣，〔3〕換與妾身還算好腰肢。〔4〕　　蘭衾〔5〕夜煨〔6〕金猊炷〔7〕，
麝氣〔8〕氳氤〔9〕吐。恩情容易化寒灰，切記添香須趁未殘煤。

【箋　注】

〔1〕春風著意嬌楊舞：演化自南宋韓元吉《六州歌頭》："東風著意，
　　　先上小桃枝。紅粉膩，嬌如醉，倚乎扉，記年時。"
〔2〕沈郎：即沈約，字休文，吳興武康人，南朝文學家、史學家及
　　　聲韻學家。

〔3〕沈郎休道不勝衣：演化自蘇軾《浣溪沙·春情》："沈郎多病不
勝衣。"《南史·沈約傳》謂："隆昌元年，除吏部郎，出為東陽
太守……初，將久處端揆，有志台司，論者咸謂為宜。面帝終
不用，乃求外出，又不見許。與徐勉素善，遂以書陳情於勉言
己老病：'百日數旬，革帶常應移空，以手握臂，率計月小半
分。'欲謝事，求歸老之秩。"不勝衣：謂沈約消瘦，疲弱得連
衣服的重量也承受不起。

〔4〕換與妾身還算好腰肢：穿上沈約穿不下的衣服，仍算合身，意
謂身段窈窕。

〔5〕蘭衾：即香衾，寢具的美稱。晏幾道《木蘭花》："蘭衾猶有舊
時香，每到夢回珠淚滿。"

〔6〕煖：即暖。

〔7〕金猊炷：獅形的銅製香爐。炷，焚燒燈芯。

〔8〕麝氣：麝香氣味。

〔9〕氤氳：煙霧彌漫。

【評　析】

　　全詞寫美人體態輕盈優美，並寄望要珍惜年華。上片寫美人身
段纖細，她穿上像沈郎那般輕盈的衣裳，仍感丰姿綽約，娥娜多姿。
下片述美人於房中燃點香爐，煙霧彌漫，意境綺麗。然而，與客人
恩情瞬間即逝，無從把握，因而醒覺要未雨綢繆，結句表現出美人
對生活的無奈。

（黃杰華箋注）

薄　倖　旅懷

　　海棠開處，逗[1]一尺游絲絆[2]住。記噴笛[3]高樓江上，
都是行人心緒。甚亂山喘鵑[4]芳菲[5]，偏教迷斷還家[6]路。

歎雨澀[7]蛩聲[8]，宵明鐙火[9]，根觸[10]昵昵[11]兒女。
且漫怨春容暮，渾[12]不見六橋[13]煙縷。算年年依舊，風霜
茸帽[14]，染成客鬢如殘絮。不應淒苦，待花梢[15]笑指，薔
薇架下歡期數，雲涯望盡，消息來鴻[16]穿戶。

【箋　注】

〔1〕逗：即引。

〔2〕絆：縛、牽。

〔3〕噴笛：即吹笛。噴者，言其運氣吹奏之快速。

〔4〕嗁鳩：嗁，啼的異體字；鳩，即鶌鳩，叫聲淒厲。

〔5〕芳菲：芳，意芳香，香氣；菲，意濃烈。言花草美盛芬芳。《敦
　　煌曲子詞》：“擬笑千花羞不坼，懶芳菲。”

〔6〕還家：回家。

〔7〕雨澀：澀，即“澀”，不滑潤。

〔8〕蛩：音窮。一指蝗蟲，一指蟋蟀，此處當指蟋蟀。白居易《禁
　　中聞蛩》：“西窗獨坐，滿耳新蛩聲。”

〔9〕鐙火：鐙，同“錠”，古代青銅製的照明器具，上有盤，中有
　　柱，下有底盤。底盤用來盛載蠟燭。

〔10〕根觸：感觸。

〔11〕昵昵：同“暱”，親近。

〔12〕渾：全部。

〔13〕六橋：指西湖六橋，蘇堤上的六座石拱橋，名為映波、鎖瀾、
　　望山、壓堤、東浦及跨虹。

〔14〕茸帽：茸，通“絨”，刺繡用的絲縷。高啟（1336—1373）《效
　　香奩二首》：“繡茸留得唾痕香。”

〔15〕梢：頂端。

〔16〕來鴻：書信。

【評　析】

詞作寫旅途所見景物，由此引起思鄉之情。上片寫景，以海棠花開起筆，主人翁想起當日離鄉，噴笛高樓，愁緒益增。途中聽到鵜鴂鳴叫，倍感蕭殺，差點忘卻回家之路，思鄉之情愈切。下片抒懷，作者慨嘆年華老去，春容遲暮，"渾不見"一句，回想當日美好時光，六橋煙縷，早已蕩然無存，只剩下鬢髮稀疏的老者，徒添愁苦。主人翁於薔薇架下，盡數往昔歡樂片段，並寄望盡快得到故鄉的消息。詞作靜謐中帶點蒼涼，鵜鴂鳴叫映襯年華老去，情景交融。

（黃杰華箋注）

風流子　詠燕。依清真[1]"新綠小池塘"[2]體。

珠箔[3]捲紅樓[4]，春無語、燕子解言愁。歎絲竹畫堂，舊時王謝[5]，草烟殘壘，前代曹劉[6]。趙婕好[7]還嬌似汝，怎說頜封侯。掠[8]蝶翅低，細風深院，蹴[9]花身弱，微雨香溝。　　人間千江水[10]，飛雙剪將恨剪卻都休[11]，奈有故巢，孜孜厥[12]為孫謀。看幾回覓伴，烏衣窄巷[13]，帶歸泥絮[14]，穿過簾鉤，徵夢宵來，不圖[15]偏又懷投。

【箋　注】

〔1〕清真，即周邦彥。周邦彥，字美成，自號清真居士，錢塘人。元豐時獻《汴都賦》，召為太樂正。徽宗朝仕至徽猷閣待制，提舉大晟府。晚居明州。有《片玉集》兩卷，補遺一卷。

〔2〕新綠小池塘：為周邦彥《風流子》首句。

〔3〕珠箔：即珠綴的簾子。箔：簾子。

〔4〕紅樓：富家女子的居室。韋莊（836—910）《長安春》："長安春

色本無主，古來盡屬紅樓女"；李白《陌上贈美人》："美人一笑
褰珠箔，遙指紅樓是妾家。"

〔5〕舊時王謝：句出劉禹錫《烏衣巷》："朱雀橋邊野草花，烏衣巷
　　口夕陽斜。舊時王謝堂前燕，飛入尋常百姓家。"舊時王謝，表
　　示家道中落。

〔6〕曹劉：曹，指代曹操；劉，指代劉備。二人曾論天下英雄。《三
　　國志・蜀先主傳》："是時曹公從容謂先主曰：'今天下英雄唯使
　　君與操耳，本初之徒，不足數也。'"意指天下英雄只曹劉二人。

〔7〕趙婕好：即趙飛燕。據說趙飛燕體態輕盈，身輕如燕，能作掌
　　上舞。

〔8〕掠：奪取。

〔9〕蹴：踩、踏。

〔10〕千江水：語出南宋《嘉泰普燈錄》卷十八："千山同一月，萬
　　　戶盡皆春。千江有水千江月，萬里無雲萬里天。"千江水猶如
　　　眾生，不分智愚高低。詞中千江水，指世間種種人和事。

〔11〕休：罷了。

〔12〕厥：乃。

〔13〕烏衣窄巷：金陵秦淮河南面街名。三國時吳國的守軍曾在此駐
　　　紮，士兵皆穿烏衣而得名。

〔14〕泥絮：泥上的柳絮。帶歸泥絮：即帶泥絮歸。

〔15〕不圖：不料。

【評　析】

　　詞作依周邦彥調，副題詠燕子，借燕子抒懷。上片先以紅樓富
家女起筆，閨中女子獨自一人，只有燕子啼叫，才略解閒愁。"歎絲
竹畫堂，舊時王謝。草烟殘壘，前代曹劉。"當年赫赫名聲，如今物
事人非，怎不傷神！然而燕子無法理解她經歷滄桑家變，詞中謂趙
飛燕身輕如燕，體態猶如燕子，一若多愁善感的富家女子，語帶相

關。"掠蝶翅低，細風深院，蹴花身弱"，女子俯身蹴花，猶燕子掠蝶，姿態優美。"微雨香溝"，呈現出一幅靜謐幽雅的意境。

下片抒懷，作者觀察到人間千江水，生命的喜怒哀樂只不過一瞬間，倒不如以剪刀一揮而斷罷了，何其果斷瀟灑。然而，"奈有故巢，孜孜厥為孫謀"，生命的痕跡並非一剪即了，而是欲斷難斷，"不圖偏又懷投"，正好呈現出作者對人生剪不斷，理還亂的無奈。

（黃杰華箋注）

龍山會　戊寅重九前一日，榆生招飲訒盦齋中，諸名勝畢集。榆生出紙索詞，次夢窗均成此。

　　落帽風[1]何早。料到明朝，鬢短茱萸亞[2]。幾人江又過，殘淚點、飄影新亭[3]亭下。鄰戶絕簫聲，那還記、歌衫舊冶。[4]暗銷凝，河山話劫，唾花寒灑。[5]　　誰漉甕酒烏巾，頓杳狂朋，向古臺飛馬。[6]五星[7]今縱聚，愁聽處、羌笛城陰吹夜。多難莫登高，怕詩趁、哀泉亂瀉[8]。便怎捨、有匣劍[9]、久磨腰際挂。

【箋　注】

〔1〕落帽風：《晉書·孟嘉傳》載，孟嘉在重九日隨桓溫登遊龍山，帽子被風落而不覺，桓溫使孫盛作文嘲之，嘉即場答之，其文甚美，四座嗟嘆，後人因以"落帽"謂重陽登高遠遊。李白《九日龍山飲》詩："醉看風落帽，舞愛月留人。"

〔2〕鬢：指面頰兩邊接近耳旁的頭髮。茱萸：植物名，亦稱辟邪翁，氣味香烈。古俗重陽登高時會佩帶茱萸。亞：垂、低垂。韋莊《對雪獻薛常侍》詩："松裝粉穗臨窗亞，水結冰錘簇溜懸。"

〔3〕新亭：城壘名，故址在今南京市南，築於三國時期。《世說新

語·言語》載，東晉時，中原喪亂，南渡士人在新亭聚飲，坐
中大臣想起中原喪亂，不禁泣下。丞相王導勃然變色說：應該
共同效力王室，怎可如楚囚般相對而泣！劉克莊《賀新郎·送
陳真州子華》詞："多少新亭揮淚客，誰夢中原塊土。"

〔4〕蒨冶：蒨，同茜，大紅色，鮮明、鮮艷之意。冶，容態妖媚。

〔5〕銷凝：銷魂凝神。唾花：《飛燕外傳》載，班婕妤與趙飛燕坐，
飛燕誤唾婕妤袖上，婕妤曰："姊唾染人紺袖，正似石上華。"
辛棄疾《賀新郎》詞："唾花寒，唱我新番句。"廖氏以之表示
自己為國仇家難而傷心唾血。

〔6〕烏巾：黑色頭巾，古時隱逸不仕者多戴之。又古人喝的酒多是
濁酒，飲酒前會先用烏巾將酒糟漉盡。《宋書·陶潛傳》載：
"貴賤造之者，有酒輒設，潛若先醉，便語客："我醉欲眠，卿可
去。"其真率如此。郡將候潛，值其酒熟，取頭上葛巾漉酒，
畢，復著之。"頓杳：頓，立刻；杳，無影無聲。狂朋：縱情任
性或放蕩驕恣的朋友。飛馬：策馬狂奔。

〔7〕五星：指金、木、水、火、土五大行星。古人以五星同時並見
一方為祥瑞，天下昇平。《史記·天官書》："其（歲星）所在，
五星皆從而聚於一舍，其下之國可以義致天下。"

〔8〕哀泉亂瀉：明張羽《陳武帝遺址》："哀泉瀉幽壑，鬼火明荊
榛。"本詞借以言哀傷的情感如泉水涌瀉。

〔9〕匣劍：匣中的寶劍，比喻被埋沒的人才。韋莊《冬日長安感
志》："未知匣劍何時躍，但恐鉛刀不再銛。"

【評　析】

　　上闋以歎息時光流逝，年華漸老作起首，繼而哀歎國土淪陷，
國人四散逃難，自己卻無能為力，只能為國難而哀泣垂淚。回憶起
戰亂前歌舞昇平的景象，如今，這一切已隨着江山浩劫而消逝，讓
人神情恍惚，傷心嘔血。下闋承上闋低沉的氣氛，起首便言想要借

酒澆愁，卻沒有往日狂朋相伴。雖然星象表示天下太平，但是放耳
所聽，卻盡是羌笛怨曲。在這種動亂頻生的年代還是別登高望遠了，
否則這美好江山所受的苦難，將使人心中哀痛如泉湧出。最後以自
振作結，在此刻不應消沉，應當好好磨煉自己，為國家貢獻一份
力量。

（黃永順箋注）

龍山會　重九後三日，最高樓上晚眺書感。仍次夢窗均。

　　忽放登樓眼。凭徧闌干，字總排成亞[1]。冷雲和淚看，
斜雁影、幾與殘陽齊下。秋水一痕飛，驟橫破、江煙翠冶。
沁乾坤，詩愁萬斛，縱情揮灑。[2]　　攜笛到此休吹，怕引
仙軿[3]，馭紫鸞如馬。染霜髭鬢滿，還怎忍、浮白笙邊連
夜。[4]須勸惜分陰，歎華鏡、流塵迅瀉。[5]意未捨、似百
仞[6]、斷崖藤倒挂。

【箋　注】

〔1〕亞：指闌干的外貌。

〔2〕沁：滲入，透出。乾坤：天地或國家之意。詩愁：詩心、詩情。
　　楊萬里《正月十二日游東坡白鶴峰故居其北思無邪齋真蹟猶
　　存》：“詩人眼底高四海，萬象不足供詩愁。”斛：古代量器名，
　　亦作容量單位，一斛為十斗。庾信《愁賦》：“誰知一寸心，乃
　　有萬斛愁。”

〔3〕仙軿：仙車。軿，古代貴族婦女所乘有帷幕的車。

〔4〕染霜：指鬚髮皆白。髭：人嘴上邊的胡鬚。鬢：面頰兩邊接近
　　耳朵的頭髮。浮白：原指罰一滿杯的酒，後亦以之稱滿飲或飲
　　酒。笙：吹奏樂器。

〔5〕分陰：分，長度單位，十分之一寸；陰，指日影，光陰。二者
　　合而形容極短暫的時間。《晉書‧陶潛傳》：“大禹聖者，乃惜寸
　　陰；至於眾人，乃惜分陰。”華鏡：有紋飾的銅鏡。流塵：飛揚
　　的塵土。司馬光《寶鑒貽開叔》詩：“流塵集寶鑒，塵昏鑒不
　　昏。”

〔6〕仞：古代長度單位。《說文》：“仞，伸臂一尋八尺。”

【評　析】

　　上片主要描寫登樓所看的景象，憑闌望去，黃昏中秋色蒼茫，
冷雲、雁影已快要與殘陽一同消失在地面線上。那一線秋水橫淌，
劃破大塊，江上的煙靄和岸上的翠綠，鋪在蒼茫的土地之上。無限
的愁思正從這片天地間慢慢滲出，引得人不禁要縱情揮毫，將一腔
情感傾瀉紙上。下片接着上片的景色發揮，在這美景之中，千萬不
要吹笛奏曲，否則會把神仙們也招引過來，從側面極言景色之美。
接着講自己已是鬚髭皆白的老人，真的經受不起這連夜聽歌縱酒的
聚會了。可是眼看年華迅逝，又油然生起及時享樂的念頭，雖然想
要離開，但不捨的情意卻像懸崖上的掛藤般長，不上不下，令人踟
躕啊。

　　　　　　　　　　　　　　　　　　　　　（黃永順箋注）

龍山會　宣素訪我於層樓談次，因言夢窗此調和均之難。
　　　　　　是夕獨酌，再賸一解。〔1〕

　　蕞又過重九。試問殘英，賸幾霜枝亞。擬追陶令醉〔2〕，
誰送酒、教我酣眠花下。新雨揭來時，滯鄉訊、滄波宕
冶。〔3〕對鐙牀，摩挲故匣，〔4〕劍塵飛灑。　　知曲世罕文君，
那忍求凰，效鼓琴司馬。〔5〕仰觀星象後，歌再起、贏得徬徨

中夜。[6]餘怒觸共工，怕天墜、銀河地瀉。[7]計漫捨[8]、待笛外、雨蓑漁艇挂。

【箋　注】

〔1〕　萱素：姚萱素（1872—1963），字景之，浙江吳興人。曾任南昌知府，為須社"社外詞侶"之一。解：樂曲之意。《古今樂錄》："傖歌以一句為一解，中國以一章為一解，《王僧虔啟》云：'古曰章，今曰解。解有多少，當是先詩而後聲也。'"

〔2〕　陶令醉：陶淵明《五柳先生傳》："性嗜酒，家貧不能常得，親舊知其如此，或置酒而招之。造飲輒盡，期在必醉，既醉而退，曾不吝情去留。"又《宋書》卷三十九《陶潛傳》："顏延之為劉柳後軍功曹，在尋陽，與潛情款。後為始安郡，經過，日日造潛，每往必酣飲至醉。臨去，留二萬錢與潛，潛悉送酒家，稍就取酒。"

〔3〕　曷來：歸來、來到之意。陸機《吊魏武帝文》："咏歸涂以反旆，登脩隴而曷來。"呂延濟注："曷來，言歸去來也。"滄波：碧波。李白《古風》其十二："昭昭嚴子陵，垂釣滄波間。"宕冶：宕，流蕩；冶，通"野"。合為流蕩漫野之意。

〔4〕　鐙：古同"燈"。摩挲：撫摸。《釋名》："摩娑，猶末殺也，手上下之言也。"

〔5〕　效鼓琴司馬：《史記·司馬相如列傳》載，司馬相如至卓王孫家作客，知卓王孫女兒文君新寡，喜好音樂，故意在席上彈琴，以琴聲挑逗之，後來文君與之私奔。

〔6〕　贏：通"贏"，增益、增加之意。徬徨：即"彷徨"，徘徊不定意。中夜：半夜。

〔7〕　共工：古代傳說中的神。《淮南子·天文訓》："昔者共工氏與顓頊爭為帝，怒而觸不周之山，天柱折，地維絕。天傾西北，故日月星辰移焉；地不滿東南，故水潦塵埃歸焉。"

〔8〕計漫捨：計，謀劃、打算；漫，沒有限制、隨意；捨，放手、
　　捨棄。

【評　析】

　　上闋慨歎時間消逝之快，轉眼重陽已過，秋霜降枝，菊花也開
始殘敗了。我想學陶靖節般喝得酩酊大醉，奈何沒友人贈酒相伴，
讓我可以享受花下醉眠的浪漫。看到新雨重降，但家鄉的消息卻久
不通達，眼下世界風波翻湧，真是令人擔憂呀。回到房中，空對燈
牀，摩挲舊劍匣，劍上積塵飛揚，像等待着重出江湖的一刻，表現
出報效國家的壯心。下闋承上闋末句，歎息知音稀少，雖然自己有
意報效國家，卻沒人賞識。抬頭仰觀星象，五星相聯說明國難將消
（見《龍山會·落帽風何早》），但是歌聲重響後，卻使人在深宵中
覺得徬徨無助。真怕那共工又重新發怒，攪得天地不寧。算了，我
還是捨棄這些憂心，歸隱江湖間去吹笛垂釣吧。

　　　　　　　　　　　　　　　　　　　　　　（黃永順箋注）

十二郎　次訒盦和人均

　　麗花燦管。正入夢。繡帷蝶影。羨繭足游躭。霜髭吟
斷。閒悆長謠意迴。〔1〕付與歌鬟旗亭〔2〕上。早畫壁。安排曾
定。堪碎擘錦絃。偷彈綃淚。唱餘猶哽。〔3〕　　因省〔4〕。淞
涯望盡。碧流千頃。便按笛飛篷。天河尋到。還怕金仙問
鼎。〔5〕駐馬鐙橋。解貂帘市〔6〕。殘酒著懷冰冷。宜絳袂。乍
輆添香粉手。熨人宵靜。〔7〕

【箋　注】

〔1〕繭足：足掌磨起硬皮，比喻不畏艱辛。蘇軾《與梁先舒煥泛

舟》：“故人輕千里，繭足來相尋。”游歘：即歘游，喜好遊樂。
霜髭：白色髭鬚。吟斷：吟煞、吟盡。迴：曲折、環繞。

〔2〕旗亭：酒樓，因懸旗以為酒招，故稱之。

〔3〕碎擘：碎，瑣細、繁雜；擘，撥彈弦琴的指法。錦絃：指琴瑟。
綃淚：即淚珠，典出鮫綃的傳說。張華《博物志·異人》載：
“南海外有鮫人，水居如魚，不廢織績，其眼能淚珠。”

〔4〕省：知覺、覺悟。

〔5〕飛篷：指可以直達天河的船隻。天河：即銀河。金仙：道家神
仙名稱。

〔6〕解貂：指縱情酣飲。《晉書·阮孚傳》：“（阮孚）轉丞相從事郎
中，終日酣飲，恒為有司所按，帝每優容之。……遷黃門侍郎，
散騎常侍，嘗以金貂換酒，復為有司彈劾，帝宥之。”後人因以
為典。帘市：即酒市，古代酒店常以旗幟作標志。

〔7〕絳袂：大紅色的衣袖。乍輟：忽然停下或放下。粉手：膚色粉
白的手。熨：即熨貼，舒服、舒適之意。范成大《范村雪後》：
“熨貼愁眉展，勻般笑口開。”宵：夜晚。

【評　析】

　　上闋講自己在舒適的環境中入眠，不知是夢是醒，就像莊生夢
蝶般，有一種虛實交接的夢幻感。在遊樂中，吟詩高唱，歌謠裏
的閒情綿綿，迴環不斷。把遊中所得詞謠交給早已安排好的酒肆
歌女彈唱，但纏綿細碎的琴聲卻使人悲從中來，淚珠暗墜，唱着
唱着便哽咽起來了，表現出悲樂交集的矛盾心情。下闋一轉，好
像講自己覺悟到甚麼東西，卻沒有明言，只講放眼所見景色，沿
江縱目，碧流橫淌過千頃江山，沿着它放舟吹笛，直來到天河上，
卻又怕遇見仙人，問起煉丹之事。下句忽然又轉回現實，在橋邊
下馬，來到酒市中，解下貂袍換酒。轉眼間，酒冷懷涼，哀思悄
起。恰好紅衣歌女此時放下琴往爐內添香，正好讓我能在寧靜夜

中得到一刻安慰。全詞虛實交替，時間變幻莫測，充滿今天所謂
的蒙太奇手法。

（黃永順箋注）

漢宮春　冼玉清女士畫故都春色為二圖，曰崇效寺牡丹，
　　　　曰極樂寺海棠。書索疚齋題，疚齋約余同賦。次
　　　　君特均，題崇效寺牡丹。[1]

　　天上霓裳[2]。趁東風拂檻，低舞群姝。[3]佛幢麝煙，細
透七寶流蘇。[4]池灰幻劫，恐華鬘、色相偏殊。[5]爭又見、
含毫繪就，洛妃嬌捧霞盂。[6]　　十丈輭塵飛處。[7]看鄰旛
招展，閒引蜂娛。[8]須妨現曇，過眼蝶甹金鋪。[9]黃鸝舊約，
記開時、曾共傾壺。[10]空笑道、花無人勸，勸花若醉誰扶？

【箋　注】

〔1〕冼玉清：（1895—1965），詩人、學者，號碧瑯玕館主，廣東南
　　海人。曾任嶺南大學中國文學教授兼博物館館長，後任廣州市
　　立博物館顧問，並參與纂修《廣東通志》。崇效寺：位於今北京
　　宣武區西南部，始建於唐代，為北平名剎之一，自清代起便以
　　賞牡丹而聞名。極樂寺：位於今北京海淀區，與崇效寺一樣以
　　賞花而聞名。疚齋：冒廣生（1873—1959），字鶴亭，號疚齋，
　　江蘇如皋人。明末名士冒辟疆之後，光緒舉人，以詩聞名。

〔2〕霓裳：神仙的衣裳，傳說神仙以雲為裳，如名“霓裳”，後引申
　　指舞衣。唐玄宗曾作《霓裳羽衣曲》，而楊貴妃善為《霓裳羽衣
　　舞》。

〔3〕本句化用李白《清平調》其一之“雲想衣裳花想容，春風拂檻
　　露華容”句。此詩本為讚揚楊貴妃體貌之美而作，謂其人容貌

·391·

　　像花，衣裳像雲，極言貴妃容貌衣飾之美。詞人因借以誇讚崇效寺牡丹之美，力壓群芳。

〔4〕佛幢：寫有佛號或佛咒的帷幔，亦稱經幢。麝煙：焚燒麝香時發出的煙。七寶：佛家所謂的七種珍寶或王寶，其種類在不同佛經中有不同說法。流蘇：裝飾在帳帷上面下垂的穗狀物。

〔5〕池灰幻劫：南朝慧皎《高僧傳·竺法蘭》：“昔漢武穿昆明池底，……蘭云：‘世界終盡，劫火洞燒，此灰是也。’”後人借以指兵火或災亂，亦有以形容世界之變化者。色相：佛家所指一切事物的外貌形態。《華嚴經》：“諸色相海，無邊顯現。”偏殊：差異、不同。

〔6〕含毫：用口含筆，比喻寫文章或作畫。洛妃：傳說中的洛水神女宓妃。南朝劉令嫻《答外詩》其二：“東家挺奇麗，南國擅容輝。夜月方神女，朝霞喻洛妃。”盂：用於盛水或飯的器皿。

〔7〕丈：長度單位，一丈為十尺。頓塵：頓同軟，《後漢書·明帝紀》：“安車頓輪。”《註》：“以蒲裹輪，令柔頓也。”詞人用以指車輛行駛揚起的塵土。

〔8〕旛：用竹桿等挑起直掛的長條形旗子。

〔9〕須妨：應當中止。現曇：即曇花一現，比喻事物難得出現，一瞬即逝。過眼：經過眼前，比喻時間極短暫。蘇軾《吉祥寺僧求閣名》詩：“過眼枯榮電與風，久長那得似花紅。”弔：同吊。金鋪：金飾的鋪首。

〔10〕黃鸝舊約：此處化用賀鑄《菱花怨》詞：“會憑紫燕西飛，更約黃鸝相待。”傾壺：指飲酒。

【評　析】

　　本詞為題崇效寺牡丹花畫作品，篇中用了不少有關花和佛教的典故。上闋以唐代楊貴妃跳霓裳羽衣舞和李白《清平調》詩讚揚她容貌的內容為起，把牡丹花比作楊貴妃，帶出它力壓群芳，阿娜多姿的形貌。接着勾勒出佛寺中的香煙繚繞在寶帳供物間的背景，點出畫題。然後抒發對世間變幻無常、華容早逝的歎息，緊接又讚揚冼氏畫筆把牡丹的驕美容貌畫下，結構緊密。下闋轉寫賞花遊人，寺中遊人如鯽，捲起重重車塵，都是被牡丹的驕美吸引來，像蜜蜂般繞花而賞。因為花容轉眼即逝，所以要把握時間好好觀賞，記得曾相約花開時攜壺共飲，當時還笑無人勸花共飲，人醉了還有別人相扶撐，花兒若醉了有誰可以相扶呀？

（黃永順箋注）

憶舊遊　次清真均，[1]題極樂寺海棠。[2]

正苔凝古甃[3]，露冷禪房，人靜春宵。畫燭通明殿[4]，照紅妝睡足[5]，淚點瀟瀟。溜簪[6]自落鬢畔，敲枕玉光搖。歎夢國清閒，花場[7]豔冶，幾箇能消。　　迢迢[8]。探芳訊，甚梵鼓聲中，胡騎連驍[9]。且把無多酒，酹香叢聊效，騷辨[10]魂招[11]。杜陵那有詩詠[12]，腸斷赤欄橋[13]。待倚得熏籠[14]，朝暾[15]掛煞千樹桃。

【箋　注】

〔1〕清真：北宋詞人周邦彥字美成，號清真居士，有《憶舊遊》詞。

〔2〕極樂寺：在北京西直門外，據《日下舊聞考》，為元代至元時建。《春明夢餘錄》謂成化中建，當是重修。明清兩代為京師勝景，多有文人題詠。《帝京景物略》卷五有"極樂寺"條，言及"寺左國花堂牡丹"，當時知名。袁宗道亦有《極樂寺紀遊》一文。《清稗類鈔》"京西諸勝"條中提及極樂寺"其後牡丹漸盡，又以海棠名。樹高二三丈，凡數十株，國花堂前後皆海棠。光緒中，海棠亦盡矣"。又"極樂寺海棠花"條中有"京師西

直門外極樂寺海棠，奇品也，相傳寺僧以蘋果樹接種，開時雪膚丹頰，異色幽香，觀者莫不欣賞。蘋果花本白色，一經胖合，便極雙妍"的記載。又見張之洞《極樂寺海棠初開置酒會客》及李慈銘《極樂寺看海棠記》等詩文。今寺廢，僅存一殿。

〔3〕甃：井。《說文》："甃，井壁也。"後世詩文中，"甃"多作"井"解。杜甫《銅瓶》詩有"側想美人意，應非寒甃沉"。

〔4〕通明殿：昊天玉帝之宮殿。道觀中崇祀玉帝之所亦稱通明，明代京師顯靈朝天等道宮皆有此殿。佛寺兼祀玉帝者鮮見，此處應為虛指。

〔5〕照紅妝睡足：用海棠春睡事。蘇軾《海棠》詩曰："東風嫋嫋泛崇光，香霧霏霏月轉廊。只恐夜深花睡去，故燒高燭照紅妝。"釋惠洪《冷齋夜話》卷一云："事見《太真外傳》，曰：上皇登沉香亭詔太真妃子，妃子時卯醉未醒，命力士從侍兒扶掖而至，妃子醉顏殘妝，鬢亂釵橫，不能再拜，上皇笑曰：'豈是妃子醉，直海棠睡未足耳！'"吳文英《宴清都》詞"東風睡足交枝，正夢枕瑤釵燕股。障瀲蠟，滿照歡叢，嫠蟾冷落羞度"，可與此句及前後句相互發明。

〔6〕溜簪：指簪子滑落，宋人高吉《塞南》詩曰："鬈云溜簪困未醒，山頭赤烏啄金餅。"

〔7〕花場：唐人蔡孚《打毬篇》曰："奔星亂下花場里，初月飛來畫杖頭。"《日下舊聞考》引《北京歲華記》曰："原四月初一日戒壇開，城中人多往西山；初八日浴佛；十三日上藥王廟諸花盛發，白石莊、三里河、高梁橋外，皆貴戚花場，好事邀賓客遊之。"

〔8〕迢迢：據自序之說，作者是時避兵淞濱，淞濱乃上海別稱。身隱滬上，神馳燕京，故有此言，可與上片"夢國"參看。

〔9〕胡騎連驪：驪，同"鑣"，連鑣，謂騎馬同行。《說文》："鑣，馬銜也。"韓愈《示同列》："幕中無事惟須飲，即是連鑣向闕

時。"胡騎，當指日軍。按：本集所錄，皆丙子（1936 年）至
庚辰（1940 年）間所度之曲，1937 年 7 月 29 日，北平淪陷，
昔日勝景，盡為日軍牧馬之地，故謂鳴鑣與寺鼓相聞。通篇之
宗旨，由此得窺。

〔10〕騷辨：《文心雕龍》有《辨騷》篇，專論楚辭之本末。

〔11〕魂招：《楚辭》有《招魂》篇。作者身居滬上，遙招北平舊遊
所見之花魂。

〔12〕杜陵那有詩詠：成都浣花溪唐時即以海棠聞名，杜甫居其地數
載而集中無一字及海棠。鄭谷海棠《蜀中賞海棠》詩曰："濃
淡芳春滿蜀鄉，半隨風雨斷鶯腸。浣花溪上堪惆悵，子美無心
為發揚。"按，"斷鶯腸"化入下句之"腸斷"。作者當年久寓
燕京，而未能吟詠極樂寺之花，故發此嘆。

〔13〕赤闌橋：朱漆為欄之橋。唐人顧況《題葉道士山房》："水邊楊
柳赤欄橋，洞裡神仙碧玉簫"。合肥赤闌橋為姜夔客居之地，
《淡黃柳》詞前小序云："客居合肥南城赤闌橋之西，巷陌淒
涼，與江左異，惟柳色夾道，依依可憐，因度此曲以紓客懷。"
又《白石道人詩集》中《送范仲訥往合肥三首》之二云："我
家曾住赤闌橋，鄰里相過不寂寥。君若到時秋已半，西風門巷
柳蕭蕭。"

〔14〕待倚得熏籠：白居易《后宮詞》曰："淚濕羅巾夢不成，夜深
前殿按歌聲。紅顏未老恩先斷，斜倚熏籠坐到明。"按，似暗
含"坐到明"三字，引出下句"朝暾"。

〔15〕朝暾：初日或初日之光，隋代郊廟歌辭有"扶木上朝暾，嵫山
沉暮景"之語。

（周爾康、楊月英箋注）

丹鳳吟　為亶素[1]題填詞圖。[2]次均君特。[3]

　　鏡底韶光流水，換幾詞場[4]，百年消寂。江山劫後[5]，休問蠹落[6]詩壁[7]。花枝任揀，酒杯怯倒[8]，事影悠悠，邊聲[9]索索[10]。尚有千層鳳錦[11]，爛似嫣霞飛向，空際翻碧。　　況是探芳嶺表[12]，句新盡奪巖桂[13]色。料理聲名早，歎長安塵汙[14]，繡虎[15]應識。紅圍香繞，卻憶畫簾人隔。認取笛中三弄[16]手，隸霓裳仙籍[17]。鳥啼只漫，猶勸歸去客。

【箋　注】

〔1〕亶素：晚清民國間湖州詞人姚肇菘（1872—1963），字景之，王鵬運侄婿，清季任南昌知府，善屬文，工詩詞，晚年為江蘇文史館館員。夏敬觀《忍古樓詞話》有其小傳：“吳興姚肇菘景之，王半塘之侄婿也。其兄旋椿與余為甲午同歲生。景之遊宦吾鄉，余沉滯吳越，未與相識。頃年避地夷市，始相往還。平昔論詞，墨守四聲，不稍假借，於近人尤服膺新會陳洵述叔。嘗與論‘樂工所謂律，不在四聲，求詞之佳，在人品學力、見解氣概，務其細而遺其大，非士大夫之所為也’。亦韙余言。而好為其難，一詞出，輒數易字而卒就妥帖，固難能也。”

〔2〕填詞圖：畫之一體，或為詞人之寫影，或繪山水林木等，以寄詞意。此體當始於陳維崧，清初廣東名僧大汕嘗作《伽陵先生填詞圖》一幀，當時詞家朱彝尊、納蘭性德、曹貞吉等皆有題詠。朱詞《邁陂塘·題其年填詞圖》：“擅詞場，飛揚跋扈，前身定自青兕。風煙一壑家陽羨，最好竹山鄉里。摧硯几，坐罨畫溪陰，裊裊珠藤翠。人生快意，但紫筍烹泉，銀箏侑酒，此外總閒事。　　空中語，想出空中姝麗，圖來菱角雙髻。樂章

琴趣三千調，作者古今能幾。團扇底。也直得尊前，記曲呼娘
子。旗亭藥市，聽江北江南，歌塵到處，柳下井華水。”後世詞
家多效其故事標榜風雅云。

〔3〕君特：宋代詞人吳文英字君特。

〔4〕詞場：猶文壇，王勃《益州夫子廟碑》：“虛舟獨泛，乘學海之
波瀾；直轡高驅，踐詞場之闉闍。”

〔5〕江山劫後：《法苑珠林·壞劫部》引《觀佛三昧經》曰：“天地
之終始謂之一劫。”又引《順正理論》曰：“如是始從地獄漸滅
至器世間盡，總名壞劫。”劫後者，意謂壞劫之後，引申為禍亂
之後。歐陽修《論乞不受呂紹寧所進羨餘錢》：“劫後繼以蝗旱，
為孽民間，困窶尤要撫存。”本集諸篇皆作於丙子（1936年）
至庚辰（1940年）間，揆度時事，劫後云者，當指日軍侵華之
後。

〔6〕蠹蛩：或作苔蛩。梅堯臣《送壽州司理張元興》：“霜寒露冷古
時獄，下有苔蛩之雄鋩。”

〔7〕詩壁：壁之供人題詩者，或壁中已有詩翰，謂之詩壁。唐人顏
萱《過張祜處士丹陽故居》：“書齋已換當時主，詩壁空題故友
名。”按，休問詩壁云云，作者自謂往日吟詠唱和，一經離亂，
皆已不堪問。

〔8〕怯倒：沈周《大石狀》：“危椒壓屋脊，雷雨常怯倒。”按，極寫
窮極無聊之態。

〔9〕邊聲：李陵《答蘇武書》：“夜不能寐，側耳遠聽，胡笳互動，
牧馬悲鳴，吟嘯成群，邊聲四起。”此處可與《憶舊遊·次清真
均題極樂寺海棠》中“胡騎”一語相發明。

〔10〕索索：《易·震卦》，“上六，震索索，視矍矍，征凶”。孔穎達
《疏》曰：“索索，心不安貌。”按，邊聲索索者，胡馬擾亂之
聲致人心浮動，又拈出中日之戰火，與劫後呼應。

〔11〕鳳錦：《漢武洞冥記》：“元鼎元年起招仙閣於甘泉宮，有霞光

繡、有藻龍繡、有連煙繡、有走龍錦、有雲鳳錦、翻鴻錦。"
此處似指姚氏之詞，爛如錦繡。

〔12〕嶺表：指嶺南。《晉書·孔汪傳》："以不合意，求出為假節、
都督交廣二州諸軍事、征虜將軍、平越中郎將、廣州刺史，甚
有政績，為嶺表所稱。"按，姚氏此前或有廣東之行，詩囊之
中必頗有所得，惜夫姚氏遺稿難求，不知其詳。

〔13〕巖桂：即桂花，或曰木樨。宋人吳仁傑《離騷草木疏》云：
"白樂天去杭日，有《別萱桂詩》……舊說杭天竺寺每歲秋中
有月桂子墜。樂天所云桂，意即今所謂木樨者，又謂之巖桂。"
方以智《物理小識》："木樨結子如豆，今呼月桂，木樨呼巖
桂。"按，木樨以金黃色者最為常見，花時樹樹銷金，極盡燦
爛，而作者謂姚氏之句新奇可奪其色，足見推許。

〔14〕塵汙："汙"同"污"，指塵垢。《晉書·王導傳》："時（庾）亮
雖居外鎮，而執朝廷之權，既據上流、擁強兵，趣向者多歸之。
導內不能平，常遇西風塵起，舉扇自蔽，徐曰：'元規塵污人。'"

〔15〕蹏：同"蹄"。按，長安塵汙，繡蹏應識，紅塵中之風流少年，
躍然可見。《史記·平原君虞卿列傳》，"太史公曰：平原君，
翩翩濁世之佳公子也"，斯之謂乎？

〔16〕笛中三弄：《世說新語·簡傲第二十四》："王子猷出都，尚在
渚下，舊聞桓子野善吹笛而不相識，遇桓於岸上過，王在船
中，客有識之者云：'是桓子野。'王便令人與相聞，云：'聞君
善吹笛，試為我一奏。'桓時已貴顯，素聞王名，即便回下車，
踞胡牀，為作三調，弄畢便上車去，客主不交一言。"後世琴
曲《梅花三弄》即本此事。

〔17〕霓裳仙籍：《楚辭·九歌·東君》："青雲衣兮白霓裳，舉長矢
兮射天狼。"霓裳為仙人之云裳，非仙不得而有，故服霓裳者
必在仙籍。按，謂姚氏度曲之才，堪列仙班。

（周爾康、楊月英箋注）

江城梅花引　遊山園漫成

挖[1]筇橋上趁飛鴉。竹新芽。翠交加。一片落花，颯颯繡鱗遮。石轉苔翻流水急，入谿斜。催人影、換鬢華。

亂蜂隊結又排衙[2]。酒誰家、供醉賒。竟無纖手，向壚處、整得烏紗[3]。閒傍箏邊，看煮雨前茶[4]。半壑雲陰天正晚，淡殘霞。玉蟾弄、岸嘴沙。

【箋　注】

〔1〕挖：同拖。

〔2〕排衙：舊時主官升座，衙署陳設儀仗，僚屬依次參謁，分立兩旁，謂之排衙。《太平廣記·無賴二·路德延》："排衙朱榻上，喝道畫堂前。"

〔3〕整得烏紗：元人張可久散曲《雙調·折桂令·九日》，"對青山強整烏紗"，或謂用孟嘉落帽事。《晉書·孟嘉傳》："孟嘉為征西桓溫參軍，溫甚重之，九月九日溫宴龍山，僚佐畢集，時佐吏并著戎服，有風至，吹嘉帽墜落，嘉不之覺，溫使左勿言，慾觀其舉止，嘉未久如廁，溫令取還之，命孫盛作文嘲嘉，著嘉坐處。嘉還見，即答之，其文甚美，四座嗟歎。"

〔4〕雨前茶：穀雨前采茶之嫩芽所焙制者。蘇軾《留題顯聖寺》："浮石已乾霜後水，焦坑閒試雨前茶。"

（周爾康、楊月英箋注）

還京樂　吾郡城[1]在羅浮之東，有湖曰豐湖，亦曰西湖[2]，彊邨老人所謂裝成縮本西湖者也，朝雲墓[3]、六如亭[4]在焉。余別四十餘年，聞迭經兵燹，迄未

殊及。去春日軍陷落[5]，不知如何矣。寒夜酒後，
浩然有思，率拈此解。

故山在，鶴悷猿驚[6]，夢跡今記否。縱渡江胡騎[7]，
亂甒躪後，芳菲依舊。怕膩消湖瘦[8]。寒吹畫角嚴城[9]久。
膡[10]鏡里西子，怨斷妝春煙岫。　　問長亭柳。送關河人
遠，纖條慣折，腰圍因底尚鬮。干戈萬劫心魂，試安排，
自斟壺酒。了無端，空兔魄[11]斜飛，虬籤暗吼[12]。正欲歸
期卜，燈花飄墜紅豆。

【箋　注】

〔1〕郡城：古謂郡治之所在，近世指府城。李德裕《登崖州城作》：
　　　"千山似欲留人住，百匝千遭繞郡城。"作者惠陽人，惠陽明清
　　　時隸惠州府，故此處郡城府城，即今廣東省惠州市惠城區。

〔2〕西湖：即惠州西湖，古名"豐湖"，宋人祝穆《方輿勝覽·惠
　　　州》："豐湖，在郡西，廣五十里，亦名西湖，楊廷秀《過惠遊
　　　豐湖詩》'三處西湖一色秋，錢塘潁水更羅浮。東坡元是西湖
　　　長，不到羅浮更不休。'"又王士禎《池北偶談·三西湖》條
　　　曰："《粵劍編》云：惠州豐湖在郡城西，人呼為西湖。東以城
　　　為儲胥，西南北三方皆群山為衛，儼然與武林相似。蘇長公曾
　　　買此湖為放生池，出御賜金錢築堤障水，人號曰'蘇堤'。是天
　　　下有兩西湖、兩蘇堤也。潁州亦有西湖。坡知潁州，謝表云
　　　'出守二邦，輒為西湖之長'，是又三西湖也。"系蘇軾寓惠州時
　　　常游之地，東坡集中亦有詠西湖之篇什，題為《泗洲塔》，凡四
　　　首，其一曰："一更山吐月，玉塔臥微瀾。正似西湖上，涌金門
　　　外看。水輪橫海闊，香霧入樓寒。停鞭且莫上，照我一盃殘。"

〔3〕朝雲墓：惠州西湖上之名勝，清人吳綺《嶺南風物志》曰："朝

雲墓，在惠州府北門外三里許，至今郡人春日遊賞者多至其處。"蘇軾《朝雲墓誌銘》："東坡先生侍妾曰朝雲，字子霞，姓王氏，錢塘人。敏而好義，事先生二十有三年，忠敬若一。紹聖三年七月壬辰卒於惠州，年三十四。八月庚申，葬之豐湖之上，棲禪寺之東南，生子遯，未期而夭。蓋嘗從比丘尼義沖學佛法，亦粗識大意，且死，誦金剛經西句偈以絕。銘曰：浮屠是瞻，伽藍是依，如汝宿心，惟佛止歸。"

〔4〕六如亭：朝雲墓上之亭，蘇軾《與李方叔四首》之四曰："朝雲者死於惠州久矣，別後學書頗有楷法，亦學佛法，臨去誦六如偈以絕，葬之惠州棲禪寺，僧作亭覆之，榜曰六如亭。"

〔5〕日軍陷落：民國二十七年（1938）至三十四年（1945）間，惠州淪陷凡四次，第一次在民國二十七年十月十二日，縱火焚惠州街市，據三月餘，至翌年一月初引去；第二次在民國三十年（1941）五月中旬，據三日而去；第三次在民國三十一年（1942）一月初，據六日，是役日軍亡軍官數人，乃屠戮惠州未逃之男丁，死者三千餘人；第四次在民國三十三年（1944）十月，據城凡十閱月，至敗降始去。以上據近人王映樓《惠州四次淪陷紀實》。按，依自序所言，此處之陷落當指第一次，庚辰年（1940）為本集下限，不應及庚辰後事，然"去春"云云，又明指為春季之事，而第一次淪陷實在秋冬，"去春"何謂，殊不能詳，或記憶之誤耳，姑存其疑。

〔6〕鶴悷猿驚：孔稚珪《北山移文》："蕙帳空兮夜鶴怨，山人去兮曉猿驚。"

〔7〕渡江胡騎：姜夔《揚州慢》："自胡馬、窺江去後。"

〔8〕湖瘦：楊萬里《西府直舍盆池種蓮》："西湖瘦得盆來大，更伴詩人恐不禁。"按，恐勝景盡廢，湖光失色，故曰瘦。

〔9〕嚴城：城池之戒備森嚴者。范曄《後漢書·任李萬邳劉耿列傳》："任邳識幾，嚴城解扉。"按，謂其時惠州兵戈紛擾。

〔10〕賸：同剩。

〔11〕兔魄：猶月魄。《參同契》卷上：“蟾蜍與兔魄，日月無雙明。”

〔12〕虬籤：同“虯籤”，露腳。近人喬大壯《千秋歲引》：“飄搖素波鯉信滯，丁東露夜虬籤促。”按，“吼”字下筆極重，可見心臆間之震盪，可與“干戈萬劫心魂”對讀。

（周爾康、楊月英箋注）

解連環　聞半櫻病瘥，[1]春分後五日偕碧桐[2]往訪，不遇。用愚[3]世兄導遊兆豐花園[4]。歸而述此，寄半櫻。

應門惟鶴[5]。知林逋載屐[6]，笑攜紅萼[7]。念病久，苔滿閒庭，是騎馬貴遊[8]，饋無康藥[9]。泥[10]我題扉[11]，掃蛛網，卻妨花落。但萊車駕鹿[12]，碾起麝塵[13]，似惹蜂覺。　　名園那曾有約。歎頹年怎禁，換盡哀樂。早到眼，春色分明，甚穠李夭桃[14]，數枝剛著。未墮機心[15]，任消與，鳶飛魚躍[16]。漫低頭，鏡漪弄影，怕教露角[17]。

【箋　注】

〔1〕半櫻：林鵾翔（1871—1940），近代詞家。湖州人。字鐵尊，號半櫻。民國十年（1921）任浙江甌海道尹。師從朱彊村，弟子有夏承燾。著有《半櫻詞》、《半櫻詞續》等。夏敬觀《忍古樓詞話》曰：“香山楊鐵夫玉銜、吳興林鐵錚鵾翔，皆漚尹侍郎之弟子。鐵夫著有《抱香室詞》，鐵錚著有《半櫻詞》，造詣皆極精深，力避凡近。”“漚尹”為朱彊村另一別號，“鐵錚”即“鐵尊”，似以“鐵尊”為是，或系方言音近之訛。病瘥：病癒。

〔2〕碧桐：即作者之妻邱琴（1868—1966），碧桐係邱氏之字抑其號，未詳。

〔3〕用愚：既稱世兄，當指半櫻之子，半櫻有子同與、同伊，然未
　　　詳其字號，姑存疑。

〔4〕兆豐花園：即今上海之中山公園，在滬西長寧路，公園原為英
　　　國兆豐洋行大班霍格（EjennerHogg）之私園，民國三年
　　　（1914）工部局越界築路，闢為公園，曰JessfieldPark，華言兆
　　　丰公園。園中有荷花池、牡丹園、四角亭、雲石音樂亭等景。
　　　民國三十三年（1944）易名曰中山公園，至今猶在鬧市中，為
　　　滬人四時遊觀之所。

〔5〕應門惟鶴：用林逋“梅妻鶴子”典，清人邱曾《宋詩抄》云：
　　　“林逋字君復，杭之錢塘人。少孤，力學，刻志不仕，結廬西湖
　　　孤山。真宗聞其名，賜粟帛，詔長吏歲時勞問。臨終詩有‘茂
　　　陵他日求遺稿，猶喜曾無封禪書’。時人高其志識。賜諡和靖先
　　　生。逋不娶，無子，所居多植梅蓄鶴。泛舟湖中，客至則放鶴
　　　致之，因謂梅妻鶴子云。”“梅妻鶴子”之說似為後出，沈括
　　　《夢溪筆談》僅云：“林逋隱居杭州孤山，常蓄兩鶴，縱之則飛
　　　入雲霄，盤旋久之，復入籠中。逋常泛小艇，遊西湖諸寺，有
　　　客至逋所居，則一童子出應門，延客坐，為開籠縱鶴。良久，
　　　逋必棹小舟而歸，蓋嘗以鶴飛為驗也。”《宋史》本傳曰：“逋不
　　　娶，無子，教兄子宥登進士甲科。”明人田汝成《西湖遊覽志
　　　餘》有“林和靖梅花詩”條，文曰：“林和靖梅花詩古今絕唱，
　　　然人但知疏影暗香之妙，而不知他作亦更清逸也，其詩云：吟
　　　懷長恨負芳時，為見梅花輒入詩。雪後園林纔半樹，水邊籬落
　　　忽橫枝。人憐紅豔多應俗，天與清香似有私。堪笑胡雛亦風味，
　　　解將聲調角中吹。小園煙景正淒迷，陣陣寒香壓麝臍。池水倒
　　　窺疏影動，屋簷斜入一枝低。畫工空向閒時看，詩客休徵故事
　　　題。慚愧黃鸝與蝴蝶，祗知春色在桃溪。”無子、放鶴、善題梅
　　　花詩等明以前未見合為一談者，清人始多言之，未詳始於何時，
　　　殆非古說。按：和靖林氏，半櫻亦林氏，故以和靖代半櫻。

〔6〕載屐：謂行路。清人范成龍《四山環翠》：“惟余頗負尋芳興，幾慫登臨載屐歸。”按，半櫻出行，作者訪而不值。

〔7〕紅萼：意指梅花。姜夔《暗香》：“翠尊易泣，紅萼無言耿相憶。”

〔8〕貴遊：無職之顯貴，或泛指顯貴。《周禮·地官·師氏》曰：“掌國中失之事以教國子弟，凡國之貴遊子弟學焉。”鄭玄註：“貴遊子弟，王公之子弟。遊，無官司者。”

〔9〕康藥：或即“韓康藥”。《後漢書·逸民傳》：“韓康，字伯休，京兆霸陵人也。常遊名山，採藥賣於長安市中，口不二價者三十餘年。時有女子買藥於康，怒康守價，乃曰：‘公是韓伯休耶？乃不二價乎？’康嘆曰：‘我欲避名，今區區女子皆知有我，安用藥為？’遂遯入霸陵山中，博士公車連徵不至。”按，貴遊不能饋韓康之藥，似略有譏諷之意。

〔10〕泥：此處當讀去聲，塗抹之意。《世說新語·侈汰》：“王以赤石脂泥壁。”

〔11〕題扉：題詩於門上，或謂門上之題詩。錢起有詩題曰《臥病李員外題扉而去》。

〔12〕駕鹿：古之仙人有駕鹿而行者。《神仙傳》：“衛叔卿常乘云駕白鹿見漢武帝，將臣之，叔卿不言而去。”

〔13〕麝塵：香塵。元人郝經《夢遊木香洞府》：“月窗青錦麝塵寒，夢繞煙條露蕊看。”按，以仙人喻半櫻老人，謂其駕車出遊，人車俱杳，僅餘香塵。

〔14〕穠李夭桃：謂繁花似錦。蘇味道《正月十五夜》：“遊妓皆穠李，行歌盡落梅。”夭桃，《詩·周南·桃夭》：“桃之夭夭，灼灼其華。”

〔15〕機心：巧詐之心。《莊子·天地》：“吾聞之吾師，有機械者必有機事，有機事者必有機心。機心存於胸中，則純白不備。”

〔16〕鳶飛魚躍：《詩·大雅·旱麓》：“鳶飛戾天，魚躍於淵。”

〔17〕露角：露頭角。韓愈《柳子厚墓誌銘》：“雖少年，已自成人，能取進士第，嶄然見頭角矣。”楊萬里《曉出淨慈寺送林子方》：“小荷才露尖尖角，早有蜻蜓立上頭。”按，亂世之中，似有深自韜晦之意。

（周爾康、楊月英箋注）

高陽臺　蔡師愚〔1〕《聽潮音館詞鈔》有和余此調，題為《秦淮畫舫》，原詞不復記憶。夜不成寐，依均補作。

文字緣〔2〕深，鶯花夢淺，襟痕鐙影游船。釃酒〔3〕憑闌，鞸〔4〕釵曾貼吟肩〔5〕。歌雲〔6〕不逐飛瓊〔7〕去，了無因，離恨漫天。任淘殘，六代豪華，依舊嬋娟〔8〕。　泥鴻爪印〔9〕休重問，問秦淮膩水〔10〕，消向誰邊。棘臥銅駞〔11〕，東風攬柳成縣〔12〕。一池吹皺干卿甚〔13〕，寫鴛鴦，和雨和煙。付傷心，朱雀橋〔14〕南，白髮樽前。

【箋　注】

〔1〕蔡師愚：蔡寶善（1869—1939），字師愚，號孟庵，浙江德清人。清光緒二十七年（1901）舉人，二十九年（1903）經濟特科乙等及第。歷任京師大學堂提調，陝西寶雞、涇陽、興平、三原、長安等縣知縣。民國初，先後為浙江海寧縣知事、內務部秘書、平政院肅政廳肅政使、全國選舉資格審查會審查員、江蘇省公署諮議長等，授二等嘉禾勳章。民國六年（1917）起，調任江蘇省政務廳廳長、金陵道道尹、蘇常道道尹，頗著政聲。民國九年（1920）辭官，卜居蘇州滄浪亭畔，與張仲仁、費仲深、鄧孝先等結詞社，詩酒唱和，不復問政事。民國二十六年

（1937）日軍內犯，乃避居滬上，堅不受偽職。二十八年
（1939）病卒。工詩詞，有《觀復堂詩集》八卷、《聽潮音館詞
集》三卷、《滄浪漁笛譜》一卷。書亦知名，有魏碑筆意。夏敬
觀《忍古樓詞話》曰：“余姚邵蓮士啓賢，德清蔡師愚寶善，皆
宦遊吾鄉，有同著籍。二君文采斐然，詞名相埒，而師愚之子
謙，為予從侄婿，蓋戚誼兼文字交也。”

〔2〕文字緣：以文章往來之故所成之因緣。呂本中《九日晨起》：
“了了江山夢，區區文字緣。”

〔3〕釃酒：即濾酒。《詩·小雅·伐木》：“伐木許許，釃酒有藇。”
《毛傳》謂“以筐曰釃”。《後漢書·馬援傳》：“援乃擊牛釃酒，
勞饗軍士。”李賢註曰：“釃，猶濾也。”

〔4〕嚲：下垂。秦觀《調笑令·鶯鶯》：“紅娘深夜行雲送，困嚲釵
橫金鳳。”

〔5〕吟肩：詩人之肩。吟詩時肩間聳動，故云。朱熹《次劉明遠宋
子飛反招隱韻之二》：“榮丑窮通衹偶然，未妨閒共聳吟肩。”
按，嚲釵貼吟肩，當係秦淮河舟中冶游之事。

〔6〕歌雲：歌之悅聽者。《列子·湯問》曰：“薛譚學謳於秦青，未
窮青之技，自謂盡之，遂辭歸。秦青弗止，餞於郊衢，撫節悲
歌，聲振林木，響遏行雲。薛譚乃謝求反，終身不敢言歸。”

〔7〕飛瓊：仙女之名，許氏，王母之侍女。《漢武帝內傳》：“許飛瓊
鼓震靈之簧。”此處當指秦淮之歌妓。按，歌雲不逐飛瓊去，意
謂人已去而聲猶在耳。

〔8〕嬋娟：此處指月，與蘇軾《水調歌頭》同。按，秦淮之水長淘，
物是人非，而月色終無改於初。

〔9〕泥鴻爪印：即雪泥鴻爪，謂前塵舊跡。蘇軾《和子由澠池懷
舊》：“人生到處知何似，應似飛鴻蹈雪泥。泥上偶然留指爪，
鴻飛那復計東西。”

〔10〕膩水：即脂水，洗妝之水。吳文英《八聲甘州·陪庾幕諸公遊

靈岩》:"箭徑酸風射眼,膩水染花腥。"

〔11〕棘臥銅馳:馳,同駝。《晉書·索靖傳》:"靖有先識遠量,知
天下將亂,指洛陽宮門銅駝,嘆曰:'會見汝在荊棘中耳。'"
後多以荊棘銅駝指國家淪亡,山河殘破。陸遊《謝池春》:"似
天山,淒涼病驥。銅駝荊棘,灑臨風清淚。"按,此處當指民
國二十六年(1937)底日軍攻陷南京之事。

〔12〕緜,同綿。攪柳成綿,柳綿即柳絮。李商隱《臨發崇讓宅牡
丹》:"桃綬含情依露井,柳綿相憶隔章台。"

〔13〕一池吹皺干卿甚:馮延巳《謁金門》:"風乍起,吹皺一池春
水。……"清人賀裳《皺水軒詞詮》曰:"南唐主語馮延巳曰,
'風乍起,吹皺一池春水',何與卿事?馮曰:未若陛下'細雨
夢回雞塞遠,小樓吹徹玉笙寒'。"

〔14〕朱雀橋:又名朱雀桁,或朱雀航,宋人祝穆《方輿勝覽》曰:
"晉孝武建,朱雀門上有兩銅雀,故橋亦以此得名,去烏衣巷
不遠。"《景定建康志》曰:"鎮淮橋在今府城南門里,即古朱
雀航所。"又曰:"按《世說敘錄》及《輿地志》、《丹陽記》皆
云:吳時南津橋也,名曰朱雀航,太寧二年王含軍至,丹陽尹
溫嶠燒絕之,以遏南眾。定後京師乏良材,無以復之,故為浮
航,至咸康三年侍中孔坦議復橋,於是稅航之行者,具材,乃
值宮苑初創,材轉以治城,故浮航相仍。至太元中,驃騎府立
東航,改朱雀為大航。"則孝武帝時實為重建。又引《晉起居
註》曰:"白舟為航,都水使者王遜立之。謝安於橋上起重樓,
上置兩銅雀,又以朱雀觀名之。"此說與《方輿勝覽》有異,
朱雀門在六朝建康城南,去城之正南門宣陽門五里,銅雀之在
橋抑在門,諸說紛紜,未知孰是。又引《建康實錄》曰:"咸
康二年新立朱雀航,對朱雀門,南渡淮水,亦名朱雀橋,本吳
南津大航橋也,王敦作亂,溫嶠燒絕之,權以浮航往來,至是
始議用杜預河橋法。長九十步,廣六丈,冬夏隨水高下,浮航

相仍，至陳，每有不虞之事，則剔之。"此說又不同，似咸康二年即已復建，而非吳之舊觀。考杜預河橋之法，見於《晉書·杜預傳》，略曰："預又以孟津渡險，有覆沒之患，請建河橋於富平津。議者以為殷周所都，歷聖賢而不作者，必不可立故也。預曰：造舟為梁。則河橋之謂也。及橋成，帝從百僚臨會，舉觴屬預曰：非君，此橋不立也。對曰：非陛下之明，臣亦不得施其微巧。"造舟為梁者，當即今所謂之浮橋，故能隨水高下，遇事則剔。按，六朝以下，實已無朱雀橋，此處系借事虛指。

（周爾康、楊月英箋注）

八聲甘州　吳瞿安[1]挽詞

渺昆明在眼漢旌旒[2]，神州莽飛埃。向鷗天遙問，蟲沙[3]殘劫，闔竟誰排[4]。上界玉樓有記[5]，修賴謫仙才[6]。催客騎箕[7]去，撒手雲階[8]。　　空膰文章壽世[9]，要義熙風骨[10]，委靡扶來[11]。看成陰桃李[12]，遷地又重栽。忍回頭，白門吟社[13]，賦媚香[14]，遺址託騷哀。挑鐙夜怕翻詞錄[15]，猶是霜厓[16]。

【箋　注】

〔1〕吳瞿安：吳梅（1884—1939），字瞿安，號霜厓，江蘇長洲（今蘇州）人，近世詞曲學大家。幼好崑腔，長能吹笛，復善度曲。十八入庠，舉鄉試不第，遂不仕，二十二歲受聘任東吳大學堂教習，後又設帳於存古學堂、南京第四師範、上海民立中學等處。民國六年（1917）應蔡元培請北上，為北京大學教授，授諸生詞曲，門人漸眾。後歷東南大學、中央大學、中山大學、

光華大學、金陵大學等校教授，終始一生，為後學之師表。民國二十六年（1937）日軍侵華，乃舉家遷昆明，二十八年（1939）初復以避空襲之故，遷大姚李旗屯，舟車勞頓，引發舊疾，其地僻遠無醫，遂告不治，得年五十有六。著有《顧曲塵談》、《曲學通論》、《中國戲曲概論》、《南北詞簡譜》、《元劇方言釋略》等，今人戲曲學之規模，皆由此肇基。兼工詩詞曲三體，有《霜厓詩錄》、《霜厓詞錄》、《霜厓曲錄》等傳世，又有傳奇《風洞山》，雜劇《湘真閣》、《無價寶》、《惆悵舞》等，往往自訂工尺而梓行，戲曲之工，近人無出其右者云。弟子有盧前、唐圭璋、任中敏、錢南揚、王季思等，皆詞曲學之名宿。

〔2〕昆明在眼漢旌旂：“旌旂”即“旌旗”，化用杜甫《秋興八首》之七：“昆明池水漢時功，武帝旌旗在眼中。”《漢書》顏師古註曰：“越巂昆明國有滇池，方三百里，漢使求通身毒國，為昆明所閉，欲伐之，故作昆明池象之，以習水戰。”《史記·平准書》：“武帝大修昆明池，治樓船高十餘丈，旗幟加其上，甚壯。”按，吳瞿安卒于雲南，故曰昆明在眼；時戰亂未戢，故曰漢旌旂。

〔3〕蟲沙：喻指戰死之兵卒，亦可泛指死于戰亂者。《抱樸子》：“周穆王南征，一軍盡化，君子為猿為鶴，小人為蟲為沙。”

〔4〕閶竟誰排：“閶”係“閶闔”之省語，指天門。《離騷》：“吾令帝閽開關兮，倚閶闔而望予。”《史記·司馬相如傳》：“排閶闔而入帝宮。”按，與“蟲沙”句聯看，歎瞿安病卒戰亂之中，身後草草。

〔5〕玉樓有記：即“玉樓受召”事。李商隱《李長吉小傳》：“長吉將死時，忽晝見一緋衣人笑曰：‘帝成白玉樓，立召君為記。天上差樂，不苦也。’長吉獨泣，邊人盡見之。少之，長吉氣絕。”按，謂瞿安亦將如長吉受召於玉樓，答前“閶竟誰排”語。

〔6〕謫仙才：謂才學絕世之人。《南齊書·高逸傳》：“永明中會稽鍾

山有人姓蔡，不知名，山中養鼠數十頭，呼來即來，遣去便去，言語狂易，時謂之謫仙。”唐人孟棨《本事詩》：“李太白初自蜀至京師，舍於逆旅，賀監知章聞其名，首訪之，既奇其姿，復請所為文，出《蜀道難》以示之，讀未竟，稱歎者數四，號為謫仙。”

〔7〕騎箕：即騎箕尾，指大臣之死，引申為登仙、遊仙等。《莊子·大宗師》：“傅說得之，以相武丁，奄有天下，乘東維，騎箕尾，而比於列星。”

〔8〕雲階：或指高階，此處當指登天之梯。傅玄《菁賦》：“棄原野之蕭條，升雲階而內御。”

〔9〕壽世：謂造福世人。清人陳康祺《燕下鄉勝錄》：“每出入場屋，必召至案前，諄諄以名士壽世相勖。”

〔10〕義熙風骨：風骨，指文章之氣韻骨格。《文心雕龍·風骨》：“是以怡悵述情，必始於風；沉吟鋪辭，莫先於骨。故詞之待骨；情之含風，猶形之包氣。結言端直，則文骨成焉；意氣駿爽，則文風清焉。”世謂漢末三曹七子詩文為“建安風骨”，義熙為晉安帝年號，凡十四年，自公元405至408年，是時文士後世最知名者為陶淵明，陶公之詩風骨自勁，而隱居半生不仕，此處義熙風骨當以靖節喻指瞿安。

〔11〕扶來：亦作“扶徠”或“扶犁”。傳為伏羲樂名。《通典·樂一》：“伏羲樂曰扶來，亦曰立本。”宋人羅泌《路史·后紀三·炎帝上》：“乃命刑天作扶犁之樂，製豐年之詠。”《註》曰：“扶犁，一作扶來，即伏羲之鳳來。來、犁古同音爾。”又《路史·后紀一·太昊》：“長離徠翔，爰作荒樂，歌扶徠，詠網罟，以鎮天下之人。”《註》曰：“扶徠歌，即鳳來之頌，乃神農之扶犁也。扶、鳳，來、犁，音相同爾。”當指樸陋之土樂。按，雅善文章，妙解音律者如瞿安既逝，恰如斯文盡委，所餘無不樸陋。

〔12〕 成陰桃李：謂瞿安門人濟濟，《韓詩外傳》："夫春樹桃李，夏得陰其下，秋得食其實。" 劉禹錫《宣上人遠寄和禮部王侍郎放榜後詩因繼和》："一日聲名遍天下，滿城桃李屬春官。"

〔13〕 白門吟社：白門，南京之別稱，六朝建康城正南門曰宣陽，俗謂白門，後遂以白門指南京。趙翼《金陵》詩："不到金陵廿六年，白門煙柳故依然。" 民國二十四年（1935），廖氏與楊鐵夫、吳梅、汪東、唐圭璋、林鵾翔、蔡嵩雲、夏仁虎、向迪琮、喬曾劬、盧前、邵啟賢、夏仁沂、周樹年、陳匪石等二十餘人成立如社，前後共十二次雅集，每集取一詞牌，限韻不限題，有《如社詞鈔》版行，收詞二百二十六闋。白門吟社云云應指此。

〔14〕 媚香：當指媚香樓，在南京秦淮河畔，傳為明末李香君所居，余懷《板橋雜記》與侯方域《李姬傳》皆未見媚香樓之說。孔尚任《桃花扇》第二齣《傳歌》，楊龍友畫墨蘭題款曰："崇禎癸未仲春，偶寫墨蘭於媚香樓，博香君一笑。" 吳瞿安有《高陽臺·媚香樓》一闋，詞曰："亂石荒街，寒流古渡，美人庭院尋常。燈火笙簫，都歸雪苑文章。叢蘭畫壁知難問，問鶯花，可識興亡。鎮無言，武定橋邊，立盡斜陽。　　南朝氣節東京並，但當年廚顧，未遇紅妝。桃葉離歌，琵琶肯恕中郎。王侯第宅皆荊棘，甚青樓，寸土猶香。費沉吟，紉扇新詞，點綴歡場。"

〔15〕 詞錄：即吳瞿安《霜厓詞錄》，一卷。

〔16〕 霜厓：吳瞿安晚號。

（周爾康、楊月英箋注）

【編者按】

該詞後來又發表於《戲曲月輯》1942 年第一卷第三期，頁81。

花心動　瓊花。[1]和宣素。

　　簇粉堆雲，是華鬘[2]，妝成本來[3]空色[4]。舊夢蕊珠[5]，新浴真妃[6]，搖影絎裳消碧。料應披氅[7]飛仙[8]杳，飄玉佩，卻遺蘭澤。只休誤，天香[9]富麗，上林[10]曾植。

　　巧鬪輕纖體質。羞還比西施，載歸吳國。[11]未染瘴薰，聊滌冰魂[12]，那損故家[13]丰格。淡描不買燕支[14]繪，東風屬，有根依石。甚吹散，一團素心[15]共惜。

【箋　注】

〔1〕瓊花：揚州蕃釐觀，俗曰瓊花觀，古為后土祠，以瓊花知名。明人曹璿《瓊花集·序》曰：“吾揚瓊花，世傳海內一本，信矣。今花久枯悴，騷人墨士，各以傳聞為據，或謂即聚八仙，或謂漢前即有茲花，或為隋煬帝以觀花來幸江都。以余考之，皆非也。蓋瓊花形色，微類八仙；瓊花異香紛郁，八仙無香也。若唐人所謂玉蕊者，則與之大異矣。”又曰：“鄭興裔曰：瓊花大而瓣厚，其色淡黃。聚八仙小而瓣薄，其色微青，不同者一也；瓊花葉柔而瑩澤，聚八仙葉粗而有芒，不同者二也；瓊花蕊與花平，不結子而香，聚八仙葉低於花，結子而不香，不同者三也。”《瓊花集》引宋人王元之（至道二年知揚州）《瓊花詩序》曰：“揚州后土祠，有花樹一株，潔白可愛，不知何木，俗謂之瓊花。”此揚州瓊花始見于著述。周密《齊東野語》曰：“揚州后土祠瓊花，天下無二本，絕類聚八仙，色微黃而有香。仁宗慶曆中，嘗分植禁苑，明年輒枯，遂復載還祠中，敷榮如故。淳熙中，壽皇亦嘗移植南內，逾年憔悴無華，仍送還之。其後，宦者陳源，命園丁取孫枝接聚八仙根上，遂活，然其香色則大減矣。杭之褚家塘瓊花園是也。今后土之花已薪，而人

間所有者，特當時接本，仿佛似之耳。"《寶祐維揚志》曰："瓊
花生色梢葉與他品絕異，尤有大可異者。方金亮（金海陵王完
顏亮）拔本而去，竟枯悴弗植。亡何，舊基旁暢，根枝益以盛
大。"《洪武揚州府志》曰："至元十三年（宋德祐二年，元南征
滅宋）花朽，三十三年，道士金丙瑞以聚八仙補種故地，而瓊
花遂絕。凡元人稱瓊花者，皆八仙也。"按，據以上諸說，揚州
后土祠瓊花之盛，與宋一代相始終，而他處移植之瓊花，皆為
聚八仙，而后土祠之瓊花自元以降亦聚八仙之種。今人或謂古
之瓊花實為聚八仙之變種，可備一說。

〔2〕華鬘：花環。印度風俗，男女多取花朵相貫，以飾身首。佛經
多見之。《百喻經·貧人作鴛鴦鳴喻》："昔外國節法慶之日，一
切婦女。皆持優鉢羅華為鬘飾。"

〔3〕本來：此處為佛家之語，後世禪宗習用之，謂本有之心性，即
如來藏。《妙法蓮華經·方便品》："是故舍利弗，我為設方便，
說諸盡苦道，示以以涅槃。我雖說涅槃，是亦非真滅。諸法從
本來，常自寂滅相。佛子行道已，來世得作佛。我有方便力，
開示三乘法，一切諸世尊，皆說一乘道。今此諸大眾，皆應除
疑惑。諸佛語無異，唯一無二乘。"寒山诗曰："万机俱乐泯迹，
方识本来人。"《景德傳燈錄·長沙景岑禪師》："礙處非牆壁，
通處亦勿空，若人如是解，心色本來同。"

〔4〕空色：亦佛家之語，最初色為五蘊之色蘊（萬物之表像），空為
空性，印度經論不獨舉色蘊之空性，往往五蘊連陳。中國近世
多以色代指有（或曰存在），與空為對文，禪家多用之，已與本
義殊途。《增一阿含·邪聚品》："僧伽摩報曰：色者無常，此無
常義即是苦，苦者即是無我，無我者即是空也。痛、想、行、
識皆悉無常。此無常義即是苦，苦者即無我，無我者即是空也。
此五盛陰是無常義，無常義即是苦，我非彼有，彼非我有。"此
小乘佛教之空義，不曾單言色空。《般若波多蜜多心經》曰：

"色不異空，空不異色，受想行識，亦復如是。"《中觀根本論
頌·觀四諦品》："眾因緣生法，我說即是空。亦為是假名，亦
是中道義。"此大乘中觀派之空義，亦不獨以色空為對文。色空
相對者，多見於中國歷代文章。王維《謁璇上人詩序》："色空
無礙，不物物也；嘿語無際，不言言也。"吳偉業《清涼山讚佛
詩》："色空兩不住，收拾宗風里。"

〔5〕蕊珠：即蕊珠宮，天中之宮室，仙人所居，詩詞言蕊珠者多及
宮中仙子。《黃庭內景經》："太上大道玉晨君，閒居蕊珠作七
言。"邵雍《二色桃》："疑是蕊珠雙姊妹，一時俱肯嫁春風。"
宋徽宗《燕山亭·北行見杏花》："新樣靚妝，豔溢香融，羞殺
蕊珠宮女。"又褚人獲《隋唐演義》曰："那梅妃江采萍，宿世
原是蕊珠宮仙女，兩番謫落人間，今始仍歸本處。"按，此處或
指梅妃江氏（詳見宋人傳奇《梅妃傳》），與下句"真妃"（即
貴妃楊玉環）相對，江為舊人，楊為新人。

〔6〕新浴真妃：真妃，唐玄宗貴妃楊玉環，玄宗既奪兒婦，令彼入
道事玄，賜號太真，以掩天下之耳目，故曰真妃。陳鴻《長恨
歌傳》："詔高力士潛搜外宮，得弘農楊玄琰女於壽邸，既笄矣。
鬢髮膩理，纖穠中度，舉止閒冶，如漢武帝李夫人。別疏湯泉，
詔賜澡瑩。既出水，體弱力微，若不任羅綺。光彩煥發，轉動
照人。"

〔7〕披氅：《晉書·王恭傳》："恭美姿儀，人多愛悅，或目之曰：濯
濯如春月柳。嘗披氅裘，涉雪而行，孟昶窺見之，嘆曰：此真
神仙中人也。"蘇軾《雪詩八首》之二："閒來披氅學王恭，姑
射群賢邂逅逢。"

〔8〕飛仙：《海內十洲記·方丈洲》："周廻五千里外別有圓海繞山，
圓海水正黑，而謂之冥海也，無風而洪波百丈，不可得往來，
惟飛仙能到其處耳。"蘇軾《次韻子由晉卿所和》之一："會看
飛仙虎頭篋，卻來顛倒拾遺裘。"按，飄玉佩，卻遺蘭澤云云，

似謂落花猶有餘香。

〔9〕天香：芳香之美稱。庾信《奉和同泰寺浮圖》："天香下桂殿，仙梵入伊笙。"

〔10〕上林：漢之宮苑，西漢諸帝遊獵之所。《三輔黃圖·苑囿》："漢上林苑，秦之舊苑也。"又引《漢書》曰："武帝建元三年，開上林苑，東南至藍田宜春、鼎湖、御宿、昆吾，旁南山而西，至長楊、五柞，北繞黃山，瀕渭水而東，周袤三百里，離宮七十所，皆容千乘萬騎。"查今本《漢書》無之，未詳此文何據，或为统括之语，姑存疑。此處當指兩宋之禁苑，事見"瓊花"條。

〔11〕羞還比西施，載歸吳國：當指金主完顏亮南侵移植瓊花之事；西施越人，載歸吳國，即指完顏亮"拔本而去"事。詳見宋人杜斿《瓊花記》，備述紹興三十一年（1161）十一月金人"揭花本去"，十二月觀主歸"來舊地"，得"小根"而"移植之花處"。明年二月十五，"夜中大雷雨"，朝起視之，"則勃然三蘖從根出矣，自是遂條達不已"。

〔12〕未染瘴薰，聊滌冰魂：亦指前條之事，雖受金人移植而終不污及根本。冰魂，多指花木高潔之質。蘇軾《松風亭下梅花盛開》之二："羅浮山下梅花村，玉雪為骨冰為魂。"

〔13〕故家：猶舊家，或指從前。宋人嚴仁《南柯子》："門前溪水泛花流，流到西洲，猶是故家愁。"按，"羞還比西施"至"那損故家風格"，似有借古喻今之意。

〔14〕燕支：即胭脂，婦女化妝用，亦可為顏料入畫。徐陵《玉台新詠序》："南都石黛，最發雙蛾；北地燕支，偏開兩靨。"

〔15〕素心：純潔之心地。顏延之《陶徵士誄》："弱不好弄，長實素心。"

（周爾康、楊月英箋注）

瑞鶴仙 徐南屏[1]母五十生日，移壽睨[2]所得振災。繪
《養志圖》徵題，倚此應之。

鳳笙[3]吹繡甸[4]，正婺星[5]，南極[6]璇圖[7]初展。薰
風[8]趁琴轉。護北堂慈竹[9]，春暉長煥。百齡居半。帶清
霜，芙蓉鏡面[10]。認鐙幃念五[11]，年來畫荻[12]，課丸[13]
人健。　　欣見萊斑[14]嬉處，訓誡諄諄，綵觴[15]休獻。嗷
鴻[16]澤畔。感時淚向花濺[17]。借蟠桃[18]，滴取楊枝甘
露[19]，世界大千[20]灑徧。自無煩，一勺仁漿[21]，翠釵又
典[22]。

【箋 注】

〔1〕 徐益藩（1915—1956）：字南屏，浙江崇德（今屬桐鄉）人，女
詩人徐自華、徐蘊華之姪，年二十二入中央大學，攻中國文學，
師從黃侃、吳梅、胡翔冬等公，俱學界名宿，復入潛社，社友
諸輩，率多少年才俊，若夫唐圭章、王季思、程千帆、沈祖棻
等，皆詞壇後來之巨擘。然未克卒業，即遭兵亂，遂遷上海，
任中學教職，1950 年遷南京，受聘於南京圖書館，為編輯。
1955 年冬北上訪友，翌年初病卒於北京之旅次，鄭振鐸代成其
喪云。著述有《越絕考》、《崇德徐氏家譜》等，又嘗編定《霜
厓序跋》、《語溪徐氏三代遺詩》等書，姑母自華、蘊華之詩文
亦賴南屏裒集以存。徐蘊華《雙韻軒詩稿》中有《己卯首夏為
南屏姪題璞齋養志圖》一首，己卯即民國二十八年（1939），宜
與本闋《瑞鶴仙》同詠一事。

〔2〕 壽睨：或曰睨壽，贈獻壽禮。

〔3〕 鳳笙：應劭《風俗通義・聲音・笙》：“長四寸，十二簧，像鳳
之身，正月之音也。”故曰鳳笙。酈道元《水經注・洛水》：“昔

　　王子晉好吹鳳笙，招延道士，與浮丘同遊伊洛之浦。」

〔4〕繡甸：田野美如錦繡者。陳子龍《醉落魄》：「青樓繡甸，韶光
　　一半無人見。」

〔5〕婺星：即二十八宿之女宿，玄武七宿之第三宿，有星四。或曰
　　務女、婺女、寶婺。《禮記·月令》：「（孟夏之月）日在畢，昏
　　翼中，旦婺女中。」左思《吳都賦》：「婺女寄其曜，翼軫寓其
　　精。」按，徐母生辰當在農曆四月，故托言婺星，可與徐蘊華詩
　　題中「首夏」互證。

〔6〕南極：指南極老人星。《史記·天官書》：「狼比地有大星，曰南
　　極老人。」《正義》註曰：「老人一星，在弧南，一曰南極，為人
　　主占壽命延長之應。」壽詩壽詞習用此語。范成大《東宮壽詩》：
　　「自古東明陪出日，只今南極是前星。」

〔7〕璇圖：謂天子之版圖。江淹《為蕭驃騎慶平賊表》：「遹制璇圖，
　　廣馭四海。」此處或指南極星之分野，道教尊南極星之神曰「南
　　極長生大帝」，緣是或以天子目之。

〔8〕薰風：初夏之東南風，和暖故曰薰。《南風歌》：「南風之薰兮。」
　　《呂氏春秋·有始》：「東南曰薰風。」

〔9〕慈竹：竹名，又曰義竹、慈孝竹、子母竹。叢生，一叢或多至
　　數百十竿，根窠盤結，四時出筍。竹高至二丈許，新竹舊竹密
　　結，高低相倚，若老少相依，故名。唐王勃有《慈竹賦》。

〔10〕芙蓉鏡面：「芙蓉鏡」典出《酉陽雜俎續集·支諾皋中》：「相國
　　李公固言，元和六年下第遊蜀，遇一老姥，言：郎君明年芙蓉
　　鏡下及第，後二紀拜相，當鎮蜀土，某此時不復見郎君出將之
　　榮也。明年，果然狀元及第，詩賦題有‘人鏡芙蓉’之目。」
　　似喻指南屏學而有成。

〔11〕鐙幃念五：鐙幃，燈下幃中，當指內室，念五即「廿五」，謂
　　徐母教養南屏凡二十五年，南屏時年應為二十五歲。

〔12〕畫荻：《宋史·歐陽修傳》曰：「（修）四歲而孤，母鄭，親誨

之學，家貧，至以荻畫地而書。”

〔13〕課丸：即“丸熊”之事，《新唐書·柳公綽傳·仲郢》：“仲郢
字諭蒙。母韓，即皋女也，善訓子，故仲郢幼嗜學，嘗和熊膽
丸，使夜咀咽以助勤。”畫荻、課丸，皆喻徐母教子有方。

〔14〕萊斑：即老萊子斑衣娛親之事。《藝文類聚》引劉向《列女
傳》：“老萊子孝養二親，行年七十，嬰兒自娛，著五色綵衣。”

〔15〕綵觴：即慶壽之堂會。清人汪道鼎《坐花誌果》曰：“設席兼
演戲者，故曰綵觴。”按：綵觴休獻，即壽典從簡，與小序中
“移壽賑所得振災”呼應。

〔16〕嗷鴻：《詩·小雅·鴻雁》：“鴻雁于飛，哀鳴嗸嗸”，後多喻指
流離失所之災民。

〔17〕感時淚向花濺：化用杜甫《春望》：“感時花濺淚，恨別鳥驚
心。”

〔18〕蟠桃：壽桃。《山海經》曰：“滄海之中，有度朔之山，上有大
桃木，其蟠曲三千里。”以其根幹蟠曲，故謂蟠桃。又《漢武
內傳》載：“七月七日，西王母降，以仙桃四顆與帝。帝食輒收
其核，王母問帝，帝曰：慾種之。王母曰：此桃三千年一生
實，中夏地薄，種之不生。帝乃止。”故後世謂蟠桃為西王母
之物。又《神異經》曰：“東北有樹焉，高五十丈，其葉長八
尺，廣四五尺，名曰桃。其子徑三尺二寸，小狹核，食之令人
知壽。”故後人多謂蟠桃可延壽。

〔19〕楊枝甘露：楊枝，又曰齒木，古時印度比丘清潔口腔之物。
《五分律》曰：“有諸比丘，口氣臭穢，飲食不消。有諸比丘，
共上座語，惡其口臭。諸比丘以緣白佛，佛言：應嚼楊枝。”
楊枝何得嚼以却口臭？據義淨三藏《南海寄歸內法傳》卷一
曰：“自至終身牙疼西國迥無，良為嚼其齒木。豈容不識齒木名
作楊枝？西國柳樹全稀，譯者輒傳斯號。佛齒木樹實非楊柳，
那爛陀寺目自親觀，既不取信於他，聞者亦無勞致惑。”可知

內典之楊枝，並非中國之楊柳，實為古印度人潔齒之具。義淨書中又說齒木之取材、用法等甚詳，文繁不贅。而此處之楊枝甘露，其說當出楊柳觀音，其相梵剎中常見，一手柳枝，一手淨瓶，以柳枝蘸甘露而普灑之，寓意雖善，頗昧內典古義。《佛学大词典》曰：“楊柳觀音，三十三觀音之一，又稱藥王觀音。左手結施無畏印，右手持楊柳枝。若修楊柳枝藥法，可消除身上之眾病。”作者又以楊柳觀音喻徐母。彰彼賑災濟世之功。

〔20〕世界大千：即大千世界，佛教宇宙觀之術語。可泛指世間。《法苑珠林》曰：“長阿含、起世經等：四洲地心即是須彌山。山外別有八山，圍如須彌山下大海深八萬四千由旬。其邊八山大海初廣八千由旬中有八功德水如是漸小至第七山下，水廣一千二百五十由旬。其外鹹海廣於無際，海外有山即是大鐵圍山。四周圍輪，並一日月晝夜迴轉照四天下，名為一國土。即以此為量數至滿千鐵圍繞訖名一小千。復至一千鐵圍繞訖名為中千世界。即數中千復滿一千鐵圍繞訖名為大千世界。其中四洲山王日月乃至有頂各有萬億，成則同成，壞則同壞，皆是一化佛所統之處，名為三千大千世界，號為娑婆世界。梵本正音，名為索訶世界。”

〔21〕仁漿：成語“仁漿義粟”之省語，指施捨貧民之食物，又曰“義漿仁粟”。“仁漿”出《搜神記·楊伯雍》：“公汲水作義於坂頭，行者皆飲之。”“義粟”出《後漢書·黃香傳》：“於是豐富之家各出義穀，助官稟貸。”馮桂芬《上海果育堂記》：“易纏頭之金，義漿仁粟不匱矣；輟秉燭之晷，讀書治生有餘矣。”

〔22〕典：典賣。

（周爾康、楊月英箋注）

滿江紅　夏映盦[1]新居落成

　　鄴架[2]縑緗[3]，有藏本，谿山書屋。安梅鶴[4]，數椽
還見，詩翁[5]卜築[6]。樓外半簾宜捲雨，堦前尺地堪栽竹。
手騷經[7]，天問[8]漫裒裒，箋和續。　　松濤韻，收琴曲。
花陰暑，消棋局。正璇閨[9]商略[10]，丹青成軸。幸免蟲魚
秦火劫[11]，笑看雞鶩胡麻逐[12]。放金杯，裂笛[13]又吹，
雲窗蕉綠。

【箋　注】

〔1〕夏映盦：即夏敬觀（1875—1953），晚號映盦。近代詞家，江西
　　新建人。光緒十七年（1891）入新建縣學，二十年（1894）成
　　舉人，以詩詞名播南北。二十一年（1895）入南昌經訓書院，
　　隨皮錫瑞治經學。二十六年（1900）在滬從文廷式學詞。二十
　　八年（1902）入張之洞幕，辦三江師範學堂（後改兩江師範學
　　堂，今之南京大學與南京師範大學皆肇於此）。三十三年
　　（1907）任江蘇提學使兼上海復旦、中國公學等校監督。宣統元
　　年（1909）致仕。三年（1911），聞武昌首義，率先剪辮，不以
　　遺老自居。民國五年（1916）受商務印書館之聘，任涵芬樓撰
　　述。七年任浙江省教育廳廳長。十三年（1924）復辭官，厥後
　　閒居滬上，筑室於滬西康家橋，著述不輟，暇時以詩詞丹青自
　　娛。淞滬戰起，乃避居法租界（今人陳詒《夏敬觀年譜》曰：
　　民國二十七年（1938）四月，移居法租界霞飛路靜村。本闋所
　　詠當即此事）。廬舍園池盡廢，窮蹙之時，鬻書畫以供爨。民國
　　三十六年（1947）入國史館，與重修清史之事，翌年七月中風
　　臥病，纏綿五年始卒，年七十有九。工詩詞，詩宗孟郊、梅堯
　　臣，論者以為其詩"刻意鍛煉，思致字句，不肯作一句猶人語

（錢基博《現代中國文學史》）”；詞則出入歐陽修、晏殊、姜
夔、張炎諸家之間，亦是“冶煉熔鑄，不尚苟同”，尤為一代名
家。有《忍古樓詩集》、《映盦詞》。又有《忍古樓詞話》，遍舉
近代詞家之得失。畫工山水花卉，尤擅畫松，識者以為可頡頏
湯滌（民國畫家，常州武進人），傳世有《寒翠圖》、《松圖》
等，復有論畫專著《忍古樓畫說》。

〔2〕鄴架：典出韓愈《送諸葛覺往隨州讀書》：“鄴侯家多數，插架
三萬軸。”後代指藏書之處。陳廷焯《白雨齋詞話》：“慾集全宋
詞，則亦不過壯觀鄴架，於本源無涉，亦可不比。”

〔3〕縑緗：縑，雙絲織成之細絹。《說文》曰：“并絲繒也。”《釋
名·釋采帛》曰：“縑，兼也，其絲細緻，數兼於絹，染兼五
色，細緻不漏水也。”緗，《說文》曰：“帛淺黃色也。”古人以
帛為紙，書於縑緗之上，或謂帛書，近世多有出土者。後遂以
縑緗代指書冊。唐人孫過庭《書譜》：“若乃師宜官只高名，徒
彰史牒；邯鄲淳之令範，宜著縑緗。”

〔4〕梅鶴：用林和靖梅妻鶴子之事，詳見前文《解連環》註〔5〕。

〔5〕詩翁：謂詩壇之耆宿。韓愈《雪後寄崔二十六丞公》：“詩翁憔
悴矙荒棘，清玉刻佩連玦環。”

〔6〕卜築：擇地建宅，即定居之意。孟浩然《冬至後過吳張二子檀
溪別業》：“卜築依自然，檀溪不更穿。”

〔7〕騷經：即屈原《離騷經》。王逸《楚辭章句》曰：“《離騷經》
者，屈原之所作也。屈原與楚同姓，仕於懷王，為三閭大夫。
三閭之職，掌王族三姓，曰昭、屈、景。屈原序其譜屬，率其
賢良，以厲國士。入則與王圖議政事，決定嫌疑；出則監察群
下，應對諸侯。謀行職修，王甚珍之。同列大夫上官、靳尚妒
害其能，共讒毀之。王乃疏屈原。屈原執履忠貞而被讒邪，憂
心煩亂，不知所訴，乃作《離騷經》。”

〔8〕天問：即屈原《天問》，王逸《楚辭章句·天問序》曰：“天問

者，屈原之所作也。何不言問天？天尊不可問，故曰天問也。屈原放逐，憂心愁悴，徬徨山澤，經歷陵陸，嗟號昊旻，仰天嘆息，見楚有先王之廟及公卿祠堂，圖畫天地山川，神靈琦瑋譎詭及古賢聖怪物行事，周流罷倦，休息其下，仰見圖畫，因書其壁，呵而問之。以渫憤懣，舒瀉愁思，楚人哀惜屈原，因共論述，故其文義不次序云爾。”按，離騷、天問云云，似有幽憤之思，或為國亂家破之時文人心境之寄託。

〔9〕璇閨：閨房之美稱。鮑照《擬行路難》：“璇閨玉墀上椒閣，文窗繡戶垂羅幕。”

〔10〕商略：詞義甚富，或謂討論、評論等，或謂估量、準備，或同脫略，此處宜取討論、評論義。《世說新語·品藻》：“劉丹陽、王長史在瓦官寺集，桓護軍亦在坐，共商略西朝及江左人物。”

〔11〕蟲魚秦火劫：蟲魚，典出《論語·陽貨》：“小子何莫學夫詩？詩，可以興，可以觀，可以群，可以怨。邇之事父，遠之事君；多識於鳥獸草木之名。”漢之古文家註經好章句之學，重典章名物之訓釋考據。後遂以蟲魚泛指名物典章。秦火劫，謂秦始皇焚書之事。此處當指日軍侵華之事，文物典籍殘毀甚多，宿儒名士亦多有物故者，實為華夏文明之大劫，故以秦火喻之。

〔12〕雞鶩胡麻逐：喻小人名利相爭。典出《楚辭·卜居》：“寧與黃鵠比翼乎？將與雞鶩爭食乎？”胡麻即芝麻，傳為漢張騫得種於西域，故曰胡。

〔13〕裂笛：《太平御覽·樂部十八·笛》引《唐國史補》：“李舟好事，嘗得村舍煙竹，截以為笛，堅如鐵石，以遺李牟。牟吹笛天下第一，月夜泛江，與舟吹之，溜亮逸發。俄有客立於岸，呼船請載。既至，請笛而吹，甚為精壯，山石可裂，牟平生未嘗見。及入破，呼吸盤闢，應指粉碎。客散，不知所之。舟著

記，疑其蛟龍也。"後世詩家詞家好用此事，寄言胸懷之慷慨激越。辛棄疾《賀新郎·把酒長亭說》："長夜笛，莫吹裂。"

（周爾康、楊月英箋注）

蝶戀花　訒盦[1]示落花詩八首索和。不能詩，拈六一翁句[2]率酬六闋。

庭院深深深幾許。綠未成陰，紅已先辭樹。樹底啼蛄[3]聲漸苦。聲聲似替殘紅訴。　　燕子不分泥與絮。銜上雕梁，一例同擡舉。十萬金鈴[4]空說護。無端只惹東風妒。

庭院深深深幾許。怕捲珠簾，簾外風和雨。但得雨晴風亦煦。倚樓看煞天魔舞[5]。　　銀鹿[6]馱歸何處所。堆向谿根，依舊黏泥土。羅韈絕塵人淡素。飄飄正試淩虛步。

庭院深深深幾許。舊日池臺，金碧都非故。半角園林新缺處。憑誰更把空枝補。　　莫遣游蜂爭攫取。一片花飛，減卻春無數。茵溷[7]何曾甘自汙。不堪零落依朱戶。

庭院深深深幾許。有美人兮，對景傷遲暮。輸與姮娥[8]奔月府。年年搗藥[9]教顏駐。　　散盡綺霞隨海鶩。不賸些兒，點綴斜陽渡。錯喚花奴撾羯鼓。恩恩[10]開過成孤負。

庭院深深深幾許。門外塵香，曾送郎車[11]度。莫遣馬

·423·

蹄痕掃去。歸來須認當時路。　　鎮日流鶯偏不語。脈脈
含情，也似妨鸚鵡。不是工愁同杜甫。感時濺淚[12]休哦句。

　　庭院深深深幾許。蝶夢回時，匝地迷緋霧。夢裏渾忘
春去住。都來夢也無憑據。　　滿目殘棋誰賭墅[13]。爛錦
山河，一擲同孤注。醉倒花前花漫忤。明年花又重歡聚。

【箋　注】

〔1〕訒盦：即林葆恆（1872—1950）。福建閩縣（今屬福州）人，字
子有，號訒盦。宣統二年（1910）廷試列最優等，賜進士，授
翰林院編修。入民國後，歷任駐小呂宋（今菲律賓）副領事、
駐溫哥華領事、駐泗水（今印度尼西亞蘇臘巴亞）領事。民國
十六年（1927）歸國。工詩詞，善書畫，有詩集《訒盦詩稿》，
詞集《瀼溪漁唱》，編《詞綜補遺》。夏敬觀《忍古樓詞話》
曰：“閩縣林子有提學葆恆，亦字訒盦，文直公之子，沉潛書史，
尤耽倚聲。在天津時，招集朋輩作詞作，疊為賡和。邇年來滬，
復創漚社，為社中祭酒。”

〔2〕六一翁句：指歐陽修《蝶戀花》“庭院深深深幾許”詞句。歐
陽修晚號六一居士，故稱六一翁。

〔3〕啼蛄：啼叫之螻蛄。《古詩十九首》之十六：“凜凜歲云暮，螻
蛄夕鳴悲。”

〔4〕金鈴：即護花鈴，古時以索繫金鈴於花間，鳥雀來時索動鈴響，
驚而走之。五代王仁裕《開元天寶遺事》曰：“天寶初，寧王日
侍，好聲樂，風流蘊藉，諸王弗如也。至春時於後園中紉紅絲
為繩，密綴金鈴，繫於花梢之上。每有鳥鵲翔集，則令園吏製
鈴索以驚之，蓋惜花之故也。諸宮皆效之。”

〔5〕魔舞：元代宮中樂舞。《元史·順帝紀》曰：“時帝怠於政事，
荒於遊宴，以宮女三聖奴、妙樂奴、文殊奴等一十六人按舞，

名為十六天魔，首垂髮數辮，戴象牙佛冠，身被纓絡、大紅綃金長短裙、金雜襖、雲肩、合袖天衣、綬帶鞋襪，各執加巴剌般之器，內一人執鈴杵奏樂。又宮女一十一人，練槌髻，勒帕，常服，或用唐帽、窄衫，所奏樂用龍笛、頭管、小鼓、筝、綏、琵琶、笙、胡琴、響板、拍板。以宦者長安迭不花管領，遇宮中讚佛，則按舞奏樂。宮官受秘密戒者得入，餘不得預。”此舞應為藏傳佛教之金剛法舞，創於吐蕃贊普赤松德贊（742—797）時，赤松德贊迎西印度大鳥仗那國大瑜伽士蓮花生入其國，建桑耶寺（在今西藏山南扎囊縣），藏地三寶具足，由茲始。寺成作舞，以鎮群魔，遂為後世之規範，相沿至今。而藏中皆以寺僧舞之，為驅邪禳災之法，類漢土之儺舞。元帝以吐蕃僧為帝師，崇信其法，故宮中亦有此儀軌。《元史》謂為遊宴，著順帝荒嬉之跡，似失允當，或係文化隔閡使然。

〔6〕鹿：顏真卿之家僮有名銀鹿者，李肇《唐國史補》卷上：“顏魯公在之在蔡州，再從侄峴家僮銀鹿始終隨之。”後多代稱家僕。張煌言《僕還》：“自是無銀鹿，猶勝形影單。”

〔7〕溷：《南史·范縝傳》：“子良問曰：‘君不信因果，何得富貴貧賤？’縝答曰：‘人生如樹花同發，隨風而墮，自有拂簾幌墜於茵席之上，自有關籬牆落於糞溷之中。墜茵席者，殿下是也；落糞溷者，下官是也。貴賤雖復殊途，因果竟在何處？’”後多指人生際遇不同，此處用其喻體，謂花之去處。

〔8〕娥：嫦娥。或曰原作姮娥，避宋真宗諱，改作嫦娥。李商隱有“嫦娥應悔偷靈藥，碧海青天夜夜心”語。或謂避漢文帝諱，如恒山郡之改為常山郡。而《淮南子·冥覽訓》曰：“羿請不死之藥於西王母，姮娥竊以奔月，悵然有喪，無以續之。”似無所避忌。又《文選》中謝莊《月賦》之李善註，引《淮南子》此文，曰“常娥”。諸書傳本，皆宋以下物，則避宋諱之事必有之，或至末葉，禁忌寬弛，復改原文，而漢諱之說殆不能詳其有無。

〔9〕藥：古之傳說，月中有白兔搗藥。傅玄《擬天問》："月中何有，白兔搗藥。"

〔10〕恩恩：同匆匆。

〔11〕送郎車：當即潘郎車，《晉書·潘岳傳》："岳美姿儀……少時常挾彈出洛陽道，婦人遇之者，皆連手索繞，投之以果，遂滿車而歸。"

〔12〕感時濺淚：參見前《瑞鶴仙》註〔17〕。

〔13〕墅：《晉書·謝安傳》載，苻堅率眾百萬，次於淮淝，京師震恐。晉孝武帝加謝安為征討大都督，"安遂命駕出山墅，親朋畢集，與玄圍棋賭別墅"。後用其意，指臨危不懼之大將風度。此處比照前後文，似反用之，或謂當路者於國事糜爛之時，措置如兒戲，任其敗壞，故後文曰"一擲同孤注"。

（周爾康、楊月英箋注）

歸國謠　溫飛卿體[1]（二首）

宵永。錦帳繡衾花蒂並。兩鴛眠熟交頸。可堪嬌獨醒。戶對絳河[2]斜耿。背鐙[3]孤抱影。恁般人遠天迴。淚痕珊枕冷。

呼酒。酒醉看花花更瘦。兒觥[4]聊祝花壽。壽花詩百首。　頗記畫闌憑久。牡丹開似斗。只今雲盡蒼狗[5]。亂紅知也否。

【箋　注】

〔1〕溫飛卿體：溫庭筠《金荃集》中諸闋為"歸國謠"牌之別體，與各家不同。其二曰："雙臉。小鳳戰篦金颭艷。舞衣無力風斂。

藕絲秋色染。　　錦帳繡幃斜掩。露珠清曉簟。粉心黃蕊花靨。黛眉山兩點。"正體如馮延巳詞曰："何處笛。深夜夢回情脈脈。竹風簷雨寒窗隔。　　離人幾歲無消息。今頭白。不眠特地重相憶。"

〔2〕絳河：即銀河。古時觀天象者以北極為基準，銀河在北極之南，南方屬火，尚赤，因借南方之色稱之。《漢武帝內傳》："上元夫人遣侍女答問云：阿環再拜，上問起居。遠隔絳河，擾以官事，遂替顏色，近五千年。"

〔3〕鐙，同燈。

〔4〕兕觥：古酒器。腹橢圓或方，或圈足，或四足。有流（酒流出之口）和鋬（把手）。蓋作獸頭狀，故曰兕。兕為古書所載之巨獸，類犀牛，或曰即犀牛。後以兕觥泛指酒器，不必專指一物。《詩·周南·卷耳》："我姑酌彼兕觥，維以不永傷。"

〔5〕蒼狗：天狗，或曰青狗。古人謂為不祥之物。又杜甫《可歎》詩曰："天上浮雲似白衣，斯須改變如蒼狗。"後以此喻世事變幻無常，此處即用其意。

（周爾康、楊月英箋注）

荷葉杯　韋端己體[1]（二首）

　　鏡閣髻螺[2]剛妥。些箇。宮額[3]未勻黃。悄回嬌面向檀郎[4]。濃淡細商量。　　臨砌幾枝紅蕚。吹落。愁擬惜春詞。簾間鸚鵡夢醒遲。心事暫瞞伊。

　　釀得艾成清酒[5]。依舊。佳節[6]醉如泥。雨沈山去帶雲回。應有妙詩隨。　　樓外水天搖碧。消息。渾似隔仙槎[7]。誰教淞薊半歪斜[8]。飛燕正無家。

【箋注】

〔1〕韋端己體："荷葉杯"有溫庭筠、韋莊、顧敻三體，此處用韋莊
之體。溫庭筠體單調二十三字；顧敻體單調二十六字；韋莊體
雙調五十字。韋莊，字端己。

〔2〕髻螺：髮髻之盤旋如螺者。張可久《憑闌人·席上分題》："粧
淡亭亭堆髻螺，歌緩盈盈停眼波。"

〔3〕宮額：古時宮人以黃色染額為粧，故額曰宮額，而後接"未勻
黃"之語。李商隱《又效江南曲》："掃黛開宮額，裁裙約楚
腰。"

〔4〕檀郎：潘岳小字檀奴，美姿容，後世以檀郎代稱夫婿或美少年，
是為女子之口吻。溫庭筠《蘇小小歌》："吳宮女兒腰似束，家
在錢唐小江曲。一自檀郎逐便風，門前春水年年綠。"

〔5〕釀得艾成清酒：謂艾酒，古俗，端午日采艾浸酒，飲之以祛邪。

〔6〕佳節：既造艾酒，依風俗考之，當指端午。

〔7〕仙槎：通天之木筏，張華《博物志》卷三曰："舊說云天河與海
通，近世有人居海渚者，年年八月有浮槎去來不失期，人有奇
志，立飛閣於槎上，多齎糧，乘槎而去。十餘日中，猶觀星月
日辰，自後芒芒忽忽，亦不覺晝夜。去十餘日，奄至一處，有
城郭狀，屋舍甚嚴，遙望宮中多織婦，見一丈夫牽牛渚次飲之。
牽牛人乃驚問曰：'何由至此？'此人見說來意，並問此是何處。
答曰：'君還至蜀郡，訪嚴君平則知之。'竟不上岸，因還如期。
後至蜀問君平，曰：'某年月日有客星犯牽牛宿。'計年月，正
是此人到天河時也。"

〔8〕淞蓂半歪斜：淞即吳淞江，俗謂蘇州河，古時廣闊，後漸淤
塞，下游流經滬城，而注入黃浦江，其水多曲，有三灣之說，
曰潭子灣，曰潘家灣，曰朱家灣。"半歪斜"者，當指此。蓂
即"蓂水"之"蓂"。陳去病《題十萬山人畫》詩曰："丘壑

胸中心自寬，吳淞蒻取一帆安。山人道人滄波上，還我江山畫不難。"

（周爾康、楊月英箋注）

卜算子　荷花五首

長記莫愁湖[1]，鏡裏芙蓉面。一別無端雨又風，香褪嬌顏變。　說甚勝棋樓[2]，輸了江山半[3]。簾燕空飛鐵翦雙，不翦愁根斷。

出水曉妝妍，淡着燕支[4]色。款款蜻蜓點破紅，怎道無瑕璧[5]。　素韈自凌波，不見汙泥迹。帶笑含顰欲語時，抱影亭亭立。

葉葉現如來，花現大千界。[6]玉井應輸咒鉢生[7]，歷劫渾無礙。　不嫁汝南王[8]，底事蘭舟載。解佩[9]年年贈與誰，一鷺煙汀外。

粉靨暈潮紅，晨未消殘酒。驀地妖鬟打槳來，玩弄憑纖手。　盡在不言中，直恁緘香口。澤國鷗盟[10]似水寒，難得花蟲[11]守。

花漫對儂羞，儂也花羞對。恨煞將花比六郎[12]，玷卻花名字。　說愛自濂溪[13]，花合稱君子。淚化珍珠滿玉盤，傾盡酬知已。

【箋 注】

〔1〕莫愁湖：金陵名勝，在南京古城外西南，今為莫愁湖公園。明人顧起元《莫愁湖考》云："江左今有莫愁湖，在西城南。按：古樂府有《莫愁樂》、《石城樂》。《唐書・樂志》曰：'石城有女子名莫愁，善歌謠《石城樂》。第二歌云：陽春白花生，摘插環髻前，捥指蹋忘愁，相與及盛年。《莫愁樂》云：莫愁在何處，莫愁石城西。艇子打兩槳，催送莫愁來。'尚未詳也。莫愁為盧家女子，善歌唱，嘗入楚宮。李商隱詩'如何四季為天子，不及盧家有莫愁'是也。莫愁村今在承天府漢江西，石城在江西北，晉羊祜所建。鄭谷詩：'石城昔為莫愁鄉，莫愁魂散石城荒。江人依舊棹艖艋，江案還飛雙駕鴦。'王橫詩：'村近莫愁連竹塢，人歌楚些下蘋洲。'又沈佺期詩'盧家少婦鬱金堂'即此也。按《通考》載梁武帝詩'洛陽女兒名莫愁'，云莫愁盧家女，洛陽人，則莫愁又有兩人矣。"承天府即湖北鍾祥，明世宗潛邸所在，鍾祥亦有莫愁湖，在城北，據此，則石城莫愁之石城在湖北，非金陵之石頭城，金陵之湖名乃附會而得。金陵莫愁湖之名，始見於明中葉，《正德江寧縣志》云："莫愁湖在縣西京城三山門外。莫愁盧氏妓，時湖屬其家。因名。"是知六朝以降樂府所言之莫愁實在楚地，而楚說亦不無可議。何則？先秦姓與氏分，古無盧姓，楚之盧氏，《左傳》、《史記》等所不載，故盧家女子而入楚宮云者，殊不可解。或謂盧氏源於南國者有二，一為盧戎（在今川陝鄂之間）之裔，一為盧子國（在今合肥）之後，楚之盧氏，或為其一，未能詳其顛末。

〔2〕勝棋樓：在金陵莫愁湖畔，今樓重建於清同治十年。傳明太祖與中山王徐達弈棋於此，以湖為注，中山王勝之，遂得湖，營園而居。據前註，莫愁湖其地其名并係後出，因知傳言不足采信，齊東野人之語耳。

〔3〕輸了江山半：此語當是感時而發，指日本侵華，據東部之半壁。莫愁湖之在南京，南京又為國民政府定都之地，其中亦有深意。

〔4〕燕支：即胭脂，見前《花心動·瓊花和宣素》注〔14〕。

〔5〕無瑕璧：喻指人物完美無缺。《景德傳燈錄》卷十三：“問：不曾博覽空王教略，借玄機試道看。師曰：白玉無瑕，卞和刖足。”

〔6〕葉葉現如來，花現大千界：化用“一花一世界，一葉一如來”之語，語出清人唐英（雍正乾隆間景德鎮督陶官，所製之瓷曰唐窰，又善戲曲，有《古柏堂十七種》）題廬山東林寺虎溪三笑亭聯，其文曰：橋跨虎溪，三教三源流，三人三笑語；蓮開僧舍，一花一世界，一葉一菩提。又唐氏詩集《陶人心語》中有《雲籽上人送白蓮率賦五截句二首謝之》，其一曰：一花一世界，一葉一如來。清靜無塵垢，維摩丈室開。“一花一世界，一葉一如來”之境界本於《華嚴經·華藏世界品》：“十方所有广大刹，悉来入此世界种，虽见十方普入中，而实无来无所入。以一刹种入一切，一切入一亦无余，体相如本无差别，无等无量悉周遍。”或能喻其大義。漢土華嚴宗諸祖衍發微妙，闡為“法界圓融”之說，禪宗之語錄亦多用其意。如宋天童正覺禪師之《宏智禪師廣錄》曰：“所以教中道，一華一佛國，一葉一釋迦，各坐菩提場，一時成佛道。諸禪德，還知根根塵塵在在處處，盡是釋迦老子受用處麼？若於轉處不留情，繁興永處那伽定。”

〔7〕玉井應輸咒鉢生：玉井者，即玉井蓮，見韓愈《古意》詩，有句曰：“太華峰頭玉井蓮，開花十丈藕如船。”錢仲聯集釋引韓醇曰：“《華山記》云：山頂有池，生千葉蓮花，服之羽化，因曰華山。”又引方世舉注：“古樂府《捉溺歌》：華陰山頭百丈井，下有泉水徹骨冷。”輒華山之名，蓋緣玉井之蓮而得。今之玉井在西嶽華山蓮花峰下鎮嶽宮中，《關中勝跡圖志》引明李應祥《雍勝略》曰：“在蓮花峰傍。”又引王圻《三才圖會》曰：

"深可十丈，圓徑半之。"《徐霞客遊記·太華山日記》曰："（西峰）旁有玉井，以閣掩其上，不知何故。"咒鉢者，用佛圖澄咒鉢生蓮之事。《梁高僧傳·神異上·佛圖澄》曰："時石勒屯兵葛陂，專以殺戮為威，沙門遇害者甚眾。澄憫念蒼生欲以道化勒。於是杖策到軍門，勒大將軍郭黑略素奉法，澄即投止略家，略從受五戒，崇弟子之禮。略後從勒征伐，輒預克勝負，勒疑而問曰：孤不覺卿有出眾智謀，而每知行軍吉凶，何也？略曰：將軍天挺神武幽靈所助，有一沙門術智非常，云將軍當略有區夏，已應為師，臣前後所白，皆其言也。勒喜曰：天賜也。召澄問曰：佛道有何靈驗？澄知勒不達深理，正可以道術為徵，因而言曰：至道雖遠亦可以近事為證。即取應器盛水燒香咒之，須臾生青蓮花，光色曜目，勒由此信服。澄因而諫曰：夫王者德化洽於宇內，則四靈表瑞，政弊道消則彗孛見於上，恆象著見休咎隨行，斯乃古今之常徵，天人之明誡。勒甚悅之。凡應被誅餘殘，蒙其益者，十有八九，於是中州胡晉略皆奉佛。時有痼疾世莫能治者，澄為醫療應時瘳損，陰施默益者不可勝記。"華山乃道教三十六小洞天之第四，曰總仙洞天。玉井生蓮，洵為道家之異事。而圖澄咒鉢，孔彰釋教之神通。前之輸後，作者殆謂道不如佛矣。

〔8〕汝南王：南朝樂府《吳聲歌曲》有《碧玉歌》。《樂府詩集·清商曲辭三·碧玉歌》郭茂倩題解引《樂苑》："《碧玉歌》者，宋汝南王所作也。碧玉，汝南王妾名。以寵愛之甚，所以歌之。"檢《宋書》、《南史》，劉宋諸王無封汝南者，或曰《碧玉歌》為東晉孫綽作，則此汝南王當為晉之宗室。晉始封汝南王者司馬亮為宣帝第四子，"八王之亂"中遇害，諡文成，其後子孫相襲，據《晉書》，先後傳威王祐、恭王統、王義、王遵之、王蓮扶五代，至宋受禪，國除。未詳此處之汝南王為何人。按，此歌為吳聲歌曲，所詠者應在江南，據《晉書》，威王南渡後卒薨

於咸和元年，是時孫綽尚少，若果出孫綽之手，則碧玉之良人或為恭王。

〔9〕解佩：用鄭交甫之事。《文選》卷四張衡《南都賦》曰"遊女弄珠於漢皋之曲"，唐李善注引韓嬰《韓詩外傳》佚文曰："鄭交甫將南適楚，遵波漢皋台下，乃遇二女，佩兩珠，大如荊雞之卵。"又劉向《列仙傳》曰："江妃二女者，不知何所人也。出游於江漢之湄，逢鄭交甫。見而悅之，不知其神人也。謂其僕曰：我欲下請其佩！僕曰：此間之人，皆習於辭，不得，恐罹悔焉。交甫不聽，遂下，與之言曰：二女勞矣！二女曰：客子有勞，妾何勞之有！交甫曰：橘是柚也，我盛之以筥。令附漢水，將流而下。我遵其傍，採其芝而茹之。以知吾為不遜也，願請子之佩！二女曰：橘是柚也，我盛之以筥。令附漢水，將流而下。我遵其傍，採其芝而茹之。遂手解佩與交甫。交甫悅受，而懷之中當心。趨去數十步，視佩，空懷無佩。顧二女，忽然不見。《詩》曰：漢有遊女，不可求思。此之謂也。"此處似喻落花。

〔10〕鷗盟：指與鷗鳥為友，喻退隱。陸遊《夙興》："鶴怨憑誰解，鷗盟恐已寒。"

〔11〕花蟲：即蠹魚，又稱衣魚。李賀《秋來》："誰看青簡一編書，不遣花蟲粉空蠹。"

〔12〕將花比六郎：用武后面首張昌宗事，《新唐書·楊再思傳》："張昌宗以姿貌倖，再思每曰：'人言六郎似蓮花，非也；正謂蓮花似六郎耳。'其巧諛無恥類如此。"故下文曰"玷卻花名字"。

〔13〕說愛自濂溪：宋周敦頤，號濂溪，有《愛蓮說》。

（周爾康、楊月英箋注）

【編者按】

這五首詞原刊於《午社詞》，民國庚辰（1940）刊。該書封面由"述菴"即仇埰題簽，扉頁有"葆恒"即林葆恒訒盦題字。

綠蓋舞風輕 乞巧前一日，午社召集於李文忠公祠。[1]擬弁陽老人[2]作。

約客醉深杯[3]，故相祠堂，荷風透窗綺。昆劫吹灰[4]，闌干殘染得，斷袂愁倚。莽莽中州，[5]記煙草、紅心[6]曾繫。燕歸遲、落徧江花，菱鏡千蕊[7]。　　天底。又促佳期，浪影耿星河，幾見戈洗。[8]點滴盈顥，泣銅仙[9]、恁地似花飄淚。淡已忘言，紫霄迥、[10]封章[11]誰寄？雁飛同，書帶九關秋氣。[12]

【箋　注】

〔1〕午社：1939年，廖恩燾等詞人在上海所開的詞社。成員有廖恩燾、金兆蕃、林鵾翔、林葆恒、冒廣生、仇埰、夏敬觀、吳庠、吳湖帆、鄭昶、夏承燾、龍沐勛、呂貞白、何嘉、黃孟超。得詞一百六十闋，編為《午社詞》七集。1940年1月，林鵾翔病歿，詞社遂散。李文忠公：李鴻章（1823—1901），本名章桐，字漸甫、子黻，安徽合肥人，晚清重臣，諡文忠。

〔2〕弁陽老人：周密（1232—1298），字公謹，號草窗，又號四水潛夫、弁陽老人、弁陽嘯翁、華不注山人，南宋詞人，與吳文英並稱"二窗"。此調見《蘋洲漁笛譜》，乃周密詠荷花自度曲也。

〔3〕深杯：古代酒器，又有滿杯之意。唐代杜甫《樂遊園歌》："數

莖白髮那拋得，百罰深杯亦不辭。"宋人朱敦儒《西江月》有句
"日日深杯酒滿，朝朝小圃花開"。

〔4〕昆劫吹灰：出自佛家"昆池劫灰"一語，謂劫火之餘灰。南朝
慧皎《高僧傳·竺法蘭》："昔漢武穿昆明池底，……蘭云：'世
界終盡，劫火洞燒，此灰是也。'"後引伸指兵火毀壞後之殘迹。
陸遊《蜀苑賞梅》："盛衰自古無窮事，莫向昆明嘆劫灰。"此處
悲中國數遭侵略，在戰火之中變得殘破。

〔5〕莽莽：形容遼闊，無邊無際。岑參《梁園歌送河南王說判官》：
"君不見走馬川行雪海邊，平沙莽莽黃入天。"中州：狹義指中
土、中原，大約在今河南一帶，此處借指中國。

〔6〕紅心：指赤誠之心。

〔7〕菱鏡：即菱花鏡，庾信《鏡賦》："臨水則池中月出，照日則壁
上菱生。"千蕊：借言落花之多，杜甫《花底》描寫牡丹綻放之
盛："紫萼扶千蕊，黃須照萬花。"

〔8〕"浪影"句：化用杜甫《閣夜》"五更鼓角聲悲壯，三峽星河影
動搖"一聯。清仇兆鰲《杜詩詳注》："《史·天官書》注：《正
義》曰左旗九星，在河鼓左，右旗九星，在河鼓右，動搖則兵
起。《漢書》：元光中，天河盡搖，上以問候星者。對曰：'星搖
者，民勞也。'後征伐四夷，百姓勞於兵革。江總詩：水上動搖
明。"此句哀中國數遭兵燹，時局動盪。戈洗：即"洗兵"，洗
淨兵器備爭之用，此處借指戰爭。明李東陽《聞狼山捷》："聞
說西南猶轉戰，幾時甘雨洗天戈。"

〔9〕銅仙：西漢時，武帝為求長生，下令用銅鑄一捧露盤仙人，盛
接甘露以服玉屑。晉習鑿齒《漢晉春秋》載三國魏明帝時，下
令將銅鑄仙人從長安搬到洛陽，銅人不願離開故主東行，潸然
淚下。後人以此比喻亡國之痛。

〔10〕紫霄：喻指帝王居所。《梁書·朱異傳》："升紫霄之丹地，排
玉殿之金扉。"迥：同迴，高、遠之意。

〔11〕封章：囊封的奏章，古代用以上奏機密事情。揚雄《趙充國
　　　頌》：“營平守節，屢奏封章。”

〔12〕九關：指天宮之門，亦借指朝門、宮門。

【評　析】

　　李鴻章是晚清重臣，早年剿滅太平軍，保住清廷國祚，後又主
持洋務運動，提升大清在當時的國際地位。然而甲午戰敗後，清廷
地位一落千丈，直到庚子事變，李氏先後參與了《馬關條約》、《辛
丑條約》的簽定。詞之上闋主要描寫李文忠祠堂周圍的景色，從近
及遠，虛實相替，情景交融，既暗繫了李氏牽掛國事，奔波勞碌的
事跡，也暗示了詞人對局勢的憂慮。下闋承接上闋未盡之意，同樣
結合古今，暗示李氏當年所面對的危機，哪一樣不是今人所要面對
的？國家遭受日寇侵凌，首都陷落，然而所幸遠方仍有人在支撐着，
國家復興仍有希望。

（黃永順箋注）

望湘人　　吳湖帆夫人潘靜淑挽詞。東山均。[1]

　　乍呼鳩戰雨[2]，驚雁墮雲[3]，最憐留滯淞半。[4]紙閣殘
鐙，畫箱賸稿。[5]早是江鄉煙晚。漱玉詞工，仲圭山好，悵
鴛池煖。[6]問怎生、花劫優曇，頓拆吹簫鸞伴。[7]　　須信
吟腸寸斷。[8]對兒愁女慘，荻窗人遠。賴慈竹堂深，漫道庇
雛陰淺。[9]飛輧載後，碧桃谿畔。[10]隱約神宮仙觀。只恐到、
隔歲春歸，誤了虛簾窺燕。[11]

【箋　注】

〔1〕吳湖帆：（1894—1968）江蘇蘇州人，清代著名書畫家吳大澂之

孫，現代著名畫家。潘靜淑（1892—1939）：江蘇蘇州人，吳湖帆夫人，出身書香世家，善吟詩作畫。東山：吳激，金代詞人，號東山，此調見吳氏《東山樂府》。均：同韻。

〔2〕鳩戰雨：三國吳陸機《毛詩草木鳥獸蟲魚疏·宛彼鳴鳩》載“鶻鳩，一名班鳩，……陰則屏逐其匹，晴則呼之。語曰：‘天將雨，鳩逐婦’是也。”據范煙橋筆記《煙茶歇·醜道人斷情記》載，吳湖帆在上海時曾與風塵女子墮入情網，而後吳病，潘氏從家鄉趕來照顧，吳大受感動，最終亦懸崖勒馬，但終令二人婚姻生活添上陰霾。

〔3〕驚雁墮雲：驚雁典出“驚弓之鳥”，《戰國策·楚策》記載更嬴以虛弓射下受傷大雁的故事，後以此形容受過驚嚇，害怕再次受到傷害的人。詳見上注。

〔4〕淞：即吳淞江，發源自江蘇，流經上海，入黃浦江。杜甫《戲題王宰畫山水圖歌》詩之末有“焉得并州快剪刀，剪取吳淞半江水”句。作者以“淞半”指上海，蓋潘氏為蘇州人，逝後葬於上海虹橋公墓，故曰“最憐留滯淞半”。

〔5〕紙閣：用紙糊粘窗、壁的房屋，多為清貧者所居。陸游《紙閣午睡》詩：“紙閣瓶爐火一枕，斷香欲出礙蒲簾。”鐙：同燈，又名錠，古代照明用具。賸：同剩。

〔6〕漱玉：李清照有《漱玉集》。仲圭：吳鎮（1280—1354），字仲圭，元代畫家，擅於山水畫。煖：同暖。此讚譽潘氏工於寫詞，長於山水畫，與吳湖帆趣味契合，夫婦恩愛。

〔7〕優曇：佛教傳說中的一種花名，據聞要金輪王出世才現，霎時即凋謝。吹簫鸞伴：西漢劉向《列仙傳》載，春秋時秦穆公有女名弄玉，嫁與蕭史，隨之學吹簫，能作鳳鳴，後二人皆隨鳳凰仙去，後人常以之詠男女之情事。本句惜潘氏早逝，拆散一對佳偶。

〔8〕吟腸寸斷：干寶《搜神記》載，臨川東興有人捉得一小猿歸，

猿母隨之至家，作狀哀求還之，後人殺小猿，猿母悲喚，自擲而死。此人破腸視之，寸寸皆斷，後人以此喻思念極其悲切。

〔9〕慈竹：植物名，因為生長繁密，新舊交倚，如老少相依，故又稱子母竹，人常以之比喻母親的慈愛。杜甫《假山》詩：“慈竹春陰覆，香爐曉勢分。”這裏哀嘆潘氏之早逝，未能庇護子女長大成人。

〔10〕飛軿：飛馳的軿車，或指神仙所坐，乘風而行的帶帷蓋的車。碧桃谿畔：南宋張炎《南浦·春水》詞有“餘情渺渺，茂林觴詠如今悄。前度劉郎歸去後，溪上碧桃多少”句，懷念昔日與好友春遊聚會之樂。廖氏化用入詞，既講潘氏逝後魂往仙境，又帶出吳潘昔日美好的婚姻生活。

〔11〕此句化用秦觀《蝶戀花》詞“曉日窺軒雙燕語，似與佳人”一句，嘆惜來年春景如故，可憐佳人已逝。

【評　析】

上闋稱讚潘氏工詞善畫，與吳湖帆本為一對天造地設的佳人，奈何天不憫人，使她早早離世，拆散佳偶。下闋惋惜潘氏一對子女失去母愛，只能與父親孤苦相依。又想像潘氏魂歸仙界，物是人非，但在世的人對之仍難以忘懷。

（黃永順箋注）

玉京謠　題靜淑夫人“綠遍池塘草”圖。[1]

覓句蘭窗底，夜起池窺，浪淺鴛紋[2]皺。嫩草旋生，游仙魚夢[3]同否？念到眼、如許芊縣[4]，正造物、工描還又。春蔥手。[5]拈毫寫得，怡情稀有。[6]　　能傳自豈須多？語妙無雙，想苦吟獨久。吹綠千絲，渾應潘鬢[7]相守。恨戶庭、經者番風，總付與、落紅消受。[8]嘶勒後。[9]休勸玉樓人酒。[10]

【箋　注】

〔1〕潘靜淑作《千秋歲·清明》一詞，中有“綠遍池塘草”一句，時人以為堪與謝靈運“池塘生春草”比。1939年潘靜淑去世，吳湖帆哀痛非常，為悼念亡妻，便以“綠遍池塘草”為題，廣徵圖詠，得百數十家名流作品，於1940年選編成書。

〔2〕鴛紋：被子上的鴛鴦紋飾。

〔3〕游仙魚夢：明代《醒世恒言》中有《薛錄事魚服證仙》故事，記青城縣主簿薛偉死後化成鯉魚游河、跳龍門的故事。

〔4〕芊緜：同芊綿，草木繁密茂盛的樣子。

〔5〕春葱：比喻女子纖細美好的手指。白居易《箏》詩：“雙眸剪秋水，十指剝春葱。”

〔6〕拈毫：拈，用手指捏取；毫，指毛筆。怡情：怡悅心情。

〔7〕潘鬢：晉潘岳《秋興賦》：“斑鬢髟以承弁兮，素髮颯以垂領。”表示鬢髮已白。

〔8〕戶庭：戶外庭院，亦指門庭、家門。番風：即花信風，古人認為風應花期而來，故有二十四番花信風之謂。落紅：落花。消受：享用、用受。

〔9〕嘶勒：嘶，指馬鳴；勒，原指套在馬頭上，帶嚼子的籠頭，此處借指馬本身。杜牧《夏州崔常侍自少常亞列出領麾幢十韻》：“別風嘶玉勒，殘日望金莖。”

〔10〕玉樓：指美人居住之樓。五代李珣《浣溪沙》詞：“訪舊傷離欲斷魂，無因重見玉樓人，六街微雨樓香塵。”

【評　析】

　　上闋想像潘氏為覓句填詞，夜中難眠，獨起窺望窗外池塘，只見夜風吹皺春水，忽然發現池畔嫩草初綠，一片綿密，生機勃勃。這般景色一入她的眼睛，便化成令人賞心悅目的佳作。下闋首句稱讚潘氏只憑這首作品便能流芳百世，因為它是一首辭句絕妙的佳構，顯然是潘氏苦心孤詣的藝術結晶。接着又道如此美景，本應長久相守，可惜華景難駐，轉眼落花又隨風飄散，獨留愁恨於玉人心中，暗暗嵌入對潘氏早逝的婉惜之情。

（黃永順箋注）

水龍吟　汪憬吾挽詞[1]

砉然雲裂煙飛，峨松千尺懸崖倒。[2]罷兵穗石，移家濠鏡，白頭遺老。[3]人欲橫流，耆賢[4]長逝，傷哉吾道。問蒼茫何意？百年泡影，馬塍事，今朝了。[5]　　雨屋深鐙賸稿，記詞仙、[6]聲名最早。玉田雕琢，夢窗凝鍊，樓臺七寶。[7]子敬琴亡，廣陵散絕，誰彈古調？[8]看殘棋收拾，屬公門第，九京含笑。[9]

【箋　注】

〔1〕汪憬吾：汪兆鏞（1861—1939），汪精衛兄長，字伯序，號憬吾，廣東番禺人。清末舉人，學者，從陳澧治經史，作詞致力學姜夔、辛棄疾。

〔2〕砉然：象聲詞，指動作迅速發出的聲音。峨：高大。

〔3〕穗石：今廣州市西南有穗石洞，作者以穗石代指廣州。濠鏡：即壕鏡，澳門之舊稱。

〔4〕耆賢：具賢德潔行的老人。

〔5〕蒼茫：原為形容詞，指天地空闊遼遠，無邊無際，詞中借指蒼天。泡影：泡沫和影像，佛教用語，形容塵世虛幻，人生短暫。

《金剛經·應化非真分》:"一切有為法,如夢幻泡影,如露亦如電,應作如是觀。"馬塍:其意未詳。

〔6〕詞仙:指擅長文詞的人。明高啟《夜飲丁二侃宅聽琵琶》:"好手正可羞紅蓮,座間豪客皆詞仙。"

〔7〕玉田:張炎(1248—約1320),字叔夏,號玉田,祖籍陝西鳳翔。南宋格律派詞人,與姜夔並稱"姜張",又與蔣捷、王沂孫、周密並稱"宋末四大家"。雕琢:指寫作時刻意求工,修飾語言文字。夢窗:吳文英(約1200—1260),字君特,號夢窗,四明(今浙江寧波)人,南宋著名詞人。凝鍊:同凝練,形容語言、文筆緊湊簡練。樓臺七寶:因為吳文英詞用筆深邃,多用典故,人以為晦澀堆垛,張炎曾評其詞"如七寶樓臺,眩人眼目。碎拆下來,不成片段"。

〔8〕子敬琴亡:《世說新語·傷逝》載:"王子猷、子敬俱病篤,而子敬先亡。子猷問左右:'何以都不聞消息?此已喪矣。'語時了不悲。便索輿來奔喪,都不哭。子敬素好琴,便徑入坐靈牀上,取子敬琴彈,弦既不調,擲地云:'子敬!子敬!人琴俱亡。'因慟絕良久,月餘亦卒。"人世以此作悼亡者的典故。廣陵散絕:《世說新語·雅量》:"嵇中散臨刑東市,神氣不變。索琴彈之,奏《廣陵散》。曲終曰:'袁孝尼嘗請學此散,吾靳固不與,《廣陵散》于今絕矣!'"後世用以作詠嘆琴藝的典故,也用於哀挽才士之死。

〔9〕殘棋收拾:以棋局比喻當時政局的敗壞。杜甫《秋興八首》其四:"聞道長安似奕棋,百年世事不勝悲。"又錢謙益《金陵後觀棋》:"白頭燈影良宵裏,一局殘棋見六朝。"九京:同九原,春秋時晉國卿大夫的墓地,後用以泛指墓地。

【評 析】

上闋首言汪氏去世消息之震撼,接着回憶他飄蓬般的身世,嘆息在這人欲橫流、靡顧廉恥的社會中，這位耆宿賢者的去世，對正道實在是巨大的損失啊，真不知道老天是如何想的。算了，人生百年，不過幻象而已，過往的所有，都隨着生命的消逝，一一了結。下闋稱讚汪氏擅長度詞，文名早揚，他的詞兼張炎、吳文英之長，詞采令人眩目。而今才子已逝，又有誰能有他這樣的睿智呢？但汪公到底擺脫了亂世的拘束，想來現在正在天堂笑看世人博弈吧。

（黃永順箋注）

霜葉飛　湖帆、榆生重九日招五次社集，拈得此調，依均清真，酬兩主人並簡同社諸名勝。

舊游詩草。飄零外，人才偏數江表[1]。社盟重踐畫堂西，正雁天秋悄。歎絕壑[2]、烟昏雨曉。何堪簪帽紅萸[3]小。捲繡簾今宵，怕瘦却、黃花半臉，月鏡愁照。[4]　　籬畔漸覺霜高，盈樽清酒，徑滑鬟[5]送難到。陸沈真箇賸青山，問甕泉誰抱？[6]黯鐵笛關河聽了。[7]胡姬還譜伊州調。[8]念往昔、冠裳盛，雲散星寒，夢華[9]應少。

【箋　注】

〔1〕江表：古地區名，指長江以南地區。

〔2〕絕壑：深險、陡峭的峽谷。

〔3〕紅萸：即茱萸，植物名，其味香烈。古代風俗，重陽節佩戴茱萸以袪邪避災。

〔4〕此處化用李清照《醉花蔭》詞："莫道不銷魂，簾捲西風，人比黃花瘦。"

〔5〕鬟：指婢女。

〔6〕陸沈：陸地無水而沈，比喻隱居。《莊子·陽則篇》："方且與世

違，而心不屑與之俱，是陸沈者也。"郭象註："人中隱者，譬
無水而沒也。"真箇：的確、真的。甕泉誰抱：《莊子‧天地篇》
記載子貢游楚返晉時，在路上看見一老人放棄機械的幫助，抱
甕入井取水灌漑田地的故事。後人常以抱甕表示隱居，過無機
心的生活。辛棄疾《沁園春‧老子平生》："此心無有親冤，況
抱甕，年來灌園。"

〔7〕黯：形容沮喪、神傷的樣子。鐵笛：朱熹《鐵笛亭詩序》："侍
郎胡明仲嘗與武夷山隱者劉君兼道游，劉善吹鐵笛，有穿雲裂
石之聲。"後人以鐵笛為隱者或道士所用的樂器。南宋葛長庚
《水調歌頭》："笑騎白鶴，醉吹鐵笛落星灣。"

〔8〕胡姬：指來自西域的女子，又泛指賣酒女子。伊州調：古代樂
曲，《新唐書‧禮樂志》："天寶樂曲，皆以邊地名，若《涼州》、
《伊州》、《甘州》之類。"

〔9〕夢華：《列子‧黃帝》載："黃帝晝寢，而夢游華胥氏之國。"南
宋孟元老追憶汴京舊事，撰《東京夢華錄》，序中云："古人有
夢游華胥之國，其樂無涯者，仆今追念，回首悵然，豈非華胥
之夢覺哉？目之曰《夢華錄》。"後人因稱追懷往事，婉如夢中
為夢華。

【評　析】

　　上闋先嘆息舊日交遊的詩友，已經四散飄零，只餘下這江南還
有些人傑聚集。當我與一眾詞友重結詞社盟約之時，已是落寞的秋
天時節。秋天不但點明作詞的時間，同時亦暗示了作者年華已老。
接着描寫眼前秋色，重陽登高遠望，煙靄封壑，秋雨初霽。又加重
了詞人內心愁緒，這帽上插着的小小茱萸，就如我的身體一般弱小，
真不敢再對鏡看這瘦弱的愁容呀。下闋從愁思中回到現實，秋深漸
冷，霜色已現，欲讓僕女送上樽酒取暖，但又怕天雨路滑，難以送
到。正想着又陷入了對自己身世的沉思，在這種局勢下，誰能真正

地捨棄世俗，隱居山水之中呢？在亂世中聽到盛世時的歌曲，令人回憶起昔日的繁盛情景，正如今故人星散，真讓人不堪回首啊。

（黃永順箋注）

垂絲釣　次清真均

　　錦書滯羽。[1]妝樓人皺嬌嫵。[2]漫[3]引亂蟾。又攬雲絮。寒幾許。沍[4]繡箏淚柱。　　驚秋暮。念隋堤輦路。[5]河冰凝後。浮沈鴛鷺稀遇。舊游俊侶。尋到前朝處。簾捲西峯雨。猶笑語。向畫闌鬧否。

【箋　注】

〔1〕錦書：錦字書，《晉書・列女傳》載前秦時，竇滔之妻蘇若蘭於錦上織回文詩寄與被流放的丈夫，以訴思念之情。後人以之為妻子寫信給丈夫的典故。滯羽：喻陷於困境，不能施展才能的人。葛洪《抱朴子・欽士》：「是以明主旅束帛於窮巷，揚滯羽於瘁林，飛翹車於河梁。」

〔2〕妝樓：女子居室。嬌嫵：嬌媚之意。清陳維崧《齊天樂・楓橋夜泊》：「如眉月稜半吐，想當年曾斗，館娃嬌嫵。」

〔3〕漫：無限制，無約束，隨意。

〔4〕沍：寒冷、凍結之意。

〔5〕隋堤：隋煬帝所鑿通濟渠沿岸御道的泛稱。輦路：即輦道，天子車駕所經之路。

【評　析】

　　靳仲雲評廖氏詞學夢窗，「匠人獨苦，解人難覓」，是知其詞意旨遙深，多用比興，此詞亦然。美人獨處，在中國古典文學中，常被用以比喻懷才不遇，不得知音。詞人填此作時，已過不惑之年，也早已脫離官場，想來或是感嘆知音日少吧。詞一開始便嘆"錦書滯羽"，與友人書信日少，百無聊賴中，只能自己胡亂彈幾曲聊以自娛，然而琴音終究難以驅散淒清寒意。孤獨的淚水在琴上凝結，使人乍覺已至秋暮。接着又想到那古老的運河，在結冰的河面上，應該難以看到夏日出現的鴛鴦和鷺絲了吧。鴛鷺所代表的，不正是往日常與詞人共聚的朋友嗎？至此以後，詞中描寫情景疑真似幻，詞人好像陷入了往日友人來訪的回憶裏，又像仍在現實之中，西風捲簾，似是笑着相邀，要一起出去耍鬧一番嗎？

（黃永順箋注）

雪梅香

　　健腰腳，虯藤蠟屐訪奇峯。^[1]但侵尋愁病，平途步屧還慵。^[2]長惱驕猧^[3]倒棋局，每隨馴蝶繞花叢。小梅萼，向鬢嘲人，頭腦冬烘^[4]。　　無風。也因便，密把書辭，付與賓鴻^[5]。已刼心魂，那關雨滴堦桐？^[6]海氣樓臺賸陳迹，洛城歌管入殘烽。^[7]晨來聽，喧簷凍羽^[8]，知報霜濃。

【箋　注】

〔1〕虯藤：指藤杖。蠟屐：塗蠟的木屐，亦喻指遊歷。宋朱松《招友生》詩："一來蠟屐伴春竹。"

〔2〕但：只是，可是。侵：通"浸"，浸淫、漸染之義。尋愁：即尋愁覓恨，多愁善感，無端自找煩惱。步屧：散步。屧，木屐。杜甫《遭田父泥飲美嚴中丞》："步屧隨春風，村村自花柳。"慵：困倦。

〔3〕猧：小狗。

〔4〕冬烘：糊塗，迂腐。唐鄭薰主持考試，誤認顏標為顏真卿後
　　代，取為狀元。時人寫詩嘲之：“主司頭腦太冬烘，錯認顏標
　　作魯公。”

〔5〕賓鴻：鴻雁，因其為候鳥，秋至春去如賓客，故稱賓鴻。

〔6〕心魂：心神、心靈。清顧貞觀《賀新郎・寄吳漢槎寧古塔以詞
　　代書》：“詞賦從今須少作，留取心魂相守。”雨滴堦桐：李清照
　　《聲聲慢》：“梧桐更兼細雨，到黃昏，點點滴滴。”

〔7〕海氣：海面或江面上的霧氣。殘烽：殘破的烽火臺。南宋劉克
　　莊《贈防江卒六首・其五》：“戰地春來血尚流，殘烽堠頭滿
　　淮頭。”

〔8〕羽：借指鳥。

【評　析】

　　上闋道詞人為了強身健體、活動腰腿，外出尋幽探奇，走訪名
山。但是因為染了愛多愁善感的毛病，以致興致全消，連在平地上
走走也感到困倦。躲在家中下棋，又被那驕縱的小狗常來攪局。去
跟在蝴蝶後頭繞賞花叢，那小小的梅萼，卻似看着我斑白的髮鬢，
嘲笑我這個迂腐的老糊塗。下闋繼道既然無所事事，那就多寫些書
信寄給友人。那奪我心神的東西，怎會是秋雨滴堦桐這樣的無聊愁
緒？想是那些被風霜消磨的遺跡，和歌管聲中敗破的烽火台啊。此
處可見詞人實際上仍是十分關心家國情況。最後，詞又回歸日常，
次日醒來，窗外的鳥喧傳入耳中，又是一個嚴霜寒凍的早晨。

（黃永順箋注）

木蘭花慢　林鐵尊挽詞[1]

　　崑山灰刼[2]後，甚猶禍，及君身。溯三島航回，一官
飽繫，王粲依人。[3]狼氛。[4]倉皇出走，有梅妻蠻語似參

軍。[5] 語冰夫人通日語，避兵揚州時，得以秋毫無犯。庭鶴正豐毛羽，
逋仙[6] 脱屣紅塵。　　　淞濱。[7] 杯酒重溫。窗雨舊，社盟
新。[8] 歎霜髭，撚斷珠璣欵唾[9]，忽化烟雲。君久患氣喘欬嗽，
乃忽因氣逆不治而逝。松筠。[10] 歲寒凋落，亘千年不滅是靈
根。[11] 兩卷半櫻詞續，天之未喪斯文。[12]

【箋　注】

〔1〕林鐵尊：林鵾翔（1871—1940），字鐵尊，號半櫻，浙江吳興
　　人，民國詞人，曾組織甌社，有《半櫻詞》。

〔2〕崑山灰刧：見前《綠蓋舞風輕》注〔4〕。

〔3〕三島：日本。匏繫：指官場羈滯。陸游《別曾學士》：“匏繫不
　　得從，瞻望抱悁悁。”王粲依人：《三國志·魏志·王粲傳》載
　　王粲因中原政局混亂，辭官前往荆州投靠劉表，劉表卻因王其
　　貌不揚，不重用他。後人常以此指依附、投靠他人。

〔4〕狼氛：狼煙的氣氛，指戰爭。

〔5〕有梅妻蠻語似參軍：此處化用“蠻語參軍”典故，《世說新語·
　　排調》載：“郝隆為桓公南蠻參軍。三月三日會，作詩，不能者
　　罰酒三升。隆初以不能受罰，既飲，攬筆便作一句云：‘娵隅躍
　　清池。’桓問：‘娵隅是何物？’答曰：‘蠻名魚為娵隅。’桓公曰：
　　‘作詩何以作蠻語？’隆曰：‘千里投公，始得蠻府參軍，那得不
　　作蠻語也！’”

〔6〕逋仙：指北宋處士林逋（968—1028）。林逋隱居杭州西湖二十
　　年，無妻無子，唯以種梅養鶴自娛，故有“梅妻鶴子”之稱。
　　後人引“梅妻鶴子”喻指妻子兒女，正是本詞所用。

〔7〕淞濱：指上海。淞，淞江，詳見《望湘人》注〔4〕。濱，水
　　邊。林鐵尊1940年病歿於上海。

〔8〕1939年，廖恩燾、林鐵尊、吳湖帆與龍榆生等人在上海成立午
　　社，次年林氏病歿，故曰社盟新。

〔9〕霜髭：白色鬍鬚。撚：通"捻"，用手指搓弄。珠璣欸唾：比喻
　　文章優美。宋王之道《漁家傲》："欸唾珠璣夸筆好。"

〔10〕松筠：松與竹。

〔11〕亘：空間和時間上延續不斷。靈根：指性靈、智慧。

〔12〕斯文：指文人作品，元張昱《讀離騷經》詩："靈修終不察，
　　遂投汨羅內。斯文幸未喪，風雅接三代。"

【評　析】

　　上闋略述林鐵尊生平大概情況，他早年曾任留日學生監督，回
國後又為宦旅所羈，不得自由。當中日戰事起時，又倉猝出走避難，
所幸妻子精通日語，免卻了許多劫難。看着兒子能夠獨當一面了，
便放心脫離塵世而去。下闋主要讚譽林氏文才，剛剛與他結下詞社
盟約，斯人卻因疾化逝。然而他的性靈就如松竹一般，在寒冬時節
仍然不凋，因為林公傳下了兩卷《半櫻詞》，老天總算沒有斷絕斯文
之路啊。

（黃永順箋注）

小梅花　貞白〔1〕示新詞，次均奉答，聲律依東山。

　　白墮酒。〔2〕黃金斗〔3〕。蟠桃如瓜上仙壽〔4〕。簇螺峰。插
花紅〔5〕。七香寶案，鼎俎排璁瓏。〔6〕雲和奏歇飛瓊語。〔7〕菩
薩小蠻〔8〕吹笛女。玉為堂，石為梁。棲向天池，兩兩比翼
鴛。〔9〕　　樂未半。星猶粲。禽駕雙橋耿銀漢。〔10〕絳宮
深。〔11〕紫鸞音。〔12〕虯猊烟裊，一縷海檀心。〔13〕真妃沈醉還謳
曲。〔14〕怎暇悲人成淚燭？臉痕妍，鏡光圓。長羨奔娥，入月
作嬋娟。〔15〕

【箋　注】

〔1〕 貞白：呂貞白（1907—1984），本名傳元，字貞白，以字行，又字伯安，江西九江人。曾隨狀元張謇學古文詩詞。

〔2〕 白墮酒：北魏時，河東人劉白墮，善釀酒，遠近聞名，後世因以白墮酒代指美酒。

〔3〕 斗：盛酒器。李白《行路難》：“金樽清酒斗十千。”

〔4〕 上仙壽：即敬酒，表示祝頌之意。《史記・滑稽列傳》：“奉觴上壽。”

〔5〕 花紅：古代風俗，凡喜慶之事皆插金花、披紅綢，故用以稱婚事禮品。

〔6〕 案：一種長方形下有足的承托家具。七香寶案：指用多種香木製作，或塗多種香料的名貴案檯。鼎俎：鼎和俎，泛指割、烹用具。

〔7〕 雲和：本山名，以產琴瑟稱著，後人以之代稱琴瑟之類的樂器。《周禮・春官・大司樂》：“孤竹之管，雲和之琴瑟，雲門之舞，冬日至，於地上圜丘奏之。”飛瓊：即許飛瓊，古代神話中西王母之侍女，善鼓簧，後人借以指歌姬舞女。《漢武內傳》：“王母乃命侍女許飛瓊鼓震靈之簧。”

〔8〕 菩薩：唐蘇鶚《杜陽雜編》載：“大中初，女蠻國入貢，危髻金冠，瓔絡被體，號‘菩薩蠻隊’。當時倡優逐製《菩薩蠻曲》，文人亦往往聲其詞。”小蠻：白居易家妓小蠻善舞，後人借指歌妓或侍妾。唐孟棨《本事詩・事感》：“白尚書姬人樊素善歌；妓人小蠻善舞。嘗為詩曰：‘櫻桃樊素口，楊柳小蠻腰。’”

〔9〕 天池：天上之池。李白《白苧辭三首》其二：“動君心，冀君賞，願作天池雙鴛鴦。”比翼：並翅齊飛，比喻夫婦相處恩愛。《爾雅・釋地》：“南方有比翼鳥焉，不比不飛，其名謂之鶼鶼。”

〔10〕 銀漢：銀河。民間傳說，七月七日羣鵲會在銀河上架起橋，讓

被分隔兩岸的牛郎、織女在橋上相會。

〔11〕絳宮：傳說中神仙居住的宮殿。蘇軾《虔州八境圖》其七：
　　　　"想見之罘觀海市，絳宮明滅是蓬萊。"

〔12〕紫鸞：笙名。李白《古風》其七："兩兩白玉童，雙吹紫鸞
　　　　笙。"

〔13〕虯猊：虯，即炭虯，一種用炭屑和水製成各種獸形的燃料。
　　　　猊，即猊爐，一種雕成獅子形狀的香爐。裊：繚繞。海檀：檀
　　　　香木的一種。

〔14〕真妃：指楊貴妃。宋李冠《六州歌頭·驪山》："憶昔真妃子，
　　　　豔傾國，方姝麗。" 謳：歌唱。

〔15〕奔娥：指姮娥奔月。姮娥又稱嫦娥。《淮南子·覽冥訓》載：
　　　　"譬若羿請不死之藥於西王母，姮娥竊以奔月。" 東漢高綉注：
　　　　"姮娥，羿妻，羿請不死之藥於西王母，未及服之，姮娥盜食
　　　　之，得仙，奔入月中，為月精。"

【評　析】

　　此詞次呂貞白之韻，似為慶賀新婚之喜而作。起首極鋪張揚厲
之能事，渲染了新婚場面的豪華排場，一片珠光寶氣，雲樂悠揚。
接着"兩兩比翼鴛"點出如此盛會因何而設，繼而含蓄地描寫了新
房中新婚夫婦相處的場景。末尾卻又有點耐人尋味，"真妃"、"悲
人"、"奔娥"都讓人有種別離的感覺，是夫婿婚後便要離家遠征，
還是為了甚麼呢？

（黃永順箋注）

齊天樂　映盦為題詞橐，倚此報謝，即書其填詞圖並詞集後。[1]

　　文章海內推宗匠，填詞晚年餘事。筆大如椽，懷虛若
谷，[2]人物過江誰似？雕蟲小技。[3]但品題一經，聲價十

倍^[4]。漉酒挑鐙，夜寒猶自擁吟鼻。^[5]　　讀公雲錦幾卷，周吳且平揖，而況姜史？^[6]弩挽千鈞，劍飛五步，射馬擒王游戲。元音正始。^[7]早氣作蛟蟠，韻諧鸞翩。^[8]笑我頭陀，片花紛著體。^[9]

【箋　注】

〔1〕映盦：夏敬觀（1875—1953），字劍丞，一作鑒丞，又字盥人，號映盦，江西新建人，生於湖南長沙，近代詩人、詞人。

〔2〕筆大如椽：筆大像椽子，原指記錄大事的手筆，後喻文筆宏偉。《晉書·王珣傳》：“珣夢人以大筆如椽與之，既覺，語人曰：‘此當有大手筆事。’” 懷虛若谷：形容非常謙虛。《老子·四一章》：“上德若谷。”王弼注：“不德其德，無所懷也。”

〔3〕雕蟲小技：指微不足道的技能，多指刻意雕琢文章的技巧。《北史·李渾傳》：“雕蟲小技，我不如卿。國典朝章，卿不如我。”

〔4〕聲價十倍：聲譽、地位一下子大大提高。

〔5〕漉酒：即濾酒，古時用紗布將酒糟與酒汁分開。擁吟鼻：晉謝安患鼻疾，講話時聲音低沈，別具特色。時人風起效仿而不能，有以手掩鼻以仿之者，後人因以擁吟鼻或擁鼻吟代稱吟詠。南宋張炎《淒涼犯·北游道中寄懷》：“酸風自咽。擁吟鼻，征衣暗裂。”

〔6〕雲錦：原指南京出產的提花絲織物，此處借指文學作品。陸游《九月一日夜讀詩稿有感走筆作歌》：“詩家三昧忽見前，屈賈在眼元歷歷。天機雲錦用在我，剪裁妙處非刀尺。”周吳：周，指北宋詞人周邦彥；吳，指南宋詞人吳文英。姜史：姜，指南宋詞人姜夔；史，指南宋詞人史達祖。

〔7〕元音：純正而完美的聲音，常用以形容詩歌。袁枚《隨園詩話》：“夫詩為天地元音，有定而無定，到恰好處，自成音節。”正始：合乎禮儀、法則之始。明王世貞《藝苑巵言》：“盧駱王

楊，號稱四傑。……五言遂為律家正始。"

〔8〕蛟蟠：蛟，傳說中龍類動物；蟠，盤曲、環繞。鸞翮：鸞，傳
　　說中鳳凰一類的鳥；翮，鳥飛的聲音。

〔9〕笑我頭陀，片花紛著體：此處未明何意。

【評　析】

此詞為答謝夏敬觀題詞稿而作。上闋大力推許夏氏文章功力深
厚，文壇地位之高，縱使不見經傳的小道文章，一經他品題，便會
聲名遠播。繼而以夏公也好填詞，日夜不輟作結，稱讚他對此道的
愛好。下闋承上闋末句，讚嘆夏氏詞作堪比周邦彥、吳文英，功力
十足。他的作品出自天然而自符音律，就龍蟠鳳舞般，令人目不暇
給，若片花紛飛。

（黃永順箋注）

玉女搖仙佩　臘鼓正喧，風雪大作，呵凍成詞。聲律依柳耆卿。

封姨[1]陛下，引鶴翮翮，幻造瓊天瑤地。縞素[2]軒窗，
玲瓏樓瓦，但覺粉雕心細。改盡繁華市。甚妖霾障久，猶
聞歌吹。那知有、橫戈戰士。寒忍沙場鼓角聲裡。堪還擁
貂裘，喚燭傳觴，金釵十二。　　休問叩門夜寂，訪客高
車，管取袁安僵未[3]。最感落鴉，飄然簷底。灑墨淋漓如紙。
且漫音書擬。怕西北、雲渺鴻沈難寄。便朵朵、梅花碎瓣，
小園頻糝[4]，也無新意。慰情易。陰山[5]道滑阻飛騎。

【箋　注】

〔1〕封姨：神話裡的風神。

〔2〕縞素：純白色的絹。

〔3〕管取袁安僵未：大雪積地丈餘，他人皆除雪出外乞食，只有袁
安閉門僵臥，不願出外求人。見《後漢書·袁安傳》卷四十五。
後比喻寒士不願乞求於人的氣節。

〔4〕糝：灑落。

〔5〕陰山：山脈名。崑崙山的北支。起於河套西北，橫亙綏遠、察
哈爾及熱河北部，東北綿延為內興安嶺。自漢武帝伐匈奴得此
山後，為中國歷代北方的屏蔽。

【評　析】

廖氏賦這闋詞時，正值風雪大作。上闋描述風雪覆蓋大地，一
片雪白的景象。下闋則寫到因天候不佳，唯恐家音難到。

（蕭家怡箋注）

撼庭竹　堦前稚竹為雪壓倒，檢王晉卿[1]作，依體漫成。

六尺低牆正圍著，新種筍成籜[2]。鐙窗夜靜龍吟作[3]，
雨縣風絮闃然撲。誰與祝平安，傳箭召瑤鶴[4]。　　恰似
海棠春睡去。梨花忩輕薄。翳寒[5]那喚鄰蜂覺。相持鶲蚌
未甘弱。行見拂雲霄。羞傍人籬落。

【箋　注】

〔1〕王詵，字晉卿，北宋太原（今屬山西）人，後徙開封（今屬河
南）。熙寧二年（1069）娶英宗女蜀國大長公主，拜左衛將軍、
駙馬都尉。能書畫，善屬文，其詞語言清麗。

〔2〕籜：竹皮、筍殼。

〔3〕龍吟：風過竹林的聲音。

〔4〕傳箭：傳令。謂傳令瑤鶴，代祝平安。

〔5〕翳寒：即窮陰凝閉之意。翳，閉也。

【評　析】

　　詠新竹。上闋描繪出時間、氣候、環境等。下闋則以活潑的春景及花、昆蟲、鷓、蚌等生物呈現出春天的活力。

（蕭家怡箋注）

越谿春　歲末盡三日立庚辰春，次六一翁聲均。

　　春入隔年猶臘日[1]。消息問淞[2]涯。劫灰掩盡樓臺霧。望故林、空記嫣霞。愁滿江南。飄鶯蕩燕。何處為家。
　　康衢[3]閃電飛車。簾面障青紗。幾回歌者舞者散去。香殘粉褪釵斜。吾醉欲簪衰髮無，聊摘到瓶花。

【箋　注】

〔1〕臘日：農曆十二月初八。

〔2〕淞：指上海。

〔3〕康衢：大路，康莊大道。

【評　析】

　　上闋描寫入春後仍令人感到寒噤，因下雪而天地灰白。以飄鶯蕩燕表達飄泊之感。下闋描寫當時夜晚褪去繁華後的街景。醉態中欲想簪髮卻因頭髮稀疏而不能，有濃厚的自我感傷氛圍。

（蕭家怡箋注）

東風齊著力　元旦喜晴，檢均得和字，亦善頌善禱之意也。

瑤笛吹晴。珠簾篩煗[1]。景換祥和。天光日彩。倒影
弄金波。皎皎鴉林擁雪。乍消去、洗出青多。依然是，花
團錦簇。無恙山河。　　小隱有詩窩。休更說、兩軍築壘
操戈。柏椒上頌。子墨[2]正同磨。蘸水籠煙嫩柳。黃鸝唱、
引動衢歌。邨[3]壚近，吳鬢笑博。百琖[4]紅螺[5]。

【箋　注】

〔1〕煗：通“暖”。

〔2〕子墨：漢揚雄《長楊賦》作品中虛構的人名。後借指文章、文
　　辭。

〔3〕邨：通“村”。

〔4〕琖：通“盞”，小酒杯。

〔5〕紅螺：酒杯或酒的代稱。

【評　析】

上闋藉天光雲影、花團錦簇等景象，描寫山河之光彩秀麗。下
闋意謂雖正逢戰禍，慶幸猶能作詩。

（蕭家怡箋注）

沁園春　人日遣懷

天地生才。忍使投閒。鬚眉染霜。看蜂曾釀蜜。調和
鼎俎[1]。蠶還吐繭。制作衣裳。舟涉巨川。棟支華廈。物
各因時展所長。宵[2]搖筆，但夷然[3]獨寫，大塊文章[4]。

杜陵落拓江鄉，正今日，題詩寄草堂。[5] 念黏雞簇燕。徒工粉飾。艾人紙虎。故弄譸張[6]。刼洗秦灰[7]。光縣漢祚。重見陰符[8]握子房[9]。吾耄矣。且扶藜[10]觀治。日獻千觴。

【箋　注】

〔1〕鼎俎：烹煮切割的器具。

〔2〕甯：願、盼望。通"寧"。

〔3〕夷然：坦然，泰然樣。

〔4〕大塊文章：大自然景物提供人寫作的材料。李白《春夜宴從弟桃李園序》："況陽春召我以煙景，大塊假我以文章。"後多指長篇大論的文章。

〔5〕"杜陵落拓江鄉……"句：上元元年（760）春，杜甫一家在親友們的幫助下，於成都西郊浣花溪畔築茅屋而居（即為後來著名的杜甫草堂）。在此之前的一年因為奔波流離，不斷逃難，杜甫稱之為"奈何迫物累，一歲四行役"。杜甫草堂有一幅對聯："滿眼河山，大地早非唐李有；一腔君國，草堂猶是杜陵春。"杜陵就是杜甫，因為杜甫曾自稱"少陵"，所以後人稱杜甫為"杜少陵"。

〔6〕譸張：欺詐、誑騙。

〔7〕秦灰：指秦朝宮殿為項羽焚燒而成的灰燼。

〔8〕陰符：泛指兵書。

〔9〕子房：張良字子房。漢初名臣。本是韓國公子，秦滅韓，良欲為韓報仇，乃使人擊始皇於博浪沙，不中，遂更姓名，隱於下邳，而受太公兵法於圯上老人。後為高祖策畫定天下，封留侯，晚好黃老，學辟穀之術。卒諡文成。

〔10〕藜：藜莖老時可用來作木杖。

【評　析】

上闋自述對社會懷有抱負，以萬物自有定律，物各因時而展所長來勉勵自己。下闋則對文人的落拓和不切實際而感傷。雖由張良的典故來期許自己，卻又感到自己年老力衰，有一種無以為力的心情。

（蕭家怡箋注）

菩薩蠻　游花市欲購盆梅，無愜意者，索然口占二首。

年年一度梅花放。叵耐[1]今年花改樣。玉骨病懨懨。橫簪支亂蟬[2]。　　美人憐袖薄。寒重冰綃覺。因甚苦禁持。鶴樓聞笛吹。

傾人城又傾人國。[3]還說驚鴻影翩若。[4]誰使眾香魁[5]。頹然[6]眠翠苔。　　生機渾未絕。底降封枝雪[7]。無數買花錢。拋殘成藥烟[8]。

【箋　注】

〔1〕叵耐：可恨意。

〔2〕亂蟬：指散亂的頭髮。

〔3〕李延年《佳人歌》：“一顧傾人城，再顧傾人國。”

〔4〕曹植《洛神賦》：“翩若驚鴻。”

〔5〕眾香魁：百花之王。

〔6〕頹然：乏力欲倒貌。

〔7〕封枝雪：周邦彥《玉燭新》：“天憎梅浪發，故下封枝雪。”謂大雪遮封梅枝。

〔8〕藥烟：芍藥上的霧氣。此句謂買花錢化為烏有。

【評　析】

廖氏逛花市欲購盆梅，可惜花態不佳，毫無生氣，因此賦詞兩首，表達心中的鬱悶。

（蕭家怡箋注）

前　調

濕花微雨黏雙翅。蝴蝶滿園飛不起。一曲念家山。銀箏和淚彈。　　畫闌愁獨凭。雁[1]滯音書梗。燕也久淹留。珠簾空上鉤。

【箋　注】

〔1〕雁：比喻書信。

【評　析】

由氣候不佳，蝴蝶飛不起帶出心中的愁悶。聽著曲子，流下了思鄉的淚水。苦等家鄉的訊息，卻也空盼。

（蕭家怡箋注）

望江南

歌筵畔。詫燕與瞋鶯。漫忤灌夫撩馬座。[1]願聞武帝賦傾城。難再得卿卿[2]。　　簫和笛，何止是關情。百轉秋波無賴甚。雙垂玉筯[3]可憐生。殘蠟照分明。

【箋　注】

〔1〕漫忤灌夫撩罵座：漢朝灌夫為人剛直，容易借酒使性，而不善
　　阿諛他人，曾於丞相田蚡的酒宴上大罵臨汝侯和程不識洩怒。
　　典出《史記·魏其武安侯傳》。後用來表示剛直不屈，不諛權
　　勢。

〔2〕卿卿：古人夫妻間的稱呼。

〔3〕玉筯：喻眼淚。

【評　析】

　　上闋描寫宴會上的虛華及撩罵，希望可以像漢武帝那樣碰到美
好的對象。下闋則藉由簫聲、笛聲來隱喻自己的思鄉之情。

（蕭家怡箋注）

減　蘭

　　閒花閒草。長恨此身閒不了。偷得閒身。草色花香與
蝶分。　　蝶偏忙煞。花草亭臺飛活潑。岸幘[1]烟巒。珍
重吟身莫放閒。

【箋　注】

〔1〕岸幘：推起頭巾，露出前額。謂態度灑脫，或衣著率性。《晉
　　書·謝奕傳》：「岸幘笑詠，無異常日。」

【評　析】

　　由花草的閒，來映襯自己的不閒。

（蕭家怡箋注）

如夢令 庭花破蕾[1]矣，忽降大雪，愀然[2]倚此。

旖旎春光堪愛，叵耐[3]雪花飛再。繁卉正含苞，一霎綠衰紅敗[4]。休怪，休怪，到底東風無賴[5]。

【箋 注】

〔1〕破蕾：指花蕾綻開。王安石《次韻春日即事》：“丹白自分齊破蕾。”

〔2〕愀然：憂愁貌，《荀子·富國》：“愀然憂戚，非樂而日不和。”南朝任昉《天監三年策秀才文》之一：“每時入筥蔉，歲課田租，愀然疚懷，如憐赤子。”

〔3〕叵耐：亦作“叵奈”，本指不可容忍，後引申為無奈之義。李贄《代常通病僧告文》：“叵耐兩年以來，痰瘤作祟，瘡疼久纏，醫藥徒施，歲月靡效。”

〔4〕綠衰紅敗：綠，草木；紅，花卉。歐陽修《青玉案·一年春事都來幾》：“綠暗紅嫣渾可事。”又李清照《如夢令》：“知否，知否？應是綠肥紅瘦。”綠衰紅敗，意指草木衰落而繁花枯萎。

〔5〕東風無賴：楊萬里《風急落梅》：“梅花已是不勝癯，無賴東風特地麄。”古人認為東風為解凍之風，《毛詩鄭箋》：“東風，生長之風也。”無賴，指反覆而不可倚仗。全句指最終只因東風不可恃，故繁花才會凋謝。

【評 析】

此詞記庭院花卉因雪而落，頗有自解之意。唯結句雖以“東風無賴”作解脫，仍難掩其滿院狼藉之歎。

（許明德箋注）

更漏子

　　鴨鑪[1]添，鴛被[2]擁，爭那[3]未成香夢。思往事，屈纖蔥[4]，漏聲花幾叢。[5]　　關山路，行雲度，[6]惆悵滿天風絮。聞過雁[7]，感流螢[8]，無人知此情。

【箋　注】

〔1〕鴨鑪：鑪，同“爐”。鴨鑪，古代用來熏香和取暖的鴨狀之爐。晏幾道《浣溪沙》：“床上銀屏幾點山，鴨爐香過瑣窗寒，小雲雙枕恨春閒。”

〔2〕鴛被：即“鴛鴦被”，指夫婦共寢所用的被衾，見晉葛洪《西京雜記》卷一。

〔3〕爭那：猶“爭奈”，即怎料到的意思。白居易《強酒》：“不然秋月春風夜，爭那昧思往事何？”

〔4〕屈纖蔥：纖蔥，喻纖指。宋吳文英《鶯啼序》：“記琅玕，新詩陳迹，掐香痕，纖蔥玉指。”全句謂屈指數算往事。

〔5〕“漏聲”句：漏聲，本指計時器滴水之聲。陸游《夜游宮》：“睡覺寒燈裏，漏聲斷，月斜窗紙。”此處謂點滴時光，已經歷幾叢花開、幾叢花落。

〔6〕“關山”二句：關山路，指關隘與山峰之道路，喻路途艱困。王勃《採蓮曲》：“共問寒江千里外，征客關山路幾重。”行雲度，以雲彩流動喻遊子離家。元好問《江城子》：“行雲冉冉度關山，別時難，見時難。”全句喻旅途路遠難行，所思念的人卻已離開。

〔7〕聞過雁：漢昭帝初年，漢使者告訴單于，提到天子射獵上林，得鴻雁，雁足繫上帛書，言蘇武等在某澤，詳見《漢書·蘇建傳》。後來多以雁比喻書信往還。

〔8〕流螢：本指飛行的螢火蟲。杜牧《秋夕》："紅燭秋光冷畫屏，輕羅小扇撲流螢。"此處指作者與所思之人的生活瑣事。

【評　析】

上闋先以往事之思開首，點出作者與所思之人之相處，繼而有時光易逝之歎。下闋化用元好問句，點明全詞要旨，乃寄託別離之感。"怊悵滿天風絮"，以其遠望不果，點出異地之歎，尤能見其情深。復以聞魚雁之音而未得情人書信，無人知曉其情感作結，更見淒美。

（許明德箋注）

定西番　擬溫飛卿[1]

醉淺不勝寒力，推角枕[2]，倚熏籠[3]，墮金蟲[4]。
鸚鵡忽猜天色，鐙明[5]簾幕重。忘却綠窗殘月，恰如弓。

【箋　注】

〔1〕溫飛卿：即溫庭筠（812～870），晚唐詩人兼詞人。字飛卿，山西太原人。大中十三年（859），出為隋縣尉。徐商鎮襄陽，召為巡官，常與殷成式、韋蟾等唱和。咸通七年（866），任國子助教，主持秋試。其詩作與李商隱齊名，時稱"溫李"。

〔2〕角枕：角製的或用角裝飾的枕頭。《詩·唐風·葛生》："角枕粲兮，錦衾爛兮。"

〔3〕熏籠：亦作"燻籠"，即一種覆蓋於火爐上供熏香、烘物和取暖用的器物。《太平御覽》卷七一一引《東宮舊事》："太子納妃，有漆畫手巾熏籠二，大被熏籠三。"

〔4〕金蟲：為婦女首飾之名。一說以黃金製成蟲形而得名。南朝吳

均《和蕭洗馬子顯古意》之一：“蓮花銜青雀，寶粟鈿金蟲。”
唐李賀《惱公》：“陂陀梳碧鳳，腰裊帶金蟲。”王琦彙解：“以金
作蝴蝶、蜻蜓等物形而綴之釵上者。”一說以為昆蟲名，以蟲用
為首飾。宋祁《益部方物略記》：“金蟲，出利州山中，蜂體綠
色，光若金星，里人取以佐婦釵鐶之飾云。”

〔5〕鐙明：鐙，同燈。鐙明指燈火通明。魏劉楨《贈五官中郎將詩
四首》之一：“眾賓會廣坐，明鐙熹炎光。”

【評　析】

此篇效溫庭筠之作，上闋述一婦人淺酣倒臥之狀，下闋筆鋒一
轉，鋪寫鸚鵡探視之狀。“鸚鵡忽猜天色”一句，尤見其刻劃之功。
由此引出室內燈明，窗外月昏之情。婦人不知夜色之近，鸚鵡忘卻
殘月之態，結句串聯兩者，尤見其構想之深。

（許明德箋注）

黃鸝繞碧樹

風拂繁陰翠，鸝笙百囀[1]，暗傳春素[2]。罨畫紅樓[3]，
記韋娘按曲，惹伊曾妒。[4]捧心未忍，忍還效，西施顰
嫵。[5]拚盡把，靡靡新聲換了，冰絃重譜。[6]　　展翮雲鴻
倦數。[7]甚池鯤，向天飛去。[8]這人世，總蘧然夢蝶，花際
酣舞。[9]對酒夜應大醉，那管得殘蟾曙[10]。歌餘笑指銀河，
喚杯同渡。

【箋　注】

〔1〕鸝笙百囀：意指笙響如鸝鳴般婉轉多樣。南朝劉孝綽《詠百
舌》：“孤鳴若無時，百囀似羣吟。”王安石《獨臥》之二：“百

囀黃鸝看不見，海棠無數出牆頭。"

〔2〕春素：春日之情愫。吳文英《點絳唇·越山見梅》詞："無限新愁，難對風前語，行人去，暗消春素，橫笛空山暮。"

〔3〕罨畫紅樓：罨畫，指如畫之江山；紅樓，泛指華美之樓房。唐段成式《酉陽雜俎續集·寺塔記上》："長樂坊安國寺紅樓，睿宗在藩時舞榭。"

〔4〕"記韋娘"二句：韋娘，本指唐代著名歌妓杜韋娘，後比喻擅長歌舞之美女。孔尚任《桃花扇·第二十一齣》："半放紅梅，只少韋娘一曲催。"二句謂記取歌女奏樂之態，招惹他人的妒忌。

〔5〕"捧心"三句：《莊子·天運》："故西施病心而矉其里，其里之醜人見而美之，歸亦捧心而矉其里。其里之富人見之，堅閉門而不出；貧人見之，挈妻子而去之走。彼知矉美，而不知矉之所以美。"後以捧心謂美女之病態。此三句指美人捧心使人不忍，有的人卻無動於衷，還嘗試仿傚西施蹙眉之媚態。

〔6〕"拚盡把"三句：靡靡，委靡不振；靡靡新聲，指頹廢、淫穢之音樂。《韓非子·十過》："此師延之所作，與紂為靡靡之樂也。"《史記·殷本紀》："於是使師涓作新淫聲，北里之舞，靡靡之樂。"三句指竭盡全力把頹廢之樂廢去，重新譜寫正當的樂曲。

〔7〕"展翮"句：翮，翅膀。雲鴻，飛行於高空中的大雁。全句指展翅高飛之大雁感到疲憊。

〔8〕"甚池鯤"二句：典出《莊子·逍遙遊》："北冥有魚，其名為鯤，鯤之大不知其幾千里也。化而為鳥，其名為鵬，鵬之背不知其幾千里也。怒而飛，其翼若垂天之雲。"二句謂池中鯤魚向天飛去。

〔9〕"這人世"三句：語本《莊子·齊物論》："昔者莊周夢為蝴蝶，栩栩然胡蝶也，自喻適志與，不知周也，俄然覺，則蘧蘧然周也，不知周之夢為胡蝶與，胡蝶之夢為周與。"三句指這人世總

是在夢中幻化為蝴蝶，於花間半醉飛舞。

〔10〕蟾曙：即月光。

【評　析】

此篇連用《莊子》典故，言外多有寄託。上闋先從笙歌說起，其中或以杜韋娘之歌舞自喻，指自己之才惹人妒嫉；或以西施捧心之事，諷喻小人無情，只懂仿傚西施蹙眉之媚態。最後詞人仍以歌舞作喻，點明自身廢去頹靡之國勢，重振國體之抱負。下闋反從實踐抱負之倦意說起，重新思考人生之短促。全篇以歌樂聲中笑指銀河作結，頗有自解之義。

（許明德箋注）

山查子

　　閒課玉籠鸚，親飼金鈴犬。十五小姑年，居處無郎慣。〔1〕　蝶悠揚，鶯睍睕〔2〕，不抵舞蔥歌蒨〔3〕。行過浴鴛鴦，紅暈窺池面。

【箋　注】

〔1〕"十五小姑年"二句：古樂府有"小姑無郎"之句，《樂府詩集·青溪小姑曲》："開門白水，側近橋梁，小姑所居，獨處無郎。"此處指小姑時年十五，已習慣所居之處沒有男子。

〔2〕睍睕：明亮美好之貌。《詩經·邶風·凱風》："睍睕黃鳥，載好其音。"

〔3〕舞蔥歌蒨：猶"歌舞蔥蒨"；蒨，青蔥貌；蔥蒨，即蔥鬱茂盛之義。吳文英《水龍吟》："嬉遊是處，風光無際，舞蔥歌蒨。"此三句指蝶悠揚地飛舞，鶯兒明亮美好，也不及繁茂之歌舞。

【評　析】

　　本篇摹寫閨房少女之情態，以其生活入詞，或教習玉籠中之鸚鵡，或飼養繫上金鈴之犬隻。下闋寫其對歌舞之愛好，足見其活潑靈巧。而詞作結以其情感之萌動，鴛鴦浴水，令少女感到覥腆，恰與上闋相應，尤見此作之精緻。

（許明德箋注）

憶秦娥　余年七十有六，碧桐君[1]七十有二，戲示此詞。

　　風前燭[2]，行年七十還加六。還加六，六州長調[3]，醉時歌曲。　　鴛鴦頭白同棲宿，夜寒強起尋簫局[4]。尋簫局，局中猶是，其人如玉[5]。

【箋　注】

〔1〕碧桐君：廖恩燾妻。此作寫於 1940 年，當時廖恩燾七十六歲，廖妻七十二歲。

〔2〕風前燭：燭在風中易滅，喻人年歲已高，臨近死亡。《樂府詩集·怨詩行》：“天德悠且長，人命一何促，百年未幾時，奄若風吹燭。”

〔3〕六州長調：即“六州歌頭”，詞牌名，全詞雙調一百四十三字。

〔4〕簫局：薰籠的別名，即覆蓋於火爐上取暖用的器物。明王志堅《表異錄·器用》引《記事珠》：“簫局，古熏籠也，一名秦篝。”

〔5〕其人如玉：形容人之品德像美玉般純淨無暇，《詩經·小雅·白駒》：“生芻一束，其人如玉。”

【評　析】

　　本篇為廖氏與妻之作，當中多有二人生活點滴，如醉時詠《六

州歌頭》等，頗有趣味。其中二人於夜寒時分一同找尋薰籠，更見
其樸實單純之情感。

（許明德箋注）

鷓鴣天　近得鄭板橋[1]竹，自題云：“君子一身都是節，疎
　　　　疎澹澹許多葉。問予作畫是何人，揚州興化老鄭
　　　　燮。”并有二十年前舊板橋印章。

　　嶰谷[2]疎疎澹澹雲，移來圖畫屬詩人。板橋二十年前
舊，竹葉兩三枝上新。　　鳴鳳[3]在，咽龍頻，審同鄭俠
繪流民[4]。虛心古自成千個，直節今猶見此君。

【箋　注】

〔1〕鄭板橋：即鄭燮（1693—1765），字克柔，江蘇興化人。對詩、
　　書、畫等均有研究，有《板橋全集》。他的畫論特別強調藝術創
　　作中“眼中之竹”、“胸中之竹”和“手中之竹”的區分和轉
　　化，強調繪畫藝術的意境創造。

〔2〕嶰谷：崑崙山北谷名。漢應劭《風俗通·聲音序》：“昔黃帝使
　　伶倫自大夏之西，崑崙之陰，取竹於嶰谷，生其竅厚均者，斷
　　兩節而吹之，以為黃鐘之管。”左思《吳都賦》：“梢雲無以踰，
　　嶰谷弗能連。”劉良注：“嶰谷，山名，生美竹。”

〔3〕鳴鳳：多喻賢者，《詩·大雅·卷阿》：“鳳皇鳴矣，於彼高岡。
　　梧桐生矣，於彼朝陽。”鄭玄箋：“鳳皇鳴於山脊之上者，居高
　　視下，觀可集止，喻賢者待禮乃行，翔而後集。”

〔4〕流民：流亡異地之人。《管子·四時》：“禁遷徙，止流民，圉分
　　異。”

【評 析】

此序寫其述作緣由，點明詞人得鄭板橋畫，深許其中以為君子如竹有節。故詞作即以詞人作畫，移嶰谷之竹於畫中來囑咐士子開首。下闋寫其懷抱，點明其願與板橋同樣繪寫流離之人，並以竹之虛心、直節嘉許鄭氏，結以"想見其為人"之感。

（許明德箋注）

江城子

蛾眉[1]新畫月初三，上新籭，試新衫。新梳雲髻，瑤鳳鸓新簪[2]。只有杏花春雨舊，還認是，舊江南。[3]　如海嫣紅[4]且築盫，戒杯貪，飽詩饞。乾坤雙甕，[5]留待鐵肩擔。白髮當筵人健在，天寶事[6]，按簫談。

【箋 注】

〔1〕蛾眉：細長而彎曲的眉毛，如蠶蛾的觸鬚，故稱為"蛾眉"。溫庭筠《菩薩蠻》："懶起畫蛾眉，弄妝梳洗遲。"

〔2〕瑤鳳鸓新簪：瑤鳳，玉釵上的鳳凰。鸓，下垂貌。宋葛立方《聞歌二絕》之一："初唱城闉鴈影寒，玉喉窈窕鸓雲簪。"全句指玉釵上的鳳凰垂在新簪下。

〔3〕"只有"三句：杏花春雨為江南之景，元陶宗儀《南村輟耕錄》："居吳下時，虞邵菴先生在館閣，賦《風入松》長短句，寄博士云：'畫堂紅袖倚清酣，華髮不勝簪。幾回晚直金鑾殿，東風軟，花裏停驂。書詔許傳宮燭，香羅初剪朝衫。　御溝冰泮水挼藍，飛燕又呢喃。重重簾幙寒猶在，憑誰寄銀字泥緘，報道先生歸也，杏花春雨江南。'詞翰兼美，一時爭相傳刻，而

此曲遂遍滿海內矣。"

〔4〕嫣紅:紅艷的花色,借指艷麗的花。李商隱《河陽詩》:"百尺相風插重屋,側近嫣紅伴柔綠。"

〔5〕乾坤雙甕:乾坤,喻國家、江山。《敦煌曲子詞·浣溪沙》:"竭節盡忠扶社稷,指山為誓保乾坤。"此處借雙甕比喻江山之重負。

〔6〕天寶事:天寶,唐玄宗李隆基之年號,此處借指過往盛世。

【評 析】

此篇為詞人退職以後述及心跡之作,全篇以物是人非之歎起首,細寫女子妝扮髮飾之新,以襯出江南杏花春雨之舊。下闋回到自身築盦戒酒,飽餐詩書,放下保國之重負,足見其暮年之心境。結句"白髮當筵人健在,天寶事,按簫談",頗有"閑坐說玄宗"之意。

(許明德箋注)

紅窗迥 檢元人《撫掌詞》[1]有此調,愛其拗澀,依聲漫作。

窗眼底,日影裏,逗一片煙篆,[2]鵲鑪飛紫。簾礙引雛燕子,總惱人恁地[3]。 天角幾行排雁字[4],甚玉郎[5]一別,忘了書寄。欲把殘妝重理,弱腕僵嬾起。

【箋 注】

〔1〕元人《撫掌詞》:《撫掌詞》一卷,原本題"後學南城歐良"六字,為編集者之名。歐良為南宋時人,非廖氏所謂"元人"。相關考證可參王重民《中國善本書提要》。

〔2〕逗一片煙篆：煙篆，指香的煙縷，因形象似圓曲之篆字而得名。
全句指逗弄一片彎彎弓弓的煙縷。

〔3〕恁地：亦作“恁底”，即如此。宋莊季裕《雞肋編》：“前世謂
‘阿堵’，猶今諺云‘兀底’、‘寧馨’，猶‘恁地’也，皆不指
一物一事之詞。”

〔4〕雁字：本指成列而飛之雁羣，語本白居易《江樓晚眺景物鮮奇
吟玩成篇寄水部張員外》：“風翻白浪花千片，雁點青天字一
行。”又見於李清照《一剪梅》：“雲中誰寄錦書來？雁字回時，
月滿西樓。”

〔5〕玉郎：古時女子對情人之愛稱。《敦煌曲子詞·魚歌子》：“雅奴
卜，玉郎至，扶不下驊騮沉醉。”前蜀牛嶠《菩薩蠻》：“門外柳
花飛，玉郎猶未歸。”

【評　析】

此篇以思婦為題，上闋寫閨中人之無聊懊惱，下闋則直寫其相
思之苦。篇末以女子懶畫殘妝，點出與情人分隔之歎。又本篇與一
般所見《紅窗迥》詞譜有異，廖氏謂此調拗澀，當與篇中韻腳分佈
有關。

（許明德箋注）

黃鸝繞碧樹　社課[1]甫脫稿，眉孫[2]睞新作，根觸綺懷，
次均奉和。

春色窗紗逗，殘寒勒盡，護花深院。午睡初回，正愁
蛾翠壓[3]，畫簾慵捲。短牆過杏[4]，鎮長念，天涯飄燕[5]。
何苦是，邂逅當時便把，香雲輕翦[6]。　　　已隔蓬山路
遠[7]。有情人，恁偏成眷。歎鴻雁，早傳書謝却，閒恨誰

管？舊舞扇羅縱在，枀斷闋霓裳換。都來顧影伶俜，鏡光流轉。

【箋　注】

〔1〕社課：社，指午社，為民國時期成立於上海的詞社。1939 年，夏敬觀住進霞飛路法租界靜村，並在家成立午社。入社成員包括廖恩燾、金兆藩、冒廣生、夏敬觀、夏承燾、龍榆生等，詳可見《午社同人姓字籍齒錄》。社課，指午社課集。

〔2〕眉孫：吳庠（1879—1961），原名清庠，字眉孫，近代丹徒（今江蘇鎮江）人。喜收書，藏清人校鈔本極多。曾任北京審計院編纂處處長、北京交通銀行秘書。為南社社員，又與奚燕子、陳蝶仙等並稱“國魂七才子”。

〔3〕愁蛾翠蹙：蛾，喻眉毛。全句指深鬱的愁眉緊縮。

〔4〕短牆過杏：形容春色正濃，語本宋葉紹翁《游小園不值》：“春色滿園關不住，一枝紅杏出牆來。”此處寫春色盎然，以喻女子情動，想念遠行之情人。

〔5〕天涯飄燕：古人見雙燕春天來巢，後見孤燕飛回，以線繫其足作標識，歲後復來，故後世多以飄零之燕形容孤獨之人。

〔6〕香雲輕翦：香雲，喻女子的頭髮。古人好以頭髮為約，古代婚儀中，新人各剪下自己的頭髮。柳永《尾犯》：“記得當初，翦香雲為約。”

〔7〕蓬山路遠：蓬山，即蓬萊山，相傳為仙人居所，故路遠難通。此處喻情人所處之地，李商隱《無題》：“蓬山此去無多路，青鳥殷勤為探看。”

【評　析】

本詞與上詞相承，不但主題俱與思婦有關，且詞作結構亦有相類。開篇寫寒日無聊，從而拈出女子慵懶之狀。唯此篇多有怨懟之辭，先是上闋直問情人何苦不立下盟誓，最後結以顧鏡自憐之狀，較諸上詞，或更能體現閨中女子之情態。

（許明德箋注）

清平樂三首

鵲聲喧旦[1]，猶見鐙花燦。喜未曾來愁滿眼，夢裏江山無限[2]。　　畫簷殘溜初乾[3]，繡窗人怯朝寒[4]。昨夜落紅多少？沒他巢燕相干。

【箋　注】

〔1〕鵲聲喧旦：民間相傳之吉兆，傳說於農曆大年初一，誰家附近有喜鵲鳴叫，則該戶人家未來一年將大吉大利。蘇軾《虎丘寺》：“喜鵲翻初旦，愁鳶蹲落景。”

〔2〕江山無限：意指國土沒有邊際，李煜《浪淘沙》：“獨自莫憑欄，無限江山，別時容易見時難。”

〔3〕畫簷殘溜初乾：畫簷，有畫飾的屋檐。殘溜，指在屋簷上零星的水滴，文徵明《新晴》詩：“初陽動簷瓦，殘溜時自滴。”全句指在有畫飾的屋檐上，水點開始乾涸。

〔4〕朝寒：即早晨之寒意。漢劉向《說苑·臣術》：“晏子侍於景公，朝寒請進熟食。”陸遊《庵中晨起書觸目》：“山重水複怯朝寒，一卷窗間袖手看。”

【評　析】

全詞寫其國難之慨。上闋以新歲之景，喜未及見，而夜夢千里江山，徒生滿眼愁緒。下闋轉入天明以後之景，寒風颯颯，使人畏怯，此喻國勢之沒落，予人難以承受之感。詞作以昨夜雖有花落，卻與巢燕無干作結，此亦為譬況。詞人或以巢燕比小人，以為國家情勢，與小人無涉。

（許明德箋注）

　　欲歌偏咽，愁重難言別。待向簾前收淚說，又怕籠鸚饒舌[1]。　　渡頭楊柳絲輕，客舟煩為牽縈[2]。莫似斷橋流水，恁般一去無情。[3]

【箋　注】

〔1〕饒舌：即嘮叨多嘴。白居易《酬嚴給事》：「不緣啼鳥春饒舌，青瑣仙郎可得知？」

〔2〕牽縈：糾纏。周邦彥《慶春宮》：「塵埃憔悴，生怕黃昏，離思牽縈。」

〔3〕「莫似」兩句：語本《續傳燈錄·溫州龍翔竹庵士珪禪師》：「落花有意隨流水，流水無情戀落花。」後多以「流水無情」比喻男女雙方一方無意，此處反用典故，指寄語情人不要如流水般無情而去。

【評　析】

　　此詞上闋先抒其愁緒，以怕籠鸚洩露心事飾之，以增其欲語還休之情。下闋以景寫情，從渡頭柳絲留客，為客牽繫糾纏，帶出情人寄語。詞家以景寫情者多見，此篇於歌咽處着眼，曲盡其情，上闋不點破其離別之思，下闋方以景出之，其意可謂工巧。

　　不留君住，拚任揚鞭去。解識青春容易暮，早勒飛騘回駐。[1]　　無言桃李成蹊，[2]到門鷗鷺休提。[3]只問帶書鴻雁，夜來將恨何之。

【箋　注】

〔1〕"早勒"句：飛驄，指飛奔的駿馬，此處喻流逝之時光。全句以勒住飛馳之駿馬，比擬人珍惜飛逝之時光。

〔2〕"無言"句：本作"桃李不言，下自成蹊"，語本《史記·李將軍列傳》。原意指桃樹、李樹雖沒有刻意招惹人，但人卻自然於樹下走出一條小路。全句喻人只要忠實，自能得到賞識。

〔3〕"到門"句：古人以為鷗鷺姿態閑雅，為歸隱之象徵，《列子·黃帝》："海上之人有好鷗鳥者，每旦之海上，從鷗鳥游。鷗鳥之至者百往而不止。其父曰：吾聞鷗鳥皆從汝游，汝取來吾玩之。明日之海上，鷗鳥舞而不下也。"

【評　析】

　　上闋以不留客興歎，引作其中"光陰者，百代之過客"之思。接着由光陰易逝，轉入珍惜時光之寄語。此詞下闋疊用意象作議論，先用"桃李成蹊"一典，說明人貴在忠厚，不應輕言歸隱。結以鴻雁帶書一問，似以"夜來將恨"指當時政局。下闋關心雁書之意，即承上闋珍惜時光之寄語而來，全詞結構綿密，此可略見。

　　　　　　　　　　　　　　　　　　　（許明德箋注）

祝英臺近　二月十三日春分

　　訪流鶯，商鬮草[1]，俊約謝橋[2]畔。殘雨收寒，添得鞦韆羅綫。絕憐繡陌簫聲，賣餳天氣[3]。漸猜到，綠陰庭院。

　　韶光滿。不解誰為圍花，強分好春半[4]。消瘦東風，蝶飛恁生嬾。爭教眉恨[5]能平，妝蛾鏡底，記曾把，兩邊勻徧。

【箋　注】

〔1〕鬬草：即鬬百草，指古代一種競採花草的遊戲，比賽勝負由所
　　　採花草之多寡優劣決定，常於端午行之。南朝宗懍《荊楚歲時
　　　記》：「五月五日，四民並踏百草，又有鬬百草之戲。」唐鄭谷
　　　《采桑》：「何如鬬百草，賭取鳳皇釵。」

〔2〕謝橋：即謝娘橋，相傳六朝時即有此橋。謝娘，生平不詳，或
　　　謂名謝秋娘者。詩詞中每以此橋代指冶游之地，或指與情人歡
　　　會之地。晏幾道《鷓鴣天》：「夢魂慣得無拘檢，又踏楊花過謝
　　　橋。」

〔3〕賣餳天氣：指清明、寒食前後之天氣。餳指飴糖食物，賣餳者
　　　常以簫聲作招徠。宋佚名《菩薩蠻》：「賣餳天氣簫聲軟，午院
　　　水沈烟未斷。」

〔4〕強分好春半：春分本指晝夜長短平分，此處巧玩其名，問誰人
　　　將春分作一半。

〔5〕眉恨：老年長恨。

【評　析】

　　此詞題署「二月十三日春分」，全詞皆有詠春之意。上闋以訪
鶯、鬬草等示人出遊之狀，再由此帶出春日多雨之狀。再從巷陌轉
到庭院，步步寫春，轉入下闋韶光滿溢之詠。「誰為園花，強分好春
半」，拈出「春分」一語。詞作最後從春日之景，歸結到鏡底人對鏡
懷舊之狀。

（許明德箋注）

前　調　餘意再賸一解，約映盦、[1]眉孫[2]繼聲。

　　問人間、春幾許？禁得剖為二。爛錦山河，半壁膩如

此。可堪乍煥還寒[3]，密雲籠日。尚留滯，宜蠶[4]天氣。

殷勤意，經過栽柳量花，燕教翦雙試[5]。池面魚游，劃開綠波綺。無端烟雨江南，樓臺四百[6]。總拼付，單杯婪尾[7]。

【箋　注】

〔1〕映盦：夏敬觀（1875—1953），字劍丞，又字鑒丞，號緘齋、映盦。江西新建人。光緒二十年（1894）中舉，次年入南昌經訓書院，從皮錫瑞治經學。三十三年（1907），任江蘇省參議，署理江蘇提學使，兼任上海復旦公學、中國公學監督。宣統元年（1909）辭職，辛亥革命後率先剪辮，以示擁護革命。1919年任浙江教育廳長，1924年辭職。晚年流寓上海，以賣畫為生。

〔2〕眉孫：見前《黃鸝繞碧樹》（春色窗紗逗）註〔2〕。

〔3〕乍煥還寒：在溫暖與寒冷之間。煥，後作暖。李清照《聲聲慢》：“乍暖還寒時候，最難將息。”

〔4〕宜蠶：適宜養蠶。陸游《初夏》：“老翁賣卜古城隅，兼寫宜蠶保麥符。”

〔5〕燕教翦雙試：翦，即燕尾，因形近剪刀，故稱。全句指燕子展翅飛翔。

〔6〕烟雨江南，樓臺四百：語本杜牧《江南春絕句》：“南朝四百八十寺，多少樓臺烟雨中。”明王士禎《踏莎行·秦淮清明》：“煙雨清明，煙花上巳。樓臺四百南朝寺。”亦化用此典故，以點明江南之景色。

〔7〕婪尾：宴飲時酒巡至末座為婪尾。蘇軾《仇池筆記》引蘇鶚云：“以酒巡匝為婪尾，一作藍尾。”

【評　析】

此詞開首即有“禁得剖為二”之句，其思與前詞之“強分好春半"相類，唯其意顯然有指涉時局處。繼以論山河錦繡，只剩半壁，故後所論乍暖還寒、密雲籠日之天色，自與時局相干。上闋結以留滯於宜釀天氣之中，頗有不安之感。下闋以春景起，承前文留滯江南之意。結以江南春景，總在杯酒之中，頗有年老遲暮之況味。

又，三首和作同以春景為題，其中夏敬觀之作意趣較類廖氏。吳眉孫第二首和作乃步韻之作，唯其意旨與廖氏甚不相同，此又見其次韻之巧思。

和作附錄

吷盦夏敬觀

柳如癡，花似夢，誰解作春主？燕雁相逢，腸斷代飛路。可憐九十韶光，勾銷一半。怎禁受，無情風雨？　　酒旗處，還看扶醉人來，鼕鼕社邊鼓。那得長繩，教繫隙駒住。何曾再有三分，一分流水。更分與，二分塵土。

吳庠眉孫

曉寒輕，烟景薄，小立畫欄畔。轉綠回黃，幾日柳垂綫。算來剛過花朝，無人撲蝶，且深鎖，薜蕪庭院。　　酒尊滿，莫教懊惱年芳，東風已輸半。簇繡池臺，不信燕鶯嬾。放懷等到春濃，香簾絮幕。把新曲，豔陽歌徧。

同　前

錦成堆，香似海，春在月過二。九十平分，好景盼從此。只愁不定陰晴，未來風雨，易磨折，看花英氣。　　且娛意，安排一隊笙簫，柳黃舞衣試。繡蝶描鶯，錯認合歡綺。最憐溝水東西，殘紅流去。也羞唱，竹竿魚尾。

（許明德箋注）

點絳脣　擬稼軒[1]二首

　　曉起開窗，浮雲西北[2]闌干遠。雨飛如彈，不打鴛鴦散[3]。　　詞筆何郎[4]，老減風流半。殘梅換，舊時妝面，笑索巡簷[5]嬾。

　　對酒當歌，月明休賦無枝鵲。醉來橫槊，[6]舞看天花落[7]。　　今古江山，勝負英雄角。功名薄，鞦韆紅索，幾蝶殘香撲。[8]

【箋　注】

〔1〕稼軒：辛棄疾（1140—1207），原字坦夫，後改字幼安，號稼軒，齊州歷城（今山東濟南）人。宋高宗紹興三十一年（1161），金主完顏亮大舉南下，辛棄疾聚鄉眾二千投奔耿京，任掌書記。次年初，奉耿京之命至建康與南宋朝廷聯絡抗金事宜，歸途中聞耿京被叛徒張安國等攻殺，即率五十騎直趨濟州，於五萬金兵中縛張安國南下獻俘。南歸後，歷任江陰簽判、建康府通判等。辛棄疾兼擅詩詞，今存詞六百二十餘首，多抒發愛國情思之作。

〔2〕浮雲西北：語本辛棄疾《水龍吟·過南劍雙溪樓》：“舉頭西北浮雲，倚天萬里須長劍。”

〔3〕不打鴛鴦散：明孟稱舜《鸚鵡墓貞文記》：“他一雙兒女兩情堅，休得棒打鴛鴦作話傳。”此處反用其意，指急雨下鴛鴦各自散去。

〔4〕詞筆何郎：指南朝詩人何遜。遜八歲能賦詩，青年時即以詩文著稱。天監年間，官尚書水部郎。其詩與陰鏗齊名，世號“陰何”，亦與劉孝綽齊名，並稱“何劉”。有《何水部集》傳世。

〔5〕巡簷：亦作“巡檐”，來往於檐前。杜甫《舍弟觀赴藍田取妻子到江陵喜寄》詩之二：“巡簷索共梅花笑，冷蘂疏枝半不禁。”

〔6〕“對酒”三句：語本曹操《短歌行》：“對酒當歌，人生幾何？譬如朝露，去日苦多。”又：“月明星稀，烏鵲南飛。繞樹三匝，何枝可依？”古人相傳曹操於赤壁之戰前橫槊賦詩，其中“無枝可依”句一語成讖，預見其戰敗之情態。故此處反用其典，先從及時行樂說起，點明自身寧醉酒賦詩，不願再論時局。

〔7〕天花落：佛家典故。據《維摩經》所載，維摩室中有一天女，嘗以散花檢驗菩薩聲聞和弟子的道行。唐綦毋潛《宿龍興寺》：“天花落不盡，處處鳥銜飛。”

〔8〕“鞦韆”二句：鞦韆，亦作秋千，語出宋吳文英《青玉案》：“還憶秋千玉蔥手。紅索倦將春去後。薔薇花落，故園蝴蝶、粉薄殘香瘦。”

【評　析】

此詞仿稼軒風格為之，故其用典處甚多。第一首起筆有慷慨縱橫之感，先以“浮雲西北”一典映時局之亂離，再以鴛鴦分離寄人之留滯顛沛。下闋轉入遲暮之歎，先以何郎自比，繼而述其年暮而風流半減，終取杜詩句作結，由殘梅已換，自己懶折新梅，喻自身已入暮年，舊時人面漸失。

第二首即以曹操橫槊賦詩之典起興，“舞看天花落”句，有佛家意興，見其出世之心。下闋先發議論，英雄角逐，淡薄功名，把歷來時局成敗置身事外。結尾由議論轉到春去之景，尤可見其淡泊之情。

（許明德箋注）

前　調

　　牽引柔情，雨絲不數垂條柳。[1]綫穿珠後，[2]化作簷前溜[3]。　　裝綴穠春，笑倩花枝繡。鶯笙奏，燕吹簫湊，耳聒元聲叟[4]。

【箋　注】

〔1〕“牽引”二句：指雨絲無數，如柳樹垂條一般，牽動柔情。

〔2〕綫穿珠後：此處以綫喻雨，雨能穿珠，特言其纖細綿密。

〔3〕簷前溜：亦作“檐前溜”。溜，滴流。南朝劉峻《始居山營室詩》：“激水檐前溜，修竹堂陰植。”

〔4〕耳聒元聲叟：耳聒，即嘈吵，清惠周惕《讀孟東野集戲效其體》其二：“長安方醉會，耳聒絲竹聾。”元聲叟，指元結，《新唐書·元結傳》：“既客樊上，漫遂顯，樊左右皆漁者，少長相戲，更曰聱叟。彼誚以聱者，為其不相從聽，不相鉤加，帶笭箵而盡船，獨聱齖而揮車。”

【評　析】

　　上闋以雨絲入題，由其牽引柔情，下時幼如綫，簷前點滴而流，詳加摹擬，以襯下闋春景。故下闋由雨裝點春景起首，寫佳人繡花枝，吹笙簫之景，其春色極濃。歸結用元結一典，元氏素有不相從聽之稱，以其亦有耳聒之感，特能映出其中春意，饒有趣味。

　　　　　　　　　　　　　　　　　　（許明德箋注）

訴衷情

　　臉霞消暈鬂雲鬆，人正隔簾櫳[1]。漏聲[2]驚起，無寐

笑語不惺忪。　　花底蝶，可憐蟲，夢相逢。[3]海棠開後，
香老春深，猶舞闌東。

【箋　注】

〔1〕隔簾櫳：櫳，窗上欄木，泛指窗戶；簾櫳，窗上的簾子。謝靈
　　運《七月七日夜詠牛女》：「升月照簾櫳。」

〔2〕漏聲：銅壺滴漏之聲。杜甫《奉和賈至舍人早朝大明宮》：「五
　　夜漏聲催曉箭，九重春色醉仙桃。」滴漏之聲驚起美人，足見其
　　夜深人靜之景。

〔3〕「花底蝶」三句：《莊子·齊物論》：「昔者莊周夢為蝴蝶，栩栩
　　然蝴蝶也；自喻適志與，不知周也；俄然覺，則蘧蘧然周也。」
　　此處本莊周夢蝶之喻，加上夢中與蟲相逢一節，以比擬二人於
　　人世相逢之象。

【評　析】

　　此篇以題詠美人起首，其在窗簾以外，突出其若現若隱。於靜
景後接以漏聲、笑語，述人因長談而徹夜不眠，猶無倦意，意在點
二人之情誼。下闋一轉，談蝶蟲夢中相會，喻二人於人世相逢之象。
詞末以海棠開後，花瓣飛舞之景作結，一則以春景應前句所述，一
則於二人情意別有寄寓。

（許明德箋注）

阮郎歸

　　恨深如海倩誰填？衡石鳥飛天。[1]夢中說不盡纏綿，須
憑箏雁[2]傳。　　塵世上，幾桑田[3]，秋風紈扇捐。[4]無書
嬌眼望將穿，書來翻惘然。

【箋　注】

〔1〕“恨深”二句：語本《山海經·北山經》：“炎帝之少女名曰女娃。女娃游於東海，溺而不返，故為精衛，常銜西山之木石，以堙於東海。”古人相傳女娃之魂化作精衛鳥，憤而常年銜西山木石填塞東海。

〔2〕箏雁：即箏柱，因箏柱斜列如雁行而得名。元張可久《迎仙客·春晚》：“燕初忙，鶯正懶。簾捲輕寒，玉手調箏雁。”

〔3〕桑田：語本葛洪《神仙傳·王遠》：“麻姑自說云：‘接侍以來，已見東海三為桑田。’”後以“滄海桑田”喻世事變化巨大。

〔4〕秋風紈扇捐：典出漢班婕妤《怨歌行》：“裁為合歡扇，團團似月明。出入君懷袖，動搖微風發。常恐秋節至，涼飆奪炎熱。棄捐篋笥中，恩情中道絕。”捐，拋棄；此處指秋風過後，即把紈扇拋卻，喻女子色衰失寵，遭丈夫拋棄。

【評　析】

此篇為思婦之作，開首精衛填海之事點題，以喻婦人之恨。繼而寫夢中不盡之情，只能寄予箏樂之中，已能見其閨怨。下闋起筆即以此恨放進時間之中，並以秋風紈扇之典，訴述其憂懼。末兩句謂其盼望書信，最終盼得，翻來卻又感到惘然。全詞在此處打住，教人猜信書中之語；其中輾轉難安，實為此詞最妙之處。

（許明德箋注）

前　調

斷魂不向別時銷，[1]分付秣陵潮[2]。出牆紅杏[3]似人嬌，當年依約招。　　天下事，使君操。醉吟聊自豪。揚州廿四早無橋，月明誰教簫?[4]

【箋　注】

〔1〕斷魂不向別時銷：典出江淹《別賦》："黯然銷魂者，惟別而已矣。"此處反用其意，指斷魂沒有在離別的時候銷亡，即喻人沒有在離別時感沮喪。

〔2〕秣陵潮：疑指旅途上之潮水。唐李頎《送喬琳》："潮隨秣陵上，月映石頭新。"

〔3〕出牆紅杏：見前《黃鸝繞碧樹》注〔4〕。

〔4〕"揚州"二句：語本杜牧《寄揚州韓綽判官》："二十四橋明月夜，玉人何處教吹簫。"亦可參姜夔《揚州慢》："二十四橋仍在，波心蕩，冷月無聲。"全句從此二句遞進，杜牧所到之揚州，既能見二十四橋，也能聽到玉人教簫之聲；姜夔所見之揚州雖有二十四橋，卻已不聞簫聲；至於廖氏，揚州既無二十四橋，仍不復有教簫之聲。

【評　析】

　　上闋先反用江淹《別賦》典，指詞人未有在友人離開時感沮喪，而唯在人走後卻總在叮囑潮水順風。繼而交代別時春景，先述紅杏已長，再以此憶當年之約。上片全寫詞人於此處憶想之態，下片筆鋒一換，改由詞人直接呼告友人，用"天下英雄，唯使君與操"典，意在互勉，而自身則可以醉吟聊以自豪。末句用二十四橋、玉人吹簫典，似有所指，亦可見自身之慨嘆。

　　　　　　　　　　　　　　　　　　　（許明德箋注）

一落索

　　巧被春風裁翦。草齊如鬋[1]。莫教啼鴂[2]怨芳菲，恐

聲裏成秋苑。　　金井銀缾[3]索斷。轆轤還轉。[4]劉郎白髮
乍添新，忍又使，桃花見。[5]

【箋　注】

〔1〕鬋：音箋，下垂的鬢髮。《集韻·線韻》："鬋，垂鬢謂之鬋。"
《楚辭·招魂》："長髮曼鬋，豔陸離些。"

〔2〕鵙：音決，即杜鵑鳥。《楚辭·離騷》："恐鵜鴃之先鳴兮，使百
草為之不芳。"張衡《思玄賦》："恃已知而華予兮，鵙鴃鳴而不
芳。"李善注："《臨海異物誌》曰：鵙鴃，一名杜鵑，至三月
鳴，晝夜不止，夏末乃止。"

〔3〕金井：井欄上有金碧輝煌雕飾的井。明李雯《鵲踏枝》詞："昨
夜小樓四壁，半堆金井霜華白。"缾，同瓶。

〔4〕轆轤：音碌盧，一種利用槓桿和滑車所製成的汲水或承重器具。

〔5〕"劉郎"句：典出"前度劉郎"。劉禹錫受王叔文"永貞革新"
牽連，於唐貞元二十年（805），被貶郎州任司馬。九年後，被
召回長安。作《遊玄都觀》詩："紫陌紅塵拂面來，無人不道看
花回。玄都觀裡桃千樹，盡是劉郎去後栽。"過不久，又遭貶
官，十四年後，才再度被召回長安，作《再遊玄都觀》詩："百
畝庭中半是苔，桃花淨盡菜花開。種桃道士歸何處？前度劉郎
今又來。"

（廖蘭欣箋注）

少年游　題滿州瑞亭仿郎世寧畫馬。按，瑞亭，鐵保子也。[1]

滹沱河[2]上帶禽歸。遑惜錦障[3]泥。伯樂難逢，燕
昭[4]安在，神駿有誰知。　　重瞳[5]皆裂虞兮泣，顒頊此
斑騅。[6]沙漠牽來，繪成圖畫，百戰想龍媒[7]。

【箋　注】

〔1〕鐵保：（1752—1824），字冶亭，號梅庵，棟鄂氏，滿洲正黃旗人，以文章和書法馳名朝野。

〔2〕滹沱河：河川名。發源於山西省五臺山北麓繁峙縣泰戲山。流經山西省東部，入河北省，至天津會合北運河後入海。

〔3〕錦障：帶有彩色花紋的障蔽物。亦作“錦鄣”。王勃《春思賦》：“錦障縈山，羅幛照野。”宋祁《送郭太保知相州》詩：“驌帳三雲清曉別，錦鄣千騎上頭迎。”

〔4〕燕昭：即戰國時燕昭王，以渴於求賢著稱。漢桓寬《鹽鐵論·非鞅》：“樂毅信功於燕昭，而見疑於惠王。”唐沈亞之《上壽州李大夫書》：“昔者燕昭以千金市駿骨，而百代稱之。”范仲淹《上張右丞書》：“昔郭隗以小才而逢大遇，則燕昭之名於今稱道。”

〔5〕重瞳：亦稱重華、雙瞳，一目之中具有兩瞳。《史記·項羽本紀贊》：“吾聞之周生曰：‘舜目蓋重瞳子。’又聞項羽亦重瞳子。”此處為項羽的代稱。《玉壺清話·卷四》載：楊大年曰：“聞戴宮花滿鬢紅，上林絲管侍重瞳。”李白《遠別離》詩：“或言堯幽囚，舜野死，九疑連綿皆相似，重瞳孤墳竟何是。”

〔6〕顦顇：亦作憔悴。形容枯槁瘦弱。漢禰衡《鸚鵡賦》：“音聲悽以激揚，容貌慘以顦顇。”元白樸《東牆記》第一折：“顦顇了玉肌金粉，瘦損了窈窕精神。”斑騅：身上有花斑的馬。郭茂倩《樂府詩集·明下童曲》（卷四十七）：“陳孔驕赭白，陸郎乘斑騅。”李商隱《無題》詩：“白道縈迴入暮霞，斑騅嘶斷七香車。”

〔7〕龍媒：指駿馬、良馬。杜甫《昔遊》詩：“有能市駿骨，莫恨少龍媒。”宋劉子翬《汴京紀事》詩二十首之十五：“天廄龍媒十萬蹄，春池蹴踏浪花飛。”

（廖蘭欣箋注）

前　調

　　清歌宛轉下鶯林。移酌坐簾陰。叱犢[1]西郊，釣鼇[2]東海，音訊兩般沈。　　相思見說能銷骨[3]。還戒采桑吟[4]。紅燭華堂，送人依舊，不稱買山心。[5]

【箋　注】

〔1〕叱犢：大聲驅牛、牧牛。陸游《訪村老》詩：“大兒叱犢戴星出，稚子捕魚乘月歸。”《夢遊散關渭水之間》詩：“叱犢老翁頭似雪，羨渠生死不離家。”

〔2〕鼇：音熬，一種海中的大龜。釣鼇，相傳龍伯國的巨人，一次就能釣起六隻負載五山的大龜。典出《列子·湯問》，喻舉止豪邁或抱負遠大。李白《贈薛校書》詩：“未誇觀濤作，空鬱釣鼇心。”

〔3〕銷骨：銷蝕骨體。唐杜荀鶴《經青山弔李翰林》詩：“天地空銷骨，聲名不傍身。”

〔4〕采桑：樂府清商曲名，屬西曲，又稱“採桑度”。參閱郭茂倩《樂府詩集·清商曲辭五·序》。

〔5〕買山：據劉義慶《世說新語·排調》載：“支道林因人就深公買印山，深公答曰：‘未聞巢由買山而隱。’”後以“買山”喻賢士的歸隱。亦用以形容人的才德之高。晉戴逵《貽仙城慧命禪師書》：“故以才堪買山，德邁同輩；崇峯景行，墻仞懸絕。”

　　　　　　　　　　　　　　　　　　（廖蘭欣箋注）

醉花間　擬毛文錫二首

　　休相問。怕相問。相問還招悶。長恐藕絲[1]風，吹白郎雙鬢。 客燕早飛飛，流年渾一瞬。孤宿畫樓寒，酒惡[2]添慵困。

深相憶。莫相憶。相憶愁如織。無那是吳蠶[3]，織到愁千尺。 銷魂分袂[4]日，灑淚榴巾濕[5]。當時別更悽，嗚咽離亭笛。

【箋　注】

〔1〕藕絲：蓮的地下根及花梗中皆有的絲狀物。本是螺旋導管的次生細胞壁，破壞即成絲狀。

〔2〕酒惡：中酒，多喝了酒而感到身體不適。李煜《浣溪沙》詞：“酒惡時拈花蕊嗅。”詹安泰注：“酒惡，就是喝酒到帶醉的時候，普通叫‘中酒’。”宋趙令畤《侯鯖錄》卷八：“金陵人謂中酒曰‘酒惡’，則知李後主詩云‘酒惡時拈花蘂嗅’，用鄉人語也。”

〔3〕吳蠶：吳地之蠶。吳地盛養蠶，故稱良蠶為吳蠶。李白《寄東魯二稚子》詩：“吳地桑葉綠，吳蠶已三眠。”宋趙長卿《臨江仙·暮春》詞：“春事猶餘十日，吳蠶早已三眠。”陸游《初夏遊凌氏小園》詩：“風和海燕分泥處，日永吳蠶上簇時。”

〔4〕分袂：離別。唐李山甫《別楊秀才》詩：“如何又分袂，難話別離情。”宋范成大《吳船錄》：“早食後，與送客出寺，至慈姥巖前徘徊，皆不忍分袂。”

〔5〕榴巾：豔紅色的布。宋吳文英《點絳唇》：“一握柔蔥，香染榴巾汗。音塵斷。畫羅閑扇。山色天涯遠。”

（廖蘭欣箋注）

風入松　夏映老[1]為畫山水直幅，懸之窗壁間。兀坐相對，輾然成吟。

迴廊修竹動清吟。和籟寫幽襟[2]。悠然古意溪風過，掃殘苔、客正張琴。少箇吹笙低髻，醉來扶坐花陰。

佛樓飛閣起遙岑[3]。偕隱[4]十年心。萊妻[5]幾度同浮海，九州煙、踏破鴉林。[6]那抵雲山渲染，夏珪[7]傳到而今。

【箋　注】

〔1〕夏映老為夏敬觀，號映盦。

〔2〕幽襟：同幽懷，隱藏在内心的情感。杜甫《奉觀嚴鄭公廳事岷山沱江圖畫》詩：“繪事功殊絶，幽襟興激昂。”金王若虛《題趙内翰城南訪道圖》詩：“竹木蕭森蔭綠苔，幽襟自愛北軒開。”清邢昉《九江城南樓晚眺》詩：“昔人此宴賞，嘉月陶幽襟。”

〔3〕飛閣：很高的閣樓。東漢何晏《景福殿賦》：“於是碣以高昌崇觀，表以建城峻廬，岧嶤岑立，崔嵬巒居，飛閣干雲，浮階乘虛。”遙岑，遠處陡峭的小山崖。韓愈、孟郊《城南聯句》：“遙岑出寸碧，遠目增雙明。”明劉基《題畫山水》詩：“澹澹輕煙冪半林，涓涓飛瀑瀉遙岑。”

〔4〕偕隱：一起隱居。《左傳·僖公二十四年》：“能如是乎？與女偕隱。”後代詩文中“偕隱”一語，是用東漢鮑宣桓少君夫婦同歸鄉里的典故。錢謙益《尚寶司少卿袁可立妻宋氏加封宜人制》：“使爾夫幸偕隱之有人，期沒齒而無憾。”

〔5〕萊妻：春秋楚老萊子之妻，曾勸阻老萊子出仕，相偕隱於江南。見劉向《列女傳》。嵇康有《老萊妻賢明》詩，後以老萊妻為賢妻的代稱。

〔6〕此句典出元魏初《鷓鴣天》：“滿林殘照見歸鴉。”

〔7〕夏珪：字禹玉，錢塘（今浙江省杭縣）人。宋寧宗朝畫院待詔，

"南宋四大家"之一。有善畫山水及人物，所畫山水自宋以下無出其右者。其構圖方式簡潔，獨幟一格，人稱為"夏半邊"；又好用禿筆，稱為"拖泥帶水皴"。風格與馬遠相近，並稱為"馬夏"。代表作有《溪山清遠圖》、《長江萬里圖》。珪與敬觀同宗，又皆工畫，故稱之。

（廖蘭欣箋注）

風入松　甲戌清明，粵中賦此調。今於亂離之際又逢佳節，新愁舊恨，何以為懷。

花朝纔過又清明。寰宇[1]未銷兵。斜陽流水寒鴉外，惜燎原[2]、劫火飛星[3]。不見降旛[4]招展，笙歌殘霸宮城。

邨帘[5]出杏為誰青。巢燕殢[6]春程。家家竈冷愁時節，甚行人、還管陰晴。喚[7]到杜鵑無血，銅駝依舊荒荊。[8]

【箋　注】

[1] 寰宇：全宇宙、全天下。《南史·梁簡文帝本紀》論曰："介冑仁義，折衝尊俎，聲振寰宇，澤流遐裔。"駱賓王《帝京篇》："聲名冠寰宇，文物象昭回。"

[2] 燎原：火燒原野。比喻禍亂勢強，難以阻遏。《尚書·盤庚》："若火之燎於原，不可向邇。"《晉書·孫惠傳》："猛獸吞狐，泰山壓卵，因風燎原，未足方也。"

[3] 飛星：流星。《漢書·天文志》："陽朔四年閏月庚午，飛星大如缶，出西南，入斗下。"杜甫《中宵》詩："飛星過水白，落月動沙虛。"元薩都剌《坐清風樓》詩："歸鳥如雲過，飛星拂瓦流。"或形容快速。《西遊記》第三三回："看他挑著兩座大山，飛星來趕師父。"《英烈傳》第十三回："朱兵火箭、火砲，飛星

放去，便燒起來。"

〔4〕降旛：亦作降幡，表示投降的旗幟。劉禹錫《三閣辭》之三：
　　　　"回首降幡下，已見黍離離。"清葉廷琯《吹網錄·明潞王畫蘭
　　　　石刻》："降旛早豎闔城全，贏得杭民稱佛子。"

〔5〕帘：布幔或竹片等做成遮蔽門窗之物件。同簾。如：門帘、窗帘。

〔6〕殢：音替，滯留、逗留。唐羅隱《西京崇德里居》詩："進乏梯
　　　　媒退又難，強隨豪貴殢長安。"。

〔7〕嗁：同啼。杜鵑，口大尾羽長，嘴黑色，上嘴末端稍曲，身體
　　　　灰褐色，尾巴有白色橫斑，胸腹部有黑色橫條紋，與鷹相似，
　　　　初夏時常晝夜不停啼叫，鳴聲淒厲，能動旅客歸思。相傳為古
　　　　蜀王杜宇之魂所化。或稱為杜宇、鵗鴂、啼鴂、鶗鴂、子規。

〔8〕銅駞：駞，同駝；銅駞，即銅鑄的駱駝。多置於宮門寢殿之前。
　　　　晉陸翽《鄴中記》："二銅駞如馬形，長一丈，高一丈，足如牛，
　　　　尾長三尺，脊如馬鞍，在中陽門外，夾道相向。"唐段成式
　　　　《酉陽雜俎·物異》："漢元帝竟陵元年，長陵銅駝生毛，毛端
　　　　開花。"薩都剌《梅仙山行》："咸陽秋色壓宮樹，金人夜泣銅
　　　　駝悲。"

　　　　　　　　　　　　　　　　　　　　　（廖蘭欣箋注）

春從天上來

此調宋以來作者多人，紅友獨收元人王秋澗
作。〔1〕文瀾論列吳彥高〔2〕與王異同之點。因作
二闋。

　　烟水吳淞〔3〕。記老病扶來，笳角聲中。雨添花淚，雲
改春容。恨惹不是殘烽。正韶華換了，縱鶴健〔4〕、人漸龍
鍾〔5〕。怕開簾，見尋巢謝，燕低逐飛紅。　　　江南者〔6〕回
佳節，幾溪上羅裙。拾翠〔7〕相逢，碧玉釵頭。朱旛夭裊〔8〕，

一般莫為東風。想舊盟鷗鷺，[9]閒弄影、何處孤篷。好吾
從。聽滿湖歌管，沈醉衰翁。

前　調　次均彥高“四聲同”原作。

柳髮凋零。看過盡千帆，[10]水際飄螢。浪撼山動，飛雪
搖屛。霾霧乍起穹冥[11]。恨東風吹下，屢乞到、海目無靈。
泣孀娥[12]，早愁烟漠漠，淒雨泠泠。　　　梨雲[13]向棠壓
處，正酒醉春嬌，眸困殘星。且勸將軍，如強諸夏，何不
繫頸犂庭[14]。甚綸巾談笑，狼氛靖、月朗天青。舞虯醒。
試促彈湘瑟[15]，宵永鐙熒[16]。

【箋　注】

[1] 紅友：萬樹（1630—1688），字花農，一字紅友，江蘇宜興人，
　　工詞善曲，編《詞律》二十卷，糾正舊詞譜之誤。王惲
　　（1227—1304），字仲謀，號秋澗，衛州汲縣（今河南省衛輝市）
　　人，清貧守職，好學善文。曾作《春從天上來》詞：“羅綺深
　　宮。記紫袖雙垂，當日昭容。錦對香重，彤管春融。帝座一點
　　雲紅。正台門事簡，更捷奏、清晝相同。聽鈞天，侍瀛池內宴，
　　長樂歌鐘。　　回頭五雲雙闕，恍天上繁華，玉殿珠櫳。白髮
　　歸來，昆明灰冷，十年一夢無蹤。寫杜娘哀怨，和淚把、彈與
　　孤鴻。淡長空。看五陵何似，無樹秋風。”

[2] 文瀾：杜文瀾（1815—1881），字小舫，浙江秀水人，著有《詞
　　律校勘記》。吳激（1090—1142），字彥高，號東山，甌寧（今
　　福建建甌）人。北宋宰相吳栻之子，書畫家米芾之婿，善詩文
　　書畫，所作詞風格清婉，多家園故國之思，與蔡松年齊名，時
　　稱“吳蔡體”。曾作《春從天上來》詞：“海角飄零，歎漢苑秦

宮，墜露飛螢。夢裡天上，金屋銀屏。歌吹競舉青冥。問當時遺譜，有絕藝、鼓瑟湘靈。促哀彈，似林鶯嚦嚦，山溜泠泠。

　　梨園太平樂府，醉幾度春風，鬢髮星星。舞徹中原，塵飛滄海，風雪萬里龍庭。寫秋笳幽怨，人憔悴、不似丹青。酒微醒。對一軒涼月，燈火青熒。”

〔3〕吳淞：最早於明末形成鎮建制，最初是海防前線。源出太湖，經上海，合黃浦江入海，江口稱為吳淞口，扼長江咽喉，為江防要地，是蘇州至上海的水運要道。據《嘉定屠城紀略》載：“初八日，清將李成棟偏裨將梁得勝等以百餘艘載步騎二千鎮守吳淞。”

編者按：吳淞、淞、淞濱等詞，在廖恩燾詞作中頻頻出現，均指上海。

〔4〕鶴健：鶴清健長壽，故用“鶴健”為祝壽之詞。宋王千秋《點絳唇·劉公寶生日》詞：“鶴健松堅，鴻寶初非誤。”

〔5〕龍鍾：年老體衰行動不便的樣子。唐劉長卿《江州重別薛六柳八二員外》詩：“今日龍鍾人共老，媿君猶遣慎風波。”杜甫《寄彭州高三十五使君適虢州岑二十七長史參三十韻》：“何太龍鍾極？於今出處妨。”

〔6〕者：同這。

〔7〕拾翠：婦女春遊採拾花草。典出杜甫《秋興》八首之七：“佳人拾翠春相問，仙侶同舟晚更移。”

〔8〕夭裊：搖曳多姿貌。謝靈運《悲哉行》：“差池鷰始飛，夭裊桃始榮。”

〔9〕想舊盟鷗鷺：謂隱者恬淡自適，不存機心，忘身物外。典見《列子·黃帝》。李商隱《贈田叟》詩：“鷗鳥忘機翻浹洽，交親得路昧平生。”

〔10〕此句典出溫庭筠《夢江南》：“過盡千帆皆不是，斜暉脈脈水悠悠。”

〔11〕穹冥：猶穹玄，蒼天。前蜀貫休《山居》詩之十六："一庵冥目在穹冥，菌枕松牀蘚陣青。"《宋史·樂志十》："薦號穹冥，登名祖禰。"

〔12〕孀娥：指舜妻娥皇、女英。唐楊炯《原州百泉縣令李君神道碑》："琴前鏡裡，孤鸞別鶴之哀；竹死城崩，杞婦孀娥之泣。"一本作"杞婦湘妃之怨"。或指嫦娥。宋吳潛《唐多令·答和梅府教》詞："想孀娥，自古多愁。安得仙師呼鶴駕，將我去，廣寒遊。"清陳維崧《月中桂·詠丹桂》詞："仙翁顏渥赭，帶笑睨，孀娥幽獨。"

〔13〕梨雲：指梨花。元陳樵《玉雪亭》詩之一："梨雲柳絮共微茫，春入園林一色芳。"清馮珍《滿江紅》詞："昨夜梨雲，驀卷得、東風剗地。"

〔14〕犁庭：徹底摧毀敵方。

〔15〕湘瑟：湘妃所彈之瑟。亦指代瑟。瑟，弦樂器。《楚辭·遠遊》："使湘靈鼓瑟兮，令海若舞馮夷。"孟郊《泛黃河》詩："湘瑟颼飀弦，越賓嗚咽歌。"金劉祁《歸潛志》卷三《引侯策》詩："九疑湘瑟悲龍竹，子夜秦簫隔鳳樓。"明何景明《夜過劉以道兄弟》詩："山水停湘瑟，池塘到謝家。"

〔16〕鐙：同燈。

（廖蘭欣箋注）

太常引　有攜王石谷[1]山水冊求售者，索千金，好之甚。未能購也。拈此志憾。

先生不媿號耕烟。雲叠嶂、樹分泉。早嚇倒南田[2]。染色作、花枝去傳。明清兩代，幾家能畫？神妙[3]到毫顛。欲集四王[4]全。只可惜，行囊乏錢。

【箋　注】

〔1〕王石谷：王翬（1632—1717），字石谷，號耕煙散人，江蘇常熟人，清代著名畫家。其山水畫不拘一家，廣採博覽，集唐宋以來諸家大成，融合南北畫派技法。

〔2〕南田：惲壽平（1633—1690），初名格，字壽平，以字行，又字正叔，號南田，江蘇武進人，清代著名畫家。與王翬相善，常為王翬作品題跋，清張庚《國朝畫徵錄》：“石谷畫得正叔跋，則運筆設色之源流，構思匠心之微妙，畢顯無遺。”

〔3〕神妙：高明、巧妙。古代書畫藝術中，指“神”與“妙”兼達的最高境界。

〔4〕四王：清代繪畫流派，成員為王時敏、王鑒、王翬、王原祁，四人皆姓王，故稱四王。他們或為師友、或為親屬關係，風格相近。

【評　析】

此詞讚嘆王翬畫工絕妙，世間少見，嘆息自己有意收藏，可惜沒有餘資。

（黃永順箋注）

昭君怨三首

嬾[1]盡酒情詩興。寒夜孤窗鐙影。匣劍[2]在牀頭。吼潛虬[3]。　香草美人遲暮。[4]無分銷魂南浦。[5]丹堊褪雕闌。[6]況朱顏？[7]

漫道十回花事。[8]八九不如人意。昨夜一枝開。暗香

來。　　翠笛銀箏檀板[9]。叵耐歌鬟星散。[10]何處繞梁
音[11]？草蟲吟。

長是月圓花好。那管鏡中人老。顑頷損眉梢。[12]太無
聊。　　顆顆相思紅豆[13]。不種初開情竇。彈淚十三
絃[14]。向誰邊？

【箋　注】

〔1〕嬾：同懶。

〔2〕匣劍：匣中的寶劍，借喻為被埋沒的人才。韋莊《冬日長安感
　　志寄獻虢州崔郎中二十韻》：「未知匣劍何時跃，但恐鉛刀不再
　　銛。」

〔3〕潛虯：虯，同虬，比喻藏而未用的人才。李白《贈別舍弟臺卿
　　之江南》：「潛虬隱尺水，著論談興亡。」

〔4〕香草美人：古典文學作品中，常以香草比喻君子、賢臣，以美
　　人比喻君主。王逸《離騷序》：「《離騷》之文，依《詩》取興，
　　引類譬喻，故善鳥香草，以配忠貞；……靈修美人，以媲於
　　君。」遲暮：比喻衰老、晚年。屈原《離騷》：「惟草木之零兮，
　　恐美人之遲暮。」王逸注：「遲，晚也。……而君不建立道德，
　　舉賢用能，則年老耄晚暮，而功不成事不遂也。」

〔5〕無分：無緣。銷魂：魂魄離開軀體，指悲或樂達至極致時的感
　　覺。江淹《別賦》：「黯然銷魂者，惟別而已矣。」南浦：泛指送
　　別之處。屈原《九歌·河伯》：「子交手兮東行，送美人兮
　　南浦。」

〔6〕丹堊：丹指朱漆；堊指白土。雕闌：指雕刻施飾的闌干。全句
　　指雕闌上的丹堊塗層脫落。

〔7〕朱顏：紅潤美好的容貌。《楚辭·大招》：「容則秀雅，稚朱
　　顏只。」

〔8〕漫道：慢說、別說。花事：指遊春賞花的事。

〔9〕檀板：用檀木製成的拍板，於歌舞時敲擊以表示節拍。

〔10〕叵耐：不可忍耐，叵為"不可"之合音。星散：四散、分散。

〔11〕繞梁音：指美妙的音樂，或歌音優美，使人留下難忘印象。
《列子·湯問》："昔韓娥東之齊，匱糧，過雍門，鬻歌假食。
既去而餘音繞梁欐，三日不絕，右左以其人弗去。"

〔12〕顦顇：即憔悴，枯槁病弱貌。眉梢：眉毛的末端部分。

〔13〕相思紅豆：紅豆為相思木所結的種子，古人用之以象徵愛情或
思念。王維《相思》："紅豆生南國，春來發幾枝。願君多采
擷，此物最相思。"

〔14〕十三絃：指十三絃的箏。

【評　析】

　　這三首詞所詠之乃同一情感，應以整體觀之。其一上闋吟詠自
己閒居無聊，仍有壯志豪情在心胸中。下闋嘆惜已至遲暮之年，
沒法再去想那些兒女情長的事了。你看那雕闌上朱漆也已褪盡，
更何況是人的容顏呢。其二講閒居無聊，故以看花聽樂打發時間，
雖然花總不隨人意，但總有一兩枝可觀的，歌樂總有散時，但聽
聽那草蟲鳴聲，卻也像繞樑佳音。其三上闋承接上面的樂觀意識，
看那月亮缺了又圓，花兒落了又開，人生美好事那麼多，如果一
任愁容掛在臉上，那人生多沒意思。可是這振起的情緒沒能持續，
下闋又是一沉，有種種思念情意，但全然不關那兒女相思之情。
詞人最終沒有明示自己思念的是誰，只能含淚揮絃，聊解思情，
這欲言還休之情態使感情愈加深厚，同時也為讀者留下了無限的
想像空間。

（黃永順箋注）

謁金門

　　聲滿樹。晴日和風鶯語。都似勸春教且住[1]。待花開了去。　　燕子斜穿朱戶。訴說興亡千古。不是池蛙鳴羯鼓[2]。渾忘天色暮。

【箋　注】

〔1〕教：使、令、讓。且住：暫時停留片刻。

〔2〕羯鼓：又稱兩杖鼓，古代羯族的打擊樂器，形如漆桶，下以小牙牀承之。

【評　析】

　　上闋謂聽到樹上熱鬧鳥鳴聲，外出一看，風和日麗，鶯鳥聲不絕於耳，好像在勸春天不要這麼快就離開，等看到花兒都盛開了的美景再走也不遲。下闋伊始，從小鳥鳴聲移換到小鳥身影，燕子輕快地穿過朱戶翻飛，“舊時王謝堂前燕，飛入尋常百姓家”。好像在向人訴說千古興亡盛衰的故事，使我陷入了沉思之中，如果不是池畔蛙鳴，還渾然不知天已昏暝呢。

（黃永順箋注）

齊天樂　春日江樓晚望

　　天涯飄燕春誰主？畫梁定巢前度。亂綠迷煙，斜紅照水，猶喜羌[1]無風雨。行塵倦旅。忍還約游絲，帽簷輕駐。[2]殘笛一聲，酒腸迴似柳搓絮[3]。　　橫流滄海正久，有人鞭可截，惜未曾遇。[4]半壁江山，千門鎖鑰，斷送清談

揮麈[5]。沙鷗[6]欲語。倘喚起凌波，韈羅微步。[7]笑逐鴟
夷，五湖晞髮去。[8]

【箋 注】

〔1〕羌：語氣助詞，無實義。

〔2〕忍：怎、豈。杜甫《丹青引贈曹將軍霸》："幹惟畫肉不畫骨，
忍使驊騮氣凋喪。"游絲：蜘蛛等昆蟲所吐的絲，飛揚於空中，
故曰游絲，多在春天出現。帽簷：又作帽檐，即帽子前端或四
周突出的部分。李商隱《飲席代官妓贈兩從事》："新人橋上著
春衫，舊主江邊側帽簷。"後人常借"側帽簷"指風度瀟灑。

〔3〕柳搓絮：柳樹的種子有白色絨毛，古人用之搓揉成線。明徐渭
《風鳶圖詩》："柳條搓線絮搓綿，搓夠千尋放紙鳶。"詞人以搓
絞肚中之腸的痛楚比喻心中痛苦之切。

〔4〕橫流滄海：即滄海橫流，海水到處泛濫。比喻時世動蕩不安。
晉范寧《穀梁傳序》："孔子覩滄海之橫流，迺喟然歎曰：'文王
既沒，文不在茲乎。'"有人鞭可截：化用"投鞭斷流"的典
故，《晉書·苻堅載記下》："以吾之眾旅，投鞭於江，足斷其
流。"原形容人馬眾多，兵力強大，此處用以指有能力挽救時局
的人物。

〔5〕清談：指魏晉間士大夫崇尚虛無，空談哲理的事。揮麈：麈，
俗稱駝鹿，又稱四不像，古人常以其尾作麈拂。晉人清談時常
揮動麈尾以助談，後因稱談論為揮麈。西晉時，王衍等王公大
臣常手執麈尾清談玄理，不理政事，終於導致五胡亂華，北方
淪喪。詞人以此比喻當時日寇入侵的情況。

〔6〕沙鷗：比喻飄泊無依的人。杜甫《旅夜書懷》："飄飄何所似，
天地一沙鷗。"

〔7〕凌波：在水上行走。韈羅：即羅韈，絲羅製的韈子。此句化用
了曹植《洛神賦》："凌波微步，羅韈生塵。"

〔8〕鷗夷：春秋時，越國大夫范蠡離開越國後的號。《漢書·貨殖傳》："（范蠡）乃乘扁舟，浮江湖，變姓名，適齊為鷗夷子皮，之陶為朱公。"五湖：原指古代吳越地區的湖泊。東漢《越絕書》載："吳之後，西施復歸范蠡，同泛五湖而去。"後人因以"五湖"指隱遁之所。晞髮：本指把洗淨的頭髮晾乾，後亦指洗髮。

【評　析】

這是一首嘆息時局的詞作。上闋寫作者登樓遠望，看到天邊飄燕翻飛，想起自己和牠一樣，飄泊天涯，居無定所，愁緒暗起。眼前春意盎然，迷濛的煙紗環繞碧樹，花兒垂在春水之上，而且天朗氣清，然而這可人的風光卻無法為人帶來快意。因為詞人的心早已在飄泊之中疲倦了，更何況這大好江山正沉淪戰爭陰霾中，看着看着，一聲殘笛，一杯苦酒，使人心生斷腸之痛。下闋道明上闋詞暗藏之意，時局紛亂，可惜那可以揮鞭定乾坤的人還未出現。眼看半壁江山在政府空談之下淪入日寇手中，我這閒人剛想說兩句，又怕徒生事端，罷了罷了，還是追隨范蠡隱居去吧。

（黃永順箋注）

永遇樂　上巳過矣，春意闌珊。兀坐晴窗，聊抒綺抱。〔1〕

山額勻黃，粉顋凝白，雲鬟低髻。〔2〕緩步銀屏，窺妝玉鏡，流盼秋波媚。〔3〕重簪釵朵〔4〕，遙聞鸚鵡，叫徹侍兒名字。製冰綃〔5〕，殘寒勒盡，燕飛剗雙誰為？　　簾前小立，蝶翩翩舞，忍〔6〕覓扇羅相試。風過迴廊，梨花又落，愁損眉峯翠〔7〕。熏篝昨夜，海棠經雨，一枕扶頭濃睡。〔8〕鶯還在，庭陰轉午，繡窗喚起。

【箋　注】

〔1〕上巳：古代節日名。漢以前為三月上旬的巳日，三國魏以後，定為三月三日，不必為巳日。兀坐：獨自端坐。

〔2〕山額：額頭，古代婦女常於額上施黃色塗飾，稱額山、額黃。溫庭筠《菩薩蠻》：“蕊黃無限當山額，宿妝隱笑紗窗隔。”粉頰：即曼頰，指細嫩潔白的面頰。嚲：下垂。

〔3〕流眄：目轉動貌。阮籍《詠懷八十二首·十二》：“流眄發媚姿，言笑吐芬芳。”秋波：原指秋天的水波，後借以喻美人的眼神，指其像秋水一樣清澈明亮。李煜《菩薩蠻》：“眼色暗相鉤，秋波橫欲流。”媚：明媚、逗人喜愛。

〔4〕釵朵：釵頭鑲飾的珠寶。

〔5〕冰綃：薄而潔白的絲綢。王勃《七夕賦》：“停翠梭兮卷霜縠，引鴛杼兮割冰綃。”

〔6〕忍：怎、豈。杜甫《丹青引贈曹將軍霸》：“干惟畫肉不畫骨，忍使驊騮氣凋喪。”

〔7〕眉峯：喻女子眉淡美如遠山。翠：即眉翠，古代婦女的一種翠綠色的眉妝。

〔8〕熏籠：即衣籠，罩在熏爐上的籠子，用作熏香或烘物。扶頭：醉酒之俗稱。

【評　析】

　　此詞似溫飛卿“小山重疊”詞，描寫了佳人閒居無聊的情態，以喻自己隱居生活。上闋講佳人晨起妝扮，“山額勻黃，粉頰凝白，雲嚲低髻”，道出容貌之麗；“緩步銀屏，窺妝玉鏡，流眄秋波媚”，道出姿態之美。梳妝之後，裁衣打發時間，不禁想，春來寒盡，天漸溫暖，那燕子帶着剪刀飛來飛去，到底要為誰裁衣呢？下闋接着描寫裁衣後站在簾前小立休息，庭院中蝶兒翻飛輕舞，卻沒有心情拿羅扇去追。輕風穿過彎曲的走廊，又吹落了幾朵梨花，讓愁緒皺了佳人眉心。想起昨夜那場雨，院中海棠又不知落了多少，傷心之下惟有倒頭濃睡。鶯聲又傳來，從睡夢中把佳人喚醒，已是下午。

（黃永順箋注）

掃花游　題奚鐵生為郭頻伽畫《西湖餞春圖》手卷。[1]

訪梅探鶴，正酒載湖船，有人春餞[2]。畫圖蠹卷[3]。認詩痕夢迹，柳嬌花倩[4]。取次留題，翰墨[5]閒緣非淺。恣[6]游宴。問嘉道至今，吟筆誰健？[7]　韻事[8]天怕管。任冷盡鷗盟，水流雲散。[9]障歌綵扇。[10]乍狂雨東來，庾塵[11]吹面。話刼千年，西子淚妝猶泫[12]。暮笳[13]怨。礙鶯飛，草長不剗[14]。

【箋　注】

〔1〕奚鐵生：奚岡（1746—1803），原名鋼，字鐵生、純章，原籍歙縣，一作黟縣。清代篆刻家、書畫家，西泠八家之一。郭頻伽：郭麐（1767—1831），字祥伯，號頻伽，江蘇吳江人，清代篆刻家、書畫家。

〔2〕春餞：即餞春，飲酒送別春光。

〔3〕蠹卷：被蛀蝕的畫卷。

〔4〕倩：美好。

〔5〕翰墨：原指筆、墨，借指文章、書畫。

〔6〕恣：放縱、無拘束。

〔7〕嘉道：嘉慶、道光年號，在十九世紀上半葉。吟筆：原指寫詩的筆，此處借指詩人。健：高明、有才能。

〔8〕韻事：風雅的事，舊時多指文人名士吟詩作畫等活動。

〔9〕 鷗盟：指與鷗鳥為友，比喻隱退。陸游《夙興》詩：“鶴怨憑誰
　　　解，鷗盟恐已寒。”水流雲散：比喻時過境遷，人各一方。陸游
　　　《臨江仙·離果州作》：“水流雲散各東西。半廊花院月，一帽柳
　　　橋風。”

〔10〕 障：步障、布帷或屏風。綵扇：用彩色綢子所製之扇。

〔11〕 庾塵：即庾公塵，《世說新語·輕詆》：“庾公權重，足傾王公。
　　　庾在石頭，王在冶城坐，大風揚塵。王以扇拂塵，曰：‘元規塵
　　　污人。’”元規是庾亮的字，王導惡亮權勢逼人，故作此語。後
　　　世因以“庾塵”喻權貴的氣焰。金朝馮璧《和希顏》詩：“虎
　　　守天門未易通，庾塵無扇障西風。”

〔12〕 泫：水珠下滴。

〔13〕 暮笳：傍晚吹笳。笳，即胡笳，古代北方民族的一種樂器，似
　　　笛子。

〔14〕 剗：剗除、除去。

【評　析】

　　上闋起首先道畫中內容是游湖春餞，接着品評前人題字乃是才
子所書的佳作。下闋就畫中之景而發，感嘆文人韻事，像水流雲散。

（黃永順箋注）

【編者按】

　　該詞原刊於《同聲月刊》第二卷第四號（1942 年 4 月 15 日）。
“有人春餞”原作“好將春餞”；“礙鶯飛草長不剗”原作“看鶯飛
亂愁莫剗”。

淡黃柳

　　春殘幾日？花落還留葉。楚楚[1]輕衫圖百蝶。漫繞垂

虹岸曲。[2] 空惹鴉嗁[3] 暮煙闊。　　向誰說？ 芳菲又鳴
鴂。[4] 記南浦，黯然別。[5] 歎黃金，疊損裙腰褶[6]。夜夜西
樓，按歌團扇，猶似秦淮舊月。[7]

【箋　注】

〔1〕楚楚：整潔鮮明的樣子。《詩經·曹風·蜉蝣》：“蜉蝣之羽，衣
　　裳楚楚。”

〔2〕垂虹：指垂虹橋，位於江蘇吳江，跨吳淞江上游。

〔3〕嗁：同啼。

〔4〕芳菲：花草香美的樣子。鳴鴂：鵜鴂，又名杜鵑。三月即鳴，
　　至夏不止，常用以詠嘆春逝。明夏完淳《端午賦》：“泛崇蘭而
　　欲落，聞鳴鴂而不芳。”

〔5〕“記南浦”二句：江淹《別賦》：“送君南浦，傷之如何。”廖詞
　　化用之，以言送別時的愁緒。

〔6〕褶：衣服折疊而成的印痕。

〔7〕西樓：酒樓名，周密《武林舊事》卷六“酒樓”條載，乃南宋
　　時臨安官府開辦的大型酒店，內“設官妓數十人，各有金銀酒
　　器千兩，以供飲客之用”。詞人借以指當時的娛樂場所。按歌：
　　按樂而歌。晉王嘉《拾遺記·周穆王》：“撫節按歌，萬靈皆
　　聚。”團扇：樂府歌名，或指《團扇郎歌》，或指東漢班婕妤之
　　《怨歌行》。詞人借之指當時流行的樂歌。秦淮：河名，流經南
　　京，為當地名勝之一，當中東水關至西水關一段稱十里秦淮，
　　自六朝起便是繁華之地。杜牧《泊秦淮》：“煙籠寒水月籠沙，
　　夜泊秦淮近酒家。商女不知亡國恨，隔江猶唱《後庭花》。”

【評　析】

　　本詞代女子之言抒發春暮時的情感。上闋描寫暮春景色，殘春
花落，只留下繁密的葉子。女子們妝扮整齊，穿着畫漢蝴蝶的衣服

出來踏春，卻已無花可賞，只能漫無目的地在江畔閒繞。傍晚暮靄悄昇，幾聲鴉叫，在空闊的天地間蕩開。下闋回憶往昔，我可以向誰訴說那春花茂盛，啼鵑初鳴的好時光呢？與你黯然相別之後，已無心妝扮，可恨那西樓歌聲，卻總似舊時那般，常常鈎起我對往日的憶念。

（黃永順箋注）

珍珠簾　為貞白[1]題"碧雙樓圖"。

拂牆淡沱琅玕影。[2]迴欄引，舞蝶悠揚交竝。[3]樓住璧人[4]雙，正裊煙虯鼎。脆管繁絲空厭耳，愛挂石，松羅閒淨。[5]吟興，檢詩中畫本，尺幅天迥[6]。　　遑[7]計。閱盡桑田，向烏巾華鬢，分簪桃杏。[8]過眼白雲飛，那[9]便心情冷。萬卷書城長坐擁，視布衣封侯聊勝。[10]春醒。又榼[11]酒，看花鶯聲三請。

【箋　注】

〔1〕貞白：呂貞白。詳見449頁《小梅花》注〔1〕。

〔2〕淡沱：亦作淡沲，形容風光明淨。陸游《暮春》："湖上風光猶淡沱，尊前懷抱頗清真。"琅玕：似玉的美石。

〔3〕悠揚：起伏不定，飄忽。竝：同並。

〔4〕璧人：形容儀容美好的人。

〔5〕脆管：笛子的別稱。繁絲：指弦樂器。松羅：即女蘿，地衣門植物，多附生於松樹等植物的樹皮上，亦有生於石上者，古人常借以指山林。王維《別輞川別業》："依遲動車馬，惆悵出松羅。"

〔6〕迥：同迴，遼遠。

〔7〕遑：空閒、閒暇。

〔8〕烏巾：黑頭巾，即烏角巾，古時多為隱居不仕者的帽子。杜甫《奉陪鄭附馬韋曲》其一：“何時占叢竹，頭戴小烏巾。”鬌：鬢髮的下垂。簪：插、戴。

〔9〕那：何之代詞。《正字通》：“那，借為問辭，猶何也。如何、奈何之合音也。”

〔10〕“萬卷”句：此句化用南北朝時李謐藏書的典故。《魏書·李謐傳》載：“（謐）每曰：‘丈夫擁書萬卷，何假南面百城。’”

〔11〕榼：古代盛酒或貯水的器具。

【評　析】

　　上闋主要描寫畫中內容，池水將陽光反射在牆上，如玉石一般明淨，曲廊邊雙蝶並舞。樓上那雙玉人房中布置典雅，閒來聽聽絲竹樂曲，看看院中景色，吟唱翻書，樂也無窮。下闋想像畫中人的心理，看慣了世間變幻，紛紛擾擾，不如戴上烏巾，遠離塵世。閒來遊山玩水，在家擁書而坐，這等樂趣比那追求榮華富貴的營役之心妙多了。轉眼又在春風中醒來，那滿園芳菲，滿樹鶯鳴又再催我酒興了。

（黃永順箋注）

雙雙燕　次梅谿均。題夏映老為青島友人畫“雙棲小築圖”。〔1〕

　　夏圭〔2〕畫稿，又環閣江山，放眸雲冷。花前覓句，夜立繡簾肩竝。屏帳安排井井〔3〕。任島上，飛濤不定。翻殘皓月波心，未攬鴛鴦眠影。　　穿徑。吟眉酒潤。看浴浪磯鷗，翻身輕俊。〔4〕游船簫鼓，鬧徹柳邊鴉暝。輸與雙棲燕穩。問桃李，今年番信〔5〕。榴口笑見開時，蛺蝶過欄約憑。〔6〕

【箋 注】

〔1〕梅谿：史達祖（1163—1220？），字邦卿，號梅谿，汴京人，南宋詞人。夏映老：即夏敬觀。

〔2〕夏圭：南宋畫家，字禹玉，臨安人。工人物、山水畫。

〔3〕井井：形容整齊、有條理。

〔4〕鬭：同鬥。輕俊：輕盈俊美。南宋史祖達《雙雙燕·詠燕》：
"芳徑。芹泥雨潤。愛貼地爭飛，競誇輕俊。"

〔5〕番信：即二十四番花信風。

〔6〕約：環束，環繞。凭：靠在東西上，依靠。

【評 析】

此詞分兩部分，上闋主要以畫外觀者角度描寫畫中景物，下闋則以畫中人的視角來觀看。詞之上闋宏觀與微觀角度，交互替換。起首一片江山環抱着畫中館閣，雲色冷冷。接着進入細部，館閣邊有一人夜立花前，似要一舒詩興。然後詩人移眼觀察閣中陳列，屏風簾帳排列得井井有序。這般穩重的布局，就算島岸邊飛濤捲天，攪碎江中月影，也打不破那在一旁並臥而眠的鴛鴦的睡夢。下闋轉寫畫中人物，在花徑之上穿梭，臉上微染醉意，眉間透着濃濃詩興，看那在浪濤中穿飛的鷗鳥，多麼輕俊靈敏啊。波上游船傳來陣陣簫鼓聲，鬧醒柳樹上的眠鴉，你看那雙棲的燕子，睡得多麼安穩。轉身問問桃李花，今年花信風吹到幾時？答曰，到那石榴果裂開了口子，蝴蝶靠在欄柵上休息的時候。

（黃永順箋注）

卜永堅　錢念民　主編

廖恩燾詞箋注（下冊）

廣東省出版集團

廣東人民出版社·廣州

捫蝨談室詞

捫蝨談室詞序

列禦寇稱林類壽且百年，拾穗行吟於故畦；榮啓期行年九十，行乎郕之野，鹿裘帶索，鼓琴而歌。二子者樂其所歌，歌其所樂。雖其辭不傳於後世，其音吾不得而聞之。然味乎子列子之言，吾有以知其克引大年者，即在是也。夫歌者詠其言，諸心之聲，今古相嬗，其言其聲演變而異，其為心之聲，則無以異也。自三百篇以迄六朝唐五代宋之詩若詞，豈有異乎！宋詞人如陸放翁、楊誠齋，皆壽過八十。周草窗易代之際，為逸老遺獻。所遭之世，亦猶乎今，其能若斯者，亦在是乎。翁年七十有六，刊所為詞《半舫齋詩餘》，余曾序之。今四年矣，翁壽登八十，又將刊所續為詞，署曰《捫蝨談室》，余於翁詞前序已論之詳矣。因述自昔詞人得壽之道，以為翁祝，而書簡末。

夏敬觀拜撰

序　二

懺盦先生以杖朝之大年，為倚聲之鉅子。隨身筆硯，彈指樓臺。舊所刊《懺盦詞》及《半舫齋詩餘》，海內脛走，同社傳唱。鍥而不舍，復成《捫蝨談室詞》一卷，屬為喤引。夫其宿世詞客，前身聖童。居近羅浮，帶李泌之仙骨；家有德曜，勝高柔之賢妻。帷房之間，唱酬已盛。迨夫中歲，奉使絕域，簡書之暇，不廢絃誦。隈隅佳什，播入蠻箏；榛苓美人，來問奇字。比之西夏有井水處歌耆卿詞，其事逾盛，其屆逾遠。自頃以來，兵塵未息，戢景斗室，發為長謠。撫節序之變遷，則託意時花；慨山川之縣邈，則每懷陳迹。競四上之氣，屈宋接乎風雅；應雌雄之鳴，伶倫調其律呂。詩人老去，子野之辭愈工；故國神游，東坡之興不淺。僕未燥元髮，亦耽小技。推襟送抱，彌多北海之流；浮李沈瓜，恒預南皮之讌。孝通已逝，漢珍云遙。嗟此二雄，皆君鄉里。惠州天上，碩果僅存。尚冀異時與君日啖荔支於黃龍白鶴之間，發其遺唱也。

年愚弟冒廣生

捫蝨談室詞　壬午

夏初臨　午社[1]九集此調。作者洪瓶齋、劉巨濟[2]、楊孟載[3]，後有竹垞[4]、迦陵。迦陵用孟載均。余效之。

　　搔首堦桐[5]。曲肱[6]庭石。看殘千岫[7]雲歸，宿雨收炎[8]。綠窗人[9]怯單衣。晚林景換斜暉。漸過牆，蝶影低飛。酒兵重點，詩壘徐平，教解愁圍。　　百年瞚轉，奔逐徒勞。精鋼竟屈[10]，完璞終稀。曷如結網，繫船篦[11]畫橋西。山黛[12]濃時。試簪巾，摘取巖薇[13]，有誰知？暗管吹來，和雁爭嘶[14]。

【箋　注】

〔1〕午社：即上海午社，為一詞社組織，活躍時間為 1930—1941 年。

〔2〕劉巨濟：即劉涇（1043—1100），字巨濟，號前溪，簡州陽安（今四川簡陽）人。宋熙寧六年（1073）進士。為太學博士。元符末，官至職方郎中。米芾、蘇軾之書畫友。撰有《夏初臨・夏景》詞。

〔3〕楊孟載：即楊基（1332—?），字孟載，號眉庵，原籍嘉定州（今四川省樂山縣），生於吳縣（今屬江蘇省）。明洪武時，做過湖廣使和山西按察使。有詩名，詩風清俊纖巧。和高啟、張羽、徐賁並稱為"吳中四傑"。

〔4〕竹垞：朱彝尊（1629—1709），字錫鬯，號竹垞，明末清初浙江
　　嘉興人。詩人、詞人、經學家。

〔5〕堦桐：堦，同階；桐，即梧桐。

〔6〕曲肱：彎著胳膊。《論語・述而》：“飯疏食飲水，曲肱而枕之，
　　樂在其中矣。”

〔7〕千岫：岫，峰巒。千岫，眾多山岫。

〔8〕收炎：炎，同“焰”，光焰，這裡指日光。

〔9〕綠窗人：在綠窗邊等待的人。韋莊《菩薩蠻》：“綠窗人似花。”

〔10〕精鋼竟屈：屈，彎曲。

〔11〕罛：捕魚的魚網。

〔12〕山黛：墨綠色的山巒。

〔13〕巖薇：薇，即巢菜，乃草本植物，葉呈羽狀，花紫紅色，嫩
　　葉、莖可作蔬菜食用，種子也可吃。

〔14〕嘶：同啼，啼叫。

【評　析】

　　本詞乃作者仿傚上海午社諸君同調，而另作新篇。上片一開首
即以一廣闊場景，寫綠窗人衣履單薄，立於梧桐石階，依傍庭石之
間看千山雲歸，彌漫一片涼意，也隱含哀愁。“晚林景換斜暉。漸過
牆，蝶影低飛”，點明時間，夜幕低垂，換過黃昏斜暉，一個“換”
字，突出日夜交替的動態。“酒兵重點，詩壘徐平，教解愁圍”，此
情此景，只有通過作詩喝酒才可一洗胸中塊壘。

　　下片借景抒情，上片的隱隱哀愁一轉為積極進取，以待時機的態
度。“百年睫轉，奔逐徒勞。精鋼竟屈，完璞終稀。”百年光景，轉眼
即逝，作者為家國奔馳，最終勞而無功，其心如鋼如璞，可惜時不我
與，由此想到臨淵羨魚，退而結網。直到時機成熟，山黛綠時，纔
“試簪巾，摘取巖薇。暗管吹來，和雁爭嘶”，再為家國奔走效勞。

（黃杰華箋注）

金縷曲　題屈沛霖《居庸駐馬圖》卷。

　　殘雪鞭絲[1]拂。出雄關[2]，馬頭雲起。笛聲吹裂，振得弓衣[3]岡千仞[4]。萬樹梨花翳蝶，渺不見、中原一髮[5]。粉飾如銀新天地，看蟄龍，舞作飛仙活。歌未竟，唾壺缺。

　　棄繻[6]生早持旄鉞[7]。問冠纓[8]，筵前大笑。幾人曾絕。經過鐵嘶[9]紛蹂躪，枯草猶藏兔窟[10]。忍回首，西風陵闕[11]。款段[12]與誰還鄉去。踏越王，臺上今宵月。驄[13]欲對，杜鵑說。

【箋　注】

〔1〕鞭絲：即馬鞭。陸游《齊天樂·左綿道中》："塞月征塵，鞭絲帽影，常把流年虛占。"

〔2〕雄關：嘉裕關及居庸關都有"天下第一雄關"之稱，本詞為《居庸駐馬圖》而作，故雄關當指居庸關。

〔3〕弓衣：戰衣。

〔4〕千仞：仞，古代長度單位，周制八尺，漢制七尺，東漢末為五尺六寸。

〔5〕一髮：即一線。蘇軾《澄邁驛通潮閣》："杳杳天低鶻沒處，青山一髮是中原。"

〔6〕繻：絲織品，彩色的繒。

〔7〕旄鉞：旄，旄牛尾，古時旗杆上以此作為裝飾。鉞，青銅兵器，圓刃或平刃，安有木柄，用作砍斫。

〔8〕纓：繫在頷下的冠帶。

〔9〕嘶：同啼。

〔10〕兔窟：窟，即洞穴，意謂避難之處。《戰國策·齊策四》："狡

兔有三窟，僅得免其死耳；今君有一窟，未得高枕而臥也。請
為君復鑿二窟。”

〔11〕西風陵闕：演化自李白《憶秦娥》：“簫聲咽，秦娥夢斷秦樓
月。秦樓月，年年柳色，霸陵傷別。　　樂遊原上清秋節，咸
陽古道音塵絕。音塵絕，西風殘照，漢家陵闕。”意謂面對著
西風殘照，只看到凋零的漢代陵墓。

〔12〕款段：款，同款。款段，指馬行走緩慢的姿態。

〔13〕驄：青白色的馬，一名菊花青馬，也泛指馬。

【評　析】

詞作為屈沛霖《居庸駐馬圖》題詞。起首先描寫快馬奔馳的氣
勢，馬鞭毛與殘雪隨風飄拂，一出居庸關，馬匹即昂首闊步，如峰
起雲湧，笛聲與馬嘶交織，笛聲也為之吹裂，異常震撼。轉眼已離
中原。“粉飾如銀新天地，看塈龍，舞作飛仙活”，豪情壯志畢現。
“歌未竟，唾壺缺”，痛快淋漓之際，獨缺唾壺，美中不足。

下片隱含家國情懷。持旄鉞者宴前大笑，似穩操勝券。“經過鐵
嘅紛蹂躪，枯草猶藏兔窟”，江山雖曾被敵人蹂躪，然一息尚存，仍
可力挽狂瀾。“忍回首，西風陵闕”，西風殘照下，只剩下前人遺跡，
怎不教人唏噓！作者設問疲憊的戰馬究竟與誰回鄉，“驄欲對，杜鵑
說”，戰馬欲說無力，只由杜鵑鳴叫作答，聽來叫人心傷，詞末彌漫
著沈鬱悲涼的情調。

（黃杰華箋注）

沁園春　為陸虛舟題印鑑，擬稼軒。〔1〕

今古誰如，解牛庖丁，奏刀砉然。〔2〕笑南山虎射，將軍
沒羽〔3〕。武城雞割，宣聖聞絃。〔4〕百戰投閒，大才小用，似
我虛舟治印，年錐三寸。問甚時換得，長劍橫天。　　焉

知博奕猶賢，漫只作雕蟲末技研。看獸文搨篆[5]，商彝[6]
周鼎，蛛絲摹籀[7]，魏瓦秦磚。剖析陰陽[8]，權衡輕重，
宰石還同宰肉般。夫何讓，漢陳孺子[9]者，專美於前。

【箋　注】

〔1〕辛棄疾有《沁園春》之作，廖氏即以稼軒同調入詞。

〔2〕解牛庖丁，奏刀砉然：化自《莊子》庖丁解牛典。砉然，即骨
　　肉相離的聲音。本詞借庖丁輕易解牛譬喻刻印鑑者之技藝高超。

〔3〕南山虎射，將軍沒羽：事見《史記·李將軍列傳》："廣出獵，
　　見草中石，以為虎而射之，中石沒鏃，視之石也。因復更射之，
　　終不能復入石矣。

〔4〕武城雞割，宣聖聞絃：武城雞割，語出《論語·陽貨》："子之
　　武城，聞絃歌之聲。夫子莞爾而笑曰：'割雞焉用牛刀'。"張
　　九齡《贈澧陽韋明府》："君有百煉刃，堪斷七重犀。誰開太阿
　　匣，持割武城雞。竟與尚書佩，遙應天子提。何時遇操宰，當
　　使玉如泥。"本詞"武城雞割"，意謂篆刻者有才華，刻石游
　　刃有餘。

〔5〕搨篆：搨，同拓，以紙蓋在銅器或碑石上，拍打後使凹凸字形
　　呈現，再上墨使文字清晰顯現出來。篆：又稱篆文和篆書，古
　　代漢字的一種字體。篆書又分大篆和小篆，大篆在周代已經出
　　現，小篆則於秦始皇統一後由李斯簡化大篆而成。

〔6〕彝：古代盛酒器具。

〔7〕籀：即籀文，又稱大篆，傳說是周宣王時太史籀所造，春秋時
　　期已在秦國流行。

〔8〕陰陽：這是指金石篆刻中的陰文與陽文，陽文為凸字，陰文為
　　凹字。

〔9〕陳孺子：即陳平，漢初丞相。他懂黃帝、老子之術，每當祭祀
　　後，總由他分配祭肉，他都能平均分配，又說："嗟乎！使平得

宰天下，亦如是肉矣！"詞句意謂篆刻者動刀刻石位置十分準確，思毫不差。

【評　析】

本詞為陸虛舟題印鑑，全詞讚美篆刻者技巧超凡，刻石準確。上片寫篆刻者手起刀落，猶如庖丁宰牛一般，游刃有餘。"武城雞割"一句，似說篆刻者本有遠大抱負，惜時不我與，大材小用，只得以刻石治印。下片讚美篆刻者充份掌握各種字體，不論陰文陽文，下刀均得心應手，刻石猶如宰肉般輕而易舉，絕不讓漢代宰相陳平專美。雖為讚美之辭，也表現出積極的人生態度。

（黃杰華箋注）

長亭怨慢　冬深寒重，綠慘紅愁，悆然有感。

又飛滿江南霜訊[1]。冷上華鐙[2]。不溫眉暈。酒嬾[3]茶慵[4]。賦情俙儴[5]正難忍。六橋[6]煙柳。還白了如雲鬢。鬢白果如雲。却怎縛絲絲愁緊。　　莫問。自書鴻[7]一去。幾夜夢歡難穩。長淮[8]浪淺。未淘得劫成灰燼。畫燭底點點飄紅。替誰作喨[9]痕頻搵。好待與封家姨。洗殘奩[10]金粉。

【箋　注】

〔1〕霜訊句：訊，消息。霜訊，來自江南的消息使作者感到悲涼。
〔2〕鐙：同燈，古代青銅製的照明器具，上有盤，中有柱，下有底盤。底盤用來盛載蠟燭。
〔3〕嬾：同懶。
〔4〕慵：指困倦。
〔5〕俙儴：憂愁、煩惱。

〔6〕六橋：指西湖六橋，蘇堤上的六座石拱橋，名為映波、鎖瀾、
　　　望山、壓堤、東浦及跨虹。

〔7〕鴻：指對別人文章的敬稱。書鴻，即書信。

〔8〕淮：指淮河。

〔9〕嗁：同啼。

〔10〕奩：古時女子打扮用的鏡匣。

【評　析】

　　本詞為作者於深冬得悉江南消息，淒然有感而作。上片寫景而
情藏景中。“又飛滿江南霜訊”，江南來的音訊，並非好消息，此或
與政治氣候相關。一個“霜”字，點出客觀的事實，也暗含作者身
心俱冷的情況。縱使作者手持華燈，也沒有絲毫暖意。在寒夜、霜
訊以及種種煩惱、憂愁下，實在令人難以忍受，只有賦詞抒懷。“鬢
白果如雲，卻怎縛絲絲愁緊”，作者年華老去，鬢髮斑白，連繫客觀
現實，只有無限的悲哀與無奈。

　　下片承上啟下，自接書信後，不知多少個夜晚，難以入眠，內
心無法安定。“長淮浪淺，未淘得劫成灰燼”，家國情懷益增，“劫成
灰燼”，隱含動盪不安。“畫燭底點點飄紅，替誰作嗁痕頻搵”，下筆
沈鬱，在燭光下作者究竟為誰不斷痛心號哭？那是作者感時傷世，
處處關心國家社會之故。

（黃杰華箋注）

【編者按】

　　該詞原刊於《同聲月刊》第一卷第四號（1941 年 3 月 20 日），
副題原作“冬深矣，綠慘紅愁，愁然感賦”。詞作內“賦情僝僽正難
忍”句，原作“賦情僝僽更無準”；“替誰作嗁痕頻搵”句，原作
“替誰作嗁痕聊搵”。

一寸金　唇上小髭薢[1]三年矣。連宵風雨，端居閉戶。晨
　　　　起攬鏡自照，翁然[2]者頓復舊觀，不忍再芟去之，
　　　　詞以堅其留。是日適為余七十有七初度，輾然[3]
　　　　進一巵[4]焉。

　　　飛雪山巔，映帶巖前草斑白，正嗐毛侵啄[5]。半匭[6]
爐影。金刀揮手，數莖泯迹，參透無遮域[7]。歌式[8]飲、
庶幾式食。惟花徑徹夜行吟，撚處[9]三年苦相覓。　　眠
雨經旬[10]，窺池俄見，唇邊又堆得，笑幽人在戶，葉何曾
掃？邦君有樹，門為之塞。[11]呼吸東風入。固吾圉[12]藩
籬[13]漫撤[14]。旋看汝八卦圖成，羲[15]開天一畫。

【箋　注】

〔1〕髭薢：髭，嘴上的小鬚。薢，雜草。髭薢，指唇邊小鬚如雜草
　　般多。

〔2〕翁然：翁，草木茂盛之貌。此處言小鬚多也。

〔3〕輾然：轉眼間。

〔4〕巵：對自己著作的謙稱，如《藝苑巵言》。詞題當指作者又撰詞
　　一首。

〔5〕啄：本指鳥嘴，《韓詩外傳》卷七："《傳》曰：'鳥之美羽勾啄
　　者，鳥畏之。'"這裡指作者的嘴巴。

〔6〕匭：盛放器物的匣子。

〔7〕無遮域：無遮，無所遮掩，佛教有所謂無遮大會，會上不分富
　　貴，只以平等待人。

〔8〕式：發語詞，《詩・大雅・蕩》："式號式呼，俾晝作夜。"

〔9〕撚處：撚，搓揉、踐踏。撚處，意謂唇邊白鬚。

〔10〕旬：十天曰旬，《說文・勹部》："旬，遍也，十日為旬。"

〔11〕邦君有樹，門為之塞：邦君，一國之君。樹，即屏風，屏風放於門內，使之遮掩。塞，遮掩。《論語・八佾》：“子曰：‘管仲之器小哉！’或曰：‘管仲儉乎？’曰：‘管氏有三歸，官事不攝，焉得儉？’‘然則管仲知禮乎？’曰：‘邦君樹塞門，管氏亦樹塞門。’”

〔12〕圉：通“禦”，阻止，抵禦。《爾雅・釋言》：“圉，禁也。”

〔13〕藩籬：比喻門戶。蔡寬夫《詩話》：“王荊公晚年亦喜義山詩，以為唐人知學老杜而得與藩籬，惟義山一人而已。”

〔14〕漫撤：漫，隨意；撤，開放。

〔15〕羲：呼氣舒展，《說文・兮部》：“羲，氣也。”段注：“謂氣之吹噓也。”

【評　析】

據小序說，本詞寫於作者剛好七十七歲當天。一天作者攬鏡自照，見唇邊小鬚已留三年，今猶如三年前模樣，然不忍再剪，於是藉詞寄懷。

上片從一廣闊場景起句，山巔飛雪之多之廣，映照巖前綠草為之斑白，再觀照唇邊白鬚，可知自己年事已高。“金刀揮手，數莖泯迹”，若舉剃刀，一揮而就，鬚根當可淨盡。白鬚既淨，猶如可畏後生，或歌或飲或食，不亦樂乎。然而，“惟花徑徹夜行吟，撚處三年苦相覓”，一個“苦”字，顯示他縱使揮刀斷鬚，仍未能了斷愁苦，白鬚仍會從新滋長。“撚處”，正是唇邊白鬚，回應了小序“唇上小髭茷”。

下片承上啟下，“眠雨經旬”回應“連宵風雨”，一連下了十多天雨，又覺唇邊堆滿白鬚，“唇邊又堆得，笑幽人在戶，葉何曾掃？”回應了“翁然者，頓復舊觀，不忍再芟去之”。接下緬懷定國之事，“邦君有樹”到“固吾圉藩籬漫撤”，作者指出國君自有其威儀，別人無從替代，故他會奮力抵抗破壞者，愛國之情極為強烈。

（黃杰華箋注）

【編者按】

該詞原刊於《同聲月刊》第一卷第十號（1941 年 9 月 20 日）。"正嘈毛侵啄"句，原為"正蝐毛侵啄"，是。

水龍吟 社集，拜東坡[1]生日，不限調。爰拈先生此闋起句發端，并次原均。

古來雲海茫茫，[2]老坡控鶴翛然處。[3]眉山噴起[4]，白虹千丈，廻旋鳳翥[5]。文采風流，至今猶聽，玉堂[6]人語。宋百家派別，揚驪道上，先生早、羣材馭。[7] 蓮炬送歸未久[8]，怎荒陬[9]、隻身飄絮。孤忠耿耿，瓊樓欲問，高寒何許。[10]攬揆茲辰，[11]拈花笑獻，[12]佛前箕踞[13]。倘關西漢在，銅琶定按，大江東去。[14]

【箋 注】

〔1〕東坡：蘇軾（1037—1101），字子瞻，自號東坡居士，四川眉山人。生於夏曆丙子年十二月十九日。

〔2〕"古來"句：蘇東坡所作《水龍吟詞》，其一首句為："古來雲海茫茫。"今借為起句，並和其韻。

〔3〕控鶴：道家傳說仙人常騎鶴，故以控鶴指升仙，此喻東坡也。翛然：無係貌，翛音消。《莊子·大宗師》："翛然而往。"

〔4〕噴起：飛起。

〔5〕翥：飛舞也。

〔6〕玉堂：《繼古叢編》："楚蘭臺之宮有玉堂。"王先謙嘗在注中云："漢時待詔於玉堂殿，唐時待詔於翰林院，至宋以後，翰林院遂並蒙玉堂之號。"

〔7〕揚驪：策馬往前。驪，同鑣，馬銜也。
　　前半闋謂東坡在故鄉眉山騎鶴升仙，其狀超然，眉山亦昇起白
　　虹千丈，鳳凰迴翔飛舞。一片奇景，此作者想像也。而東坡之
　　文采風流，今仍為文士常談。後半闋謂東坡之詞於宋百家中超
　　羣獨拔，駕馭眾家。

〔8〕蓮炬：蓮花形蠟燭。《宋史·蘇軾傳》："軾嘗鎖宿禁中，召入對
　　便殿，……命坐賜茶，撤御前金蓮燭送歸院。"

〔9〕荒陬：遠僻之地。左思《魏都賦》："蠻陬夷落。"謂蠻夷居處，
　　意指東坡被貶南方。

〔10〕耿耿：誠信貌。何許：何處。瓊樓欲問，高寒何許：蘇東坡
　　《水調歌頭》："我欲乘風歸去，又恐瓊樓玉宇，高處不勝寒。"
　　廖詞反問東坡今高寒何處。"蓮炬"五句：謂東坡曾入對便殿，
　　卻又被貶往南方，有如飄絮，其一片忠心，而今應在何處。

〔11〕攬揆茲辰：攬揆本作覽揆。屈原《離騷》："皇覽揆余於初度
　　兮，肇錫余以嘉名。"後人有以"初度"、"覽揆"為生辰之
　　稱。

〔12〕拈花笑獻：世尊在靈山會上，拈花示眾。眾皆默然，唯迦葉破
　　顏微笑。

〔13〕箕踞：屈膝坐，其形如箕。攬揆三句：意謂東坡生日應是拈花笑
　　獻，在佛前屈膝坐，此亦想像，以答瓊樓欲問，高寒何許也。

〔14〕倘關西漢在，銅琶定按，大江東去：此三句迺喻世人對東坡詞
　　之肯定。《吹劍錄》："東坡在玉堂，有幕士善歌，因問我詞何
　　如柳七，對曰柳郎中詞只合十七八女郎執紅牙板歌'楊柳岸，
　　曉風殘月'，學士詞須關西大漢銅琵琶鐵綽板唱'大江東去'，
　　坡為之絕倒。"

（李國明箋注）

滿庭芳　為孫秉之題《雪映廬畫鑑》。[1]

　　官帶拖金，野袍垂苧，祖風昭代彬然。[2]畫開新派，灘水自成湍。[3]無那峯谿舊蹟，早同付、昆劫淞煙。[4]猶能認、承平珥筆，紀盛似貞元。[5]　　流傳。憑此卷、鴻泥印幾，鵝絹收全。[6]喜結廬人境，[7]隨地邱園。今歲江南未雪，却須映、月好花妍。看誰為、千間廣厦，[8]寒裏徧裝緜。

【箋　注】

〔1〕孫秉之：生平未詳，其所著《雪映廬畫鑑》亦未得見。余紹宋曾作《雪映廬畫鑑序》一篇（見《余紹宋書畫論叢》），並謂秉之初不識，原書亦未見，上海九華堂所介者，雪映廬一書未見，序也未見，惜哉。畫鑑：論畫之著述。

〔2〕“官帶拖金”三句：謂為官貴顯，為民清高，於當代有君子之風。昭代：清明之時代，多用以稱頌本朝。彬然：彬彬文質兼備貌。《論語·雍也》：“文質彬彬，然後君子。”

〔3〕“畫開新派”句：謂為畫能開宗立派。

〔4〕無那：無奈。“無那峯谿舊蹟”三句：意指畫本早因昆明池之劫灰，吳淞江之迷煙而損壞矣。昆劫：劫，劫灰。典出南朝惠皎《高僧傳·譯經上·竺法蘭》：“昔漢武穿昆明池底，得黑灰，以問東方朔。朔云：‘不委，可問西域胡人。’後法蘭既至，眾人追以問之。蘭云：‘世界終盡，劫火洞燒，此灰是也。’”

〔5〕珥筆：昔侍從之臣插筆於冠側以備記事。《三國志·曹植傳》：“上疏請存問親戚，執鞭珥筆，出從華蓋，入侍輦轂。”此處意轉為往昔筆墨畫蹟。貞元：唐德宗年號（785—805）。

〔6〕“鴻泥印幾”二句：意謂往昔之畫蹟畫鑑一書，已收備，并得以流傳。鴻泥，即雪泥鴻爪，喻往事遺留之痕跡。東坡《和子由

澠池懷舊》詩："人生到處知何似，應似飛鴻踏雪泥。泥上偶然留指爪，鴻飛那復計東西。"鵝絹：即四川鹽亭縣鵝溪絹帛，唐代為貢品，宋人書畫尤重之。詳見《新唐書》。

〔7〕陶潛《飲酒》其五："結廬在人境，而無車馬喧。"

〔8〕千間廣廈：出自杜甫《茅屋為秋風所破歌》："安得廣廈千萬間，大庇天下寒士俱歡顏。""喜結廬"數句：謂雪映廬之優雅，惜江南未雪，未能如廬名有雪相映，而憑月好花妍，更望千間廣廈裝上縣花。月色花色縣花色俱白色，亦如雪色之相映。

（李國明箋注）

醉吟商小品

乍換了春衫，又是釀寒絲雨。繡鍼停處[1]。　　邃閣花遮路。却似鶯笙飛度[2]。簾前小語。

【箋　注】

〔1〕此調可作閨怨詞讀之。首句暗用唐王昌齡"春日凝妝上翠樓"詩意。鍼：針之本字，亦作箴。前半闋謂換了春衫，停了繡鍼，却又有細雨未能外出賞春景。

〔2〕邃：深遠，此調中亦可解作寂寞。却似：還似有。後半闋借用似有如笙簧之鶯語，在簾外飛度，加深游春之心。

（李國明箋注）

謁金門

鐙影共。縹紗行雲載夢。酒向山泉思抱甕。白衣人那送。[1]　　伴得梅花寒重。逋鶴千年飛狚。顆顆相思無地種[2]。雁絃閒自弄[3]。

【箋 注】

〔1〕甖：陶製盛器，亦作盛酒器具。白衣人：謂送酒人。南朝檀道
鸞《續晉陽秋》語云：“陶潛嘗九月九日無酒，宅邊菊叢中，摘
菊盈把，坐其側久，望見白衣至，乃王弘送酒也，即便就酌，
醉而後歸。”

〔2〕“伴得梅花”二句：事見林逋。林逋宋錢塘人，恬澹好古，隱居
西湖孤山垂二十年，足不履城市。不娶無子，植梅蓄鶴以自伴，
時因謂為梅妻鶴子。卒，賜諡和靖先生。飛迮：飛至，迮，一
音貢，至也。相思：想念也。又有名為相思草，相思樹者。王
維有“紅豆生南國，秋來發幾枝。願君多采擷，此物最相思”
詩，故後人亦稱紅豆為相思豆。

〔3〕雁絃：意指絃柱斜列，差如雁飛。

此詞前半闋寫寂寞之情景，望見行雲而冀夢有滿載一大甖酒如
山泉之多。奈何終無人送酒。後半闋詞筆一轉，“雁絃閒自弄”，
謂以閒適之心處之。

（李國明箋注）

卜算子慢　映老畫山水立軸見貽，倚子野體報謝。[1]

丹青得氣，神韻湛然[2]，石激遠泉天瀉。筆底飛煙，
萬點皺苔融乍。揮灑。覺騰蛟舞鳳還奔馬。溯畫法淵源，
禹玉谿山。夏圭字禹玉，有《谿山書屋圖》。今又重寫。[3]　　淡染
微塗赭。[4]羨古澗蚪籀，劈空垂下。策拐松陰，有箇觀雲人
雅。吾也。渦塵縐，臂莫仙翁把。[5]愛珍幅、長懸素壁，慰
游情暫借。[6]

【箋　注】

〔1〕映老：即夏敬觀。夏敬觀（1875—1953），字劍丞，晚號映庵，
江西新建人，著名詩人。子野：即張先（990—1078），宋著名
詞人。詞同一詞牌時有多體例，此調迺依張子野之體而賦。

〔2〕湛然：深厚貌。皴：皴應作皴，國畫用綫條粗幼、乾濕表現山
石之質感，俱以皴名之。苔：即畫中之苔點，近者表現青苔，
遠者則為樹木。

〔3〕夏圭：字禹玉，有《谿山書屋圖》，南宋著名畫家，與劉松年、
李唐、馬遠合稱南宋四大家。
此調前半闋全寫畫中景物，氣象、畫法淵源。

〔4〕淡染微塗赭：輕染墨色與顏色，意謂畫圖雅淡。赭：赭石，赤
鐵礦。中國畫常用主要顏色。

〔5〕原詞作“塵繡”，當係“塵緇”之誤。溷塵緇：溷亂也。塵緇
本謂塵污，亦喻世俗之污垢。臂莫仙翁把：古以握人手臂示親
密。今塵世多俗，作者自謙難與畫中高人把臂而游。

〔6〕“愛珍幅”句：謂今只可將此圖長掛壁上，以慰未能共游之情懷。

（李國明箋注）

玲瓏四犯　和史梅谿均〔1〕

咫尺吳淞，悵望倚層樓，煙縠眸翦。〔2〕掠水欹篷，不趁
晚雲高捲。花底乍覺天寬，又只惹、翠禽嗁徧。笑茂弘、
障甚塵也，腰瘦早羞懸扇。〔3〕　　故家庭館徵歌處，〔4〕記吹
簫、小紅曾見。〔5〕痕襟點滴收殘淚，心漸飛鴻遠。無那燕客
放歸，猶絮絮、簾前恩怨。〔6〕料倒擎荷露，千筩教飲，滌愁
還淺。

【箋　注】

〔1〕史梅谿：即史達祖，南宋著名詞人，嘗賦《玲瓏四犯·雨入愁邊》一詞，此調迺和其韻。

〔2〕咫尺吳淞：八寸曰咫，咫尺喻甚近，吳淞即吳淞江。煙縠晴鬝：縠迺輕紗，薄如霧，時以縠紋喻水波之柔和。東坡《臨江仙》詞句云："夜闌風靜縠紋平。"晴鬝：眼中所見之明波入目如鬝秋水。柳永《晝夜樂》詞有"層波細鬝明眸"一語。

〔3〕笑茂弘、障甚塵也：《世說新語·輕詆第二十六》："庾公（庾亮，字元規）權重，足傾王公（王導，字茂弘），庾在石頭，王在冶城坐，大風揚塵，王以扇拂塵，曰：'元規塵汙人。'"石頭城故址在今南京市西石頭山下。冶城在今南京市朝天宮附近。《南齊書·劉祥傳》："褚淵入朝，以腰扇障日，祥從側過，曰：'作如此舉止，羞面見人，扇障何益。'"腰瘦早羞懸扇：意腰身殘弱，比懸起收藏不用之扇更早見棄。或自喻已退隱。

〔4〕徵歌：招歌者唱歌。李白《宮中行樂詞》："選妓隨雕輦，徵歌出洞房。"

〔5〕小紅：宋范成大侍婢，能歌。姜夔詣成大，以《暗香》、《疏影》二詞命小紅肄習，音節清婉，成大因以小紅贈夔。姜夔《過垂虹》詩，句有"自作新詞韻最嬌，小紅低唱我吹簫"，即詠此事。

〔6〕無那：無奈。燕：宴飲。放歸：見《禮·少儀》疏："燕游曰歸者，若在燕及游退還，稱曰歸。"絮絮：說話嚕嗦。

全詞因倚樓望吳淞江觸景生情，江山依舊而自己退隱。念及往昔徵歌行樂，更多感觸，故結句謂"倒擎荷露，千筒教飲，滌愁還淺"。此三句感慨甚深，用筆亦重。

（李國明箋注）

紫黃香慢 入秋潦暑如盛夏，單衣汗猶浹背。重九前二日忽朔風料峭，九日寒氣更貶骨。是夕社集約拈姚江村此調。勞敬修擬翌日補登高，未赴。夕應潘梓彝家賞菊之招。歸屚二鼓，挑鐙泚筆成詞。[1]

　　鬧重陽，雖慳風雨，[2]隔簾冷徹鐙唇。漫今宵猶報，捲殘劫、入炎氛。正待霜鴻飛下，向東離呼醒，夢蝶花魂。[3]記茱萸舊插，玉損一簪雲。[4]早添了、斷愁幾分。[5]　　孤根。叵耐黃昏。渾不覺、是佳辰。[6]念鱸鄉蟹港，朝煙夕火，難掩烽屯。[7]酒無白衣誰送，任陶令、自關門。[8]嬾登高、怕還吹去，孟嘉烏帽，[9]頭禿何有參軍。青嶂笑人。[10]

【箋　注】

〔1〕紫黃香慢：詞牌應作《紫萸香慢》。詞題中有"寒氣更貶骨"句，貶應作砭。

〔2〕鬧重陽，雖慳風雨：惠洪《冷齋夜話》載："北宋潘大臨工於詩，貧甚。臨川謝逸致書問，近新作詩否？大臨答云，秋來景物，件件是佳句，恨為俗氣蔽翳。昨日清臥，聞攪林風雨聲，遂題壁曰：'滿城風雨近重陽。'忽催租人來，遂敗意。只此一句奉寄。"

〔3〕漫今宵：徒然今宵。捲殘劫、入炎氛：喻天氣之變幻，如詞題所言忽冷忽熱。"正待霜鴻"三句：秋天霜鴻南歸，菊花盛開。向東離呼醒，夢蝶花魂：向東離應作向東籬。陶潛《飲酒》詩句有"採菊東籬下，悠然見南山"。後東籬泛指種菊之處。《莊子·齊物論》："昔者莊周夢為蝴蝶，栩栩然蝴蝶也，自喻適志與，不知周也。俄然覺，則蘧蘧然周也。"本為寓言，後多用夢蝶以示人生虛幻思想。

〔4〕記茱萸舊插，玉損一簪雲：王維《九月九日憶山東兄弟》詩：
    "獨在異鄉為異客，每逢佳節倍思親。遙知兄弟登高處，徧插茱
    萸少一人。"可知古人重九有頭插茱萸登高習俗。玉損：玉損二
    字費解，意未明。按詞意應為頭飾之一，或為玉撥之誤，玉撥
    為束髮首飾，簪則有連綴之意。二句謂往昔登高，頭上所插之
    茱萸、飾物與雲霞連為一片。

〔5〕早添了、斷愁幾分：詞意化李煜《烏夜啼》詞句："剪不斷，理
    還亂，是離愁。"因記昔日重九登高往事，更添斷愁緒幾分。

〔6〕"孤根"四句：意謂可恨黃昏不知今日是佳辰，令人增添愁緒。
    叵耐：可恨、無奈。

〔7〕鱸鄉蟹港：江南水鄉泛稱。朝煙夕火：《墨子·號令》："晝則舉
    烽，夜則舉火。"烽屯：烽火、屯兵俱寫戰爭時局。

〔8〕酒無白衣誰送：白衣即白衣人，泛指送酒人。詳見前《謁金
    門·鐙影共》詞注〔1〕。任陶令、自關門：晉陶潛曾在任彭澤
    令，故稱。陶潛《歸去來辭》有"園日涉以成趣，門雖設而常
    關"句，以示閒適，不管世俗事。自喻也。

〔9〕嬾登高、怕還吹去，孟嘉烏帽：孟嘉，晉人，少有才名，曾為桓
    溫參軍，重陽游龍山，有風吹嘉帽落。事見《世說新語·識鑒》。

〔10〕頭禿何有參軍，青嶂笑人：參軍，晉以後為記室、錄事之職。
    "頭禿"，有自嘲已老之意。青嶂：如屏之青山。青障笑人：東
    坡《念奴嬌》詞句有"故國神游，多情應笑我，早生華髮"。
    此詞結句借用其意。下半闋寫思念湖山，面對時局，已嬾登高
    游賞，只效陶潛或待人送酒，或閉門閒居。時作者年事已高，
    亦已隱居，故有"頭禿何有參軍，青嶂笑人"之句。

（李國明箋注）

【編者按】

該詞原刊於《同聲月刊》第二卷第一號（1942 年 1 月 15 日）。

摸魚子　為冼玉清女士題《海天躑躅圖》，圖作于香港。時屆殘春，徧山皆杜鵑花也。[1]

莽狼氛、樓臺淒碧，憑誰添墍丹粉。城春草木深如許，[2]安得亂紅成陣。天欲問、甚喉蜀愁禽，血向花枝噴。斷腸畫本。[3]漫更道從來，感時濺淚，沒箇裙釵分。[4]西風緊、吹碎萬星鐙暈。[5]有人羅袂寒忍。殘陽勸得留些子，無那朱顏暗褪。[6]移根穩、喜五嶺之南，桃李新陰認。[7]女士為嶺南大學教授幾二十年。鬘仙莫哂。早羞煞山前，低頭臣甫，下拜且搔鬢[8]。

【箋　注】

〔1〕冼玉清（1895—1965），粵之南海西樵人，在嶺南大學讀書任教數十年，著述甚豐，有嶺南第一才女，千百年來嶺南巾幗無人能出其右之譽。躑躅：杜鵑花一名山躑躅。

〔2〕莽：同莽，草木深邃也。莽狼氛：蕭索之景狀。杜甫《春望》詩："國破山河在，城春草木深。"添墍丹粉：墍意惡，以物塗飾粉刷為墍。丹為紅色，粉為白色，泛指顏色，詞中之意謂寫畫。如許：如此也。

〔3〕安得亂紅成陣：怎得如此多花。此反問句。甚喉蜀愁禽：甚，正也。意指蜀中之杜鵑鳥，杜鵑亦名杜宇、子規、鶗鴂等。鳴聲淒厲，能動旅客歸思。《寰宇記》："蜀主杜宇，號望帝，後因禪位，自亡去，化為子規。"血向花枝噴：謂杜鵑啼時口中之血灑在花枝上，亦喻躑躅圖之花色有如杜鵑之血。

〔4〕感時濺淚：有感時局而流淚。杜甫《春望》詩："感時花濺淚，恨別鳥驚心。"裙釵：婦女著裙插釵，因稱婦女為裙釵。此句謂

感時濺淚，非因婦女而無此感，此喻冼玉清也。

〔5〕“西風緊”三句：謂秋來風緊，燈火搖曳，令人有寒意。

〔6〕“殘陽”句：謂殘陽還留少許，無奈陽光漸少而花之顏色漸暗。
　　　些子：少許。

〔7〕“移根穩”三句：謂花移植嶺南，亦喻冼玉清執教嶺南大學，門
　　　生眾多。五嶺：大庾嶺、越城嶺、騎田嶺、萌渚嶺、都龐嶺總
　　　稱。位於江西、湖南、廣東、廣西四省之間，為長江珠江流域
　　　之分水嶺。

〔8〕鬟仙：髮美仙女，譽冼玉清。莫哂：莫笑。有譏笑之意。杜甫
　　　嘗賦杜鵑（鳥）詩寄忠君愛國之思，其中有云：“杜鵑暮春至，
　　　哀哀叫其間。我見常再拜，重是古帝魂。”宋汪元量詩：“西塞
　　　山前日落處，北關門外雨來天。南人墮淚北人笑，臣甫低頭拜
　　　杜鵑。”詞中將杜鵑花與杜鵑鳥同一賦之。謂杜甫拜杜鵑鳥，亦
　　　有自己拜圖中杜鵑花之喻。以譽冼玉清畫筆之高妙。

（李國明箋注）

金人捧露盤　歲寒執硯圖，為子鼎作。

　　歲寒姿，雲根性，畫圖傳。承祖蔭有硯如田。[1]紅羊幻
劫，故家鴒鴒化飛鴛。名巖搜石，好重雕，鏡缺還圓[2]。
　　舊青山，新白髮，浮蟻酒，看狼煙。[3]甚偕隱，顛米家
船。筆耕墨稼，也堪謀取杖頭錢。[4]倩添香袖，向瑤窗、捧
箇齊肩。[5]

【箋　注】

〔1〕子鼎生平未詳。歲寒姿：此句喻硯田，謂硯石歷時久遠。《論
　　　語‧子罕》：“歲寒，然後知松柏之後彫也。”雲根：深山高遠雲

起之處。杜甫《瞿唐兩崖》詩:"入天猶石色,穿水忽雲根。"即指山石。

〔2〕紅羊幻劫:宋柴望作《丙丁龜鑒》,歷數自古之變亂,發生在丙午、丁未有二十一次之多。丙丁屬火,色赤;未屬羊,故稱紅羊。鴝鵒:鳥名,俗稱八哥。鴝鵒眼,石上圓形斑點,硯上有鴝鵒眼者,人尤重之。此五句謂世事多變,硯石失散,有如飛鴛,惟重搜佳石再雕。

〔3〕浮蟻酒:指酒面之泡沫。劉禹錫《酬樂天衫酒見寄》詩:"動搖浮蟻香濃甚,裝束輕鴻意態生。"狼煙:見《酉陽雜俎》:"古邊亭舉烽火時,用狼糞燒煙,以其煙直上,風吹不斜也。"杜牧《邊上聞笳》詩之一有"何處吹笳薄暮天,寒垣高鳥沒狼煙"之詠。

〔4〕甚偕隱:謂正偕隱。貰:音世,貸也。米家船:北宋書畫家米芾,常乘舟載書畫游覽江湖。黃庭堅《戲贈米芾》詩之一有云:"滄江盡夜虹貫月,定是米家書畫舡。"筆耕墨稼:俗稱以筆墨謀生者為耕硯。杖頭錢:見《晉書·阮脩傳》:"常步,以百錢掛杖頭,至酒店,便獨酣暢。"後因以杖頭錢稱買酒錢。陸游《閒游》詩之二:"好事湖邊賣酒家,杖頭錢盡慣曾賒。"

〔5〕倩:請也。添香袖:即添香之紅袖,指姬妾之類。添香者添爐中之香料也。箇:這也,此處指硯。捧箇齊肩:姬妾捧此硯石與肩看齊,略如舉案齊眉之以示恭敬,等待己之蘸墨也。《摭遺》:"李白游華陰縣,乘驢過縣門,宰怒,白乞供狀曰:'曾用龍巾拭吐,御手調羹,力士脫靴,貴妃捧硯,天子殿前尚容走馬,華陰縣裏不得乘驢。'"

(李國明箋注)

惜黃花慢 金陵重九宴橋西草堂賞菊。同日清涼山蠟屐之約未赴。倚此調酬太疎并簡榆生。[1]

漫說登高。[2]過草堂偏也，鳧舄蹣跚。[3]託根雖淺，破苞便老，菊憑素手，簪上欹冠。愛秋只愛秋色淡，滿城任風雨催寒。[4]護那般。野籬直抵，金谷闌干。[5]　　橋西雅集多歡。正臥虹映水，飛鳥窺園。佳釀盈樽，醉猶能飲，繁英半掬，秀可容餐。游蜂日為尋芳到，[6]有門笑陶令常關。[7]伴影單。傲霜早坼盆蘭。[8]主人廳事盆供草蘭正着花異種也。

【箋　注】

〔1〕清涼山：山在今南京清涼門內，為金陵名勝之一。蠟屐：以蠟塗屐，此轉為步行也。《晉書·阮孚傳》："孚性好屐，或有詣阮，正見自蠟屐，因自歎曰：未知一生當著幾量屐。"太疎：生平未詳。榆生：龍榆生，名沐勛（1902—1966），為近代最負盛名詞學大師之一。

〔2〕漫說登高：漫說即徒說，空說。南朝吳均《續齊諧記》："汝南桓景，從費長房游學，累年。長房謂之曰：'九月九日汝家當有災，宜急去，令家人各作絳囊，盛茱萸以繫臂，登高飲菊花酒，此禍可除。'景於是日，齊家登山，夕還，雞犬牛羊一時暴死。"登高迺始於此，漸為風俗，而無避災之意矣。

〔3〕鳧舄蹣跚：鳧音符，野鴨也。舄音昔，古人所著一種鞋履。蹣跚：行動不便也。典出"王喬鳧舄"，據《後漢書·王喬傳》載，王喬，明帝時為鄴令。每月朔自縣詣臺。帝異其數來而無車騎。偵知其臨至時，輒有雙鳧從東南飛來。因伏伺鳧來，舉羅張之，但得一雙舄。

〔4〕破苞便老：便字於詩詞中時作豈解。意謂若無書籍圖畫，便不

教人白髮生。素手：潔白之手，常喻女子之手，亦喻女子。古詩有"娥娥紅粉妝，纖纖出素手"句。攲冠：側冠，即不整齊。滿城任風雨催寒：借用北宋潘大臨詩意，詳見前《紫萸香慢·鬧重陽》注〔2〕。

〔5〕金谷闌干：謂橋西草堂之雅麗也。晉石崇築園於金谷澗，即史稱著名之金谷園。

前半闋意謂重九清涼山登高未果，只慢步游徧橋西草堂，草堂中菊花雖種得非深，然一開花便佳，興來還倩女子幫手插上側帽。秋色最美是淡淡景色，雖滿城風雨催寒，但仍有人護理籬菊一直到草堂之闌干邊。可見草堂之美也。

〔6〕繁英半掬，秀可容餐：言菊花之美。游蜂：言蜜蜂，亦意謂賞菊者。《離騷》："朝飲木蘭之墜露兮，夕餐秋菊之落英。"

〔7〕有門笑陶令常關：謂橋西草堂有如陶淵明之家常關門。意指不管世間俗事。詳見前《紫萸香慢詞·鬧重陽》注〔8〕。

〔8〕伴影單：即孤單，言下句之"傲霜早坼盆蘭"也。坼：音冊，裂也，花苞初開謂坼。

下半闋全寫橋西草堂雅集所見所歷之熱鬧狀況，最後却以"伴影單。傲霜早坼盆蘭"營造冷清之情景，亦以"有門常關"喻己隱退之心，輕筆作結，令人有所回味。

（李國明箋注）

【編者按】

原作刊於《同聲月刊》第二卷第十號（1942 年 11 月 15 日），字句及韻腳不同之處甚多，因全首錄出：

壬午重陽。寥士招掃葉樓登高。未赴。赴橋西草堂賞菊。以杜甫九日藍田崔氏莊詩分均。拈得寬字。太疎貽盆菊。載歸賦謝。

漫說登高。過草堂竟也，鳧舄蹣跚。託根雖淺，破苞便老，菊憑素手，簪上攲冠。愛秋當覺秋光好，甚風雨花總摧殘。庇清寒。東籬勝卻，西苑闌干。　　林亭地窄天寬。正斜橋弄影，疎柳窺垣。額黃初染。餐宜秀色。袖香未溢。摘待妖鬟。白衣若送千壺酒。醉來恐歌哭無端。賴幾番。傲霜鬥得盆蘭。主人廳事盆蘭正開。佳種也。

木蘭花慢　淫雨達旦，映老書來，錄示舊作。謂柳耆卿[1]此調三首，平仄皆一律於數。"千里"及"向庭院靜"二句，中間二字相連，步之不易云。原均勉和一闋。

殢帷鐙過雨，[2]夢搖影，籟窗空。乍書雁將回，故人高詠，曾著紗籠千重。[3]似霞樣錦，[4]墜塵寰璀燦逐天風。珠串安排妙語，屯田[5]歌譜旁通。　　孤惊。[6]眾醉寧同，留眼看世惺忪。自淋漓潑得譽邱[7]，筆底百二雲峰。絲桐縱絃外賞，但清音猶在素琴中。可有雙鬟[8]滌硯，小名喚向鶯櫳[9]。

【箋　注】

〔1〕柳耆卿：柳永（987？—1053？），字耆卿。北宋文學家、詞人。

〔2〕殢：《玉篇》云"極困也"。帷：《釋名·釋床帳》"帷，圍也。所以自障圍也"。鐙：《說文·金部》"錠也。从金登聲。都滕切。臣鉉等曰：錠中置燭，故謂之鐙。今俗別作燈，非是"。

〔3〕"乍書雁"三句：謂以紗覆蓋名士壁上題詠的手跡，表示崇敬。王定保《唐摭言》卷七"起自寒苦"條："王播少孤貧，嘗客揚州惠昭寺木蘭院，隨僧齋餐。諸僧厭怠，播至，已飯矣。後二紀，播自重位出鎮是邦，向之題已碧紗幕其上。播繼以二絕句曰：'二十年前此院遊，木蘭花發院新修。而今再到經行處，樹

老無花僧白頭。’‘上堂已了各西東，慚愧闍黎飯後鐘。二十年
來塵撲面，如今始得碧紗籠。’”

〔4〕似霞樣錦：艷麗如霞的織錦，以喻美麗的辭章。韓愈《和崔舍
人詠月二十韻》：“屬思擒霞錦，追歡罄縹絣。”

〔5〕屯田：即柳永。葉夢得《避暑錄話》：“永終屯田員外郎。”

〔6〕孤悰：孤獨不為人知的思想。明薛蕙《郭外》：“愧彼忘情者，
孤悰似無托。”

〔7〕營邱：指五代宋初李成。李成，字成熙，先世為唐宗室居長安，
後遷山東營丘（邱），琴、詩、山水俱精。《宣和畫譜》有傳。

〔8〕雙鬟：唐時少女結雙鬟，故以借代。白居易《續古詩》之五：
“窈窕雙鬟女，容德俱如玉。”

〔9〕鶯櫳：指歌姬舞女所居之窗櫳。宋周密《浣溪紗擬梅川》：“蠶
已三眠柳二眠，雙竿初起畫鞦韆，鶯櫳風響十三絃。”

【評　析】

上片寫雨中讀映老（夏敬觀）來詞，讚其聲律多諧耆卿之數。
下片寫雨後景緻，山河如洗。

（陳健成箋注）

菩薩蠻　玄武湖又曰後湖[1]，不游經年矣。憶及以迴文體
　　　　　寫之。

後湖栽偏鬌鬌柳，柳鬌鬌偏栽湖後。先斷水投鞭，鞭
投水斷先。[2]　　劫荷殘膡葉，葉膡殘荷劫。[3]流盡不教愁，
愁教不盡流。[4]

【箋　注】

〔1〕後湖：南京玄武湖的別稱。《南齊書・本紀第六・明帝》：“巫覡

云：'後湖水頭經過宮內，致帝有疾。'"

〔2〕"先斷水投鞭"二句：典出"投鞭斷流"。《晉書·載記第十四·苻堅下》："堅曰：'吾聞武王伐紂，逆歲犯星。天道幽遠，未可知也。昔夫差威陵上國，而為句踐所滅。仲謀澤洽全吳，孫皓因三代之業，龍驤一呼，君臣面縛，雖有長江，其能固乎！以吾之眾旅，投鞭於江，足斷其流。'"

〔3〕"劫荷"二句：荷花凋零只剩荷葉，而剩下的荷葉即見荷花之遭劫無遺。

〔4〕"流盡"二句：南京有莫愁湖。湖水流盡當得莫愁，然湖水豈得流盡？鳳舒又有《金陵雜詠·莫愁湖》粵語詩："趁潮來探莫愁家，潮氣千年冇的差。暈倒船頭拋大浪，靚成艇尾擺鮮花。皇軍踏過山唔草，番鬼遊親雀就瓜。至慘兩條生藕臂，抱完佬重抱琵琶。"可併觀之。

（陳健成箋注）

小重山　為人題《赤壁泛舟圖》，依薛昭蘊作。〔1〕

如畫江山收此圖，〔2〕劫灰殘賸壁。〔3〕插天孤樓船燒後，一舟無，誰泛月，豪氣似髯蘇〔4〕。　喬鎖事成虛東風，〔5〕猶挾恨，失吞吳，〔6〕美人名將總邱墟，〔7〕興亡迹，留與話樵漁。

【箋　注】

〔1〕薛昭蘊：生卒及籍貫不詳，《花間集》有詞十九首，八首為《浣溪沙》。王國維以下至今人陳尚君多疑即晚唐薛昭緯（新舊《唐書》均有傳），唯其詞在《花間集》中次五代人，故其年代仍存疑。

〔2〕 "如畫" 句：見蘇軾《念奴嬌·赤壁懷古》："江山如畫，一時多少豪傑。" 張末《二十三日即事》："到捨將何作歸遺，江山收得一囊詩。"

〔3〕 "劫灰" 句：劫灰，本謂劫火的餘灰。後謂因戰亂或大火毀壞後的殘跡或灰燼。典出干寶《搜神記》卷一三："漢武帝鑿昆明池，極深，悉是灰墨，無復土。舉朝不解，以問東方朔。朔曰：臣愚，不足以知之，可試問西域人。……至後漢明帝時，西域道人來洛陽，時有憶方朔言者，乃試以武帝時灰墨問之。道人云：經云：'天地大劫將盡，則劫燒。' 此劫燒之餘也。乃知朔言有旨。" 此句當謂赤壁兵劫之後，所餘唯壁也。

〔4〕 髯蘇：代指蘇東坡。邵博《邵氏聞見後錄》卷三十："秦少游在東坡坐中，或調其多髯者。少游曰：'君子多乎哉！' 東坡笑：'小人樊鬚也。'" 東坡《客位假寐》詩亦謂："同僚不解事，慍色見髯蘇。"

〔5〕 "喬鎖" 句：典出杜牧《赤壁》詩："折戟沉沙鐵未銷，自將磨洗認前朝。東風不與周郎便，銅雀春深鎖二喬。" 此處是正典反用。

〔6〕 "猶挾恨" 句：見杜甫《八陣圖》詩句："江流石不轉，遺恨失吞吳。"

〔7〕 邱墟：即廢墟也。《東觀漢記·馮衍傳》："廬落丘墟，田疇蕪穢。" 此句謂美人、名將，總會過去。

【評　析】

　　上片寫圖，亦步武坡公，寫赤壁戰場。下片歎美人名將，終成歷史，徒為後人談資。

　　　　　　　　　　　　　　　　　　　（陳健成箋注）

惜秋華　重九風雨浹旬，輒阻攜屐[1]，看菊之約亦爽。片雲放晴，康甥邀往觀劇，乘輿駕矣，雨來而止。端憂扃戶，[2]兀坐挑鐙，滂沱益甚。檢夢窗[3]均，愍然[4]成詞。

戰雨鳴簷，正鐙痕[5]，染劫淒添寒抱。換盡鬢華，萸簪鏡羞鸞照。[6]重陽占滿乾坤，似總有、龍蛇來擾。羌無論封姨，妒煞年年吹帽[7]。　　秋也笑人老。自登臨未約，山靈修好。酒怕對籬卉飲，[8]那呼鬢到。笙場鬧，入愁笳[9]，又幾人、歌嬌舞小。忘了。問行雲，怨鴻[10]多少。

【箋　注】

〔1〕攜屐：乃為登山也。清初唐孫華《贈借山大師》：“名山有約時攜屐，野客來尋嬾過橋。”

〔2〕端憂扃戶：閉門深憂也。《文選·月賦》：“陳王初喪應劉，端憂多暇。”唐李周翰注：“端然憂愁，以多閒暇。”又李白《贈清漳明府侄聿》：“牛羊散阡陌，夜寢不扃戶。”

〔3〕夢窗：即宋代著名詞人吳文英。

〔4〕愍然：憂思貌。劉向《新序·雜事四》：“楚王聞之，愍然愧，以意自閔也。”唐薛用弱《集異記·蔣琛》：“雖魚雁不絕，而笑言久曠，勤企盛德，衷腸愍然。”

〔5〕鐙痕：羅隱《中秋不見月》：“風簾漸漸漏燈痕，一半秋光此夕分。”

〔6〕萸簪：古人重九有頭簪茱萸登高習俗。周密《乾淳歲時記·重九》：“都人是日飲新酒，汎萸簪菊。”鸞照：指獨坐哀愁。南朝宋范泰《鸞鳥詩》序：“罽賓王結置峻祁之山，獲一鸞鳥。王甚愛之，欲其鳴而不能致也。乃飾以金樊，饗以珍羞，對之愈戚，

三年不鳴。其夫人曰：'嘗聞鳥見其類而後鳴，何不懸鏡以映之?' 王從其言。鸞睹形感契，慨然悲鳴，哀響中宵，一奮而絕。"

〔7〕 吹帽：《晉書・孟嘉傳》："九月九日，（桓）溫燕龍山，僚佐畢集。時佐吏並著戎服，有風至，吹嘉帽墮落，嘉不之覺。" 後以"吹帽"指重九登高雅集。

〔8〕 "酒怕"句：陶潛《飲酒》二十五首其五："結廬在人境，而無車馬喧。問君何能爾，心遠地自偏。採菊東籬下，悠然見南山。"

〔9〕 愁笳：胡笳聲悲切。唐崔塗《湖外送友人游邊》："雨暗江花老，笳愁隴月曛。"

〔10〕 怨鴻：用夢窗典。《惜黃花慢》其二句云："夢翠翹。怨鴻料過南譙。"

【評 析】

此調見鳳舒意甚不歡。

（陳健成箋注）

臨江仙

寂寞紗窗人未睡，殘蟾[1]同耐寒，更無風鴛被[2]不紋生，枕痕狼藉，猶記墮釵橫。　真箇霎時厮見[3]了，夢魂夜夜娉婷。何如銀漢隔雙星，一年一度，天與注深盟。

【箋 注】

〔1〕 蟾：指月亮。《淮南子・精神訓》："日中有踆烏，而月中有蟾蜍。"

〔2〕 鴛被：鴛鴦被，夫婦共寢所用。葛洪《西京雜記》卷一："趙飛

燕為皇后，其女弟在昭陽殿遺飛燕書，曰：'今日嘉辰，貴姊懋膺洪冊，謹上禭三十五條。以陳踴躍之心：……鴛鴦被，鴛鴦襦，鴛鴦褥。'”

〔3〕雲時廝見：短暫會面。周邦彥《風流子》：“問甚時說與，佳音密耗，寄將秦鏡，偷換韓香？天便教人，雲時廝見何妨。”

（陳健成箋注）

定風波　檢李德潤[1]《瓊瑤集》，有感於“莫道漁人只為魚”句，[2]憮然[3]衍作三解。

莫道漁人只為魚。吳江楓落繫船初，當時釣雪翁何在。[4]吾愛。谿山堆粉捏成圖。　　天與寒林紅片葉，殘劫。血痕鬬雀未全枯，[5]贏得臨淵偏是羨。[6]帆遠。風波泊處自然無。

莫道漁人只為魚。白雲鄉裏謝孃居，[7]年年漲到桃花水，[8]來會。湔裙[9]因便采菰蒲。　　一曲叩舷歌未了，誰料。浪頭吹雨濕衣裾。羞共鄰舟舟子語，柔櫓[10]。猝然驚散臥沙鳬。

莫道漁人只為魚。忘筌心事與雲俱，[11]那知天下垂綸手，[12]持有。千竿嵌得是珊瑚。　　獨惜割崖成慣例，空費。停橈[13]合浦待還珠。[14]盍把蓑衣聊脫去，眠處。銀箏依舊酒家胡。[15]

【箋　注】

〔1〕李德潤：李珣，字德潤，五代前蜀人，清吳任臣《十國春秋》

卷四十四有傳，詞作見《花間集》、《尊前集》。

〔2〕李氏《漁父歌》三首其一：“水接衡門十里餘，信船歸去臥看書。輕爵祿，慕玄虛，莫道漁人只為魚。”

〔3〕憮然者，悵然失意貌。《論語·微子》：“夫子憮然曰：‘鳥獸不可與同群，吾非斯人之徒與而誰與？’”邢疏：“憮，失意貌。”

〔4〕“吳江”二句：張繼《楓橋夜泊》：“月落烏啼霜滿天，江楓漁火對愁眠。姑蘇城外寒山寺，夜半鐘聲到客船。”又，柳宗元《江雪》：“千山鳥飛絕，萬徑人蹤滅。孤舟蓑笠翁，獨釣寒江雪。”

〔5〕雀性好鬥，故名。姚合（816年進士）《和裴令公游南莊》：“鬥雀翻衣袂，驚魚觸釣竿。”

〔6〕見《淮南子·說林訓》：“臨河而羨魚，不如歸家結網。”《漢書·董仲書傳》：“臨淵羨魚，不如退而結網。”

〔7〕《莊子·天地》：“乘彼白雲，游於帝鄉。”後因以“白雲鄉”為仙鄉。謝孃即謝道蘊，博學有才，事具《世說新語·言語第二》、《晉書·列女》，後世以“謝娘”喻才女。

〔8〕即春汛。《漢書·溝洫志》：“來春桃華水盛，必羨溢，有填淤反壤之害。”顏師古注云：“《月令》：‘仲春之月，始雨水，桃始華。’蓋桃方華時，既有雨水，川谷冰泮，眾流猥集，波瀾盛長，故謂之桃華水耳。”

〔9〕湔裙：以水濺裙。杜台卿《玉燭寶典》：“元日至月晦，人並酺食、渡水，士女悉湔裳，醡酒於水湄，以為度厄。”今解此典多引《北史·竇泰傳》：“（竇泰母）遂有娠。期而不產，大懼。有巫曰：‘度河湔裙，產子必易。’”此屬偶然之事，不為風俗。

〔10〕柔櫓：柔即揉，謂操櫓輕搖。杜甫《船下夔州郭宿雨濕不得上岸別十二判官》：“柔櫓輕鷗外，含悽覺汝賢。”一本作“柔艫”。

〔11〕見《莊子·雜篇·外物》：“荃者所以在魚，得魚而忘荃。”

〔12〕垂綸：綸者絲也，垂綸即垂釣。嵇康《兄秀才公穆入軍贈詩》

之十五："流磻平皋，垂綸長川。"又，《文心雕龍·情采》："翠綸桂餌，反所以失魚。"

〔13〕停橈：橈者檝也。十國後蜀歐陽炯《南鄉子》："畫舸停橈，槿花林外竹橫橋。"

〔14〕合浦待還珠：典出《後漢書·循吏傳·孟嘗》："（合浦）郡不產穀實，而海出珠寶，……先時宰守並多貪穢，詭人採求，不知紀極，珠遂漸徙於交阯郡界。於是行旅不至，人物無資，貧者餓死於道。嘗到官，革易前敝，求民病利。曾未踰歲，去珠復還，百姓皆反其業。"

〔15〕酒家胡：原指酒家當爐侍酒的胡姬，後泛指酒家侍者或賣酒婦女。漢辛延年《羽林郎》："昔有霍家奴，姓馮名子都。依倚將軍勢，調笑酒家胡。胡姬年十五，春日獨當爐。"

【編者按】

這三首詞刊於《同聲月刊》第四卷第三號（1945 年 7 月 15 日）。

（陳健成箋注）

花　犯　映老有玉樓春詞，詠雪加煙極佳。眉孫和以此調，描寫亦工。余因效顰，續貂之誚知不免耳。

口吹蘭，虬髯掀處，蠻薰垢襟洗。乃心方寸，聊效捲芭蕉，諳盡滋味。氷綃裹體爭如紙。環兒肌見理。漫買擬量珠價貴，鏤金箱洵美。　　行人那回訪鷗鄰[1]，瓊筵畔裊裊，氳氤飛起。傳王命，盈廷拜，御橱恩賜。李文忠[2]歷聘歐洲，某國王宴之宮中。國例御前不得吸煙，文忠不知也。酒數巡，探懷出雪加，燃而吸之，眾愕然。國王立下令羣臣各賜雪加一枝，吸於御前，一時傳為佳話。　　堪嗟歎，這緣靳[3]我，徒掉臂，[4]鮫宮[5]多寶市。

記領受、一枝香絕、頹然沈醉矣。古巴世稱大呂宋，[6]產雪加煙最
佳。余齅[7]之輒醉，以故于役彼都二十餘年，[8]未敢嘗鼎一臠[9]也。

【箋　注】

〔1〕鷗鄰：謂與清朝有邦交之歐洲諸國，見廖詞原注。

〔2〕李文忠：李鴻章（1823—1901），謚文忠。

〔3〕靳：《說文》：“當膺也。”徐鍇注曰：“靳，固也。靳制其行也。”
　　引申為制約、慳吝。

〔4〕徒掉臂：擺臂不顧而去。《史記・孟嘗君列傳》：“日暮之後，過
　　市朝者掉臂而不顧。”

〔5〕鮫人，傳說中居水中的人，鮫宮即其水中宮室。晉張華《博物
　　志》卷二：“南海外有鮫人，水居如魚，不廢織績，其眼能泣
　　珠，從水出，寓人家，積日賣絹。將去，從主人索一器，泣而
　　成珠，滿盤以與主人。”

〔6〕呂宋本無大小之分，原指今菲律賓，明末清初時為西班牙佔。
　　大呂宋之名，在魏源《海國圖志》始有載（卷三十九）：“大呂
　　宋國，即斯扁國，一名西班亞，一作是班牙，一作以西把尼亞。
　　《海錄》謂之意細班尼，皆譯音之轉。又一作千絲臘。大呂宋
　　國，在葡萄亞國之北少西，亦明以來住澳之大西洋也。四圍皆
　　山，中央平衍。”可見是以“大呂宋”稱西班牙。

〔7〕齅：即今嗅字。《說文・鼻部》：“以鼻就臭也。从鼻从臭。”

〔8〕廖恩燾於清光緒十七年（1891）任駐西屬古巴領事、總領事，
　　至民元後任駐古巴使館代辦，於民國六年（1915）解任為止，
　　共二十四年。事見《清季中外使領年表》、《中國駐外各公大使
　　館歷任館長銜名年表》（增訂本）及《中華民國外交史辭典》等
　　著。

〔9〕臠：即肉塊。《漢書・王莽傳》：“軍人分裂莽身，支節肌骨臠
　　分，爭相殺者數十人。”注曰：“《三輔舊事》云：‘臠，切千段

也。'"秦觀《與參寥大師簡》:"黃詩未有力盡翻去,且錄數篇,嘗一臠足知一鼎味也。"

(陳健成箋注)

一葉落　萬紅友云此調為唐莊宗自製,[1]平仄不宜亂填。余雖不盡韙其說,姑以其意,率成一解。

　　撼一曲,[2]聲飄玉。幾曾引得鳳相逐,唱霓裳鼓鼙,悲音漸離筑,[3]漸離筑,冷砌秋蚗[4]續。

【箋　注】

〔1〕萬紅友:萬樹,字紅友,明末清初人,以舊時詞律圖名紊亂,乃編《詞律》廿卷。後唐莊宗李存勗善音律能自度曲。《舊五代史》載:"帝洞曉音律,常令歌舞於前。"《五代史補》又載:"初,莊宗為公子時,雅好音律,又能自撰曲子詞。其後凡用軍,前後隊伍皆以所撰詞授之,使揭聲而唱,謂之'御製'。"

〔2〕撼:同"擪"。《說文·手部》:"擪,一指按也。从手厭聲。"即如原注言率意取此詞填之。

〔3〕《史記·刺客列傳·荊軻》載:"太子及賓客知其事者(引按:即燕太子丹遣荊軻刺秦王事),皆白衣冠以送之。至易水之上,……高漸離擊筑,荊軻和而歌,為變徵之聲,士皆垂淚涕泣。又前而為歌曰:'風蕭蕭兮易水寒,壯士一去兮不復還!'復為羽聲忼慨,士皆瞋目,髮盡上指冠。"

〔4〕《說文·虫部》:"蚗蚗,獸也。一曰秦謂蟬蛻曰蚗。从虫巩聲。"又,莊宗原作此句前多三字。

(陳健成箋注)

點絳唇　極目狼氛，檢均得火字，為填三解。

　　休聽唬鴉[1]，映窗落照紅無那[2]。雨絲飛過，淚濺花千朵。　　欲拾江蘺，野徑殘苔鎖。愁歸臥，顫釵驚墮，夢入吳宮火。[3]

　　休嫁王昌，[4]小姑獨自嬌無那。沼鴛經過，暈上桃頤朵。[5]　　寂寞深更，底又眉雙鎖。和衣臥，一星鐙墮，乍覺燎原火。

　　休教籠鸚，《楚騷》讀罷愁無那。膽瓶[6]淘過，且供含霜朵。　　著力東風，禁柳[7]還煙鎖。青蟲[8]臥，髻旛吹墮，為乞鄰家火。

【箋　注】

〔1〕唬鴉：《說文·口部》："唬，號也。"即啼鴉。

〔2〕無那：即無奈。杜甫《奉寄高常侍》："汶上相逢年頗多，飛騰無那故人何！"

〔3〕吳宮火：李白《野田黃雀行》："游莫逐炎洲翠，棲莫近吳宮燕。吳宮火起焚巢窠，炎洲逐翠遭網羅。"喻身陷險境也。

〔4〕崔顥《王家少婦》："十五嫁王昌，盈盈入畫堂。自矜年最少，復倚婿為郎。舞愛前谿綠，歌憐子夜長。閒來鬥百草，度日不成妝。"後遂以王昌喻不知惜花的男子。

〔5〕"小姑"三句：謂雄鴛獨飛過，小姑能不心動？

〔6〕膽瓶：膽狀之瓶，多以插花。宋陳傅良《水仙花》詩："掇花寘膽瓶，吾今得吾師。"

〔7〕禁柳：禁苑中的柳樹。後唐莊宗《歌頭》：“靈和殿，禁柳千行，
斜金絲絡。”

〔8〕青蟲：青蟲簪。古代婦女的髮飾。梁簡文帝蕭綱《和湘東王名
士悅傾城》：“衫輕見跳脫，珠概雜青蟲。”

（陳健成箋注）

迎春樂

　　人家幾處疑寒食。歇炊火、黯鐙色。咽西風，樹杪殘
蟬寂。誰說與、真消息。　　撾鼓[1]當，筵催底急。滯梅
訊，江南江北。召蝶約花神傳，凍羽吹瑤笛。

【箋　注】

〔1〕撾鼓：擊鼓。岑參《與獨孤漸道別長句兼呈嚴八侍御》：“軍中
置酒夜撾鼓，錦筵紅燭月未午。”

【評　析】

　　詠寒食也。

（陳健成箋注）

虞美人　觀演某國劇有感

　　山河寸寸春蠶葉。[1]此恨和誰說。翠籠嬌鳥獨能言。[2]
叵耐[3]如弓月影正橫天。　　停杯替把干將拭。血認萇弘
碧。[4]酒澆不到黛眉愁。[5]鐙火笙歌花淚幾曾收。

【箋　注】

〔1〕蠶葉：即用以飼蠶之桑葉。此句以喻山河為敵寸寸蠶食也。

〔2〕此句謂雀籠雖以翠飾，然豈嬌鳥所樂居！

〔3〕叵耐：意無耐。唐張鷟《遊仙窟》：“一眉猶叵耐，雙眼定傷人。”明李贄《代常通病僧告文》：“叵耐兩年以來，痰瘤作祟，瘡疼久纏，醫藥徒施，歲月靡效。”

〔4〕典出“萇弘化碧”，喻己忠於國但不為所信，面對危急局勢但無所作為，因而抱恨。《左傳·哀公三年》：“夏五月，……劉氏、范氏，世為婚姻，萇弘事劉文公，故周與范氏，趙鞅以為討。六月，癸卯，周人殺萇弘。”《莊子·內篇·外物》：“人主莫不欲其臣之忠，而忠未必信，故伍員流於江，萇弘死於蜀，藏其血三年，而化為碧。”

〔5〕酒澆：典出北宋劉弇《莆田雜詩》之十六：“賴足樽中物，時將塊磊澆。”以酒消愁也。

【評　析】

憂傷時局，而憤無所作為也。

（陳健成箋注）

秋蕊香　室人碧桐[1]手植盆菊著花喜賦

　　省憶淵明，解組[2]偕隱，東籬眉嫵[3]後堂散盡艷姬舞，隨分釵荊裙布。[4]　　滿城鬧煞風和雨，放遲暮，傲香不肯，[5]繡籠護盆，是寒梅借與。去年購盆梅，今春移種院中，以盆栽菊。

【箋　注】

〔1〕據劉紹唐《民國人物小傳》，碧桐名邱琴（1868—1966），廖恩燾夫人，得年九十六歲，籍貫生平未詳。

〔2〕解組：猶解綬去職。梅堯臣《和酬裴君見過》：“我昨謝銅章，解組猶脫屣。”

〔3〕眉嫵：即眉憮，原謂眉樣嫵媚可愛。《漢書·張敞傳》：“又為婦畫眉，長安中傳張京兆眉憮。”顏注：“孟康曰：‘憮音詡，北方人謂媚好為詡畜。’蘇林曰：‘憮音嫵。’蘇音是。”

〔4〕隨分：依據本性。《文心雕龍·鎔裁》：“謂繁與略，隨分所好。”周振甫注：“隨分所好，跟著作者性分的愛好。分，性分，天性，個性。”釵荊裙布：以布作裙，以荊代釵，喻其貧也。元高明《琵琶記》第三十九出：“〔旦〕自古道：人有貴賤，不可概論。夫人是香閨繡閣之名姝，奴家是裙布荊釵之貧婦。”意謂盆菊雖乏艷色，而自有可愛之處。

〔5〕此句謂菊花性傲遲開。黃巢：《不第後賦菊》：“待到秋來九月八，我花開後百花殺。沖天香陣透長安，滿城盡帶黃金甲。”

【評　析】

雖以詠菊，寧無借菊自況耶？

（陳健成箋注）

少年游　重檢半塘[1]定稿感作。次均清真。

轟然一疏放還山，人憸面霜寒。不索簪花[2]，展眉嬌笑，填與好詞看。　　流分派別爭墩處，公獨穩吟鞍。去古云遙，審音誰是，遺棄校歸安。

【箋　注】

〔1〕半塘：王鵬運（1849—1904），廣西臨桂人，號半塘老人。《臨桂縣志·輿地志》“村墟”條下“東鄉村”後列有“半塘尾”，故以為號。

〔2〕簷花：靠近屋簷的花。李白《贈崔秋浦》：“山鳥下聽事，簷花落酒中。”

【評　析】

念王鵬運也。

（陳健成箋注）

喜遷鶯慢　洋水仙，紅白紫藍四色，產法蘭西，滬上花店偶有陳列。頃見於酒肆几上，嫣然似人。以白石自度腔寫之。

一聲羌管，正喚起，海棠殘酒消半。[1]顋暈嬌紅，眉添羞翠，新拜漢家寬典。西風夜來惡甚，[2]為恩被、薄情拋斷。只自伴，謝阿蠻[3]鐙下，含蠻偷泣[4]。　　相與，愁暫遣。應記那回，早在瑤窗[5]見。密綴檀心[6]，小開櫻口[7]，香國萬般裁翦。蝶飛過牆欺燕，恰趁窺簾人遠。未澆徧，似車薪杯水，還教伊怨。句法、字數、叶韻與諸家不同，故認為自度腔云。

【箋　注】

〔1〕李清照《如夢令》：“昨夜雨疏風驟，濃睡不消殘酒，試問捲簾人，卻道海棠依舊。知否？知否？應是綠肥紅瘦。”此句謂易安

濃睡不消殘酒，詞人則聞管即起，酒半消矣。

〔2〕葛長庚《水調歌頭·丙子中元後風雨有感》：“一葉飛何處，天地起西風。夜來酒醒，月華千頃浸簾櫳。”

〔3〕謝阿蠻：唐女伶。北宋樂史《楊太真外傳》卷上：“時新豐初進女伶謝阿蠻，善舞，上與妃子鍾念，因而受焉。”

〔4〕按：“泣”應該是“泫”之誤。

〔5〕瑤窗：飾窗以瑤，喻其美也。

〔6〕檀心：花蕊淺紅。蘇軾《黃葵》：“檀心自成暈，翠葉森有芒。”

〔7〕櫻口：喻其開口不大，恰似美人之櫻桃小口也。

（陳健成箋注）

殢人嬌　鶴頂蘭

蕊破思飛，[1]欠兩沖天健翅。休還問。玉堂仙吏。鸞簫[2]一曲，付雪兒歌未。游閬苑乘軒[3]，萬紅驚避。立徧鷄羣，[4]排先鵷隊。[5]香國拜王冠，新賜老陪松柏，遜爭春、桃李追悔。是昂頭，四圍亂翠。

【箋　注】

〔1〕言其花開蕊放也。

〔2〕玉堂：喻神仙居處。左思《吳都賦》：“玉堂對霤，石室相距。”晉劉逵注：“玉堂石室，仙人居也。”鸞簫：簫之美稱也。元劉壎《西湖明月引·用白雲翁韻送客遊行都》詞：“目斷京塵，何日聽鸞簫？”

〔3〕閬苑：《說文·門部》：“閬，門高也。”閬苑遂借喻神仙之居處。王勃《梓州郪縣靈瑞寺浮圖碑》：“玉樓星峙，稽閬苑之全模；金闕霞飛，得瀛洲之故事。”乘軒：乘坐大夫的車子。《左傳·

閔公二年》："衛懿公好鶴，鶴有乘軒者。" 杜注："軒，大夫車。"
兩喻均謂鶴頂蘭之高貴。

〔4〕即"鶴立雞群"之典。戴逵《竹林七賢論》："嵇紹入洛，或謂
王戎曰：昨於稠人中始見嵇紹，昂昂然若野鶴之在雞群。"

〔5〕《莊子·外篇·秋水》："南方有鳥，其名鵷鶵。"《廣韻·鴛韻》：
"鵷鶵似鳳。""立徧"兩句合指：鶴頂蘭固勝凡花（雞群）遠
甚，而在其他艷花（鵷隊）中，亦列前茅。

【評　析】

鶴頂蘭之清拔，桃李不如，而以其鶴立花叢之姿，餘花不過亂
翠（草）矣。

（陳健成箋注）

一叢花　鷄冠花

天心應未厭雄爭，花作恁般[1]形。枝頭戴上猩[2]冠麗，
奈如火、禽怒難攖。叫近夢稀，流多血盡，沈痛故園情。[3]
唐宮遺事且休驚，坊鬪賭輸贏。而今戰地唳鵑徧，淚
痕重猶濕朱纓。風雨夜來，翹然放得，只待曙窗明。

【箋　注】

〔1〕恁般：這樣。《碾玉觀音》："可惜恁般一塊玉，如何將來只做得
一副勸杯！"

〔2〕猩：猩紅，鮮紅也。宋劉過《沁園春·御閱還上郭殿帥》："玉
帶猩袍，遙望翠華，馬去似龍。"

〔3〕"叫近"三句傷其過艷早枯也。

【評　析】

傷時也。

（陳健成箋注）

一落索

援得冬郎[1]先例，補修眉史，[2]休云呂相便憐才，一夾袋、儲才幾。[3]　　蝴蝶入簾，應是知春行止，[4]落紅何必定東風，燕子也能扶起。

【箋　注】

[1] 冬郎：韓偓。北宋錢易《南部新書》：“韓偓，即瞻之子也，兄儀。瞻與李義山同年集中謂之‘韓冬郎’是也。故題偓云：‘七歲裁詩走馬成。’冬郎，偓小名。偓，字致光。”

[2] “眉史”句：宋陶穀《清異錄·膠眉變相》：“瑩姐，平康妓也。玉淨花明，尤善梳掠，畫眉日作一樣。唐斯立戲之曰：‘西蜀有《十眉圖》，汝眉癖若是，可作百眉圖，更假以歲年，當率同志為修眉史矣。’”因稱妓女及相關記載為“眉史”。韓詞多寫艷情，詞藻華麗，故云。

[3] 《史記·呂不韋列傳》：“呂不韋乃使其客人人著所聞，集論以為八覽、六論、十二紀，二十餘萬言。以為備天地萬物古今之事，號曰《呂氏春秋》。布咸陽市門，懸千金其上，延諸侯游士賓客有能增損一字者予千金。”這裡正典反用，謂柄國者未即憐才也。

[4] 方扶南《滕王閣》詩云：“閣外青山閣下江，閣中無主自開窗。春風欲拓滕王帖，蝴蝶入簾飛一雙。”妙盡春意。

（陳健成箋注）

夜半樂　家人談近日生計，謂無車無鐙[1]，又復煤荒米貴，禦寒乏具，斷炊堪虞，慨乎言之，仿柳七[2]此調賦慰，因自況也。

　　豆鐙[3]冷颭[4]危夜，蕭然一室，歌豔忘環堵。[5]記掃壁秋蛇，[6]驛亭[7]題處，院箏乍輟，鄰笳又起，自憐[8]荒遠文姬[9]，漢家嬌女，竟抱得、琵琶按胡語[10]。　　夢邊影事[11]隱隱[12]，八十頭顱，少年回顧。彈鋏[13]孟嘗[14]門歸來曾賦[15]。迂無飛轂[16]，烹無餉鮓[17]，困窮怎似而今，火幾難舉，笑留客、茅容[18]那雞黍[19]。　　瘦了休問：帶削犀圍[20]，耐寒如故。未盡落、旌旐[21]慣風露，只妝梅、驚見墜鬖[22]搖釵股[23]。同避也、兩兩尋鷗鷺，水漵煙晚[24]揚舲[25]去。

【箋　注】

〔1〕鐙：掛在鞍子兩旁的腳踏。多用鐵製成。

〔2〕柳七：宋柳永排行第七，人以此稱之。

〔3〕豆鐙：鐙，泛指燈；油燈。謂其火小如豆粒之燈。

〔4〕颭：風吹物使顫動搖曳。

〔5〕蕭然：空寂，蕭條。環堵：四周環着每面一方丈的土牆。形容狹小、簡陋的居室。《禮記·儒行》：“儒者有一畝之宮，環堵之室。”鄭玄注：“環堵，面一堵也。五版為堵，五堵為雉。”陶潛《五柳先生傳》：“環堵蕭然，不蔽風日。”

〔6〕記掃壁秋蛇：“秋蛇”，喻書法拙劣，彎彎曲曲，像秋蛇爬行之狀。《晉書·王羲之傳》：“行之若縈春蚓，字字如綰秋蛇。”“記掃壁秋蛇”，典出吳文英《憶舊游·別黃澹翁》詞：“故人為寫深怨，空壁掃秋蛇。”

〔7〕驛亭：驛站所設的供行旅止息的處所。古時驛傳有亭，故稱。
杜甫《秦州雜詩》之九：“今日明人眼，臨池好驛亭。”仇兆鰲
注：“郵亭，見《前漢‧薛宣傳》。顏注：‘郵，行書之舍，如今
之驛。’據此，則驛亭之名起於唐時也。”蘇洵《送石昌言使北
引》：“既出境，宿驛亭間，介馬數萬騎馳過，劍槊相摩，終夜
有聲，從者怛然失色。”

〔8〕自憐：自傷。顏之推《神仙》詩：“鏡中不相識，捫心徒自憐。”
岑參《初授官題高冠草堂》詩：“自憐無舊業，不敢恥微官。”

〔9〕文姬：東漢蔡邕女，名琰，字文姬。博學有才辨，妙解音律。
初適河東衛仲道，夫亡無子，歸寧於家。興平間，天下喪亂，
文姬為胡騎所獲，沒於匈奴十二年，生二子。曹操素與邕善，
痛其無嗣，乃遣使者以金璧贖之歸，重嫁董祀。

〔10〕琵琶按胡語：琵琶胡語，又作“琵琶舊語”，謂對外屈辱求和。
杜甫《詠懷古跡》之三：“千載琵琶作胡語，分明怨恨曲中
論。”張元幹《賀新郎‧寄李伯紀丞相》詞：“要斬樓蘭三尺
劍，遺恨琵琶舊語。”

〔11〕影事：佛教語。謂塵世間一切事皆虛幻如影。《楞嚴經》卷五：
“縱滅一切見聞覺知，內守幽閉，猶為法塵分別影事。”此處泛
指往事。

〔12〕隱隱：隱約不分明貌。鮑照《還都道中》詩之二：“隱隱日沒
岫，瑟瑟風發谷。”歐陽修《蝶戀花》詞：“隱隱歌聲歸棹遠，
離愁引著江南岸。”

〔13〕彈鋏：彈擊劍把。鋏，劍把。《戰國策‧齊策四》：“齊人有馮
諼者，貧乏不能自存，使人屬孟嘗君，願寄食門下。孟嘗君
曰：‘客何好？’曰：‘客無好也。’曰：‘客何能？’曰：‘客無能
也。’孟嘗君笑而受之曰：‘諾。’左右以君賤之也，食以草具。
居有頃，倚柱彈其劍，歌曰：‘長鋏歸來乎！食無魚。’左右以
告。孟嘗君曰：‘食之，比門下之客。’居有頃，復彈其鋏，歌

曰:'長歸來乎!出無車。'左右皆笑之,以告。孟嘗君曰:'為
之駕,比門下之車客。'於是乘其車,揭其劍,過其友曰:'孟
嘗君客我。'後有頃,復彈其劍鋏,歌曰:'長鋏歸來乎!無以
為家。左右皆惡之,以為貪而不知足。'孟嘗君問:'馮公有親
乎?'對曰:'有老母。'孟嘗君使人給其食用,無使乏。於是
馮諼不復歌。"

〔14〕孟嘗:即田文,戰國齊貴族,封於薛(今山東滕縣南),稱薛
公,號孟嘗君。為戰國四公子之一,以善養士著稱。一度入
秦,秦昭王要殺害他,賴門客中擅長狗盜雞鳴者的幫助而逃
歸。後卒於薛。亦省作"孟嘗"。《戰國策·秦策四》:"王問左
右曰:'今之如耳、魏齊,孰與孟嘗、芒卯之賢?'"賈誼《過
秦論》:"齊有孟嘗,趙有平原,楚有春申,魏有信陵,此四君
者,皆明智而忠信,寬厚而愛人,尊賢而重士。"張華《游俠
篇》詩:"孟嘗東出關,濟身由雞鳴。"李白《送薛九被讒去
魯》詩:"孟嘗習狡兔,三窟賴馮諼。"

〔15〕歸來曾賦:莫若沖《題石門張氏園》詩:"為米徒勞束帶難,
當時彭澤便休官。高情曾賦歸來句,盡入名園扁署看。"

〔16〕轂:車輪的中心部位,周圍與車輻的一端相接,中有圓孔,用
以插軸。借指車。飛轂即謂快車。

〔17〕餉鮓:餉,饋食於人。《孟子·滕文公下》:"有童子以黍肉餉,
殺而奪之。"蘇軾《新城道中》詩之一:"西崦人家應最樂,煮
葵燒筍餉春耕。"鮓,用醃、糟等方法加工的魚類食品。《釋
名·釋飲食》:"鮓,菹也,以鹽、米釀魚以為菹,熟而食之
也。"泛指醃製食品。

〔18〕茅容:東漢孝子。字季偉,陳留(今河南開封)人。年四十
餘,未學。一日耕於野,避雨樹下,眾皆夷踞,而容獨危坐愈
恭。郭泰見而奇之,遂與言,並宿其家。旦日,容殺雞奉母,
自以草蔬與客共飯。泰益賢之,因勸之學,卒以成德。

〔19〕雞黍：指餉客的飯菜。語本《論語·微子》：“止子路宿，殺雞為黍而食之。”司馬光《招鮮于子駿范堯夫》詩：“軒車能捇來，雞黍足充餕。”

〔20〕犀圍：即犀角帶，飾有犀角的腰帶，非品官不能用。杜甫《寄韋下莫降秀才》詩：“犀圍古暗革靴鳴，楚楚衣裾白苧輕。”陸游《老學庵筆記》卷八：“故事，謫散官雖別駕司馬，皆封賜如故。……東坡先生在儋耳，亦云‘鶴髮驚全白，犀圍尚半紅’，是也。”

〔21〕旌旄：軍中用以指揮的旗子。李頻《陝府上姚中丞》詩：“關東領藩鎮，闕下授旌旄。”泛指旗幟。蘇轍《送呂希道少卿知滁州》詩：“長怪名卿亦坐曹，忽乘五馬列旌旄。”

〔22〕燹：火。特指兵火、戰火。

〔23〕釵股：謂釵歧出如股，常用以形容花葉的枝杈。《詩·周南·關雎》“參差荇菜”句，陸璣疏：“根在水底，與水深淺等，大如釵股，上青下白。”白居易《和微之詩·祝蒼華》：“根稀比黍苗，梢細同釵股。”吳文英《祝英臺近·除夜立春》詞：“剪紅情，裁綠意，花信上釵股。”

〔24〕水葓煙晚：水葓，水草名。陶宗儀《南浦》詞：“水葓搖晚，月明一笛潮生浦。”姜夔《徵招》詞：“水葓晚，漠漠搖煙，奈未成歸計。”

〔25〕揚舲：猶揚帆。劉孝威《蜀道難》詩：“戲馬登珠界，揚舲濯錦流。”杜甫《別蔡十四著作》詩：“揚舲洪濤間，仗子濟物身。”

【評 析】

　　首段謂家境貧寒，一無所有，刻劃真切。“鄰笛”數句敘蔡文姬，蓋以自況。中段謂少年雖處窘境，尚欲有所干求，不似如今困窮。後段自憐消瘦，復有不如歸之嘆，至為傷感。

　　　　　　　　　　　　　　　　　　（王建慧箋注）

鷓鴣天

雪意^[1]今宵欲放梅，慵蟾^[2]邀下洗殘杯。箋書未忍研^[3]花露^[4]，入硯因妨靧^[5]麝煤^[6]。　　蘭似苗^[7]，柳將黃^[8]，前修^[9]冉冉^[10]照溫犀^[11]。綢繆牖戶^[12]剛無雨，不待^[13]牽蘿^[14]侍婢回。

【箋　注】

〔1〕雪意：將欲下雪的景象。王安石《欲雪》詩：“天上雲驕未肯同，晚來雪意已填空。”鄭燮《浪淘沙·江天暮雪》詞：“雪意滿瀟湘，天淡雲黃。”

〔2〕蟾：傳說月中有蟾蜍，因借指月亮、月光。李白《雨後望月》詩：“四郊陰靄散，開戶半蟾生。”韋莊《三堂東湖作》詩：“蟾投夜魄當湖落，嶽倒秋蓮入浪生。”

〔3〕研：研磨；研細。元稹《寄吳士矩端公五十韻》：“矜持翠筠管，敲斷黃金勒。屢益蘭膏燈，猶研兔枝墨。”

〔4〕花露：花上的露水，用以磨墨。

〔5〕靧：色澤變壞。賈思勰《齊民要術·種紅藍花梔子》：“七月中摘，深色鮮明，耐久不靧，勝春種者。”此處作動詞用。

〔6〕麝煤：即麝墨，含有麝香的墨，後泛指名貴的香墨。韓偓《橫塘》詩：“蜀紙麝煤添筆媚，越甌犀液發茶香。”楊萬里《送羅永年西歸》詩：“南溪鷗鷺如相問，為報春吟費麝煤。”

〔7〕苗：草初生出地貌。亦泛指植物的生長。

〔8〕黃：發芽；萌生。

〔9〕前修：亦作前脩。《楚辭·離騷》：“謇吾法夫前脩兮，非世俗之所服。”《後漢書·劉愷傳》：“今愷景仰前脩，有伯夷之節，宜蒙矜宥，全其先功，以增聖朝尚德之美。”李賢注：“前修，前賢也。”

〔10〕冉冉：光亮閃動貌。元稹《會真詩三十韻》：“華光猶冉冉，旭日漸曈曈。”溫庭筠《偶題》詩：“畫明金冉冉，箏語玉纖纖。”

〔11〕溫犀：《晉書·溫嶠傳》：“（嶠）至牛渚磯，水深不可測，世云其下多怪物，嶠遂燬犀角而照之。須臾，見水族覆火，奇形異狀。”後以“溫犀”比喻洞察一切的才識。黃滔《謝試官》：“而滔丘錦小才，路蒲末學，既非襧鶚，大懼溫犀。”

〔12〕綢繆牖戶：《詩·豳風·鴟鴞》：“迨天之未陰雨，徹彼桑土，綢繆牖戶。”孔穎達疏：“鄭以為，鴟鴞及天之未陰雨之時，剝彼桑根，以纏綿其牖戶，乃得有此室巢。”指防患於未然。

〔13〕不待：用不着；不用。韓愈《處士盧君墓志銘》：“處士少而孤，母夫人憐之，讀書學文，皆不待強教，卒以自成。”

〔14〕牽蘿：杜甫《佳人》詩：“侍婢賣珠迴，牽蘿補茅屋。”謂牽拉蘿藤補房子的漏洞。後以“牽蘿補屋”形容生活困難或勉強應付。

【評　析】

前片寫酒後心情慵懶，起句用杜甫《小至》“山意衝寒欲放梅”詩意。三、四句用陸遊《林間書意》詩：“紅螺杯小傾花露，紫玉池深貯麝煤。”謂人惆悵，難以斷然下筆；縱有良辰美景，明月當空，酒興雖至，唯詩興不來，不禁有仰慕古人之意。過片三句云先賢有如溫犀之光洞悉萬物，故能預先綢繆，無有文思窒礙之時；與上片作者文思枯澀，對比鮮明。末句用杜公詩，一如己出。

（王建慧箋注）

瑞龍吟　泰西[1]耶誕節，人家取松樹綴鐙為魚龍曼衍[2]狀，
上縛兒童諸玩具。一人扮聖誕老人，雪髯古裝，
背負大紗囊，貯玩物數十種，復以之實韤羅[3]中，
伺兒童熟睡，懸牀上，旦而啟視，謂為老人夜來
所賜。神話流傳，浸[4]成習俗。自耶教盛行中土，
吾南北官民之家多有效顰[5]者。次清真[6]均，為
賦此解。

　　花盈路。還見燦蕊鼇鐙[7]，弄珠虬[8]樹。飄飄欺[9]雪
長髯，荷囊箇[10]老，笙庭降處。　　甚延竚[11]。渾[12]未
賣獸[13]嬌小，對眠鄰戶。黎明剗韤[14]爭尋，具供戲玩，喧
簾笑語。　　圍向華筵[15]餐罷，棗糕梨餅，狂歌歡舞。俄
頃寺鐘風來，聲送如故。琴邊念熟，祈禱天堂句。今誰想、
嚴城告警[16]，虛壇妙步[17]。顛羽鵞唬[18]去。賸鬖柳[19]也，
撩人亂緒。鶯杳梳金縷。淒望眼、羶腥[20]雲西吹雨。引愁
漸入，落梅飛絮[21]。

【箋　注】

〔1〕泰西：猶極西。泛指西方國家，一般指歐美各國。

〔2〕魚龍曼衍：古代百戲雜耍名。由藝人執持製作的珍異動物模型
表演，有幻化的情節。魚龍即所謂猞猁之獸，曼衍亦獸名。亦
作"魚龍漫衍"、"魚龍曼延"。《隋書·音樂志中》："魚龍漫衍
之伎，常陳殿前，累日繼夜，不知休息。"陳濟翁《蕎山溪》
詞："看水戲、魚龍曼衍。"

〔3〕韤羅：猶"羅韤"，絲羅製的韤。張衡《南都賦》："脩袖繚繞而
滿庭，羅韤躡蹀而容與。"曹植《洛神賦》："陵波微步，羅韤
生塵。"

〔4〕浸：逐漸。

〔5〕效顰，即"效矉"。《莊子·天運》："故西施病心而矉其里，其里之醜人見之而美之，歸亦捧心而矉其里。其里之富人見之，堅閉門而不出，貧人見之，挈妻子而走。彼知矉美，而不知矉之所以美。"後以"效矉"為不善摹仿，弄巧成拙的典故。李白《古風》詩之三五："醜女來效顰，還家驚四鄰。"

〔6〕清真：周邦彥，北宋詞人，字美成，自號清真居士，錢塘（今杭州）人。精通音律，屢創新詞調。有《清真集》傳世。

〔7〕鼇鐙：鼇形的鐙。

〔8〕蚪：拳曲，彎曲。

〔9〕欺：壓倒；勝過。李壽卿《伍員吹簫》第一摺："文欺百里奚，武勝秦姬輦。"

〔10〕箇：指示代詞。這；那。

〔11〕延竚：久立；久留。"竚"同"佇"。《楚辭·離騷》："悔相道之不察兮，延佇乎吾將反。"王逸注："延，長也；佇，立貌。"孔稚珪《北山移文》："澗石摧絕無與歸，石逕荒涼徒延佇。"

〔12〕渾：副詞，還；仍舊。杜甫《十六夜翫月》詩："巴童渾不寐，半夜有行舟。"辛棄疾《漢宮春·立春日》詞："渾未辦、黃柑薦酒；更傳青韭堆盤。"

〔13〕賣獃：亦作"賣呆"。出售痴呆，謂求得聰明。戴表元《壬午六月八日書懷》詩："四壁空存醫俗具，千金難售賣獃方。"

〔14〕剗韈：只穿着韈子着地。李煜《菩薩蠻》詞："剗韈步香苔，手提金縷鞋。"

〔15〕華筵：豐盛的筵席。杜甫《劉九法曹鄭瑕邱石門宴集》詩："能吏逢聯璧，華筵直一金。"

〔16〕嚴城告警：嚴城，戒備森嚴的城池。何遜《臨行公車》詩："禁門儼猶閉，嚴城方警夜。"皇甫冉《與張諲宿劉八城東莊》詩："寒蕪連古渡，雲樹近嚴城。"

〔17〕虛壇妙步：呂溫《同恭夏日題尋真觀李寬中秀才書院》詩：
　　　"披卷最宜生白室，吟詩好就步虛壇。願君此地攻文字，如煉仙
　　　家九轉丹。"

〔18〕嗁：同啼。

〔19〕髡柳：柳樹或被蟲咬，或為人害，或受風災，不能正常生長，
　　　因而產生出怪異的模樣，稱為髡柳，如同人受髡刑一般。

〔20〕羶腥：某些動物及其肉類的氣味。比喻利祿或市俗的生活。陸
　　　希聲《山居即事》詩："不是幽棲矯性靈，從來無意在羶腥。"
　　　蘇轍《和王適寒夜讀書》："一從慕羶腥，中棄如弊屣。"

〔21〕落梅飛絮：陳允平《紅林檎近》詞："飛絮迷芳意，落梅銷
　　　暗香。"

【評　析】

　　前段首三句寫聖誕燈飾之美，後三句敘聖誕老人，背負禮物，
準備分派兒童。中段寫兒童早上起來，尋找禮物，一片喧鬧。後段
首三句，敘寫節慶之醵。"俄頃"四句，寫教堂鐘聲、琴聲、祈禱
聲，一派昇平景象。"今誰想"以下，嚴城告警，氣氛急轉直下，人
煙蕭瑟。

（王建慧箋注）

玉樓春　新曆除夕

　　紅入戰塵[1]鐙最覺，猶照千場呼縱博[2]。令威遼鶴[3]
夜飛回，人是新民城舊郭。　　唱徧家家河曳落[4]，不見
餼羊今告朔[5]。沈沈醉裏夢鈞天[6]，何處雲璈[7]聞廣樂[8]。

【箋　注】

〔1〕戰塵：戰場上的塵埃，借指戰爭。司空圖《河湟有感》詩："一

自蕭關起戰塵，河湟隔斷異鄉春。”韋莊《清河縣樓作》詩：
“千里戰塵連上苑，九江歸路隔東周。”

〔2〕縱博：盡情賭博。岑參《趙將軍歌》：“將軍縱博場場勝，賭得
單于貂鼠袍。”

〔3〕令威遼鶴：令威，即丁令威，傳說中的神仙名。陶潛《搜神後
記·丁令威》：“丁令威，本遼東人，學道於靈虛山。後化鶴歸
遼，集城門華表柱。時有少年，舉弓欲射之。鶴乃飛，徘徊空
中而言曰：‘有鳥有鳥丁令威，去家千年今始歸。城郭如故人民
非，何不學仙冢壘壘。’遂高上沖天。”

〔4〕河曳落：“曳落河”的倒裝。曳落河，源自突厥語 elaha，即壯
士、健兒之意。《新唐書·房琯傳》：“琯雅自負，以天下為己
任，然用兵本非所長。其佐李揖、劉秩等皆儒生，未嘗更軍旅，
琯每詫曰：‘彼曳落河雖多，能當我劉秩乎？’”

〔5〕餼羊今告朔：餼羊，古代用為祭品的羊。《論語·八佾》：“子貢
欲去告朔之餼羊。子曰：‘爾愛其羊，我愛其禮。’”朱熹集注：
“告朔之禮，古者天子常以季冬頒來歲十二月之朔於諸侯，諸侯
受而藏之祖廟。月朔，則以特羊告廟，請而行之。魯自文公始
不視朔，而有司猶供此羊，故子貢欲去之。”後以“告朔餼羊”
喻形同虛設。

〔6〕鈞天：天的中央，古代神話傳說中天帝住的地方。《呂氏春秋·
有始》：“中央曰鈞天。”高誘注：“鈞，平也。爲四方主，故曰鈞
天。”

〔7〕雲璈：即雲鑼，打擊樂器。《太平廣記》卷七十引杜光庭《墉城
集仙錄·薛玄同》：“雖真仙降昳，光景燭空，靈風異香，雲璈
鈞樂，奏於其室，馮徽亦不知也。”

〔8〕廣樂：盛大之樂，多指仙樂。上句“鈞天”與本句“廣樂”典
出《史記·趙世家》：“我之帝所甚樂，與百神游於鈞天，廣樂
九奏萬舞，不類三代之樂，其聲動人心。”

【評　析】

此詞寫一年將盡，坐看繁華，回首前塵，悵惘若失。起二句謂華燈高照，人人如入戰場，縱情賭博，逐利爭先，不知今夕何夕。三、四句用陶潛《搜神後記》典，謂年年征戰，我一去經年，回歸故里，可惜景物依舊，人面全非。過片承上，謂昔日同袍壯士，馳騁沙場，家家謳歌傳頌，人人奉為英雄。今隨故土掩埋，漸漸無人紀念，連虛與委蛇的祭祀儀式也不再復見。末云人世間名利虛榮，不過一刹，紛紛擾擾，不如一醉。夢中游於鈞天，聞裏裏天籟，如斯仙樂何處覓？願隨好音尋夢去。

（王建慧箋注）

定風波　八十初度，家宴。次均夢窗。[1]

　　八十殘年[2]鬢不青，強濡[3]銀管[4]艷題屏。無數笙歌[5]扶夢影，纔省，酒眉紅勝畫筵鐙。　　蜂蝶退藏[6]何處所，江潭搖落[7]此時情，紙帳玉梅[8]呼似醒，宵冷，熏篝[9]微火到天明。

【箋　注】

〔1〕夢窗：宋代詞人吳文英，字君特，號夢窗，晚號覺翁。

〔2〕殘年：一生將盡的年歲，指人的晚年。韓愈《左遷至藍關示侄孫湘》詩：“欲為聖明除弊事，肯將衰朽惜殘年。”

〔3〕濡：浸漬；沾濕。

〔4〕銀管：指飾銀的毛筆管或白色的筆管。韓定辭《答馬彧》詩：“盛德好將銀管述，麗詞堪與雪兒歌。”袁桷《薛濤箋》詩之一：“蜀王宮樹雪初消，銀管填青點點描。”

〔5〕無數笙歌：溥祇《游明聖湖日記》九月二十三日："千山落日暮煙曛，無數笙歌水上聞。借問蕭郎今夜泊，紛紛燈火隔溪雲。"

〔6〕退藏：退歸躲藏。杜甫《七月三日亭午已後較熱退晚加小涼穩睡有詩戲呈元二十一曹長》："退藏恨雨師，健步聞旱魃。"

〔7〕江潭搖落：江潭，江邊。搖落，凋殘、零落。庾信《枯樹賦》："昔年種柳，依依漢南；今看搖落，悽愴江潭。樹猶如此，人何以堪！"

〔8〕紙帳玉梅：即"梅花紙帳"。一種由多樣物件組合、裝飾而成的臥具。林洪《山家清事·梅花紙帳》："法用獨牀，旁置四黑漆柱，各掛以半錫瓶，插梅數枝，後設黑漆板約二尺，自地及頂，欲靠以清坐。左右設橫木一，可掛衣，角安斑竹書貯一，藏書三四，掛白麈一。上作大方目頂，用細白楮衾作帳罩之。前安小踏牀，於左植綠漆小荷葉一，寘香鼎，然紫藤香。中只用布單、楮衾、菊枕、蒲褥。"

〔9〕熏籌：即熏籠。亦作燻籠、香籌。一種覆蓋於火爐上供熏香和取暖用的器物。王昌齡《長信秋詞》之一："熏籠玉枕無顏色，臥聽南宮清漏長。"薛昭蘊《醉公子》詞："床上小燻籠，韶州新退紅。"亦作。陸游《五月十一日睡起》詩："茶碗嫩湯初得乳，香籌微火未成灰。翛然自適君知否？一枕清風又過梅。"

【評　析】

前段寫暮年白髮，猶捻管題屏，飲酒聽歌，強自歡娛。後段謂蜂蝶隱匿，樹木搖落，一片蕭瑟。末三句用辛棄疾《滿江紅》詞"紙帳梅花歸夢覺，蓴羹鱸鱠秋風起"，有思鄉之意。

（王建慧箋注）

早梅芳 甲申歲不盡八日,[1]立乙酉春。次柳耆卿[2]均。

　　酒螺紅[3],歌鶯翠。繡郊驄馬[4]行春[5]地。鞭香漫拂,
土牛[6]廢了,吹笛村童孤倚。黛蛾[7]展岫[8],旛[9]鳥飛空,
記承平景好,閒居[10]偏慣,良辰抖擻,百念無端裏。
笑游人,醉來帽底簪梅,頓薄蟬貂[11]貴。盤堆菜滿,杜
陵[12]覓[13]紙,題詩浣花[14]有里。吾今巨耐[15],歲晚鄉遙,
問番風,第幾桃開,尋到仙源,便作移家計。

【箋　注】

〔1〕不盡八日:完結前八日。

〔2〕柳耆卿:柳永,北宋詞人,初號"三變",字景莊,後改名永,
　　　字耆卿。因排行七,又稱柳七。

〔3〕酒螺紅:酒螺,亦作酒蠃,用螺殼做成的酒杯,後泛指酒杯。
　　　白居易《酬夢得見喜疾瘳》詩:"暖臥摩綿褥,晨傾藥酒螺。"
　　　梅堯臣《送李載之殿丞赴海州權務》詩:"茶官到有清閒味,海
　　　月團團入酒蠃。"方岳《水調歌頭·平山堂用東坡韻》詞:"江
　　　南江北愁思,分付酒螺紅。"

〔4〕驄馬:青白色相雜的馬。梁《驄馬》詩:"驄馬鏤金鞍,柘彈落
　　　金光。"孫枝蔚《艷曲》之二:"青樓十萬戶,驄馬向誰家。"

〔5〕行春:游春。葉憲祖《鸞鎞記·閨詠》:"閑行莫向城南道,怕
　　　有行春吉士挑。"

〔6〕土牛:用泥土製的牛。古代在農曆十二月出土牛以除陰氣。後
　　　來,立春時造土牛以勸農耕,象徵春耕開始。《禮記·月令》:
　　　"(季冬之月)命有司大難,旁磔,出土牛,以送寒氣。"鄭玄
　　　注:"土牛者,丑為牛,牛可牽止也。"《後漢書·禮儀志上》:
　　　"立春之日,夜漏未盡五刻,京師百官皆衣青衣,郡國縣道官下

至斗食令史，皆服青幘，立青幡，施土牛耕人於門外，以示兆民，至立夏。"白居易《和三月三十日四十韻》："布澤木龍催，迎春土牛助。"

〔7〕黛蛾：猶黛眉，黛畫之眉，特指女子之眉。溫庭筠《晚歸曲》："湖西山淺似相笑，菱刺惹衣攢黛蛾。"秦觀《減字木蘭花》詞："黛蛾長斂，任是東風吹不展。"

〔8〕岫：山洞；有洞穴的山。《爾雅·釋山》："山有穴為岫。"郭璞注："謂巖穴。"《文選·七命》："臨重岫而攬轡，顧石室而迴輪。"李善注引仲長統《昌言》："聞上古之隱士，或伏重岫之內，窟窮皋之底。"也指峰巒。陶潛《歸去來辭》："雲無心以出岫，鳥倦飛而知還。"司空圖《楊柳枝壽杯詞》之十四："隔城遠岫招行客，便與朱樓當酒旗。"

〔9〕旛：長幅下垂的旗，亦泛指旌旗，後作"幡"。王粲《務本論》："末世之吏，負青旛而布春令，有勸農之名，無賞罰之實。"劉禹錫《西塞山懷古》詩："千尋鐵鎖沉江底，一片降旛出石頭。"

〔10〕閒居：亦作間居、閑居，安閑居家，在家裡住着無事可做。《史記·司馬相如列傳》："其進仕宦，未嘗肯與公卿國家之事，稱病閒居，不慕官爵。"蘇軾《賜鎮江軍節度使充集禧觀使韓絳赴闕詔》："請老閒居，固非所望。"

〔11〕蟬貂：即貂蟬，古代王公顯宦冠上的兩種飾物。陳植《金馬門賦》："佩繽紛兮瑠瑀，冠葳蕤兮蟬貂。"

〔12〕杜陵：指杜甫。杜甫祖籍杜陵，也曾在杜陵附近居住，故常自稱杜陵野老、杜陵野客、杜陵布衣。戴復古《答杜子野主簿》詩："杜陵之後有孫子，自守詩家法度嚴。"

〔13〕覓：同覓。

〔14〕浣花：即浣花草堂，亦即杜甫草堂，位於成都浣花溪畔，故名。杜甫《從事行贈嚴二別駕》詩："成都亂罷氣蕭索，浣花

草堂亦何有。"

〔15〕叵耐：亦作叵奈，無奈。張鷟《游仙窟》："劍笑偷殘靨，含羞露半脣。一眉猶叵耐，雙眼定傷人。"李贄《代常通病僧告文》："叵耐兩年以來，痰瘤作祟，瘡疼久纏，醫藥徒施，歲月靡效。"

【評　析】

前段首三句寫立春日郊遊，"鞭香"兩句用史達祖《春風第一枝·立春》詞："草腳愁蘇，花心夢醒，鞭香拂散牛土。""黛蛾"三句，一片昇平。"閒居"三句，寫心情閒適。後段首三句，不慕富貴。"盤堆"三句，用老杜《立春》詩："春日春盤細生菜，忽憶兩京全盛時。盤出高門行白玉，菜傳纖手送青絲。巫峽寒江那對眼，杜陵遠客不勝悲。此身未知歸定處，呼兒覓紙一題詩。""吾今"句以下，有移家之念。

（王建慧箋注）

角　招　不到石頭城[1]三年矣，諸游覽地日往來心目中。春晴，根觸[2]前塵[3]，分闋賦感玄武湖。[4]白石[5]均。

為詩瘦，那堪[6]瘦、影如幾縷橋柳。暮煙[7]青在岫[8]，步入小舟，虯杖[9]扶手。霜侵鬢久，早怕踏、嬌荷阡敵[10]。碧落[11]雲低遠水，問當日浴湖鴛，惹船孃垂首。　　還有，憑欄翠袖[12]，維亭錦纜[13]，遙對三峯[14]秀。瘞[15]紅鶯啄溜，聽徹歌簧，芳春[16]濃候。茲游已舊，想不似、孤山[17]攜酒。譜鶴南飛[18]再奏，醉呼蝶、出花前，開梅後。

【箋　注】

〔1〕石頭城：古城名，又名石首城，故址在今南京清涼山。本楚金陵城，漢建安十七年孫權重築改名。城負山面江，南臨秦淮河口，當交通要衝，六朝時為建康軍事重鎮。唐以後，城廢。

〔2〕根觸：感觸。李商隱《戲題樞言草閣三十二韻》："君時臥根觸，勸客白玉杯。"

〔3〕前塵：猶前跡，往事。

〔4〕玄武湖：在今南京市城東北玄武門外。古俗稱後湖，又名練湖，南朝宋元嘉中改名玄武湖。東晉以來即為著名游覽勝地。《宋書·文帝紀》："（元嘉二十三年）是歲，大有年。築北堤，立玄武湖。"李商隱《南朝》詩："玄武湖中玉漏催，雞鳴埭口繡襦迴。"

〔5〕白石：姜夔，字堯章，別號白石道人，南宋詞人。

〔6〕那堪：怎堪，怎能禁受。李端《溪行遇雨寄柳中庸》詩："那堪兩處宿，共聽一聲猿。"張先《青門引·春思》詞："那堪更被明月，隔牆送過秋千影。"

〔7〕暮煙：傍晚的煙靄。何遜《慈姥磯》詩："暮煙起遙岸，斜日照安流。"王昌齡《留別郭八》詩："長亭駐馬未能前，井邑蒼茫含暮煙。"

〔8〕岫：峰巒。陶潛《歸去來辭》："雲無心以出岫，鳥倦飛而知還。"司空圖《楊柳枝壽杯詞》之十四："隔城遠岫招行客，便與朱樓當酒旗。"

〔9〕虯杖：飾有虯龍紋的手杖。

〔10〕阡畝：田壟，田地。

〔11〕碧落：道教語，天空，青天。楊炯《和輔先入昊天觀星瞻》："碧落三乾外，黃圖四海中。"杜光庭《皇太子為皇帝修金籙齋詞》："所貴者達誠碧落，薦壽皇躬。"

〔12〕翠袖：青綠色衣袖，泛指女子的裝束，借指女子。辛棄疾《水龍吟·登建康賞心亭》詞：“倩何人喚取，紅巾翠袖，搵英雄淚？”

〔13〕錦纜：錦製的纜繩，精美的纜繩。張正見《公無渡河》詩：“金隄分錦纜，白馬渡蓮舟。”杜甫《城西陂泛舟》詩：“春風自信牙檣動，遲日徐看綿纜牽。”

〔14〕三峯：三山峯，指江蘇三茅山之大茅、中茅、小茅三山峯。陸龜蒙《寄茅山何威儀》詩之二：“大小三峯次九華，靈蹤今盡屬何家。”

〔15〕瘁：勞累。《詩·小雅·北山》：“或燕燕居息，或盡瘁事國。”韓愈《烏氏廟碑銘》：“念昔平盧，為艱為瘁。大夫承之，危不棄義。”

〔16〕芳春：春天。陸機《長安有狹邪行》：“烈心屬勁秋，麗服鮮芳春。”陳子昂《送東萊王學士無競》詩：“孤松宜晚歲，眾木愛芳春。”

〔17〕孤山：在浙江杭州西湖中，孤峰獨聳，秀麗清幽。宋林逋曾隱居於此，喜種梅養鶴，世稱孤山處士。孤山北麓有放鶴亭和梅林。

〔18〕鶴南飛：曲名。胡仔《苕溪漁隱叢話後集·東坡一》：“客有郭、石二生，頗知音，謂坡曰：‘笛聲有新意，非俗工也。’使人問之，則進士李委，聞坡生日，作新曲曰《鶴南飛》以獻。呼之使前，則青巾紫裘，腰篴而已。”

【評　析】

　　起句用陳允平《晝錦堂》詞：“嗟眼為花狂，肩為詩瘦。”自憐為吟詩消瘦。“影如幾縷橋柳”，脫胎自杜牧《齊安郡中偶題》詩“半縷輕烟柳影中”，謂幾縷輕煙飄曳在柳陰中。“暮煙”三句，謂傍晚策杖登洲。“暮煙青在岫”句，用周邦彥《玉樓春》詞“煙中列岫青無數”，指在傍晚煙靄繚繞中的青山無重數。“霜侵”兩句，自傷年老。“碧落”三句，問船孃昔日浴湖鴛鴦，於今何在。“還有”一詞領起後段。“憑欄”三句，由近及遠。“瘁紅”三句，敘春日聽歌之樂。“茲游”三句，云舊地重遊，對山縱酒。末三句，自喻孤鶴南飛。

（王建慧箋注）

徵　招　鷄鳴寺。[1]白石[2]體。

南朝迹賸浮屠[3]古，鳴鷄可曾飛起。縱不井泉[4]流，也燕支[5]痕洗。粥魚[6]聲到耳，問誰識佛家真諦[7]。悟徹[8]華鬘[9]，嗒然[10]花墜，展眉[11]而喜。　旖旎[12]引林鶯，還窺笑、巍巍[13]梵[14]王宮地。下界[15]隔塵紅，幾蕭梁[16]軼事。昨非今覺是，有天子捨身僧寺[17]。甚愁上，一曲琵琶，記又彈清淚[18]。

【箋　注】

〔1〕鷄鳴寺：又稱古鷄鳴寺，是南京最古老的梵刹之一，位於鷄籠山東麓山阜上。鷄鳴寺始建於西晉，清朝康熙年間曾對鷄鳴寺進行過兩次大修，並改建了山門。

〔2〕見前首《角招》注〔5〕。

〔3〕浮屠：佛教語，梵語 Buddha 的音譯，指佛塔。

〔4〕井泉：水井。

〔5〕燕支：南京玄武湖側有燕支井，又名景陽井。《南畿志》云：“景陽井在台城內，陳後主與張麗華、孔貴嬪投其中以避隋兵。舊傳欄有石脈，以帛拭之，作燕支痕，名燕支井。”

〔6〕粥魚：即木魚。刳木為魚形，其中鑿空，扣之作聲，懸於廊下。

〔7〕真諦：原為佛教語，與俗諦合稱為“二諦”。亦泛指最真實的意義或道理。

〔8〕悟徹：亦作悟澈，佛教謂破迷妄、開真智。亦指覺悟得透徹、徹底。

〔9〕華鬘：梵文譯名，指一種由花朵串成用以裝飾身首的花環，借指《華嚴經》。《華嚴經》全名《大方廣佛華嚴經》，義為“如華鬘般莊嚴之佛”的大方廣經。

〔10〕嗒然：形容身心俱遣、物我兩忘的神態。《莊子·齊物論》：“嗒焉似喪其耦。”白居易《隱几贈客》詩：“有時猶隱几，嗒然無所偶。”蘇軾《書晁補之所藏與可畫竹》詩之一：“與可畫竹時，見竹不見人。豈獨不見人，嗒然遺其身。”

〔11〕展眉：謂因喜悅而眉開。元稹《三遣悲懷詩》之三：“唯將終夜長開眼，報答平生未展眉。”

〔12〕旖旎：旌旗從風飄揚貌，引申為宛轉柔順貌。李白《愁陽春賦》：“蕩漾惚恍，何垂楊旖旎之愁人。”孫枝蔚《清明日泛舟城北》詩：“新煙何旖旎，黃鳥鳴春深。”

〔13〕巍巍：崇高偉大。《論語·泰伯》：“巍巍乎！舜禹之有天下也而不與焉。”何晏集解：“巍巍，高大之稱。”

〔14〕梵：地名，在竟陵郡，一曰荊也。《集韻·尤韻》：“梵，荊也。”

〔15〕下界：指人間，對天上而言。白居易《曲江醉後贈諸親故》詩：“中天或有長生藥，下界應無不死人。”

〔16〕蕭梁：即南朝梁。因梁朝皇室姓蕭，故史稱蕭梁。

〔17〕有天子捨身僧寺：捨身，佛教徒為宣揚佛法，或為布施寺院，自作苦行，謂之“捨身”。六朝時此風最盛。梁武帝篤信佛法，多次捨身出家。

〔18〕清淚：眼淚。曾鞏《秋夜》詩：“清淚昏我眼，沈憂回我腸。”

【評　析】

前段記南京雞鳴寺佛塔猶存，即使燕支井水不再流，燕支痕亦已消失。耳聞木魚聲，誰又瞭解佛理？一旦覺悟佛典，頓時心生歡喜。後段敘舊時楚宮，風光旖旎，招引林鶯。"幾蕭梁軼事"句，變化道衍《京口覽古》詩"蕭梁事業今何在"。"昨非"句，典出陶潛《歸去來辭》"覺今是而昨非"，謂憂思縈繞，有今是昨非之歎。收三句悽然。

（王建慧箋注）

玉蝴蝶　掃葉樓。[1]樂章[2]均。

暮靄[3]遠空橫斷，寺樓縹緲，獨占煙光。是處風多，山早喚作清涼[4]。上層梯、晴嵐[5]帶紫，執敝帚、殘葉消黃。老懷傷，霧濃來看，花雨迷茫。　　毋忘，摩仙[6]訪道，影留石壁，境換林霜。巨幅龔圖[7]，乍觀雲水暝三湘。[8]縱滔世、憑杯可渡[9]，恐洞天[10]、呼筏難航。梵宮望，幾回逃了，劫火咸陽[11]。

【箋　注】

〔1〕掃葉樓：明末清初人龔賢，山水畫造詣卓越，被推為"金陵八家"之首；晚年定居南京，曾自寫小照，著僧服，作掃落葉狀，因名所居為"掃葉樓"。

〔2〕樂章：《樂章集》，柳永詞集名。

〔3〕暮靄：傍晚的雲霧。柳永《雨霖鈴》詞："念去去千里煙波，暮靄沈沈楚天闊。"

〔4〕清涼：清涼山，又稱石頭山，在南京市西。戰國楚威王滅越，

於此置金陵邑。三國吳築石頭城，故又稱石城山。山上有清涼寺、掃葉樓、翠微亭及六朝、南唐遺井等古蹟。

〔5〕晴嵐：晴日山中的霧氣。鄭谷《華山》詩："峭仞聳巍巍，晴嵐染近畿。"周邦彥《渡江雲》詞："晴嵐低楚甸，暖回鴈翼，陣勢起平沙。"

〔6〕摩仙：即菩提達摩，又作菩提達磨，簡稱達摩，南北朝時人，佛教中國禪宗初代祖師。

〔7〕龔圖：龔賢畫的圖畫。

〔8〕乍觀雲水瞑三湘：三湘，湖南湘鄉、湘潭、湘陰（或湘源），合稱三湘。見《太平寰宇記·江南西道十四·全州》。但古人詩文中的三湘，多泛指湘江流域及洞庭湖地區，如李白《江夏使君叔席上贈史郎中》詩："昔放三湘去，今還萬死餘。"此句出自陳允平《驀山溪》詞："三湘夢，五湖心，雲水蒼茫處。"

〔9〕憑杯可渡：達摩從廣州到達南京，與梁武帝言談不合，折一葉蘆葦渡江，至浦口定山寺面壁修行。此事與五世紀中葉，杯渡禪師在香港屯門登陸，乘坐木杯渡海一事不同，詞人混作一談。

〔10〕洞天：道教稱神仙的居處，意謂洞中別有天地。後常泛指風景勝地。陳子昂《送中岳二三真人序》："楊仙翁玄默洞天，賈上士幽棲牝谷。"

〔11〕劫火咸陽：劫火，佛教語，謂壞劫之末所起的大火。史載公元前206年，項羽入咸陽後，殺秦降王子嬰，焚燒秦宮，大火三月而止。

【評　析】

前段起謂傍晚雲霧截斷長空，次寫清涼寺隱約情狀，出自杜甫《白帝城最高樓》詩"獨立縹緲之飛樓"。"是處"兩句，點出山名；"上層"兩句，點出樓名。末句"花雨迷茫"，大有梅堯臣《答泰州王道粹學士》詩"滿野春雨生迷茫"句意。過片四句寫達摩面壁得道。"巨幅"二句敍龔賢山水畫。"縱滔世"兩句，又反覆寫達摩渡江面壁。末三句謂楚宮，曾經是繁華競逐之地，亦毁於火，意味深遠。

（王建慧箋注）

西平樂慢　莫愁湖。[1]夢窗[2]均。

泛得蘭橈[3]，趁將[4]松雨[5]，沿岸暮色依依[6]。殘雪髠林[7]，膡烽頹堞[9]，乾坤帶甲[10]何歸。但地接名王[11]故苑，荷裛[12]香風畹晚[13]，當時豔影，紅桑[14]片霭[15]晴暉[16]。休記生涯冷落[17]，一艇外、萬柳綠垂絲[18]。壤橋通市，欹篷蘸水[19]，極目[20]煙蘋，人去舟移。還見有、樓凝瓦碧，閣掩扉朱，正擬憑高對景[21]，酌酒消愁，無那[22]喧簾燕鬧枝。釵杳劍沈，悠悠[23]代古，幾局棋收，費恁低徊，袖手觀魚，機心付與鷗飛[24]。

【箋　注】

〔1〕莫愁湖：在南京市水西門外。周約三公里。相傳六朝時有女子莫愁居此，故名。

〔2〕夢窗：宋代詞人吳文英，字君特，號夢窗，晚號覺翁。

〔3〕蘭橈：小舟的美稱。唐太宗《帝京篇》之六："飛蓋去芳園，蘭橈游翠渚。"薩都剌《寄朱舜咨王伯循了即休》詩："木落淮南秋，蘭橈泊瓜渚。"

〔4〕將：助詞。用於動詞之後。杜甫《冬晚送長孫漸舍人歸州》詩："匣裏雌雄劍，吹毛任選將。"白居易《賣炭翁》詩："一車炭重千餘斤，宮使驅將惜不得。"

〔5〕松雨：水降松林，雨聲如濤，稱為松雨。皇甫松《浪淘沙》詩

· 574 ·

之二："蠻歌豆蔻北人愁，松雨蒲風野艇秋。"白居易《湖亭晚
歸》詩："松雨飄藤帽，江風透葛衣。"

〔6〕依依：依稀貌；隱約貌。陶潛《歸園田居》詩之一："曖曖遠人
村，依依墟里煙。"

〔7〕髠林：枝葉光禿的樹林。龔自珍《某生與友人書》："阻風無酒
倍消魂，況是殘秋岸柳髠?"

〔8〕烽：指烽火臺。《太平御覽》卷三三五引令狐德棻《後周書》：
"白戟烽師為商人所燒。"

〔9〕堞：城上呈齒形的矮牆，也稱女牆。左思《魏都賦》："於是崇
墉濬洫，嬰堞帶涘。"李善注："堞，城上女牆也。"

〔10〕帶甲：披甲的將士。杜甫《送遠》詩："帶甲滿天地，胡為君
遠行。"

〔11〕名王：泛指皇族有封號的王。李白《任城縣廳壁記》："漢則名
王分茅，魏則天人列土。"

〔12〕裛：同裛，顫動。沈約《十詠·領邊繡》："不聲如動吹，無風
自裛枝。"

〔13〕晼晚：太陽偏西，日將暮。《楚辭·九辯》："白日晼晚其將入
兮，明月銷鑠而減毀。"朱熹集注："晼晚，景昳也。"陸機
《感時賦》："夜綿邈其難終，日晼晚而易落。"賈曾《和宋之問
下山歌》："良遊晼晚兮月呈光，錦路逶迤兮山路長。"

〔14〕紅桑：傳說為仙境中的桑樹。語本王嘉《拾遺記·少昊》："窮
桑者，西海之濱，有孤桑之樹，直上千尋，葉紅椹紫，萬歲一
實，食之後天而老。"

〔15〕片雲：片刻，剎那。

〔16〕晴暉：晴朗的日光。

〔17〕冷落：冷清，不熱鬧。錢起《山路見梅感而有作》詩："行客
淒涼過，村籬冷落開。"蘇軾《喜劉景文至》詩："過江西來二
百日，冷落山水愁吳姝。"

〔18〕垂絲：下垂的絲狀枝條，指柳條。賀知章《詠柳》詩：“碧玉妝成一樹高，萬條垂下綠絲條。”李白《侍從宜春苑奉詔賦龍池柳色初青聽新鶯百囀歌》：“垂絲百尺掛雕楹，上有好鳥相和鳴。”

〔19〕蘸水：浸入水中。韓愈《題於賓客莊》詩：“榆莢車前蓋地皮，薔薇蘸水筍穿籬。”

〔20〕極目：縱目，用盡目力遠望。王粲《登樓賦》：“平原遠而極目兮，蔽荊山之高岑。”杜甫《自京赴奉先縣詠懷五百字》：“群水從西下，極目高崒兀。”

〔21〕憑高對景：憑高，登臨高處。陳維崧《賀新郎》詞：“憑高對景心俱折。”

〔22〕無那：無奈，無可奈何。杜甫《奉寄高常侍》詩：“汶上相逢年頗多，飛騰無那故人何！”

〔23〕悠悠：久長，久遠。《楚辭·九辯》：“去白日之昭昭兮，襲長夜之悠悠。”杜甫《發秦州》詩：“大哉乾坤內，吾道長悠悠。”

〔24〕機心付與鷗飛：機心，巧詐之心。此句典出《列子·黃帝》：“海上之人有好漚鳥者，每旦之海上，從漚鳥游，漚鳥之至者百住而不止。其父曰：‘吾聞漚鳥皆從汝游，汝取來，吾玩之。’明日之海上，漚鳥舞而不下也。故曰，至言去言，至為無為。齊智之所知，則淺矣。”陳壽《三國志·魏志·高柔傳》裴松之注引孫盛：“夫貞夫之一，則天地可動，機心內萌，則鷗鳥不下。”

【評　析】

起三句泛舟，寒林以下，漸次都是衰頹景色，將士不知歸身何處。然而南京乃帝王故都，荷花搖曳，芳香處處。雖是夕陽，有紅桑在，剎那一片晴光。莫道生涯冷清，一艇之外，便是千萬柳枝，不愁寂寥。過片“壞橋”四句，應上殘破景象。“還見有”兩句倒裝，乃"樓上碧瓦凝，角下朱扉掩"之意。登臨望遠，舉杯消愁。無奈燕子喧鬧，敗人雅興。繼之釵杳劍沈，低徊不盡。結句用莊列寓言，脫化自然。

（王建慧箋注）

西　河　明孝陵。[1]美成均。[2]

爭戰地。[3]鍾山王氣[4]猶記。艱難大業旐[5]偏經，布衣剋起。[6]祚[7]移鵑鶴[8]守荒陵，青苔殘篆碑際。[9]　　偃[10]虯樹，馳道倚。昔年仗馬曾繫。銅駝臥月泣酸風，[11]旆搖戍壘[12]。橫去聲江鐵未鎖長淮，[13]可堪東去流水。　　弛樵禁[14]後野有市。聚村翁，談舊鄰里。換盡劫灰人世[15]卻來游，最惜無端[16]空對，開落櫻花，頹垣裏。

【箋　注】

〔1〕明孝陵：明太祖朱元璋及皇后馬氏之陵寢。位處南京東郊紫金山南麓獨龍阜玩珠峰下，東毗中山陵，南臨梅花山。自洪武十四年（1381）朱元璋下令建陵，到明成祖朱棣永樂三年（1405）竣工，歷經二十餘年，建築別具特色，影響明清帝陵風格，規模更屬明代帝陵之首。2003 年，入選世界文化遺產。

〔2〕美成均：此詞押周邦彥《西河·金陵懷古》韻腳。

〔3〕爭戰地：孝陵所處的南京，自古為王都所在，三國時吳國孫權，東晉司馬睿，南朝宋、齊、梁、陳四代，明王朝及太平天國等，均建都於此，爭戰不斷。其中公元 1862 年到 1864 年太平天國對抗清廷的"天京"保衛戰，不但南京百姓深受其害，明故宮、明孝陵及大報恩寺琉璃塔等古蹟也遭兵火吞噬，孝陵地面的木建築更盡毀。二戰時，日軍攻佔南京，孝陵毀傷更劇。

〔4〕鍾山王氣：鍾山，又稱紫金山，亦為金陵（南京）之代稱。王
　　氣：謂此地乃王都所在，所以有帝王之氣也。劉禹錫《西塞山
　　懷古》：“王濬樓船下益州，金陵王氣黯然收。”

〔5〕矧：況且或亦的意思。粵音同診（can2）。

〔6〕布衣剏起：指天下人逐鹿中原，這裏專指元末群雄並起事。“艱
　　難”二句指朱元璋崛起於群雄並起時，經營困難之開國大業。
　　剏，即創，異體字。

〔7〕祚：國祚，國家的承傳。

〔8〕鵻鶴：鵻，即小鳩。《爾雅·釋鳥》：“鶌鳩，鶻鵃。”郭璞注：
　　“似山鳩而小，短尾，青黑色，多聲。”張衡《東京賦》：“鶬鶊秋
　　棲，鶻鵃春鳴。”鶴，頭小項長，嘴長而直，腿長而直，多居水
　　邊的鳥。鶴亦能鳴，《詩·小雅·鶴鳴》云：“鶴鳴於九皋，聲
　　聞於野。”又《論衡·變動》：“夜及半而鶴唳，晨將旦而雞鳴。”
　　兩種雀鳥晨昏間之鳴叫，適為荒陵增哀。

〔9〕青苔殘篆碑際：成祖朱棣於孝陵立“大明孝陵神功聖德碑”。碑
　　名九字篆體，內文2746字則陰文楷體，碑高8.78米。

〔10〕偃：倒下，臥倒。

〔11〕銅駞臥月泣酸風：銅駞即銅駝，此處據李商隱詩意，用索靖
　　事。《晉書·索靖傳》：“靖有先識遠量，知天下將亂，指洛陽
　　宮門銅駝，嘆曰：‘會見汝在荊棘中矣！’”李商隱《曲江》：“死
　　憶華亭聞唳鶴，老憂王室泣銅駝。”指有心人憂家愁國，但於
　　事無補。

〔12〕戍壘：即戍堡，防守城牆。旆搖戍壘：以婉曲法，謂以前的王
　　朝曾努力嚴密守衛南京城。

〔13〕橫江鐵未鎖長淮：用晉時吳人以鐵鎖置長江圖阻王濬進軍而終
　　失敗事。《晉書·王濬傳》：“太康元年正月，濬發自成都，率
　　巴東監軍、廣武將軍唐彬攻吳丹楊，克之，擒其丹楊監盛紀。
　　吳人於江險磧要害之處，並以鐵鎖橫截之，又作鐵錐長丈餘，

暗置江中，以逆距船。先是，羊祜獲吳間諜，具知情狀。濬乃作大筏數十，亦方百餘步，縛草為人，被甲持杖，令善水者以筏先行，筏遇鐵錐，錐輒著筏去。又作火炬，長十餘丈，大數十圍，灌以麻油，在船前，遇鎖，然炬燒之，須臾，融液斷絕，於是船無所礙。"劉禹錫《西山塞懷古》："千尋鐵鎖沉江底，一片降幡出石頭。"

〔14〕樵禁：自漢唐以來，皇帝陵墓周遭，常有禁止樵採之詔令。滿清入主中原，明令禮敬明帝室，也包括陵墓範圍禁樵、禁牧，《清史稿》卷八十四："順治建元，礼葬明崇禎帝、后，復詔明十二陵絜禋祀，禁樵牧，給地廟，置司香官及陵户。"

〔15〕換盡劫灰人世：金農《褚先生老毀儒服寄贈》："歷盡劫灰人隔世，颺輪輾破法輪昇。"

〔16〕無端：此處指無心，無意。陸龜蒙《寄懷華陽道士》："銜煙細草無端綠，冒雨閑花作意馨。"又秦觀《醜奴兒》："明月無端，已過紅樓十二間。"

【評　析】

此詞遊覽有感，懷古傷今，據作者另一詞《念奴嬌·明孝陵櫻花感作》所記，此詞或亦作於1933年以前。詞用周美成詞原韻，寫法迥異，而慨嘆古今興亡之意則一。美成詞通首虛寫，以一片空曠之景物，催發哀傷。本詞逆寫，遊覽之意後置。通首由實入虛，由史實之反思導入情景交融。

詞分三片，開首二句，以史實暗示帝京多劫此一主線；"艱難"二句應題順接，以朱元璋事振起氣氛；"祚移"二句則急轉，摹寫荒涼實景，對比前情，催生感慨。第二片，"偃蚪樹"三句，順接前文，實寫眼前景物，而轉入懷古。"銅駝"四句順承，縱追昔思古之筆，以其他朝代之興亡史事，擴闊詞界。第三片，"弛樵"三句，曲折轉承，由闊遠之古事拉回相關孝陵之史實，借村翁之談，細道感慨，"換盡"句明示全詞主線，與開首呼應。末數句，始真正點出遊覽之意，以景物對照人事變遷，含蓄無窮之哀。

史實遠近交織，景物荒涼孤寂，兩者對照相合，令興亡之哀更見蘊籍深厚。

（巢立仁箋注）

念奴嬌　明孝陵[1]櫻花感作

此癸酉[2]以前作。戊寅[3]夏間，彙入重刊懺盦詞。鋟版矣，事變[4]倉卒，未及付印，手民以版藏地窖中。掘而出。出之，土蝕過半。記憶所及，錄存於此。

市朝[5]幾換，賸麒麟高塚[6]，花開如故。虎踞龍蟠[7]成底事，豔說江山千古。王氣銷沈，降旛吹動，[8]考考城頭鼓。[9]地雄天險，只今惟保坏土。　　何苦鐘虡[10]輕遷，衣冠遺蛻[11]，後嗣厪[12]南顧[13]。月夜不飛，華表鶴，[14]敢信神靈呵護。非種[15]應鉏，似曇聊現，一片東風樹。[16]草鶯嘰外，銅駞[17]疑作人語。

【箋　注】

〔1〕明孝陵：參《西河・明孝陵美成均》註〔1〕。

〔2〕癸酉：1933 年。

〔3〕戊寅：1938 年。

〔4〕事變：指 1937 年，日本侵華"七七事變"。

〔5〕市朝：指王朝。

〔6〕麒麟高塚：明孝陵之神道兩旁置六種十二對，共二十四隻石獸，其中一種兩對即為麒麟。辛棄疾《水調歌頭・自江陵移帥隆

興》：“頭上貂蟬貴客，苑外麒麟高塚，人世竟誰雄。”

〔7〕虎踞龍蟠：可指地勢險要之處，或借指帝業，此處特指南京。吳勃《吳錄》：“劉備曾使諸葛亮至京，因睹秣陵山阜，歎曰：‘鐘山龍盤，石頭虎踞，此帝王之宅。’”辛棄疾《念奴嬌·登建康賞心亭呈史留守致道》：“虎踞龍蟠何處是？只有滿目興亡。”

〔8〕王氣銷沈，降旛吹動：用劉禹錫詩意。劉禹錫《西塞山懷古》：“王濬樓船下益州，金陵王氣黯然收。千尋鐵鎖沈江底，一片降幡出石頭。人世幾回傷往事，山形依舊枕江流。今逢四海為家日，故壘蕭蕭蘆荻秋。”

〔9〕考考城頭鼓：指暮鼓聲。吳則禮《江樓令》：“憑欄試覓紅樓句，聽考考城頭暮鼓。”

〔10〕鐘虡：懸鐘的格架，上飾以猛器獸形像。孫詒讓《周禮正義·考工記·梓人》註云：“《說文·虍部》云：‘虡，鐘鼓之柎也，飾為猛獸。’即謂贏屬之獸。”鐘虡，是禮樂的工具，可象徵王權。班固《西都賦》：“列鐘虡於中庭，立金人於端闈。”又《新唐書·于公異傳》：“鐘簴不移，廟貌如故。”

〔11〕衣冠遺蛻：死後留下的衣物及遺體。李自成攻入北京，崇禎帝自縊，特留衣書詔及衣冠不整的遺骸示人。抱陽生《甲申朝事小記》：“披髮跣左足，右朱履，衣前書曰：‘朕自登極十七年，逆賊直逼京師，雖朕薄德匪躬，上干天怒，然皆諸臣之誤朕也，朕無面目見祖宗於地下，去朕冠冕，以髮覆面，任賊分裂朕屍，勿傷百姓一人。’”

〔12〕廛：即廛之異體。廛，指僮或纔。《漢書·賈誼傳》：“諸公幸者乃為中涓，其次廛得舍人”顏師古注：“廛與僮同。廛，劣也。言纔得舍人。”

〔13〕南顧：指苟延殘喘之南明朝廷。

〔14〕華表鶴：典出陶潛《搜神後記》。《搜神後記》云：“丁令威，本遼東人，學道於靈虛山，後化鶴歸遼，集城門華表柱。時

有少年，舉弓欲射之，鶴乃飛，俳徊空中而言曰：'有鳥有鳥丁令威，去家千年今始歸。城郭如故人民非，何不學仙塚壘壘。'遂高上衝天。"本指久去未歸之人，此處指一國久望之人。

〔15〕非種：語帶相關，表面上談及花的種類，實關涉人事。非種，語出《史記·齊悼惠王世家》。記云："深耕概種，立苗欲疏；非其種者，鋤而去之。"可以喻指非我種類、異民族，屬貶稱，民國時，則多指滿清。章炳麟《駁康有為論革命書》："非種不鋤，良種不滋，敗羣不除，善羣不殖，自非躬執大彗以掃除故家汙俗，而望禹域之自完也，豈可得乎？"

〔16〕似曇聊現，一片東風樹：指群櫻瞬息間盛開與被風吹落的景象。辛棄疾《賀新郎》："東風夜放花千樹，更吹落星如雨。"

〔17〕銅馳：即銅駝，用《晉書》索靖事，可參《西河·明孝陵美成均》註〔11〕。

【評　析】

此首與《西河·明孝陵美成均》均為遊孝陵有感。詞作由虛入實，思慮漸沉，憂患遞深，寫法及主旨均異於《西河》。

詞作以描寫明陵賞櫻，道出對國事之感懷。開首三句即點題，直寫眼前"高塚"，針對題目中孝陵二字，而以櫻花如故，揭示天地無情，興亡誰導此一主線。順接寫櫻花，設想櫻花也能高論成敗，由虛入實。"王氣"三句，追想古王朝衰敗事，然而又接以促人反省現實之"考考"暮鼓，一筆頓住，為下文蓄勢。"地雄"二句，總收片意，回應題目，復歸針對明室的沉思。第二片開首數句，順承細寫明室敗亡事，感慨其喪國亡身，宗族不能自保。"月夜"等數句，似轉承虛寫櫻花，然而實語帶相關，"華表鶴"不歸，"非種"實應鋤，全為針對當時（三十年代）中國形勢之感想。作者似深憂中國無人，而外敵侵凌實烈，所以結二句謂"草鶯嗁外，銅馳疑作人語”，以索靖事表達對亡國破家的憂慮。

通首雖多用故實而不沉滯，語多含蓄而不礙達意。

（巢立仁箋注）

蝴蝶兒　擬張泌^{〔1〕}二首

蝴蝶兒。舞酣時。雙雙穿過畫闌^{〔2〕}枝。惹人麼翠眉。
長恐金鈴犬，沿花正戲伊。翻殘宮錦^{〔3〕}費矜持，未應
低處飛。

蝴蝶兒。影迷離。園林佳處在斜暉。靚雲足四圍。
長恐花開早，花殘景漸非。尋芳偏是晚春宜。好花遲上枝。

【箋　注】

〔1〕此詞由張泌同調詞而來，萬樹《詞律》：“按詞譜云：‘此詞無唐
宋別詞可校。’”吳藕汀、吳小汀《詞調名辭典》：“調見卷五五
代張泌詞。有‘蝴蝶兒’句，故名。”張泌原詞：“蝴蝶兒，晚
春時。阿嬌初著淡黃衣，倚窗學畫伊。　　還似花間見，雙雙
對對飛。無端和淚濕燕脂，惹教雙翅垂。”張泌：《花間集》收
詞二十七首，另《尊前集》收未見於《花間集》詞一首。或以
為即仕官南唐的張泌，劉永濟《唐五代兩宋詞簡析》：“泌一作
佖，字子澄，淮南人。曾上書陳治道。後主李煜徵為監察御史，
歷考功員外郎，進中書舍人，改内史舍人。改隨後主降宋，仍
入史館，歸家毗陵。有集一卷。”然亦有以為實非其人者，俞平
伯《唐宋詞選釋》：“張泌，《花間集》列於牛嶠、毛文錫之間，
稱為‘張舍人’，字里無考。南唐時別有張泌者，是李煜舍人，
且及見煜之死，則已在九七八年以後，距《花間集》成書遲約

四十年。且《花間》不收南唐詞，自非一人也。"

〔2〕畫闌：即畫欄。

〔3〕宮錦：比喻蝴蝶的翅膀。

【評　析】

《花間詞》詞艷而情婉，張泌之蝴蝶兒，即借畫蝴蝶寫真蝴蝶，再由此關合畫蝴蝶美人之情感，婉轉達意，細膩動人。而廖氏此二詞，擬張泌原作，同以蝴蝶借物抒情，但並非步趨原作。

第一首寫目睹雙蝶飛舞，催發相思，通首借物抒情。上片，"雙雙"與"惹人"二句直擬張泌原詞句意，含蓄相思被惹起之意；下片擔心蝴蝶安危，正示懼怕眷屬不成，相思綢繆終無用之意。"未應低處飛"句，設想細膩。

第二首推展懷人之意，反覆迂迴。借景喻情。上片寫蝶舞終日，昏景侵人，焦點由蝴蝶轉到春色，"園林"二句，初以暮景實佳意，提振作結；下片集中寫春色，"花殘景漸非"句，借喻美人深懼遲暮之意，情緒低落，然末二句又再次振起，尋芳宜晚，好花遲上，一方面回應上片末二句，另一方面為美人之有情寄語，暗示年月未變真情，晚芳實更美，期望心上人能知所適從。

（巢立仁箋注）

水調歌頭　吾鄉羅浮飛雲頂，[1]奇境也。余年十九往游，今別六十二年矣。憶及，紀以此解。

四百卅峯[2]外，雲氣忽飛來。羅浮有約難到，誰叩玉扃[3]開。潭自五龍[4]騰去，鱗爪了無痕迹，[5]丹竈[6]夜生苔。六十二年影，入夢不須猜。　　蝙蝠巖[7]、蝴蝶洞[8]，總消才。記曾空桑三宿[9]，詩倘換仙胎[10]擁得吹笙低鬌，

放出持螯左手[11]，肩試拍洪厓[12]。一覽眾山小，[13]大地只
纖埃[14]。

【箋　注】

〔1〕 廖恩燾先生為廣東惠陽人，惠州博羅縣長寧鎮境內有羅浮山，
即詞中所詠。羅浮山又名東樵山，為中國道教名山，有"嶺南
第一山"及"蓬萊仙境"之譽，司馬遷比之為"粵嶽"。羅浮
飛雲頂即羅浮山主峰飛雲頂，海拔 1296 米。

〔2〕 四百卅峯：羅浮山有大小山峰 432 座，其中尤以飛雲峰、鐵橋
峰、玉女峰、駱駝峰和上界峰聞名於世。

〔3〕 玉扃：指玉飾的門戶，見白居易《長恨歌》"金闕西廂叩玉扃，
轉教小玉報雙成"。是詩敘述玄宗與楊玉環的愛情故事，談到楊
貴妃馬嵬坡自縊，玄宗思念情切，著道士遣方士前往仙山尋覓
楊妃。"玉扃"是楊妃仙居的玉石門。楊玉環本於開元二十三年
受封為壽王李瑁的妃子，玄宗圖奪子媳，遂於二十八年遣楊為
道士，住太真宮，改名太真。天寶四年冊封其為貴妃。廖詞全
句疑活用《長恨歌》典，把羅浮山比喻為海上仙山。玄宗與楊
玉環生死相隔，楊妃魂魄不能入夢，而她與玄宗各持金釵和鈿
盒以為信物，亦難以相見。廖詞此處極言羅浮山飛雲頂猶似仙
境，非凡人所能到。

〔4〕 五龍：羅浮山有五龍潭，五龍潭由古代道教傳說得名。《文選》
郭璞《遊仙詩》："奇齡邁五龍，千歲方嬰孩。"李善注引《遁甲
開山圖》榮氏解："五龍，皇后君也，昆弟五人，皆人面而龍
身。長曰角龍，木仙也；次曰徵龍，火仙也；次曰商龍，金仙
也；次曰羽龍，水仙也；次曰宮龍，土仙也。"五龍道教稱為五
行神。

〔5〕 此句或暗用蘇軾《和子由澠池懷舊》詩中意。詩曰："人生到處
知何似，應似飛鴻踏雪泥。泥上偶然留指爪，鴻飛那復計東西。

老僧已死成新塔，壞壁無由見舊題。往日崎嶇還記否，路長人困蹇驢嘶。”

〔6〕丹竈：煉丹用的爐灶。

〔7〕蝙蝠巖：當指羅浮山蝙蝠洞。

〔8〕蝴蝶洞：位列羅浮山十八大洞天之一。其他較為人所熟知者有朱明、蓬萊、桃源、夜樂等洞。羅浮山另有七十二小洞天。

〔9〕空桑：指僧人或佛門。龔自珍《摸魚兒·乙亥六月留別新安作》詞云：“空桑三宿猶生戀，何況三年吟緒！”

〔10〕仙胎：與凡胎相對，指神仙轉世。

〔11〕持螯，疑為“持螯”。“持螯”典出《晉書·畢卓傳》：“卓嘗謂人曰：‘得酒滿數百斛船，四時甘味置兩頭，右手持酒杯，左手持蟹螯，拍浮酒船中，便足了一生矣。’”後以“持螯把酒”形容吃蟹飲酒等世俗之樂。廖詞“放出持螯左手”句化用辛棄疾《賀新郎·用前韻再賦》：“歎人生、不如意事，十常八九。右手淋浪才有用，閒卻持螯左手。漫贏得、傷今感舊。”辛詞感嘆壯志未酬，用力於世而只落得傷今感舊。廖詞予以引用，有不如出世成仙之嘆。

〔12〕洪厓：傳說為黃帝臣子伶倫的仙號。蔡邕《郭有道林宗碑》：“將蹈洪崖之遐跡，紹巢許之絕軌。”“肩試拍洪厓”或化用晉郭璞《遊仙詩》之三：“左挹浮丘袖，右拍洪崖肩。”又見清蔣士銓《香祖樓·蘭因》：“形相愛，影相憐，肯向洪厓又拍肩。”拍肩本用以表示友好。“肩試拍洪厓”有與洪厓並肩之意。

〔13〕此句直接引用杜甫《望嶽》詩：“岱宗夫如何，齊魯青未了。造化鍾神秀，陰陽割昏曉。盪胸生曾雲，決眥入歸鳥。會當凌絕頂，一覽眾山小。”

〔14〕纖埃：即微塵。

【評　析】

以道教傳說相配合，詠羅浮山飛雲頂奇境。置身其中，超塵脫俗，不禁有出世求仙之想。

（陳美亞箋注）

渡江雲　春晴閒步園林，繞江岸歸。感懷舊事，集夢窗[1]句成此。

隨花追野步[2]倒犯，煙波印日掃花游，日暮起東風[3]西河。轆轤春又轉[4]瑞鶴仙，燕子初來訴衷情，簾外凍雲[5]重江南好。蘭詞沁壁[6]漢宮春，甚此夕[7]玉漏遲，唱入眉峯[8]塞翁吟。生怕遣[9]瑞龍吟，玉簫吹斷[10]水龍吟，腰裊帶金蟲[11]江神子。

從容塞翁吟。鶯聲[12]門徑祝英臺近，粉黛湖山[13]探芳信，有青蛾[14]傳夢漢宮春。歡未闌解語花，錦驄一箭[15]水龍吟，飛趁輕鴻[16]聲聲慢。當時明月娉婷[17]伴絳都春，稱十香、深蘸瓊鍾[18]風入松。殘醉醒花犯，夜吟敲落霜紅[19]荔支香近。

【箋　注】

〔1〕夢窗：吳文英（1212—約1272），字君特，號夢窗，晚年又號覺翁。南宋著名詞人，長於音律，詞風綿麗，可媲美周邦彥，然用語過於委婉含蓄，致有沈義父"用事下語太晦"之評語。《四庫全書提要》更謂"詞家之有文英，如詩家之有李商隱"。今傳《夢窗詞》。

〔2〕野步：指郊外散步。

〔3〕原句為"畫樓日暮起東風"，憑欄而望。

〔4〕轆轤：為井上汲水的絞盤，此處用以比喻時光流逝。

〔5〕凍雲：嚴冬的陰雲，或謂欲雪時的陰雲。

〔6〕蘭詞沁壁：當指壁上題詞。蘭詞，指優雅的詞作；沁，描述筆
　　墨濡染之狀。

〔7〕原句為“每圓處、即良宵，甚此夕偏饒，對歌臨怨”，感嘆月圓
　　人不圓。

〔8〕眉峯：眉頭。此處指情感外露，見於眉端。

〔9〕遣：使、讓。

〔10〕原句為“河橋徑遠，玉簫吹斷，霜絲舞影”，寫別情。

〔11〕嬝裊：同嬝嬶，本為古代駿馬名，此處用作形容詞。一說同嫋
　　娜，細長柔美貌；一說謂宛轉搖動貌。金蟲指婦女頭飾。有謂
　　以黃金製成蟲形，如蝴蝶蜻蜓之狀，綴之釵上，故稱；亦有謂
　　以昆蟲為飾。宋祁《益部方物略記》：“金蟲，出利州山中，蜂
　　體綠色，光若金，里人取以佐婦釵鐶之飾云。”“腰裊帶金蟲”
　　句出自李賀《惱公》詩：“陂陀梳碧鳳，腰裊帶金蟲。”

〔12〕鶯聲：黃鶯啼囀之聲。

〔13〕粉黛湖山：粉黛原指傅面的白粉和畫眉的黛墨，此處喻湖山之
　　瑰麗。

〔14〕青蛾：指用青黛画的眉毛。《詩經·碩人》形容女子漂亮有
　　“螓首蛾眉”之句，謂女子眉毛有如蛾的觸鬚，長而纖細，以
　　此借喻美人。

〔15〕錦颿：亦作錦帆，錦製的船帆，借指裝飾華麗的船。“錦颿一
　　箭”指船如箭駛離。

〔16〕輕鴻：輕盈迅捷的鴻鵠。漢邊讓《章華賦》：“體迅輕鴻，榮曜
　　春華。進如浮雲，退如激波。”

〔17〕娉婷：形容女子姿態美好，借喻為佳人。

〔18〕十香：喻美人十指。瓊鍾：玉製的盛酒器。“深蘸瓊鍾”，指酒
　　器滿盈致捧觴之際十指深蘸，表示暢飲。宋朱翌《猗覺寮雜
　　記》：“酒斟滿，捧觴必蘸指甲。”

〔19〕落霜紅：樹葉經霜後變成紅色，謂之霜紅。見白居易《答夢得
秋日書懷見寄》："樹葉霜紅日，髭鬚雪白時。"廖詞吟詠春來，
寒冬已過，而半夜醉醒，鐘聲傳來，有時光流逝之嘆。

【評　析】

感時光流逝，季節更替，而有物是人非，人面桃花之嘆。

（陳美亞箋注）

滿江紅　戲擬稼軒[1]，自題《捫蝨談室詞》稾。

半篋秋詞，[2]應自笑、描鸞無筆[3]。只豪放、欲同王
猛[4]，夷然捫蝨[5]。抵掌[6]縱談當世務，披襟[7]細認微蟲
迹。料終輸，紅袖拂蠦塵，詩題壁。[8]　　花底句，[9]收吾
集；天下事，非吾責。記莊周，羊蟻義猶難析。[10]火鼠論寒
寧足據，冰蠶語熱何曾得。[11]誤英雄，三兩蝶飛來，頭空白。

【箋　注】

〔1〕稼軒：辛棄疾（1140—1207），字幼安，號稼軒，南宋愛國詞
人。曾參與抗金起義，歷任湖南、江西、福建安撫使等職務，
一生致力於驅逐金人，恢復河山。唯朝野偏安，其策不為所用，
以致含恨而終。著有《稼軒詞》，又名《稼軒長短句》，總計六
百二十九首，題材、風格多樣，白描及用典皆長。其抒發愛國
情懷及壯志未酬之作尤為人所稱道，為"豪放派"代表，與蘇
軾並稱"蘇辛"。

〔2〕此處暗用劉禹錫《秋詞》。詩云："自古逢秋悲寂寥，我言秋日
勝春朝。晴空一鶴排雲上，便引詩情到碧霄。"蓋以秋詞指應物
斯感、感物寫志之作。清張祥齡著有《半篋秋詞》。

〔3〕描鸞：多見於成句"刺鳳描鸞"，本用以形容女子工於刺繡，此處疑用以比喻文辭工巧。"描鸞無筆"，作者自謙之詞。

〔4〕王猛（325—375），字景略，十六國前秦人。少貧賤，以鬻畚為業，博學好兵書。曾獲邀為徐統功曹，又得桓溫賜其車馬，拜高官督護，俱不應。後輔助苻堅，若孔明之遇玄德。《晉書·王猛傳》云："猛宰政公平，流放尸素，拔幽滯，顯賢才，外修兵革，內崇儒學，勸課農桑，教以廉恥，無罪而不刑，無才而不任，庶績咸熙，百揆時敘。於是兵強國富，垂及升平，猛之力也。"

〔5〕捫蝨：典出《晉書·王猛傳》載："桓溫入關，猛被褐而詣之，一面談當世之事，捫蝨而言，旁若無人。溫察而異之，問曰：'吾奉天子之命，率銳師十萬，杖義討逆，為百姓除殘賊，而三秦豪傑未有至者，何也？'猛曰：'公不遠數千里，深入寇境，長安咫尺而不渡灞水，百姓未見公心故也，所以不至。'溫默然無以酬之。"後以"捫蝨"形容放達從容，侃侃而談。

〔6〕抵掌：拍手擊掌，眉飛色舞貌，表暢談。《戰國策·秦策一》："（蘇秦）見說趙王於華屋之下，抵掌而談。趙王大悅，封為武安君。"

〔7〕披襟：敞開衣襟。

〔8〕紅袖：紅色的衣袖，借指美人。蟏：小型長腳蜘蛛，通稱蟏子。《詩·豳風·東山》："伊威在室，蟏蛸在戶。"孔穎達疏："蟏蛸，長踦，一名長腳。""料終輸，紅袖拂蟏塵，詩題壁"，意謂縱談世務，料想終究不及題寫在壁上的詩文，哪怕這些詩文早被蟏塵所掩。

〔9〕花底句：吟風弄月之作。

〔10〕羊蟻義猶難析：典出《莊子·徐無鬼》："羊肉不慕蟻，蟻慕羊肉，羊肉羶也。舜有羶行，百姓悅之。"成玄英疏："夫羊肉羶腥，無心慕蟻，蟻聞而歸之。舜有仁行，不慕百姓，百姓悅之。故羊肉比舜，蟻況百姓。"如蟻慕羶本指舜的仁德讓百姓趨之若鶩，但後來卻多用於貶義，比喻趨附權貴、追名逐利的

齷齪行為，故謂"羊蟻義猶難析"。

〔11〕"火鼠"二句：化用蘇軾《徐大正閑軒》詩："冰蠶不知寒，火
鼠不知暑。"傳說火鼠生於南海盡頭的火山之中，其皮毛火燒
不壞，因此又名火光獸，其毛為布則為火浣布。見《神異經》。
又《太平御覽》卷八二〇引晉張勃《吳錄》云："日南比景縣
有火鼠，取毛為布，燒之而精，名火浣布。"又晉王嘉《拾遺
記·員嶠山》載："有冰蠶長七寸，黑色，有角有鱗，以霜雪覆
之，然後作繭，長一尺，其色五彩，織為文錦，入水不濡，以
之投火，經宿不燎。"

【評　析】

　　胸懷佐世之志，心繫天下之事，然歲月空耗，只餘半篋秋詞以
示人，中有豪情壯志，亦不為人知。其自傷自嘲自勉之情，與稼軒
同，故云戲擬稼軒。

（陳美亞箋注）

八聲甘州　余喜集句填詞，既集覺翁句成《水龍吟》、《渡
江雲》二闋；春日無聊，復集美成[1]句賦此。
大抵集句詩易於詞。詞為調束縛，稍能自圓其
說，輒不恤天孫雲錦[2]，雨碎風裂，未免猨
鶴[3]笑人，顧剪裁得天衣無縫，亦煞費匠心。
昔石帚[4]《慶春宮》詞[5]，過旬塗槀乃定，銚
朴翁[6]咎其無益[7]，石帚謂意所就不能自已也。
余之為此，殆又無益中之無益者，或亦猶石帚
之不能自已耶！

　　倚曲欄凝睇、數歸鴻[8]虞美人，蝴蝶滿園飛[9]滿江紅。歎
將愁度日[10]掃花游，飄風遞冷[11]紅林擒近，帶眼都移[12]宴清

都。清潤玉簫閒久[13]一落索，樓閣淡春姿[14]少年游。為問花何在[15]六醜，翠藻翻池[16]丹鳳吟。　　惆悵周郎已老[17]六么令，想開元舊譜[18]集外月下笛，恨入金徽[19]掃花游。趁歌停舞罷[20]迎春樂，有酒遣誰持[21]定風波。縱相逢[22]品令，流鶯勸我[23]瑞鶴仙，向殘陽[24]夜飛鵲，莫上最高梯[25]浣溪沙三。銅駝陌[26]集外瑞鶴仙、尋題壁字[27]浣溪沙一，不似當時[28]少年游。

【箋　注】

〔1〕美成：周邦彥（1056—1121），字美成，自號清真居士，北宋末年詞家，精於音律及作詞。宋徽宗頒布《大晟樂》，召周邦彥提舉大晟府，期間審訂古樂、創製新詞。詞作《清真集》由陳元龍作注並題為《片玉集》。美成長於詠物寫景，精於形式格律及藝術技巧，下開南宋姜夔、史達祖一派。代表作有《瑞龍吟》、《少年遊》、《滿庭芳》、《六醜》、《蘭陵王》、《西河》等。

〔2〕天孫雲錦：天孫指織女星。《史記·天官書》云：“織女，天女孫也。”司馬貞《索隱》：“織女，天孫也。”相傳織女是天帝的孫女，巧於織造雲錦。

〔3〕猨鶴：即猿鶴，借指隱逸之士。

〔4〕石帚：指姜夔，南宋婉約派詞人，字堯章，自號白石道人，又號石帚。與吳文英相善，《夢窗詞》詞題或詞序中點明酬贈姜石帚的詞有六首。

〔5〕《慶春宮》為《慶宮春》之誤。

〔6〕銛（xiān）朴翁：其人不載於《宋史》。周密《癸辛雜識·別集上》：“葛天民字無懷，後為僧，名義銛，字樸翁。其後返初服，居西湖上，一時所交皆勝士。有二侍姬，一曰如夢，一曰如幻。”張端義《貴耳錄·卷上》：“銛朴翁，秦望山人，能詩，詩愈工，

俗念愈熾，後加冠巾，曰葛天民，築室蘇堤，自號柳下。"

〔7〕咎其無益：事見姜夔《慶宮春》序："紹熙辛亥除夕，予別石湖歸吳興，雪後夜過垂虹，嘗賦詩云：'笠澤茫茫雁影微，玉峰重疊護雲衣。長橋寂寞春寒夜，只有詩人一舸歸。'後五年冬，復與俞商卿、張平甫、銛樸翁自封禺同載詣梁溪，道經吳松。山寒天迥，雲浪四合。中夕相呼步垂虹，星斗下垂，錯雜漁火，朔吹凜凜，舟酒不能支。樸翁以衾自纏，猶相與行吟，因賦此闋，蓋過句塗稿乃定。樸翁咎予無益，然意所耽，不能自已也。平甫、商卿、樸翁皆工於詩，所出奇詭，予亦強追逐之。此行既歸，各得五十余解。"

〔8〕《虞美人》原句為："斜倚曲闌凝睇、數歸鴻。""歸鴻"指歸雁，多用以寄托歸思。王安石《送陳景初》詩："長安何日到，一一問歸鴻。"

〔9〕《滿江紅》原句為："最苦是、蝴蝶滿園飛，無心撲。"

〔10〕《掃花游》原句為："歡將愁度日，病傷幽素。"

〔11〕《紅林擒近》原句為："那堪飄風遞冷，故遣度幕穿窗。"

〔12〕《宴清都》原句為："歡帶眼、都移舊處。""帶眼都移"指日益消瘦，以致腰帶上的孔眼須內移。《梁書·沈約傳》載沈約與徐勉素善，遂以書陳情於勉，言己老病，"百日數旬，革帶常應移孔，以手握臂，率計月小半分。以此推算，豈能支久?"

〔13〕《一落索》原句為："清潤玉簫閒久。知音稀有。"

〔14〕春姿：春天的姿態。原句為："朝雲漠漠散輕絲，樓閣淡春姿。"述雨後之景。

〔15〕原句為："為問花何在，夜來風雨，葬楚宮傾國。"述薔薇謝後之景。

〔16〕翠藻：綠色的水藻。原句為："迤邐春光無賴，翠藻翻池，黃蜂游閣。朝來風暴，飛絮亂投簾幕。"

〔17〕 原句為："惆悵周郎已老，莫唱當時曲。"周郎指三國吳將周瑜。《三國志·吳志·周瑜傳》云："瑜時年二十四，吳中皆呼爲周郎。"

〔18〕 原句為："想開元舊譜，柯亭遺韻，盡傳胸臆。"開元舊譜當指唐玄宗朝梨園弟子所譜樂曲。《舊唐書·音樂志》云："玄宗又於聽政之暇，教太常樂工子弟三百人為絲竹之戲，音響齊發，有一聲誤，玄宗必覺而正之，號為皇帝弟子，又云梨園弟子，以置院近於禁苑之梨園。"又《新唐書·禮樂志》云："玄宗既知音律，又酷愛法曲，選坐部伎子弟三百教於梨園，聲有誤者，帝必覺而正之，號'皇帝梨園弟子'。宮女數百，亦為梨園弟子，居宜春北院。梨園法部，更置小部音聲三十餘人。帝幸驪山，楊貴妃生日，命小部張樂長生殿，因奏新曲，未有名，會南方進荔枝，因名曰荔枝香。"

〔19〕 原句為："恨入金徽，見說文君更苦。"金徽為琴上繫弦之繩，借指琴。李商隱《寄蜀客》詩："君到臨邛問酒壚，近來還有長卿無。金徽卻是無情物，不許文君憶故夫。"又孟浩然《贈道士參寥》詩："蜀琴久不弄，玉匣細塵生。絲脆弦將斷，金徽色尚榮。知音徒自惜，聾俗本相輕。不遇鍾期聽，誰知鸞鳳聲。"

〔20〕 原句為："趁歌停、舞罷來相就。"另一版本為："趁歌停、舞歇來相就。"

〔21〕 原句為："明朝有酒遣誰持。"

〔22〕 原句為："縱相逢難問。"

〔23〕 原句為："有流鶯勸我，重解綉鞍，緩引春酌。"流鶯即黃鶯，或謂其鳴聲婉轉，或謂其往來無定，故名流鶯。

〔24〕 原句為："兔葵燕麥，向殘陽、影與人齊。"

〔25〕 原句為："樓上晴天碧四垂。樓前芳草接天涯。勸君莫上最高梯。""莫上最高梯"，蓋登高不免懷人，故云。

〔26〕 銅馳：亦作銅駝。原句為："尋芳遍賞，金谷里，銅駝陌。"銅

駝陌即銅駝街，古代著名繁華區域，處今河南省洛陽市故洛陽
城中，因道旁曾有漢鑄銅駝兩枚相對而得名，後亦用以借指京
城或宮廷。《太平御覽》卷一五八引陸機《洛陽記》："洛陽有
銅駝街，漢鑄銅駝二枚，在宮南四會道相對。俗語曰：'金馬門
外集眾賢，銅駝陌上集少年。'"此處當借指繁華、遊樂之區。
〔27〕原句為："下馬先尋題壁字，出門閒記榜村名。早收燈火夢傾城。"
〔28〕原句為："不似當時，小橋衝雨，幽恨兩人知。"

【評　析】

上闋遙想女子別後傷情，帶愁度日，無心撲蝶，亦無心奏樂。
相思情切，以致日益消瘦。下闋述年華已暮，無紅顏相伴，往日才情
不再，莫上高樓，以免傷春感舊。其傷別之情與姜夔《慶宮春》同。

（陳美亞箋注）

玉漏遲　曩年拈《祝英臺》賦春分，映老、眉翁有和作，[1]
今忽忽四見春分矣。戰塵彌漫宇宙，情隨事遷，
觀感自異，爰依夢窗四聲賦此，白石所謂不自知
其詞之怨抑也。

賣花深巷早，春容鏡裡，欲窺猶淺。嫁了東風[2]，浪
說杏嬌桃倩。兩點煙痕試抹，怕還惹，妝蛾飛亂。[3]簾正
捲，為誰面掩，徐妃一半。[4]　　喜園卉，色平分，甚幾日
紅裁，又須憑燕。碎錦離披，[5]已苦窠蜂香斷。[6]何況山河
舊感，楚歌起，鴻溝聲滿。[7]笳未遠，瓊樓競喧絃管。

【箋　注】

〔1〕映老：夏敬觀（1875—1953），江西新建人，近代江西派詞人、

畫家，字劍丞，一作鑒丞，又字盥人、緘齋，晚號映庵，著有
《忍古樓詩集》、《映庵詞》以及論詞專著《忍古樓詞話》、《詞
調溯源》等。作者寄寓海上時，與夏敬觀唱和獨多，《懺盦詞》
中《清平樂》小注云："客滬十年，與映老晨夕觀摩，獲益不
淺，在詞學浸衰之今日，映老不獨為余作詞導師，實亦為詞界
護法韋陀也。" 眉翁：吳庠（1879—1961），原名清庠，又去清
字；字眉孫，別號寒筜，江蘇鎮江人。清末，詩文與丁傳靖、
葉玉森齊名，人稱 "鐵甕三子"，尤工於詞，有《寒筜閣集》。

〔2〕嫁了東風：李賀有詩句 "可憐日暮嫣香落，嫁與東風不用媒"。

〔3〕妝娥：古代女子眉式有蛾眉，《詩·衛風·碩人》中寫美女莊姜
"螓首蛾眉"，即喻其眉毛如蛾鬚彎曲而細長。

〔4〕此句典出《南史·梁元帝徐妃傳》："徐妃以帝眇一目，每知帝
將至，必為半面妝以俟，帝見則大怒而出。" 喻僅及一半，未得
全貌。李商隱《南朝》有："休誇此地分天下，只得徐妃半面妝。"

〔5〕碎錦離披：形容花瓣散落的樣子。

〔6〕窠蜂香斷：指花落蕊殘，不復有蜜蜂飛來。

〔7〕鴻溝：楚漢相爭時曾劃鴻溝為界。《史記·項羽本紀》："項王乃
與漢約，中分天下，割鴻溝以西者為漢，鴻溝而東者為楚。" 後
以鴻溝指疆土的分界。

【評　析】

　　這首詞作于春分，作者有感于四年之前與友人夏敬觀、吳庠作
春分詞往來唱和，而時過境遷，不復往日，遂依吳文英詞作此《玉
漏遲》。詞作將女子的妝容與春天的景色巧妙融合，而 "徐妃一半"
的典故尤其表述了戰塵籠罩下的山河破碎之感。

（朱紅箋注）

念奴嬌 春分遲至三月八日，拈八字為均，再媵一解。

滿園春色，又被誰，無故十分其八。只道殘棋，收半局，叵耐[1]鶯花三月。雲裡嬋娟，世間兒女，一樣圓還缺。[2]箇中消息，畫堂雙燕能說。　　休說天氣宜蠶[3]，錫簫吹過線，[4]早添羅韈。經雨海棠，猶睡去，[5]枉怨芳菲鳴鴂。取次[6]陰晴，幾曾偏袒，造化知齊物。采香幽徑，作團吾羨飛蝶。[7]

【箋　注】

〔1〕叵耐：不可忍耐。

〔2〕"雲裡"三句：出自蘇軾《水調歌頭》："人有悲歡離合，月有陰晴圓缺，此事古難全。但願人長久，千里共嬋娟。"

〔3〕宜蠶：蘇軾《立春日小集呈李端叔》："霏微不到地，和暖要宜蠶。"

〔4〕錫簫：賣飴糖人所吹的簫。語本《詩·周頌·有瞽》："簫管備舉。"鄭玄箋："簫，編小竹管，如今賣餳者所吹也。"孔穎達疏："其時賣餳之人吹簫以自表也。"宋湯恢《倦尋芳》詞："錫簫吹暖，蠟燭分煙，春思無限。"

〔5〕"經雨海棠"二句：蘇軾《海棠》："東風嫋嫋泛崇光，香霧空濛夜轉廊。只恐夜深花睡去，待燒高燭照紅裝。"此處指雨後的海棠花瓣合攏，猶如美人入睡。

〔6〕取次：任意，隨便。引申為充裕、寬舒。杜甫《送元二適江左》："經過自愛惜，取次莫論兵。"又白居易《病假中龐少尹攜魚酒相過》："閑停茶碗從容語，醉把花枝取次吟。"

〔7〕作團吾羨飛蝶：黃庭堅《次韻李士雄子飛獨遊西園折牡丹憶弟子奇二首》："西園春色才桃李，蜂已成圍蝶作團。"梅堯臣《同諸韓及孫曼叔晚游西湖》："蛺蝶作團起，蜻蜓相戴飛。"

【評　析】

　　這首詞與前首《玉漏遲》同為春分所作，因春分遲至三月八日，所以作者以八字為韻，從眼前的春景聯想到時事人情，再作一首以寄春愁。

　　　　　　　　　　　　　　　　　　　　　　（朱紅箋注）

應天長　春暮賦感，示碧桐君。[1]

　　幔窺豔杏，簷映秀篁，[2]鳴鳩破了春寂。似喚戍樓殘角，聲聲向人咽。詩腸隘，吟韻澀。甚淚睫，問天呵壁。[3]舊題處，掐徧牆枝，影亂苔碧。[4]　　遲暮怕登陟，[5]望斷行雲，飛羽[6]正西北。下視萬鐙搖閣，歌嬌侈笙席。南朝恨，金粉迹。便痛飲、怎消今夕。算還是，海燕棲雙，梁玳堪憶。[7]

【箋　注】

〔1〕碧桐君：作者夫人邱琴女士（1868—1966）。

〔2〕幔窺豔杏，簷映秀篁：描繪簾間窗前杏花修竹掩映可見。

〔3〕呵壁：漢王逸《天問》序："屈原放逐，彷徨山澤。見楚有先王之廟及公卿祠堂，圖畫天地山川神靈，琦瑋僑佹，及古賢聖怪物行事，因書其壁，呵而問之，以渫憤懣。""呵壁"為失意者發洩胸中憤懣之典實。李賀《公無出門》詩："分明猶懼公不信，公看呵壁書問天。"

〔4〕"舊題處"三句：指題壁處枝影搖曳，苔蘚暗生。

〔5〕登陟：登高。

〔6〕飛羽：本指飛箭，唐張友正《射巳之鵠賦》："鏃破的兮流光散，

出弦應手兮飛羽相追。"此處代指軍隊。

〔7〕"海燕樓雙"二句：典出沈佺期《獨不見》："盧家少婦郁金堂，海燕雙棲玳瑁梁。九月寒砧催木葉，十年征戍憶遼陽。白狼河北音書斷，丹鳳城南秋夜長。誰謂含愁獨不見，更教明月照流黃。"

【評　析】

作者于暮春時有感，以此詞示于夫人邱琴女士。春色入簾，而鳥鳴如咽，勾起作者對國事戰事的一片濃愁，而面對前朝史鑒，現實無奈，作者以沈佺期《獨不見》中的"盧家少婦郁金堂，海燕雙棲玳瑁梁"典故結束；"海燕雙棲玳瑁梁"是平靜美好生活的象徵，也反襯出戰爭給作者帶來的回憶之痛苦及對未來之憂慮重重。

（朱紅箋注）

聲聲慢　暮春寄懷籜公、茄盦白下，並簡映老、鶴翁、拔翁滬西，訒翁滬東。[1]

　　淞[2]煙搖夢，淮月淘愁，[3]尋聲厭聽邊笳[4]。旗鼓騷壇故人，天半朱霞。[5]無言自芳桃李，[6]被東風，吹作殘花。喚布穀，說田園，蕪穢不見桑麻[7]。　　著我儒冠非誤[8]，誤青門，當日種未成瓜。[9]贏得[10]閒身，莓苔掃幾秋蛇。[11]飛昇入雲雞犬，[12]總恒河，一例蟲沙。[13]逃世約，武陵谿垂釣艤查[14]。

【箋　注】

〔1〕籜公：龍榆生（1902—1966），字沐勳，江西萬載人，著名詞人，詞作有《風雨龍吟室詞》、《忍寒廬詞》。在堂兄弟中排行第七。故自稱龍七。號娛生、忍寒詞人、怨紅詞客等。生平酷

愛修竹，四十歲以後，用"籜公"一名。茄盦：呂貞白
（1907—1984），原名呂傳元，字貞白，江西九江人。汪東《夢
秋詞》中有："《玉樓春·貞白召飲，慶其結婚三十年，茄盦其
自號也》。"《同聲月刊》1941年第1卷第9期有呂傳元《茄盦
詞一首》。鶴翁：冒廣生（1873—1959），字鶴亭，號疚齋，江
蘇如皋人，冒辟疆後人，近代著名詩人、詞家，著作有《小三
吾亭詩文集》、《疚齋詞論》等等。拔翁：李宣龔（1876—
1953），福建閩縣人，字拔可，號觀槿，室名碩果亭，晚號墨
巢。清光緒甲午舉人，民國後供職上海商務印書館多年，曾任
商務印書館經理，著作有《碩果亭詩正續集》等。訒翁：林葆
恒（1881—?），字子有，號訒庵，福建閩侯（今福州）人，林
則徐姪孫，曾任駐小呂宋（今菲律賓）副領事、駐泗水領事。
諳於書史，勤於詞學，在上海創建漚社。著有《訒庵詞》，詞作
"清聲逸響，饒有韻味"（語出夏敬觀《忍古樓詞話》）。

〔2〕淞：江名，淞江，通稱"吳淞江"，發源於太湖，到上海與黃浦
江合流入長江。此處代指上海。

〔3〕淮：淮水，水名，源於河南省桐柏山，流經安徽、江蘇兩省入
洪澤湖。淮月：宋徐昌圖《臨江仙》："今夜畫船何處？潮平淮
月朦朧。"

〔4〕邊笳：即胡笳。我國古代北方邊地少數民族的一種樂器，類似
笛子。南朝鮑照《王昭君》詩："霜鞞旦夕驚，邊笳中夜咽。"

〔5〕天半朱霞：天半，猶言半空中；朱霞，紅霞。趙翼《甌北詩
話·高青邱詩》："獨青邱如天半朱霞映照下界，至今猶光景常
新，則其天分不可及也。"

〔6〕無言自芳桃李：典出《史記·李將軍傳》："李將軍悛悛如鄙人，
口不能道辭。及死之日，天下知與不知，皆為盡哀。彼其忠實
心誠信於士大夫也？諺曰：桃李不言，下自成蹊。此言雖小，
可以諭大也。"

〔7〕 桑麻：指農事。陶淵明《歸園田居》：“相見無雜言，但道桑麻長。”唐孟浩然《過故人莊》：“開軒面場圃，把酒話桑麻。”

〔8〕 儒冠非誤：典出杜甫《奉贈韋左丞丈二十二韻》“紈絝不餓死，儒冠多誤身”。儒冠誤身，意思是滿腹經綸的儒生窮困潦倒。廖詞此句是正典反用。

〔9〕 “誤青門”二句：青門，漢長安城東南門本名霸城門，因其門色青，故俗呼為“青門”或“青城門”。《三輔黃圖·都城十二門》：“長安城東，出南頭第一門曰霸城門。民見門色青，名曰青城門，或曰青門。門外舊出佳瓜，廣陵人召平為秦東陵侯，秦破，為布衣，種瓜青門外。”三國魏阮籍《詠懷》之六：“昔聞東陵瓜，近在青門外。”青門種瓜；喻指退隱。

〔10〕 贏得：“贏”字疑誤，當為“贏”；贏得，博得、博取意。

〔11〕 秋蛇：比喻字寫得不好，彎彎曲曲，像蛇爬行的痕跡，語出《晉書·王羲之傳》：“（蕭子雲）僅得成書，無丈夫之氣，行行若縈春蚓，字字如綰秋蛇。”此處為作者自謙語。

〔12〕 飛昇入雲雞犬：王充《論衡·道虛》：“淮南王劉安坐反而死，天下並聞，當時並見，儒書尚有言其得道仙去，雞犬升天者。”

〔13〕 蟲沙：比喻戰死的戰士或因戰亂而死的人民。羅隱《投湖南于常侍啟》：“物匯雖逃於芻狗，孤寒竟陷於蟲沙。”韓愈《送區弘南歸》：“穆昔南征軍不歸，蟲沙猿鶴伏以飛。”恒河：《金剛經·無為福勝分第十一》：“以七寶滿爾所恒河沙數三千大世界，以用佈施。”

〔14〕 艤：使船靠岸。查：同“楂”，木筏。清王士禎《瓶中荷花開偶成二首》：“津市垂楊岸，何人繫釣查。”“逃世約，武陵溪垂釣艤查”，見陶淵明《桃花源記》：“晉太元中，武陵人捕魚為業，緣溪行，忘路之遠近。”意指與世隔絕，怡然自得的生活。

【評　析】

民國二十八年（1939），廖恩燾等詞人開午社於滬上，社友凡十五人：廖恩燾、金兆蕃、林鵾翔、林葆恒、冒廣生、仇埰、夏敬觀、吳庠、吳湖帆、鄭昶、夏承燾、龍沐勳、呂貞白、何嘉、黃孟超，諸人所作，後有總集《午社詞》（民國二十九年排印本），共收詞七集，不分卷。這首《聲聲慢》為作者廖恩燾作於暮春時節，並與龍榆生、呂貞白、夏敬觀、冒廣生、李拔可、林葆恒諸詞友分享，詞中作者描述了田園荒蕪的戰爭景況，流露出自己退隱江湖、不問世事的人生意向。

（朱紅箋注）

月下笛　許氏園牡丹盛開，主人約游賞，未赴。夜窗兀坐。二鼓，[1] 撤電炬，改油鐙。陡聞[2] 簾外雨聲淅瀝，不能成寐。和白石均感賦。

　　有約芳園。看花負了。[3] 豔辰[4] 無雨。鐙唇[5] 夜語。惜飛蛾、燄投去。芭蕉喧、斷簷蛛網。夢還引愁絲萬縷。念屧廊[6] 蘚繡。明朝[7] 重到。墜鈿盈路。　　延竚[8] 憑欄處。問換幾枯榮。覷殘鸚鵡。留春話劫。泫[9] 紅飄淚如許。霓裳仙散瓊簫在。勸人共歌鶯住否。但張緒[10]、頓老靈和[11]。柳那恁風度。

【箋　注】

〔1〕二鼓：二更天。

〔2〕陡聞：不成詞。疑"聞"係"聞"之誤。

〔3〕看花負了：未能前往牡丹園賞花。

〔4〕豔辰：美好時光。

〔5〕鐙唇：鐙，同燈。燈唇，燈下之唇，指夜語。

〔6〕屧廊：走廊。

〔7〕明朝：明天早晨。

〔8〕竚：同佇。長時間地站著。

〔9〕泫：露珠晶瑩貌。

〔10〕張緒：《南史》卷三十一《張裕傳》附《張緒傳》："緒吐納風流，聽者皆忘饑疲，見者肅然如在宗廟。雖終日與居，莫能測焉。劉悛之為益州，獻蜀柳數株，枝條甚長，狀若絲縷。時舊宮芳林苑始成，武帝以植於太昌靈和殿前，常賞玩咨嗟，曰：'此楊柳風流可愛，似張緒當年時。'其見賞愛如此。"指人談吐風流，舉止儒雅。貫休《上盧使君二首》："馬卿山嶽金相似，張緒風情柳不如。"韓翃《送張渚赴越州》："風流似張緒，別後見垂楊。"

〔11〕靈和：殿名，借指柳；典出同上張緒柳，後遂以為詠柳常用之典。唐彥謙《漢代》詩："梓澤花猶滿，靈和柳未凋"。

【評　析】

　　本闋詞為許氏約廖氏游賞盛開的牡丹園，但廖氏未赴。上闋描寫自己在雨夜睡不著所見的景象，所聽到的聲音。下闋則抒發自己的傷春心境，引張緒典故藉以詠柳。

（蕭家怡箋注）

安公子　鄰女歌曲悽豔不忍聞，雨夜倚柳耆卿均感賦。

　　幾陣喧簾雨。雨簾陡覺春將暮。昨夢鴟夷[1]西子側。立霜絲[2]孤鷺。歎小蟻[3]。吟舠[4]老滯[5]淞[6]煙浦[7]。聞過牆、娓娓簫能語。甚墜紅飛亂，還囀流鶯千樹。　　萍浪愁漂旅。杖藜[8]扶影河橋竚。蘸眼滄波渾是淚。灑江天無處。念曲撫、爭絃落雁沙洲聚。音繞梁、轉入嗁鵑苦。便怎比何戡。渭城[9]昔曾唱去。

【箋　注】

〔1〕鴟夷：范蠡助越王復國後，隱居江湖，自號鴟夷子皮。

〔2〕霜絲：潔白的絲線。意指雨絲。

〔3〕艤：使船靠岸。

〔4〕舠：刀形的小船。

〔5〕滯：停留、靜止。

〔6〕淞：吳淞江。

〔7〕煙浦：雲霧迷漫的河岸、水邊。

〔8〕杖藜：拄着手杖行走。藜，野生植物，可作杖。

〔9〕渭城：《渭城曲》，樂府曲名。亦名《陽關》。王維《送元二使安西》詩：“渭城朝雨浥輕塵，客舍青青柳色新。勸君更盡一杯酒，西出陽關無故人。”

【評　析】

　　廖氏聽著雨聲，感覺春將結束。上闋描寫聽鄰女的歌曲更比春景令人動容。下闋廖氏有感於自己離鄉飄泊，聽到撩人的歌聲，如杜鵑啼叫，竟生出如王維詩句“勸君更盡一杯酒，西出陽關無故人”那般的傷感情緒。

（蕭家怡箋注）

雨霖鈴　春未盡，二十日立夏。晨起雨止。戶外紛傳德軍已降，歐局結束在即。[1]次柳均賦此。

　　簷鳩聲切。喚花梢雨。向曉[2]須歇。殘紅亂攪愁緒。春餞處。餘香猶發。劫幾桑田問海。[3]乍無語聞喧。任滾滾、風捲天翻。去盡英雄鳥飛闊。　　登樓對此情應別。

更嬾將、景物酬芳節。笙歌[4]斷送難了。簾底恨、眼波眉月。樹上聲徧降旐[5]。城上琱戈[6]綵仗[7]虛設。見慣是今古興亡。燕子何煩說。

【箋　注】

〔1〕第二次世界大戰歐洲戰場終於以 1945 年 5 月 8 日德國無條件投降宣告結束。

〔2〕向曉：破曉，天剛亮時。

〔3〕劫幾桑田問海：比喻世事變遷。

〔4〕笙歌：泛指奏樂唱歌

〔5〕旐：狹長而下垂的旗幟。

〔6〕琱戈：以玉裝飾的兵器。

〔7〕綵仗：以華美的絲織品裝飾門面。

【評　析】

由於廖氏長期擔任外交官，故對國際情勢有較深刻的了解與體會。第二次世界大戰在德軍戰敗後劃下句點，不少戰士葬身沙場之上，古今中外無異令人傷感，廖氏有感而賦。本闋詞上闋藉鳩啼之急，殘紅紛飛，描述戰後殘破孤寂的景象。下闋以"燕子何煩說"，一語道盡作者對戰爭感到無奈的心情。

（蕭家怡箋注）

醉花陰　和漱玉[1]均

不放春愁門掩畫。鍵下雙鐶獸。[2]招蝶又開簾。竹影窗橫。半臂寒侵透。　　新桐譜上歌蟬後。有淚珠彈袖。隔水一鶯嗁。嗁損花枝。花也如儂瘦。

【箋　注】

〔1〕漱玉：宋代詞人李清照，後人有《漱玉詞》輯本。

〔2〕鍵：門鎖。雙鐶獸：門上銜環的獸頭。

【評　析】

藉傷春抒懷。

（蕭家怡箋注）

添字采桑子　余年五十學為倚聲，輒嗜柳七[1]詞，自《黃鶯兒》以下二十餘闋，皆背誦極熟。探幽索微，確信周、[2]吳[3]導源所自。嘗謂讀吳而得周之髓，讀周而得柳之神；由柳追而上之，豁然悟南唐五代如天仙化人，奇妙不可測。十二年前回粵，以語海綃翁[4]，翁歎為知言。顧武陵陳氏[5]、鐵嶺鄭氏[6]闡發柳詞文字，迄未獲見。近頃映老以《抱碧齋集》見貽，閱詞話中載叔問舍人一書，於柳詞推崇備至，其奧義覃旨剖析無遺。且引夢華老人[7]言："耆卿為北宋巨手。"[8]伯弢又云："屯田詞在院本如《琵琶記》，小說如《金瓶梅》，惜百年來無人能道隻字。"[9]余竊自喜平生對柳詞見地不謬。拙著此稿將問世，殿此小令，亦飲水思源之意云爾。

　　沿花喚月闌干憑。月上闌干。花滿闌干。月鏡花容。

無那帶霜看。　　井泉飲處聞歌柳。[10]甚百年間。索解人難。大鶴[11]仙飛。誰與起詞屏[12]。

【箋　注】

〔1〕柳七：柳永，宋詞婉約派代表人物。原名三變，後改名永，字耆卿，排行第七，又稱柳七。宋仁宗朝進士，官至屯田員外郎，故世稱柳屯田。

〔2〕周邦彥，北宋末期著名詞人，字美成，號清真居士。其作品格律謹嚴，語言典麗精雅，長調尤善鋪敘，為後來格律派詞人所宗。舊時詞論稱他為"詞家之冠"。

〔3〕吳文英，號夢窗。清人對他評價甚高，將其與辛棄疾、周邦彥、王沂孫並列為兩宋詞壇四大家。

〔4〕海綃翁：陳洵（1871—1942），字述叔，晚號海綃翁，廣東新會人。少有才思，遊江右十餘年。晚歲教授廣州中山大學。著有《海綃詞》。

〔5〕陳銳（1859—1922），字伯弢，一字伯濤，號裒碧，湖南武陵人。與王鵬運、朱孝臧、鄭文焯等人齊名，推為詞宗。有《說文解字校勘記》、《讀經史劄記》、《裒碧齋集》、《裒碧齋篋中書》、《夢鶴庵詩集》、《秋出吟詞稿》等。

〔6〕鄭文焯（1856—1918），字俊臣，號小坡，又號叔問，晚號鶴、鶴公、鶴翁、鶴道人，別署冷紅詞客，奉天鐵嶺人，隸正黃旗漢軍籍。光緒舉人，曾任內閣中書，後旅居蘇州。工詩詞、音律、書、醫道，長於金石古器之鑒別，而以詞人著稱於世。有《大鶴山房全集》。

〔7〕夢華老人：馮煦（1842—1927），本名馮熙，字夢華，號蒿庵，晚號蒿叟、蒿隱。江蘇金壇人。光緒十二年（1886）進士，授翰林院編修。歷官安徽鳳府知府、四川按察使和安徽巡撫。辛亥後寓居上海，以遺老自居。曾創立義賑協會，承辦江淮賑務，

參與纂修《江南通志》。工詩詞駢文，尤以詞名，著有《蒿庵類稿》等。

〔8〕語出馮煦《蒿庵論詞》。

〔9〕語出陳鋭《裒碧齋詞話》。

〔10〕見宋葉夢得《避暑錄話》："凡有井水處，即能歌柳詞。"

〔11〕大鶴：鄭文焯，號大鶴山人，故云。

〔12〕朱祖謀《望江南》評王鵬運之詞學成就："作氣起屙為世重。"起屙，謂振弊起衰。

【評　析】

廖氏簡介自己的詞風，上追自柳永。其對柳永詞讚譽有佳，並在詞集出版前說明自己詞風之所宗，以表飲水思源之意。

（蕭家怡箋注）

捫蝨談室集外詞（乙酉）

醜奴兒慢　為鮑亞白題《小桃花館填詞圖》。[1]

　　明霞寸綺，花下吟壺天小。正羅簁[2]香風初轉，豔引頰潮。半翦淞[3]痕，雨吹紅暈上船簫。隔紗人面，嫣然帶笑，側墜雲翹[4]。　　可奈賦情，愁余老去，禁幾魂銷。問誰摩[5]、桓伊一笛，[6]呼酒谿橋。燕子簾前，綠窗時見舞纖腰。三千蛾黛，卻憑江管[7]，細細重描。

【箋注】

〔1〕鮑亞白題《小桃花館填詞圖》：鮑亞白，浙江人。秭園詩社社員。有《小桃花館填詞圖》，當時題詠者眾，汪東《夢秋詞》即有《一落索·鮑亞白小桃花館填詞圖》：“隱映新妝窺戶。愁來無據。遡溪相引泛流霞，被昔夢，遊仙誤。　　撲簌滿庭紅雨。憑闌索句。蕉城盡處日平西，料別有，傷心賦。”可並參考。

〔2〕羅簁：即羅扇，歌扇也。

〔3〕淞：淞江，通稱吳淞江。源出太湖，至上海與黃浦江合流入長江。

〔4〕雲翹：高聳髮髻。李漁《憐香伴·驚遇》：“因此上卸卻雲翹，重把兒時小髻梳。”

〔5〕摩：同撝。意指用手指按壓。《白居易·霓裳羽衣歌》：“擊撝彈吹聲邐迤。”

〔6〕桓伊一笛：桓伊，字叔夏，小字子野，東晉人。善吹笛，盡一時之妙，為江左第一。《世說新語·任誕》：“王子猷出都，尚在渚下。舊聞桓子野善吹笛，而不相識。遇桓于岸上過，王在船中，客有識之者，云：‘是桓子野。’王便令人與相聞，云：‘聞君善吹笛，試為我一奏。’桓時已貴顯，素聞王名，即便回下車，踞胡床，為作三調。弄畢，便上車去。客主不交一言。”喻

鮑亞白之風流蘊藉。

〔7〕江管：江，江淹。《南史·江淹傳》：“（江）淹嘗宿於冶亭，夢一丈夫自稱郭璞，謂淹曰：‘吾有筆在卿處多年，可以見還。’淹乃探懷中得五色筆，一以授之。”江管，謂五色彩筆，喻《小桃花館填詞圖》畫工之美。

（楊利成箋注）

解連環

　　畫闌干角。飛悠颺野蝶，那知花落。乍素手、重檢巾箱，歎羅扇怎勝，甃[1]螢纖弱。又動閒愁，雁聲裏、不垂珠箔。倚鞦韆久立，望斷寄書，嬾攀紅索[2]。　　梁河去程杳邈。記蘭舟漸遙，岸柳難縛。覷絮影、狼藉西風，也還似東風，恁般輕薄。褪杏銷桃，幾曾管、奩娥妝閣。算年年、帶圍暗損[3]，任伊自覺。

【箋　注】

〔1〕甃：井甓也。

〔2〕紅索：即秋千（鞦韆）。宋祁《好事近》：“昨夜一庭明月，冷秋千紅索。”

〔3〕帶圍暗損：《梁書·沈約傳》：“沈約與徐勉素善，遂以書陳情於勉，言己老病：‘百日數旬，革帶常應移孔，以手握臂，率計月小半分。以此推算，豈能支久？’”喻懷人消瘦。

（楊利成箋注）

藻蘭香　滬濱重午。依聲夢窗。[1]

　　筵斟艾酒[2]，戶挂蒲鞭[3]，點鬼嘯梁未滅。[4]饞蛟正餕，彩鷁如飛，遠弔楚江沈屈。自笳吹[5]、簫鼓[6]無聞，休提天南舊物[7]。眼照榴明[8]，臙灑鵑枝殘血[9]。　　卜向耆龜[10]忍問，起伏狂瀾，否隨鷗沒。才人萬古，賦手千家，幾怨佩瓊紉玦[11]。便湘娥[12]、肯解連環[13]，知錦標誰竟奪[14]。但笑見、角兩生蟾，猶弓彎月。

【箋　注】

〔1〕依聲夢窗：吳文英有重午詞，佳節思親，意在寄託鄉愁。《滿江紅·甲辰歲盤門外寓居過重午》：「結束蕭仙，嘯梁鬼，依還未滅。荒城外、無聊閒看，野煙一抹。梅子未黃愁夜雨，榴花不見簪秋雪。又重羅、紅字寫香詞，年時節。　　簾底事，憑燕說。合歡縷，雙條脫。自香消紅臂，舊情都別。湘水離魂菰葉怨，揚州無夢銅華闕。倩臥簫、吹裂晚天雲，看新月。」又《隔浦蓮近·泊長橋過重午》：「榴花依舊照眼。愁褪紅絲腕。夢繞煙江路，汀菰綠薰風晚。年少驚送遠。吳鹽老、恨緒縈抽繭。

旅情懶。扁舟繫處，青簾濁酒須換。一番重午，旋買香蒲浮盞。新月湖光蕩素練。人散。紅衣香在南岸。」廖鳳舒於 1938 至 1946 年間，寓居上海。鳳舒遣詞運意，蓋取在此，所謂依聲夢窗者也。

〔2〕艾酒：古俗，端午日采艾浸酒，飲之以祛邪。

〔3〕蒲鞭：以蒲草為鞭。俗以菖蒲、艾葉懸門，有驅鬼鎮邪之意。

〔4〕黏鬼嘯梁未滅：言如鬼魅縈繞也。吳文英《滿江紅·甲辰歲盤門外寓居過重午》：「結束蕭仙，嘯梁鬼、依還未滅。」

〔5〕笳吹：笳，胡樂。引申作軍樂。喻抗日戰爭。

〔6〕簫鼓：泛指樂奏。江淹《別賦》：「琴羽張兮簫鼓陳。」陸游《遊山西村》詩句：「簫鼓追隨春社近，衣冠簡樸古風存。」昭槤《嘯亭續錄·端午龍舟》：「乾隆初，上於端午日，命內侍習競渡於福海中，皆畫船簫鼓，飛龍鷁首，絡繹於鯨波怒浪之間。」此

喻龍舟競渡。

〔7〕休提天南舊物：天南，南方也，指南方荊楚。指上海淪陷，無復端陽節慶矣。

〔8〕眼照榴明：榴，石榴花。石榴五月開花，五月又稱榴月，故有"五月榴花照眼明"之語。

〔9〕鵑枝殘血：周朝末年，蜀君杜宇，國亡身死，魂化為鳥，暮春啼苦，至於口中流血，其聲哀怨淒悲，名為杜鵑。此喻國家破碎。

〔10〕耆龜：老龜也。張衡《西京賦》："摲紫貝，搏耆龜。"薛綜注："耆，老也。龜之老者，神。"

〔11〕佩瓊紉玦：《離騷》："紉秋蘭以為佩。"又："何瓊佩之偃蹇兮，眾薆然而蔽之。"《楚辭·湘君》："捐吾玦兮湘中，遺余佩兮醴浦。"喻屈子才人。

〔12〕湘娥：指湘妃。張衡《西京賦》："感河馮，懷湘娥。"李善注引王逸曰："言堯二女，娥皇、女英隨舜不及，墮湘水中，因為湘夫人。"

〔13〕解連環：《列仙傳》卷上《江妃二女》："江妃二女者，不知何所人也。出游於江漢之湄，逢鄭交甫。見而悅之，不知其神人也。謂其僕曰：'我欲下，請其佩。'"願得湘妃眷顧。

〔14〕知錦標誰竟奪：借賽龍奪錦，寄抗戰勝利之願。

（楊利成箋注）

瑞鶴仙　壽墨巢詩人李拔可[1]七十

一星南極壽。照巋然、碩果吟亭光透。句哦浣花[2]舊。羨人生七十，古來稀有。當年太守。正尚書、端陽獻後。喜而今棋墅[3]，笙筵勸醉，漉巾[4]蒲酒。　　親友白頭能記，治績桃源[5]，琴清鶴瘦[6]。墨巢詩就。昌黎健，后山厚。向騷壇揮麈[7]，書城傳檄[8]，添箇執樗紅袖。掃淞煙歲歲，鳩扶[9]看雲起岫。光緒末，葉君以知府需次江甯，曾權桃源縣篆，著有《碩果亭詩集》行世。

【箋　注】

〔1〕李拔可（1876—1953）：名宣龔，號墨巢。光緒二十年（1894）舉人。能詩，工書法。著有《碩果亭詩》、《墨巢詞》。本詞作於 1945 年。

〔2〕句哦浣花：杜甫嘗築草堂於成都浣花溪畔，故以“浣花”稱杜。杜甫《曲江》：“人生七十古來稀。”

〔3〕棋墅：東晉謝安有東山棋墅。喻李拔可優游林下，高朋滿座，名士風流。

〔4〕漉巾：即濾酒布巾。《宋書·陶潛傳》：“（陶淵明嗜酒），郡將侯潛，值得酒熟，取頭上葛巾漉酒。畢，還復著之。”白居易《效陶潛體》：“口吟歸去來，頭戴漉酒巾。”喻李拔可善飲。

〔5〕桃源：湖南省西北桃源縣。

〔6〕琴清鶴瘦：北宋英宗朝，趙抃為御史，彈劾不避權勢，時稱“鐵面御史”。後匹馬入蜀，以一琴一鶴自隨，為政簡易。喻李拔可治績清廉。

〔7〕揮麈：麈（原稿誤作“塵”），麈尾，拂塵。晉人清談，常揮動麈尾，以為談助。後因稱談論為揮麈。秦觀《滿庭芳·茶詞》：“雅燕飛觴，清談揮麈，使君高會群賢。”喻李拔可領袖騷壇。

〔8〕傳檄：檄，檄文。傳檄，傳佈檄文也。《史記·張耳陳餘列傳》：“誠聽臣之計，可不攻而降城，不戰而略地，傳檄而千里定。”喻李拔可號令書壇。

〔9〕鳩扶：鳩，鳩杖。應劭《風俗通》：“俗說高祖與項羽戰，敗於京索，遁叢薄中，羽追求之，時鳩正鳴其上，追者以鳥在，無人，遂得脫。後及即位，異此鳥，故作鳩杖以賜老者。”泛稱老人。

（楊利成箋注）

石州慢　讀《遐菴詞甲稿》[1]，依公《中秋夜游虎丘次均方回》之作，感賦一闋，補題集後。

　　亂翠河山，粉紅院樹，吟緒飛闊。卅年七寶樓成，一集[2]幾家心折。危欄煙柳，腸斷轉到方回，[3]歌筵敲徧鴛釵節。詞派越華分，接簫吹南雪。　　　　英發。納民於軌公長鐵道部[4]。觀世如棋，賦情應別。記握絲綸，逐隊鷗盟[5]還結。白頭歸佛，[6]笑伴丈室維摩[7]，拈花[8]不見人佳絕。問此恨誰知，只天邊殘月。

【箋　注】

〔1〕遐菴詞二句：葉公綽（1881—1968），又名譽虎，一作裕甫，號遐庵、矩園。廣東番禺人。畢業於京師大學堂仕學館，留學日本。早歲從政，曾任北洋政府交通總長。1923 年 5 月，應孫中山召，至廣州國民政府任財政部長。1931 年 12 月，任南京國民政府鐵道部長，1932 年 1 月，去職。抗戰時，避居香港，以賣字為生。工詞，擅書畫。有《遐庵詞》。葉詞云："夜氣沉山，商音換世，愁與天闊。留人巖桂攀餘，夢遠塞榆都折。瓊樓影暗，忍照破碎河山，傷心還話團圓節。涕淚玉川吟，剩枯腸如雪。　　　　歌發。風亭笛弄，滄海珠生，寄懷渾別。恨逐胥濤，越網千絲誰結。全消虎氣，算有墜粉零香，清宵索伴蛩聲絕。怕半鏡重圓，異當時明月。"葉、廖二詞皆是撫時感事之作。

〔2〕一集：指《遐菴詞甲稿》，民國三十二年（1943）出版。

〔3〕腸斷轉到方回：賀鑄（1052—1125），字方回，北宋詞人。意謂和賀鑄《石州慢》詞韻。

〔4〕公長鐵道部：葉公綽於 1931 年 12 月至 1932 年 1 月，出任南京國民政府鐵道部長。

〔5〕鷗盟：謂與鷗為友。比喻隱退。黃山谷《登快閣》："此心吾與白鷗盟。"

〔6〕白頭歸佛：1942年12月，葉恭綽（61歲）居上海，於赫德路佛教淨業社，成立"法寶圖書館"，弘揚佛學。

〔7〕丈室維摩：佛家語。維摩詰居士方丈室。言室雖只有一丈見方，其所包容極廣。《維摩經·文殊師利問疾品》："長者維摩詰現神通力，即時彼佛遣三萬二千師子坐，高廣嚴淨，來人維摩詰室，其室廣博，包容無所妨礙。"

〔8〕拈花：佛家語。示說法也。《五燈會元》："世尊在靈山會上，拈花示眾，是時眾皆默然，唯迦葉尊者破顏微笑。"

（楊利成箋注）

鷓鴣天 八十初度，[1]映老[2]以陳墨八笏見貽，拈此為謝。

半世揩磨硯早穿。臨池還認化龍煙。縱然近墨妨伊黑[3]，轉要躬似爾堅[4]。　　憑作耜，去耘田。鄰翁休贈買秔錢。翁嘗分畫潤所得贈余。力貧不受無功祿，究是張馳一輩賢。借用映老題王石谷《為龔蘅圃所繪田居圖》句。

【箋　注】

〔1〕初度：指生日。屈原《離騷》："皇覽揆余以初度兮。"本詞作於民國三十二年（1943）。

〔2〕映老：夏敬觀（1875—1953），字劍丞，晚號映庵。江西人，詩人、詞人、畫家。

〔3〕近墨妨伊黑：諺云，"近墨者黑"。

〔4〕轉要躬似爾堅：本句疑脱第四字，疑爲“身”或“親”字，作
“轉要躬身（親）似爾堅”；蓋與上句“近墨”對偶也。

附：和作

夏敬觀映盦

當膝翁今木榻穿。寫詞端要麝和煙。手貽品逴方于魯，齒謝言
工趙孟堅。　　經作枕，硯爲田。壽辰不乏治觴錢。女孫亦舉齊眉
案，家法吾瞻二老賢。

（楊利成箋注）

青玉案　丙戌滬上元宵。^{〔1〕}次東山^{〔2〕}均。

殘烽^{〔3〕}不礙鈿車路。又逐隊、春游去。轉轂^{〔4〕}韶華愁
裏度。十年花市，幾家鐙戶。還是傷心處。　　戟門^{〔5〕}渺
渺唬^{〔6〕}鴉暮^{〔7〕}，酒惡應無好題句。便聽歌衢聲爾許。雪空
添鬢，柳慵裝絮。雲也嫌爲雨。江南去冬至今，無雪無雨。^{〔8〕}

【箋　注】

〔1〕丙戌滬上元宵：丙戌元宵，民國三十五年（1946）二月十六日。
　　據劉紹唐《民國人物小傳》（《傳記文學》1991年11月354期），
　　謂廖鳳舒於“（民國）三十四年八月，抗戰勝利，戰後寄寓南
　　京、廣州。”然據本詞，則廖氏當時寓居上海。

〔2〕東山：指北宋詞人賀鑄，有《東山詞》。

〔3〕殘烽：喻戰事初停。

〔4〕轉轂：轂，車輪。轉轂，喻時光飛逝。賈島《古意》：“碌碌復
　　碌碌，百年雙轉轂。”

〔5〕戟門：顯貴之家。錢起《秋霖曲》：“貂裘玉食張公子，炰炙熏

天戟門裡。”

〔6〕嗁：同啼。

〔7〕鴉暮：李義山《隋宮》：“終古垂楊有暮鴉。”

〔8〕無雪無雨：冬無雪，春無雨，乃災異之象。

（楊利成箋注）

琵琶仙　春感

　　春好江南。甚除柳、舊日風流都歇。飛絮黏得高枝，眠禽正疑雪。芳訊遠、孤窗句覓。賸鐙影、冷銷吟骨。玉罍[1]頻添，紗巾倒著，扶醉看月。　　漫提起、寒食家家，尚盈耳、笙歌鬧城闕。知否落花身世[2]，早金仙[3]難說。應未省，塵堦掃了，又忽堆、雨後殘葉。只問妝閣誰先，喚鬟[4]收拾。

【箋　注】

〔1〕玉罍：罍，酒器。借作美酒。張養浩《喜春來》：“興來時斟玉罍，看天上碧桃花。”

〔2〕落花身世：喻命途迍邅。

〔3〕金仙：道教之神仙。《玉皇經》：“梵天一切金仙，大乘菩薩。”

〔4〕鬟：丫鬟，婢女。

（楊利成箋注）

望海潮 夜窗雷雨交作，挑鐙坐悶，檢《映盦詞》見此調，題曰"庚子[1]重來京師"云云。根觸予懷，傷今弔昔，惻然步均。

霜鴛翻瓦，更鼉敲枕，寒陰戰徧愁城。剛說沼吳[2]，還傳望蜀[3]，元戎扇羽麾兵。[4]鄰鬨[5]漫相驚。念杜陵白首，空賦收京。[6]一髮中原，[7]那堪予亦鬢星星。　　何當攬轡澄清[8]。數春明[9]舊曲，邊塞新聲。巢烏滯歸，局狙亂踐，哀箏訴與誰聽。休道飲留名。正恁般霹靂，天醉[10]難醒。山隤羅浮，[11]寒驢馱雨話詩僧[12]。

【箋 注】

〔1〕庚子：清光緒二十六年（1900），時夏敬觀二十六歲。

〔2〕沼吳：沼，積水。吳，指舊都南京。

〔3〕蜀：指陪都重慶。

〔4〕元戎扇羽麾兵：元戎，統帥。指蔣中正。徐陵《移齊王》："我之元戎上將，協力同心，承稟朝謨，致行明罰。"喻國府動員勘亂。

〔5〕鄰鬨：喻國共內戰。

〔6〕空賦收京：杜甫有《收京》三首。其三云："汗馬收宮闕，春城鏟賊壕。賞應歌杕杜，歸及薦櫻桃。雜虜橫戈數，功臣甲第高。萬方頻送喜，無乃聖躬勞。"言戰勝回京，欣喜之象。空賦也者，則王師未定，而內戰又起。

〔7〕一髮中原：蘇軾《澄邁驛通潮閣》之二："杳杳天低鶻沒處，青山一髮是中原。"

〔8〕攬轡澄清：《後漢書·范滂傳》："（范）滂登車攬轡，慨然有澄清天下之志。"

〔9〕春明：唐代長安有春明門。春明，借指京都。

〔10〕 天醉：張衡《西京賦》："昔者大帝説（悦）秦繆公而觀之，饗以鈞天廣樂。帝有醉焉，乃為金策錫用此土而翦諸鶉首。"李善注引虞喜《志林》曰："嗋曰：'天帝醉秦暴，金誤隕石墜。'"天醉，喻世事混亂。陳衍《張廣雅召來鄂》："一臥忽驚天醉甚，萬牛欲挽陸沉艱。"

〔11〕 山膾羅浮：羅浮，羅浮山，又名東樵山。為道教十大洞天之第七洞天，七十二福地之第三十四福地。

〔12〕 蹇驢馱雨話詩僧：陸游《劍門道中遇微雨》："衣上征塵雜酒痕，遠遊無處不銷魂。此身合是詩人未？細雨騎驢入劍門。"趙渢《黃山道中》："好景落誰詩句裡，蹇驢馱我畫圖間。"元代畫師牧法常畫《賈島馱驢》，故曰詩僧。結句言時局紛亂，有遯世之意。

（楊利成箋注）

泛清波摘徧

比年春分，輒作一詞。今年二月十九日春分[1]，世界雖止戈，[2] 益復瘡痍滿目，[3] 有不忍形諸詠歌者。淫雨匝月，滬上通衢，多成澤國。感念天時人事，為之愴然。拈晏叔原體，率填此闋。東坡先生所謂，游於自然，而託於不得已歟。

沈陰黳滿，宿酒消遲，偏是喚晴鳩尚杳。溜簷喧徹，拚忍無眠為花惱。簫吹早。霜絲幾縷，鐙影孤檠，人向賣餳聲外老[4]。騰劫[5]山河，便莫春光問多少。　斷愁抱。簪鬢怕尋墜紅[6]，返駕記妨流潦。[7]思撫吳孃淚絃，試彈清曉。夢嬌小。腰鬭半握[8]蠻纖，眉橫兩彎蛾妙。只怪釵盟鏡約[9]，怎生忘了。

【箋　注】

〔1〕今年二月十九日春分：據曆法，當為丙戌年二月十八日（1946
　　年 3 月 21 日），疑廖氏誤記。

〔2〕世界雖止戈：民國三十四年（1945）八月，抗戰勝利。

〔3〕益復瘡痍滿目：言國共內戰又起。華北、山西戰況劇甚。

〔4〕簫吹早……人向賣餳聲外老：餳，糖也。《日知錄》謂古賣糖者
　　吹簫。

〔5〕賸劫：劫，梵文劫簸（kalpa）音譯，乃古印度之時間單位。世
　　界一生一滅，是一大劫。喻災禍之意。賸劫，劫餘也。即是戰
　　後。

〔6〕墜紅：落花也。周邦彥《六醜》："夜來風雨，葬楚宮傾國。釵
　　鈿墮處遺香澤。"

〔7〕返駕記妨流潦：返駕，車駕回駛，回歸。王嘉《拾遺記》"（漢
　　成帝）每乘輿返駕，以愛幸之姬寶衣珍食，捨於道傍。"記妨流
　　潦，借用周邦彥《少年游》"馬滑霜濃，不如休去，直是少人
　　行"之詞意，恐不得歸去也。

〔8〕半握：手指彎曲合攏，謂之一握。半握，言其微也。此處語帶
　　雙關，暗喻國共爭持半握江山也。

〔9〕釵盟鏡約：1945 年 10 月 10 日，國共簽訂"雙十協定"。

（楊利成箋注）

燕歸梁　依樂章平調

　　日永花甎[1]影未低。睡覺支頤[2]。一春心事沒人知。
妨窺蝶、繡簾垂。　　簷前雨遏開紅杏，呢喃[3]燕、絮多
時。不堪還認鬧爭枝。早是約、去銜泥。

【箋　注】

〔1〕花甎：表面有花紋的磚。

〔2〕支頤：以手托腮。白居易《除夜》詩：“薄晚支頤坐，中宵枕臂眠。”

〔3〕呢喃：表示燕子叫聲。

【評　析】

　　本詞寫春日閒情。上闋講春午小睡時的情景，窗外日影照在花甎上，窗內人在桌旁支首淺眠，這一心春情無人能曉，門外那彩蝶飛舞，正想入室相窺，卻被垂簾阻擋在外。下闋以一串春景起，簷前雨滴，紅杏鬧春，燕子聲啾，柳絮翻飛。那些燕子在杏枝上跳躍爭鳴，鬧得不可開交，是在相約一起去銜泥築巢嗎？通篇小巧可愛，充分表現了春日閒情。

（黃永順箋注）

女冠子　雨夜感作二首

　　巫山[1]雲遠，夜雨偏教腸斷[2]，念家山，石壞仙蹤杳，城荒霸氣殘。　　那尋修月斧[3]，不見護花旛[4]，細柳營[5]空聽，唱刀鐶[6]。

　　數聲唬鵙[7]，又是落花時節，正愁儂，絮攪鶯簾[8]浪，筐喧鳳枕風。　　檢書[9]妨濕翠，障扇避飛紅，忍畫雙蛾[10]皺，上眉峰。

【箋　注】

〔1〕巫山：傳說巫山神女能興雲降雨，亦指男女相會。《高唐賦》：

“妾在巫山之陽，高丘之阻，旦為朝雲，暮為行雨，朝朝暮暮，陽臺之下。”

〔2〕腸斷：思念令人斷腸。《長恨歌》：“行宮見月傷心色，夜雨聞鈴腸斷聲。”

〔3〕修月斧：指月之圓缺，為斧修之。《太平廣記》卷三百七十四《靈異·鄭仁本弟》：“唐大和中，鄭仁本表弟，不記姓名，常與一王秀才遊嵩山，捫蘿越澗，境極幽夐，忽迷歸路。將暮，不知所之。徙倚間，忽覺叢中鼾聲，披榛窺之，見一人布衣，衣甚潔白，枕一襆物，方眠熟。即呼之曰：‘某偶入此徑，迷路，君知向官道無？’其人舉首略視，不應復寢。又再三呼之，乃起坐，顧曰：‘來此。’二人因就之，且問其所自。其人笑曰：‘君知月七寶合成乎？月勢如丸，其影多為日爍，其惡處也。常有八萬二千戶脩之，子即一數。’因開襆，有斤鑿事。玉悄飯兩裹，授與二人，曰：‘分食此，雖不足長生，無疾耳。’乃起，與二人指一歧徑，曰：‘但由此，自合官道矣。’言已不見。”

〔4〕護花旛：輕旛。唐代崔玄微在花苑中遇眾花精，花精因得罪風神，懼怕狂風侵襲，乞求崔氏每年二月初一立朱幡於苑中，上圖日月五星之文。崔氏許之，苑中之花因而免於暴風的摧殘。見唐鄭還古《博異志》。

〔5〕細柳營：軍營。《史記》卷五十七《絳侯周勃世家》：文帝之後六年，匈奴大入邊。乃以宗正劉禮為將軍，軍霸上；祝茲侯徐厲為將軍，軍棘門；以河內守亞夫為將軍，軍細柳，以備胡。上自勞軍。至霸上及棘門軍，直馳入，將以下騎送迎。已而之細柳軍，軍士吏被甲，銳兵刃，彀弓弩，持滿。天子先驅至，不得入。先驅曰：“天子且至！”軍門都尉曰：“將軍令曰：‘軍中聞將軍令，不聞天子之詔。’”居無何，上至，又不得入。於是上乃使使持節詔將軍：“吾欲入勞軍。”亞夫乃傳言開壁門。壁門士吏謂從屬車騎曰：“將軍約，軍中不得驅馳。”於是天子乃按轡徐行。至營，將

軍亞夫持兵揖曰："介冑之士不拜，請以軍禮見。" 天子為動，改
容式車。使人稱謝："皇帝敬勞將軍。" 成禮而去。既出軍門，群
臣皆驚。文帝曰："嗟乎，此真將軍矣！"

〔6〕刀鐶：同 "刀環"，刀頭上的環。清王秀楚《揚州十日記》："刀
環響處，愴呼亂起。" 清方維儀《旅夜聞寇》詩："生民塗炭盡，
積血染刀鐶。" 環、還同音，後以刀環喻還歸。唐高適《入昌松
東界山行》詩："王程應未盡，且莫顧刀環。" 清朱奕恂《擬古
出塞》詩："少婦識雄心，不復問刀環。"

〔7〕嗁鴂：鳥啼。納蘭性德《菩薩蠻》詞："夢回酒醒三通鼓，斷腸
嗁鴂花飛處。"

〔8〕鶯簾：歌者所居之簾幕。

〔9〕檢書：翻閱書籍。

〔10〕雙蛾：女子雙眉。梁沈約《昭君辭》："朝發披香殿，夕濟汾陰
河，於茲懷九逝，自此斂雙蛾。"

【評 析】

第一首遙望古人如何度此蕭瑟雨夜，故興詩之。從征戰在外的殘
荒，對戰爭經過城池的摧毀，又見天上月，花之嬌弱，想起家鄉、故人。

第二首描寫窗外鳥啼，又逢夜雨零落打下嬌貴的花瓣，一位閨
中女子雖在翻閱古書，卻心神不定，舉起扇子遮飄落的花瓣，解不
了思念。

（簡逸光箋注）

醉公子　和薛昭蘊[1]均

半軃[2]蝸髻髮，全剗[3]鴉頭韈，鐙點小提籠，穿花妨
墮紅。　　仔細兜鞋處，莫著香泥汙，算得杏遲開，燕兒
還到來。

【箋　注】

〔1〕薛昭蘊：字澄州，唐末詞人，官至侍郎。王國維認為薛昭蘊即
　　薛昭緯。

〔2〕鞸：下垂。

〔3〕剗：平。

【評　析】

　　此詞如同李後主的《菩薩蠻》，描寫女子夜間妝扮亮麗，為與情
人約會。然夜晚光線幽暗，故點上小燈籠，穿過花叢。深怕鞋底沾
上汙泥，小心翼翼的樣貌。

（簡逸光箋注）

望江怨　擬牛嶠[1]四首

　　都休憶，却憶江南綺筵夕，歌樓誰擫笛[2]。　　酒醒
人遠嘶金勒[3]。五陵客[4]，到老不歸來，也教蟬鬢白。

　　都休憶，却憶江南柳條色，如今搖落碧。　　算除宣
武誰憐惜，錦衣祒[5]，載酒約鶯鄰，點金和露織。

　　都休憶，却憶江南有傾國，西施真絕色。　　浣紗谿
女[6]承恩[7]畢。五湖艒[8]，弄影白鷗波，沼吳[9]留淚迹。

　　都休憶，却憶江南李王筆，樓寒笙玉徹借押十八部。
那輸春水池吹一。紫霄冊，萬古作詞皇，冤旒[10]同拜得。

【箋　注】

〔1〕牛嶠：字松卿，一字延峰，隴西人，唐宰相牛僧孺之孫。唐僖
　　　宗乾符元年進士，歷任拾遺，補尚書郎。

〔2〕撤笛：按笛奏曲。

〔3〕金勒：馬絡頭。

〔4〕五陵客：五陵即五陵原。漢高祖劉邦將關東地區之大官、富人
　　　及豪傑遷徙關中，伺奉長陵，並在陵園附近修建長陵縣邑，供
　　　其居住。後以五陵少年、五陵客指豪邁有志之士。

〔5〕錦衣裼：裘服外一般都有罩衣，稱裼衣，如"君衣狐白裘，錦
　　　衣裼之"。

〔6〕浣紗谿女：指西施，李白《西施》："西施越溪女，出自苧蘿山。"

〔7〕承恩：蒙受恩澤。

〔8〕艗：因古代富貴人家常在船頭畫鷁（一種水鳥）形而得名，亦
　　　作艗首。

〔9〕沼吳：吳宮室廢壞。

〔10〕冕旒：古代帝王禮帽前後懸垂的玉串。

【評　析】

　　　第一首憶念起江南風光，夜夜笙歌之景，醉時聞聽不知名的笛
聲，醒時彷彿又聽到遠方戰場上的馬匹嘶鳴。這些戰場上的勇士在
外征戰一輩子，感嘆人生就這麼度過，轉眼雙鬢已虛白。

　　　第二首想起江南過去風光，也有興衰勝敗，就如北魏宣武帝欲
在政事上有所發揮，卻無法完成心願，短短十六年即崩殂。那不如
夜夜穿上高貴的裘衣到秦淮河畔與女子飲酒作樂。

　　　第三首謂江南美女如織，有國色天香如西施之美，然紅顏薄命，
人生不定順遂，到最後往往一人。獨守江邊，望著毀壞的城郭，憶
念過往。

第四首謂江南才子於歌樓上聽到絲絲入耳的音聲，吹起一池心中的漣漪。希望詩作能夠流傳千古。

（簡逸光箋注）

浣谿沙　四月二十六日碧桐君七十八壽詞（二首）

正約編茆[1]隱翠微，淞杯聊洗壽萊妻，留賓長記典釵[2]時。　　花燭重逢來歲事，孫蘭並結合歡枝，浮雲游子尚歸遲。

吹笛春明共夜深，海棠扶醉[3]到而今，舊京寓園，海棠數株，每宴坐其下，別二十年矣。薰來依舊半琳琴君名琴。　　菽水[4]且憑雙髻奉七女九女隨侍在滬，菱花休問二毛[5]侵，此情分付白頭吟。

【箋　注】

〔1〕茆：同茅。

〔2〕典釵：典賣髮飾。

〔3〕扶醉：醉須人扶。以"醉"顏點出花紅。

〔4〕菽水：指最平凡的食品。

〔5〕二毛：斑白的頭髮。常用以指老年人。杜預注："二毛，頭白有二色。"

【評　析】

第一首祝賀碧桐君壽誕，頌其與妻相守恩愛，應記得一路歷程。這一路來由簡樸的生活，慢慢的漸入佳境。

第二首謂夜晚奏一笛曲，伴著春暖月夜，看著園中植種許久的海棠花，晚風襲來斜椅彈琴。兒女在膝下奉上平常食物，過著雅致簡約的生活。不要問年紀漸長的父母，何以白髮生，夫妻能相守到老，才是珍貴的。

（簡逸光箋注）

漁家傲　依聲清真[1]

消與殘山和賸[2]水作去，妝樓聽兩人姝麗，折得桃花彈血淚，珠簾裏，閒抹自把秦箏[3]理。　　却恨埋愁無隙地，金杯百倒難成醉，一笛願教雲遏止，呼鬟起，玉籠放鳥迎新霽。

【箋　注】

〔1〕依聲清真：所謂依四聲，即取宋人某家某首詞為本，寫作時按原詞每字之平仄，且仄聲字需分清上去入，嚴格遵守，此為晚清至民國間詞壇作詞法之一。

〔2〕賸：同剩。

〔3〕秦箏：《史記·李斯列傳》中《諫逐客書》："夫擊甕扣缶，彈箏搏髀而歌乎嗚嗚快耳者，真秦之聲也。"春秋戰國時期箏已流行於秦地。

【評　析】

此調始自晏殊，因詞有"神仙一曲漁家傲"句，取以為名。

殘山賸水本是消沉，將思念的愁緒放諸山水如何可消。樓閣上僅餘女子，獨守空閨，相依為伴。滿腹的思念只好通過琴聲將悲傷傳達遠方。這份愁恨充滿所處之地，令人無處可逃，儘管家中過著優渥的生活，即便想藉酒消愁，亦無所用。奏一笛曲，讓陰霾壓抑的氣象能夠一掃，將珍籠中的禽鳥放去，讓其自由吧。彷彿女子在放飛鳥時也能在自由的天地遨遊，心情隨之放開。

（簡逸光箋注）

減字木蘭花　檢篋得六年前映老為繪填詞圖。口占此解。

詞仙瀟灑，為我填詞圖早寫，樹石池亭，筆筆思翁[1]亦右丞[2]。　　西江宗派[3]，雲起軒[4]遙公健在，白髮青樽，問字花前翠髻人。

【箋　注】

〔1〕思翁：董其昌，號思翁，明代書畫家。

〔2〕右丞：王維，字摩詰，唐人，官尚書右丞，世稱王右丞。擅詩、畫，啟文人畫之風。

〔3〕西江宗派：西江派又稱為江西詩派、江西宗派、江西派，是北宋後期形成的一個詩派。以黃庭堅（號山谷）為祖師。

〔4〕雲起軒：文廷式，晚清詞人，著有《雲起軒詞鈔》。

【評　析】

感映老（夏敬觀）為作者繪填詞圖，作者以映老其人文章風采皆翩翩然，譽為詞仙，故作詞讚揚映老繪圖如王維、董其昌。文章以黃山谷江西宗派為依歸。雖詞人已是白髮蒼蒼，然斟上一杯酒，與年輕晚輩相切磋，論學不論輩，其樂融融。

（簡逸光箋注）

杏花天　晏叔原謂先公生平不作婦人語，余竊嘗疑之。詞
以哀艷為體，不墮山谷惡道[1]，作婦人語何傷？
王荊公[2]經術大家，其詞亦不例外。宿學如映
老[3]，雖洗盡脂香粉氣，讀其"斷魂騎絮過江南"
句，不禁拍案叫絕，因仿白石體[4]，賦贈此闋。

　　映翁羞作閨幨[5]語。是同叔、當年雅度。半山人仰老
經師，所賦有、紅牋寄與[6]句。　　翁雄據書城萬戶，也
還算、鶯花[7]舊主。斷魂騎甚過江南，曰絮記、飛龍乍點
處。

【箋　注】

〔1〕山谷惡道：黃庭堅，北宋人，號山谷道人。工詩，與蘇軾並稱
"蘇黃"。部分言情詞作過於俗豔露骨，有"山谷惡道"之譏。
如周濟《宋四家詞選》中評周邦彥《少年游》："此亦本色佳製
也。本色至此便足，再過一分，便入山谷惡道矣。"

〔2〕王荊公：王安石，北宋人，號半山。曾為宰相，力行改革，創
新之思想亦帶入經學鑽研中，如《三經新義》。死後封"荊國
公"，世稱"王荊公"。身為政治家、經學家的王安石，亦能創
作豔詞，曲盡兒女柔情。

〔3〕映老：夏敬觀，晚號映庵，生卒年與廖氏相當，為清末民初江
西派著名詩人。廖氏居滬期間，同為午社中心成員，談詩論詞
十分投契，過從甚密。

〔4〕白石體：姜白石作詞譜曲兼擅，多才多藝。詞壇多有追慕仿作。

〔5〕閨幨：女子床帳為幨。閨幨指女子居閨柔媚情態。

〔6〕紅牋寄與：紅牋，同"紅箋"，出自王安石《謁金門》中詞句：
"紅箋寄與添煩惱。"

〔7〕鶯花：鶯啼花開。泛指春日景色。杜甫《陪李梓州等四使君登惠義寺》詩："鶯花隨世界，樓閣倚山巔。"

【評 析】

文人社團多喜唱和，雖年紀相仿，映庵本為廖氏作詞導師，平日聚首吟誦思索，多有會心。此詞為廖氏促狹之作，平素看似道貌岸然的映老，竟也有婉約風致的麗詞新句。

（林佳燕箋注）

前 調 半舫[1]自四十年前集覺翁[2]句題《水龍吟》[3]，後未嘗一言及之。今仿白石調[4]，援稼軒"八難"[5]辭例，戲作此解。

玉簫飛出紅欄半。半池月，珠簾捲半。半融花氣[6]半鑪煙[7]，影半、鐙搖半、鏡涴半。 欹巾[8]半船窗凭半。酒傾半，歌猶未半。米家舫[9]不半為名，曷半、米非半、但我半。

【箋 注】

〔1〕半舫：廖恩燾，號半舫翁。

〔2〕覺翁：吳文英，北宋人，號夢窗，晚年又號覺翁。於婉約派中另闢蹊徑，雖有"七寶樓臺"之譏，但其語言新異、設色強烈，其獨創性在詞家中堪稱一絕。

〔3〕水龍吟：又名《龍吟曲》、《莊椿歲》、《小樓連苑》。《清真集》入"越調"，《夢窗詞》入"無射商"。各家格式出入頗多，歷來都以蘇、辛兩家之作為准。姜夔取代辛棄疾，吳文英師法姜夔。

〔4〕白石調：白石體是唐宋詞體的最後的一大變化，之後無不在白
　　石體的牢籠之中。前人評說：“白石詞，如白雲在空，隨風變滅，
　　獨有千古。”

〔5〕八難：辛棄疾《柳梢青・八難之辭》：“莫煉丹難。黃河可塞，
　　金可成難。休辟穀難。吸風飲露，長忍饑難。　　勸君莫遠遊
　　難。何處有、西王母難。休采藥難。人沈下土，我上天難。”

〔6〕花氣：花朵開放時的香氣。黃庭堅《花氣薰人帖》：“花氣薰人
　　欲破禪，心情其實過中年。春來詩思何所似，八節灘頭上水
　　船。”

〔7〕鑪煙：鑪，同“爐”。指熏爐或香爐中的煙。蘇軾《青牛嶺高絕
　　處有小寺人跡罕到》詩：“暮歸走馬沙河塘，爐煙裊裊十裡香。”

〔8〕欹巾：指帽子歪斜。

〔9〕米家舫：指“米家船”。北宋書畫家米芾，常乘舟載書畫游覽江
　　湖。後常以“米家船”借指米芾的書畫。黃庭堅《戲贈米元
　　章》詩之一：“滄江盡夜虹貫月，定是米家書畫舡。”

【評　析】

　　此首仿稼軒八難之趣戲作，改以“半舫”之“半”入題，上下
闋各有八個“半”字。“半”既有得兼之意，尚可不定之妙。上闋
月夜捲珠簾，佐以簫聲、花香、裊裊爐煙，燈前月下人影搖晃，朦
朧隱約，極富想像空間。下闋微醺歌酒，船搖意亂，帽也斜心也斜，
但作痴心醉語。

（林佳燕箋注）

風入松　鶴翁[1]昔年修《廣東通志》，近日息影淞廬，箋宋
　　　　　元詞曲。不晤數月，今忽見過，欣然為拈此解。

　　門臨囂市絕谿流，剝啄[2]不聞鷗。儵然[3]一鶴松間下，

霜髯[4]拂、正比翎脩。約我漱珠橋[5]畔，橫簫吹月船頭。
　　年時曾記載歌游，句艷有囊收。暫拋良史董孤[6]筆，
瓶花對、箋曲鐙樓。水繪園[7]應無恙，當筵舞柘枝[8]不。

和　作　冒廣生疚齊[9]

　　到門剝啄喜清流，相對兩閒鷗。齊年八十賢梁孟[10]，羨多
生、福慧同脩。雙照壽星南極，廿年海水西頭。　　　旗亭賭
句[11]憶前游，佳麗秣陵[12]收。近來我學維摩[13]病，鎮藥爐、經
卷層樓。問訊豐湖風月劫，餘還似前不。

【箋　注】

[1] 鶴翁：冒廣生（1873—1959），字鶴亭，江蘇如皋人，因字鶴
　　亭，故云鶴翁。

[2] 剝啄：象聲詞，敲門聲。蘇軾《次韻趙令鑠惠酒》："門前聽剝
　　啄，烹魚得尺素。"

[3] 脩然：指無拘無束、自由自在的樣子，如"脩脩而來，脩脩塵
　　外"。

[4] 霜髯：白色鬍鬚。蘇軾《贈嶺上老人》詩："鶴骨霜髯心已灰，
　　青松合抱手親栽。"

[5] 漱珠橋：橋在廣州，橫跨漱珠涌，故名。橋建於清乾隆年間。
　　在清代，漱珠涌漱珠橋一帶風光秀麗，沿岸名園麇集，處處酒
　　幡，夜夜笙歌。

[6] "孤"當為"狐"之誤，指董狐。董狐係春秋時晉史官，以對
　　史實直書不諱而受到孔子贊譽，稱為古之良史。文天祥《正氣
　　歌》："在齊太史簡，在晉董狐筆。"

[7] 水繪園：位於江蘇如皋，始建於明萬曆年間。是明末清初江南
　　才子冒辟疆與董小宛棲隱過的名園。是園以水為貴，以倒影為
　　佳，既秀且雅；其以園言志，以園為憶，並融詩、文、琴、棋、

書、畫、博古、曲藝等特色於一園，是一座饒有書卷氣的文人花園。

〔8〕舞柘枝：即柘枝舞，是從西域傳入中原的著名"健舞"。來自西域的石國，石國又名柘枝。唐盧肇《湖南觀雙柘枝舞賦》中，有"古也郅支之伎，今也柘枝之名"句。郅支為西域古城名，在今中亞江布林一帶。柘枝舞發展至歌舞大曲與隊舞後，仍沿用固有的曲目名稱與表演形式。

〔9〕"齊"當為"齋"之誤。疚齋，冒廣生號。

〔10〕賢梁孟：原指漢朝的梁鴻、孟光，夫妻兩人舉案齊眉，關係很好，後以之讚譽夫妻間相敬如賓。

〔11〕旗亭賭句：《博異記》："開元中，詩人王昌齡、高適、王之渙齊名。一日天寒微雪，三詩人共詣旗亭。"

〔12〕秣陵：秦漢時期今南京的稱謂。

〔13〕維摩病：《維摩經·文殊師利問疾品》載："佛在毘耶離城庵摩羅園，城中五百長者子至佛所請說法時，居士維摩詰故意稱病不往。佛遣舍利佛及文殊師利等問疾。文殊問：'居士是疾何所因起？'維摩詰答曰：'一切眾生病，是故我病；若一切眾生得不病者，則我病滅。'"後用"維摩病"謂佛教徒生病。蘇軾《和錢四寄其弟和》："年來總作維摩病，堪笑東西二老人。"

【評 析】

廖氏與好友冒廣生唱和之作。廖氏數月未見冒老，在廖氏夫婦生日之際相見。冒氏字鶴亭，故廖氏以"鶴"形象發想，形容冒老白鬚丰姿，並期待相娛於漱珠橋。而冒氏和作，祝福廖氏夫妻八十大壽，祝他們壽命與智慧同增，感情永不變。稱自己近日生病，不知哪日能盡歡一聚。

（林佳燕箋注）

好事近　南歸倚裝[1]作

　　吟袖殢[2]淞[3]雲，鐙蘸十年華髮。過了重陽風雨[4]，正雷舟催發[5]。　　從今唱到望江南[6]，珠孃[7]素絃撥。喚醉習家池[8]上，又羽觴飛月[9]。

【箋　注】

〔1〕倚裝：靠在行裝上，謂整裝待發。多用於告別信柬中。梁啟超《新中國未來記》第五回：“杭行倚裝，不及走送。”

〔2〕殢：停滯、逗留之意。

〔3〕淞：指吳淞江，即上海。

〔4〕重陽風雨：宋潘大臨：“滿城風雨近重陽。”辛棄疾：“重陽節近多風雨。”秋本蕭颯，復多風雨，詩人常藉以感懷人事。

〔5〕雷舟催發：柳永《雨霖鈴》：“蘭舟催發，執手相看淚眼。”

〔6〕望江南：詞牌名。

〔7〕珠孃：閩粵對妓女的稱呼。此處應指歌妓。

〔8〕習家池：位於湖北襄陽，為著名私家園林建築。後文人借指歡宴場所。

〔9〕羽觴飛月：脫胎自李白《春夜宴從弟桃李園序》：“飛羽觴而醉月。”“羽觴”是專為“曲水流觴”設計的酒杯，橢圓狀、淺腹、平底，兩側有半月形雙耳，如附羽翼，使酒杯在流水上不易翻覆。

【評　析】

　　廖氏在南京、上海一帶生活十年，故謂“殢淞雲”、“鐙蘸十年華髮”。民國三十八年，整裝南歸，臨行之際，心中頗多感觸，亦離情依依。下半闋，想到離開吳地後，若唱到《望江南》，懷念蘇杭之江南風光時，只能由閩粵的歌伎來吟唱，而在私家園林裡喝酒。想

來此處一別，在吳地的生活情景將永留心中，取而代之的是新生活
的到來。

（林佳燕箋注）

虞美人 抵香港[1]舟中感作

隔江喧徹夷歌[2]舊，雨洗青螺岫[3]。依然落日照旗紅，
一墖[4]摩空，靈却幾曾鍾。香港陷落，日軍改摩天嶺上旗壘為墖，命
名"鍾靈"。英軍克復，以拆費過鉅，尚未毀去。 萬星鐙[5]引鶯
簫[6]墜，吹破癡龍睡。未應銜恨割珠厓[7]，不割珠厓，無
此好樓臺。國內兵刃相尋，萑苻[8]徧地，留此一隅乾淨土，為吾民將息[9]。
臥榻旁遂不得不容他人鼾睡，抑亦可哀也夫。

【箋 注】

〔1〕廖恩燾 1944 年 5 月任汪偽南京國民政府委員。1945 年秋被捕入
　　獄，獲釋後移居香港。

〔2〕夷歌：夷人的歌曲，泛指外族的歌曲。杜甫《閣夜》詩："野哭
　　千家聞戰伐，夷歌幾處起漁樵。"

〔3〕青螺岫：指碧綠色的山谷。

〔4〕墖：塔字之異體。

〔5〕鐙：同燈。

〔6〕鶯簫：簫的美稱。清馬位《中秋夜》詩："彩霞縹緲現金闕，鶯
　　簫鳳吹音琅琅。"

〔7〕指二次大戰日本佔領香港，時在 1941 年底至 1945 年中。珠厓，
　　原指海南島，古代文人有遠謫此地者，如蘇軾，此處借指香港。
　　【編者按：漢武帝開疆拓土，消滅南越國後，在海南島設立珠厓
　　郡和儋耳郡，但到了漢元帝年間，就撤銷珠厓郡，放棄整個海

· 637 ·

南島。這就是著名的"漢棄珠厓"故事。該詞"割珠厓"三字
應是指清朝割讓香港予英國。】

〔8〕萑苻：春秋時鄭國的澤名，曾是盜賊出沒之處。遍地都是像萑
苻那樣的盜賊窩。形容盜匪橫行，出沒各處，天下不寧。

〔9〕將息：休養生息。

【評　析】

廖氏抵港適逢香港重光，登鍾靈塔而感懷時事。"夷歌舊"、"雨
洗"、"落日"、"吹破癡龍睡"等語皆寓日軍退去，港島煥然一新之
意。登高望遠，思緒脫清，身世遭際可免介懷，想多少古人遠謫海
南，亦應自求解脫，即景得樂，愁煩自消。

（林佳燕箋注）

西江月　春游二首

二十年前別去，〔1〕三千里外歸來。〔2〕太平山〔3〕上杜鵑開。
山在太平何在。〔4〕　　散盡石塘是處昔為妓院鶯豔，〔5〕賣殘鐙市
兒獃。〔6〕為文憑弔宋皇臺。〔7〕那可勿論成敗。

樓起仙山有閣，〔8〕風收宦海〔9〕無波。一灣淺水淺水灣浴場
浴嫦娥。側竟裸裎於我。〔10〕　　漸見游人雜遝，微妨老子婆
娑。〔11〕鯉魚門對小坡陀。得酒且圍花坐。〔12〕

【箋　注】

〔1〕1945 年，二戰結束，廖氏因任汪政權國民政府委員而入獄。未
幾獲釋，遷居香港。二十年前，蓋上次造訪香港之時。

〔2〕廖氏生於美國，而以香港為終老之所，故云。

〔3〕太平山：港島最高峰，海拔552公尺，為著名景點及地標。

〔4〕二戰結束，民生凋敝之謂。

〔5〕石塘：石塘嘴在港島西，原為花崗石礦場。1904年，港督彌敦下令所有妓寨一律遷至此處，遂成風月區藪。1935年，港府立法禁娼，乃告止歇。唯1941年，香港淪日，石塘嘴易名"藏前區"，再度繁華。散盡：謂日本投降後，塘西風月蕩然無存也。

〔6〕鐙，同"燈"。唐代以來，民間自臘月末至正月中旬於市集販售彩燈，號為燈市。燈飾奇巧，兒童多喜購買。燈市賣殘，元宵節已過耳。

〔7〕宋皇臺：即宋王臺，香港古蹟，在九龍城。宋末，元軍陷臨安，文天祥、陸秀夫等先後護送端宗趙昰、末帝趙昺南遷，以圖復國。在元軍追逐下，宋帝曾駐蹕九龍，建立行宮。後人於行宮所在之巨岩上刻"宋王臺"三字以憑弔。日治時代，巨岩被毀。香港重光後，原址改為啟德機場客運大樓，港府於馬頭角今址重建宋王臺公園。然廖氏作此詞時，原址不存，新址未立，故於政權更迭更興慨歎。

〔8〕謂高樓近海，恍如蓬瀛仙山。

〔9〕宦海：以所見真海喻官場。

〔10〕一灣淺水：指淺水灣。淺水灣在港島南，為泳灘及豪宅區。嫦娥、裸裎：謂泳戲之女子。

〔11〕《晉書·陶侃傳》："老子婆娑，正坐諸君輩。"辛棄疾《沁園春·弄溪賦》："徘徊久，問人間誰似，老子婆娑。"婆娑：逍遙閒散貌。老子：自稱。微妨：謂遊客漸多，喧囂益甚，稍難自適也。

〔12〕鯉魚門：香港海峽，維多利亞港東面入口，九龍沿岸以海鮮餐飲馳名。坡陀：亦作陂陀，傾斜參差狀。言於坐九龍漁港，隔海眺望港島諸山也。

（陳煒舜箋注）

鷓鴣天　元宵口占

去歲元宵度好春。胡今鐙訊阻江豚。[1] 南飛倦鶴情依舊，[2] 北望哀鴻淚又新。[3]　樓近水，月窺人。[4] 瓶花閒伴老吟身[5]。魚龍曼衍[6]渾無狀，片片昆池劫後鱗。[7]

【箋　注】

〔1〕此詞有懷南京之意。江豚乃揚子江下游特產，後文昆明池亦點首都。準此可知，首二句謂去歲尚在南京歡度元宵，今歲飄零香港，南京情狀亦為長江阻隔，不知如何耳。

〔2〕謂遷居香港。鶴性高潔，是以自喻。

〔3〕謂思量神州戰後餘生，愴然涕下。

〔4〕蘇軾《洞仙歌》：“繡簾開，一點明月窺人。”

〔5〕老吟身：謂年老吟詩之人。宋陳郁《送詩友歸西湖》：“詩到西湖漸逼真，便當於此老吟身。”

〔6〕魚龍曼衍：謂元夜雜戲，引伸為世事蕪雜變化之意。《漢書・西域傳贊》：“設酒池肉林以饗四夷之客，作巴俞都盧、海中碭極、漫衍魚龍、魚抵之戲以觀視之。”

〔7〕昆池：即昆明池，漢武帝於長安西南郊所鑿，以習水戰。杜甫《秋興》其七：“昆明池水漢時功。” 又云：“石鯨鱗甲動秋風。”《三輔黃圖》引《三輔故事》：“池中有豫章臺及石鯨，刻石為鯨魚，長三丈，每至雷雨，常鳴吼，鬐尾皆動。” 老杜借漢言唐，有荒煙野草之悲。而廖詞之“鱗”，既點石鯨，亦扣前句“魚龍曼衍”，謂睹元夜雜戲而嗟昔日戰之後，首都遭劫也。

（陳煒舜箋注）

鬲谿梅令　詠瓶中弔鐘花

　　此花不是鬬春妍。貌娟娟[1]。為底渾如蕭寺[2]佛堂懸。發人深省般。　　一枝和我伴鐙眠。杳聲喧。[3]夢到姑蘇城外月橫天。暗香飄客船。[4]

【箋　注】

〔1〕娟娟：柔美長曲狀。

〔2〕為底：為何。蕭寺：佛寺。《釋氏要覽》：“今多稱僧居為蕭寺者，必因梁武造寺以姓為題也。”又《杜陽雜編》略云梁武帝命蕭子雲於所造浮屠外以飛白體大書蕭寺之名。謂此花其狀如鐘，即見於佛寺者也。

〔3〕杳聲喧：即喧聲杳，謂嘈雜聲隱也。

〔4〕張繼《楓橋夜泊》：“姑蘇城外寒山寺，夜半鐘聲到客船。”乃此處化用所自。以“暗香”易“鐘聲”，明其為花也。

　　　　　　　　　　　　　　　　　（陳煒舜箋注）

南歌子　純堅女甥偕婿盧榮孝自澳門來，邀飲於半島旅邸，樓垣四角多綴弔蘭。酒酣，望海感作。擬張泌[1]二首。

　　倒屣長迎客，[2]懸瓢正買春[3]。蒼生猶是倒懸[4]人。我在倒懸花底，過黃昏。

　　順水飛輕楫，橫風撼巨波。世情如水共風銼[5]。我在水風平處，看煙蘿[6]。

【箋　注】

〔1〕張泌：又稱張舍人。《花間集》收張舍人詞二十七闋，三首為
《南歌子》。然而學者對《花間集》之張舍人身份，論說有二：
一說以為張泌字子澄，常州人（或謂淮南人）；南唐後主徵為監
察御史，官至内史舍人。另一說謂《花間集》不錄南唐詞，故
南唐之張舍人與《花間集》之張舍人自非一人；《花間集》之
張舍人字里不詳。

〔2〕屣：鞋。倒屣：倒穿鞋子。倒屣迎客，形容熱情迎接賓客。《三
國志·魏書·王粲傳》："獻帝西遷，粲徙長安，左中郎將蔡邕見
而奇之。時邕才學顯著，貴重朝廷，常車騎填巷，賓客盈坐。
聞粲在門，倒屣迎之。"

〔3〕買春：載酒游春，一說買酒。司空圖《詩品·典雅》："玉壺買
春，賞雨茆屋。"郭紹虞曰："春有二解。《注釋》：春，酒也。
《唐國史補》：酒有郢之'富水春'，烏程之'若下春'，滎陽之
'上窟春'，富平之'石凍春'，劍南之'燒春'，此一義也。
《淺解》：春，春景。此言載酒游春，春光悉為我得，則直以為
買耳。孔平仲詩'買住青春費幾錢'，楊萬里詩'種柳堅隄非買
春'，此又一義也。竊以為二說皆通，《淺解》說較長。"

〔4〕倒懸：倒掛，形容處境困難。《孟子·公孫丑上》："當今之時，
萬乘之國行仁政，民之悅之，猶解倒懸也。"

〔5〕銼：銼刀，磨平、磨滑或切割的工具。

〔6〕煙蘿：草樹茂密，煙聚蘿纏。李煜《破陣子》："鳳閣龍樓連霄
漢，瓊枝玉樹作煙蘿，幾曾識干戈？"

【評　析】

　　作者獲邀飲於半島旅邸，酒酣意洽，擬張泌撰《南歌子》兩首。
兩首《南歌子》的結構一樣，都是先寫眼前景物，繼而抒發感想。

あ

第一首"倒屜長迎客",記主人邀飲,情意懇切;"我在倒懸花底",則記身旁之景,"倒懸花",即敘中所言之"弔蘭"。第二首緊接第一首,所寫景物,由近處的"弔蘭",而及遠處的大海。作者身處旅邸,看到海上的小船順水而流,並由此聯想到世事變幻無常,企盼自己能遠離紛擾,乃結以"世情如水共風鉎。我在水風平處,看煙蘿"。

（鄭麗娟箋注）

祝英臺近 寓樓凌晨輒聞賣花聲聒耳,碧桐君[1]厭之,余不爾也,戲取稼軒[2]賦瓢泉[3]詞序中意成此。

賣花聲,深巷裏,充滿着詩意。堪笑山妻[4],轉欲打鶯起。平生不夢遼西,嘅鶯何惱?惱都為、賣花人耳。

老居士,早便懺盡風情,閒參佛家理。心在靜中,喧即靜中旨。須知蟬噪於林,而林逾靜,[5]可收作、睡鄉游記。

【箋 注】

〔1〕碧桐君:廖氏之妻。

〔2〕稼軒:辛棄疾,字幼安,號稼軒,宋代著名詞人,有《稼軒長短句》十二卷。

〔3〕瓢泉:在江西省鉛山縣期思瓜山下。辛棄疾卜居鉛山,以此泉形狀如瓢,取顏回"一簞食,一瓢飲"事,命名為瓢泉。

〔4〕山妻:隱士之妻,後用作謙詞,自稱己妻。李白《贈范金卿》:"祇應自索漠,留舌示山妻。"

〔5〕作者於敘中自言,用辛棄疾賦瓢泉詞序中意成此詞。辛詞《祝英臺近·水縱橫》序曰:"與客飲瓢泉,客以泉聲喧靜為問。余醉,未及答。或者以'蟬噪林逾靜'代對,意甚美矣。""蟬噪

林逾靜”，典出王藉《若耶溪詩》：“蟬噪林逾靜，鳥鳴山更幽。”

【評　析】

此詞記凌晨聞賣花聲事，上片取意於金昌緒《春怨》，下片則用辛棄疾《祝英臺近》“與客飲瓢泉”典。上片寫作者和他的妻子對凌晨聽到賣花聲的感想不同。“賣花聲，深巷裏，充滿着詩意”，記作者於凌晨聽到賣花聲，不但不認為聒耳，反而覺得充滿詩意。然而，他的妻子則認為賣花聲擾人清夢。“轉欲打鶯起”，“平生不夢遼西”，典出金昌緒《春怨》“打起黃鶯兒，莫教枝上啼。啼時驚妾夢，不得到遼西”。作者既指出他的妻子與《春怨》的主角一樣，都討厭聒耳的聲音，使人不得安枕；同時也安慰妻子，他們夫婦二人，並不像《春怨》的主角一樣，分隔兩地，需於夢中相見，不必惱怒賣花人。下片由事及理，寫作者閒參佛理，用“蟬噪林逾靜”典，以見“心在靜中，喧即靜中旨”。

（鄭麗娟箋注）

定風波　與客談珠江舊事，用坡公贈王定國侍兒柔奴均[1]，仍引侍兒語作結。[2]

怕唱江南李十郎[3]，檀槽[4]篴曲付珠孃[5]。橋上印尋金展齒[6]，煙起，載簫船去贘悲涼。　　八十三翁[7]渾覺少，應笑，蝶殘猶戀隔牆香。不見羅浮梅[8]更好，休道：此心安處是吾鄉。

【箋　注】

〔1〕均，同“韻”。

〔2〕蘇東坡《定風波》“常羨人間琢玉郎”，乃為王定國歌兒柔奴

作。自敘曰："王定國歌兒曰柔奴，姓宇文氏，眉目娟麗，善應對，家世住京師。定國南遷歸，乃問柔：'廣南風土，應是不好?' 柔對曰：'此心安處，便是吾鄉。' 因為綴詞云。" 蘇詞以柔兒語作結曰 "此心安處是吾鄉"，廖詞同，故云 "仍引侍兒語作結"。

〔3〕李十郎：李漁，號笠翁，明末清初戲曲家。李漁自幼聰穎，素有才子之譽，世稱李十郎。李漁重視戲曲文學，曾說："填詞非末技，乃與史傳詩文同流而異派者也。" 李家設戲班，至各地演出。著《閒情偶寄》，戲曲《笠翁十種曲》，小說《無聲戲》、《連城璧全集》、《十二樓》、《合錦回文傳》、《肉蒲團》等。

〔4〕檀槽：檀木製成的琵琶、琴等弦樂器上架弦的槽格，亦指弦乐。

〔5〕珠孃：歌妓。

〔6〕金屐齒：金色木屐齒痕，此指蹤跡。

〔7〕翁：廖氏自稱。廖氏卒於 1954 年，其出生年份約有三說：1863 年、1864 年、1865 年，夏曉虹認為當以 1865 年為是，詳參所著《近代外交官廖恩燾詩歌考論》（《中國文化》第 23 期）。可見廖氏享年八十九，是詞作於八十三歲時，故自稱 "八十三翁"。

〔8〕羅浮：山名，在廣東省東江北岸，為粵中道教名山、遊覽勝地。舊題柳完元撰《龍城錄》記隋開皇中，趙師雄在羅浮山夢遇梅花仙女。羅浮梅，後人多為詠梅典實。

【評 析】

作者乃廣東惠州人，1945 年移居香港。此詞約成於 1948 年，作者與客人談珠江事，用蘇東坡《定風波·常羨人間琢玉郎》韻，並引柔奴語作結。上片寫江南李十郎撰寫樂曲，給歌妓到處演唱。然而這些歌妓飄泊不定，所到之處雖能引人注意，但過後往往蹤跡杳然，徒剩悲涼。作者借聞見歌聲，擬自己與客人談及珠江舊事，以明心境。下片抒發思鄉之情。是詞雖然與蘇東坡《定風波》一樣，並引柔奴語作結，然而，蘇東坡以柔奴抱著豁達的心情，離開故鄉，因而撰詞記下其事；至於此詞的作者，則未能豁達如柔奴，"蝶殘猶戀隔牆香"，"休道：此心安處是吾鄉"，正表明作者思念故鄉。

（鄭麗娟箋注）

江神子　暮春遣懷。擬稼軒。

春殘燕子尚無家。[1]海雲遮，畫簾斜。[2]簾外青山，開徧杜鵑花。道是蜀禽嗁底血[3]。吾看似，萬枝霞。　　不如歸去種園瓜。渡無槎，地成窪。也許池魚、飛去化龍蛇。[4]忍問鵝湖[5]鵝在否？渾賸此，未蟲沙。

【箋　注】

〔1〕"春殘"句：出蔣春霖《水雲樓詞》卷一《甘州》："共飄零千里，燕子尚無家。"

〔2〕畫簾斜：周密《浣溪沙》："畫簾斜日看花飛。"

〔3〕蜀禽嗁底血：蜀禽，杜鵑。傳說蜀帝杜宇死後化為杜鵑，晝夜悲鳴，啼至血出乃止。

〔4〕"也許"二句：用鯉躍龍門事。傳說鯉魚躍過分跨黃河兩岸的龍門，就能變成龍。

〔5〕鵝湖：鵝湖寺。宋孝宗淳熙十五年（1188），陳亮、辛棄疾二人於鵝湖寺相聚數日，共商抗金之事。

【評　析】

是詞由眼前景象，而聯想故鄉的風景，並抒發思鄉情懷。上片，作者以"春殘燕子尚無家"，點明時為春季，心懷故土；然後寫眼前

所見，是開遍山頭的杜鵑花。下片抒發思鄉之情，作者想歸鄉
"種園瓜"，然而苦無途徑，故猜想故鄉或許已幾經變化。"地成
窪"，"也許池魚、飛去化龍蛇"，"忍問鵝湖鵝在否"，都抒發了
思鄉之情。

（鄭麗娟箋注）

前　調　羊城故居鞠為茂草久矣，客有問歸期者，倚此
　　　　　答之。

佗城[1]咫尺隔重天[2]。白雲巘，鄭飛仙。分付[3]雙
成[4]，月下莫乘鸞。怕對越臺[5]殘鏡影，愁不肯、舞翩躚。
　　素馨斜[6]畔水平田。絕游船，若而[7]年。公無渡河，[8]
聽徹幾歌蟬。[9]只待賈來書畫舫，纔放得、米翁顛[10]。

【箋　注】

〔1〕佗城：位於廣東省龍川縣。
〔2〕咫尺隔重天：出李中《宮詞》："門鎖簾垂月影斜，翠華咫尺隔
　　天涯。"
〔3〕分付：同吩咐。
〔4〕雙成：董雙成，西王母侍女。《漢武內傳》謂雙成吹"雲和之
　　笙"。《浙江通志》記董雙成煉丹宅中，丹成得道，吹玉笙駕鶴
　　昇天。
〔5〕越臺：越王臺，漢南越王趙佗建置，故址在廣州越秀山。楊萬
　　里《明發青塘蘆包》："回望越臺煙雨外，萬峰盡處五羊城。"
〔6〕素馨斜：舊時，廣州河南莊頭鄉遍種素馨花，其地人稱素馨田、
　　花田，里人又稱素馨花曰河南花。屈大均《廣東新語》卷十九
　　記南漢有美人喜簪素馨花，死後遂多種素馨於冢上，故曰素馨

斜。以彌望悉是此花，又名花田。

〔7〕若而：若干。

〔8〕公無渡河：又名《箜篌引》。崔豹《古今注》卷中：“《箜篌引》，朝鮮津卒霍里子高妻麗玉所作也。高晨起刺船而濯，有一白首狂夫，被髮提壺，亂河流而渡，其妻隨而止之。不及，遂墮河水死，於是援箜篌而鼓之，作公無渡河之曲，聲甚悽愴。曲終，自投河而死。霍里子高還，以其聲語其妻麗玉，玉傷之，乃引箜篌而寫其聲，聞者莫不墮淚飲泣焉。”公無渡河之辭曰：“公無渡河，公竟渡河。墮河而死，當奈公何。”

〔9〕聽徹幾歌蟬：典出白居易《早蟬》：“一聞愁意結，再聽鄉心起。渭上新蟬聲，先聽渾相似。衡門有誰聽？日暮槐花里。”

〔10〕米翁顛：米芾，字元章。妙於翰墨，精於鑒裁。行止遺世脫俗，時有可傳笑者，人稱之曰“米顛”。

【評　析】

　　此詞與前一首同是思鄉之作。作者離鄉經年，有人問他甚麼時候能重回故土，作者乃以此詞作答。上片寫故鄉雖近在咫尺，但歸去不易，故云“佗城咫尺隔重天。白雲巔，鄭飛仙”。下片寫離鄉多年，久無家鄉消息。

（鄭麗娟箋注）

思越人　廣九路軌經惠陽，望豐湖在暮色蒼茫中。[1]余離鄉六十餘年，[2]浩然思歸之志，聊寄此詞，期異日以示故山猿鶴耳。[3]鹿虔扆均。[4]

　　數峰青。叢竹翠。望迷花遞墩迮。[5]花墩在湖心，正對六如亭、朝雲墓。[6]碑認舊亭澆酒處。慧根今未應銷。[7]　　將軍故

里唬鴉亂。馮煜康軍門南斌,同為鴨子渡鄉人。光緒九年以陝甘提督入覲,
銜命督修御河,寓東草廠七條胡同會館。余弱冠赴京兆試,比舍而居。屈指公
即世五十餘年矣。[8]鴨隨鞍馬塵散。植柳不髯蘇再見。湖鶯千百
聲斷。梁節盦太史美髯鬚,年二十七罷官,掌教豐湖書院,於湖堤蘇祠旁建
范孟博祠,種柳數十株,邑人每謂髯蘇後有髯梁云。[9]

【箋　注】

〔1〕廖氏為廣東歸善人,民國元年(1912),改歸善縣為惠陽縣。
　　 "豐湖"本為惠陽西湖舊稱,在今惠州市西。北宋治平三年
　　 (1066),惠州知州陳偁築堤截水,收葦藕蒲魚之利,鄉民穫取
　　 甚豐,故名"豐湖"。紹聖元年(1094),蘇軾謫居惠州。二年
　　 (1095),作《贈曇秀》詩,始稱豐湖為"西湖",惠州西湖遂
　　 與杭州西湖、潁州西湖齊名,並稱"三大西湖"。今惠州西湖由
　　 五個湖區組成,其一亦稱"豐湖",其餘四湖為菱湖、平湖、鱷
　　 湖、南湖。

〔2〕廖氏幼年赴美求學,光緒五年(1879)回鄉,時年十六。王韶
　　 生《詞壇祭酒廖恩燾》云,廖氏光緒十三年(1887)初入外交
　　 界,奉派任駐古巴馬丹薩領事,時年廿四。劉紹唐主編《民國
　　 人物小傳・廖恩燾》則稱廖氏光緒十七年(1891)始任領事,
　　 時年廿八,此前曾任領事館翻譯官、二等書記官等職。此詞作
　　 於乙酉年(1945),廖氏八十二歲,序稱"離鄉六十餘年",則
　　 光緒十三年之前,廖氏當已離粵。

〔3〕異日:來日。故山:借指故鄉。猿鶴:語出《宋史・石揚休
　　 傳》:"揚休喜閒放,平居養猿鶴,玩圖書,吟詠自適。與家人
　　 言,未嘗及朝廷事。"後人以"猿鶴"比喻清閒淡泊的隱居生
　　 活,也借指隱逸之士。故山猿鶴,指故鄉隱士或鄉人,南宋劉
　　 克莊《送葉尚書奉祠二首》:"笑向故山猿鶴說,古來晚節幾人
　　 全。"廖氏本年解職回鄉,有歸隱之意,因作此詞,以待來日向

故鄉同道表明心跡。

〔4〕鹿虔扆：五代十國後蜀詞人，與歐陽炯等五人皆工小詞，為後主孟昶所寵信，時人忌之，稱為"五鬼"。蜀亡後不仕，詞多感慨而少浮艷。《花間集》存詞六首。

〔5〕"迉"字不韻，疑誤，似當為"迢"字，鹿詞原句為："漏殘清夜迢迢。""花遞墩迉"即"花墩迢遞"。墩，土堆。花墩，惠州西湖湖心島，位於平湖東部。明正德年間，惠州太守甘公亮於島上建落霞榭，遍植花卉，半湖飄香，時人稱為"花墩"，又稱"百花洲"。迢遞，遙遠貌。"望迷花遞墩迉（迢）"正與詞序"望豐湖在暮色蒼茫中"相對。

〔6〕六如亭、朝雲墓：位於惠州西湖孤山南麓。蘇軾侍妾王朝雲，紹聖元年（1094）隨蘇軾謫居惠州，紹聖三年（1096），因病亡故，葬於孤山棲禪寺。朝雲臨終，口誦《金剛經》四偈："一切有為法，如夢幻泡影，如露亦如電，應作如是觀"，寺僧因築"六如亭"於朝雲墓。"六如"即如夢、如幻、如泡、如影、如露、如電，用來比喻世事無常。

〔7〕澆酒：以酒澆地，多指祭祀。慧根：佛教五根之一，隋慧遠《大乘義章》卷四："言信根者，於境決定，名之為信，信能生道，故名信根……言慧根者，於法觀達，目之為慧，根同前釋。"照破迷惑，認識真理為慧，慧能生道，故稱為"慧根"，後多指領悟佛法的能力。

〔8〕將軍：指馮南斌。馮南斌（1829？—1894），字煜康，清末名將。嘗隨左宗棠肅清新疆南北路，同治十三年（1874），以提督遇缺題奏。光緒元年（1875），署甘肅寧夏鎮總兵。光緒十年（1884），清廷與法國交戰，馮氏奉命駐守通州，次年奉旨疏浚京師護城河，廖詞原注則稱"光緒九年以陝甘提督入覲，銜命督修御河"。光緒十四年（1888），馮南斌擢湖南提督，次年調浙江提督，兼統水師。光緒二十年（1894）死於任上，距離本

年（1945）五十一年。軍門：清人對提督的尊稱。鴨子渡：即
詞中"將軍故里"，在廣東歸善縣，今稱甲子步，廖氏與馮南斌
同鄉，皆鴨子渡人氏。嗁，同"啼"。

〔9〕梁節盦：梁鼎芬（1859—1919），字星海，一字心海，又字伯
烈，號節盦。廣東番禺人，晚清學者。光緒六年（1880）進士，
選翰林院庶吉士，九年（1883）散館授編修。光緒十年
（1884），清法交戰，李鴻章主和，梁氏彈劾李氏六大可殺之罪，
後以"妄劾"罪連降五級。梁氏憤而辭官，時年二十七，曾自
鐫一印："年二十七罷官。"梁氏南歸後任惠州豐湖書院院長。
豐湖書院，原稱"聚賢堂"，始建於南宋淳祐四年（1244），寶
祐二年（1254）更名"豐湖書院"。范孟博祠位於豐湖書院東，
用以紀念東漢范滂。范滂（137—169），字孟博，以清節名，因
得罪權貴宦官，遭人陷害。漢靈帝建寧二年（169），黨錮之禍
再起，下詔捉拿范滂，范滂自行投案，死於獄中。其母與之訣
別，曾說："汝今得與李、杜（案：指李膺、杜密）齊名，死亦
何恨！"梁鼎芬在范孟博祠旁種柳數十株，經歲月銷磨，已漸稀
疏，即前句所謂"植柳不髯"。髯蘇：蘇軾多髯，故別稱"髯
蘇"。蘇祠用以紀念蘇軾，在范孟博祠旁，史載蘇母程氏讀《范
滂傳》，曾對蘇軾說："汝能為滂，吾顧不能為滂母邪？"梁鼎芬
亦多髯，號"髯梁"，汪辟疆《光宣詩壇點將錄》以其為"美
髯公"，稱"其髯戟張，其言嫵媚"。又稱"梁髯詩極幽秀，讀
之可令人忘世慮，書札亦如之"。廖氏以"髯梁"比"髯蘇"。

【評　析】

廖氏離鄉六十多年，1945 年解職，重回故園。火車途經豐湖，
觸景生情，作此詞以明浩然思歸之志。上闋寫花墩一帶風景，並及
朝雲墓六如亭，憶及少年時曾在亭前澆酒，今日慧根應未銷卻。六
如、慧根皆佛家語，廖氏借以表達世事無常之感。下闋借景寫人，

著重於鄉先賢故事，由馮南斌而及梁鼎芬。廖氏筆下，馮將軍故里鴉亂鴨散，梁太史館前垂柳不鬖，豐湖一帶群鶯聲斷，景物依稀，人事已非，功業令名，都已作古。廖氏在注中還提及范滂、蘇軾等人，范、蘇並梁鼎芬皆不得意於政壇，廖氏似亦以此自況，感懷身世。

（洪若震箋注）

怨王孫　和漱玉均[1]

　　簾捲心隨雲影渺。花嬾[2]種。殘紅少。紫簫吹徹是涼州。却不是。江南好。[3]　　垂柳減金春色老。嗟見幾。飛鶯庭草。簀鳩依舊寂無聲。者[4]雨怕。收難早。

【箋　注】

〔1〕漱玉：漱同潄，李清照詞集名《漱玉詞》。漱玉，語出陸機《招隱》：“山溜何泠泠，飛泉漱鳴玉。”

〔2〕嬾：同懶。

〔3〕涼州：宮調曲，原為涼州一帶歌曲。涼州，唐時屬隴右道，州治在今甘肅省武威縣。開元中，西涼府都督郭知運收集涼州曲譜進獻，唐人配以新詞，以“涼州”為曲調名，流行一時。《涼州詞》多寫西北邊塞風光，風格悲涼慷慨。江南好：詞牌名，原名《謝秋娘》，唐段安節《樂府雜錄》謂此詞為李德裕為亡妓謝秋娘所作，故名。後白居易詞以“江南好”開頭，以“能不憶江南”收結，遂改名《憶江南》，又名《江南好》。白居易“江南好”描寫江南春景，風格清新雋永。

〔4〕者：同“這”，多用於古詩詞。

【評　析】

　　本詞和李清照《怨王孫》韻，寫晚春心情。上闋寫作者懶於種花，故暮春時分，落花稀少，捲簾眺望，思隨雲影，情懷渺渺，然而所奏的曲調，卻不是清新明麗的《江南好》，而是那悲愴淒清的《涼州詞》。下闋寫春色已老，金柳褪色，偶爾見到庭草飛鶯，不免感嘆。而簷下鳩聲寂寂，戶外霪雨霏霏，念及這雨一時難收，更增寂寥之感。

（洪若震箋注）

前　調　用仄均再作

　　閒了尋春雙謝屐。[1]鶯斷報。花消息。花名問我怎能知。說不盡。花顏色。　惟有荻花如雪白。青鏡裏。頭顱曾識。[2]欲從鷗鷺學忘機。只好辦。舟和笛。[3]

【箋　注】

〔1〕謝屐：即“謝公屐”，南朝謝靈運發明的登山屐。《宋書·謝靈運傳》：“尋山陟嶺，必造幽峻；巖嶂千重，莫不備盡。登躡常著木履，上山則去其前齒，下山去其後齒。”此句謂作者閒置謝屐，已無心尋春。

〔2〕荻：多年生草本植物，狀似蘆葦，生在水邊，葉子細長，秋天開花，白居易《琵琶行》：“楓葉荻花秋瑟瑟。”此三句謂作者對鏡自照，容顏似曾相識，唯頭髮雪白，有如荻花，范成大《再渡胥水》：“衰鬢都共荻花老。”

〔3〕“欲從鷗鷺”三句：語本《列子·黃帝》：“海上之人有好漚鳥者，每旦之海上，從漚鳥游，漚鳥之至者百住而不止。其父曰：

‘吾聞漚鳥皆從汝游，汝取來，吾玩之。’ 明日之海上，漚鳥舞而不下也。” 指人若沒有機巧之心，鷗鳥也願意親近。後人以 “鷗鷺忘機” 比喻隱士不存機心，淡泊自適。作者欲學鷗鷺，忘身物外，願辦扁舟、弄長笛，有隱居避世之意，黃庭堅《登快閣》：“萬里歸船弄長笛，此心吾與白鷗盟。”

【評　析】

前詞寫晚春心情，本詞寫晚年心情。上闋寫遊山屐空置已久，早已無心遊春，也無心尋春。鶯雀不再送來春花消息，作者不知道花名，也說不出花的顏色。下闋寫作者擁鏡自覽，鏡中人似曾相識，但韶華不再，頭髮已白如荻花冬雪。作者因生隱退之心，欲置備扁舟、長笛，遁世離群，與忘機鷗鷺為友，不以世事為懷。

（洪若震箋注）

歸朝歡　望九龍城在山花掩映間，驟雨忽來，飛紅礙目，悉然感賦。[1]

山在九龍城更古。[2]生徧雜花雲外樹。油然雲已幻諸峰。悲哉花不生吾土。那年山易主。[3]沙飛石走龍狂怒。怒今消。雲猶隔海。吹到濺花雨。　　信道[4]飄零花也苦。獨未見花愁著處[5]。料輸楊柳漢南栽。自從搖落絲羞舞。[6]幾曾花解語。[7]無言斷送西風去。問心肝。何如叔寶。休被錯猜汝。[8]

【箋　注】

〔1〕九龍城位於今香港九龍寨城公園一帶。1898 年，英國與清政府簽訂《展拓香港界址專條》，租借九龍界限街以北、深圳河以南

土地，後劃為新九龍與新界二區。九龍城屬新九龍，其中九龍
寨城仍歸清政府管轄。1899 年，英國入侵九龍寨城，驅逐清朝
官員，九龍寨城遂荒廢，直至 1945 年日本投降。飛紅：飛花。
礙目：遮住眼睛。怒然：憂思貌。

〔2〕九龍城在獅子山下，南宋至清初，九龍城一帶為官方鹽場，名
　　“官富場”，有軍隊屯衛。

〔3〕那年：當指 1898 年，據《展拓香港界址專條》，英國租借九龍
　　北部及新界土地，獅子山易主，歸英國管轄。

〔4〕信道：知道、料知。

〔5〕著處：到處。

〔6〕漢南：漢水之南。搖落：凋殘零落。此二句語本庾信《枯樹賦》：
　　“《淮南子》云：‘木葉落，長年悲。’斯之謂矣。乃為歌曰：‘建章
　　三月火，黃河千里槎。若非金谷滿園樹，即是河陽一縣花。’桓
　　大司馬聞而歎曰：‘昔年移柳，依依漢南。今看搖落，悽愴江潭。
　　樹猶如此，人何以堪。’”又劉義慶《世說新語・言語》：“桓公
　　北征經金城，見前為琅邪時種柳，皆已十圍，慨然曰：‘木猶如
　　此，人何以堪。’攀枝執條，泫然流淚。”後人多借“樹猶如此，
　　人何以堪”表達世事多變、人生無常的傷感。楊柳搖落，柳絲
　　羞舞；山花飄零，未見花愁，廖氏以為山花不如楊柳。

〔7〕幾曾：何曾。解語：會說話、領會。花解語，即解語花，會說
　　話的花。黃仲則詩句：“風前帶是同心結，杯底人如解語花。”

〔8〕叔寶：南朝陳後主陳叔寶。陳叔寶亡國，不以為恨，反向隋文
　　帝乞討官號，文帝罵他“全無心肝”，語本《南史・陳本紀》：
　　“（陳叔寶）既見宥，隋文帝給賜甚厚，數得引見，班同三品。
　　每預宴，恐致傷心，為不奏吳音。後監守者奏言，叔寶云：‘既
　　無秩位，每預朝集，願得一官號。’隋文帝曰：‘叔寶全無心
　　肝。’”休被錯猜汝：汝指山花，廖氏以為山花不解語，無言隨
　　西風吹去，似全無心肝，易被人錯猜為不知忘國恨的陳後主。

【評　析】

　　本詞收於《捫蝨談室集外詞·乙酉》，乙酉即 1945 年，其時日本已投降，而香港仍為英國殖民地。廖氏南下香港，見九龍城外山花掩映，風雨中飛紅蔽目，回顧歷史，反觀時局，不免傷感，賦此詞表達家國情懷以及對人生的感慨。上闋寫獅子山、九龍古城一帶雜花遍開、雲霧彌漫。廖氏遙想當年英國強租新界，局勢變幻，恰似巨龍狂怒。而今怒氣已消，只剩花雨撲面而來。下闋代入山花的角度：一寫山花飄零，卻不覺愁苦，與當年桓溫所種的楊柳相比，顯得無情；二寫山花無語，隨風吹送，與全無心肝的陳後主相比，同樣無恨。山花無情，作者有意，廖氏以兩個典故，作兩種比較，借無情無恨的山花，反襯人生未圓之愁、家國未全之恨，結合時事，應是作者感受的真實寫照。

（洪若震箋注）

浪淘沙　春暮閨情二首

　　江水帶春流。不管閒愁[1]。落紅飛上繡簾鈎。鸚鵡喚人殘酒醒。嬾起梳頭。　　打馬[2]未圖收。寒怯登樓。湔裙記約百花洲。[3]風急柳緜吹作滾。疑是冰毬。[4]

　　春去恁恩恩。[5]嬌睡方濃。海棠猶在舊熏籠[6]。夢裏釵鸞休錯認。已嫁東風。[7]　　人醉帶惺忪。花醉添紅。一般曾住蕊珠宮[8]。為底高燒銀燭夜。只照渠儂。[9]

【箋　注】

〔1〕閒愁：無端的愁緒，賀鑄《木蘭花》："漫將江水比閒愁，水盡

江頭愁不盡。”李清照《一剪梅》：“花自飄零水自流。一種相思，兩處閒愁。”

〔2〕打馬：古代博戲，李清照《打馬賦》：“乃深閨之雅戲。”打馬屬於棋藝遊戲，棋子稱“馬”，按一定規則決定輸贏。李清照《打馬圖經》序：“打馬世有二種：一種一將十馬，謂之關西馬；一種無將，二十四馬，謂之依經馬。流傳既久，各有圖經。”今之麻將，古稱“馬吊”，此詞所謂“打馬”或即打麻將。

〔3〕湔：洗。湔裙，古代風俗，農曆正月元日至月底，士女於水邊醉酒洗衣，以洗去晦氣，避災度厄，或稱“湔裳”。隋杜台卿《玉燭寶典》：“元日至於月晦，民並為酺食渡水，士女悉湔裳醉酒於水湄，以為度厄。”注：“今世唯晦日臨河解除，婦女或湔裙也。”百花洲：在惠州西湖，又稱“花墩”，見前《思越人》注〔5〕。

〔4〕柳緜：柳絮。冰毬：冰球。

〔5〕恁：如此、這樣。恩恩：同“匆匆”。

〔6〕熏籠：又作燻籠，一種覆罩在爐上，供薰香、烘物或取暖的器物。

〔7〕釵鸞：有鸞鳳裝飾的釵。東風：春風。嫁東風，典見後注。此句謂海棠已嫁東風，夢中休要錯認。

〔8〕蕊珠宮：相傳神仙居位的仙宮。“嫁東風”、“蕊珠宮”語本宋邵雍《二色桃》：“施朱施粉色俱好，傾國傾城豔不同。疑是蕊宮雙姊妹，一時俱肯嫁春風。”

〔9〕為底：為甚麼。銀燭：明燭。渠儂：吳方言，第三人稱，即他、她或他們。元高德基《平江記事》：“（嘉定州）號‘三儂之地’。蓋以鄉人自稱曰‘吾儂’、‘我儂’，稱他人曰‘渠儂’，問人曰：‘誰儂。’”

【評　析】

二首並寫暮春閨情，前者直接寫人，後者借花寫人。前首上闋寫春水東流，一任飛花入簾、鸚鵡催喚，閨中人春醉嬌慵，懶於梳頭。下闋寫閨中人耽於打馬遊戲，登樓遙憶當年，隱約記得在百花洲湔裙，曾見風吹柳絮，翻滾如冰球。後首化用邵雍《二色桃》詩句，寫閨中人春睡方濃，春花嬌豔，人花相映，恰似"蕊宮雙姊妹"，上闋謂春花已嫁東風，猶恐夢中一時錯認，下闋則質問明燭為何只照伊人。兩首閨情詞雖意旨朦朧，深曲委婉，然細膩溫雅，亦頗見情致。

（洪若震箋注）

新雁過妝樓　江樓送春。依夢窗"夾鍾羽"作。[1]

幔捲濤來。樓陰蘸。[2]殘霞帶夕煙佳。送春歸也。卮酒一潑愁懷。[3]片霎捎花飛雨過。鏡匲又舞影欹釵。[4]忍窗開。岫螺翠入。不潤詩牌。[5]　　雲涯依前倦客。對故園鎮日。蝶怨蜂猜。[6]劍龍狂吼。天外臥笛危臺。[7]餘寒畫簷正勒。問群雀爭枝緣底哉。[8]江山好。恨貯奚囊去。無長吉才。[9]

【箋　注】

[1] 夢窗：吳文英，號夢窗，南宋詞人。夾鍾羽，樂律名稱，古樂七羽調之一，張炎《詞源》："夾鍾羽，俗名'中呂調'。"現存吳文英《新雁過妝樓》詞二首，其一為"夾鍾羽"。

[2] 蘸：以物沾水。詞題為"江樓送春"，此二句謂樓在江邊，捲起簾幔，波濤奔來眼前，樓影倒蘸水中。王沂孫《江浦》："簾影蘸樓陰。"

[3] 卮：同卮，盛酒器具。卮酒，杯酒。此言潑酒送春歸，愁懷隨酒灑去。

[4] 片霎：片刻。捎：拂掠。匲：同奩，鏡奩，鏡匣。此二句謂片

刻之間，飛雨掠花而過，鏡裏釵影舞動。

〔5〕岫：山巒。螺：山巒形狀似螺。詩牌：古時文人遊戲，依牌上文字作詩。此三句謂開窗眺望，峰巒濕翠滲入戶內，卻不沾潤詩牌。宋趙長卿《臨江仙》："遠岫螺頭濕翠，流霞楨尾疏明。"

〔6〕雲涯：指高遠之處。倦客：對旅居生活感到厭倦的遊客。故園：故鄉。鎮日：整日。蝶怨蜂猜：原比喻男子對女子的思慕，這裏指惹蜂蝶猜怨。此三句謂作者獨倚高樓，整日面對故鄉山水，引來蜂蝶猜忌。

〔7〕劍龍狂吼：語出《太平御覽》所引《世說》："王子喬墓在京陵，戰國時人有盜發之者，覩無所見，唯有一劍停在室中，欲進取之，劍作龍鳴虎吼，遂不敢近，俄而徑飛上天。"天外：指高遠處。危臺：高臺。此二句謂匣中寶劍吼鳴，高臺臥聽笛聲。

〔8〕勒：抑制。范成大《三月十九日夜極冷》："誰勒餘寒不放回，春深猶暖地爐灰。"緣底：為甚麼。此二句謂畫簷猶有餘寒，鳥雀因何爭枝。

〔9〕奚：奚奴，即僮僕。奚囊：指詩囊。長吉：唐朝詩人李賀，字長吉。傳說李長吉出遊，令小奚奴背錦囊相隨，遇得詩句，即書投囊中。事見李商隱《李長吉小傳》："每旦日出，與諸公遊，未嘗得題，然後為詩，如他人思量牽合，以及程限為意。恒從小奚奴，騎距驢，背一古破錦囊，遇有所得，即書投囊中。"

【評　析】

此詞寫廖氏回到故鄉，暮春時節於江樓送春，既描繪故園春景，也點出遊子眷懷之情。上闋著重春景，寫樓前江濤、樓外晚霞，作者一腔愁緒，隨酒酹地，送春歸去。而後寫眼前飛雨掠花，鏡中釵影舞動，遠山青翠入戶，桌上詩牌不濕，於春愁中略帶閒適。下闋著重遊子心情，寫天涯倦客倚臥高樓，面對故鄉山水，竟日觀賞，猶嫌不足，更自慚詩才不及李賀，恨不能將春景化為詩句。廖氏離鄉六十餘年，詞中滿是"蹉跎遊子意，眷戀故人心"，從"劍龍狂吼"等句來看，廖氏似雄心未老。

（洪若震箋注）

前　調　四月十五夜望月書感

　　酹琖[1]無言。銀蟾[2]近。憑簫問徹高天。浩如滄海。因底涸作桑田。[3]豔絕歌姝鐙戶在。瘞花繡塚委荒煙。[4]且休論。鏡容褪玉。怯對嬋娟。[5]　　皤然吾身健鶴。但為丁世厄。淚化嗁鵑。[6]醉魂今夜。簾際喚月同眠。殘棋爛柯半局。[7]記曾識雲中雞犬仙[8]。邯鄲道。正幾人猶夢。黃扉十年。[9]

【箋　注】

〔1〕酹：以酒灑地，以示祭奠。琖：同"盞"，酒杯。

〔2〕銀蟾：月亮別稱，傳說月中有蟾蜍，故名。

〔3〕"浩如"二句：滄海桑田，大海變成桑田，桑田變成大海，比喻世事變化極大，語出晉葛洪《神仙傳》："麻姑自說云：'接待以來，已見東海三為桑田。'"因底：為何、為甚麼。

〔4〕歌姝：歌女。鐙：古同燈。瘞花：葬花。委：拋棄。荒煙：荒野的煙霧，形容荒蕪蒼涼之地。

〔5〕褪玉：消瘦之意，吳文英《塞翁吟》："行人去，秦腰褪玉。心事稀，吳妝暈濃。"嬋娟：形容月光明媚，或用以指代月亮。

〔6〕皤然：鬚髮斑白的樣子。健鶴：清健如鶴。丁世：當指1937年，農曆丁丑。丁世厄：指1937年日本侵華，抗日戰爭開始。嗁：同啼。啼鵑：相傳古蜀王杜宇死後靈魂化為杜鵑，杜鵑啼聲悲切，或謂杜鵑悲啼，口中血出。文天祥《己卯十月一日至

燕越五日罹狴犴有感而賦》："聽著啼鵑淚滿襟，國亡家破見忠臣。"

〔7〕"殘棋爛柯"句：傳說晉時王質入山砍柴，觀仙人下棋，離開時斧柯爛盡，事見南朝任昉《述異記》："信安郡石室山，晉時王質伐木，至，見童子數人，棋而歌，質因聽之。童子以一物與質，如棗核，質含之，不覺饑。俄頃，童子謂曰：'何不去?'質起，視斧柯爛盡，既歸，無復時人。"後人以"爛柯"比喻時光流逝，人事變遷。

〔8〕雲中雞犬仙：傳說漢淮南王劉安得道成仙，家中雞犬吃劉安剩下的仙藥，一同升天。事見王充《論衡·道虛》："淮南王劉安坐反而死，天下並聞，當時並見，儒書尚有言其得道仙去，雞犬升天者。"《論衡校釋》："儒書言：淮南王學道，招會天下有道之人。傾一國之尊，下道術之士，是以道術之士，並會淮南，奇方異術，莫不爭出。王遂得道，舉家升天。畜產皆仙，犬吠於天上，雞鳴於雲中。此言仙藥有餘，犬雞食之，並隨王而升天也。"又葛洪《神仙傳》卷四："時人傳八公、安臨去時，餘藥器置在中庭，雞犬舐啄之，盡得升天，故雞鳴天上，犬吠雲中也。"後世以"一人得道，雞犬升天"比喻一人做官，和他相關的人也跟著得勢。

〔9〕"邯鄲道"三句：典出唐沈既濟《枕中記》。開元年間，盧生於邯鄲道旅舍遇道士呂翁，道士授盧生瓷枕。盧於枕上夢見自己飛黃騰達，經歷了數十年的榮華富貴，活到八十多歲。夢醒後，客舍主人蒸黍尚未熟。後人以"邯鄲夢"比喻人生虛幻，窮達得失，猶如一夢。黃扉：古代宰相辦公之所，以黃色塗門，故稱，《枕中記》盧生夢中曾官至宰相。

【評　析】

中國經歷八年抗戰，山河雖在，已面目全非。抗戰勝利時，廖氏已年過八十，夜對明月，前塵往事，俱上心頭，感受至為沉痛，因而寫下此詞。開篇類蘇軾《水調歌頭》“明月幾時有，把酒問青天”，廖氏亦如東坡，以酒酹月，想那美人已逝，殘燈猶在，自己則形容消瘦，怯對嬋娟，不禁質問蒼天：滄海桑田，人事皆非，到底是為了甚麼？作者年歲雖高，身體尚覺健朗，想起丁丑年（1937）以來的劫難，仍忍不住潸然淚下，惟有借醉消愁，喚月同眠。廖氏久居官場，抗戰後解職歸鄉。想當年多少人夤緣攀附，平步青雲；如今又有多少人猶在邯鄲道上，發著騰達美夢，亂烘烘你方唱罷我登場，廖氏看在眼中，能不感慨？詞的結尾引用多個典故，表達對宦海沉浮的看法，棋終爛柯，夢斷黃粱，包含作者多少辛酸。

（洪若震箋注）

看花回　端午近矣，百感如潮，和清真[1]集外第二首寫懷。

鶩[2]飛煙渺山影。弄海瑩潔。氣煥漸教放盡。照眼又榴明。菰怨休結。夢窗“湘水離魂菰葉怨”。[3]薰風試無。撫那冰絃侵指滑。[4]猶記否。聽瀑簾櫳。翠紗涼透總复絕。[5]
寧計是。江城舊月。臘冷笛。趁吹芳節。[6]欄倚中原在望。太息似千鈞。一縷懸髮。[7]人非故國。誰更蘭馨堪共折。[8]只依稀。見旗鼓。乍覺喧聲別。[9]

【箋　注】

[1] 清真：周邦彥，字美成，號清真居士，北宋著名詞人，著有
　　《清真集》，一作《片玉詞》。
[2] 鶩：野鴨，王勃《滕王閣序》：“落霞與孤鶩齊飛，秋水共長天
　　一色。”此二句謂野鶩飛處，煙霞迷濛，山影渺茫，滄海碧透，
　　明潔可玩。

〔3〕煗：同暖。菰：多年水生草本植物，俗稱茭白。"湘水離魂菰葉
　　怨"句出吳文英《滿江紅·甲辰歲盤門外寓居過重午》，《太平
　　御覽》引晉周處《風土記》："俗以菰葉裹黍米，以淳濃灰汁煮
　　之令爛熟，於五月五日及夏至啖之。一名糉，一名角黍。"傳說
　　屈原五月五日投汨羅江而死，楚人哀之，裹角黍以祭屈原，清
　　《授時通考》："及屈原死，楚人以菰葉裹黍祠之，謂之角黍。"
　　吳詞"湘離離魂菰葉怨"用重午以角黍祭屈原故事，廖詞題
　　"端午寫懷"，故引吳詞。此三句謂天氣漸暖，石榴花開，明豔
　　耀眼，不必有端午祭屈之幽怨。

〔4〕薰風：和暖之風，特指初夏之東南風。此二句謂夏初似無暖風，
　　撫琴猶覺冰絃侵指。

〔5〕簾櫳：窗簾與窗戶，亦泛指窗牖簾子。夐絕：遠絕。此三句謂
　　當年窗簾內聽戶外瀑布，涼透窗紗，事雖久遠，今猶記取。

〔6〕寧計：豈計。賸：同剩。芳節：泛指佳節。此四句謂江城歲月
　　豈能計，只剩冷笛趁佳節吹奏。

〔7〕太息：大聲嘆氣。千鈞一髮，千鈞之物懸於一髮，比喻極為危
　　急，語本《漢書·枚乘傳》："夫以一縷之任，繫千鈞之重，上
　　縣無極之高，下垂不測之淵，雖甚愚之人，猶知哀其將絕也。"
　　此三句謂倚欄北望中原，局勢危急，不禁嘆息。

〔8〕"人非故國"二句：謂故國人事全非，更有何人可共折馨蘭。

〔9〕旗鼓：旗與鼓，古代軍中用以指揮作戰。此三句謂故國依稀又
　　見干戈，形勢與以前頗有不同。

【評　析】

　　抗日戰爭後，國共爭端又起，內戰一觸即發。時近端午，廖氏
北望中原，一覺佳節風物可喜，一覺時局變幻可憂，因賦詞寫懷，
抒發感慨。詞的前半部寫初夏景物，遠處鷺飛煙渺，碧海瑩潔；近
處氣暖花開，鮮明照眼，作者撫弦吹笛，棄屈原家國之憂，沉醉於

美好回憶。後半部筆鋒一轉，寫作者倚欄眺望故國，見人事皆非，態勢危急，戰火依稀重燃，不由心情沉重，嘆息不已。全詞喜憂參半，正廖氏所謂"百感如潮"。

（洪若震箋注）

南歌子　大暑後移居山樓，連夕風雨，不寐，黯然成詞。

暑逭山間屋。涼招樹底亭。[1] 千峰雲擁夜窗鐙。掀動四垂簷馬。不平鳴。[2]　　葉墜蹲厖覺。枝搖宿鳥驚。[3] 聽風聽雨未分明。殘夢鬧回鄒魯。鬨時聲。[4]

【箋　注】

〔1〕逭：逃避。此二句謂在山間屋避暑，在樹底亭招涼。

〔2〕鐙：古同燈。簷馬：掛在屋簷下的風鈴。不平鳴：語本韓愈《送孟東野序》："大凡物不得其平則鳴。" 此三句謂群山雲靄環擁，窗內透出燈火，夜風吹動簷下風鈴，發出鳴聲。

〔3〕厖：通尨，多毛狗，泛指犬類。此二句謂樹葉墜落，令蹲踞的狗警覺；樹枝搖曳，驚動棲息的鳥兒。

〔4〕鄒魯：孔子為魯人，孟子為鄒人，後世遂以"鄒魯"指文教鼎盛之地、禮義之邦。時：時下、時俗。此三句謂夜聽風雨，聲音嘈雜，不甚分明，夢中回到鄒魯故邦，也為時俗之聲騷擾。

【評　析】

此詞寫作者移居山樓避暑，連夜風雨，睡不成眠。上闋寫山居避暑情景，千山雲擁，夜窗獨明，坐聽簷馬丁東。下闋寫風雨侵夢情形，風雨來時，枝葉搖墜，驚擾犬鳥，臥聽風雨，殘夢難繼。詞中多處描寫聲音，如簷馬不平鳴、葉墜枝搖、厖覺鳥驚等，於無聲

處靜聽各種聲響，更增百無聊賴之感。最後夢回鄒魯，卻不聞禮樂，
但覺時聲闐鬧。作者語帶調侃，突顯風雨聒耳、不勝其擾的心情。

（洪若震箋注）

虞美人　龍眼為嶺南佳果，味遜荔支而獨饒清脆，余酷嗜
　　　　　之，因賦。

　　點睛飛去龍無跡[1]，眼賸[2]千林碧。摘來顆顆剝晶瑩，
依約佳人雪藕[3]共調冰。　　荔支啖罷伊方熟[4]，同是顏
如玉，只憐笑未博環妃[5]，當日紅塵一騎貢偏遲[6]。

【箋　注】

〔1〕"點睛"句：點睛，畫眼睛。晉王嘉《拾遺記·秦始皇》："始皇
　　元年，騫霄國獻刻玉善畫工名裔……又畫為龍鳳，騫翥若飛。
　　皆不可點睛，或點之，必飛走也。"此句點題，指龍眼。

〔2〕賸：唯。

〔3〕雪藕：嫩藕。嫩藕色白，故稱。宋袁去華《八聲甘州·正陰陽
　　夏木聽黃鸝》云："想調冰雪藕，清夜與誰同。"

〔4〕"荔支"句：伊，指龍眼。龍眼成熟期在農曆八月，古時稱八月
　　為桂，龍眼果實為圓形，故又稱"桂圓"。龍眼成熟期比荔枝
　　晚。劉恂《嶺表錄異》卷中："荔支方過，龍眼即熟。"

〔5〕環妃：指楊貴妃。楊貴妃，唐蒲州永樂人，小名玉環，曉音律，
　　善歌舞。初為壽王妃，後為女道士，號太真。入宮後，得玄宗
　　寵，封貴妃。安祿山亂起，玄宗出奔，至馬嵬坡，軍士嘩變，
　　楊貴妃被迫縊死。

〔6〕紅塵一騎：語本杜牧《過華清宮》："一騎紅塵妃子笑，無人知
　　是荔枝來。"五代王仁裕《開元天寶遺事》云："貴妃嗜荔枝，

·665·

當時涪州致貢，以馬遞馳，載七日七夜，至京人馬多斃於路，百姓苦之。"

【評　析】

龍眼與荔枝皆為嶺南佳果，然龍眼因比荔枝晚熟，又被稱之為"荔枝奴"。歷代騷客詠頌二者的佳作甚夥。如蘇東坡嗜吃荔枝，有"日啖荔枝三百顆，不妨長作嶺南人"之歎。蘇氏還有一首詠龍眼的詩："龍眼與荔枝，異出同父祖。端如柑與橘，未易相可否。異哉西海濱，琪樹羅玄圃。纍纍似桃李，一似流膏乳。坐疑星隕空，又似珠還浦。圖經未嘗說，玉食遠莫數。獨使皺皮生，弄色映琱俎。蠻荒非汝辱，倖免妃子污。"詩中將龍眼比喻隕空的星星和合浦的珍珠，讚譽有加，溢於言表。尤其是結尾"蠻荒非汝辱，倖免妃子污"一句，對不為世人所賞識的龍眼大加寬慰，讓人聯想翩翩。

詞上片"點睛飛去龍無跡"，巧用"點睛"一詞，狀龍眼之不同凡響；後用"晶瑩"、"雪藕"、"調冰"等詞，寫龍眼之果肉，凸顯作者苦嗜龍眼之緣由。下片用楊貴妃嗜吃荔枝的典故為龍眼鳴不平，"同是顏如玉，只憐笑未博環妃"，以致"貢偏遲"。與蘇詩"蠻荒非汝辱，倖免妃子污"之句有異曲同工之趣。

（龔敏箋注）

更漏子

箔珠[1]垂，瓶玉[2]注，往事十年風雨。除徑蝶，和階螢，誰還知此情。　　堤邊柳，湖上藕，總是不堪回首。天亦老，人無聊，將愁分付簫。

【箋　注】

〔1〕箔珠：即珠箔，珠簾，珍珠綴成的簾子。《漢武故事》："武帝起

神室，以白珠織爲箔。”

〔2〕瓶玉：即玉瓶，瓷瓶的美稱。唐張祜《五弦》詩：“玉瓶秋滴水，珠箔夜懸風。”

【評　析】

此闋爲詞人乙酉年（1945）作品，詞風蘊藉委婉，頗可玩味。詞以“珠箔”和“垂瓶”二物爲對象，寄賦愁思，屬詠物詞一類。上闋以詞人觀“珠箔”和“垂瓶”之閒靜，映襯內心之愁緒孤寂。所謂“往事十年風雨”，或指詞人自 1942 年起任職汪僞政府事，故有除卻蝴蝶和螢火蟲外，無人知曉之慨嘆。下闋以堤柳湖藕點出往事“不堪回首”，頗有悔疚之意，並有自家訴說委曲之意。末三句點出人老孤寂無聊，心中萬般曲折愁緒，唯有借嗚嗚簫音訴說胸次幽幽之情。

（龔敏箋注）

如夢令　粵有果狀如葡萄，色黃，故名黃皮[1]，味次於龍眼。戲拈一解。

皮相[2]漫猜嬌賤，憶昔宣麻[3]傳宴，宮樣額塗[4]殘。衣露越臺[5]霑徧，金殿[6]，金殿，淡掃蛾眉人面。

【箋　注】

〔1〕黃皮：水果名，黃皮果的省稱，產廣東。李調元《南越筆記·廣東諸果》：“黃皮果，狀如金彈，六月熟，其漿酸甘似葡萄，可消食，順氣除暑熱，與荔支並進。荔支饜飫，以黃皮解之。諺曰：‘饑食荔支，飽食黃皮。’”

〔2〕皮相：只從外表上看。《韓詩外傳》卷十：“延陵子知其爲賢者，請問姓字。牧者曰：‘子乃皮相之士也，何足語姓字哉！’”

〔3〕宣麻：唐宋拜相命將，用白麻紙寫詔書公佈於朝，稱為“宣麻”。後遂以宣麻為詔拜將相之別稱。《新唐書·百官志一》：“開元二十六年，又改翰林供奉爲學士，別置學士院，專掌內命。凡拜將相，號令征伐，皆用白麻。”張元幹《醉花陰》詞：“春殿聽宣麻，爭喜登庸，何似今番喜。”

〔4〕宮樣：皇宮中流行的裝束、服具等的式樣。辛棄疾《浣溪沙·為岳母慶八十》詞：“臙脂小字點眉間，猶記得舊時宮樣。”額塗：指眉額之間塗抹傅粉，唐人好在眉間塗黃。此句特指黃皮之色黃。

〔5〕越臺：指漢時南越王趙佗所建之臺，故址在今廣州越秀山。楊萬里《明發青塘蘆包》詩：“回望越臺煙雨外，萬峰盡處五羊城。”

〔6〕金殿：指宮殿。

【評　析】

民間諺語云：“饑食荔支，飽食黃皮。”黃皮為嶺南佳果，具有消食之功效。詞如小序中所說的“戲拈一解”，表現作者對黃皮喜愛的同時，點出不能僅憑外表判斷事物“嬌賤”之哲理。前三句就黃皮之外形及顏色著墨；末三句用“越臺”、南越王趙佗的典故，點出黃皮產地在廣東，而宮殿“娥眉”好以此黃色塗面，呼應上段黃皮顏色，深受內庭喜愛，彰顯作者所謂“皮相嬌賤”之哲理。

（龔敏箋注）

浪淘沙　乞巧夕飲市壚，[1]回山居頹然就枕熟睡，為林鳥爭鬭聲驚醒。仰視窗間，玉繩[2]半落，雲送雨來，雙星[3]渡河久矣，而格桀[4]支啁音猶聒耳。百感填膺，不復成眠，喟然衍作三解。

鳩鵲為巢爭，[5]巧拙相形[6]，巧偏甘任拙吞併。忍問中原紛逐鹿，誰敗誰成。　　紙上厭談兵，世局殘枰，典貂聊博臥銀箏[7]。夷甫諸人應媿我，[8]老擁狂名。

　　巧者拙之奴，[9]巧者何辜，鵲巢從古已鳩居。料是穹蒼齊物意，特地憐渠。　　今夕漫愁余，笑語黃姑[10]，年年壓線嫁衣[11]無。遮莫天孫雲錦也，[12]蘊櫝[13]藏諸。

　　牛女絳河邊[14]，淚雨潸然[15]。潊教苔點[16]着池鴛。莫誤東皇錢十萬，[17]借與天孫。　　隱約訴鬘仙[18]，蠱籟宵喧[19]。老來吾覺漸知言。除是笙歌尋夢入，睡最無端。

【箋　注】

〔1〕乞巧：舊時風俗，農曆七月七日夜（或七月六日夜），婦女在庭院向織女星乞求智巧，稱為“乞巧”。南朝宗懍《荊楚歲時記》：“七月七日爲牽牛織女聚會之夜。是夕，人家婦女結綵縷，穿七孔鍼，或以金銀鍮石爲鍼，陳瓜果於庭中以乞巧，有喜子網於瓜上則以爲符應。”壚：酒店。

〔2〕玉繩：星名。常泛指群星。張衡《西京賦》：“上飛闥而仰眺，正睹瑤光與玉繩。”李善注引《春秋元命苞》曰：“玉衡北兩星爲玉繩。”

〔3〕雙星：指牽牛、織女二星。

〔4〕格桀：即格磔，鳥鳴聲。

〔5〕“鳩鵲”句：語出《詩·召南·鵲巢》：“維鵲有巢，維鳩居之。”毛傳：“鳲鳩不自爲巢，居鵲之成巢。”

〔6〕相形：比較。

〔7〕典貂：指晉阮孚嗜酒，嘗以金貂換酒事。臥銀箏：用銀裝飾的箏或用銀字表示音調高低的箏。唐戴叔倫《白苧詞》：“回鸞轉

鳳意自嬌，銀箏錦瑟聲相調。"此處"臥銀箏"意，疑典出明人劉黃裳《邯鄲隨張使君肖甫出獵行》末句"臥聽銀箏醉雪花"。

〔8〕夷甫：指西晉人王衍，清談名士，平生口未嘗言錢。媿（kuì）：羞辱。

〔9〕巧者拙之奴：簡言為聰明的人往往為平常人服務。

〔10〕黃姑：牽牛星。《玉台新詠·歌辭之一》："東飛伯勞西飛燕，黃姑織女時相見。"吳兆宜注引《歲時記》："河鼓、黃姑，牽牛也。皆語之轉。"

〔11〕壓線嫁衣：做衣時按壓針線，喻徒為他人作事。唐秦韜玉《貧女》詩："苦恨年年壓金線，為他人作嫁衣裳。"

〔12〕"遮莫"句：遮莫，莫非。天孫，星名，即織女星。《史記·天官書》："婺女，其北織女。織女，天女孫也"。司馬貞索隱："織女，天孫也。"傳說織女是巧於織造的仙女。

〔13〕蘊櫝：同"韞匵"，包容，含藏。《論語·子罕》："有美玉於斯，韞匵而藏諸？求善賈而沽諸？"朱熹《集注》："韞，藏也；匵，匱也。"

〔14〕"牛女"句：牛女，牽牛、織女兩星或"牛郎織女"的省稱。絳河，即銀河，又稱天河、天漢。

〔15〕潛然：當為潸然之誤。

〔16〕苔點：苔錢，杜甫詩"苔錢似錦萍"，此喻淚滴。

〔17〕"莫誤"句：東皇，指天帝。《荊楚歲時記》："道書云，牽牛娶織女，借天帝二萬錢下禮，久不還，被驅在營室中。"

〔18〕鬘仙：鸚鵡鳥名。

〔19〕蟲籟：蟲鳴聲。

【評　析】

這三首詞作於1945年，詞人已屆暮年，屢經政局之變，面對當時逐鹿之人事，都能以平常心看待，復自嘲自解，而胸次塊磊，都

——在字裡行間顯現。

第一首上片以鳩鵲爭巢喻當時政局，以巢喻國，鳩鵲相爭，擬之為逐鹿中原之人。下片謂世事如棋，自家早"厭談兵"，對於成敗之事也冷眼看待，並以阮孚典貂換酒表明心跡，只望餘生聊寄銀箏風月。末用西晉王衍清談得盛名的典故，自譏老負狂名而無所用。

第二首承前旨，以鳩鵲巧拙為題，大興巧者勞碌、拙者得利之嘆。儘管作者明白鵲巢鳩居古已有之，無可細說，而筆鋒一轉，又能從《莊子》齊物之旨觀看，別開新意，乃有呼應解決前句"巧者何辜"之不平鳴，得出造物主憐憫拙者，故由巧者代勞。下片轉向天河，呼應序言所謂"雙星渡河久矣"，以牽牛、織女二星為喻，道出天地萬事萬物，皆有定合，世人勞碌，莫非都為他人作嫁衣裳而已。末句點出自家懷才未遇，隱退有待賢者識者，由此可見作者仍有用世之心。

第三首上片寫牛郎織女遙隔河漢相視，淚雨潸然落下，如苔錢般濺及雙宿雙棲的池鴛身上；莫要誤以為"苔錢"是天帝借與牛郎織女的十萬禮錢，實在是他們的眼淚，描繪了一幅離別感人的場面。下片寫人間七夕之夜，離別之情無由訴說，乃與身傍鸚鵡言語，四周蟲鳴唧唧。作者筆端一轉，寫自身老邁方始覺悟情事，除是笙歌入夢，睡最無端。此闋詞不言當時逐鹿之事，不評巧拙之理，專道離情，寫天上、人間離別之情，緊密結合七夕傳說，並呼應序文，點出自家思緒無端，驟醒無眠。

（龔敏箋注）

怨王孫　寓意

日日簷前占鵲喜[1]，喜未降、愁先至。秋波臨去一銷魂，聆別語，空垂淚。　鏡約釵盟那復記，[2]雲雨斷、巫峰十二。[3]醉扶不見似花人，更誰喚，殘醒起。

【箋　注】

〔1〕 鵲喜：喜鵲的啼鳴聲。舊傳以鵲鳴聲兆喜，故稱。宋之問《發
　　 端州初入西江》詩：“破顏看鵲喜，拭淚聽猿啼。”

〔2〕 “鏡約”句：鏡約，指南朝徐德言娶陳後主妹樂昌公主，時陳政
　　 方亂，德言知國破時兩人不能相保，乃破鏡與妻各執其半，以
　　 為異日憑證。及陳亡，其妻沒入楊素家，德言亦流落至京。有
　　 蒼頭賣半鏡，德言出半鏡合之，因訪得其妻，重為夫婦。事見
　　 唐孟棨《本事詩·情感》。釵盟，傳說中唐明皇與楊貴妃定情之
　　 盟約。見陳鴻《長恨歌傳》。

〔3〕 “雲雨”句：宋玉《高唐賦序》：“昔者先王嘗遊高唐，怠而晝
　　 寢，夢見婦人曰：‘妾巫山之女也，為高唐之客。聞君遊高唐，
　　 願薦枕席’。王因幸之。去而辭曰：‘妾在巫山之陽，高丘之岨，
　　 朝為行雲，暮為行雨。朝朝暮暮，陽臺之下。’”巫山之上，群
　　 峰疊起，其著者有十二峰。

【評　析】

　　 每日佇立簷前占聞喜鵲啼聲以為報喜，卻總是悵然若失，期待
落空。猶然憶記美人臨別，銷魂一瞥，遙想別時言語，淚自偷垂，
恐怕是鏡約釵盟都已忘記，巫山雲雨復相阻隔，卻又無可奈何。病
情借酒，而醉中扶起自己的卻不是日夜思盼的似花美人，縱然是宿
醉未醒，更有誰人喚起呢！

　　 詞題“寓意”，而內容為思憶情人之作，若果為情，則不必多此
一舉了。因此，疑作者別有懷抱，或有更深之“寓意”。

（龔敏箋注）

杏花天　中秋夜山居望月

　　憶窺眉月[1]江樓展，只雲額、纖鉤[2]一線。山窗今夕
覷團圝[3]，底辨是、飛來鏡與扇。　　　仙軿[4]瀲，銀河浪
淺。舞娥影，誰家院轉。似聞吹笛又呼鸞。玉殿正霓裳[5]，
舊譜換。

【箋　注】

〔1〕眉月：即新月，月初的一種月相。因月球被照亮半球的一小部
　　　分，形似蛾眉，故稱。

〔2〕纖鉤：細小的釣鉤。此喻月相。

〔3〕團圝：借指月宮。洪昇《長生殿·聞樂》："七寶團圝，周三萬
　　　六千年內；一輪皎潔，滿一千二百里中。"

〔4〕仙軿：軿，音 píng，有帷蓋的車子。

〔5〕霓裳：《霓裳羽衣曲》的略稱。宋葛立方《韻語陽秋》卷十五：
　　　"《霓裳羽衣舞》，始於開元，盛於天寶，今寂不傳矣。"

【評　析】

　　作者在中秋夜山居望月，回憶曾在江樓賞月，當時月似美人舒
展娥眉，只見雲額上，纖鉤如線。今夜山居窗下見月亮團圓，如何
分辨那是圓的鏡子，還是團扇呢！想像仙娥乘車渡過銀河瀲起河水，
月影輕轉，又照落在誰家深院。似乎聽到仙樂，有吹笛呼鸞之聲，
想來應是天上換了舊樂譜，起舞霓裳了。

　　中秋觀月，不寫眼前月，反寫記憶中的江樓之月，與當前山居
月成圓缺之比，今昔成趣，下筆不凡。下片思緒從人間又飛揚天上，

想月娥車行，仙樂起舞，正為今宵。將人間之樂與天上之月聯想，
知人間天上樂且同也。

（龔敏箋注）

風入松　重九

捲簾空羨越山[1]奇，垂老倦攀躋[2]。重陽例動登高
興，[3]矍然對、千岫雲迷。[4]滯屐狂流旋瀉[5]，提壺好鳥應
知。[6]　　菊花寧為我開遲，霜訊到還稀。人生底事愁羈旅，
逢佳節、拚醉如泥。雁陣驚寒[7]聲裏，帽簪簪上虯枝。[8]

【箋　注】

〔1〕越山：廣州越秀山。

〔2〕攀躋：攀登。

〔3〕"重陽"句：舊俗於農曆九月九日重陽節，以絳囊盛茱萸，登高
山，飲菊酒，謂可以避邪免災。南朝吳均《續齊諧記·重陽登
高》："汝南桓景隨費長房遊學累年。長房謂曰：'九月九日汝家
當有災，宜急去，令家人各作絳囊，盛茱萸以繫臂，登高飲菊
花酒，此禍可除。'景如言，齊家登山。夕還，見雞犬牛羊一時
暴死。長房聞之，曰：'此可以代矣。'今世人每至九月九日登
高飲酒，婦人帶茱萸囊，因此也。"

〔4〕"矍然"句：矍然，驚懼，驚視。岫，峰巒。

〔5〕"滯屐"句：滯屐，停步，歇腳。此句寫雲霧的變幻莫測。

〔6〕"提壺"句：提壺，鳥名，即鵜鶘。劉禹錫《和蘇郎中尋豐安里
舊居寄主客張郎中》："池看科斗成文字，鳥聽提壺憶獻酬。"

〔7〕雁陣驚寒：用王勃《滕王閣序》："雁陣驚寒，聲斷衡陽之浦。"

〔8〕"帽簪"句：虯枝，盤屈的樹枝。重陽登高，飲菊花酒，又簪茱
萸。此處特寫簪"虯枝"，寓意深遠。

【評　析】

　　上片寫捲簾窗戶得見越秀山的奇偉，儘管垂老年邁，逢此重九佳節，不禁仍有攀登之想。登山方始驚訝雲岫之變化無端，山林雲岫之間，只有鶇鶬鳥鳴與作者相伴。下片寫秋菊遲開，報知秋霜應到。乃想起自身羈旅，逢此佳節也只能借愁買醉，在一片雁聲中，徐徐在帽邊簪上虯枝聊應佳節。

　　作者寫重九登高，先從自家樓窗落筆，繼寫登山所見雲岫，全是白描。下片方才點出一"我"字，由人感時，由時悲己，羈旅愁思由是而起，唯有一醉解愁。末寫"簪上虯枝"，看似閒情，卻有深意其中，蓋重九必登高、飲酒、餐菊和簪茱萸，此處簪"虯枝"，非是虛寫閒情，寓意深遠。

（龔敏箋注）

買陂塘　影樹[1]產南美、南非諸洲，余在古巴築懺綺園，[2]於半舫前植數株，蒼翠參天，姿態奇絕。今賃廡香港，山園中觸目皆是，對之不無種柳漢南[3]之感已。

　　買山錢[4]、卅年遲辦，芳盟負了園樹，誰從海外移根到。此地也非吾土。搖曳處，正天鏡新磨照煞綵鸞舞。[5]影兮喚取，著一字風流，銷魂惹我，依約又廊廡。　　長眉嫵，浪說柳嗔花妒。歲寒松柏羞伍。記曾歌舫[6]鐙前見，鬥盡釵光無數。今再遇，問招得冥鴻敢否池潢顧。[7]傘般禦雨，卻戀好斜陽，煙林未暝，鴉背[8]怎分付。

【箋　注】

〔1〕影樹：又名英雄樹、孔雀樹，豆科鳳凰木屬。

〔2〕懺綺園：廖氏在古巴所築別墅。

〔3〕種柳漢南：語本庾信《枯樹賦》：“昔年種柳，依依漢南。今看搖落，悽愴江潭。樹猶如此，人何以堪！”

〔4〕買山錢：為隱居而購買山林所需的錢。劉禹錫《酬樂天閑臥見憶》詩：“同年未同隱，緣欠買山錢。”

〔5〕“正天鏡”句：天鏡，指月。宋之問《游禹穴回出若邪》詩：“石帆搖海上，天鏡落湖中。”鸞舞，即鸞鏡，亦稱鏡鸞。《異苑》載：“罽賓王一鸞，三年不鳴。夫人曰：‘聞見類則鳴。’懸鏡照之，鸞睹影悲鳴，中宵一奮而絕。”此指鸞鳥起舞。

〔6〕歌舫：指廖氏古巴懺綺園之半舫。

〔7〕“問招得”句：池潢，池塘。張九齡《感遇》詩之四：“孤鴻海上來，池潢不敢顧。”

〔8〕鴉背：指高處。溫庭筠《春日野行》詩：“鴉背夕陽多。”

【評　析】

《買陂塘》，詞牌名，一名《摸魚兒》。

作者寓居香江，居處觸目皆有影樹，由是憶起遷任古巴時所植之樹，興起今昔之嘆。詞上片寫移居香江，得見影樹，猶如彩鸞對鏡起舞，婆娑隱約，廊廡長日。下片憶起古巴時半舫之樹，再見徒增悲思。末寫影樹之形似傘，樹身高大。

廖氏 1927 年 2 月任古巴公使，1929 年 10 月回國，1945 年後移居香江。此闋詞即因香港所見影樹而緬懷記寫古巴時之物與情，並自家羈旅之感，有今昔之深嘆。

（冀敏箋注）

好事近　去年南歸，倚裝[1]拈此調。今在回滬海舶中再賦，仍依原均。乘興來興盡返，泯棼[2]世，寧獨余一人為然？余不自悲，顧暇為芸芸眾生悲哉！

　　記唱鶴南飛，籬菊[3]去年簪髮。今逐吳鴻[4]歸去，看簷枝[5]重發。　　行行休聽鷓鴣嗁[6]，颶輪[7]亂愁撥。笛帶過江淚殘，忍舵樓吹月。

【箋　注】

〔1〕倚裝：整裝待發。
〔2〕泯棼：紛亂。
〔3〕籬菊：籬下的菊花。陶潛《飲酒》詩之五：“採菊東籬下，悠然見南山。”
〔4〕吳鴻：指吳地歸鴻，吳文英《鷓鴣天》：“吳鴻好為傳歸信，楊柳閶門屋數間。”
〔5〕簷枝：指梅花。林和靖《梅花》詩：“池水倒窺疏影動，屋簷斜入一枝低。”又杜甫《舍弟觀赴藍田取妻子到江陵喜寄》詩：“巡簷索共梅花笑，冷蕊疏枝半不禁。”
〔6〕鷓鴣嗁：嗁，啼的古字。鷓鴣啼，聲如云“行不得也，哥哥”。
〔7〕颶輪：喻飛馳的舟車。

【評　析】

　　作者去歲秋天作此詞，今年冬天回滬，乃又依前韻再賦。去年猶記是籬菊黃時，唱鶴南飛，而人已南歸。今年卻是冬天，簷前梅花又自開發，羈旅之人莫聽鷓鴣啼叫，如言“行不得也，哥哥”。耳聞眼見，海輪飛駛逐浪，令人愁緒繚亂，笛音猶含過江殘淚，不忍身倚舵樓，月下臨風吹徹寒笛。

一歲之隔，作者南北羈旅，浮輪海上，雖有興來盡返的欣慰，而心中實有哀嘆不忍之情，所以才有"泯梦世"，為眾生悲哀之詞。由是可見詞人多情，非僅僅於一己之私，猶關涉眾生世人。

（龔敏箋注）

慶春宮　戊子花朝，[1]夜雨奇寒，重衾殢夢。[2]晨起集覺翁[3]句，聊遣綺懷[4]。

花影闌干祝英臺近，雨聲樓閣探芳信，碧窗宿霧濛濛[5]聲聲慢。夢隔銀屏[6]珍珠簾，漏侵瓊瑟[7]秋思，渾疑佩玉丁東新雁過妝樓。芳卿[8]憔悴惜秋華，便綠減[9]拜星月慢，吳妝[10]暈濃塞翁吟。依然纖手花心動，彩箋[11]翻歌三姝媚，頻繞殘鐘江南好。

人生未易相逢聲聲慢。去水流萍瑞龍吟，惜別行蹤新雁過妝樓。香斗[12]春寬本調，吟壺天小[13]丹鳳吟，霜霄暗落驚鴻[14]高山流水。釵頭新約訴衷情，欠攜酒探芳信，南屏翠峰[15]塞翁吟。一聲長笛醉桃源，笑伴鴟夷[16]瑣窗寒，煙海沈篷八聲甘州。

【箋　注】

〔1〕"戊子"句：戊子，1948 年。花朝，即花朝節。舊俗以農曆二月十五日為"百花生日"，故稱此日為"花朝節"。吳自牧《夢梁錄·二月望》："仲春十五日爲花朝節，浙間風俗，以爲春序正中，百花爭放之時，最堪遊賞。"

〔2〕"重衾"句：重衾，兩層被子。周邦彥《尉遲杯·離恨》詞："等行人醉擁重衾，載將離恨歸去。"殢（tì），困擾。

〔3〕覺翁：南宋詞人吳文英，號夢窗，晚年又號覺翁。

〔4〕綺懷：情懷。

〔5〕"碧窗"句：碧窗，"碧紗窗"的省稱，裝有綠色薄紗的窗。宿

霧，夜霧。陶潛《詠貧士》："朝霞開宿霧，衆鳥相與飛。"

〔6〕銀屏：鑲銀的屏風。柳永《引駕行》詞："消凝，花朝月夕，最苦冷落銀屏。"

〔7〕"漏侵"句：指時光流逝，古人以漏為計時。瓊瑟，琴的美稱。

〔8〕芳卿：舊時對女子的昵稱。吳文英《惜秋華》一詞中"芳卿"，用《芙蓉城傳》王迴遇仙女周瑤英事，借指所思念之女子。蘇軾《芙蓉城》："芳卿寄謝空丁寧。"

〔9〕"便綠減"句：吳文英《拜星月慢》："又怕便、綠減西風，泣秋檠燭外。"

〔10〕吳妝：吳地女子的裝束。

〔11〕彩箑：箑，音 shà，扇子。彩箑，彩扇。

〔12〕香斗：形如熨斗的水潭。

〔13〕"吟壺"句：壺天，《雲笈七籤》卷二八引《雲臺治中錄》："施存，魯人。夫子弟子，學大丹之道……常懸一壺如五升器大，變化爲天地，中有日月，如世間，夜宿其內，自號'壺天'，人謂曰'壺公'。"

〔14〕驚鴻：驚飛的鴻雁。曹植《洛神賦》："翩若驚鴻，婉若遊龍。"

〔15〕南屏翠峰：南屏山，在西湖南岸，綿延千米餘，如翠屏掩映。

〔16〕鴟夷：即鴟夷子皮，皮製的囊袋。《史記·越王勾踐世家》："范蠡浮海出齊，變姓名，自謂鴟夷子皮，耕於海畔，苦身勠力，父子治産。"韋昭曰：'鴟夷，革囊也。'或曰'生牛皮也'。"傳西施在滅吳後與范蠡泛舟共游五湖，故曰"笑伴"。

【評　析】

此闋詞以集句為之，集句難度較大，屬於逞才的一種文學再創作的遊戲，必須熟諳前人詞集詞句方能為之，易為難精。廖氏此處專集吳文英詞句，難度更大，而融裁稱妙，渾化無間，尤為可貴。

詞末數句，"欠攜酒"暗用南宋俞國寶《風入松》詞"明日重攜殘酒，來尋陌上花鈿"意，俞詞中又有"一春常費買花錢。日日醉湖邊。玉驄慣識西湖路，驕嘶過、沽酒樓前"之句。南屏晚鐘為西湖十景之一；"鷗夷"為越人范蠡事；且西湖又名為西子湖。舉凡三事無不與西湖有關，於此尤見廖氏運用之妙，著實匠心獨具。

（龔敏箋注）

浣谿沙　碧桐君四月二十六日生辰。前年七十八，余賦《浣谿沙》二闋為壽。今年八十，不可無詞。戲集稼軒、石帚句各一闋，以符前例。君猶健，腰腳似昔年，行十餘里，日登樓數十次，無倦容，故次章及之。[1]

喚取笙歌爛熳游[2]武陵春。此生於世百無憂鷓鴣天。一春長是為花愁[3]一絡索。　　見底道纔十八歲[4]品令。從今更數八千秋[5]八聲甘州。人間八十最風流鵲橋仙。

巷陌風光縱賞時鷓鴣天。垂揚却又妒腰肢鶯聲繞紅樓。年年強健得追隨[6]阮郎歸。　　落蕊半黏釵上燕[7]本調。與君閒看壁間題[8]阮郎歸。玉笙涼夜隔簾吹[9]虞美人。

【箋　注】

[1] 碧桐君：即廖氏妻子邱琴（1868—1966）。前年所作為邱琴祝壽的《浣谿沙》詞見《捫蝨談室集外詞》。稼軒：辛棄疾別號稼軒居士。石帚：宋人姜石帚，此處作為姜夔的別稱。但有論者認為姜夔、姜石帚並非一人。辛棄疾、姜夔皆南宋詞壇名家。本題第一首集辛棄疾句，第二首集姜夔句。

[2] "喚取"句：辛詞有副題"春興"，原句意謂帶着樂師或樂妓到

郊外遊逛，欣賞繁花吐艷的春景。

〔3〕“此生”二句：意謂這輩子沒有甚麼憂慮，僅僅是春天裡為落花
而發愁。此言碧桐君性格開朗。

〔4〕“見底”句：辛棄疾《品令·族姑慶八十，來索俳語》：“甚今年
容貌八十歲，見底道縷十八。”意謂明明是八十歲的人，為甚麼
容貌看來只像十八歲。廖氏錯記原句，添一“歲”字。

〔5〕“從今”句：祝願碧桐君再活八千年。《莊子·逍遙遊》：“上古
有大椿者，以八千歲為春，八千歲為秋。”

〔6〕上闋大意謂碧桐君身體健康，腰肢柔軟，在街巷裡放懷欣賞風
景時，勝過以形態婀娜見稱的垂楊，希望自己身體同樣健康，
年年一同遊賞。

〔7〕“落蕊”句：謂有些花蕊掉落到燕子造型的髮釵上。李白《白頭
吟》：“頭上玉燕釵，是妾嫁時物。”

〔8〕“與君”句：謂一起隨意地觀看牆上的題詩。

〔9〕“玉笙”句：在清涼的夜裡隔着窗簾聽見玉笙吹奏。

【評　析】

廖氏《八聲甘州》序：“余喜集句填詞。……大抵集句詩易於
詞。詞為調束縛，稍能自圓其說，輒不恤天孫雲錦，雨碎風裂，未
免猨鶴笑人，顧剪裁得天衣無縫，亦煞費匠心。”（《押蠱談室詞》
中《八聲甘州》詞序）此二首旨在祝壽，無多深意，但其二的下闋
白描三個情景，讓人想像廖氏與妻子多年來生活的甜蜜，也甚有蘊
藉之美。

（樊善標箋注）

清平樂　丙戌春戲作，自題集外詞後，補錄於此。〔1〕

平生挾策。伐罪興周室。載到後車年八十。不負蟠谿

釣笠。[2]　　獨憐貂飾冠兒[3]。頭和面目皆非。爭似袒衣相見，昂然捫蝨談詞。[4]

　　詞壇故老。評我殘年稿。僉謂必傳堪絕倒。遮莫阿私所好。[5]　　拼憑覆瓿籠紗[6]。鐙矬兩鬢霜華。長記雨來催句，硯池飛落簪花。[7]

　　花簪亂鬢。村女塗脂粉[8]。吾少也何嘗學問。腹笥[9]書無幾本。　　南唐五代笙竽。吳周姜柳辛蘇[10]。額點朱衣而後，[11]十五年前彊邨老人評《懺盦初稿》云："胎息夢窗，潛氣內轉，專於順逆伸縮處求索消息，故非貌似七寶樓臺者所可同年而語。至其驚采奇豔，則又得於尋常聽覩之外，江山文藻助其縱橫，幾為倚聲家別開世界矣。"[12]庇寒夏屋渠渠。[13]客滬十年，與夏映老晨夕觀摩，獲益不淺。在詞學浸衰之今日，映老不獨為余作詞導師，實亦為詞界護法韋陀也。[14]

【箋　注】

[1]　丙戌：1946 年。

[2]　挾策：胸懷計策。伐罪：討伐有罪者。興周室：振興周朝。後車：君王或大臣出行，侍從跟隨其後所乘坐的副車。磻谿：在今陝西省寶雞市東南，相傳為姜太公未顯達時垂釣之處。釣笠：以竹皮或竹葉編成的帽子，漁翁垂釣時戴以遮陽或擋雨。

[3]　貂飾冠兒：以貂尾為飾之冠，古代侍中、常侍所戴。

[4]　袒衣：敞開衣服，露出身體肌膚。捫蝨：《晉書·苻堅載記》："桓溫入關，（王）猛被褐而詣之，一面談當世之事，捫蝨而言，旁若無人。"廖氏前有《滿江紅·戲擬稼軒，自題捫蝨談室詞槀》："半篋秋詞，應自笑，描鸞無筆。只豪放，欲同王猛，夷然捫蝨。抵掌縱談當世務，披襟細認微蟲迹。"見《捫蝨談室詞》。

〔5〕絕倒：大笑不止。遮莫：或許。阿私：偏袒。

〔6〕拼憑：任憑，不放在心上。覆瓿：覆蓋盛醬料的小甕。漢代揚雄模仿《周易》撰《法言》，劉歆說當世學者只會競爭利祿，連《周易》也不懂，怎會費心研究《法言》，恐怕後人用這書來充當醬瓿的蓋子。籠紗：外罩紗布以作保護。唐代王播少年貧賤，寄居揚州惠昭寺木蘭院，為寺僧嫌棄，曾在牆壁上題詩。後來王氏位居顯要，重遊舊地時，發現當年所題的詩外面罩上了碧紗籠來保護。

〔7〕雨來催句：突然下起來的雨，好像催促作者寫出詩句。意思本自杜甫《陪諸貴公子丈八溝攜妓納涼晚際遇雨》之一："片雲頭上黑，應是雨催詩。"硯池：硯臺中央低陷可以盛載墨汁，故稱為硯池。簷花：屋簷旁邊的花。

〔8〕村女塗脂粉：清代鄒一桂《小山畫譜》："畫忌六氣：一曰俗氣，如村女塗脂。"

〔9〕笥：書箱。腹笥：指學問。

〔10〕"南唐"兩句：詞起於晚唐，南唐中主李暻、後主李煜都以詞名。詞本合樂歌唱，故以樂器笙竽代指。吳文英、周邦彥、姜夔、柳永、辛棄疾、蘇軾，皆宋代詞家。

〔11〕"額點"句：相傳歐陽修任貢院舉試主考官時，每批閱試卷，總覺得有一朱衣人在背暗中表示意見，凡是經過朱衣人點頭認可的文章，都合乎入選資格。廖氏意謂詞作得到朱祖謀（彊邨老人）嘉獎。

〔12〕彊邨老人：朱祖謀（1857—1931），著名詞人、詞學家，所校刻《彊村叢書》收錄宋、金、元詞一百六十多家，又編《宋詞三百首》，皆影響極大。朱氏認為廖氏詞效法南宋吳文英（夢窗），而得其神髓，其非徒具外形者可比。又說廖氏遊歷見聞之廣，令他的詞作一新前人面貌。

〔13〕"庇寒"句：《詩經·秦風·權輿》："於我乎夏屋渠渠。"夏屋：

大屋。渠渠：形容屋子之大。此處借指夏敬觀對詞壇的守護。

〔14〕夏映老：夏敬觀（1875—1953），著名詞人、詞學家，其詞集名《映盦詞》，另撰有《忍古樓詞話》、《詞調溯源》等。

【評　析】

第一首上闋謂向來懷着改朝換代的革命謀略，現在晚年回顧，抱負已經施展。世傳姜太公八十歲才受知於周文王，其後輔佐武王完成伐紂的大業。本年廖氏八十一歲，而從去年（1945 年）抗戰勝利後已解除一切官職，恰相對照。下闋意謂在官場之中失去個人本來面目，倒不如解開衣襟，略無顧忌地與朋友談論詞作。

第二首上闋意謂詞壇上的前輩評論我晚年作品，異口同聲地說一定能夠流傳，這話令我大笑不已。雖然開心，但也懷疑是偏袒之故。下闋說不考慮後人的評價，只把個人的生命感懷寫進詞中，靈感一來，佳句就像簪花掉進墨硯那樣自然而不造作。

第三首上闋謙稱自己沒有學問，故詞作像村女一樣不懂化妝打扮。不過坦率真樸也可以是一種美態，正如王國維《人間詞話》評李後主詞為“粗頭亂服，難掩國色”，廖氏此處未嘗沒有自傲的意味。下闋自述服膺的詞學傳統，並向前輩朱祖謀、夏敬觀的獎掖表達敬意。

又廖氏《添字采桑子》序：“余年五十，學為倚聲，輒嗜柳七（柳永）詞，……確信周（邦彥）、吳（文英）導源所自。嘗謂讀吳而得周之髓，讀周而得柳之神，追而上之，豁然悟南唐五代如天仙化人，奇妙不可測。”（見《捫蝨談室詞》中《添字采桑子》詞序）

（樊善標箋注）

題　詞

踏莎行　用碧山題草窗詞卷均

鎮江吳庠媚孫

　　煙柳危詞。霜花苦調。江山涕淚知多少。年年試酒。換單衣。青袍顏色輸春草。　　雪唱誰聽。冰心獨抱。天涯情味鵑能道。羅浮舊約。負梅花。壯游人在兵間老。

八聲甘州

閩侯林葆恒訒盒

　　問詞家私淑古何人。姜辛又吳周。正彊邨端麗。樵風高窈。筆勢羅浮。醉肯燕釵重借。餘火撥香篝。早悔秦淮泊。鄉近溫柔。

　　試憶六鼇當日。擁皇華使節。歷聘諸洲。便紅桑換劫。劍氣老貂裘。寧閒卻。戡鯨身手。但褐衣抩蝨發清謳。還車載。似磻谿叟。碧水竿投。

懺盒先生別四十年重晤羊城，為題詞集。

己丑暮春南海桂坫南屏

　　茫茫四海歎無人。抩蝨誰知尚有君。吟盡八賓人未老。清明難得志如神。

　　文章事業一身同。再世蘇辛拍案工。談到瀛洲抩蝨集。精神不減鹿裘翁。

過龍門

順德黎國廉六禾

世界視吾褌。旁若無人。詞龍青兕是前身。湖海雄奇蕃錦巧。奄有朱陳。　南極老儒存。白髮紅塵。吟壺雙笑八千春。故國蒓鱸欣邂逅。尊酒重論。

懺盦先生詞長大集題句

愚山陳融協之

群蝨處褌中。吸盡蒼生血。捫者自快人。談者亦豪傑。慈悲心。廣長舌。健筆為戈矛。柔情是花月。半篋秋詞擬稼軒。八十老翁鬢如雪。

踏莎行

張瑞京

蕭瑟江關。暮年詞賦。蘭成愁恨無重數。纖綃人遠。月孤明，照將鮫淚填新句。　意託紅箋。歌傳白紵。鶯吟那抵鵑嗁苦。淺斟低唱換浮名。老還捫蝨。飛珠唾。

一葉落　唐莊宗體二首

南海何香凝

集輯一。名捫蝨。帶王景。畧傲人骨苻堅不再生。君身誰能屈。誰能屈。獨抱長吟膝。

若玉琢。南飛鶴。九皋渺極夜鳴託。幡然半舫翁，江湖今憂國。今憂國。杜老殘年作。

甘州子　顧太尉原均

番禺許崇清志澄

箋詞花下付鬟笙。捫蝨處。褐裘輕。海雲早趁酒漪平。飛檄記龍庭。煙島上。噓氣彩虹橫。

霜花腴

饒平詹安泰无盦

怨潮暮咽。喚酒醒。紛愁細雨涼煙。光怪裝新。唧噥聲緊。蕃街走馬年年。去程夢寬。向繡心。爭入蠻箋。但闌干往日抵徊。亂紅如海漸荒寒。　遼鶴舊歸何處。看斜陽一抹。廢壘千連。鵑血空啼。堯年難問。吟商掩抑尊前。舊情最牽。喜故人相對華顛。料雄深。共冶辛吳。老懷無淚懸。

摸魚子

南海冼玉清

對江山。渾多根觸。傷懷翻託豪語。行人眼界詞人腕。胎息夢窗如故。光氣吐。十二渡。鯨洋珠玉收無數。旌蜺起舞。趁浪雪千堆。槎風萬里。呼吸入毫素。　年時事。頗記明公題句。海天躑躅圖補。鵑花歷亂。紅凝血濺。淚襟痕疑醋。公最恕。說那有感時。竟不裙釵許。公今按譜。正鐵板銅琶高歌。引得威鳳振霄羽。

懺盦姻大兄命題《捫蝨談室詞集》，即乞　郢教。

己丑端節前三日姻愚弟何弘景季海

雄渾非蘇即是辛。夢窗源自出清真。千秋默契傳心法。一集重刊付手民。北宋曉風殘月岸。南唐流水落花春。屏除魔道涪翁體。捫蝨詞稱老斲輪。

鳳棲梧

劉景堂伯端

翦翠裁紅情一往。海水天風。入耳非凡響。不運斧斤成大匠。風流千古歸仙掌。　幾度看花閒拄杖。但願花前。歲歲人無恙。若賭旗亭。紅袖唱新聲。應壓黃河上。

影樹亭和詞摘存

霓裳中序第一　依均和六禾賦荷花生日[1]

　　飛軿[2]碎輾月，獻祝西池[3]杯乍歇。飄下綺羅帶結，[4]有蛙部鼓催[5]，鳧塘簫節[6]。歌雲易纈[7]，趁十洲[8]塵淨嚚絕。花仙醉，霞裾掩麛[9]，倩盼溜波撇。[10]　　沙獺[11]，暗香爭發，笑剗去湘妃素韤。[12]旃蒙依舊在乙，[13]倏爾珠跳，儼若葭揭。[14]獨憑僧咒鉢[15]，怕著雨綃裳[16]冷澈。天孫錦[17]，因伊裁就，麗句羨高遏[18]。

【箋　注】

〔1〕六禾：順德黎國廉（1874—1950），字六禾。荷花生日：舊俗以農曆六月二十四日為觀蓮節，又名荷花生日。黎國廉著《玉縈廔詞鈔》卷三《霓裳中序第一·己丑荷花生日與客飲市樓賦》："妍姿趁瑞月，萬疊青錢芳未歇。江涘綵鴛珮結，是魚戲雅吟，龜游芳節。紅裳翠纈，見六郎丰采殊絕。東王宴，千年藕碧，勝會漫拋撇。　　蒼獺，繽衣香發，也許化驚鴻步韤。前身高座太乙，渌水新歡，庾幕重揭。佛圖還咒鉢，問玉井三生可澈。龍綃裏，僧趺長壽，醉詠興難遏。"又黃坤堯編纂《劉伯端滄海樓集》附《滄海樓參考資料選輯》中劉國廉《與劉伯端書》其四，有關黎國廉與廖恩燾賦荷花生日詞和作資料云："昨上一械，諒登左右。鳳舒又來一首，因即景再作，錄呈大教。前首組織嫌密，此以清空易之。公以為何如？乞賜教也。又上，適詹無盦來函，并屬致一片奉候。大作寄後，云渠亦和荷花生日一首。並欲得毅老大筆，極端感謝。惟是否能合用，當俟蔚興人來與商定奉覆。內一條極佳，但可惜'蕊'字稍異耳！毅老如到港，敬乞公見示，弟甚欲面謝也。"按劉國廉此書，賦荷花生日詞黎國廉首唱，廖恩燾、詹安泰皆有和韻。

〔2〕飛軿：飛馳之軿車。軿車，古代有帷幕車子。

〔3〕獻祝西池：西王母所居崑崙山瑤池，西池；相傳西王母壽辰，設蟠桃宴會於瑤池，諸仙獻壽。

〔4〕飄下綺羅帶結：以女子綺羅帶結之盛裝，喻荷花盛開。

〔5〕蛙部鼓催：群蛙叫聲稱“蛙鼓”，宋代邵雍《和王安之少卿雨後》句：“蛙鼓未足聽，蚊雷未易驅。”其聲效有如一樂部，故稱蠶部；催，催開花也，有擊鼓催花故事，唐代南卓《羯鼓錄》載唐明皇臨軒擊羯鼓，曲終花吐。

〔6〕鳧塘簫節：有鳧鳥棲息、簫聲繚繞之池塘。鳧，野鴨。簫節：簫中通外直，有節，質堅，引申簫聲。

〔7〕歌雲易纈：歌雲，《列子·湯問》：“薛譚學謳于秦青，未窮青之技，自謂盡之，遂辭歸。秦青弗止；餞於郊衢，撫節悲歌，聲振林木，響遏行雲。薛譚乃謝求反，終身不敢言歸。”易纈：易染成斑斕色彩。《資治通鑑》胡三省注：“纈，撮綵以線結之，而後染色，既染則解其結，凡結處皆原色，餘則入染色矣。其色斑斕謂之纈。”

〔8〕十洲：傳說八方大海中，有祖洲、瀛洲、玄洲、炎洲、長洲、元洲、流洲、生洲、鳳麟洲、聚窟洲，神仙居住之地，載《海內十洲記》。

〔9〕霞裾掩靨：霞裾，仙人衣裾；掩靨，掩着面頰上微渦。

〔10〕倩盼溜波撇：倩盼，美好動人，《詩經·碩人》：“巧笑倩兮，美目盼兮”。溜波：光滑浪波。撇：拂也。

〔11〕沙獺：猶黎六禾原詞中蒼獺：“蒼獺，繡衣香發，也許化驚鴻步襪。”化用《搜神記》故事：“吳郡無錫有上湖大陂，陂吏丁初，天每大雨，輒循堤防。春盛雨，初出行塘。日暮回，顧後有一婦人，上下青衣，戴青傘，追後呼，初掾待我。初時悵然，意欲留伺之。復疑本不見此，今忽有婦人冒陰雨行，恐必鬼物。初便疾走，顧視婦人，追之亦急；初因急行，走之轉

遠。顧視婦人，乃自投陂中，氾然作聲。衣蓋飛散，視之是大蒼獺，衣傘皆荷葉也。此獺化為人形，數媚年少者也。"（《太平廣記》卷四六八《丁初》條引作《搜神記》）纖，同傘。

〔12〕笑剗去湘妃素襪：剗，削也；素襪，素色襪子，襪同韤。剗襪，只穿襪履地行走，南唐後主李煜《菩薩蠻》："剗襪步香階，手提金縷鞋。"湘妃：湘水女神，以喻蓮荷，唐代郭震《蓮花》："臉膩香薰似有情，世間何物比輕盈。湘妃雨後來池看，碧玉盤中弄水晶。"以素襪言蓮荷，詞人多有，如宋代王易簡《水龍吟·浮翠山房擬賦白蓮》句云："看明璫素襪，相逢憔悴，當應被、西風誤。"廖恩燾《卜算子·荷花五首》（《半舫齋詩餘》）其二句云："素襪自凌波，不見汙泥迹。"詞句蓋以湘妃比荷花，言沙獺化作多情女子，衣傘皆荷葉，帶荷之暗香，猶湘妃女神脫下素襪。又，元代陶宗儀《輟耕錄》卷十"纏足"條引《道山新聞》，云李後主作金蓮，高六尺，令宮娘以帛繞腳，素襪舞為雲中，迴旋有凌雲之態。用素襪蓋本此。

〔13〕旃蒙依舊在乙：《爾雅·釋天》："太歲在甲曰閼逢，在乙曰旃蒙。"

〔14〕珠跳，儼若葭揭。語本《詩經·碩人》："鱣鮪發發，葭菼揭揭。"葭：蘆葦；菼：荻草；揭揭：蘆荻修長貌。荷葉珠跳，美態就如蘆荻之修長。

〔15〕憑僧咒鉢：典出"咒鉢生蓮"故事。南北朝高僧佛圖澄，西域人，《晉書·佛圖澄傳》："（石）勒召澄，試以智術，澄即取鉢盛水，燒香呪之，須臾鉢中生青蓮花，光色曜日，勒由此信之。"廖恩燾《卜算子·荷花五首》（《半舫齋詩餘》）其三句云："玉井應輸咒鉢，生歷劫渾無礙。"

〔16〕綃裳：絲織裙子。

〔17〕天孫錦：天仙織女所織之錦。天孫，織女星。《漢書·天文志》："織女，天女孫也。"

〔18〕高遏：高遏行雲，言歌聲高亢嘹亮，參注〔7〕。晏殊《山亭
　　柳》詞：“偶學念奴聲調，有時高遏行雲。”

【評　析】

　　和韻詠物之作，因荷花主日亟寫其仙態，驅使典故，務兼盡花
仙壽慶之意。上闋起句寫祝壽，接下一氣寫荷花出塵美態。下闋雖
囿於原唱者韻腳，難免受困，然畢竟神氣完足。

（郭偉廷箋注）

惜秋華　六禾以七夕連宵風雨，依夢窗“細響殘蛩”之作
　　　　　撰詞見示。余譜“露罥蛛絲”一首為報，蓋夢窗
　　　　　此詞亦詠七夕也。并簡伯端。[1]

　　戰雨窗蕉，[2]引階桐、幾葉輕敲吟鬢。前夜絳河[3]，靈
鵲借橋[4]填恨。爭知又隔雙星。[5]渺江漢、[6]離鴻倏瞬。行
雲，太恩恩、素約明年甯準。[7]　　　淞水久沈訊。[8]記勸酒瓊
筵，那人丰韻。巧歌斷、妙舞散。錦書[9]誰問。閑抹夢裏崔
徽，[10]皺黛蛾、[11]翠峯收潤。嬌儁。[12]料裙腰、瘦應逾寸。

【箋　注】

〔1〕黎國廉六禾依吳文英《惜秋華·細響殘蛩》一體撰詞。“露罥蛛
　　絲”一首，待考。伯端：劉景堂（1887—1963），字伯端，廣東
　　番禺人，著名詞人，二十世紀五十年代與廖恩燾共創堅社。
〔2〕戰雨窗蕉：蕉葉在雨中抖動。
〔3〕絳河：即銀河。
〔4〕靈鵲借橋：牛郎織女七夕借鵲橋渡天河相會。
〔5〕爭知又隔雙星：怎知雙星又分隔。

〔6〕渺江漢：銀河已緲遠，長江、漢水借指銀河。

〔7〕離鴻倏瞬：轉眼之間，鵲群離散。鴻借指搭橋鵲群。素約：舊
約。甯準：甯，同寧，企盼準時踐舊約。

〔8〕淞水：經上海合黃浦江入海，又稱吳淞江。沈訊：全無消息。

〔9〕錦書：書於錦緞之信。

〔10〕閬牀夢裏崔徽：元稹《崔徽歌》，《全唐詩》詩題案語云：“崔
徽，河中府娼也。裴敬中以興元幕使蒲州，與徽相從累月，敬
中便還。崔以不得從為恨，因而成疾。有丘夏善寫人形。徽托
寫真寄敬中曰：‘崔徽一旦不及畫中人，且為郎死。’發狂卒。”
所記與《綠窗新話》略同。

〔11〕皺黛蛾：黛色所畫眉緊蹙。

〔12〕嬌儁：嬌美出眾。

【評　析】

上闋，意謂七夕風雨，嘆牛郎織女雙星聚散匆匆。下闋，由天上
而念人間，別離實久，音書都斷，猶記佳人瓊筵勸酒丰韻，料亦因相
思消瘦矣。點出“淞水久沈訊”之人兒，七夕風雨者不過借題矣。

（郭偉廷、鄒穎文箋注）

奪錦標　六禾依張埜夫調并均賦七夕。原均奉和，因坭伯端。[1]

潮落虹梁[2]，煙橫蜃市去，鏡海飛塵遲拭[3]。好在鍼樓
乞徧[4]，魂返爐丹，[5]石填瀾碧。[6]趁霓歌羽舞，早催煞、
鴛梭頻織。[7]要天孫、豔錦堆雲，贈與黃姑歡夕。[8]　　何
況羅池舊客[9]，脆笛攜來，屢處不愁廊寂。[10]只漫瓜筵空
對，添燭詩尋，泣珠槃積。[11]歎炊無婦巧，向誰邊、飢
鴻[12]將息。怕星蛾、見了籤蚓，認是鉛仙殘滴。[13]

【箋　注】

〔1〕六禾：參《霓裳中序第一·依均和六禾賦荷花生日》注〔1〕，
　　六禾《依張埜夫調并均賦七夕》詞作不見黎國廉《玉縈廔詞
　　鈔》。張埜，字野夫，號古山，元代詞人，傳世有《古山樂府》。
　　《詞律》、《詞譜》均以張埜《奪錦標》作詞例。眹：同示。伯
　　端：劉景堂（1887—1963），字伯端，廣東番禺人，著名詞人，
　　二十世紀五十年代與廖恩燾共創堅社。本事另參前詞《惜秋華》
　　小序（《影樹亭和詞摘存》）。

〔2〕虹梁：曲橋，或指鵲橋。

〔3〕飛塵遲拭：飛揚塵土，遲遲未拭清。

〔4〕鍼樓乞徧：七夕古俗。《荊楚歲時記》載：七夕婦人結綵樓，穿
　　七孔鍼，或以金銀鍮石為鍼，陳瓜果於庭中以乞巧。孟元老
　　《東京夢華錄·七夕》記：“至初六日七日晚，貴家多結綵樓於
　　庭，謂之乞巧樓。”

〔5〕魂返爐丹：蓋寫仙靈示象而爐火熾燃。

〔6〕石填瀾碧：用精衛填海故事，填銀河而牛郎織女可相會。自南
　　朝齊梁始，牛郎織女傳說與精衛填海故事附合，范雲《望織女》
　　句云：“不辭精衛苦，河流未可填。”後精衛鳥漸而作“雕陵
　　鵲”，初唐沈叔安《七夕賦詠成篇》句云：“彩鳳齊駕初成輦，
　　雕鵲填河已作梁。”及後，則作喜鵲。

〔7〕霓歌羽舞：《霓裳羽衣曲》、《霓裳羽衣舞》，用《長恨歌傳》故
　　事。鴛梭：鴛鴦飾樣織梭。

〔8〕天孫：織女星，《漢書·天文志》：“織女，天女孫也。”堆雲：
　　如雲堆積。黃姑：牽牛星別稱，《玉台新詠》卷九《東飛伯勞
　　歌》：“東飛伯勞西飛燕，黃姑織女時相見。”

〔9〕羅池舊客：指柳宗元，曾著《乞巧文》。羅池在廣西柳州市，柳
　　死後化羅池神。

〔10〕脆笛：清越響亮之笛管。擪：同撇，以手指按笛奏曲。

〔11〕瓜筵：七夕所設果會。泣珠：燭淚。

〔12〕飢鴻：飢民。

〔13〕星娥：即織女。原文作星蛾。籤虬：籤籌虬箭，古計時器中籤子，箭狀虬紋，故稱虬箭。鉛仙殘滴：魏明帝詔拆取漢武帝墓陵捧露盤金銅仙人像，仙人臨載潸然淚滴。李賀《金銅仙人辭漢歌》有"空將漢月出宮門，憶君清淚如鉛水"句，故詞人稱之鉛仙。

【評　析】

和古人韻腳賦七夕，上闋寫佳節好景，下闋翻出愁歎，頗紓雙星分別之苦，結句尤再推一層，寓天若有情之恨。

（郭偉廷箋注）

八　歸　初秋，山樓晚眺。依聲高竹屋，索六禾、伯端和作。〔1〕

粉牆雲凝，瑤扉煙亙，窗見萬孔窠蜂〔2〕。羊腸繞出林攢箭，羣山蟄伏形成，戰敗蒼龍。〔3〕草樹斜陽淒送晚，滲川原、鵑血濺紅。歎對此、羲景悤悤，又泥爪留鴻。〔4〕　　龍蒽。花陰庭院，鶯聲門徑，蒿萊遮斷簾櫳。〔5〕漫依坡老，豔詞傳寫，飛燕孤鎖樓空。〔6〕只戈揮魯久，頓催崦日落荒叢。〔7〕總愁是、劍烏淵墜〔8〕，尺五簷天蛇幻弓。〔9〕

【箋　注】

〔1〕高竹屋：高觀國，字賓王，號竹屋，南宋詞人。《詞譜》以高觀國《八歸》詞為用例。六禾：即黎國廉，參《霓裳中序第一·依均和六禾賦荷花生日》注〔1〕；伯端：參《奪錦標》注〔1〕。

依聲高竹屋：《八歸》有仄韻、平韻兩體，高竹屋自度曲押平韻。黎六禾、劉伯端和作未見於《玉縈廔詞鈔》、《劉伯端滄海樓集》。

〔2〕窠蜂：野蜂巢。

〔3〕攢箭：聚集箭束。蟄伏：潛伏不動。戰敗蒼龍：蟄伏之狀有如戰敗蒼龍。

〔4〕羲景：日影，羲指神話中太陽的御者羲和。泥爪留鴻：即雪泥鴻爪之意，語本蘇東坡《和子由澠池懷舊》句：“人生到處知何似？應似飛鴻踏雪泥。泥上偶然留指爪，鴻飛那復計東西。”喻往事遺留痕跡。

〔5〕蒿萊：野草。簾櫳：竹簾窗牖。

〔6〕豔詞傳寫，飛燕孤鎖樓空：蘇軾登燕子樓作《永遇樂》，寫張建封、關盼盼燕子樓故事，中有句云“燕子樓空，佳人何在，空鎖樓中燕”。

〔7〕戈揮魯久：句出“魯戈”典。《淮南子·覽冥訓》載楚國魯陽公與韓激戰，戰至日暮，“揮戈返日”（揮舞兵器，趕回太陽），比喻排除困難，扭轉危局。後以魯戈解釋力挽危局的力量或手段。崦日：《離騷》句“望崦嵫而勿迫”，意謂崦嵫山日落之地。

〔8〕劍烏淵墜，當為“劍鳴淵墜”之誤。劍鳴淵墜：喻別後思念，《太平御覽》載楚王命鏌邪鑄雙劍，劍成，鏌邪留雄劍而獻雌劍，雌劍常悲鳴匣中。鮑照《贈故人馬子喬》：“雙劍將離別，先在匣中鳴。煙雨交將夕，從此忽分形。雌沉吳江裏，雄飛入楚城。”

〔9〕尺五簷天：尺五，一尺五寸，言距離極近，杜甫《贈韋七贊善》句“爾家最近魁三象，時論同歸尺五天”。自注“俚語云：城南韋杜，去天尺五”。天，指宮廷或皇帝，《類說》引《雞跖集》：“韋曲杜鄠近長安。謠曰：韋曲杜鄠，去天尺五。”蛇幻弓：杯弓蛇影之意。

【評　析】

　　和古人韻腳寫山樓晚眺，上闋狀目前淒淒秋景，下闋寫獨處山樓孤愁，題旨尋常而詞情深摯，不落俗套。

（郭偉廷箋注）

側　犯　和六禾"秋郊見蓮"聲均。

　　豔容未老，語嬌著點唇丹膩。[1]殘翠。[2]猶自託微波暗通意。[3]量珠十斛後，[4]比翼雙棲[5]裏。魚戲。誰會得、浮沈問身世。香港法官近正議立中國人側室待遇條例。　　蜻蜓颭了，玉瓣涼鷗外。仍素被[6]。淨無瑕、蒨倩亂雲洗[7]。縱袚清愁，忍銷英氣。[8]妃子出浴，帶些顋頷。[9]

【箋　注】

〔1〕點唇：寫蓮色猶似佳人以胭脂點抹嘴唇。丹膩：紅而細緻滑潤。

〔2〕殘翠：蓮葉色，語相關女子翠眉。

〔3〕微波：水微波，語相關女子眼波。

〔4〕量珠十斛：珠者，蓮葉上水珠，如珍珠。斛，量詞，本十斗，後改五斗。十斛量珠，是佳人贖身價，重金買為妾。

〔5〕比翼雙棲：似比翼鳥之雙棲，眼前蓮花並蒂，似夫妻恩愛。

〔6〕素被：蓮庇托於水。

〔7〕蒨亂雲洗：倩請亂雲洗淨儀容。

〔8〕縱袚清愁，忍銷英氣：用姜白石《翠樓吟》"天涯情味，仗酒袚清愁，花銷英氣"句。袚清愁，掃除清愁；銷英氣，英氣銷減。

〔9〕顋頷：同憔悴。

【評　析】

　　用周邦彥《側犯・暮霞霽雨》寫法，以蓮花喻人。懺盦此作寫有人妾者艷顏猶在，前塵既已身世浮沈，近有側室法例議事起，花顏為之憔悴。通首語帶雙關，寫花寫人，"量珠十斛"以荷珠喻量珠贖身，"浮沈問身世"以蓮花托身池水喻妾之身世，"忍銷英氣"借花喻人，皆曲盡其妙。

（郭偉廷、鄔穎文箋注）

高山流水　讀六禾"雨後山中觀瀑"佳製，和其韻，仍依聲覺翁，因約伯端同賦。[1]

　　霽虹颯颯[2]彩雲間。響奔雷，喧鼓千山。天女散奇花，釵珠溜落仙鬟。[3]掀翻處、舞箑冰紈[4]。秋江上、休記吳楓淚葉，點滴凝丹。總清能膽照，百尺認潭寒。　　匿鷺，臨流嬾窺影，[5]松鶴早、夢綺闌珊。穿石化明漪，恨不盡洗孱顏[6]。勞生也、實恧無聞。[7]慼愁黛、寧問池吹水皺，卻又卿干。[8]待驚湍稍定，鞭叱[9]吼龍還。

【箋　注】

〔1〕高山流水：詞牌名，見《夢窗詞》，宋代詞人吳文英自度曲，原詞序云："丁基仲側室善絲桐賦詠，曉達音呂，備歌舞之妙。"因丁妾善琴以《高山流水》為調名。六禾：參《霓裳中序第一》注〔1〕；覺翁：吳文英；伯端：參《奪錦標》注〔1〕。黎國廉"雨後山中觀瀑"之作未見載《玉縈廔詞鈔》。黃坤堯編纂《劉伯端滄海樓集》中《海客詞》部分有《慶清朝》詞，副題作"雨後觀瀑和六禾"，蓋和其意。

〔2〕霽虹：雨後彩虹。颯颯：水聲。

〔3〕天女散奇花：佛經故事，維摩詰居士和諸菩薩弟子議論佛法，
　　天女出現，《維摩詰所說經》卷中《觀眾生品》："（天女）即以
　　天華散諸菩薩、大弟子上。華至諸菩薩，即皆墮落，至大弟子，
　　便著不墮。一切弟子神力去華，不能令去。"奇花喻瀑布水花。
　　仙鬟：指天女環狀髮髻。

〔4〕舞箑冰紈：舞動用輕細絹製之團扇。

〔5〕匲鸞：有鸞飾鏡匣。嬾：嬌慵懶散。

〔6〕屛顏：高峻的山嶺。

〔7〕勞生：勞苦人生，《莊子·大宗師》："夫大塊載我以形，勞我以生，
　　佚我以老，息我以死。"實恁無閒：實在如此、這樣沒有閒暇。

〔8〕蹙愁黛：皺愁眉。寧問池吹水皺，卻又卿干：唐代馮延巳《謁
　　金門》："風乍起，吹皺一池春水。"南唐中主李璟戲曰："吹皺一
　　池春水，干卿何事？"（馬令《南唐書》卷二十一）

〔9〕鞭叱：鞭撻呵斥以驅使。

【評　析】

　　和韻詠觀瀑，上闋首六句先鋪張瀑布勝景，繼而轉入清幽；下
闋寫景中暗引情結，收束情調忽又振起，頗曲折。

　　　　　　　　　　　　　　　　　　　　（郭偉廷箋注）

前　調　既和六禾作，又戲依覺翁聲均，寫雨後觀瀑別感，
　　　　質六禾、伯端。〔1〕

　　綫濤隔不斷江風。惹煙螺〔2〕、痕減青蔥。山潦也盆傾，
孤峰滯却廻鴻。懸厓下、杳鵑啼紅〔3〕。空餘那、揉碎珠塵
萬斛，洗出瑤櫳〔4〕。似雲英妥髻，插玉襯妝濃。〔5〕　　寰
中，橫流有誰止，〔6〕河決了、瓠子無宮。〔7〕銀箭雨般飛，地

濕草漫抽茸。[8]柱天崩、撼怨共工。[9]滌愁處、惟臥松陰仰聽，勸酌千鍾。比喧篁枕畔，先發我秋慵。[10]按：覺翁此調用均，與觀瀑渺不相涉，殊不易押。詞成，煞費力也。

【箋 注】

〔1〕 詞人依前調再作，仍寫雨後觀瀑，並以之再"質"詞侶黎六禾、劉伯端索和。

〔2〕 煙螺：山峰，峰巒形似螺殼。

〔3〕 杳鳩啼紅：在遠處杜鵑啼血。

〔4〕 櫳：窗中櫺木，借代窗戶、窗牖。

〔5〕 雲英：唐代裴鉶所著傳奇《裴航》中仙女，唐長慶年間，秀才裴航遇仙女雲英於藍橋驛，後結為夫婦，入玉峰洞瓊樓珠室中住，得道升仙。插玉：雲英髻上所插玉釵。襯：襯托。

〔6〕 寰中：天下。橫流：大水漫溢氾濫，《孟子·滕文公上》："當堯之時，天下猶未平，洪水橫流，氾濫於天下。"

〔7〕 瓠子：地名，今河南濮陽縣西南，有瓠子河。漢代元光年間，黃河決入瓠子河，淮泗洪水為災。

〔8〕 抽茸：草生嫩苗。韓愈、孟郊《有所思聯句》："臺鏡晦舊暉，庭草滋深茸。"

〔9〕 柱天崩、撼怨共工：《淮南子·天文》："昔者共工與顓頊爭為帝，怒而觸不周之山。天柱折，地維絕。"

〔10〕 喧篁：竹林風聲。秋慵：入秋慵懶。

【評 析】

　　和古人韻寫觀瀑"別感"。上闋首六句先鋪寫雨後景致，始寫見瀑；下闋另起新意，因憶寰中暴雨橫流，唯借山中松陰、篁叢，滌散愁困，正符副題別感二字。

（郭偉廷箋注）

塞翁吟 閏七月十六夜，約六禾、叔傳、伯端、武仲山樓
小集，沮風雨不果來，按美成澀調賦寄。[1]

　　颭濕窗鐙，愁翳曉色瓏瑽。[2]倚檻對，海雲東。劍玉礪
芙蓉。[3]深山流潦妨車到，吟夢那止成空。悵水隔，翠樓
重。杳螺瑲浮紅。[4]　　忡忡。休文瘦、圍犀褪卻，[5]臣甫
老、啼鵑拜中。[6]矧[7]局外、棋觀勝負，感蝸正、繞壁流
涎，蘚迹難封。[8]亭柯袖底[9]，竚待繁吹，高振歌風。

【箋　注】

〔1〕塞翁吟：《詞譜》云調見《清真樂府》，調名取《淮南子》塞上
　　叟故事。懺盦此作與清真詞格稍異。六禾：參《霓裳中序第一》
　　注〔1〕；叔傳：張成桂，字叔傳，工詩詞畫。伯端：參《奪錦
　　標》注〔1〕。武仲：馬復（1880—1964），字武仲，原名孝武，
　　號鉏經，廣東順德人，二十世紀五十年代初居香港，工詩文書
　　札，著有《媚秋堂詩》。澀調：不滑之調。《詞譜》云："此調只
　　有此體（周邦彥《塞翁吟》），方千里、楊澤民、陳允平和詞，
　　吳文英、張炎、趙文諸詞，俱如此填。" 萬樹《詞律》云："此
　　調應分三疊。"

〔2〕翳：遮蔽。瓏瑽：迷濛貌，李賀《河南府試十二月樂詞·九
　　月》："雞人罷唱曉瓏瑽，鴉啼金井下疏桐。"

〔3〕劍玉礪芙蓉：一四句式，劍，指芙蓉劍，《越絕書·外傳記寶
　　劍》載越王勾踐有寶劍名 "純鈞"，相劍者薛燭以 "手振拂，
　　揚其華，捽如芙蓉始出"。後因以指寶劍利劍，盧照鄰《長安古
　　意》句 "俱邀俠客芙蓉劍"。礪：磨礪。玉：或指白荷花。此句
　　因望海雲狀似芙蓉而作想。

〔4〕杳螺瑲浮紅：一四句式，杳，遠也。螺瑲：螺形玉杯，《禮記·
　　明堂位》："爵用玉瑲仍雕。" 疏："瑲，夏后氏之爵名也，以玉飾

之，故曰玉璞。”

〔5〕忡忡：心憂，《詩經·草蟲》：“未見君子，憂心忡忡。”休文：
沈約，字休文，言其瘦者即“沈腰”典故，《梁書·沈約傳》
載沈約以書陳情於徐勉，自言老病，“百日數旬，革帶常應移
孔；以手握臂，率計月小半分”。圍犀，即犀角帶；言褪卻，猶
革帶移孔。

〔6〕臣甫：杜甫《北征》詩中自稱：“東胡反未已，臣甫憤所切。揮
涕戀行在，道途猶恍惚。”啼鵑拜中：古傳說杜鵑乃蜀王望帝所
化，蜀人聞杜鵑啼皆曰望帝，事載《華陽國志》、《蜀王本紀》、
《成都記》、《十三州志》等古籍，杜甫《杜鵑》詩句“杜鵑暮
春至，哀哀叫其間。我見常再拜，重是古帝魂。”

〔7〕矧：況且。

〔8〕蘚迹：壁上蘚生痕迹。封：閉封。

〔9〕亭柯袖底：袖中藏柯亭笛，故事載《後漢書·蔡邕傳》注引張
騭文士傳曰：“邕告吳人曰：‘吾昔嘗經會稽高遷亭，見屋椽竹東
間第十六可以為笛。’取用，果有異聲。”伏滔《長笛賦序》
云：“柯亭之觀，以竹為椽，邕取為笛，奇聲獨絕也。”亭柯即
柯亭笛簡稱，宋代韓淲《浣溪沙·次韻昌甫》句：“老我從他琴
下爨，故人元自笛亭柯。”

【評　析】

和詞寫錯失與良朋雅集而惆悵，因事多所感慨。上闋寫曉晨雨
色，詩酒唱酬嘉會未成，悵甚。然“劍玉礪芙蓉”句奇麗，暗伏結
尾振起之意。下闋拍入自身，感慨身老，對大勢雖袖身無所施為，
亦寄情於笛曲，高振歌風。

（郭偉廷箋注）

三部樂　風雨爽山樓之約，晨起成《塞翁吟》一闋，旋得
　　　　六禾寄示和清真此調，依聲均奉酬。[1]

寒卻山盟，正笑我倚聲，惹君纓絕[2]。夜光珠照，聊
慰虛廊無月。更知是、江筆生花[3]，趁迅風驟雨，萬朵香
發。閏餘莫管時正閏七月[4]，怕又窗梧飄葉。　　閒愁問天底
事，想甃闌膡暑，井蜈能說。[5]恁般有嘉折首，為戎披
髮。[6]枉傷心、淚絲罥[7]睫。應只對、晨雞恨切。不自將
息[8]，渾一叫、千夢緣結。

【箋　注】

〔1〕晨起成塞翁吟一闋：參《塞翁吟·颭濕窗鐙》。六禾：參《霓裳
　　中序第一》注〔1〕。清真此調：指周邦彥《三部樂·梅雪》。
　　黎六禾《玉縈廔詞鈔》卷三《三部樂·依清真韻。歸羊城信宿
　　約述叔阻談雨不果翌日返棹作此寄之》。依聲均奉酬者，乃依周
　　邦彥作。

〔2〕惹君纓絕：大笑而令繫帽帶子斷絕。《史記·滑稽列傳》：“威王
　　八年，楚大發兵加齊。齊王使淳于髠之趙請救兵，齎金百斤，
　　車馬十駟。淳于髠仰天大笑，冠纓索絕。”

〔3〕江筆生花：以江淹夢筆生花故事自謙，鍾嶸《詩品·齊光祿江
　　淹》條：“淹罷宣城郡，遂宿冶亭，夢一美丈夫，自稱郭璞，謂
　　淹曰：‘我有筆在卿處多年矣，可以見還。’淹探懷中，得五色
　　筆以授之。爾後為詩，不復成語，故世傳江淹才盡。”

〔4〕時正閏七月：時在 1938 年。

〔5〕甃：井壁，《說文解字》：“甃，井壁也。”井蜈：似蟬而小，色
　　青赤，亦作寒螿、寒蜩。

〔6〕有嘉折首：《易經》離，上九：“王用出征，有嘉折首，獲匪其

醜，无咎。”有嘉，有嘉美之功；折首，斬首；言有斬敵首之喜事。為戎披髮：為戎狄而披頭散髮，《論語·憲問》：“微管仲，吾其被髮左衽矣。”

〔7〕罥：掛。

〔8〕將息：休息。

【評　析】

和黎六禾用清真詞韻之作，仍繼《塞翁吟》故事，但詞意已換。上闋起首意歡快，平寫眼前景，蓄留以後抒發。下闋抒寫國是憂懷，有祖逖聞雞起舞意，然終是英雄失路意緒。

（郭偉廷箋注）

滿江紅　伯端賦秋聲，依均和之。[1]

急雨敲殘，[2]送山青、何曾繞郭[3]。余時居山中。歐陽子、秋聲賦就，[4]夜窗蕭索[5]。煙篆爐餘灰未冷，[6]酒魂醒後懷猶惡。賸如紗、心眼稱平生，鐙依約[7]　　簷忽鬧，枝爭雀。壁又見，蝸添角。漸闌干數盡，玉繩西落[8]。衰世歌詞皆涕淚，老年樓榭空腰腳[9]。灌硯田[10]、香露掬花梢，渾無著。[11]

【箋　注】

〔1〕伯端賦秋聲依均和之：伯端，劉景堂字伯端，黃坤堯編纂《劉伯端滄海樓集》中《滄海樓詞》錄《滿江紅》序云：“夜聞秋聲，挾風雨而至，悄然自警，歌此呈懺盦、六禾二丈索和。”詞云：“一派秋聲，任迢遞、穿林度郭。爭奈引、郎當風雨，暗飄鈴索。故國音稀鴻雁杳，滄波夢冷蛟龍惡。問幾回、陶徑負霜

花，清尊約。　　棲不定，寒梢雀。吹又斷，殘宵角。把淒涼
都付，客心搖落。便欲青山成獨往，可堪黃葉隨行腳。況天涯、
猶有未歸人，思量著。"

〔2〕急雨敲殘：《聊齋詩集・水月寺》："禪林幽寂遠塵氛，荷芰叢叢
　　暑氣熏。急雨敲殘鷗鷺夢，落花浮動水波雲。旗亭燈火當窗見，
　　蘆荻秋聲入夜聞。老衲五更翻貝葉，曇花魔女散繽紛。"

〔3〕繞郭：繞過外城。

〔4〕歐陽子、秋聲賦就：以歐陽修《秋聲賦》借指劉伯端賦秋聲之
　　《滿江紅》。

〔5〕蕭索：冷落衰頹。

〔6〕煙篆爐餘：篆煙餘燼。

〔7〕賸如紗、心眼稱平生，鐙依約：心眼，心思。意心眼稱平生者，
　　只剩紗鐙。

〔8〕玉繩西落：玉繩，星名。《文選》張衡《西京賦》："上飛闥而仰
　　眺，正覩瑤光與玉繩。"李善注引《春秋元命苞》曰："玉衡北
　　兩星為玉繩。"後常以玉繩泛指羣星。玉繩西落，半夜已過。

〔9〕腰腳：腰、腳，借指人體力。

〔10〕硯田：指硯臺，因寫作如以筆耕田，故稱。

〔11〕香露掬花梢：以手捧取香露於花梢。無著：無所貪戀。

【評　析】

　　和劉伯端韻，詞意多因原唱而發揮，頗擬想劉伯端情懷。上闋
寫夜聞秋聲，夜窗蕭索，篆煙遺燼，唯孤燈相伴，設想細緻。下闋
寫夜燈挑盡，曉晨有雀聲壁蝸，詞人感慨悽愴，蕭散無賴。

　　　　　　　　　　　　　　　　　（郭偉廷、鄔穎文箋注）

南　浦　六禾寫示依魯逸仲此調。瑞京寄渡臺留別同人《浪淘沙慢》一闋，有句云"年去年來清秋節"，不啻打疊度重九矣！和六禾即送瑞京行，因簡伯端。[1]

　　離亭噴笛[2]，送行人、淒調作重陽。蕭瑟秋之為氣[3]，寒蝶杳尋芳。留得砌蛩宵語，替東籬、訴說幾炎涼。[4]誦杜陵吟句，叢猶開兩，[5]陶徑那曾荒。　　只恨萬年補石[6]，望媧天、無路覓仙鄉。羨煞飛帆珊海，風響玉琳琅。[7]吾黨世憂如故，指黃花、被酒問穹蒼。[8]待再來絃改，取箏彈雨灑山窗。[9]

【箋　注】

〔1〕六禾：參《霓裳中序第一》注〔1〕。魯逸仲：孔夷，字方平，北宋隱士，隱名魯逸仲。據《宋史·隱逸列傳》，乃孔子四十六代孫。《全宋詞》錄其詞三首。魯逸仲《南浦·旅懷》詞亦寫離別。瑞京：蓋指張瑞京。打疊：即打迭，收拾、整理也。伯端：見《奪錦標》注〔1〕。

〔2〕噴笛：吹笛。

〔3〕秋之為氣：宋玉《九辯》："悲哉秋之為氣也，蕭瑟兮草木搖落而變衰。"

〔4〕砌蛩：階上蟋蟀。東籬：陶淵明《飲酒》句"采菊東籬下，悠然見南山"。

〔5〕杜陵吟句，叢猶開兩：杜甫《秋興》其一"菊叢兩開他日淚"。

〔6〕補石：女媧補天故事，《淮南子·覽冥訓》："於是女媧煉五色石以補蒼天，斷鰲足以立四極。"

〔7〕珊海：珊瑚之海。琳琅：狀玉相擊聲。

〔8〕吾黨：吾輩、吾儕。黃花：菊花。被酒：酒後帶有醉意，《史記‧高祖本紀》"高祖被酒，夜徑澤中"。

〔9〕絃改：更換箏上絃線以作變奏。彈雨：對雨彈奏。

【評　析】

送別之作。上闋寫離別情景，下闋推開一層，寫亂世懷抱，羨煞佳句，祝福之，見一片深情。全首化用古時事、古人句，流麗自然。

（郭偉廷箋注）

齊天樂　《媚秋堂尋詩圖》，為馬武仲題圖，吳湖帆作也。[1]

城陰墻影涵兵氣[2]，尋詩正愁無地。海照旗紅，昌黎贈馬總句云："紅旗照海壓南荒。"[3]堂施帳絳，況更豔才名異唐詩人馬異與盧仝齊名。[4]微吳道子[5]為煊染丹青，案堆圖史。鏡檻雲廊，[6]那知仙境在人世。　　江山依舊畫裏，半生飄泊慣，鷗港萍寄。笛羽吹塵，[7]鐙漪蘸夢，[8]側帽[9]西風吟倚。橘霜老矣。問林屋如今，紫騮鞚未。歸去書簏，密簾收雨細。[10]五句櫽括夢窗"送馬林屋宴清都"詞。[11]

【箋　注】

〔1〕媚秋堂：馬復書齋名，馬復字武仲，見《塞翁吟‧颶濕窗鐙》注〔1〕。吳湖帆（1894—1968）：初名翼燕，字通駿，更名萬，字東莊，又名倩，別署醜簃，號倩庵，書畫署名湖帆；江蘇蘇州人，著名書畫家。廖恩燾與吳湖帆交誼可參見《半舫齋詩餘》中《望湘人》、《霜葉飛》二詞。黃坤堯編纂《劉伯端滄海樓集》中有同題詞作《朝中措‧馬武仲屬題吳湖帆所作媚秋堂尋詩圖》。

〔2〕兵氣：戰爭氣氛。

〔3〕昌黎贈馬總句：韓愈《贈刑部馬侍郎》詩：“紅旗照海壓南荒，徵入中臺作侍郎。暫從相公平小寇，便歸天闕致時康。”

〔4〕帳絳：《後漢書·馬融列傳》：“常坐高堂，施絳紗帳，前授生徒，後列女樂，弟子以次相傳，鮮有入其室者。”後用以指師長傳道授業。豔才：文辭華麗之才。馬異：唐代詩人，與盧仝友善，詩體尚險怪，詩風與盧仝同。

〔5〕微：沒有。吳道子：名道玄，字道子，唐代名畫家，筆法超妙，稱“畫聖”。

〔6〕鏡檻：李商隱《鏡檻》詩首二句：“鏡檻芙蓉入，香臺翡翠過。”鏡檻蓋指水邊欄杆，映水光如鏡，故云。龔自珍《鵲橋仙·秦淮有訪》句：“香消茶熟等多時，才鏡檻迴廊一瞥。”雲廊：樓臺高處遊廊，唐代陸龜蒙《鄴宮詞》其二句：“花飛蝶駭不愁人，水殿雲廊別置春。”鏡檻雲廊，泛指明麗樓臺水閣。

〔7〕笛羽：羽，宮商角徵羽五音之一，羽調笛曲。吹塵：吹走塵垢，曹丕《出婦賦》：“惟方今之疏絕，若驚風之吹塵。”

〔8〕鐙漪：燈光如水之漣漪，故云。蘸夢：有如物沒於水般入夢。

〔9〕側帽：喻行止瀟灑，典本《周書·獨孤信傳》“（獨孤）信在秦州，嘗因獵日暮馳馬入城，其帽微側。詰旦，而吏民有戴帽者，咸慕信而側帽焉。其為鄰境及士庶所重如此。”

〔10〕橘霜老矣：橘子經霜後已成熟。林屋：馬林屋，詳注〔11〕。紫騮：駿馬。鞚：駕馭。檠：燈架、燭臺。

〔11〕五句隱括夢窗“送馬林屋宴清都”詞：吳文英《宴清都·送馬林屋赴南宮，分韻得動字》：“柳色春陰重。東風力，快將雲雁高送。書檠細雨，吟窗亂雪，井寒筆凍。家林秀橘霜老，笑分得、蟾邊桂種。應茂苑、斗轉蒼龍，唯潮獻奇吳鳳。　玉眉暗隱華年，凌雲氣壓，千載雲夢。名箋澹墨，恩袍翠草，紫騮青鞚。飛香杏園新句，眩醉眼、春遊乍縱。弄喜音、鵲繞庭花，紅簾影動。”

【評　析】

　　題畫詞作，全首緊貼圖畫及馬武仲，不乏情韻。上闋起句已見矜鍊，畫意結合時事，因吳湖帆此畫得賞媚秋堂幽勝；下闋寓身世、江山之嘆，末五句鎔鑄夢窗詞，借寫武仲人物，甚見功力。

（郭偉廷箋注）

憶江南　伯端仿四十年前伯崇殿撰用香港地名填此小令四首見示。[1]余和以八章，戲錄其二。

　　裙帶路，[2]休浪說[3]魂銷。蠻女眉痕波影綠，蛋孃膚色日光焦。[4]黛粉不慊調。[5]

　　裙帶路，風景畫能描。紅磡岸低人打槳，黃泥涌近客吹簫。伯端居黃泥涌道。香艷嗣南朝。[6]

【箋　注】

〔1〕伯端仿四十年前伯崇殿撰用香港地名填此小令四首：黃坤堯編纂《劉伯端滄海樓集》中《滄海樓詞》錄《憶江南》六首，序云：“曩者劉伯崇先生過香港，戲以此間地名為《憶江南》詞云：‘油麻地，鎮日競相呼。深水埗前雲黯淡，筲箕灣下雨模糊。還到九龍無？’想見當時冷落呼渡情態。忽忽五十餘年，壬午一經兵燹，盛衰陵谷，多異舊觀。茲擇其名之較雅而具歷史變遷之跡者，追步伯崇先生，依調各賦一闋。”其四云：“裙帶路，金粉未全消。草暖胡兒嬌玉勒，夜分游女墮金翹。意倦莫相招。”

〔2〕裙帶路：香港島地名，英人統治後始有。黃埕華《香島地名概

述》云："同治時，桂文燦編纂《廣東圖說》，記載香港島是在
新安縣東南海中，並加注說明了它的位置和別稱：'在九龍尖沙
嘴之南，中隔一港；一名裙帶路……裙帶路為上環、中環、下
環。'對香港島記述，比《新安縣志》更為詳實，並還指出了
'裙帶路'，就是包括上環、中環和下環的一帶地方。"

〔3〕浪說：妄說、亂說。

〔4〕蛋孃：疍家孃，水上人家婦女。日光焦：日光曬黑。

〔5〕黛粉：即粉黛，指女子。黛，婦女畫眉用青黑顏料；粉，脂粉。
慊：通嫌。調：調弄。

〔6〕吹簫：蓋指黃泥涌有簫鼓歌舞。香艷嗣南朝：言猶繼承六朝金
粉，繁華綺麗。

【評　析】

　　與劉伯端同追步劉伯崇餘韻，以地名為《憶江南》詞，懺盦此
二闋乃遊戲之作，和滄海樓其四"裙帶路"一闋。"休浪說魂銷"
及以劉伯端居黃泥涌道而云"黃泥涌近客吹簫，香艷嗣南朝"，尤見
嘲戲之趣。

（郭偉廷、鄒穎文箋注）

秋霽　六禾以節近中秋，炎威尚熾，作"秋暑吟"見示。
余十五夜渡海，九龍小樓坐雨，三鼓月輪破雲而
出，詞興勃然，甫屬稿，雷雨又大作，擲筆擁衾
睡夢入遊仙，晨起依均率成報六禾。〔1〕

　　收響芭蕉，乍甕牗飛雲，鏡捧匾閣。〔2〕篆鴨初添，箭蚪
低轉，現身舞娥林末。〔3〕冷篁按節。〔4〕詠情笛早吹教熱。正
入骨。無數、舊相思子怎拋撇。〔5〕　　誰更浪道，畫閣梯

横，總輸凌虛，雙曳羅韤。[6]記天櫥、鴛鴦譜閱，仙禽頭上也堆雪。[7]殘膡桂蟬和露咽。只跨鸞女，花氣沁動嬌笙，勸吟壺洗，蕊珠宮月。[8]

【箋 注】

〔1〕六禾：參《霓裳中序第一》注〔1〕。

〔2〕甕牖飛雲：貧家破甕作窗，窗中雲飛而過。鏡捧匲闊：有若捧着婦女梳妝的匣子，鏡子打開，景象開闊。

〔3〕篆鴨：篆，篆香；鴨，香爐，形如鴨狀，故稱。箭虯：即籤虯，參《奪錦標》注〔13〕。舞娥：跳舞美女，梅堯臣《牡丹》句："及來江南花亦好，絳紫淺紅如舞娥。"

〔4〕冷篁：竹笛。按節：按笛中孔節。

〔5〕入骨：指將紅豆嵌入骨製骰子。相思子：紅豆，溫庭筠《南歌子詞》（一作《添聲楊柳枝辭》）："井底點燈深燭伊，共郎長行莫圍棋。玲瓏骰子安紅豆，入骨相思知不知。"故云。拋撇：棄置不顧。

〔6〕凌虛：凌駕於空中。雙曳羅韤：曹植《洛神賦》："凌波微步，羅襪生塵。"

〔7〕天櫥：天上櫥櫃。鴛鴦譜：男女姻緣譜錄。堆雪：指仙禽頭上白羽。

〔8〕跨鸞女：即乘鸞女。鸞，傳說中鳳凰一類的鳥。典出漢代劉向《列仙傳》"蕭史"條："蕭史善吹簫，作鳳鳴。秦穆公以女弄玉妻之，作鳳樓，教弄玉吹簫，感鳳來集，弄玉乘鳳，蕭史乘龍，夫婦同仙去。"劉禹錫《團扇歌》句："上有乘鸞女，蒼蒼網蟲遍。明年入懷袖，別是機中練。"嬌笙：嬌柔笙音，吳文英《夢行雲》句："嬌笙微韻。晚蟬亂秋曲。"壺洗：洗壺，以備飲酒漿、茗茶。蕊珠宮：上清境宮闕，神仙所居。

【評　析】

　　和黎六禾秋暑吟。上闋寫破暑雨後清涼景，吹笛情熱而起相思；下闋述遊仙一夢，意境朦朧，虛無縹緲。

（郭偉廷箋注）

　　己丑（1949），二次違難穗城，轉徙至香港。適六禾詞人亦來，介而識伯端。旅居無聊，填詞遣興，六閱月得若干闋，附印於《捫蝨談室集》後，藉留鴻爪。後有所作，則另編集也。

懺盦記

影樹亭詞

影樹亭與滄海樓合印詞稿序

從葉遐菴所輯《廣篋中詞》中，讀伯端詞，《瑞龍吟》云"天涯慣見飛花"，又云"明日滄洲路，分付與離魂，依絃低語"；《水龍吟》云"寒雲碧水，洗繁華眼"；《天仙子》云"歌一遍，歡娛短，不及雙棲梁上燕"等句，知其得力於小山、白石、梅溪者深。顧嘗鼎一臠，未余饜也。己丑（1949）春杪，自淞江南下至香港，季裴為介，始識伯端，相見恨晚。伯端錄近作十餘首，並《心影詞續稿》見示。挑燈展卷，一讀一擊節，歎為海綃翁後粵詞家無第二人。嗣是，月必數見，約結社課詞，酬唱既頻，積詞衰然成帙。余謂伯端曰："余詞造詣不逮君，然沆瀣一氣，猥有同聲相應之雅。曷不同付排印成編，使朋輩瀏覽而知吾二人之梗概耶？"伯端允諾，因以近稿錄副授余。余喟然歎曰："嗟乎！世變日亟，吾國數千年文獻岌岌乎繫諸千鈞一髮。詞學小道，轉瞬間其不隨椎輪大輅以淘汰者幾希矣。然則茲編之印，聊以表吾二人海內比鄰之意。顧可緩乎哉！"是為序。

辛卯（1951）立秋後十五日恩燾

影樹亭詞集序

吾粵詞家，彊邨最推許述叔。余卅年前因六禾而得讀述叔詞，去年旅居香港，又因六禾而獲與懺盦為友，始讀《懺盦詞》。懺盦長余二十餘歲，恨相見晚。嘗為余言："昔與述叔論詞，沆瀣一氣。今述叔、六禾皆已殂謝，惟吾懺盦丈年登大耄而詞與之俱老，所為詞如《懺盦正續集》、《半舫齋詩餘》、《捫蝨談室詞》，皆以次問世。人多能誦。"邇復出《影樹亭集》，屬序於余。曩者，張閬公序陳黎秋音集，謂述叔專於夢窗，六禾致力姜史。余謂丈詞雖合耆卿、稼

軒一鑪而冶，實亦導源夢窗。彊邨所稱“潛氣內轉，能於順逆伸縮
處求索消息，非貌似七寶樓台者所可同年而語。而其驚采奇艷，又
得於尋常聽睹之外。江山文藻，助其縱橫，幾為倚聲家別開世界”
等語。丈詞固早有定評矣，況斯集又與余及六禾唱和為多，因並舉
述叔及余輩四人先後離合之迹，以為之序。

　　　　　　　　　　　　　　　　　庚寅夏月劉景堂拜撰

沁園春 吳覺生家聽瞽姬某度曲。姬徐娘半老，閱世頗深，歌罷攀談，輒能臧否當代人物，因戲拈此解。

千古佳人，一顧偏能，傾國與城。[1]奈冬山如睡[2]，煙鬟半嚲[3]，秋波不動[4]，月黛空橫[5]。解佩江皋，化身龍女，交甫應憐未點睛。[6]琵琶弄，惹青衫濕透，[7]卻可勝情。[8] 魅魑世態潛形。[9]幸嬌眼、無由見輒驚。但菱花摸索，影難目（自）弔；[10]淚痕掩抑，目竟誰成。[11]靈膽犀心，巧饒鸚舌，忍問歌場變徵聲。[12]聞褒貶，笑豈圖巾幗，有左丘明。[13]

【箋　注】

〔1〕佳人：美麗動人的女子。漢李延年《佳人歌》：“北方有佳人，絕世而獨立。一顧傾人城，再顧傾人國。寧不知傾城與傾國，佳人難再得！”而《佳人歌》中所說的“佳人”正是李延年的妹妹，其後獲漢武帝寵幸立為李夫人，見《漢書·佞幸傳第六十三》：“李延年，中山人……女弟得幸于上，號李夫人。”此處以“佳人”稱譽“瞽姬某”的姿容歌聲足以令人動容。

〔2〕冬山如睡：形容冬天山林寂靜的景象。語見北宋畫家郭熙的畫論《林泉高致·山水訓》：“真山水之煙嵐，四時不同，春山澹冶而如笑，夏山蒼翠而如滴，秋山明淨而如妝，冬山慘澹而如睡。”此處喻“瞽姬某”無奈已年華老去，豔光不再。

〔3〕煙鬟半嚲：煙鬟即雲鬟，形容女子濃密如雲的秀髮。半嚲，半下垂貌。宋曾協《蹋莎行·春歸怨別》：“朱簾捲盡畫屏閒，雲鬟半嚲羅衣褪。”

〔4〕秋波：秋天的水波，比喻眼睛明澈。“秋波不動”具體呈現“瞽姬某”之失明歌者形象。

〔5〕 月黛空横：黛，古時婦女用以畫眉的青黑色顏料，亦可指代婦
女的眉毛。此處藉“月黛空横”之喻，惋惜“瞽姬某”之“秋
波不動”，臉上徒賸兩道秀眉。

〔6〕 解佩江皋，化身龍女，交甫應憐未點睛：指男女愛慕而互贈信
物。相傳周朝時，鄭交甫於漢皋台下遇兩位女子，解珮相贈。
典出《太平御覽》卷八〇三引劉向《列仙傳·江妃二女》：“江
妃二女者，不知何所人也，出游于江漢之湄，逢鄭交甫。見而
悅之，不知其神人也。謂其僕曰：‘我欲下請其佩。’僕曰：‘此
間之人，皆習於辭，不得恐罹侮焉。’交甫不聽，遂下欲之言
曰：‘二女勞矣。’二女曰：‘客子有勞，妾何勞之有？’交甫曰：
‘橘是柚也，我盛之以笥，令附漢水，將流而下，我遵其傍，采
其芝而茹之，以知吾為不遜也。願請子之佩。’二女曰：‘橘是
柚也，我盛之以笥，令附漢水，將流而下。我遵其傍，采其芝
而茹之。’遂手解佩與交甫。交甫悅，受而懷之中當心。趨去數
十步，視佩，空懷無佩。顧二女，忽然不見。《詩》曰：‘漢有
游女，不可求思。’此之謂也。”“解佩江皋”本指贈信物與所
愛者，此處僅虛用其意，以“歌聲”喻“玉佩”，“龍女”喻
“瞽姬某”，“交甫”乃詞人自喻，而“應憐未點睛”則為惜“瞽
姬某”不幸雙目失明之婉轉語。

〔7〕 琵琶弄，惹青衫濕透：此處化用白居易《琵琶行》詩末二句
“座中泣下誰最多？江州司馬青衫濕”之典故。“青衫濕透”亦
稱“青衫濕”或“司馬青衫”，“司馬”為古代官名，白居易曾
貶官為江州司馬。“司馬”的衣衫為淚水所濕透，藉以形容深受
感動或極度悲傷。一個秋天的夜晚，白居易送客到潯浦口碼頭，
江面上傳來琵琶聲，他將琵琶女叫來向她詢問，得知她從小在
長安跟隨名師學藝，因年老色衰而不得已嫁給一個商人為妻，
白居易聯想到自身際遇，因而悲從中來，淚流滿面。而明沈謙
《西河·同袁令晗先生集湖上》詞亦云：“西施髻鬟，雙縮小姬，

隨意弄琵琶，青衫愁淚俱滿。"廖氏以"司馬青衫"自況，由於
同情被喻為"琵琶女"之"瞽姬某"的不幸遭遇而流淚，更將
自己所穿的青衫都弄得濕透了。

〔8〕卻可勝情：意謂"瞽姬某"演唱哀怨歌曲時卻能很好地控制自
己的情緒，無濫情之弊。唐孟棨《本事詩·情感》："王召餅師
使見之。其妻注視，雙淚垂頰，若不勝情。時王座客十餘人，
皆當時文士，無不悽異。"此處反用其意。

〔9〕魑魅世態潛形：魑魅，原指鬼怪，這裡指壞人或邪惡勢力。杜
甫《天末懷李白》："文章憎命達，魑魅喜人過。"世態：人情世
故，也可指當前的時局或政治形勢。潛形：隱蔽形跡，不露真
相，義同於"潛形匿跡"或"潛形匿影"。馬端臨《文獻通
考·職役二》："為民者以寇戎視其吏，潛形匿影，日虞懷璧之
為殃。"

〔10〕但菱花摸索，影難自弔：菱花，古代銅鏡名。古鏡多為六角形
或背面刻有菱花者，故文士常以菱花借代銅鏡。影難自弔，原
印本作"影難目弔"，"目"疑為"自"之訛誤。此處點明歌者
乃盲人，平日只能對鏡摸索，無法看到銅鏡中自己的容顏。

〔11〕目竟誰成："目成"，指男女雙方眉來眼去，以目傳情。屈原
《楚辭·九歌·少司命》："滿堂兮美人，忽獨與余兮目成。"朱
熹《楚辭集注》："言美人並會，盈滿於堂，而司命獨與我睨而
相視，以成親好。"此處惋惜歌者是失明人，詞人完全無法和
她有任何眼神接觸。

〔12〕靈膦犀心，巧饒鶯舌，忍問歌場變徵聲：靈膦犀心，意謂"瞽
姬某"作為靈魂之窗的美目已失明，只膦下善解人意和洞悉世
情的靈敏心思。巧饒鶯舌，譽"瞽姬某"的歌聲如出谷黃鶯，
繞梁三日。變徵聲：徵乃古代五聲之一，樂聲中的徵調變化，
常作激昂悲壯之聲。司馬遷《史記·刺客列傳》："高漸離擊
築，荊軻和而歌，為變徵之聲，士皆垂淚涕泣。"此處指"瞽

姬某”的歌聲不乏激昂感慨之情。

〔13〕聞褒貶，笑豈圖巾幗，有左丘明：意謂“瞽姬某”堪比同屬失明的春秋史官左丘明。司馬遷《報任安書》：“文王拘而演《周易》；仲尼厄而作《春秋》；屈原放逐，乃賦《離騷》；左丘失明，厥有《國語》。……大底聖賢發憤之所為作也。此人皆意有所鬱結，不得通其道，故述往事、思來者。乃如左丘明無目，孫子斷足，終不可用，退而論書策，以舒其憤，思垂空文以自見。”詞人對“瞽姬某”針砭時弊不乏見地深表嘆服，故譽之為女中良史左丘明。

【評　析】

此詞作於己丑歲（1949）。詞人以一位同情者的口吻，形象地描繪出“瞽姬某”的外形特徵，充分呈現她的職業身分和不凡識見，通篇了無輕慢之情。這種如實地反映歌女苦況的詞篇，在文人雅士的作品中實屬少見。由此可見詞人對社會低下層百姓的疾苦的深切關懷與同情，洵為難能可貴。

（周兼善箋注）

陌上花　和張蛻巖均[1]

江天幻點嫣霞，寧為岫螺妝晚。[2]柳娜花嬌，教想舊游娃館。[3]一聲笛喚收船去，莫道不曾魂斷。[4]似當年、故里漱珠橋外，[5]揀茶人散。[6]　　矧夷歌、海上喧如潮處。[7]捲入愁腸詩半。[8]冷惹胡沙，[9]漫與鬧絃彈煗。[10]劫殘又閱新棋局，[11]雲起西樓驚雁。[12]算凌晨、換了芳菲啼欼，殢情尤嬾。[13]

【箋　注】

〔1〕 和張蛻巖均：張翥，號蛻巖，元代詩人。張翥的詞雖不如他的
　　　 詩寫得細膩而圓潤，但也有一些慷慨蒼涼之作，如《洞仙歌·
　　　 辛巳歲燕城初度》、《鵲橋仙·丙子歲予年五十酒邊戲作》等，
　　　 這些詞寓人世炎涼於豪放之中，頗為清人所推崇。張翥死於元
　　　 末明初亂中，遺稿多散佚，今存《蛻庵詩集》四卷，詞二卷。
　　　 "和均"即"和韻"，亦稱"用韻"，是以他人詩詞所用的韻而作
　　　 詩詞。

〔2〕 江天幻點嫣霞，寧為岫螺妝晚：前句指在水天一色的黃昏晚空
　　　 中，紅霞不斷出現如幻境般的變化；後句指江上突出的峰巒好
　　　 像美女高聳的螺髻，她寧可遲遲待到黃昏時分才在鏡台前細意
　　　 梳妝。此兩句化用宋趙長卿《臨江仙》："遠岫螺頭濕翠，流霞
　　　 赬尾疏明"之詞意。

〔3〕 柳娜花嬌，教想舊游娃館：詞人面對恍若豔女梳妝的黃昏美景，
　　　 因而產生了幻覺和聯想，不禁令他憶起昔日年少時曾於秦樓楚
　　　 館遊冶的風流歲月。"舊遊娃館"此語本自吳文英《六醜·壬寅
　　　 歲吳門元夕風雨》詞句"館娃舊遊，羅襦香未滅"，而不襲用其
　　　 原意。蓋"館娃"原指西施所居的靈岩館娃宮，在夢窗此闋詞
　　　 中則用以借指西施本人，而"羅襦"為輕軟短衫。可見二者詞
　　　 雖類近而含意迥異。

〔4〕 一聲笛喚收船去，莫道不曾魂斷：隨著一聲漁笛響起，漁家紛
　　　 紛收船而去，詞人目睹夜幕將臨，慨嘆人間的黃昏美景難留，
　　　 不禁為之黯然神傷。後句脫胎自李清照《醉花陰·薄霧濃雲愁
　　　 永晝》之"莫道不消魂，簾卷西風，人比黃花瘦"首語。

〔5〕 似當年、故里漱珠橋外：作者乃粵人，此處所言的"故里漱珠
　　　 橋"，舊址在今廣州市南華中路與南華西路交界處，橫跨漱珠
　　　 涌，故名。在清代時，漱珠涌、漱珠橋一帶風光秀麗，沿岸名

園麋集，處處酒幡，夜夜笙歌。著名的園林建築有海幢寺、伍家花園、南墅等。何仁鏡的《城西泛春詞》描寫道：“家家親教小紅簫，爭蕩煙波放畫橈。佳絕名蝦鮮絕蟹，夕陽齊泊漱珠橋。”當日漱珠涌之繁華盛況由此可見一斑。（詳見《番禺縣續志稿》與清代《國朝詩人徵略》）

〔6〕揀茶人散：指黃昏時分從事揀茶行業的傭工紛紛下班回家。語見清人姚登瀛《聶市八景·康公古渡》：“攜手同行笑且言，揀茶人散夕陽天。不知何處小兒女，隔岸高聲喚渡船。”此處不但沿用姚氏“揀茶人散”的成句，更暗寓當時乃“夕陽天”的黃昏時分。

〔7〕矧夷歌、海上喧如潮處：矧，連詞，表示更進一層，與何況之意近。夷歌，夷人的歌曲。亦泛指外族的歌曲。杜甫《閣夜》詩：“野哭千家聞戰伐，夷歌幾處起漁樵。”詞人當時居於華洋雜處的英屬殖民地香港，故不難聽到陣陣自海面船上傳來的外國人喧鬧歌聲。

〔8〕捲入愁腸詩半：意謂詞人聞“夷歌”而驚覺自己原來置身在外國人管治的土地上，致令他在愁腸中的詩興為之減半。

〔9〕冷惹胡沙：“胡沙”指西方和北方的沙漠或風沙。如唐鮑君徽《關山月》詩：“朔風悲邊草，胡沙暗虜營。”蘇軾《書李伯時所藏韓幹馬》詩：“忽見伯時畫天馬，朔風胡沙生落錐。”明莫止《送李中丞赴鎮》詩：“低飛鴻雁胡沙靜，遠遁鯨鯢瀚海清。”亦可指胡人居住的地區。姜夔《疏影》詞：“昭君不慣胡沙遠，但暗憶，江南江北。”《宣和遺事》後集：“花城人去今蕭索，春夢遶胡沙。”此句謂黃昏時分詞人身處“雖信美而非吾土兮”的“胡地”香港海濱，海面寒氣襲人，故有此語。

〔10〕漫與鬧絃彈煥：“漫與”猶言隨便對付。杜甫《江上值水如海勢聊短述》詩：“老去詩篇渾漫與，春來花鳥莫深愁。”鬧絃彈煥，指耳邊響起的外國人喧鬧歌聲。詞人此際無心欣賞這些

"夷歌"，故云"漫與"。

〔11〕劫殘又閱新棋局："棋局"喻時局世態，意謂當日時局動盪不安，教人難以看清事態發展。

〔12〕雲起西樓驚雁："雲起"喻風起雲湧的動盪時局，"西樓驚雁"乃詞人自況，此處虛用了吳文英《夜遊宮》："人去西樓雁杳。敘別夢、揚州一覺"的詞意。

〔13〕算凌晨、換了芳菲啼鴃，殢情尤嬾：前句意謂春天將盡，暗喻大事已不可為。張先《千秋歲》："數聲鶗鴃，又報芳菲歇。"鶗鴃即杜鵑鳥，《後漢書·張衡傳》："恃己知而華予兮，鶗鴂鳴而不芳。"李善注："《臨海異物志》曰：'鶗鴂，一名杜鵑，至三月鳴，晝夜不止。'"後句之"殢"本解作滯留，引申含糾纏、沉緬之意。"殢情"可視為對"情"的執著堅持。"尤嬾"則帶出詞人慨嘆無力可回天，因心灰意冷而萌生的消極心緒與無奈情懷。

【評　析】

此詞作於己丑歲（1949）秋。上片先以工筆寫景，繼而因景入情，從而為下片之書懷先作場景方面的鋪墊。下片以抒情為主，筆下的景物往往帶有"物以情觀"的主觀色彩，箇中感慨頗為深沉，詞旨幽微，寄興耐人尋味。

（周兼善箋注）

玲瓏四犯　六禾[1]患痰喘甚劇，不廢吟詠，倚此規之。

風約池萍，[2]問底事干卿，渾又吹皺。[3]鏡額堆雲，誰見展開眉岫。[4]須信翠管呼尊，定夢擾、瘁禽眠甃。[5]記對人、特地愁誶，還掩小憐歌袖。[6]　　病非中酒寧花皺。[7]漸綃裙、褪殘犀扣。[8]尋詩細響香廊屧，[9]寒沁冰肌透。[10]

應勸線壓暫收，把艷錦駕鍼輟繡。[11]待唾壺撤叫，[12] 鸚鵡
粒，拋紅豆。[13]

【箋　注】

〔1〕六禾：黎六禾，名國廉，字季裴，以號行。清同治十一年
（1872）生。自幼受過良好的傳統文化教育。光緒十九年
（1893）中舉，官至福建興泉永道道臺。民國初年，出任廣東省
議會議員，為廣東力爭粵漢鐵路股權出力甚多，頗受粵人稱道。
袁世凱復辟稱帝期間，他赴肇慶參加國民黨人為主體的軍政府，
致力倒袁。其後，便不再過問政治，移居香港太平山半山別墅，
讀書填詞，精研美食，以名士生涯終老。去世時年過八十。六
禾是嶺南詞壇的名家宿將，作品出入南宋詞人周草窗（密）、王
沂孫諸家，著有《玉縈廎詞鈔》。又擅長製作燈謎，著有《玉縈
廎春燈集》。他與著名詞人、新會人陳述叔（洵）相交甚深，平生
唱酬甚多，後來專門收進《秫音集》（按：以“秫”字的左偏旁
“禾”代表黎六禾，右偏旁“術”代表陳述叔）刊刻行世。

〔2〕風約池萍：約，含纏擾、束縛之意。韓愈《獨釣四首》之三：
“露排四岸草，風約半池萍。”

〔3〕問底事干卿，渾又吹皺：干：關涉。謂此事與你何干？常用於
譏笑人愛管閒事。作者以此二句取笑黎六禾雖“患痰喘甚劇”
仍愛與詞友唱和，“不廢吟詠”。此典出自《南唐書·馮延巳
傳》：“延巳有‘風乍起，吹皺一池春水’之句，元宗嘗戲延巳
曰：‘吹皺一池春水，干卿何事？’”五代時期，南唐中主李璟對
帶兵打仗與治理朝政俱不感興趣，只喜歡吟詩作詞，他寫了一
闋《攤破浣溪沙》，其中有“細雨夢回雞塞遠，小樓吹徹玉笙
寒”的佳句。及後看到宰相馮延巳《謁金門》中有“風乍起，
吹皺一池春水”二句，李璟就取笑他“吹皺一池春水，干卿何
事？”而馮延巳則風趣地謙稱己詞不及他的“小樓吹徹玉笙寒”

意境高妙。

〔4〕鏡額堆雲，誰見展開眉岫：前句指鏡中的六禾一臉病容，尚未
　　痊癒；後句指其終日愁眉緊鎖，氣色不佳。

〔5〕須信翠管呼尊，定夢擾、瘁禽眠甃：翠管，指管樂器。全句意
　　謂酒筵中的笙簫擾夢。“呼尊”則寓勸酒之意；“瘁禽”喻病中的
　　六禾；“眠甃”原指禽鳥在井壁上睡覺，此處用以喻六禾抱病猶
　　“不廢吟詠”，詩酒籌酢如常，恐怕會影響其休息調養，有礙
　　康復。

〔6〕記對人、特地愁諱，還掩小憐歌袖：記對人，即不忘對人。特
　　地愁諱，謂六禾在詞友面前特意掩飾個人病愁。“小憐”本喻歌
　　女，“還掩小憐歌袖”化用了唐孫光憲《何滿子》“歌袖半遮眉
　　黛慘，淚珠旋滴衣襟”詞意，謂六禾在唱酬中經常會因得睹佳
　　作而感觸落淚。

〔7〕病非中酒寧花齅：齅，同嗅。中酒，因飲酒成病。唐王建《贈
　　溪翁》詩：“伴僧齋過夏，中酒臥經旬。”張元幹《蘭陵王·春
　　恨》詞：“中酒心情怕杯勺。”胡雲翼注：“飲酒成病。”花齅，用
　　鼻子辨別花的氣味。此句意謂六禾之病乃“痰喘”而非“中
　　酒”，故此他寧願抱恙出席詞友的唱酬活動，不廢吟詠，不願單
　　獨留在家中靜心養病。

〔8〕漸綃裙、褪殘犀扣：綃裙，用生絲織成的薄紗裙。犀扣，如犀
　　牛角般中空有孔的衣扣。此句寫六禾因病而日漸消瘦，虛用了
　　宋史達祖《三姝媚·煙光搖縹瓦》詞中“諱道相思，偷理綃裙，
　　自驚腰衩”之意。腰衩，指腰帶。

〔9〕尋詩細響香廊屧：響香廊屧指“香徑”與“響屧廊”。“香徑”
　　即采香徑，相傳為吳王種花處，今名箭徑，在蘇州香山。“響屧
　　廊”又稱“屧廊”，屧是空心木底鞋。“響屧廊”以梓板鋪地，
　　故西施著屧行於其上，即能產生步步皆音的效果。吳偉業《圓
　　圓曲》：“香徑塵生鳥自啼，屧廊人去苔空綠。”此句戲言六禾即

使抱病仍四處唱遊，不減雅興。

〔10〕寒沁冰肌透：謂寒意如冰襲人而來，透徹肌骨。此處暗用宋陳
造《洞仙歌・蝶狂風鬧》"銀燭底，酒沁冰肌未睡"之詞意，
指六禾因帶病飲酒而倍感寒意，難以入睡。

〔11〕應勸綿壓暫收，把艷錦鴛鍼輟繡：二句以婦女從事刺繡工作比
喻六禾詩酒唱酬之樂，作者通過"應勸"二字，規勸詞友應以
健康為重，暫歇吟詠之樂，把身體調理好，早日痊癒。

〔12〕待唾壺撤叫：撤，同徹。指六禾詞篇輒有心情憂憤或感情激昂
之作。蓋晉朝時大將軍王敦多憂國憂民之思，面對當日的局勢
經常感慨叢生。見劉義慶《世說新語・豪爽》："王處仲每酒
後，輒詠'老驥伏櫪，志在千里。烈士暮年，壯心不已'。以
如意打唾壺，壺邊盡缺。"

〔13〕鸚鵡粒，拋紅豆：此處僅虛用杜甫《秋興八首》之八"紅豆
（一作'香稻'）啄餘鸚鵡粒，碧梧棲老鳳凰枝"之字面，但
其內涵卻明顯不同。蓋杜甫"紅豆啄餘鸚鵡粒"只是亟寫回憶
中長安景物的美好，說那裡的紅豆非一般的東西，是專供鸚鵡
啄食的珍貴食品。然而此處所說之"紅豆"，則用以隱喻故國
之思，二者之含意並不相同。以紅豆入詩，始於王維《相思》：
"紅豆生南國，秋來發幾枝。勸君多採擷，此物最相思。"可見
在中國文學史上，紅豆的第一象徵意義應是指男女相思之情，
惟其所蘊含的第二象徵意義卻是故國之思。蓋紅豆意象的象徵
意義從男女相思到故國之思的這一轉變，當發生在唐代安史之
亂後，進而定型於明末清初時期，箇中包含了唐朝人的故君之
思及明遺民的故國之思。由於此詞作於己丑歲（1949 年）秋，
當時神州鼎革，已成定局。詞人與六禾先後寓港避秦，故二人
詞作俱不乏故國之思也是不難理解的。

【評　析】

此詞作於己丑歲（1949）秋。上片先以戲筆寫六禾，繼而則婉

言相勸，遣詞用字切合雙方身分，謔而不虐，寫來生動傳神。下片承前揭示六禾病情未見好轉的原因，復以善言勸諫詞友務須以個人健康為重，末二句稱譽六禾詞皆屬言之有物之作，並非吟風弄月的應酬篇什可堪比擬，繼而以"紅豆"所隱喻的故國之思互堅志節，頗能體現摯友之間的真切關懷之情，實非一般文士遊戲之作可與之相提並論。

（周兼善箋注）

東風第一枝　己丑歲不盡十二日立庚寅春。[1] 和史梅溪[2] 均。

　　早洩穠春，休猜稚柳，風光一例塵土。[3] 凍消菰鴨嬉池，煗入網蛛罤戶。[4] 青旛插髻，[5] 久絕小溪湔裙處。[6] 臘影轉、日轂花甄，繫得駒韶如縷。[7]　　思自覓、送愁妙句。撩不起、偷香幽緒。[8] 雁箏膠柱鄰娃，燕幕換巢社侶。[9] 雲陰疑暝，怕薺誤、空教挑雨。[10] 待載酒、約結鶯盟，玉笛趁晴吹去。[11]

【箋　注】

〔1〕己丑歲不盡十二日立庚寅春：己丑歲即西元 1949 年，庚寅歲則為西元 1950 年。而"歲不盡十二日"，亦即己丑歲除夕前十二日（西元 1950 年 2 月 4 日）之意。此日"立春"。"立春"為農曆二十四節氣之首，古稱"立春"日春氣始而建立，黃河中下游地區土壤逐漸解凍，自這一天開始即春回大地，萬物復蘇。

〔2〕梅溪：史達祖，南宋詞人。字邦卿，號梅溪。一生未嘗中第，早年任過幕僚。韓侂冑當國時，他是最親信的堂吏，負責撰擬文書。韓敗，史牽連受黥刑，死於貧困中。史達祖的詞以詠物

見長，用筆細膩纖巧，其中不乏身世之感。他還在甯宗朝北行使金，此部分的北行詞，則充滿了沉痛的家國之感。有《梅溪詞》傳世。

〔3〕早洩穠春，休猜稚柳，風光一例塵土：早洩穠春，指隨著庚寅立春日在己丑歲暮之際降臨世上，春回大地的消息已在人間提早洩露了。休猜稚柳，謂既然穠春已到，人們便不用再猜想在這個立春日能否看到抽芽的新柳了。"風光一例塵土"乃"塵土一例風光"的倒裝語句，一例，猶言一律、同樣或照例，指在這個立春日大地處處春意盎然，風光無限。

〔4〕凍消菰鴨嬉池，煗入網蛛胃戶：煗，同暖。前句謂隨著湖面冰消，春江水暖，野鴨先知，紛紛趕來在湖澤間嬉戲。菰，即菰蒲之縮略語，引申借指湖澤。南唐張泌《洞庭阻風》詩："空江浩蕩景蕭然，盡日菰蒲泊釣船。"菰鴨，指湖面上遊弋的鴨子。後句謂立春之日天氣暖和，不少蟲鳥已走到外面活動，有些冒失的蟲鳥更在當天誤墮網蛛胃戶中成為獵物。胃戶，指捕捉鳥獸的網。清李慈銘《浣溪紗·十首之二》："胃戶蛛羅鏤細塵，紅欄到處近流鶯。"

〔5〕青旛插鬢：旛，同幡。青幡，又稱"春幡"，也稱"貼春幡"、"春幡勝"或"幡勝"。古代立春之日，人們群相剪有色羅、絹或紙為長條狀小幡，戴在頭上，以示迎春。此俗起於漢，至唐、宋時，春幡之製作更為精巧。《後漢書·禮儀志上》："立春之日，夜漏未盡五刻，京師百官皆衣青衣，郡國縣道官下至斗食令史皆服青幘，立青幡。"前蜀牛嶠《菩薩蠻》詞："玉釵風動春幡急，交枝紅杏籠煙泣。"宋高承《事物紀原·歲時風俗·春幡》云："《後漢書》曰立春皆青幡幘，今世或剪綵錯緝為幡勝，雖朝廷之制，亦鏤金銀或繒絹為之，戴於首。"辛棄疾《漢宮春·立春日》詞："春已歸來，看美人頭上，嫋嫋春幡。"《歲時風土記》："立春之日，士大夫之家，剪綵為小幡，謂之春幡。

或懸於家人之頭，或綴於花枝之下。"周密《武林舊事·立春》：
"是日賜百官春幡勝，宰執親王以金，餘以金裹銀及歲帛為之，
繫文思院造進，各垂於襆頭之左入謝。"

〔6〕久絕小溪湔裙處：湔，洗滌。湔裙即湔袯，也就是洗裙子，又
作"濺裙"，是古代洗除舊惡的一種祭祀活動。南北朝時，民間
已有正月到水邊洗衣裳的風俗。南朝宗懍《荊楚歲時記》云：
"元日至於月晦，並為酺聚飲食，士女泛舟，或臨水宴會，行樂
飲酒。"隋代杜公瞻按語曰："每月皆有弦望晦朔，以正月為初
年，時俗重之，以為節也。《玉燭寶典》曰：'元日至月晦，人
並酺食、渡水，士女悉湔裳，酹酒于水湄，以為度厄。'今世人
唯晦日臨河解除，婦人或湔裙。"《玉燭寶典》乃杜臺卿所撰，
其侄即為杜公瞻。可見，正月裡男女到水邊游玩，順便洗洗衣
裙，叫做"湔裳"，當為時俗所尚，而隋代只在正月三十這天有
婦女去河邊"湔裙"。又《北齊書·列傳第七》："（竇泰母）遂
有娠。期而不產，大懼。有巫曰：度河湔裙，產子必易。"竇泰
的母親在分娩前到河邊洗裙子，其後順利產子，是以古代女子
輒有在正月前往水邊洗裙子的習俗，據說可以度厄辟災，如果
當時正有身孕，日後分娩將會很順利。賀鑄《蝶戀花·幾許傷
春春復暮》亦云："天際小山桃葉步，白花滿湔裙處。"而此詞
之"久絕小溪湔裙處"，則意謂在較早前的一段頗長的寒冬時
間，婦女們都不會前往小溪邊洗衣裳，但在立春之日卻不難看
到頭貼春幡的婦女在這裡出現。

〔7〕臘影轉、日轂花甎，繫得駒韶如縷：日，太陽，日光。轂，本
指車輪中心，有洞可以插軸的部分，借指車輪或車。花甎：甎，
同磚；通花磚頭，引申指用通花磚頭鋪成的石板路。前句謂在
日光映照下，石板路車水馬龍，遊人如鯽，很快已到了黃昏時
分。繫得，喻抓緊、捕捉。縷：細線。後句感嘆這個美好的立
春日何以竟像白駒過隙那樣來去匆匆，只能讓人們抓住其中一

些細如絲線般的零碎片段而已。

〔8〕 思自覓、送愁妙句。撩不起、偷香幽緒：前句指作者在立春日欲藉尋辭覓句填詞以排遣愁緒。後句"撩不起"謂撩撥不動或提不起勁。周邦彥《蝶戀花·酒熟微紅生眼尾》："雲壓寶釵撩不起，黃金心字雙垂耳。"此處"偷香"作一親花草香澤解，非竊玉偷香之意。幽緒，指鬱結於心內深切連綿的思緒。李漁《蜃中樓·離愁》："身輕意輕改卻生前性，魂縈夢縈幽緒何時定。"龔自珍《觀心》詩："幽緒不可食，新詩如亂雲。"

〔9〕 雁筝膠柱鄰娃，燕幕換巢社侶：前句指鄰家的女孩在彈奏古筝。鄰娃，鄰家的女孩。姜夔《鷓鴣天·憶昨天街預賞時》："芙蓉影暗三更後，臥聽鄰娃笑語歸。"雁筝膠柱，成語"膠柱鼓瑟"原作"膠柱調瑟"，指的是將瑟的"弦柱"在調好弦後用膠固定，以便後來演奏瑟時不必再調弦，用以比喻做事拘泥於舊有的方式而不知變通。筝與瑟的樂器性能相近，但弦數僅有瑟的一半，以十三弦為制，亦以弦柱的移動為調音方法。瑟與筝的弦柱按音的高低排列，在樂器上形成一列斜向排列的形狀，像大雁在天空飛翔的序列，因而古人常將弦柱稱為"雁柱"，將筝稱為"雁筝"，此處解作彈奏古筝。後句純屬想像之辭，指燕子在立春後即將結伴歸來，並非眼前之景。"燕幕換巢社侶"，謂古代農村輒於立春後、清明前祭神祈福，稱"春社"，而"社侶"專指燕子，常於"春社"過後結伴歸來。"燕幕"指燕子長日在樓閣的簾幕中間穿飛。歸來的燕子若找不到舊巢便會另築新巢，故云"換巢"。宋史達祖《雙雙燕·詠燕》："過春社了，度簾幕中間，去年塵冷。差池欲住，試入舊巢相並。還相雕梁藻井，又軟語商量不定。"

〔10〕 雲陰疑暝，怕薺誤、空教挑雨：前句"雲陰疑暝"，謂白天卻陰雲密佈，令人恍疑置身於夜色中。唐許康佐《日暮碧雲合》詩："林色黯疑暝，隙光俄已夕。"後句"怕薺誤、空教挑雨"，

意謂春雨能滋潤萬物，詞人擔心若春雨過多恐怕會影響農家的春耕播種。"薺"本指"薺菜"，惟此處之"薺"則含"薺麥"即薺菜野麥之意，用以喻容易生長的農作物。姜夔《揚州慢》："過春風十里，盡薺麥青青。"

〔11〕待載酒、約結鶯盟，玉笛趁晴吹去："待載酒"，謂到時攜酒同行作送春之用。"約結鶯盟"，與鶯鳥為盟友，彼此結交邀約送春。所謂"送春"，即送別春天之意。如白居易《送春歸》詩："今年杜鵑花落子規啼，送春何處西江西。"清周亮工《白櫻桃》詩之二："嶺外麥英雪是膚，送春新脫紫霞襦。"龔自珍《西郊落花歌》："先生探春人不覺，先生送春人又嗤。""送春"亦屬舊時立春日的一種風俗。胡樸安《中華全國風俗志·山東·惠民縣之歲時》曰："立春日，官吏各執彩仗……製小春牛遍送搢紳家，謂之送春。"此詞末二句襲用了宋陳允平《摸魚兒·西湖送春》原意："……春已暮。蹤燕約鶯盟，無計留春住。傷春倦旅。趁暗綠稀紅，扁舟短棹，載酒送春去。"而末句"玉笛趁晴吹去"亦與前述的"載酒"並屬古代文士送春的雅致之舉。

【評　析】

此詞作於己丑"歲不盡十二日"，亦即己丑歲除夕前十二日（西元 1950 年 2 月 4 日）即"立春"日。上片先以工筆寫景為主，在鋪寫上則力求切合題意，遣詞用字見心思，時序轉移交代清楚，條理分明。下片因景入情，構思奇特而不違情理，立春日剛至即見詞人濃烈惜春之心，繼而期待燕侶歸來，進而觀天憫農，最後更為送春早作安排。

（周兼善箋注）

浪淘沙　除夕口占[1]

　　明日是新年。壓歲愁錢。老妻含笑獨嫣然。為道潮流今尚樸，髻卸釵鴛。[2]　　漫信餼羊蠲。[3]不貼春聯。笙簫爆竹鬧蠻天[4]。舊臘血般紅賀柬，化作飛鳶。[5]

【箋　注】

〔1〕除占口夕：按《影樹亭詞》原印刷本作"除占口夕"，語意令人費解。疑此四字乃"除夕口占"之訛誤，應予校訂為宜。"除夕口占"，即在除夕時隨口吟出一首即興詞篇之意。

〔2〕為道潮流今尚樸，髻卸釵鴛：為道，解釋箇中原因。潮流今尚樸，點出現在潮流崇尚簡樸。髻卸釵鴛，婦女都把頭上所穿戴的金釵除了下來。其妻邱雅琴字碧桐，乃大家閨秀，開解安慰丈夫，委婉表示如今時勢艱難，潮流崇尚簡樸，過節時，婦女縱使頭上不戴金釵，亦屬小事，也毋須為壓歲錢而發愁（呼應上句"壓歲愁錢"）。作者把夫人的形象塑造得嫻淑賢慧，躍然紙上。

〔3〕漫信餼羊蠲：漫信，隨便、即管相信。蠲，除去，免除。餼羊，指"告朔餼羊"，原指魯國從文公起不親自到祖廟告祭，只殺一隻羊應付一下儀式。後比喻照例應付，敷衍了事。而此詞亦寓有此含義，謂詞人對於除夕用以祭祀祖先的禮品並不講究，只是聊備一格罷了。查"告朔餼羊"，是古代的一種制度。告朔之禮，古者天子常以季冬頒來歲十二月之朔於諸侯，諸侯受而藏之祖廟。月朔，則以特羊告廟，請而行之。到子貢的時候，每月初一，魯君不但不親臨祖廟，也不聽政，只是殺一隻活羊"虛應故事"罷了。孔子對此深感不滿，《論語·八佾》："子貢欲去告朔之餼羊。子曰：'賜也！爾愛其羊，我愛其禮。'"

〔4〕蠻天：古代華南兩廣地區曾被國人視為南蠻聚居之地，故“蠻天”指兩廣地方（包括香港在內）。而此詞所說的“蠻天”則專指香港。

〔5〕舊臘血般紅賀束，化作飛鳶：謂作者在除夕之際把舊日臘下的“紅賀束”悉數丟棄，看著這些“紅賀束”像紙鳶般在空中隨風飛舞，相信他的心中應有萬千感慨，難以言喻。

【評　析】

這是一首借景抒懷的小詞，意味雋永，作於己丑歲除夕（西元1950年2月16日）。“除夕口占”意謂詞人隨口吟詠出一首即興作品。從詞的語言風格來說，這首詞寫得謔而不虐，雖幽默詼諧卻不失深沉感慨。細心的讀者不難發現原來詼諧只是其表象，作者的腹中其實別有鬱結，耐人尋味。值得注意的是，這類以“明日新年”為題，於筆調詼諧中流露傷感之情的《浪淘沙》詞作也是有其歷史傳承的。早在南宋時，詞人周文璞便寫過這類風格的作品，其後晚清大詞家朱祖謀（彊村先生）亦有風格類近之作，試細味下面所附兩位前賢的詞作，當不難窺見作者寫此詞時應曾受周、朱二家同調之作的影響，是以在詞風淵源上三人可說是彼此一脈相承的。

附周文璞《浪淘沙》詞

還了酒家錢。便好安眠。大槐宮裏著貂蟬。行到江南知是夢，雪壓漁船。　　盤礴古梅邊。也信前緣。鵝黃雪白又醒然。一事最奇君記取。明日新年。

附朱祖謀（彊村）《浪淘沙》詞

何用買春錢，擁褐閒眠。勞生身世蛻中蟬。一枕雙溪明月路，三版風船。　　愁信到鷗邊。雲水沿緣。東風有約且懂然。孤竹亂山殘酒醒，明日新年。

（周兼善箋注）

風流子　詠錢

　　依約點蜻蜓。飛蚨處、苔傍古榆生。[1]笑籰向華堂，寧
愁貫朽；[2]癖來和嶠，叵耐星零。[3]纏十萬，沈郎腰瘦甚，
眼卻阮郎青。[4]玉燕分釵，辛翁腸斷，銀蟾縮影，杜老詩
成。[5]　　無端憑蝶化，兒家樹、倒又誰為扶傾。[6]一況文
章不值，臭逐仍蠅。[7]歎銅山空帶，餘桃氣味，[8]莢階難乞，
阿堵神靈。[9]何物癲仙呼出，猶孔方兄。[10]

【箋　注】

〔1〕依約點蜻蜓。飛蚨處、苔傍古榆生：前句謂在郊野隱約看見蜻
　　蜓點水。後句指從長滿青苔的古榆樹的圓形葉子，詞人不禁聯
　　想到"飛蚨"與"榆錢"，因為二者俱與此詞所詠的主角"錢"
　　相關。先說"飛蚨"，相傳南方有一種蟲名叫蟻蝸，又叫青蚨，
　　它的形狀似蟬、蝶卻稍微大些，翅膀像蝴蝶那樣寬大，顏色美
　　麗，食之味道鮮美。它產卵必須要依附著花草的葉子，大小像
　　蠶蛾的卵。如果把它的卵拿走，那母青蚨就一定會飛過來，不
　　管離得多遠。雖然是偷偷地拿走了它的卵，那母青蚨也一定知
　　道藏卵的地方。《淮南子‧萬畢術》之"青蚨還錢"注云："以
　　其子母各等，置甕中，埋東行陰垣下，三日復開之，即相從，
　　以母血塗八十一錢，亦以子血塗八十一錢，以其錢更互市，置
　　子用母，置母用子，錢皆自還也。"世稱錢為"青蚨"或"飛
　　蚨"，即本此。人們把這個中國古代神話傳說稱作"青蚨飛去復
　　飛來"，把傳說中飛來的青蚨錢，稱作"神錢"。至於"古榆"
　　的樹葉因其形狀圓似銅錢，故又稱"榆錢"。清張劭《榆錢》
　　詩："五銖鑽火冶清明，散作飛蚨萬個輕。歷歷選青天有色，蕭
　　蕭播綠葉無聲。根凝泉府偷靈氣，樹笑銅山炫富名。遙集一囊

看不得，飄零空買路旁情。"

〔2〕笑簸向華堂，寧愁貫朽：前句"笑簸向華堂"，簸指簸錢，即藉擲錢為戲以賭輸贏。此處謂華堂傳來陣陣簸錢為戲的嬉鬧聲。宋陳克《菩薩蠻・綠蕪牆繞青苔院》："幾處簸錢聲，綠窗春夢輕。"後句"寧愁貫朽"，喻寧可因金錢過多而發愁也不願一貧如洗。語本"粟紅貫朽"，貫是穿線的繩子，朽指東西腐爛。此典出自班固《漢書・賈捐之傳》："太倉之粟，紅腐而不可食；都內之錢，貫朽而不可校。"意謂穀子變色了，錢串子損壞了。用以形容太平時期物質財富過於富饒的情況。

〔3〕癖來和嶠，叵耐星零：前句"癖來和嶠"謂寧可被人視作守財奴。《晉書・和嶠傳》謂晉武帝時，和嶠"家產豐富，擬於王者，然性至吝，以是獲譏於世"，杜預以為和嶠"有錢癖"，譏諷其為守財奴。後句"叵耐星零"意謂難以忍受孤單貧困的生活。"叵耐"即不可忍耐，含可恨之意，亦作"叵奈"。"星零"喻孤單窮困。

〔4〕纏十萬，沈郎腰瘦甚，眼卻阮郎青："纏十萬"喻家財豐厚，乃"腰纏十萬貫，騎鶴上揚州"之縮略語。南朝殷芸的《小說》："有客相從，各言所志：或願為揚州刺史，或願多資財，或願騎鶴上升。其一人曰：'腰纏十萬貫，騎鶴上揚州'，欲兼三者。"而"沈郎腰瘦甚"之沈郎，即梁朝名士沈約，李煜《破陣子》詞中的"沈腰潘鬢消磨"，指的便是他以瘦腰的沈約自況。後人多用"沈郎腰瘦"泛指因故而腰瘦的男子。至於"眼卻阮郎青"之阮郎，指西晉名士阮籍，據說他看人有兩種眼色，《晉書》本傳嘗記載他居母喪期間一事云："籍又能為青白眼，見禮俗之士，以白眼對之。嵇喜來吊，籍作白眼，喜不懌而退。喜弟康聞之，乃齎酒挾琴造焉，籍大悅，乃見青眼。由是禮俗之士疾之若讎，而帝（按：指司馬昭）每保護之。"詞人這裏說即使有人贈他"十萬貫"豐厚家財，他也因過於消瘦而無法把錢

財纏於腰間，加上其性格直如具"青白眼"的阮籍般愛恨分明，故別人也無法用金錢來收買他。

〔5〕玉燕分釵，辛翁腸斷，銀蟾縮影，杜老詩成：此四句泛指錢對世人的影響巨大。"玉燕分釵"，比喻夫妻或戀人可因財失義而分離；"辛翁腸斷"，指辛棄疾慨嘆財力不足而無法收復中原，令英雄亦為之腸斷；"銀蟾縮影"，謂呈圓形的銅錢就像是天上圓月在人間的縮影，到處贏得世人喜愛；"杜老詩成"意謂即使是詩聖杜甫，也要在金錢足以維持其基本生活所需的前提下，才能寫出"筆落驚風雨，詩成泣鬼神"（《寄李太白二十韻》）的詩篇，可見金錢的威力實不容低估。

〔6〕無端憑蝶化，兒家樹、倒又誰為扶傾：前句"無端憑蝶化"喻一朝身亡。蝶化指物化，即死去之意。宋周密《悼楊明之》詩云："帳中蝶化真成夢，鏡裡鸞孤枉斷腸。"後句"兒家樹、倒又誰為扶傾"，謂前人縱使留下大量錢財，亦難保子孫後代可獲貴人扶持而成功守業。

〔7〕一況文章不值，臭逐仍蠅：前句"一況文章不值"，慨嘆世上文章不值錢，文士難以飛黃騰達。此句化用杜甫《天末懷李白》之"文章憎命達，魑魅喜人過"詩意。一況，何況。後句"臭逐仍蠅"，謂世人追求錢財就像蒼蠅追逐腐臭之物一樣永不間斷。仍，有因襲、持續相隨之意。

〔8〕歎銅山空帶，餘桃氣味：前句感嘆人壽有限，若富貴而不由正道，即使像鄧通那樣擁有富甲一方的"銅山"也屬枉然。《史記·佞幸列傳》載，漢文帝賜寵臣鄧通以蜀郡嚴道銅山，得自鑄錢，而致巨富。後以"鄧氏銅山"指財源或致富之資。後句"餘桃氣味"用彌子瑕"餘桃啖君"典故，比喻君主愛憎喜怒無常，諷刺那些以色相事君而得寵的人難以永享富貴榮華。見《韓非子·說難》："昔者彌子瑕有寵於衛君。衛國之法，竊駕君車者罪刖。彌子瑕母病，人間往夜告彌子，彌子矯駕君車以出，

君聞而賢之口：'孝哉，為母之故，忘其刖罪。'異日，與君遊
於果園，食桃而甘，不盡，以其半啖君，君曰：'愛我哉，忘其
口味以啖寡人。'及彌子色衰愛弛，得罪於君，君曰：'是固嘗
矯駕吾車，又嘗啖我以餘桃。'故彌子之行未變於初也，嚮以前
之所以見賢，而後獲罪者，愛憎之變也。"

〔9〕莢階難乞，阿堵神靈：莢階即月莢，是古代傳說的一種瑞草，
《竹書紀年》卷上："（堯）在位七十年……又有草莢階而生，月
朔始生一莢，月半而生十五莢，十六日以後，日落一莢，及晦
而盡，月小則一莢焦而不落，名曰蓂莢，一曰曆莢。"引申有天
降祥瑞之意。前句"莢階難乞"喻好運難求。後句之"阿堵"
即"阿堵物"，為錢的別稱，有諷刺意味。《世說新語·規箴》：
"夷甫晨起，見錢閡行，呼婢曰：'舉卻阿堵物。'"謂西晉王衍一
生從不談論錢或說"錢"字，他的妻子故意將錢放在房中，擋
住他走路，想逼他說出一個"錢"字。誰知王衍看見了錢，因
錢堵住走路，就叫他妻子把"阿堵物"拿開，硬是不肯說出一
個"錢"字。後句"阿堵神靈"喻獲財神眷顧。

〔10〕何物癲仙呼出，猶孔方兄："癲仙"為宋人黃庭堅的諢號。"孔
方兄"乃錢的別稱，蓋中國舊時銅錢外圓內孔呈方形，故名。
黃庭堅《戲呈孔毅父》："管城子無食肉相，孔方兄有絕交書。"
意謂自從我被降職後，只有筆墨無庸俗相願意相隨（"管城子"
是筆的別稱），不像有些勢利的人都不願和我來往；而錢（即
"孔方兄"）更與我絕交了。由於此詩廣泛流傳，此後"孔方
兄"就成了"錢"的代名詞。末二句指出"孔方兄"之名實
由"癲仙"所創。藉此以詼諧生動之筆法縮結全篇，收束
自然。

【評　析】

　　這是一首文字遊戲之作，作於庚寅（1950）春，通篇用典頗多，惟寄興不深。

（周兼善箋注）

水龍吟　玉蕤翁挽詞[1]。翁去冬詠殘菊，有"佳色付雲煙過了"句，余閱之不懌。未幾翁病，元旦不能執筆，口授其子錄示《春從天上來》。詞云："關心花信。從商略、今後陰晴。"甫兼旬，遽歸道山。[2]重展遺牋，益不禁哀高丘之無女已[3]！

　　春從天上來詞，悲哉絕筆真成讖。[4]關心花信，陰晴今後，渾商略甚。[5]老不慭遺，茫無由問，彼蒼聾噤。[6]只問吟殘菊，云佳色付，雲煙過，胡為恁。[7]　　海捲綃收狂浸謂述叔。妙高臺翁居、孤星又黷。[8]人羈世網，佛言解脫，儒憂放任。[9]吾道干城，末流鼓吹，和誰接袵。[10]但聲蜚玉蕤，霄修樓鳳，召翁摘錦。[11]

【箋　注】

〔1〕玉蕤翁挽詞：玉蕤，亦作玉蕊。玉蕤翁即黎六禾，名國廉，字季裴，以號行。去世時年過八十。著有《玉蕤廎詞鈔》；又擅長製作燈謎，著有《玉蕤廎春燈集》。挽詞，亦作輓詞或挽辭，用以哀悼死者的詞章。

〔2〕甫兼旬，遽歸道山：甫，剛好。旬，十日為一旬；兼旬指兩個十天，即二十日。遽，有急、驟然之義。道山，傳說中的仙山。

舊時稱人死為歸道山。此句謂想不到剛過了二十日，玉縈翁便突然去世了。

〔3〕哀高丘之無女已：高丘，楚國山名。屈原《離騷》：“忽反顧以流涕兮，哀高丘之無女。”王逸注：“楚有高丘之山。女以喻臣。言己雖去，意不能已，猶復顧念楚國無有賢臣，心為之悲而流涕也。”另一說高丘指楚王，女指賢臣，錢杲之注：“女喻賢臣，可配君者。”詞人此處採用了後一說法，以“女”喻“賢臣玉縈翁”，為其去世而哀。已，語氣詞，略等於“矣”。

〔4〕春從天上來詞，悲哉絕筆真成讖：“讖”是預測災異吉凶的言論或徵兆，“一語成讖”指本為一句無心的話，竟然變成預言且應驗了。這裏是說想不到玉縈翁口授其子錄示的《春從天上來》詞竟然成為絕筆，而去冬玉縈翁詠殘菊那句“佳色付雲煙過了”的不祥之語竟然一語成讖，真是令人非常悲痛。

〔5〕關心花信，陰晴今後，渾商略甚：花信，即花信風，就是指某種節氣時開的花，因為是應花期而來的風，所以叫信風。人們挑選一種花期最準確的花為代表，叫做這一節氣中的花信風，意即帶來開花音訊的風候。南朝宗懍《荊楚歲時說》：“始梅花，終楝花，凡二十四番花信風。”即指自小寒至穀雨共八氣（八個氣節），一百二十日，每五日為一候，計二十四候，每候對應一種花信。二十四番花信風，就是每個月有兩個節氣，每一個節氣，有三個候，每個候為五天。每五天中，有一個花信，也就是每五天有一種花綻蕾開放，即一月二氣六候花信風。每一候花信風便是候花開放時期，到了穀雨前後，就百花盛開，萬紫千紅，四處飄香，春滿大地。楝花排在最後，表明楝花開罷，花事已了。經過二十四番花信風之後，以立夏為起點的夏季便來臨了。渾，有仍、還之意。商略，準備。宋盧祖皋《摸魚兒·九日登姑蘇台》：“吟未就，但衰草荒煙，商略愁時候。”姜夔《點絳脣》：“燕雁無心，太湖西畔隨雲去。數峰清苦，商略

黃昏雨。"甚，甚麼。此三句謂玉縈翁雖關心花信，但今後日子
陰晴難料，這樣還有甚麼可以早作準備呢？

〔6〕老不憖遺，茫無由問，彼蒼聾喑：憖，願意。"老不憖遺"亦作
"天不憖遺"，謂天老爺不願意留下這個老人，常用作對去世老
人的哀悼之詞。《左傳·哀公十六年》："昊天不弔，不憖遺一
老。"茫無，毫無、無從；由問，猶言洽商。"茫無由問"，責上
天不由分說即遽然召走玉縈翁。"彼蒼聾喑"，意謂那個老天爺
對賢人離世竟視若無睹，還在裝聾扮啞。

〔7〕只問吟殘菊，云佳色付，雲煙過，胡為恁：胡為，為何、為甚
麼；恁，這樣、如此。詞人不明白為何玉縈翁去年冬天詠殘菊
時，竟會吟詠出"佳色付雲煙過了"這樣的不祥之詞，其後更
一語成讖。

〔8〕海捲綃收狂浸。妙高臺、孤星又黰：前句原注"謂述叔"，指玉
縈翁的摯友詞人陳洵，有《海綃詞》傳世。"海捲綃收狂浸"，
喻天公以海浪把海綃翁陳洵捲走。後句原注"翁居"，點明妙高
臺乃玉縈翁的居所。"黰"本指呈雲黑色，引申為暗淡無光之
意。"妙高臺、孤星又黰"，暗指玉縈翁之仙逝。

〔9〕人韁世網，佛言解脫，儒憂放任：人韁，指人世間的韁索，比
喻束縛，約束。世網，比喻社會上法律禮教、倫理道德像一張
無形的網，時刻對人施加約束。佛言解脫，謂佛家視人死為解
脫苦難。儒憂放任，指儒家擔心道家標榜的生死放任自流思想
不重視個人的社會責任，只是任憑事物自由發展而不作干涉，
令人擔憂。《淮南子·修務訓》："夫地勢水東流，人必事焉，然
後水潦得谷行；禾稼春生，人必加功焉，故五穀得遂長。聽其
自流，待其自生，則鯀禹之功不立，而后稷之智不用。"

〔10〕吾道干城，末流鼓吹，和誰接袵：干，盾牌；城，城牆。"干
城"兩個字連在一起，用以比喻重要的防禦手段。"吾道干城"
若用來比喻某人，那就是稱譽他為"捍衛者"的意思，詞人以

此讚許玉縈翁為人間正道的捍衛者。末流，謂已經衰落並失去原有精神實質的藝術、文藝等流派或政治團體的學說。鼓吹，喻大事宣揚，使眾人知道其說法。"末流鼓吹"喻當前世間小人當道，大放厥詞。"接袵"亦作"袵接"，猶連接，引申為彼此支援之意。"和誰接袵"謂玉縈翁已逝，還有誰能和我彼此聲援。

〔11〕但聲蜚玉縈，霄修樓鳳，召翁摛錦："但聲蜚玉縈"，意謂尚幸玉縈翁詞名早播，蜚聲海內。"霄修樓鳳"，謂天帝也許欣賞玉縈翁的才華，早已在天庭為他修築龍樓鳳閣作為居所，所以才會急切地"召翁摛錦"，讓玉縈翁穿上華麗的錦袍升天而去。摛錦，指鋪陳錦繡。蘇軾《沁園春》："漸月華收練，晨霜耿耿，雲山摛錦，朝露漙漙。"

【評　析】

這是一首用以哀悼死者的挽詞，作於庚寅（1950）春，通篇用典雖多，卻不失其真摯之情，悽然有餘而意不盡。

（周兼善箋注）

小重山　碧桐君[1]以桃花枝供綠琉璃瓶中，嬌艷似人。因賦。

碧浸壺天漾曉霞。[2]瑩然源裏見、舊仙娃。[3]笑紅微減去年些，知換盡、塵世幾繁華。[4]　　浴罷絳籠紗。[5]凝妝窺寶鏡、鬟鬢斜。[6]今宵夢擁泛虹艖[7]。嘗櫻顆、香滑似胡麻。[8]

【箋　注】

〔1〕碧桐君：即詞人的夫人邱雅琴，字碧桐。"碧桐君"家庭三代都

住美國加州，她在那裡接受教育，婚前從未回到過中國，是在當地土生土長的華僑。廖恩燾清朝末年被派往美國任職，從而認識了邱家小姐邱碧桐，她也是陳香梅的外祖母。廖恩燾和邱碧桐在三藩市結婚，兩人相伴到八十多歲。

〔2〕碧浸壺天漾曉霞："碧浸"指桃花枝供於綠琉璃瓶中，同時暗寓此桃花為夫人"碧桐君"所"浸"的雙關含意。"壺天"，傳說東漢時費長房為市掾，市中有老翁賣藥，懸一壺於肆頭，市罷，跳入壺中。長房於樓上見之，知為非常人。次日復詣翁，翁與其俱入壺中，唯見玉堂嚴麗，旨酒甘肴盈衍其中，共飲畢而出。事見《後漢書·方術傳下·費長房》。後世即以"壺天"比喻人間仙境、勝境。王安石《上元戲呈貢父》詩："別開閶闔壺天外，特起蓬萊陸海中。"而"漾曉霞"則謂緋紅的朝霞映照蕩漾在湖面上。唐毛文錫《更漏子·春夜闌》："宵霧散，曉霞暉，梁間雙燕飛。"此詞之"曉霞"亦可指"曉霞妝"，是古時婦女的一種美容妝。南唐張泌《妝樓記·曉霞妝》："夜來初入魏宮，一夕文帝在燈下詠，以水晶七尺屏風障之，夜來至，不覺面觸屏上，傷處如曉霞將散，自是宮人俱用臙脂倣畫，名曉霞妝。"喻桃花像化了曉霞妝的美女，教人看得心神搖盪。

〔3〕瑩然源裏見、舊仙娃：瑩然，光潔貌，形容桃花光潔明亮的樣子。《晉書·樂廣傳》："此人之水鏡，見之瑩然，若披雲霧而覩青天也。""源裏見"，謂好像曾在桃花源裏見過。仙娃，指艷麗的女子。"舊仙娃"，指昔日邂逅過的美女。宋胡浩然《東風齊著力·除夕》詞："處處笙簧鼎沸，會佳宴，坐列仙娃。"

〔4〕笑紅微減去年些，知換盡、塵世幾繁華："笑紅微減去年些"，此句一語雙關，寫來亦花亦人。詞人表面是寫自己笑今年的桃花顏色好像不及去年緋紅嬌艷，實則暗喻夫人"碧桐君"因長年勞累而致風姿稍減，是以人花俱見遜色亦屬理所當然。而"知換盡、塵世幾繁華"同樣語帶雙關，表面寫桃花歷盡塵世幾

許繁華，實則寓夫婦二人經歷內戰"亂世"得以倖存至今的深沉感慨於其中。

〔5〕浴罷絳籠紗：浴罷，洗浴完畢。絳，指紅色的蠟。白居易《和微之春日投簡陽明洞天五十韻》："柳眼黃絲纇，花房絳蠟珠。"而"籠紗"謂以輕紗籠罩某物。明沈天孫《禎桐》詩："丹須吐舌迎風豔，絳蠟籠紗照月空。"這裏指桃花供在水瓶中，就像新浴後的美人披著輕紗般惹人遐想。

〔6〕凝妝窺寶鏡、鬌鬟斜：凝妝，指盛裝或華麗的裝飾。王昌齡《閨怨》詩："閨中少婦不知愁，春日凝妝上翠樓。"窺寶鏡，謂攬鏡自照。鬌鬟斜，指頭髮半垂下來貌。此句寫桃花像美女凝妝的嬌態，藉以與小序所云"嬌艷似人"相呼應。

〔7〕今宵夢擁泛虹艖："泛艖"，多作泛槎，指乘木筏登天。晉張華《博物志》卷三載，相傳天河通海，有居海渚者見每年八月海上有木筏來，因登木筏直達天河，得見牛郎織女。後遂以"泛槎"指凡人乘木筏登天。元鄧文原《題謝氏通濟橋》詩："泛槎客去銀河近，題柱人歸玉壘高。"而"今宵夢擁泛虹槎"實乃"泛虹槎今宵夢擁（桃仙）"之倒裝句，寫詞人忽發奇想，期待今夜能做個好夢，可以乘木筏登天擁抱著桃花仙子。

〔8〕嘗櫻顆、香滑似胡麻：櫻顆，指櫻桃。范仲淹《詠蚊》："飽似櫻顆重，饑如柳絮輕。"而"胡麻"則為"胡麻飯"的簡稱，指用胡麻炊成的飯。相傳東漢永平年間，剡縣人劉晨、阮肇入天臺山采藥，遇二女子邀至家，食以胡麻飯。留半年，迨還鄉，子孫已歷七世。此典故見南朝劉義慶《幽明錄》及《太平廣記》卷六一引《神仙記》。後因以"胡麻飯"喻仙人的食物。唐姚合《過張雲峰院宿》詩："不吃胡麻飯，杯中自得仙。"此詞末句承接前述"今宵夢擁泛虹槎"句意，詞人謂自己就像劉晨、阮肇入天臺山遇仙女那樣好福氣，得享櫻顆與胡麻飯等仙家美食。

【評　析】

這詞作於庚寅（1950）春，是一首處處語帶雙關的詠物之作。上片筆筆亦花亦人，處處語帶雙關，行文針線細密，虛實相生，別出心裁。下片因花入夢，浮想聯翩，既描繪出桃花的神韻，又處處不忘與小序所云"嬌艷似人"緊密照應。全詞緊扣題意，不乏奇思妙想。詠物而不凝滯於物，是詠物詞中的一篇佳作。

（周兼善箋注）

點絳唇　久不晤伯端，[1]前題戲成一解卻寄。

　　不見劉郎，黛蛾顰損春風面。[2]瓏璁一片。[3]翠影橫波翦。[4]　　痕漲前溪，細浪搖歌扇。[5]盦漪濺。[6]燭光寒顫。約鬪紅深淺。[7]

【箋　注】

〔1〕伯端：劉景堂（1887—1963），號伯端，廣東番禺人。曾任職廣東學務公所，1911年廣州黃花崗事起後來港，任香港華民署文案。公餘之暇學詞，多與陳步墀、汪兆銓、黎國廉等唱和，又嘗加盟南社。戰時遠走桂林，戰後回港。1950年與廖恩燾等組堅社推動詞學。劉詞語淺情深，婉約渾成，境界自高，有《滄海樓詞》傳世。

〔2〕不見劉郎，黛蛾顰損春風面：劉郎，本指劉晨，相傳東漢永平年間，剡縣人劉晨、阮肇入天臺山采藥，遇二女子邀至家，食以胡麻飯。留半年，迨還鄉，子孫已歷七世。此典故見南朝劉義慶《幽明錄》及《太平廣記》卷六一引《神仙記》。此處以"劉郎"喻劉伯端。後句"黛蛾"即青蛾，指以青黛畫的眉毛，

常用以指女子的雙眉。"顰損春風面",謂女子因相思之苦,終日愁眉緊皺,令花容為之失色。辛棄疾《滿庭芳·傾國無媒》:"入宮見妒,古來顰損蛾眉。"詞人藉著中國文學的"香草美人"傳統表現手法,以"黛蛾顰損春風面"自喻其對劉伯端的思念之情,從而與首句所云"不見劉郎"互相呼應。

〔3〕瓏璁一片:瓏璁亦作蘢蔥或蔥蘢,草木青翠而茂盛貌。晉郭璞《江賦》:"潛薈蔥蘢。"元揭傒斯《題桃源圖》詩:"煙髏俄變滅,草樹杳蘢蔥。"

〔4〕翠影橫波翦:翠影,形容女子的身影。橫波,形容女子眼神流動。宋王觀《卜算子·送鮑浩然之浙東》:"水是眼波橫,山是眉峰聚。"翦,通淺,意謂不深不厚。"翠影橫波翦",因女子"不見劉郎",沒有意中人與其"目成",故眼神流動也難免略欠情深款款韻致。詞人自喻"不見劉郎"使雅興大減。

〔5〕痕漲前溪,細浪搖歌扇:"痕漲前溪"化用了宋俞桂《和樂天初夏韻》"雨腳來山岫,溪痕漲岸沙"後句之意,謂前溪水漲後在岸邊的沙灘上留下痕跡。"細浪搖歌扇"則直接襲用杜甫《城西陂泛舟》詩中"魚吹細浪搖歌扇"之成句,意謂小魚吹吐著氣沫,水中的小船搖著船槳前進。

〔6〕奩漪濺:奩,本指古代女子盛梳妝用品的匣子,惟此處"奩"當指"香奩"而偏取其"香"之義。蓋"香奩體"乃詩體之名,唐韓偓喜詠閨女宮娃窈窕臙脂之態,其集名《香奩集》,其風格名"香奩體"。嚴羽《滄浪詩話》云:"香奩體,韓偓之詩,皆裾裙脂粉之語,有《香奩集》。"此句"奩漪濺",謂帶香氣的漪瀾(即水波)向岸邊飛濺過來。此處藉女子日夕盼望情郎早日前來找她,喻詞人盼望早日得見"劉郎"的殷切思念之情。

〔7〕燭光寒顫。約鬥紅深淺:"燭光寒顫"喻紅豔的燭光在風中搖幌似打著寒顫。而"約鬥紅深淺"則暗用了宋王之道《蝶戀花》"杏靨桃腮俱有覼。常避孤芳,獨鬥紅深淺"詞意。"杏靨桃

腮"，指臉似杏花白，腮如桃花紅，形容女子容貌豔麗。"俱有覛"謂都有些害羞、不自然、難為情之意。覛，亦作"覛䁯"。詞中那位因思念情郎而害羞的女子忽發奇想，要約紅燭跟她比試，看看她那泛紅的桃花臉紅些還是燭光的紅焰紅些。

【評　析】

此詞作於庚寅（1950）春，從小序"久不晤伯端。前題戲成一解，卻寄"所云，可見這篇作品只是跟詞友劉伯端開玩笑的文字遊戲之作，通篇寄興不深，或可聊博詞友一粲而已。

（周兼善箋注）

瑞鶴仙　錢浣香樹棻法學博士，任粵民政司司長，棄官為律師垂四十年。近結廬長洲島，移家隱居。子乃文、乃信法學博士，乃仁建築工程師。今年二月，翁伉儷七十壽，撰此祝焉。

蕙風熏繡陌。正伯鸞德曜，齊眉七十。[1]蘭階三鳳集。兩箕裘克紹，刑明教弼。[2]良工其一，廣儲材、更堪建國。[3]羨翁為、天下持衡，卻又家傳繩尺。[4]　　因憶。鼇海槎回，光緒末葉翁隨伍使廷芳持節海外。功在枌鄉，民懷政績。[5]縈心泉石。視冠帶、等羈勒。[6]厭訟庭花落，鹿車同載，洲看鷺邊山色。[7]喜從今、供養煙雲，享齡二百。[8]

【箋　注】

〔1〕蕙風熏繡陌。正伯鸞德曜，齊眉七十：前句"蕙風"指和暖的春風。熏，同薰，指風柔和地吹來。晉左思《魏都賦》："蕙風如薰。"注："風至之貌也。""繡陌"喻華麗如繡的市街。宋祁

《玉漏遲·杏香飄禁苑》：“皇都春早。燕子來時。繡陌漸熏芳草。”中句“正伯鸞德曜”，用梁鴻孟光典故。漢代梁鴻、孟光，夫婦相敬如賓，貧賤而志不移。舊時作為賢夫婦的典型，用以代稱賢夫婦。後句“齊眉七十”，“齊眉”仍用梁鴻孟光“舉案齊眉”故實。案，盛食物的短足木盤。據《東觀漢記·梁鴻傳》載：“鴻字伯鸞，與妻孟光（字德曜）隱居避患，適吳，依大家廡下，為賃舂。每歸，妻為具食，不敢於鴻前仰視，舉案常齊眉。”亦見《後漢書》本傳。後以“舉案齊眉”為夫婦相敬的典故。此處用“齊眉七十”譽錢樹棻伉儷直至七十高齡仍能彼此相敬如賓，恩愛如昔。

〔2〕蘭階三鳳集。兩箕裘克紹，刑明教弼：前句“蘭階三鳳集”，指錢樹棻伉儷三子俱能成材。“蘭階”為“蘭階吐秀”之縮略語，用於祝賀人得賢子的賀辭。“鳳集”乃“鸞翔鳳集”之縮略語，比喻優秀的人才匯聚在一起。晉傅咸《申懷賦》：“穆穆清禁，濟濟群英。鸞翔鳳集，羽儀上親。”後二句“兩箕裘克紹，刑明教弼”，謂其中二子能繼承父業，俱為“法學博士”，任職法官，藉以與詞序所云“錢浣香樹棻法學博士，任粵民政司司長，棄官為律師垂四十年。……子乃文、乃信法學博士”相呼應。

〔3〕良工其一，廣儲材、更堪建國：詞序謂錢樹棻伉儷另一子乃仁為建築工程師，首句藉“良工其一”與之照應。後句“廣儲材、更堪建國”，指乃仁既為建築工程師，當會儲其有用之“材”，為貢獻國家之用。

〔4〕羨翁為、天下持衡，卻又家傳繩尺：前句“羨翁為、天下持衡”，意謂詞人羨慕錢樹棻歷年均能在政法界執掌權柄。“持衡”為“持衡擁璿”之縮略語，比喻執掌權柄。璿、衡，北斗七星中的二星名。《北齊書·文宣帝紀》：“昔放勳馳世，沉璧屬子；重華握曆，持衡擁璿。”宋林逋《知縣李大博替》詩：“相門如有相，他日願持衡。”後句“卻又家傳繩尺”，謂作者欣賞錢樹

菜家傳的規矩、法度歷久不墜，得以世代相傳。“繩尺”乃“矩矱繩尺”之縮略語，矩、矱、繩、尺四者為畫方與直線的工具，引申為規矩、法度之意。朱彝尊《沈明府不羈集序》：“分體制之正變，範圍之，勿使逸出矩矱繩尺之外。”

〔5〕因憶。鼇海槎回，功在枌鄉，民懷政績：“因憶”謂因而令我勾起回憶。“鼇海槎回”，原注云“光緒末葉翁隨伍使廷芳持節海外”，闡明錢樹菜曾隨伍廷芳前往海外出任外交官，其後才乘船返回中國。鼇海，指大海。傳說中鼇為海中神龜，因稱。唐黃滔《水殿賦》：“還如玉關，控鼇海以崢嶸；稍類雲樓，拔蜃江而聳峙。”槎回，指乘船歸來。後二句“功在枌鄉，民懷政績”，稱讚錢樹菜為官愛民若子，有功於家鄉，故甚獲鄉民擁戴。“功在枌鄉”，含“枌鄉碩望”之意。漢高祖劉邦的故鄉叫枌榆社，後人因稱家鄉為“枌鄉”。“民懷政績”謂錢氏離任後，鄉民猶念念不忘他的政績。二句與詞序云錢樹菜曾“任粵民政司司長”緊密照應。

〔6〕縈心泉石。視冠帶、等羈勒：縈心，牽掛在心；泉石，指山水。宋吳泳《沁園春·洪都病中讀劉潛夫詞而壯之因和一首寄呈》：“今耄矣，獨尊鑪在夢，泉石縈懷。”前句“縈心泉石”本指歸隱於山水之間，此處喻錢氏掛冠而去。後句之“冠帶”指官服，引申喻官職。“羈勒”喻束縛。南朝謝靈運《擬魏太子〈鄴中集〉詩之陳琳》：“單民易周章，窘身就羈勒。”而“視冠帶、等羈勒”則謂錢氏平生視任官職為束縛與負累，早在四十年前已辭官轉任律師，藉以照應詞序“棄官為律師垂四十年”所云。

〔7〕厭訟庭花落，鹿車同載，洲看鷺邊山色：“訟庭花落”原指唐代的何易做益昌令時，為官清明，政簡刑輕，沒有人來告狀，民眾稱讚他“花落訟庭閑，草生囹圄靜”（典出《幼學瓊林》）。而此處“厭訟庭花落”，則謂錢氏在“棄官為律師垂四十年”後，已對與庭訟有關的工作萌生倦意。中句“鹿車同載”亦作“鹿

車共挽",舊時用以稱讚夫妻同心,安貧樂道。後句"洲看鷺邊山色",謂錢樹棻伉儷移居長洲島,今後可日夕看海鳥與山色,其樂無窮,從而與詞序所云"近結廬長洲島,移家隱居"前後呼應。

〔8〕喜從今、供養煙雲,享齡二百:"供養煙雲"亦作"煙雲供養",本指道家卻食吞氣以祈長生,後亦指山水畫之欣賞或徜徉於山水間也有怡情養生之效果。錢大昕《梁山舟前輩八十》詩:"占得西湖第一峯,煙雲供養幾千重。門懸曼碩山舟字,人識坡公笠屐展容。"王士禎《香祖筆記》卷十二:"予因思昔人如秦少遊觀《輞川圖》而愈疾,而黃大癡、曹雲西、沈石田、文衡山輩,皆工畫,皆享大年,人謂是煙雲供養。"前句祝福錢樹棻伉儷移家隱居長洲可獲怡情養生之效果;後句"享齡二百"則祝頌錢氏伉儷俱能得享百齡高壽,二人合共可"享齡二百",並通過這句善頌善禱的吉祥祝頌語以收結全篇。

【評 析】

此詞作於庚寅(1950)春,從小序所云,已清楚說明此詞的作意。通篇充溢著讚美祝福的吉祥用語,所言符合雙方身分與交情。而此闋壽詞雖屬應酬之作,但在藝術上仍頗具特色,諸如用典貼切、議論得當、巧譬善喻,並善於因人因地因時因事而借題發揮等,凡此皆為其可取之處,不失為一首切題應景的得體之作。上片通過回憶頌揚錢樹棻在政法界的貢獻,並祝頌錢氏伉儷在長洲生活優遊,俱能並享百齡高壽,從而自然而不刻意地收結全篇。

(周兼善箋注)

夢江南

掬錦瑟,掬罷玉纖冰。[1]冰膚柔腸渾寸熱,[2]鑄金為淚不妨成。[3]只問向誰傾。[4]

【箋　注】

〔1〕撝錦瑟，撝罷玉纖冰：撝錦瑟，彈撥、彈奏錦瑟。撝罷，彈奏
完畢。玉纖冰，纖細如玉、晶瑩似冰的手指，常用以指美人的
手。朱孝臧《三姝媚·江城寒食後》：“金縷休催，摘索空枝，
玉纖冰透。”而此句“玉纖冰”之“冰”字也可解作美人冰涼
的雙手。

〔2〕冰臆柔腸渾寸熱：渾，有“全、都、皆”之意。此句承前句詞
意，謂儘管美人的纖纖玉手在彈罷錦瑟後仍見冰冷，但她的內
心此刻卻難復平靜，寸寸柔腸都感到非常熾熱。

〔3〕鑄金為淚不妨成：疑其故實出自《北史·后妃上》：“道武宣穆
皇后劉氏，劉眷女也。登國初，納為夫人，生華陰公主，後生
明元。后專理內事，寵待有加，以鑄金人不成，故不登后位。
……明元昭哀皇后姚氏，姚興女西平長公主也。明元以后禮納
之，後為夫人。后以鑄金人不成，未升尊位，然帝寵禮如后。”
此句“鑄金為淚不妨成”，蓋謂昔日北魏宮廷后妃須通過“手鑄
金人”成功才得以立為皇后，而成功背後的辛酸苦楚其實不足
為外人道。

〔4〕只問向誰傾：此句承前“鑄金為淚不妨成”詞意，謂后妃“手
鑄金人”過程中的艱辛並非不想向他人透露，然而為求自保，
實有必要嚴選傾訴對象，必須看清楚那個人是否值得信賴，也
就是說必須認真考慮“只問向誰傾”的問題，只有這樣小心翼
翼才不會遭到奸人所害。

【評　析】

此詞作於庚寅（1950）春，惟通篇詞旨過於晦澀，行文照應若
即若離，若有若無，加上並無詞序簡介此詞作意，因此作者所寄寓
的感慨恐怕外人不易索解。此詞短小精悍，借景抒情，寫來疑幻疑

真，似實猶虛。劉大白《虞美人》之"屈指微搊錦瑟弦。弦弦如訴舊悲歡。惱人心事莫輕傳"，容或能道出其中一二玄機歟！

（周兼善箋注）

前　調

　　吹翠笛，吹罷口脂香。[1] 香記年時新浴後，[2] 幾回吞吐語荀郎。[3] 熨體勝蘭湯[4]。

【箋　注】

〔1〕吹翠笛，吹罷口脂香：此二句點明吹奏翠笛者是女子，故一曲吹罷才會在翠笛上留下口脂的餘香。用於唇妝的物品在古代稱"唇脂"或"口脂"，相當於今天的口紅，這在東漢劉熙《釋名·釋首飾》中便有記載。韋莊《江城子》云："朱唇動，先覺口脂香。"宋汪元量《湖州歌九十八首之三十九》詩亦云："翠鬟半嚲倦梳妝，楊柳風前陣陣涼。弦索懶拈縮纖手，龍涎猶嚼口脂香。"

〔2〕香記年時新浴後：年時，謂當年、往年時節之意。王羲之《雜帖一》："吾服食久，猶為劣劣，大都比之年時，為復可耳。"唐盧殷《雨霽登北岸寄友人》詩："憶得年時馮翊部，謝郎相引上樓頭。"而"浴"的本義是洗澡，"新浴"則是指剛洗過澡。如《楚辭·漁父》中說"新浴者必振衣"，意思是說剛洗過澡的人一定要抖抖衣服上的灰塵，然後再穿上。此句承前"香"之詞意，謂美人回憶起當年自己"新浴"後身上香氣襲人。

〔3〕幾回吞吐語荀郎：幾回吞吐，謂欲言又止，形容說話不乾脆。"語荀郎"，告訴情郎。"荀郎"指荀粲，因對妻子情深義重，後世遂以"荀郎"喻有情郎。有關典故見劉義慶《世說新語·傷逝第十七》："荀奉倩與婦至篤，冬月婦病熱，乃出中庭自取冷，

還以身熨之。婦亡，奉倩後少時亦卒。以是獲譏於世。奉倩曰：
'婦人德不足稱，當以色為主。'裴令聞之，曰：'此乃是興到之
事，非盛德言，冀後人未昧此語。'"宋劉克莊《憶秦娥·泥滑
滑》亦云："荀郎衣上香初歇。蕭郎心下書難說。"

〔4〕熨體勝蘭湯：此句"熨體"承前"幾回吞吐語荀郎"詞意，謂
"荀郎"為治療妻子曹氏所患的熱病，便一再在寒冬時分脫去上
衣，走到庭中把身子弄冷，然後折返家中抱著妻子為她降溫。
"蘭湯"，指沐浴於蘭湯中，即用香草水洗澡。古人認為蘭草可
滌除不祥，故以蘭湯潔齋祭祀。《大戴禮記·夏小正》："五
月⋯⋯蓄蘭，為集浴也。"《楚辭·九歌·雲中君》："浴蘭湯兮沐
芳，華采衣兮若英。"王逸注："蘭，香草也。"《初學記》卷十三
引劉義慶《幽明錄》："廟方四丈，不墉，壁道廣四尺，夾樹蘭
香。齋者煮以沐浴，然後親祭，所謂'浴蘭湯'。"此句"熨體
勝蘭湯"意謂難得有情郎對己體貼憐愛，而"荀郎"之心香更
令人永誌難忘，遠勝於沐浴於芬芳的蘭湯之中。

【評 析】

此詞與前篇同作於庚寅（1950）春，惟其詞旨較為明白曉暢，
起碼在表層意義上並無晦澀難懂之弊。行文照應亦見承接緊密，連
貫性較強。此詞描繪女子的儀容嬌態栩栩如生，活靈活現；寫女子
的羞態與含蓄心事亦能曲盡其妙，真切動人，在表現手法上頗能予
人以小見大，言有盡而意無窮的文學美感。

（周兼善箋注）

菩薩蠻 山園桃花盛開，明霞返映，作深紫色。前輩句云
"花近霞光不敢紅"，殆不盡然矣！感拈此令。

天公惡紫將朱奪。肯教霞礙花光發。[1]靧面記唐宮，桃

花色特紅。^{〔2〕}　　人憐花命薄，不見仙源落。^{〔3〕}扇底使翻歌，酡顏添笑渦^{〔4〕}。

【箋　注】

〔1〕天公惡紫將朱奪。肯教霞礙花光發：前句即成語"惡紫奪朱"之意。奪，亂的意思；朱，大紅色。蓋古人認為紫是雜色，紅才是正色。原指厭惡世人以邪代正。後以喻以邪抑正，或以異端充正理。語見《論語·陽貨》："惡紫之奪朱也；惡鄭聲之亂雅樂也；惡利口之覆邦家者。"此詞之小序曾云"山園桃花盛開，明霞返映，作深紫色"，故有後句"肯教霞礙花光發"，意謂上天寧願讓紅霞發出耀眼的光芒蓋過桃花的豔光，也不想讓深紫色的桃花在山園中獨領風騷。

〔2〕靧面記唐宮，桃花色特紅：前句"靧面"，指洗臉；記唐宮，謂記起李白在唐宮中被玄宗左右侍從以水靧面的歷史故事。《全唐詩》云："有詔供奉翰林，白猶與酒徒飲於市。帝坐沈香亭，於意有所感，欲得白為樂章。召入，而白已醉，左右以水頮面。稍解，投筆成文，婉麗精切。帝愛其才，數宴見。"蓋"左右以水頮面"，是指皇帝身旁的人（大概是宦官）用水洗李白的臉，以使他清醒。後句"桃花色特紅"，謂李白當日酒醉時的"酡顏"，應比園中盛開的桃花更紅。

〔3〕人憐花命薄，不見仙源落：前句謂作者想到"花無百日紅"的俗諺，認為世人都會像他那樣憐愛這些薄命桃花。而後句"仙源"，特指陶淵明《桃花源記》所描繪的理想境地桃花源，王維《桃源行》："春來遍是桃花水，不辨仙源何處尋。"而"仙源"也可指避亂之地，吳梅村《避亂》詩之一云："白雲護仙源，劫灰應不擾。"惟陶淵明《桃花源記》嘗云："晉太元中，武陵人捕魚為業。緣溪行，忘路之遠近。忽逢桃花林，夾岸數百步，中無雜樹，芳草鮮美，落英繽紛。漁人甚異之。"詞人不禁慨嘆

世上有幾人能像武陵漁郎那樣幸運，可以在避亂之地桃花源中得睹 "落英繽紛" 的 "仙源" 奇景呢？

〔4〕扇底使翻歌，酡顏添笑渦：此二句屬追憶語，巧妙地襲用了晏幾道《鷓鴣天》"彩袖殷勤捧玉鐘，當年拚卻醉顏紅。舞低楊柳樓心月，歌盡桃花扇底風" 之詞意，而又不露痕跡。蓋晏詞娓娓道出一段風花雪月的美麗往事。鳳舒先生在這兩句中以晏幾道公子自況，承前詞意從眼前的桃花想到桃花源，再進而想到與桃花扇有關的年少風流韻事。行文騰挪變化，可謂出人意表。

【評　析】

此詞作於庚寅（1950）春，從詞序所云，可知此篇以詠桃花為主，詞中藉著連串與桃花有關的典故，通篇寫來亦花亦人，人花俱到，並含蓄地寄寓了作者幽微的感懷於其中。

（周兼善箋注）

惜奴嬌　陳蘭甫先生[1]登華首臺賦詞，得 "羅浮睡了" 四字[2]。潘老蘭[3]為依梅溪均，足成《雙雙燕》一闋[4]，人境廬主人[5]與余皆有和作。此五十年前事矣。近鄉人告以羅浮寺觀為萑苻盤踞作巢穴[6]，不禁唶然。拈梅溪此調聲均成吟，示伯端、粟秋。

鞭叱飛雲，喚熟睡、山靈醒。[7]騷魂跨煙藤躡嶺。[8]覷得梅香，正怯問、梅開信。[9]難靜。見髯龍、寒潭怒影。[10]五龍潭在華首臺側。　　鬘亂釵欹，似酒後、嬌扶病。[11]懸崖上、空教引領。[12]洞蝶慵迎，蝠嬾是、巖棲性。[13]胡蝶洞蝙蝠巖皆在羅浮。厭聽。雷鼓與、泉琴響並。[14]

【箋 注】

〔1〕陳蘭甫先生：陳澧（1810—1882），清代著名學者。字蘭甫、蘭浦，號東塾，學者稱東塾先生。廣東番禺人，出生於廣州木排頭。清道光十二年（1832）舉人，六應會試不中。先後受聘為學海堂學長、菊坡精舍山長。於天文、地理、樂律、算術、古文、駢文、填詞、書法，無不研習，著述達一百二十餘種，著有《東塾讀書記》、《漢儒通義》、《聲律通考》等。

〔2〕登華首臺賦詞，得"羅浮睡了"四字：語見陳蘭甫《醉吟商·龍溪書院門外見羅浮山》："漸坐到三更，月影正穿林杪。水邊吟嘯。此際無人到。一片白雲低罩。羅浮睡了。"

〔3〕潘老蘭：潘飛聲（1858—1934），字蘭史，一字劍士，號獨立山人，別署老蘭、老劍。廣東番禺人。早年師從葉衍蘭學詞，舉經濟特科。曾遊學德國。後入南社，與高天梅、俞劍華、傅屯艮並稱"南社四劍"。有《海山詞》、《花語詞》、《珠江低唱》、《長相思詞》各一卷，總名《說劍堂詞》。又有《粵詞雅》一卷，主編《粵東詞鈔》三編。香港《華字日報》、《實報》主筆。長於詩詞書畫，善行書，蒼秀遒勁。詩筆雄麗，時有奇氣，與羅癭公、曾剛甫、黃晦聞、黃公度、胡展堂並稱為"近代嶺南六大家"。

〔4〕為依梅溪均，足成《雙雙燕》一闋：謂潘飛聲用了史達祖的原韻，以"羅浮睡了"開篇，寫成一闋完整的《雙雙燕·和黃公度韻》詞。原詞云："羅浮睡了，看上界沉沉，萬峰未醒。喚起霜娥，照得山河盡冷。白遍梅田千井，見玉女、青青兩鬢。恰當天上呼船，倒臥飛雲絕頂。　　仙洞有人賦隱。羨蝴蝶雙棲，翠屏安穩。煙扃擬叩，還隔花深松暝。誰揭瑤臺明鏡。應畫我、高寒瘦影。指他東海火輪，只是蓬萊塵境。"

〔5〕人境廬主人：即黃遵憲（1848—1905），晚清詩人，外交家、政

治家、教育家。字公度，別號人境廬主人，廣東梅州人，光緒
二年舉人，歷充駐日參贊、三藩市總領事、駐英參贊、新加坡
總領事，戊戌變法期間署湖南按察使，助巡撫陳寶箴推行新政。
工詩，喜以新事物熔鑄入詩，有"詩界革新導師"之稱。黃遵
憲有《人鏡廬詩草》、《日本國志》、《日本雜事詩》等。被譽為
"近代中國走向世界第一人"。

〔6〕為崔苻盤踞作巢穴：崔苻喻盜賊、草寇，指羅浮寺觀近日已為
盜賊盤踞作巢穴。據《左傳》記載，游吉，字太叔，春秋時鄭
國正卿，美秀而文，熟於典故，繼子產爲政，"不妨猛而寬。當
時鄭國多盜，取人於崔苻之澤，太叔悔之，曰：'吾早從夫子
（按，指子產），不及此。'後與徒兵以攻崔苻之盜，盡殺之，盜
少止"。謂當日鄭、宋一帶流民結集在崔苻之澤（今河南中牟東
北）。游吉大發徒兵，前往鎮壓，自此盜賊的氣焰才有所收斂。

〔7〕鞭叱飛雲，喚熟睡、山靈醒：前句"鞭叱"指鞭撻呵斥，引申
為驅使之意。黃仲則《懷方仲介閬中》詩："兩曜孰鞭叱，盛時
不我留。"而"飛雲"當指羅浮主峰飛雲頂。前句"鞭叱飛雲"
喻詞人想藉著呼喝聲把羅浮山的主峰飛雲頂喚醒；後句"喚熟
睡、山靈醒"，則有把熟睡中的山靈喚醒之意。二句俱與詞序所
云"羅浮睡了"緊密呼應。

〔8〕騷魂跨煙藤躡嶺：騷魂，指屈原，也可泛指死去的詩人。元阮
忠彥《追挽陳岑樓》詩："欲酹騷魂何處是，煙波萬頃使人愁。"
龔自珍《己亥雜詩》之一〇五："生還重喜酹金焦，江上騷魂亦
可招。"躡，踩、踏的動作，指輕步行走的樣子。此句謂羅浮山
的煙藤峻嶺間似有歷代的"騷魂"盤旋於其中，顯得甚具文化
氣息。

〔9〕齅得梅香，正怯問、梅開信："齅得梅香"，齅，同嗅，指聞到
梅花的香氣。"正怯問、梅開信"，謂正因自己膽小，所以沒有
勇氣向別人詢問梅花是否已開放的消息。

〔10〕難靜。見髯龍、寒潭怒影:難靜,指內心與潭面同樣難復平靜。髯龍,指虯枝盤曲的松樹。蘇軾《杜輿秀才學種松法》詩:"露宿泥行草棘中,十年春雨養髯龍。"後句"見髯龍、寒潭怒影",指虯枝盤曲的松樹倒映在充滿寒意的水潭裡,好像面帶怒容的樣子。

〔11〕鬢亂釵欹,似酒後、嬌扶病:欹,指傾斜不正。《荀子·宥坐》:"吾聞宥坐之器者,虛則欹,中則正,滿則覆。"前句"鬢亂釵欹",指女子頭髮凌亂,釵飾傾斜的樣子。吳文英《踏莎行·潤玉籠綃》:"榴心空疊舞裙紅,艾枝應壓愁鬢亂。"扶病,指強行支撐病體,亦指帶病工作或行動。《禮記·問喪》:"身病體羸,以杖扶病也。"唐包佶《答竇拾遺臥病見寄》詩:"今春扶病移滄海,幾度承恩對白光。"後句"似酒後、嬌扶病",承前"見髯龍、寒潭怒影"詞意,謂此景象就如女子不勝酒力而強扶著病體一樣。

〔12〕懸崖上、空教引領:引領,帶領、指示方向。此句意謂羅浮山地勢險要,遊人在懸崖上行走時,不能光靠嚮導帶領,自己仍須小心翼翼,以防萬一。

〔13〕洞蝶慵迎,蝠嬾是、巖棲性:羅浮山有蝴蝶洞,四時出彩蝶;"洞蝶慵迎",指棲息於山洞裡的蝴蝶,這日也懶得前來迎接訪客。宋祁《偶作二首》其一:"白眼慵迎客,青泥倦補書。"後句"蝠嬾是、巖棲性",指蝙蝠因素具巖棲特性,同樣也懶得走出戶外迎接遊山客。

(14) 厭聽。雷鼓與、泉琴響並:雷鼓,指天上打雷或雷聲。《管子·內業》:"不言之聲,疾於雷鼓;心氣之形,明於日月。"枚乘《七發》:"混混庉庉,聲如雷鼓。"李善注:"混混庉庉,波浪之聲也。""雷鼓"亦可指大鼓發出的如雷鼓聲,或用以喻干戈不息。唐盧綸《和張僕射塞下曲》之四:"野幕敞瓊筵,羌戎賀勞旋。醉和金甲舞,雷鼓動山川。"此句"厭聽。雷鼓與、泉琴響並”，表面是說作者游山時剛巧碰到天上打雷，震耳欲聾的雷聲與山泉如琴韻般的流水響聲交織在一起，令他感到大殺風景，表明他不想聽到這種煮鶴焚琴的交織音響。而其深層意義或有藉“雷鼓”隱喻羅浮寺觀近日為盜賊盤踞作巢穴，戰亂迄未平息，故文末有“厭聽”之言。

【評　析】

此詞作於庚寅（1950）春，小序清楚交代了此詞的創作始末，可知此詞主要緣於羅浮寺觀近日為盜賊盤踞作巢穴，令詞人感喟不已，並因而憶起五十年前與詞友曾依梅溪《雙雙燕》韻同詠羅浮山的風雅往事，故有此作。上片描繪出羅浮一派澄澈靜穆的景象，頗能予人幽邃空明，清寂冷絕之感。下片承前詞意，層層用曲筆推進，亟寫羅浮山中花深松暝，彩蝶蝙蝠俱懶迎遊山客，進而婉轉帶出詞人對當時干戈未平，治安不靖的感喟與無奈。寫來不落俗套，手法出人意表。

（周兼善箋注）

燭影搖紅　庚寅三月初三夜紀事寓意

隔斷橫波，絳河一線紅牆迴。[1]悄然飛櫂到嬌邊，眉月猜弓影。[2]鐵馬篝聲寂靜，過花陰、驚魂乍定。[3]彭郎偏記，奪小姑回，那時門徑。[4]　　直入犀帷，降如青鳥無人省。[5]相思幾度倚幽欄，今也駕同命。[6]只是雲殘雨冷，又妨伊、墜鈿恨井。[7]海棠春睡，亂叫鄰雞，爭堪不醒。[8]

【箋　注】

〔1〕隔斷橫波，絳河一線紅牆迴：橫波，形容女子眼神流動。宋王

觀《卜算子·送鮑浩然之浙東》：“水是眼波橫，山是眉峰聚。”前句謂作者不能與所愛的女子四目交投，彼此難有眼神接觸。後句之“絳河”即銀河，又稱天河、天漢。古代觀天象者以北極為基準，天河在北極之南，南方屬火，尚赤，因借南方之色稱之。《漢武帝內傳》：“上元夫人遣侍女答問云：‘阿環再拜，上問起居。遠隔絳河，擾以官事，遂替顏色，近五千年。’”元稹《月三十韻》：“絳河冰鑒朗，黃道玉輪巍。”蘇軾《浣溪紗·花滿銀塘水漫流》：“今宵人在鵲橋頭，一聲敲徹絳河秋。”而“絳河一線”喻有情男女被分隔兩地。“紅牆迥”則喻宮禁朱紅色的高牆與外面咫尺天涯，予人距離竟是如此遙遠。李商隱《代應》詩：“本來銀漢是紅牆，隔得盧家白玉堂。”

〔2〕悄然飛櫂到嬌邊，眉月猜弓影：飛櫂，同“飛棹”，意指飛快地划槳。前句謂情郎靜悄悄地划槳飛快渡過絳河來到所愛女子的身邊和她相聚。後句之“眉月猜弓影”形容幽會中的男女容易疑神疑鬼，就算看到地上彎彎的新月影，也可能會誤以為是守衛的弓影，因而自相驚擾。

〔3〕鐵馬簷聲寂靜，過花陰、驚魂乍定：鐵馬，也稱簷鐵、簷馬、玉馬，指掛在宮殿、廟宇等屋簷下的銅片或鐵片，亦即懸於簷間的風鈴，風吹過時能互相撞擊發出聲音。黃仲則《中元僧舍》詩：“經魚沸夜潮，風馬戞簷鐵。”此句謂當時由於沒有風吹過，所以風鈴出奇地變得寂靜無聲。後句“過花陰、驚魂乍定”，頗能活現偷情男女在園中怕為人察覺的忐忑心情。

〔4〕彭郎偏記，奪小姑回，那時門徑：相傳清代湘軍名將彭玉麟為慶祝從太平軍手中奪得江西彭澤縣小孤山，曾寫了一首詩：“書生笑率戰船來，江上旌旗耀日開。十萬貔貅齊奏凱，彭郎奪得小姑回。”為什麼他要把小孤山寫成小姑山呢？原來彭玉麟這樣做是要巧借地理以抒情。蓋彭浪磯在江西彭澤西北臨長江處，與小孤山相對。好事者以“浪”作“郎”，以“孤”作“姑”，

二者諧音，就成了小姑山與彭郎磯；千古流傳，遂有"小姑前年嫁彭郎"之說，因俗呼彭郎磯。蘇軾《李思訓畫長江絕島圖》詩："峨峨兩煙鬟，曉鏡天新妝。舟中賈富莫漫狂，小孤前年嫁彭郎。"陸遊《入蜀記》："彭浪磯屬江州彭澤縣，三面臨江，倒影水中，亦占一山之勝。舟過磯，雖無風亦浪湧，蓋以此得名也。"顧祖禹《讀史方輿紀要·九江府·彭澤縣》："彭浪磯在縣北，聳立江濱，與小孤山相對，俗訛為彭郎，遂有小孤嫁彭郎之語。"玉麟姓彭，血戰小孤，不正是"彭郎奪得小姑回"麼？此三句謂如今重睹"那時門徑"，令"彭郎偏記"起了自己當年通過這裡"奪小姑回"的風流韻事。

〔5〕直入犀帷，降如青鳥無人省：犀帷，指裝有犀牛角飾的帳幔。宋史達祖《三姝媚·煙光搖縹瓦》："倦出犀帷，頻夢見、王孫驕馬。"前句"直入犀帷"，意謂情郎直接闖進女子的閨房中。後句之"青鳥"，指神話傳說中為西王母取食傳信的神鳥。《山海經·西山經》："又西二百二十里，曰三危之山，三青鳥居之。"郭璞注："三青鳥主為西王母取食者，別自棲息於此山也。"《藝文類聚》卷九一引舊題班固《漢武故事》："七月七日，上（漢武帝）於承華殿齋，正中，忽有一青鳥從西方來，集殿前。上問東方朔，朔曰：'此西王母欲來也。'有頃，王母至，有兩青鳥如烏，夾侍王母旁。"後遂以"青鳥"為信使的代稱。南朝伏知道《為王寬與婦義安主書》："玉山青鳥，仙使難通。"李商隱《無題》詩："蓬山此去無多路，青鳥殷勤為探看。"南唐李璟《山花子》："青鳥不傳雲外信，丁香空結雨中愁"。後句"降如青鳥無人省"，意謂這個直接闖進女子香閨的情郎，竟能來去自如，在此間"降如青鳥"而無人省識其行蹤。

〔6〕相思幾度倚幽欄，今也鴛同命：前句謂一雙鴛侶有好幾回各自倚在幽靜的欄杆上，消受著相思之苦。宋王希呂《學士院入直賦景物二首》之二："徒倚幽欄憑問訊，夏鶯飛出萬年枝。"後

句“鴛”即“鴛鴦”，比喻夫妻，司馬相如《琴歌》之一：“室邇人遐獨我腸，何緣交頸為鴛鴦。”溫庭筠《南歌子》詞：“不如從嫁與，作鴛鴦。”此處之“今也鴛同命”，意謂這對男女的緣分最終不如人意，未能如願以償。

〔7〕只是雲殘雨冷，又妨伊、墜缾恨井：前句“只是雲殘雨冷”，喻這對男女的情事如今已事過景遷。晏幾道《風入松·柳陰庭院杏梢牆》：“斷雲殘雨當年事，到如今、幾處難忘。”後句之“又妨伊”，意即又害了她、又累了她。“墜缾恨井”，缾同瓶，亦作“井底墜銀瓶”或“井底引銀瓶”；“銀瓶”指銀質的瓶，常用以比喻男女情事。語出自白居易《井底引銀瓶》詩：“井底引銀瓶，銀瓶欲上絲繩絕。石上磨玉簪，玉簪欲成中央折。瓶沉簪折知奈何？似妾今朝與君別。”此句意謂這雙戀人緣分已盡，以離異告終。

〔8〕海棠春睡，亂叫鄰雞，爭堪不醒：前句“海棠春睡”，形容美人鬢亂釵橫且有海棠不足眠之態。據宋釋惠洪《冷齋夜話》記載，唐明皇登沉香亭，召太真妃，於時卯醉未醒，命高力士使侍兒扶掖而至。妃子醉顏殘妝，鬢亂釵橫，不能再拜。明皇笑曰：“豈妃子醉，直海棠睡未足耳！”這是“海棠春睡”典故的由來。其後蘇東坡據此寫了一首《海棠》詩，“東風嫋嫋泛崇光，香霧空蒙月轉廊。只恐夜深花睡去，故燒高燭照紅妝”，進一步把“海棠春睡”人格化了。末二句“亂叫鄰雞，爭堪不醒”，謂不知不覺間曙光已露，作者亦因鄰雞亂叫而在好夢中被驚醒了。

【評　析】

此詞作於庚寅（1950）春，從小序所云“庚寅三月初三夜，紀事寓意”，相信這篇作品應寓有深層寄意。惟通篇僅藉男女情事為題材，緣情佈景，詞旨過於晦澀，感情深藏不露，寫來疑幻疑真。是以作者的寄興感慨他人或有霧裡看花之嘆，恐怕讀者不易索解，只能從表層意義分析其詞旨而已。

（周兼善箋注）

三姝媚　送春

　　江山殘畫稿。換嘶驄年年，王孫荒草。[1]故國春光，被等閒鶯燕，夢邊催老。[2]過眼飛紅，血淚盡，啼鵑應杏。[3]叵耐通波，眉柳臺池，送青難了。[4]　　容易成陰休道。只景物當前，足傷懷抱。[5]剗地東風，記海棠嬌態，為伊顛倒。[6]彩扇新蟬，桃李尚、無言爭噪。[7]淨洗塵霏，拚任封夷菹旱。瀕海春夏間颶風常發。[8]

【箋　注】

〔1〕江山殘畫稿。換嘶驄年年，王孫荒草：前句“江山殘畫稿”，喻當日國共內戰後的神州大地仍元氣未復，就像一幅描繪殘山賸水的畫稿那樣令人唏噓不已。中句“換嘶驄年年”，謂換來了年年騎著嘶叫的駿馬到處流徙以逃避戰亂。嘶，本義指聲音沙啞，亦可指馬發出的鳴叫聲。《玉篇》云：“嘶，馬鳴也。”而“嘶驄”則指發出高而拖長鳴叫聲的駿馬。宋方回《約客未至偶書》：“嘶驄未到柴門靜，蛺蝶雙飛去又回。”後句“王孫荒草”，本王維《送別》詩旨：“春草年年綠，王孫歸不歸？”蓋此詩意從《楚辭·招隱士》“王孫遊兮不歸，春草生兮萋萋”及“王孫兮歸來，山中兮不可以久留”二句化來，意謂春天山中的青草年年都是綠油油的，可是我這位王孫公子好友，明年的春天你還會不會回來呢？其後“王孫歸不歸”中的“王孫”亦可用以喻有家歸不得的遠方遊子，詞人此處即以此自況。

〔2〕故國春光，被等閒鶯燕，夢邊催老："故國"屬多義詞，既可解作已經滅亡的國家或前代王朝，如蘇軾《念奴嬌·赤壁懷古》詞句"故國神遊，多情應笑我，早生華髮"；亦可解作本國或祖國，如南朝丘遲《與陳伯之書》，"見故國之旗鼓，感平生於疇昔"；也可解作故鄉、家鄉，如蘇曼殊《吳門依易生韻》之十："故國已隨春日盡，鷓鴣聲急使人愁。"細審詞意，前句"故國春光"當以解作上述第三義"故鄉"為宜，意謂故鄉的春光。末二句"被等閒鶯燕，夢邊催老"，等閒，謂尋常、平常。鶯燕，指黃鶯與燕子，可泛指春鳥。宋鄭起《晚春即事》詩："門外數枝楊柳薄，一春鶯燕不曾來。"由於鶯善鳴，燕善舞，因此古代文人亦常以鶯燕比喻歌姬、舞女或妓女。宋李萊老《浪淘沙》詞："寶押繡簾斜，鶯燕誰家，銀箏初試合琵琶。"夢邊，即睡夢中。催老，本指歲月催人老，這裡喻通過春鳥在旁邊頻頻催促把春天送走。這三句意謂詞人想起故鄉的春光在尋常春鳥頻頻催促下終於被送走了，並藉此與詞題"送春"相呼應。

〔3〕過眼飛紅，血淚盡，啼鵑應杳：前句"過眼飛紅"直接襲用沈尹默《蝶戀花·憑仗今情思往歲》之"過眼飛紅，相送車流水"成句，意謂春末落花時節就像過眼煙雲一樣，很快便過去了。"過眼"乃"過眼煙雲"之縮略語，謂外物像過眼煙雲在眼前一晃而過，比喻事物很快就成為過去，也用以喻身外之物毋須過於重視。蘇軾《寶繪堂記》："見可喜者，雖時復蓄之，然為人取去，亦不復惜也。譬之煙雲之過眼，百鳥之感耳，豈不欣然接之，然去而不復念也。""飛紅"，喻落花。秦觀《千秋歲》詞："日邊清夢斷，鏡裡朱顏改。春去也，飛紅萬點愁似海。"後句"啼鵑應杳"，謂隨著春天遠去，平日愛在春季裡啼叫的杜鵑鳥也應該愈來愈罕見了。杳，無影無聲，喻人或物全無蹤影。

〔4〕叵耐通波，眉柳臺池，送青難了："叵耐"即不可忍耐，含可恨

之意，亦作“叵奈”。“通波”指流水。陸機《答張士然》詩：
“回渠繞曲陌，通波扶直阡。”首句意謂可恨那春天的流水無法
長留在世間。末二句“眉柳臺池，送青難了”，眉柳屬楊柳的其
中一類，為楊柳科柳屬的植物，為中國的特有植物，分佈在中
國大陸的陝西等地。臺池，指池苑樓臺。孟浩然《姚開府山池》
詩：“主人新邸第，相國舊池臺。”送青，送來了青翠的山色。
王安石《書湖陰先生壁》詩之一：“一水護田將綠繞，兩山排闥
送青來。”難了，謂難以完結、了結。這三句意謂詞人懊惱那春
天的流水無法長留在世間，尚幸四周遍植眉柳的池苑樓臺此際
仍是春意盎然，為遊人送來了青翠的山色。

〔5〕容易成陰休道。只景物當前，足傷懷抱：休道，即不要說。“容
易成陰”，謂春天的天氣陰晴不定，很容易出現晴天驟變為陰天
地情況。末二句“只景物當前，足傷懷抱”，意謂只要看到眼前
難以留住的春天景物，從而領悟到世事變幻無常的道理，便足
以令人內心為之傷感了。“懷抱”，指內在的心意、情懷。杜甫
《遣興》詩之三：“有子賢與愚，何其掛懷抱。”

〔6〕剗地東風，記海棠嬌態，為伊顛倒：剗地，宋時方言，相當於
無端地或無賴之意。東風，即春風。末二句“記海棠嬌態，為
伊顛倒”，謂東風記著海棠春睡的嬌態，經常為她神魂顛倒。這
三句用擬人手法描寫春風與海棠。

〔7〕彩扇新蟬，桃李尚、無言爭噪：彩扇新蟬，泛指夏天的事物。
“桃李尚、無言爭噪”，典出司馬遷《史記・李將軍列傳》：“諺
曰：‘桃李不言，下自成蹊。’此言雖小，可以喻大也。”原意是
指桃李等樹不會說話，從不自我宣傳，但是前來桃李樹下的人
卻從不間斷，人們在它下面走來走去，走成了一條小路。喻有
德者不用吹噓，人們自然會懂得欣賞他的長處。俗諺有云“桃
李爭春”，惟詞人則認為桃李向來沉默不語，不事自我吹噓標
榜，故此處有“桃李尚、無言爭噪”之語。

〔8〕淨洗麴霏，抃任封夷蒞早：此處之"麴"乃"麴塵"的簡稱，指初春時嫩柳倒映水中而呈鵝黃色的春水。前蜀毛文錫《虞美人》詞："垂楊低拂麴塵波，蛛絲結網露珠多。"元段克己《鷓鴣天·氈氈輕舟逆上溪》亦云："蘭棹舉，麴塵霏。新荷挽斷有餘絲。"而"霏"則為"霏微"之簡稱，指煙霧、細雨等到處飄散，也可指彌漫的雲氣。後句"抃任封夷蒞早"，作者原注云："（香港因其地）瀕海春夏間颶風常發。""抃任"，謂全不顧惜。"封夷"，亦作"封姨"，古時神話傳說中的風神，亦稱"封家姨"、"十八姨"、"封十八姨"。唐天寶中，崔玄微於春季月夜，遇美人綠衣楊氏、白衣李氏、絳衣陶氏、緋衣小女石醋醋和封家十八姨。崔命酒共飲。十八姨翻酒汙醋醋衣裳，不歡而散。明夜諸女又來，醋醋言諸女皆住苑中，多被惡風所撓，求崔於每歲元旦作朱幡立于苑東，即可免難。時元旦已過，因請於某日平旦立此幡。是日東風刮地，折樹飛沙，而苑中繁花不動。崔乃悟諸女皆花精，而封十八姨乃風神也。見唐谷神子《博異志·崔玄微》。後世詩文中常作為風的代稱。范成大《嘲風》詩："紛紅駭綠驟飄零，癡騃封姨沒性靈。"納蘭性德《滿江紅》詞："為問封姨，何事卻排空卷地。又不是江南春好，妒花天氣。"蒞早，意謂提早到來拜訪。這三句意謂詞人想到春天已遠去，是時候該洗淨遊春時衣服所沾染的春水雲氣之漬，因為稍後通常出現在春夏之交的颶風說不定會提早到來呢。

【評　析】

此詞作於庚寅（1950）春，從小題"送春"二字已可窺見其作意。所謂"送春"，即送別春天之意。"送春"亦屬舊時立春日的一種風俗。胡樸安《中華全國風俗志·山東·惠民縣之歲時》曰："立春日，官吏各執彩仗……製小春牛遍送搢紳家，謂之送春。"就其用語觀之，全詞所用者無非是宋詞中慣用的語彙，如嘶驄、王孫荒草、飛紅、啼鵑、通波、眉柳、池臺等傳統文學意象。但正如有才情的作曲家僅憑藉七個音符的不同組合就能構成無數美妙的樂章一樣，這首詞也能以其富有感染力的意象組合，以及不露痕跡而天然精巧的構思，從而為自己塑造了一個饒具個人特色的藝術形象。從結構上看，這首詞主要是寫景，通過寫景傳達出一種傷春懷遠的思緒，詞中幽眇深微的情思正是通過景色的轉換而逐步加深加濃從而顯示出來的。

（周兼善箋注）

玉燭新　雨夜不寐，依聲美成漫賦。

波簾收宿酒。帶雨影鐙搖，冷魂侵透。[1]正思健筆、箋天問，熨體荀香拋舊。[2]屏開六扇，斷夢隔、眠鴛庭甃。[3]驚乍見、蛛網縈簷，愁絲萬端抽又。[4]　風和漏轉花遲，奈枕畔聲聲，鬧禽先後。[5]為巢夜鬭。鳩不是、占了鵲飛偏驟。[6]山窗伴守。只素魄、殘更還有。[7]槐蟻便、招我明堂，仙班那就。[8]

【箋　注】

〔1〕波簾收宿酒。帶雨影鐙搖，冷魂侵透：前句“波簾”即“簾波”，喻簾影搖曳彷如水波盪漾。李商隱《燒香曲》：“玉佩呵光銅照昏，簾波日暮衝斜門。”周邦彥《驀山溪》詞：“簾波不動，新月淡籠明。”而“宿酒”本指夜晚喝了較多的酒，第二天起床後酒力還未完全消散，也叫“宿醉”。惟此句“波簾收宿酒”則謂作者晚上歸家時本來仍帶幾分醉意，但當他看到彷如水波盪漾的搖曳簾影時，原以為須待到翌日才消退的“宿酒”竟瞬即被“波簾”吸收殆盡，人也頓時清醒過來。次句“帶雨影鐙

搖"，謂作者看到窗外雨線緊密相連，而家中的燈影此刻好像帶著雨影在搖幌著那樣，令當時的氣氛看來有點詭異。末句"冷魂侵透"，指外面下著的大雨令室內氣溫驟降，使原帶幾分醉意的詞人似被外間的涼氣入侵，人也變得遍體驟然萌生寒意。

〔2〕正思健筆、箋天問，·熨體荀香拋舊：前句"正思健筆、箋天問"中之"健筆"，出自杜甫《戲為六絕句》其一："庾信文章老更成，凌雲健筆意縱橫。"而"箋天問"指作者有意為屈原在《天問》中所提出的一百七十三個問題逐一作注解。後句"熨體荀香拋舊"中之"熨體荀香"，則用荀粲為其妻"熨體"降溫典故。劉義慶《世說新語·傷逝第十七》："荀奉倩與婦至篤，冬月婦病熱，乃出中庭自取冷，還以身熨之。婦亡，奉倩後少時亦卒。以是獲譏於世。"此處之"熨體"謂荀粲為治療妻子曹氏所患的熱病，便一再在寒冬時分脫去上衣，走到庭中把自己的身子弄冷，然後折返家中抱著妻子為她降溫。後句意謂詞人晚年感悟理應拋卻兒女情長，宜在有生之年以健筆為屈原《天問》作箋解，冀能讓自己在著述上留名後世。

〔3〕屏開六扇，斷夢隔、眠鴛庭甃：前句"屏開六扇"即"門開六扇"之意。蓋古代整個衙門外牆唯一的出入口就是位於中軸線正南方位的大門，這個大門也叫"頭門"，它並不是一個簡單的門洞，而是一座有屋頂的建築物。這種屋宇式大門是中國建築的一大特點，它的形制受到法律、禮制的嚴格限制，無論多大的州縣，大門都只能是三開間（建築物正面的開間，兩根柱子之間的橫向空間為一間）。每間各安兩扇黑漆門扇，總共有六扇門，所以州縣衙門也往往俗稱"六扇門"。"六扇門"的扇門扇通常是緊閉的，只有在上官來到或州縣官的長輩來臨時才會打開，州縣官在此負責迎送。作者從前曾任外交官，並曾在汪精衛南京政府供職，故此處所謂"屏開六扇"，當指他對昔年任職政府部門所在地的緬懷遙想。後句"斷夢隔、眠鴛庭甃"，其中

"眠鴛庭甃"原指鴛鴦在井壁上雙宿雙棲安然入睡,此處用以喻詞人當年的風流韻事;而"斷夢隔"則點明這些風流韻事早已時過境遷,煙消雲散了。

〔4〕驚乍見、蛛網縈簹,愁絲萬端抽又:前句"驚乍見、蛛網縈簹",詞人驀然驚見窗前的簹篷原來已被蜘蛛網縈繞著。後句就句義邏輯而言,"愁絲萬端抽又"當為"又抽萬端愁絲"之倒裝句,意謂眼前的"蛛網縈簹"又再觸動作者本已平伏的萬端愁絲,令他不禁悲從中來。

〔5〕風和漏轉花遲,奈枕畔聲聲,鬧禽先後:前句"風和"指雨勢稍減時,風力也隨之和緩起來;"漏轉"乃"星移漏轉"之縮略語,謂星位移位,更漏轉換,常用以喻夜深。如明劉基《花犯・秋夜》詞:"夜何其,星移漏轉,涼蟾照無睡。"而"花遲"乃"宮漏出花遲"之省稱,指花朵愈夜開得愈漂亮,此語本自宋王禹偁《宮漏出花遲》詩:"丹禁遲遲漏,深宮灼灼花。繁枝開正滿,清韻出何賒。靜拂紅英密,微穿翠葉斜。衣稀驚宿蝶,冷落動晨鴉。細逐香離檻,輕翻露滴沙。願當直仙署,鈴索共交加。"後句"奈枕畔聲聲,鬧禽先後",作者在雨勢稍歇時本想安然入睡,但這時枕畔卻先後傳來陣陣禽鳥爭鳴的喧鬧聲,令他備受困擾。

〔6〕為巢夜鬥,鳩不是、占了鵲飛偏驟:前句"為巢夜鬥",作者猜度外面禽鳥爭鳴喧鬧的原因,是否彼此在進行夜鬥廝殺呢。後句"鳩不是、占了鵲飛偏驟"實乃"鵲飛偏驟,鳩(是)不是、占了(其巢)"之倒裝省略句,意謂班鳩是不是趁著鵲鳥匆匆離去覓食時而佔據了牠們的鳥巢,及至鵲鳥回來時因彼此各不相讓而爆發夜鬥。

〔7〕山窗伴守。只素魄、殘更還有:"素魄"為月的別稱。亦可指月光。如南朝梁簡文帝《京洛篇》:"夜輪懸素魄,朝光蕩碧空。"孟郊《立德新居》詩之五:"素魄衔夕岸,綠水生曉潯。"周邦

彥《倒犯·新月》詞：“駐馬望素魄，印遙碧，金樞小。”此二句指作者因難以入睡而走到窗前，發現在深宵殘更時分外面只有冷月還在守伴著山窗。

〔8〕槐蟻便、招我明堂，仙班那就：前句“槐蟻”指槐蟻國或“槐安夢”中之蟻國，藉以喻人生如夢，富貴虛無。此典出自唐李公佐《南柯太守傳》，大意謂淳於棼飲酒於古槐樹下，醉後入夢，見一城樓題大槐安國。槐安國王招其為駙馬，任南柯太守三十年，享盡富貴榮華。醒後見槐下有一大蟻穴，南枝又有一小穴，即夢中的槐安國和南柯郡所在地。後因用“槐安夢”比喻人生彷如一夢，富貴得失無常。如清陳維崧《滿江紅·渡江後車上作》詞之二：“夢裡悲歡槐國蟻，世間得喪隣翁馬。”而“明堂”指古代天子朝會及舉行封賞、慶典等活動的地方，如《木蘭辭》云：“歸來朝天子，天子坐明堂。”此處專指大槐安國。後句“仙班那就”，“就”指得以進入仙班序列之位，“就仙班”即“位列仙班”之意。此二句詞人自嘲不配“位列仙班”。

【評　析】

此詞作於庚寅（1950）春末，從小題“雨夜不寐，依聲美成漫賦”所云，可知此詞乃作者追和前賢之作。就其藝術技巧觀之，全詞寫來今昔一體，時空交錯，虛實相生，疑幻疑真，筆調浪漫。通篇構思不露痕跡而天然精巧，篇末更洋溢謔而不虐的自嘲色彩，手法輕鬆幽默，令人閱後不覺為之莞爾。

（周兼善箋注）

滿江紅　和伯端春暮懷人均[1]

莊蝶飛回，蘧然覺、簾猶窣地。[2]夢不放、春魂消向，笙歌叢裏。[3]顰柳綠添陶令宅，笑桃紅減樊姬里。[4]甚劉琨、

按劍舞殘年，聞雞起。[5]　　多少事，憑珠記。愁更重，空
謀醉。[6]問恁般頭白，池鴛知未?[7]風月銷磨天易老，冰霜
挫折情難死。[8]只落花、流水太怱怱，人間世。[9]

【箋　注】

〔1〕和伯端春暮懷人均：查劉景堂（號伯端）與鳳舒先生《影樹亭
　　詞》合印之《滄海樓詞》，並無題為"春暮懷人"之《滿江紅》
　　詞篇。而劉氏集中唯一用《滿江紅》詞調之作，其小題則為
　　"夜聞秋聲挾風雨而至，悄然自警。歌此，呈懺盦、六禾二丈索
　　和"，所詠之內容實與"春暮懷人"無涉，故廖詞小題所云
　　"和伯端春暮懷人均"不知何解，暫且存而不論。

〔2〕莊蝶飛回，蘧然覺、簾猶窣地：前句"莊蝶飛回"用"莊周夢
　　蝶"典故，《莊子·齊物論》："昔者莊周夢為蝴蝶，栩栩然蝴蝶
　　也，自喻適志與! 不知周也。俄然覺，則蘧蘧然周也。不知周
　　之夢為蝴蝶與，蝴蝶之夢為周與? 周與蝴蝶，則必有分矣，此
　　之謂物化。"莊子在這裡提出一個哲學命題，莊周在夢中變成蝴
　　蝶，醒來後不知是莊周做夢變成了蝴蝶呢，還是蝴蝶做夢變成
　　了莊周，通過對夢中變化為蝴蝶和夢醒後蝴蝶復化為己的事例，
　　提出了人不可能確切地區分真實與虛幻和生死物化的哲學觀點，
　　後世常藉以比喻人生變幻無常。由於"莊周夢蝶"包含了浪漫
　　的思想情感和豐富的人生哲學思考，頗能引發後世眾多文人騷
　　客的共鳴，成為了他們經常吟詠的題目，其中最著名的莫過於
　　李商隱《無題》之"莊生曉夢迷蝴蝶，望帝春心托杜鵑"。後
　　句"蘧然覺、簾猶窣地"，其中"蘧然覺"，指驚然察覺、發
　　現;"窣"，向下輕拂之意。如唐杜荀鶴《贈元上人》："垂露竹粘
　　蟬落殼，窣雲松載鶴棲巢。"而"簾猶窣地"，指簾子仍然拂垂
　　在地面。

〔3〕夢不放、春魂消向，笙歌叢裏：謂沉醉留戀於春夢中，不願放

手讓春天離去。"春魂"指春日的情懷;"消向"指將時間消磨在某方面;"笙歌"泛指奏樂唱歌,"笙歌叢裏"泛指追求歌舞表演等聲色享樂。

〔4〕顰柳綠添陶令宅,笑桃紅減樊姬里:前句"顰柳"指皺著眉頭的垂柳;"陶令宅"乃東晉詩人陶潛的家宅,後常用以指隱者居所,或宅門前種有柳樹的居所。蓋陶潛作《五柳先生傳》以自況,嘗云:"宅邊有五柳樹,因以為號焉。"唐顧非熊《萬年屬員外宅殘菊》詩:"今朝陶令宅,不醉卻應難。"辛棄疾《滿江紅·呈茂中前章紀廣濟倉事》:"種柳已成陶令宅,散花更滿維摩室。"此處"顰柳綠添陶令宅"當以釋作後一義為宜,意謂像皺著眉頭的垂柳為作者的居所平添了一片青綠的春色。後句"笑桃"指彷若嫣然含笑的桃花;"樊姬里"指白居易家的歌妓樊素的故里。白居易《不能忘情吟》序云:"妓有樊素者年二十餘,綽綽有歌舞態,善唱《楊枝》,人多以曲名名之,由是名聞洛下。"後用以代指擅歌的女藝人。唐孟棨《本事詩·事感》:"白尚書(居易)姬人樊素善歌,妓人小蠻善舞,嘗為詩曰:'櫻桃樊素口,楊柳小蠻腰。'"大意謂美女樊素的嘴小巧鮮豔,如同櫻桃;小蠻的腰肢柔弱纖細如同楊柳。"笑桃紅減樊姬里",意謂作者門前嫣然含笑的桃花,原來紅得像樊素櫻桃小嘴的酡顏在春末之際已減損了幾分醉人的韻致。

〔5〕甚劉琨、按劍舞殘年,聞雞起:此處用成語"聞雞起舞"典故。《晉書·祖逖傳》:"(祖逖)與司空劉琨俱為司州主簿,情好綢繆,共被同寢。中夜聞荒雞鳴,蹴琨覺曰:'此非惡聲也。'因起舞。"意謂聽到雞鳴就起來舞劍,後用以比喻有志報國的志士仁人及時奮起。如元張昱《看劍亭為曹將軍賦》詩:"聞雞起舞非今日,對酒閒看憶往年。"亦可省作"聞雞舞"或"聞雞"。如辛棄疾《菩薩蠻》詞:"功名君自許,少日聞雞舞。"清趙翼《述庵司寇新刻大集見貽》詩:"雄略雖餘捫蝨談,壯心誰激聞

雞舞。"清孫枝蔚《與客宿古廟中》詩:"聞雞思越石,化蝶笑莊生。"而"按劍"指以手撫劍,預示擊劍之勢。《史記·魯仲連鄒陽列傳》:"臣聞明月之珠,夜光之璧,以闇投人於道路,人無不按劍相眄者,何則? 無因而至前也。"李白《古風》之五六:"獻君君按劍,懷寶空長籲。"

〔6〕 多少事,憑珠記。愁更重,空謀醉:前二句暗用"還君明珠"典故。此典出自唐張籍《節婦吟》詩:"君知妾有夫,贈妾雙明珠。感君纏綿意,繫在紅羅襦。妾家高樓連苑起,良人執戟明光里。知君用心如日月,事夫誓擬同生死。還君明珠雙淚垂,恨不相逢未嫁時。"其中的名句"還君明珠雙淚垂,恨不相逢未嫁時",現在也常被人引用,表示對他人的深情厚意,因為時與事的不能相配合,只能忍痛加以拒絕之意。此處詞人疑似目睹"還珠"因而憶起一段舊日情事。"謀醉",指刻意用酒把自己灌醉。蘇軾《柏》詩:"八百要有終,彭祖非永年。皇皇謀一醉,發此露槿妍。"蘇詩大意謂彭祖雖然長壽,也只能夠活到八百歲;既然生命總是不能永恆地存在,做人倒不如豪邁地一醉方休,就像朝生暮死的木槿那樣吧,雖然生命短暫卻能在短暫的生命裡盛放自己的光華。後二句"愁更重,空謀醉",意思為詞人因追憶往事而令其春愁更重,故明知徒勞無益也只能藉酒消愁,刻意用酒把自己灌醉以逃避現實。

〔7〕 問怎般頭白,池鴛知未:怎般,指這樣、那樣。此二句驟看似屬無理之問,惟詞人所問的對象卻是有影皆雙的"池鴛",則其緣何"白頭"的原因當與男女情事有關亦不言而喻矣。

〔8〕 風月銷磨天易老,冰霜挫折情難死:前句"風月銷磨天易老"化用李賀"天若有情天亦老"句意,意謂上天如果也跟世人一樣有真摯的情感,那麼蒼天亦會難逃衰老的命運! 詞人此處則明言因男女情事糾結而造成的"風月銷磨",同樣會令有情的蒼天變得衰老。後句"冰霜挫折情難死"暗襲清文廷式"人生只

有情難死"詞意。文廷式《蝶戀花》詞云:"九十韶光如夢裡。寸寸關河,寸寸銷魂地。落日野田黃蝶起,古槐叢荻搖深翠。

惆悵玉簫催別意。蕙些蘭騷,未是傷心事。重疊淚痕緘錦字,人生只有情難死。"末二句謂淚痕沾濕了信箋上的字跡,但箇中人心內明白,人生當中唯有真摯的愛情永恆不滅,萬世長存。廖詞此句"冰霜挫折情難死",其意亦同文詞,謂世間癡情男女的真摯愛情將會萬古長青,無論歷經多少冰霜挫折彼此都不會有所改變。

〔9〕只落花、流水太匆匆,人間世:此二句實乃"人間世,只(恨)落花、流水太匆匆"之倒裝省略句,在筆法上則有自然縮合全篇的作用,藉此與"春暮懷人"的主題緊密照應。作者在此慨嘆人世間的美好事物總是難以留住,就如令人留戀的春天永遠是來去匆匆,如今轉眼又是落花隨著流水消逝的暮春時分了,美景難留的確教人惆悵萬分,惋惜不已。

【評 析】

此詞作於庚寅(1950)春末,從小題所云"和伯端春暮懷人均",則此詞當為作者賡和詞友劉伯端之作。值得注意的是,此詞之題旨雖為"春暮懷人",惟篇中同時彰顯了作者"老驥伏櫪,志在千里;烈士暮年,壯心不已"的不老雄心,詞人進而鼓勵勸勉友人與他一同"聞雞起舞",及時奮起報國。至若下闋所云亦大多關乎男女情事的虛渺追憶和感悟情語,但詞中所"懷"者究屬何人,則一般人閱後亦無從得知。是以此詞或可視之為借題發揮的"春暮懷人"之作,讀者大可欣賞其緣情佈景之謀篇匠心,而毋須在詞旨上強作解人也。

(周兼善箋注)

夜合花　淺水灣消夏。聲均依夢窗。[1]

　　影轉蟬槐，光浮魚藻，巁閣沈水熏香。[2]風亭霧箔，花魂戀蝶仙鄉。[3]蒲帶窄，柳鞭長。有掠波、巢燕飛忙。[4]歎新來瘦，奩窺正怯，行近迴塘。[5]　　習池昔記追涼。早呼鐙臺屺，攜杖橋荒。[6]臨邛住久，釵猶賈酒瑤罌罌應讀作缸[7]。吹管急，臥箏狂。換而今、瞻顧蒼茫。[8]醉荷筩了，湖禽想也，顛倒殘陽。[9]

【箋　注】

〔1〕聲均依夢窗：吳文英，南宋著名詞人，號夢窗。所謂“依均（韻）”，是指按照他人詩詞的韻部仿作，惟韻腳用字只要求與原詩詞同韻，而不必同字。

〔2〕影轉蟬槐，光浮魚藻，巁閣沈水熏香：前句“影轉蟬槐”，謂日影不覺間已轉移到夏蟬棲息的槐樹上。中句“魚藻”即水藻，《詩·小雅·魚藻》：“魚在在藻，有頒其首。”鄭玄箋：“藻，水草也。”而“光浮”指水面或物體表面反射的光。南朝陰鏗《渡青草湖》詩：“帶天澄迴碧，映日動浮光。”駱賓王《在江南贈宋五之問》詩：“韞珠澄積潤，讓璧動浮光。”此處“光浮魚藻”實乃“魚藻浮光”之倒裝句，謂水面的水藻正反射著日影的光芒。後句“巁閣”喻高聳入雲的樓閣。“沈水熏香”亦作“沉水香”、“沉香”或“沉水”。晉稽含《南方草木狀·蜜香沉香》：“此八物同出於一樹也……木心與節堅黑，沉水者為沉香，與水面平者為雞骨香。”後因以“沉水”借指沉香。《西京雜記》卷一：“趙飛燕為皇后，其女弟在昭陽殿，遺飛燕書曰：‘今日嘉辰，貴姊懋膺洪冊，謹上襚三十五條，以陳踴躍之心：金華紫輪帽……青木香、沉水香。’”明宋濂《重建寶婆觀碑》：

"（徐司馬）因命斲沉水香為像，名其閣曰'靈華'。"而"裊閣沈水熏香"句，凸顯高閣乃用沉香木建造而成，以概見當時淺水灣富家大宅在建築上極盡豪華壯麗之能事。

〔3〕風亭霧箔，花魂戀蝶仙鄉：前句之"風亭"即涼亭。唐朱慶餘《秋宵宴別盧侍御》詩："風亭弦管絕，玉漏一聲新。"王安石《與微之同賦梅花得香字》之一："風亭把盞酬孤艷，雪徑回輿認暗香。"清黃仲則《感舊雜詩》："風亭月榭記綢繆，夢裡聽歌醉裡愁。"而"霧箔"又稱"雲箔"，即雲簾，相傳天宮以雲為簾幕。南朝劉緩《新月》詩："仙宮雲箔捲，露出玉簾鉤。"後句"花魂"指花的韻致。元鄭元祐《花蝶謠題舜舉畫》詩："花魂迷春招不歸，夢隨蝴蝶江南飛。"而"仙鄉"有二解：其一指仙人所居處、仙界。如南唐李中《思簡寂觀舊遊寄重道者》詩："閒憶當年遊物外，羽人曾許駐仙鄉。"清洪昇《長生殿·定情》："願此生終老溫柔，白雲不羨仙鄉。"其二借稱所愛者的居處。如韋莊《怨王孫》詞："不知今夜，何處深鎖蘭房，隔仙鄉。"柳永《留客住》詞："惆悵舊歡何處……盈盈淚眼，望仙鄉，隱隱斷霞殘照。"廖詞此處之"仙鄉"，當以釋作後義為長。後句"花魂戀蝶仙鄉"實乃"蝶戀花魂仙鄉"之倒裝句，意謂彩蝶迷戀著繁花的韻致，只願能在所愛者的居處長住下去。

〔4〕蒲帶窄，柳鞭長。有掠波、巢燕飛忙：首句"蒲帶窄"喻形體狹長的蒲柳（又稱水楊，質性柔弱且又樹葉早落，常用以喻體質柔弱的女子）。次句"柳鞭長"，本指用柳樹枝做的長條狀馬鞭。折柳作鞭為古代春遊的一種習俗。晏幾道《浣溪沙》詞："白紵春衫楊柳鞭，碧蹄驕馬杏花韉，落英飛絮冶遊天。"惟此處"柳鞭長"則以長鞭比喻臨近水濱的垂楊柳。末句"有掠波、巢燕飛忙"當為"有巢燕、掠波飛忙"之倒裝句，意謂有許多離巢燕子在水面上輕拂而過，來去匆匆。

〔5〕歎新來瘦，奮窺正怯，行近迴塘：前句，詞人慨歎近日較前消

瘦。後二句"奩窺正怯，行近迴塘"乃"正怯窺奩，（正怯）
行近迴塘"之倒裝省略句。詞人鑒於近來消瘦，故在家中怕照
鏡子。如今來到淺水灣海灘，他也不敢走近海濱，怕看到波面
反映的那個消瘦的影子。

〔6〕習池昔記追涼。早呼鐙臺圮，攜杖橋荒："習池"又稱"習家
池"，地處今湖北省襄陽市，建於東漢建武年間。襄陽侯習鬱，
依春秋末越國大夫范蠡養魚的方法，在白馬山下築一長六十步、
寬四十步的土堤，引白馬泉水建池養魚。習家池中圓臺上建有
重簷二層六角亭，俗稱"湖心亭"。其周繞以雕花石欄，憑欄可
賞出水芙蓉，悠然游魚。池中壘起釣魚臺，列植松竹。後人稱
之為"習家池"，歷代屢加修建。唐代時，"習家池"是孟浩然、
皮日休等名士常到訪之地。此詞所說的"習池"不一定確指襄
陽"習家池"，把它看作是一般的文人詩酒唱酬池苑亦無不可。
首句"習池昔記追涼"，謂作者從現實中的淺水灣泳灘，追憶起
昔日與詞友臨池追涼唱酬之樂。後二句"早呼鐙臺圮，攜杖橋
荒"，則清楚道出時過境遷，當年聚會所在地的"呼鐙臺"早已
倒塌，而"攜杖橋"如今也變得冷落荒涼，盛會難再。

〔7〕臨邛住久，釵猶貰酒瑤罍：此二句虛用司馬相如與卓文君"臨
邛賣酒"故事。《史記·司馬相如列傳》："相如與（文君）俱之臨
邛，盡賣其車騎，買一酒舍酤酒，而令文君當爐。相如身自著
犢鼻褌，與保庸雜作，滌器於市中。"後因以為典，而"臨邛"
亦可泛指酒或異鄉。此處所言之"臨邛住久"疑為作者在南京
的居所，可解作異鄉。蓋作者乃粵人，抗戰期間曾在汪精衛南
京政府任職，迨二戰尾聲夫妻嘗在此經歷了一段物資短缺、經
濟拮据的艱苦日子。"釵"，婦女的一種首飾，由兩股簪子合成，
如金釵、玉釵。而"裙釵"可用以借代婦女，亦稱"釵裙"。
至於"荊釵布裙"則用來形容婦女裝束樸素的模樣。這裡的
"釵"指詞人妻子碧桐君。"貰酒瑤罍"，喻到酒肆賒酒。後句

"釵猶賞酒瑤罍"，謂妻子其時還得前往酒肆為他賒酒，所言或屬當日家庭經濟拮据窘境之真實寫照。

〔8〕吹管急，臥箏狂。換而今、瞻顧蒼茫：前二句嘔寫當年文友池苑追涼詩酒唱酬弦歌不絕之歡樂日子。在筆法上仍屬逆入，通過虛寫手法繼續追憶懷想往事。而後句"換而今、瞻顧蒼茫"，則筆鋒陡轉，揭示如今移居香江後，故交舊雨愈見零落，舉目四顧一片蒼茫的頹唐晚景。

〔9〕醉荷箸了，湖禽想也，顛倒殘陽：前句"醉荷箸了"中之"箸"本指竹筒，"芳箸"則為酒筒的美稱。此處"箸了"作動詞用，有高舉酒筒一飲而盡，不醉不休之含意。後二句"湖禽想也，顛倒殘陽"，顛倒，傾倒意。謂湖禽想必也為夕陽之美而傾倒。作者在此處物以情觀，浮想聯翩。他先從黃昏時分夕陽映照下的荷葉被染得紅透，像喝醉了酒的酡顏般，想像到荷葉這時可能已喝得酩酊大醉了。繼而他又聯想到水面上的禽鳥在殘陽下同樣被映照得遍體通紅，牠們此刻想必也陶醉了無疑。

【評　析】

　　此詞作於庚寅（1950）夏。詞作收結詼諧有趣，生動自然，頗能予人不落俗套，別開生面的新鮮感，實不失為一篇構想奇特的成功之作。

（周兼善箋注）

荔支香近　本意依夢窗黃鍾商第一首

　　引破唇丹，嬌泥誰共語。[1]自從根託天南，隨分灣頭住。[2]冰肌脫下紅裳，在掌輕能舞。[3]方恨、尢有驕陽未消暑。[4]　　盤上貯。宴雲片紅堆處。[5]貢使頻仍，香惜輕飛塵去。[6]空博嫣然，笑屬真妃早黃土。[7]到底絳仙顏駐。[8]

【箋　注】

〔1〕引破脣丹，嬌泥誰共語：首句“引破脣丹”即“引破丹脣”之
意，本喻女子輕啟朱脣，此處則形容荔枝的外貌看似輕啟紅脣
嬌然一笑的美女。此句轉化自李煜《一斛珠·曉妝初過》詞之
“一曲清歌，暫引櫻桃破”語意，比喻女子輕輕張開紅潤的小嘴
獻唱。次句“嬌泥”喻女子彷若小鳥依人般的柔媚纏綿情意。
清二石生《十洲春語·擴餘》：“每過翠芸閣，必招姬相左右，
侍櫛揮紈，事事稱意。或有時投懷嬌泥，若深知余之憐且愛
者。”“誰共語”本自元好問《臨江仙·今古北邙山下路》詞：
“人生長恨水長東，幽懷誰共語。”而此處意謂荔枝儘管朱脣輕
啟，笑靨迷人，情意柔媚纏綿，可嘆卻沒有惜花者願意與她
交談。

〔2〕自從根託天南，隨分灣頭住：“根託天南”即“託根天南”之
意，謂荔枝自遠古即寄身於南方蜀閩兩廣一帶，從此世代繁衍
不息。而“灣頭住”，也就是住在水灣邊之意。指荔枝自廣殖於
南方後，因其對不同水土的適應力很強，可以隨其緣分在各處
水灣邊繁衍。

〔3〕冰肌脫下紅裳，在掌輕能舞：前句形容荔枝被人剝開紅色的外
殼，隨即露出彷如冰肌玉骨般的雪白果肉。後句用漢代趙飛燕
能為“掌中舞”的典故。相傳漢成帝嘗寵愛趙飛燕，趙氏向以
體態輕盈見稱，能為“掌中舞”，事見《白孔六帖》卷六一。
後以“掌中舞”指體態輕盈的舞蹈者。如《南史·羊侃傳》
云：“傴人張淨琬，腰圍一尺六寸，時人咸推能掌上傴。”而
《梁書·羊侃傳》則作“掌中舞”。詞人在這兩句發揮天馬行空
的想像力，他把荔枝想像為一位身穿紅衣的秀麗美女舞者，她體
態輕盈，能像趙飛燕那樣在掌中翩翩起舞。而她在觀賞者面前輕
卸紅色羅裙微露出冰肌玉骨般的雪白身軀，更能引人遐思不斷。

〔4〕方恨、亢有驕陽未消暑："方恨"之"方"解作才；"恨"有
　　　"悔恨，後悔"之意。而"亢有驕陽未消暑"實乃"驕陽有亢
　　　未消暑"的倒裝句，"亢"可解作"高、高傲"。此處承前句意，
　　　謂詞人想像中的荔枝雪白果肉本來恰似冰肌玉骨的美女，在觀
　　　賞之餘能予人清涼舒適的感覺。可惜現實世界中的夏天卻總是
　　　經常天空艷陽高照，暑氣逼人，這種強烈的反差實在令人非常
　　　難受。

〔5〕盤上貯。宴雲片紅堆處：前句之"盤"乃淺而敞口的盛物器；
　　　"貯"指積存或收藏。後句"宴雲"指以酒菜款待如雲而來的賓
　　　客。"片紅堆處"形容滿堂賓客在飯後飽啖荔枝，大快朵頤，每
　　　張桌子都堆積著一大片紅色的荔枝外殼。

〔6〕貢使頻仍，香惜鞚飛塵去：貢使，指前往京師進貢的使臣；頻
　　　仍，謂連續不斷、一再重複出現。後句"香惜鞚飛塵去"乃
　　　"飛鞚惜香塵去"的倒裝句法。飛鞚，指貢使紛紛策馬飛馳運載
　　　貢品荔枝上京師。惜香塵去，則指貢使在運送途中都格外小心，
　　　生怕馬背上的荔枝會因馬兒狂奔而掉下來。此二句意謂貢使策
　　　馬人人爭先，都想把作為貢品的荔枝盡快送到京師給貴妃娘娘
　　　享用。此處暗用了楊貴妃愛吃荔枝這種貢品的典故。據元王禎
　　　《農書·百穀譜集之七·荔枝》條云，未經妥善保存處理的荔枝
　　　通常會有"一日色變，二日香變，三日味變，四日色香味盡去"
　　　的快速變壞特點。在古代時，荔枝的保鮮較為困難。傳聞唐明
　　　皇為博楊貴妃一笑，從嶺南把荔枝送到長安。司馬光《資治通
　　　鑒》卷二一五《唐紀》三十一載："玄宗天寶五年，妃欲得生荔
　　　枝，歲命嶺南馳驛致之，比至長安，色味不變。"李肇《唐國史
　　　補》卷上："楊貴妃生於蜀，好食荔枝，南海所生，尤勝蜀者，
　　　故每歲飛馳以進。然方暑而熟，經宿則敗，後人皆不知之。"另
　　　外《太平御覽》所引《唐書》以及明人徐勃《荔枝譜》等都認

為貴妃食荔來自嶺南。宋王灼《碧雞漫志》稱："太真妃好食荔枝，每歲忠州置急遞上進，五日至都。"《新唐書·楊貴妃傳》記載："妃嗜荔枝，必欲生致之，乃置騎傳送，走數千里，味未變已至京師。"惟蔡襄《荔枝譜》與吳曾《能改齋漫錄》皆說是貴妃所食的荔枝來自洛州（今重慶涪陵），宋景文《益部方物略記》則認為來自嘉州（樂山），今人藺同在《涪州文史資料選輯》上撰文，也同樣認為楊貴妃吃的是洛州荔枝。以上諸家眾說紛紜，莫衷一是，則存而不論可也。

〔7〕空博嫣然，笑靨真妃早黃土：前句"空博嫣然"承上句意，繼續用楊貴妃愛吃貢品荔枝的典實。杜牧《過華清宮》詩句："一騎紅塵妃子笑，無人知是荔枝來。"詩中所說的正是唐明皇不惜勞師動眾，千里送荔枝至京師以供楊貴妃享用的故事。傳說當年唐明皇為博楊貴妃一笑，千里送的荔枝就是"妃子笑"荔枝。後句"笑靨真妃早黃土"，詞人慨歎當年那個笑靨如花的楊貴妃早已長埋黃土，而那些有關"一騎紅塵妃子笑"的美麗傳說，只能留給後人追思懷想了。

〔8〕到底絳仙顏駐：此處之"到底"有畢竟、始終、究竟之意。如唐李山甫《秋》詩："鄒家不用偏吹律，到底榮枯也自均。"宋汪元量《鶯啼序·重過金陵》詞："清談到底成何事？回首新亭，風景今如此。""絳仙"喻包裹著紅色外殼的荔枝。"顏駐"指荔枝的外貌千年未嘗改變，可謂顏駐有術。結句詞人從遙想中有關楊貴妃與荔枝的傳說重回現實，只見眼前的紅荔枝仍是那麼明艷照人，與上句所說的"笑靨真妃早黃土"誠不可同日而語，令他感慨不已。

【評　析】

此詞作於庚寅（1950）夏，惟其小題云"本意依夢窗黃鍾商第一首"，細思之則頗令人費解。蓋"夢窗黃鍾商第一首"同調之

《荔枝香近》，其小題作“黃鍾商，送人游南徐”，為送人贈別之作。而作者此詞小題雖云“本意依夢窗黃鍾商第一首”，然綜觀全篇，實難覓半點“送人贈別”之意蘊。是以其所謂“本意依夢窗（送人游南徐）”當不知從何說起。為免穿鑿附會起見，故有關此詞的內容探析，僅從詠物詞的寫作與鑒賞角度出發，而不涉夢窗原詞“送人贈別”之本意。廖詞乃詠荔枝之作。末句在筆法上屬“平出”，即通過收起想像重回現實的實寫手段，藉以再度緊扣吟詠荔枝的題旨，從而收到首尾呼應縮合全篇之效，行文可謂大開大闔，筆力端的不凡。

（周兼善箋注）

讀劉伯端《心影詞正續稿》題慢令各一題

祝英臺近

　　染烏絲，融蝶粉，詩影夢聲裏。[1]十樣蠻牋，痕殢斷愁幾。[2]鬢霜催老劉郎，桃花應笑，杜陵溅、都非閒淚。[3]

　　舊歡記。為伊緣底傷春，春嬌上羅綺。[4]流怨湘絃，芬芳楚騷意。[5]似曾相識唬鵑，銷魂垂柳。早掀盪、干卿池水。[6]

【箋　注】

〔1〕染烏絲，融蝶粉，詩影夢聲裏：前句“烏絲”乃“白璽烏絲”的簡稱，“烏絲”即烏絲欄，指以烏絲織成欄，其間用朱墨界行的絹帛，後亦指有墨線格子的箋紙。辛棄疾《臨江仙·和信守王道夫韻謝其為壽時僕作閩憲》詞：“入手清風詞更好，細書白璽烏絲。”羅隱《謝江都鄭長官啟》：“保持所切，已高黃絹之名；傳寫可知，旋長烏絲之價。”梅堯臣《韓玉汝遺澄心紙二

軸》詩:"君家兄弟意,將此比烏絲。"元周德清《蟾宮曲‧送
客之武昌》曲:"笑把霜毫,滿寫烏絲。"吳梅村《題鴛湖閨
詠》:"石州螺黛點新粧,小拂烏絲字幾行。"此句點題,"染烏
絲"謂劉伯端傾注筆力撰成《心影詞正續稿》。次句"融蝶粉"
用梁簡文帝詩"蛺蝶粉"典故,蓋蝶翅和體表密布鱗片,脫落
後每呈粉狀,故名。梁簡文帝《晚日後堂》詩:"花留蛺蝶粉,
竹翳蜻蜓珠。"南朝王僧孺《春閨怨》詩:"悲看蛺蝶粉,泣望
蜘蛛絲。""融蝶粉"意謂劉伯端常將個人的風流韻事融寫入
《心影詞正續稿》中,故集中不乏香豔旖旎之作。末句"詩影夢
聲裏"指《心影詞正續稿》中所呈現的劉伯端詩人身影,每每
能反映出他在夢魂中所流露的心聲,藉以指出《心影詞正續稿》
各篇俱為言之有物之作。

〔2〕十樣蠻牋,痕殢斷愁幾:前句"十樣蠻牋",為古人專指蜀地出
產的十色箋紙。五代齊己《白蓮集》有《謝人惠十色花箋並棋
子》詩。元費直《箋紙譜》:"楊文公億《談苑》載韓浦寄弟詩
云:十樣蠻牋出益州,寄來新自浣花頭。"明楊慎《墐戶錄‧十
樣蠻箋》:"韓浦詩曰:十樣蠻牋出益州,寄來新自浣花頭。《成
都古今記》載其目曰深紅,曰粉紅,曰杏紅,曰明黃,曰深青,
曰淺青,曰深綠,曰淺綠,曰銅綠,曰淺雲,凡十樣。又有松
花、金沙、流沙、彩霞、金粉、桃花、冷金之別,即其異名。"
此句讚譽《心影詞正續稿》用紙非常華美講究。後句"痕殢斷
愁幾","殢"可指滯留、糾纏或困於之意。如羅隱《西京崇德
里居》:"進乏梯媒退又難,強隨豪貴殢長安。"此句謂劉伯端乃
多情種子,其《心影詞正續稿》不知糾纏了幾許蘭因絮果式的
男女纏綿歡愛之情於其中。

〔3〕鬢霜催老劉郎,桃花應笑,杜陵濺、都非閒淚:前句"鬢霜"
形容鬢髮斑白如霜。梅堯臣《依韻和誠之淮上相遇》:"形槁已
能同散木,鬢霜從聽著寒蓬。"元姚燧《南鄉子‧次馮雪厓韻》

詞之二："日覺鬢霜加，欲對清罇戀物華。"清查慎行《秋感》詩："幾見白頭翁，髩霜復如漆。"此句謂頭上日益增多的白髮令劉伯端看來蒼老了不少。次句"桃花應笑"用成語"人面桃花"典故。唐人崔護於清明日獨遊長安城南，在一戶人家邂逅一位女子。第二年的清明日，崔護想起這段往事，又再次造訪那戶人家，卻見大門深鎖，因此在門上題詩曰："去年今日此門中，人面桃花相映紅。人面只今何處去，桃花依舊笑春風。"典出唐孟棨《本事詩·情感》。後以人面桃花比喻男子思念的意中人，或與意中人無緣再相見。惟作者此句"桃花應笑"不過虛用"人面桃花"典故的字面，其意僅謂桃花也應笑劉伯端到了老年猶如此多情而已。末句"杜陵"指杜甫，其《春望》詩云："國破山河在，城春草木深。感時花濺淚，恨別鳥驚心。烽火連三月，家書抵萬金。白頭搔更短，渾欲不勝簪。"而"杜陵濺、都非閒淚"，意謂劉伯端在《心影詞正續稿》中所抒發的情懷俱屬感時傷亂的真情實感，絕非為賦新詞強說愁的文人無聊閒淚。

〔4〕舊歡記。為伊緣底傷春，春嬌上羅綺：前句"舊歡記"乃"記舊歡"的倒裝句。次句"為伊緣底傷春"亦為"緣底為伊傷春"的倒裝句。"緣底"即因何、為什麼之意。如後蜀閻選《八拍蠻》詞："憔悴不知緣底事，遇人推道不宜春。"梅堯臣《庶子泉》詩："沙穴石竇無限泉，此泉緣底名不滅？"辛棄疾《歸朝歡》詞："我笑共工緣底怒，觸斷峨峨天一柱。"作者藉"為伊緣底傷春"一語，笑問詞友劉伯端為何到了晚年仍對舊情未能釋懷，輒為追念舊歡而萌生傷春情緒。末句"春嬌上羅綺"，"春嬌"有二解，其一形容女子嬌豔之態，亦可指嬌豔的女子。如唐梁鍠《狷氏子》詩："憶事臨妝笑，春嬌滿鏡臺。"元積《連昌宮詞》："春嬌滿眼睡紅綃，掠削雲鬟旋妝束。"白居易《把酒思閒事》詩之二："把酒思閒事，春嬌何處多。"其二指妖

嬌迷人的春色。如元陳樵《垂絲海棠賦》:"挾春嬌而無力兮,色韡韡而可餐。"清陳維崧《春風嫋娜·甲寅元夜》詞:"的的春嬌,溶溶夜景,夾路銀花爛不收。"廖詞之"春嬌"當以第二種解釋為宜。而"羅綺"即"綺羅",其解有四義:其一為羅和綺的合稱,多借指華貴的絲綢衣裳。張衡《西京賦》:"始徐進而羸形,似不任乎羅綺。"其二指衣著華貴的女子。李白《清平樂》詞:"女伴莫話孤眠,六宮羅綺三千。"柳永《迎新春》詞:"徧九陌羅綺,香風微度。"李漁《玉搔頭·弄兵》:"看羅綺千行,列成屏架。"其三喻繁華。夏完淳《楊柳怨和錢大揖石》:"到今羅綺古揚州,不辨秦灰十二樓。"黃小配《〈廿載繁華夢〉序二》:"最憐羅綺地,回首已荒煙。"其四形容詩風華麗柔靡。宋吳坰《五總志》:"(賈島)嘗於宣城謁紫微,不遇,乃曰:'我詩無綺羅鉛粉,宜其不售也。'"清陳廷焯《白雨齋詞話》卷一:"詞至東坡,一洗綺羅香澤之態,寄概無端,別有天地。"廖詞此處"羅綺"當用最後一種解釋為合。全句意謂劉伯端在《心影詞正續稿》所寫不乏女子嬌豔迷人之態,故其詞風常予人華麗柔靡之感。

〔5〕流怨湘絃,芬芳楚騷意:前句之"流怨湘絃"脫胎自清朱祖謀《聲聲慢·辛丑十一月十九日,味聃賦落葉詞見示,感和》詞:"天陰洞庭波闊,夜沈沈、流恨湘絃。"相傳舜的二妃娥皇、女英,因舜帝崩於蒼梧山,二女哀痛其崩殂,日夕思念帝舜而鼓瑟,苦調清音,如怨如慕,其後投江自溺於湘水,化為湘水之神,楚人皆稱其為"湘靈"。唐錢起有《湘靈鼓瑟》詩詠其事:"善鼓雲和瑟,嘗聞帝子靈。馮夷空自舞,楚客不堪聽。苦調淒金石,清音入杳冥。蒼梧來怨慕,白芷動芳馨。流水傳湘浦,悲風過洞庭。曲終人不見,江上數峰青。"後句"楚騷"指屈原所作的名篇《離騷》。南朝裴子野《雕蟲論》:"若悱惻芳芬,楚騷為之祖;靡漫容與,相如扣其音。"蘇軾《次韻秦少游王仲至

元日立春》之三："詞鋒雖作楚騷寒，德意還同漢詔寬。"明丘濬《過採石吊李謫仙》詩："岸芷汀蘭無限意，臨風三復楚騷文。亦可泛指《楚辭》。如清沈德潛《〈古詩源〉序》："茲復溯隋陳而上，極乎黃軒，凡'三百篇'、楚騷而外，自郊廟樂章訖童謠裡諺，無不備采。"清汪燒《〈長生殿〉序》："《鄭》《衛》豈導淫之作，楚騷非變雅之音。""流怨湘絃，芬芳楚騷意"二句，意謂驟看《心影詞正續稿》的表層意思多屬詞風華麗柔靡的男女纏綿歡愛之情，惟細味其深層寄意，實不失屈原藉香草美人以抒發怨抑忠愛之意的義蘊。

〔6〕似曾相識嗁鵑，銷魂垂柳。早掀盪、干卿池水：前句"嗁鵑"即"啼鵑"；嗁同啼。啼鵑，原指傳說中的杜鵑鳥因晝夜悲鳴，往往啼至血出乃止，常用以形容極度哀痛之情。或曰"啼鵑"乃"望帝啼鵑"之省稱，相傳古時蜀王杜宇稱帝，號望帝，為蜀治水有功，後禪位臣子，退隱西山，死後化為杜鵑鳥，啼聲淒切，後常用以形容因失去故國而淒慘啼哭的悲哀之情。如文天祥《金陵驛》："從今別卻江南路，化作啼鵑帶血歸。"由於作者對劉伯端《心影詞正續稿》所寫的這種"啼鵑"情懷感同身受，故有"似曾相識"之說。中句"銷魂垂柳"用以喻離別之情，因古代楊柳常作為離別的象徵，如劉禹錫《楊柳枝詞》："城外春風吹酒旗，行人揮袂日西時。長安陌上無窮樹，唯有垂楊管別離。"而江淹《別賦》則云："黯然銷魂者，唯別而已矣！"作者通過融合此二典故，從而道出因他在劉氏《心影詞正續稿》中一再見到象徵離別的"垂柳"，自己也不禁為之黯然銷魂。後句"早掀盪、干卿池水"，"早掀盪"謂早已被掀至搖盪不已。干：關涉；"干卿池水"謂池水的變化與你何干？常用於譏笑人愛管閒事。此典出自《南唐書·馮延巳傳》："延巳有'風乍起，吹皺一池春水'之句，元宗嘗戲延巳曰：'吹皺一池春水，干卿何事？'"廖氏藉此句自我解嘲，意謂《心影詞正續

稿》所寫俱屬劉氏個人情懷，本來與我毫不相干，然而由於劉
氏集中的詞作都能觸動人心，往往予人似曾相識、感同身受之
親切感，是以我這個局外人閱後也不能無動於衷，並自謂其本
來平靜如鏡的心境早已被劉詞掀至心神搖盪不已，藉以稱譽劉
氏筆力卓爾不群。

（周兼善箋注）

鷓鴣天

　　劫避秦灰問水濱。[1]帽簷猶擁故山雲。[2]眼光換盡棋枰
舊，心影彫殘篋稿新。[3]　　溫李髓，晏周神。[4]老難拋斷
是愁根。[5]郎潛髮入梅谿句，崛起天南更有人。[6]

【箋　注】

〔1〕劫避秦灰問水濱：劫避，即逃避災劫。秦灰，原指秦始皇所燒
　　　書籍的灰燼。元宮天挺《范張雞黍》第二折：“秦灰猶未冷，漢
　　　道復衰絕。”元郝經《秋興》詩：“六經依舊垂天地，千載秦灰
　　　散劫空。”而這詞的“秦灰”則喻當時內地的政治文化氣氛；
　　　“問水濱”喻問津來到香港此地。此句意謂詞人劉伯端為逃避
　　　“秦灰”而移居至水濱之地的香港。

〔2〕帽簷猶擁故山雲：帽簷，亦作帽檐，指帽蓋，即帽子前端或四
　　　周的突出部分。李商隱《飲席代官妓贈兩從事》詩：“新人橋上
　　　著春衫，舊主江邊側帽簷。”而“故山雲”即故鄉山中的雲，常
　　　用以喻故國或家鄉。宋朱敦儒《好事近》詞句：“失卻故山雲，
　　　索手指空為客。”蓋朱敦儒詞原指自己因流落異鄉而“失卻故山
　　　雲”，惟廖詞此句則反用其意，指劉伯端即使逃難至香港仍時刻
　　　不忘故國家鄉。

〔3〕眼光換盡棋枰舊，心影彫殘篋稿新：前句“眼光換盡”喻用盡

了各種新視野和方法。"棋枰"指棋盤或棋局。司空圖《丁巳元
日》詩:"移居荒藥圃,耗志在棋枰。"而"棋枰舊"則用以喻
時局仍舊沒有起色,大事並不可為。後句"心影"即心跡,指
思想與行為。如謝靈運《齋中讀書》詩:"昔余遊京華,未嘗廢
丘壑;矧乃歸山川,心跡雙寂寞。"亦可解作心事、心情。李白
《與韓荊州書》:"此疇曩心跡,安敢不盡於君侯哉?"而"彫殘"
指殘缺破損,如吳梅村《永和宮詞》:"巫陽莫救倉舒恨,金鎖
彫殘玉筯紅。"此處喻內心情懷落索與寂寥無奈。"篋"指小箱
子,乃藏物之具。古人稱大者曰箱,小者曰篋。"篋稿新"指篋
內所藏大多是新近寫的詞稿。"心影彫殘篋稿新",謂劉伯端內
心寂寞悽苦,書篋中多有感時傷亂的新詞作。

〔4〕溫李髓,晏周神:溫,指晚唐五代詞人溫庭筠;李,指南唐後
主李煜;晏,指北宋詞人晏幾道;周,指北宋詞人周邦彥。
"髓"和"神"即"神髓",指精神與骨髓,比喻精粹。龔自珍《書
文衡山小真書諸葛亮〈出師表〉後》:"小楷書自《黃庭》、《洛
神》九行後,惟虞永興《破邪論》得其神髓。"此句稱譽劉伯
端的詞作深得晚唐五代及北宋詞風的精髓,可說是學前賢而有
所得的成功例子。

〔5〕老難拋斷是愁根:愁根,喻愁恨的根本、根源。朱孝臧《高陽
台·飄樹煙零》:"謝東風,不當花看,為剗愁根。"此句謂劉伯
端一向多愁善感,如今到了晚年依舊難以拋斷"愁根",其詞常
流露出多愁善感的情懷。

〔6〕郎潛髮入梅谿句,崛起天南更有人:"郎"指劉伯端。"潛"乃
"潛研"的簡稱,指專心鑽研。曾國藩《唐確慎公墓誌銘》:"公
潛研性道,宗尚洛閩諸賢。"而"髮"為"毫髮"的簡稱,指
毫毛和頭髮,比喻細微之物或對極細微的事物作深入研究。"梅
谿"亦作"梅溪",即南宋著名詞人史達祖,字邦卿,號梅溪。
史達祖的詞以詠物為長,用筆細膩纖巧,其中不乏身世之感。

他還在甯宗朝北行使金，其北行詞充滿了沉痛的家國之感。前句蓋謂劉伯端潛心鑽研梅溪詠物詞的用筆細膩纖巧，而又不乏身世之感，盡得其精髓。後句“崛起”原指地勢突起、隆起，亦作“崛起”，如王符《潛夫論·慎微》：“凡山陵之高，非削成而崛起也，必步增而稍上焉。”其引申義可解作興起、奮起，或使事物突出、突顯，如陳亮《伊洛正源書序》：“橫渠張先生崛起關西，究心於龍德正中之地，深思力行而自得之。”至於“天南”，一般指嶺南，亦可泛指中國南方。白居易《得潮州楊相公繼之書並詩以此寄之》：“詩情書意兩殷勤，來自天南瘴海濱。”後句則稱頌劉伯端在嶺南詞壇異軍突起，自成一家，其詞作足以比美前賢，可堪傳世。

（周兼善箋注）

壽樓春　碧桐君八十有二壽詞。聲律依史邦卿。[1]

輪纖蔥流光。[2]又斟教壽酒，重滿萊觴。[3]底事飛雛遙望，哺鳥慵翔。大兒在穗，次兒、三兒皆在海外。[4]憑戲綵、雙紅裳。九女、十女婿家皆在香港。[5]趁雨巾、風鬢喧堂。[6]親友數十輩，歡宴適大風雨，衣履盡霑濕。我試擬東坡，金鱗放也，新詠費平章。[7]東坡同安君生日放魚，《蝶戀花》句：“放盡窮鱗看圉圉，天公為下曼陀雨”　笙呼醉，琴歌狂碧桐君名琴[8]。屢弓鞋記踏，鴛蘚淞江。[9]漫笑棲遲巢燕，杏梁聊商。依海角，猶吾鄉。[10]喜竹蓀、排墀成行。[11]任啼鴂頻催，歸耕傍牆蠶後桑。[12]

【箋　注】

〔1〕碧桐君八十有二壽詞，聲律依史邦卿：碧桐君，即詞人的夫人邱雅琴，字碧桐，此詞乃作者為其妻碧桐君慶祝八十二歲壽辰

的賀壽詞。史邦卿即史達祖，南宋著名詞人。一生未嘗中第，早年任過幕僚。韓侂胄當國時，他是最親信的堂吏，負責撰擬文書。韓敗，史牽連受黥刑，死於貧困中。又見前首詞注〔6〕。所謂"聲律依史邦卿"，即說明此詞所用之韻部與史邦卿原作相同。

〔2〕輪纖蔥流光：輪，指倫次，即輪流的次序。纖蔥，喻女子細嫩的手指，此處用以借代碧桐君。流光，指如流水般逝去的時光。唐鮑防《人日陪宣州范中丞傳正與范侍御傳真宴東峰亭》詩："流光易去懂難得，莫厭頻頻上此臺。"宋祁《浪淘沙·別劉原父》詞："少年不管，流光如箭，因循不覺韶華換。"此句意謂時光易逝，不覺又到碧桐君的壽辰吉日了。

〔3〕又斟教壽酒，重滿萊觴：前句"又斟教壽酒"即"又教斟壽酒"的倒裝句。又教，即又讓人、又叫人之意。後句"萊"指"老萊娛親"典故，《藝文類聚》卷二十引《列女傳》："老萊子孝養二親，行年七十，嬰兒自娛，著五色彩衣。嘗取漿上堂，跌仆，因臥地為小兒啼。"老萊子七十歲還在父母面前穿花衣服，學小兒哭啼。後遂以"老萊娛親"表示子女盡心孝順父母。此兩句謂子女盡心孝敬母親，在壽筵當天一再為她斟滿杯中酒。

〔4〕底事飛雛遙望，哺鳥慵翔：底事即何事。劉肅《大唐新語·酷忍》："天子富有四海，立皇后有何不可，關汝諸人底事，而生異議！"張元幹《賀新郎·送胡邦衡侍制赴新州》詞："底事崑崙傾砥柱，九地黃流亂注？"趙翼《陔餘叢考·底》："江南俗語，問何物曰底物，何事曰底事。唐以來已入詩詞中。"廖詞此兩句問為何在母親誕辰之際，竟然還有子女（詞中以"飛雛"、"哺鳥"借代）未能趕回來為她祝壽（詞中以"慵翔"借代），只能在遠方"遙望"，默默地為母親獻上一瓣心香。及後作者隨即在原注中向讀者道明箇中原委，"大兒在穗，次兒、三兒皆在海外"，故未能趕回家中為母親賀壽。

〔5〕憑戲綵、雙紅裳："憑戲綵"再用"老萊娛親"典故，已見前述，不贅。作者在原注中嘗謂"九女、十女婿家皆在香港"，故此處所說的"憑戲綵、雙紅裳"，當指九女婿與十女婿二人負責身穿彩衣在壽筵上權充"老萊娛親"之職。

〔6〕趁雨巾、風鬢喧堂：雨巾即"雨巾風帽"之簡稱，指遮蔽風雨的頭巾和帽子，常借指浪遊之客，此處專指衣履盡霑濕的親友來賓。朱敦儒《感皇恩·遊□□園感舊》詞："主人好事，坐客雨巾風帽。"宋陳三聘《夢玉人引》詞："雨巾風帽，昔追遊、誰念舊蹤跡。"而"風鬢"則為"霧鬢風鬟"之簡稱，本指女子細密而蓬鬆的美髮，此處專指頭髮為風雨擾亂的女親友。宋侯寘《蝶戀花》詞："雪壓小橋溪路斷。獨立無言，霧鬢風鬟亂。"梁章鉅《兩般秋雨盦隨筆·背蘇州》："妝臺軟掠輕梳罷，留與南朝周昉畫。山眉水眼且休論，霧鬢風鬟已無價。"喧堂，形容滿堂喧譁笑聲不絕，反映出前來賀壽賓客之眾。

〔7〕我試擬東坡，金鱗放也，新詠費平章：前二句"我試擬東坡，金鱗放也"，謂作者有意仿效蘇東坡在其妻同安君生日當天以活魚放生之雅舉。蘇東坡《蝶戀花》詞句："放盡窮鱗看圉圉，天公為下曼陀雨。"東坡在置活魚於放生池之時，希望天神能往池中注進象徵吉祥的曼陀羅花雨，藉以在妻子同安君壽辰吉日增添歡樂氣氛。此亦廖氏詞句中所述的仿效之意。末句"平章"原意為商量處理，引申有品評、評鑑之意。如劉禹錫《同樂天和微之深春》之十五："追逐同遊伴，平章貴價車。"辛棄疾《江神子·和人韻》詞："卻與平章珠玉價，看醉裡，錦囊傾。"明葉憲祖《鸞鎞記·春賞》："憑欄爭賞，細與平章。"此處"新詠費平章"，乃作者自謙之辭，意謂我這篇新作寫得好不好自己不敢說，箇中得失還須後人來評價。

〔8〕笙呼醉，琴歌狂：此處以"笙呼"、"琴歌"借代壽筵上的喜慶音樂演奏，復通過"醉"、"狂"亟寫滿堂賓主盡歡之樂。原注

云"碧桐君名琴",作者藉此點壽筵的主角"碧桐君"當時的
帶醉狂喜之情。一語雙關,用字巧妙,寫來活靈活現。

〔9〕屢弓鞋記踏,鴛薜淞江:弓鞋,亦作弓鞻,指舊時纏腳婦女所
穿的小鞋子。黃庭堅《滿庭芳·妓女》詞:"直待朱幡去後,從
伊便窄襪弓鞋。"宋張世南《遊宦紀聞》卷四:"又有富室攜少
女求頌。僧曰:'好弓鞋,敢求一隻。'語再四,不得已遺之。
即裂其底得襯紙,乃佛經也。"趙翼《土歌》:"長裙闊袖結束
新,不賭弓鞻三寸小。"此處以"弓鞋"借代其妻碧桐君。此二
句,意謂至今還記得曾與妻多次在上海灘頭漫步,她在淞江一
帶留下了不少足跡。

〔10〕漫笑棲遲巢燕,杏梁聊商。依海角,猶吾鄉:前二句謂作者隨
意笑問三個身處外地的兒子,如離巢乳燕,何以因事而滯留他
鄉,未能趕回來為母親祝壽。首句之"棲遲",亦作棲遟、棲
遲或棲犀,主要有二解。其一指遊息。如《詩經·陳風·衡
門》:"衡門之下,可以棲遲。"朱熹《詩集傳》:"棲遲,遊息
也。"其二指滯留。如《後漢書·馮衍傳下》:"久棲遲於小官,
不得舒其所懷,抑心折節,意悽情悲。"紀昀《閱微草堂筆
記·如是我聞三》:"母怒,逐其故夫去,此子憤悒不食,其故
夫亦棲遲旅舍,不肯行。"此詞所用者當為第二義。次句"杏
梁聊商"暗用唐鄭谷《燕》詩意蘊:"低飛綠岸和梅雨,亂入
紅樓揀杏梁。"蓋燕子愛掠水飛行,又喜歡擇屋樑築巢棲居。
"杏梁"為文杏木所製的屋樑,泛指華麗的屋宇。而此詞"杏
梁聊商"則指作者"大兒在穗,次兒、三兒皆在海外",他們
在母親慶祝八十二歲壽辰的大喜日子之前,只能在異地的華麗
屋宇中與家眷一同商議該為壽星"碧桐君"獻上何種賀禮,藉
以聊表各自的孝心。末二句"依海角,猶吾鄉",作者完全體
諒三個兒子未能趕返為母親賀壽,實在是身不由己的無奈之
舉,他反過來以"天涯若比鄰"和"何處非吾鄉"來安慰子女

對此不必介懷與愧疚。

〔11〕喜竹蓀、排墀成行：“蓀”本義指香草，亦名“荃”。“墀”本義指古代殿堂上經過塗飾的地面，後泛指臺階上的空地，亦可指臺階。此處之“竹蓀”喻滿堂的兒孫。全句意謂在碧桐君八十二大壽當天，雖然有部分家中成員未克出席壽筵，尚幸眾兒孫猶能高低參差地在臺階上的空地列序成行，齊向壽星祝壽，因而為滿堂增添不少歡樂喜氣。

〔12〕任啼鴃頻催，歸家傍牆蠶後桑：啼鴃亦作鶗鴃，即杜鵑鳥。《後漢書·張衡傳》：“恃己知而華予兮，鶗鴃鳴而不芳。”李善注：“《臨海異物志》曰：‘鶗鴃，一名杜鵑，至三月鳴，晝夜不止。’”由於古人認為杜鵑鳥的叫聲很像是向遊子勸說“不如歸去”，因此舊時常用以喻思歸或催人早日歸家之辭，或表示消極求退之意。前句“任啼鴃頻催”，謂“大兒在穗，次兒、三兒皆在海外”，他們如今猶滯留他鄉，即使在杜鵑鳥“不如歸去”的催歸聲中仍未能趕回來為母親祝壽。後句“歸耕傍牆蠶後桑”，則虛用宋姚寅《養蠶行》詩句含意：“南村老婆頭欲雪，曉傍牆陰採桑葉。”

【評　析】

此詞作於庚寅（1950）初夏，小序云“碧桐君八十有二壽詞”，已清楚交代了此詞的作意，乃作者為其妻碧桐君慶祝八十二歲壽辰的賀壽詞，通篇充溢著作者讚美祝福愛妻的吉祥用語。此闋壽詞雖屬應酬之作，惟在藝術上仍不乏特色，用典貼切，情真意切，巧譬善喻，並且善於虛用前人詩句藉以借題發揮等，洵為一闋切題應景的得體之作。作者於末句期待居於異地之三子可以早日歸來，好讓一家人朝夕與共樂敘天倫。末句虛用養蠶種桑詩典，借喻而已，讀者不可拘泥於字面之表層意義。

（周兼善箋注）

鷓鴣天　伯端石塘晚眺，夕飲市樓，口占此令，依均和之。

　　風不雄當負此襟。[1]忍從瓜李問浮沈。[2]病消艾蓄三年妙，君抱沉疴十三年，勿藥有占久矣。居卜荷香十里深。[3]　　低漫唱，淺須斟。笑桃人面夢邊尋。[4]重來崔護春何在？腸斷殘枝拂碎陰。[5]

【箋　注】

〔1〕風不雄當負此襟：即“雄風不當負此襟”之意。“襟”乃“風月襟懷”之縮略語，吳文英《高陽臺·壽毛荷塘》詞句：“風月襟懷，揮毫倚馬成章。”“風月襟懷”常用以稱讚對方的文才了得，滿腹風花雪月，文采風流。此句譽劉伯端雄風不減當年，不當有負其風月襟懷。

〔2〕忍從瓜李問浮沈：忍從，指忍受順從。“瓜李浮沈”即“浮瓜沈李”，指文人雅士吃在冷水裏浸過的瓜果，形容暑天過著寫意的消夏生活。語見曹丕《與朝歌令吳質書》：“浮甘瓜於清泉，沈朱李於寒水。”惟此句“忍從瓜李問浮沈”則虛用其意，謂劉伯端這種有才華之士，又豈能像“浮瓜沈李”在水中忽上忽下般任人擺布而不敢過問其事，只能窮其一生與世浮沈？

〔3〕病消艾蓄三年妙，居卜荷香十里深：“艾蓄三年”即“蓄艾三年”，語見《孟子·離婁上》：“今之欲王者，猶七年之病求三年之艾也；苟為不畜，終身不得。”本指蓄藏多年之艾以治久病，後以“蓄艾”比喻應長期積蓄以備急用。此句作者自注云：“君抱沉疴十三年，勿藥有占久矣”。沉疴指重病頑疾。“病消艾蓄三年妙”，謂劉伯端所患十三年未癒的頑疾最近竟然藥到病除，實在可喜可賀。後句“居卜”即“卜居”，指擇地居住。杜甫《寄題江外草堂》詩：“嗜酒愛風竹，卜居必林泉。”而“居卜荷

香十里深",謂劉伯端在香港特意把居所遷往"荷香十里"的山林幽深地方,以避市廛俗物干擾。

〔4〕低漫唱,淺須斟,笑桃人面夢邊尋:漫,本指滿、遍,引申喻沒有約束限制,隨意散漫。"低漫唱"即"漫低唱",意謂可隨意低聲歌唱。"淺須斟"即"須淺斟",意謂"夕飲市樓"須淺斟低酌,不應有違雅興。後句"笑桃人面夢邊尋",用崔護詩"去年今日此門中,人面桃花相映紅。人面只今何處去,桃花依舊笑春風"典故,喻劉伯端舊日情事如煙,只能在夢中追尋了。

〔5〕重來崔護春何在?腸斷殘枝拂碎陰:前句"重來崔護春何在"之典故已見上注。蘇軾《留別釋迦院牡丹呈趙倅》:"去年崔護若重來,前度劉郎在千里。"後句"腸斷"形容極度悲痛。干寶《搜神記》卷二十:"臨川東興,有人入山,得猿子,便將歸。猿母自後逐至家。此人縛猿子於庭中樹上,以示之。其母便搏頰向人,欲乞哀狀,直謂口不能言耳。此人既不能放,竟擊殺之,猿母悲喚,自擲而死。此人破腸視之,寸寸斷裂。"白居易《長恨歌》:"行宮見月傷心色,夜雨聞鈴腸斷聲。"而"殘枝"指樹上殘餘的枝椏。宋無名氏《阮郎歸》詞:"春風吹雨繞殘枝,落花無可飛。"至於"碎陰"之意象則別有隱喻。張炎《疏影·梅影》:"黃昏片月,似碎陰滿地,還更清絕。"張炎這首詞旨在借詠梅影表達自己國破家亡後高潔不屈的節操,"碎陰"描繪月光透過枝隙而映成滿地碎影,以碎影寫梅影的形狀;"清絕"則點出了主角梅花清絕的品格,正是張炎身處國破家亡境地的自我要求,自我寫照,同時也含蓄地表達了南宋亡國士人的氣節。本詞以"腸斷殘枝拂碎陰"收結,實暗寓作者欣賞劉伯端"晚節彌堅"的遺民氣節。

【評　析】

此詞作於庚寅年(1950)夏,從小題"伯端石塘晚眺,夕飲市樓，口占此令，依均和之”所云，可見此詞的寫作地點是香港島石塘嘴區的酒樓，時間為晚上，而作者這首詞乃依韻寫成的唱和之作。“口占此令”，意謂詞人隨口吟詠出這首即興的小令和作。末句實饒有深意，讀者於茲當不可不察焉。

（周兼善箋注）

花心動　送朱庸齋還羊城[1]，依聲夢窗“入眼青紅”之作。[2]

　　聒耳新蟬，惹離愁、天涯戒行詞客。[3]燕羽掩襟，鵑血收花，紅改火榴爭色。[4]荔支香裏歌聲起，哀曲按、咽亭長笛。[5]鏤金卻、翻衣為勸，少年人惜。[6]　　此去江鄉綺夕。笙船洗杯邀，柳陰蟾入。[7]髻幾串珠，簾一鉤銀，弄影霸城殘碧。[8]雅題不上羊裙去，知風度、我輸安石。[9]步煙雨，越臺喚君試屐。[10]

【箋　注】

〔1〕送朱庸齋還羊城：此詞乃送別之作。羊城即廣州。朱庸齋（1920—1983），詞學家、書法家。廣東新會縣人，世居廣州西關。出身書香世家，為晚清秀才朱恩溥的兒子。著有《分春館詞》。1983 年，病逝於廣州西關之分春館。其門人輯錄其遺著，編就《分春館詞話》（由廣東人民出版社出版），此外尚著有《朱庸齋書法集》。

〔2〕依聲夢窗“入眼青紅”之作：“依聲”即“依韻”，蓋古典詩詞中的“和韻”亦稱“用韻”，是以他人詩詞所用的韻而仿作詩詞。“和韻”又分為用韻、依韻、次韻三種。而所謂“夢窗‘入眼青紅’之作”，指的是吳文英《花心動·郭清華新軒》詞句“入眼青紅，小玲瓏、飛簪度雲微濕。……”

〔3〕聒耳新蟬，惹離愁、天涯戒行詞客：前句"聒耳"指聲音嘈雜
刺耳；"新蟬"指初夏的鳴蟬。白居易《六月三日夜聞蟬》詩：
"微月初三夜，新蟬第一聲。"後句之"戒行"指登程、出發上
路。《新唐書·石洪傳》："（烏重胤）乃具書幣邀辟，洪亦謂重胤
知己，故欣然戒行。"王安石《答范峋提刑書》："戒行有日，適
以服藥疲頓，不獲追路，豈勝愧悵。"此二句謂詞客朱庸齋離別
家鄉廣州，南遊香江，豈料如今初夏的鳴蟬卻觸動了他的思鄉
愁緒。

〔4〕燕羽掩襟，鵑血收花，紅改火榴爭色：首句"燕羽"即"燕羽
觴"，原為古代一種形狀狹長而兩旁帶有羽翼狀裝飾的酒杯，此
處引申指離別的酒宴。"掩襟"意謂離別宴上的酒杯遮掩了衣
襟。第二、第三句"鵑血收花，紅改火榴爭色"，則點出時序上
的春去夏來，暮春之際常見的杜鵑花如今已凋落，而饒具炎夏
特徵的照眼榴花此際正當時得令，每日都與天上火熾的驕陽爭
紅鬥艷。

〔5〕荔支香裏歌聲起，哀曲按、咽亭長笛："荔支香裏"喻盛夏時
光；"歌聲起"指離別筵席上驪歌高奏。"哀曲按、咽亭長笛"乃
"按長笛、咽亭哀曲"之倒裝句。其中"咽亭"指古人執手哽
咽不忍相分的離亭，也就是古代建於離城稍遠道旁供人歇息的
驛亭，古時人們常在該處舉行告別宴會。南朝陰鏗《江津送劉
光錄不及》詩："泊處空餘鳥，離亭已散人。"宋徐昌圖《臨江
仙》詞："飲散離亭西去，浮生長恨飄蓬。"吳梅村《別丁飛濤
兄弟》詩："把君詩卷過扁舟，置酒離亭感舊遊。"此詞則用以
喻離別宴會上笛子所吹奏的惜別歌曲。

〔6〕鏤金卻、翻衣為勸，少年人惜：此二句脫胎自唐人杜秋娘《金
縷衣》詩意，其詩云："勸君莫惜金縷衣，勸君惜取少年時。好
花堪折直須折，莫待無花空折枝。"此詩含意或可用"人生莫負
青春好時光"一言以蔽之。而廖氏此詞作於庚寅歲（1950）夏，

當時詞人已屆八十六高齡，其贈別的對象朱庸齋卻只有三十歲，剛及而立之年，故作者以長輩身分勸勉後輩朱庸齋應＂惜取少年時＂，早日奮發向上成就一番功業。

〔7〕此去江鄉綺夕。笙船洗杯邀，柳陰蟾入：前句＂此去江鄉＂揭示朱庸齋要返回的地點是地處水鄉的羊城，＂綺夕＂則點明離別之日是一個漫天佈滿綺麗雲霞的晚上。後二句，＂笙船＂謂當日的離別酒宴是設在有管弦演奏的畫船上；而＂洗杯邀，柳陰蟾入＂，意謂與會各人均淨洗酒杯，一同邀請映照在柳蔭的明月流瀉入船艙內，以添雅興。

〔8〕髻幾串珠，簾一鉤銀，弄影霸城殘碧：首句＂髻幾串珠＂即＂幾串髻珠＂的倒裝句。髻珠本佛家語，原意指國王髮髻中的明珠。語本《法華經·安樂行品》：＂此《法華經》，是諸如來第一之說，於諸說中，最為甚深，末後賜與，如彼強力之王，久護明珠，今乃與之。＂佛教因以＂髻珠＂比喻第一義諦，或甚深之法義。惟此處之＂髻珠＂似乎僅指船上歌姬髻上的珠串而言，當屬離筵中的眼前即景語。次句＂簾一鉤銀＂即＂一簾銀鉤＂的倒裝句，形容一簾新月正高掛天邊。末句＂弄影霸城殘碧＂，其中＂霸城＂乃古代長安橋名，即灞橋，始建於漢，漢唐時送客多到此橋作別。《三輔黃圖·橋》：＂霸橋在長安城東。跨水作橋。漢人送客至此橋，折柳贈別。＂酈道元《水經注·渭水三》：＂霸水又北逕枳道，在長安縣東十三里……水上有橋，謂之霸橋。＂此處泛指送別之地。而＂殘碧＂則用以喻水濱的垂楊柳，意謂月光在送別之地的水濱垂楊上留連弄影，依依不忍離去。

〔9〕雅題不上羊裙去，知風度、我輸安石：前句＂雅題不上羊裙去＂，反用古代書法家王獻之＂漫寫羊裙＂的典故。＂羊裙＂本指南朝宋人羊欣所穿的裙。羊欣酷愛王獻之所寫的字，一日羊欣穿著新絹裙晝寢，王獻之在裙上揮筆題字，羊欣醒後遂珍藏之。《南史·羊欣傳》云：＂欣長隸書。年十二時，王獻之為吳

興太守，甚知愛之。欣嘗夏月著新絹裙晝寢，獻之見之，書裙數幅而去。"後因以"羊裙"為文人間相互雅賞愛慕之典。詞人在這裡明言他並無古代書法家王獻之為晚輩"漫寫羊裙"的雅興，只能在臨別之際以這闋小詞貽贈後輩朱庸齋留念。後句"知風度、我輸安石"則為作者的自謙之語。謝安，字安石，東晉政治家、軍事家。謝安性好音樂，精通樂理，還工書善畫。作者在詞中以多才多藝的"安石"喻詞文書畫俱佳的朱庸齋，藉以表達其對後晉青睞與殷切期許之情。

〔10〕步煙雨，越臺喚君試屐：前句"步煙雨"想像二人來日在煙雨中再在廣州相逢敘舊。後句"越臺"，即越王臺，指漢時南越王趙佗所建之台，故址在今廣州越秀山。而"喚君試屐"則隱喻結伴登山。劉禹錫《送裴處士應制舉》詩云："登山雨中試蠟屐，入洞夏裡披貂裘。"此句意謂作者希望他朝可以與朱庸齋有緣再會，彼此結伴一同登上越王臺。

【評　析】

此為庚寅（1950）夏送別後輩朱庸齋之作，地點似在香港海面的酒船上，時間則為晚上新月高懸之際。全篇首尾照應得宜，收結自然合理，了無"為文而造情"的酬酢虛話套語，是一篇情真語切的贈別佳作。

附：朱庸齋寄贈鳳舒先生詞作二首

燭影搖紅·庚寅冬至前一日，寄廖懺庵丈。

濁酒聊斟，引杯休道寒仍淺，篆爐重撥不成燃，袖手猶堪戀。寸蠟黃昏未剪。迫疏簾、霜華又遍。層陰凝處，可有初陽，先迴一線。

明日江頭，玉梅空報征人怨。俟他百六好芳菲，佳約應還踐。料有紅香翠軟。慰如今、情牽夢款。樽前心事，分付誰邊，天長人遠。

洞仙歌·廖懺庵丈以詞見懷，賦此卻寄，並柬馮秋雪。

滄江愁臥，悄不成疏放。倦借麼弦作孤賞。甚綠陰簾幕，消息還來（按：辛酉本、辛巳本"息"俱作"得"），回睇處、禁得斜陽相向。

煙波應夢老，渺渺菰蒲，可有歸程趁雙槳。枉道鬧紅期，明日西風，空冷落、青墩餘唱。便輸與涼蟾替昏黃，又腸斷流光，費人凝想。

（周兼善箋注）

探芳信 夏夜溽暑不成寐，移榻廊間，翠陰扇涼，扶頭一覺，晨光熹微矣。檢夢窗"煖風定"一首，依聲寫懷。[1]

　　滉鐙暈。帶氣侵帷犀，夢緣無分。[2]旋自抱衾裯，雲廊睡魔引。[3]藕花風舞莊胡蝶，芳影來偏準。[4]憑相招、逭暑仙山，洞深留粉。[5]　　編綵翅為紖。恐鞭得魂飛，化身難認。[6]步月穿林，簫按向誰問？[7]巖邊忽響溪湍細，唬曙禽聲眾。[8]但微聞、怨我霜痕兩鬢。[9]

【箋 注】

〔1〕檢夢窗"煖風定"一首，依聲寫懷：指的是用吳文英《探芳信》一詞之韻。其詞首句即"煖風定。……"。

〔2〕滉鐙暈。帶氣侵帷犀，夢緣無分：前句"滉鐙暈"，指原來滉朗明亮的燈光，因暑氣蒸騰而在外圍罩上一圈呈環狀或弧狀的昏暗光環。滉朗，本用以形容雲開之狀。梅堯臣《至和元年四月二十日夜夢蔡紫微君謨》詩："滉朗天開雲霧閣，依稀身在鳳皇池。"元好問《乙卯往鎮州》詩："野陰時滉朗，冷雨只飄蕭。"中句"帶氣侵帷犀"，"帷犀"又稱"鎮帷犀"，亦作"鎮幃犀"，指掛在帷帳四角用來防止帷帳牽動的犀角。語出杜牧《杜

秋娘》詩：“虎睛珠絡褓，金盤犀鎮帷。”蘇軾《四時詞》之四
亦云：“夜風搖動鎮帷犀，酒醒夢回聞雪落。”中句謂室內之暑
氣不但驅之不散，反而直侵詞人所躺臥的睡床。後句“夢緣無
分”謂作者因酷熱惱人而難以入睡。

〔3〕旋自抱衾裯，雲廊睡魔引：前句之“旋”解作隨即、立即；
“衾”指被子；“裯”指被單。此句謂作者抱起被子走到室外去。
後句之“雲廊”即家中的走廊。“睡魔引”謂家中的走廊比室內
涼快些，較宜讓人入睡。

〔4〕藕花風舞莊胡蝶，芳影來偏準：前句之“藕花風”本自元王惲
詩：“人立藕花風”，意思是說人處於荷花香氣陣陣吹來的環境
中。而“舞莊胡蝶”則暗用“莊周夢蝶”的典故，見前《滿江
紅·和伯端春暮懷人均》注〔2〕。惟此句僅虛用其意，藉以喻
走廊時有涼風吹來，令作者仿若置身“藕花風”中，很快便進
入夢鄉了。後句之“芳影”指夢中蝴蝶的蹤影，“來偏準”指這
隻夢蝶準時而來。作者藉此句喻自己迅即入睡，與飛舞著的
“莊蝴蝶”在夢中相會。

〔5〕憑相招、迺暑仙山，洞深留粉：前句“憑相招”指依託、仰仗
作者的邀請；“迺暑”猶避暑。《新唐書·張說傳》：“後迺暑三陽
宮，迄秋未還。”王韜《遊晃日乘序》：“時方盛夏，謀迺暑所。”
而“迺暑仙山”意指作者與夢蝶一同前往仙山去避暑。後句
“洞深留粉”指夢蝶在深邃清涼的窯洞中不覺留下身上的香粉。

〔6〕編綵翅為紖。恐鞥得魂飛，化身難認：前句之“編”指用細條
或帶狀的東西交叉組織起來，如編結、編織、編綦等。而“紖”
之本義為拴牛馬的繩索，此處則解作用以拴繫著夢蝶彩翅的小
繩子。此句“編綵翅為紖”，謂作者想用小繩子把夢蝶的彩翅編
織起來，並牢牢地拴繫著不讓牠離去。至於“恐鞥得魂飛，化
身難認”二句，其中“鞥”原指帶嚼子的馬籠頭，又稱馬勒，
如杜甫《醉為馬墜諸公攜酒相看》詩：“江村野堂爭入眼，垂鞭

韉鞚凌紫陌。"五代孫光憲《生查子》詞:"暖日策花驄,韉鞚垂楊陌。"其引申義可解作駕馭,此處即用此義。"化身"指使形體變換,或借指人或事物所轉化的種種形象。元鮮於樞《題趙模拓本蘭亭後》詩:"《蘭亭》化身千百億,貞觀趙模推第一。"作者在後二句中擔心夢蝶有能力駕馭自己的魂魄去向,若不把牠的彩翅予以編織並用小繩緊拴繫著不放,一旦讓其隨意"化身",屆時恐怕自己再難把牠辨認出來。

〔7〕步月穿林,簫按向誰問:前句"步月"謂人在月下散步或行走;"穿林"指穿過樹林。蘇軾《定風波》:"莫聽穿林打葉聲,何妨吟嘯且徐行。"此句謂作者在夢中獨自於月下穿過樹林漫步前行。後句"簫按向誰問"乃"向誰問按簫(者是何人)"的倒裝省略句。此句虛用漢劉向《列仙傳·蕭史》"吹簫引鳳"的典故:"蕭史者,秦穆公時人也,善吹簫,能致孔雀、白鶴於庭。秦穆公有女字弄玉,好之,公遂以女妻焉。日教弄玉吹簫作鳳鳴。居數年,吹似鳳聲,鳳凰來止其屋。公為作鳳台,夫婦止其上,不下數年。一旦,皆乘鳳凰飛去。故秦人為作鳳女祠於雍宮中,時有簫聲而已。"值得注意的是,作者此處不過虛用"吹簫引鳳"典故,藉以喻夢境中簫聲的引人入勝而已。

〔8〕巖邊忽響溪湍細,唬曙禽聲紊:前句"湍"的本義是指急流的水,也可形容水勢急速。此句意謂作者在夢中漫步走到巖邊,耳畔忽然響起的溪流聲竟由水勢急速驟變至越來越微弱。後句"唬曙禽聲紊"之"紊"解作雜亂、紛亂。此句指天亮前禽鳥發出的啼叫聲雜亂無章。

〔9〕但微聞、怨我霜痕兩鬢:此句"但微聞"謂作者只是隱約聽到。而"怨我霜痕兩鬢"則謂群鳥紛紛在抱怨,為何竟在晨光熹微時見到我這個兩鬢斑白的老人出現在牠們眼前。

【評　析】

詞序前半言"夏夜溽暑不成寐,移榻廊間翠陰扇涼,扶頭一覺,晨光熹微矣"，此詞當為庚寅歲（1950）盛夏氣候潮濕悶熱期間之作。復據詞序後半"檢夢窗'煖風定'一首，依聲寫懷"所云，乃作者據夢窗集中之《探芳信》一詞的依韻追和之作。此詞泰半篇幅用來寫夢境，奇思壯彩迭見，文勢跌宕起伏，運意曲徑通幽，收結綰合自然，教人閱後印象深刻。

（周兼善箋注）

拜星月慢　粵俗七夕家家鍼樓，鐙席爭奇鬥巧，他省所無。三十年來，此風漸戢，今年聞又有踵事增華者。干戈遍地，民不聊生，寧有此閒心遊賞耶？依均夢窗書感。[1]

　　駕鵲天河，叱牛雲漢，小別相攜前地。[2]隔歲飛軿，欻笙歌囂世。[3]話離緒，漫道、無端玉漏空數，有劫銀波難洗。[4]祇枉紅樓，敞簾珠十里。[5]　　自嬌癡、履怯凝霜砌。金風也、引帶羅襜起。[6]篆鼎久任苔侵，掩煙猊香膩。[7]甚筵瓜、浪設留仙醉。機織了、料得蘭房閉。[8]那竟又、乞巧今宵，卜鍼神闌外。[9]

【箋　注】

〔1〕依均夢窗書感：指的是依吳文英《拜星月慢》詞之韻。

〔2〕駕鵲天河，叱牛雲漢，小別相攜前地：首句"駕鵲天河"，傳說牛郎、織女分居天河兩岸，每年七夕，喜鵲飛臨天河，彙聚成橋，使之相會。事見《歲華紀麗·七夕》注引應劭《風俗通》，後因以"駕鵲"為七夕的典實。中句"叱牛"即高聲呼喝驅牛、牧牛；"雲漢"即銀河，《詩經·大雅·雲漢》："銀河倬彼雲漢，昭回於天。"末句"相攜"亦作"相攜"，謂互相攙扶、相

伴。語見《東觀漢記·鄧禹傳》:"禹乘勝獨克,而師行有紀,皆望風相攜以迎,降者日以千數,眾號百萬。"蘇軾《甘露寺》詩:"但有相攜人,何必素所歡。"這三句大意是說,今年時屆七夕,喜鵲又再飛臨天河,彙聚成橋,以便牛郎高聲呼喝驅牛過橋,與處於河漢另一端的妻子織女再度在天河的中央相會。

〔3〕隔歲飛軿,欵笙歌囂世:前句之"軿"乃古代一種有帷幔的車,多供婦女乘坐。宋晁補之《陌上花八首之三》:"不見當時翠軿女,今年陌上又花開。"此句形容織女又再乘坐去年那輛裝有帷幔的車子前來與牛郎相會。後句"欵"指款迎,即熱情、殷切地歡迎嘉賓到來。"囂世"形容擾攘不寧的人間世。陳子昂《送中嶽二三真人序》:"羽人長往,去囂世,走青雲。"此句"欵笙歌囂世",意謂人世間正奏起笙歌,藉以熱情、殷切地歡迎牛郎織女一年一度在天河相會。

〔4〕話離緒,漫道、無端玉漏空數,有劫銀波難洗:前句"話離緒",謂牛郎織女隔歲重逢,在七夕當天方得以共訴離情別緒。中句"漫道"解作莫說、別說或不要說。如王昌齡《送裴圖南》詩:"漫道閨中飛破鏡,猶看陌上別行人。"陸游《步至湖上寓小舟還舍》詩之五:"漫道貧非病,誰知懶是真。"而"無端"指無緣無故、沒有來由、毫無道理可言的事情。至於"玉漏空數",則形容明知沒有結果仍舊守候在"玉漏銀壺"旁邊白白地數著更漏。所謂"玉漏銀壺"為古代的計時器具,以漏刻之法計時,具體方法是用銅壺盛水,壺底打通一小孔,壺中立刻度箭,壺中的水逐漸減少,箭上的度數便依次顯露,這樣就可按度計時,擊鼓報更。後句"有劫"之"劫"是梵文劫簸(kalpa)的音譯,它在印度原來並非佛教創造的名詞,乃是古印度用來計算時間單位的通稱,可以算作長時間,也可以算作短時間,長可長到無盡長,短也可以短到一剎那。不過,通常人們所稱的劫,是指三千大千世界的長時間而言,本詞所云即

用此義。這處"有劫"是指牛郎織女夫妻遭天帝強行分隔河漢兩地，每年僅許在七夕當天才可重逢的劫難。而"銀波難洗"中之銀波即銀河，此句意謂就算是銀河也難清洗牛郎織女夫妻別居異地，每歲只許一見的劫數。

〔5〕祇枉紅樓，敞簾珠十里：前句之"紅樓"即此詞小序提及的粵地"鍼樓"，亦作"針樓"或"穿針樓"，喻婦女所居之樓房。葛洪《西京雜記》卷一曰："漢綵女常以七月七日穿七孔鍼於開襟樓，俱以習之。"《太平御覽》卷八三〇引南朝顧野王《輿地志》："齊武起曾城觀，七月七日宮人登之穿針，世謂穿針樓。"南朝庾肩吾《奉使江州舟中七夕》詩："莫言相送浦，不及穿針樓。"後以"針樓"謂婦女所居之樓。如唐沈佺期《牛女》詩："粉席秋期緩，針樓別怨多。"唐陳元初《憶長安·七月》詩："七夕針樓競出，中元香供初移。"首句"祇枉紅樓"，謂只可惜粵地"鍼樓"的婦女枉費了向織女乞巧的苦心。後句"敞簾珠十里"則虛用杜牧《贈別》詩"娉娉嫋嫋十三餘，豆蔻梢頭二月初。春風十里揚州路，卷上珠簾總不如"末二句意。"簾珠"即"珠簾"，乃歌樓舞榭之設置，喻紅衣翠袖之美人。而廖詞之"敞簾珠十里"，則指粵地十里長街"鍼樓"上的婦女在七夕佳節紛紛把珠簾敞開，以便自己當窗向天上的織女乞巧而已，並無杜牧原詩揚州佳麗爭妍競秀之含意。

〔6〕自嬌癡、履怯凝霜砌，金風也、引帶羅幪起：前句"自嬌癡"，謂自身天真可愛而不解事。宋之問《放白鷴篇》："著書晚下麒麟閣，幼稚嬌癡侯門樂。"而"履怯凝霜砌"則暗用杜牧《七夕》詩"銀燭秋光冷畫屏，輕羅小扇撲流螢。天階夜色涼如水，臥看牽牛織女星"第三句意，形容七夕之際露天的石階像"凝霜"般寒涼，令那些穿上薄底布鞋的婦女害怕踏足在其上。作者在此處笑粵地"鍼樓"上那些婦女天真可愛卻不解事，既想在七夕時趁佳節向天河上的織女乞巧，但與此同時又怕露天的

石階寒若"凝霜"而不敢踏足於其上。後句"金風也、引帶羅
幨起"乃"金風也、引羅帶幨起"的倒裝句。其中"金風"即
西風、秋風；而"引帶羅幨起"則指西風也將婦女身上的羅帶
緩緩牽引而起，使之迎風搖曳飄揚。

〔7〕篆鼎久任苔侵，掩煙猊香膩：前句"篆鼎"原指鑄有篆書銘文
的鼎，後泛指古董、文物。杜牧《李賀集序》："風檣陣馬，不
足為其勇也；瓦棺篆鼎，不足為其古也。""久任苔侵"謂連年
戰禍不息，國內許多古董文物都因日久無人打理而任由苔蘚侵
蝕，致令物件上的文字難以辨認。如李白《凌歊台》詩云："欲
覽碑上文，苔侵豈堪讀。"後句"煙猊"即金猊，指古代富貴人
家所用的一種香爐。明陸容《菽園雜記》卷二："金猊，其形似
獅，性好火煙，故立於香爐蓋上。"清和邦額《夜譚隨錄・韓樾
子》："廳上置金猊，爇異香，地平如鏡。"這種香爐蓋作狻猊
形，空腹；焚香時，煙從獸口出。花蕊夫人《宮詞》之五二：
"夜色樓臺月數層，金猊煙穗繞觚稜。"此處"掩煙猊香膩"，則
意謂神州大地戰火連天，不少富貴人家所用的金猊香爐也乏人
問津，居於粵地以外的國人如今在七夕當天恐怕再無焚香叩拜
織女的雅興，遂令傳統那種自金猊口冒出的濃膩香氣今年也難
以嗅到了。

〔8〕甚筵瓜、浪設留仙醉，機織了、料得蘭房閉：前句"甚筵瓜、
浪設留仙醉"乃"甚浪設、筵瓜留仙醉"的倒裝句，意謂在兵
燹未消的七夕，粵女為甚麼還要浪費錢財，在家中擺設著滿筵
席瓜果祭品，只期此夜留得天仙與己共醉？後句"機織了"指
結束、完成了用紡織機織布的工作之後；"料得蘭房閉"的"蘭
房"猶指香閨，喻舊時婦女所居之室。《文選》潘岳《哀永逝
文》："委蘭房兮繁華，襲窮泉兮朽壤。"呂延濟注："蘭房，妻嘗
所居室也。"南朝劉孝綽《淇上戲蕩子婦示行事》詩："日闇人
聲靜，微步出蘭房。"唐王績《詠妓》："妖姬飾靚妝，窈窕出蘭

房。"此處謂織女在七夕當天完成了織布工作後,隨即趕往銀河會牛郎,作者料想她平日所居的香閨此時應已重門緊閉,織事亦暫告一段落了。

〔9〕那竟又、乞巧今宵,卜鍼神闕外:前句"那竟又、乞巧今宵","那"字在這裡屬疑問詞,猶何也、如何、奈何之意。作者感嘆奈何今宵竟然又在"干戈遍地,民不聊生"的苦難日子適逢乞巧佳節。後句之"卜鍼"又稱"丟巧針"亦作"丟針兒",屬舊時七月七日乞巧的風俗。明劉侗、于奕正《帝京景物略·春場》:"七月七日之午,丟巧針。婦女曝盎水日中,傾之,水膜生面,繡鍼投之則浮;則看水底鍼影,有成雲物、花頭、鳥獸影者,有成鞋及剪刀、水茄影者,謂乞得巧。"清富察敦崇《燕京歲時記·丟針》亦云:"京師閨閣,於七月七日以碗水暴日下,各投小針,浮之水面,徐視水底日影,或散如花,動如雲,細如綫,觕如椎,因以卜女之巧拙。俗謂之丟針兒。"另一說"卜鍼"為舊時宮廷習俗,宮中女子則以五彩絲穿九孔針,先穿完者為得巧,遲為視作輸巧。如五代王仁裕《開元天寶遺事》:"七夕,宮中以錦結成樓殿,高百尺,上可以勝數十人,陳以瓜果酒炙,設坐具,以祀牛女二星,妃嬪各以九孔針五色線向月穿之,過者爲得巧之侯。動清商之曲,宴樂達旦。土民之家皆效之。"元陶宗儀《元氏掖庭錄》說:"九引台,七夕乞巧之所。至夕,宮女登臺以五彩絲穿九尾針,先完者爲得巧,遲完者謂之輸巧,各出資以贈得巧者焉。"乞巧節最普遍的習俗,就是婦女們在七月初七的夜晚進行的各種乞巧活動。乞巧的方式大多是姑娘們穿針引線驗巧,做些小物品賽巧,擺上些瓜果乞巧,各個地區的乞巧的方式不盡相同,各有趣味。因爲這天有穿針乞巧的習俗,故又稱穿針節。這是最早的乞巧方式,始於漢,流傳於後世。而"神闕外"則指神仙界域範圍之外,亦即世間塵俗凡人所居之地,此處專指粵地婦女向天乞巧的"鍼樓"。

【評　析】

此詞當為庚寅歲（1950）農曆七月初七應節之作。又據詞序末句"依均夢窗書感"所云，乃作者據吳文英《拜星月慢》一詞的依韻之作。結句隱含感時傷亂的情懷，行文運意曲折，惹人深思。

（周兼善箋注）

蕙蘭芳引　七月十一日處暑，前人未有詠者，漫成一解。此調夢窗於清真四聲十依八九，余則全依之。[1]

涼雨洗空，盪雲影、綺羅般薄。[2]漫薄似恩情，嬌再扇捐淚落。[3]暗螢凳底，暫放了、低飛休撲。[4]只汗痕不點，粉額今無珠錯。[5]　　帝赤行權，天青懸鑑，所處應確。[6]問金井梧飄，曾否倦蟬喚覺。[7]新鴻傳訊，到樓我約。[8]歌吹堤、呼櫂載花移酌。[9]

【箋　注】

〔1〕此調夢窗於清真四聲十依八九，余則全依之：指的是周邦彥《蕙蘭芳引》（仙呂），以及吳文英題曰"林鐘商俗名歇指調，賦藏一家吳郡王畫蘭"之《蕙蘭芳引》此二詞。至於作者所謂"依清真四聲"之準則為何，因其所涉之內容頗為複雜，於茲不贅。

〔2〕涼雨洗空，盪雲影、綺羅般薄：意謂天空雲影經涼雨洗滌過後，變得像綺羅般輕盈通透，澄明怡人。

〔3〕漫薄似恩情，嬌再扇捐淚落：前句"漫薄似恩情"，"漫"即不拘形式地隨便談談個人體會或發表意見。而"薄似恩情"，則謂詞中女子從天上雲影"綺羅般薄"的"輕薄"，聯想到人世間那

些薄幸負心漢的"輕薄"寡情。後句"嬌再扇捐淚落",此處之"嬌"指詞中那個用情專一的癡心女子。"扇捐"乃"秋扇見捐"的縮略語,"見"可解作被、遭之意;"捐"則指拋棄。意謂秋涼以後,扇子就被棄置一旁不復使用了,舊時常藉此喻婦女遭丈夫或情郎拋棄。"秋扇見捐"典故出自班婕妤《怨歌行》詩:"新裂齊紈素,鮮潔如霜雪。裁為合歡扇,團團似明月。出入君懷袖,動搖微風發。常恐秋節至,涼飆奪炎熱。棄捐篋笥中,恩情中道絕。"而此處"嬌再扇捐淚落",同樣隱含藉物喻人深義,謂這個癡情女子因一再遭到輕薄男子拋棄而傷心流淚。

〔4〕暗螢甃底,暫放了、低飛休撲:前句"暗螢",本指螢火蟲閃爍的光芒墜落在昏暗的草叢中。"暗螢"脫胎自李頻《夏日》詩:"露色浮寒瓦,螢光墮暗叢。"而"甃底"即磚砌的井壁底。此句謂螢火蟲墜落在磚砌井壁底,不時發出閃爍的昏暗光芒。後句"暫放了、低飛休撲",謂詞中那個遭拋棄的不幸女子,在夏夜看到與她同處窘境的甃底暗螢時,不禁起了惻隱之心,寧可暫時放過了那些在井壁底低飛的螢火蟲,讓牠們在此自由地迴旋飛舞,也不忍心撲捕這些可憐的小昆蟲回家以供個人玩賞。

〔5〕只汗痕不點,粉額今無珠錯:前句"汗痕"指臉上的汗漬。"不點"之"點"本義為細小的黑色斑痕,而"只汗痕不點"則道明詞中女子只是為了不想在臉上留下汗漬的痕跡,這句在上下文中屬"前因"關係。後句"珠錯"指貴重的珠寶金銀首飾。《通俗文》云:"金銀要飾謂之錯鏤。"而"粉額今無珠錯",指她的額上至今仍無配戴任何珍貴的珠寶金銀首飾,此句在上下文中屬"後果"關係,藉以解釋她這樣做是不想在臉上留下汗痕的印記。

〔6〕帝赤行權,天青懸鑑,所處應確:前句"帝赤行權"即"赤帝行權"的倒裝句。"赤帝"即祝融氏,後世以為火神。《淮南子·時則訓》:"南方之極……赤帝祝融之所司者,萬二千里。"

《後漢書·祭祀志中》："立夏之日，迎夏於南郊，祭赤帝祝融。"
唐吳筠《遊仙》詩之九："赤帝躍火龍，炎官控朱鳥。"宋羅泌
《路史·前紀八·祝誦氏》："(祝融氏)以火施化，號赤帝。""行
權"即"反經行權"的簡稱。其中"經"乃常道；"權"指權宜
的辦法。"反經行權"亦即違反常規，採取權宜之計。《公羊
傳·桓公十一年》："權者何？權者反於經，然後有善者也。"《史
記·太史公自序》："諸呂為從，謀弱京師，而勃反經合於權。"
此句"帝赤行權"謂在炎夏以火施化的赤帝，因體恤世人皆苦
於盛夏酷熱，故不惜違反常規，採取權宜之計，從雲端降下一
場及時雨以一解萬民之苦況。中句"天青懸鑑"即"青天懸
鑑"的倒裝句。其中"青天"乃比喻為官公正，喻清官。而
"懸鑑"乃"明鏡高懸"的簡稱，比喻執法嚴明，判案公正，
辦事無私。也可喻目光敏銳，識見高明，能洞察一切的在上位
者。如關漢卿《望江亭》第四折："今日個幸對清官，明鏡高
懸。"此句意在讚頌"帝赤行權"之舉堪比"青天懸鑑"的愛
民父母官所為。後句"所處應確"，則認同"帝赤行權"之舉
應是正確無誤的，值得世人稱許。

〔7〕問金井梧飄，曾否倦蟬喚覺：前句"問金井梧飄"乃"問金井
　　飄梧"的倒裝句，意謂詞中女子想問隨風飄下金井的梧桐葉，
　　它為何會知道秋至的消息。此處"問金井梧飄"襲用了南唐馮
　　延巳《拋球樂》詞句："燒殘紅燭暮雲合，飄盡碧梧金井寒。"
　　後句"曾否倦蟬喚覺"乃"曾否(為)倦蟬喚覺"的省略句，指
　　詞中女子欲問飄下金井的梧桐葉，它是否曾被慵倦的寒蟬喚醒，
　　因而才會得知秋來的訊息。

〔8〕新鴻傳訊，到樓我約：前句"新鴻傳訊"即"雁足傳書"之
　　意，此處暗用了"雁足傳書"的典故。"鴻"即大雁；"書"指
　　書信、家書。古人深信大雁能傳遞書信。宋袁去華《宴清都》
　　詞："人言雁足傳書，待盡寫、相思寄與。"此句"新鴻傳訊"，

謂詞中女子剛收到意中人報平安的來信。後句"到樓我約"乃
"約我到樓(台相會)"的倒裝省略句,謂情郎來信約定我在他
賦歸當天到樓台相會。

〔9〕歌吹堤、呼櫂載花移酌:"歌吹"指歌聲和樂聲。鮑照《蕪城
賦》:"廛閈撲地,歌吹沸天。"溫庭筠《旅泊新津卻寄一二知
己》詩:"併起別離恨,思聞歌吹喧。"此處"歌吹堤"謂在堤
岸上以歌聲和樂聲迎接情郎歸來。而"呼櫂"之"櫂"其本義
為長的船槳,引申可指船艇。此處"呼櫂"有僱船沿河觀光之
意。至於"載花移酌",則謂二人攜酒到"載花船"上共飲。
"載花船"舊指載有歌妓招客之船,如《清平山堂話本·柳耆卿
詩酒翫江樓記》:"月仙惆悵,而作詩歌之:'自恨身為妓,遭淫
不敢言。羞歸明月渡,懶上載花船。'"惟此詞的"載花船"則
僅指有彩飾的遊船而言。此句謂詞中女子擬在堤岸上以歌聲和
樂聲迎接情郎歸來,然後一同攜酒到有彩飾的遊船上共飲盡歡,
藉以稍解久別相思之苦。

【評 析】

此詞當寫於庚寅歲(1950)盛夏之際。作者特以仿花間體的格
調,藉著傳統香草美人的比興寫作手法,細緻刻畫深閨女子既多情
又多疑,時而怨抑自憐,時而驚喜期盼的複雜思緒,從而似有還無、
若即若離地抒發其幽曲的寄興與情懷,可說是一闋言近旨遠之作。

(周兼善箋注)

醜奴兒近 騎秋一雨,繼以處暑,炎氛迄未盡退。詠楚十六
妹駕車約小憩其近郊別墅中。廊逐峰迴,簾扶
雲起,風景信美,惜為羶腥氣所掩!憶稼軒此
調注云"效李易安體",查四印齋刻《漱玉集》

不見其詞。余愛稼翁“無事過者一夏”句，夷然索得此解。[1]

香車遙輾，繡野一碧無價。[2]但眼注林亭，翻想輞川圖畫。[3]低牆堊粉，樓幾處、不管誰家；草都薰染西風，夷變用怎勿夏。[4]　乃更關情，禽披宿雨，淚教花灑。[5]酒轉添愁醉，那笛消閒暇[6]。匝機地竹，陰曳夕、霞鶩外正下。[7]倦遊歸寢，山靈恰似、約剪燭話。[8]

【箋　注】

〔1〕余愛稼翁“無事過者一夏”句，夷然索得此解：指的是辛棄疾《醜奴兒近》(博山道中效李易安體)一詞。詞中句云：“只消山水光中，無事過這一夏。”鳳舒先生此詞乃依韻稼軒的追和之作。

〔2〕香車遙輾，繡野一碧無價：前句“香車”喻華麗的車子。韋應物《長安道》詩：“寶馬橫來下建章，香車卻轉避馳道。”此詞則指名貴華麗的轎車。“輾”通“碾”，形容車輪滾壓而過。“遙輾”謂作者與詠楚十六妹所乘的轎車在長長的路面上疾馳而過。後句“繡野一碧無價”指像錦繡般的原野一片碧綠，優美怡人，其價值實無法計算，喻郊野綠油油的大自然景色極為珍貴。

〔3〕但眼注林亭，翻想輞川圖畫：前句“眼注”指集中目光細看。“林亭”指樹林亭台的景色。後句之“翻”表示轉折，相當於反而、卻之意。如李白《猛虎行》：“秦人半作燕地囚，胡馬翻銜洛陽草。”而“輞川圖畫”是指唐代詩人王維所繪的一幅名畫，他曾把其所居的輞川別業二十勝景繪於其上，故名。輞川原為水名，即輞谷水。諸水會合如車輞環湊，故名。在陝西省藍田縣南，源出秦嶺北麓，北流至縣南入灞水。唐詩人王維曾置別業於此。此二句謂作者一方面集中目光細看當前的樹林亭台美

景，另一方面腦海中卻想到詠楚十六妹所居的近郊別墅其清幽雅致直可比美王維所繪的名畫《輞川圖》，足以令人沉醉其間，留連忘返。

〔4〕低牆堊粉，樓幾處、不管誰家；草都薰染西風，夷變用怎勿夏：首句之"堊粉"即白堊粉，是一種以方解石、文石、石灰石等經煆燒而成的塗牆用粉料，一般統稱白堊。"低牆堊粉"，謂近郊別墅附近的樓房其低牆皆以白堊粉塗飾。次句"樓幾處、不管誰家"，謂別墅附近有幾處樓房，而這些物業究屬誰家所有則毋須理會。第三句的"薰染"可解作渲染、點染，如宋周煇《清波雜誌》卷五云："米元暉善畫，能以古為今，蓋妙於薰染縑素。"此句"草都薰染西風"，喻四周的芳草經雨後西風的點染，顯現絲絲秋意。第四句"夷變用"謂洋人的建築物善於利用環境而以變化，"怎勿夏"意謂怎麼會予人這里好像沒有夏天的錯覺。

〔5〕乃更關情，禽披宿雨，淚教花灑：前句"乃"有卻、可是、然而的轉折意思，如劉向《列女傳》："乃日視便利田宅可買者（卻每天尋找可買的合適土地房屋）。"而"關情"指為之動心或被外物牽動情懷。唐陸龜蒙《又酬襲美次韻》："酒香偏入夢，花落又關情。"也可指對人或事物頗為注意、重視。如唐崔峒《送蘇修遊上饒》詩："世事關情少，漁家寄宿多。"這句"乃更關情"謂作者卻對眼前的景物動心，進而被其牽動情懷。中句"禽披宿雨"之"宿雨"指昨夜的雨。此句謂眼前禽鳥的羽毛猶帶著昨宵的雨水。後句"淚教花灑"乃"教花灑淚"的倒裝句。"教"有令、讓、使之意。末句形容郊野的花卉同樣是宿雨未乾，就好像昨夜的那場雨使它們紛紛為之灑淚般。

〔6〕酒轉添愁醉，那笛消閒暇：前句"酒轉添愁醉"，謂作者喝了一些酒在微醉中反而更添愁緒。後句"那笛消閒暇"，此句按詞牌少了一字，疑在"那"後脫一"許"字，當作"那（許）"，指

怎麼允許。而“笛消閑暇”謂空閒無事，以吹笛來消磨時間。全句則謂酒後徒增愁思，已無心藉吹笛以打發閒暇時間。

〔7〕匝機地竹，陰曳夕、霞鶩外正下：前句“匝”指四周遍佈了；“機”此處可解作危險，如劉安《淮南子·原道》：“如處高而不機。”而“匝機地竹”則指四周遍佈了足以對禽鳥構成危險的地竹。後句“曳”的本義為牽引、拖拉，而“陰曳夕”形容黃昏時分天色驟然被陰雲牽扯至陰暗。“霞鶩外正下”，此句按詞牌衍一“外”字，當作“霞鶩正下”。“霞鶩”乃落霞與孤鶩的合稱，其中鶩本指野鴨，此詞則泛指飛鳥而言。語本王勃《騰王閣序》：“落霞與孤鶩齊飛，秋水共長天一色。”元洪希文《陪東泉郡公作霖料院雨登楫江水亭》詩：“瓦棟鼃魚知客至，水天霞鶩背人飛。”霞鶩正下，喻日落時分落霞和飛鳥正徐徐自天邊向山林幽深處降下。

〔8〕倦遊歸寢，山靈恰似、約剪燭話：前句“倦游”形容遊玩的興致已盡，或厭倦了行旅生涯。陸機《長安有狹邪行》：“余本倦遊客，豪彥多舊親。”《北史·毛鴻賓傳》：“羈寓倦遊之輩，四座常滿。”而“歸寢”則謂是時候歸家就寢了。後句“山靈”乃山神的別稱。《文選》班固《東都賦》：“山靈護野，屬御方神。”李善注：“山靈，山神也。”“約剪燭話”則暗用了“剪燭西窗”或“剪燭夜話”的典故，此典出自李商隱《夜雨寄北》詩：“君問歸期未有期，巴山夜雨漲秋池。何當共剪西窗燭，卻話巴山夜雨時？”所謂“剪燭”是指把已燒毀的燭芯剪掉，以助蠟燭燃燒，引伸為與友人挑燈夜談。末二句謂作者在遊興已盡準備賦歸之際，驀然發現黃昏中的峰巒就好像彼此相約對方留下來“剪燭夜話”一樣。

（周兼善箋注）

訴衷情 新秋漫成。按《金奩集》載溫飛卿[1]三首；《花間》載溫作只一首，餘二首韋莊[2]作。毛文錫、顧瓊各二首，魏承班[3]五首，字數皆不同。余仿溫、韋、魏各一首。

宵冷，金井，梧弄影，半奩開。[4]蛾樣巧，人姣，步香苔。踐濕合歡鞋。[5]猜猜，書鴻來未來，[6]溜鴛釵。[7]

【箋　注】

〔1〕溫飛卿：溫庭筠（812—870），字飛卿。晚唐詞人，開花間詞派香豔之風。

〔2〕韋莊：字端己（836—910），他的詩詞都很著名，詩極富畫意，詞尤工。與溫庭筠同為"花間派"重要詞人，有《浣花集》。

〔3〕魏承班：約後唐明宗長興初前後（930年前後）在世。魏承班工詞，艷麗似溫庭筠。

〔4〕宵冷，金井，梧弄影，半奩開：宵是夜的意思，尤特指前半夜。宵冷，謂夜裏很冷。金井，以金代指珍貴、華美之義，指的是井欄雕飾華美的井，一般用以指宮庭園林裡的井。梧，梧桐。梧弄影，謂梧桐使影子也隨著自身的活動搖晃或移動。古代詩人常用梧桐金井說明時已至晚秋，如李白《贈別舍人弟台卿之江南》詩："去國客行遠，還山秋夢長。梧桐落金井，一葉飛銀床。"王昌齡《長信秋詞》中也有詩句"金井梧桐秋葉黃"。而"奩"是女子梳妝用的鏡匣，"半奩開"指鏡匣呈半開狀態。此四句分寫時值夜深之際，在宮庭園林裡的金井旁邊，梧桐的影子舞動，女子梳妝的鏡匣半開。

〔5〕蛾樣巧，人姣，步香苔。踐濕合歡鞋：蛾樣，喻女子的雙眉；巧，指把眉毛畫得精巧秀麗。人姣，即姣人，指容貌美好的女子。《漢書·東方朔傳》："左右言其姣好。"注："美麗也。"苔

指青苔或苔蘚，常貼在陰濕的地方生長。步香苔，指宮中女子走過長滿青苔地上。踐，謂踩、踏。"踐濕合歡鞋"，指女子在長滿青苔的陰濕地方走過，腳上的合歡鞋也給弄濕了，此處暗用了宋高翥《春情四首之四》詩意："鬥草歸來上玉階，香塵微浣合歡鞋。"

〔6〕猜猜，書鴻來未來：猜猜，猜測揣度之意。書鴻，又稱"寄書鴻"、"寄書雁"、"寄書雁翼"、"雁足傳書"等，此典故見《漢書·李廣蘇建子蘇武傳》："數月，昭帝即位。數年，匈奴與漢和親。漢求武等，匈奴詭言武死。後漢使復至匈奴，常惠請其守者與俱，得夜見漢使，具自陳道。教使者謂單于，言天子射上林中，得雁，足有繫帛書，言武等在某澤中。"單於見不能隱匿，遂放還蘇武等人。後因以"雁字"或"書鴻"稱書信或送信的人。此處"書鴻來未來"意指不知送信的人有沒有來過。

〔7〕溜鴛釵：鴛釵乃古代婦女戴的釵頭，由雙股合成，故稱鴛釵。韋應物《長安道》詩："麗人綺閣情飄颻，頭上鴛釵雙翠翹。"宋時風俗，議婚時兩親相見，若新人中意，即以金釵插於冠髻中，謂之"插釵"。而"溜鴛釵"則其意與此相反，指女子插於髮髻中的鴛釵忽然滑落了，令人擔心這段姻緣可能會出現變數。如清錢斐仲《清平樂·遲遲春晝》云："輕薄忽隨風去，撩人溜了鴛釵。"

【評　析】

此詞作於庚寅（1950）秋，據小題所云，此乃仿效溫庭筠《訴衷情》同調之作。

不斷鐙漪搖夢曉，夢無成。[1]鸚急喚，衾戀，隔簾聽。[2]疏雨透紗櫳，[3]亭亭。沼荷千蓋傾，淚珠凝[4]。

【箋　注】

〔1〕不斷鐙漪搖夢曉，夢無成：漪，指水的波紋。此二句意謂高懸的燈籠在風中搖幌著，燈影像水的波紋那樣不斷地向外緣擴散，令詞中的女主人在夜間睡不安寧，好夢難成，而窗外很快也曉光初露了。

〔2〕鸚急喚，衾戀，隔簾聽：鸚急喚，鸚鵡急促地呼喚著女主人。衾戀即戀衾，謂依戀著被子，不想與它分開。而“隔簾聽”則謂女主人隔著珠簾聽到鸚鵡在叫喚她，但她卻仍依戀著被子不願起床。

〔3〕疎雨透紗櫺：疎同疏。“疎雨”意謂“疏落的雨點”，頗能予人輕柔纏綿的感覺。賀鑄《南歌子》詞：“疏雨池塘見，微風襟袖知。”而“櫺”指舊式房屋雕花的窗格，班固《西都賦》：“舍櫺檻而卻倚，若顛墜而復稽。”此處“透紗櫺”，謂女主人在屋內透過蓋上碧紗的窗格子，可以看到外面正飄灑著疏落的雨絲。

〔4〕亭亭。沼荷千蓋傾，淚珠凝：亭亭，形容蓮花長得高潔美好的樣子。周敦頤《愛蓮說》：“予獨愛蓮之出淤泥而不染，濯清漣而不妖，中通外直，不蔓不枝，香遠益清，亭亭淨植，可遠觀而不可褻玩焉”。沼即水池，指積水的窪地。上古時期，池和沼都可表水池，塘在中古時期才用以表示水池。一說圓曰池，曲曰沼。沼荷，即種植於池沼中的荷花，宋王灼《送釋上人出蜀》有“久雨敗沼荷”句。蓋，古車篷。傾蓋，原指兩車途中相遇，車上人停車交談，雙方車蓋往一起傾斜，形容一見如故的朋友交往。張炎《疏影·詠荷葉》詞：“鴛鴦密語同傾蓋，且莫與、浣紗人說。”此處“千蓋傾”，則謂千片荷蓋好像彼此在傾蓋交談般親密無間。“淚珠凝”，意謂女主人看到荷蓋像在親切交談，想到自己竟是如此寂寞孤單，欲語無人，難免萌生“物猶如此，人何以堪”的感慨；當她看到荷蓋上露珠凝聚時，不禁感懷身世，眼眶內的淚珠也在霎時間凝聚起來，悲不自勝矣。

【評　析】

此詞作於庚寅（1950）秋，從小題可知此詞乃仿效韋莊《訴衷情》同調之作。

高枝院樹不聞蟬，應拚彩扇捐。[1]恩易斷，似箏絃，飛了雁橫天。[2]　　人事恁無端，換衣般。[3]拋將歡舊締新歡，觸心酸[4]。

【箋　注】

〔1〕高枝院樹不聞蟬，應拚彩扇捐：首句謂在院落的樹枝高處聽不到蟬鳴聲，暗示秋天已漸遠去。應拚，謂應該拚任，全不顧惜、豁了出去之意。彩扇捐，意謂“秋扇見捐”。見，被、遭；捐，拋棄。秋涼以後，扇子就被棄置一旁不復使用了，舊時常藉此喻婦女遭丈夫遺棄。漢班婕妤《怨歌行》：“新裂齊紈素，鮮潔如霜雪。裁為合歡扇，團團似明月。出入君懷袖，動搖微風發。常恐秋節至，涼飆奪炎熱。棄捐篋笥中，恩情中道絕。”而“應拚彩扇捐”，同樣隱含藉物喻人的深義於其中，意謂自己已豁了出去，即使遭到拋棄也會泰然處之。

〔2〕恩易斷，似箏絃，飛了雁橫天：首二句“恩易斷，似箏絃”，謂男女之間的恩情就如古箏的絃線那樣很容易驟然斷絕，藉此與前句所云“應拚彩扇捐”相呼應。後句“雁橫天”乃“白雁橫天”的縮略語，引伸喻長空、天際。如秦觀《清門飲》詞云：“風起雲間，雁橫天末，嚴城畫角，梅花三奏。”蔣捷《賀新郎·秋曉》亦云：“萬里江南吹簫恨，恨參差、白雁橫天杪。煙未斂，楚山杳。”此處“飛了雁橫天”，意謂昔日恩情早已飛到九霄雲外去了。

〔3〕人事恁無端，換衣般：人事，指人情世事。恁，謂這樣，那樣，

如此，那麼。辛棄疾《沁園春》詞：“君非我，任功名意氣莫恁徘徊。” 無端，指沒有因由，無緣無故。屈原《九辯》：“蹇充倔而無端兮，泊莽莽而無垠。” 王逸注：“媒理斷絕，無因緣也。” 此二句謂人情世事就是這樣沒有因由可言，男子貪新厭舊就像換衣服般隨便。

〔4〕拋將歡舊締新歡，觸心酸：謂世上男兒多薄倖，往往把拋棄舊歡另結新歡視作尋常，觸景傷情，撫今追昔，令人倍覺心酸難受。

【評 析】

此詞作於庚寅（1950）秋，乃仿效魏承班《訴衷情》同調之作。這首詞寫一個遭到“秋扇見捐”對待的女子在獨處時的淒涼心境，以及其悔不當初的懊惱情懷，並從詞中流露出一抹既幽怨而又無奈的“宮詞”色彩。

（周兼善箋注）

攤破浣溪沙

伯端曩示《山花子令》即此調，述其數年前騎省之戚[1]。頃再寄《鷓鴣天》一闋，蓋重過玉蕊翁[2]觸詠地感而作者，讀之黯然。拈南唐李主[3]均答其意，詞成擲筆，欷歔欲涕也。

猶記掀髯賦菊殘見前《水龍吟》挽翁詞。翁雪鬚垂頷，故云。[4]翁歌何處不花間。[5]無那浮生竟曇泡，一般看。[6]　　燕社霧迷鐘報斷翁在日，每有詩鐘之約，[7]鯉門風急角聲寒香港月來籌備軍事甚囂塵上。[8]消長故知潮汛事，與誰干。[9]

【箋　注】

〔1〕騎省之戚：謂喪妻之哀痛。

〔2〕玉蕊翁：即玉縈翁黎六禾，名國廉，字季裴，以號行。去世時年過八十。著有《玉蕊樓詞鈔》；又擅長製作燈謎，著有《玉蕊樓春燈集》。

〔3〕南唐李主：指南唐中主李璟（916—961）。他的詞感情真摯，風格清新，語言不事雕琢，對南唐詞壇產生過一定的影響。廖詞乃依李璟《攤破浣溪沙》韻。

〔4〕猶記掀髯賦菊殘：掀髯，笑時啟口張鬚貌。蘇軾《次韻劉景文兄見寄》："細看落墨皆松瘦，想見掀髯正鶴孤。"劉克莊《沁園春·答九華葉賢良》："掀髯嘯，有魚龍鼓舞，狐兔悲嗥。"而"賦菊殘"即"賦殘菊"之意，賦，指賦詠，謂創作和吟誦詩文，《漢書·藝文志》云："不歌而誦謂之賦。"作者於此句自注曰："見前《水龍吟》挽翁詞。翁雪髯垂領，故云。"此句"猶記掀髯賦菊殘"，謂作者仍然記得玉蕊翁當日賦殘菊時笑著啟口張鬚的樣子。

〔5〕翁歌何處不花間：乃"花間何處不翁歌"之倒裝句，作者憶起玉蕊翁在世時，花間處處都可以聽到他吟誦詩文的歡樂聲音。

〔6〕無那浮生竟曇泡，一般看：無那，謂無奈，無可奈何之意。杜甫《奉寄高常侍》詩："汝上相逢年頗多，飛騰無那故人何。"浮生，指人生。古代老莊學派認為人生在世空虛無定，故稱人生為浮生。《莊子·外篇·刻意第十五》云："其生若浮，其死若休。"曇泡，為"曇花泡影"的簡稱。曇花是常綠灌木，沒有葉子，花大，白色，花期很短，成語"曇花一現"謂印度有一種優曇缽花開放之後很快就會謝萎，比喻世上稀奇而又容易消逝的事物。泡影，泡指浮漚、水泡；影指幻影。佛教常用"泡"和"影"喻事物的生滅無常，來去匆匆。一般，意謂一樣、同

樣。王建《宮詞》之三五云:"雲駮月驄各試行,一般毛色一般
纓。"全句謂應把人生視作曇花泡影一般看待。

〔7〕燕社霧迷鐘報斷:燕社,謂作者和玉蕊翁一同參與的詞社。霧
迷,謂玉蕊翁去世後,昔日詞友已無心再返詞社,就像前往詞
社的路徑為迷霧所籠罩那樣。鐘報斷,謂想起玉蕊翁昔日"詩
鐘之約"的覆報如今已經斷絕了。作者在此句自注云:"翁在
日,每有詩鐘之約。"所謂"詩鐘",是一種文字遊戲之作。其
方法為任取意義絕不相同的兩個詞,或嵌字,或分詠,創作五
言或七言詩兩句,以湊合自然,對仗工整為上。相傳拈題後以
寸香繫縷上,綴以錢,下承盂,火焚縷斷,錢落盂響,雖佳作
亦不錄。故名。見清徐兆豐《風月談餘錄》。而《清朝野史大
觀・清代述異一・詩鐘》亦云:"張南皮好作詩鐘,入樞閣後,
結習猶在。嘗限'蛟'、'斷'二字分嵌一聯,梁星海作云:'射
虎斬蛟三害去,房謀杜斷兩心同。'……儀徵張丹斧以'傳簡、
驚夢'二題廣徵詩鐘,作者頗眾。有鹽官程搏九者作成祇十字,
曰:'忽逢青鳥使,打起黃鶯兒。'餘作皆為之減色。"

〔8〕鯉門風急角聲寒:鯉門,即香港鯉魚門。風急乃"風急浪高"
之縮略語,形容風浪很大,也可用以喻局勢危急。杜甫《登高》
詩:"風急天高猿嘯哀,渚清沙白鳥飛回。"角聲,指畫角之聲,
古代軍中吹角以為昏明之節。角聲寒,謂聽著遠方傳來的畫角
之聲,心中不禁感到一陣寒意。作者在此句自注云:"香港月來
籌備軍事甚囂塵上。"蓋擔憂香港被新政權提早以軍事手段
收回。

〔9〕消長故知潮汛事,與誰干:消長,指增長與消減或旺盛與衰落,
也可指形勢或局勢變化。潮汛,指定期上漲的潮水。受太陽和
月球的引力作用,地球上的海水,每晝夜漲落二次。上漲時,
就是潮。每逢陰曆初一、月半,太陽、地球、月球在一條直線
上,引力大,就漲大潮,稱為潮汛。與誰干,謂與其他人有什

麼相干？用反問語氣表示除了自己，並非人人關心此事。作者
通過這句"消長故知潮汛事，與誰干"，表達出他對"香港月來
籌備軍事甚囂塵上"的局勢非常關注，然而這種憂患意識並非
人人皆有，不少港人甚至認為局勢變化與己無關，作者對這種
想法深表憂慮，故在末句有此語。

【評　析】

此詞作於庚寅（1950）秋，從詞序所云"伯端曩示《山花子
令》即此調，述其數年前騎省之戚。頃再寄《鷓鴣天》一闋，蓋重
過玉蕊翁觴詠地感而作者，讀之黯然。拈南唐李主均答其意，詞成
擲筆，欷歔欲涕也"，可知此答贈劉伯端《鷓鴣天》之作感慨遙深，
寄寓家國情懷。

**附劉伯端《鷓鴣天·秋日過玉蕊翁觴詠之地，緬懷舊跡，歌以
調之》原詞：**

禪榻年年憶鬢絲。墨痕猶濕篋中詞。高臺人去秋聲在，故國魂
歸夜月非。　　尋舊約，負東籬。菊花開到斷腸時。從今莫近黃壚
飲，滿目山河益酒悲。

（周兼善箋注）

新雁過妝樓　詠題四聲同君特夾鐘羽第一首[1]

鏡影盤螭。添蛾皺、長緣畫角聲淒。[2]繡簾重捲，驚陡
落玉繩西。[3]病葉初飄煙井樹，塞鴻正恁底書遲。[4]瞖愁空，
字惟辨得，著箇人兒。[5]　　何曾周郎顧曲，未素絃誤拂，
柱竟斜飛。[6]帳羅今夜，嬌夢漫約幽期。[7]舟妨蓼花岸泊，
又桹觸、離群和雨唬。[8]行雲遠，賸繞牆無那，彎彎
月低。[9]

【箋　注】

〔1〕詠題四聲同君特夾鐘羽第一首：指此詞的四聲均按吳文英《新
　　雁過妝樓》（夾鐘羽）一詞寫成。

〔2〕鏡影盤螭。添蛾皺、長緣畫角聲淒：前句“盤螭”指框邊刻鏤
　　了螭形花飾的鏡盤。在戰國中期，銅鏡的種類便日益繁多。當
　　時銅鏡的紋飾也有所變化，如花葉鏡中的葉紋鏡從簡單的三葉、
　　四葉到八葉，還出現了雲雷紋地花瓣鏡、花葉鏡。鏡盤的紋飾
　　也變得相當繁縟，這時出現的鏡類有菱紋鏡、禽獸紋鏡、蟠螭
　　紋鏡，連弧紋鏡、金銀錯紋鏡、彩繪鏡等。迨戰國晚期至秦末，
　　中國已出現了四葉蟠螭鏡、蟠螭菱鏡，有三層花紋的雲雷紋地
　　蟠螭連弧紋鏡等，從此歷代的銅鏡皆對鏡盤的紋飾既有繼承又
　　有變化。如唐吳融《箇人》詩云：“匣鏡金螭怒，簾旌繡獸獰。”
　　此句“鏡影盤螭”謂詞中女子在框邊刻鏤了螭形花飾的鏡盤前
　　對鏡自照。後句之“蛾”指蛾眉，喻細長的眉毛。而“添蛾皺、
　　長緣畫角聲淒”實乃“長緣畫角聲淒、添蛾皺”的倒裝句。“添
　　蛾皺”指她近來照鏡增添了眉頭緊蹙、愁眉不展的次數。“長
　　緣”有經常因為、常常由於之意。“畫角聲淒”，謂畫角之聲令
　　人聽來倍覺淒涼。蓋古代軍中吹角以為昏明之節，或藉以作為
　　提示民眾軍情緊急的警備訊號，凡此均可稱作畫角之聲，簡稱
　　角聲。如李賀《雁門太守行》：“角聲滿天秋色里，塞上燕脂凝
　　夜紫。”而此句“添蛾皺、長緣畫角聲淒”，意謂詞中女子近來
　　常因聽到遠方傳來提示軍情告急的淒涼畫角之聲，不禁增添了
　　眉頭緊蹙的次數，平日難得一展歡顏。值得注意的是，作者在
　　前首《攤破浣溪沙》下闋第二句注云：“香港月來籌備軍事甚囂
　　塵上。”蓋憂慮香港被新政權以軍事手段提早收回，故有此語。
　　而此處則藉詞中女子道出“添蛾皺、長緣畫角聲淒”，未知其疑
　　懼是否亦與戰禍未平、憂時傷亂有關？

〔3〕繡簾重捲，驚陡落玉繩西：前句"繡簾重捲"即"重捲繡簾"的倒裝句，謂重新捲起室內精緻華美的簾幕。後句"玉繩"乃星名，常用以泛指群星。王夫之《薑齋詩話》附錄《夕堂永日緒論外編》："有代字法，詩賦用之，如月曰'望舒'，星曰'玉繩'之類。"《文選》張衡《西京賦》："上飛闥而仰眺，正睹瑤光與玉繩。"李善注引《春秋元命苞》曰："玉衡北兩星為玉繩。"陸龜蒙《新秋月夕作吳體以贈》詩之二："清談白紵思悄悄，玉繩銀漢光離離。""驚陡落玉繩西"，指該女子害怕自己捲簾的力度過大，一不小心便會把西天的群星抖落到地面來。

〔4〕病葉初飄煙井樹，塞鴻正恁底書遲：前句"病葉"即枯葉；"煙井"為"雨井煙垣"的簡稱，常用以比喻荒涼、冷落的景象。如孔尚任《桃花扇·題畫》："明放著花樓酒樹，丟做個雨井煙垣。"此句"病葉初飄煙井樹"，意謂秋天的枯葉初度辭樹而去，飄落到荒涼冷落的井垣中。後句"塞鴻"指自塞北飛向南方的大雁。"恁底"亦作"恁的"，通常寫為"恁地"，有如此、這樣的含意。柳永《晝夜樂》詞："早知恁地難拚，悔不當初留住。"俞正燮《癸巳類稿·等還音義》："所謂兀底、恁底、寧底、憑底、惡得、惡垛、阿墮、阿堵，皆言'此等'也。"而"書遲"指鴻雁傳書遲遲未至。"塞鴻正恁底書遲"，則在責怪為其傳送家書的鴻雁為何總是如此遲遲未至，教人擔心不已。

〔5〕黟愁空，字惟辨得，著箇人兒：前句"黟愁空"謂愁雲遮蔽的天空。中句"字惟辨得"乃"惟辨得（某）字"的省略倒裝句，謂只辨認得其中某個字。後句"著箇人兒"指放置或對上了一個"人"的字兒。全句意謂詞中女子抬頭望向愁雲遮蔽的天空，但見群雁飛行時排列成整齊行列，她只辨認得雁陣好像構成了某個熟悉的字，而這個正是像"人"的字兒。

〔6〕何曾周郎顧曲，未素絃誤拂，柱竟斜飛：前句"何曾"可解作何嘗、幾曾或怎會有。如曹丕《與吳質書》："昔日遊處，行則

連輿，止則接席，何曾須臾相失？"王昌齡《九日登高》詩：
"謾説陶潛籬下醉，何曾得見此風流？"蘇軾《和寄無選長官》
詩："自古山林人，何曾識機巧？"而"周郎顧曲"乃成語，原
指周瑜精通音律，後泛指通曉音樂戲曲的人或知音者。此典出
自《三國志·吳書·周瑜傳》："瑜少精意於音樂，雖三爵之後，
其有闕誤，瑜必知之，知之必顧，故時有人謠曰：'曲有誤，周
郎顧。'"惟周郎顧曲早已不僅指知音者對音樂的鑒賞，還可喻
男女間的思慕之情，甚至也可代指情郎。曲誤若有人顧，固可
解作欣逢知音；曲誤若無人顧，則解作女子遭情郎冷待似亦無
不可。而此詞之"何曾周郎顧曲"即用後一義，意謂詞中女子
獨處深閨中，試問又怎會有情郎對她關懷憐愛。中句"素絃"
指素琴的弦。劉禹錫《許給事見示哭工部劉尚書詩因命同作》：
"素弦哀已絶，青簡歎猶新。""誤拂"則指彈奏有誤。而"未素
絃誤拂"是說自己並沒有把琴絃誤奏。後句"柱竟斜飛"暗用
"雁箏膠柱"或"膠柱鼓瑟"的典故，成語"膠柱鼓瑟"原稱
"膠柱調瑟"，指的是將瑟的弦柱在調好弦後用膠固定，以便後
來演奏時不必再調弦，用以比喻做事拘泥於舊有的方式而不知
變通。箏與瑟的樂器性能相近，但弦數僅有瑟的一半——以
十三弦為制，亦以弦柱的移動為調音方法。瑟與箏的弦柱按音
的高低，在樂器上形成斜向排列的形狀，像大雁在天空斜向飛
翔的序列，因而古人常將弦柱稱為"雁柱"，將箏稱為"雁
箏"。此句"柱竟斜飛"，喻無人彈奏的古箏"雁柱"，為何竟
像在天空飛翔的雁陣那樣斜向地排列著，這句或可視作詞中女
子的詰難之辭。

〔7〕帳羅今夜，嬌夢漫約幽期：前句"帳羅今夜"即"今夜羅帳"
的倒裝句，謂詞中女子今晚睡覺時擬將高掛的羅帳垂下來。後
句"幽期"指男女間的幽會。"嬌夢漫約幽期"，意謂姑且讓自
己做個好夢，讓它隨意帶我去赴與情郎幽會之約。

〔8〕舟妨蓼花岸泊，又根觸、離群和雨哽：前句"舟妨蓼花岸泊"
乃"蓼花妨舟岸泊"的倒裝句。秋顏紅珠的蓼花成了在晚秋圖
畫中的點睛之筆，能在秋風蕭瑟中帶出一片秋意。此句藉"舟
妨蓼花岸泊"，即小舟擬泊岸卻為岸邊的蓼花所阻，喻前述之
"嬌夢漫約幽期"事與願違，好夢成空。後句"又根觸、離群和
雨哽"，指詞中女子因而又再有所感觸，自傷仿若離群孤雁般身
世堪憐，不禁悲從中來放聲痛哭，讓淚水與雨水交織相混在
一起。

〔9〕行雲遠，謄繞牆無那，彎彎月低：前句"行雲"用巫山神女之
典，指男女歡會。宋玉《高唐賦序》："昔者先王嘗游高唐，怠
而晝寢，夢見一婦人，曰：'妾巫山之女也，為高唐之客。聞君
游高唐，願薦枕席。'王因幸之。去而辭曰：'妾在巫山之陽，
高山之阻。旦為朝雲，暮為行雨；朝朝暮暮，陽臺之下。'"柳
永《西施》詞之二："洞房咫尺，無計枉朝珂。有意憐才，每遇
行雲處，幸時恁相過。""行雲"亦可喻人行蹤不定。如唐戎昱
《送零陵妓》詩："寶鈿香蛾翡翠裙，裝成掩泣欲行雲。"南唐馮
延巳《鵲踏枝》詞："幾日行雲何處去？忘卻歸來，不道春將
暮。"此句"行雲遠"喻男女歡會之約好事難諧，反而漸行漸
遠。中句"謄繞牆無那"，無那即無奈，謂詞中女子只好收拾心
情無奈地獨自繞牆而行。後句"彎彎月低"，指她猛然睜開雙眼
一看，此刻但見窗前一彎新月高懸，天還未亮，始悟剛才的經
歷原來不過是做夢而已。

【評　析】

此詞作於庚寅歲（1950）秋，小題云"詠題四聲同君特夾鐘羽
第一首"，謂此詞之四聲均按吳文英《新雁過妝樓》（夾鐘羽）一詞
寫成，可知乃作者追和前賢之作。此詞特意模仿花間體的格調和筆
法，通過傳統香草美人的比興寄託寫作手法，藉以表達其曲折隱微

復難以言傳的幽邈思緒，從而若即若離、似有若無地抒發個人的深衷與感慨，讀者可視之為一闋言近旨遠的書懷之作。

（周兼善箋注）

夜遊宮　庚寅香港山居度中秋，依聲君特。

山館敲窗雨止，聽窗外、鶴笙喧耳。[1]環海煙光燦鴛綺。[2]甚珥戈，絳河邊，不教洗。[3]　　擲杖成橋未？飛鞚倒、詠霓仙展。[4]桂伐年年尚飄子[5]。料吳剛，力應疲，斧收矣。[6]

【箋　注】

〔1〕 山館敲窗雨止，聽窗外、鶴笙喧耳：前句"山館"指作者當時居住的寓所，位於灣仔半山區堅尼地道二號。"敲窗雨止"謂外面敲窗的雨點已經停歇了。後句"聽窗外、鶴笙喧耳"，其中"鶴笙"特指仙樂。劉向《列仙傳》載：周靈王太子晉（王子喬），好吹笙，作鳳鳴，游伊洛間，為道士浮丘公接上嵩山，三十餘年後乘白鶴駐緱氏山頂，舉手謝時人仙去。後以"笙鶴"指仙人乘騎之仙鶴，復以"鶴笙"喻仙樂，清陸以湉《冷廬雜識·姚明府》："杭州太守徐信軒先生敬為作啟徵詩，詞氣雄壯，結段尤佳，云：'當夫神祠月黑，山阿雨來，遠聞鶴笙，自天而下。'""聽窗外、鶴笙喧耳"，意謂聽到窗外傳來陣陣猶如仙樂般的喧鬧樂聲。

〔2〕 環海煙光燦鴛綺：環海，指香港島；煙光，指外面的雲靄霧氣。元稹《飲致用神麴酒三十韻》："雪映煙光薄，霜涵霽色冷。"黃庭堅《題宗室大年畫》詩之一："水色煙光上下寒，忘機鷗鳥恣飛還。"鴛綺，指繡有鴛紋的絲織品。《藝文類聚》卷七十引南朝劉孝威《謝賚錦被啟》："雖復帝賜鶴綾，客贈鴛綺，高懸麗藻，遠謝鮮明。"又李商隱《自桂林奉使江陵途中感懷》詩：

"良訊封鴛綺，餘光借玳簪"。此處"燦鴛綺"，意謂香港島的雲霧霧氣就如繡有鴛紋的絲織品般光彩燦爛。

〔3〕甚珊戈，絳河邊，不教洗：甚，疑問代詞，意謂什麼或為什麼；珊戈，指刻鏤之戈，亦為戈的美稱。庾信《哀江南賦》："橫珊戈而對霸主，執金鼓而問賊臣。"陸遊《書事》詩："自笑書生無寸效，十年枉是枕珊戈。"絳河，又稱天河、天漢。古代觀天象者以北極為基準，天河在北極之南，南方屬火，尚赤，因借南方之色稱之。元稹《月三十韻》："絳河冰鑒朗，黃道玉輪巍。"蘇軾《浣溪紗·花滿銀塘水漫流》："今宵人在鵲橋頭，一聲敲徹絳河秋。"不教，有不使、不令、不讓之意。王昌齡《出塞》："但使龍城飛將在，不教胡馬度陰山。"白居易《琵琶行》："曲罷曾教善才服，妝成每被秋娘妒。"不教洗，意謂為何不讓仙人在銀河邊洗淨珊戈的戰伐戾氣。

〔4〕擲杖成橋未？飛鞚倒、詠霓仙屐：前句"擲杖成橋未"，用"銀橋"典故，銀橋是傳說中用仙杖變化而成的大橋，橋可通往月宮。典出前蜀杜光庭《神仙感遇傳》："玄宗於宮中翫月，公遠奏曰：'陛下莫要至月中看否？'乃取拄杖，向空擲之，化為大橋，其色如銀。請玄宗同登。約行數十里，精光奪目，寒氣侵人，遂至大城闕。公遠曰：'此月宮也。'"元好問《世宗御書田不伐望月婆羅門引先得楚字韻》："銀橋望極竟不歸，滅沒燕鴻不平楚。"元陸仁《水調歌頭·宴顧仲瑛金粟影亭賦桂》："露冷廣寒夜，喚醒玉真愁。銀橋憶得飛渡，曾侍上皇遊。"後句"飛鞚倒"，鞚本指馬籠頭，引伸指馬。飛鞚，謂策馬飛馳或指快跑的馬。前者如鮑照《擬古》詩之三："獸肥春草短，飛鞚越平陸。"清龐樹松《檗子書來約遊西泠儌裝待發牽率塵事賦此以謝之》："停雲白石共周旋，飛鞚行蹤想若仙"。後者如杜甫《八哀詩·贈太子太師汝陽郡王璡》："箭出飛鞚內，上又回翠麟。"此句"飛鞚倒、詠霓仙屐"，喻快跑的馬正在銀橋上來回移動，而

腳踏仙屐的仙人則在橋上悠然自得地讚歎著霓虹天橋的壯麗雄奇。

〔5〕桂伐年年尚飄子：此處用"吳剛伐桂"典故，神話傳說中月亮上的吳剛因遭天帝懲罰到月宮砍伐桂樹，其樹隨砍隨合，以這種永無休止的勞動作為對吳剛的懲罰。正因"吳剛伐桂"而"其樹隨砍隨合"，即使吳剛"桂伐年年"，但月宮中的桂樹仍能"年年尚飄子"，始終完好無缺。

〔6〕料吳剛，力應疲，斧收矣：作者想到月宮中的吳剛"桂伐年年"，但月中桂樹卻絲毫無損。因此他料想到吳剛在這個中秋之夜應已筋疲力盡，收起斧頭暫時停止伐樹了。由於當天中秋之夜正值雨後不久，天上烏雲仍未盡散，因而在地上一時難以看到月亮，作者因此忽發奇想，認為吳剛這晚應已因力疲而收斧了，所以世人無法看到他在月中砍伐月桂的形象。

【評　析】

此詞作於庚寅（1950）中秋之夜。詞人在中秋之夜因為風雨而困居在室中，只得冷冷清清地度此佳節。何況耳中又聽到室外喧鬧的樂聲，更增添了自己一份孤寂之感。

（周兼善箋注）

滿江紅　重九和粟秋，步均夢窗澂山湖之作。[1]

　　烏帽紅萸，雖不稱、霜殘鬢蓬。[2]樽有酒、約持螯醉，枕石眠松。[3]秋在籬花金布地，霧移崖樹碧撐空。[4]庶登高、再勿藉筇扶，吟徑通。[5]　　雲擁髻，林下風。[6]蟬感效，只施東。[7]甚吮毫描影，畫角聲中。[8]荒域故應思挾纊，劫城無那鬧歌鐘。[9]笑粟般、海小怎容吾，狂摵篷。[10]

【箋　注】

〔1〕重九和粟秋，步均夢窗澱山湖之作：此詞乃步韻吳文英《滿江紅》“澱山湖”重九詞之作。

〔2〕烏帽紅茰，雖不稱、霜殘鬢蓬：此處“烏帽紅茰”暗用吳文英《霜葉飛》“黃鍾商，重九（斷煙離緒）”下闋末段詞意：“驚飆從捲烏紗去。漫細將、茱茰看，但約明年，翠微高處。”而“烏帽”指烏紗帽，原是民間常見的一種便帽，官員頭戴烏紗帽起源於東晉，但作為正式官服的一個組成部分，卻始于隋朝，興盛於唐朝，到宋朝時加上了雙翅，明朝以後，烏紗帽才正式成為做官為宦的代名詞。這裡藉著暗用吳詞“驚飆從捲烏紗去”，實則寄寓了“孟嘉落帽”或“龍山落帽”典故於其中。蓋《世說新語》引《孟嘉別傳》云：“晉孟嘉為征西大將軍桓溫參軍。九月九日溫遊龍山，賓僚鹹集，皆戎服。遊風吹嘉帽落，初不覺。溫令孫盛作文以嘲之，嘉即時以答，四座嗟服。”後世輒用“孟嘉落帽”或“龍山落帽”形容重九聚會時士人被風吹落帽子卻神色不亂，器度恢宏倜儻。“紅茰”即紅茱茰，乃古人在重陽節配戴之吉祥物。《西京雜記》記載，西漢的宮人賈佩蘭稱：“九月九日，佩茱茰，食蓬餌，飲菊花酒，云令人長壽。”相傳自此時起，重陽節佩茱茰即寓有求長壽的美好祝願。後句“雖不稱”謂雖然與象徵美好事物的“烏帽紅茰”不相稱。“霜殘鬢蓬”喻己年華老去，頭髮與鬢鬚皆已斑白如霜，且稀疏雜亂，蒼老的外貌與“烏帽紅茰”極不相襯。

〔3〕樽有酒、約持螯醉，枕石眠松：前句“樽有酒、約持螯醉”謂尚幸在重陽佳節樽中有酒，可相約志同道合的詞友一同持螯賞菊，喝至酩酊大醉方休。後句“枕石眠松”，謂眾人醉後可席地休憩，以石頭為枕，或在松樹下睡覺。

〔4〕秋在籬花金布地，霧移崖樹碧撐空：前句“秋在籬花金布地”

乃“秋在籬金花布地”的倒裝句。此句謂秋光停留在籬笆附近，映照出遍地都是金黃色菊花的投影。後句“霧移崖樹碧撐空”乃“霧移崖碧樹撐空”的倒裝句。這句指雲霧移至崖畔時，茂密的參天綠樹就似快要把長空撐破了。

〔5〕庶登高、再勿藉筇扶，吟徑通：“庶”即百姓、平民。《左傳·昭公三十二年》：“三後之姓，於今為庶，王所知也。”杜甫《丹青引》：“將軍魏武之子孫，於今為庶為清門。”“再勿藉筇扶”謂再也不用憑藉著手杖相扶。古代因筇竹可為手杖，故亦稱杖為筇。後句“吟徑通”指小徑似在迎迓嘉賓，已為結伴吟哦而來的詞友開通了。

〔6〕雲擁髻，林下風：“林下”可指樹林之下、幽靜之地，“林下風”亦可指女子態度嫻雅，舉止大方。如南朝任昉《求為劉瓛立館啟》：“瑚璉廢泗上之容，樽俎恣林下之適。”李白《安陸寄劉綰》：“獨此林下意，杳無區中緣。”唐鄭谷《慈恩寺偶題》：“林下聽經秋苑鹿，江邊掃葉夕陽僧。”明高啟《梅花》詩之一：“雪滿山中高士臥，月明林下美人來。”後句“雲髻”形容髮髻濃密如雲。如歐陽修《燕歸梁》詞：“髻雲漫嚲殘花淡，和嬌媚，瘦嵩嵩。”元薩都剌《越溪曲》：“誰家越女木蘭橈，髻雲墮耳溪風高。”蔡東藩《慈禧太后演義》第十三回：“蓮英為西太后梳成新式，較往時髻樣尤高，髻雲上擁，鬢鳳低垂，越顯出幾分嫵媚。”而“雲擁髻”亦可簡稱“擁髻”，謂捧持著高聳的髮髻，話舊生哀。舊題漢伶玄《趙飛燕外傳》附《伶玄自敘》：“通德占袖，顧际燭影，以手擁髻，淒然泣下。”蘇軾《九日舟中望見有美堂上魯少卿飲處以詩戲之》之二：“遙知通德淒涼甚，擁髻無言怨未歸。”徐渭《燕子樓》詩：“昨淚幾行因擁髻，當年一顧本傾城。”

〔7〕顰蹙效，只施東：顰蹙，皺著眉頭。用“東施效顰”典。此二句乃作者自嘲之語。

〔8〕甚吮毫描影，畫角聲中：前句“吮毫”猶吮筆。胡應麟《詩藪·古體中》：“一旦吮毫，天真自露。”而“描影”謂以詞篇記下這次重九的遊蹤。後句“畫角聲中”，古代軍中吹角以為昏明之節，或藉以作為提示民眾軍情緊急的警備訊號，凡此均可稱作畫角之聲，簡稱角聲。如李賀《雁門太守行》：“角聲滿天秋色裡，塞上燕脂凝夜紫。”而此二句“甚吮毫描影，畫角聲中”，意謂是年重九韓戰方酣，干戈不息；一眾登山詞友彷似聽到遠方傳來提示軍情告急的畫角之聲，不禁為之蹙眉，反問自己為何在戰雲密佈的節日附庸風雅，還想以唱和贈答的詞篇記下這次遊蹤。

〔9〕荒域故應思挾纊，劫城無那鬧歌鐘：前句“荒域”即荒遠之地，這裡指偏處海隅的香港。“挾纊”指披著綿衣，亦用以喻受人撫慰而感到溫暖。《左傳·宣公十二年》：“申公巫臣曰：‘師人多寒。’王巡三軍，拊而勉之，三軍之士皆如挾纊。”杜預注：“纊，綿也。言說（悅）以忘寒。”晉潘嶽《馬汧督誄》：“霈恩撫循，寒士挾纊。”明梅鼎祚《玉合記·逆萌》：“管取春溫如挾纊，組練三千。”此句“荒域故應思挾纊”謂詞友之間同處“荒域”猶能互相關懷勉勵，令人倍感溫暖。後句“劫城”喻淪為英屬殖民地的香港。“無那”即無奈之意。“鬧歌鐘”見前《攤破浣溪沙》注〔7〕，此處泛指一眾詞友以詞作彼此唱和贈答。“劫城無那鬧歌鐘”意謂與會詞人被迫流寓香港，只能在重陽日無奈地用詞篇唱酬贈答以應節。

〔10〕笑粟般、海小怎容吾，狂捩篷：作者笑香港這個海島地方狹小，在中國版圖上猶如滄海一粟，實在難以容得下志向高遠的自己。後句“捩”有拗折之意。如陸龜蒙《引泉》：“凌風捩桂花。”篷，指用以遮蔽風雨和陽光之物，通常用竹篾、葦席、布等製造而成，這裡特指船帆。如朱熹《水口行舟》詩之一：“昨夜扁舟雨一蓑，滿江風浪夜如何。今朝試捲孤篷看，依舊青

山綠水多。”“狂捩篷”謂作者在落魄中仍不減狂傲之態，他通過故作曠達用力地拗折船帆之舉，藉以抒發心中積壓已久的不平之氣。

【評　析】

此詞作於庚寅歲（1950）秋重陽日，彼時作者流寓香港，詞中畫角荒域的意象，別有寄意。

（周兼善箋注）

三姝媚　秋燕。和伯端均。

丁橋尋夢路。[1]又清秋、飛飛燕偏來暮。[2]喜得重逢，否蹠花能落，畫筵仍舞。[3]十里簾珠，齊捲上、卻非吾土。[4]說甚興亡，恩怨無端，付籬螢訴。[5]　聊與賓鴻俱旅。[6]漫化石排雲，幻千峰雨。[7]影息鷗磯、轉細魂驚斷，擣衣城杵。[8]覻客湖樓，局厭見、殘棋收去。[9]伴我明朝晞髮，扁舟載處。[10]

【箋　注】

〔1〕丁橋尋夢路：“丁橋”乃丁娘橋的簡稱，與“謝橋”為謝娘橋的簡稱義同。古人常稱所戀之人為謝娘或丁娘，稱其所居為謝家、謝橋或丁家、丁橋。丁橋或謝橋常泛指站著心愛之女子的小橋，或藉此象徵昔日情侶遊樂之地。如晏幾道《鷓鴣天》詞：“夢魂慣得無拘檢，又踏楊花過謝橋。”納蘭性德《採桑子》詞：“誰翻樂府淒涼曲，風也蕭蕭，雨也蕭蕭。瘦盡燈花又一宵。不知何事縈懷抱，醒也無聊，醉也無聊。夢也何曾到謝橋。”此句“丁橋尋夢路”謂作者經過小橋重尋昔日與意中人同遊的舊夢。

〔2〕又清秋、飛飛燕偏來暮：此句化用杜甫《秋興八首》其三：“信宿漁人還泛泛，清秋燕子故飛飛。”作者此句“又清秋、飛飛燕偏來暮”謂又是清秋時節，南返的燕子偏偏卻來晚了。

〔3〕喜得重逢，否蹴花能落，畫筵仍舞：前句“喜得重逢”謂很高興能與歸來的舊燕重逢。中句“否”有不然、否則、如果不是這樣就……的意思。蹴，指用腳踢或踐踏。《說文》：“蹴，躢也。以足逆躢曰蹴。”蹴花能落，指燕子用腳就能把花輕易踢落。此句“否蹴花能落”，意謂幸好燕子趕及在清秋時節歸來，否則時間稍後就會碰到秋花一蹴即落的蕭索季節了。後句“畫筵仍舞”謂燕子如今仍可在清秋的畫舫筵席中穿梭飛舞，行樂不失其時。

〔4〕十里簾珠，齊捲上、卻非吾土：前句“十里簾珠”與後句之“齊捲上”，語本杜牧《贈別》“娉娉嫋嫋十三餘，豆蔻梢頭二月初。春風十里揚州路，卷上珠簾總不如”末二句詩意。杜牧當時正要離開揚州，贈別的對象就是他在幕僚失意生活中結識的一位揚州歌妓，是以第三句寫到“揚州路”。又，“十里簾珠”參見 806 頁《拜星月慢》注〔5〕。惟此詞之“十里簾珠，齊捲上”，則僅指香江十里長街樓臺上的婦女在清秋之際爭相把窗戶的簾幕捲起，予人秀色可餐之感而已，並無杜牧原詩形容揚州佳麗爭妍競秀之含意。後句“卻非吾土”的典故出自王粲《登樓賦》：“雖信美而非吾土兮，曾何足以少留。”意謂雖然這裡的風光景物實在美好，可惜它卻不是我可愛的家鄉，那麼我又何必花費時間在此稍留片刻呢？值得注意的是，廖詞藉著這句“卻非吾土”，點出作者與燕子俱為過客的身份，可謂一語雙關，亦物亦人。

〔5〕說甚興亡，恩怨無端，付籬蛩訴：前句興亡，指興盛和衰亡，多指國家局勢的變遷。如《尚書·太甲下》：“與治同道罔不興，

與亂同事罔不亡。"董仲舒《春秋繁露·精華》："故吾按《春秋》而觀成敗,乃切惘惘於前世之興亡也。"劉知幾《史通·載文》:"夫觀乎人文以化成天下,觀乎國風以察興亡。"此句"說甚興亡"意謂不要說甚麼古往今來的興盛衰亡和治亂得失。中句"恩怨無端"指恩和仇大抵是沒有來由、無緣無故便會出現的,教人難以理喻。後句"螿"即寒蟬,秋天一到便出來鳴叫。而"付籬螿訴"意謂把那些不可理喻的無端興亡、恩怨等惱人的問題,統統交付給隱處籬笆中的寒蟬,由牠來向蒼天訴說吧。

〔6〕聊與賓鴻俱旅:聊,即姑且、暫且之意。賓鴻,亦作賓鴻,即鴻雁。梁元帝《言志賦》:"聞賓鴻之夜飛,想過沛而霑衣。"此句"與賓鴻俱旅",藉燕子之口吻謂己與南來避寒的鴻雁俱為過客身分,此句語帶雙關,箇中似有南渡香江避秦之作者身影存焉。

〔7〕漫化石排雲,幻千峰雨:前句"排雲"指排開雲層,多用以形容事物之孤高。如晉郭璞《遊仙詩》之六:"神仙排雲出,但見金銀臺。"南朝沈約《詠孤桐》:"龍門百尺時,排雲少孤立。"而"漫化石排雲"即隨意讓高山的化石排開雲層。後句"幻千峰雨"指雲層為化石排開後,遂得以幻化成千百個山峰的淡煙疏雨,任由燕子與鴻雁穿梭其間,倍添幾分浪漫秋意。

〔8〕影息鷗磯、轉細魂驚斷,擣衣城杵:前句"影息鷗磯"即"鷗磯影息"的倒裝句。"磯"是水邊突出的岩石或石灘。"影息鷗磯"謂清秋之際的石灘已難尋沙鷗的蹤影。而"轉"有回還、重返之意。"細魂"喻歸來的燕子。此句"影息鷗磯、轉細魂驚斷",謂燕子在清秋重返石灘舊地,不見故友沙鷗的蹤影,內心惶恐不已。後句"擣衣"蓋謂古時衣服常由紈素一類織物製作,質地較為硬挺,須先置於石上以杵反復舂搗,使之柔軟,稱為"擣衣",後亦可用以泛指捶洗。如南朝謝朓《秋夜》詩:"秋夜促織鳴,南鄰擣衣急。"李白《子夜吳歌》之三:"長安一片月,

萬戶擣衣聲。”而“擣衣城杵”指城中傳來以杵搗物的擣衣聲，
簡稱杵聲。如南朝謝惠連《擣衣》詩：“欄高砧響發，楹長杵聲
哀。”孟郊《聞砧》詩：“杵聲不為衣，欲令遊子歸。”此句謂城
中傳來以杵搗物的擣衣聲，更令燕子驚覺秋意日濃，寒冬恐為
期不遠。

〔9〕 覷客湖樓，局厭見、殘棋收去：前句“覷客湖樓”謂燕子於空
中窺視那些在湖上樓台活動的遊人。後句“局厭見、殘棋收去”
指燕子討厭看到那些天殘地缺的棋局，只望對弈者儘快收拾殘
局。作者在藉著燕子“厭見殘棋局”，從而反映出他非常厭倦當
時政局動盪、人心惶惶的情況。此句寫來亦語帶雙關，耐人
尋味。

〔10〕 伴我明朝晞髮，扁舟載處：這兩句脫胎自李白《宣州謝朓樓餞
別校書叔雲》：“人生在世不稱意，明朝散髮弄扁舟。”原詩反
映了詩人懷才不遇，以期早日擺脫煩憂，明天就披頭散髮，駕
著扁舟雲遊四海去遨遊好了！“晞髮”謂曬髮使乾，常用以指
高潔脫俗的行為。如《楚辭·九歌·少司命》：“與女沐兮咸
池，晞女髮兮陽之阿。”晉陸雲《九愍·行吟》：“朝彈冠以晞
髮，夕振裳而濯足。”屈大均《登浴日亭》詩：“誰與同晞髮，
蒼涼若木東。”而“伴我明朝晞髮”，謂邀請燕子伴我明朝晞髮
雲遊。後句“扁舟載處”則喻彼此一同乘小舟四海遨遊，從此
不再過問猶如殘破棋局般不足觀的當今政事。而此詞“伴我明
朝晞髮，扁舟載處”，其意與李白原詩略同，詞人深感當時政
局動盪，自己的抱負難以實現，又不願跟當權者合作，只好披
頭散髮，藉著雲遊四海以追求心靈的自由安適。這種“散發弄
扁舟”所追求的並不是消極的歸隱避世，而是一種切合儒家
“用之則行，舍之則藏”思想的人生態度，實寓有積極的士大
夫“有所不為”的反抗因素於其中，讀者對此誠不可不察焉。

【評 析】

這闋詞作於庚寅（1950）秋，是一首語帶雙關的詠物之作。全詞緊扣題意，寫來舉重若輕，不乏奇思妙想。文中多處使用了語帶雙關的藝術手法，表面寫燕子的生活習性與特徵，實則寄寓了作者的個人經歷和興亡感慨於其中。詞旨寄興幽微，耐人玩繹。

（周兼善箋注）

金盞子　溫氏植廬賞菊，夢窗聲均。[1]

賞菊年時，曳短筇應記，晚秋籬落。[2]吟帽漫簪斜，先澆取腰瓢，灑將眉萼。[3]那堪瘦惹魂銷，捲西風簾幄。[4]騷賦浪、云餐少陵杯酒，感同飄泊。[5]　　聞角，誤芳約，難得又、天公意未薄。[6]雲涯故人院宇，千枝弄影漠漠。[7]淡妝載到多嬌，舫疑飛青雀。[8]池邊朵、無數爛似嫣霞，更引深酌。[9]

【箋 注】

〔1〕溫氏植廬賞菊，夢窗聲均：此詞乃依韻夢窗《金盞子》之作，藉以記"溫氏植廬賞菊"之行。

〔2〕賞菊年時，曳短筇應記，晚秋籬落：前句"年時"即往年之意。"賞菊年時"乃"年時賞菊"的倒裝句，謂想起往年賞菊的時候。中句"曳短筇應記"乃"應記曳短筇"的倒裝句，指記得自己當日拖著短短的扶手杖到場觀賞。後句"晚秋籬落"謂當時正值晚秋之際，作者就在竹籬畔欣賞盛開的黃菊。

〔3〕吟帽漫簪斜，先澆取腰瓢，灑將眉萼：前句"吟帽"喻曼聲吟哦的騷人墨客所戴的帽子。"漫簪斜"指任由髮簪傾斜卻不理

會。而"吟帽漫簪斜"形容作者當時所戴的帽子被秋風吹至傾斜，此處之"簪斜"不過為虛用語而已。中句"腰瓢"又稱"鶴瓢"，指葫蘆。蓋葫蘆頸長如鶴頸，且常纏於腰間，故稱。《明史·隱逸傳·孫一元》："蹤跡奇譎，烏巾白袷，攜鐵笛鶴瓢，遍游中原。"清吳偉業《滿庭芳·孫太初太白亭落成分韻得人字》詞："鐵笛橫腰，鶴瓢在手，烏巾白袷行吟。"此句"先澆取腰瓢"乃"取腰瓢先澆"的倒裝句，謂從腰間取出腰瓢首先澆灑向某處之意。後句"眉萼"之眉，此處作形容詞用，喻物象的隆起部分。例如古代圭、璋等玉制禮器上下兩頭都有孔，孔與孔之間有溝，溝緣高出部分便叫"眉璖"。"萼"則指在花瓣下部的一圈葉狀綠色小片，形容花朵即將開放的狀態。"灑將眉萼"謂把水灑向黃菊隆起的花萼部分。

〔4〕那堪瘦惹魂銷，捲西風簾幄："那堪"猶言怎可忍受、怎能禁受。如唐李端《溪行遇雨寄柳中庸》詩："那堪兩處宿，共聽一聲猿。"宋張先《青門引·春思》詞："那堪更被明月，隔牆送過秋千影！"明韓洽《鐵馬》詩："那堪簷宇下，又作戰場聲。"此句"那堪瘦惹魂銷"謂怎可忍受眼前的菊花如此消瘦，令人在觀賞之餘為之黯然神傷。後句"捲西風簾幄"中之"西風"即秋風，意謂秋風捲起窗簾和帳幕。此二句其實是襲用了李清照"莫道不銷魂，簾捲西風，人比黃花瘦"詞意。惟李清照詞"人比黃花瘦"則謂自己比清癯的菊花還要銷瘦，其含意與此詞稍異，二者不宜相混。

〔5〕騷賦浪、云餐少陵杯酒，感同飄泊："騷賦"本指騷體文學作品，此處則泛指吟詠詩詞歌賦而言。而"浪"有也是徒然、枉費心思之意。"云餐少陵杯酒"則謂黃菊自言曾喝過唐人杜甫四處流浪的那杯苦酒。後句"感同飄泊"謂黃菊也感受到昔日杜甫天涯飄泊之艱苦。在"騷賦浪、云餐少陵杯酒，感同飄泊"此二句中，作者認為一般騷人墨客在賞菊時刻意地苦吟讚美菊

花其實是沒有必要的，甚至是枉然的，因為菊花自言曾喝過杜甫四處流浪的那杯苦酒，故能對詩聖昔日天涯飄泊之艱辛感同身受，不會隨便附庸風雅。

〔6〕 聞角，誤芳約，難得又、天公意未薄：前句"聞角"指聽到軍中傳來的號角聲。古代軍中吹角以為昏明之節，或藉以作為提示民眾軍情緊急的警備訊號，凡此均可稱作畫角之聲，簡稱角聲。如李賀《雁門太守行》："角聲滿天秋色裡，塞上燕脂凝夜紫。"作者寫此詞時，朝鮮戰爭已於是年夏（1950 年 6 月 25 日）爆發，加上前詞《攤破浣溪沙·猶記掀髯賦菊殘》之"鯉門風急角聲寒"句末自注"香港月來籌備軍事甚囂塵上"，故可知此詞以"聞角"喻當時香港外圍戰雲密佈的緊張氣氛。中句"誤芳約"，喻錯過了自己與菊花早有協定的美好約會。後句"難得又、天公意未薄"，意謂在這個戰火連天的秋季，原以為自己與菊花的美好約會會告吹，難得天公厚意，竟又安排了溫氏植廬賞菊的機會讓自己得以踐約，誠可謂天從人願。

〔7〕 雲涯故人院宇，千枝弄影漠漠：前句"雲涯"即與雲相接之處或所在高遠之處。如盧照鄰《和王奭〈秋夜有所思〉》："丹唇間玉齒，妙響入雲涯。"王勃《餞韋兵曹》詩："亭皋分遠望，延想間雲涯。"而"故人院宇"即好友所居之"溫氏植廬"所在地。後句"漠漠"形容菊花緊密分佈或大面積分佈的樣子。"千枝弄影漠漠"謂"溫氏植廬"中盛開的黃菊正在使自己的影子隨著陽光搖晃。按，夢窗原詞作"悠然醉魂喚醒，幽叢畔、淒香霧雨漠漠"，凡十五字，惟廖詞此處卻少三字，未知何故。

〔8〕 淡妝載到多嬌，舫疑飛青雀：前句"淡妝"喻崇尚清淡妝扮的菊花。"載到多嬌"謂以小船運載到"溫氏植廬"的菊花更添幾分嬌美之態。後句"舫疑飛青雀"，典出《古詩為焦仲卿妻作》中"青雀白鵠舫，四角龍子幡"二句，意謂裝載婚禮物品前來的船繪有青雀和白天鵝的圖案，四角掛著繡有龍的旗幡，輕輕

地隨風飄蕩。惟廖詞“舫疑飛青雀”則謂運載菊花到來的小船
疑有青雀從中飛出來，令人恍如置身仙境。

〔9〕池邊朵、無數斕似嫣霞，更引深酌：前句“嫣霞”形容美麗的
落霞。而“池邊朵、無數斕似嫣霞”，意謂無數生長在池邊的菊
花綻放得燦爛多彩，好像美麗的落霞般嬌艷迷人。後句“酌”
的本義是斟酒，《說文》：“酌，盛酒行觴也。”引伸義可解作喝
酒。“更引深酌”謂作者看到池邊菊花的嬌態，更引發雅興倍
增，因而不覺把酒杯斟滿喝個痛快。

【評　析】

此詞作於庚寅歲（1950），小題云“溫氏植廬賞菊”，可知作於
當年重陽之後的秋冬之際。作者在落魄中仍不減狂傲之態，藉賞菊
以抒發心中的鬱抑。其言辭神態似狂傲不羈而實悲涼無奈，讀者對
此誠不可不察焉。上片追憶往年賞菊舊事，所寫均屬“逆入”之虛
筆；下片寫今日賞菊之情景，所寫俱為“平出”之實筆。作者在自
然景物的描寫中，往往加入自己濃重的感情色彩，使客觀環境和人
物內心的情緒得以融和交織，寫來含蓄蘊藉，言有盡而意無窮。

（周兼善箋注）

思越人　詠菊。賀東山體。[1]

枝到花殘尚傲霜。寄籬何損性根強。[2]秋深百卉誰存
者，賴伴虯松守徑荒。[3]　　色有白，種偏黃。人如汝淡更
宜妝。[4]折腰學得陶公恥，態斥門前五柳狂。[5]

【箋　注】

〔1〕賀東山：賀鑄（1052—1125）字方回，北宋詞人。其詞內容、

風格較為豐富多樣，著有《東山寓聲樂府》（一名《東山詞》）等。所謂"東山體"，可說是賀鑄詞最令人注目的典型特徵，它的特點在於融合兩種並行不悖的藝術風格於一身，既有深婉豔麗、纏綿悱惻之作，又有骨氣方剛、悲壯奇崛之作，婉約與豪放兼擅。

〔2〕枝到花殘尚傲霜，寄籬何損性根強：傲霜，形容菊花凌霜傲雪，不怕霜凍，不為嚴寒所屈。"枝到花殘尚傲霜"，典出蘇軾《贈劉景文》："荷盡已無擎雨蓋，菊殘猶有傲霜枝。"詩中用"傲霜枝"作比，稱頌劉景文孤高傲世的高潔品格，後人常借用"菊殘猶有傲霜枝"喻堅貞不屈的人。"寄籬"乃"寄人籬下"之縮略語，此處以"寄籬"點出菊花的生活習性。"性根"猶"根性"，指人或事物本身所具有的能力、作用及其根本的特質。唐李紳《壽州法華院石經堂記》："如來以萬門萬行，普示羣生，隨其性根，用假方便。水月觀像，萬象俱鑒。"後句"寄籬何損性根強"，亟寫菊花的根性堅強，即使寄居於籬下，仍不損其孤高傲世的個性。

〔3〕秋深百卉誰存者，賴伴虯松守徑荒："秋深百卉誰存者"緊承前二句詞意，謂在秋深時分百卉凋零之際，惟秋菊仍能"枝到花殘尚傲霜"，經得起極嚴苛的時序與環境考驗。"虯松"即"松虯"，指松樹蟠曲的枝幹。而"賴伴虯松守徑荒"，暗用了陶潛《歸去來辭》"三徑就荒，松菊猶存"本旨，謂庭院小路雖將荒蕪，但我卻喜園中松菊還能互相依存。詞人在這裏讚賞菊花和松樹在秋深時分仍能彼此砥礪互勉，堪與人間堅守晚節的賢人志士相輝映。

〔4〕色有白，種偏黃，人如汝淡更宜妝：前二句指出菊花品種中雖有白菊之屬，但整體而言仍以顏色偏黃的菊花居多。後句"人如汝淡更宜妝"，作者稱讚菊花向來不以炫麗奪目譁眾取寵，而以顏色素淡自然見稱於世，這種雅淡自然的本色特別能引起惜

花者憐愛，而具有菊花這種本色的女子，即使是薄施脂粉的淡妝也是非常美麗動人的。

〔5〕 折腰學得陶公恥，態斥門前五柳狂：前句典故出自《晉書·陶潛傳》：“吾不能為五斗米折腰，拳拳事鄉里小人邪。”意謂我不能為了五斗米的微薄俸祿而屈身富貴、辱志失節。五斗米為晉代縣令的俸祿，後指微薄的俸祿；折腰即彎腰行禮，指屈身於人。後句“態斥門前五柳狂”則虛用王維《輞川閒居贈裴秀才迪》詩“復值接輿醉，狂歌五柳前”之意。這兩句詩的本意是說，黃昏時分又碰到狂放的裴迪喝醉了酒，在我面前狂歌當哭了，二句描繪出人物的狂狷之態。而此詞末句“態斥門前五柳狂”，作者亦以五柳先生陶淵明自居，對人間欺世盜名者的所作所為深惡痛絕，輒在家門前五柳樹旁藉佯狂詐醉而直斥其非，不假辭色，其率真自然的個性正好跟此詞所詠的菊花與陶公一脈相承，為士林所仰重。

【評　析】

此詞作於庚寅（1950）秋。小題云“詠菊，效賀東山體”，此詞為仿傚宋代詞人賀鑄的“東山體”寫作風格之作。這類“東山體”詞作所襲用的正是屈原《離騷》以來那種藉香草美人以喻忠貞的浪漫藝術手段。

（周兼善箋注）

採桑子　昨過伯端滄海樓，以有別約，望門未能投止[1]。歸寓得君書，索錄三十年前舊作《粵謳》[2]，並示此調小令二首，和均答之。

危樓聳翠臨滄海，歌嘯移時。[3]睡足英姿，高臥元龍起每遲。[4]　　平居故國秋風裏，爾我相期[5]。別有因依，冶蝶游蜂那得知[6]。

【箋　注】

〔1〕望門未能投止：投止：投宿。本義是指在窘迫中見有人家就去投宿。比喻情況急迫，來不及選擇存身的地方。《後漢書·張儉傳》：“儉得亡命，困迫遁走，望門投止。莫不重其名行，破家相容。”說的是東漢時，張儉曾出任山陽東部督郵。宦官侯覽專權，他家裏的人便依仗權勢殘害百姓，無惡不作。為此，張儉寫信告發了侯覽及其家人。但告發信沒到皇帝手中就被侯覽扣下了，從此侯覽和張儉結了仇。後來，侯覽指使人向朝廷告密，說張儉私結黨羽，圖謀不軌，並下令逮捕張儉。張儉見官府人馬來勢洶洶，只好匆匆逃亡，看到誰家可以避難，就投在人家門下。因為當地百姓都知道張儉歷來很正直，名聲很好，都冒著風險收留他。詞人這裏只是虛用其義，解作拜訪、探訪之意。

〔2〕三十年前舊作《粵謳》：廖恩燾的《粵謳》也甚有名，他曾仿招子庸粵謳調寫成《新粵謳心解》多章，內容融入了許多新知識，欲以方言歌謠喚醒粵人。梁啟超在《飲冰室詩話》中對他此書給予極高評價，譽之為“絕世妙文，視子庸原作有過之無不及”。

〔3〕危樓聳翠臨滄海，歌嘯移時：危樓，形容百尺高樓，李白《夜宿山寺》：“危樓高百尺，手可摘星辰。不敢高聲語，恐驚天上人。”此處指劉伯端居住的寓所。聳翠，形容山巒與樹木高聳蒼翠。臨滄海，點明劉伯端的居住地臨近海濱。後句“歌嘯”指歌吟長嘯，即高聲歌唱。劉義慶《世說新語·任誕》：“劉道真少時常漁草澤，善歌嘯，聞者莫不留連。”蘇軾《次韻張琬》：“半日偷閒歌嘯裏，百年待盡往來中。”移時，謂經歷了一段時間。《後漢書·吳祐傳》：“祐越壇共小史雍丘、黃真歡語移時，

與結友而別。"此二句寫劉伯端的居所乃高樓，臨近滄海，山巒樹木高聳蒼翠，主人常在此間歌吟長嘯作樂。生活優閒，令人艷羨不已。

〔4〕睡足英姿，高臥元龍起每遲："睡足英姿" 指劉伯端睡足後倍顯英姿煥發，此處暗用了諸葛亮 "草堂春睡足" 的典故，見《三國演義》寫劉備 "三顧草廬" 部分。諸葛亮在南陽高臥隆中時，曾於草堂中暫住，當劉備前去拜訪他之際，他剛好睡醒，假裝不知劉備已到來，逕自伸個懶腰吟詠了一首詩："大夢誰先覺？平生我自知。草堂春睡足，窗外日遲遲。" 而 "高臥元龍" 典出自《三國志‧魏書‧陳登傳》："元龍無客主之意，久不相與語，自上大床臥，使客臥下床。" 元龍，指三國時陳登，字元龍。高臥，指安臥、悠閒地躺著。"高臥元龍" 原謂陳登自臥大床，讓客人睡下床。後用以比喻對客人怠慢無禮。惟此詞之 "高臥元龍起每遲" 不過虛用其意，旨在跟劉伯端開個玩笑，僅謂劉伯端嗜睡，每日都要睡至日遲遲才願起床，箇中並無怠慢訪客之意。

〔5〕平居故國秋風裏，爾我相期：平居，謂平日、平素。《戰國策‧齊策五》："此夫差平居而謀王，強大而喜先天下之禍也。" 杜甫《贈特進汝陽王二十韻》："晚節嬉游簡，平居孝義稱。" "平居" 也可指安居無事的太平日子。唐高彥休《唐闕史‧鄭少尹及第》："人言晝則平居，夕則視事於陰，十祈叩者八九拒之。" 此詞之 "平居" 當取後義較勝。而 "故國" 屬多義詞，既可解作已經滅亡的國家或前代王朝，如蘇軾《念奴嬌‧赤壁懷古》："故國神遊，多情應笑我，早生華髮。" 亦可解作本國或祖國，如南朝丘遲《與陳伯之書》："見故國之旗鼓，感平生於疇昔。" 也可解作故鄉、家鄉，如蘇曼殊《吳門依易生韻》之十："故國已隨春日盡，鷓鴣聲急使人愁。" 細審詞意，此句 "平居故國" 中的 "故國"，當以解作上述第三義 "故鄉" 為宜。後句 "爾

我相期”，謂你我二人彼此相約，一同期待。此二句“平居故國
秋風裏，爾我相期”，意謂你我一同期待，有朝一日可以在故鄉
的秋風中，再過著安居無事的太平日子。

〔6〕別有因依，冶蝶游蜂那得知：別有因依，謂另有原因或原委。
“冶蝶遊蜂”謂遊蕩嬉戲的蝴蝶和蜜蜂，比喻浪蕩子弟，常用以
指態度輕佻好挑逗婦女的男子。明高濂《玉簪記·姑阻》：“我
若做浪蝶遊蜂，老天呵，須教是裾馬襟牛。”此二句意謂作者與
劉伯端晚年志同道合，成為“爾我相期”的摯友，箇中原因實
“別有因依”，外間的浪蕩子弟並不能從表面看出底蘊。蓋彼此
層次境界迥然有別，夏蟲不可以語冰也。

　　卅年前泛鵝潭水，槳乍停雙。[1]鐙補殘陽。茉莉薰人髻
朵香。[2]　　越吟重為箋莊舄，分付珠孃[3]。唱徹船廂，緩
得雲東放曙光[4]。

【箋　注】

〔1〕卅年前泛鵝潭水，槳乍停雙：鵝潭，即白鵝潭，簡稱鵝潭，指
廣州沙面島以南的珠江河面一帶，是西航道、前航道、後航道
三段珠江廣州河道的交匯處，古人稱之為“巨浸”。該段河面寬
闊，水深流急，風景秀麗。入夜，清風送爽，月色朗朗。“鵝潭
夜月”被評為 1963 年的羊城八景之一。槳乍停雙，形容白鵝潭
水面的小舟上男女有影皆雙，一同劃槳。乍，正好、恰巧之意。
作者藉此二句憶起三十年前曾在廣州白鵝潭泛舟的往事，當時
小舟上男女一同遊樂，停下來的船槳也對稱成雙，風光旖旎
迷人。

〔2〕鐙補殘陽，茉莉薰人髻朵香：前句“鐙補殘陽”，形容斜陽即將
下山，在夜幕尚未低垂時，白鵝潭的泛舟區早已華燈初上，故
有此語。後句“茉莉薰人髻朵香”，指當時許多泛舟的女子在髮

鬢上插了茉莉花朵，香氣四溢，薰人欲醉。

〔3〕越吟重為箋莊舄，分付珠孃：前句用“莊舄越吟”典故，王粲《登樓賦》云：“鍾儀幽而楚奏兮，莊舄顯而越吟。人情同於懷土兮，豈窮達而異心。”莊舄為戰國時越國人，也稱越舄。仕於楚，病中思越而吟越聲。見《史記·張儀列傳》。後以“莊舄越吟”指懷鄉之詠與感傷之情。趙翼《吏議左遷特蒙送部引見》詩：“老去賀公吳語慣，病來莊舄越吟多。”亦可省作“莊舄吟”。李白《贈崔侍御》詩：“笑吐張儀舌，愁為莊舄吟。”惟此句“越吟重為箋莊舄”僅虛用“莊舄越吟”之本義，實則由於作者身為粵人，當日他特意用粵語填寫了一闋歌詞，交予歌女以供其即席演唱之用。是以後句云“分付珠孃”，意謂把新填寫好的歌詞交給船上的歌女演唱，藉以與前句緊密呼應。珠孃，古越地俗呼女孩為珠娘，也有用以稱呼婦人者。其後閩粵二省復有稱歌姬妓女為“珠孃”者，此詞所說的“珠孃”當以指歌姬為合。

〔4〕唱徹船厢，緩得雲東放曙光：前句“唱徹船厢”，“徹”是透的意思，形容歌姬的歌聲彷如出谷黃鶯，響遏行雲，整個船厢的人都聽得清楚透徹。後句“緩得雲東放曙光”，喻船上眾人皆興致不減，徹夜歡飲談笑，達旦絃歌不斷，慢慢地待到東方曙光初露仍未有休歇之意。句中喻東方雲朵的“雲東”，乃虛用了宋人陳與義《襄邑道中》的典故，其詩云：“飛花兩岸照船紅，百里榆堤半日風。臥看滿天雲不動，不知雲與我俱東。”

（周兼善箋注）

玉樓春　伯端示此調，擬小山[1]甚饒神韻。旋又示《朝中措》云：“人生有酒莫遲留，老去對花羞。”廣其意，步前作均答之。

頭上禿殘霜幾縷，底又愁絲心絆住。[2]我偏花愛老來嬌，人卻美傷遲便暮。[3]　　千金不賣長門賦，肯為娥眉文字誤。[4]多情只作壽徵看，記取青衫曾濕處。[5]

【箋　注】

〔1〕小山：即晏幾道，北宋詞人。

〔2〕頭上禿殘霜幾縷，底又愁絲心絆住：首句"頭上禿殘霜幾縷"，作者自嘲頭上的髮絲已不多，只賸下幾根白髮。次句"底"乃疑問代詞，有"何、為何、什麼、為什麼"之意。絆住，指牽制住使不得脫開。《紅樓夢》第一一九回："於是王夫人回去，倒過去找邢夫人說閒話兒，把邢夫人先絆住了。"後句"底又愁絲心絆住"，意謂不知為何自己內心好像被愁絲牽制住那樣不得解脫。

〔3〕我偏花愛老來嬌，人卻美傷遲便暮：首句"我偏花愛老來嬌"，實為"老來我偏愛花嬌"之顛倒語句。而後句"人卻美傷遲便暮"，同樣是"人卻遲暮便傷美"之顛倒語句。"美人遲暮"典出自屈原《離騷》："惟草木之零落兮，恐美人之遲暮"，意謂再美麗的花草也會有零落凋敝的時候，再美麗的人也終有年華老去、艷光不再的一天。作者藉此二句揭示自己與別不同之處：別人年紀大了便會擔心容顏神采不復當年，而他年紀愈大卻老而彌堅，越發懂得珍惜春光，越能欣賞嬌花之美態。

〔4〕千金不賣長門賦，肯為娥眉文字誤：前句用"千金買賦"的典故，出自司馬相如《長門賦·序》："孝武皇帝陳皇后時得幸，頗妒。別在長門宮，愁悶悲思。聞蜀郡成都司馬相如天下工為文，奉黃金百斤為相如文君取酒，因於解悲愁之辭。而相如為文以悟主上，陳皇后復得親幸。"意謂西漢時期漢武帝立表妹阿嬌為皇后，陳皇后十年來沒有生育，卻嫉妒衛子夫妃子生下兒子，其後被漢武帝打入長門宮，失去了寵愛。她看了辭賦家司

馬相如的《子虛賦》，就送去黃金百斤（即一千金）請他為自己寫一篇《長門賦》，漢武帝看後深受感動，結果重新寵愛她。後世遂以"千金賦"喻極有價值的文學作品，如元好問《白屋》云："長門誰買千金賦，祖道虛傳五鬼文。"後句"肯為"指願意為。"娥眉"原指女子細長而彎的秀眉，如《楚辭·大招》："嫭目宜笑，娥眉曼只。"引伸借指美女。唐沈亞之《湘中怨解》："有彈弦鼓吹者，皆神仙娥眉，被服煙霓，裙袖皆廣長。"蘇軾《渚宮》詩："飛樓百尺照湖水，上有燕趙千娥眉。"此詞之"娥眉"應取後義。文字誤，本指文字上的謬誤，此處喻所寫的文字語過其實，言不由衷，為文造情。此二句謂即使自己的文章有價，有人願意出資千金要買他一篇像司馬相如《長門賦》那樣的詞章，他也肯定不會接受，因為他從不願寫這類為文而造情的失實之作。

〔5〕多情只作壽徵看，記取青衫曾濕處：前句"壽徵"，指長壽的徵兆。《詩經·魯頌·閟宮》："俾爾昌而熾，俾爾壽而富，黃髮台背，壽胥與試。"鄭玄箋："黃髮、台背，皆壽徵也。胥，相也。壽而相與試，謂講氣力不衰倦。"此句"多情只作壽徵看"，謂自己在垂老之年仍見多情，只可視作"老尚風流是壽徵"看待。後句"記取"，謂記住、記得，把印象保留在腦海裏。唐王諲《十五夜觀燈》詩："妓雜歌偏勝，場移舞更新；應須盡記取，說向不來人。"而"記取青衫曾濕處"則化用白居易《琵琶行》詩"座中泣下誰最多？江州司馬青衫濕"之典故。作者在此詞末句以白居易自況，指自己年輕時流連煙花之地，對於歌姬舞女也動過真情，曾為她們的不幸遭遇一掬同情之淚，連衣衫都弄濕了，可見他是一位多情種子。

（周兼善箋注）

朝中措　和伯端均

　　花枝搯處早名留，老未覺簪羞。[1]前度劉郎應記，觀桃一笑迴眸。[2]　　嬌嗔不在歌筵勸，酌醉後方休。[3]在怕三生狂杜，真成薄倖青樓。[4]

【箋　注】

〔1〕花枝搯處早名留，老未覺簪羞：花枝，原指開有花的枝條。如王維《晚春歸思》詩：“春蟲飛網戶，暮雀隱花枝。”也可用來比喻美女，如韋莊《菩薩蠻》詞：“此度見花枝，白頭誓不歸。”清唐孫華《五舫詩為同年狄向濤太史賦》：“花枝斜倚鏡臺前，晚妝人倦嬌相向。”此詞之“花枝”應取後義為宜。搯，有抽取、探取之意，同掏。而“老未覺簪羞”則襲用蘇軾《吉祥寺牡丹亭》詩“人老簪花不自羞，花應羞上老人頭”之本義，坡公此二句大意謂：人都老了還把牡丹花插在頭上，自己竟然不知道害羞；而牡丹花卻可能因為被戴在老人頭上而感到委屈羞恥。此詞首句“花枝搯處早名留”，謂作者年少風流，在風月場所美人窩中早已留下獵艷盛名。而次句“老未覺簪羞”，作者坦言人老簪花有何不可，人老簪花又何羞之有！其意蘊似較東坡原詩更為豁達不羈。

〔2〕前度劉郎應記，觀桃一笑迴眸：前句用“劉晨遇仙”典故。相傳東漢永平年間，剡縣人劉晨、阮肇入天臺山采藥，遇二女子邀至家，食以胡麻飯。留半年，迨還鄉，子孫已歷七世，事見南朝劉義慶《幽明錄》及《太平廣記》卷六一引《神仙記》。此處“前度劉郎應記”乃作者自喻，詞人想起自己昔日年少時的風流韻事就像劉晨入天臺山得遇仙女那樣艷福無邊。後句“觀桃一笑迴眸”則暗用了崔護“人面桃花”典故。唐人崔護

於清明日獨遊長安城南，在一戶人家邂逅一位女子。第二年的清明日，崔護想起這段往事，又再次造訪那戶人家，卻見大門深鎖，因此在門上題詩曰："去年今日此門中，人面桃花相映紅。人面只今何處去，桃花依舊笑春風。"典出唐孟棨《本事詩·情感》。惟作者此句"觀桃一笑迴眸"，不過虛用崔護"人面桃花"典故，其意僅側重在他與風月女子邂逅時獲對方報以"一笑迴眸"的銷魂眼神而已。

〔3〕嬌嗔不在歌筵勸，酌醉後方休：嬌嗔，多指年輕女子佯裝生氣，樣子嫵媚，令人憐愛的嬌態。五代無名氏《菩薩蠻》詞："一面發嬌嗔，碎挼花打人。"不在，表示本意不在此而在別的方面，如歐陽修《醉翁亭記》："醉翁之意不在酒，在乎山水之間也。"歌筵勸，指有歌者唱歌勸酒助興的宴席。南朝何遜《擬〈青青河畔草〉》詩："歌筵掩團扇，何時一相見？"王勃《九成宮頌序》："風闈夕敞，攜少女於歌筵。"酌醉，指喝醉。"嬌嗔不在歌筵勸，酌醉後方休"二句，意謂風月女子佯裝生氣發"嬌嗔"，其實並不在於歌筵酒席上的勸酒助興，而是希望把心儀的男子灌醉為止，從而得遂其與郎雙宿雙棲的目的，這裏所言或可視作詞人的真切體會與獵豔心得。

〔4〕在怕三生狂杜，真成薄倖青樓：在怕，謂才怕被人當作。"三生"乃佛教語，指前生、今生、來生。"狂杜"喻年少輕狂的唐代詩人杜牧。蓋杜牧去官後，鬱鬱不得志，落拓揚州，好作青樓之遊，以風流聞名。後世言風月情狂者，多以"三生杜牧"或"三生狂杜"比況出入歌舞繁華之地的風流才士。真成，指真是、實在是，這裏可解作"真箇成為"之意。而"薄倖青樓"典出杜牧《遣懷》詩："十年一覺揚州夢，贏得青樓薄倖名。"意謂回想在揚州十年的往事，恍如一場夢幻，一事無成，到頭來自己只在秦樓楚館裏面掙得一個薄情郎的壞名聲。惟廖詞在末二句不過虛用此典故，反而旨在作自我澄清。細審"在

怕三生狂杜，真成薄倖青樓”詞意，作者清楚點明自己涉足風月場所僅屬逢場作興之舉而已，與杜牧在揚州十年載酒行樂，倚紅偎翠，過著毫無拘檢的輕狂生活絕不相同。所以他擔心被人誤解，將他視作“三生狂杜”，這樣他便會蒙上不白之冤，真箇成為長年流連於秦樓楚館的薄倖浪子了，讀者對此實不可不察焉。

（周兼善箋注）

六　醜　伯端示此調，苦不得題，未即屬和。會余八十有七初度，讌在港戚，串酒闌客散，乘醉依均倚此。

正笙吹勸飲，乍八七、稱觴驚覺。[1]漫誇杖朝，朝於聞警析。[2]百揆零落。[3]健賸今吾在，並頭花底，效兩鴛庭角。[4]霜華換了顏非昨，步強扶鳩，姿空舞鶴，鐙牀夜排絃索。[5]問飄殘碧海，梁燕焉託。[6]　　杯宜泉濯，歎羅浮負約。[7]早擬歸樵也，梅未萼。[8]漁竿更手難著，太公先五歲，及時投卻。[9]寒宵永、且呼添酌，爭不把、樿酒千瓢注滿，替長生藥。[10]堪容處、室隘情廓。[11]苟此情、到老偏徵壽，情還任縛[12]。

【箋　注】

[1] 正笙吹勸飲，乍八七、稱觴驚覺：前句“正笙吹勸飲”謂壽筵上正以笙簫吹奏喜慶音樂。後句“乍”有初度或剛開始之意，如柳永《笛家弄詞》：“韶光明媚，乍晴轉暖清明後。”而“稱觴驚覺”乃“驚覺稱觴”的倒裝句，稱觴指舉杯祝酒。南朝謝朓《三日侍華光殿曲水宴代人應詔詩》之九：“降席連綏，稱觴接武。”唐馬懷素《餞唐永昌》詩：“聞君出宰洛陽隅，賓友稱觴

餞路衢。"王安石《次韻王禹玉平戎慶捷》:"稱觴別殿傳新曲,衛璧寧王按舊儀。""驚覺"謂受驚而覺醒。陸遊《夜夢與宇文子友譚德會山寺若餞予行者乃作此詩》:"隣鐘忽驚覺,鴉翻窗欲明。"此句"乍八七、稱觴驚覺",謂自己剛度過八十七歲,驀然醒悟又到了舉杯祝酒賀壽的日子。

〔2〕漫誇杖朝,朝於聞警柝:前句"漫誇"謂空自誇讚或虛誇。"漫誇"與"謾誇"之義互通。如戴叔倫《塞上曲》之一:"漢祖謾誇婁敬策,卻將公主嫁單于。"楊萬里《上巳日周丞相少保來訪敝廬留詩為贈》:"卻慙下客非摩詰,無畫無詩只謾誇。""杖朝"借代八十歲之謂。《禮記・王制》:"八十杖於朝。"謂八十歲可拄杖出入朝廷。唐韓偓《乙丑歲九月在蕭灘鎮書四十字》詩:"若為將朽質,猶擬杖於朝。"趙翼《初用拐杖》詩:"我年屆杖朝,卅載林下叟。""漫誇杖朝"即虛誇自己已屆八十餘歲高齡。後句"朝於"指耆老好友會聚一堂。《禮記・王制》:"耆老皆朝於庠。"而"聞警柝"謂聽到警夜敲擊木梆的聲音。宋彭龜年《壽張京尹》詩:"三年尹王都,警柝清夜眠。"明梁儲《勸止臨幸疏》:"而直廬拱衛官軍萬餘,警柝之聲,夜以達旦。"惟此處所言之"聞警柝"隱含"聞角聲"之意,喻聽到軍中傳來的號角聲。作者寫此詞時,朝鮮戰爭已於是年夏(1950 年 6 月 25日)爆發。參見前詞《攤破浣溪沙・猶記掀髯賦菊殘》之"鯉門風急角聲寒"句末自注"香港月來籌備軍事甚囂塵上",故此詞以"聞警柝"喻當時香港外圍戰雲密佈的緊張氣氛。

〔3〕百揆零落:百揆即百官。劉義慶《世說新語・賞譽》:"桓公(桓溫)語嘉賓(郗超):'阿源(殷浩)有德有言,向使作令僕,足以儀刑百揆,朝廷用違其才耳!'"《新唐書・高祖紀》:"戊辰,隋帝(楊侑)進唐王(李淵)位相國,總百揆,備九錫。"清俞正燮《癸巳類稿・與成君瑾書》:"云'嗣王',謂五年太子晃(拓跋晃)副理萬機,總統百揆也。"惟此詞之"百揆"卻不囿於百官

之義，而有泛指同輩親戚好友之意。"零落"本指凋謝，如《楚辭·離騷》："惟草木之零落兮，恐美人之遲暮。"王逸注："零、落，皆墮也。草曰零，木曰落。""零落"又可引喻死亡，如孔融《論盛孝章書》："海內知識，零落殆盡。"張銑注："零落，死也。"王昌齡《代扶風主人答》詩："鄉親悉零落，塚墓亦摧殘。"本詞所用者即此義。"百揆零落"指如今同輩親戚好友大多已不在人世了。

〔4〕健騰今吾在，並頭花底，效兩鴛庭角：前句"健騰今吾在"乃"騰吾今健在"的倒裝句，謂現在只剩下我還老當益壯地活著。中句"並頭花"即並蒂花、雙頭花，指同一枝頭上並開的兩朵花，比喻恩愛夫妻。後句"兩鴛"即鴛鴦，民間傳說和文學中往往用來喻恩愛夫妻。"庭角"原為"珠庭日角"的簡稱，謂人的天庭飽滿，舊時認為是大貴之相。王安石《上信州知郡大諫啟》："懷德名之重，竊伏猷為；仰庭角之姿，何嘗贄見。"後二句"並頭花底，效兩鴛庭角"，暗寓夫妻恩愛和睦，俱能同享高壽，大有人生至此夫復何求之意。

〔5〕霜華換了顏非昨，步強扶鳩，姿空舞鶴，鐙牀夜排絃索：首句"霜華"喻白髮，指如今頭上的青絲已變成白髮。次句"步強扶鳩"，謂雖然年逾八十，持著杖頭刻有鳩形的拐杖猶可勉強到處走動。《太平御覽》卷九二一引漢應劭《風俗通》："俗說高祖與項羽戰，敗於京索，遁藂薄中，羽追求之，時鳩正鳴其上，追者以鳥在，無人，遂得脫。後及即位，異此鳥，故作鳩杖以賜老者。"《新唐書·玄宗紀》："丁酉，宴京師侍老於含元殿庭，賜九十以上幾、杖，八十以上鳩杖。"第三句"姿空舞鶴"謂這個滿頭白髮的老人扶杖走動時，就像白鶴在空中飛翔的舞姿一樣。第四句"鐙牀夜排絃索"謂在夜間，家人為坐在燈下牀前的作者演奏樂器以賀其壽。

〔6〕問飄殘碧海，梁燕焉託：前句"飄殘"喻飄零凋殘。後句"梁

燕"指樑柱上的燕子，比喻小才，即小有才能的人。此處"梁燕"乃作者對家中晚輩之喻。而"問飄殘碧海，梁燕焉託"二句，謂作者飄零海隅，在這個動盪不安的世局中，究竟家中的晚輩將何所寄託？

〔7〕杯宜泉濯，歎羅浮負約：前句謂壽筵上的酒杯宜用清澈的泉水洗濯。"歎羅浮負約"乃"歎負羅浮約"的倒裝句。羅浮山是中國道教名山，位於粵東惠州博羅縣長寧鎮境內，史學家司馬遷把羅浮山比作"粵嶽"，所以羅浮山素有"嶺南第一山"之美稱。作者乃惠陽人，此處提及的羅浮山實有象徵其家鄉的特殊意義。是以"歎羅浮負約"實寓有作者當日因政局動盪致未能返家鄉歡慶生辰的遺憾於其中，猶如他負了與羅浮山之約，故有此語。

〔8〕早擬歸樵也，梅未蕚：前句謂作者早有打算返回家鄉過樵夫般的山居生活。後句"梅蕚"亦作"梅萼"，指梅花的蓓蕾。歐陽修《玉樓春·題上林後亭》詞："池塘隱隱驚雷曉，柳眼未開梅蕚小。"《隋唐演義》第九八回："楊花已逐東風散，梅蕚偏能留晚香。"此處"梅未蕚"表面上是說梅花的蓓蕾還未開放，實則上卻在暗喻目前國內政局未靖，原來計劃回鄉安度晚年的時機還未成熟，只能暫且擱置。

〔9〕漁竿更手難著，太公先五歲，及時投卻：前句"漁竿"指釣魚的竹竿，多作垂釣隱居的象徵，如岑參《初授官題高冠草堂》詩："衹緣五斗米，孤負一漁竿。"清吳烺《寄德甫》詩："何當與爾乘船去，手把漁竿變姓名。""漁竿"又可喻在政治上壯志得酬。蓋姜子牙以直鈎漁竿垂釣於蟠溪，年屆八十始得遇文王，從此得展抱負開創千秋勳業。"更手難著"謂更難以手觸及、掌握。此句"漁竿更手難著"自謂要在政治上大展鴻圖並不容易，就像姜子牙以直鈎漁竿垂釣那樣，時機往往難以掌握。中句"太公先五歲"乃"先太公五歲"的倒裝句，謂作者早在七十

五歲時便毅然作出歸隱的重大決定。後句"及時投卻"指自己
及時把手上的漁竿丟棄,藉以喻從此淡出政壇,不再關心政事
得失與個人榮辱。

〔10〕寒宵永、且呼添酌,爭不把、櫑酒千瓢注滿,替長生藥:前句
"寒宵永、且呼添酌"謂在漫長的寒夜裡,姑且頻呼家人為自
己添酒助興。中句"爭不把"謂怎麼、為何不把之意。"櫑"
是古代一種可提挈的貯酒器,此處借指酒盃。"瓢"是舀水的工
具,多用對半剖開的匏瓜或木頭製成,或用葫蘆乾殼造成的
勺,常用以量水盛酒。此句"爭不把、櫑酒千瓢注滿",謂為
何還不趕快把美酒千勺注滿酒盃。後句"替長生藥"謂美酒有
延年益壽的功效,實可替代長生不死之藥。

〔11〕堪容處、室隘情廓:"堪容處"即可堪容身之處,指作者家中。
"室隘情廓"謂家中雖地方窄小,但自己情感豐富開闊,故不覺
其狹隘。

〔12〕苟此情、到老偏徵壽,情還任縛:前句謂如果這種柔情直到年
老仍不稍減,反而最能體現"老尚風流是壽徵"這句俗語,也
就是說人老仍多情正是長壽的佳兆。壽徵,指長壽的徵兆。
《詩經·魯頌·閟宮》:"俾爾昌而熾,俾爾壽而富,黃髮台背,
壽胥與試。"鄭玄箋:"黃髮、台背,皆壽徵也。胥,相也。壽
而相與試,謂講氣力不衰倦。"後句"情還任縛"乃"還任情
縛"的倒裝句,自謂那就任由這種老尚多情把我束縛住好了。
具見作者深以自己在垂老之年仍見多情為傲。

附劉伯端原作《六醜·擬清真》:

又秋聲到枕,正客夢、無端先覺。半衾戀寒,銅街催曉柝。燭
淚猶落。在眼追尋遍,暗移芳影,度畫闌斜角。星辰好夜今非昨。
漢浦分鴻,遼城去鶴,天涯慣傷離索。況蓬山隔遠,書問誰託。

涼簟初濯。記珠簾隱約。臉泛朝霞艷,眉吐萼。春心老漸無著。
怎今番惹恨,欲拋難卻。何時再、漫歌深酌。終不信、玉鏡緣慳誤

了，鬢邊紅藥。行雲逝、目送寥廓。算閉門、擬就閒情賦，絲仍
自縛。

（周兼善箋注）

念奴嬌　香港赤柱峰，余數過其下，未登其巔。伯端歲暮
獨遊，賦詞見示，戲步其均。

　　天南支柱，豈名符、赤縣神州稱九。[1] 正際殘冬風力
勁，林木摧枯拉朽。[2] 燒怪留痕，觸疑崩角，石勢摩星
斗。[3] 蠻夷雄長，人才難□牛後。[4]　　君自客裏登臨，惹
我傷心，遙念臺城柳。[5] 閱盡降旛，千片雪、青對紫金山
舊。[6] 涅血乾坤，填骸邱壟，淚濺花成酒。[7] 傳呼臘鼓，和
春聲罪戎首。[8]

【箋　注】

[1] 天南支柱，豈名符、赤縣神州稱九：“支柱”指能起支撐作用的
　　柱子，比喻中堅力量，此處“天南支柱”專指此詞小序所云之
　　“香港赤柱峰”。“豈名符”詰問“九州”之稱謂難道真能名實相
　　符嗎。而“赤縣神州稱九”亦即《史記·孟子荀卿列傳》所云
　　“中國名曰赤縣神州，赤縣神州內自有九州”之義，向為中國的
　　別稱。如元好問《四哀詩·李欽叔》：“赤縣神州坐陸沉，金湯
　　非粟禍侵尋。”此句“豈名符、赤縣神州稱九”，意謂歷來所謂
　　“赤縣神州”的“九州”中並無提及位處“天南”的“支柱”
　　香港赤柱峰，作者認為這樣的“赤縣神州稱九”的叫法似乎有
　　欠說服力，故提出“豈名符”的質疑之聲。

[2] 正際殘冬風力勁，林木摧枯拉朽：前句謂想到詞友劉伯端歲暮
　　獨遊香港赤柱峰之際，正值北風最為強勁的隆冬時分。後句指

凜冽呼嘯的強勁北風要摧折山上那些枯朽的林木。

〔3〕燒怪留痕，觸疑崩角，石勢摩星斗：前句“燒怪留痕”乃“怪
燒留痕”的倒裝句，指香港赤柱峰有些巖石像被怪火燒過那樣
留下獨特的赤色痕跡，藉以點明赤柱峰色澤偏“赤”之獨特景
觀。中句“觸疑崩角”即“疑觸崩角”的倒裝句，則謂赤柱峰
似曾因觸及神物而遭撞崩呈柱狀，旨在揭示赤柱峰形狀若“柱”
之奇特外貌。後句“星斗”一般泛指天上的星星。如《晉書·
元帝紀論》：“馳章獻號，高蓋成陰，星斗呈祥，金陵表慶。”黃
遵憲《避亂大埔三河虛》詩之二：“星斗無光夜色寒，一軍驚擁
將登壇。”“星斗”亦可特指北斗星。如唐高蟾《秋思》詩：“天
地太蕭索，山川何渺茫。不堪星斗柄，猶把歲寒量。”魯迅《亥
年殘秋偶作》詩：“竦聽荒雞偏闃寂，起看星斗正闌干。”後句
“石勢摩星斗”喻赤柱峰的山石高聳入雲，其勢彷若可以用手觸
摩到天上的繁星。此句突出描寫赤柱峰之高聳。

〔4〕蠻夷雄長，人才雞口牛後：前句“蠻夷”專指香港殖民地統治
者英國人；“雄長”指在競爭或鬥爭方面取得優勝或領導地位。
後句“人才雞口牛後”典出《戰國策·韓策》：“臣（蘇秦）聞鄙
語曰：‘寧為雞口，無為牛後。’今大王西面交臂而臣事秦，何以
異於牛後乎？”謂寧願做小而潔的雞嘴，而不願做大而臭的牛肛
門。藉此比喻寧在局面小的地方自主發揮，也不願在局面大的
地方任人支配。此二句謂英國人當時在香港尚能善用人才，而
有才能的華人亦因有發揮機會樂為之用。

〔5〕君自客裏登臨，惹我傷心，遙念臺城柳：前句指詞友劉伯端獨
自登臨赤柱峰。中句“惹我傷心”，表面上是說自己因未能隨劉
伯端登臨此峰而感到傷心，實則此“傷心”暗寓了杜甫《登
樓》詩“花近高樓傷客心，萬方多難此登臨”之感慨於其中。
正由於當前神州“萬方多難”，令詞人劉伯端有家難歸，他無奈
地流寓香港，“客裏登臨”赤柱峰，雖信美而異鄉，怎能不“惹

我傷心"？後句筆鋒一轉，通過"遙念臺城柳"把場景由眼前的香港變為記憶中的南京。"臺城柳"即臺城外的垂柳。臺城故址在今南京玄武湖南岸、雞鳴寺北邊，是南京古城牆的一部分，此處用以借代南京。"臺城柳"出自韋莊《台城》（又名《金陵圖》）詩："江雨霏霏江草齊，六朝如夢鳥空啼。無情最是臺城柳，依舊煙籠十里堤。"而"遙念臺城柳"，則謂作者遙想到故都南京城的古今興亡，不勝感慨。

〔6〕閱盡降旓，千片雪、青對紫金山舊："降旓"，指投降的旗幟。如劉禹錫《三閣辭》之三："回首降旓下，已見黍離離。"此句"閱盡降旓"謂"臺城柳"看盡南京歷代帝王城破出降的慘況。此語脫胎自劉禹錫《西塞山懷古》詩："王濬樓船下益州，金陵王氣黯然收。千尋鐵鎖沈江底，一片降旓出石頭。人世幾回傷往事？山形依舊枕寒流。從今四海為家日，故壘蕭蕭蘆荻秋。"其中第三、四句是承上聯具體地寫出吳國金陵政權"黯然收"的景況和原因。"千尋鐵鎖"是東吳在長江要塞的設防，孫皓政權儘管腐敗，但還是不願輕易失國，而進行拚死抵抗。當時的東吳，為防禦晉武帝的討伐，曾在西塞山一帶築營壘，設江防，並用鐵鎖鏈橫截長江，以阻擋王濬的樓船前進。但王濬用木筏數十，上載麻油火炬，燒融了鐵鍊，然後直抵金陵城下，迫使吳主孫皓舉"降旓"投降。從歷史上看，當時的東吳，非兵不多，將不廣，城不固，地不險。只因孫皓不修內政，昏庸誤國，致使"上下離心，莫為皓盡力"（《三國志·吳書·孫皓傳》），所以必然要導致"鐵鎖沉"、"降旓出"的下場。這個歷史教訓是深刻的，不能不令人有今昔之感慨深思。後句"千片雪"喻千片雪白的降旓高舉出城投降。而"青對紫金山舊"乃喻臺城柳色依舊青綠不改，年年對著紫金山，似在訴說古今興亡的感慨。

〔7〕涅血乾坤，填骸邱壟，淚濺花成酒：前句"涅血"之"涅"本

指染黑，此處形容鮮血把外物染成赤黑色。"乾坤"在這里指國家、江山或天下。《敦煌曲子詞·浣溪沙》："竭節盡忠扶社稷，指山為誓保乾坤。"楊萬里《得親老家問》詩之二："乾坤裂未補，簪笏達何榮？"此句"涅血乾坤"謂死於戰亂的人民其鮮血把江山染成赤黑色。中句"邱壟"亦作"邱壠"或"邱隴"，指墳墓。清侯承恩《丁酉三月葬親吳郡貞山之麓淚餘賦此》詩："祖先邱隴遙相望，累葉忠魂揔不灰。"而"填骸邱壟"謂死者的遺骸填為墳墓。後句"淚濺花成酒"謂臺城柳看盡南京歷代興亡，感慨良多，它濺向花間的淚水彷似化成用來祭奠亡靈的酒水。

〔8〕傳呼臘鼓，和春聲罪戎首：前句"傳呼"指傳聲呼喊。《漢書·蕭望之傳》："仲翁出入從倉頭廬兒，下車趨門，傳呼甚寵。"顏師古注："傳聲而呼侍從者，甚有尊寵也。"唐蘇鶚《蘇氏演義》卷下："兩漢京兆河南尹及執金吾、司校尉，皆使人導引傳呼，使行者止，坐者起。"而"臘鼓"指古人於臘日或臘前一日擊鼓驅疫，故名。《呂氏春秋·季冬》："命有司大儺旁磔。"高誘注："今人臘歲前一日擊鼓驅疫，謂之逐除。"南朝宗懍《荊楚歲時記》："十二月八日為臘日，諺語：'臘鼓鳴，春草生。'村人並擊細腰鼓，戴胡頭，及作金剛力士以逐疫。"此詞之"傳呼臘鼓"則泛指向人傳達歲暮或春來的信息。如唐韓翃《送崔秀才赴上元兼省叔父》詩"寒塘斂暮雪，臘鼓迎春早"及清寧調元《海上次韻答天梅》"殘雪未消成臘鼓，新元彈指過黃龍"二例亦同此義。後句"春聲"指春天的聲響，如春水流響、春芽坼裂和禽鳥鳴囀等。如元稹《和樂天早春見寄》詩句："雨香雲淡覺微和，誰送春聲入棹歌？"蘇軾《春帖子詞·夫人閣二》："細雨曉風柔，春聲入御溝。"而"戎首"指發動戰爭的主謀、禍首，或首先挑起事端或帶頭做壞事的人。此句"和春聲罪戎首"，謂南京人隨著春天回歸的節拍聲響，應向昔日發動戰爭的主謀禍首問罪。

【評　析】

此詞作於庚寅歲（1950），當寓有深意。

（周兼善箋注）

前　調　伯端工綺語，因次均再示此解。

　　紫雲歌罷，便司空見慣、也迴腸九。[1] 未忍香瘢殘玉臂，此意堪銘不朽。[2] 煖熨鴛衾，寒消犀帳，熾炭猶金斗。[3] 呼鬟低語，籠鸚移向屏後。[4]　　無賴劇恨西風，吹把眉愁，慼損闌干柳。[5] 折去終妨，沙咤利、寧復青青依舊。[6] 似海侯門，如年長夜，花病還中酒。[7] 猝然來夢，笑拈羅帶垂首。[8]

【箋　注】

〔1〕紫雲歌罷，便司空見慣、也迴腸九：前句“紫雲”本喻祥瑞的雲氣。李白《古風》之三六：“東海汎碧水，西關乘紫雲。”李商隱《野菊》詩：“紫雲新苑移花處，不取霜栽近御筵。”馮浩注：“作紫雲取霄路神仙之義，亦合。”故其引伸義可喻仙女，此處則以“紫雲”喻似屬歌姬身分的詞中女子。“紫雲歌罷”謂女子為愛郎唱完了一闋清歌。後句“便司空見慣、也迴腸九”，典出自唐孟棨《本事詩·情感》所載劉禹錫詩。原文曰：“劉尚書禹錫罷和州……李司空罷鎮在京，慕劉名，嘗邀至第中，厚設飲饌。酒酣，命妙妓歌以送之。劉於席上賦詩曰：‘高髻雲鬟新樣妝，春風一曲《杜韋娘》。司空見慣渾閒事，斷盡江南刺史腸。’後因以稱事之常見者。”後世“司空見慣”這句成語，就是從劉禹錫這首詩中得來的。“司空”是唐代一種官職的名稱，

相等於清代的尚書。劉禹錫的詩謂，李司空對這樣的場景已經見慣了，等閒視之；但自己看著歌女美麗的面容，聽著她們淒美的歌聲，難免深受感動，不禁柔腸為之寸斷。而"迴腸九"亦作"九迴腸"，乃"回腸九轉"的縮略語，形容回環往復的憂思或內心焦慮不安。司馬遷《報任少卿書》："是以腸一日而九回。"梁簡文帝《應令》："望邦畿兮千里曠，悲遙夜兮九回腸。"此詞"便司空見慣、也迴腸九"則反用原典意思，謂即使是像李司空這樣已經見慣了大場面的人，也不免會深受歌聲感動，柔腸為之回環往復，憂思不能自已。

〔2〕未忍香瘢殘玉臂，此意堪銘不朽：前句"香瘢"即痘瘢，指人患痘瘡後留下的瘢痕。吳文英《高陽臺·落梅》詞："壽陽空理愁鸞。問誰調玉髓，暗補香瘢。"大意謂壽陽公主空對著寶鏡妝飾臉上瘢痕。試問有誰願意調勻玉髓，悄悄地前來為她修補她那香豔瘢痕？惟此詞"未忍香瘢殘玉臂"則僅指詞中女子手臂上的"香瘢"而言，謂作者在這位歌女寬衣時，看到她手臂上的痘瘢，不禁興起白璧微瑕之憾。後句"此意堪銘不朽"謂這位歌女善解人意，歌罷即向作者婉轉投懷，這朵解語嬌花的美意實堪長記心中，永不磨滅。

〔3〕煖熨鴛衾，寒消犀帳，熾炭猶金斗：前句"煖熨鴛衾"乃"鴛衾熨煖"的倒裝句。"鴛衾"指繡有鴛鴦的被子，常用以喻指夫妻共寢的被子。"熨"之本義為用金屬器具加熱，按壓衣服，使之平貼，引伸有緊貼被附物象之意。此句"煖熨鴛衾"謂繡有鴛鴦的被子因緊貼著的人體溫度而變暖。中句"犀帳"又稱"犀帷"，指有犀牛角裝飾的帳幔，通常喻女子的閨房。如宋史達祖《三姝媚·煙光搖縹瓦》："倦出犀帷，頻夢見、王孫驕馬。"此句"寒消犀帳"，意謂作者與歌女在有犀牛角裝飾的帳幔內，寒意全消。後句"金斗"即熨斗。白居易《繚綾》詩："廣裁衫袖長製裙，金斗熨波刀剪紋。"賀鑄《菩薩蠻》詞之六：

“舞裙金斗熨，絳襬鴛鴦密。”而“熾炭”乃“熾炭一爐”的縮略語，本自韓偓《奉和峽州孫舍人肇荊南重圍中寄諸朝士二篇時李……牽課》：“熾炭一爐真玉性，濃霜千澗老松心。”但廖詞不過虛用其意，僅藉此暗喻詞中的男女熱情高漲，猶如熾熱燙手的熨斗。

〔4〕呼鬟低語，籠鸚移向屏後：前句謂詞中女子呼叫小丫鬟來在她耳邊細語吩咐。“鬟”即小鬟的簡稱。如李賀《追賦畫江潭苑》詩：“小鬟紅粉薄，騎馬珮珠長。”《鏡花緣》第五回：“宛如解事小鬟一般，故呼之為婢。”後句指詞中女子令小丫鬟趕快把籠中的鸚鵡移向屏風後，免得牠偷學帳內人語。

〔5〕無賴劇恨西風，吹把眉愁，蹙損闌干柳：前句“無賴劇恨西風”乃“劇恨無賴西風”的倒裝句。“無賴”喻來去無端、沒有因由。“劇恨”是甚為痛恨的意思。謂痛恨那來去無端的西風竟把愛侶拆散。中句“吹把眉愁”乃“把眉吹愁”的倒裝句，謂西風把人的眉頭吹得緊皺。後句“蹙”指皺眉。“蹙損闌干柳”謂自己與歌姬如今天各一方，令闌干附近那些象徵離別的楊柳也為之愁眉不展，身形日見消瘦。

〔6〕折去終妨，沙咤利、寧復青青依舊：前句“妨”的本義是損害、有害於、無益之意。“折去終妨”謂即使將那些瘦損楊柳折去始終也於事無補。後句“沙咤利”又作“沙吒利”。唐人唐韓翊供職在外時，其妾柳氏為蕃將沙吒利所劫，並寵之專房。事見唐許堯佐《柳氏傳》及唐孟棨《本事詩·情感》。後人因以“沙吒利”指霸佔他人妻室或強娶民婦的權貴，或用以喻妻妾被強而有力者佔有或恃勢奪取。“寧復青青依舊”意謂哪裡還再像舊日那樣柳色青青依依醉人。

〔7〕似海侯門，如年長夜，花病還中酒：前句“似海侯門”亦作“侯門似海”，語本唐崔郊《贈去婢》：“公子王孫逐後塵，綠珠垂淚滴羅中。侯門一入深如海，從此蕭郎是路人。”意謂貴族豪

門的門庭像大海那樣深邃，一般人不能輕易進入其間；也比喻舊時相識的人，其後因地位懸殊而日漸疏遠。中句"如年長夜"形容作者在漫漫長夜裡飽受相思之苦煎熬，有若度日如年般難受。後句"花病"為"狂花病葉"的縮略語。狂花，指醉酒喧嘩；病葉，醉酒閉目入睡，比喻醉酒的人。唐黃甫松《醉鄉日月》："飲流謂睡眊者為狂花，且睡者為病葉。"即飲酒者稱醉後怒目忤視者為"狂花"，醉後昏然閉目而睡者為"病葉"。而"中酒"形容飲酒半酣時。此句"花病還中酒"，謂作者在酒徒眼中不過僅是"狂花病葉"之流，但他為求藉酒消愁以解相思之苦，明知自己不勝酒力，還是要不停地喝酒，直至喝醉方休。

〔8〕猝然來夢，笑拈羅帶垂首：前句"猝然"謂突然、出乎意外。"來夢"即闖入夢來的意思。"猝然來夢"指作者醉後在朦朧意識中，只覺日思夜想的意中人悄然進入夢來。後句"羅帶"指絲織的衣帶。隋李德林《夏日》詩："微風動羅帶，薄汗染紅粧。"龔自珍《己亥雜詩》之四九："姊妹隔花催送客，尚拈羅帶不開門。"全句謂夢見意中人手拈絲織的衣帶向他低頭嫣然一笑。

【評　析】

此詞作於庚寅歲（1950）冬。此詞通篇僅藉追憶男女情事為題材，即便有深層寄意，惟因其緣情佈景，"使人不能測其中指所有"，是以作者之寄興他人或有霧裡看花之嘆，讀來疑幻疑真，不易索解，僅能從表層意義分析其詞旨為何而已。

（周兼善箋注）

眼兒媚　慷烈[1]和伯端《念奴嬌》均，索余再賦。余以既成二闋，不欲更作，因示此令。前夕諸子集余寓樓，故借以發端。

花枝折盡酒添籌，醉那漉巾休[2]。詞人難得，連天烽火，還共登樓[3]。　　當筵不見珠釵顫，月早上簾鉤[4]。紅兒歌杳，百篇吟徧，應是羅虬。[5]唐李孝恭籍中有紅兒，色藝俱艷。羅虬請歌不答，羅拂衣去，賦詩百篇。

【箋　注】

〔1〕懭烈：即羅懭烈（1918—2009）廣東合浦（今屬廣西）人。1936年考入中山大學中文系，師從詹安泰作詩填詞，在師友間有“詞人”雅號。後任香港大學教授。對古典文學詩、詞、曲等深有研究，著有《周邦彥清真集箋》、《話柳永》、《北小令文字譜》、《元曲三百首箋》、《詞曲論稿》、《詩詞曲論文集》、《兩小山齋論文集》、《兩小山齋樂府》等。

〔2〕花枝折盡酒添籌，醉那漉巾休：花枝，原指開有花的枝條，也用來比喻美女。韋莊《菩薩蠻》詞：“此度見花枝，白頭誓不歸。”清唐孫華《五舫詩為同年狄向濤太史賦》：“花枝斜倚鏡臺前，晚妝人倦嬌相向。”此詞之“花枝”取前義。添籌，乃“海屋添籌”的簡稱。典出蘇軾《東坡志林》卷二：“嘗有三老人相遇，或問之年……一人曰：‘海水變桑田時，吾輒下一籌，邇來吾籌已滿十間屋。’”海屋，指寓言中堆存記錄滄桑變化籌碼的房間；籌指籌碼，舊時以“添籌”用於祝人長壽，後引伸喻長壽之意。而此句“花枝折盡酒添籌”，意謂作者與諸位詞友喝得酩酊大醉，竟然醉到折花枝作酒籌了。白居易《同李十一醉憶元九》詩“花時同醉破春愁，醉折花枝當酒籌”，即為此詞所本。次句“醉那漉巾休”，漉巾即漉酒巾，指濾酒的布巾，泛指葛巾，此處用“脫巾漉酒”典故。南朝蕭統《陶淵明傳》：“陶淵明嗜酒。郡將嘗候之，值其釀熟，取頭上葛巾漉酒，漉畢，還復著之。”白居易《效陶潛體》詩之十三：“口吟《歸去來》，頭戴漉酒巾。”此句“醉那漉巾休”，意謂眾詞人歡聚一堂，一醉方休。

〔3〕 詞人難得，連天烽火，還共登樓：此三句實乃“連天烽火，難
得詞人，還共登樓”之顛倒語句。作者寫此詞時，朝鮮戰爭已
於當年（1950 年 6 月 25 日）爆發，參見前詞《攤破浣溪沙·
猶記掀髯賦菊殘》之“鯉門風急角聲寒”句末自注“香港月來
籌備軍事甚囂塵上”，此詞亦以“連天烽火”喻當時香港外圍戰
雲密佈的緊張氣氛。作者不禁慨嘆一眾詞友在這個非常時期仍
能“共登樓”，雲集在他家中歡聚，實在萬分難得，故有此語。

〔4〕 當筵不見珠釵顫，月早上簾鉤：“珠釵顫”喻歌姬，意謂由於當
晚的聚會在家中而非酒樓，因此筵席上並沒有歌姬獻唱以助雅
興。“簾鉤”本為捲簾所用鉤子的美稱。納蘭性德《浣溪沙·詠
更和湘真韻》：“殘月暗窺金屈戌，軟風徐蕩玉簾鉤。”又可喻弦
月。蘇軾《菩薩蠻·新月》：“畫簾初掛彎彎月，孤光未滿先憂
缺。遙認玉簾鉤，天孫梳洗樓。”

〔5〕 紅兒歌杳，百篇吟徧，應是羅虬：“紅兒”即唐代名妓杜紅兒。
廣明中，羅虬為李孝恭從事。籍中有善歌者杜紅兒，虬令之歌，
贈以綵。孝恭以紅兒為副戎所盼，不令受。虬怒，手刃紅兒。
既而追其冤，作《比紅兒》詩百首為一卷。見《全唐詩·羅虬
〈比紅兒詩〉序》。《比紅兒詩》乃唐代後期詩人羅虬的代表作，
共百首，均為七絕。作者自序說：“‘比紅’者，為雒陰官妓杜
紅兒作也。美貌年少，機智慧悟，不與群輩妓女等。余知紅者，
乃擇古之美色灼然於史傳三數十輩，優劣於章句間，遂題‘比
紅詩’。”既擇古之絕代佳人與紅兒作“比”，又從而“優劣”
之，這也就是古人所說的“尊題”格。後世亦有用“紅兒”以
泛稱歌妓者，如宋張先《熙州慢·贈述古》詞：“持酒更聽，紅
兒肉聲長調。”而本詞“紅兒”亦為歌姬之代稱。而末二句
“百篇吟遍，應是羅虬”，意謂由於當天並無歌姬獻藝，即使席
上詞友“百篇吟遍”，其所吟詠者亦只能是像羅虬撰寫的《比紅

兒詩》那樣，純屬以文字表達的作品，而不能付諸絲竹管弦與歌姬演唱，是以詞人藉“應是羅虬”聊以自我解嘲。

【評　析】

此詞作於庚寅年（1950）秋，從小序所云，可概見此詞之作意。

（周兼善箋注）

瑞龍吟　讀故友潘老蘭《說劍堂集·大潭篤遊記》有感。潭香港供居民食水。[1]處戰亂頻仍，國人避地來者日眾，居民遂由二十餘萬增至幾三百萬人，供食水添闢二處，猶鬧水荒。大潭篤為最初闢處。篤，粵諺底也，終極意也。《水經注》“篤可作地名”，義頗相通。余不見斯潭六十五年矣，形狀宛然心目間。步夢窗聲均成此。

　　近雲際，誰為照膽寒潭，斧憑空起。[2]鑿殘泉脈成霖，飲休向井，求還向市。[3]　　縱遙睇，惶駭對門跳鯉，礙壺尌蟻。[4]俄疑柱瑟絃琴，並箏競弄，橫斜雁齒。[5]　　觀動須知應靜，過教於頰，妨干清沘。[6]飛雨濺麴揚塵，濁又何世。[7]縷曾濯試，濯愁帶蠻腥味。[8]狂流任、恢恢漏網，波鯢厭睡，瘴海猶吹淚。[9]我操匪蚓。《孟子》：“充仲子之操，則蚓然後可者也。”寧相見隧。喧枕箛聲裏。[10]龍夢五，靈鞭高揮臨水。[11]正呼未出，憶吾鄉地五龍潭在羅浮華首臺側。[12]

【箋　注】

〔1〕潭香港供居民食水：疑為“潭供香港居民食水”，謂潭水供香港居民食用。

〔2〕近雲際，誰為照膽寒潭，斧憑空起：前句"雲際"指雲中或白
雲深處，言其高遠；亦可喻指塵世之外。如《文選》曹植《七
啟》："遊心無方，抗志雲際。"李周翰注："雲際，言高也。"陳
子昂《白帝城懷古》詩："古木生雲際，歸帆出霧中。"此句
"近雲際"，通過誇張手法，亟言吟詠對象大潭水塘所在的地勢
高聳入雲。中句"照膽"喻明鏡可鑒。相傳秦咸陽宮中有大方
鏡，能照見五臟病患。女子有邪心者，以此鏡照之，可見膽張
心動。說見《南京雜記》卷三。後因以"照膽"為典，極言明
鏡可鑒。如庾信《鏡賦》："鏡乃照膽照心，難逢難值。""寒潭"
指寒涼的水潭。如謝靈運《九日從宋公戲馬台集送孔令》詩：
"淒淒陽卉腓，皎皎寒潭絜。"王勃《秋日登洪府滕王閣餞別
序》："潦水盡而寒潭清，煙光凝而暮山紫。"而"誰為照膽寒
潭"，意謂是誰謀劃開鑿了這個堪比明鏡可供人臨鑒的寒涼水潭
呢？後句"憑空"謂凌空而無倚托物支撐。唐孫揆《靈應傳》：
"俄有一婦人年可十七八許，衣裙素澹，容質窈窕，憑空而下，
立庭廡之間。"清杜濬《長幹阿育王塔》詩："憑空收海嶽，拔
地半入天。"此句"斧憑空起"謂大潭水塘的開鑿相當艱鉅危
險，斧鑿等工程儼然在凌空而無倚托物支撐的環境下進行。這
三句通過浪漫主義手法，亟言大潭水塘地勢之高，以及開鑿工
程難度之大。

〔3〕鑿殘泉脈成霖，飲休向井，求還向市：前句"泉脈"指地下伏
流的泉水，因其類似人體脈絡，故稱。如謝朓《賦貧民田》詩：
"察壤見泉脈，覘星視農正。"梅堯臣《汝州後池聽水》詩："春
水泉脈動，分巖臨澗源。"此句"鑿殘泉脈成霖"謂此工程最終
鑿破了地下伏流的泉水支脈，成功取得香港島居民渴求已久彷
若甘霖的可飲用水源。"飲休向井，求還向市"意謂香港市民不
要再用傳統的方法汲食井水，而求諸現代城市的供水系統。

〔4〕縱遙睇，惶駭對門跳鯉，礙壺斟蟻：前句"縱遙睇"謂即使從
遠處看過去。中句"惶駭"亦作"惶駴"，即驚駭慌張之意。
《舊唐書·高仙芝傳》："俄而賊騎繼至，諸軍惶駭，棄甲而走，
無復隊伍。"此句"惶駭對門跳鯉"乃"對門跳鯉惶駭"的倒
裝句，意謂大潭水塘之宏偉氣象令對岸鯉魚門的鯉魚看見也嚇
得驚駭慌張。後句"蟻"乃"綠蟻"之省稱，亦作"綠螘"，
原指酒面上浮起的綠色泡沫；亦可借指酒。如《文選》謝朓
《在郡臥病呈沈尚書詩》："嘉魴聊可薦，綠蟻方獨持。"張銑注：
"綠蟻，酒也。"白居易《問劉十九》詩："綠螘新醅酒，紅泥小
火爐。"李清照《漁家傲》詞："共賞金尊沉綠蟻，莫辭醉，此
花不與羣花比。"此句"礙壺斟蟻"謂那些在鯉魚門觀海對酌品
嚐海鮮的遊客，驚訝對岸大潭水塘建造工程的宏大，而礙止於
斟酒。

〔5〕俄疑柱瑟絃琴，並箏競弄，橫斜雁齒：前句"柱瑟絃琴"即
"膠柱鼓瑟"或"膠柱調瑟"之意，指因而無法演奏。藉以比
喻固執拘泥，不知變通。如《史記·廉頗藺相如列傳》："王以
名使括，若膠柱而鼓瑟耳。括徒能讀其父書傳，不知合變也。"
此句"俄疑柱瑟絃琴"謂沒多久便懷疑這種想法是否固執拘泥，
不知變通。中句"並箏競弄"，即把多個不同的箏合在一起，彼
此同場競技演奏之意。後句"橫斜"喻或橫或斜，多以狀梅竹
之類花木枝條及其影子。如林逋《山園小梅》詩："疏影橫斜水
清淺，暗香浮動月黃昏。"元馬謙齋《快活三過朝天子四邊靜·
夏》曲："竹影橫斜，荷香飄蕩。一襟滿意涼。""雁齒"比喻排
列整齊之物，像大雁在天空飛翔的序列。如庾信《溫湯碑》：
"秦皇餘石，仍為雁齒之階。"倪璠注："雁齒，階級也。《白帖》：
'橋有雁齒。'"白居易《答客問杭州》詩："大屋詹多裝雁齒，
小航船亦畫龍頭。"此句"橫斜雁齒"，謂將箏或瑟原來排列整
齊一致的"雁齒"，變為以橫斜弦柱按音的高低排列的"雁柱"

形式。古人常將弦柱稱為"雁柱",將箏稱為"雁箏"。此三句"俄疑柱瑟絃琴,並箏競弄,橫斜雁齒",其表層意思謂將原來整齊一致如"雁齒"卻不能演奏的箏柱,變其形式為按音的高低橫斜排序適合演奏的"雁柱",作者認為善於變通的後者,無論如何總比固執拘泥的前者優勝得多。而藉此比喻做任何事都應知所變通,不能墨守成規,如當日香港因住民人數暴增,若仍依循傳統鑿井汲水的供水模式,大量用水的需要。而香港政府能因地制宜建造大潭水塘以解決供水緊張問題,乃善於變通之舉。

〔6〕觀動須知應靜,過教於纇,妨干清泚:前句之"動"喻智者與水,"靜"喻仁者與山,典出《論語·雍也篇》:"子曰:智者樂水,仁者樂山;智者動,仁者靜;智者樂,仁者壽。"此句"觀動須知應靜"意謂到大潭水塘遊覽的市民應動靜兼顧,在滿懷逸興觀賞富有動感的寒潭水流時,應切記提醒自己必須時刻保持像高山般的沉穩安靜。中句"過"指過失;"纇"乃"稽纇"或"頓纇"的省稱,即磕頭之意。如《國語·吳語》:"勾踐用帥二三之老,親委重罪,頓纇於邊。"《三國志·吳志·諸葛恪傳》:"及於難至,然後頓纇,雖有智者,又不能圖。"明沈德符《野獲編·司道·監司創勢家》:"長公為郡伯者,日扶服頓纇於邑令,禾郡為諺曰:'有眼不曾見,太守跪知縣。'"此句"過教於纇"即寓教於罰的意思,謂香港政府若想老百姓在大潭水塘遊覽時都能做到人人守法,那麼單靠施以刑罰使違法者像以前那樣磕頭請罪是不能解決問題的,必須向全港市民灌輸提高個人公德修養的宣傳教育。後句"清泚"指清澈的水或水源。如南朝謝朓《始出尚書省》詩:"邑裡向疏蕪,寒流自清泚。"此句"妨干清泚"謂以免大潭水塘那裡的清澈飲用水源,遭到缺乏公德心的遊人污染和破壞。

〔7〕飛雨濺麴揚塵,濁又何世:前句"濺麴揚塵"即"麴塵"之

意，指初春時嫩柳倒映水中而呈鵝黃色的春水。如前蜀毛文錫《虞美人》詞：“垂楊低拂麴塵波，蛛絲結網露珠多”。此句“飛雨濺麴揚塵”意謂春天飛灑而下的春雨，在大潭水塘上激濺起無數小水珠，並揚起一些微塵；嫩柳倒映水中而呈鵝黃色的春水，更令大潭水塘的春意盎然。後句“濁又何世”乃“又何濁世”的倒裝句。“濁世”指混亂的時世。如《楚辭‧九辯》：“處濁世而顯榮兮，非餘心之所樂。”此句“濁又何世”其表層意思謂春天的“飛雨”把大潭水塘弄至“濺麴揚塵”，將原來清澈可鑒的水面攪弄至渾濁的鵝黃色，眼前景物難免令遊人慨嘆如今的大潭水塘又是一個怎樣的渾濁世界；而其深層意思則喻當前國際戰亂未息，朝鮮戰爭仍在浴血中，不禁令人聯想到目前是一個怎樣不堪聞問的亂世。

〔8〕纓曾濯試，濯愁帶蠻腥味（按：後句較常見之五字句式多出一字，疑其中之“濯”乃衍字，宜刪）：前句“纓曾濯試”即“曾試濯纓”的倒裝句。“濯纓”即洗濯冠纓之意。語本《孟子‧離婁上》：“滄浪之水清兮，可以濯我纓。”後以“濯纓”比喻超脫世俗，操守高潔之士。如南朝殷景仁《文殊師利贊》：“體絕塵俗，故濯纓者高其跡。”後句“蠻腥”一如“蠻瘴”，俱為“蠻瘴腥”的省稱，指南方百越之地的瘴氣腥味。如宋張九成《辛未閏四月即事》詩之一：“須臾倒江湖，一掃蠻瘴腥。”趙翼《甌北詩話‧白香山詩》：“《舊唐書》謂居易流落江湖四五年，幾淪蠻瘴。”此二句“纓曾濯試，愁帶蠻腥味”，前句作者藉“濯纓”此意象自許為超脫世俗、操守高潔之士；後句則藉一個“愁”字暗喻他寫此詞時正客寓香港這個英屬殖民地，故謂其所飲用之大潭水塘食水也難免予人一股洋人“蠻腥味”的感覺。

〔9〕狂流任、恢恢漏網，波鯨厭睡，瘴海猶吹淚：“狂流任”，即“任狂流”的倒裝句。“恢恢”喻寬闊廣大貌，典出《老子》：

"天網恢恢，疏而不失。"《史記·滑稽列傳序》："天道恢恢，豈不大哉！""鯢"指雌性的鯨。古代稱鯨鯢雄曰鯨，雌曰鯢。此處"波鯢"當泛指海中的鯨鯢。唐盧綸《奉陪渾侍中上巳日泛渭河》詩："舟檝方朝海，鯨鯢自曝腮。"此二句"狂流任、恢恢漏網，波鯢厭睡"，意謂任水流洶湧，鯨鯢一樣在寬闊廣大的海中安然入睡（指大潭水塘的開鑿並未影響水中的鯨鯢）。後句"瘴海"指南方海域或南方有瘴氣之地。《舊唐書·蕭遘徐彥若等傳論》："逐徐薛於瘴海，置紫樸於巖廊。"盧綸《夜中得循州趙司馬侍郎書因寄回使》詩："瘴海寄雙魚，中宵達我居。兩行燈淚下，一紙嶺南書。"宋王庭珪《送胡邦衡之新州貶所》詩："名高北斗星辰上，身墮南州瘴海間。"而"吹淚"乃"吹客淚"的省略，語本歐陽修《青玉案·一年春事都來幾》："不枉束風吹客淚。相思難表，夢魂無據，惟有歸來是。"此句"瘴海猶吹淚"謂如今客寓地處"瘴海"的香江，有家難歸，因而抑鬱不樂，乃至在異鄉的凄風中流下"客淚"。

〔10〕我操匪蚓，寧相見隘，喧枕箝聲裏：前句"我操匪蚓"，作者自謂個人的操守不可能像蚯蚓那樣廉潔自足，完全無求於世。他在此句自注云："《孟子》：'充仲子之操，則蚓然後可者也。'"所謂"充仲子之操"的含義，據朱熹注："充，推而滿之也。操，所守也。"而"蚓"即蚯蚓。朱注："言仲子未得為廉也。必若滿其所守，則惟蚯蚓之無求於世，然後可以為廉耳。"自注所引據的典故大意謂：匡章對著孟子說："我們齊國的陳仲子，難道不是個廉潔的讀書人嗎？他住在於陵，三天沒有吃飯，以致於耳朵聽不到聲音，眼睛看不見事物。剛好門外井邊上，有株李樹，有一顆李子，已被蟲吃去一大半了。他看不清楚，爬過去拿來吃了，咽了三口，才下肚，耳朵才恢復聽得到聲音，眼睛也看見事物了。"孟子說："在齊國的士人中，我承認仲子是一位才華出眾的人。但是單單這樣，仲子哪裡就足堪

稱‘廉’呢？如要貫徹仲子的這種‘廉’的情操，那他必定變成像‘蚯蚓’，才可以稱‘廉’！蚯蚓在地上吃乾土，在地下喝泥水，無求於世人的餵養，完全自給自足；可是，仲子在於陵，所住的房屋，是伯夷那樣的義人建築的，還是一如盜跖那樣不義的人建的呢？他所吃的糧米，是伯夷那樣的義人種植的，還是如盜跖那樣不義的人種植的呢？這都是不可知的啊。”所以孟子認為陳仲子還不能夠稱為“廉潔”的讀書人。而詞作者在這裡藉“我操匪蚓”一語，謂自己在操守上未能像蚯蚓那樣廉潔自足，完全無求於世，所以不敢以廉潔自居。中句“寧相見隧”的表面意思是說寧可彼此在隧道內相見。此典故出自《左傳·隱公元年》：“（鄭莊公與其生母姜氏決裂，）遂置姜氏於城潁，而誓之曰：‘不及黃泉，無相見也。’既而悔之。潁考叔為潁谷封人，聞之，有獻於公。公賜之食。食舍肉。公問之。對曰：‘小人有母，皆嘗小人之食矣；未嘗君之羹，請以遺之。’公曰：‘爾有母遺，繄我獨無！’潁考叔曰：‘敢問何謂也？’公語之故，且告之悔。對曰：‘君何患焉？若闕地及泉，隧而相見，其誰曰不然？’公從之。公入而賦：‘大隧之中，其樂也融融。’姜出而賦：‘大隧之外，其樂也洩洩。’遂為母子如初。君子曰：‘潁考叔，純孝也，愛其母，施及莊公。’”大意謂鄭莊公與其生母姜氏一度決裂，其後通過“隧而相見”，彼此捐棄前嫌，言歸於好。此詞“我操匪蚓，寧相見隧”二句，虛用《孟子》與《左傳》原典之意，作者指自己並不具備蚯蚓從容鑽土的本領，更沒有像牠那樣可以在地底下吃泥飲水的能耐，因此寧願在深及地下水源的隧道裏與日夕掛念的親人相見。後句“笳聲”指胡笳吹奏的曲調，亦可喻指邊地之聲。如唐錢起《送王相公赴范陽》詩：“代雲橫馬首，燕雁拂笳聲。”唐·鄭愔《送金城公主適西蕃應制》詩：“下嫁戎庭遠，和親漢禮優。笳聲出虜塞，簫曲背秦樓。”“笳聲”亦指邊防駐軍的戍鼓筘聲，引伸有戰亂頻生，干戈未平之意。由於當時朝鮮戰爭方酣，故作者有此語。此句"喧枕筘聲裏"，謂作者想憑藉夢境與家鄉的親友相會，豈料在朦朧中枕畔盡是喧鬧的戰鼓筘聲幻聽。

〔11〕龍夢五，靈鞭高揮臨水：前句"龍夢五"即"夢五龍"的倒裝句。"五龍"喻古代傳說中五個人面龍身的仙人，道教稱為五行神；亦謂五龍的法術。如《鬼谷子·本經陰符》："盛神法五龍。"陶弘景注："五龍，五行之龍也。"《文選》郭璞《遊仙詩》："奇齡邁五龍，千歲方嬰孩。"李善注引《遁甲開山圖》榮氏解："五龍，皇后君也，昆弟五人，皆人面而龍身。長曰角龍，木仙也。次曰徵龍，火仙也。次曰商龍，金仙也。次曰羽龍，水仙也。次曰宮龍，土仙也。"唐李邕《葉有道碑》："專精五龍，遍游群嶽。"後句"靈鞭"指神人使用的鞭子。如晉伏琛《三齊略記》："始皇作石塘，欲過海看日出處，時有神人，能驅石下海，石去不速，神輒鞭之，皆流血，至今悉赤。陽城山石盡起立，巍巍東傾，狀如相隨行。"後用以為典。此二句"龍夢五，靈鞭高揮臨水"，謂作者在夢中見到古代傳說中那五個人面龍身的仙人，看到這些仙人手執靈鞭，臨水高揮，英氣不凡。

〔12〕正呼未出，憶吾鄉地：前句"正呼未出"筆鋒一轉，由夢境重返現實世界的大潭水塘，作者嘗試向寒潭呼喚那五個人面龍身的仙人，請他們從潭中出來相見，可惜卻不得要領。後句謂在呼喚潭中"五龍"現身之際，想起自己家鄉"羅浮華首臺側"也有一個頗有名氣的"五龍潭"，因而情不自禁地從眼前的香港島大潭水塘，轉而"憶吾鄉地"，遙想到自己魂牽夢縈的家鄉風物人事。

【評　析】

此詞作於庚寅歲（1950）秋冬之際。大潭水塘是位於香港島東

的大潭郊野公園之內的多個水塘的統稱，包括大潭上水塘、大潭副
水塘、大潭中水塘及大潭篤水塘，在 1888 年至 1917 年間分期建成，
為港島食水的主要來源，統稱為大潭水塘群。此詞寫來虛實相間，
從其小序所言，已大率概見此詞之作意矣。

（周兼善箋注）

念奴嬌 粟秋、慷烈、韶生、紉詩先後和伯端登赤柱峰均，
並約月課一詞，勉成此章應之。

筵開清夜，正花陰月上、撤華鐙九。[1] 入座嘉賓詞客
半，漫笑雕蟲殘朽。[2] 健筆箋天，狂歌斫地，擊碎玉雙
斗。[3] 眼中人物，騷壇占席先後。[4]　　我卻捫蝨空談，霜
絲禿鬢，媿見新萋柳。[5] 盎卉雞冠，風引舞、撩起雄心非
舊。[6] 環堵蕭然，老夫耄矣，澆塊惟藭酒。[7] 夢回得句，擁
衾和醉蒙首。[8]

【箋　注】

〔1〕筵開清夜，正花陰月上、撤華鐙九：前句"筵開"中之"筵"
　　指擺設坐具或桌椅，"開"則指開始接待賓客之意。"筵"源於古
　　人席地而坐的特色，為鋪於地上的竹製坐具：先鋪於下的稱為
　　"筵"，次鋪於上的稱為"席"，後來就以"筵席"代稱宴會。
　　而"清夜"即清靜的夜晚。司馬相如《長門賦》："懸明月以自
　　照兮，徂清夜於洞房。"唐李端《宿瓜州寄柳中庸》詩："懷人
　　同不寐，清夜起論文。"此句"筵開清夜"，謂在清夜早已擺設
　　好坐具宴請賓客。後句"正花陰月上"乃"正月上花陰"的倒
　　裝句，指一輪明月正從花陰升向中天。"撤華鐙九"乃"撤九華
　　鐙"的倒裝句，謂將雕飾華美的彩燈撤去。如《楚辭·招魂》：

"蘭膏明燭，華鐙錯些。"朱熹集注引徐鉉曰："錠中置燭，故謂
之鐙。華謂其刻飾華好或為禽獸之形也。"此句"正花陰月上、
撤華鐙九"，謂一輪明月正從花陰升向中天，月華光照萬戶，此
際宜將雕飾華美而光輝燦爛的燈撤去，讓月光入戶以增添雅興。

〔2〕入座嘉賓詞客半，漫笑雕蟲殘朽：前句謂當晚入座的嘉賓佔了
一半是詞社中人。後句"漫笑"謂隨意取笑。"雕蟲"為"雕蟲
小技"的簡稱，比喻微不足道的技能（多指文字詞章技巧方
面）。"殘朽"即"朽殘"，本喻朽爛殘敗，如清和邦額《夜譚隨
錄·邱生》："朱欄摧折，紅板朽殘。"此處則喻不合時宜的過時
之物。此句"漫笑雕蟲殘朽"乃作者自嘲之語，意謂我輩詞客
一向講究文字運用技巧，但在他人眼中這些只不過是微不足道
的技能罷了，何況這些詞章小枝如今已不合時宜。

〔3〕健筆箋天，狂歌斫地，擊碎玉雙斗：前句"健筆箋天"謂以剛
健之筆為上天作注解。"健筆"之典出自杜甫《戲為六絕句》其
一："庾信文章老更成，凌雲健筆意縱橫。"作者自覺老而彌堅，
就像古人庾信老當益壯那樣，晚年仍能健筆凌雲，縱橫開闊，
以剛健之筆為天作箋釋。中句"狂歌"謂酒後瘋癲狂歌當哭。
作者在這裡藉著王維《輞川閒居贈裴秀才迪》詩"復值接輿醉，
狂歌五柳前"的裴迪以自況。"斫地"即以物砍地，表示憤激之
意。杜甫《短歌行贈王郎司直》："王郎酒酣拔劍斫地歌莫哀，
我能拔爾抑塞磊落之奇才。"清褚人穫《堅瓠補集·西涯待友》：
"斫地哀歌興未闌，歸來長鋏尚須彈。"後句"玉雙斗"即玉斗
一雙之意，玉斗乃酒器名。"狂歌斫地，擊碎玉雙斗"，謂作者
酒醉後狂歌當哭，以物砍地，以發洩心中的憤激之情，甚至把
貴重的酒器玉斗一雙擊碎亦不覺。

〔4〕眼中人物，騷壇占席先後：前句指作者眼中那些在詞壇有代表
性或具有特點的人。後句"騷壇"指詩壇，亦泛指文壇。此句
譽出席的詞人均為一時俊彥，在當今詩壇先後佔有一席之地。

〔5〕**我卻捫蝨空談，霜絲禿鬢，媿見新黃柳**：前句"捫蝨空談"本
自成語"捫蝨而談"，"捫"是以手指按著之意。原謂一面按捺
著蝨子，一面談著玄理之學。形容人談吐灑脫，無所畏忌。典
出《晉書・王猛傳》："桓溫入關，猛披褐而詣之，一面談當世
之事，捫虱而言，旁若無人。"惟此句"我卻捫蝨空談"則為作
者自謙之語，僅指自己在席上談論倚聲之學而已。中句"禿鬢"
即禿髮，如金李純甫《赤壁風月笛圖》："九原喚起周公瑾，笑
煞儋州禿鬢翁。"而"霜絲禿鬢"指作者頭頂上的髮絲大都脫落
了，只剩下幾根白髮。後句"新黃柳"指新發芽的楊柳條，如
謝靈運《從遊京口北固應詔一首》："原隰黃綠柳，墟囿散紅
桃。"梅堯臣《通判遺新柳》詩："園柳發新黃，官居雪尚壅。"
在這句"媿見新黃柳"，作者謂楊柳逢春必發新芽，柳絲生生不
息；反觀自己頭上的青絲卻一去不復返，如今只剩幾根白髮，
因此他怕見"新黃柳"以免自己羞愧難為情。

〔6〕**盎卉雞冠，風引舞、撩起雄心非舊**：前句"盎卉雞冠"指枝葉
充盈的雞冠花，聯想到勇鬥的雄雞之冠。後句"風引舞"指清
風引導雞冠花起舞，而"撩起雄心非舊"謂任憑清風一再挑弄
引逗，但雞冠花已無復昔日勇於爭勝的雄心壯志了。此三句實
乃作者的自況之辭，不過藉花喻人而已。

〔7〕**環堵蕭然，老夫耄矣，澆塊惟蒭酒**：前句"環堵"指室內圍繞
著四堵牆；"蕭然"喻家境蕭條。典出《晉書・陶潛傳》："環堵
蕭然，不蔽風日，短褐穿結。"此句"環堵蕭然"不過是廖氏的
謙辭。中句"老夫"為作者自稱。而"耄矣"即"耄耋"之
意。古稱大約七十至九十歲年紀的長者為"耄耋"。此句謂自己
年屆八十餘，年紀已經很大了。後句"澆塊"乃成語"酒澆塊
壘"的縮略語。"塊壘"指心裡鬱積著的憂愁、氣憤。"蒭酒"喻
草野之人所釀的酒。此句"澆塊惟蒭酒"謂心中鬱積著太多憂

憤，惟有藉著喝酒以消解。

〔8〕夢回得句，擁衾和醉蒙首：前句"夢回"謂從夢中醒來。南唐李璟《攤破浣溪沙》詞之二："細雨夢回雞塞遠，小樓吹徹玉笙寒。"而"得句"即無意覓得佳句的意思謂從夢中醒來無意覓得詞中佳句。後句"擁衾和醉蒙首"，形容作者乘著幾分醉意擁被蒙頭大睡，索性繼續尋夢去也，完全不管外面是人間何世了。

【評　析】

此詞作於庚寅歲（1950）冬，小題云"粟秋、慷烈、韶生、紉詩先後和伯端登赤柱峰均，並約月課一詞，勉成此章應之"，可知此詞乃作者應和詞社中人的社課之作。通篇寫來豪邁不羈，卻不乏自嘲自謙之語。

（周兼善箋注）

八犯玉交枝　題冼玉清〔1〕《琅玕館修史圖》，依元人仇山村四聲〔2〕。女士任教嶺南大學有年。

花下書年，蝶旁編月，曾早續成班史。〔3〕晴日和風輕掃葉，皺得池波鱗起。〔4〕華妝初洗，護館千百琅玕，應憑堅節完鄉誌。女史所修為《廣東通志》。〔5〕羅袖忍寒遙想，拈毫頻倚。〔6〕　不知是雨是煙，不堪是淚，層層堆上雲翠。〔7〕定還認、絃歌佳地，待重喚、零龍降尾。〔8〕影簾隔、言禽近咫，莫教饒舌先朝事。〔9〕但笑指門前，新陰頓覺桃添李。〔10〕

【箋　注】

〔1〕冼玉清（1895—1965），別署"碧琅玕館主"，原籍廣東省南海縣西樵，生於澳門。詩人、畫家、國學學者、教授、廣東文獻

專家，有"嶺南第一才女"之美譽。

〔2〕依元人仇山村四聲：仇遠（1247—?），字仁近，一字仁父，號
山村，宋末元初詞人。作者指此詞的四聲均按仇遠《八犯玉交
枝/八寶妝》一詞寫成。至於作者所謂"依元人仇山村四聲"之
準則為何，因其所涉之內容頗為複雜，於茲不贅。

〔3〕花下書年，蝶旁編月，曾早續成班史：首二句中"書年"和
"編月"皆指修史之意；而"花下"與"蝶旁"則點出此詞所
詠的主角冼玉清是一位女學者。後句"曾早續成班史"化用
"東觀續史"典故。《後漢書·曹世叔妻傳》："扶風曹世叔妻者，
同郡班彪之女也，名昭，字惠班，……兄固著《漢書》，其八表
及天文志未及竟而卒，和帝詔昭，就東觀藏書閣踵而成之。"東
觀是漢代官家藏書的地方，"東觀續史"原指漢代女史學家班昭
奉詔續成其兄班固沒有完成的《漢書》，後用以指女子才學高
深。冼氏曾於二十世紀二三十年代應廣東修志局之聘，出任分
撰助修《廣東通志》，故此句"曾早續成班史"借指冼氏。

〔4〕晴日和風輕掃葉，皺得池波鱗起：前句"晴日"即晴天。唐蘇
頲《奉和春日幸望春宮應制》："東望望春春可憐，更逢晴日柳
含煙。"明高啟《雨中曉臥》詩之一："閒人晴日猶無事，風雨
今朝正合眠。""和風"謂和煦的風。如韋莊《登鹹陽縣樓望
雨》詩："亂雲如獸出山前，細雨和風滿渭川。"此句"晴日和
風輕掃葉"，形容琅玕館在初陽照耀下，和煦的清風輕輕拂掃過
叢林的綠葉，令人心曠神怡。後句"皺得池波鱗起"喻和風把
池塘的水波吹皺，水面波光鱗鱗。如唐李群玉《江南》詩："鱗
鱗別浦起微波，汎汎輕舟桃葉歌。"全句寫冼玉清家中修史環境
之清幽怡人，涼快舒適。

〔5〕華妝初洗，護館千百琅玕，應憑堅節完鄉誌：前句"華妝初洗"
謂冼氏梳洗打扮稍事修飾姿容。中句"琅玕"指翠竹。杜甫
《鄭駙馬宅宴洞中》詩："主家陰洞細煙霧，留客夏簟青琅玕。"

仇兆鼇注："青琅玕，比竹簟之蒼翠。"梅堯臣《和公儀龍圖新居栽竹》之二："聞種琅玕向新第，翠光秋影上屏來。""護館千百琅玕"，謂冼氏修史之庭院廣植翠竹。冼氏別署"碧琅玕館"。後句"應憑堅節完鄉誌"，作者在此句自注中說明冼氏所修之史乃《廣東通志》，謂深信她憑著堅毅不拔的志節定能完成此鄉邦文獻。

〔6〕羅袖忍寒遙想，拈毫頻倚：前句"遙想"即悠遠地思索或想像、回想之意。"羅袖忍寒"脫胎自杜甫《佳人》詩："天寒翠袖薄，日暮倚修竹。"杜詩謂儘管天氣寒冷而美人的衣衫也很單薄，但夕陽下的她仍舊倚著長長的青竹不願離去，藉以謳歌"佳人"貞節自守的可貴精神。廖詞此句即借用杜詩原義以稱頌冼氏修史之舉。後句"拈毫"乃"拈毫弄管"之縮略語，本指拿筆，可借指寫作或繪畫。如徐渭《女狀元》第一折："且喜這所在，澗谷幽深，林巒雅秀，森列於明窗淨几之外，默助我拈毫弄管之神。""拈毫頻倚"乃形容冼氏倚著青竹，經過反覆思量後提筆修史。

〔7〕不知是雨是煙，不堪是淚，層層堆上雲翠：前句謂《琅玕館修史圖》但見一片煙雨空濛的景致，頗能予人"不知是雨是煙"的朦朧美感。中句"不堪是淚"謂冼氏在煙雨空濛的環境中從事修史工作，是以她臉上的水跡並非眼淚。後句"雲翠"即"翠雲"，喻女子的秀髮。如李煜《菩薩蠻》："拋枕翠雲光，繡衣聞異香。"此句"層層堆上雲翠"，謂冼氏將秀髮梳成層層堆上的蟠龍髻。

〔8〕定還認、絃歌佳地，待重喚、雩龍降尾：前句"定還認"謂後人一定還能認識到。"絃歌佳地"喻粵地物阜民豐，歷來都是弦歌不絕的文士安居樂土。後句"雩"，古代為求雨而舉行的一種祭祀儀式，《說文》："雩，夏祭樂於赤帝，以祈甘雨也。"《公羊傳·桓公五年》："大雩者何，旱祭也。"注："使童男女各八人舞

而呼雨，故謂之雩。”“雩龍”典出《左傳》桓公五年之“龍現而雩”，意謂驚蟄以後龍將出現時，人間要舉行祈求降雨的祭祀儀式。據《中華全國風俗志·壽春歲時記》記載：“二月初二日，焚香水畔，以祭龍神。”所以人們把這天稱為春龍節、龍頭節或青龍節。俗話說“龍不抬頭天不雨”。龍抬頭就意味著風調雨順，糧食豐收。黃曆二月初二前後是廿四節氣之中的驚蟄，這時經過一冬睡眠的龍會被隆隆的春雷驚醒而抬頭飛起。每到這個時候，古時的人們便到江河水畔去祭龍神。此句“待重喚、雩龍降尾”，其表層意思謂有待重新喚醒為民間帶來耕種雨水的神龍再度來臨粵地，而其深層意思則謂通過冼氏重修《廣東通志》，可將嶺南的歷史文化發揚光大，惠澤後人，就像神龍降尾再度來臨賜福粵地一樣。

〔9〕影簾隔、言禽近咫，莫教饒舌先朝事：前句謂隔著一重簾幕依稀可以看到籠中鸚鵡那近在咫尺的身影。後句“莫教”乃不許、不准之意。“饒舌”指嘴多，不該說而說或口沒遮攔。“先朝事”解作前朝的事，多指上一個朝代而言。此句“莫教饒舌先朝事”，謂不要隨便說及前朝舊事。

〔10〕但笑指門前，新陰頓覺桃添李：前句謂《琅玕館修史圖》中的冼氏只是笑而不語手指門前。後句“新陰頓覺桃添李”乃“頓覺新陰添桃李”的倒裝句。“新陰”指春夏之交新生枝葉逐漸茂密而形成的樹蔭。如白居易《首夏》詩：“春禽餘嚶在，夏木新陰成。”“頓覺”乃佛家語，猶頓悟，忽然發覺之意。元鄧文原《重刻〈禪源詮〉序》：“自頓覺至成佛，十重為凈；自不覺至受報，十重為染。”“桃李”本指桃花與李花，如黃庭堅《寄黃幾復》詩：“桃李春風一杯酒，江湖夜雨十年燈。”漢·韓嬰《韓詩外傳》卷七：“夫春樹桃李，夏得陰其下，秋得食其實。”《資治通鑒·唐紀·武后久視元年》：“天下桃李，悉在公門矣。”後因以“桃李”比喻所栽培的門生或所教的學生。此二句“但

笑指門前，新陰頓覺桃添李"語帶雙關，其表層意思謂冼氏笑指門前，春夏之交的桃李花繁葉茂；而其深層意思則謂冼氏之樂乃在於誨人不倦，桃李滿門，故其心中頗感欣慰。如全祖望《移詰甯守魏某帖子》云："不謂使君道廣，門牆桃李兼收。"比喻老師所培育的人才極多。

【評　析】

此詞作於庚寅歲（1950）冬，小序云："題冼玉清《琅玕館修史圖》，依元人仇山村四聲。女士任教嶺南大學有年。"可知此詞乃一闋題圖詞。通篇寫來虛實相間，遣詞用語恰如其分，既能切合雙方身分，亦無一般酬酢文章言不及義之弊。

　　附劉伯端同題之作《謁金門·題冼玉清〈琅玕館修史圖〉》：

又秋聲到枕，正客夢、無端先覺。孤館寂。曲壁蠹編陳籍。日暮琅玕吹暗碧。硯寒知露滴。　　門外馬蹄得得。窗下蟲吟唧唧。功業文章駒過隙。千秋惟史筆。

（周兼善箋注）

陽春曲　庚寅歲除前夕，立辛卯春，聲均依梅谿。[1]

柳堆金，梅堆玉，憑買繡春真色。[2]詩祭恁匆匆，鐙窗稿、付火應免蠹魚食。[3]故人書跡，雲雁隔、有樓西北。[4]土牛斷拂鞭香，甚朱旛、顛鬟歌陌。[5]　　況粃自拋盆，紅愁縈結街鬧鼓，城羌又笛。[6]銷凝年涯一線，教黛痕、纖晚鏡遲拭。[7]林鶯定解歡息，聽語到、綿蠻誰識。[8]乍新雨、正峰改螺舊，煙霄透碧。[9]

【箋　注】

〔1〕庚寅歲除前夕，立辛卯春，聲均依梅谿：作者謂此詞乃步韻南

宋詞人史達祖《陽春曲》之作。

〔2〕柳堆金，梅堆玉，憑買繡春真色：前二句化用成語“積玉堆金”之意，謂金玉多得可以堆積起來，形容所積聚的財富極多。如李賀《嘲少年》詩：“堆金積玉誇豪毅。”惟此詞“柳堆金，梅堆玉”寄寓吉祥的象徵意義。蓋文士常稱柳為金柳，梅為玉梅，是以作者遂藉家中廣插柳梅而美喻之為“積玉堆金”而已，並非實指也。後句“憑買”，謂其依據俗說（指前述“柳堆金，梅堆玉”）而選購柳梅等應時花卉。“繡春”喻錦繡的春光。“真色”猶言本色。如宋張先《少年游·井桃》詞：“銀瓶素綆，玉泉金甃，真色浸朝紅。”《高子遺書·語》：“文公聖賢而豪傑者也，故雖以豪傑之氣概，終是聖賢真色；文成豪傑而聖賢者也，故雖以聖賢學問，終是豪傑真色。”此句“憑買繡春真色”，謂家中所插的柳梅等應時花卉，都是根據俗說的吉祥寓意而選購的，希望藉此可以買到錦繡春光的真本色而非外在的浮華。

〔3〕詩祭恁匆匆，鐙窗稿、付火應免蠹魚食：前句“詩祭”即“祭詩”，相傳唐人賈島常於每年除夕，取自己當年詩作，祭以酒脯而自勉。事見唐馮贄《雲仙雜記》卷四。後因以“祭詩”為典，表示自祭其詩藉以求自我安慰之意。“恁”有那麼，那樣，如此的含義，如辛棄疾《沁園春》：“君非我，任功名意氣莫恁徘徊。”此句“詩祭恁匆匆”意謂時光飛逝，不意今年“詩祭”之日又匆匆來臨了。後句“鐙窗稿”指燈下窗前所寫的文稿，喻自己的詞作。而“付火”謂用火燒毀。《太平御覽》卷九五一引三國虞翻《與弟書》：“老更衣希，為蚤虱所咋，故一二相告。省書一過，悉以付火。”唐徐寅《新茸茆堂》詩：“筆研不才當付火，方書多誑罷燒金。”“蠹魚”為蟲名，即蟫，又稱衣魚，喜蛀蝕書籍衣服。體小，有銀白色細鱗，尾分二歧，形稍如魚，故名。白居易《傷唐衢》詩之二：“今日開篋看，蠹魚損文字。”陸遊《笢簇謠寄季長少卿》之一：“卷書置篋中，寧使

飽蠹魚。"此句"付火應免蠹魚食",作者自謙個人所寫的文稿並無保留價值,不如用火將之燒毀,免得它們為蠹魚所食。

〔4〕故人書跡,雲雁隔、有樓西北:前句謂作者翻閱朋友寄給他的書信,墨跡猶存,不禁想念故友。後句"雲雁"亦作"雲鴈",指高空的飛雁。南朝謝惠連《秋懷》詩:"蕭瑟含風蟬,寥唳度雲雁。"韋應物《答崔主簿倬》詩:"窈窕雲雁沒,蒼茫河漢橫。"魏了翁《水調歌頭·即席和李潼川韻》:"一聲雲雁清叫,推枕賦歸來。"而"雲雁隔"則隱喻故人即使有意託付鴻雁傳遞書信,卻因時空阻隔而未能如願。"有樓西北"則化用吳文英《高陽台》"莫登臨,幾樹殘煙,西北高樓"詞意,暗喻當前國事蜩螗,遊子有家難歸。蓋吳詞謂如今不用再登山臨水了,所能看到的也不過是疏柳殘煙和西北的高樓罷了,始終是極目也無法看見國都長安的;而廖詞亦表達了同樣的感觸,箇中宣洩的情感頗為悲涼。

〔5〕土牛斷拂鞭香,甚朱旛、顫鬟歌陌:前句"土牛斷拂鞭香"即"鞭拂土牛香斷"的倒裝句。舊俗立春日造土牛以勸農耕,州縣及農民鞭打土牛,象徵春耕開始,以示豐兆,謂之"鞭牛"。此句"土牛斷拂鞭香"意謂當日中國大陸正進行土地改革,在立春日以鞭拂打土牛象徵春耕開始之傳統習俗,如今也斷絕傳承了。後句"甚"是為甚麼的意思。"朱旛",指紅色的旗幡,此處似暗指新政權之紅旗。"顫鬟"喻歌姬舞女因受驚而鬟髻顫動。"歌陌"喻兩旁廣設舞榭歌臺的繁華道路。此句"甚朱旛、顫鬟歌陌",意謂隨著新政權的建立,昔日絃歌起舞的景象不復有了。

〔6〕況粞自拋盆,紅愁縈結街鬧鼓,城羌又笛:前句"況粞自拋盆"乃"況自拋粞盆"的倒裝句。"粞盆"是過年的時候在門外燒麻粞等的火盆,常用以祭神,取火旺盛則新歲諸事吉祥之意。粞即糝。"粞盆"是唐宋風俗,古詩詞中頗為常見。此句"況粞自

拋盆"，作者自謂何況早已拋棄了除夕時在門外燒"粞盆"的傳統。中句"紅愁縈結"乃"紅結縈愁"的倒裝句。"紅結"指紅色的繡球結。自古以來，繡球一直被人們所喜愛，每逢新年或吉慶節日，必定有舞龍舞獅，舞龍戲珠，舞獅則搶繡球。而繡球結亦具有象徵完美的寓意。"縈愁"謂牽惹愁思。蘇軾《和人回文詩》之三："看君寄憶傳紋錦，字字縈愁寫斷腸。"沈祖棻《浣溪沙》詞之十："故國青山頻入夢，江潭老柳自縈愁。""街闐鼓"乃"闐街鼓"的倒裝句，即街鼓喧闐寓來年萬事吉祥之意。"街鼓"指設置在京城街道的警夜鼓。宵禁開始和終止時擊鼓通報。始於唐，宋以後亦泛指"更鼓"。唐劉肅《大唐新語·厘革》："舊制，京城內金吾曉暝傳呼，以戒行者。馬周獻封章，始置街鼓，俗號鼕鼕，公私便焉。"唐李益《漢宮少年行》："君不見上宮警夜行八屯，鼕鼕街鼓朝朱軒。"陸遊《老學庵筆記》卷十："京都街鼓今尚廢，後生讀唐詩文及街鼓者，往往茫然不能知。"此句"紅愁縈結街闐鼓"謂紅色的繡球結和喧闐的街鼓聲令作者牽惹愁思。後句"城羌又笛"乃"城又羌笛"的倒裝句，謂城樓上又吹起羌笛。羌笛是羌族所用的簧管樂器。王之渙《涼州詞》之一："羌笛何須怨楊柳，春風不度玉門關。"

〔7〕銷凝年涯一線，教黛痕、纖晚鏡遲拭：按，此處末句較常見之七字句式多出一字，疑"纖"乃衍字。前句"銷凝"即銷魂凝神之意。柳永《夜半樂》詞："對此佳景，頓覺銷凝，惹成愁緒。"張炎《瑞鶴仙·趙文升席上代去姬寫懷》詞："黯銷凝、銅雀深深，忍把小喬輕誤。"元趙善慶《水仙子·客鄉秋夜》曲："捱長宵，何處銷凝？"龔自珍《台城路·送姚怡雲之江南》詞："瘦硯敲霜，古箋啼月，真箇銷凝無主。"而"年涯一線"指除夕時舊年與新年的更替邊際就在一線之間。宋葉廷珪《海錄碎事·聖賢人事下·年甲》引褚載詩："淨名方丈雖然病，曼倩年涯未有多。"後句"教"有叫、使、讓、令之意，"黛痕"

原指女子畫眉黛的痕跡，如唐李洞《題尼大德院》詩：「臺上燈紅蓮葉密，眉間毫白黛痕銷。」亦可指青黑色的山巒。如陸游《雨後快晴步至湖塘》詩：「山掃黛痕如尚濕，湖開鏡面似新磨。」此句「教黛痕、晚鏡遲拭」即襲用陸遊詩中之喻，其中「黛痕」指青黑色的山巒；「晚鏡遲拭」指夜間因光線不足而顏色變暗的湖面，就好像晚間的銅鏡因遲於擦拭以致顏色變暗一樣。

〔8〕林鶯定解欷息，聽語到、綿蠻誰識：前句「林鶯」指樹林中的夜鶯。「定解欷息」謂它一定會瞭解我嘆息的原因。後句「綿蠻」指小鳥或鳥鳴聲，此詞用後義。典出《詩・小雅・綿蠻》：「綿蠻黃鳥，止于丘阿。」毛傳：「綿蠻，小鳥貌。」朱熹集傳：「綿蠻，鳥聲。」王國維《觀堂集林・爾雅草木蟲魚鳥獸名釋例下》：「蟲之小者曰蠛蒙，鳥之小者亦曰綿蠻，殆皆微字之音轉。」歷來詩文中多用小鳥、鳥聲二說。此句「聽語到、綿蠻誰識」，謂耳畔聽到一些鳥語，可是又有誰會知道牠們在說些甚麼呢。

〔9〕乍新雨、正峰改螺舊，煙霄透碧：前句謂剛才忽然灑下一陣雨。中句之「螺」形容深碧色的山石盤旋似螺髻般（比喻聳起如髻的峰巒）。而「正峰改螺舊」謂新雨過後，山巒的顏色和景致都出現了明顯的變化。後句「煙霄」常指雲霄。如陳子昂《春日登金華觀》詩：「山川亂雲日，樓榭入煙霄。」陸遊《蓬萊行》：「山峭插雲海，樓高入煙霄。」亦可指山的高處，此詞即用此義。「透碧」指散發著一片澄明的碧綠色。全詞至此遂在一派空靈的景色中悠然收結。

【評　析】

此詞小題云「庚寅歲除前夕，立辛卯春」，可知當作於 1951 年 2 月 4 日。

（周兼善箋注）

如魚水 題稊園舊主《梅花香裏兩詩人圖卷》。穎人社長與
　　　　織雲夫人結褵三十四年，穎人取當時證婚人徐弢
　　　　齋相國賀詩結句，繪圖徵題。葉遐翁題 "綺窗雙
　　　　笑" 四字，余依屯田體譜此[1]。

　　生幾梅修，蒂兼朵並，里認粵嶠淮揚。[2]底問何郎，媒
寧招蝶過牆。[3]詔群芳，含章賦、東閣催妝。[4]這影事、回
首蓴波，鏡絲添得沼鴛雙。[5]　　歡繾綣，景綿長，眳答拜
鴻光，案舉相莊。[6]吟成曾恁般剛，廣平腸。[7]收畫本，粉
色霏香。[8]念題自、借紅葉窗笑兩，染管灑淋浪。[9]

【箋　注】

〔1〕余依屯田體譜此：此詞乃依柳永《如魚水》詞譜寫而成。

〔2〕生幾梅修，蒂兼朵並，里認粵嶠淮揚：前句 "生幾梅修" 乃
　　 "幾生修梅" 的倒裝句，意謂題圖酬贈的主角 "穎人社長與織雲
　　 夫人結褵三十四年"，一直鶼鰈情深，患難與共，可說是幾生修
　　 得的梅花佳侶，令人艷羨。中句 "蒂兼朵並" 乃 "朵兼並蒂"
　　 的倒裝句，藉並頭盛開的梅花朵喻穎人社長與織雲夫人白頭偕
　　 老，有影皆雙。後句 "里認" 謂梅花認得自己的家鄉所在地。
　　 "粵嶠" 指五嶺以南地區，泛稱嶺南。《明史·項忠朱英等傳
　　 贊》："朱英廉威名粵嶠，秦紘經略著西陲，文武兼資，偉哉一
　　 代之能臣矣。" 王國維《觀堂集林·彊邨校詞圖序》："先生以文
　　 學官侍郎，光緒之季，奉使粵嶠。" 此句 "里認粵嶠淮揚" 語帶
　　 雙關，其表層意思謂梅花認得自己的家鄉所在地就在嶺南和淮
　　 揚地區；而其深層意思則謂穎人社長與織雲夫人這一雙梅花佳
　　 侶，分別來自嶺南和淮揚兩地，誠可謂千里姻緣一線牽。此句
　　 寫來亦物亦人，運思巧妙。

〔3〕底問何郎，媒寧招蝶過牆：前句"底問"即問一句為甚麼、試問為何之意。"何郎"乃"傅粉何郎"的簡稱。傅粉即敷粉、抹粉；何郎指何晏，字平叔，為曹操養子。南朝劉義慶《世說新語·容止》："何平叔美姿儀，面至白，魏明帝疑其傅粉。"原指何晏面白，如同搽了粉一般。後遂以"何郎"泛指美男子，或女子代稱愛郎之用。後句"媒"指使雙方發生關係的人或事物，此處專指花媒。"寧"有豈、難道之意，如《詩·鄭風·子衿》："子寧不來。"而"招蝶過牆"則化用唐王駕"蜂蝶過牆"一語，其《雨晴》詩云："蜂蝶紛紛過牆去，卻疑春色在鄰家。"此句"媒寧招蝶過牆"，謂難道花媒有意招引粉蝶越過圍牆前來親近梅花嗎？

〔4〕詔群芳，含章賦、東閣催妝：前句"詔群芳"喻花神奉詔邀請各種美麗芳香的花草前來爭妍競艷。後句"含章賦"指在含章殿吟詠或寫作有關梅花的詩歌。含章殿為南朝劉宋皇朝之宮殿名。宋程大昌《演繁露·含章梅妝》云："壽陽公主在含章殿，梅花飄著其額。"明陳子龍《欲偕舒章游金陵不果，各賦詩十首》之八："東府諸王宅，含章公主家。"而"東閣"乃閣名，指東亭，故址在今四川省崇慶縣東。一說"東閣"為古代稱宰相招致、款待賓客的地方。如杜甫《和裴迪登蜀州東亭送客逢早梅相憶見寄》詩："東閣官梅動詩興，還如何遜在揚州。"仇兆鰲注："東閣，指東亭。"此詞句借指謂款待賓客之所。"催妝"亦作"催粧"。舊俗新婦出嫁，必多次催促，始梳妝啟行。或謂此為古代迎親的遺風。段成式《酉陽雜俎·禮異》謂北朝婚禮，夫家領人挾車至女家，高呼"新婦子，催出來"，至新婦上車始止。宋時其禮儀又不同，孟元老《東京夢華錄·娶婦》："凡娶媳婦……先一日，或是日早，下催粧冠帔花粉，女家回公裳花襆頭之類。"文人則因此俗有催妝詩詞。明葉憲祖《鸞鎞記·廷獻》："飛仙幸許效鶼鶼，走馬催妝彩筆拈。"孔尚任《桃花扇·

傳歌》："纏頭擲錦，攜手傾杯；催粧豔句，迎婚油壁。"此句
"含章賦、東閣催妝"，乃借含章催妝之典故，追述穎人社長昔
日向待嫁的織雲夫人催妝此一風流韻事。

〔5〕這影事、回首蓴波，鏡絲添得沼鴛雙：前句"影事"本爲佛家
語，謂塵世間一切事皆虛幻如影。《楞嚴經》卷五："縱滅一切
見聞覺知，內守幽閉，猶爲法塵分別影事。"范成大《次韻李子
永見訪》之一："混俗休超俗，居家似出家；有爲皆影事，無念
即生涯。"亦可泛指往事或所經歷過的事。如田漢《影事追懷
錄·引言》："中國文人談到往事喜歡叫它'前塵影事'，意思是
這些事像影子似的過去了。"此詞"這影事"即用後義。"回首
蓴波"脫胎自姜夔《慶宮春·雙槳蓴波》之"雙槳蓴波，一蓑
松雨，暮愁漸滿空闊"詞句，謂雙槳劃動，湖面蕩起漂浮著蓴
菜的水波。後句"鏡絲"即"鏡中絲"，喻白髮；"沼鴛雙"指
水沼中的一雙鴛鴦，喻穎人社長與織雲夫人伉儷。此句"鏡絲
添得沼鴛雙"承上句詞意，謂平靜如鏡的湖面映照著滿頭白髮
的穎人社長與織雲夫人伉儷的倒影，就像水沼中的一雙形影不
離的鴛鴦。

〔6〕歡繾綣，景綿長，眄答拜鴻光，案舉相莊：首句"歡繾綣"即
歡樂相聚情意纏綿不忍分離的樣子。元稹《會真詩三十韻》：
"留連時有限，繾綣意難終。"次句"景綿長"謂好景綿延長久
不斷。第三句"眄答"指女子不敢正視對方，只是斜視窺看著
回話。"拜鴻光"指夫妻倆猶如漢朝人梁鴻、孟光互相敬拜。第
四句"案舉相莊"也是用梁鴻、孟光"舉案齊眉"的典故，喻
夫妻相敬如賓，貧賤而志不移，舊時作爲賢夫婦的典型，用以
代稱賢夫婦。據《東觀漢記·梁鴻傳》："鴻字伯鸞，與妻孟光
隱居避患，適吳，依大家廡下，爲賃舂。每歸，妻爲具食，不
敢於鴻前仰視，舉案常齊眉。"此典亦見《後漢書》本傳。"案"
乃盛食物的短足木盤。後世遂以"舉案"或"眉案"爲夫婦相

敬的典故。這裡用此典故喻穎人社長與織雲夫人伉儷結褵三十四年仍能彼此相敬如賓，恩愛如昔，令人羨慕。

〔7〕吟成曾恁般剛，廣平腸：此二句凸顯穎人社長的個性與文風反差強烈，但卻又合乎情理。"吟成" 意謂他的那些吟誦梅花的詞篇都充滿了柔情蜜意。"曾恁般剛" 謂令人不解何以如此溫婉的詞篇竟然出自他這樣的鐵漢之手，"廣平腸" 喻他就像鐵石心腸的廣平郡公宋璟能寫出溫婉的《梅花賦》一樣奇妙。此二句化用陳師道《次韻李節惟九日登南山》詩意："巾欹更覺霜侵鬢，語妙何妨石作腸。" 蓋 "石作腸" 語見皮日休《桃花賦序》："宋廣平為相，貞姿勁質。剛態毅狀，疑其鐵腸與石心，不解吐婉媚辭，然觀其文有《梅花賦》，清便富麗，得南朝徐庾體，殊不類其為人。" 按：宋廣平，指唐玄宗宰相宋璟，封廣平郡公。"語妙何妨石作腸" 謂若然詩人的詩歌語言溫婉佳妙，不乏 "清便富麗" 的高致，就像宋廣平寫《梅花賦》也可以做到措詞婉媚，並不礙其鐵石心腸的個人性格一樣。

〔8〕收畫本，粉色霏香：前句 "畫本" 泛指畫冊。如明張寧《方洲雜言》："先朝西域貢馬，高九尺餘，頸與身等，昂舉若鳳。余見今京師人家，多存畫本。" 清梁章鉅《楹聯叢話》卷四："畫本紛披來野意，文辭古怪亦天真。" 後句 "粉色" 常喻女子容顏美好，借指美女。如南朝房篆《金石樂》詩："玉顏光粉色，羅袖拂花鈿。" 李白《邯鄲南亭觀妓》詩："粉色艷日彩，舞衫拂花枝。" 亦可專指白色。如王安石《與微之同賦梅花得香字》："漢宮嬌額半塗黃，粉色凌寒透薄裝。" 此詞即用後義，喻白色的梅花。而 "霏" 指雨雪很盛的樣子，如《詩·邶風·北風》："雨雪其霏。" 此二句 "收畫本，粉色霏香"，指穎人社長把他所繪的白色梅花收進畫冊裡，那些梅花彷若在雨雪很盛的寒冬中散發著清幽沁人的香氣。

〔9〕念題自、借紅葉窗笑兩，染管灑淋浪："借紅葉窗笑兩" 謂藉著

紅葉題詩傳情的故事來取笑穎人社長夫婦二人。蓋歷來有關紅葉題詩傳情的故事記載頗多，如唐宣宗時中書舍人盧渥「偶臨御溝，見一紅葉」，葉上題詩云：「水流何太急，深宮盡日閑。殷勤謝紅葉，好去到人間。」事見唐范攄《雲溪友議》卷十。唐玄宗時顧況於「苑中，坐流水上，得大梧葉」，上有題詩云：「一入深宮裡，年年不見春。聊題一片葉，寄與有情人。」況亦於葉上題詩與之反覆唱和。事見唐孟棨《本事詩·情感》。唐德宗時進士賈全虛於御溝見一花流至，旁連數葉，上有王才人養女鳳兒題詩，「筆蹟纖麗，言詞幽怨」，詩云：「一入深宮裡，無由得見春。題詩花葉上，寄與接流人。」全虛見詩，為之流淚。德宗聞此事，因以鳳兒賜全虛。事見宋王銍《補侍兒小名錄·鳳兒》。後以「題紅葉」為吟詠情思、閨怨或良緣巧合之典。亦省作「題紅」、「題葉」。後句「染管」指醮墨的毛筆；「淋浪」喻筆墨潑染，揮灑自如，形容書寫自然流暢。如蘇軾《和張子野見寄三絕句·見題壁》：「狂吟跌宕無風雅，醉墨淋浪不整齊。」馬致遠《嶽陽樓》第一折：「對四面江山浩蕩，怎消得我幾行兒醉墨淋浪。」「念題自、借紅葉窗笑兩，染管灑淋浪」，作者謂從葉恭綽（遐翁）所題贈的「綺窗雙笑」四字中得到啟發，也藉著紅葉題詩傳情的故事來取笑穎人社長夫婦二人。他自覺這篇酬贈之作寫來自然流暢，痛快淋漓，希望對方笑納。而全詞就在這歡樂諧協的語氣中收合，縮結自然。

【評　析】

此詞作於辛卯歲（1951）春。從小序可知此詞為一闋酬贈性質的題圖之作。

（周兼善箋注）

豁浣沙 人日漫成[1]

　　忍更題詩寄草堂，羅浮梅訊報年荒。[2]甚時高臥話羲皇。[3]　　世事形同花勝看，人生味似菜羹嘗。[4]黏雞庭戶又殊鄉。[5]

【箋　注】

[1] 人日漫成：人日是漢族傳統節日，時在農曆正月初七日。古人相信天人感應，以歲後第七日為人日。漢魏以後，人日逐漸從單一的占卜，發展成為包括慶祝、祭祀等活動內容的節日。此節亦稱"人勝節"、"人慶節"、"人口日"、"人七日"等。"漫成"，指作品隨意寫成。

[2] 忍更題詩寄草堂，羅浮梅訊報年荒："忍更"，忍，謂怎、怎麼、豈；更，指一再、再次。"題詩寄草堂"，用高適七言詩《人日寄杜二拾遺》的典故。詩云："人日題詩寄草堂，遙憐故人思故鄉。柳條弄色不忍見，梅花滿枝空斷腸。身在南蕃無所預，心懷百憂復千慮。今年人日空相憶，明年人日知何處？一臥東山三十春，豈知書劍老風塵。龍鍾還忝二千石，愧爾東西南北人。"蓋杜甫流寓成都在西郊建草堂居住時，蜀州刺史高適在人日當天寄詩給他，杜甫閱後為之動容。杜甫離開成都後，成都每逢人日，文人都會前來草堂題詩抒情，懷念杜甫，形成當地"人日遊草堂"的文化習俗，至今不衰。是以後世常用"題詩寄草堂"喻懷友思鄉之情。此詞前句自問怎麼在人日當天再次寫書回鄉，其潛台詞則是自己想念家鄉的親友。次句"羅浮"指廣東羅浮山。"梅訊"亦作"梅信"，謂梅花開放報示春天將到的信息，亦可用以喻信函，如宋賀鑄《江夏寓興》詩："朋從正相遠，梅信為誰開。"宋唐庚《次韻行父冬日旅舍》："異鄉梅信

遠，誰寄一枝春。"此詞的"梅訊"當取後義。"報年荒"，指報告穀物歉收。"年荒"例見《晉書·儒林傳·范宣》："庾爰之以宣素貧，加年荒疾疫，厚餉給之。"白居易《望月有感》詩："時難年荒世業空，弟兄羈旅各西東。""羅浮梅訊報年荒"，謂收到家鄉親友來函，羅浮山一帶因年荒而造成穀物歉收。詞人曾在去年所寫的《惜奴嬌·鞭叱飛雲》中，提及鄉人告訴他近日羅浮寺觀已為盜賊所盤踞，反映出羅浮山一帶在去年確曾出現治安不靖、收成欠佳等問題。

〔3〕甚時高臥話羲皇：甚時，即"甚麼時候"之意。"高臥"，典出《史記·汲鄭列傳》。漢汲黯任東海太守時，因體弱多病，常"臥閨閤內不出。歲餘，東海大治。"後漢武帝又召拜汲黯為淮陽太守，汲黯不受印。武帝說："吾徒得君之重，臥而治之。"汲黯居郡如故治，淮陽政清。後以"高臥"喻無為而治之典範。如陸遊《書意》云："一鳴輒斥不鳴烹，禍福元知未易評。湖海淒涼身跌宕，杯觴豪舉筆縱橫。敢希二頃成高臥，但願諸公致太平。波暖龍舟泝清汴，道邊扶杖眼猶明。""話羲皇"，即閒話伏羲氏之意。《文選》揚雄《劇秦美新》："厥有云者，上罔顯於羲皇。"李善注："伏羲為三皇，故曰羲皇。"杜甫《醉時歌》："先生有道出羲皇，先生有才遇屈宋。"此句稱頌古代無為而治的太平盛世，感嘆今人不知甚麼時候才能得享這些好日子。

〔4〕世事形同花勝看，人生味似菜羹嘗：花勝，古代婦女的一種首飾，常以剪綵為之。《文選》曹植《七啟》："戴金搖之熠燿，揚翠羽之雙翹。"李善注引晉司馬彪《續漢書》："皇太后入廟先為花勝，上為鳳凰，以翡翠為毛羽。"南朝梁簡文帝《眼明囊賦》："雜花勝而成疏，依步搖而相逼。"孟元老《東京夢華錄·娶婦》："眾客就筵三盃之後，婿具公裳，花勝簇面，於中堂昇一榻，上置椅子，謂之高坐。"南朝梁宗懍《荊楚歲時記》曾提及古代人日有剪綵爲花勝以相遺，或鏤金薄爲人勝之習俗。而

"人勝"是指人像形狀的勝（首飾）。這種勝是鏤刻或剪裁金箔等製成的。我國風俗認為正月初七是人日，舊時有在人日做人勝互相贈送祝福的風俗，如溫庭筠《菩薩蠻》詞嘗云："藕絲秋色淺，人勝參差剪。"前句"世事形同花勝看"，意謂世事就如古代人日婦女頭上所穿戴的花勝那樣繽紛多彩。後句"人生味似菜羹嘗"，則謂人生亦如品嘗菜餚與羹湯般可從中體會百菜百味特色，而每個人所感受到的甜酸苦辣也各有不同。

〔5〕黏雞庭戶又殊鄉："黏雞庭戶"乃舊時民間風俗，南朝宗懍《荊楚歲時記》云："人日貼畫雞於戶，懸葦索其上，插符於旁，百鬼畏之。"姜夔《一萼紅》詞亦云："朱戶黏雞，金盤簇燕，空歎時序侵尋。"而"殊鄉"即異鄉、他鄉之意，如王勃《夏日登韓城門樓寓望》詩序："流離歲月，羈旅山川，輟仙駕於殊鄉，遇良朋於異縣。"張炎《南樓令》詞："風雨客殊鄉，梧桐傍小窗。""黏雞庭戶又殊鄉"乃慨歎時光飛逝，轉眼又是新歲人日，"黏雞庭戶"等民俗固不能免，但一想到自己此際仍身處英國殖民地的"殊鄉"香港，內心不禁感慨萬端，為此闋人日詞的收結，抹上了一重淡淡的哀愁色彩。

【評　析】

此詞作於辛卯（1951）春，小題曰"人日漫成"，已明確揭示了此詞的寫作時間。而在此傳統節日，身在異鄉的作者頗有黍離麥秀的家國感觸。

（周兼善箋注）

一萼紅　初春。白石均。[1]二期社課。

崢庭陰，早冠兒嬾整，頭禿謝華簪。[2]人臥花間，魂銷笛裏，遑問人世浮沉。[3]畫簷下、桃枝秀發，漸弄影、高下散見珍禽。[4]好待提壺，爰陪句哦，光迓春臨。[5]　　重認蜜圍層豔，有鶯情引動，蚨蝶關心。[6]鐙市千家，珠簾一桁，新燕猶是追尋。[7]怕迷路、昆池染劫，攬萍散、渾似溜釵金。[8]繡閣窺妝，憑闌惹恨應深。[9]

【箋　注】

〔1〕初春，白石均：謂此詞作於辛卯歲（1951）初春，用白石同調韻譜。姜夔，號白石道人，南宋詞人。

〔2〕竚庭陰，早冠兒懶整，頭禿謝華簪：前句謂佇立在庭院中的陰涼處。中句“早冠兒懶整”脫胎自宋華嶽《滿江紅》詞：“懶取冠兒，只偏帶、一枝翠柏。”作者謂自己早已因禿頭而懶得整理帽子了。後句“華簪”指華貴的冠簪。古人用簪把冠連綴在頭髮上，由於華簪為貴官所用，故常用以泛指顯貴的官職。如陶潛《和郭主簿》之一：“此事真復樂，聊用忘華簪。”司馬光《送吳耿先生》詩：“人生貴適意，何必慕華簪。”惟此詞之“華簪”僅指華貴的冠簪而言。在後句“頭禿謝華簪”中，作者自嘲年紀老大頭禿無髮，故謝絕使用華貴的冠簪，因為完全無此必要。

〔3〕人臥花間，魂銷笛裏，遑問人世浮沉：前句指人躺臥在花叢裡。中句“魂銷笛裏”乃“銷魂笛裏”的倒裝句。“銷魂”形容傷感到了極點，若魂魄從軀殼中離散，也作“消魂”。如江淹《別賦》：“黯然銷魂者，唯別而已矣。”唐·錢起《別張起居》詩：“有別時留恨，銷魂況在今。”此句“魂銷笛裏”謂作者聽到附近傳來的幽怨笛聲，令他傷感不已。後句“遑問人世浮沉”，謂更不必問人世間的浮沉聚散了。

〔4〕畫簷下、桃枝秀發，漸弄影、高下散見珍禽：按，白石原詞作“翠藤共、閒穿徑竹，漸笑語、驚起臥沙禽”，而廖氏此闋步韻詞後句卻多出一字，疑其中之“散”乃衍字。前句“畫簷”，

指有畫飾的屋簷，如唐鄭嵎《津陽門》詩："象牀塵凝罞颯被，畫簷蟲網頗梨碑。"唐李渥《秋日登越王樓獻於中丞》詩："畫簷先弄朝陽色，朱檻低臨眾木秋。""秀發"指植物生長繁茂，花朵盛開。語出《詩·大雅·生民》："實發實秀。"後句"弄影"指物象躍動使其影子也隨著搖晃或移動。如鮑照《舞鶴賦》："迭霜毛而弄影，振玉羽而臨霞。"張先《天仙子》詞："沙上並禽池上暝，雲破月來花弄影。"而"珍禽"喻珍奇的鳥類。如《尚書·旅獒》："珍禽奇獸，不育於國。"納蘭性德《茅齋》詩："簷樹吐新花，枝頭語珍禽。"這句"漸弄影、高下見珍禽"，謂影子隨著物象晃動，庭院中許多珍奇的禽鳥也在叢林的枝條上或高或低地顯現出身影來。

〔5〕好待提壺，爰陪句哦，光迓春臨：前句"好待"即好讓之意。"提壺"亦作"提壺蘆"或"提胡蘆"，鳥名，即鵜鶘。如劉禹錫《和蘇郎中尋豐安裡舊居寄主客張郎中》："池看科斗成文字，鳥聽提壺憶獻酬。"歐陽修《啼鳥》詩："獨有花上提壺蘆，勸我沽酒花前醉。"湯顯祖《牡丹亭·勸農》："提壺叫，布穀喳。"中句"爰"乃於是之意。"陪句哦"謂陪伴我有節奏地逐句吟哦誦讀詩文。後句"光迓"指風光體面地迎接嘉賓到來。全句意謂與鵜鶘一同吟哦詩詞佳句，迎接春天的降臨。

〔6〕重認蜜圍層豔，有鶯情引動，蛺蝶關心：前句"重認蜜圍層豔"，謂隨著春回大地，如今又看到蜜蜂把層層疊疊的豔麗花卉重重圍著。後二句化用成語"蝶意鶯情"的意思，"蝶意"喻蝴蝶的心願、意向，"鶯情"指黃鶯（即黃鸝）的惜春情懷，通常用以比喻愛戀春色的綿綿情意。如明陳霆《渚山堂詞話》卷三："（張靖之）《念奴嬌》云：'清明天氣，嘆三分春色，二分僝僽，蝶意鶯情留戀處，還在餘花剩柳。'"此二句"有鶯情引動，蛺蝶關心"謂感到此刻既有黃鶯的惜春情懷牽引著意緒，也有蝴蝶對花的呵護關心令人深受感動。

〔7〕鐙市千家，珠簾一桁，新燕猶是追尋：前句“鐙市”謂元宵節
前後張設、懸售花燈的地方。如范成大《上元紀吳下節物》詩：
“酒壚先迭鼓，燈市蚤投瓊。”自注：“臘月即有燈市。珍奇者，
數人釀買之，相與呼盧，采勝者得燈。”周密《武林舊事·元
夕》：“都城自舊歲冬孟駕回……天街茶肆，漸已羅列燈毬等求
售，謂之‘燈市’。自此以後，每夕皆然。”此句“鐙市千家”
喻元宵節前後千家萬戶都張設、懸掛花燈應節。中句“珠簾一
桁”猶言把珍珠綴成的簾子往窗前一掛，任由其往下垂著。如
杜牧《十九兄郡樓有宴病不赴》詩：“空堂病怯階前月，燕子嗔
垂一桁簾。”李煜《浪淘沙·往事只堪哀》詞：“秋風庭院蘚侵
階，一桁珠簾閒不捲，終日誰來？”後句“新燕”指春時初來的
燕子。如白居易《錢塘湖春行》詩：“幾處早鶯爭暖樹，誰家新
燕啄春泥。”杜牧《夏州崔常侍自少常亞列出領麾幢十韻》：“野
水差新燕，芳郊嘑夏鶯。”而“猶是追尋”意謂仍在追蹤尋找昔
日的舊巢穴。

〔8〕怕迷路、昆池染劫，攪萍散、渾似溜釵金：前句“昆池染劫”
即成語“昆明劫灰”的意思。“昆池”指漢代的昆明池，藉以喻
曾遭刀兵水火等戰亂毀壞後的景物遺跡。“劫灰”指劫火過後遺
留下之灰燼。丁福保《佛學大辭典》：“釋門正統四曰：‘漢武掘
昆明池得黑灰，以問朔（東方朔），朔曰：可問西域胡道人。摩
騰且住，或以問之，曰劫灰也。’”此句“怕迷路、昆池染劫”，
謂作者擔心新燕重來時不知神州大地曾遭戰亂蹂躪，恐怕牠一
旦迷途目睹歷劫後滿目瘡痍的景象會黯然神傷。後句“攪萍散”
指罡風把池面上的浮萍攪散。“渾似”指酷似、非常像。如宋孫
光憲《更漏子》詞之六：“求君心、風韻別。渾似一團煙月。”
范成大《泊湘江魚口灘》詩：“瀟湘渾似日南落，嶽麓已從天外
看。”而“溜釵金”乃“溜金釵”的倒裝句，指金釵從美女的
鬢髮上滑落下來掉到地上。此句“攪萍散、渾似溜釵金”，謂劫

後的情景就像罡風把池面上的浮萍攪散，又似金釵從美女的鬢髮上滑落下來掉到地上，令人不忍注視。

〔9〕繡閣窺妝，凭闌惹恨應深：前句"繡閣"猶繡房，指女子的居室裝飾華麗如繡，故稱。如後蜀歐陽炯《菩薩蠻》詞之四："畫屏繡閣三秋雨，香脣膩臉偎人語。"宋汪元量《幽州除夜醉歌》："銀鴨香烘雲母屏，綺窗繡閣流芳馨。"窺妝，窺看女子妝扮。後句"憑闌"亦作"憑欄"，指以身倚欄干。如唐崔塗《上巳日永崇里言懷》詩："遊人過盡衡門掩，獨自憑欄到日斜。"溫庭筠《菩薩蠻》詞："春水渡溪橋，憑闌魂欲消。"李煜《浪淘沙》詞："獨自莫憑闌，無限江山，別時容易見時難。"岳飛《滿江紅》詞："怒髮衝冠，憑欄處、瀟瀟雨歇。"而"惹恨應深"謂所惹來的愁恨應該是很深重的。末二句"繡閣窺妝，憑闌惹恨應深"，承前詞意，謂若然走進繡房窺看女子妝扮，看到金釵從美女的鬢髮上滑落下來掉到地上，惜花者悵然離去，在庭院身倚欄干，惹起深深的愁緒。

【評　析】

此詞作於辛卯歲（1951）春。小題云是堅社第二期社課唱酬之作。

（周兼善箋注）

前　調　集夢窗句，再賸一解。

小闌干水調歌頭、一剪梅，斷江樓望睫解連環，華髮奈青山八聲甘州。[1]塵陌飄香水龍吟，媛袍挾錦三部樂，雲氣不上涼天新雁過妝樓。[2]熏鑪畔、旋移傍枕花犯，晚夢趁惜秋華、重載客槎還訴衷情。[3]往事依然三姝媚，舊遊惟怕瑞鶴仙，長帶秋寒醜奴兒慢。[4]　　除酒消春何計西河，翦殘枝點點喜鶯遷。[5]偷覓孤歡齊天樂。[6]冷濕蛟腥瑞龍吟，籠蜜炬風流子，花唾猶染微丹浪淘沙。[7]向春夜、閨情賦就塞翁吟，雨簾捲點絳唇、人在翠壺間水調歌頭。[8]燕子不歸，海棠一夜孤眠朝中措。[9]

【箋　注】

〔1〕小闌干，斷江樓望睫，華髮奈青山：前、中句謂倚著欄干遙望遠方，回想起昔日登斷江樓餞別友人時的情景。斷江樓位於江邊，便於行人乘船遠行，因而他在江樓上送別友人。詞人當日極目遠眺，不禁浮想聯翩。後句「華髮奈青山」，謂目睹青山依舊年年翠綠，無奈自己已盛年不再，頭上早已是白髮斑斑了。

〔2〕塵陌飄香，燠袍挾錦，雲氣不上涼天：前句「塵陌」乃「紫陌紅塵」的簡稱。「紫陌」是京城的道路，「紅塵」是塵埃。「紫陌紅塵」指京城道上非常熱鬧，到處塵土飛揚，形容京城繁華。熱鬧，人潮物流熙來攘往。劉禹錫《元和十年自朗州承召至京，戲贈看花諸君子》詩：「紫陌紅塵拂面來，無人不道看花回。」此句「塵陌飄香」謂想起從前的京城繁華熱鬧，到處飄蕩著花卉的香氣。中句「燠袍挾錦」謂自己當日春風得意，曾穿上那和暖的宮錦官袍，在京城擔任要職。後句「雲氣不上涼天」指京城的秋天氣候怡人，雲淡風清，正是「天涼好箇秋」。

〔3〕熏爐畔、旋移傍枕，晚夢趁、重載客槎還：前句「熏爐」指古代用以熏香或取暖的爐子。「旋移」謂隨意移動。陸游《荷花》詩：「風露青冥水面涼，旋移野艇受清香。」此句「熏爐畔、旋移傍枕」，謂將取暖的爐子移至枕旁。後句「晚夢趁」乃「趁晚夢」的倒裝句，指趁著晚上熟睡做個好夢。「重載客槎還」用傳說中的「貫月槎」典故。「貫月槎」亦稱「貫月查」，乃傳說堯時西海中的發光的浮木，借指可通天界的舟楫。如晉王嘉《拾遺記·唐堯》：「堯登位三十年，有巨查浮於西海，查上有

光，夜明晝滅。海人望其光，乍大乍小，若星月之出入矣。查常浮繞四海，十二年一周天，周而復始，名曰貫月查，亦謂掛星查。"元陳樵《玉雪亭》詩："銀漢傾翻貫月查，驚鴻無處認江沙。"明張煌言《登湄州謁天妃宮》詩："樓前縹緲凌波襪，檻外參差貫月槎。"此詞"重載客槎還"謂作者在睡夢中，幻覺似有迎客的仙船（貫月槎）正從天河中飄然而來，擬接他到仙界去。

〔4〕往事依然，舊遊惟怕，長帶秋寒：前句謂回首往事依然歷歷在目，彷如昨日。後二句謂舊地重遊只怕京城的蕭瑟秋寒之氣。

〔5〕喜鸎遷：當為詞牌"喜遷鸎"之誤。

〔6〕除酒消春何計，翦殘枝點點，偷覓孤歡：前句"除酒"謂將殘餘的酒意清除。"消春"謂消磨春日裡的時光。"除酒消春何計"謂有甚麼辦法可以讓人將殘餘的酒意清除，把春日漫長的時光消磨掉。中句"翦殘枝點點"謂百無聊賴，遂將花卉的殘枝一點一點地修剪一番，藉以打發時間。後句"偷覓孤歡"謂偷偷自斟自酌喝悶酒以排遣愁懷，藉著自我麻醉去追尋歡樂。

〔7〕冷濕蛟腥，絳籠蜜炬，花唾猶染微丹：前句"冷濕蛟腥"謂窗外的空氣中挾帶著一股潮冷濕潤彷似散發自蛟龍軀體的水腥味。中句"絳籠"指大紅燈籠。"蜜炬"即"蜜蠟"，指白色的蠟燭。"蜜蠟"乃蜜蜂腹部分泌蠟汁為巢，取蜂巢煎而溶之，其上浮如油者凝固即成蜜蠟，初時為黃蠟，精製則成白蠟，供制燭及作藥用。晉張華《博物志》卷十："諸遠方山郡幽僻處出蜜蠟，人往往以桶聚蜂，每年一取。"此句"絳籠蜜炬"指高懸的大紅燈籠內裡點燃著白色的蠟燭，光照一室。後句"花唾猶染微丹"襲用了吳夢窗題為"有得越中故人贈楊梅者，為賦贈"之《浪淘沙》詞篇末"衫袖醉痕花唾在，猶染微丹"句意，吳詞謂酒後在醉眼朦朧之中，看到楊梅汁沾染在衫袖上的汙漬，不由得回想起自己寵愛過的一個歌姬，某次她在醉後曾撒嬌吐過來的

花茸跡，至今這遺漬仍殘留在衫袖之上。廖詞此處借前人作比，從"花唾"之漬，想到了個人從前的一段風流韻事。

〔8〕向春夜、閨情賦就，雨簾捲、人在翠壺間：前句謂值此惹人綿綿思緒的春夜。"閨情"原指婦女思念心中所愛之情，此處謂作者托於閨情女思藉填詞以抒發情懷。如《初刻拍案驚奇》卷十一："艷質嬌姿，心動處此時未免露閨情。"趙翼《甌北詩話·李青蓮詩》："蓋古樂府本多托於閨情女思，青蓮深於樂府，故亦多征夫怨婦、惜別傷離之作。"而"賦就"謂把有關"閨情"的內容敷衍鋪寫成文。後句"雨簾"指擋雨的簾子。李商隱《燕台·夏》詩："前閣雨簾愁不卷，後堂芳樹陰陰見。"范成大《嘲蚊四十韻》："雨簾繡浪卷，風燭淚珠泣。"元虞集《題致爽樓》詩："客至每留風燕外，詩成多在雨簾間。"而此句"雨簾捲、人在翠壺間"謂詞中女子把擋雨的簾子捲起，她從翠綠色的壺形窗中望向戶外，但見外面的遊人彷似是行走在鑲嵌的壺形畫框內一樣。

〔9〕燕子不歸，海棠一夜孤眠：前句指舊燕仍未歸巢，藉此喻女子的心上人猶未返家。蓋成語"舊燕歸巢"表面是說從前的燕子又飛回老窩，實則是比喻遊子喜歸故里。如明顧大典《青衫記·裴興歸衙》："似舊燕歸巢，雙語簷前。"後句"海棠"在中國傳統詩文中有兩重含義，其一是此乃象徵幸福生活之花，常用以吟詠有情男女。如唐裴廷裕《蜀中登第答李搏六韻》："蜀柳籠堤煙蠹蠹，海棠當戶燕雙雙。"明謝讜《四喜記·紅樓遺思》："前春共賞海棠開。"其二為形容美人儀容慵懶呈不足眠之態的"海棠春睡"。據宋釋惠洪《冷齋夜話》記載，唐明皇登沉香亭，召太真妃，於時卯醉未醒，命高力士使侍兒扶掖而至。妃子醉顏殘妝，鬢亂釵橫，不能再拜。明皇笑曰："豈妃子醉，直海棠睡未足耳！"此句"海棠一夜孤眠"，謂閨中女子在漫漫長夜裡只能孤枕獨眠。

【評　析】

　　此詞作於辛卯歲（1951）春。小題云"集夢窗句，再賸一解"，可知此乃作者賡續上一闋用白石韻之《一萼紅》同調詞作，屬遊戲文字性質。

（周兼善箋注）

歸朝歡　題遐菴[1]《罔極盦圖》。咫社八期課。

　　生出兩儀憑太極，此理推研從讀《易》。[2]遐翁盦正繪成圖，繫辭涵義宵堪析。[3]昊天句分拆，斷章聊取詩三百。[4]一聲鐘，發人深省，箭放非無的。[5]　　顦世鷗鴉群展翼，舍恁幾難教禽格。[6]濡毫題罷觸余悲，椎牛歎不雞豚及。[7]惟翁身作則，長懷鯉也趨庭日。[8]望南雲，先塋宿草，矧尚狼煙隔[9]。

【箋　注】

〔1〕遐菴：葉恭綽（1881—1968），字裕甫（玉甫、玉虎、玉父），又字譽虎，號遐庵，晚年別署矩園，室名"宣室"。廣東番禺人。葉恭綽出身書香門第，祖父葉衍蘭（蘭台）金石、書、畫均聞名於當時，著有《清代學者像傳》。父葉佩含詩、書、文俱佳。侄子葉公超，民國著名外交家、文學家、書法家。葉恭綽早年畢業於京師大學堂仕學館，後留學日本。清末任交通部承政廳長兼鐵路總局長。民國後，曾任北洋政府交通總長、孫中山廣州國民政府財政部長、南京國民政府鐵道部長。1927年出任北京大學國學館館長。中華人民共和國建國後，曾任中央文史館副館長。第二屆全國政協常委。著有《遐庵詩》、《遐庵

詞》、《遐庵匯稿》、《交通救國論》、《歷代藏經考略》、《梁代陵墓考》、《遐庵談藝錄》、《遐庵清秘錄》、《矩園餘墨》、《葉恭綽書畫選集》、《葉恭綽畫集》、《重修越中先塋記》等。另編有《全清詞鈔》、《五代十國文》、《清代學者像傳合集》及《廣東叢書》。

〔2〕生出兩儀憑太極，此理推研從讀《易》：前句謂"兩儀"是由"太極"生化而成的。何謂太極，先儒解釋不一。虞翻說："太極，太一也。"韓康伯說："太極者，無稱之稱。"孔穎達說："太極即是太初太一也。"蘇軾說："太極者，有物之先也。"朱熹說："太極者，理也。"來知德說："太極者，至極之理也。"焦循說："太極猶言大中也。"各家注解雖不相同，其實都認為太極為天地人物的本有之體，簡稱為本體，此體圓含無窮的形象與無盡的功用，本體形象功用不相分離。太極何以能生兩儀？太極寂然不動，本無形象，唯為清淨光明之體，此為無生之理性。動則顯象起用，乃名為生。所生之象，其數無窮，但始動之際，只有一明一暗兩種形色，明色為陽，暗色為陰，因此稱為陰陽兩儀，儀如孔氏正義所釋，作容儀講，因其尚未成象，故不稱為兩象，只稱兩儀。但這兩儀實為四象以至萬象的基本結構，萬象即由兩儀細分而成，所以萬象無不有陰陽兩儀。萬象之數雖然無窮，但基本之數則為陽奇陰偶。伏羲氏畫卦時便發明極為簡單的兩畫，以示無窮無盡的象數之源。這兩畫就是"—"、"--"。"—"為奇，象徵陽，"--"為偶，象徵陰，此即由太極所化生的陰陽兩儀。後句"此理推研從讀《易》"，謂若要明白太極化生陰陽兩儀的因由，就必須深入研讀《易經》才能推研出箇中道理。

〔3〕遐翁盦正繪成圖，繫辭涵義寧堪析：前句"遐翁"即葉恭綽。"盦正繪成圖"指經過覆核考證才繪製出這張《罔極盦圖》，可謂持之有故，言之成理。後句"繫辭"一般是指《易傳·繫

辭》或《周易·繫辭》，亦稱《繫辭傳》，分為上、下兩部分。
《繫辭》是《十翼》中的兩篇，這是《易傳》的主要思想，
"繫"為繫屬之義。孔穎達疏："繫屬其辭於爻卦之下。"為《周
易》經文之外全書原理的通論。以"一陰一陽之謂道"立論，
說明任何事物都具有兩重性，肯定自然界存在陰陽、動靜、剛
柔等相反屬性的事物；提出"剛柔相推而生變化"，"生生之謂
易"的觀點。認為相反事物的"相辜"、"相盪"、"相推"、"相
感"的相互作用是事物變化的普遍規律，是萬物化生的源泉。
提出"是故易有大極，大極生兩儀，兩儀生四象，四象生八卦，
八卦定吉凶，吉凶生大業"的宇宙衍生觀，認為"窮則變，變
則通，通則久"，即事物必須經過變革才有前途。同時又承認
"天尊地卑，乾坤定矣；卑高以陳，貴賤位矣"的永恆性。還闡
釋八卦來源、占筮方法、聖人四道、乾坤德性和功用、九卦的
含義等等，對中國古代哲學產生了巨大作用。傳中提出的太極、
兩儀、道、器、神、幾、意、象等，作為哲學範疇被後世廣泛
運用。文中以蓍求卦法成為象數學的重要依據。后句中，"涵
義"指文字詞句等所包含的意義，"寧堪析"意謂難道可以用圖
解的方式來進行分析嗎？

〔4〕昊天句分拆，斷章聊取詩三百：前句"昊天句分拆"指葉氏
《罔極盦圖》中之"罔極"二字是從"昊天罔極"此句成語分
拆出來的。"昊天罔極"原指天空廣大無邊，後用以比喻父母的
恩德極大，兒女終生難以回報。如《詩經·小雅·蓼莪》："欲
報之德，昊天罔極。"後句"斷章"指葉氏《罔極盦圖》從
"昊天罔極"中折取其中"罔極"二字為圖名，"聊取"是姑且
取用或暫時借來一用之意。"詩三百"此語本自《論語·為政第
二》："子曰：詩三百，一言以蔽之，曰：'思無邪。'"《詩》即是
《詩經》，也就是後來由毛亨作傳的《毛詩》，古時通常只稱為
《詩》。《詩經》有三百十一篇，其中有六篇只有篇目，而無詩

辭，實際為三百零五篇。據《史記·孔子世家》說，古者《詩》有三千餘篇，後經孔子刪定為三百零五篇。此處“詩三百”只是取其整數而言。至於“一言以蔽之”中的“一言”，就是一句話，“蔽”字古注說法不一，大體可解作概括之意。三百篇詩的要義，可以總括在一句詩裡，這句詩就是思無邪。而“思無邪”是《詩經·魯頌·駉篇》中的一句詩，孔子引它來總括三百篇詩的意義。而此詞之“詩三百”則用以借代“思無邪”一語，也就是說葉氏《罔極盦圖》之所以“聊取”了“罔極”二字為圖名，同樣是本自真率性情而絕無邪念的，為的是“一言以蔽之”起個概括作用罷了。

〔5〕 一聲鐘，發人深省，箭放非無的：首二句謂葉氏《罔極盦圖》之“罔極”語本《詩經》之“欲報之德，昊天罔極”，其命名大有弘揚孝道之功，彷若暮鼓晨鐘，足以發人深省，對世道人心大有裨益。後句“箭放非無的”即“絕非無的放矢”之意。成語“無的放矢”中之“的”指靶心，“矢”指箭，形容沒有目標卻胡亂射箭，比喻說話做事沒有明確目的，不看目標對象或不能切合實際。此句“箭放非無的”承上詞意，謂葉氏以“罔極”為圖名絕不是無的放矢的隨意之舉。

〔6〕 頹世鴟鴞群展翼，舍恁幾難教禽格：前句“頹世”喻衰敗崩壞的世代。“鴟鴞”乃鳥名，俗稱貓頭鷹，常用以比喻貪惡之人。《詩·豳風·鴟鴞》：“鴟鴞鴟鴞，既取我子，無毀我室。”《文選》曹植《贈白馬王彪》詩：“鴟梟鳴衡扼，犲狼當路衢。”李善注：“鴟梟、犲狼，以喻小人也。”“群展翼”即惡鳥群起爭相展翼，喻小人惡徒當道，胡作非為，善良者蒙受其害。後句“舍恁”謂放過這樣的不善之人吧。“幾難”，謂難以達到預期效果。“教禽格”謂教導像惡禽那樣的人糾正錯誤，使之重歸於善；此處之“格”有匡正之意。如《孟子·離婁上》：“人不足與適也，政不足閒也，惟大人為能格君心之非。”

〔7〕濡毫題罷觸余悲，椎牛歎不雞豚及：前句"濡毫"即以墨濡筆，謂蘸筆書寫或繪畫。如韋應物《酬劉侍郎使君》詩："濡毫意儠儢，一用寫悁勤。"《鏡花緣》第五三回："亭亭正在磨墨濡毫，忽見紅紅、婉如從外面走來。""題罷"指寫完了這首題圖詞。"觸余悲"謂令我感觸良多，悲從中來。後句"椎牛歎不雞豚及"即"歎椎牛不及雞豚"的倒裝句。此句意謂與其宰殺碩大的牛隻風光體面地拜祭先人，不如以體型細小的雞豚敬奉在世的親人更能體現孝思。典出《韓詩外傳》卷七："是故椎牛而祭墓，不如雞豚之逮親存也。"作者對《韓詩外傳》的古訓深表認同，故有此語。

〔8〕惟翁身作則，長懷鯉也趨庭日：前句讚譽葉氏在弘揚孝道方面一向能以身作則。後句"鯉也趨庭"典出《論語·季氏》："(孔子)嘗獨立，鯉趨而過庭。曰：'學詩乎？'對曰：'未也。''不學詩，無以言。'鯉退而學詩。他日，(孔子)又獨立，鯉趨而過庭。曰：'學禮乎？'對曰：'未也。''不學禮，無以立。'鯉退而學禮。""鯉"是孔子之子伯魚。後因以"趨庭"謂子承父教，亦作"趨庭"。如王勃《滕王閣序》："他日趨庭，叨陪鯉對；今晨捧袂，喜託龍門。"王禹偁《恩賜宰臣一子可尚書水部員外郎制》："惟爾嚴父，為予大臣。嘉其調鼎之功，命及趨庭之子，俾昇華省，仍列清曹。"顧炎武《與李霖瞻書》："趨庭變學，既已引置莊嶽之間；挾策讀書，亦都從遊舞雩之下。"此句"長懷鯉也趨庭日"，謂永遠憶記著當日子承父教躬親踐孝的歡樂日子。

〔9〕望南雲，先塋宿草，矧尚狼煙隔：前句喻自己經常仰望白雲而思念父母。"望南雲"本自成語"望雲之情"，比喻思念父母的心情。典出《新唐書·狄仁傑傳》："仁傑登奇太行山，反顧，見白雲孤飛，謂左右曰：'吾親舍其下。'瞻悵久之。雲移乃得去。"亦可簡稱"望雲"，藉著望白雲而思念家鄉、思念父母。

如杜甫《客堂》詩之二："老馬終望雲，南雁意在北。別家長兒女，欲起慚筋力。"明屠隆《綵毫記·歸隱林泉》："孩兒久離膝下，未展趨庭。今慰望雲，當圖捧日。"中句"先塋"指先人的墳塋墓地。如南朝謝朓《齊敬皇后哀策文》："敬皇后梓宮，啟自先塋，將祔於興安陵。"龔自珍《某生與友人書》："君家先塋鄧尉側，佳木生之雜紺碧。"而"宿草"原指隔年的草，亦可借指墳墓或喻人已死去多時。如《禮記·檀弓上》："朋友之墓，有宿草而不哭焉。"孔穎達疏："宿草，陳根也，草經一年則根陳也，朋友相為哭一期，草根陳乃不哭也。"後多用為悼亡之辭。此處"宿草"喻作者之先人已死多時，墓地已長滿了隔年叢生的雜草。後句"矧"有況且、何況之意，如柳宗元《敵戒》："矧今之人，曾不是思。""狼煙"指燃狼糞升起的煙，古時邊防用作軍事上的報警信號，常用以比喻戰火或戰爭。如杜牧《邊上聞笳》詩之一："何處吹笳薄暮天？塞垣高鳥沒狼煙。"《資治通鑑·後漢高祖天福十二年》："契丹焚其市邑，一日狼煙百餘舉。"胡三省注："陸佃《埤雅》曰：古之烽火用狼糞，取其煙直而聚，雖風吹之不斜。"《說岳全傳》第二二回："日有羽書之報，夜有狼煙之警。"此句"矧尚狼煙隔"，意謂何況如今朝鮮戰爭方酣，政局未靖，尚有戰火時難阻隔著自己回鄉祭祖之路呢！

【評　析】

此詞作於辛卯歲（1951）春。從其小題可知此乃作者用以酬贈近代名賢葉恭綽《罔極盦圖》的題圖詞作，並屬眡社八期的社課。此詞的特色是通篇側重於理性思維與抽象議論方面，與作者一貫的詞風殊不類似，且別有寄託，讀者於茲不可不察焉。

（周兼善箋注）

風入松　清明。集方回、梅谿句。三期社課。

楊花芳草遍天涯梅谿，西江月，時節也思家方回，剪征袍。[1]
今年自是清明晚梅谿，杏花天，暗歸期、路指煙霞方回，思越
人。[2]綵筆倦題繡戶梅谿，東風第一枝，春風消盡龍沙方回，石州
引。[3]　　過雲時送雨些些方回，浣溪沙，誰駕七香車梅谿，菩薩
蠻。[4]江南有雁無書到方回，鳳棲梧，怕看山、眉黛憶他梅谿，夜
行船。[5]粉面不知何處方回，定風波，東窗一段月華梅谿，一
翦梅。[6]

【箋　注】

〔1〕楊花芳草遍天涯，時節也思家：楊花，據《辭源》解釋即“柳
絮”。如蘇軾《再次韻曾仲錫荔支》：“楊花著水萬浮萍。”自注
云：“柳至易成，飛絮落水中，經宿即為浮萍。”從這裡看，“楊
花”就是“柳絮”，而庾信《春賦》“新年鳥聲千種囀，二月楊
花落滿飛”亦為其顯例。而“天涯”猶言“天邊”，指極遠的
地方，如《古詩十九首·行行重行行》：“相去萬餘里，各在天一
涯。”馬致遠《天淨沙·秋思》曲：“夕陽西下，斷腸人在天涯。”

〔2〕今年自是清明晚，暗歸期、路指煙霞：自是，可解作“原來是、
自然是”，如杜甫《古柏行》：“扶持自是神明力，正直原因造化
功。”李商隱《鹹陽》詩：“自是當時天帝醉，不關秦地有山
河。”“暗歸期”謂回家的時日秘而不宣。“路指煙霞”，謂村人為
趕路回家者指示路徑，但見漫天煙靄雲霞。

〔3〕綵筆倦題繡戶，春風消盡龍沙：前句意謂以綵筆題詩在門上以
追憶舊情。後句“春風消盡龍沙”，查賀鑄《石州引》原詞作
“東風銷盡龍沙雪”。“東風”即春風；“龍沙”是地名，泛指塞

外。此句謂春風吹拂，融盡塞外積雪。

〔4〕過雲時送雨些些，誰駕七香車：前句"過雲雨"即小陣雨，雨隨雲至，雲過雨停，故稱。元稹《閑》詩之一："江喧過雲雨，船泊打頭風。"葉夢得《避暑錄話》卷下："五六月之間，每雷起雲簇，忽然而作，不過移時，謂之過雲雨，雖二三里間亦不同。""些些"乃象聲詞，形容風雨聲。董解元《西廂記諸宮調》卷七："看時節，窗外雨些些。"鄭燮《唐多令·寄懷劉道士並示酒家徐郎》詞："一抹晚天霞，微紅透碧紗，顫西風涼葉些些。"後句"誰駕七香車"，"七香車"指用多種香料塗飾或用多種香木製作的車，亦泛指華美的車。曹操《與太尉楊彪書》："今贈足下……畫輪四望通幰七香車一乘。"白居易《石上苔》詩："路傍凡草榮遭遇，曾得七香車輾來。"董解元《西廂記諸宮調》卷六："怎奈紅娘心似鐵，把鶯鶯扶上七香車。"

〔5〕江南有雁無書到，怕看山、眉黛憶他：前句謂暮春的江南可以看到南雁北飛，只可惜這些歸雁卻沒有為分隔兩地的人帶來書信。後句"怕看山、眉黛憶他"，史達祖《夜行船·正月十八日聞賣杏花有感》原作"白髮潘郎寬沈帶，怕看山、憶他眉黛"。潘鬢沈腰，正點出詞人的愁怨與無奈，佳節重臨，年華荏苒，索居憔悴，往事淒迷，說怕看山而想起伊人的眉黛。《西京雜記》描寫卓文君"眉色如望遠山"，詩詞中常將佳人之眉與青山互喻。此處藉以隱寓舊情已逝，往事不堪回首之意。

〔6〕粉面不知何處，東窗一段月華：前句"粉面不知何處"，與崔護《題都城南莊》之"人面不知何處去，桃花依舊笑春風"義同，謂癡情男子與所思念的意中人無緣再相見。後句"東窗一段月華"，謂作者看見東窗外的清明月，不禁想起那位"粉面不知何處"的佳人，希望她此刻也在望月懷遠，同樣在想念著自己。這裏隱寓了南朝謝莊《月賦》"美人邁兮音塵闕，隔千里兮共明月"的深情意蘊於其中。

【評　析】

此詞作於辛卯（1951）春，小題已說明此詞是一首節序詞，也是集賀鑄和史達祖詞句而寫成的應社之作。

（周兼善箋注）

前　調　前題和伯端均

平沙淺草綠鋪茵，不掩馬蹄痕。[1]戰龍原野飛來血，甚南天、花雨繽紛。[2]空膡禁煙萬竈，未忘插柳千門。[3]溪山魚鳥舊相親，夢影隔遊塵。[4]殘年取次清明到，取次拚、酒暝詩昏。[5]恐百醉一回醒，者回淒斷吟魂。[6]

【箋　注】

〔1〕平沙淺草綠鋪茵，不掩馬蹄痕：平沙，指廣闊的沙原；綠鋪茵，即綠草如茵之意，喻綠油油的草好像地上鋪的褥子。"馬蹄痕"，指馬蹄印。此二句意謂在廣闊的沙原裏，綠草如茵，但馬蹄印的痕跡還是掩蓋不住，隨處可見，隱喻在充滿生機的春天，卻籠罩著戰爭殺伐的氣氛。

〔2〕戰龍原野飛來血，甚南天、花雨繽紛：前句"戰龍原野飛來血"語本自《易經》裏的坤卦上六爻："戰龍在野，其血玄黃。"意謂龍在原野上爭鬥，流出青黃混雜的血。象曰："龍戰於野，其道窮也。"意謂龍在原野上爭鬥，說明上六陰氣至盛，陰極陽來而陰氣未消。而爻解則云："此爻為坤卦第六，爻龍為陽，此爻為陰，故龍戰指陰陽交戰。城外為郊，郊之外為野。玄黃，分別指天地之色。"蓋天地為最大的陰陽，"其血玄黃"，是指陰陽交戰流出了血，說明此爻是凶爻。喻人事，則為兩方交戰致使

死傷流血的凶險情形。作者寫此詞時，朝鮮戰爭已於去年夏（1950 年 6 月 25 日）爆發，兵凶戰危，故有此語。後句"南天"指香港，"花雨繽紛"乃"杏花春雨繽紛"的縮略語，此處暗用了杜牧《清明》詩"清明時節雨紛紛，路上行人欲斷魂，借問酒家何處有？牧童遙指杏花村"首句及末句之意。作者不禁既慨嘆又疑惑今年境外的朝鮮半島戰火連天，血流成河，為甚麼地處南天的香港卻能置身事外，在清明時節仍能如常地看到"花雨繽紛"的太平盛世景象呢？

〔3〕空滕禁煙萬竈，未忘插柳千門：前句意謂在清明節家家戶戶的竈（同"灶"）頭都不生火，是謂"寒食"。現代清明節是由古代的兩個節日——寒食和上巳節（農曆三月的第一個巳日，俗稱"三月三"，古人臨河洗浴以祓褉），加上清明這一節氣融合演化而來的，但在風俗習慣上已淡化。寒食節又稱禁煙節，至少在西漢就已形成。最初，節日日期及時長都不定，後來逐漸固定在冬至後一百零五天或一百零六天，也有說法是在清明前兩天。最初寒食節持續一個月，後來逐漸演變為三天，其間禁火，要吃冷食。關於寒食節的起源，古人普遍認為是為了紀念春秋時代的忠臣介子推。晉文公為了封賞對他有割股之恩的介子推，放火燒山逼隱居的介子推露面，卻誤將介子推母子燒死，因此下令以後每年在介子推的忌日，舉國禁忌煙火，只許寒食。後句"未忘插柳千門"，意謂在清明節每戶人家都會在門戶上插上柳枝。"插柳千門"此語直接襲用宋張端義《倦尋芳·曉聽社雨》詞句："插柳千門，相近禁煙時候。"楊萬里《清明雨寒八首其一》亦云："脫卻單衣著夾衣，禁煙無有不寒時。一年好處君知麼，寒食千門插柳枝"。古人向以清明、七月半和十月朔為三大鬼節，認為這些日子是百鬼出沒討索之時。受佛教的影響，人們認為柳可以卻鬼，而稱之為"鬼怖木"，觀世音以柳枝沾水濟度眾生。人們為防止鬼的侵擾，乃插柳戴柳以辟邪驅鬼。賈

思勰《齊民要術》：“取柳枝著戶上，百鬼不入家。”清明既是鬼節，值此柳條發芽之際，民間百姓自然紛紛插柳戴柳以辟邪了。

〔4〕溪山魚鳥舊相親，夢影隔遊塵：《溪山清遠圖》為宋代夏圭所作，畫面上山勢起伏綿亙，危峰如削；平丘如砥，岩樹茂密，溪流迴旋，草廬竹林邊有高士徜徉；江上則煙波浩渺，漁艇輕泛。筆墨蒼潤，極盡山水淡遠微茫之趣，後人常以“溪山”喻理想隱居之地。“魚鳥”，喻來自五湖四海的朋友；“相親”，謂互相親愛、親近。蘇軾《留別雩泉》詩：“二年飲泉水，魚鳥亦相親。”張維屏《村居》詩：“自愛村居少送迎，漁樵結伴好埋名。溪山獨對有書味，魚鳥相親無世情。”“溪山魚鳥舊相親”謂昔日相交的朋友曾像魚鳥那樣相親相知。後句“夢影隔遊塵”，脫胎自吳文英《秋霽·雲麓園長橋》詞：“一水盈盈，漢影隔遊塵，淨洗寒綠。”惟夢窗詞中的“漢影”猶言“天漢、銀河”，而廖詞中的“夢影”則指“舊夢、回憶”；而“隔遊塵”則謂隨著“舊相親”的好友或存或歿，如今彼此之間的交往已隔絕，昔日交遊之樂只能重尋於夢境中了。

〔5〕殘年取次清明到，取次拚、酒暝詩昏：殘年，指一生將盡的年月，多指人的晚年。如《列子·湯問》：“以殘年餘力，曾不能毀山之一毛。”韓愈《左遷至藍關示姪孫湘》詩：“欲為聖明除弊事，肯將衰朽惜殘年。”取次，謂次第，挨次，即一個挨一個地出現。如揭傒斯《山市晴嵐》詩：“近樹參差出，行人取次多。”朱彝尊《是日再入保和殿侍宴》詩：“妙舞娑盤歇，華鐘取次催。”拚，謂拼命、豁出去、不顧惜、不顧一切。酒暝詩昏，指終日與詩酒為伴。作者在此二句自謂人在暮年，隨著清明節一次又一次地到來，他也一次又一次地不顧惜身體，日夕與詩酒為伴。

〔6〕恐百醉一回醒，者回淒斷吟魂：者回，與“這回”義同；淒斷，猶淒楚欲絕；吟魂，喻詩人的靈魂。此二句緊承前述“取次拚、

酒暝詩昏”詞意，作者解釋自己之所以要終日與詩酒為伴，原來是因為他要刻意麻醉自己，藉以逃避現實，不想看清楚這個無奈的現實世界；他擔心若有一次在沉醉中回復清醒，這樣準會令自己的靈魂淒楚欲絕，痛苦萬分。

【評　析】

此詞作於辛卯（1951）春，從小題所云“前題，和伯端均”，可見此詞所吟詠的內容仍與清明相關，且為應和詞友劉伯端同調“清明”原詞之作。此詞上片寫來不乏悲天憫人的哲人襟懷，下片感舊傷逝，存歿難忘，切合“清明”的寫作題意。全詞讀來真摯感人，非一般應酬性質的應和之作。

附劉伯端原作《風入松·清明》：

曲堤芳草漸如茵，綠是去年痕。軟紅散麴春波暖，想畫船、簫鼓紛紛。寒食仍催新火，孤吟自賞閒門。　　天涯歸燕更誰親，王謝已成塵。一株惆悵東闌雪，怎消他、百五黃昏。最苦關山風雨，行人欲斷無魂。

（周兼善箋注）

前　調　再和前均

墮紅休管涸和茵，苔沒瘞花痕。[1]年年行近邨簾外，雨惱人、總是紛紛。[2]繡屧況橋南路，雕鞍又國西門。[3]浮雲世態孰交親？肝膽已成塵。[4]千迴百轉思量費，更能消、幾箇黃昏。[5]冷引泉華一掬，空山酹杜鵑魂。[6]

【箋　注】

〔1〕墮紅休管涸和茵，苔沒瘞花痕：墮紅，喻落花，一般寓指美好

事物的消逝。溷和茵，即成語"飄茵墮溷"之意，亦作"飄茵落溷"、"墜茵落溷"或"墜溷飄茵"，比喻人之境遇高下懸殊，命運各異。茵，指墊褥；溷，指廁所。典出《梁書‧儒林傳‧範縝傳》："人之生譬如一樹花，同發一枝，俱於茵席之上，自有關籬牆，落於糞溷之側。"前句謂落花的命運須視乎天意安排，就像"飄茵墮溷"一樣，各自有不同的際遇。而"瘞花"就是埋葬落花的意思。吳文英《風入松》："聽風聽雨過清明，愁草瘞花銘。"後句"苔沒瘞花痕"，意謂春天地上漫生的青苔很快便把人們葬花的痕跡隱沒了。

〔2〕年年行近邨簾外，雨惱人、總是紛紛："邨簾"，指鄉村酒家的酒簾，一般是用布、竹、葦等做的簾子。此二句暗用杜牧《清明》詩"清明時節雨紛紛，路上行人欲斷魂。借問酒家何處有？牧童遙指杏花村"之詩意，意謂年年行近鄉村酒家的酒簾外，總會碰到天上下著惱人的紛紛清明雨。

〔3〕繡屧況橋南路，雕鞍又國西門：屧，本指古代女子所穿的木板拖鞋，可泛指鞋子；"繡屧"亦稱"鴛屧"，指繡有鴛鴦的鞋子，龔自珍《紀遊》詩云："祇愁洞房中，餘寒在鴛屧。"南路，用以喻酒家林立的地方。蓋清代北京崇文門常走酒車，由於城外是酒道，當年的美酒佳釀大多是從河北涿州等地運來，進北京城自然要走南路了。運酒的車先進了外城的左安門，再到崇文門上稅。清朝時京城賣酒的招牌都得寫上"南路燒酒"四字，商家意謂其售賣的酒已合法繳過稅了。而清末的楊柳青年畫，有一幅叫做《秋江晚渡》，它的畫面上畫著酒幌，上面寫著"南路"、"於酒"等字樣，反映的就是這種京城賣酒的特色。前句"繡屧況橋南路"，意謂何況在京師酒家林立的"南路"橋邊，昔日清明時節常可看到穿上華美鞋子的婦女在此出現。雕鞍，原指飾有花紋的馬鞍，如駱賓王《帝京篇》："寶蓋雕鞍金絡馬，蘭窗繡柱玉盤龍。"亦可借指寶馬，如馮延巳《蝶戀花》詞：

"玉勒雕鞍遊冶處，樓高不見章臺路。"本詞的"雕鞍"當以解作寶馬為宜。後句"雕鞍又國西門"，作者隱喻自己數年前在清明之際從南京西門隨流民逃難至港的往事，此處暗用了屈原《九章・哀郢》的典故："民離散而相失兮，方仲春而東遷。去故鄉而就遠兮，遵江夏以流亡。出國門而軫懷兮，甲之鼂吾以行。"

〔4〕浮雲世態孰交親？肝膽已成塵：浮雲，指漂浮的雲彩，隱含變幻無常的意思。世態，謂世俗的情態，多指人情淡薄而言。孰，指誰、哪個之意。交親，謂相互親近，友好交往。《荀子・不苟》："交親而不比。"羅隱《東歸》詩："雙闕往來慙請謁，五湖歸後恥交親。"肝膽，乃"肝膽相照"的縮略語，比喻人以赤誠相見。已成塵，謂已成塵跡，不復存在。此二句慨歎人情世態就像變幻無常的浮雲一樣，誰可永久相親相近，友好交往？古人所重視的肝膽相照，如今已成為塵跡，不復存在了。

〔5〕千迴百轉思量費，更能消、幾箇黃昏：千迴百轉，形容反復迴旋或進程曲折。思量費，即費煞思量之意。更能消，指禁受、經受、抵受。如辛棄疾《摸魚兒》詞："更能消幾番風雨？匆匆春又歸去。"廖詞此二句則想到人在暮年，去日苦多，頗感慨歎思量，不知自己在世上還能經受幾個黃昏？

〔6〕冷引泉華一掬，空山酹杜鵑魂："泉華"亦作"泉花"，指從地下噴湧而出的泉水。如唐曹唐《病馬》詩之五："飲驚白露泉花冷，喫怕清秋苣葉寒。"皮日休《友人以人參見惠因以詩謝之》："名士寄來消酒渴，野人煎處撇泉華"。而"一掬"也作"一匊"，指以兩手相合捧物如以手掬水。"冷引泉華一掬"，謂以兩手相合捧著一些從地下噴湧而出的清冷泉水。"空山"喻幽深少見人跡的山林，如韋應物《寄全椒山中道士》詩："落葉滿空山，何處尋行跡？"而"酹"指將酒倒在地上，表示祭奠或立誓之意，如蘇軾《念奴嬌・赤壁懷古》："人生如夢，一樽還酹江

月。"杜鵑魂"指杜鵑鳥，古代傳說杜鵑鳥乃上古蜀王望帝杜宇魂魄所化，至春啼鳴，故亦稱啼魂。"空山酹杜鵑魂"，謂詞人在人跡罕見的山林虔誠地以一掬泉水代酒，在清明時節將泉水灑在地上，藉以向蜀望帝杜宇魂魄所化的杜鵑鳥致以祭奠之意。

【評　析】

此詞作於辛卯（1951）春，所吟詠的內容仍舊圍繞著清明時節，亦是應和詞友劉伯端同調"清明"原詞之作。

（周兼善箋注）

前　調　餘意為賸一解

清明影事未全虛，鳥又喚提壺。[1]水村山郭依然在，買醉聽、閒話樵漁。[2]借得圈花柳眼，撩將冒草蜂鬚。[3]笙樓鐙榭近何如，欲且遂夷居。[4]風馳電逐雷聲走，樣翻新油壁香車。[5]到處銅駝陌有，當年金馬門無。[6]

【箋　注】

〔1〕清明影事未全虛，鳥又喚提壺：影事，乃"前塵影事"的簡稱，指從前所經歷過的事。全虛，喻全屬虛妄。"提壺"即"攜壺"，指拿著酒壺。此二句謂記憶中清明時節所經歷過的並非全屬虛妄之事，每年到了這個時候杜鵑鳥又一再召喚我提著酒壺去野外春遊。

〔2〕水村山郭依然在，買醉聽、閒話樵漁：水村，指水邊的村莊，郭，指城外城。"山郭"是靠近山的城鎮。"水村山郭依然在"，襲用了杜牧《江南春》詩"千里鶯啼綠映紅，水村山郭酒旗

風"本意，並隱含"酒旗風"至今"依然在"，賣酒人家到處
可見之意。次句"買醉聽、閒話樵漁"，則暗用了明楊慎《西江
月》詞意："滾滾長江東逝水，浪花淘盡英雄。是非成敗轉頭
空。青山依舊在，幾度夕陽紅。　　白髮漁樵江渚上，慣看秋
月春風。一壺濁酒喜相逢。古今多少事，都付笑談中。"此句謂
作者喜於清明時節前往酒家買醉，帶著幾分酒意，坐在一旁靜
聽漁人和樵夫等百姓小民閒聊古今興亡之事。

〔3〕借得圈花柳眼，撩將罥草蜂鬚：圈花柳眼，謂擁有文人雅士
"選花魁"的獨特慧眼。所謂"選花魁"，就是在眾多的花卉或
美女中選出最優秀者。撩，喻挑弄、引逗。將，謂將就、隨順。
杜甫《新婚別》："生女有所歸，雞狗亦得將。"罥，本指捕取鳥
獸的網，作動詞用可解為張網捕捉外物。蜂鬚，指蜂的觸鬚。
唐朱慶餘《題薔薇花》詩："粉著蜂鬚膩，光凝蝶翅明。"詞人
在此二句謂自己以這雙"圈花柳眼"去捕捉和品評郊野百草與
"蜂鬚"這些應景的事物。

〔4〕笙樓鐙榭近何如，欲且遂夷居：笙樓鐙榭，指歌臺舞榭等場所。
欲且，表示暫時有意。遂夷居，用孔子欲居九夷之地的典故，
《論語·子罕》："子欲居九夷。或曰：'陋，如之何？'子曰：'君
子居之，何陋之有？'"意思是說，孔子想搬到九夷之地去居住。
有人說："那地方非常簡陋，怎麼好住？"孔子說："有君子去住，
就不簡陋了。"詞人藉此比喻自己由內地遷往華夷雜處的英屬殖
民地香港居住。

〔5〕風馳電逐雷聲走，樣翻新油壁香車：前句形容香港街道上的汽
車很多，來去有如風馳電逐，發出雷鳴般的聲響。而"油壁香
車"，是指古代婦女所乘坐的華美車子，因其車廂塗刷了油漆而
得名，如晏殊《寓意》詩："油壁香車不再逢，峽雲無跡任西
東。"後句"樣翻新油壁香車"，喻當日香港路面的汽車款式新
穎時髦，可比美古代貴人所乘的"油壁香車"。

〔6〕到處銅駝陌有，當年金馬門無：銅駝陌，常用以指繁華、遊樂之區，如劉禹錫《楊柳枝》詩："金谷園中鶯亂飛，銅駝陌上好風吹。"金馬門，為漢代宮門名，乃學士待詔之處。《史記·滑稽列傳》："金馬門者，宦署門也。門傍有銅馬，故謂之曰'金馬門'。"劉禹錫《為郎分司寄上都同舍》詩："籍通金馬門，身在銅駝陌。"此二句作者一方面讚賞香港的遊樂地方繁華熱鬧，不啻是現代社會的"銅駝陌"；另一方面則感嘆此地當時尚不重文教，只是一個偏重經濟的城市而已，實難以與漢代強盛時文教大興，嘗於"金馬門"設學士待詔之風的長安相比。

【評　析】

此詞作於辛卯（1951）春，小題謂"餘意為賸一解"，意即在題詠清明方面尚覺意猶未盡，故再用同調填寫一闋新作，並將之隨附於前作之後焉。

（周兼善箋注）

紫玉簫　咫社九期課。詠頤和園樂壽堂後紫玉蘭。依聲晁無咎作。〔1〕

　　蓮社詞心，椒宮縶影，抱琴思按猗蘭。〔2〕紅輕粉淡，竚玉階今不，娥髻簪珊。〔3〕祇雪般頰，非殢酒、頓赤花顏。〔4〕霭仙露，長生那祈，佛老旃檀。〔5〕　　風殊第幾番信，香占國稱王，夢趁雲殘。〔6〕靈根漫灌，怕瓶教、沈似墮井孤鴛。〔7〕甚簾垂久，窺燕子、笑頷都瞞。〔8〕黃昏雨，羅帶倒吹，著淚爛斑。〔9〕

【箋　注】

〔1〕詠頤和園樂壽堂後紫玉蘭，依聲晁無咎作：晁無咎，即北宋詞

人晃補之，字無咎。

〔2〕蓮社詞心，椒宮漦影，抱琴思按猗蘭：前句“蓮社”謂佛教淨
土宗最初的結社。晉代廬山東林寺高僧慧遠，與僧俗十八賢結
社念佛，因寺池有白蓮，故稱“蓮社”。唐戴叔倫《赴撫州對酬
崔法曹夜雨滴空階》詩之二：“高會棄樹宅，清言蓮社僧。”明
何景明《懷葉時華》詩：“客皆蓮社友，人是竹林賢。”而“詞
心”即有真情實感的詞。如清陳廷焯《白雨齋詞話》卷六：
“（喬笙巢）又云：‘他人之詞，詞才也。少遊，詞心也，得之於
內，不可以傳。’”詞心，亦謂詞所表達的真情實感。況周頤
《蕙風詞話》卷一：“吾聽風雨，吾覽江山，常覺風雨江山外有
萬不得已者在。此萬不得已者，即詞心也。而能以吾言寫吾心，
即吾詞也。”首句先藉“蓮社詞心”點明此篇乃咫社第九期的社
課，並暗示各社友所寫的都是有真情實感的詞作，並非遊戲文
章。中句“椒宮”喻皇后居住的宮殿。《樂府詩集·郊廟歌辭
十·唐享太廟樂章》：“顧惟菲質，忝位椒宮，虔奉蘋藻，肅事
神宗。”王維《恭懿太子挽歌》之二：“蘭殿新恩切，椒宮夕臨
幽。”夏完淳《大哀賦》：“椒宮為血淚之湘君，鶴駕有呼魂之子
晉。”“漦”指漦龍，一種吐涎沫的龍，此處用以象徵皇帝，亦
可指魚或龍之類的涎沫。《漢書·五行志》注：“漦，龍所吐沫，
龍之精氣也。”此句“椒宮漦影”謂在皇后居住的宮殿，常可看
到漦龍化身的皇帝身影，藉以揭示此詞所詠者為“頤和園樂壽
堂後紫玉蘭”。後句“猗蘭”為古琴曲《猗蘭操》的省稱。如
明王守仁《龍潭夜坐》詩：“臨流欲寫《猗蘭》意，江北江南無
限情。”明徐霖《繡襦記·試馬調琴》：“再彈一曲《猗蘭》如
何？”而“猗蘭”亦可喻情操高潔之士，如清杜岕《將之吳門
述懷呈荔軒》詩：“書此誌遠遊，取琴重為彈。礫哉匡時略，諒
弗棄猗蘭。”清劉獻廷《感興》詩之一：“長松萎空山，猗蘭秀
空谷。”或曰“猗蘭”乃漢殿名，亦可借指帝業。相傳漢武帝誕

生前，父景帝夢赤彘從雲中而下，入崇蘭閣，因改閣名為猗蘭殿。後武帝生於此殿。參見舊題漢郭憲《洞冥記》。如唐楊炯《幽蘭賦》：“楚襄王蘭臺之宮，零落無叢；漢武帝猗蘭之殿，荒涼幾變。”杜甫《冬日洛城北謁玄元皇帝廟》詩：“仙李蟠根大，猗蘭奕葉光。”楊倫箋注：“《漢武故事》：‘帝以七月七日旦，生於猗蘭殿。’”此句“抱琴思按猗蘭”，謂名士手抱古琴，只想彈奏一曲《猗蘭》，以抒發其追懷情操高潔之士的思慕之情，或寄寓其對大清帝業如今安在的今昔感慨。

〔3〕紅輕粉淡，竚玉階今不，娥髻簪珊：前句形容紫玉蘭的花瓣顏色。中句“竚玉階”謂紫玉蘭竚立在頤和園樂壽堂的玉石臺階兩旁。而“今不”即“今否”，此處之“不”與“否”同義，如《史記·廉頗藺相如列傳》：“秦王以十五城請易寡人之璧，可與不？”“今不”意謂不知如今是否還是這個模樣。後句“娥髻”亦稱“綰髻”或“綰結”，謂女子頭上盤繞而成的高聳髮髻。如黃庭堅《雨中登嶽陽樓望君山》詩之二：“滿川風雨獨憑欄，綰結湘娥十二鬟。”范成大《攬轡錄》：“惟婦人之飾不甚改，而戴冠者甚少，多綰髻。”“簪珊”指飾有珊瑚的名貴髮簪。此句“娥髻簪珊”謂紫玉蘭外面呈紫紅色的花瓣，就像美女梳了一個高聳的娥髻，髻上還插了一枝飾有珊瑚的名貴髮簪，倍顯雍容華貴，艷麗迷人。

〔4〕祇雪般頰，非殢酒、頓赤花顏：前句謂紫玉蘭的花瓣內面呈白色，就像麗人雪白的面頰那樣光彩照人。後句“殢酒”指人沉湎於酒或醉酒。如宋劉過《賀新郎》詞：“人道愁來須殢酒，無奈愁深酒淺。”辛棄疾《木蘭花慢·滁州送範倅》詞：“長安故人問我，道愁腸殢酒只依然。”“頓赤花顏”乃“花顏頓赤”的倒裝句，形容紫玉蘭外面呈紫紅色的花瓣就像喝醉了酒的美女那樣，面頰的顏色迅即變為酡紅。

〔5〕霤仙露，長生那祈，佛老旃檀：前句“仙露”本指漢武帝所造

銅鑄仙人承露盤所接收的甘露，後亦借指皇帝所賜的御酒。如明屠隆《綵毫記·為國薦賢》："賜微臣金莖仙露，薦珊盤鳳臘和麟脯。"此處"霜仙露"則指紫玉蘭的花葉沾濕浸潤了清晨的露水，就像花仙子喝了天上諸神賜予的長生仙露。中句"長生那祈"乃"那祈長生"的倒裝句。後句"佛老"是佛家和道家的並稱，佛家以佛陀為祖，道家以老子為祖，故稱"佛老"。如韓愈《進學解》："先生之業可謂勤矣，牴排異端，攘斥佛老，補苴罅漏，張惶幽眇。"明張綸《林泉隨筆》："晚年用力佛老之學，而著書皆祖其意。"清鄭觀應《盛世危言·技藝》："秦漢以後佛老盛行，中國才智之士皆馳騖於清淨虛無之學。"而"旃檀"即檀香。酈道元《水經注·河水一》："以旃檀木為薪。"王維《薦福寺光師房花藥詩序》："焚香不俟于旃檀，散花奚取於優鉢。"李時珍《本草綱目·木一·檀香》："釋氏呼為旃檀，以為湯沐，猶言離垢也。番人訛為真檀。"後二句"長生那祈，佛老旃檀"，意謂紫玉蘭花仙子既已喝下了天上的仙露，那又何須再用檀香向佛家和道家的神明祈求長生呢！

〔6〕風殊第幾番信，香占國稱王，夢趁雲殘：前句意謂應花期而來的花信風各所不同，紫玉蘭在二十四番花信風中究竟應屬第幾番呢？查蘭花在二十四番花信風中當屬第五番。所謂花信風是指應花期而來的風。自小寒至穀雨，凡四月，共八個節氣，一百二十日，每五日一候，計二十四候，每候對應以一種花的信風，每氣三番。如小寒：梅花、山茶、水仙；大寒：瑞香、蘭花、山礬；立春：迎春、櫻桃、望春；雨水：菜花、杏花、李花；驚蟄：桃花、棣棠、薔薇；春分：海棠、梨花、木蘭；清明：桐花、麥花、柳花；穀雨：牡丹、酴醾、楝花。詳見南朝宗懍《荊楚歲時記》、宋程大昌《演繁露·花信風》、宋王逵《蠡海集·氣候類》。另一說謂每月有兩番花的信風，一年有二十四番花信風。見明楊慎《二十四番花信風》引南朝梁元帝

《纂要》。中句"香占國"又稱"香國"或"眾香國"。蓋《維摩詰經·香積佛品》曰:"上方界佛土有國名眾香,佛號香積,其界一切皆以香作樓閣,經行香地苑園皆香,其食香氣周流十方無量世界。"因以香國指佛國。如南朝沈約《捨身願疏》:"雖果謝菴園,餼非香國,而野粒山蔬,可同屬饜。"另一說謂香國猶花國,此詞即用此義。如宋許月卿《木犀》詩:"分封在香國,筮仕得黃裳。"元好問《紫牡丹》詩之三:"已從香國偏薰染,更惜花神巧剪裁。"此句"香占國稱王"喻紫玉蘭之幽香令人傾倒,足以獨佔花魁,在花國裡稱王。後句"夢趁雲殘"乃用擬人手法,意謂花無百日紅,紫玉蘭宜趁雲殘欲雨之際趕快入睡做個好夢。

〔7〕靈根漫灌,怕瓶教、沈似墮井孤鴛:前句"靈根"乃植物根苗的美稱,如柳宗元《種術》詩:"戒徒斸靈根,封植閟天和。"司馬光《和昌言官舍十題·石榴花》:"靈根逐漢臣,遠自河源至。"明陳所聞《懶畫眉·月下劉中明招賞牡丹》曲:"一叢凝露在沉香,移得靈根傍錦堂。"秋瑾《白梅》詩:"淡到羅浮忘色相,謫來塵世具靈根。"此處"靈根"指紫玉蘭的根苗。"漫灌"指任水順坡漫流的一種粗放灌溉方式,此處暗寓種植紫玉蘭不須刻意費心,只要順其自然即可。後句"怕瓶教、沈似墮井孤鴛"暗用"井底銀瓶"典故而稍加變化。"銀瓶"為銀製之汲水器,銀瓶一旦掉到井底,比喻前功盡棄。如白居易《井底引銀瓶樂府》:"井底引銀瓶,銀瓶欲上絲繩斷;石上磨玉簪,玉簪欲成中央折。"梁啟超《新羅馬》:"弄得千年來國威墜落,變成井底銀瓶。"此句"怕瓶教、沈似墮井孤鴛",謂種植紫玉蘭若灌溉過於刻意,則過猶不及,一如汲水銀瓶一旦繩斷沉至井底,或如當日墮下禁宮金井的珍妃那樣令光緒帝欲救無從。

〔8〕甚簾垂久,窺燕子、笑頜都瞞:前句"甚簾垂久"一語雙關,表面是在問為甚麼雨簾垂下這麼久還沒有人把它捲起來;實則

此語意在諷刺詰難慈禧太后當年為甚麼垂簾聽政達數十年之久。後句"笑頷"指含笑點頭，表示滿意。如宋謝翱《宋鐃歌鼓吹曲·版圖歸》："外臣拜稽首，笑頷帝色康。"此句"窺燕子、笑頷都瞞"，謂慈禧太后從垂下的簾縫裡窺看外面含笑點頭表示滿意的燕子，深慶自己運用的政治權術的確高明，能把外間所有人和物都徹底蒙蔽瞞騙了。

〔9〕黃昏雨，羅帶倒吹，著淚斕斑：前句"黃昏雨"指黃昏時分忽然灑下了一場驟雨。中句"羅帶"原指絲織的衣帶。如隋李德林《夏日》詩："微風動羅帶，薄汗染紅粧。"龔自珍《己亥雜詩》之四九："姊妹隔花催送客，尚拈羅帶不開門。"後句"著淚"指臉上附著淚水；"斕斑"喻斑痕狼藉貌，多用以形容淚點。如蘇軾《琴枕》詩："斕斑漬珠淚，宛轉堆雲鬢。"金劉迎《次劉元直韻》："羅幕翠橫秋掩冉，玉壺紅濕淚斕斑。"明楊珽《龍膏記·酬詠》："袖飄細縠，一點點淚雨斕斑。"此詞末二句"羅帶倒吹，著淚斕斑"，形容沾了黃昏雨的紫玉蘭就像一個羅帶被罡風吹至狼狽不堪的美人，臉上附著點點斕斑的珠淚，惹人興起不忍之心與憐惜之情。

【評　析】

此詞作於辛卯歲（1951）春，屬咫社第九期社課唱酬之作。此是一闋專詠頤和園樂壽堂後紫玉蘭的詠物詞。紫玉蘭又名木蘭、辛夷、木筆、望春、女郎花，為中國特有植物，花朵艷麗怡人，芳香淡雅，紫苞紅焰，作蓮及蘭花香，花蕾極似毛筆頭，因而又有"木筆"的別稱。唐代裴迪有詩云："況有辛夷花，色與芙蓉亂。"而韓愈《感春》亦謂"辛夷高花最先開"，可見紫玉蘭對氣溫變化之敏感。此詞詠紫玉蘭，寫來不即不離，卻又若即若離，虛實相間，亦物亦人。

（周兼善箋注）

惜餘春夢 稊園書來，言四月朔立夏。古人云："三月正當三十日……未到曉鐘猶是春。"惟今年可以當之。社課選得此調，題為《送春》，引伸其意，和魯逸仲聲均。[1]

徑甓螢飛，庭漪鴛繡，送卻殘寒收草。[2]春宵正短，夜夢初溫，誰分漏壺驚曉。[3]猶幸珠杓未南，同抱斜欄，柳梢蟾小。[4]問酸含梅子，因伊消去，姹紅多少。[5] 教緩得、花外鐘遲，疏陰留影，翠箔孤鐙人惱。[6]纔安燕壘，便止鶯笙，對鏡黛蛾慵掃。[7]除是琴彈曩餘，音不在絃，桐焦知老。[8]趁薰來催令，新蟬流響，總塵梁繞。[9]

【箋　注】

〔1〕和魯逸仲聲均：魯逸仲，姓孔名夷，字方平，號滍皋先生，宋哲宗元祐中隱士，魯逸仲其別號也。其詞《惜餘春慢》錄於趙聞禮《陽春白雪》集。

〔2〕徑甓螢飛，庭漪鴛繡，送卻殘寒收草：前句"徑甓螢飛"指以磚石鋪成的小路夜間時有流螢飛過。中句"庭漪鴛繡"謂鴛鴦在庭院的池沼悠然來去，為池面繡上了一道道的水波紋。"漪"即漣漪，猶水波紋之意。如袁宏道《敘咼氏家繩集》："風值水而漪生，日薄山而嵐出。"後句"送卻殘寒收草"指人們在送走清明時節的殘寒天氣後，也要收拾起春天鬥百草的玩樂心情，開始致力於日常的工作要務了。所謂"鬥百草"亦作"鬭百草"，是一種古代流行的遊戲。人們在春天競採花草，比賽其多寡優劣，常於清明、端午之際舉行。如南朝宗懍《荊楚歲時記》："五月五日，四民並蹋百草，又有鬬百草之戲。"唐鄭谷《採桑》詩："何如鬬百草，賭取鳳皇釵。"宋無名氏《張協狀

元》戲文第十七齣："清曉，侍婢不惜千金，相呼鬥百草。"亦省作"鬥草"。白居易《觀兒戲》詩："弄塵復鬥草，盡日樂嬉嬉。"明賈仲名《金安壽》第二折："佳人鬥草，公子粧麼，鞦韆料峭，鼓吹遊遨。"《紅樓夢》第二三回："每日只和姊妹丫頭們一處，或讀書，或寫字，或彈琴下棋，作畫吟詩，以至描鸞刺鳳，鬥草簪花，低吟悄唱，拆字猜枚，無所不至。"清彭孫遹《金粟閨詞》之四四："鬥艸歸來香徑裏，裙花深處浣芹泥。"

〔3〕春宵正短，夜夢初溫，誰分漏壺驚曉：前句"春宵"即春夜。白居易《長恨歌》："春宵苦短日高起，從此君王不早朝。"元柯九思《退直贈月》詩："繡枕魂清疎雨暮，海棠銀燭度春宵。"《白雪遺音·八角鼓·春宵一刻》："春宵一刻，萬金難奪。"此句"春宵正短"即"春宵苦短"之意。中句"夜夢初溫"謂夜間入睡後所做的好夢才剛剛令人感到溫暖。後句"誰分"解作誰肯、誰會、誰願意之意。如宋南山居士《永遇樂·客答梅》詞："公子豪華，貪紅戀紫，誰分憐孤萼。""漏壺"是古代計時的器具，用銅製成，分播水壺、受水壺兩部分。播水壺分二至四層，均有小孔，可以滴水，最後流入受水壺，受水壺裏有立箭，箭上劃分一百刻，箭隨蓄水逐漸上升，露出刻數，用以表示時間。也有不用水而用沙漏製成的。又叫漏刻，簡稱漏。此句"誰分漏壺驚曉"意謂趁著春天在三月三十日的晚上還未離去，試問有誰願意被漏壺那些不識趣的滴漏聲在天亮時驚破好夢呢。

〔4〕猶幸珠杓未南，同抱斜欄，柳梢蟾小：前句"猶幸"即幸好、好在之意。"珠杓"又稱斗杓、斗柄、杓衡、玉杓。北斗七星第五為玉衡；第五至第七為杓，又名斗柄。又稱玉杓，指北斗柄部的玉衡、開陽、搖光三星。《淮南子·天文訓》："斗杓為小歲。"高誘注："斗，第五至第七為杓。"王安石《作翰林時》詩："欲知四海春多少，先向天邊問斗杓。"《御製千字詔》："斗杓所豎，節序以更。"顧炎武《哭李侍御灌溪先生模》詩："函

丈天涯遠，杓衡歲序移。"此句"猶幸珠杓未南"謂幸好目前北
斗七星的玉杓仍未指向南方，意味著炎夏還未降臨香江。中句
"同抱斜欄"意謂天上人間一同緊抱著橫斜的北斗星，不想讓它
移動令節序變更。"斜欄"，即闌干，喻橫斜貌。如曹植《善哉
行》："月沒參橫，北斗闌干。"金史肅《宿睦村》詩："闌干河
漢已西傾，獨坐披衣過五更。"陳三立《十月十四夜飲秦淮酒樓
聞陳梅生侍御袁叔輿戶部述出都遇亂事感賦》詩："霜月闌干照
頭白，天涯為念舊恩存。"後句"柳梢"指柳樹的末端。歐陽修
《生查子》詞："月到柳梢頭，人約黃昏後。"元劉因《探春》
詩："春意雖微已堪惜，輕寒休近柳梢傍。"而"蟾小"形容當
晚的月亮很小，古代詩文中常用蟾蜍來指代月亮。

〔5〕問酸含梅子，因伊消去，妬紅多少：前句"問酸含梅子"即
"問含酸梅子"的倒裝句。"梅子"是梅樹的果實。味酸，立夏
後成熟。生者青色，叫青梅；熟者黃色，叫黃梅。寒山《詩》
之三五："羅袖盛梅子，金鎞挑筍芽。"賀鑄《青玉案·橫塘路》
詞："一川煙草，滿城風絮，梅子黃時雨。"陳師道《立春》詩：
"馬蹄殘雪未成塵，梅子梢頭已著春。"後二句"因伊消去，妬
紅多少"脫胎自宋人王十朋《紅梅》詩："桃李莫相妒，夭姿元
不同。猶餘雪霜態，未肯十分紅。"意謂桃李不要嫉妒我紅梅，
紅梅和桃李開花的樣子原來就不同，紅梅身上還留有雪的痕跡，
雖然是名曰紅梅，但顏色卻不是很紅。這首詩寫出了紅梅獨特
的姿態和個性。而廖詞"因伊消去，妬紅多少"二句意謂紅妝
美人妒忌梅子在春天時的殷紅色澤，故梅子在入夏後便會消減
其嫣紅色，以免招伊人嫉妒。

〔6〕教緩得、花外鐘遲，疏陰留影，翠箔孤鐙人惱：前句"教緩得"
即讓人慢一點得知的意思。"花外鐘遲"謂花間外報曉的鐘聲延
遲。中句"疏陰留影"指人站在疏落的樹陰中留下身影。後句
"翠箔"即翠簾，指用葦子、秫秸等做成的青色簾子。此句"翠

箔孤鐙人惱”，謂春末夏初之際天氣潮濕多雨，人困於翠簾孤燈之室內，尤覺鬱悶煩惱。

〔7〕緣安燕壘，便止鶯笙，對鏡黛蛾慵掃：前句“燕壘”即燕子的窩，喻棲身之所。如姜夔《聖宋鐃歌吹曲·淮海濁》：“汝胡弗思，與越稀覯；皇威壓之，燕壘自碎。”郁達夫《珍珠巴刹小食攤上口占》：“如非燕壘來蛇鼠，忍作投荒萬里行。”中句“鶯笙”即“鶯簧”，喻黃鶯的鳴聲，以其聲如笙簧奏樂，故稱。如清陳維崧《瑣窗寒·初春和雲臣韻》詞：“鶯簧生澀，不似舊時淹潤。”首二句“緣安燕壘，便止鶯笙”，意謂春天實在來去匆匆，燕子剛把窩巢築好不久，豈料黃鶯的歌聲便倏然停止了。後句“對鏡黛蛾慵掃”謂在傷春情緒與惱人天氣影響下，對鏡梳妝的美女也懶得以青黛細意描畫蛾眉。

〔8〕除是琴彈爨餘，音不在絃，桐焦知老：此三句典出自《後漢書·蔡邕傳》：“吳人有燒桐以爨者，邕聞火烈之聲，知其良木，因請而裁為琴，果有美音。而其尾猶焦，故時人名曰‘焦尾琴’焉。”後遂以“爨下餘”比喻倖免於難的良材，以“焦桐”為琴的別稱。如唐李洞《斃驢》詩：“三尺焦桐背殘月，一條藜杖卓寒煙。”首句“除是琴彈爨餘”，謂有識見的知音人如蔡邕懂得把灶下燒殘的良木修整為良琴。中句“音不在絃”，謂良琴能發出美音關鍵在於木材的優良，而不在於弦線的講究。後句“桐焦知老”謂蔡邕懂得善用燒焦的老桐木造琴，其音甚美，後世因稱良琴為焦桐。此三句旨在慨歎世間懂得發掘良才的高人何其稀少。

〔9〕趁薰來催令，新蟬流響，總塵梁繞：前句“趁薰來”謂趁著南風即將到來。“催令”指催動節氣時令變更，或推移某個節氣的氣候和物候使之發生變化。如元吳弘道《鬥鵪鶉》套曲：“寒來暑往，兔走烏飛，節令相催。”中句“新蟬”指初夏的鳴蟬。白居易《六月三日夜聞蟬》詩：“微月初三夜，新蟬第一聲。”而

“流響”喻傳播響聲，亦指傳出的聲響。如晉成公綏《嘯賦》：“音要妙而流響，聲激嚁而清厲。”晉傅玄《雜詩》：“女景隨形運，流響歸空房。”唐虞世南《蟬》詩：“垂緌飲清露，流響出疏桐。”後句“塵梁”即“梁塵”，比喻嘹亮動聽的歌聲。如南朝鮑照《學古》詩：“調絃俱起舞，為我唱梁塵。”《太平御覽》卷五七二引劉向《別錄》：“漢興以來，善歌者魯人虞公，發聲清哀，蓋動梁塵。”後因以“梁塵飛”形容歌曲高妙動人。如陸機《擬古詩·擬東城一何高》：“長歌赴促節，哀響逐高徽。一唱萬夫歎，再唱梁塵飛。”梅堯臣《夜聽鄰家唱》詩：“想像朱脣動，髣髴梁塵飛。”此句“總塵梁繞”，謂初夏新蟬的流響聲美妙動人，彷如佳音繞樑三日不絕。

【評　析】

此詞作於辛卯歲（1951）春末。從小題可知此乃一闋用魯逸仲同調寫成之詞篇，屬社課酬唱之作。廖詞詞牌作《惜餘春夢》，當為《惜餘春慢》之誤。

（周兼善箋注）

解連環　送春後，伯端以風雨索居無俚，感樂笑翁“無心再續笙歌夢，掩重門、淺醉閒眠”句[1]，賦此調索和，依均奉酬。

怨紅愁碧，纔和春了卻，又從誰積。[2]已醉淺、眠總宜閒，任長畫閉門，礙鳧飛舄。[3]人海花場，定還許、蝶魂將息。[4]只心旌怕逐，細馬繡蹄，碎香南陌。[5]　劉郎記曾久客。向天台見鸞，未老頭白。[6]叵耐也、梅熟仙鄰，想桃李蹊成，匪伊朝夕。[7]換盡寒溫，事多少、過時堪憶。[8]悵山窗、近同聽雨，澗泉吼急[9]。

【箋　注】

〔1〕感樂笑翁"無心再續笙歌夢，掩重門、淺醉閒眠"句：此處所引是宋末著名詞人張炎（樂笑翁）《高陽臺》（西湖春感）之詞句。

〔2〕怨紅愁碧，纔和春了卻，又從誰積：前句"怨紅愁碧"喻眼前的殘花敗葉予人一片狼藉之感，藉以寄寓個人的身世飄零或落魄淒涼之情。中句"了卻"指事情了結或雙方緣分告終。如黃庭堅《登快閣》詩："癡兒了卻公家事，快閣東西倚晚晴。"此句"纔和春了卻"謂隨著暮春的離去，這些報春的花卉剛和春天結束了彼此的緣分。後句之"積"有停留、滯留之意。如《莊子·天道》："天道運而無所積。"而"又從誰積"意謂這些不合時宜的花卉，如今又該追隨哪個主宰，讓自己得以在世上淹留不去呢？

〔3〕已醉淺、眠總宜閒，任長晝閉門，礙鳧飛舃：前句"已醉淺、眠總宜閒"乃"已醉淺、總宜閒眠"的倒裝句。"醉淺"指微醉。如鬱達夫《離亂雜詩》之五云："解憂縱有蘭陵酒，淺醉何由夢洛妃?""閒眠"謂悠閒無事而小睡片刻。如白居易《閒眠》詩："暖床斜臥日曛腰，一覺閑眠百病銷。"此句"已醉淺、眠總宜閒"謂小喝了點美酒佳釀已微微有些醉意，於是悠閒地小睡片刻。中句"任長晝閉門"謂只管關上大門，任由長長的白晝無聊地度過。後句"鳧"乃水鳥，俗稱野鴨，似鴨，雄的頭部綠色，背部黑褐色，雌的全身黑褐色。常群遊湖泊中，能飛。"舃"義同"潟"，指含鹽鹼過多的土地，或鹹水浸漬的土地。如司馬遷《史記·貨殖列傳》："地潟。"此句"礙鳧飛舃"謂這種陰晴不定的天氣，其實也有礙野鴨飛越那些鹹水浸漬的土地。

〔4〕人海花場，定還許、蝶魂將息：前句"人海花場"謂在春天裡，

到花市賞花的人如大海般無邊無涯。此語本自吳文英《玉京謠·蝶夢迷清曉》詞：“爛繡錦、人海花場，任客燕、飄零誰計。”後句“蝶魂”猶蝶魄，即夢中之蝶，故亦作“蝶夢”。蓋《莊子·齊物論》云：“昔者莊周夢為蝴蝶，栩栩然蝴蝶也，自喻適志與！不知周也。俄然覺，則蘧蘧然周也。不知周之夢為蝴蝶與，蝴蝶之夢為周與？周與蝴蝶，則必有分矣。此之謂物化。”後因以“蝶夢”喻迷離惝恍的夢境。如陸遊《新寒小醉睡起日已高戲作》詩：“栩栩蝶魂閑自適，綿綿龜息靜無聲。”唐李鹹用《早行》詩：“困纔成蝶夢，行不待雞鳴。”“將息”謂調養休息、珍攝保重之意。如王羲之《問慰諸帖上》：“雨氣無已，卿復何似？耿耿，善將息！”唐王建《留別張廣文》詩：“千萬求方好將息，杏花寒食約同行。”李清照《聲聲慢》詞：“乍暖還寒時候，最難將息。”此句“定還許、蝶魂將息”，謂在送春之際，上天一定還會允許在迷離惝恍夢境中的蝴蝶好好地休息一番吧。

〔5〕只心旌怕逐，細馬繡蹄，碎香南陌：前句“只心旌怕逐”乃“只怕心旌逐”的倒裝句。“心旌”語本《戰國策·楚策一》：“寡人臥不安席，食不甘味，心搖搖如懸旌，而無所終薄。”指心神、神思，或用以喻心神不寧。如王安石《次韻宋中散》之一：“風流今見佳公子，投老心旌一片降。”趙翼《寄題法梧門祭酒詩龕圖》：“作詩必以龕，毋乃拘心旌。”此句“只心旌怕逐”謂只怕把原來寧靜的心神用於徵歌逐色方面。中句“細馬繡蹄”脫胎自李白《對酒》之“葡萄酒，金叵羅，吳姬十五細馬馱”詩意，而“細馬馱”正說明該女子用的是頗能凸顯身分的細馬香車，亦即此詞“細馬繡蹄”之意，藉以喻騎者為身價不菲講究乘輿的艷麗風塵女子。後句“南陌”謂南面的道路。如南朝沈約《鼓吹曲同諸公賦·臨高臺》：“所思竟何在，洛陽南陌頭。”唐沈佺期《李舍人山園送龐邵》詩：“東鄰借山水，

南陌駐驂騑。”清宋琬《舟中懷米吉士作長歌寄之》:“西郊芳草梨花岸,南陌春風明月輪。”此句“碎香南陌”謂“細馬繡蹄”踏在南面的道路上,沿途踏碎了許多落花與香塵。此三句“只心旌怕逐,細馬繡蹄,碎香南陌”,意謂只怕把原來寧靜的心神用於徵歌逐色方面,那些身價不菲的風塵女子雖然明艷照人,乘輿講究,派頭十足,但卻不是君子好逑的理想對象。

〔6〕 劉郎記曾久客,向天台見鴛,未老頭白:“劉郎記曾久客”即“曾記劉郎久客”的倒裝句。前二句“劉郎記曾久客,向天台見鴛”,用“劉郎”即漢人劉晨天台山遇仙的典故,喻劉伯端年輕時亦曾有艷遇。相傳東漢永平年間,剡縣人劉晨、阮肇入天台山采藥,遇二女子姿容絕妙,獲邀至其家,食以胡麻飯,留半年而歸。迨還鄉,子孫已歷七世矣。此典故最早見於晉干寶《搜神記》:“劉晨、阮肇入天台取谷皮,迷不得返。經十三日,飢。遙望山上有桃樹,子實熟。遂躋險援葛至其下,啖數枚,饑止體充。欲下山,以杯取水,見蕪青葉流下,甚鮮新,復有一杯流下,有胡麻焉。乃相謂曰:‘此近人家矣!’遂度山,出一大溪。溪邊有二女子,色甚美。見二人持杯,便笑曰:‘劉、阮二郎捉向杯來。’劉、阮驚。二女遂欣然如舊相識,曰:‘來何晚也?’因邀還家。南、東二壁各有絳羅帳,帳角懸鈴,上有金銀交錯,各有數侍婢使令。其饌有胡麻飯、山羊脯、牛肉,甚美。食畢,行酒。俄有群女持桃子,笑曰:‘賀汝婿來。’酒酣作樂。夜後各就一帳宿,婉態殊絕。過十日,求還,苦留半年。氣候草木是春時,百鳥啼鳴,更懷鄉,歸思甚苦。女遂相送,指示還路。既還,鄉邑零落,已十世矣!”在六朝志怪小說中,這是一個膾炙人口的故事。陶潛《搜神後記》、劉義慶《幽明錄》及南朝吳均《續齊諧記》都記載著同一故事,內容大同小異。後因以“劉郎遇仙”或“天台(山)遇仙”喻男子的奇逢艷遇。後句“未老頭白”謂劉伯端才華橫溢,且屬多情種子,

不意晚年遭逢喪偶之痛，竟致人未老而髮先白，實在令人為之
惋惜不已。

〔7〕叵耐也、梅熟仙鄰，想桃李蹊成，匪伊朝夕：前句"叵耐"也
作"叵奈"，有不可忍耐或可恨的含義。"梅熟"形容初夏的梅
熟天氣，即熟梅天。如元薩都剌《過蒲城》詩："一片青雲籠馬
首，熟梅天氣雨纖纖。""仙鄰"與"仙燐"義通，"仙燐"即夏
天晚上閃爍的磷火。此句"叵耐也、梅熟仙鄰"，謂可恨的是初
夏梅熟時的惱人天氣，以及晚上閃爍著那些俗稱"鬼火"的磷
火，令劉伯端不禁興起了與亡妻人天永隔的綿綿憾恨。中句
"桃李蹊成"即"桃李不言，下自成蹊"的省語。此典故出自
漢·司馬遷《史記·李將軍列傳》："諺曰：'桃李不言，下自成
蹊。'此言雖小，可以喻大也。"原意是指桃李等樹不會說話，
從不自我宣傳，但是人們在它下面走來走去，走成了一條小路。
比喻有德者不用吹噓，人們自然會懂得欣賞他的長處。後句
"匪伊朝夕"指為時長久，不止一個早晨和一個晚上。"匪"即
非、不是之意；"伊"為文言助詞，無義。後二句寓有"路遙知
馬力，日久見人心"的含義。

〔8〕換盡寒溫，事多少、過時堪憶：前句"換盡寒溫"謂一生中經
歷過多少個冬天和春天的去而復返，亦即寒溫易節年復一年的
意思。後句"事多少、過時堪憶"謂一生中又有多少經歷過的
事，在時過境遷後仍值得當事人回憶呢？

〔9〕悵山窗、近同聽雨，澗泉吼急：前句"悵山窗"暗用王維《寄
崇梵僧》"落花啼鳥紛紛亂，澗戶山窗寂寂閑"二句詩意，謂春
夏之交作者在朝向山邊的小窗惆悵地眺望遠方。"近同聽雨"謂
作者想起住在附近的好友劉伯端，此刻應該跟他一樣正在窗前
聽雨吧。後句"澗泉吼急"，指山泉夾著大雨，發出巨獸吼叫般
的響聲，令人聽後越發心緒不寧，悵然若失。

【評　析】

此詞作於辛卯歲（1951）春夏之交。如小序所云，是答贈詞友劉伯端索和的酬唱詞篇。

（周兼善箋注）

前　調　依聲夢窗，再和伯端均。[1]

傘雲垂碧，沿天收雨腳，亂紅還積。[2]隱導我、除是池荷，歎逃世正難，曳凌空舄。[3]細語新蟬，燕鶯斷、隔牆消息。[4]且追尋夢約，試繞故園，看桑盈陌。[5]　牀頭劍橫有客，那塵塗怕遭，眾眼加白。[6]拚醉倒、眠得箏旁，甚如此幽歡，轉慳今夕。[7]寸縷成灰，到香冷、金猊人憶。[8]最敲簾、漫驚顛羽，喚聲乍急。[9]

【箋　注】

〔1〕依聲夢窗，再和伯端均：此詞同屬用以答贈詞友劉伯端索和的酬唱之作，依吳文英（夢窗）《解連環》（留別姜石帚）詞韻。

〔2〕傘雲垂碧，沿天收雨腳，亂紅還積：前句之“垂”乃副詞，有接近、快要之意。“傘雲垂碧”謂天上似傘狀的雲朵快要轉變成澄澈的青綠色。中句“沿天收雨腳”，謂這場驟雨的尾聲（雨腳）正順著天邊一路收歇。後句之“亂紅”即凌亂的落花，古代常以“紅”喻“花”。亂紅就是落花狼藉的動態描述，多用來喻春光易逝、好景不長，含有傷感、幽怨、迷離的感情色彩。如歐陽修《蝶戀花·庭院深深深幾許》詞：“淚眼問花花不語，亂紅飛過秋千去。”“積”有堆積、堆疊之意。“亂紅還積”意謂狼藉的落花此刻還在地上堆積著，無人將之打掃清理。

〔3〕隱導我、除是池荷，歎逃世正難，曳凌空舄：前句"隱導我"
意謂上天似在隱約地啟導著我。而"除是池荷"謂修治整理庭
院池沼中的荷花，藉以為自己在世上留下一片樂土。中句"逃
世"猶避世，謂隱居不仕或逃避世情。如晉皇甫謐《高士傳·
老萊子》："老萊子者，楚人也。當時世亂，逃世耕於蒙山之
陽。"王安石《寄張襄州》詩："四葉表閭唐尹氏，一門逃世漢
龐公。"元方瀾《淵明》詩："嵇阮能逃世，終非出自然。"此句
"歎逃世正難"謂作者慨嘆生於當今之世，即使想要獨善其身隱
居不仕或逃避世情，往往也是難以如願的。後句之"曳"乃
"曳曳"，含有束縛捽摔之意，亦即行動受人牽制。如《說文·
申部》："曳，束縛捽抴為曳曳。"段玉裁注："曳字各本無，今
補。束縛而牽引之謂之曳曳。"王筠句讀："曳、曳亦雙聲，則
雙單皆可用矣。引申為牽掣。""舄"義同"潟"，指含鹽鹼過
多的土地，或鹹水浸漬的土地。如司馬遷《史記·貨殖列傳》：
"地潟。"此句"曳凌空舄"謂自己行動受人牽制，想要凌空飛
越鹹水浸漬的土地也無法如願以償。

〔4〕細語新蟬，燕鶯斷、隔牆消息：前句"新蟬"指初夏的鳴蟬。
如白居易《六月三日夜聞蟬》詩："微月初三夜，新蟬第一聲。"
後句"燕鶯斷、隔牆消息"，謂隔牆再沒有傳來象徵春天韻律的
燕語鶯聲；此處之"消息"指音信、信息。如漢蔡琰《悲憤
詩》："迎問其消息，輒復非鄉里。"此二句"細語新蟬，燕鶯
斷、隔牆消息"，意謂春去夏來，時移勢易，如今只聽到象徵初
夏已臨的新蟬細碎鳴叫聲，隔牆再也沒有傳來代表春天韻律的
燕語鶯聲了。

〔5〕且追尋夢約，試繞故園，看桑盈陌：前句謂那就姑且通過閒眠
以追尋夢中之約吧。中句"故園"指舊家園或故鄉。如唐駱賓
王《晚憩田家》詩："唯有寒潭菊，獨似故園花。"前蜀貫休

《淮上逢故人》詩：“故園離亂後，十載始逢君。”此句“試繞故
園”，指自己在夢中重返故鄉，試圖繞著往日的家園，察看所發
生的變化。後句“看桑盈陌”指在鄉間的小路上看見兩旁種滿
了茂密的桑樹。此處暗寓辛棄疾《鷓鴣天·鵝湖歸病起作》“誰
家寒食歸寧女，笑語柔桑陌上來”之詞意於其中。作者在夢境
中所呈現的故園情景，反映了他的思鄉之念和如今被迫客寓香
江的無奈情懷。

〔6〕牀頭劍橫有客，那塵塗怕遭，眾眼加白：首句“牀頭劍橫有客”
乃“牀頭有客橫劍”的倒裝句，謂作者竟夢見有劍客站立床頭，
不禁驀地驚醒。中句“那塵塗怕遭”乃“塵塗那怕遭”的倒裝
句。“塵塗”謂世俗之路。如清王闓運《與盧生書》：“今復縈矩
塵途，不易舊轍。”“那塵塗怕遭，眾眼加白”，自謂在世俗之路
縱橫多年，已見慣人情冷暖、世態炎涼，那裡還理會世人的白
眼冷待呢。

〔7〕拚醉倒、眠得箏旁，甚如此幽歡，轉慳今夕：前句謂即使喝至
醉倒也毫不顧惜，大不了躺臥在瑤箏的旁邊便是了。此處之
“箏”指玉飾的瑤箏。如元張可久《折桂令·酒邊分得卿字韻》
曲：“客留情春更多情，月下金觥，膝上瑤箏。”瑤箏除可用作
箏的美稱外，傳統士人更可藉著獨自彈奏瑤箏以抒發隱曲深衷。
如岳飛《小重山》詞句：“欲將心事付瑤琴。”中句“幽歡”喻
男女幽會的歡樂。如柳永《晝夜樂》詞：“何期小會幽歡，變作
離情別緒。”秦觀《醉桃源》詞：“楚臺魂斷曉雲飛，幽歡難再
期。”後二句“甚如此幽歡，轉慳今夕”，作者慨嘆好事不諧，
彼此緣慳一面，以致未能踐約在今夜的夢中幽會。

〔8〕寸縷成灰，到香冷、金猊人憶：前句“寸縷成灰”，分別脫胎自
李商隱兩首《無題》詩中之詩句“春蠶到死絲方盡，蠟炬成灰
淚始乾”，以及“春心莫共花爭發，一寸相思一寸灰”。“寸縷成
灰”概言之亦即蘭因絮果，相思終歸枉費之意。後句“金猊”

指古代富貴人家所用的一種香爐。明陸容《菽園雜記》卷二：
"金猊，其形似獅，性好火煙，故立於香爐蓋上。"清和邦額
《夜譚隨錄・韓樾子》："廳上置金猊，爇異香，地平如鏡。"這
種香爐蓋作狻猊形，空腹；焚香時，煙從獸口出。花蕊夫人
《宮詞》之五二："夜色樓臺月數層，金猊煙穗繞觚稜。"張元幹
《花心動・七夕》詞："綺羅人散金猊冷，醉魂到，華胥深處。"
此處"到香冷、金猊人憶"謂待到有朝一日人去樓空香爐灰冷，那
個當日曾為金猊焚香的可人兒便越發惹人長久思憶，難以忘懷了。

〔9〕最敲簾、漫驚顫羽，喚聲乍急：前句"最敲簾"謂最令人厭煩
的是那些急雨敲打窗簾的聲音。"漫驚顫羽"謂因為這些突如其
來的聲響往往會把籠中的雀鳥嚇得渾身羽毛顫抖不休。後句
"喚聲乍急"，指雀鳥因受驚而叫聲驟然變得急促起來，教人聞
之內心倍感失落和惆悵。

【評　析】

此詞作於辛卯歲（1951）春夏之交。如小序所云，是作者答贈
詞友劉伯端索和的酬唱之作。

（周兼善箋注）

琵琶仙　香港重午。依聲石帚。[1]四期社課。

掀動閒愁，海樓起、竟夕夷歌潮聒。[2]鄉夢空託飛鷗，
懸蒲又逢節。[3]簫鼓想、千舟競逐，弔孤墳、楚湘沈屈。[4]
欲采蘭馨，剛炊黍熟，無限淒切。[5]　　正憑酒、呵壁箋
騷，誤原火、星星見榴發。[6]冰腕合歡絲繫，掩金雙條
脫。[7]江鏡恁、如鉤鑄小，照宿妝、曉影簾撮。[8]早分的犀
辟塵消，面寧障箑。[9]

【箋 注】

〔1〕 香港重午，依聲石帚：重午，即五月初五端午節。石帚，指南宋詞人姜夔。

〔2〕 掀動閒愁，海樓起、竟夕夷歌潮聒：前句"掀動"即挑動、翻動之意。"閒愁"指無端無謂的憂愁。如唐張碧《惜花》詩之一："一窖閒愁驅不去，殷勤對爾酌金杯。"賀鑄《青玉案》詞："試問閒愁都幾許？一川煙草，滿城風絮，梅子黃時雨。"文徵明《是晚過行春橋玩月再賦》："已知世事皆身外，肯著閒愁到酒邊。"後句"海樓起、竟夕夷歌潮聒"乃"海樓竟夕夷歌起潮聒"的倒裝句。此處"海樓"指修建在海岸邊的西式樓房，與中國傳統所說的"海樓"喻海市蜃樓其義不同。"竟夕"指終夜、通宵。如《後漢書·第五倫傳》："吾子有疾，雖不省視而竟夕不眠。"李群玉《七月十五夜看月》詩："竟夕瞻光彩，昂頭把白醪。""夷歌"泛指外族的歌曲，如《後漢書·西南夷傳論》："夷歌巴舞殊音異節之技，列倡於門外。"晉左思《蜀都賦》："陪以白狼，夷歌成章。"杜甫《閣夜》詩："野哭千家聞戰伐，夷歌幾處起漁樵。"而此詞之"夷歌"則指洋人的歌聲樂韻。"潮聒"形容耳畔傳來的夷歌聲音吵鬧聒耳，像潮水般源源不絕地湧過來，使人倍感厭煩。

〔3〕 鄉夢空託飛鷗，懸蒲又逢節：前句"鄉夢"指思鄉之夢。如宋之問《別之望後獨宿藍田山莊》詩："愁至願甘寢，其如鄉夢何？"岑參《送張直公歸南鄭拜省》詩："北堂應久待，鄉夢促征期。"明陳鶴《夜坐寄朱仲開張甌江》詩："客愁初到鬢，鄉夢不離家。"此句"鄉夢空託飛鷗"，意謂當時國內政局未靖，作者回鄉終老的夢想註定要落空了，只好委託在天際自由飛翔的海鷗把思鄉之夢向鄉人傳達。後句"懸蒲又逢節"指家家戶戶門前懸著驅瘟辟邪的菖蒲，一看便知今日又逢端午佳節了。

世俗傳統認為菖蒲象徵驅除不祥的寶劍，插在門口可以避邪，故有蒲劍斬千邪之說。

〔4〕簫鼓想、千舟競逐，弔孤墳、楚湘沈屈：前句"簫鼓"即樂器中的簫與鼓，泛指樂器演奏。如江淹《別賦》："琴羽張兮簫鼓陳，燕趙歌兮傷美人。"張孝祥《水調歌頭·桂林集句》詞："家種黃柑丹荔，戶拾明珠翠羽，簫鼓夜沉沉。"亦指軍樂。如李白《發白馬》詩："將軍發白馬，旌節渡黃河。簫鼓聒山嶽，滄溟湧濤波。"而"千舟競逐"則指端午節龍舟競渡時的熱鬧場面。後句"孤墳"指沒有合葬的墳墓。如《文選》潘嶽《西征賦》："眺康園之孤墳，悲平后之專絜。殄厥父之篡逆，蒙漢恥而不雪。"李善注："《漢書》曰：平帝葬康陵。又曰：孝平王皇后，莽女也。及漢兵誅莽，燔燒未央宮，后曰：'何面目以見漢家！'自投火中而死。后不合葬，故曰孤墳。""孤墳"也可指孤獨的或無人祭掃的墳墓。如唐劉長卿《過裴舍人故居》詩："孤墳何處依山木。"湯顯祖《牡丹亭·秘議》："行到窈娘身沒處，手披荒草看孤墳。"此句"弔孤墳、楚湘沈屈"謂端午節紀念自沉於楚地湘江的屈原，人們在這天都會到孤墳前祭奠他。

〔5〕欲采蘭馨，剛炊黍熟，無限淒切：前句之"蘭"指蘭草；"馨"喻芳香，亦可指香草。"蘭馨"，形容氣味芳香的花草；而"欲采蘭馨"，謂作者意在端午節採摘芳香的花草，用以拜祭屈原。中句"黍"指有粘性的稻米，端午節做粽子的原料之一。此句"剛炊黍熟"，謂飯剛燒好，他"欲采蘭馨"的美夢就給驚醒了，此處暗用了"黃粱一夢"的典故。典出唐沈既濟《枕中記》："記盧生邯鄲逆旅遇道者呂翁，……時主人蒸黃粱，生夢入枕中，……生舉進士，累官至節度使，為相十年……。及醒，黃粱尚未熟，怪曰：'豈其夢寐耶？'翁笑曰：'人世之事亦猶是矣。'"後人由此引申出"黃粱一夢"的成語，借喻世間榮華富貴不過是一場夢罷了。後句"淒切"喻淒涼而悲切。如柳永

《雨霖鈴》詞：“寒蟬淒切，對長亭晚，驟雨初歇。”周實《中秋偕棠隱對月》詩：“相對默無言，中腸各淒切。”南朝何遜《日夕望江山贈魚司馬》詩：“管聲已流悅，弦聲復淒切。”此句“無限淒切”形容作者夢醒後因“欲采蘭馨”以祭屈原的心願無法實現，因而感到不勝惆悵失落，內心倍覺淒涼而悲切。

〔6〕正憑酒、呵壁箋騷，誤原火、星星見榴發：前句“正憑酒”謂作者正藉著幾分酒意大發牢騷。“呵壁箋騷”謂作者通過對屈原作品的理解，從而藉著大發牢騷以發洩胸中憤懣之情。“呵壁”的典故出自王逸《楚辭章句·〈天問〉序》：“屈原放逐，彷徨山澤。見楚有先王之廟及公卿祠堂，圖畫天地山川神靈，琦瑋僑佹，及古賢聖怪物行事，因書其壁，呵而問之，以渫憤懣。”後因以“呵壁”作為失意者發洩胸中憤懣之典實。如李賀《公無出門》詩：“分明猶懼公不信，公看呵壁書問天。”後句“誤原火、星星見榴發”即“見榴發誤原火星星”的倒裝句，意謂作者在喝至半醉的情況下，看到榴花似火焰燃燒發放的景緻，誤當為燎原的星星之火正在蔓延。

〔7〕冰腕合歡絲繫，掩金雙條脫：前句“冰腕”即皓腕，喻女子潔白的手腕。如曹植《洛神賦》：“攘皓腕於神滸兮，採湍瀨之玄芝。”韋莊《菩薩蠻》詞：“壚邊人似月，皓腕凝雙雪。”“合歡絲繫”乃“繫合歡絲”的倒裝句。古人相信在端午節把五色線繫在臂上或項上能讓男女愛情牢不可破。葛洪《西京雜記》記述了一則西漢時代的佚聞：“七月七日，臨百子池，作於闐樂。樂畢，以五色縷相羈，謂為‘相連愛’。”有關七夕的“相連愛”和端午的“合歡結”，在民俗的愛情信仰上可說是完全一致的。後句“金雙”即“雙金”，乃“雙南金”的略語，指優質黃金。如劉禹錫《酬元九侍御贈壁州鞭長句》：“碧玉孤根生在林，美人相贈比雙金。”白居易《偶于維揚牛相公處覓得箏箏未到先寄詩來走筆戲答》詩：“楚匠饒巧思，秦箏多好音。如能惠

一面，何嘗直雙金。"晉張載《擬四愁》詩："佳人遺我綠綺琴，何以贈之雙南金。"而"條脫"又稱"玉條脫"，指玉鐲。如孫光憲《北夢瑣言》卷四："宣宗嘗賦詩，上句有'金步搖'，未能對。遣未第進士對之。庭雲乃以'玉條脫'續也。"姚爕《雙鴆篇》："妾身金縷衣，比郎光與輝；妾腕玉條脫，比郎顏與色。"程善之《古意》詩："玉條脫，金步搖，蘭澤四溢黃金豪。"此二句"冰腕合歡絲繫，掩金雙條脫"，意謂在端午節女子都愛把五色線繫在潔白的手腕上，藉以祈求愛情堅貞牢不可破；她們寧願在當天把原來穿戴的"雙南金"、"玉條脫"等貴重飾物掩藏起來，也不敢有違傳統俗例。

〔8〕江鏡恁、如鉤鑄小，照宿妝、曉影簾撮：前句"江鏡"喻明月。"恁"有怎麼、為何之意。"如鉤鑄小"乃"如鑄鉤小"的倒裝句。"鑄鉤"即"吳鉤"，亦作"吳鉤"。鉤乃兵器，形似劍而曲。春秋時代吳人善鑄鉤，故稱；後也泛指利劍。左思《吳都賦》："軍容蓄用，器械兼儲；吳鉤越棘，純鉤湛盧。"唐盧殷《長安親故》詩："楚蘭不佩佩吳鉤，帶酒城頭別舊遊。"此句"如鉤鑄小"，詰問在農曆五月初五晚上的一彎新月，為何竟像吳鉤那樣細小呢？後句"宿妝"亦作"宿粧"，猶舊妝，殘妝之意。如岑參《醉戲竇子美人》詩："朱唇一點桃花殷，宿妝嬌羞偏髻鬟。"溫庭筠《菩薩蠻》詞："蕊黃無限當山額，宿粧隱笑紗窗隔。"晏殊《訴衷情》詞："惱他香閣濃睡，撩亂有啼鶯。眉葉細，舞腰輕，宿妝成。"王闓運《采芬女子墓誌銘》："憑淺媚以題箋，倚宿妝而弄簡。"而"曉影"指天明時月亮的殘餘光影；"簾撮"喻把窗簾緊緊地聚攏起來，以防晨光射進室內。此句"照宿妝、曉影簾撮"，謂女子把窗簾拉上，以阻止晨光射進室內照著她的殘妝令伊人不快。

〔9〕早分的犀辟塵消，面寧障篁：前句較常見之六字句式多出一字，疑其中之"的"乃衍字。"早分"即早已意料到之意。"犀辟塵

消”謂天亮後寒氣與浮塵將會逐漸散去。“犀辟”即“辟寒犀”，乃犀角名，據說可驅除寒氣。王仁裕《開元天寶遺事·辟寒犀》云：“開元二年冬至，交趾國進犀一株，色黃如金；使者請以金盤置於殿中，溫溫然有暖氣襲人。上問其故，使者對曰：‘此辟寒犀也。頃自隋文帝時，本國曾進一株，直至今日。’上甚悅，厚賜之。”後句“箑”指扇子。此句“面寧障箑”意謂天亮後晨光從簾櫳的縫隙照射進寢室中，床上仍睡眼惺忪的女子卻無意起來，她寧可用扇子掩面遮眼繼續尋夢去也。

【評　析】

此詞作於辛卯歲（1951）之端午節當天，乃作者依聲姜夔《琶琶仙》（雙槳來時）的追和詞篇，且屬堅社第四期社課的唱酬之作。

（周兼善箋注）

定風波　摩訶池。岊社一十期課。

水殿風來漾月天。[1]臨池笑靨鬬清妍。[2]送妾自從歸燕燕，[3]誰見？深宮圖影拜張仙。[4]　　莫道蛾眉難一死，人是、出泥不染苦心蓮。[5]蜀孟山河無寸土，何處？重尋蘇跡印雙鴛。[6]《鐵圍山叢談》載：蜀亡，花蕊夫人隨孟昶歸宋，行至葭萌驛，題壁云：“初離蜀道，心將離碎。恨綿綿春日如年，馬上時時（聞）杜鵑。”書二十二字，軍騎促行。及見宋太祖時，則有“十四萬人齊解甲，更無一箇是男兒”句，非三千粉黛中皎皎錚錚者乎？昶不死社稷，何獨以死責一弱女子哉！顧所傳在宋宮中，畫送子張仙像，日夕供奉，謂即昶也。一說姑勿論焉。懺庵附注。

【箋　注】

〔1〕水殿風來漾月天：此句出自蘇軾《洞仙歌》詞：“冰肌玉骨，自

清涼無汗。水殿風來暗香滿。"東坡詞謂花蕊夫人的肌膚像冰玉般瑩潔溫潤，自當在暑天亦清涼無汗。水殿裡陣陣清風吹來，花蕊夫人身上幽香彌漫。"漾"指水波搖動，"漾月天"三字，謂天上明月的倒影在水面盪漾。

〔2〕臨池笑靨鬥清妍：笑靨，指人笑時面頰上露出的酒窩。清妍，謂容貌美好。韓愈《月池》詩："寒池月下明，新月池邊曲，若不妒清妍，卻成相映燭。"蘇軾《書王定國所藏〈煙江迭峰圖〉》詩："使君何從得此本，點綴毫末分清妍。"此句寫花蕊夫人容貌清麗可人，當她臨池照影時，那迷人的笑靨可與清澈的池水爭妍鬥麗。

〔3〕送妾自從歸燕燕：此句所涉及的典故曾為辛棄疾《賀新郎》詞提及："算未抵人間離別。馬上琵琶關塞黑，更長門，翠輦辭金闕。看燕燕，送歸妾。"此典即出自《詩經·邶風·燕燕》。前人對這首詩的意旨解讀並不統一，但大體可分為兩種：其一是衛莊姜送歸妾戴媯，其一是國君送妹出嫁南國。這段歷史的背景是：衛莊公娶了齊國太子的妹妹，那位夫人被稱為莊姜。莊姜十分美麗，衛人為她作了《碩人》這首詩，說她"手如柔荑，膚如凝脂。領如蝤蠐，齒如瓠犀。螓首蛾眉，巧笑倩兮，美目盼兮"。足見莊姜是個大美人。可是，這位美麗的夫人卻沒有孩子。衛莊公又從陳國娶了一位被稱為厲媯的夫人，生了孝伯，卻短命早死。而厲媯的陪嫁妹妹戴媯，卻生下了公子完，莊姜把公子完作為自己的孩子看待，及後讓他繼承王位，史稱為桓公。而與此同時，當日又有另一位名叫州吁的公子威脅著完的王位，他是莊公一個寵妾所生的兒子。州吁受到父親寵愛而又愛好武鬥，莊公一味的放任他。莊姜很討厭州吁，而老臣石碏則勸諫莊公要好好管教他，然而這番忠告未被採用。《左傳》隱公四年春（衛桓公十六年），州吁弑桓公自立。《左傳》隱公四年秋九月，衛人殺州吁於濮。主張"衛莊姜送歸妾"之說者認

為，正因州吁殺桓公而自立，於是其母戴媯遂不得不大歸回陳
國，莊姜為此送她於野。離別後，莊姜作《燕燕》詩以表達己
志。這種說法普遍為古代大部分學者所採納，許多家的說法都
相去不遠。而本詞這句"送妾自從歸燕燕"其實與上述"衛莊
姜送歸妾"之說並無任何關係，蓋蜀國降宋後，宋太祖因早慕
花蕊夫人盛名，遂將蜀主孟昶及花蕊夫人等一併接到京城。其
後孟昶暴斃，宋太祖就納了花蕊夫人為妃。是以"送妾自從歸
燕燕"此語，乃詞人為存厚道，對花蕊夫人在歸降宋室後改侍
宋太祖的一種委婉說法而已。

〔4〕誰見？深宮圖影拜張仙：據蔡東藩的《宋史演義》第九回說，
花蕊夫人姓徐，是徐匡璋的女兒。她本與孟昶真心相愛，被趙
匡胤強佔為妃後，她還是惦記著孟昶，就親手繪了孟昶的像，
朝夕供奉。只對外人托言自己是虔奉張仙，對他禱祝，可卜宜
男。宮中嬪妃紛紛效仿。俗稱張仙送子，就是由花蕊夫人這裏
編造出來的。作者這句"誰見？深宮圖影拜張仙"，即本自此一
說法。

〔5〕莫道蛾眉難一死，人是，出泥不染苦心蓮：蛾眉，原指美人的
秀眉，也可喻指美女或美好的姿色。此處應解作美女的代稱。
南朝高爽《詠鏡》："初上鳳皇墀，此鏡照蛾眉。言照長相守，
不照長相思。"清孫枝蔚《延令題妃子墓》詩："舞衣日已緩，
蛾眉委道旁。樵夫與牧豎，至今為悲傷。"前句"莫道蛾眉難一
死"，作者認為花蕊夫人絕非國亡後只圖苟且偷生之人。後句
"人是，出泥不染苦心蓮"，認為花蕊夫人稱得上是一朵出污泥
而不染，復能忍辱負重的苦心蓮。

〔6〕蜀孟山河無寸土，何處？重尋蘇跡印雙鴛：雙鴛，指女子的一
雙繡鞋。此二句感嘆後蜀孟昶亡國後，其故國山河的歷史殘跡，
竟無寸土遺留下來，試問往何處尋找花蕊夫人的繡鞋曾踏過的
苔癬舊地呢。

【評 析】

此詞作於辛卯（1951）夏，小題云"摩訶池，思社一十期課"，可知此詞乃社課之作。而"摩訶池"則其所詠之事與後蜀孟昶與花蕊夫人有關。蓋孟昶曾於摩訶池上築水晶宮殿，史稱其以"楠木為柱，沉香作棟，珊瑚嵌窗，碧玉為戶"，四周牆壁不用磚石，用數丈開闊的琉璃鑲嵌，其奢靡可見一斑。惟此詞並非實寫或題詠摩訶池史事之作，僅側重於抒發作者個人的感想而已。

（周兼善箋注）

洞仙歌 小暑後淫雨連宵，涼籟侵睡。伯端示此調題云："讀坡公'但屈指西風幾時來，又不道流年暗中偷換'句，漸覺'悲哉秋之為氣也'。"因戲譜坡詞音節，和此一解。[1]

窗聲淅瀝，逗鐙痕寒凝。[2]底訝飄梧向金井。[3]正簪花著雨，搖落驚魂，魂夢斷、中酒新來又病。[4] 簟紋涼沁處，曾惹瑤姬，紈扇恩疏怨同命。[5]願嫁弄潮兒，弄盡鷗波，沙汀上、立殘雙影。[6]試說與飛鯤且圖南，問赤手、何時制吞性舟。[7]按《水經注》云："天帝季女名瑤姬。"梅溪有憶瑤姬詞，坡詞"庭戶無聲"，"庭"字陰平，故借"瑤"字代"班"字。

【箋 注】

〔1〕因戲譜坡詞音節，和此一解："坡詞"，指蘇東坡《洞仙歌》詞。查蘇軾《洞仙歌》原詞之小序曰："余七歲時，見眉山老尼，姓朱，忘其名，年九十歲。自言嘗隨其師入蜀主孟昶宮中。一日大熱，蜀主與花蕊夫人夜起避暑摩訶池上，作一詞。朱具能記

之。今四十年，朱已死久矣！人無知此詞者，但記其首兩句。暇日尋味，豈《洞仙歌令》乎？乃為足之云。”其詞有“但屈指、西風幾時來，又不道、流年暗中偷換”句。

〔2〕窗聲淅瀝，逗鐙痕寒凝：前句謂窗外的風雨落葉聲竟夕淅瀝作響。“淅瀝”乃象聲詞，常用以形容雪霰、風雨、落葉、機梭等的聲音。如唐喬知之《定情篇》：“碧榮始芬敷，黃葉已淅瀝。”李商隱《到秋》詩：“扇風淅瀝簟流灘，萬里南雲滯所思。”《剪燈餘話·至正妓人行》：“琚瑀鏗鏘韻碧霄，機梭淅瀝鳴玄夜。”後句“逗”有透入、招引之意；“鐙痕”即昏黃的燈暈，乃燈焰週邊的光圈。此句“逗鐙痕寒凝”謂窗外的風雨寒氣透窗而入室內，令燈焰昏暗，予人寒氣蕭森之感。

〔3〕底訝飄梧向金井：“底訝”之“底”乃副詞，有極度、極為的含義；底訝，即極為驚訝之意。而“飄梧向金井”意謂很詫異隨風飄下金井的梧桐葉，它為何會早於他人得知秋至的消息。此處“飄梧向金井”襲用了南唐馮延巳《拋球樂》詞意：“燒殘紅燭暮雲合，飄盡碧梧金井寒。”蓋古代園林的井或達官顯貴之家的井，往往雕飾有華美的井欄，簡直就是園中一景。以這樣的井入詩填詞，騷人墨客常愛使用玉欄、金井之類華美詞藻。而金井常與梧桐相配，往往成為他們詠秋的熟典。如南朝費昶《行路難》：“玉欄金井牽轆轤。”李白《長相思》：“絡緯秋啼金井闌。”王昌齡《長信秋詞五首》：“金井梧桐秋葉黃。”李賀《河南府試十二月樂詞》：“鴉啼金井下疏桐。”金井，按照陰陽五行之說，則金為西，色白，主秋。秋至，滿樹的梧桐葉便飄飄落下，一葉落而知天下秋。因此，金井梧桐自然會連著賦秋吟秋的筆墨，牽著感秋傷秋的情懷。秋風蕭瑟，使人易生悲秋傷感之情，井水一旦被染上這種感情色彩，常常成為古詩詞描寫離愁別緒的應景物像。

〔4〕正簷花著雨，搖落驚魂，魂夢斷、中酒新來又病：前句“簷花”

指靠近屋簷下邊開的花。如李白《贈崔秋浦》詩："山鳥下聽事，簷花落酒中。"杜甫《醉時歌》："清夜沉沉動春酌，燈前細雨簷花落。"趙次公注："簷花近乎簷邊之花也。學者不知所出，或以簷雨之細如水，或遂以簷花為簷雨之名。故特為詳之。"

"著"指觸及某物，或接觸、附著某些東西。"正簷花著雨"謂簷花的葉面附聚著晶瑩如珍珠的雨水。中句"搖落"喻凋殘、零落之意。如《楚辭·九辯》："悲哉秋之為氣也！蕭瑟兮草木搖落而變衰。"庾信《枯樹賦》："沉淪窮巷，蕪沒荊扉；既傷搖落，彌嗟變衰。"杜甫《謁先主廟》詩："如何對搖落，況乃久風塵。"明何景明《答望之》詩："江湖更搖落，何處可安棲？"

"驚魂"形容受驚的神態。如駱賓王《螢火賦》："見流光之不息，愴驚魂之屢遷。"後句"魂夢斷"形容人因日夜思念，以致精神困乏。而"中酒"指醉酒或病酒，即因飲酒過量而致病。如張華《博物志》卷九："人中酒不解，治之以湯，自漬即愈。"韋莊《晏起》詩："邇來中酒起常遲，臥看南山改舊詩。"阮葵生《茶餘客話》卷四："一日面忽發赤，如中酒狀。"王建《贈溪翁》詩："伴僧齋過夏，中酒臥經旬。"張元幹《蘭陵王·春恨》詞："中酒心情怕杯勺。"胡雲翼注："飲酒成病。"此句"中酒新來又病"謂近來自己因飲酒過量而犯了醉酒病。

〔5〕簟紋涼沁處，曾惹瑤姬，紈扇恩疏怨同命：前句"簟紋"指竹席細密的紋理。"簟紋涼沁處"化用成語"簟紋如水"之意，謂竹席細密的紋理像清涼的水那樣沁人心脾，教人通體涼快。常用以形容夏夜的枕席清涼怡人。如蘇軾《南堂五首》："掃地焚香閉閣眠，簟紋如水帳如煙。"辛棄疾《御街行》："紗廚如舞，簟紋如水，別有生涼處"。後二句"曾惹瑤姬，紈扇恩疏怨同命"，此處與成語"秋扇見捐"含義略同。"見"可解作被、遭之意；"捐"則指拋棄。意謂秋涼以後，扇子就被棄置一旁不復使用了，舊時常藉此喻婦女遭丈夫或情郎拋棄。"秋扇見捐"典

故出自漢班婕妤《怨歌行》詩：“新裂齊紈素，鮮潔如霜雪。裁為合歡扇，團團似明月。出入君懷袖，動搖微風發。常恐秋節至，涼飆奪炎熱。棄捐篋笥中，恩情中道絕。”而此句“曾惹瑤姬，紈扇恩疏怨同命”，同樣隱含藉物喻人的義蘊，謂瑤姬這個癡情女子慨嘆自己的命運如同見捐的秋扇，遭到薄倖情郎拋棄。

〔6〕願嫁弄潮兒，弄盡鷗波，沙汀上、立殘雙影：前句“弄潮兒”指漁夫水手或在潮中的戲水者。此句“願嫁弄潮兒”脫胎自唐李益《江南曲》詩：“嫁得瞿塘賈，朝朝誤妾期。早知潮有信，嫁與弄潮兒。”這首詩以白描的手法寫出一位商人婦的怨情。惟此詞“瑤姬”之所以“願嫁弄潮兒”，則主要是因為她怕遭到“秋扇見捐”的命運而深深留戀著夏天，希望秋天永遠不要來到人間。而自己若能嫁予“弄潮兒”，則可在炎夏與夫郎終日追波逐浪，形影不離。中句“鷗波”指鷗鳥生活的水面，藉以比喻悠閒自在的退隱生活。如陸游《雜興》詩：“得意鷗波外，忘歸雁浦邊。”此句“弄盡鷗波”，謂“瑤姬”幻想自己與夫郎可在水面悠閒自在地弄潮為樂。後句“沙汀”指水邊或水中的平沙地。江淹《靈丘竹賦》：“鬱春華於石岸，絁夏彩於沙汀。”陸游《小舟》詩：“雲氣分山迷，沙汀蹙浪痕。”而此句“沙汀上、立殘雙影”意謂“瑤姬”幻想自己與夫郎在水邊並肩而立，殘陽夕照投映著一雙鴛侶的影子。

〔7〕試說與飛鯤且圖南，問赤手、何時制吞性舟：按，後句末二字“性舟”並不協韻，疑乃“舟性”之訛，當為“何時制吞舟性”。前句“試說與”謂嘗試告訴對方。“飛鯤”即鯤鵬，乃古代傳說中的大魚大鳥，亦可指由鯤化成的大鵬鳥。語本《莊子·逍遙遊》：“北冥有魚，其名為鯤，鯤之大，不知其幾千里也。化而為鳥，其名而鵬，鵬之背，不知其幾千里也；怒而飛，其翼若垂天之雲。”此句“試說與飛鯤且圖南”，謂奉勸北冥的鯤鵬值此涼秋應暫且朝向南冥的天池飛去。後句“赤手”猶空

手、徒手，如蘇軾《送範純粹守慶州》詩：“當年老使君，赤手
降於菟。”黃遵憲《天津紀亂》詩之五：“赤手能擒虎，紅頭看
爛羊。”而“吞舟”本自成語“網漏吞舟”，典出《史記·酷吏
列傳序》：“漢興，破觚而為圜，斲雕而為樸，網漏於吞舟之魚，
而吏治烝烝，不至於姦，黎民艾安。”網漏，謂法網疏寬；吞
舟，指大魚，比喻大奸。後因以“網漏吞舟”喻法網疏寬，大
奸得脫。如劉義慶《世說新語·規箴》：“王（王導）問顧（顧
和）曰：‘卿何所聞？’答曰：‘明公作輔，寧使網漏吞舟，何緣
采聽風聞，以為察察之政。’”李白《天長節度使鄂州刺史韋公
德政碑序》：“今網漏吞舟，而胡夷起於轂下。”末句“問赤手、
何時制吞舟性”，作者由前句提及那隻由大魚鯤化成的大鵬鳥來
去自如，聯想到當今法網疏寬，像大魚般的大奸之徒往往得以
逍遙法外，試問憑其個人赤手空拳，即使有心澄清當世吏治，
也實在難以得知何時才能把這些性好“吞舟”的漏網巨魚逐一
繩之於法。全篇至此也就在作者的慨歎與無奈中收結。

【評　析】

此詞作於辛卯（1951）秋，乃依蘇東坡《洞仙歌》和劉伯端同
調之作。

附劉伯端原作《洞仙歌》：

夜坐中庭，月斜露冷。讀坡公“但屈指西風幾時來，又不道流
年暗中偷換”句，漸覺“悲哉秋之為氣也”。爰就眼前景物，依調
寫之。

闌干北斗，向孤城斜掛。牆角莎鶴怨遙夜。井梧飄一葉，秋滿
天涯，疏影外、玉露無聲暗下。　　人生難得是，枕簟新涼，僥倖
殘宵夢能借。別有斷腸人，泣損機絲，偏坐到、酒銷香炧。更紙醉
金迷在誰家，算一樣、更籌萬般陶寫。

（周兼善箋注）

千秋歲　海灣觀浴。五期社課。伯端依謝無逸[1]作，余繼聲淮海戲成[2]。

　　水花飄黛，環浴宮池態。[3]今我看，芳灣賽。[4]參無遮有美，懸一絲應礙。[5]呈色相，欲泯鷺白天青界。[6]　　日落煙蘋外。纖步凌波懈。[7]忘了向、洲蓮采。[8]覓衣驚麝散，就艇商魚買。[9]鐙萬點，笛樓照影人仍海。[10]

【箋　注】

〔1〕謝無逸：謝逸（1068—1112），字無逸，號溪堂居士。宋臨川人。江西詩派“二十五法嗣”之一，與從弟謝過皆有詩名，並稱“臨川二謝”。其詩當時就受到黃庭堅的讚譽有詩文《溪堂集》10卷。

〔2〕余繼聲淮海戲成：秦觀（1049—1100）字少遊、太虛，號淮海居士，宋揚州高郵人。因政治上傾向於舊黨，被目為元佑黨人，紹聖後累遭貶謫。文辭為蘇軾所賞識，是“蘇門四學士”之一，以詞著稱，是婉約派的代表作家，其詞集名為《淮海詞》。有《淮海集》、《淮海居士長短句》傳世。

〔3〕水花飄黛，環浴宮池態：黛，本義指青黑色的顏料，古代女子用以畫眉，引申可作女子眉毛的代稱。環浴，原指楊玉環貴妃出浴，此處喻水中的女泳客；宮池，指華清池，此處喻觀浴之地點香港海灣。前句“水花飄黛”，喻女泳客游泳時水花濺上雙眉。後句“環浴宮池態”，典出白居易《長恨歌》中“春寒賜浴華清池，溫泉水滑洗凝脂”。比喻女泳客像楊貴妃沐浴時嬌態迷人。

〔4〕今我看，芳灣賽：謂在海灣觀賞群芳進行游泳比賽。

〔5〕參無遮有美，懸一絲應礙：參，指領悟、參透某些道理。無遮，謂沒有遮攔，原為佛家語，指佈施僧俗的大會，出席者不分貴

賤、僧俗、智愚、善惡，一律平等看待。《梁書·武帝本紀》云：“輿駕幸同泰寺，設四部無遮大會。”後世也有把“無遮”泛稱其他性質有異的場合，如外國的裸體大會等。本詞正是採用了後一種詮釋。“懸一絲應礙”，即一絲不掛之意。“一絲不掛”原為佛教語，用來比喻人沒有一絲牽掛，超凡脫俗，看破紅塵。後引申指人赤身裸體。其本義見《楞嚴經》：“一絲不掛，竿木隨身。”黃庭堅《僧景宗相訪寄法王航禪師》：“一絲不掛魚脫淵，萬古同歸蟻旋磨。”廖詞此二句謂領悟到一眾泳客僅穿遮蔽很少的泳衣參加這個幾近裸體的游泳比賽，頗能彰顯人體自然美態的道理。而“懸一絲應礙”不過是故作誇張的說法，其實詞人旨在說明泳客身上若穿著過多衣物，反而會對游泳比賽造成障礙。

〔6〕呈色相，欲泯鷺白天青界：呈，指顯現、顯示、顯露。“色相”亦作“色象”，佛教語，指萬物的形貌，特指人的相貌、體態。如《涅槃經·德王品四》云：“（菩薩）示現一色，一切眾生各各皆見種種色相。”白居易《感芍藥花寄正一丈人》詩：“開時不解比色相，落後始知如幻身。”泯，指消滅、喪失。“鷺白天青”即“白鷺青天”，語出杜甫《絕句四首之三》：“兩個黃鸝鳴翠柳，一行白鷺上青天。”本詞的“鷺白天青”不過虛用其意，用以比喻海天之色。這二句指參加游泳比賽的男女都以本真色相示人，隱沒於海天一色的環境裏。

〔7〕日落煙蘋外，纖步凌波懈：煙蘋，謂煙水中的白蘋，亦作“白萍”，指水中浮草。白蘋是多年生水生蕨類植物，多在古詩文中出現。如杜甫《麗人行》：“楊花雪落覆白蘋，青鳥飛去銜紅巾。”五代齊己《放鷺鷥》詩：“白萍紅蓼碧江涯，日暖雙雙立睡時。”“纖步凌波”，即“凌波微步”之意，語出曹植《洛神賦》：“休迅飛鳧，飄忽若神；凌波微步，羅襪生塵。”意謂洛神步履輕盈地走在平靜的水面上，用以形容女子步履輕盈，本詞

亦然。"懈"，本義指鬆懈，引申有懈倦之意。此二句寫夕陽落在煙水中的白蘋外，游泳比賽亦告結束，參賽的女泳客都拖著懈倦的碎步回家去。

〔8〕忘了向、洲蓮采：唐閻朝隱《相和歌辭·採蓮女》云："採蓮女，採蓮舟，春日春江碧水流。蓮衣承玉釧，蓮刺罥銀鉤。薄暮斂容歌一曲，氛氲香氣滿汀洲。"惟本詞此句僅虛用了閻詩中有關"採蓮"、"薄暮"與"汀洲"等意象，藉以與黃昏時分懈倦地回家的女泳客作一對比，並故意以她們忘了採蓮為憾，開一個玩笑。

〔9〕覓衣驚麝散，就艇商魚買：麝為麝香的簡稱，亦泛指香氣。前句"覓衣驚麝散"謂女泳客泳畢穿上衣服時，驚覺衣服上的香氣已經消散。後句"就艇商魚買"，謂有些泳客湊近小艇向漁家議價買魚。

〔10〕鐙萬點，笛樓照影人仍海：鐙萬點，指華燈初上時的夜景，萬家燈火，一般用來形容夜幕剛剛降臨時的城市景象。笛樓，比喻高樓大廈，語出李白《黃鶴樓聞笛》："黃鶴樓中吹玉笛，江城五月落梅花。"照影，指映照物象，或水面反射的人物影像，如李白《夢遊天姥吟留別》："湖月照我影，送我至剡溪。"末二句寫夜幕低垂時，海灣周遭萬家燈火，水面上映照著高樓大廈的倒影，此刻仍有不少弄潮兒在海中夜泳。

【評　析】

此詞作於辛卯（1951）夏，從小題所云"海灣觀浴，五期社課。伯端依謝無逸作，余繼聲淮海戲成"，可知此詞乃堅社第五期的應社習作，一眾詞友咸以"海灣觀浴"為題。作者特意選用秦觀《千秋歲·水邊沙外》同調寫成此詞，並自嘲純屬遊戲之作。通篇語言生動詼諧，謔而不虐。

（周兼善箋注）

虞美人　六月二十一日大暑，入夜得雨放涼，翌晨火傘又復張天。〔1〕天時變幻，豈亦猶人事之叵測耶？依花間體，口占四首。

傾盆一雨霄無暑，紈扇拚收去。〔2〕曉來褰箔見驕陽，趑趄重檢鏤金箱、嫁時裳。〔3〕　沼荷遮斷波還熱，垂釣魚蹤絕。〔4〕愔愔六曲畫闌邊，半絲風盪夢痕圓、穩棲鴛。〔5〕

【箋　注】

〔1〕火傘又復張天：火傘，比喻烈日，形容夏天驕陽當空，酷熱難耐。張：展開。韓愈《遊青龍寺贈崔太補闕》詩："光華閃壁見神鬼，赫赫炎官張火傘。"張天，指佈滿天空。《文選》左思《蜀都賦》："蹴塵張天，則埃壒曜靈。"李周翰注："車馬之塵昏上蔽日景也。"《宋書·武帝紀上》："時東北風急，因命縱火，煙燗張天，鼓噪之聲，音震京邑。"

〔2〕傾盆一雨霄無暑，紈扇拚收去：前句謂一場大雨過後令夏夜裏的暑氣全消。紈扇，細絹製成的團扇；拚，捨棄、不顧惜之意。此句謂大雨過後天氣清涼怡人，連紈扇也可收起不用。

〔3〕曉來褰箔見驕陽，趑趄重檢鏤金箱、嫁時裳：褰，撩起；箔，簾子，多以竹、葦編成。《三輔黃圖·漢宮》云："未央宮漸臺西有桂宮，中有明光殿，皆金玉珠璣為簾箔。"褰箔，捲起簾子。白居易《北亭》詩："前楹捲簾箔，北牖施牀席。"前句意謂詞中女子早上醒來，撩起簾子，已見驕陽高懸。後句"趑趄"，亦作趑趄，進退猶豫不決貌。韓愈《送李愿歸盤谷序》："足將進而趑趄，口將言而囁嚅。"《文選》張載《劍閣銘》："一人荷戟，萬夫趑趄。"李善注："一夫揮戟，萬人不得進。《廣雅》曰：'趑趄，難行也。'""趑趄"亦可引申解作滯留或盤桓。如柳宗元《答韋珩示韓愈相推以文墨事書》："且足下志氣高，

好讀《南北史》書，通國朝事。穿穴古今，後來無能和。而僕稚騃，卒無所為，但趑趄文墨筆硯淺事。"而此詞中的"趑趄"當以解作滯留之義為合。"鏤金箱"是舊時的嫁妝箱，箱身雕鏤物體，中間嵌金，用以盛載新嫁娘的隨嫁衣物。黃遵憲《新嫁娘詩》其三云："向娘添索嫁衣裳，只是含羞怕問娘。翻道別家新娶婦，多多滿疊鏤金箱。"次句"趑趄重檢鏤金箱、嫁時裳"，謂詞中女子滯留在幽閨，閒極無聊，只好藉著重檢隨嫁的鏤金箱，翻看昔日的嫁衣裳以排遣寂寞心緒。

〔4〕沼荷遮斷波還熱，垂釣魚蹤絕："沼"本義指水池，或積水的窪地。上古時期，池和沼都可用來表水池。一說圓曰池，曲曰沼。《一切經音義》引《說文》云："沼，小池也。"前句"沼荷"即水池中的荷花。"遮斷"謂荷葉亭亭如蓋，遮擋著遊人的視線。"波還熱"指盛夏艷陽高照，池水予人熱燙的感覺。後句"垂釣魚蹤絕"謂在盛暑之際連魚兒也懶得到處遊動，垂釣者難覓魚兒的蹤跡。

〔5〕悄悄六曲畫闌邊，半絲風盪夢痕圓、穩棲鴛：悄悄，幽深悄寂貌。"六曲畫闌"中的畫闌即闌干之意。馮延巳《鵲踏枝·六曲闌干偎碧樹》詞："六曲闌干偎碧樹，楊柳風輕，展盡黃金縷。"古代富裕文人的山水庭院亭橋榭台處多設有闌干。惟"六曲"的意思卻不能一概而論。這個"六"既可以是虛指，如闌干或長或短，曲折或多或少，詞人也許是按吉祥之意用了一個仄聲的六字以形容其多而已；也可以是實指，即這段闌干真的是只有六個曲折處。蓋六曲、八曲或九曲，都是古代園林庭院橋榭闌干常見的曲折形狀。前句意謂在庭院幽深悄寂的六曲畫闌邊，除了詞中女子之外便再無他人出現。後句"半絲風盪夢痕圓、穩棲鴛"，意謂微風吹拂池面，蕩起一圈圈漣漪，水中的鴛鴦優游地棲息著。

籟和簷溜籤聲下，正躲愁無罅。[1]襲人花氣釅如春，好教扶夢作棃雲，沒須根。[2]　　隔簾鸚鵡猜涼訊，堂竹新成筍。[3]添衣昨記侍兒呼，而今粉汗透羅襦、屑珍珠。[4]

【箋　注】

〔1〕籟和簷溜籤聲下，正躲愁無罅：籟，原指孔穴裡發出的聲音，泛指自然界的聲響；和，彼此相應、跟著唱和。簷溜，即簷溝，亦可指簷溝流水。范成大《雪後守之家梅未開呈宗偉》詩：“瓦溝凍殘雪，簷溜粘輕冰。”陸遊《雪中臥病在告戲作》詩：“已矣吾何言，高枕聽簷溜。”而“籤聲”指古代晚間報更時，更籤擲地的響聲。歐陽修《夫人閣》詩之五云：“玉殿籤聲玉漏催，綵花金勝巧先裁。”周邦彥《法曲獻仙音》詞：“蟬咽涼柯，燕飛塵幕，漏閣籤聲時度。”後句“正躲愁無罅”，罅，縫隙，此處喻可供逃避外界干擾的藏身之所。

〔2〕襲人花氣釅如春，好教扶夢作棃雲，沒須根：襲人花氣，形容花氣侵襲到人，薰人。盧照鄰《長安古意》詩：“獨有南山桂花發，飛來飛去襲人裾。”宋何薳《春渚紀聞·端溪龍香硯》：“硯深紫色，古斗樣，每貯水磨濡久之，則香氣襲人，如龍腦者。”釅，醲厚；釅如春，意謂像春天一樣氣息濃烈。後句“好教扶夢”，謂好讓我把自己的夢想實現；“作棃雲”，棃同梨，化作棃花雲。此處用唐王建夢見梨花雲事典。《墨莊漫錄》卷六引王建《夢看梨花雲歌》：“薄薄落落霧不分，夢中喚作梨花雲。……落英散粉飄滿空，梨花顏色同不同。……無人為我解此夢，梨花一曲心珍重。”按“梨花雲”指夢中恍惚所見如雲似雪的繽紛梨花，後用以狀雪景之典故。如元岑安卿《二月二日大雪偶賦時寓州郭》：“空階夜落雪一尺，起看萬樹梨花雲。”明高啟《題〈美人對鏡圖〉》詩：“曉院鹿盧鳴露井，玉人夢斷梨雲冷。”清袁於令《西樓記·病晤》：“夢影梨雲正茫茫，病不勝嬌嬾下

牀。”而“沒須根”指不須紮根於土地。

〔3〕隔簾鸚鵡猜涼訊，堂竹新成筍：前句“隔簾鸚鵡”語見明朱權
　　《宮詞》詩：“海棠亭上月華明，一夜東風酒半醒。隔簾鸚鵡學
　　人語，恰似君王喚小名。”形容鸚鵡隔簾學人說話和胡亂猜想。
　　“猜涼訊”，謂鸚鵡昨宵不知外間因一場大雨而令暑氣驟然全消，
　　還猜想會否是涼風有訊（秋天的涼風是否按物候定時而來）。後
　　句“堂竹”指用竹建造的廳堂，亦可指竹林中的廳堂，此處當
　　用後一種解釋為合；“新成筍”，宋鄧深《贈別饒雲叟赴萬州教
　　官》詩云：“竹萌成筍麥方秋。”“堂竹新成筍”意謂秋天已降
　　臨，此句同屬隔簾鸚鵡“猜涼訊”之推想語。

〔4〕添衣昨記侍兒呼，而今粉汗透羅襦、屑珍珠：前句謂昨夜一場
　　大雨令天氣驟然變得清涼似秋，閨中女子連忙呼喚侍兒為她添
　　上秋衣以禦寒。後句中“羅襦”即綢制的短衣。《史記·滑稽列
　　傳》：“羅襦襟解，微聞薌澤。”溫庭筠《菩薩蠻》詞：“新貼繡
　　羅襦，雙雙金鷓鴣。”而“屑珍珠”乃“珍珠屑”之倒裝句，
　　特指珍珠屑麝香，乃古代富貴人家婦女用以敷體的名貴香粉。

　　世情暗裏千端變，掩映華鐙見。[1]錦箏彈徹枉娛賓，綠
鬢羞向白頭人、勸青樽。[2]　　東勞西燕分飛了，行止渾難
料。[3]喁喁窗語背煙紗，相思忽在海之涯、暮雲遮。[4]

【箋　注】

〔1〕世情暗裏千端變，掩映華鐙見：世情，社會上的情況，泛指世
　　態人情。掩映，隱約映襯，指景物互相襯托更顯其美。曾樸
　　《孽海花》第二十回：“兩邊碧渠如鏡，掩映生姿。”華鐙亦作華
　　燈，形容雕飾精美的燈；彩燈。《楚辭·招魂》：“蘭膏明燭，華
　　鐙錯些。”朱熹集注引徐鉉注曰：“錠中置燭，故謂之鐙。華謂
　　其刻飾華好或為禽獸之形也。”《樂府詩集·相和歌辭九·相逢

行》：“中庭生桂樹，華燈何煌煌。”柳永《迎新春》詞：“慶嘉
節，當三五，列華燈，千門萬戶。”此兩句謂幽居於深院裡的女
子，慨歎社會上的世態人情暗地裡千變萬化，難以捉摸；此刻
唯見室內雕飾精美的華燈掩映生輝，卻難以排遣長日獨處深閨
的寂寥。

〔2〕錦箏彈徹枉娛賓，綠鬢羞向白頭人、勸青樽：前句“錦箏”，因
箏上的繪文似錦，故稱錦箏。“彈徹”，彈遍。“枉娛賓”，比喻自
己枉費心力，知音難求，即使非常用心演奏錦箏，仍不獲他人
欣賞。後句“綠鬢”乃“綠鬢朱顏”的省語，形容年輕美好的
容顏，借指年輕女子。晏殊《少年游》詞：“綠鬢朱顏，道家裝
束，長似少年時。”“白頭人”，白髮老人。唐司空曙《喜外弟
盧綸見宿》詩：“雨中黃葉樹，燈下白頭人。”白居易《臨江送
夏瞻》詩：“愁見舟行風又起，白頭浪裡白頭人。”“青樽”亦作
“青尊”，指酒杯，因酒別名綠蟻，故稱青樽。唐陳翃《宴柏
台》詩：“青尊照深夕，綠綺映芳春。”清吳偉業《雪夜苑先齋
中飲博達旦》詩：“愁燒絳蠟消千卷，愛把青尊擲萬錢。”此詞
後句“綠鬢羞向白頭人、勸青樽”，意謂終日獨處深閨的年輕女
主人，不想看到自己日後年華老去滿頭白髮的模樣，只好頻頻
自我勸酒獨酌，藉以排遣內心的鬱悶與閒愁。

〔3〕東勞西燕分飛了，行止渾難料：前句用成語“勞燕分飛”的典
故。語本《樂府詩集·東飛伯勞歌》：“東飛伯勞西飛燕，黃姑
織女時相見。”勞，伯勞鳥。伯勞、燕子各飛東西，比喻夫妻、
情侶別離分隔兩地。後句“行止”，行蹤。杜甫《奉送王信州崟
北歸》詩：“別離同雨散，行止各雲浮。”“渾”有完全、簡直、
仍、還之意。杜甫《春望》詩：“白頭搔更短，渾欲不勝簪。”
《十六夜玩月》詩：“巴童渾不寐，半夜有行舟。”此兩句謂夫妻
分隔兩地已久，丈夫的行蹤去向自己完全無法得知，彼此何日
方可重聚實難以逆料。

〔4〕喁喁窗語背煙紗，相思忽在海之涯、暮雲遮：前句"喁喁"指
　　低聲細語。"喁喁窗語"本自王實甫《西廂記》第二本第四折：
　　"其聲低，似聽兒女語，小窗中喁喁。""煙紗"乃納蘭性德《採
　　桑子》詞末句"一縷茶煙透碧紗"之縮略語。此句指詞中女主
　　人背著小窗低聲自言自語，而庭院的映階碧草飄來一縷淡如清
　　茶的幽香，透戶沁窗傳至室內。後句"相思忽在海之涯、暮雲
　　遮"，海之涯原指海邊，這裡泛指遙遠的天邊。此句謂女主人為
　　相思所苦，她想到身處遙遠天邊的丈夫，不知此刻會否也在思
　　念著她呢？她想極目遠眺看得清楚些，可惜卻被傍晚時分的漫
　　天雲霧遮擋了視線。

　　化為萍後同生活，絮本飄零物。〔1〕前身只是太形單，故
離偏易合偏難、箇儂般。〔2〕　　繡衾如鐵憑誰煖，湘簟猶堪
戀。〔3〕西風雁字未曾排，不知園菊幾時開、報秋來。〔4〕

【箋　注】

〔1〕化為萍後同生活，絮本飄零物：這兩句用了飛絮（即楊花）入
　　水化為浮萍的傳說。蘇軾《再和曾仲錫荔枝》詩自注："飛絮落
　　水中，經宿即化為萍。"詞中女主人以飛絮自況，"絮本飄零物"
　　所傳達的是身如飛絮飄零無所依憑的可憐意象，而"化為萍後
　　同生活"則隱約道出自己得遇良人的欣悅之情。

〔2〕前身只是太形單，故離偏易合偏離、箇儂般：謂女主人回想起
　　其"前身"是形單影隻的飛絮，到處飄浮不定，豈料婚後仍是
　　與夫君聚少離多，因而不禁慨嘆"故離偏易合偏離、箇儂般"。
　　箇儂般，即好像那個人或這個人一樣。隋煬帝《嘲羅羅》詩：
　　"箇儂無賴是橫波，黛染隆顱簇小蛾。"韓偓《贈漁者》詩："箇
　　儂居處近誅茅，枳棘籬兼用荻梢。"納蘭性德《臨江仙·永平道
　　中》詞："椷書欲寄又還休，箇儂憔悴，禁得更添愁。"此處

"箇儂般"特指女主人的丈夫而言。

〔3〕繡衾如鐵憑誰煖,湘簟猶堪戀:繡衾,錦繡的被子、衾枕;"如
鐵憑誰煖",意謂良人離家遠去,繡衾如今像鐵塊一般冰冷,憑
誰來把它睡煖?而"湘簟"指湘竹編織的席子。韋應物《橫塘
行》:"玉盤的歷矢白魚,湘簟玲瓏透象牀。"韋莊《和薛先輩見
寄初秋寓懷即事之作二十韻》:"露白凝湘簟,風篁韻蜀琴。"柳
永《夏雲峰》詞:"楚臺風快,湘簟冷、永日披襟。"後句"湘
簟猶堪戀",意謂炎夏睡在湘竹編織的席子上,並無枕冷衾寒之
虞,因此這個夏天實在值得留戀(借物事寫出心中對良人的依
戀)。

〔4〕西風雁字未曾排,不知園菊幾時開、報秋來:雁字,指成列而
飛的雁群。群雁飛行時常排成"一"或"人"字,故稱"雁
字"。白居易《江樓晚眺景物鮮奇吟玩成篇寄水部張員外》詩:
"風翻白浪花千片,雁點青天字一行。"范成大《北門覆舟山道
中》詩:"雁字江天聞塞管,梅梢山路欠溪橋。"首句"西風雁
字未曾排",謂此際秋天還未到來,天空還看不到西風逐雁陣的
應時景物。後句"不知園菊幾時開、報秋來",承前句意,謂現
在仍是盛夏時分,不知幾時才能看見報秋來的菊花綻放。

【評　析】

這四首詞屬連章之作,當寫於辛卯(1951)盛夏之際。作者特
意"依花間體"的格調,藉著傳統的香草美人比興手法,細緻描畫
出深閨婦女怨抑期盼的複雜思緒,從而似有還無、若即若離地抒發
個人幽微隱晦的寄興與情懷。此組連章詞寫來饒有意在言外之妙,
頗難解繹其詞旨何為。

(周兼善箋注)

燭影搖紅　江陰夏慧遠社長，以尊德潤枝先生光緒中葉在京師集詞人王半塘、朱彊邨、劉伯崇、宋芸子、左笏卿、張瞻園、王夢湘、易實甫兄弟於其家所為詞，裝潢成帙，署曰《刻燭零牋冊子》，丐稊園作咫社十二期課徵題。因追和彊翁"上巳，同半塘、南禪登江亭"均，賦此。[1]

　　花燦銀臺，照殘壁畫旗亭處。[2]吹笙仙散輨蚪飛，雲冷觚棱路。[3]繞社差池燕羽，漫晨星、天猶幻杵。《前漢書·天文志》："彗星曰天杵。"[4]紅塵一笑，酹酒高呼，璇宮何許。[5]十稔長年，太沖纔就三都賦。[6]倚聲寧復詆雕蟲，憂患詞心苦。[7]魯殿靈光縢輿。懷前修、青袍肯誤。劉長卿詩："青袍今已誤儒生。"[8]滄桑頭白，人物開元，煙鴻般數。[9]

【箋　注】

〔1〕因追和彊翁上巳同半塘、南禪登江亭均，賦此：彊翁，朱祖謀（1857—1931），一名孝臧，字藿生，一字古微，號漚尹，又號彊村，浙江省歸安（今湖州市）埭溪渚上彊村人。光緒進士，官禮部侍郎。近代詞學家、著名詞家，詞風近於吳文英。朱祖謀中歲始填詞，能融諸家之長，聲情益臻樸茂，清剛雋上，並世詞家推領袖焉。詩能入品。辛亥革命後多懷戀清室之作。與況周頤、王鵬運、鄭文焯合稱為"清末四大家"。校刻唐宋金元詞一百六十餘家為《彊村叢書》，輯有《宋詞三百首》、《湖州詞徵》三十卷，《國朝湖州詞錄》六卷，《滄海遺音集》十三卷。查朱祖謀（彊村）《燭影搖紅·上巳，同半塘、南禪登江亭》之原詞云："殘墨山容，為誰青到鉤簾處。荻芽平岸乳禽喧，依舊湔蘭路。消送流光過羽，冷禪天、叢鈴碎杵。芳遊何

在，清角無端，吹愁如許。　　春盡天涯，茂園心醉思歸賦。好天良夜舊東風，誰信啼鵑苦。欲采蘋花寄與，綠窗深、心期又誤。危欄休倚，亂掩斜陽，浮雲無數。"按：此詞作於光緒二十七年辛丑（1901），朱氏當年四十五歲。朱詞寫於京師遭八國聯軍侵駐及慈禧光緒"西狩"尚未回鑾期間，篇中不乏哀時思君與物以情觀的愁苦語。

〔2〕花燦銀臺，照殘壁畫旗亭處：前句之"花"指燭花；"花燦"指燭花高照，璀璨奪目。"燭花"亦作"燭華"，喻蠟燭的光焰。如南朝梁元帝《對燭賦》："燭爐落，燭華明。"唐楊衡《將之荊州南與張伯剛馬總鍾陵夜別》詩："燭花侵霧暗，瑟調寒風亮。"楊萬里《贈尚長道簽判》詩："天色惱人渾欲雪，燭花照別若為情。""銀臺"指銀質或銀色的燭臺，如唐段懷然《挽湧泉寺僧懷玉》詩："唯有門前古槐樹，枝低只為掛銀臺。"五代劉保乂《生查子》詞："深秋更漏長，滴盡銀臺燭。"此句"花燦銀臺"謂銀色的燭臺上燭花正璀璨地照亮著四周。後句"壁畫旗亭"用唐代詩人"畫壁旗亭"（或作"旗亭畫壁"）的典故，意謂不同風格的名家各有千秋，同樣為世人所重；亦可形容個別突出的名士文才略勝他人一籌。而此詞的"壁畫旗亭"所用者乃前義。"旗亭"即酒肆或酒樓，古代酒家築亭道旁，挑旗門前，故稱"旗樓"或"旗亭"。此典故出自唐代薛用弱的《集異記》。此二句"花燦銀臺，照殘壁畫旗亭處"，意謂璀璨奪目的燭花，正映照著這冊象徵晚清詞家"壁畫旗亭"殘存影事的《刻燭零賤冊子》。

〔3〕吹笙仙散鞚蚪飛，雲冷觚棱路：前句"吹笙仙散"用"吹笙廟"典故，吹笙廟乃仙人王子喬之廟。道家傳說王子喬好吹笙，後登仙，曾語桓良於七月七日在緱嶺（河南偃師境內）相見，至時果乘白鶴而至，於是立其祠於緱氏山下。事見漢劉向《列仙傳》。唐許渾《送蕭處士歸緱嶺別業》詩："緱山住近吹笙廟，

湘水行逢鼓瑟祠。”鞚，有駕馭、掌控（文辭）之意，此處喻用心
構思寫作。“蚪飛”乃“玄蚪飛跳”之縮略語。“玄蚪”喻以黑墨
寫的蝌蚪文，原指先秦的古文字，引申可指前人留下的墨寶或
抄錄的文本。如元好問《梁氏先人手書》詩：“玄蚪飛跳九天
門，秦火驚看片紙存。”此句“吹笙仙散鞚蚪飛”，意謂《刻燭
零牋冊子》中的作者如今都已羽化登仙了，猶幸前賢用心構思
寫作的詞篇抄錄文本尚能留存在世間。後句“觚棱”亦作“觚
稜”，原指宮闕上轉角處的瓦脊成方角棱瓣之形，引申指宮闕；
亦可借指京城或故國，而本詞即用此義。此句“雲冷觚棱路”
謂隨著《刻燭零牋冊子》的作者先後辭世，故國的長空變得雲
寒雨冷，京城詞壇如今也風光不再了。

〔4〕繞社差池燕羽，漫晨星、天猶幻杵：前句“差池燕羽”形容燕
子羽翼參差不齊的樣子。《詩·邶風·燕燕》：“燕燕於飛，差池
其羽。”馬瑞辰通釋：“差池，義與參差同，皆不齊貌。”《左傳·
襄公二十二年》：“謂我敝邑，邇在晉國，譬諸草木，吾臭味也，
而何敢差池？”杜預注：“差池，不齊一。”杜甫《白沙渡》詩：
“差池上舟楫，杳窕入雲漢。”此句“繞社差池燕羽”，謂舊燕歸
來京城繞著昔日詞社高低不齊地盤旋飛翔，似對此地懷有無限
依戀之情。後句“晨星”謂晨見之星，常用以喻有影響力的人
或物為數稀少。如晉張華《情詩》之二：“束帶俟將朝，廓落晨
星稀。”蘇軾《祭範蜀公文》：“既歷三世，悉為名臣；今如晨
星，存者幾人。”明王世貞《〈本草綱目〉序》：“博物稱華，辨字
稱康，析寶玉稱倚頓，亦僅僅晨星耳。”而“天猶幻杵”謂天上
疑幻疑真地出現過象徵重大災難預兆的彗星。蓋作者此句自注
引《前漢·天文志》：“彗星曰天杵。”彗星是繞太陽運行的一種
星體，後曳長尾，呈雲霧狀，俗稱掃帚星。舊謂彗星主除舊佈
新，其出現又為重大災難的預兆。如《楚辭·遠遊》：“擥彗星
以為旍兮，舉斗柄以為麾。”《後漢書·李固傳》：“且永初以來，

政事多謬，地震宮廟，彗星竟天，誠是將軍用情之日。"宋丁謂《談錄》："真宗即位，有彗星見於東方，真宗恐懼，內愧涼德何以紹太祖、太宗之德業，是天禍也，不敢詢於掌天文者，唯俟命而已。"此句"漫晨星、天猶幻杵"，作者慨嘆隨著《刻燭零賸冊子》的作者仙逝，當前詞壇有影響力的人物就像散漫的晨星那樣稀少，而天上又疑幻疑真地出現預兆重大災難的彗星，令人深感不安。

〔5〕紅塵一笑，酹酒高呼，璣宮何許：前句"紅塵"通常有兩個含義。其一是指鬧市街衢的飛塵，形容都市的繁華。如班固《西都賦》："闠城溢郭，旁流百廛；紅塵四合，煙雲相連。"南朝詩人徐陵《洛陽道》："綠柳三春暗，紅塵百戲多。""紅塵"的另外一個意思是指人世間，這是佛家語，本詞即用此義。《紅樓夢》第一回釋題中說："原來是無才補天、幻形入世，被那茫茫大士渺渺真人攜入紅塵，引登彼岸的一塊頑石。"此句"紅塵一笑"謂《刻燭零賸冊子》的作者，如今也許在天上正望著人世間欣然一笑。中句"酹酒"謂以酒澆地，表示祭奠之意。古代宴會往往行此儀式。如隋杜台卿《玉燭寶典·正月孟春》："元日至月晦為醴食，度水。士女悉湔裳，酹酒於水湄，以為度厄。"周邦彥《夜飛鵲·別情》詞："但徘徊班草，欷歔酹酒，極望天西。""高呼"即拜祭先賢時高聲呼喚被祭奠者的名號，以示誠敬蕭穆之意。後句"璣宮"又稱"璿宮"，喻傳說中仙人的居所。"何許"即何處、哪裡之意。如杜甫《宿青溪驛奉懷張員外十五兄之緒》詩："我生本飄飄，今復在何許？"此句"璣宮何許"，謂作者仰問諸位在天上的詞家，如今他們所居的璿宮究竟位於仙界何處呢？

〔6〕十稔長年，太沖纔就三都賦：前句"稔"即年之意，古代穀一熟為年，故可以"稔"代年。"十稔長年"謂前後用了長達十年的時間。後句"太沖纔就三都賦"，指晉人左思用十年時間才能

寫成名篇《三都賦》。此文發表後廣受歡迎，洛陽文人爭相傳抄，因而令洛陽紙貴。惟此二句「十稔長年，太沖纔就三都賦」除上述表層意思外，尚隱含深意於此典故中。而劉伯端嘗於同調之作的詞序中清楚交代此一深層意義，其言曰：「題《刻燭零牋冊子》。丁卯二月，江陰夏桂枝先生寓北平麻力胡同，時以京師詞人集會其家唱和詞箋及庚子鈔寄秋詞之稿，有王半塘、朱彊邨、劉伯崇、宋芸子、瞻園、王夢湘、易實甫、由甫諸老之作，皆一時名雋。滄桑後，裝裱成冊，題曰《刻燭零牋》，並詳跋其歲月，留為光宣間詞壇掌故，今藏其子慧遠家。慧遠能讀父書，為咫社後起之秀，攟社徵題，為述其緣起如此。」其中值得注意的是「庚子秋詞」創作於光緒二十六年（1900），迨其與所附之其他詞作「裝裱成冊，題曰《刻燭零牋》」時已在「滄桑後」，亦即清帝遜位之西元 1912 年，前後歷時超過十載，故作者此詞以「十稔長年，太沖纔就三都賦」喻《刻燭零牋冊子》成書之艱，實不下於左思當年所寫之名篇《三都賦》也。

〔7〕倚聲寧復詆雕蟲，憂患詞心苦：倚聲，指按譜填詞。如趙翼《贈張吟薌》詩：「倚聲絕藝似珠圓，鏤月裁雲過百篇。」張爾田《〈詞莂〉序》：「倚聲之學，導源晚唐，播而為五季，衍而為北宋，流波競響，南渡極矣。」寧復，有如何能、怎可以的含義；詆，指詆毀、貶斥；雕蟲，為雕蟲小技的簡稱，常用以比喻微不足道的技能（多指文字詞章技巧方面）。此句「倚聲寧復詆雕蟲」謂人們若看過《刻燭零牋冊子》中的詞篇，又怎可以再輕詆填詞只是文士的雕蟲小技呢。後句「憂患」指憂愁困苦與直面患難的意識。如《易‧繫辭下》：「作《易》者，其有憂患乎？」《孟子‧告子下》：「入則無法家拂士，出則無敵國外患者，國恒亡。然後知生於憂患而死於安樂也。」嵇康《養生論》：「曠然無憂患，寂然無思慮。」王安石《離北山寄平甫》詩：「少年憂患傷豪氣，老去經綸誤半生。」而「詞心」指詞的真情實感。

如況周頤《蕙風詞話》卷一："吾聽風雨，吾覽江山，常覺風雨
江山外有萬不得已者在。此萬不得已者，即詞心也。而能以吾
言寫吾心，即吾詞也。"亦可指有真情實感的詞。如陳廷焯《白
雨齋詞話》卷六："（喬笙巢）又云：'他人之詞，詞才也；少遊，
詞心也。得之於內，不可以傳。'"此句"憂患詞心苦"，謂
《刻燭零牋冊子》中的詞篇都飽含憂患意識與真情實感，讀者不
難從中體會作者的良苦用心。

〔8〕懍前修、青袍肯誤（劉長卿詩：青袍今已誤儒生）：懍，敬也；
前修，猶前賢。懍前修，謂敬佩前賢不懼犧牲的勇氣，以及不
求回報的敬業精神。前修又作前脩。如《楚辭·離騷》："謇吾
法夫前脩兮，非世俗之所服。"《後漢書·劉愷傳》："今愷景仰前
脩，有伯夷之節，宜蒙矜宥，全其先功，以增聖朝尚德之美。"
劉勰《文心雕龍·雜文》："偉矣前修，學堅多飽。"陳亮《答陳
知丞啟》："猶懷晚進，及識前脩。"周亮工《哭陳磐生》詩：
"暇心開麗矚，遠致越前修。"而"青袍"因其為寒士所穿，故
常用以借指寒士。如李商隱《淚》詩："朝來灞水橋邊問，未抵
青袍送玉珂。"劉學鍇等集解引陳帆曰："然自我言之，豈灞水
橋邊以青袍寒士而送玉珂貴客，窮途飲恨，尤極可悲而可涕
乎？""青袍肯誤"乃謂這些寒士出身的前賢大都不慕名利，不
求顯貴，畢生孜孜不倦勉力從事倚聲事業，即使為"青袍"所
誤亦毫無怨言。

〔9〕滄桑頭白，人物開元，煙鴻般數：滄桑，滄海桑田的略語，比
喻世事變化巨大。亦用以指朝代更迭。"滄桑頭白"謂朱祖謀、
況周頤、鄭文焯等前賢於"國變"後以遺民身分淡泊隱居白頭
終老。中句"人物開元"乃"開元人物"的倒裝句，讚譽上述
前賢雖然歷經清末民初的衰世，可謂生不逢時，惟其才華學識
和品格風骨卻堪與唐代開元盛世的賢才先後輝映。後句"煙鴻"
指雲中的鴻雁。如唐太宗《秋日即事》詩："散岫飄雲葉，迷路

飛煙鴻。”唐·杜牧《走筆送杜十三歸京》詩:“煙鴻上漢聲聲遠,逸驥尋雲步步高。”此句“煙鴻般數”由原來的鴻雁,引申為喻指唐代慈恩寺的大雁塔,以及有關“雁塔題名”的故實。蓋唐代新科進士在曲江會宴後,常題名於雁塔。如唐韋絢《劉賓客嘉話錄》:“慈恩題名,起自張莒,本於寺中閒遊而題同年,人因為故事。”五代王定保《唐摭言》卷三亦云:“進士題名,自神龍之後,過關宴後,率皆期集於慈恩塔下題名。”清文康《兒女英雄傳》第十二回:“第一件事是勸你女婿讀書上進,早早的雁塔題名。”此詞末句意謂《刻燭零牋冊子》中的作者獲世人景仰,猶如唐代新科進士於大雁塔所題的名字那樣常被後人逐一細意點算著,實足以名垂後世。

【評 析】

此詞作於辛卯(1951)秋,從小序可知此詞乃屬徵題《刻燭零牋冊子》之酬贈作品,亦係咫社第十二期社課應題之作。

附劉伯端原作《燭影搖紅·題〈刻燭零牋冊子〉》:

丁卯二月,江陰夏桂枝先生寓北平麻力胡同。時以京師詞人集會其家唱和詞箋及庚子鈔寄秋詞之稿,有王半塘、朱彊邨、劉伯崇、宋芸子、瞻園、王夢湘、易實甫、由甫諸老之作,皆一時名儁。滄桑後,裝裱成冊,題曰《刻燭零牋》,並詳跋其歲月,留為光宣間詞壇掌故。今藏其子慧遠家。慧遠能讀父書,為咫社後起之秀,攜社徵題,為述其緣起如此。

花發春明,夜闌刻燭催宮漏。綠深門巷幾回來,屧冷苔生甃。見說銅駝換繡,想群仙、郎當舞袖。鳳笙迢遞,明月緱山,猶聞清奏。

我本情多,故關蕭瑟空回首。春猿秋鶴與飛吟,愁外惟呼酒。北望浮雲似舊。問當年、流風在否。劫灰殘墨,傳語郎君,一編長守。

(周兼善箋注)

影樹亭詞續稿

過秦樓　石塘晚眺。清真聲均。[1]堅社五期課。

　　酒挾襟痕，曲覷鬟態，夢跡戍笳吹斷。[2]樊姬故里，杜牧去作華筵，頗記舊題歌扇。[3]人影趁海雲沈，夷舶千檣，疾猶飛箭。[4]恨殘陽不駐，狂波掀起，送流花遠。[5]　　休羨煞、跨鶴纏腰，鳴鞭過肆，老了鬢毛銀染。[6]園空誤蝶，巢改藏鶯，色相本曼天變。[7]誰意撩愁，更深鴻野聲哀，蛾峰尖損。[8]任如環水抱，寒顫星鐙萬點石塘在本港之西環。[9]

【箋　注】

〔1〕 清真聲均：廖氏此詞用周邦彥(清真)《過秦樓》詞韻。

〔2〕 酒挾襟痕，曲覷鬟態，夢跡戍笳吹斷：前句"酒挾襟痕"乃"襟挾酒痕"的倒裝句，所謂"酒痕"，指衣襟沾染上酒滴的痕跡。如岑參《奉送賈侍御史江外》詩："荊南渭北難相見，莫惜衫襟著酒痕。"陸遊《劍門道中遇微雨》詩："衣上征塵雜酒痕，遠遊無處不消魂。"元好問《送周帥夢卿之關中》詩之一："狼藉麻衣見酒痕，憶君醉別柳邊邨。"中句"曲覷鬟態"乃"鬟覷曲態"的倒裝句，"鬟覷"喻高聳的髮髻在偷偷地察看；"曲態"指歌姬委婉細緻聲情並茂的演唱神態。後句"夢跡"喻腦海中那些殘存的酒病花愁，聽曲尋樂的舊記憶；"戍笳"原指邊防駐軍的戍鼓笳聲，引申有戰亂頻生，干戈未平之意。此句"夢跡戍笳吹斷"，謂腦海中那些當年酒病花愁，聽曲尋樂的舊記憶，如今已被連年不息的戰爭動亂吹得煙消雲散了。

〔3〕 樊姬故里，杜牧華筵，頗記舊題歌扇：前句"樊姬"即樊素，她是唐人白居易家的歌妓。白居易《不能忘情吟》序云："妓有樊素者年二十餘，綽綽有歌舞態，善唱《楊枝》，人多以曲名名之，由是名聞洛下。"後以代指擅歌的女藝人或歌妓。如黃庭堅

《子瞻去歲春夏侍立延英子由秋冬間相繼入侍作詩各述所懷予亦
次韻》之四:"樂天名位聊相似,卻是初無富貴心。只欠小蠻樊
素在,我知造物愛公深。"黃遵憲《徐晉齋觀察道出日本余飲之
即席有詩和韻以贈》:"狂呼酒盞看樊素,醉拭刀鋩辨正宗。"
"故里",此處喻歌壇舞榭或秦樓楚館的舊地。中句"杜牧"乃
"三生杜牧"的略語。杜牧去官後,鬱鬱不得志,落拓揚州,好
作青樓之遊,以風流聞名。有《遣懷》詩云:"十年一覺揚州
夢,贏得青樓薄倖名。"後言風情者,多以"三生杜牧"比況出
入歌舞繁華之地的風流才士。如黃庭堅《廣陵春早》詩:"春風
十里珠簾卷,髣髴三生杜牧之。"姜夔《琵琶仙》詞:"十里揚
州,三生杜牧,前事休說。"趙翼《紅橋》詩:"三生杜牧曾遊
處,前度劉郎再到年。""華筵"指豐盛的筵席。杜甫《劉九法
曹鄭瑕邱石門宴集》詩:"能吏逢聯璧,華筵直一金。"《敦煌曲
子詞‧浣溪沙》:"喜覿華筵獻大賢,謌歡共過百千年。"此句
"杜牧華筵"謂作者曾以風流倜儻的杜牧自喻,一再設下豐盛的
筵席以贏取歡場女子的青睞。後句"頗記"有至今還記得很清
楚之意;"舊題歌扇"謂自己舊日曾在歌女的彩扇上題字留念,
戲假情真。

〔4〕人影趁海雲沈,夷舶千檣,疾猶飛箭:前句"人影趁海"意謂
洋船上的幢幢人影正在追逐著海浪。"雲沈"乃"雲飛泥沈"的縮
略語,比喻事物迅即消失。如《周書‧王褒傳》:"雲飛泥沉,
金鑠蘭滅。"《隋書‧盧思道傳》:"雲飛泥沉,卑高異等。"中句
"夷舶"指外國來港的航海大船。而"檣"的本義是桅杆,引
申可借指船隻,如《宋書》:"靈檣千艘,雷輻萬乘。""夷舶千
檣"形容當時維多利亞港海面的大洋船為數甚多。後句"疾猶
飛箭"謂這些大洋船在海面上就像急箭飛馳那樣快速。

〔5〕恨殘陽不駐,狂波掀起,送流花遠:前句"殘陽"猶夕陽,如
錢起《送夏侯審校書東歸》詩:"破鏡催歸客,殘陽見舊山。"

劉基《菩薩蠻》詞："渡口欲黃昏，殘陽歸掩門。" "駐" 指停
留、止住在某處。此句 "恨殘陽不駐"，謂令人遺憾的是，夕陽
不願在黃昏中長駐。中句 "狂波掀起" 乃 "掀起狂波" 的倒裝
句，謂疾馳的大洋船在海面上翻湧起巨大的波濤。後句 "流花"
喻水面漂流的落花。如呂祖謙《春日》詩之二："柳陰小艇無人
管，自送流花下別溪。" 高啟《水上盥手》詩："怊悵坐沙邊，
流花去難掬。" 此句 "送流花遠" 謂目送著海面漂流的落花被海
浪逐漸衝遠。

〔6〕休羨煞、跨鶴纏腰，鳴鞭過肆，老了鬢毛銀染：前句 "羨" 指
羨慕；"煞" 有很、非常之意。"跨鶴纏腰" 與成語 "跨鶴揚州"
同義，典出南朝殷芸《小說·吳蜀人》："有客相從，各言所志，
或願為揚州刺史，或願多貲財，或願騎鶴上升。其一人曰：'腰
纏十萬貫，騎鶴上揚州。' 欲兼三者。" 後以 "騎鶴揚州" 或
"跨鶴揚州" 指豪富冶游繁華之地。如元汪元亨《折桂令·歸
隱》曲："先世簪纓，舊業箕裘；走馬章臺，騎鯨滄海；跨鶴揚
州，黃金積子孫難守。" 明高明《二郎神·秋懷》套曲："得成
就，真箇勝似腰纏跨鶴揚州。" 亦作 "跨鶴維揚"、"跨鶴纏腰"。
清長白浩歌子《螢窗異草·落花島》："申無疆，字仲錫，跨鶴
維揚，歷有年所。" 清楊潮觀《李衛公替龍行雨》："俺不是揚州
遊客，跨鶴纏腰；俺不是秦臺嬌客，乘鳳吹簫。" 亦可省作 "跨
鶴"。湯顯祖《牡丹亭·淮泊》："那裡有纏十萬，順天風跨鶴閒
遊！" 此句 "休羨煞、跨鶴纏腰"，謂不用很羨慕那些擁有豐厚
家財的豪富經常可冶遊繁華之地。中句 "鳴鞭過肆" 指古代皇
帝或權貴鳴鞭走馬，招搖過市。"鳴鞭" 是古代皇帝儀仗中的一
種，隨從沿途揮動著鞭子發出響聲，使途人與圍觀者保持肅靜，
故又稱 "靜鞭"。唐鄭嵎《津陽門》詩："鳴鞭後騎何蹙蹀，宮
妝襟袖皆仙姿。"《宋史·儀衛志二》："上皇日常朝殿，差御龍直
四十三人，執仗排立，並設繖扇，鳴鞭。" 明高明《琵琶記·丹

陛陳情》："每日間親隨車駕，只聽鳴鞭，去螭頭上拜跪。"後句
"鬢毛銀染"即"霜鬢"之意，指鬢髮斑白。此句"老了鬢毛
銀染"謂這些"跨鶴纏腰"、"鳴鞭過肆"的權貴鉅富同樣難逃
會衰老的自然規律，即使財富再多，始終也會年華老去，與常
人並無不同。

〔7〕園空誤蝶，巢改藏鶯，色相本鬘天變：前句"園空誤蝶"表面
是說園林空置荒蕪並無花卉，令那些誤闖進來的蝴蝶白走一趟；
而其實際意思則藉浪蝶隱喻那些性好尋花問柳的輕薄放蕩男子，
謂煙花之地就像無花的空園，風塵女子也不會對他們付出真愛，
勸諭他們及早迷途知返，回頭是岸。中句"巢改藏鶯"表面是
說燕巢如今竟然改為藏鶯之所，實則是諷刺風月之地的石塘嘴
當時淫業氾濫，令不少原來屬於民居的住宅也紛紛改為流鶯營
業之所，故有此語。後句"色相"乃佛家語，亦作"色象"，
指萬物的形貌。《涅槃經・德王品四》："（菩薩）示現一色，一切
眾生各各皆見種種色相。"白居易《感芍藥花寄正一丈人》詩：
"開時不解比色相，落後始知如幻身。"《初刻拍案驚奇》卷六：
"那娘子一手好針綫繡作，曾繡一幅觀音大士，精奇莊嚴，色相
儼然如生的。"清王錫《法相寺》詩："性真既已離，色相復何
有！"而"鬘天"即"鬘陀"或"鬘陀羅"，乃天花名。傳說為
佛說法時，天雨之花即為曼陀羅；可為飾品，亦可借指佛，本
詞即用後義。如明唐順之《雪詩和蘇韻》："蔥嶺未消阿耨水，
珠林忽散鬘陀花。"清陳維崧《春從天上來・壽玉峰徐太母同青
際賦》詞："簇華筵，更禽囀迦陵，花雨鬘陀。"清張尚瑗《觀
音岩》詩："香華鬘陀像，湏洞棲谷牝。"此句"色相本鬘天
變"，意謂世間萬物的形貌俱為佛所變化而成，須知一切色相皆
空，世人對此莫要沉迷。

〔8〕誰意撩愁，更深鴻野聲哀，蛾峰尖損：前句謂誰人有意撩動客
鄉遊子的愁緒。中句"更深"即深夜；"鴻野聲哀"即成語"哀

鴻遍野”之意。“哀鴻”指哀鳴的鴻雁，比喻到處都是流離失
所、呻吟呼號的饑民或難民。典出《詩經·小雅·鴻雁》：“鴻
雁於飛，哀鳴嗷嗷。”大意謂在西周時期，周厲王任命榮夷公為
卿士，對內殘酷剝削，瘋狂斂財，搞得民不聊生，哀鴻遍野。
他還派衛巫監督百姓的言行，搞得人心惶惶。憤怒的群眾起來
反抗，趕走了周厲王。周宣王即位，他帶領卿士巡訪城郊，看
見到處都是如詩中所云“鴻雁於飛，哀鳴嗷嗷”的慘狀。而廖
詞此句則藉“鴻野聲哀”一語，喻當時因逃避國內戰亂而流落
在香港街頭的貧苦無依者饑寒哀吟的慘況。後句“蛾峰”即
“眉峰”，喻女子的眉毛或眉頭。如柳永《雪梅香》詞：“別後愁
顏，鎮斂眉峰。”《花月痕》第四五回：“眉峯離恨鎖層層，欲斷
情絲總未能。”“尖損”喻眉頭緊蹙，容顏愁損。此句“蛾峰尖
損”，謂石塘嘴的煙花子女在夜深時分聽到“鴻野聲哀”的呻吟
呼號，也會於心不忍，雙眉緊鎖，難以入眠。

〔9〕任如環水抱，寒顫星鐙萬點：前句“任”有任由、任得、任憑
之意；“如環水抱”脫胎自成語“山環水抱”，原指山巒環繞，
溪水圍抱，形容村莊、寺院等坐落在背山面水的幽雅環境中。
明王守仁《添設和平縣治疏》：“本峒羊子一處，地方寬平，山
環水抱，水陸俱通。”而此詞“任如環水抱”則謂石塘嘴地處西
環，只能任由沿岸一帶的海水把它環抱圍繞著。後句“寒顫”
指冷得發抖，不停地哆嗦，也可寫成“寒戰”，表示遇冷或受驚
嚇後人的身體不由自主地顫抖。“星鐙萬點”與成語“萬家燈
火”義近。白居易《江樓夕望招客》：“燈火萬家城四畔，星河
一道水中央。”王安石《上元戲呈貢父》：“車馬紛紛白晝同，萬
家燈火暖春風。”此句“寒顫星鐙萬點”，謂在天色漆黑家家戶
戶都點上了燈的時候，街上還有不少可憐的流浪者在寒風中冷
得發抖。

【評　析】

　　此詞作於辛卯（1951）秋冬之交，乃依韻周邦彥(清真)《過秦樓·水浴清蟾》之詞，亦屬堅社社課應題之作。惟詞題謂"堅社五期課"，當為"六期課"之誤。蓋"堅社五期課"已見於前之《千秋歲·水花飄黛》詞篇。

（周兼善箋注）

前　調　前題，再依聲美成。[1]簡伯端，博諸社侶一噱。

　　幾日花愁，一春禽夢，夏末漸秋冬杪。[2]排鴛翠瓦，戲蝶紅簾，冷臙半斜荒照。[3]臨水試洗吟眸，贏得吹來，遏雲高調。[4]念桓伊笛弄，誰教衫舞，箇人嬌小。[5]　　應自覺、雁足傳書，蠶絲牽恨，只苦寸腸頻攪。[6]臺堪鬧屐，池可浮杯，索甚野梅嬌笑。[7]前度劉郎，換將源裡知津，桃邊淹櫂。[8]探奚囊準有，殘畫滄洲淚稿。[9]

【箋　注】

〔1〕再依聲美成：意謂再和周邦彥(字美成)《過秦樓》詞韻。

〔2〕幾日花愁，一春禽夢，夏末漸秋冬杪：前句之"花"比喻美女，"花愁"指因貪戀酒色而引起的煩愁。"幾日花愁"，自謂春來時隔不了幾天，他就會因貪戀酒色而引起煩愁。中句"一春"指整個春天。"一春禽夢"謂整個春天自己都跟禽鳥做著終日醺醺的醉夢。後句"杪"，末尾；"冬杪"又稱"杪冬"，即暮冬之意，為農曆十二月的別稱。《初學記》卷三引南朝梁元帝《纂要》："十二月季冬，亦曰暮冬、杪冬、餘月、暮節、暮歲。"唐崔曙《早發交崖山還太室作》詩："杪冬正三五，日月遙相望。"

此句"夏末漸秋冬杪",謂每年一到夏季尾聲,天氣就會慢慢變
得秋意漸濃,沒多久已然是暮冬了。

〔3〕排鴛翠瓦,戲蝶紅簾,冷賸半斜荒照:前句"排鴛翠瓦"乃
"鴛排翠瓦"的倒裝句。"翠瓦"指綠色的琉璃瓦。如唐沈亞之
《送文穎上人遊天臺》詩:"露花浮翠瓦,鮮思起芳叢。"皮日休
《襄州漢陽王故宅》詩:"戟戶野蒿生翠瓦,舞樓棲鴿汙雕梁。"
柳永《過澗歇近》詞:"夜永清寒,翠瓦霜凝。""鴛排"指古代
冬至當日朝官的班行。如明劉球《至日早朝賦》:"冠以品分,
班以次設,東文西武,鴛排鵠植。"中句"戲蝶紅簾"乃"蝶
戲紅簾"的倒裝句。"蝶戲"謂蝴蝶飛舞嬉戲;或借指宮中舞女
似彩蝶嬉戲的妙曼舞姿,此句即用此義。盧照鄰《奉使益州至
長安發鍾陽驛》詩:"蝶戲綠苔前,鶯歌白雲上。"唐馬戴《雀
臺怨》詩:"魏宮歌舞地,蝶戲鳥還鳴。""紅簾"亦作"烘簾",
指暖簾,乃富貴人家在冬天所掛的棉門簾。後句"冷賸半斜荒
照"謂上述那些曾經在冬日裡風光無限的宮苑,如今只賸下冷
冷的半月斜照著它荒涼的遺址,教人為之唏噓不已。

〔4〕臨水試洗吟眸,贏得吹來,過雲高調:前句謂走近水邊用水洗
滌眼睛。"眸"指眼睛,"吟眸"指詩人的視野。如元范康《竹葉
舟》第一折:"暇日相攜登眺,憑高處共豁吟眸。"清趙翼《奉
命出守便道歸省途次作》詩之六:"株守頻年想壯遊,從今景物
豁吟眸。"中句"贏得"即博得之意。如唐皇甫枚《飛煙傳》:
"近來贏得傷春病,柳弱花欹怯曉風。"辛棄疾《破陣子·為陳
同甫賦壯詞以寄之》詞:"了卻君王天下事,贏得生前身後名。"
後句"高調"謂調弦使緊,發出高音。《文選》馬融《長笛
賦》:"若絚瑟促柱,號鐘高調。"劉良注:"絚,急絃也。號鐘,
琴名。言竹聲如急瑟促柱、鳴琴高調也。"白居易《夜招晦叔》
詩:"高調秦箏一兩弄,小花蠻榼二三升。"亦可借喻高雅的曲
調。如駱賓王《和道士閨情詩啟》:"俯屈高調,聊同《下里》。"

梅堯臣《寄題郢州白雪樓》詩:"始唱千人和,再唱百人逐,至此和者才數人,乃知高調難隨俗。"明何景明《雪中簡賈長教》詩:"知君郢中曲,高調和人稀。""遏雲高調"指聲音高昂激越,與成語"響遏行雲"義同。遏,阻止。形容歌聲嘹亮,高入雲霄,連飄動的雲彩也被止住了。典出《列子·湯問》:"薛譚學謳於秦青,未窮青之技,自謂盡之,遂辭歸。秦青弗止,餞於郊衢,撫節悲歌,聲振林木,響遏行雲。薛譚乃謝求反,終身不敢言歸。"唐趙嘏《聞笛》詩:"誰家吹笛畫樓中,斷續聲隨斷續風,響遏行雲橫碧落,清和冷月到簾櫳。"

〔5〕念桓伊笛弄,誰教衫舞,箇人嬌小:前句"桓伊笛"又稱"桓郎笛"。據《晉書·桓伊傳》載,桓伊為江州刺史,善吹笛,獨擅江左。謝安位顯功盛,為人所讒,孝武帝疑之。會帝召伊飲宴,安侍坐。帝命伊吹笛,吹一弄後,伊請彈箏,而歌《怨詩》曰:"為君既不易,為臣良獨難,忠信事不顯,乃有見疑患。"聲節慷慨。安泣下沾衿,乃越席捋其鬚曰:"使君於此不凡!"帝甚有愧色。後因以"桓郎笛"為巧用樂曲傳達心聲的典故。劉克莊《水龍吟·徐仲晦方蒙仲各和余去歲笛字韻為壽戲答二君》:"笑謝公曠達,暮年垂淚,聽桓郎笛。"清徐夔《聞笛有憶》詩:"誰將清夜桓伊笛,吹入山陽向秀心。"中句"衫舞"即"舞衫",指跳舞者所穿的衣服裝束,如南朝徐陵《雜曲》:"舞衫回袖勝春風,歌扇當窗似秋月。"清紀昀《閱微草堂筆記》卷九:"方俊官乃作此狀,誰信曾舞衫歌扇,傾倒一時耶?"後二句"誰教衫舞,箇人嬌小","誰教"乃發語詞,謂那個穿著舞衣跳舞的女子,身材嬌柔纖巧。

〔6〕應自覺、雁足傳書,蠶絲牽恨,只苦寸腸頻攪:前句"總自覺"謂自己總是感覺到。"雁足傳書"謂通過大雁來傳遞書信以互訴相思之苦。《漢書·蘇武傳》:"數月,昭帝即位。數年,匈奴與漢和親。漢求武等,匈奴詭言武死。後漢使復至匈奴,常惠請

其守者與俱，得夜見漢使，具自陳道。教使者謂單于，言天子射上林中，得雁，足有繫帛書，言武等在某澤中。"宋袁去華《宴清都》詞："人言雁足傳書，待盡寫、相思寄與。又怎生、說得愁腸，千絲萬縷。"中句"蠶絲牽恨"意思脫胎自李商隱《無題》詩之"春蠶到死絲方盡"句，比喻相思牽掛之苦恨如春蠶吐絲，無休無盡。後句"寸腸"泛指胸臆、心間或心事。如《京本通俗小說·西山一窟鬼》："而今無奈寸腸思，堆積千愁空懊惱。"柳永《輪檯子》詞："但黯黯魂消，寸腸憑誰表？"此句"只苦寸腸頻攪"，謂只苦了自己的内心一再被情絲牽動攪亂。

〔7〕臺堪鬧屐，池可浮杯，索甚野梅嬌笑：前句謂觀景的高臺因遊屐眾多而倍覺喧鬧。此處之"屐"指遊屐，古人出遊時所穿的木屐；亦可代指遊蹤。如王安石《韓持國從富並州辟》詩："何時歸相過，游屐尚可蠟。"趙孟頫《投贈刑部尚書不忽木公》詩："山好雙遊屐，溪清一釣船。"中句"浮杯"謂古代士人每逢三月上巳日（一般是三月初三）集會於曲水兩旁，在水道上流放置酒杯，任其飄浮，酒杯停在誰的面前，誰即取飲並須作詩一首，時人稱為"浮杯"，也叫"流觴"。此句"池可浮杯"謂彎曲的池水道，可供士人作"浮杯"吟詠之樂。後句"索甚"之"索"，孤獨意。陶淵明《和劉柴桑》："直為親舊故，未忍言索居。"庾信《擬詠懷》："索索無真氣，昏昏有俗心。"此句"索甚野梅嬌笑"，謂寒冬裡山間的野梅花儘管非常孤單，但它卻甘於寂寞，更像向遊人嬌笑，倍覺清麗怡人。

〔8〕前度劉郎，換將源裡知津，桃邊淹櫂：前句"前度劉郎"，作者藉漢人劉晨天臺山遇仙的典故以自喻。詞人想起自己昔日年少時的風流韻事就像劉晨入天臺山得遇仙女那樣艷福無邊。相傳東漢永平年間，剡縣人劉晨、阮肇入天臺山采藥，遇二女子姿容絕妙，獲邀至其家，食以胡麻飯，留半年而歸。迨還鄉，子孫已歷七世矣。此典故最早見於晉干寶《搜神記》。怪小說中，

這是一個特別膾炙人口的故事。晉陶潛《搜神後記》、南朝劉義慶《幽明錄》及吳均《續齊諧記》都記載著同一故事，內容大同小異。後因以"劉郎遇仙"或"天臺(山)遇仙"喻男子的奇逢艷遇。後二句中"換將"即"將換"，意謂若然碰到同樣情況，自己將會變換原來所作的選擇；"源裡、桃邊"，乃特指陶淵明《桃花源記》所描繪的理想境地桃花源："晉太元中，武陵人捕魚為業。緣溪行，忘路之遠近。忽逢桃花林，夾岸數百步，中無雜樹，芳草鮮美，落英繽紛。……"可惜故事裡的武陵漁夫其後卻無法再找到重回"仙源"之路徑。故王維在《桃源行》詩中發出"春來遍是桃花水，不辨仙源何處尋"的慨嘆。而廖氏在此詞中忽發奇想，他認為若然碰到同樣情況，自己肯定會"源裡知津"，即在桃花源裡清楚記得來時所經的水道；然而自己卻會留戀此間的仙鄉而不願再重返原來所居之地，於是通過"桃邊淹櫂"，即在滿植桃花的岸邊把來時的漁船弄沉，以示自絕歸家之路的決心。而"仙源"也可指避亂之地，如吳偉業《避亂》詩之一云"白雲護仙源，劫灰應不擾"；是以作者上述的"奇想"實寓世外桃源難尋的無奈慨嘆於其中。

〔9〕探奚囊準有，殘畫滄洲淚稿：前句"奚囊"典出李商隱《李長吉小傳》："(李賀)每旦日出，與諸公遊，恆從小奚奴，騎距驢，背一古破錦囊，遇有所得，即書投囊中。"後因稱詩囊為"奚囊"。如宋樓鑰《山陰道中》詩："奚囊莫怪新篇少，應接山川不暇詩。"清陳夢雷《贈秘書覺道弘五十韻》："彩句奚囊滿，牙籤鄴架盈。""準有"指一定會有。"探奚囊準有"謂若伸手入詩囊摸取的話，一定會有作品。後句"殘畫滄洲淚稿"乃"滄洲殘畫淚稿"的倒裝句。"滄洲"也作"滄州"，指靠近水的地方，常喻指隱士的居處。此處"滄洲"喻作者客寓的香港。此句"殘畫滄洲淚稿"，謂在"奚囊"中準會找到作者在此客寓之地用血淚寫成的文稿殘篇。

【評　析】

此詞作於辛卯冬末（1952 年初），亦為依韻周邦彥《過秦樓·水浴清蟾》之和作。

（周兼善箋注）

前　調　前題，拈李景元聲均，復賸一解。[1]

過眼雲煙，行蹤萍絮，那來心事悠悠。[2]只劫灰吹滿，向戶掩枇杷，究厥緣由。[3]未算杞人憂，有情天也墮紅愁。[4]帶烏陽飛去，樊籠鸚鵡，何處芳洲。[5]　杏畫筵笑買，蟲蟲後，聒笙簫醉耳，殘臘夷謳。[6]知斷香無數，又招蜂惹蝶，改態潛遊。[7]誰見就銀鐙，拯沈蛾、玉卸搔頭。[8]但空濛海氣，些幻明霞，澄映迷樓。[9]

【箋　注】

〔1〕拈李景元聲均，復賸一解：李甲，字景元（生卒年不詳）。元符中武康令。《全宋詞》收其詞九首。廖詞依韻追和李甲（景元）之《過秦樓·賣酒爐邊》。

〔2〕過眼雲煙，行蹤萍絮，那來心事悠悠：前句"過眼雲煙"指從眼前飄過的雲煙，原比喻身外之物，不必重視；或指曾經過目或經歷過，而隨即消逝的事物、事情。語出蘇軾《寶繪堂記》："譬之煙雲之過眼，百鳥之感耳，豈不欣然接之，去而不復念也。"朱彝尊《為魏上舍題〈水村圖〉》詩之一："過眼雲煙難再覿，披圖彷彿筆蹤存。"黃景仁《蔣心餘先生齋觀范巨卿碑額拓本》詩："過眼雲煙欣落手，願抱此碑同石友。"中句"行蹤萍絮"即"萍絮行蹤"的倒裝句。"萍絮行蹤"亦可簡作"萍蹤"，

指浮萍的蹤跡，常用以比喻行蹤飄泊無定，如元薩都剌《秋日池上》詩：“飄風亂萍蹤，落葉散魚影。”元方回《寄呈呂道山于八桂》詩：“但願歲時一相見，萍蹤從昔慣漂萍。”明何景明《除夕劉戶部宅》詩：“江湖有歧路，漂轉歎萍蹤。”後句“那來”謂這種感覺不知從哪裡來之意；“心事悠悠”形容心神凝重、憂愁思慮的樣子。語本《詩經·鄭風·子衿》：“青青子衿，悠悠我心。縱我不往，子寧不嗣音！”此句“那來心事悠悠”，謂這種心神凝重、憂愁思慮的感覺不知從何而來，令人坐立不安。

〔3〕只劫灰吹滿，向戶掩枇杷，究厥緣由：前句“劫灰”本謂劫火的餘灰。南朝慧皎《高僧傳·譯經上·竺法蘭》：“昔漢武穿昆明池底，得黑灰，問東方朔。朔云：‘不知，可問西域胡人。’後法蘭既至，眾人追以問之，蘭云：‘世界終盡，劫火洞燒，此灰是也。’”後因稱戰亂或大火毀壞後的殘跡灰燼為“劫灰”。如陸遊《數年不至城府丁巳火後始見》詩：“陳跡關心已自悲，劫灰滿眼更增欷。”明趙詒琛《〈逸老堂詩話〉跋》：“癸醜夏六月，遭亂，所有藏書數萬卷，一旦盡失，而是書原本亦遭劫灰。”清呂留良《〈賴古堂集〉序》：“忽焉天地震盪，劫灰書飛，猿鶴蟲沙，蒼黃類化。”金農《褚先生老毀儒服寄贈》詩：“歷盡刼灰人隔世，飈輪輾破法輪升。”黃遵憲《鐵漢樓歌》：“頹垣敗瓦不可踏，刼灰昏黑堆成隅。”陳三立《書感》詩：“八駿西遊問刼灰，關河中斷有餘哀。”此句“只劫灰吹滿”，嘆戰亂劫火的餘灰吹滿神州大地。中句“向戶掩枇杷”即“向枇杷掩戶”的倒裝句。“向”亦作“曏”或“嚮”，指舊時、以往、往日。此句“向戶掩枇杷”意謂從前粵地物阜民豐，戶戶門前廣種枇杷，豐收時節幾將大門掩蓋，然而如今卻一片荒涼，予人不勝今昔盛衰之感。後句“究厥緣由”，謂試問有誰能探究這種今昔盛衰的緣故由來。

〔4〕未算杞人憂，有情天也墮紅愁：前句"杞人憂"即成語"杞人
憂天"之意。杞為周代諸侯國名，在今河南杞縣一帶。"杞人憂
天"謂杞國有個人怕天塌下來，終日憂懼不已。常用以比喻不
必要的或缺乏根據的憂慮和擔心。典出《列子·天瑞》："杞國
有人，憂天地崩墜，身亡所寄，廢寢食者。"清邵長蘅《守城行
紀時事也》詩："縱令消息未必真，杞人憂天獨苦辛。"鄭觀應
《〈盛世危言〉自序》："當世巨公曲諒杞人憂天之愚，正其偏弊。"
此句"未算杞人憂"謂自己憂時傷亂並不算杞人之憂。後句
"有情天也墮紅愁"，脫胎自清人龔自珍《己亥雜詩》第五首
"落紅不是無情物，化作春泥更護花"詩意。落花化作春泥，其
實正是要使花卉生生不息的護花最佳體現，足見上天對人間萬
物還是有情有義和眷顧的，可能還會為落花而發愁呢。

〔5〕帶烏陽飛去，樊籠鸚鵡，何處芳洲：前句"烏陽"原指太陽，
亦可喻昌明盛世，此處即用後義。《舊唐書·李密傳贊》："烏陽
既升，爝火不息。狂哉李密，始亂終逆。"蘇軾《李太師墓誌》：
"無疆之休，以來本世。……如誼、仲舒，烏陽是逢。"此句
"帶烏陽飛去"謂如今國內政局未靖，昌明盛世似被上天帶走，
從此一去不還了。中句"樊籠"指關鳥獸的籠子，比喻失去自
由。如陶潛《歸園田居》詩之一："久在樊籠裡，復得返自然。"
韋應物《憶灃上幽居》詩："一來當復去，猶此厭樊籠。"此句
"樊籠鸚鵡"，作者自喻為被關在鳥籠中的鸚鵡，備受束縛不得
自由。後句"芳洲"指草木叢生的小洲。如《楚辭·九歌·湘
君》："采芳洲兮杜若，將以遺兮下女。"王逸注："芳洲，香草蘩
生水中之處。"唐鄭愔《採蓮曲》："不覺芳洲暮，菱歌處處聞。"
清王夫之《春盡》詩之二："雜甸與芳洲，當時不可留。"此句
"何處芳洲"，詰問當今之世哪裡才是人間的樂土呢？

〔6〕杳畫筵笑買，蟲蟲後，聒笙簫醉耳，殘膡夷謳：前句"杳"的
本義是昏暗幽深貌，引申有渺茫、消失、不見蹤影之意。"買"

笑”亦作“追歡買笑”，喻追求歡樂，多指狎妓飲酒之類。如柳
永《傳花枝》詞：“遇良辰，當美景，追歡買笑。”《初刻拍案驚
奇》卷二五：“然不過是侍酒陪飲，追歡買笑，遣性陶情，解悶
破寂，實在是少不得的。”此句“杳畫筵笑買”，謂昔日在畫舫
宴席上追歡買笑狎妓飲酒的情景，如今已消失得無影無蹤了。
次句“蟲蟲”亦作“爞爞”，喻灼熱貌。如《詩·大雅·雲
漢》：“旱既大甚，蘊隆蟲蟲。”毛傳：“蟲蟲而熱。”《爾雅·釋
訓》作“爞爞”。王安石《酬王濬賢良松泉二詩·泉》：“蟲蟲夏
秋百源乾，抱甕復道愁蹣跚。”明何景明《憂旱賦》：“惟徂暑之
屆茲兮，氣蒸蘊而蟲蟲。”清錢謙益《祭都御史曹公文》：“天開
地闢，閭孽蟲蟲。”而“蟲蟲後”則謂年少輕狂的熱潮過後。第
三句“聒笙簫醉耳”乃“醉(嫌)笙簫聒耳”的倒裝省略句，謂
如今醉聽笙簫卻嫌聲音吵鬧，使人厭煩。“笙簫”指笙和簫，泛
指管樂器。如唐曹唐《小遊仙詩》：“忽聞下界笙簫曲，斜倚紅
鸞笑不休。”宋張先《清平樂》詞：“曲池斜度鸞橋，西園一片
笙簫。”清袁於令《西樓記·砥志》：“那知我粉冷絮塵，脂凍桃
花，不理舊時笙簫。”“聒耳”謂聲音吵鬧，使人厭煩。第四句
“殘賸”指殘留下來的東西。“夷謳”即“夷歌”，泛指外族的歌
曲。杜甫《閣夜》詩：“野哭千家聞戰伐，夷歌幾處起漁樵。”
作者當時居於華洋雜處的英屬殖民地香港，故經常聽到外國人
的喧鬧歌聲。此句“殘賸夷謳”，謂如今已不復徵歌逐色，耳畔
殘留的只是那些外國人的喧鬧歌聲罷了。

〔7〕知斷香無數，又招蜂惹蝶，改態潛遊：前句“斷香”喻一陣陣
的香氣。如後蜀毛熙震《菩薩蠻》詞：“屏掩斷香飛，行雲山外
歸。”南唐張泌《浣溪沙》詞：“小檻日斜風悄悄，隔簾零落杏
花陰，斷香輕碧鎖愁深。”宋蘇舜欽、蘇舜元《丙子仲冬紫閣寺
聯句》：“斷香浮缺月，古像守昏燈。”此句“知斷香無數”，謂
深知煙花之地經常會傳來陣陣的幽香，薰人無數。中句“招蜂

惹蝶”比喻吸引異性的注意或刻意逗引異性，多指女子而言。
後句“潛遊”喻潛心修為，遊憩於山川林壑之間。如宋王禹偁
《野興亭記》：“養神必務乎靜，我則營林壑以潛遊。”這句“改
態潛遊”謂作者如今已改變態度不再涉足歡場，收心養性，優
遊自適於山川林壑之間，以心境平靜淡泊自甘為樂。

〔8〕誰見就銀鐙，拯沈蛾、玉卸搔頭：前句“銀鐙”喻燃得正亮的
燈火。而“誰見就銀鐙”謂誰人會願意走近燃得正亮的燈火。
後句“拯沈蛾、玉卸搔頭”即“卸（下）玉搔頭拯（救）沈蛾”的
倒裝省略句。“玉搔頭”即玉簪，為古代女子的一種首飾。晉葛
洪《西京雜記》卷二：“武帝過李夫人，就取玉簪搔頭。自此後
宮人搔頭皆用玉，玉價倍貴焉。”白居易《長恨歌》：“花鈿委地
無人收，翠翹金雀玉搔頭。”鄭燮《揚州》詩：“借問累累荒塚
畔，幾人耕出玉搔頭。”此二句“誰見就銀鐙，拯沈蛾、玉卸搔
頭”，字面是說慈悲為懷的女子肯卸下頭上貴重的玉簪，用它來
拯救哪些沉迷不悟的撲火燈蛾；實則旨在比喻當今之世還有哪
個菩薩心腸的有心人願意挺身而出，走近火坑把那些沉淪至不
能自拔的歡場女子拯救出來呢？

〔9〕但空濛海氣，些幻明霞，澄映迷樓：前句謂但見迷茫、縹緲的
海氣正在瀰漫四周。語本明汪廣洋《登南海驛樓》詩：“海氣空
濛日夜浮，山城才雨便成秋。”通常“空濛”用以喻迷茫、縹緲
貌。如南朝謝朓《觀朝雨》詩：“空濛如薄霧，散漫似輕埃。”
杜甫《渼陂西南台》詩：“彷彿識鮫人，空濛辨魚艇。”權德輿
《桃源篇》：“漸入空濛迷鳥道，寧知掩映有人家。”蘇軾《飲湖
上初晴後雨》詩之一：“水光瀲灩晴方好，山色空濛雨亦奇。”
而“海氣”則指海面上或江面上的霧氣。《漢書·武帝紀》：“朕
巡荊揚，輯江淮物，會大海氣，以合泰山。”唐張子容《永嘉即
事寄贛縣袁少府瓘》詩：“海氣朝成雨，江天晚作霞。”宋張孝
祥《水調歌頭·金山觀月》詞：“幽壑魚龍悲嘯，倒影景辰搖

動，海氣夜漫漫。"清周亮工《錢塘江示王古直》詩："海氣噴江折，吳山攪越青。""海氣"亦可指海市蜃樓之幻景。如駱賓王《蓬萊鎮》詩："野樓疑海氣，白鷺似江濤。"中句"些幻明霞"謂天邊還有少許燦爛明艷的雲霞。後句"澄映"形容水面波光清澈，可將人物倒映。如晉桓玄《南遊衡山詩序》："清川窮澄映之流，涯涘無纖埃之穢。"亦可喻天色明淨，如《徐霞客遊記·滇遊日記六》："霽色澄映，花光浮動，覺此身非復人間。""迷樓"原為隋煬帝所建樓名，故址在今江蘇省揚州市西北郊。唐馮贄《南部煙花記·迷樓》："迷樓凡役夫數萬，經歲而成。樓閣高下，軒窗掩映，幽房曲室，玉欄朱楯，互相連屬。帝大喜，顧左右曰：'使真仙遊其中，亦當自迷也。'故云。"賀鑄《思越人》詞："紅塵十里揚州過，更上迷樓一借山。"亦可指妓院，本詞即用此義。清錢泳《履園叢話·雜記上·苕香校書》："苕香校書者，本舊家子……父沒後，與母獨居，遂落籍。余嘗有詩云：'鸞飄鳳泊尋常事，一墮迷樓最可憐。'"《白雪遺音·嶺兒調·獨坐黃昏》："想當初，何等樣的花魁女，接了些王孫貴客，車馬迎門。後遇著賣油郎，他說：'茫茫苦海，即早回頭，跳出這迷樓。'"此句"澄映迷樓"謂水面的波光清澈明淨，倒映著岸上的煙花之地"迷樓"。

【評　析】

　　此詞作於辛卯冬末（1952 年初），此詞為作者依韻李甲（景元）《過秦樓·賣酒爐邊》之和作。此詞遣辭用典不若前兩首《過秦樓》麗密晦澀，行文也較為疏快清通，流轉自然，不乏寄意和感慨。是一闋有感而發的倚聲之作，實不宜以游戲文章等閒視之。

（周兼善箋注）

石州慢 月當頭夕，小集林碧城書齋。主人出紙索紉詩女士畫，余請作梅，女士醮墨作牡丹，希穎為補石。余依方回聲均賦此。[1]

北海開樽，南郭濫竽，吹向天闊。[2]雲移眼不櫳攔，雨歇角偏巾折。[3]鐙樓倚醉，笑見粉手揮煙，知非圈點梅梢雪。[4]甯撰曲羅浮，拔鸞釵聊節。[5]　　　花發。枝旁皴染，緣證三生，畫圖差別。[6]淡冶嶔奇兩兩，教人稱絕。[7]卻拚囂世，詬盡小巧雕蟲，聲家白社今宵結。[8]忍對影當頭，冷清清孤月。[9]按賀作首句"寒"字陰平，用"筵"字為合，惟"樽"字較響，削足就履，不得不然，特注。

【箋　注】

[1] 月當頭夕，小集林碧城書齋。主人出紙索紉詩女士畫，余請作梅，女士醮墨作牡丹，希穎為補石。余依方回聲均賦此：林碧城即林汝珩，號碧城（1907—1959），香港詞人。他是鳳舒先生所創著名詞社"堅社"的重要一員，有詞集《碧城樂府》傳世。紉詩女士即張轉換（1911—1972），原名宜，字紉詩，南海人。曾師事桂坫，與冒廣生有詞學交遊。1950年冬，廖恩燾與劉景堂於香港共創"堅社"，每月一會，張宜是詞社成員之一，其他參與者有張權儔、羅忼烈、王韶生、林汝珩、曾希穎、湯定華、任援道、區少干、王季友等，至1953年冬結束。有《張紉詩詩詞文集》。希穎即曾希穎（1902—1985），名廣雋，以字行，號了庵，一號思堂。祖籍山東武城，世居廣州，遂為廣東番禺人。曾遊學蘇俄，同國後曾在廣西桂系發展，及後來港定居，為"堅社"重要成員，有詞集《了庵詞》傳世。廖氏小序言此乃依韻追和宋元詞人賀鑄（方回）《石州慢》之作。按賀方

回原作所用之詞調乃《石州引》，非《石州慢》，疑廖氏誤記或原書誤植。

〔2〕北海開樽，南郭濫竽，吹向天闊：前句"北海"即漢末文學家孔融，為"建安七子"之一。因其曾為北海相，故稱"孔北海"。"開樽"亦作"開尊"，指舉杯（飲酒）。如杜甫《獨酌》詩："步屧深林晚，開樽獨酌遲。"秦觀《長相思》詞："開尊待月，掩箔披風，依然燈火揚州。"此句"北海開樽"謂孔融生性好酒喜客。《後漢書·孔融傳》謂："賓客日盈其門。常歎曰：'座上客常滿，樽中酒不空，吾無憂矣。'"《藝文類聚》卷二十六引晉張璠《漢紀》云："孔融拜太中大夫，雖居家失勢，賓客日滿其門，愛才樂士，常若不足。每歎曰：'座上客常滿，樽中酒不空，吾無憂矣。'"后常用此典稱讚好才喜客，待人殷勤；也可用來形容士人宴會雅集。如清趙執信《與史生升衢對酒話京師舊事》："'風吹北海尊前客，雨聚江南水上萍。'李老七十大壽時，賓客盈門，到處觥籌交錯，大有北海開樽之勢。"廖氏此句"北海開樽"則借孔融喻熱情好客的東道主林汝珩。中句"南郭濫竽"本自成語"濫竽充數"，作者藉此以自嘲。後句"吹向天闊"，作者再次自嘲，比喻自己今晚參與雅集就像濫竽充數的南郭處士那樣，在名家相伴下可以把竽吹向天高海闊之處，而不用擔心被人察覺。

〔3〕雲移眼不檻攔，雨歇角偏巾折：前句"檻攔"即"檻檻"，指臺上的闌干。如班固《西都賦》："攀井干而未半，目眴轉而意迷；舍檻檻而卻倚，若顛墜而復稽。"張衡《西京賦》："伏檻檻而頫聽，聞雷霆之相激。"《文選》何晏《景福殿賦》："檻檻邪張，鉤錯矩成。"李善注引薛綜曰："檻檻，臺上欄也。"此句"雲移眼不檻攔"喻紉詩女士畫牡丹時全神貫注，就像古人雙眼始終緊盯著臺上的闌干而不會隨著浮雲移動一樣。後句"雨歇角偏巾折"乃"折角巾偏雨歇"的倒裝句。"折角巾"即林宗

巾。東漢人郭太，字林宗。名重一時。一日道遇雨，頭巾沾濕，一角折疊。時人效之，故意折巾一角，稱"林宗巾"，事見《後漢書·郭太傳》。後世用此典故以隱諷附庸風雅之舉。如晉戴逵《放達為非道論》："是猶美西施而學其顰眉，慕有道而折其巾角。"宋張耒《贈趙景平》詩之一："定知魯國衣冠異，盡戴林宗折角巾。"或用以泛指文士之冠帽或頭飾。如《周書·武帝紀下》："初服常冠，以皂紗為之，加簪而不施纓導，其制若今之折角巾也。"此句"雨歇角偏巾折"，作者謙稱自己在畫作上題詞，就像古時人之效林宗巾一樣，有附庸風雅之嫌。

〔4〕鐙樓倚醉，笑見粉手揮煙，知非圈點梅梢雪：前句"鐙樓"指張燈結綵的高樓。典出唐韓鄂《歲華紀麗·上元燈樓》："唐玄宗於上陽宮建燈樓，高一百五十尺，懸以珠玉，微風將至，鏘然成韻。"此詞的"鐙樓"喻東道主林汝珩的居所。"倚醉"謂藉著醉意。中句"笑見粉手揮煙"謂作者笑看紉詩女士作畫，只見她粉嫩的玉手即席揮毫，筆下頓起雲煙。後句"圈點"原指在書或文稿上加圈或點，標出認為精彩、重要或值得注意的語句。黃宗羲《答張爾公論茅鹿門批評八家書》："鹿門八家之選，其旨大略本之荊川、道思。然其圈點句抹多不得要領。"曾國藩《〈經史百家簡編〉序》："試官評定甲乙，用朱墨旌別其旁，名曰'圈點'。"惟此詞之"圈點"則比喻繪畫中之點染手法。而"知非圈點梅梢雪"，謂直至看到紉詩女士並沒有用點染筆法去畫梅花枝條末端的霜雪時，才知道她所畫的並不是梅花，而是國色天香的牡丹。

〔5〕甯撰曲羅浮，拔鶯釵聊節：前句"撰曲"是倚聲填詞之意。"羅浮"乃作者家鄉的名山，在廣東省東江北岸，風景優美，為粵中遊覽勝地。晉朝葛洪曾在此山修道，故道教稱之為"第七洞天"。相傳隋代趙師雄曾在此山夢遇梅花仙女，後世頗多有關羅浮山詠梅的詩歌典實。此句"甯撰曲羅浮"謂作者寧願紉詩女

士所畫的是梅花而非牡丹，因為他心中其實只想為羅浮山的梅花倚聲填詞。後句"鸞釵"即"鳳釵"，婦女首飾的一種。釵頭作鳳形，故名。如唐李洞《贈入內供奉僧》詩："因逢夏日西明講，不覺宮人拔鳳釵。"五代馬縞《中華古今注·釵子》："始皇又以金銀作鳳頭，以玳瑁為腳，號曰鳳釵。"元任昱《上小樓·題情》曲："巴到明，空自省，青樓薄倖。恨分開鳳釵鸞鏡。"惟此句"拔鸞釵聊節"，則藉前引李洞詩中之"不覺宮人拔鳳釵"，暗喻紉詩女士所繪者乃宮苑中的名花牡丹，故以"拔鸞釵"為喻。而"聊節"則謂其所題之詞作，不過是聊應今晚這個值得慶祝的宴樂日子而已。

〔6〕花發。枝旁皴染，緣證三生，畫圖差別：首句"花發"謂牡丹花盛開。次句"皴染"疑乃"皴染"之誤。"皴染"即中國繪畫技法中之皴法和渲染。"枝旁皴染"，指紉詩女士在繪畫牡丹側生的枝條時，運用了皴染技法。如《紅樓夢》第四二回："那雪浪紙，寫字，畫寫意畫兒，或是會山水的畫南宗山水，托墨，禁得皴染。"清李斗《揚州畫舫錄·草河錄下》："（孫人俊）以畫驢得名，山水學巨然，畫古樹皴染得古人法則。"第三句"緣證三生"用明代劇作家湯顯祖的代表作《牡丹亭》典故，以題詠畫中的牡丹花。《牡丹亭》原名《還魂記》，又名《杜麗娘慕色還魂記》，描寫大家閨秀杜麗娘和書生柳夢梅的生死之戀，其中杜麗娘先後經歷了受夢中之情所困致抑鬱而終，化為畫像中的鬼魂與柳夢梅相戀，以及最終復活與情郎終成眷屬的三段奇緣，故此處以"緣證三生"歌頌之。《牡丹亭》故事描寫南宋時的南安太守杜寶獨生女杜麗娘一日在花園中睡著，與一名年輕書生在夢中相愛，醒後終日尋夢不得，抑鬱而終。杜麗娘臨終前將自己的畫像封存並埋入牡丹亭旁。三年後，嶺南書生柳夢梅赴京趕考，適逢金國在邊境作亂，杜麗娘之父杜寶奉皇帝之命赴前線鎮守。其後柳夢梅發現杜麗娘的畫像，杜麗娘遂化為鬼

魂尋到柳夢梅，並叫他掘墳開棺，最後杜麗娘得以復活為人，二人最終共諧連理，故事亦以大團圓結束。第四句"畫圖差別"，意謂眼前畫圖中的牡丹花與《牡丹亭》女主角杜麗娘由畫中的死人復變為生人的傳奇經歷還是有很大差別的。

〔7〕淡冶嶔奇兩兩，教人稱絕：前句"淡冶"喻素雅而秀麗。如元湯式《風入松·題馬氏吳山景卷》曲："但得儀容淡冶，何妨骨格巖厓！"明袁宏道《禹穴》："然會稽諸山，遠望實佳，尖秀淡冶，亦自可人。"清周中孚《鄭堂劄記》卷一："郭熙記云：'春山淡冶而如笑，夏山蒼翠而如滴。'""嶔奇"亦作"嶔崎磊落"或"嶔崎歷落"，喻山嶺高峻的樣子，指人品格不凡；"磊落"或"歷落"則形容儀態俊偉，傑出不群，風度瀟灑，亦可比喻品格特異，卓爾不群。如劉義慶《世說新語·容止》："周伯仁道桓茂倫，嶔崎歷落，可笑人。"《儒林外史》第一回："元朝末年，也曾出了一個嶔崎磊落的人，這人姓王名冕。"康有為《〈人境廬詩草〉序》："嶔崎磊落，輪囷多節，英絕之士，吾見亦寡哉！"而"兩兩"喻成雙成對，或各擅勝場。《史記·天官書》："魁下六星，兩兩相比者，名曰三能。"南朝徐陵《為陳武帝作相時與北齊廣陵城主書》："既通宮闈，無容靜默，兩兩相對，俱有損傷。"宋梅堯臣《送石昌言舍人還蜀拜掃》詩："舍人亦與泰階近，兩兩聯裾如雁行。"元張可久《小梁州·郊行即事》曲："小橋流水落紅香，兩兩鴛鴦。""淡冶嶔奇兩兩，教人稱絕"二句，意謂紉詩女士與曾希穎合作的畫卷素雅而秀麗，二人風格特異，各擅勝場；然而其所繪之牡丹和補石卻又合則雙美，叫人稱奇道絕。

〔8〕卻拚嚻世，詬盡小巧雕蟲，聲家白社今宵結：前句"卻拚"即"拚卻"，有甘願、不惜、不顧念的意思。"嚻世"形容擾攘不寧的人間世。如陳子昂《送中嶽二三真人序》："羽人長往，去嚻世，走青雲。"此句"卻拚嚻世"謂不用顧念這個擾攘不寧的人

間世。中句"詬盡"謂說盡它的缺點和壞處。"小巧雕蟲"即"雕蟲小技"的意思,常用以比喻微不足道的技能(多指文字詞章技巧方面)。此句"詬盡小巧雕蟲",謂人們平日說盡了填詞只是文士雕蟲小技的缺點和壞處。後句"聲家白社"乃倚聲家之白蓮社的省稱。白蓮社為古代文人詩酒聚會的社集,如賈島《巴興作》詩:"寒暑氣均思白社,星辰正別憶皇都。"吳偉業《靈岩觀設戒》詩:"不信黃池會,今看白社開。"此句"聲家白社今宵結",作者謂他們這個號稱倚聲家之白蓮社的"堅社",在今天晚上正式宣佈結成團體組織,從此成為香港詞壇的重要成員。

〔9〕忍對影當頭,冷清清孤月:前句"忍對"原謂容忍著、耐著把感情按住不讓其表現出來,此處有不忍對著之意。"影當頭"即"當頭月"或"月當頭"之意。蓋此詞小序首句清楚交代當天晚上為"月當頭夕",民間所謂"月當頭"指農曆十一月十五的月亮而言,據說每年的這一天,如果在午夜子時,人在月光下可觀賞到"頭上有明月,腳下無暗影"的特殊景象,故名之為"月當頭"。古人嘗云:人生幾見月當頭!人生匆匆幾十載,有幸目睹皓月當頭的機遇著實無多,是以民間有些地方在這天晚上就有熬月當頭的習俗。農曆十一月十五也名冬月十五,這一天的月亮是全年最圓、最大、最亮的,故有人稱之為至陰的日子。後句"冷清清孤月",由於"月當頭"時值農曆十一月十五的冬夜,天氣頗為寒冷,作者物以情觀,自然會覺得天上的明月此刻也是何等冷落寂寞,令人倍覺月宮中的嫦娥孤單淒涼了。

【評　析】

此詞作於辛卯冬(1952年初),亦屬題圖詞性質。

(周兼善箋注)

酷相思　伯端泰西友人某倫敦書來，謂別久華文已荒，不能作華函，只寫程書舟[1]詞《酷相思》首句"月掛霜林寒欲墜"七字，伯端以示社侶，眾議即據為社課。余步原作均、和伯端各一首。

　　百度杞憂天不墜，趁潮又、寒蟾起。[2]漫圓缺，偏教翻樣是。[3]圓樣也，伊為計；缺樣也，為儂計。[4]　　酒在愁腸真化淚，促繡帳、朱顏悴。[5]繫足去書鴻飛也未。[6]北去也，書誰寄；南去也，誰書寄。[7]

【箋　注】

〔1〕程書舟：程垓，字正伯，號書舟。南宋詞人。其詞多寫羈旅行役、離愁別緒、男女戀情，情意淒婉，風格近柳永。

〔2〕百度杞憂天不墜，趁潮又、寒蟾起：前句"百度"喻多番、多次。"杞憂天不墜"用了"杞人憂天"的典故。《列子‧天瑞》："杞國有人，憂天地崩墜，身亡所寄，廢寢食者。……"後常用來諷刺那些懷著無謂擔心的人，如杜甫《寄劉峽州伯華使君四十韻》："但求椿壽永，莫慮杞天崩。"但也有人用杞人憂天來表達憂患意識，如李白《梁甫吟》："白日不照吾精誠，杞國無事憂天傾。"意謂雖然皇帝看不到自己的一片赤誠之心，但他仍像杞人憂天那樣日夕為國憂慮不已。後句"趁潮又、寒蟾起"實乃"寒蟾又、趁潮起"之倒裝句。"寒蟾"指月亮；傳說月中有蟾，故稱。劉禹錫《和汴州令狐相公到鎮改月偶書所懷二十韻》："管弦喧夜景，燈燭掩寒蟾。"宋張銑《玉樹後庭花》詞之二："青驄一騎來飛鳥，靚妝難好，至今落日寒蟾，照臺城秋草。"後句謂冷月又趁著退潮之際在天邊升起。

〔3〕漫圓缺，偏教翻樣是："漫"指沒有限制，沒有約束，散漫隨

意，永無休止；"圓缺"即月圓月缺，指月亮的盈虧消長。"偏
教"，帶有不得不這樣做的意思；"翻樣"，喻變換花樣。秦觀
《紀子瞻罷使高麗》詩："貢外別題求妙劑，錦中翻樣織新篇。"
此句"漫圓缺，偏教翻樣是"意謂詞中女主人遙看冷月從東方
升起，不禁向蒼天提出無理的詰問：為何月亮在每個月裡總是
愛變換花樣，永無休止地由缺而圓，其後又由圓而缺？隱約道
出她對人間愛侶散聚不休的怨情。

〔4〕圓樣也，伊為計；缺樣也，為儂計："伊"表示第二人稱，相當
於"你"之意，指詞中女主人的愛侶。前句"圓樣也，伊為
計"，指天上的圓月從你的處境考量謀劃，為你的情況周詳打
算，故以"圓樣"象徵你歸家團聚。後句"儂"指我。李白
《橫江詞》："人道橫江好，儂道橫江惡。"元楊維楨《西湖竹枝
集》："勸郎莫上南高峰，勸儂莫上北高峰。"而此句"缺樣也，
為儂計"，意謂天上的缺月從我的處境考量謀劃，為我的情況周
詳打算，故以"缺樣"象徵我幽居盼郎團聚的孤寂日子。

〔5〕酒在愁腸真化淚，促繡帳、朱顏悴：前句寫詞中女子本擬借酒
消愁，豈料酒入愁腸愁更愁，遂令她在感懷身世，不禁潸然淚
下。後句"促繡帳、朱顏悴"，其中"促"有靠近之意；"繡帳"
是繡花的帳幄。"朱顏"，常用以指紅潤美好的容顏。如《楚
辭·大招》："嫮目宜笑，娥眉曼只。容則秀雅，稚朱顏只。"王
夫之《通釋》："稚朱顏者，肌肉滑潤，如嬰稚也。"鮑照《芙蓉
賦》："陌荊姬之朱顏，笑夏女之光髮。"李煜《虞美人》詞：
"雕欄玉砌依然在，只是朱顏改。"亦可指青春年少。唐郎士元
《聞蟬寄友人》詩："朱顏向華髮，定是幾年程。"宋曾鞏《孔教
授張法曹以曾論薦特示長箋》詩："綠髮朱顏兩少年，出倫清譽
每相先。""悴"指容顏憔悴，形容枯槁，精神不振。後句寫女
子靠近繡花的帳幄，想到自己空閨獨守多時，如今已艷色不再，
顏容憔悴了。

〔6〕繫足去書鴻飛也未：此處用了“雁足傳書”的典故。鴻即大雁；書指書信、家書。古人深信大雁能傳遞書信。《漢書·蘇武傳》云：“數月，昭帝即位。數年，匈奴與漢和親。漢求武等，匈奴詭言武死。後漢使復至匈奴，常惠請其守者與俱，得夜見漢使，具自陳道。教使者謂單于，言天子射上林中，得雁，足有繫帛書，言武等在某澤中。”宋袁去華《宴清都》詞：“人言雁足傳書，待盡寫、相思寄與。又怎生、說得愁腸，千絲萬縷。”此句“繫足去書鴻飛也未”乃“鴻足繫書飛去也未”之倒裝句，謂詞中女子因久未收到良人報平安的家書，故心中難免有此疑問。

〔7〕北去也，書誰寄；南去也，誰書寄：前句意謂鴻雁每逢三春時分即自南方飛返塞北，此後良人就算有家書要寄給她，亦難以找到雁足繫書代郵。後句意謂鴻雁每屆清秋即自塞北飛向南方避寒，然而良人長年在外，飄泊無定，恐怕雁字回時亦不能為他傳書報平安。這兩句委婉曲折地反映出詞中女子內心那種既忐忑又無奈的複雜情懷。

【評　析】

此詞作於辛卯（1951）秋，乃作者和南宋詞人程書舟《酷相思》原調之作。作者藉傳統的香草美人比興手法，刻畫出一位幽居婦女怨抑與期盼糾結的複雜情懷。寫來哀而不傷，餘音裊裊，頗堪玩味。

驛路騮嘶人別後，歖妝鏡、塵封久。[1]那還抹、顋霞如殢酒。[2]燭對影，淚雙就；月照影，夢孤就。[3]　　抱甚秦箏鐙下奏。澀雁礙、柔葱手。[4]試撥向、鷗絃音調舊。[5]風乍起，簾波皺；愁更起，眉峰皺。[6]

【箋　注】

〔1〕驛路驪嘶人別後，歎妝鏡、塵封久：“驛”指古時供傳遞公文的
　　　人中途休息、換馬的地方，亦指供傳遞公文用的馬，如驛站；
　　　“驛路”即大道。“驪”即紫驪，乃古駿馬名。《南史·羊侃傳》：
　　　“帝因賜侃河南國紫驪，令試之。侃執稍上馬，左右擊刺，特盡
　　　其妙。”唐李益《紫驪馬》詩：“爭場看鬥雞，白鼻紫驪嘶。”
　　　“驪嘶”指馬發出叫聲。前句“驛路驪嘶人別後”，謂詞中女子
　　　憶起當日在驛站大道與夫君分別的情景：離別之際，他騎著的
　　　駿馬因依依不捨而鳴叫不已，愛侶從此分隔兩地。後句“歎妝
　　　鏡、塵封久”，從久歷塵封的妝鏡，可反映出詞中女子自良人遠
　　　去後已無心梳妝打扮的落寞懶散情懷。

〔2〕那還抹、頰霞如殢酒：頰同腮；頰霞即霞腮，指美女豔麗的容
　　　顏。元王嘉甫《八聲甘州》套曲：“稱霞腮一點朱櫻小，妖嬈，
　　　更那堪楊柳小蠻腰。”一說“腮霞”指胭脂，亦可通。“如殢
　　　酒”，好像醉酒般。宋劉過《賀新郎》詞：“人道愁來須殢酒，
　　　無奈愁深酒淺。”此句意謂詞中女主人自從丈夫離家遠去後，一
　　　直無心妝扮，那裡還有昔日常以胭脂把秀臉塗抹得像喝醉酒般
　　　的“女為悅己者容”的心情。

〔3〕燭對影，淚雙就；月照影，夢孤就：此處“就”相當於湊近，
　　　靠近之意，如《禮記·曲禮》：“主人就東階，客就西階。”前句
　　　“燭對影，淚雙就”，指蠟燭映照著孤寂無聊的深閨女子，可看
　　　到她雙眼垂淚。後句“月照影，夢孤就”，謂明月照著她孤單入
　　　睡尋夢的身影，作者通過“夢孤就”三字，形象地描繪出她那
　　　幽居孤寂的落寞情懷。

〔4〕抱甚秦箏鐙下奏，澀雁礙、柔葱手：“甚”即“甚麼”；“秦箏”
　　　指古代秦地（今陝西一帶）所產的一種絃樂器，似瑟，相傳為
　　　秦人蒙恬所造，故名。“秦箏”隱含“聲最苦”和“似人情短”

之意蘊。曹丕《善哉行》:"齊侶發東舞,秦箏奏西音。"岑參《秦箏歌送外甥蕭正歸京》詩:"汝不聞秦箏聲最苦,五色纏弦十三柱。"晏幾道《蝶戀花》詞:"細看秦箏,正似人情短。"前句"抱甚秦箏鐙下奏",詰問詞中女子為甚麼要獨自抱著秦箏在鐙下演奏?究竟她想把這種聲最苦的琴音奏給誰聽呢?後句"雁"即"雁柱",乃"鳳絲雁柱"的縮略語,指琴箏等樂器上的弦(鳳絲)和柱(雁柱),用以借代琴箏等樂器。周邦彥《垂絲釣》詞:"愁幾許,寄鳳絲雁柱。"後句"澀雁礙"謂她在彈奏秦箏時,手指為雁柱所阻礙,以致在彈奏時稍欠流暢。"柔葱手"則喻女子手指如嫩白葱管一樣柔美修長。諸如《孔雀東南飛》的"指如削葱根",方干《採蓮》詩的"指剝春葱腕似雪",以及吳文英《齊天樂·煙波桃葉西陵渡》的"素骨凝冰,柔葱蘸雪",都是形容女子手指白皙纖長如葱管的詩詞名句。此句"澀雁礙、柔葱手",意謂詞中女子在演奏時,她那白皙纖長如葱管的手指被秦箏的"雁柱"所礙,因而影響了演奏效果。

〔5〕試撥向、鵾絃音調舊:"鵾絃"亦作"鵾弦",指用鵾雞筋做的琵琶弦,此處泛指秦箏的弦線。南朝劉孝綽《夜聽妓賦得烏夜啼》:"鵾弦且輟弄,《鶴操》暫停徽。"蘇軾《古纏頭曲》:"鵾弦鐵撥世無有,樂府舊工惟尚叟。"王十朋集注:"段安節《琵琶錄》:開元中,梨園則有駱供奉、賀懷智、雷清。其樂器,或以石為槽,鵾雞筋作絃,用鐵撥彈之。"清鄧漢儀《枕煙亭聽白三琵琶》詩:"赤眉銅馬千秋恨,譜入鵾絃最感人。"此句"試撥向、鵾絃音調舊"實乃"試撥向、鵾絃舊音調"之倒裝句,謂詞中女子藉著舊調重彈以勾起昔日的回憶。

〔6〕風乍起,簾波皺;愁更起,眉峰皺:前句"風乍起",謂清風驟然吹起,此處襲用南唐馮延巳《謁金門·風乍起》詞成句。該詞寫一閨中少婦在池邊嬉戲的種種情態,結尾流露出思念行人之情。其中首二句"風乍起,吹皺一池春水"最為後人傳誦。

而“簾波皺”，則喻簾影搖曳如水波生皺。如李商隱《燒香曲》：“玉佩呵光銅照昏，簾波日暮衝斜門。”周邦彥《蕎山溪》詞：“簾波不動，新月淡籠明。”後句“愁更起”指婦人之愁緒更因此而被勾起。“眉峰皺”，把眉頭緊皺。如柳永《雪梅香》詞：“別後愁顏，鎮斂眉峰。”《花月痕》第四五回：“眉峯離恨鎖層層，欲斷情絲總未能。”這兩句意謂詞中女子因清風驟然吹起，見簾影搖曳如水波生皺，因而勾起她憶起良人遠行未歸的綿綿思緒，不禁眉頭緊皺。

【評　析】

此詞作於辛卯（1951）秋。小題已明言此詞乃作者應堅社社集的唱酬之作。作者藉著傳統的香草美人比興手法，細緻刻畫出一位深閨婦女怨抑與期盼糾結難解的複雜情懷。

（周兼善箋注）

千秋歲　十女家翁陳松燊[1]八十壽

向松稱叟。雪蘸蒼鬚久。[2]堂上獻、兒觥酒。[3]百齡彈指到，八秩平頭壽。[4]冬日也，巡簷笑索梅花鬭。[5]　　六十年前友。締結為婚媾。[6]鰲海記、歸航後。[7]兒孫各繞膝，風露重回首。[8]鐙笙裏、難忘夜雨翦春韭。[9]

【箋　注】

〔1〕陳松燊：從此詞小題得悉陳松燊乃鳳舒先生之親家，而詞中也提及早在六十年前（亦即陳氏二十歲時）作者即與其認識。惟陳氏其人之籍貫與生卒年俱無考。

〔2〕向松稱叟，雪蘸蒼鬚久：叟，古代對老年男子的尊稱。如《孟

子·梁惠王上》："叟，不遠千里而來，亦將有以利吾國乎？"前句"向松稱叟"，讚譽陳松燊年高德劭，即使在向以長壽見稱的松柏面前仍可恃老賣老地自稱為叟。後句"蘸"指用物沾染液體，如"蘸甲"謂斟酒滿杯，手端酒杯時指甲沾到酒，藉以喻開懷暢飲。"蒼"，青色或青灰色；"髯"，男子面頰上的鬍鬚。而"雪蘸蒼髯久"，則喻陳氏的鬍鬚像沾了雪般潔白已經為時很久了。

〔3〕堂上獻、兕觥酒：兕觥乃古代酒器，腹呈橢圓形或方形，圈足或四足，有流和鋬。蓋一般成帶角獸頭形，盛行於商代與西周前期。後亦泛指一般酒器。如《詩·周南·卷耳》："我姑酌彼兕觥，維以不永傷。"毛傳："兕觥，角爵也。"明陳汝元《金蓮記·郊遇》："遊春話舊，更暢幽懷，還須塵尾同揮，是用兕觥共進。"此句"堂上獻、兕觥酒"，謂親戚好友紛紛在壽筵上向八十大壽的陳氏獻上祝壽的美酒。

〔4〕百齡彈指到，八秩平頭壽：百齡，指一百歲的高齡。彈指，謂撚彈手指作聲，佛家多用以喻時間短暫。王維《六祖能禪師碑銘》："飯食訖而敷坐，沐浴畢而更衣，彈指不流，水流燈焰，金身永謝，薪盡火滅。"《翻譯名義集·時分》："《僧祇》云，二十念為一瞬，二十瞬名一彈指。"元谷子敬《城南柳》第二折："年光彈指過，世事轉頭空。"清紀昀《閱微草堂筆記·如是我聞四》："一轉瞬而即滅，一彈指而倏生。"前句"百齡彈指到"，謂陳氏如今已年屆八十，距一百歲的高齡不過還有二十年而已，這區區二十年就像彈指間很快就到了。後句"八秩"亦作"八帙"或"八袟"，即八十歲。《禮記·王制》："七十不俟朝，八十月告存，九十日有秩。"本指古代帝王對老人的優待，後因稱八十歲為八秩，九十歲為九秩。白居易《喜老自嘲》詩："行開第八秩，可謂盡天年。"陸遊《致仕後即事》詩之十二："八帙開來今過半，一杯引滿若為辭。"宋龔頤正《芥隱筆記·八十為八

、秩》："《禮》，年八十曰有秩，故以八十為八秩。又道家流用此語，白樂天屢用之。自注：‘行開第八秩，可謂盡天年。’時俗謂七十以上為開第八秩。"後句"八秩平頭壽"，凡計數逢十，如十、百、千、萬等不帶零頭，俗謂之"齊頭"，亦稱"平頭"。如白居易《登龍尾道南望憶廬山舊隱》詩："青山舉眼三千里，白髮平頭五十人。"元燕公楠《摸魚兒》詞："又浮生平頭六十，登樓悵望荊楚。"此句謂陳氏今年剛好是整整八十歲。

〔5〕冬日也，巡簷笑索梅花鬬："巡簷"亦作"巡簷"，指來往於簷前。此句化用杜甫《舍弟觀赴藍田取妻子到江陵喜寄》詩之二"巡簷索共梅花笑，冷蘂疎枝半不禁"成句之意蘊。而納蘭性德《鳳凰臺上憶吹簫·守歲》詞："錦瑟何年，香屏此夕，東風吹送相思。記巡簷笑罷，共撚梅枝。"其旨亦與此詞略近，暗寓祝願長者健康長壽之意。而此句"冬日也，巡簷笑索梅花鬬"，藉此祝頌陳氏可與花中壽星梅花在冬日裡互鬬健康長壽。

〔6〕六十年前友，締結為婚媾：婚媾，即婚姻、嫁娶。晉葛洪《抱樸子·弭訟》："夫婚媾之結，義無逼迫，彼則簡擇而求，此則可意乃許。"《隋書·南蠻傳·林邑》："每有婚媾，令媒者齎金銀釧，酒二壺，魚數頭至女家。"清李漁《蜃中樓·授訣》："不但柳生的婚媾難諧，連張生與瓊蓮也無曰作合。"而"婚媾"也可解作有婚姻關係的親戚。如《孔叢子·獨治》云："今以禮言耶，則無不拜，且宗族婚媾又與眾賓異敬者也。"此處當以釋作後義為長。前句"六十年前友"，謂作者早在六十年前即與其相識。後句"締結為婚媾"，則交代作者與陳氏彼此成為親家。

〔7〕鼇海記、歸航後：唐黃滔《水殿賦》："還如玉關，控鼇海以崢嶸；稍類雲樓，拔蜃江而聳峙。""鼇海記、歸航後"乃"記鼇海、歸航後"的倒裝句，謂作者遙想起陳氏當年從海外回國的那段日子，好像距離現在並不太遠。

〔8〕兒孫各繞膝，風露重回首：繞膝，謂子孫圍繞膝下，多用於形

容兒女子孫孝順侍奉父母與祖父母，全家歡聚一堂的幸福生活。《花月痕》第十一回："間至後堂，團圓情話，兒童繞膝。"清褚繼曾《〈小螺庵病榻憶語〉後序》："有不覩遺衣而揮淚，憶繞膝而傷情乎?"這兩句意謂陳氏當年回國後雖曾飽歷風霜，猶幸如今子孫賢孝，得享繞膝承歡之樂，再回顧過去那些艱苦日子也覺得毋須介懷了。

[9] 鐙笙裏、難忘夜雨翦春韭：此處"夜雨翦春韭"沿用了杜甫《贈衛八處士》詩"夜雨剪春韭，新炊間黃粱"成句。杜詩亟寫衛八處士對他這位老朋友的熱情款待：菜是冒著夜雨剪來的鮮嫩韭菜，飯是新煮好摻有黃米的香噴噴的飯。杜詩表現了主人熱情好客，老朋友珍惜相見的欣喜之情。而此詞"鐙笙裏、難忘夜雨翦春韭"正有意襲用杜詩"夜雨翦春韭"的本意，生動地描繪出兩位相識六十載的親家好友，在冬夜的燈下欣然圍爐敘舊的溫馨畫面。

【評　析】

此詞作於辛卯（1951）冬，從小題"十女家翁陳松燊八十壽"所云，已知此是一首壽詞。此詞通篇充溢著讚美祝福的吉祥用語，惟其所言不僅契合雙方身分、關係與交情，且用典貼切，巧譬善喻，情真意切，洵為一首既應景又得體的祝壽之作。

（周兼善箋注）

酷相思　碧城[1]示社作均戲成一首

落絮黏泥猶啄燕。甚榛莽、人間遍。[2]竟無鶻，空勞頻放箭。[3]鑷縱把，愁絲斷；截那把，狂流斷。[4]　　愈是即殷離愈遠，覺世局、奔輪轉。[5]念功倍、何曾真事半。[6]雲自可，吹憑管；天未可，窺憑管。[7]

【箋　注】

〔1〕碧城：林汝珩，號碧城（1907—1959），近代著名的香港詞人，有詞集《碧城樂府》傳世。在二十世紀四十年代的廣東和五十年代的香港，他是一位廣為人知的人物。他的一生多姿多彩，在二十世紀中葉，他曾集學子、官宦、商人、詞人多個角色於一身，而最終以詞名於世。林氏與作者同屬堅社詞詞友，彼此不乏社課唱酬之作。林碧城《酷相思》原詞：“莫負將離巢裏燕。萬千語、叮嚀遍。正煙浦、舟如弦上箭。歌未盡，弦休斷。　　淚自長流帆自遠。怎盼得、東風轉。料今後、牙床閒一半。針線也，無人管。枕簟也，無心管。”

〔2〕落絮黏泥猶喙燕。甚榛莽、人間遍：“落絮黏泥”，形容柳絮自空中飄落，黏到地面的泥土上。“喙”本指鳥、獸的嘴，引申也可指人的嘴。如《戰國策·燕策》：“蚌合而拑其喙。”《莊子·秋水》：“今吾無所開吾喙，敢問其方？”若作為形容詞，則“喙”亦可解作疲困、喘氣、喘息，故喙息猶喘息之意。例如《詩·大雅·緜》：“維其喙矣。”其中之“喙”即有喘息、短暫休息之含義。前句“落絮黏泥猶喙燕”，意謂在春末柳絮漫天紛飛墜地黏泥之際，尚有燕子藏在屋樑間作短暫棲息。後句“榛莽”原指雜亂叢生的草木。如李白《古風》之十四：“白骨橫千霜，嵯峨蔽榛莽。”明高啟《顧榮廟》詩：“墳祠託荒郊，蕭條並榛莽。”其引申義可喻艱危、荒亂的惡劣環境。如唐谷神子《博異志·閻敬立》：“今天下榛莽，非獨此館，宮闕尚生荊棘矣。”《新唐書·李泌傳贊》：“觀肅宗披榛莽，立朝廷，單言暫謀有所瘳合，皆付以政。”此句“甚榛莽、人間遍”所用者乃後義，詰問人世間為何到處都是艱危荒亂的惡劣環境。

〔3〕竟無鵠、空勞頻放箭：“竟”有終於、到底、始終之含義。如《史記·平原君虞卿列傳》：“平原君竟與毛遂偕。”《史記·屈原

賈生列傳》：“竟怒不救楚。”柳永《雨霖鈴》：“竟無語凝噎。”
而“鵠”乃水鳥，形狀像鵝，體較鵝大，鳴聲宏亮，善飛，亦稱
“天鵝”。如《莊子·天運》：“夫鵠不日浴而白，烏不日黔而
黑。”《莊子·庚桑楚》：“越雞不能伏鵠卵。”嵇康《琴賦》：“王
昭楚妃，千里別鵠。”此句“竟無鵠、空勞頻放箭”，謂天空根
本不曾出現過鴻鵠，任憑地上的獵人不顧現實地向空中頻頻放
箭，始終仍屬徒勞無功之舉。

〔4〕鑷縱把，愁絲斷；截那把，狂流斷：“鑷”本是古代用於摘除毛
髮的小鉗子，《釋名·釋首飾》：“鑷，攝取髮也。”左思《白髮
賦》：“願戢子之手，攝子之鑷。”若作動詞使用時，則“鑷”有
拔毛或拔除白髮之意，如“鑷白”謂拔除白髮，“鑷鬢”指拔除
鬢角上的白髮。全句謂縱使把俗稱“三千煩惱絲”的頭髮逐根
拔掉，也是徒勞的。李白《宣州謝朓樓餞別校書叔雲》詩云：
“抽刀斷水水更流，舉杯消愁愁更愁。”此詞句“截那把，狂流
斷”即暗用李白之詩意，謂無論是“以鑷拔髮”抑或“抽刀斷
水”，都不能驅走內心的愁緒。

〔5〕愈是即殷離愈遠，覺世局、奔輪轉：“即”的基本含義是接近、
靠近、走向的意思，與“離”對舉。“殷”則有深厚、深切之
意。如陸機《歎逝賦》：“在殷憂而弗違。”明宗臣《報劉一丈
書》：“書中情意甚殷。”而“世局”指政局、世道，亦可泛指情
勢。“奔輪轉”，形容世局像輪子般飛奔旋轉。前句“愈是即殷
離愈遠”意謂愈是有心接近意中人，結果卻往往事與願違，反
令雙方的距離變得愈來愈遠，其意與上闋“竟無鵠、空勞頻放
箭”句前後呼應。而後句“覺世局、奔輪轉”謂世局實在變化
太快。

〔6〕念功倍、何曾真事半：語出《孟子·公孫醜上》：“萬乘之國，
行仁政，民之悅之，猶解倒懸也。故事半古之人，功必倍之。”
指做事若得其法，便可收到費力小，收效大的理想效果。惟作

者此處反用其意，表示不相信世上真的會有"事半功倍"這樣理想的行事效果。

〔7〕雲自可，吹憑管；天未可，窺憑管：前句意謂前人尚有"憑管吹雲"之說，如宋高觀國《菩薩蠻》詞："何須急管吹雲暝，高寒灔灔開金餅。"宋孫濟《落梅詞》亦云："一聲羌管吹雲笛，玉溪半夜梅翻雪。"後句語本《世說新語·方正》："此郎亦管中窺豹，時見一斑。"指用竹管看豹只能概見其身上之一斑。用以比喻或譏諷目光狹隘、見識短淺之徒。作者此處則藉"天未可，窺憑管"一語，指出"以管窺豹"已為世人所輕，若妄圖"憑管窺天"，豈非癡人說夢耶。

【評　析】

此詞作於辛卯（1951）冬。據小題所言，可知此詞乃作者應和堅社社友的唱酬戲作。（按：當日社集除了作者與林碧城有《酷相思》之社作外，劉伯端及王韶生亦有同調應和之作。有關詞作詳見林汝珩著、魯曉鵬編注《碧城樂府——林碧城詞集》，香港大學出版社，2011 年版，頁212 – 213 之"相關堅社社課諸家詞"。）作者藉著感慨遙深之寄興手法，含蓄蘊藉地表達出一種難以言宣的複雜情懷。

（周兼善箋注）

燭影搖紅　數學專家黃伸和，清光緒末葉以縣令需次皖城主學堂講席。旋棄官遊古巴，垂五十年。辦報館，鐫印章曰"我早荷花十日生"。今年八十提前稱觴，書來索詞，賦此寄祝。[1]

江夏喬松，挺生十日荷花首。[2]皖公山色讲堂前，法記乘除授。[3]不忍孤絃獨奏，輊鼇飛、天風海吼。[4]西洲巾岸，盈掬嫣霞，芳蒩擎酒。[5]　　鶴兩添籌，年符車載蟠溪叟。[6]千秋勳業一漁竿，那抵操觚手。[7]珍重樓高憑袖，白雲看蒼然幻狗。[8]評成月旦，鼛鼓喧中，歌霓稱壽。[9]

【箋　注】

〔1〕黃伸和：籍貫與生卒年俱無考。惟從詞序可悉其人乃數學專家。此詞為祝壽之作。何謂"八十提前稱觴"？原來按照中國傳統風俗，一般人大率按虛齡計歲。五十歲起均由兒孫在壽誕之日祀神祭祖，操辦壽筵。生辰之日稱"正壽"，壽宴由兒孫承辦，稱為"桃觴"。觴為酒器，桃為壽桃。"稱觴"之謂大約就是壽誕舉觴稱賀的意思。正壽的前一天，稱"暖壽"，由出嫁的女兒負責籌辦。慶壽誕在一年之內可提前做，但過了生日，則不能祝壽。是以所謂"今年八十提前稱觴"，即黃伸和在個人將屆八十歲虛齡的一年之內提前做大壽。

〔2〕江夏喬松，挺生十日荷花首：首句"喬松"有二解。其一為高大的松樹，如《詩·鄭風·山有扶蘇》："山有喬松，隰有遊龍。"明沈鯨《雙珠記·人珠還合》："特俾絲蘿，得附喬松。"其二為古代傳說中的王子喬和赤松子之並稱，兩人均為傳說中的仙人。《戰國策·秦策三》："君何不以此時歸相印，讓賢者授之，必有伯夷之廉，長為應侯，世世稱孤，而有喬松之壽。"《三國演義》第一〇二回："但存忠孝節，何必壽喬松。"此句"江夏喬松"當以釋作後義為佳，藉以隱喻對方高壽之意。次句"挺生"意謂挺拔生長，亦可喻傑出之士。《後漢書·西域傳論》："靈聖之所降集，賢懿之所挺生。"南朝劉孝標《辯命論》："聞孔墨之挺生，謂英睿擅英響。"杜甫《秋日荊南述懷》詩："昔承推獎分，愧匪挺生才。"陳恭尹《南海神祠古木綿花歌》："挺生奇樹號木綿，特立南州持絳節。"蓋"挺生十日荷花首"實乃"首荷花十日挺生"之倒裝句，意謂黃伸和早荷花十日出

生。古代民間相傳夏曆六月二十四日為荷花生日。則黃伸和生日當在夏曆六月十四日。

〔3〕皖公山色講堂前，法記乘除授：首句「皖公山色講堂前」，其實不外祝頌黃伸和歡慶八十大壽時兒孫滿堂、壽比南山之意。蓋皖公山又名潛山、天柱山，位於今安徽省潛山縣西北。由於漢武帝曾封其為南嶽，故用於壽詞中的皖公山常寄寓祝頌對方「壽比南山」之美意。唐李家明《詠皖公山》：「龍舟輕颺錦帆風，正值宸遊望遠空。回首皖公山色翠，影斜不到壽杯中。」李白《江上望皖公山》：「奇峯出奇雲，秀木含秀氣。清宴皖公山，巉絕稱人意。」至於次句「法記乘除授」，則明確點出詞中所詠的壽星黃伸和其專業身份為「數學專家」。

〔4〕不忍孤絃獨奏，鞚鼇飛、天風海吼：首句「孤弦獨奏」似暗喻黃伸和即使貴為「數學專家」，但在「清光緒末葉以縣令需次臨城主學堂講席」，其間由於欠缺教學上的支援因而孤掌難鳴，以致未能盡展所長。就好像名琴雖蘊涵清韻，然而苦於獨奏聲音單調而沒有和聲。次句「鞚鼇飛」，「鞚」原指帶嚼子的馬籠頭；而「飛鞚」則謂策馬飛馳。如南朝鮑照《擬古》詩之三：「獸肥春草短，飛鞚越平陸。」唐令狐楚《少年行》詩之二：「等閒飛鞚秋原上，獨向寒雲試射聲。」清龐樹松《檗子書來約遊西泠俶裝待發牽率塵事賦此以謝之》：「停雲白石共周旋，飛鞚行蹤想若仙。」至於「鼇」與鵬俱為傳說中神仙乘坐之物。如蘇軾《次韻江晦叔兼呈器之》：「橫空初不跨鵬鼇，但覺胡牀步步高。」自注：「器之言：嘗夢飛，自覺身與所坐牀皆起空中。」清趙懷玉《賀新涼‧潘芝軒修撰秋帆歸興圖》詞：「曾跨鵬鼇橫海過，猶記鷺鷗盟在。」此句「鞚鼇飛、天風海吼」，蓋指黃伸和在崢嶸歲月「旋棄官遊古巴，垂五十年，辦報館」此段遠渡重洋開闢新天地之往事，所言頗能契合黃氏個人的獨特經歷。

〔5〕西洲巾岸，盈掬嫣霞，芳觴擎酒：「西洲」所指乃大洋彼岸的美

洲。而"巾岸"即"岸巾"，意謂掀起頭巾，露出前額，用以形容豪邁之士態度灑脫或衣著簡率不拘。唐劉肅《大唐新語·極諫》："中宗愈怒，不及整衣履，岸巾出側門。"宋楊萬里《和章漢直》："岸巾過我燈前語，贈句清於月底梅。"明宋濂《南澗子包公碣》："性嗜酒，雖百觴不亂。當酣適之際，岸巾獨坐，高歌八韻律賦。"首句"西洲巾岸"，蓋謂黃伸和在美洲生活大可態度灑脫、不拘小節。次句"盈"有充滿、充溢之意；"掬"指用兩手併合捧著，如以手掬水；"嫣"，美好的樣子，如李賀《南園》詩十三首之一："可憐日暮嫣香落，嫁與春風不用媒。"此句"盈掬嫣霞"喻彼邦之自然絢麗美景俯拾皆是，蓋謂黃伸和在美洲日夕得見滿天霞蔚雲蒸的壯麗景致，隨時可以雙手併合捧取其佳色。第三句"芳筲擎酒"中之"筲"本指竹筒，"芳筲"則為酒筒的美稱；"擎"有高舉之義，如李漁《閑情偶寄·種植部》："與翠葉並擎。"此處"芳筲擎酒"句，作者想像黃伸和慶祝八十大壽當天滿堂喜慶的場景：席上賓主盡歡，黃氏的家人頻頻以高舉的酒筒為與會者添酒助慶，場面非常熱鬧。

〔6〕鶴兩添籌，年符車載蟠溪叟：首句祝福壽者如鶴般長壽，此處之"鶴"喻壽星黃伸和。而"添籌"乃"海屋添籌"的縮略語，語出自蘇軾《東坡志林》卷二："海水變桑田時，吾輒下一籌，爾來吾籌已滿十間屋。"此所謂"海屋"，為此寓言中堆存記錄滄桑變化籌碼的房間。"籌"指籌碼，傳說古代有三個老人相遇，他們互相詢問年齡，一個說自己的年齡已不記得了，只記得少年時與盤古有交情，一個說他看見海水變桑田就添一個籌碼，如今他的籌碼可裝十間屋子，另一個則說他吃過的蟠桃核丟到昆侖山下，如今長得與昆侖一樣高了。"海屋添籌"常用於祝福人健康長壽。此處"鶴兩添籌"，意謂壽星黃伸和已兩度看過"海水變桑田"，藉以祝頌其高壽。次句"蟠溪叟"乃八十歲才得遇文王的周朝國師姜子牙（又稱姜尚、呂尚，即姜太

公）。姜子牙大器晚成，在輔佐周文王期間，為強周滅商制定了
一系列正確的內外政策。周文王死後，武王姬發繼位，拜姜尚
為國師，尊稱師尚父，興周八百年之久。李商隱《井泥四十韻》
云：“伊尹佐興王，不藉漢父資。蟠溪老釣叟，坐爲周之師。”
詩中所詠之“蟠溪老釣叟”即為姜子牙。此句“年符車載蟠溪
叟”，則謂黃伸和已屆八十高齡，可與八十遇文王的“蟠溪老釣
叟”姜子牙比肩，並享古代年滿八十之長者可獲車載的優渥
禮遇。

〔7〕千秋勳業一漁竿，那抵操觚手：首句“千秋勳業一漁竿”，承上
提及的“蟠溪老釣叟”姜子牙的故事，謂姜子牙以直鉤漁竿垂
釣於蟠溪，年屆八十始得遇文王，從此開創千秋勳業。次句
“操觚”原指手持木簡，後引申指寫詩作文。“操觚手”喻黃伸
和畢生致力辦報事業，其成就之大，連“蟠溪老釣叟”姜子牙
也自愧不如。

〔8〕珍重樓高憑袖，白雲看蒼然幻狗：首句意謂黃伸和已屆八十高
齡，今後登臨高樓時切記須緊搭兩袖以免著涼，善加珍攝保重。
次句“白雲看蒼然幻狗”，化用成語“白雲蒼狗”之意。“白雲
蒼狗”原作“白衣蒼狗”，其中“蒼”乃灰白色。語見杜甫
《可歎》詩：“天上浮雲似白衣，斯須改變如蒼狗。”大意謂天上
的浮雲剛才還像白衣裳，豈料頃刻之間即變得像灰白色的狗，
常用以喻世上事物變化不定。廖詞此句亦寓有勸黃氏宜冷眼袖
手以觀世情變幻之意。

〔9〕評成月旦，鼕鼓喧中，歌霓稱壽：“評成月旦”典出《後漢書·
許劭傳》：“初，劭與靖俱有高名，好共覈論鄉黨人物，每月輒
更其品題，故汝南俗有‘月旦評’焉。”指東漢末年由汝南郡人
許劭兄弟主持對當代人物或詩文字畫等品評、褒貶的一項活動，
常在每月初一發表，故稱“月旦評”。後世因稱品評人物為“汝
南月旦”、“月旦評”或“汝月”。如歐陽修《謝胥學士啟》：“魯

衮垂乎一字，寵極於華章；汝月更乎坐評，自成於往法。"柳亞子《〈胡寄塵詩〉序》："其尤無恥者，妄竊汝南月旦之評，撰為詩話，己不能文，則假手捉刀，大書深刻，以欺當世。"首句"評成月旦"，稱譽黃伸和辦報五十年來一直秉筆直書，評論持平公允的敢言作風，堪與東漢時許劭兄弟之"汝南月旦"相提並論。次句"鼙鼓喧中"，"鼙鼓"原指小鼓和大鼓，為古代軍旅所用，引申可指戰鼓，或用以喻戰爭。如白居易《長恨歌》："漁陽鼙鼓動地來，驚破《霓裳羽衣曲》。"王韜《瀛壖雜誌》："拔發騎龍望旂旌，經年鼙鼓未休兵。"由於這首壽詞寫於辛卯歲（1951）冬，當時朝鮮戰爭正進行得如火如荼，故有此語。末句"歌霓"乃"歌舞《霓裳》"的縮略語，《霓裳》就是唐代的著名樂曲《霓裳羽衣曲》，相傳為唐玄宗所製。"歌霓稱壽"承前句意，謂儘管外間戰火未平，仍無礙黃氏壽筵上歌舞美樂的祝壽氣氛。

【評　析】

此詞作於辛卯（1951）冬，屬酬酢性質的壽友詞，作者接受故人請託，藉以達致祈福祝壽、慶頌許願的世俗交際功能。且不乏用典貼切、巧譬善喻，情真意切的寫作特點。

（周兼善箋注）

憶舊遊　伯端五十年前侍太夫人課詩牡丹花下，忽一瓣飄墜，教拾而藏諸書頁間。今無意中檢出，色淡黃而未化。因賦此調，約社侶同作，余依聲清真漫成[1]。

記雲容竚望，線手縈懷，遊子悲傷。[2]那若花前侍，正絃詩課讀，瓣墮天香。[3]怕教燕喙銜去，溫語囑收藏。[4]自盡帙蹤潛，駒韶瞬轉，幾換年光。[5]　　渾忘，乍驚見，只蛻已些枯，形未全僵。[6]惹起平生感，縱雞豚難逮，丫艸成霜。[7]賦情到老偏麗，摛藻壓詞場。[8]羨影入新吟，春暉報答心更長。[9]伯端著有《心影詞》。

【箋　注】

〔1〕余依聲清真漫成：指依周邦彥（清真）《憶舊遊》原詞韻。

〔2〕記雲容竚望，線手縈懷，遊子悲傷：前句"記雲容竚望"即"竚望記雲容"的倒裝句，即"望雲"之意，此語本自成語"望雲之情"，喻自己經常仰望白雲而思念父母。典出《新唐書·狄仁傑傳》："仁傑登奇太行山，反顧，見白雲孤飛，謂左右曰：'吾親舍其下。'瞻悵久之。雲移乃得去。""望雲"亦可指藉著望白雲而思念家鄉，如杜甫《客堂》詩之二："老馬終望雲，南雁意在北。別家長兒女，欲起慚筋力。"明屠隆《綵毫記·歸隱林泉》："孩兒久離膝下，未展趨庭。今慰望雲，當圖捧日。"清陳裴之《湘煙小錄》："姬素戀切所生，恒見望雲興歎。"中句"線手"脫胎自孟郊《遊子吟》："慈母手中線，遊子身上衣。臨行密密縫，意恐遲遲歸。誰言寸草心，報得三春暉。"而"縈懷"謂牽掛在心，如唐蔣防《霍小玉傳》："酒闌賓散，離思縈懷。"宋吳泳《沁園春·洪都病中讀劉潛夫詞而壯之因和一首寄呈》詞："今耄矣，獨尊鱸在夢，泉石縈懷。"明李東陽《送楊應寧》詩："所至各縈懷，功名勿留滯。"清陳其年《送入我門來·釀酒》詞："悶倚牙屏，慵拈兔管，家鄉瑣事縈懷。"此句"線手縈懷"謂慈母拿著針線，為將要遠遊的孩子縫製新衣裳，而稍後孩子不在身邊更令她日夕牽掛在心。後句"遊子"指離家遠行或長年客居外鄉的人。如《古詩十九首·行行重行行》："浮雲蔽白日，遊子不顧反。"酈道元《水經注·濕

餘水》：“曉禽暮獸，寒鳴相和，羈宦遊子，聆之者莫不傷思矣。”唐李頎《送魏萬之京》詩：“朝聞遊子唱離歌，昨夜微霜初度河。”顧炎武《寄弟紓及友人江南》詩之二：“痛我遊子身，中年遭薄祜。”此句“遊子悲傷”謂作者如今客寓香江有家難歸，每當想起舊日慈母“線手縈懷”的片段時，便不禁悲從中來，傷心不已。

〔3〕那若花前侍，正絃詩課讀，瓣墮天香：前句“那若”謂自己在年幼時哪裡及得上劉伯端那麼幸福。“花前侍”即“花前侍母”的縮略語，亦即此詞小序所云“伯端五十年前侍太夫人”之意。中句“絃詩”猶賦詩，指寫作詩詞。如林則徐《杭嘉湖三郡觀風告示》：“由制義以及弦詩對策，仿闈試而略有變通。”亦可指配樂唱詩或吟詠詩歌。如《墨子·公孟》：“或以不喪之間，誦詩三百，弦詩三百，歌詩三百，舞詩三百。”孫詒讓間詁：“《禮記·樂記》云：弦謂鼓琴瑟也。”“課讀”謂進行教學活動，傳授知識。如清昭槤《嘯亭續錄·張夫子》：“公獨處蕭寺中，聚徒課讀。”徐自華《九日閑興》詩：“懶攜樽酒登高去，課讀兒曹書掩扉。”《兒女英雄傳》第十八回：“紀太傅聽說無法，便留紀望唐一人課讀，打算給紀獻唐另請一位先生，叫他兄弟兩個各從一師受業。”此句“正絃詩課讀”謂當時只有十五歲的劉伯端，正在花前侍奉母親並學習吟誦寫作詩詞。後句“天香”一般為芳香的美稱，亦可特指桂、梅、牡丹等花香。如庾信《奉和同泰寺浮圖》：“天香下桂殿，仙梵入伊笙。”李白《廬山東林寺夜懷》詩：“天香生空虛，天樂鳴不歇。”前蜀貫休《山居》詩之二二：“豈知知足金仙子，霞外天香滿氅袍。”宋劉克莊《念奴嬌·木犀》詞：“卻是小山叢桂裡，一夜天香飄墜。”納蘭性德《桑榆墅同梁汾夜望》詩：“無月見村火，有時聞天香。”清方文《送春日偕束茹吉等看牡丹》詩：“信有天香亦傾國，金罍在手莫辭乾。”而“瓣墮天香”謂當時剛巧有一片牡丹花瓣隨

風墜下，即此詞小序所云"課詩牡丹花下，忽一瓣飄墜"；以及劉伯端同調詞序所云"餘年十五，隨母花下課詩，適有落瓣"之意。

〔4〕怕教燕喙銜去，溫語囑收藏：前句謂劉伯端母親怕這片飄落的牡丹花瓣會被燕子用嘴銜走。後句"溫語"指溫和的話語。如《明史·秦金傳》："比內閣擬旨輒中改，至疏請，徒答溫語，此任賢不能如初也。""溫語囑收藏"謂劉伯端母親用溫和的語氣吩咐兒子把這片牡丹花瓣收藏好，即此詞小序所云"忽一瓣飄墜，教拾而藏諸書頁間"；以及劉伯端同調詞序所謂"適有落瓣，拾置卷中，（母）顧謂餘曰：遺汝異日之賞"之意。

〔5〕自蠹帙蹤潛，駒韶瞬轉，幾換年光：前句"蠹"謂遭蛀書蟲蛀蝕；"帙"泛指書籍卷冊。"蹤潛"即"潛蹤"，指隱蔽蹤跡。如阮大鋮《燕子箋·兵嬲》："軍聲四起洶洶、洶洶，教人何處潛蹤、潛蹤？"《紅樓夢》第五四回："大家躡手躡腳，潛蹤進鏡壁去一看，只見襲人和一個人對歪在地炕上。"中句"駒韶瞬轉"謂韶光飛逝，數十年歲月彷如白駒過隙般轉瞬間一閃而過。後句"年光"指年華、歲月。如南朝徐陵《答李顒之書》："年光逋盡，觸目崩心。"宋陳允平《永遇樂》詞："薔薇舊約，樽前一笑，等閒辜負年光。"清江昱《齊天樂》詞："年光迅羽，怕遊倦相如，後期難許。"此句"幾換年光"謂幾十年來多少次變換了年華歲月。

〔6〕渾忘，乍驚見，只蛻已些枯，形未全僵：前句"渾忘"謂完全忘卻。次句"乍驚見"謂沒想到竟然又再看見這片陳年的牡丹花瓣。第三句"只蛻已些枯"乃謂花瓣只是顏色已減退了一點，較前乾枯了一些罷了。後句"形未全僵"指這片陳年的牡丹花瓣形狀仍完好，並未完全僵硬枯化。此四句即詞序所云"今無意中檢出，色淡黃而未化"；以及劉伯端同調詞序所謂"久漸忘懷，今檢舊帙，忽飄墜書幾，色轉淡黃，理如蟬翼"之意。

〔7〕惹起平生感，縱雞豚難逮，丫艸成霜：前句"平生"即此生或
　　有生以來之意。如《陳書·徐陵傳》："歲月如流，平生幾何？"
　　韓愈《遣興聯句》："平生無百歲，歧路有四方。"白居易《琵琶
　　行（並序）》："弦弦掩抑聲聲思，似訴平生不得志。"此句"惹
　　起平生感"意謂觸發作者對此生侍奉雙親的經歷興起了感慨之
　　情。中句"縱雞豚難逮"，典出《韓詩外傳》卷七："是故椎牛
　　而祭墓，不如雞豚之逮親存也。"意謂與其擊殺碩大的牛隻風光
　　體面地拜祭先人，不如以體型細小的雞和豬敬奉在世的親人更
　　能體現孝思。作者對《韓詩外傳》的古訓深表認同，故有此語。
　　他感嘆雙親已離世，再無機會以雞豚敬奉慈親。後句"丫艸"
　　喻古代小孩頭上形似丫角的髮型。"成霜"乃"潘鬢成霜"的簡
　　稱，原指晉代詩人潘岳自中年始已鬢髮斑白。語本晉潘嶽《秋
　　興賦並序》："斑鬢髟以承弁兮，素髮颯以垂領。"元無名氏《醉
　　寫赤壁賦》第一折："我則待養浩然袁門積雪久，以後空嗟歎得
　　潘鬢成霜。"此句"丫艸成霜"，謂昔日那個頭上梳著丫角的自
　　己，如今也垂垂老去，早已潘鬢成霜了。

〔8〕賦情到老偏麗，摛藻壓詞場：前句"賦情"指天性。如《平山
　　冷燕》第六回："最奇的是（冷絳雪）裏性聰明，賦情敏慧，見
　　了書史筆墨，便如性命。"此句"賦情到老偏麗"讚譽劉伯端天
　　性賢孝善良，年紀越大便越能體現這些美德。後句"摛藻"指
　　鋪陳辭藻，意謂施展文才。如班固《答賓戲》："雖馳辯如濤波，
　　摛藻如春華。"虞世南《門有車馬客行》："高談辨飛兔，摛藻握
　　靈蛇。"林逋《寄茂才馮彭年》詩："無如摛藻妙，所惜賞音
　　稀。"此句"摛藻壓詞場"，稱許劉伯端此詞情真意切，在社友
　　同調諸作中技壓全場，最為突出。

〔9〕羨影入新吟，春暉報答心更長：前句"羨影入新吟"乃"羨新
　　吟入《影》"的倒裝句，劉伯端著有《心影詞》，而《影》即
　　《心影詞》之簡稱。此句意謂作者羨慕劉伯端可以把這篇睹物思

人懷念慈母的新作收錄在《心影詞》中，藉以永留紀念。後句
"春暉報答心更長" 乃 "報答春暉心更長" 的倒裝句，謂劉伯
端這位孝子長存回報父母養育深恩的至誠心意。此語本自孟郊
《遊子吟》詩："誰言寸草心，報得三春暉。" 形容母愛像春天的
陽光溫暖小草，而區區小草似的兒女心意又怎能報答母愛於萬
一呢？

【評　析】

此詞作於辛卯年（1951）冬。此闋雖屬應酬贈答性質的詞社交
際之作，惟因其涉及劉伯端五十年前的舊事，主題亦與睹物思人懷
念慈母有關，故此詞所言亦能切合作者與劉伯端雙方的身分、關係
與交情，用典貼切，巧譬善喻，情真意切，頗能表現人倫真情和生
命意義美好的一面。

附劉伯端原作《憶舊遊》：

余年十五，隨母花下課詩，適有落瓣，拾置卷中，顧謂余曰：
"遺汝異日之賞"。久漸忘懷。今檢舊帙，忽飄墮書幾，色轉淡黃，
理如蟬翼。悲哉！此余母五十年前手澤也。泫然賦此，兼乞堅社諸
子同詠其事。

甚侵人歲月，浪跡江湖，換卻萊衣。最憶兒時事，正萱庭露曉，
賦罷清詩。畫梁未醒雛燕，花外日遲遲。奈一片瓣根，千紅減色，
怎挽春暉。　　迷離。眼前影，似寂寞諸天，散後芳菲。不作飄茵
想，伴琅函緗帙，幽絕偏宜。便隨蠹魚桔死，猶勝了無歸。更掩卷
虛堂，風催淚燭寒漏移。

（周兼善箋注）

玉蝴蝶 咫社十七集。依聲均屯田第四首。題吳湖帆為冒鶴亭畫《羅浮仙蝶降臨圖》。[1]

話劫園拋水繪，翠樓淞峙，湘竹簾寨。[2]疑假疑真，舞見洞蝶便娟。[3]顫微鬏、鐙痕翳霧，拂豔翅、鑪爐生煙。[4]俗緣牽。粉兒留影，差慰衰年。[5]　　拖延，棲羅浮穩，今來脣宇，甯約飛牋。[6]謝逸詩情，定曾移向玉峰前。[7]夢中身、山河宛在，隱處地、花草俱妍。[8]彩雲連，畫開新景，染就吳天。[9]

【箋　注】

〔1〕咫社十七集，依聲均屯田第四首，題吳湖帆為冒鶴亭畫《羅浮仙蝶降臨圖》：屯田，指宋代著名詞人柳永，以屯田員外郎致仕，故世稱柳屯田。廖氏此詞所依聲韻乃柳永《玉蝴蝶》（五之四·仙呂調）。吳湖帆(1894—1968)，蘇州人，曾任中國美術家協會上海分會副主席。他是二十世紀中國畫壇一位重要的畫家，他在中國繪畫史上的意義已遠超出其作為山水畫家的意義。昌鶴亭，近代著名學者，詞家。

〔2〕話劫園拋水繪，翠樓淞峙，湘竹簾寨：前句"話劫園拋水繪"乃"話劫拋水繪園"的倒裝句。"劫"本為佛教名詞"劫波"（或"劫簸"）的略稱，意為極久遠的時節。古印度傳說世界經歷若干萬年毀滅一次，然後重新再開始，這樣一個週期叫做一"劫"，後人以"劫"借指天災人禍。此句呼應詞題，大意謂吳湖帆為冒鶴亭畫了一幅《羅浮仙蝶降臨圖》，廖恩壽題這首《玉蝴蝶》詞於畫上。吳湖帆從上海來港，席間話舊時吳氏提及冒鶴亭本來一直定居於其先祖冒辟疆建於家鄉江蘇如皋的"水繪園"。然而由於最近十多年來該地歷經戰亂災劫波及，因此冒鶴

亭一度離開水繪園，遠走他方以逃避禍亂。中句“翠樓”喻塗
飾綠漆的高樓。如漢李尤《平樂觀賦》：“大廈累而鱗次，承岩
巘之翠樓。”南朝江淹《山中楚辭》之二：“日華粲於芳閣，月
金披於翠樓。”唐王昌齡《閨怨》詩：“閨中少婦不曾愁，春日
凝妝上翠樓。”虞集《贈楚石藏主》詩：“不識南塘第幾橋，翠
樓華屋上岩巘。”而“淞”義同“凇”，指水氣凝結成的冰花。
如宋曾鞏《霧淞》：“園林初日靜無風，霧淞花開處處同。”此句
“翠樓淞峙”謂作者追憶太平盛世時，水繪園內塗飾綠漆的高樓
在冬日常見水氣凝結成的冰花，彼此遙遙對峙而立，如斯美景
教人難以忘懷。後句“湘竹”即斑竹，產於湖南、廣西，此處
借指竹席。如周邦彥《法曲獻仙音》詞：“倦脫綸巾，困便湘
竹，桐陰半侵庭戶。”褰，撩起意；“簾褰”即“褰簾”，指掀
起簾幕。此句謂戰亂未起時，夏天走進水繪園的客房，掀起簾
幕便可看到供客人憩息的竹席，令人樂不思歸。

〔3〕疑假疑真，舞見洞蝶便娟：前句謂作者看到吳湖帆為冒鶴亭畫
的《羅浮仙蝶降臨圖》，圖中的“仙蝶”都栩栩如生，躍然紙
上，令他頓覺真假難辨，疑幻疑真。後句“舞見洞蝶便娟”即
“見洞蝶便娟舞”的倒裝句。“洞蝶”即此詞所題詠的“仙蝶”，
乃棲息於廣東省羅浮山雲峰岩下蝴蝶洞的彩蝶，相傳為晉人葛
洪遺衣所化而成。如清張際亮《送雲麓觀察督糧粵東》詩：“聞
道佛桑僅有根，可憐仙蝶紛無影。”“便娟”，形容蝴蝶迴旋飛舞
貌，如謝靈運《雪賦》：“初便娟於墀廡，末縈盈於帷席。”亦可
解作輕盈美好貌。如《楚辭·大招》：“豐肉微骨，體便娟只。”
漢邊讓《章華賦》：“形便娟以嬋媛兮，若流風之靡草。”謝靈運
《山居賦》：“既修竦而便娟，亦蕭森而蓊蔚。”清金農《慕園題
竹》詩：“便娟修竹覆欄楹，出格幽姿天與成。”此句“舞見洞
蝶便娟”意謂作者好像看到羅浮山的“仙蝶”竟在他眼前迴旋
飛舞著。

〔4〕顫微鬚、鐙痕翳霧，拂豔翅、鑪爐生煙：前句"顫微鬚、鐙痕翳霧"乃"微鬚顫、霧翳鐙痕"的倒裝句。"霧翳"即雲霧、霧氣縈繞。"鐙痕"即昏黃的燈暈，乃燈焰週邊的光圈。如宋劉過《賀新郎》詞："一枕新涼眠客舍，聽梧桐、疏雨秋聲顫。燈暈冷，記初見。"元黃庚《有感》詩："殘夜月寒燈暈淡，高秋天潤雁聲微。"此句"顫微鬚、鐙痕翳霧"謂只見仙蝶微細的觸鬚輕輕顫動，燈焰週邊昏黃的燈暈隨即為一重重雲霧所籠罩著，予人寒氣凝聚，幽森詭異的感覺。後句"鑪爐"指爐灰或香灰。如辛棄疾《鷓鴣天》詞："爐爐冷，鼎香氛。酒寒誰遣為重溫？""生煙"指冒出煙氣。如元狄君厚《介子推》第四折："猛一陣煤撲人生煙熗人，風捲泄蕩起灰塵。"此句"拂豔翅、鑪爐生煙"謂仙蝶把豔麗的彩翅輕柔拂動幾下，薰爐原已熄滅的香灰竟又再冒出陣陣煙氣來。

〔5〕俗緣牽，粉兒留影，差慰衰年：前句"俗緣"謂塵世之事。佛教以因緣解釋人事，因稱塵世之事為俗緣。如唐許渾《記夢》詩："塵心未盡俗緣在，十里下山空月明。"宋司馬光《寄清逸魏處士》詩："徒嗟俗緣重，端使素心違。"《紅樓夢》第一二〇回："寶玉未及回言，只見船頭上來了兩人，一僧一道，夾住寶玉道：'俗緣已畢，還不快走？'"此句"俗緣牽"謂自己為塵世之事所牽累。中句"粉兒留影"謂"仙蝶"藉著國畫大師吳湖帆的生花妙筆，才得以在畫圖上將其粉雕玉琢的美麗容貌和倩影長留人間。後句"差慰"即"差慰人意"之意，謂很能使人的內心感到欣慰，或指某種情況使人感到滿意。"衰年"指衰老之年，如杜甫《泛舟送魏倉曹還京因寄岑參范季明》詩："若逢岑與範，為報各衰年。"蘇軾《次韻曾子開從駕再和》之一："衰年壯觀空驚目，嶮韻清詩苦鬬新。"明屠隆《綵毫記·祿山謀逆》："論荒淫主上衰年，狐鼠輩竊弄權。"清錢大昕《十駕齋養新錄·石刻詩經殘本》："予訪求五十年，不得隻字，昨歲始

見《左傳》殘本僅字，今復見此刻經注萬有餘言，真衰年樂事也。"此句"差慰衰年"謂自己有幸在衰老之年得睹仙蝶留影畫上，殊堪欣慰。

〔6〕拖延，棲羅浮穩，今來胥宇，甯約飛牋：前二句謂自己一直有意回到家鄉羅浮山終老，無奈國內時局未靖，夙願無法實現。第三句"胥宇"即察看可築房屋的地基和方向，猶相宅之意。如《詩・大雅・緜》："爰及姜女，聿來胥宇。"毛傳："胥，相；宇，居也。"孔穎達疏："自來相土地之可居者。"晉潘尼《東武館賦》："慕古公之胥宇，羨孟母之審鄰。"《北史・隋紀下・煬帝》："但成周墟堲，弗堪胥宇，今可於伊雒營建東京。"姜夔《喜遷鶯慢・功父新第落成》詞："窗戶新成，青紅猶潤，雙燕為君胥宇。"此句"今來胥宇"謂自己如今來到香港買宅定居，暫且擱置歸隱家鄉羅浮山終老的願望。第四句"甯約飛牋"，牋同箋，指信箋，飛牋即通信；謂寧可暫與家鄉親友藉著書信往還互訴心曲，也不敢貿然回鄉遂終老之願。

〔7〕謝逸詩情，定曾移向玉峰前：前句"謝逸"即東晉南朝詩人謝靈運（385—433），他是第一個用賦體稱頌羅浮山的文學家，有《羅浮山賦》傳世。在《羅浮山賦》序中，謝靈運曾提及此賦的寫作緣起："正與夢中意相會，遂感而作《羅浮山賦》。""詩情"指謝靈運的詩人情懷。後句"定曾移向玉峰前"，謂謝靈運的詩情雅興，一定會通過"正與夢中意相會"的神奇形式飄移到羅浮山的玉女峰前。

〔8〕夢中身、山河宛在，隱處地、花草俱妍：前句謂在夢中身處家鄉，感覺山河依舊，別來無恙。後句"隱處地"指隱居之所。如賈島《山中道士》詩："不曾離隱處，那得世人逢。"《文選》賈誼《吊屈原文》："偭蟂獺以隱處兮，夫豈從蝦與蛭螾。"張銑注："君子但避亂世以隱居，不可與小人從仕。"《漢書・武帝紀》："詳問隱處亡位，及冤失職。"此句"隱處地、花草俱妍"

謂自己在夢中得遂回鄉隱居終老於花繁草秀、妍麗怡人之地的願望，可惜這些美好的情景只不過是夢境而已。

〔9〕彩雲連，畫開新景，染就吳天：前句謂難遂回鄉終老之願，而與鄉親的聯繫除了書信往還外，就只能拜託身似彩雲來去自如的"仙蝶"為之傳達了。中句"畫開新景"，稱頌這幅《羅浮仙蝶降臨圖》在畫風上能開拓一番新景象。末句"染就"即"染成"之意。"染就吳天"喻吳湖帆大師的彩筆能把蘇州和上海一帶的天空點染得更加絢麗多彩，在藝術上開一代新風氣。

【評　析】

此詞作於辛卯年（1951）冬，是應吳湖帆所請為其《羅浮仙蝶降臨圖》題詞，惟詞中著墨於畫作內容之處不多，反而藉題發揮自抒個人懷抱。此詞巧譬善喻，用典貼切，並能符合作者與吳湖帆雙方的身分、關係與交情，洵為一篇有感而發而又情真意切的題贈之作。

（周兼善箋注）

鷓鴣天　俱樂部在天台大廈，伯端日必一至。升降機女郎識之稔，一見即予送達。詠以此調云："劉郎已熟看花眼，不問天台第幾重。"余步均調侃之。

莫訝飛鶯困繡籠。[1]語紗妝鏡罩瓏瓏[2]。笋般隻手支迎送，犀點靈心待貫通。[3]　　機戶啟，靨桃逢。劉郎老向笑聲中。[4]天台更上層樓是，不隔巫山一萬重。[5]

【箋　注】

〔1〕莫訝飛鶯困繡籠：此處以"飛鶯"喻小序提及之"升降機女

郎";"繡籠"即升降機,"升降機女郎"謂負責操縱電梯的女服務員。這句謂人們若看到那位千嬌百媚的升降機女郎終日困處在"繡籠"般的升降機中,也不用為之驚訝不已。

〔2〕語紗妝鏡罩瓏瓏:"語紗"二字不辭,其義無考,疑"紗"乃誤字,或為"語花"之誤。若係"語花",即"解語花",比喻善解人意的美女。如趙翼《題女史駱佩香秋燈課女圖》詩:"一個嬌娃解語花,綺窗親課秋宵讀。"此處若作"語花",則喻善解人意的升降機女郎。"妝鏡"亦作"粧鏡"或"糚鏡",指女子化妝用的鏡子。王勃《臨高臺》詩:"歌屏朝掩翠,糚鏡晚窺紅。"杜牧《阿房宮賦》:"明星熒熒,開粧鏡也。"李璟《應天長》詞:"一鉤初月臨粧鏡,蟬鬢鳳釵慵不整。"吳偉業《圓圓曲》:"斜谷雲深起畫樓,散關月落開粧鏡。"而"瓏瓏"用以形容明亮光潔貌。如元好問《點絳唇·青梅永甯時作》詞:"玉葉瓏瓏,素妝不趁宮黃媚。"亦可用作象聲詞,形容金屬、玉石等撞擊的聲音。如前蜀貫休《馬上作》詩:"柳岸花堤夕照紅,風清襟袖響瓏瓏。"陸游《憶秦娥》詞:"玉花驄,晚街金響聲瓏瓏。"此處用前義,謂升降機四周飾以玻璃就像化妝用的鏡子一樣,而升降機女郎則長日被籠罩在明亮光潔的工作空間中。

〔3〕笋般隻手支迎送,犀點靈心待貫通:前句"笋般隻手"即"笋尖"(亦作"筍尖")之喻,原指笋的尖嫩部分。如范成大《大雨宿仰山翌旦驟霽混融雲無乃開仰山之雲乎出山道中作此寄混融》詩:"貓頭髠筍尖,雀舌剝茶粒。"其引申義可比喻女子尖俏纖巧的手指,如《再生緣》第五七回:"鳳履緩行蓮瓣穩,鶯綃微捲筍尖長。"此詞即用此義。"支"有處理、應付之意。"迎送"為迎來送往的縮略語,如顏之推《顏氏家訓·風操》:"北人迎送並至門,相見則揖,皆古之道也。"《警世通言·老門生三世報恩》:"一路迎送榮耀,自不必說。"亦泛指交際應酬,如唐鄭谷《題慈恩寺默公院》詩:"春來老病厭迎送,剗卻牡丹栽

野松。"范仲淹《上執政書》:"觀今之郡長,鮮克盡心,有尚迎送之勞,有貪燕射之逸。"此句謂升降機女郎每天的工作都是用她那尖俏纖巧的手指按鍵負責乘客的迎來送往。後句"犀點靈心待貫通"則脫胎自"心有靈犀一點通"典故,李商隱《無題》詩:"身無彩鳳雙飛翼,心有靈犀一點通。"舊說犀牛有神異,角中有白紋如線,能直通兩頭,古人謂之"靈犀"。"心有靈犀一點通"原意謂你我的心就像神異的犀牛那兩隻中間有一條線連著的角一樣相通,了無隔閡。此詞謂升降機女郎與乘客劉伯端因經常見面,在升降機內言談甚歡,彼此瞭解日深,因而"升降機女郎識之稔",故能臻達"一見即予送達"的心靈貫通契合境界。

〔4〕機戶啟,靨桃逢,劉郎老向笑聲中:前句"機戶啟"指升降機的門戶開啟。中句"靨桃"指婦女面頰上的酒窩,亦可指女子面部塗抹的桃紅色化妝粉彩。"靨桃逢"謂看到升降機女郎粉紅色的臉頰和笑窩。末句"劉郎老向笑聲中",則取笑劉伯端臨老入花叢,一把年紀還經常與年輕的升降機女郎調笑為樂。

〔5〕天台更上層樓是,不隔巫山一萬重:前句"天台更上層樓是",即"更上層樓是天台"的倒裝句,謂劉伯端須"更上層樓"才能到達位於大廈頂層天台的俱樂部。此句中之"天台"亦暗寓漢朝人劉晨天台山遇仙的典故。典出干寶《搜神記》,大意謂劉晨、阮肇入天台山采藥,迷路不得返,遇二美人,因邀至香閨居住半年之久。後劉晨歸思甚苦,女遂相送返家。既還,鄉邑零落已十世矣。因伯端亦姓劉,故借劉晨天台山遇仙女典戲喻之。後句"不隔巫山一萬重","巫山",以宋玉《高唐賦》言楚懷王與巫山神女相會喻男女事。此處又借用李商隱"劉郎已恨蓬山遠,更隔蓬山一萬重"詩句而反用其意,謂此"天台"(劉伯端前往大廈俱樂部所在的天台)不同於彼"天台"(劉晨天台山遇仙之地),劉伯端只須稍移步即可"更上層樓"直抵

“天台”，而不會像李商隱那樣與意中人有“更隔蓬山一萬重”之無奈慨歎。

【評　析】

此詞作於辛卯年（1951）秋冬之際，為作者跟詞友劉伯端開玩笑的文字遊戲之作，通篇明白曉暢，寄興不深，僅可聊博詞友一粲而已。

（周兼善箋注）

渡江雲　辛卯除夕花市

　　殘年杯酒送，忍談故革，見慣鼎旋新。[1]萬花香是海，喚賣沿衢，引蝶趁蜂紛。[2]人歸鏡閣，為柳圻、添得眉鬟。[3]休問伊、帖憑何語，娓娓寫宜春。[4]　　應嘆。千金嬌盼，寸藕絲連，匪量珠斛侉。[5]胡竟愁、仙招臨水，蚨化飛身。[6]星燈燦映枝頭色，未鼓角、喧斷歡根。[7]盆放朵，盈盈笑洩天真。[8]今年花價特昂，水仙每頭索六七金。鄰家贈余一小盆，正著花，不欲解囊往購矣。

【箋　注】

〔1〕殘年杯酒送，忍談故革，見慣鼎旋新：前句“殘年杯酒送”即“杯酒送殘年”的倒裝句。“杯酒”作名詞解指一杯酒，而作動詞解則可指飲酒。前者如司馬遷《報任少卿書》：“未嘗銜盃酒，接慇懃之歡。”後者如《新唐書·張延賞傳》：“吾武夫，雖有舊惡，盃酒間可解。”“殘年”謂歲暮，即一年將盡的時候。如《二刻拍案驚奇》卷四：“看看殘年將盡，紀老三果然來買年

貨。"《說唐》第六回:"且過了殘年,到二月中,天時和暖,送
兄回去。"後二句"忍談故革,見慣鼎旋新",本自成語"革故
鼎新"而在意思上有所變化。典出《易·雜卦》:"革,去故也;
鼎,取新也。"後遂以"革故鼎新"指革除故舊,創建新猷。如
唐張說《故開府儀同三司上柱國贈揚州刺史大都督梁國文貞公
碑》:"夫以革故鼎新,大來小往,得喪而不形於色,進退而不
失其正者,鮮矣。"《資治通鑒·後唐莊宗同光二年》:"陛下革故
鼎新,為人除害,而有司未改其所為。"此二句"忍談故革,見
慣鼎旋新",意謂如今不想再談去除故舊事物的俗說,因為我對
於世人不斷變化求新的舉措已經司空見慣了。

〔2〕萬花香是海,喚賣沿衢,引蝶趁蜂紛:前句"萬花香是海"即
"萬花香似海"之意,亟言花市規模之大,花卉品種之眾,以及
花香氣味之濃。中句"喚賣"即叫賣之意。"衢"即大路,尤指
四通八達的道路。"喚賣沿衢"即"沿衢喚賣"的倒裝句,謂沿
著花市四通八達的道路往前走,一路上都聽到有花販叫賣的聲
音。後句"引蝶趁蜂紛"意謂喚賣聲引來遊人紛紛注意,就像
花朵吸引蝴蝶和蜜蜂一樣。

〔3〕人歸鏡閣,為柳圻、添得眉顰:前句"鏡閣"指女子的居室。
如清黃景仁《新月》詩:"陰陰當鏡閣,慘慘掛關門。"清孫麟
趾《金縷曲·定庵將歸托寄家書賦此送別》詞:"鏡閣偎香無此
福,冷巷重門深閉。"此句"人歸鏡閣"謂女子逛完花市返回閨
中。後句"圻"指圻岸(曲折的河岸),為古代送別之地的象
徵。如王維《送沈子福之江東》詩:"楊柳渡頭行客稀,罟師蕩
槳向臨圻。""眉顰"即"顰眉",謂皺眉或愁眉不展。如晉戴
逵《放達為非道論》:"是猶美西施而學其顰眉,慕有道而折其
巾角。"晏殊《更漏子》詞:"纔送目,又顰眉,此情誰得知。"
明張景《飛丸記·喬合飛丸》:"佳期喜到,日上紗窗曉,鏡裡
顰眉欲掃,愁懷指日冰消。"此句"為柳圻、添得眉顰"謂閨中

女子一想到將要在曲折的楊柳河岸送別情郎，便不禁愁眉深鎖。

〔4〕休問伊、帖憑何語，娓娓寫宜春：前句"休問伊"謂不要追問她；"帖憑何語"謂問她立春日貼在彩勝上的宜春帖子是根據甚麼用語寫成的。後句"娓娓"形容談論不倦或說話動聽，此處喻勤勉不倦貌。如《宋書·樂志二》："娓娓心化，日用不言。"而"寫宜春"指舊時立春日婦女所梳的宜春髻，因將"宜春"字樣貼在彩勝上，故名"寫宜春"或"宜春髻"。如南朝宗懍《荊楚歲時記》："立春之日，悉剪綵為燕，戴之，帖'宜春'二字。"湯顯祖《牡丹亭·驚夢》："(旦)：曉來望斷梅關，宿妝殘。(貼)：你側著宜春髻子恰憑闌。"清納蘭性德《東風齊著力》詞："最是燒燈時候，宜春髻，酒暖葡萄。"此二句"休問伊、帖憑何語，娓娓寫宜春"，意謂不要追問她立春日貼在彩勝上的帖子是根據甚麼用語寫成的，你只須看看她勤勉不倦地將"宜春"字樣在一張張帖子上寫了又寫，箇中一切便不言而喻了。

〔5〕應嗔。千金嬌盼，寸藕絲連，匪量珠斠吝：首句"嗔"即怒，謂應該令人感到生氣。次句"千金嬌盼"，盼，美目貌，借喻美麗，謂嬌花太貴。第三句"寸藕絲連"形容愛花者因花價過高而不敢問津，但沒走了幾步又依依不捨地回過頭來盯著心愛的花卉，就像藕斷絲連一樣。第四句"匪量珠斠吝"，匪，不也；斠，量也；吝，惜也。"量珠"脫胎自成語"三斠量珠"，原指以重金購買美女為妾。唐劉恂《嶺表錄異》卷上云："昔梁氏之女有容貌，石季倫為交趾採訪使，以真珠三斠買之。"後因以"量珠"為買妾的代稱。如龔自珍《暗香》詞："何日量珠願了，月底共商量簫譜。"亦可用"量珠"喻豐厚的酬金或高昂的買價，如清曹溶《瑣窗寒·敬可貽酢戲詠之》詞："望秦樓，量珠買歌。"本詞句即用此義。此句"匪量珠斠吝"謂並非因吝惜錢財而不願以高價購買年花。

〔6〕胡竟愁、仙招臨水，蚨化飛身：前句"胡竟愁"謂為甚麼竟然會為此發愁。而"仙招臨水"乃"臨水招仙"的倒裝句，表面意思是走近水濱招引水中仙子；實則是說想在年宵花市裡選購水仙花。後句"蚨化飛身"乃"身化飛蚨"的倒裝句，用成語"青蚨飛來"之意。"青蚨"是傳說中的蟲，比喻金錢，如谷子敬《城南柳》："皆因我囊裡缺青蚨。""青蚨飛來"比喻花出去的錢又回來了。傳說古代一些姦商利用青蚨母子永不分離的特點，抓大量的青蚨，把它們母子分開，分別取它們的血塗在錢上，然後將塗有母蚨的血錢放在家裡，把塗有子蚨血的錢拿出去買東西。一到晚上那塗有子蚨血的錢便會自動飛回來。此句"蚨化飛身"謂作者忽發奇想，要是自己能化身為青蚨，那麼即使是花市裡最昂貴的名花也會毫不猶豫地付款購買，因為這些金錢稍後便會自動飛回來物歸原主。

〔7〕星燈燦映枝頭色，未鼓角、喧斷歡根：前句"星燈燦映"即萬家燈火之意，謂在夜色降臨，家家戶戶都點上了燈的時候，枝頭的花朵在燦爛的燈火照映下倍顯絢麗迷人。後句"未鼓角、喧斷歡根"，鼓角指戰鼓和號角，軍隊亦用以報時、警眾或發出號令。杜甫《閣夜》詩："五更鼓角聲悲壯，三峽星河影動搖。"蘇軾《和陶移居》之一："歌呼雜閭巷，鼓角鳴枕席。"又，李漁《比目魚·神護》："本處的鄉風，但是祭奠神靈，都吹這件樂器，叫做鼓角。""喧斷"指人語笑聲喧嘩，把其他聲音都掩蓋隔斷了。"歡根"喻歡樂的根源，指花市中熙來攘往的人潮和鼎沸的人聲。此句"未鼓角、喧斷歡根"，謂香港如今是太平盛世，不聞戰鼓號角之聲，花市中人潮鼎沸，一片歡聲笑語。

〔8〕盆放朵，盈盈笑洩天真：前句"盆放朵"謂鄰家贈送的一小盆水仙花正朵朵綻放。後句"盈盈"形容滿面笑容的樣子。南唐張泌《浣溪沙》詞："晚逐香車入鳳城，東風斜揭繡簾輕。慢迴嬌眼笑盈盈。"周邦彥《瑞龍吟》詞："障風映袖，盈盈笑語。"

"笑洩天真"乃係擬人句，謂水仙似帶甜美自然的笑容，流露出少女般天真爛漫的神情，越發惹人憐愛。

【評　析】

此詞作於辛卯歲暮冬，小題云"辛卯除夕花市"。查辛卯歲除夕當為 1952 年 1 月 26 日。作者在詞末自注云："今年花價特昂，水仙每頭索六七金。鄰家贈余一小盆，正著花，不欲解囊往購矣。"由是反映出當時香港社會的整體經濟情況並不佳，據此或可更深入了解此詞之作意。

（周兼善箋注）

前　調　次清真均，並依聲再填一解。[1]

　　林霞飛蜃幻，水流更活，記賦走黃沙。東坡泗州除夕詩："春流活活走黃沙。"[2]地堪鋪錦滿，未到凌晨，履躡遍千家。[3]鄰嬌縱學，弄巧舌、鶯說繁華。[4]妝漫催、約遊宜晚，緩緩整盤空鴉。[5]　　空嗟，簪羞衰鬢，會阻幽期，懶尋芳月下。[6]情奈撩、燈光人影，裳布裾紗。[7]多般舊事教回憶，問管卻、灰幾吹葭。[8]時代改，年年樣別翻花。[9]

【箋　注】

〔1〕次清真均，並依聲再填一解：指依周邦彥（清真）《渡江雲》（晴嵐低楚甸）詞韻。

〔2〕林霞飛蜃幻，水流更活，記賦走黃沙（原注：東坡泗州除夕詩："春流活活走黃沙"）：前句"林霞"謂山林上空的晚霞。"飛蜃幻"謂飛過一道由蜃氣變幻而成的蜃樓奇景。"蜃幻"是一種大氣光學現象，光線經過不同密度的空氣層後發生顯著折射，使

遠處景物顯現在半空中或地面上的奇異幻象，常發生在海上或沙漠地區。古人誤以為緣於蜃吐氣而成，又稱"蜃氣"、"蜃樓"或"蜃閣"。如《史記·天官書》："海旁蜄氣象樓臺，廣野氣成宮闕然。"南朝梁簡文帝《吳郡石像碑》："遙望海中，若二人像。朝視沉浮，疑諸蜃氣，夕復顯晦，乍若潛火。"唐包佶《送日本國聘賀使晁巨卿歸國》詩："孤城開蜃閣，曉日上朱輪。"宋江洵《燈下閒談·墜井得道》："蜃閣排空，風定而鴛鴦冉冉；虹梁展處，雨收而鬐鬣峨峨。"宋陳允平《渡江雲·三潭印月》詞："煙沉霧迴，怪蜃樓飛入清虛。"明唐順之《送程翰林松溪謫居朝陽》詩："白晝鮫珠落，青天蜃閣分。"中句"水流更活"謂水流充滿了生機和動感。"活活"形容水流聲，一說喻水流貌。如《詩·衛風·碩人》："河水洋洋，北流活活。"馬瑞辰通釋："《傳》：活活，流也。當為流貌，形近之譌。《說文》：活，流聲也。亦當作流貌。"梅堯臣《和宋中道喜至次用其韻》："浸脛水活活，漫灘石磷磷。"後句"黃沙"指沙土或指沙漠地區，如《北史·吐谷渾傳》："部內有黃沙，周迴數百里，不生草木，因號沙洲。"劉長卿《送南特進赴歸行營》詩："虜雲連白草，漢月到黃沙。"蘇軾《送孔郎中赴陝郊》詩："驚風擊面黃沙走，西出崤函脫塵垢。"歸有光《初發白河》詩之二："胡風刮地起黃沙，三月長安不見花。"此句"記賦走黃沙"，意即自注所謂"東坡泗州除夕詩"春流活活走黃沙"是也，謂作者記起蘇東坡曾在泗州除夕時寫下了"春流活活走黃沙"此一名句，傳誦千古。

〔3〕地堪鋪錦滿，未到凌晨，履躡遍千家：前句"堪"有能夠、可以的意思。"錦"原指有彩色花紋精美鮮豔的紡織品，也可喻美麗或美好的事物。此句"地堪鋪錦滿"乃"地堪鋪滿錦"的倒裝句，謂美若錦繡的花卉足以把花市的場地鋪滿。後二句"未到凌晨，履躡遍千家"，謂許多人一早已抵達花市，上百盈千家

的商鋪遊人如鯽。

〔4〕鄰嬌縱學，弄巧舌、鶯說繁華："巧舌"猶巧言。此二句意謂身邊的女商販都在仿效著黃鶯兒，紛紛鼓其如簧之舌，以嬌聲巧言說些吉祥的應節話，以期讓顧客相信買花能帶來富貴榮華。

〔5〕妝漫催、約遊宜晚，緩緩整盤空鴉（按：清真原詞作"千萬絲、陌頭楊柳，漸漸可藏鴉"，後句僅七字；惟廖氏此處步韻，後句卻多出一字，疑其中之"空"乃衍字，因涉下片首句"空嗟"之"空"字而致印刷錯誤，宜刪）：前句"妝漫催、約遊宜晚"即"漫催妝、約遊宜晚"的倒裝句。"漫"謂到處都是這樣。"催妝"亦作"催粧"。舊俗新婦出嫁，必多次催促，始梳妝啟行；或謂此為古代掠奪婚姻的遺習。文人則因此俗有催妝詩詞。明葉憲祖《鸞鎞記・廷獻》："飛仙幸許效鶼鶼，走馬催妝彩筆拈。"清孔尚任《桃花扇・傳歌》："纏頭擲錦，攜手傾杯；催粧豔句，迎婚油壁。"而"約遊宜晚"謂男士須考慮女伴妝扮需時，因此約同她們遊花市實不宜過早。後句"盤鴉"喻婦女盤捲黑髮使之成為時髦的頭髻。如唐孟遲《蓮塘》詩："脈脈低回殷袖遮，臉黃秋水髻盤鴉。"宋梅堯臣《次韻和酬永叔》："公家八九姝，鬢髮如盤鴉。"此二句"妝漫催、約遊宜晚，緩緩整盤鴉"，謂除夕當天到處都聽到男士在催促女伴快些梳妝起行的聲音。

〔6〕空嗟，簪羞衰鬢，會阻幽期，懶尋芳月下：首句"空嗟"謂獨自在歎息。次句"簪羞衰鬢"乃"衰鬢羞簪"的倒裝句。"衰鬢"喻年老而疏白的鬢髮，多指暮年或老人。如唐盧綸《長安春望》詩："誰念為儒逢世難，獨將衰鬢客秦關。"陸游《感懷》詩："老抱遺書隱故山，鏡中衰鬢似霜菅。"而"簪羞衰鬢"則脫胎自蘇軾《吉祥寺牡丹亭》之"人老簪花不自羞，花應羞上老人頭"詩意，蘇詩大意謂：人都老了還把牡丹花插在頭上，自己竟然不知道害羞；而牡丹花卻可能因為被戴在老人頭上而感到委屈羞恥。第三句"幽期"指男女間的幽會；而"會阻幽

期”乃謂自己年老且白髮稀疏，有礙與佳人幽會之期。第四句
“尋芳”喻遊賞美景。如唐姚合《遊陽河岸》詩：“尋芳愁路盡，
逢景畏人多。”朱熹《春日》詩：“勝日尋芳泗水濱，無邊光景
一時新。”此句“懶尋芳月下”乃“懶月下尋芳”的倒裝句，
意謂如今年華老去，已懶得在月下的花市流連賞花了。

〔7〕情奈撩、燈光人影，裳布裾紗：前句“情奈撩”謂老年人的情
懷又怎可忍受得住良辰美景的惹逗撩撥呢。而“人影”指人的
身影或人的蹤跡，如清王士禛《冶春絕句》：“日午畫船橋下過，
衣香人影太匆匆。”清楊米人《都門竹枝詞》：“衣香人影匆匆
過，四面玻璃望不真。”此句“燈光人影”形容花市的燈光明亮
如白晝，遊人的影子在身邊不斷地穿梭閃現，令人眼花繚亂。
後句“裾”乃“裙裾”的簡稱，指婦女的裙子或裙幅。如唐常
建《古興》詩：“石榴裙裾蛺蝶飛，見人不語顰蛾眉。”而“紗”
乃“紗縠”的簡稱，指精細、輕薄的絲織品的通稱。如《漢
書·江充傳》：“充衣紗縠禪衣，曲裾後垂交輸。”顏師古注：“紗
縠，紡絲而織之也。輕者為紗，縐者為縠。”曹植《七啟》：“䌷
黻之服，紗縠之裳。”《世說新語·輕詆》：“高平劉整有雋才，
而車服奢麗，謂人曰：‘紗縠，人常服耳。’”此句“裳布裾紗”
乃“紗裾布裳”的倒裝句，意謂遊人的衣服都華麗而講究，尤
其是婦女都穿上精細輕薄的絲織裙裾或是款式趨時的花布衣裳。

〔8〕多般舊事教回憶，問管卻、灰幾吹葭：前句“多般”謂多種多
樣。如前蜀貫休《行路難》詩之一：“不會當時作天地，剛有多
般愚與智。”《宋史·樂志十四》：“求淑女兮，豈樂多般。”此句
“多般舊事教回憶”謂回想從前，有各種難忘的舊事值得自己回
味追憶。後句所謂“問管卻、灰幾吹葭”即“葭管吹灰”之
意，為古代候氣之法，以葭莩灰填律管之內端，氣至則灰散。
《後漢書·律曆志上》云：“候氣之法，為室三重，戶閉，塗釁必
周，密佈緹縵。室中以木為案，每律各一，內庳外高，從其方

位，加律其上，以葭莩灰抑其內端，案曆而候之，氣至者灰動。其為氣所動者其灰散，人及風所動者其灰聚。」由此可見，「葭管吹灰」指的是冬至時刻的到來。這是古人利用音律和天文曆法的一個有趣實踐，他們利用不同季節地球輻射聲頻波的能量強度來調整音律和天文曆法。具體的操作步驟如下：所需材料為不同尺寸的律管十二支（竹管或銅管均可），葭莩灰（就是葦子腔內的薄膜燒成的灰）若干，封口薄膜十二個。而組合方式為找一個上圓下方的三重密室，依一定方位把十二支律管豎直埋置地下，上端與地面持平，管內填充葭莩灰，用薄膜封口。至於操作結果則為：到了冬至時刻，其中最長的那支律管必有葭莩灰噴出來，同時還發出「嗡」的一聲；這支律管就是標準的黃鐘律管，那一聲響就是黃鐘之音。同理，若其餘十一支律管尺寸無誤，同樣現象將於二十四節氣中另十一氣時發生。而具見「葭管吹灰」，也就代指冬至時刻已經到來。如杜甫《小至》詩：「刺繡五紋添弱線，吹葭六琯動飛灰。」明高啟《至日夜坐客館》詩：「旅蹤猶泊梗，陽氣又吹葭。」此句「問管卻、灰幾吹葭」乃「卻問管、幾吹灰葭」的倒裝句，意謂自問平生經歷過多少次「葭管吹灰」，滿懷著喜悅的心情迎接陽氣重返人間的冬至時刻到來。

〔9〕 時代改，年年樣別翻花：前句「時代改」謂如今時代已經改變，很多傳統舊風俗也日漸式微了。後句「年年樣別翻花」乃「年年花樣別翻」的倒裝句。「花樣別翻」即成語「花樣新翻」，謂人能獨出心裁，創造新花樣，如清侯芝《再生緣》序：「十年來拼置章句，專改鼓詞，花樣新翻。」亦可簡稱「翻樣」，指善於變換花樣。如秦觀《紀子瞻罷使高麗》詩：「貢外別題求妙劄，錦中翻樣織新篇。」此句「年年樣別翻花」，謂處於中西文化交會處的香港，現在年年過節的形式都會有所變化，不斷創造出新的花樣，真可謂與時俱進呢！

【評　析】

　　此詞作於辛卯歲暮冬除夕（1952 年 1 月 26 日），其作意當與前一闋之同調詞篇無異，俱為吟詠除夕花市之作。

　　　　　　　　　　　　　　　　　　（周兼善箋注）

前　調　讀伯端作，綿麗貼切。余先成二闋，深媿弗如。然見獵心喜，因再依清真聲均，戲賡此解，社侶得勿笑其無聊貂續耶。

　　如潮洶湧際，綺羅隊逐，麝氣散胡沙。[1]眾香天禁臠，借聘錢來，買不到伊家。花價昂，遊人有空手回者。[2]年光透隙，怕冷玉、教惜苕華。[3]先共刪、墨痕塗滿，戶戶兩行鴉。[4]

　　休嗟，貪歡心性，愛美根苗，種吟邊燭下。[5]甯憚煩、因朱量紫，和霧窺紗。[6]招春竟夜吹鈿笛，料只隔、交葦初葭。《風俗通》：“除夕飾桃人，垂葦交，畫虎於門。”[7]殘歲去，堂堂導蝶穿花。[8]

【箋　注】

〔1〕如潮洶湧際，綺羅隊逐，麝氣散胡沙：前句謂入夜後前來除夕花市的遊人好像潮水般從四方八面洶湧而至。中句“綺羅”即“羅綺”，為羅和綺的合稱，多借指華美貴重的絲綢衣裳，如張衡《西京賦》：“始徐進而羸形，似不任乎羅綺。”或指衣著華貴的女子，如李白《清平樂》詞：“女伴莫話孤眠，六宮羅綺三千。”柳永《迎新春》詞：“徧九陌羅綺，香風微度。”李漁《玉搔頭·弄兵》：“看羅綺千行，列成屏架。”亦可喻繁華景象，如夏完淳《楊柳怨和錢大揖石》：“到今羅綺古揚州，不辨秦灰十

二樓。"黃小配《〈廿載繁華夢〉序二》:"最憐羅綺地,回首已荒煙。""隊逐"即"逐隊",形容人數眾多,成群逐隊。此句"綺羅隊逐"謂許多衣著華麗的女子成群結隊前來遊花市。後句"麝氣"指麝香與蘭香,泛指女子的衣香和體香。如韋莊《天仙子》詞:"醺醺酒氣麝蘭和。"明劉炳《燕子樓同周伯甯賦》詩:"杏梁塵暗麝蘭簏,黛鎖眉峯掩畫樓。"《紅樓夢》第五回:"仙袂乍飄兮,聞麝蘭之馥郁。""胡沙"原指西北的沙漠或風沙,如唐鮑君徽《關山月》詩:"朔風悲邊草,胡沙暗虜營。"蘇軾《書李伯時所藏韓幹馬》詩:"忽見伯時畫天馬,朔風胡沙生落錐。"亦可指胡人居住的地區,如姜夔《疏影》詞:"昭君不慣胡沙遠,但暗憶、江南江北。"《宣和遺事》後集:"花城人去今蕭索,春夢遶胡沙。"此句"麝氣散胡沙"謂花市中女子的衣香和體香襲人而來,飄盪在香港島上歷久不散(以"胡沙"暗寓當時的英國殖民地香港)。

〔2〕眾香天禁臠,借聘錢來,買不到伊家:前句"眾香"喻多種香氣或各種名香,亦可作為眾香國的省稱。如《史記·司馬相如列傳》:"郁郁斐斐,眾香發越。"《文選》孫綽《游天臺山賦》:"法鼓琅以振響,眾香馥以揚煙。"李善注引《法華經》:"燒眾名香。"杜甫《秋日夔府詠懷奉寄鄭監李賓客一百韻》:"眾香深黯黯,幾地肅芋芋。"趙樸初《一九五六年三月赴印度過昆明遊西山有作》詩之二:"應是分茅自眾香,千紅萬紫繞禪房。"自注:"佛經:有佛國名眾香。"而"禁臠"常用來比喻獨自佔有而不容別人分享、染指的珍美東西。如杜甫《八哀詩·故秘書少監武功蘇公源明》:"前後百卷文,枕籍皆禁臠。"趙翼《李郎曲》:"生平不吃懶殘殘,偏是人間禁臠難。"此句"眾香天禁臠"意謂花市中各種奇花異卉都是上天的禁臠,好像不容染指似的。中句"借聘錢來"即"借來聘錢"的倒裝句。"聘錢"即"聘金",原指舊俗訂婚時男方送給女方的錢財,如《漢書·淮陽憲

王劉欽傳》：“趙王使謁者持牛酒、黃金三十斤勞博，博不受；復使人願尚女，聘金二百斤，博未許。”陸游《長干行》：“聘金雖如山，不願入侯家。”《初刻拍案驚奇》卷十：“前日聘金原是五十兩，若肯加倍償還，就退了婚也得。”此處“借聘錢來”則喻遊客就像訂婚行聘財禮那樣，不惜借錢來購買名花。後句“伊家”指你，通常只會用來代指第二人稱的女性。如宋黃庭堅《點絳唇》詞：“聞道伊家終日眉兒皺。”此句“買不到伊家”意謂即使借得到款，但無奈花價奇高，令人望而卻步，不敢問津，蓋作者在此詞之末自注云：“花價昂，遊人有空手回者。”

〔3〕年光透隙，怕冷玉、教惜莒華：前句“年光”指新歲的晨光或春光。如唐王績《春桂問答》詩之一：“年光隨處滿，何事獨無花？”唐李觀《御溝新柳》詩：“翠色枝枝滿，年光樹樹新。”明周履靖《錦箋記·游杭》：“年光到處皆堪賞，能解閒行有幾人。”“透隙”謂新歲的晨光透過窗簾的縫隙射進寢室內。後句“冷玉”喻受冷待的珍貴白璧無人懂得欣賞。而“莒華”原為美玉名，典出《竹書紀年》卷上：“癸命扁伐山民，山民進女於桀二人，曰琬曰琰。后愛二人。女無子焉，斷其名於莒華之玉，莒是琬，華是琰。”後遂以“莒華”指德容美好的女子。如龔自珍《乙酉得漢鳳紐白玉印喜極賦詩》：“夏后莒華刻，周王重璧臺。”此句“怕冷玉、教惜莒華”，以“莒華”借喻名花，意謂惜花者宜不惜錢財也要抱得心愛的迎春花卉回家，以期莫負春光。

〔4〕先共刪、墨痕塗滿，戶戶兩行鴉：前句“先共刪”謂一同革除。“墨痕塗滿”謂用濃墨把吉祥語滿滿地塗寫在聯紙上。後句“戶戶兩行鴉”謂除夕時家家戶戶把這些黑墨墨的對聯貼在大門上，看起來就像塗鴉似的，其實一點兒也不好看。作者認為如今宜將“戶戶兩行鴉”的傳統“陋習”予以革除了。

〔5〕休嗟，貪歡心性，愛美根苗，種吟邊燭下：首句“休嗟”謂不

用歎息埋怨。次句"貪歡"指貪戀歡樂。如《敦煌曲‧喜秋天》："何處貪歡醉不歸,羞向鴛衾睡。"李煜《浪淘沙》詞："夢裡不知身是客,一晌貪歡。"而"心性"指性情或性格,亦可指本性。如葛洪《抱樸子‧交際》:"今先生所交必清澄其行業,所厚必沙汰其心性。"柳永《紅窗睡》詞:"二年三歲同鴛寢,表溫柔心性。"此句"貪歡心性",謂常人的本性都是貪戀歡樂的。第三句"根苗"原指植物的根與苗,引申可比喻事物的根源或緣由。如蘇轍《西軒種山丹詩》:"根苗相因依,非真亦非偽。"元無名氏《替夫妻》第三折:"殺人賊今日有根苗,母親我不說誰知道。"紀昀《閱微草堂筆記‧灤陽消夏錄四》:"大凡風流佳話,多是地獄根苗。"此句"愛美根苗"則謂常人愛美也是有緣由的。第四句"吟邊"同"澤畔吟"或"澤畔行吟"之意,典出《楚辭‧漁父》:"屈原既放,游於江潭,行吟澤畔。"後世常把謫官失意時所寫的作品稱為"澤畔吟",如李白《流夜郎至西塞驛寄裴隱》詩:"空將澤畔吟,寄爾江南管。""燭下"即"風前殘燭"之意,比喻隨時可能死亡的老年人,也可比喻隨時可能消失的事物。此四句"休嗟,貪歡心性,愛美根苗,種吟邊燭下",作者自謂不用歎息埋怨,須知人的本性都是貪戀歡樂的,常人愛美也是有其緣由的。儘管自己在垂老之年失意客寓於香江水濱,有類當年屈原遭放逐而"澤畔行吟",但屈子和自己在年老時仍眷戀昔日歡樂的歲月,而二人愛美潔身自好的本性也是前後一致、古今無別的。

〔6〕甭憚煩、因朱量紫,和霧窺紗:前句"甭憚煩"即不怕麻煩。如《左傳‧昭公三年》:"唯懼獲戾,豈敢憚煩?"《孟子‧滕文公上》:"何為紛紛然與百工交易?何許子之不憚煩?"明宋濂《鄭府君墓版文》:"戴星往來踰三十春秋,不憚煩也。"此句"甭憚煩、因朱量紫"謂由於今年花價昂貴,因而遊人都不怕麻煩在萬紫千紅的花叢中反覆挑揀。後句"和霧窺紗"謂這些遊人在

近距離觀看花卉，就像在薄霧籠罩中窺看一個披上輕紗的美人那樣。

〔7〕招春竟夜吹鈿笛，料只隔、交葦初葭：前句"招春"謂召喚春天重回大地。"竟夜"謂整夜、通宵之意。如《南史·沈懷文傳》："孝武嘗有事圓丘，未至期而雨晦竟夜。"杜甫《昔遊》詩："林昏罷幽磬，竟夜伏石閣。"明劉若愚《酌中志·飲食好尚紀略》："候月上焚香後，即大肆飲啖，多竟夜始散席者。"《二十年目睹之怪現狀》第五九回："終夜耽著這個心，竟夜不曾合眼。""鈿"的本義指金花，為用金嵌成的器物，亦可用以借代指婦女。此句"招春竟夜吹鈿笛"謂除夕當天家家戶戶都在守歲而不眠，更有婦女在整夜吹奏笛子以召喚春回大地呢。後句"料只隔、交葦初葭"，意謂誰料到一年中可讓婦女吹笛"招春"的時間其實是非常短暫的，打從象徵冬至的"初葭"開始到象徵除夕的"交葦"來臨便告完結了，前後不過相隔幾天罷了。蓋作者在此詞自注云："《風俗通》：除夕飾桃人，垂葦交，畫虎於門。"自注的引文旨在揭示中國民間傳說中的門神，實與古代的過年風俗息息相關。傳說古代的門神是能捉鬼的神荼和鬱壘。東漢應劭的《風俗通》中引《黃帝書》說：上古的時候，有神荼、郁壘倆兄弟，他們住在度朔山上。山上有一棵桃樹，樹蔭如蓋。每天早上，他們便在這樹下檢閱百鬼。如果有惡鬼為害人間，便將其綁了喂老虎。後來，人們便用兩塊桃木板畫上神荼、鬱壘的畫像，掛在門的兩邊用來驅鬼避邪。又在門前垂著交叉狀的蘆葦，並在大門上畫上一隻鎮宅的大老虎，冀能藉此保佑家宅平安。南朝宗懍《荊楚歲時記》嘗云："正月一日，造桃板著戶，謂之仙木，繪二神貼戶左右，左神荼，右鬱壘，俗謂門神。"然而，民間崇尚的神荼和鬱壘，到了唐代，其門神位置便被秦叔寶和尉遲恭所取代了。

〔8〕殘歲去，堂堂導蝶穿花：前句"殘歲"即歲末。如唐方干《送

饒州王司法之任兼寄朱處士》詩：“留醉悲殘歲，含情寄遠書。共看衰老近，轉覺宦名虛。”唐唐彥謙《梅亭》詩：“髮從殘歲白，山入故鄉青。”楊萬里《憫農》詩：“已分忍饑度殘歲，不堪歲裡閏添長。”此句“殘歲去”謂歲末的除夕最終還是悄然離去了。後句“堂堂”指陣容或氣勢很大。“導蝶穿花”即“穿花蛺蝶”之意，指穿戲於花叢中的蝴蝶。如杜甫《曲江》詩之二：“穿花蛺蝶深深見，點水蜻蜓款款飛。”此句“堂堂導蝶穿花”，謂隨著春回大地，一群群陣容壯觀的蝴蝶兒，由帶頭的那隻引領著穿梭戲逐於花叢中。

【評　析】

此詞作於壬辰歲（1952）正月期間，其作意與前二闋之同調詞篇俱為吟詠除夕花市之作。

（周兼善箋注）

沁園春　壽冒鶴亭八十

健鶴鳴皋，巢民先生，十一世孫。[1]羨祖芬留得，弧懸同日，詩聲嗣向，笛遏行雲。[2]渭水竿投，商山芝采，出處年高認愈真。[3]江南岸，遍鹿裘帶索，拾穗吟痕。[4]　　鶯花三月開樽，試邀下、飛瓊勸醉頻。[5]記箋殘元曲，影回仙蝶；攬餘淞翠，鬒舞虯鱗。[6]地戢狼戈，天圓蟾鏡翁三月十五日生辰，八十籌添海屋春。[7]燈光鬧，簇綵衣墀戲，笙展歌裙。[8]

【箋　注】

〔1〕健鶴鳴皋，巢民先生，十一世孫：前句“健鶴”喻老而彌堅身

壯力健的壽星冒鶴亭。"鳴皋" 即成語 "鶴鳴九皋" 之意。"九
皋" 乃深澤；"鶴鳴" 於湖澤的深處，它的聲音很遠都能聽見。
比喻隱居的賢士身隱而名著。典出《詩經·小雅·鶴鳴》："鶴
鳴於九皋，聲聞於野。" 晉潘岳《為賈謐作贈陸機》："鶴鳴九
皋，猶載厥聲。況乃海隅，播名上京。" 此句 "健鶴鳴皋" 讚譽
冒鶴亭老而彌堅，身雖歸隱於江蘇如皋 "水繪園"，而盛名仍顯
著於天下。中句 "巢民先生" 指冒鶴亭的先世冒辟疆。冒鶴亭
（1873—1959）即冒廣生，號疚齋，早年又號鈍宦、苦庵，江蘇
如皋人，蒙古族。昌鶴亭為元世祖九子脫歡後裔，冒襄裔孫。
清同治十二年（1873）農曆三月十五出生在廣州，時隔二百餘
年恰好與其先祖、明末四公子之一的冒襄（字辟疆，號巢民）
生日相同。據說當其出生之夕，祖父文川公夢見 "其先巢民先
生來"（葉衍蘭《小三吾亭詞序》），故冒鶴亭一生常自比為冒
辟疆再世，其取字鶴亭，應當就是緣於仰慕先世前賢隱居架亭、
與鶴同棲之意。其詩、文、詞乃至學術論著集，則俱以 "小三
吾亭" 名之，而 "小三吾亭" 亦正是清初冒辟疆在江蘇如皋所
置水繪園中的一景。後句 "十一世孫" 指冒鶴亭乃其顯赫之祖
先冒辟疆第十一世孫。蓋元世祖忽必烈封第九子為駐揚州的鎮
南王，其後裔取冒姓，並東遷面江臨海的如皋，因此冒鶴亭是
蒙古族人，具貴族血統。此外，冒鶴亭還因為 "明末國初，先
嵩少（十一世族祖）巢民司李（十二世族祖）有潛征錄之作"
（《冒氏潛征錄》跋），欲繼承先賢遺志，為《重輯如皋冒氏先
世潛征錄》，"曩官京朝，頗搜國朝人集至二十餘種，慨然有遺
山楚史之志"（《冒鶴亭先生年譜》）。此書為未刊稿，二十冊，
目錄一冊，歷時自明萬曆至清末民初。

〔2〕羨祖芬留得，孤懸同日，詩聲嗣向，笛遏行雲：首句 "祖芬"
即 "先芬"，喻祖先的美德，如宋梅堯臣《張侍郎中隱堂》詩：
"門高知後慶，賓至誦先芬。" 清馮桂芬《歸硯山房圖序》："祖德

可述，先芬是誦。"此句"羨祖芬留得"謂作者非常羨慕冒鶴亭歷代祖先所留下的傳世美德。蓋自元代入主中原以降，隨之南下的冒氏家族也"世代簪纓"地繁盛開來。像冒鶴亭的第六世族祖、明代出任兵部主事的冒鷺，就是一位漢化了的士族；而《明史》卷一百八十六、列傳第七十四記錄在案的，則是弘治、嘉靖間右副都御史冒政。至於冒氏家族史上最出名的歷史人物，自然無過於人稱"明末四公子"之一的東林、復社清流名士冒襄冒辟疆了。其家勢之顯赫，由此可見一斑。次句"弧懸"謂懸掛弧弓。古代風俗，生男子則在門左懸掛弧弓。後以"弧懸"為生男的代稱，亦可喻指男子的生日。如明李東陽《燒丹灶賦壽封庶子徐公八十》："南州封君當弧懸之旦，綃夢之辰。"清陳維崧《滿江紅·壽海寧家始升六十》詞："風景清佳，天氣是、梅前菊後。弧懸處、高軒列戟，軟簾堆綉。"此句"弧懸同日"特指冒鶴亭與其先祖冒辟疆竟然巧合地在同一天生日。冒鶴亭的生日是農曆三月十五日，與其先祖冒襄的生日相同，故作者有此語。第三句"嗣向"疑係"嗣響"之誤。"嗣響"指謂繼承前人的事業，如回應的聲響，多用於詩文方面。如《文選》沈約《宋書·謝靈運傳論》："若夫平子艷發，文以情變，絕唱高蹤，久無嗣響。"張銑注："艷，美也。言張平子文章之美，無能繼其音響。"清陳廷焯《白雨齋詞話》卷五："子薪年逾四十，始習倚聲，學力未充，而才氣甚旺，使天假之年，未始不可為迦陵嗣響。"清況周頤《蕙風詞話續編》卷一："詩餘者，古詩之苗裔也。語其正則南唐二主為之祖，至漱玉、淮海而極盛，高史其嗣響也。"此句"詩聲嗣響"譽冒氏家族歷代名賢輩出，在詩文聲律方面都能薪火相傳，後繼有人。第四句"笛遏行雲"與成語"響遏行雲"義同。遏，阻止；行雲，飄動的雲彩。形容歌聲嘹亮，高入雲霄，連飄動的雲彩也被止住了。典出《列子·湯問》："薛譚學謳於秦青，未窮青之技，自謂盡之，遂辭歸。秦青弗止，餞於郊衢，撫節悲歌，聲振林木，響遏行雲。
薛譚乃謝求反，終身不敢言歸。”唐趙嘏《聞笛》詩：“誰家吹
笛畫樓中，斷續聲隨斷續風。響遏行雲橫碧落，清和冷月到簾
櫳。”此句“笛遏行雲”喻冒氏家族歷代皆能名重四方，令名如
雷貫耳，彷似嘹亮高亢直入雲霄的笛聲，天下無人不曉。

〔3〕渭水竿投，商山芝采，出處年高認愈真：前句“渭水竿投”即
“渭水投竿”之倒裝句。投竿即垂釣，所指者乃姜子牙（又稱姜
尚、呂尚，即姜太公），道號飛熊。據《武王伐紂平話》：西伯
侯夜夢一虎肋生雙翼，來至殿下，周公解夢謂“虎生雙翼為飛
熊”必得賢人，後果得賢人姜尚。當時姜尚正在渭水之濱垂釣，
但是遠在岐山的文王，已經夢到他了，感應到他了。“渭水竿
投”比喻有真本事的人，雖然還沒發跡，但是已經引起別人的
關注了，就如周朝國師姜子牙到八十歲才得遇文王那樣。姜子
牙是大器晚成的傑出代表，在輔佐周文王期間，為強周滅商制
定了一系列正確的內外政策。周文王死後，武王姬發繼位，拜
姜尚為國師，尊稱師尚父，興周八百年之久。李商隱《井泥四
十韻》云：“伊尹佐興王，不藉漢父資。蟠溪老釣叟，坐為周之
師。”詩中所詠之“蟠溪老釣叟”即為姜子牙。此處“渭水竿
投”意謂冒鶴亭已年逾八十高齡，可與姜子牙比肩，像姜子牙
垂釣於渭水，大器晚成，年屆八十始得遇文王，從此開創千秋
勳業。中句“商山芝采”即“商山采芝”的倒裝句。典出《史
記·留侯世家》，大意謂秦末有四皓東園公、甪裡先生、綺裡
季、夏黃公，見秦政苛虐，乃隱于商雒，曾作歌曰：“莫莫高山，
深谷逶迤。曄曄紫芝，可以療饑。唐虞世遠，吾將何歸？駟馬
高蓋，其憂甚大，高貴之畏人，不及貧賤之肆志。”又見晉皇甫
謐《高士傳·四皓》。後因以“采芝”借指遁世隱居之士。名
其歌曰《采芝操》或《四皓歌》，亦省稱《采芝》。見《樂府詩
集·琴曲歌辭二·〈采芝操〉序》引《琴集》及南朝智匠《古今

樂錄》。後句"出處"謂出仕和隱退，語本《易·繫辭上》："君
子之道，或出或處，或默或語。"漢蔡邕《薦皇甫規表》："修身
力行，忠亮闡著，出處抱義，皦然不汙。"唐韓愈《與崔群書》：
"無入而不自得，樂天知命者，固前修之所以御外物者也。況足
下度越此等百千輩，豈以出處近遠累其靈臺邪！""年高"乃
"年高德劭"的簡稱，語見漢揚雄《法言·孝至》："年彌高而德
彌劭。"指年紀愈大，品德愈好。"認愈真"即"愈認真"的倒
裝句，謂特別認真。此句"出處年高認愈真"，稱讚冒鶴亭德高
望重，年紀愈大，品德愈好，處事越發嚴肅認真，從不苟且
馬虎。

〔4〕江南岸，遍鹿裘帶索，拾穗吟痕：前句"江南岸"指冒鶴亭家
鄉江蘇如皋的第宅"水繪園"。中句"鹿裘帶索"典出《列
子·天瑞》："孔子遊於太山，見榮啟期行乎郕之野，鹿裘帶索，
鼓琴而歌。"指鹿皮做的大衣，常被視為隱士之服；復以繩索為
衣帶，形容隱者生活的貧寒清苦。如陶潛《飲酒》詩之二："九
十行帶索，飢寒況當年。"白居易《北窗三友》詩："或乏擔石
儲，或穿帶索衣。"黃宗羲《子劉子行狀》："試將茹荼帶索，以
畢餘生。"此句"遍鹿裘帶索"謂冒鶴亭在家鄉如皋始終過著簡
單儉樸的隱居生活，從不追求華美趨時的服飾。後句"穗"指稻
麥等禾本科植物的花或果實聚生在莖上頂端部分，亦泛指穗狀
花實。此句"拾穗吟痕"指冒鶴亭在家鄉生活清苦，往往自力
更生拾穗為食，但在勞動時卻能樂在其中，且不忘吟詠詩文。

〔5〕鶯花三月開樽，試邀下、飛瓊勸醉頻：前句"鶯花三月"語本
南朝丘遲《與陳伯之書》："暮春三月，江南草長，雜花生樹，
群鶯亂飛。""鶯花三月"喻暮春三月時分鶯啼花開的江南迷人
景色。"開樽"亦作"開尊"，指舉杯（飲酒）。如杜甫《獨酌》
詩："步屧深林晚，開樽獨酌遲。"秦觀《長相思》詞："開尊待
月，掩箔披風，依然燈火揚州。"此句"鶯花三月開樽"，謂難

得在暮春三月鶯啼花開的美景良辰，有幸在香港為好友冒鶴亭慶祝八十大壽。後句"飛瓊"原為仙女名，典出《漢武帝內傳》："王母乃命諸侍女……許飛瓊鼓震靈之簧。"後用以泛指仙女。如唐顧況《梁廣畫花歌》："王母欲過劉徹家，飛瓊夜入雲軿車。"清孔尚任《桃花扇·草檄》："環佩濕，似月下歸來飛瓊。"此句"試邀下、飛瓊勸醉頻"，謂嘗試邀請仙女下凡前來出席是次壽筵，並在席上頻頻向壽星冒鶴亭勸酒，不醉無歸。

〔6〕記箋殘元曲，影回仙蝶；攬餘淞翠，髯舞虯鱗：首句"記箋殘元曲"謂作者記得冒鶴亭曾就殘存的元曲作過箋釋。而在1917年冒氏四十四歲那年，他出於個人愛好，亦曾撰寫了《戲言》一文，對古代戲的發展作了簡要的梳理與考證，對戲曲中的角色、器樂、劇具等都作了扼要的介紹，故作者有此語。次句"影回仙蝶"謂作者曾在港看過吳湖帆為冒鶴亭畫的《羅浮仙蝶降臨圖》，圖中的"仙蝶"栩栩如生，躍然紙上，令他難辨真假，疑幻疑真，頗有"仙蝶"之影蹤降臨人間之感。第三句"攬餘淞翠"，其中"攬"通"覽"，指觀看。"覽餘"即一覽無餘之意。"淞"義同"凇"，指水氣凝結成的冰花。如曾鞏《霧凇》："園林初日靜無風，霧凇花開處處同。""翠"指"翠樓"，喻塗飾綠漆的高樓。如漢李尤《平樂觀賦》："大廈累而鱗次，承岧嶤之翠樓。"南朝江淹《山中楚辭》之二："日華粲於芳閣，月金披於翠樓。"唐王昌齡《閨怨》詩："閨中少婦不曾愁，春日凝妝上翠樓。"元虞集《贈楚石藏主》詩："不識南塘第幾橋，翠樓華屋上岧嶤。"此句"攬餘淞翠"謂作者追憶太平盛世時，冒鶴亭所居的"水繪園"內的翠樓，在冬日常見水氣凝結成的冰花，冒氏居於其間儘覽如斯美景。第四句"髯舞虯鱗"即"虯髯鱗舞"的倒裝句。"虯髯"亦作"虬髯"，喻男子臉上的連鬢鬍鬚。如唐皇甫曾《贈老將》詩："轆轤劍折虯髯白，轉戰功多獨不侯。"明解縉《送劉繡衣按交阯》詩："虯髯白晳繡衣郎，

驄馬南巡古越裳。"清俞樾《茶香室續鈔·〈周易〉之學》："忽有
道人，虯髯偉幹，顧盼甚異。"而"鱗舞"形容冒氏行走時臉上
的連鬢鬍鬚像有鱗甲的龍在躍動。

〔7〕地戢狼戈，天圓蟾鏡（自注："翁三月十五日生辰"），八十籌添
　　海屋春：前句"戢"亦作"戢戢"，形容密集貌。如唐于鵠
　　《過凌霄洞天謁張先生祠》詩："戢戢亂峯裡，一峯獨凌天。"宋
　　蘇舜欽《天平山》詩："吳會括眾山，戢戢不可數，其間號天
　　平，突兀為之主。"清唐孫華《狎客》詩："戢戢附群蟻，殷殷
　　聚飛螽。"而"狼戈"即狼煙與干戈的合稱。狼煙指燃狼糞升起
　　的煙，古時邊防用作軍事上的報警信號，常用以比喻戰火或戰
　　爭。如杜牧《邊上聞笳》詩之一："何處吹笳薄暮天？塞垣高鳥
　　沒狼煙。"《資治通鑒·後漢高祖天福十二年》："契丹焚其市邑，
　　一日狼煙百餘舉。"胡三省注："陸佃《埤雅》曰：古之烽火用
　　狼糞，取其煙直而聚，雖風吹之不斜。"《說岳全傳》第二二回：
　　"日有羽書之報，夜有狼煙之警。"《古尊宿語錄·東林和尚雲門
　　庵主頌古》："四海狼煙靜，中原信息通。罷拈三尺劍，休弄一
　　張弓。"《三國演義》第二一回："既把孤身離虎穴，還將妙計息
　　狼煙。"而"干戈"則泛指武器，亦用以比喻戰爭。此句"地
　　戢狼戈"，謂如今朝鮮戰爭方酣，國內政局未靖，遍地烽煙阻隔
　　自己回鄉之路。中句"蟾鏡"喻指圓月。如明陳子龍《長安夜
　　歸曲》："鸞篦蟾鏡曉留人，御溝一夜冰紋白。"此句"天圓蟾
　　鏡"謂天上的明月就像銅鏡般圓。作者在此句後自注云："翁三
　　月十五日生辰。"冒氏祖孫同在農曆三月十五這天生日，則當晚
　　天上圓月高照也是合乎情理的文辭。後句"籌添海屋"即"海
　　屋添籌"的倒裝句。"海屋添籌"典出蘇軾《東坡志林》卷二：
　　"嘗有三老人相遇，或問之年……一人曰：'海水變桑田時，吾輒
　　下一籌，邇來吾籌已滿十間屋。'""海屋"指寓言中堆存紀錄滄
　　桑變化籌碼的房間；"籌"指籌碼，而"添籌"本指添籌算帳，

後引申喻長壽之意。此句"八十籌添海屋春",謂冒鶴亭在今年
暮春的農曆三月十五日在港慶祝八十大壽,可說是"海屋添籌"
健康長壽的象徵。

〔8〕燈光鬧,簇綵衣墀戲,笙屐歌裙:前句"燈光鬧"謂在壽筵上
燈光映照倍添熱鬧氣氛。中句"墀"指古代殿堂上經過塗飾的
地面。"簇綵衣墀戲"意謂家中的後輩穿上簇新的彩衣,在殿堂
塗飾的地面上仿效"老萊娛親",為壽星冒鶴亭賀壽以聊表孝心
(亦可借喻為獻酒祝壽)。此處"簇綵衣墀戲"暗用了"老萊娛
親"的典故,《藝文類聚》卷二十引《列女傳》云:"老萊子孝
養二親,行年七十,嬰兒自娛,著五色彩衣。嘗取漿上堂,跌
僕,因臥地為小兒啼。"老萊子七十歲還在父母面前穿花衣服,
趴在地上學小兒哭啼。後遂以"老萊娛親"或"綵衣"指子女
盡心孝養父母。如唐黃滔《〈潁川陳先生集〉序》:"早孤,事太
夫人彌孝,熙熙愉愉,承顏侍膳,雖隆雲路之望,終確綵衣之
戀。"宋沈遘《五言送徐同年諤出京》:"還家晝錦樂,拜壽綵衣
榮。"明何景明《三山春宴圖歌》:"綵衣歸來奉翁母,願言壽比
三山久。"清馮桂芬《顧蓉莊年丈七十雙壽序》:"君此行也,躬
綵衣,捧瑤卺,象服繡葆,蹌躋一庭。"清王士禛《居易錄談》
卷下:"忽有綵衣小兒自外入,頃刻至數百人,結束如一,階墀
盡滿。"後句"笙屐歌裙"乃"裙屐笙歌"之倒裝句。而"裙
屐"之"裙"為下裳;"屐"為木底鞋。"裙屐"原指六朝貴族
子弟的衣著,後泛指富家子弟的時髦裝束,或借指衣著時髦的
富家子弟。如清唐孫華《送同年范國雯出守延平》詩:"讓齒肩
隨賴有君,少俊風流羨裙屐。"趙翼《陪松崖漕使宴集九峰園並
為湖舫之遊作歌》:"綺寮砥室交掩映,最玲瓏處集裙屐。"林紓
《西湖詩序》:"余觀其富麗柔媚,若甚宜於裙屐羅綺之遊觀。"
"笙歌"原指合笙之歌,亦謂吹笙唱歌,後則泛指奏樂唱歌。此
句"笙屐歌裙",緊接前句意,謂冒鶴亭家中的後輩雖然都是衣

著時髦的富家子弟，然而他們孝心可嘉，在壽筵上誠心向壽星冒鶴亭獻酒，一同為家中長者奏樂唱歌祝壽。

【評　析】

此詞作於壬辰歲（1952）農曆三月十五日，乃一篇祝壽之作。此闋壽友詞雖屬酬酢性質，然用典貼切、比喻恰當，所言頗能切合雙方身分、關係與交情。

（周兼善箋注）

喜遷鶯　春山杜鵑花

疑啼山鳥，向行客勸歸，血成花了。[1]螺岫簪霞，蝶叢鉤蜃，影亂紺樓斜照。[2]開處知非吾土，望裏認為仙島。[3]驀然見、怕紅心難辨，斷腸煙草。[4]　　垂老。腰未折，翔步雲梯，腳力輸年少。[5]溝葉留題，陌桑聞唱，綺緒占人頹抱。[6]色配燕支濃豔，名襲蜀禽靈巧。[7]臥遊去，夢故園，依舊春風桃笑。[8]

【箋　注】

〔1〕疑啼山鳥，向行客勸歸，血成花了：前句“山鳥”指棲息在山林的禽鳥。如王維《鳥鳴澗》：“月出驚山鳥，時鳴春澗中。”歐陽修《豐樂亭遊春》：“綠樹交加山鳥啼，晴風蕩漾落花飛。”姜夔《鷓鴣天》：“夢中未比丹青見，暗裏忽驚山鳥啼。”中句“行客”即過客、旅客。如《淮南子·精神訓》：“是故視珍寶珠玉猶礫石也，視至尊窮寵猶行客也。”高誘注：“行客，猶行路過客。”《南史·夷貃傳下·文身國》：“土俗歡樂，物豐而賤，行客不齎糧。”明王廷相《秋日巴中旅行》詩：“巴東秋氣早，行客

已悽悽。"後句"血成花了",相傳古蜀帝杜宇號望帝,他在亡國後不勝悲憤最終抑鬱死去,其魂化為"子規"即杜鵑鳥。他死後雖然化身為鳥,仍對故國念念不忘,每逢深夜時常在山中哀啼,其聲悲切,乃至淚盡繼之以血,而其啼出的口血便化成了杜鵑花。這段傳說中的杜鵑鳥與杜鵑花的關係,即為作者此句"血成花了"所本。此三句意謂棲息在山林的杜鵑鳥疑似向途中的旅客發出一陣陣"不如歸去"的啼叫聲,勸說他們"血成花了"還不快點歸家去。

〔2〕螺岫簪霞,蝶叢鈎蜃,影亂紺樓斜照:前句"岫"指山洞,亦可用以指山,如陶潛《歸去來兮辭》:"雲無心以出岫,鳥倦飛而知還。"此句"螺岫簪霞"喻江上突出的峰巒好像美女高聳的螺髻,晚霞像玉簪般斜插入雲彩裡如幻境。此句化用宋趙長卿《臨江仙》"遠岫螺頭濕翠,流霞頹尾疏明"之詞意。中句"鈎蜃"謂緊緊鈎住一道由蜃氣變幻而成的雲中蜃幻奇景。"蜃幻"是一種大氣光學現象,光線經過不同密度的空氣層後發生顯著折射,使遠處景物顯現在半空中或地面上的奇異幻象,常發生在海上或沙漠地區。古人誤以為緣於蜃吐氣而成,又稱"蜃氣"、"蜃樓"或"蜃閣"。如《史記·天官書》:"海旁蜄氣象樓臺,廣野氣成宮闕然。"南朝梁簡文帝《吳郡石像碑》:"遙望海中,若二人像。朝視沉浮,疑諸蜃氣,夕復顯晦,乍若潛火。"唐包佶《送日本國聘賀使晁巨卿歸國》詩:"孤城開蜃閣,曉日上朱輪。"宋江洵《燈下閒談·墜井得道》:"蜃閣排空,風定而鴛鴦冉冉;虹梁展處,雨收而髻鬟峨峨。"宋陳允平《渡江雲·三潭印月》詞:"煙沉霧迴,怪蜃樓飛入清虛。秋夜長,一輪蟾素,漸漸出雲衢。"明唐順之《送程翰林松溪謫居朝陽》詩:"白晝鮫珠落,青天蜃閣分。"此句"蝶叢鈎蜃"謂黃昏時天空出現蜃幻奇景,蝴蝶在花叢中想把這道蜃氣緊緊地鈎住不放,希望能夠永遠留住這個美麗的片段。後句"紺樓"又稱"紺

宇"，指紺園，乃佛寺之別稱。如王勃《益州德陽縣善寂寺碑》：
"朱軒夕朗，似游明月之宮；紺宇晨融，若對流霞之闕。"歐陽
修《廣愛寺》詩："都人布金地，紺宇巋然存。"清·姚鼐《重
宿幽棲寺》詩："紺宇中臨千嶂小，黃梅旁出一枝尊。"此句
"影亂紺樓斜照"，謂莊嚴的佛寺在夕照中，牆上和地上都出現
了許多杜鵑花投射的凌亂身影。

〔3〕開處知非吾土，望裏認為仙島：前句謂很清楚知道當前杜鵑花
盛開的香港並不是自己的家鄉，作者在這裡流露出與王粲《登
樓賦》所云"雖信美而非吾土兮，曾何足以少留"異代相同的
感慨，並藉以揭示自己的異鄉遊子身分。後句"望裏"即"望
中"之意，指想望之中。如王安石《江口送道源》詩："六朝人
物草連空，今日無端入望中。"辛棄疾《永遇樂·京口北固亭懷
古》詞："四十三年，望中猶記，烽火揚州路。"明謝榛《秋日
懷弟》詩："別後幾年兒女大，望中千里弟兄孤。""望中"亦可
指視野之中，如唐權德輿《酬馮監拜昭陵途中遇雨》詩："甘谷
行初盡，軒臺去漸遙；望中猶可辨，耘鳥下山椒。"宋周必大
《次韻沈世得撫幹川泳軒》："華闕望中敞，棠陰坐上得。"此句
"望裏認為仙島"，謂如今的香港在許多有家歸不得的異鄉遊子
的心目中和想望中，都認為它堪稱避秦之地，不啻是個人間
仙島。

〔4〕驀然見、怕紅心難辨，斷腸煙草：此二句謂忽然看見紅色的杜
鵑花正開得燦爛，令他聯想到那些自己一直害怕辨認的"紅心
草"，以及教人聞之不禁肝腸寸斷的"紅心草"典故。"紅心草"
一說為"紅心灰藋"之俗稱，相傳唐代王炎一夜入夢侍吳王。
久之，聞宮中出輦，鳴簫擊鼓，言葬西施。吳王悲悼不止，立
詔詞客作挽歌。王炎應命作《西施挽歌》，有"滿地紅心草，三
層碧玉階"之句（唐沈亞之《異夢錄》、谷神子《博異志》均
載此事）。後遂以"紅心草"為美人遺恨之典故。如明楊維楨

《吳子夜四時歌》："曲塵波欲動，紅心草已生。"清朱彝尊《梅花引·蘇小小墓》："小溪澄，小橋橫，小小墳前松柏聲。碧雲停，碧雲停，凝想往時，香車油壁輕。溪流飛遍紅襟鳥，橋頭生遍紅心草。雨初晴，雨初晴，寒食落花，青驄不忍行。"朱彝尊《高陽臺》詞下闋："鍾情怕到相思路，盼長堤草盡紅心。動愁吟，碧落黃泉，兩處難尋。"

〔5〕垂老。腰未折，翔步雲梯，腳力輸年少：前句"垂老"喻人將近老年。如杜甫《垂老別》詩："四郊未寧靜，垂老不得安。"明瞿佑《歸田詩話·沉園感舊》："予垂老流落，途窮歲晚，每誦此數聯，輒為之悽然。"次句"腰未折"謂自己不會屈身事人。如《文選·陶淵明傳》："不為五斗米折腰向鄉里小人。"李白《夢遊天姥吟留別》："安能摧眉折腰事權貴，使我不得開心顏。"第三句"翔步"即安步、緩步之意。如三國蜀秦宓《奏記州牧劉焉薦儒士任定祖》："此乃承平之翔步，非亂世之急務也。"蒲松齡《聊齋志異·彭海秋》："因而離舟翔步，覺有里餘。"魯迅《集外集拾遺補編·〈越鐸〉出世辭》："辮髮胡服之虞，旗裘引弓之民，翔步於無餘之舊疆者蓋二百餘年矣。"而"雲梯"即"青雲梯"，原指上天的階梯，一般多指高峻入雲的山路，亦可比喻高位或謀取高位的途徑。如南朝謝靈運《登石門最高頂》詩："惜無同懷客，共登青雲梯。"李白《夢遊天姥吟留別》："腳著謝公屐，身登青雲梯。"王琦注："青雲梯，謂山嶺高峻，如上入青雲，故名。"白居易《效陶潛體詩》之十四："亦有同門生，先升青雲梯。"《竹坡詩話》引宋孔毅父《寄孫元忠》詩："君有長才不貧賤，莫令斬斷青雲梯。"清屬鶚《遊攝山棲霞寺留止三日得詩》之三："誰為噉名者，更鑿青雲梯。"第四句"腳力"指兩腿的力氣，亦可借指權勢或靠山。如宋梅堯臣《莫登樓》詩："莫登樓，腳力雖健勞雙眸。"明徐渭《憶南鎮之南原》詩："笑我老來無腳力，欲呼船子少船錢。"清劉

鶚《老殘遊記續集遺稿》第二回："轎夫到此也都要吃袋煙歇歇
腳力。"《水滸後傳》第一回："（張幹辦）倚著蔡太師腳力，凌壓
同僚，苛虐百姓，無所不為，人人嗟怨。"《文明小史》第三五
回："這時毓生已經打聽著寺裡的腳力很硬，只索罷手。""翔步
雲梯，腳力輸年少"二句，作者表面是說走在高峻入雲的山路
上，自己的腳力遠遠不及那些同行的年輕人；而深層意思則謂
他對高位或謀取高位的途徑並不熱衷，遠遠不如那些年輕後輩
那樣積極主動汲汲以求。

〔6〕溝葉留題，陌桑聞唱，綺緒占人頹抱：前句"溝葉留題"用
"御溝紅葉"的典故。御溝是指流經宮苑的河道。而"溝葉留
題"指紅葉題詩的故事，後用以比喻男女奇緣。據唐孟棨《本
事詩》記載，顧況在洛陽游苑中，流水上得大梧葉，上有宮女
題詩，顧況次日也於上游題詩葉上，泛於波中，以此傳情。宋
張孝祥《滿江紅》："御溝紅葉誰與寄，青樓薄幸空遺跡。"亦作
"御溝流葉"或"紅葉之題"。此句"溝葉留題"，作者再從杜
鵑花的殷紅色，聯想到古代流傳的紅葉題詩故事。中句"陌桑
聞唱"用"陌上桑"典故。"陌上桑"亦稱"陌上歌"，乃樂府
《相和曲》名。晉崔豹《古今注・音樂》："《陌上桑》，出秦氏女
子。秦氏，邯鄲人，有女名羅敷，為邑人千乘王仁妻。王仁後
為趙王家令。羅敷出採桑於陌上，趙王登臺，見而悅之，因飲
酒欲奪焉。羅敷乃彈箏，乃作《陌上歌》以自明焉。"亦可省作
"陌桑"。如李白《夜別張五》詩："橫笛弄秋月，琵琶彈《陌
桑》。"也可借指《陌上桑》詩中採桑女子羅敷，或泛指美麗而
堅貞的女子。如袁於令《西樓記・自語》："他那裡癡心待結天
邊網，俺這裡堅守爭如陌上桑。"此句"陌桑聞唱"旨在讚賞
《陌上桑》詩中的採桑女子羅敷美麗而堅貞。後句"綺緒"指
涉及男女之間的情愛幻想，引申特指那些帶著緋意的念頭和遐
想。"占人頹抱"謂那些帶著緋意的念頭和遐想，此刻竟然佔據

了作者委靡消沉的老年懷抱。

〔7〕色配燕支濃豔，名襲蜀禽靈巧：前句"燕支"即胭脂，一種紅色的顏料，婦女常用作化妝品。可用以喻鮮血。南朝徐陵《〈玉臺新詠〉序》："南都石黛，最發雙蛾；北地燕支，偏開兩靨。"一本作"燕脂"。唐殷堯藩《吹笙歌》："伶兒竹聲愁繞空，秦女淚溼燕支紅。"宋徐鉉《稽神錄·司馬正彝》："婦人云：'至都，有好粉、燕支，宜以為惠。'"清王闓運《到廣州與婦書》："燕支塗頰，上連雙眉。"清屬鶚《洪襄惠公園中峰石歌》："金閨妖血無人見，塞上燕支洗羅薦。"古直《惜哉行》："濺上燕支幾點紅，更開明堂來論功。"此句"色配燕支濃豔"，謂傳說杜鵑花是由淚盡繼之以血的杜鵑鳥所啼出的口血化成的。後句"名襲蜀禽靈巧"指杜鵑花承襲了原產於蜀地的禽鳥"杜鵑"之名，二者同樣具備靈活而巧妙的個性特點。

〔8〕臥遊去，夢故園，依舊春風桃笑：前句"臥遊"謂欣賞風景圖畫以代實地遊覽。如《宋書·宗炳傳》："有疾還江陵，歎曰：'老疾俱至，名山恐難遍覩，唯當澄懷觀道，臥以遊之。'凡所遊履，皆圖之於室。"元倪瓚《顧仲贄來聞徐生病差》詩："一畦杞菊為供具，滿壁江山入臥遊。"清納蘭性德《水調歌頭·題〈西山秋爽圖〉》詞："雲中錫、溪頭釣、澗邊琴。此生著幾兩屐，誰識臥遊心？"中句"故園"通常指舊家園或故鄉。如唐駱賓王《晚憩田家》詩："唯有寒潭菊，獨似故園花。"前蜀貫休《淮上逢故人》詩："故園離亂後，十載始逢君。"元倪瓚《桂花》詩："忽起故園想，泠然歸夢長。"後句"依舊春風桃笑"脫胎自唐詩"去年今日此門中，人面桃花相映紅。人面不知何處去，桃花依舊笑春風"。後以人面桃花比喻男子思念的意中人，或與意中人無緣再相見。惟此句"依舊春風桃笑"，其意僅謂作者遙想家鄉的桃花如今也應乘時而盛開，依舊在春風輕拂下笑靨迎人。此三句"臥遊去，夢故園，依舊春風桃笑"，作者

慨嘆當前國內政局未靖，自己縱有家鄉亦難以歸去，只能藉著
臥遊夢回故里，以稍解思鄉之苦。

【評　析】

此詞作於壬辰歲（1952）春夏之交，作者通過在香港觀賞杜鵑
花，從而遙想故鄉的桃花未知如今是否仍安然無恙，藉以抒發其客
寓香江的無奈，以及對故鄉的思念之情。

附劉伯端同題應社之作《齊天樂·春山杜鵑花》：

花發春明，夜闌刻燭催宮漏。碧桃飛進紅棉老，春光倩誰留住。
滴露凝香，餘霞散綺，疑入仙山深處。東君也誤。怕鶗鴂先鳴，眾
芳非故。幾日新陰，翠遮裙帶舊時路。　　枝頭殘認淚點，是花還
是鳥，相顧無語。躑躅津橋，飄零蜀道，一樣天涯羈旅。朝風暮雨。
怎開落匆匆，又催歸去。莫待空林，獨尋情更苦。

（周兼善箋注）

前　調　賀古巴李崑玉新廈落成，依聲史梅谿。[1]

綠薨翹鵲，為壁屏嵌畫，粉和雲琢。[2]蔗海煙光，金波
麴暈，扶起島天飛鱷。[3]瞥庭花繞遍，池又浴、錦鴛添
鸑。[4]避秦計，武陵溪料必，無比林壑。[5]　　呼酌，恣笑
謔。捧罌主人，語妙東方朔。[6]戍壘笳吹，華街舃舞，霓彩
霧香交錯。[7]貴遊多故舊，渾慰藉、舟能同郭。[8]正麗日、
萃一堂，塞鴻縗鶴。[9]

【箋　注】

〔1〕依聲史梅谿：指依南宋詞人史達祖（號梅谿）《喜遷鶯》語調。

〔2〕綠薨翹鵲，為壁屏嵌畫，粉和雲琢：前句"薨"指屋脊或屋棟。

《水經注・漸江水》："山中有五精舍，高薨凌虛，垂簾帶空。"形容建築物的華麗美觀。此句"綠薨翹鵲"指碧綠色的瓦片和彷似鵲飛狀翹起來的屋簷。中句"為壁屏嵌畫"，意謂把圖畫鑲在牆壁和屏風的空隙裡。後句"粉和雲琢"形容李崑玉古巴新廈的裝修以白色為主調，牆壁都是經過精心塗抹，雲石地板也是經由工匠悉心雕琢然後才鋪設的。

〔3〕蔗海煙光，金波麴暈，扶起島天飛鱷：前句形容古巴的獨特景色。古巴是個島國，煙波浩瀚，加上當地盛產甘蔗，是以謂"蔗海煙光"。中句"金波"謂反射著耀眼光芒的水波。如南朝梁武帝《七喻・如炎》詩："金波揚素沫，銀浪翻綠萍。"宋孫光憲《漁歌子》詞："風浩浩，笛寥寥，萬頃金波澄澈。""麴"原指酒母，也可用來泛指酒。"暈"原指太陽或月亮周圍形成的光圈，引申可指物象周圍的環形花紋或波紋，如蘇軾《答李端叔書》："木有瘦，石有暈，犀有通，以取妍於人，皆物之病也。""麴暈"原指喻酒經搖盪後周邊所出現的環形波紋，此句"金波麴暈"則謂古巴當地的居民，長年都可在海濱看到反射著耀眼光芒的水波。後句"扶起島天飛鱷"乃"扶起飛天島鱷"的倒裝句，形容好友李崑玉在古巴的新廈宏偉壯麗，彷如一條被扶起的飛天巨鱷高聳在島國中，惹人注目。

〔4〕甃庭花繞遍，池又浴、錦鴛添鑿：前句"甃"指磚砌的井壁。"甃庭花繞遍"謂李崑玉在其新廈中生活寫意，長日在園林裡閒適地繞著井壁觀賞妍麗的花卉。後句"池又浴、錦鴛添鑿"乃"鑿池又添錦鴛浴"的倒裝句，意謂李崑玉還在其新廈的園圃裡，開鑿了一個可供鴛鴦嬉戲共浴的大水池。

〔5〕避秦計，武陵溪料必，無此林壑：前句"避秦"喻避世隱居或逃避強暴或戰亂，語本陶潛《桃花源記》："自云先世避秦時亂，來此絕境。"後以"避秦"指避世隱居。如庾信《周大將軍司馬裔神道碑》："夏陽適晉，得隨會而同奔；東海避秦，與毛公

而俱隱。"唐蘇廣文《自商山宿隱居》詩:"聞道桃園堪避秦,尋幽數日不逢人。"《元人小令集·梧葉兒·天臺洞》:"夕有猿敲戶,朝無客扣門,見幾個捕魚人,猶自向山中避秦。"李漁《奈何天·狡脫》:"我們參禪原是虛名,避秦乃其實意。"此句"避秦計"謂籌謀避世隱居或逃避強暴戰亂的計策。中句"武陵溪"亦作"武陵源",分喻神仙所居之樂土及可供避秦的世外桃源之地。前者典出東漢時劉晨、阮肇入天台山,迷不得返,飢食桃果,尋水得大溪,溪邊遇仙女,並獲款留。及出,已歷七世,復往,不知何所。後成文人經常援引之典故(事見《太平御覽》卷四一引南朝劉義慶《幽明錄》)。如王之渙《惆悵詞》之十:"晨肇重來路已迷,碧桃花謝武陵溪。"元無名氏《貨郎旦》第三折:"多管為殘花幾片,悮劉晨送武陵源。"元曾瑞《留鞋記》第一折:"有緣千里能相會,劉晨曾入武陵溪。"後者典出陶潛《桃花源記》:晉太元中,武陵漁人誤入桃花源,見其屋舍儼然,有良田美池,阡陌交通,雞犬相聞,男女老少怡然自樂。村人自稱先世避秦時亂,率妻子邑人來此,遂與外界隔絕。後漁人復尋其處,"迷不復得"。後以"武陵源"借指避世隱居的地方。如宋之問《宿清遠峽山寺》詩:"寥寥隔塵事,何異武陵源。"李白《登金陵冶城西北謝安墩》詩:"功成拂衣去,歸入武陵源。"王安石《即事》詩之七:"歸來向人説,疑是武陵源。"後句"林壑"指山林澗谷,引申可指隱居之地。如謝靈運《石壁精舍還湖中作》詩:"林壑斂暝色,雲霞收夕霏。"歐陽修《醉翁亭記》:"環滁皆山也,其西南諸峰,林壑尤美。"清方文《與從子子建感舊》詩:"我祖沉淵家訓在,徜徉林壑復何求。"唐皇甫冉《贈鄭山人》詩:"忽爾辭林壑,高歌至上京。"清吳偉業《哭志衍》詩:"解褐未赴官,歸來臥林壑。"後二句"武陵溪料必,無此林壑"乃"料武陵溪必無此林壑"的倒裝句,意謂即使是像"武陵溪"這些可供避秦的世外桃源之地,料想它也必定沒有李崑玉新廈的園林池沼那樣適宜讓人寫意地隱居。

〔6〕呼酌，恣笑謔。捧斝主人，語妙東方朔：首句"酌"的本義是斟酒，《說文》："酌，盛酒行觴也。"引申義可解作喝酒。"呼酌"即呼喚拿出美酒來喝。次句"恣笑謔"謂賓主盡情嬉笑戲謔。《後漢書·皇后紀上·光烈陰皇后》："后在位恭儉，少嗜玩，不喜笑謔。"《太平廣記》卷四三九引唐薛用弱《集異記·李汾》："女乃昇階展敍，言談笑謔，汾莫能及。"《聊齋志異·伍秋月》："坐對笑謔，懽若平生。"第三句"斝"乃古代酒器，青銅制，圓口，三足，用以溫酒，盛行於商代和西周初期。而後世則以"斝"泛稱酒器或酒杯，亦可雅稱為"玉斝"，指玉制的酒器或作為酒杯的美稱。如《文選》劉孝標《廣絕交論》："分雁鶩之稻粱，霑玉斝之餘瀝。"李善注引《說文》："斝，玉爵也。"杜甫《朝享太廟賦》："福穰穰於絳闕，芳霏霏於玉斝。"錢謙益注："舜祠宗廟以玉斝也。"《宋史·禮志一》："太廟初獻，依開寶例，以玉斝、玉瓚，亞獻以金斝，終獻以瓢斝。"南朝齊王融《遊仙》詩："金厄浮水翠，玉斝挹泉珠。"韓愈《憶昨行和張十一》："青天白日花草麗，玉斝屢舉傾金罍。"清方文《正月十九日龔孝升都憲社集觀燈》詩："酒斟玉斝葡萄色，燭晃銀屏翡翠文。"而"捧斝主人"指李崑玉這位熱情好客的主人，捧著酒杯在筵席上不斷勸飲。第四句"語妙"乃"語妙天下"的簡稱，形容言語精妙無比。如《漢書·賈捐之傳》："君房下筆，言語妙天下。"而"東方朔"為西漢文學家（公元前154—前93年），武帝時為太中大夫，性格詼諧滑稽，善辭賦，傳世名篇有《答客難》。此句"語妙東方朔"，稱譽李崑玉言語精妙，可與向以詼諧滑稽見稱的東方朔一較高下。

〔7〕戍壘笳吹，華街鳥舞，霓彩霧香交錯：前句"戍壘笳吹"即"戍壘吹笳"的倒裝句。"戍壘"猶戍堡之意。"吹笳"指吹奏蘆笳。蘆笳是古代的一種管樂器，以蘆葉為管，管口有哨簧，管

面有音孔，下端範銅為喇叭嘴狀。清代兵營巡哨多用之。宋曾
慥《類說·集韻》：「胡人卷蘆葉而吹，謂之蘆笳。」元王逢《題
蔡琰還漢圖》詩：「殘生既免氈裘鬼，哀衷莫盡蘆笳曲。」明李
東陽《風雨歎》詩：「潼關以西兵氣多，蘆笳吹塵塵滿河。」此
句「戍壘笳吹」指聽到軍營傳來的警號聲。由於朝鮮戰爭於約
兩年前（即 1950 年 6 月 25 日）爆發，及至作者寫此詞時戰爭
仍未平息，故此詞以「戍壘笳吹」喻當時國際局勢籠罩著密佈
戰雲的緊張氣氛。中句「舃舞」指穿著鞋子跳舞。「華街舃舞」
謂古巴當時猶幸未受戰火波及，人民生活安定，在繁華熱鬧的
街道上隨處可見跳舞的人。後句「霓彩」原指彩虹，惟此處則
喻指繽紛多彩的霓虹燈光。「霧香」即「香霧」，用以形容香氣，
亦可指霧氣。如南朝劉孝標《送橘啟》：「南中橙甘，青鳥所食。
始霜之旦，采之風味照座，劈之香霧噀人。」明張月塢《一封
書·次韻送別》曲：「離亭宴未終，玉肌消，金釧鬆，晴波香霧
籠，人自傷心水自東。」杜甫《月夜》詩：「香霧雲鬟濕，清輝
玉臂寒。」仇兆鼇注：「霧本無香，香從鬟中膏沐生耳。」蘇軾
《與述古自有美堂乘月夜歸》詩：「淒風瑟縮經絃柱，香霧淒迷
著髻鬟。」龔自珍《南歌子》詞：「香霧漫空淫，珠簾窣地橫。」
此句「霓彩霧香交錯」，謂到處是繽紛多彩的霓虹燈光，霧靄中
瀰漫著婦女衣飾的香氣，二者交錯混雜。

〔8〕貴遊多故舊，渾慰藉、舟能同郭：前句「貴遊」原指無官職的
王公貴族，亦可泛指身分顯貴者。如《北史·魏收傳》：「見當
塗貴遊，每以言色相悅。」韋應物《長安道》詩：「貴遊誰最貴，
衛霍世難比。」黃仲則《雜詩》：「後門別寒素，前門揖貴遊；前
後難俱存，終捐舊朋儔。」而「故舊」指舊交、舊友而言。如
《論語·泰伯》：「君子篤於親，則民興於仁；故舊不遺，則民不
偷。」《漢書·王莽傳上》：「（公）清靜樂道，溫良下士，惠於故
舊，篤於師友。」此句「貴遊多故舊」謂李崑玉是一位身分顯貴

的長者，平生相識滿天下，此次新廈落成，前來致賀的人多是
他的故交舊友。後句"慰藉"指撫慰、安慰。如《後漢書·隗
囂傳》："光武素聞其風聲，報以殊禮，言稱字，用敵國之儀，
所以慰藉之良厚。"范成大《次韻耿時舉苦熱》："荷風拂簟昭蘇
我，竹月篩窗慰藉君。"顧貞觀《賀新郎·寄吳漢槎甯古塔》
詞："行路悠悠誰慰藉，母老家貧子幼。""舟能同郭"意謂自己
有幸與當代的郭太同舟共濟。此處提及之"郭"指漢朝人郭太，
與許劭齊名，時人以"許郭"並稱。《後漢書·許劭傳》："許劭
字子將，汝南平輿人也。少峻名節，好人倫，多所賞識。若樊
子昭、和陽士者，並顯名於世。故天下言拔士者，咸稱許郭。"
《文選·〈廣絕交論〉》："逌文麗藻，方駕曹王；英跱俊邁，聯衡
許郭。"張銑注："謂與許劭、郭林宗齊衡也。"唐陸龜蒙《顧道
士亡弟子奉束帛乞銘於襲美因賦戲贈》詩："亦謂神仙同許郭，
不妨才力似班揚。"此句"渾慰藉、舟能同郭"，作者謂自己有
幸與當代的郭太李崑玉同舟共濟，互勉晚節，實在值得老懷
告慰。

〔9〕正麗日、萃一堂，塞鴻緱鶴：前句"正麗日"謂今天正值好友
李崑玉的新廈落成之喜，可說是一個美好的日子。南朝·梁·
沈約《三月三日率爾成篇》詩："麗日屬元巳，年芳具在斯。"
"萃一堂"即成語"薈萃一堂"的意思。"薈萃"喻草木繁茂，
引申為傑出人物或精美東西的聚集；"一堂"指同聚在一個廳堂
裡，喻機會難逢的盛會。後句"緱鶴"乃"緱山鶴"的簡稱。
相傳王子喬於緱山乘鶴成仙，後用作歌詠仙家之典。如唐·裴
度《唐享惠昭太子廟樂章·亞獻終獻》："禮成神既醉，彷彿緱
山鶴。"唐·元稹《別李三》詩："蒼蒼秦樹雲，去去緱山鶴。"
亦作"緱氏鶴"。如清·趙翼《甌北詩話·各體詩二》："金李俊
民有王籌堂《壽詩》，俱用王家典故二首：'仙馭未來緱氏鶴，
月明吹徹玉笙寒。'"此句"塞鴻緱鶴"即成語"鴻儔鶴侶"之

意。鴻、鶴皆為群居高飛之鳥，因用以比喻高潔、傑出之輩。如唐·黎逢《貢舉人見於含元殿賦》：“今則凝神注目，無非繡戶金鋪；接踵比肩，盡是鴻儔鶴侶。”細味末句“塞鴻縱鶴”，實乃作者與好友李崑玉互相欣賞，彼此器重之辭，二人之交情匪淺由此可見一斑。

【評　析】

此詞作於壬辰歲（1952）夏，據其小題所云，為一闋貽贈遠方故友慶賀其新廈落成的應酬之作。

（周兼善箋注）

前　調　曩年拈石帚此調賦洋水仙，韻與句法略異吳、史諸家。今再檢讀，因為“春山看杜鵑花”，效顰成詠，質堅社同人。

歷番風幾，又換者嫩紅，纔算花第。[1]分影珊瑚，銷魂裙釵，枝絆溜丹鶯觜。[2]蠶叢路殊蜀棧，問誰為、血痕妃洗。[3]叵耐是、倒紫霧杯後，如棠嬌睡。[4]　春醉，遊漫廢。朱便駐顏，老了人間世。[5]色相鬓空，本根摩淨，拈一笑天尊旨。[6]莫教濺詩人淚，蝶悶蜂愁撩起。[7]怎生避，有江山裝點，還慨慨地。[8]

【箋　注】

〔1〕歷番風幾，又換者嫩紅，纔算花第：前句“歷番風幾”即“歷幾番風”的倒裝句，意謂經歷了幾番花信風。所謂花信風，就是指在某種節氣時開的花，因為是應花期而來的風，所以叫信風。人們挑選一種花期最準確的花為代表，叫做這一節氣中的

花信風，意即帶來開花音訊的風候。據南朝宗懍《荊楚歲時說》云："始梅花，終楝花，凡二十四番花信風。" 即指自小寒至穀雨共八氣（八個氣節），一百二十日，每五日為一候，計二十四候，每候對應一種花信。二十四番花信風，就是每個月有兩個節氣，每一個節氣，有三個候，每個候為五天。每五天中，有一個花信，也就是每五天有一種花綻蕾開放，即一月二氣六候花信風。每一候花信風便是候花開放時期，到了穀雨前後，就百花盛開，萬紫千紅，四處飄香，春滿大地。楝花排在最後，表明楝花開罷，花事已了。經過二十四番花信風之後，以立夏為起點的夏季便來臨了。中句 "又換者嫩紅" 謂如今又換了這種嫩紅的杜鵑花。然而在二十四番花信風中並沒有杜鵑花。如前所述，所謂花信風是指應花期而來的風。自小寒至穀雨，凡四月，共八個節氣，一百二十日，每五日一候，計二十四候，每候對應以一種花的信風，每氣三番。如小寒：梅花、山茶、水仙；大寒：瑞香、蘭花、山礬；立春：迎春、櫻桃、望春；雨水：菜花、杏花、李花；驚蟄：桃花、棣棠、薔薇；春分：海棠、梨花、木蘭；清明：桐花、麥花、柳花；穀雨：牡丹、酴醾、楝花。另一說謂每月有兩番花的信風，一年有二十四番花信風。後句 "纔算花第" 謂纔算得上是 "及第花" 盛開之時。"及第花" 本為杏花的別名。如唐鄭谷《曲江紅杏》詩："女郎折得殷勤看，道是春風及第花。" 清梁章鉅《楹聯三話・女校書朱玉聯》："趙甌北先生，重赴鹿鳴宴，常主其家，朱玉乞先生贈楹聯，時玉有徵蘭之信，先生手揮一聯應之云：'憐卿新種宜男草，愧我重看及第花。' 一時傳為佳話。" 惟此句 "纔算花第" 所言之 "及第花" 並非指杏花，而是指二十四番花信風中所無的杜鵑花，可見作者這裡所云的 "及第花" 只是借題發揮，虛用其意罷了，與杏花在二十四番花信風中排行第十一並無關係。

〔2〕分影珊瑚，銷魂裙釵，枝絆溜丹鶯觜：前句"珊瑚"指由珊瑚
蟲分泌的石灰質骨骼聚結而成的東西，狀如樹枝，多為紅色，
也有白色或黑色的。鮮豔美觀，可做裝飾品。班固《西都賦》：
"珊瑚碧樹，周阿而生。"李時珍《本草綱目·金石八·珊瑚》：
"珊瑚生海底，五七株成林，謂之珊瑚林。居水中直而軟，見風
日則曲而硬，變紅色者為上，漢趙佗謂之火樹是也。亦有黑色
者不佳，碧色者亦良。昔人謂碧者為青琅玕，俱可作珠。許慎
《說文》云：'珊瑚色赤，或生於海，或生於山。'據此說，則生
於海者為珊瑚，生於山者為琅玕，尤可徵矣。"此句"分影珊
瑚"謂此種嫩紅色的杜鵑花，它的倩影似乎受珊瑚色彩紅豔的
特點所影響。中句"銷魂"謂靈魂離開肉體，形容極度悲傷、
愁苦，也作"消魂"。如南朝江淹《別賦》："黯然銷魂者，唯別
而已矣！"唐錢起《別張起居》詩："有別時留恨，銷魂況在
今。"龔自珍《賀新涼·長白定圃公子奎耀示重陽〈憶菊詞〉依
韻奉和》詞："性懶情多兼骨傲，值得銷魂如此。""裙釵"緣於
古代婦女著裙插釵，因而用其作為婦女的代稱。如明梁辰魚
《浣紗記·打圍》："彼勾踐不過一小國之君，夫人不過一裙釵之
女，范蠡不過一草莽之士。"《紅樓夢》第一回："我堂堂鬚眉，
誠不若彼裙釵。"柳亞子《香凝夫人屬題畫集·再賦兩律》之
二："茫茫宙合今何世，粥粥裙釵此最賢。"此句"銷魂裙釵"
意謂看見眼前的杜鵑花色澤嫩紅，彷若婦女身穿紅衣，不禁聯
想到杜鵑鳥與杜鵑花關係的傳說。相傳古蜀帝杜宇號望帝，他
在亡國後不勝悲憤最終抑鬱死去，其魂化為"子規"即杜鵑鳥。
他死後雖然化身為鳥，仍對故國念念不忘，每逢深夜時常在山
中哀啼，其聲悲切，乃至淚盡繼之以血，而其啼出的口血便化
成了杜鵑花。每念及這段杜鵑鳥與杜鵑花的傳說，作者不禁對
似是紅衣"裙釵"化身的杜鵑花黯然銷魂。後句"絆"乃牽
絆、羈絆的意思。如前蜀尹鶚《菩薩蠻》詞之三："少年狂蕩

慣，花曲長牽絆。”元庾天錫《雁兒落過得勝令》曲：“名韁廝
纏挽，利鎖相牽絆。”《醒世恒言·赫大卿遺恨鴛鴦絛》：“我們出
家人，並無閒事纏擾，又無兒女牽絆，終日誦經念佛。”“溜丹”
即“丹溜”，乃道教所說的仙水。如晉郭璞《遊仙詩》之六：
“陵陽挹丹溜，容成揮玉杯。”唐吳筠《廬山雲液泉賦》：“醴泉無
源而易涸，丹溜乍見而難挹。”而“鶯觜”亦作“鶯嘴”，常指
鶯聲而言，如秦觀《如夢令·鶯嘴啄花紅溜》：“鶯嘴啄花紅溜，
燕尾點波綠皺。”惟廖詞“鶯觜”則用以喻杜鵑鳥的啼叫聲。此
句“枝絆溜丹鶯觜”謂樹上的枝條牽扯著杜鵑鳥，使牠們不能
脫開羈絆。杜鵑鳥淒然勸說途人“不如歸去”，像喝下了道教所
說的“丹溜”仙水，整天啼叫不已。

〔3〕蠶叢路殊蜀棧，問誰為、血痕妃洗：前句“蠶叢路殊蜀棧”即
“蜀棧蠶叢路殊”的倒裝句。“蜀棧”指蜀中的棧道，亦名閣道，
為三國蜀時所修建，故稱“蜀棧”。如杜牧《昔事文皇帝三十二
韻》：“接櫂隋河溢，連蹄蜀棧刓。”曾鞏《送李材叔知柳州序》：
“彼不知縣京師而之越，水陸之道皆安行，非若閩溪、峽江、蜀
棧之不測。”明敖英《輞川謁王右丞祠》詩：“蜀棧青騾不可攀，
孤臣無計出秦關。”清劉大櫆《吳莘千墓誌銘》：“秦關蜀棧，粵
嶺海嶠，靡不遊，輒有以考其風土俗尚之異，與其山川人物之
奇。”“蠶叢”相傳為蜀王的先祖，教人蠶桑。《藝文類聚》卷
六引漢揚雄《蜀本紀》：“蜀始王曰蠶叢，次曰伯雍，次曰魚
鳧。”李白《蜀道難》詩：“蠶叢及魚鳧，開國何茫然。”“蠶叢”
或“蠶叢路”亦可借指蜀道。如司馬光《仲庶同年兄自成都移
長安以詩寄賀》：“蠶叢龜印解，鶉野隼旟新。”李白《送友人入
蜀》詩：“見說蠶叢路，崎嶇不易行。”清沈紹姬《司馬懿故居》
詩：“掀髯西指蠶叢路，丞相祠堂尚錦官。”袁枚《續詩品·取
徑》：“幽徑蠶叢，是誰開創?”趙翼《水城》詩：“百里蠶叢盡，
孤城帶碧川。”而此句“蠶叢路殊蜀棧”，作者再從杜鵑鳥聯想

到其原產區蜀地，進而指出三國蜀漢時所修建的蜀中棧道，與相傳為蜀王先祖“蠶叢”所開闢的蜀道，二者的路徑並不相同。後句“問誰為、血痕妃洗”乃“問誰為妃洗血痕”的倒裝句，此處所言涉及楊貴妃之死因。而對於楊貴妃之死，不論劉昫等人所撰的《舊唐書》，歐陽修、宋祁所撰的《新唐書》，還是司馬光所撰的《資治通鑑》，皆謂她是隨唐玄宗奔蜀以避安史之亂時，在馬嵬驛（今陝西興平西）遇到隨行軍士嘩變而被“縊殺”於佛堂前的梨樹下。而“縊殺”即上吊自盡之意。不過，與楊妃處於同一時代的杜甫，他所寫的《哀江頭》卻云：楊貴妃“明眸皓齒今何在？血污遊魂歸不得”。故對於“楊貴妃之死”主要有兩種說法：一是楊貴妃在馬嵬驛被“縊殺”，一是在馬嵬驛被嘩變的軍士“斬殺”。此句“問誰為、血痕妃洗”是採用了杜甫《哀江頭》詩的說法，認為楊貴妃是被“斬殺”的，因此才詰問誰人願意為楊貴妃清洗她遺留在人間的血跡。

〔4〕叵耐是、倒紫霧杯後，如棠嬌睡：前句“叵耐”即無奈。如唐張鷟《遊仙窟》：“劍笑偷殘靨，含羞露半脣；一眉猶叵耐，雙眼定傷人。”明李贄《代常通病僧告文》：“叵耐兩年以來，痰瘤作祟，瘡疼久纏，醫藥徒施，歲月靡效。”《二十年目睹之怪現狀》第十四回：“南洋兵船雖然不少，叵奈管帶的一味知道營私舞弊，那裡還有公事在他心上。”“紫霧”又作“紫霞”，指紫色的雲霞，道家謂神仙乘紫霞而行，故含升仙之意；引申可喻人駕鶴歸去。《文選》陸機《前緩聲歌》：“獻酬既已周，輕舉乘紫霞。”劉良注：“眾仙會畢，乘霞而去。”李白《古風》之三十：“至人洞玄象，高舉凌紫霞。”明張鳳翼《灌園記·君後自責》：“誰知道絜帶咱，享榮華，似拔宅飛昇凌紫霞。”此句“叵耐是、倒紫霧杯後”，意謂無奈的是楊貴妃把紫霞杯傾倒之後，便駕鶴西歸。後句“如棠嬌睡”謂楊貴妃在世人心目中雖死猶生，人們會記住她海棠春睡般的嬌態。“海棠春睡”形容美人鬢

亂釵橫像海棠不足眠之態。據宋釋惠洪《冷齋夜話》記載，唐明皇登沉香亭，召太真妃（楊貴妃），於時卯醉未醒，命高力士使侍兒扶掖而至。妃子醉顏殘妝，鬢亂釵橫，不能再拜。明皇笑曰：“豈妃子醉，直海棠睡未足耳！”這是“海棠春睡”典故的由來。

〔5〕春醉，遊漫廢。朱便駐顏，老了人間世：首句“春醉”謂在春天乘興喝個半醉。次句“遊漫廢”謂一旦喝醉便廢了遊興。第三句“朱便駐顏”即“便駐朱顏”的倒裝句，謂使容顏保持紅潤年輕，永不衰老。如葛洪《神仙傳·劉根》：“草木諸藥，能治百病，補虛駐顏，斷穀益氣。”蘇軾《洞霄宮》詩：“長松怪石宜霜鬢，不用金丹苦駐顏。”蒲松齡《聊齋志異·五通》：“且人生壽夭，不在容貌，如徒求駐顏，固亦大易。”何垠注：“駐顏，留駐少年容顏也。”第四句“人間世”指人世或世俗社會。如宋陳師道《平翠閣》詩：“欲置湖上田，謝絕人間世。”清洪昇《長生殿·慫合》：“且慢提，人間世、有一處怎偏忘記？”后兩句謂即使楊貴妃能把年輕的容顏留住，但歷經滄海桑田的人間社會還是已經變老了，不復再是那個她曾經生活過的盛唐時代。

〔6〕色相鬘空，本根摩淨，拈一笑天尊旨：前句“色相”乃佛家語，亦作“色象”，指萬物的形貌。《涅槃經·德王品四》：“（菩薩）示現一色，一切眾生各各皆見種種色相。”白居易《感芍藥花寄正一丈人》詩：“開時不解比色相，落後始知如幻身。”《初刻拍案驚奇》卷六：“那娘子一手好針綫綉作，曾綉一幅觀音大士，精奇莊嚴，色相儼然如生的。”清王錫《法相寺》詩：“性真既已離，色相復何有！”此句“色相鬘空”意謂佛教中所說的“鬘天”、“鬘陀”或“鬘陀羅”，均可用以借指佛或佛祖，而世間萬物的形貌俱為佛所變化而成，就如鏡花水月，須知一切色相皆空，世人對此實無須沉迷執著。中句“本根”指本來的根

基或基礎，為事物的最重要根本部分。如《莊子·知北遊》："惛然若亡而存，油然不形而神，萬物畜而不知，此之謂本根。"成玄英疏："亭毒羣生，畜養萬物，而玄功潛被，日用不知，此之真力，是至道一根本也。"司馬光《贈邵興宗》詩："君子固無愧，立身明本根。"李東陽《祁陽縣學重修記》："其弊也，則修節目而棄本根。"《晉書·劉頌傳》："借令愚劣之嗣，蒙先哲之遺緒，得中賢之佐，而樹國本根不深，無干輔之固，則所謂任臣者化而為重臣矣。"此句"本根摩淨"謂高僧用手按摩信眾的頭頂，冀能使其先天的本根得以發揚，内心變得澄明清净。後句"拈一笑天尊旨"，用佛祖世尊釋迦牟尼"拈花一笑"以心傳心，藉以與信徒心心相印，彼此不言而喻、會心體道的典故。典出《五燈會元·七佛·釋迦牟尼佛》："世尊在靈山會上，拈花示眾，是時眾皆默然，唯迦葉尊者破顏微笑。世尊云：'吾有正法眼藏，涅槃妙心，實相無相，微妙法門，不立文字，教外別傳，付囑摩訶迦葉。'"明通容《祖庭鉗錘錄》附《宗門雜錄》："王荊公語佛慧泉禪師云：'余頃在翰苑偶見《大梵天王問佛決疑經》三卷，謂梵王至靈山以金色波羅夷花獻佛，捨身為床座，請佛説法。世尊登座拈花示眾，人天百萬悉皆罔措。獨有金色頭陀破顏微笑。世尊云：吾有正法眼藏，涅槃妙心，實相無相，分付摩訶迦葉。'"此為佛教禪宗以心傳心的第一公案。後以"拈花一笑"喻心心相印，心領神會。如李漁《奈何天·巧怖》："伊為新至我，我是舊來伊，拈花一笑，心是口，不勞詮諦。""拈花一笑"亦可省作"拈花"，如錢謙益《寄嚴道徹太守》詩："蒲團已悟拈花案，尺素爭傳倒薤書。"

〔7〕莫教濺詩人淚，蝶悶蜂愁撩起：前句"濺淚"指眼淚飛淺。如杜甫《春望》詩："感時花濺淚，恨別鳥驚心。"秦觀《次韻太守向公登樓眺望》之二："車網湖邊梅濺淚，壺公祠畔月銷魂。"元盧琦《題全安莊》詩："山鳥有情憐我去，燭花濺淚為誰愁。"

此句"莫教濺詩人淚"謂眼前的杜鵑花不應再讓詩人飛灑感時憂國的眼淚。後句"蝶悶蜂愁撩起"乃"撩起蜂蝶愁悶"的倒裝句。"愁悶"指憂慮煩悶。如司馬相如《長門賦》序:"孝武皇帝陳皇后,時得幸,頗妒,別在長門宮,愁悶悲思。"朱淑真《菩薩蠻》詞:"愁悶一番新,雙蛾只舊顰。"此句"撩起蝶悶蜂愁",意謂杜鵑花也不應把蜜蜂蝴蝶逗惹得憂慮煩悶,愁思不斷。

〔8〕怎生避,有江山裝點,還懨懨地:前句"怎生"猶怎樣、如何之意。如唐呂岩《絕句》:"不問黃芽肘後方,妙道通微怎生說?"辛棄疾《醜奴兒近》詞:"更遠樹斜陽,風景怎生圖畫?"《水滸傳》第五七回:"我有萬夫不當之勇,便道那廝們全夥都來,也待怎生!"洪昇《長生殿·重圓》:"天路迢遙,怎生飛渡?"此句"怎生避"謂怎樣能逃避現實。中句"江山"指江河山嶽。如《莊子·山木》:"彼其道遠而險,又有江山,我無舟車,奈何?"晉郭璞《江賦》:"蘆人漁子,擯落江山。"杜甫《宿鑿石浦》詩:"早宿賓從勞,仲春江山麗。"而"裝點"謂裝飾點綴。如清平步青《霞外攟屑·說稗·臨川夢》:"錢牧翁評隲陳仲醇,謂聊可裝點山林,附庸風雅。"此句"有江山裝點"謂有壯麗的河山供人指點遊賞。後句"懨懨"指精神委靡貌,亦用以形容百無聊賴的病態。如唐劉兼《春晝醉眠》詩:"處處落花春寂寂,時時中酒病懨懨。"《西廂記》第二本第一折:"懨懨瘦損,早是傷神,那值殘春。"清沈復《浮生六記·浪遊記快》:"吾婦芸娘亦大病,懨懨在床。"此句"還懨懨地"謂在明媚的春光下,自己仍是精神委靡不振,百無聊賴。

【評 析】

此詞作於壬辰歲(1952)夏,從小序可知亦為一闋與堅社諸詞友唱酬贈答的詠物抒懷之作。

(周兼善箋注)

疎　影　昔海綃翁云：“周止菴謂玉田《疏影》賦梅影逐韻湊成，全無脈絡。”余曰：“玉田句頗麗，但意不深耳。”翁韙其言。今依聲白石，按玉田題，[1]試擬一解，伯端知音以為如何？

池冰鏡滌，縞袂人冉冉，呼似曾出。[2]薄掩瘢痕，鈿壓蛾低，簾前記點宮額。[3]剛猜雪地留飛爪，透薊北、荊南消息。[4]甚素顏、玉樣妝成，幻入暝鴉般色。[5]　　無那谿收亂照，隝蟾又樹杪，教怨狼藉。[6]折取煙空，卻也橫斜，酒醒鐙搖虛壁。[7]凌波不辨塵生步，誤踏向、綠苔釵拾。[8]引冷魂、鎖蝶窗紗，有客解吹長笛。[9]白石《鶯花繞紅樓》詞云：“十畝梅花作雪飛。暗香下、攜手多時。長兩年不到斷橋西。長笛為予吹。”

【箋　注】

〔1〕今依聲白石，按玉田題：南宋詞人姜夔，號白石道人。南宋詞人張炎，號玉田。

〔2〕池冰鏡滌，縞袂人冉冉，呼似曾出：前句謂結了冰指光可的池面或湖面，像洗滌過的鏡子一樣澄澈明亮。如陸游《雨後快晴步至湖塘》詩：“山掃黛痕如尚濕，湖開鏡面似新磨。”中句“縞袂”原指白衣，亦可借喻白色的花卉，尤其是專指白梅花。如蘇軾《次韻楊公濟奉議梅花詩》之一：“月黑林間逢縞袂，霸陵醉尉誤誰何。”明高啟《幻住精舍尋梅》詩：“關山夢別今五年，縞袂誰家月中見。”清趙翼《種梅圖》詩：“公子褐裘來，美人縞袂迎。”《紅樓夢》第三七回：“月窟仙人縫縞袂，秋閨怨女拭啼痕。”此句“縞袂人冉冉”，謂那些冒出水面的素潔白梅花，像端莊的美女蓮步姍姍地走過來。後句“呼似曾出”乃“似曾呼出”的倒裝句，亦即成語“呼之欲出”之意。如蘇軾

《郭忠恕畫贊序》：“空濛寂歷，煙雨滅沒；恕先在焉，呼之欲出。”此句“呼似曾出”意謂只要叫她一聲，那些彷若白梅花化身的美女就會從池中走出來。

〔3〕薄掩瘢痕，鈿壓蛾低，簾前記點宮額：前句“瘢痕”指創口或瘡口留下的痕跡。如《北史·崔瞻傳》：“瞻經熱病，面多瘢痕。”白居易《過昭君村》詩：“至今村女面，燒灼成瘢痕。”此句“薄掩瘢痕”謂以化妝品輕輕掩蓋創口的痕跡。中句“蛾低”即“低蛾”，猶謂女子含愁低眉之意。如白居易《同諸客嘲雪中馬上妓》詩：“珊瑚鞭嚲馬踟躕，引手低蛾索一盃。”而“鈿壓蛾低”謂在髻上插著鈿釵的閨中女子，更見含愁低眉。後句“宮額”指古代宮中婦女以黃色塗額作為妝飾，因稱婦女的前額為宮額。如李商隱《又效江南曲》：“掃黛開宮額，裁裙約楚腰。”辛棄疾《鷓鴣天·賦梅》詞：“冰做骨，玉為容，常年宮額鬢雲鬆。”元喬吉《清江引·佳人病酒》曲：“羅帕粉香宮額上掩，宿酒春初散。”此句“簾前記點宮額”呼應前句“薄掩瘢痕”，謂曾記得簾櫳前的女子用黃色塗額作為妝飾，以掩蓋臉上的瘢痕。

〔4〕剛猜雪地留飛爪，透薊北、荊南消息：前句“雪地留飛爪”即成語“雪泥鴻爪”之意，指鴻雁在雪地上走過時留下的腳印。語本蘇軾《和子由澠池懷舊》：“人生到處知何似？應似飛鴻踏雪泥。泥上偶然留指爪，鴻飛那復計東西？”後用“雪泥鴻爪”比喻事情過後留下的痕跡。如清錢謙益《耦耕堂詩序》：“吾兩人遊跡，雪泥鴻爪，已茫然如往劫事。”丁以布《題西泠扶醉照片寄亞之用吹萬韻》：“相印心心到印泉，雪泥鴻爪總前緣。”此句“剛猜雪地留飛爪”，意謂作者剛剛還在猜想那飾以“梅花妝”的瘢痕會否是鴻雁在雪地上走過時留下的腳印所造成的。後句“消息”指音信或信息。如漢蔡琰《悲憤詩》：“迎問其消息，輒復非鄉里。”唐劉餗《隋唐嘉話》卷上：“人言陛下欲幸

山南，在外悉裝了，而竟不行，因何有此消息？"清周準《明妃曲》："中原消息斷，胡地風沙寒。"此句"透薊北、荊南消息"，意謂鴻雁來時，透露了薊北（今河北省北部）和荊南（今湖北省南部）等地的信息。

〔5〕甚素顏、玉樣妝成，幻入暝鴉般色：前句"素顏"猶粉面之意，指女子白皙的容顏；亦可指婦女不施脂粉的面顏。如葛洪《抱朴子·至理》："夫圓首含氣，孰不樂生而畏死哉？然榮華勢利誘其意，素顏玉膚惑其目。"李白《古風》之三二："綠酒哂丹液，青娥凋素顏。"五代王邑《貧女》詩："難把菱花照素顏，試臨春水插花看。"此句"甚素顏、玉樣妝成"，作者驚詫於那個臉上留有瘢痕的女子，經過修飾化了"梅花妝"後，竟變成一個粉雕玉琢模樣的可人兒。後句"幻入暝鴉般色"謂在暮色四合彷若鴉色的夜幕中，像進入了虛幻境界。

〔6〕無那䶃收亂照，隅蟾又樹杪，教怨狼藉：前句"無那"，無奈意，謂無奈那投射在溪面上的夕陽，此際已收拾殘照，不知去向了。中句"隅蟾"即"烏蟾"，指神話傳說日中的三足烏和月中的蟾蜍，可用以借喻月亮。"樹杪"指樹梢。如《陳書·儒林傳·王元規》："元規自執機棹而去，留其男女三人，閣於樹杪。"王維《送梓州李使君》詩："山中一夜雨，樹杪百重泉。"紀昀《閱微草堂筆記·灤陽消夏錄一》："是夕月明，余步階上，仰見樹杪兩紅衣人向餘罄折拱揖，冉冉漸沒。"此句"隅蟾又樹杪"謂月亮這時又在樹梢冉冉升起。後句"狼藉"，雜亂不堪意。"教怨狼藉"，謂在昏暗的夜色中，素雅妍麗的白梅花像"幻入暝鴉般色"，一片狼藉，令人不忍卒睹。

〔7〕折取煙空，卻也橫斜，酒醒鐙搖虛壁：前句"煙空"指高空或煙霞縹緲的雲天。如唐無名氏《日載中賦》："禎煙空，耿霄漢，始由度而方映，忽移躔於已旰。"李白《上之回》詩："閣道步行月，美人愁煙空。"唐黃滔《送君南浦賦》："夜泊而猿啼霜

樹，晨征而月在煙空。"折取煙空"意謂由於看不清地上白梅花的模樣，故而向高處折取一枝心儀的寒梅。中句"橫斜"多用以狀梅竹之類花木枝條及其影子；亦可代指橫斜之物。如宋林逋《山園小梅》詩："疏影橫斜水清淺，暗香浮動月黃昏。"元馬謙齋《快活三過朝天子四邊靜·夏》曲："竹影橫斜，荷香飄蕩。一襟滿意涼。"范成大《伏聞知府秘書欲取小杜桐廬詩語以見花名堂計梅開堂成歸舟已下南浦》詩："說與橫斜應早計，不須更待雪花催。"後句"酒醒鐙搖虛壁"謂一覺酒醒後，但見四壁蕭然昏燈搖幌，原來只是在夢中折得一枝寒梅罷了。

〔8〕凌波不辨塵生步，誤踏向、綠苔釵拾：前句謂自己在夢中未能辨清梅花仙子"凌波微步，羅襪生塵"的高潔模樣。"凌波微步，羅襪生塵"語出曹植《洛神賦》："休迅飛鳬，飄忽若神；凌波微步，羅襪生塵。"此語有兩種解釋：其一為《文選》李善注："凌波而襪生塵，言神人異也。"謂洛神走在水面上而襪底騰起塵埃，能人所不能。其二為《文選》五臣注呂向曰："微步，輕步也。步於水波之上，如塵生也。"意謂洛神步履輕盈地走在平靜的水面上，蕩起細細的漣漪，就像人走在路面上騰起細細的塵埃一樣。後世多採用第二種說法，用以形容女子步履輕盈。本詞亦採用後義以喻梅花仙子。後句"誤踏向、綠苔釵拾"乃"誤踏向、綠苔拾釵"的倒裝句，意謂誤向夢中追求梅花仙子，醒來後只能在現實中回味昔日的戀愛舊夢。"綠苔"作為男女相思的象徵最早見於李白的《長干行》："門前遲行跡，一一生綠苔。苔深不能掃，落葉秋風早。八月蝴蝶黃，雙飛西園草。感此傷妾心，坐愁紅顏老。"

〔9〕引冷魂、鎖蝶窗紗，有客解吹長笛：前句"冷魂"即"冰魂"，常用以形容梅、蓮等花卉清白純淨的品質，亦可借指梅花。如蘇軾《松風亭下梅花盛開》詩之二："羅浮山下梅花村，玉雪為骨冰為魂。紛紛初疑月掛樹，耿耿獨與參橫昏。"宋唐珏《水龍

吟·白蓮》詞:"歎冰魂猶在,翠輿難駐,玉簪為誰輕墜。"清
江炳炎《淮甸春·自題紙帳梅花》詞:"閉門客裡,嘆年年辜
負,西溪遊屐。約與冰魂同小住。"《二十年目睹之怪現狀》第
四十回:"芳心恐負,正酒醒天寒時候。喚鴉鬟招鶴歸來,請與
冰魂守。"而"窗紗"指糊在窗上的紗,或窗戶上安的紗布、鐵
紗等。如白居易《三月三日》詩:"畫堂三月初三日,絮撲窗紗
燕拂簷。"楊萬里《初夏睡起》詩之一:"梅子留酸軟齒牙,芭
蕉分綠與窗紗。"元喬吉《折桂令·客窗清明》曲:"風風雨雨
梨花,窄索簾櫳,巧小窗紗。"《紅樓夢》第三六回:"那黛玉卻
來至窗外,隔著窗紗往裡一看,只見寶玉穿著銀紅紗衫子。"此
句"引冷魂、鎖蝶窗紗",謂若能引得品質純淨的白梅花留駐家
中,相信即使是隔著一道窗紗,憑著梅花清幽雅淡的香氣,還
是可以輕易地把蝴蝶鎖定在窗紗旁邊。後句"客"泛指某人,
王安石《省兵》:"有客語省兵,兵省非所先。"而"解"有懂
得、明白之意。此句"有客解吹長笛",表面的意思是說這裡有
人懂得吹長笛,實則暗用了"梅花三弄"的典故以稱頌梅花。
蓋《梅花三弄》乃古曲名,據稱此曲係由晉桓伊所作的笛曲改
編而成,內容寫傲霜鬥雪的梅花,全曲主調出現了三次,故稱
"梅花三弄"。"有客解吹長笛"意謂這裡有人懂得吹奏桓伊所作
的長笛曲《梅花三弄》,藉以向傲霜鬥雪性格堅貞的梅花致以
敬意。

【評 析】

此詞作於壬辰歲(1952)夏,此闋詠物詞同時亦為作者與堅社
詞友劉伯端彼此唱酬贈答之作。

又,此詞末二句"引冷魂、鎖蝶窗紗,有客解吹長笛",廖氏自
注:"白石《鶯花繞紅樓》詞云:'十畝梅花作雪飛。冷香下、攜手多
時。長兩年不到斷橋西。長笛為予吹。'"按,疑廖氏自注有兩誤:

一係《鶯花繞紅樓》當為《鶯聲繞紅樓》。一係白石原詞末二句作
"兩年不到斷橋西。長笛為予吹",前句僅七字;惟廖氏所引白石詞
則多出一字,其中首個"長"字乃衍文,宜刪。

(周兼善箋注)

南　浦　止菴又痛詆玉田《南浦》賦春水。余謂"以'絕
似夢中芳草'喻春水,雖極無聊,惟'和雲流出
空山,甚年年淨洗,花香不了'卻佳"。然視玉笥
山人作,則小巫見大巫矣。余不揣冒昧,依中仙
聲均成此,[1]再質伯端暨堅社同人。

　　倒影入垂虹,見鴨頭縐新,綠恁濃染。[2]天上坐船如,
三篙漲、關心麴塵添徧。[3]纖漪柔艣,黛螺紋尚渦旋淺。[4]
引魚競逐桃浪底,輕唼流霞斷片。[5]　　迴潮暗蕩春魂,正
習習飛鴛,傲傲舞燕。[6]堤柳翠眉低,陰晴驟、消與釣簑煙
點。[7]拖藍拂紫,可曾淘去沉珠怨。[8]者番風信應分付,愁
載沙棠橈遠。[9]

【箋　注】

〔1〕依中仙聲均成此:指依南宋詞人王沂孫(號中仙)《南浦》(春
　　水)詞韻。

〔2〕倒影入垂虹,見鴨頭縐新,綠恁濃染:前句"垂虹"指垂虹橋。
　　如張元幹《青玉案》詞:"平生百繞垂虹路,看萬頃,翻雲去,
　　山澹夕暉帆影度。"姜夔《慶宮春》詞序:"予別石湖歸吳興,
　　雪後夜過垂虹,嘗賦詩云:'長橋寂寞春寒夜,只有詩人一舸
　　歸。'"此句"倒影入垂虹"乃"垂虹入倒影"的倒裝句,意謂
　　水面上映照著垂虹橋的倒影。中句"鴨頭"可形容水色,古人

以鴨頭色綠，故常用以喻春水。如李賀《同沈駙馬賦得御溝水》詩：“繞堤龍骨冷，拂岸鴨頭香。”蘇軾《送別》詩：“鴨頭春水濃如染，水面桃花弄春臉。”納蘭性德《踏莎行》詞：“春水鴨頭，春山鸚嘴。”“縐”意謂縐縮或使之起折痕，如南唐馮延巳《謁金門》：“風乍起，吹縐一池春水。”此句“見鴨頭縐新”乃“見鴨頭新縐”的倒裝句，謂看見顏色綠得像鴨頭的春水呈現紋狀的縐痕。後句“綠恁濃染”意謂春水的顏色竟是這麽綠，這麽濃，究竟它是怎樣染成的？

〔3〕天上坐船如，三篙漲、關心麴塵添徧：前句“天上坐船如”即“船如天上坐”的倒裝句，意謂春水漫漲，坐在船中漂蕩起伏，感覺像在天上一樣。杜甫詩句：“春水船如天上坐，老年花似霧中看。”後句“三篙漲”，“三”是泛指，形容水漲時河道水深難測。“麴塵”指初春時嫩柳倒映水中致使江面呈現鵝黃色。前蜀毛文錫《虞美人》詞：“垂楊低拂麴塵波，蛛絲結網露珠多”。元段克己《鷓鴣天·氈氈輕舟逆上溪》：“蘭棹舉，麴塵霏。新荷挽斷有餘絲”。此句“三篙漲、關心麴塵添徧”，意謂作者關心河道水深漫漲，會否因春水過大而造成氾濫。

〔4〕織漪柔艣，黛螺紋尚渦旋淺：前句“漪”指水波，亦可泛指綠水。如李賀《河南府應試十二月樂詞·四月》：“金塘閒水搖碧漪。”元吳師道《趙子固畫梅》詩：“千樹西湖浸碧漪。”明柴紹炳《卓烈婦》詩：“清瀾碧漪翠漣漣。”“柔艣”謂操櫓輕搖，亦指船槳輕划之聲。如杜甫《船下夔州郭宿雨濕不得上岸別十二判官》詩：“柔艣輕鷗外。”宋蕭立之《第四橋》詩：“一江秋色無人管，柔艣風前語夜深。”元虞集《聞機杼》詩：“滿地月明涼似水，數聲柔櫓過揚州。”此句“織漪柔艣”形容船隻在春水滿溢的河道上穿梭來往，船槳輕划，在綠色的水面織出了水波紋。後句“黛螺紋尚渦旋淺”即“黛螺紋尚旋渦淺”的倒裝句。“黛螺”指螺形的黛墨，是一種青黑色的顏料，古時用以畫

眉或作畫。如虞集《贈寫真佟士明》詩：“贈君千黛螺，翠色秋可掃。”此句“黛螺紋尚渦旋淺”，意謂河道上的水波，在色澤如黛的水面上，呈現紋理淺淺的小漩渦。

〔5〕引魚競逐桃浪底，輕唼流霞斷片：前句“桃浪”乃“桃花浪”的省稱。傳說河津桃花浪起，江海之魚集聚龍門下，躍過龍門的化為龍，否則點額暴腮。說見辛氏《三秦記》。後遂以之比喻春闈。如辛棄疾《鷓鴣天·送廓之秋試》詞：“禹門已準桃花浪，月殿先收桂子香。”宋張世南《游宦紀聞》卷六：“鮑氏安國、安行、安世兄弟，三科連中，故程文昌伯禹贈之詩，有‘七年三破桃花浪’之句。”《古今小說·趙伯昇茶肆遇仁宗》：“來年三月桃花浪，奪取羅袍轉故鄉。”李漁《慎鸞交·悲控》：“虧你做中流砥柱桃花浪，不似那跳龍門的個個顛狂。”此句“引魚競逐桃浪底”謂隨著春水滿溢，河津桃花浪起，引得江海之魚爭相競逐躍過龍門以化為龍，場面蔚為壯觀。後句“唼”指水鳥或魚吃食，《楚辭·九辯》：“鳧雁皆唼夫粱藻兮。”“流霞”亦作“流瑕”，指浮動的彩雲。《文選》揚雄《甘泉賦》：“吸清雲之流瑕兮，飲若木之露英。”李善注：“霞”與“瑕”古字通。《舊唐書·劉泊傳》：“綜寶思於天文，則長河韜映；摛玉字於仙劄，則流霞成彩。”此句“輕唼流霞斷片”謂隨著河水滿溢，春江水暖魚鴨先知，牠們紛紛發出“唼唼”的吃食聲，優哉游哉地輕嚼慢嚥倒映在水中的片片落霞。

〔6〕迴潮暗蕩春魂，正習習飛鴛，傲傲舞燕：前句“迴潮”指回落的潮水。如南朝謝惠連《泛湖歸出樓中翫月》詩：“憩榭面曲沚，臨流對迴潮。”南朝梁簡文帝《三月三日率爾成詩》：“玉柱鳴羅薦，碌椀泛迴潮。”“春魂”喻春日的情懷，亦可指花而言。如唐鮑溶《送蕭世秀才》詩：“心交別我西京去，愁滿春魂不易醒。”龔自珍《己亥雜詩》之三：“罡風力大簸春魂，虎豹沉沉臥九閽。”劉國鈞《月詞》：“落盡棠梨渾不管，和雲和雨瘞春

魂。"此句"迴潮暗蕩春魂",謂回落的潮水搖盪著作者的春日情懷。中句"習習"形容禽鳥頻頻飛動,如《楚辭·九辯》:"駟白霓之習習兮,歷群靈之豐豐。"朱熹集注:"習習,飛動貌。"左思《詠史》之八:"習習籠中鳥,舉翮觸四隅。"盧照鄰《釋疾文·命曰》:"野有鹿兮其角羰羰,林有鳥兮其羽習習。"此句"正習習飛鴛"乃"正鴛飛習習"的倒裝句,意謂每當春水洋溢時,常可看見鴛鴦在水面上習習飛動。後句"傞傞舞燕"乃"燕舞傞傞"的倒裝句。"傞傞"形容醉舞欹斜貌。語本《詩·小雅·賓之初筵》:"賓既醉止,載號載呶。亂我籩豆,屢舞傞傞。"毛傳:"傞傞,舞不能自正也。"又用以形容輕盈搖曳狀。如王安石《春雨》詩之一:"城雲如夢柳傞傞,野水橫來強滿地。"姜夔《鷓鴣天·十六夜出》詞:"輦路珠簾兩行垂,千枝銀燭舞傞傞。"康有為《上元夕觀燈》詩:"漫漫紫露移舞隊,傞傞紅燭擁飛仙。"此句"傞傞舞燕"謂燕子不停地在水面上盤旋飛舞。

〔7〕堤柳翠眉低,陰晴驟、消與釣簑煙點:前句"堤柳翠眉"即"柳眉",指柳葉;因柳葉細長如眉,故稱。如范成大《行唐村平野晴色妍甚》詩:"柳眉翠已掃,桑眼青未放。"此句"堤柳翠眉低",意謂垂到水中的青青柳葉,就像一個翠眉低垂的女子,予人我見猶憐之感。後句"陰晴驟"指春天的天氣變化往往突如其來,經常陰晴不定。"消與"指消磨打發時間。"釣簑煙點"乃"煙簑釣點"的倒裝句。"煙簑"指古人泛舟垂釣時所穿的簑衣,如唐鄭谷《郊園》詩:"煙簑春釣靜,雪屋夜棋深。"蘇軾《滿庭芳·蒙恩放歸陽羨復作》詞:"青衫破,羣仙笑我,千縷掛煙簑。"耶律楚材《和搏霄韻代冰陸疏文因其韻為詩》之十:"閑臥煙簑春夢斷,不知潮起沒青林。"清宮鴻歷《長安午日》詩:"南州五月鰣魚美,小買煙簑棹五湖。"而"釣點"指固定的地點投竿垂釣。"消與釣簑煙點"謂若要消磨時間,那麼

穿上蓑衣泛舟垂釣，或到固定的地點投竿，二者都是很不錯的消閒選擇。

〔8〕拖藍拂紫，可曾淘去沉珠怨：前句“拖藍拂紫”亦作“拖青紆紫”或“拖紫垂青”。紫、青，指古代貴官繫印用的綬帶顏色。漢制，諸侯佩帶的印綬為紫色，公卿為青（即藍）色，以之比喻官位顯貴，身分不凡。如揚雄《解嘲》：“紆青拖紫，朱丹其轂。”梁啟超《中國專制政治進化史論》第三章：“今歲華門一酸儒，來歲可以金馬玉堂矣；今日市門一駔儈，明日可以拖青紆紫矣。”亦可省作“拖紫”。後句“沉珠怨”的解釋有二：其一是指“珠沈滄海”，謂珍珠沉在大海裡，比喻人才被埋沒或棄置；其二是指“珠沉玉沒”，指美玉破碎，珠寶沉沒，藉以比喻美女的死亡。如唐秦貫《唐故滎陽鄭府君夫人博陵崔氏合祔墓誌銘》：“珠沉玉沒兮，人誰靡傷；桂殞蘭凋兮，共泣摧香。”無論是哪一種解釋，與“沉珠怨”典故有關的俱非美事，難怪作者在這裡會發出“可曾淘去沉珠怨”的慨歎了。他從春水的青藍色聯想到世間那些地位顯赫、身分不凡的達官貴人，認為無論他們如何名成利就，但始終難以淘走教人遺憾的“沉珠怨”，無法改變人生的窮通得失與禍福壽夭。

〔9〕者番風信應分付，愁載沙棠橈遠：前句“者”同“這”。“分付”指付託或寄意，如宋毛滂《惜分飛》詞：“今夜山深處，斷魂分付潮回去。”宋楊恢《祝英台近》詞：“都將千里芳心，十年幽夢，分付與一聲啼鴂。”納蘭性德《木蘭花慢·送梁汾南行》詞：“從此羈愁萬疊，夢回分付啼螿。”而“分付”也可解作感情的表示或流露。如周邦彥《感皇恩》詞：“淺顰輕笑，未肯等閒分付。為誰心子裡，長長苦？”宋無名氏《九張機》詞之二：“深心未肯輕分付，回頭一笑，花間歸去，只恐被花知。”此句“者番風信應分付”，謂趁著這番花信風到來時，自己應向它有所付託或請它代為寄意。後句“沙棠”乃木名，木材可造

船，果實可食。《山海經·西山經》："（昆侖之丘）有木焉，其狀如棠，黃華赤實，其味如李而無核，名曰沙棠；可以禦水，食之使人不溺。"《呂氏春秋·本味》："果之美者，沙棠之實。"晉郭璞《沙棠》詩："安得沙棠，制為龍舟。汎彼滄海，眇然遐遊。"清吳兆騫《同陳子長坐氈帳中話吳門舊遊歌》："沙棠之槳雲母舟，美人玉袖搊箜篌。""橈"，船槳，此處借以指船。此句"愁載沙棠橈遠"，謂希望憑藉這番花信風的風力之助，把人間的愁憾全載在這隻用沙棠木製造的船中，把它吹送到遠方。

【評　析】

此詞作於壬辰歲（1952）夏。此闋詠物詞同屬作者與堅社詞友彼此唱酬贈答之作。

（周兼善箋注）

暗　香　前作梅影未水底鏡中描寫，今依白石此調聲均，[1]
再賸一解，不知能髣髴萬一否？

控鸞雪色，是蕊珠舊伴，凌空飛笛。[2]見水一泓，撒了吹雲枉花摘。[3]塵世如京兆在，應難著、添妝眉筆。[4]自瘦骨、入選魁春，鴛已怯陪席。[5]　　　香國，任寂寂。漫耐守歲寒，又鶴怨積。[6]露梢替泣，奩玉留痕準堪憶。[7]林下人來有美，黏步屧、溪苔凝碧。[8]認箇箇、圈恁底，那回畫得。[9]

【箋　注】

〔1〕今依白石此調聲均：指依南宋詞人姜夔（白石）《暗香》詞韻。
〔2〕控鸞雪色，是蕊珠舊伴，凌空飛笛：前句"控鸞"又作"控

鶴"，相傳周靈王太子王子喬喜吹笙，學鳳鳴，道士浮丘公接他上嵩山。三十年後，有人找到他，他說：叫我家裡人在七月七日那天在緱氏山等我。到時候，王子喬騎著白鶴在山頂上向大家招手。見漢劉向《列仙傳·王子喬》。後以"控鶴"指得道成仙。如晉孫綽《游天臺賦》："王喬控鶴以沖天，應真飛錫以躡虛。"南朝孔稚珪《褚先生伯玉碑》："是以子晉笙歌，馭鳳於天海；王喬雲舉，控鶴於玄都。"亦作"控鵠"。酈道元《水經注·洛水》："（休水）發側緱氏原，《開山圖》謂緱氏山也，亦云仙者升焉。言王子晉控鵠斯阜，靈王望而不得近，舉手謝而去。"此句"控鸞雪色"即"控鶴雪色"之意，謂白梅花的顏色就像控鶴身上的羽毛那樣雪白皎潔。中句"蕊珠"即"蕊珠宮"，省稱"蕊宮"，為道教經典中所說的仙宮。如唐顧雲《華清詞》詩："相公清齋朝蕊宮，太上符籙龍蛇蹤。"宋邵雍《二色桃》詩："疑是蕊宮雙姊妹，一時俱肯嫁春風。"宋徽宗《燕山亭·見杏花作》詞："新樣靚妝，豔溢香融，羞殺蕊珠宮女。"元本高明《琵琶記·伯喈牛宅結親》："人間丞相府，天上蕊珠宮。"孔尚任《桃花扇·罵筵》："家住蕊珠宮，恨無端業海風，把人輕向煙花送。"趙翼《月中桂樹·壬午順天鄉試題得香字》詩："蕊珠宮闕朗，攀折許吳剛。"此句"是蕊珠舊伴"謂白梅花正是蕊珠宮的舊伴侶。如徐光啟《梅花詩四首之二》："黿湖磯上何年種，放鶴山前幾樹開。昨夜蕊珠宮畔過，夢回攜得暗香來。"後句"凌空"指高升到天空或聳立空中。如酈道元《水經注·濟水》："水上有連理樹，其樹柞櫟也，南北對生，凌空交合。"駱賓王《秋雁》詩："帶月凌空易，迷煙逗浦難。"陸游《初發夷陵》詩："俊鶻橫飛遙掠岸，大魚騰出欲凌空。"明梁辰魚《浣紗記·打圍》："遍江南獨我尊，氣凌空將湖海吞，看威行四海聲名振。"此句"凌空飛笛"，表面的意思是說有笛聲自天空高處傳來，實則暗用了"梅花三弄"的典故以稱頌梅花。《梅花三弄》乃古曲名，據明朱權《神奇秘譜》稱，此曲係由晉桓伊所作的笛曲改編而成。內容寫傲霜鬥雪的梅花，全曲主調出現了三次，故稱"梅花三弄"。如元朱庭玉《夜行船·春曉》套曲："曉角《梅花三弄》曲，勾引起禁鐘樓鼓。""凌空飛笛"意謂聽到自天空高處傳來的桓伊笛曲《梅花三弄》，令人很自然聯想到傲霜鬥雪堅貞不屈的梅花，心中的敬意不禁油然而生。

〔3〕見水一泓，撇了吹雲枉花摘：前句"一泓"形容清水一片或一道。如李賀《夢天》詩："遙望齊州九點煙，一泓海水杯中瀉。"清昭槤《嘯亭雜錄·京師園亭》："一泓清池，茅簷數椽，水木明瑟，地頗雅潔。"此句"見水一泓"謂看見地上有清水一片，便知道這裡可能會有梅花出現。後句"撇"原指拂過或掠過，如揚雄《甘泉賦》："歷倒景而絕飛梁兮，浮蠛蠓而撇天。""撇"又有撇開、撇棄意，本詞句用此意。"吹雲"乃"吹雲彈雪"的省稱，指的是明清時畫家所使用的一種繪畫技法。此句"撇了吹雲枉花摘"乃"撇了吹雲枉摘花"的倒裝句，意謂若然撇開了下雪這個至關重要的時節，便急不及待地採摘梅花，不啻是不懂得欣賞梅花的俗客，就算給他摘得梅花也只是枉然而已。

〔4〕塵世如京兆在，應難著、添妝眉筆：前句"塵世如京兆在"即"京兆如在塵世"的倒裝句，意謂就算是漢宣帝時任京兆尹的張敞如今仍在塵世，相信他面對梅花也不敢再輕言畫眉之舉了。典出"張敞畫眉"。《漢書·張敞傳》："然敞無威儀，時罷朝會，過走馬章台街，使御史驅，自以便面拊馬。又為婦畫眉，長安中傳張京兆眉撫。"大意謂漢宣帝時，京兆尹張敞為官沒有官架子，經常在散朝後步行回家。他們夫妻十分恩愛，張敞常為妻子畫眉，畫出的眉毛十分漂亮。漢宣帝得知後召見他們，將他們標榜為夫妻恩愛的典範。後句"應難著、添妝眉筆"，指張敞即使擅長畫眉，但面對妍麗秀雅的梅花仙子，恐怕也沒有畫眉添妝的必要了。

〔5〕自瘦骨、入選魁春，鴛已怯陪席：前句謂梅花自審瘦骨嶙峋，素無豐腴體態，不意竟能入選為文人雅士品鑒之百花魁首。"魁春"即"春魁"，由於梅花開在百花之先，故有人認為它是"花魁"，亦即百花魁首之意；不過也有文人以為蘭花才是真正的"花魁"。宋盧炳《漢宮春》詞："因何事，向歲晚，攙占花魁。"《說郛》卷六二引宋王貴學《五氏蘭譜·白蘭》："榦葉花同色，萼修齊，中有薤黃，東野樸守漳時品為花魁。"後句"陪席"謂陪同參加宴席。如《花月痕》第六回："大家送酒安席，正面是荷生，小岑、劍秋陪席，縉紳們分座四席，每席兩枝花伺候。"此句"鴛已怯陪席"，表面的意思是說鴛鴦已經不敢陪同梅花參加"花魁"的選舉；實則是說梅花素無爭妍競艷之心，所謂"花魁"之譽不過是附庸風雅之謬許而已。這句"鴛已怯陪席"祇是虛寫修辭之筆，因為梅花只會在寒冬或初春之際盛放，而這段時間根本不會有鴛鴦在水面活動；相反，鴛鴦僅於春夏秋三季在水面遊弋，而這段時間同樣不會有梅花開放。

〔6〕香國，任寂寂。漫耐守歲寒，又鶴怨積：首句"香國"猶花國，如宋許月卿《木犀》詩："分封在香國，筮仕得黃裳。"元好問《紫牡丹》詩之三："已從香國偏薰染，更惜花神巧剪裁。"次句"寂寂"形容孤單、冷落或靜悄悄。如漢秦嘉《贈婦詩》："寂寂獨居，寥寥空室。"蘇軾《縱筆三首》詩之一："寂寂東坡一病翁，白鬚蕭散滿霜風。"清汪懋麟《奉送益都公致政歸里》詩："寵榮終寂寂，去住貴惺惺。"孟郊《與王二十一員外涯游昭成寺》詩："洛友寂寂約，省騎霏霏塵。"元顧瑛《以玉山亭館分題得金粟影》詩："天風寂寂吹古香，清露泠泠濕秋圃。"此句"任寂寂"，謂梅花開在百花之先，當它盛開時花國仍是冷落悄然，惟梅花任由周遭寂靜無聲，始終自甘寂寞如故。第三句"歲寒"指一年中的嚴寒時節。如《論語·子罕》："歲寒，然後知松柏之後彫也。"唐黃滔《秋色賦》："松柏風高兮歲寒出，梧

桐蟬急兮煙翠死。”此句“漫耐守歲寒”，謂梅花從容地面對著
一年中的嚴寒時節，始終能堅守本分不改其堅毅志節。第四句
“又鶴怨積”乃“又積鶴怨”的倒裝句，謂因憂懼不斷積聚，
致令鶴鳥心生哀怨忿恨之情。此處“鶴怨”為“猿驚鶴怨”或
“猿悲鶴怨”的省稱，用以形容猿猴驚恐，鶴鳥哀怨，常藉以喻
因戰亂不息或人死於戰場而造成的淒涼悲哀氣氛。如宋王阮
《秋日寄舍弟》詩：“猿驚鶴怨草三尺，楚尾吳頭天一方。”作者
寫此詞時朝鮮戰爭仍未結束，故有此語。

〔7〕露梢替泣，奩玉留痕準堪憶：前句“露梢”指凝聚著露水的樹
枝或竹枝末端。如杜甫《堂成》詩：“榿林礙日吟風葉，籠竹和
煙滴露梢。”此句“露梢替泣”謂樹梢凝聚的露水掉落地面，好
像梅花仙子在交替落淚。後句“奩玉”即“玉奩”，指女子梳
妝的鏡子，亦可比喻明淨的水面。如秦觀《題湯泉》詩之二：
“溫井霜寒碧甃澄，飛塵不動玉奩清。”秦觀《擬郡學試東風解
凍》詩：“江河霜練靜，池沼玉奩空。”此句“奩玉留痕準堪
憶”，謂女子梳妝時從鏡子看到自己臉上的瘢痕，準會勾起一些
往日的回憶。

〔8〕林下人來有美，黏步屧、溪苔凝碧：前句“林下”謂樹林之下，
指幽靜之地。如南朝任昉《求為劉瓛立館啟》：“瑚璉廢泗上之
容，樽俎恣林下之適。”唐鄭谷《慈恩寺偶題》詩：“林下聽經
秋苑鹿，江邊掃葉夕陽僧。”明高啟《梅花》詩之一：“雪滿山
中高士臥，月明林下美人來。”此句“林下人來有美”即“林
下有美人來”的倒裝句，謂樹林之下有美女到來觀賞梅花。後
句“步屧”指腳步聲或指腳步。如蘇軾《和鮮於子駿鄆州新堂
月夜》：“起觀河漢流，步屧響長廊。”明王世貞《莫參政子良張
山人攜飲天寧寺作》詩：“東風依步屧，愛此禪房幽。”而“凝
碧”喻濃綠色。如柳宗元《界圍岩水簾》詩：“韻磬叩凝碧，鏘
鏘徹巖幽。”《雲笈七籤》卷七五：“其色凝碧，洞徹清明。”此句

"黏步屧、溪苔凝碧"謂溪邊長滿濃綠色的苔蘚，林下觀賞梅花的美女，步履在青苔上黏出許多鞋印來。

〔9〕認箇箇、圈恁底，那回畫得：前句"認箇箇"謂這位美人清楚認得地面上一個個屬於自己留下的綠色鞋印。"圈恁底"指用圈作記號把鞋印標記。後句"那回畫得"意謂這位美人並沒有帶備畫具前來，她擔心這些濃綠鞋印的標誌不能長久保留，不知又要待到哪一次再來觀賞梅花時，才能把它們畫進畫圖裡以作留念呢。

【評　析】

此詞作於壬辰歲（1952）夏，亦屬詠物詞。

（周兼善箋注）

南　浦　偶拈此調賦春水，適八期社集，伯端提議即據為課。老懷多傷，寫音絃外，仍依聲玉笥山人。[1]

雨蕩縠紋平，怪碧痕半江，猝爾淞崗。[2]消未盡殘寒，荒陂戲、先教鴨兒知煖。[3]曲波延縷，曳垂楊岸鶯魂倚。[4]斷簾看煞池縐錦，低掠隨流幾燕。[5]　微瀾尚攪愁魚，況活活新添，蚩蚩敢玩。[6]橋影歎淪胥，搖漾久、偷眼對花應泫。[7]還珠合浦，更誰圓認桃根面。[8]點溪煙翠飛鷗鷺，忘了機來盟踐。[9]

【箋　注】

〔1〕仍依聲玉笥山人：意謂此詞仍然襲用王沂孫（號碧山、中仙、玉笥山人）《南浦》（春水）原詞的聲韻寫成，惟卻非步韻之作。

〔2〕雨蕩縠紋平，怪碧痕半江，猝爾淞蔽：前句“縠紋”指縐紗似
的皺紋，常用以喻水的波紋。如唐羅隱《賀淮南節度盧員外賜
緋》詩：“御題綵服垂天眷，袍展花心透縠紋。”蘇軾《和張昌
言喜雨》：“禁林夜直鳴江瀨，清洛朝回起縠紋。”明楊慎《渡黑
龍江時連雨水漲竟日乃濟》詩：“雨過添清氣，風生愛縠紋。”
清陳其年《減字木蘭花‧歲暮燈下作家書竟再係數詞楮尾》詞
之五：“曲阿湖上，重看縠紋平似掌。”此句“雨蕩縠紋平”謂
春雨蕩滌過的水面呈現縐紗似的波紋，平靜如鏡。中句“怪碧
痕半江”謂令人奇怪的是，在一江春水中，何以只有半江的水
面呈現著碧綠色的波紋。後句“猝爾”亦作“卒爾”，謂突然、
忽然或匆忙之意。如曹操《與荀彧書追傷郭嘉》：“何意卒爾失
之，悲痛傷心。”《百喻經‧五百歡喜丸喻》：“彼是遠人未可服
信，如何卒爾寵遇過厚。”唐張鷟《遊仙窟》：“清音眺叨，片時
則梁上塵飛；雅韻鏗鏘，卒爾則天邊雪落。”“淞蔽”中的
“淞”是指蘇州河流經上海的這一段河道，而“蔽”則是收藏
的意思。此句“猝爾淞蔽”，謂教人怎樣在匆忙中把這段碧綠色
縐紗似的河道收藏起來。

〔3〕消未盡殘寒，荒陂戲、先教鴨兒知煖：前句“消未盡殘寒”即
“殘寒未盡消”的倒裝句，指春日中尚未消盡的寒意。如唐方干
《元日》詩：“暖日映山調正氣，東風入樹舞殘寒。”吳文英《西
河‧陪鶴林登袁園》詞：“海棠藉雨半繡地，正殘寒，初御羅
綺。”後句“荒陂戲”指鴨子在荒涼的池塘或水邊游弋嬉戲。而
“先教鴨兒知煖”則化用東坡“春江水暖鴨先知”之詩意。蘇
軾《春江晚景》：“竹外桃花三兩枝，春江水暖鴨先知。”

〔4〕曲波延縷，曳垂楊岸鶯魂倚：前句“曲波”即“麴波”，亦稱
“麴塵波”或“麴塵”，喻初春時嫩柳倒映水中而呈鵝黃色的春
水。如前蜀毛文錫《虞美人》詞：“垂楊低拂麴塵波，蛛絲結網

露珠多。"清夏葛《渡江雲》詞:"風信峭,麹塵新漲,千片已東流。""延縷"謂春水沿著曲折的縷堤(臨河處所築小堤)綿延不斷地向前方流進。後句"曳"指拖拉、牽引。"鶯魂"喻黃鶯的精魂。如宋史達祖《夜合花》詞:"柳鎖鶯魂,花翻蝶夢,自知愁染潘郎。"此句"曳垂楊岸鶯魂倚"乃"垂楊岸曳鶯魂倚"的倒裝句,謂堤岸的垂楊想方設法把黃鶯的精魂牽引過來,讓牠日夕倚靠在自己身邊。

〔5〕斷簾看煞池縐錦,低掠隨流幾燕:前句"斷簾"指半開的簾幕或簾櫳的縫隙。"看煞"亦作"看殺",喻十分愛看,如清王士禎《居易錄》卷七:"買得蜻蛉小如葉,推蓬看煞九龍山。"而"池縐錦"謂池沼上那碧綠色縐紗似的水紋面彷若織錦般美麗炫目。此句"斷簾看煞池縐錦"謂人們愛從半開的簾幕或簾櫳的縫隙中,窺看池沼上那碧綠色縐紗似的美麗水紋。後句"低掠隨流幾燕"乃"幾燕隨流低掠"的倒裝句,意謂在春江水滿之際,有多少燕子會隨著流水在波面上低飛掠過。

〔6〕微瀾尚攪愁魚,況活活新添,蚩蚩敢玩:前句"微瀾尚攪愁魚"在字面上襲用了宋人吳文英《高陽臺·豐樂樓分韻得如字》之"飛紅若到西湖底,攪翠瀾、總是愁魚"詞意。吳詞這兩句寫春末之際望湖而生的臆想,當飄零的花瓣沉入西湖湖底時,諒也會攪動原來無憂無慮的水中游魚興起春天將盡的無限愁思。這裡詞人將無情之魚比擬為有情之物;把原來無愁之魚,當成可以惹愁之魚,這正是詞人主觀上多愁善感的感情在外物上的具體流露。魚本無愁,在水中自得其樂,但夢窗竟新創一詞曰"愁魚",以符合自己心中的愁意,誠可謂別出心裁。而廖詞此句"微瀾尚攪愁魚",可謂既師夢窗其意復師其辭的顯例,意謂春水中的小波浪尚且能把水底的魚兒攪動至發愁。中句"況活活新添"形容春水流動時充滿了生機。"活活"形容水流聲,一說喻水流貌。如《詩·衛風·碩人》:"河水洋洋,北流活活。"

馬瑞辰通釋:"《傳》:活活,流也。當為流貌,形近之譌。《説文》:活,流聲也。亦當作流貌。"梅堯臣《和宋中道喜至次用其韻》:"浸脛水活活,漫灘石磷磷。"後句"蚩蚩"喻惑亂、紛擾貌。如漢揚雄《法言·重黎》:"大國蚩蚩,為嬴弱姬。"《文選》劉孝標《廣絕交論》:"於是素交盡,利交興,天下蚩蚩,鳥驚雷駭。"李善注:"《廣雅》曰:蚩,亂也。"呂延濟注:"蚩蚩,猶擾擾也。"清姚鼐《詠七國》:"蚩蚩六國主,蟲豸力爭競。"此句"蚩蚩敢玩"謂有誰敢輕慢這紛擾的水流呢!

〔7〕橋影歎淪胥,搖漾久、偷眼對花應泫:前句"橋影歎淪胥"乃"歎淪胥橋影"的倒裝句。"橋影"指橋樑在水中倒影。如南朝梁何遜《夕望江橋》詩:"風聲動密竹,水影漾長橋。""淪胥"泛指淪陷、淪喪。如《晉書·涼武昭王李玄盛傳》:"淳風杪莽以永喪,縉紳淪胥而覆溺。"唐張鷟《遊仙窟》:"下官堂構不紹,家業淪胥。"顧炎武《酬李子德二十四韻》:"一身長瓠落,四海竟淪胥。"嚴復《論教育書》:"神州之陸沉誠可哀,而四萬萬之淪胥甚可痛也。"此句"橋影歎淪胥"謂橋樑的倒影因春水漲滿致令淪喪在水裡。後句"搖漾"即蕩漾之意。如南朝梁簡文帝《述羈賦》:"雲嵯峨以出岫,江搖漾而生風。"唐權德輿《晚渡揚子江卻寄江南親故》詩:"返照滿寒流,輕舟任搖漾。""偷眼"指偷偷地窺看。如杜甫《數陪李梓州泛江有女樂在諸舫戲為豔曲二首贈李》之一:"競將明媚色,偷眼豔陽天。"林逋《山園小梅》詩之一:"霜禽欲下先偷眼,粉蝶如知合斷魂。"此句"搖漾久、偷眼對花應泫",謂乘著小船在春水漲滿的江面上搖蕩久了,偷偷地窺看水面上的片片落花,不禁令人泫然流淚。

〔8〕還珠合浦,更誰圓認桃根面:前句"還珠合浦"即成語"合浦珠還"。合浦乃漢代郡名,在今廣西合浦縣東北。"合浦珠還"比喻東西失而復得或人去而復回。典出南朝范曄《後漢書·循吏傳·孟嘗》:"(合浦)郡不產穀實,而海出珠寶,與交趾比

境……嘗到官，革易前弊，求民病利。曾未逾歲，去珠復還，百姓皆反其業。”謂東漢時，合浦郡沿海盛產珍珠。那裡產的珍珠又圓又大，色澤純正，譽滿海內外，人們稱它為“合浦珠”。當地百姓都以采珠為生，以此向鄰郡交趾換取糧食。采珠的收益很高，一些官吏就乘機貪贓枉法，巧立名目盤剝珠民。為了撈到更多的油水，他們不顧珠蚌的生長規律，一味地叫珠民去捕撈。結果，珠蚌逐漸遷移到鄰近的交趾郡內，在合浦能捕撈到的越來越少了。合浦沿海的漁民向來靠采珠為生，如今產珠少，收入大量減少，漁民們連買糧食的錢都沒有，不少人因此而餓死。漢順帝劉保繼位後，改派孟嘗出任合浦太守。孟嘗到任後，很快找出了當地漁民沒有飯吃的原因。他隨即下令革除弊端，廢除盤剝的非法規定，並不准漁民濫捕亂采，以保護珠蚌的資源。不到一年，珠蚌又繁衍起來，合浦又再成為盛產珍珠的地方。後句“桃根”為晉人王獻之愛妾桃葉之妹，借指歌妓或所愛戀的女子。如清陳世宜《得天梅書卻寄》詩之四：“斜陽寂寞烏衣巷，便是桃根也淚零。”南朝費昶《行路難》詩：“君不見長安客舍門，娼家少女名桃根。”周邦彥《點絳唇·傷感》詞：“憑仗桃根，說與淒涼意。”此二句“還珠合浦，更誰圓認桃根面”，謂眼前的春水雖令人聯想到“合浦珠還”的美滿結局；然而世上又有多少惹人憐愛的女子可以去而復回，與意中人相認重圓舊夢呢？

〔9〕點溪煙翠飛鷗鷺，忘了機來盟踐：前句“點溪”謂某些圓形的水上植物像一個個圓點散布在水面上。如杜甫《絕句漫興九首》其七：“糝徑楊花鋪白氈，點溪荷葉疊青錢。”“煙翠”喻青濛濛的雲霧，也可喻指楊柳。如岑參《峨眉東腳臨江聽猿懷二室舊廬》詩：“峨眉煙翠新，昨夜秋雨洗。”唐黃滔《奉和翁公堯員外見寄》：“山從南國添煙翠，龍起東溟認夜光。”蘇軾《次韻周邠寄〈雁蕩山圖〉》之一：“眼明小閣浮煙翠，齒冷新詩嚼雪

風。”唐高蟾《長門怨》詩之一：“煙翠薄情攀不得，星芒浮艷
采無因。”“鷗鷺”隱寓成語“鷗鷺忘機”含義，並與後句“忘
了機來盟踐”前後呼應。“鷗鷺忘機”之“機”指機心，而
“忘機”指人無巧詐之心，就算是異類如鷗鷺也可以親近他。引
申可比擬淡泊隱居，不以世事為懷的人。如清王鵬運《紅情》
詞：“只閑閑鷗鷺忘機，雲水任寬窄。”後句“忘了機來盟踐”
乃“忘了機來踐盟”的倒裝句，意謂歸隱者完全忘了機心，只
是依約“來踐盟”，亦即喜與“鷗盟”之意。踐約“鷗盟”喻
自己願與鷗鳥為友，比喻甘於過著隱居的平靜生活。如陸游
《夙興》詩：“鶴怨憑誰解，鷗盟恐已寒。”明李東陽《次韻寄題
鏡川先生後樂園》之一：“海邊釣石鷗盟遠，松下棋聲鶴夢回。”
清陸以湉《冷廬雜識·改官詩》：“既改官，作《歸興》詩云：
‘此去真為泛宅行，扁舟江上訂鷗盟。’”此二句“點溪煙翠飛鷗
鷺，忘了機來盟踐”，謂細小的浮萍像一個個圓點散布在盪漾的
波面上，春水流經的堤岸瀰漫著青濛濛的雲霧，鷗鷺飛來飛去，
而過著平靜生活的歸隱者忘了機心，與鷗鷺結成盟友，彼此兩
無猜忌，樂在其中。

【評　析】

　　此詞作於壬辰歲（1952）夏，亦屬題詠春水之詠物詞，且同屬
作者與堅社詞友彼此唱酬贈答之作。

（周兼善箋注）

前　調　伯端近以香港地名裙帶路[1]入詞，觸余綺緒。前
　　　　　塵萬斛，揉作狂吟，博社燕闉堂也，並依聲上闋。

　　忍道石仍塘，歎覆巢墜鷺，決少完卵。[2]吹浪豈無魚，

千嬌去、風絲不搖歌扇。[3]落花誰主，路遺裙帶牽愁遠。[4]
打來睡鴨縈恨在，鴛憶魂和雨戰。[5]　　劉郎到底多情，正
獨客江干，孤燈枕畔伯端自云詞每成於枕上。[6]扶起夢遊身，天
台賦、釵朵鬢旛招展[7]。剛腸鐵似，笑桃含淚瓊卮勸。[8]也
青衫透山公載，遑等敲殘檀板。[9]

【箋　注】

〔1〕香港地名裙帶路：查"裙帶路"此一路名可謂歷史悠久，早在
香港未割讓予英國前業已存在。當英軍於 1841 年 1 月宣佈佔領
香港後，到 5 月發出第一張《憲報》，內容有記載："群大路，
漁村，五十人。"道光二十二年（1842），兩廣欽差大臣耆英訪
港，回穗後寄京奏章有道："在土名裙帶路一帶，鑿山開道，建
蓋洋樓一百餘所，漸次竣工。"雖然兩個報告的馬路名"群大
路"和"裙帶路"有點差別，但其實所指的都是同一地方，故
此，有論者認為這是香港的第一條路。"裙帶路"的路名不一，
命名的傳說有二：一曰"裙帶路"在清朝乾隆年間可能是指香
港仔附近的一條漁村，因為這條漁村附近有一條山路，由山南
繞至山北，蜿蜒曲折，在海面遠望，好似裙帶一般。一曰"裙"
或"群"是指一個疍家婆，名叫陳裙，為一帶路人，當年屢次
領英人從香港仔越山循此路至上環一帶，因為是阿裙（群）帶
的，所以就稱之"裙（群）帶路"了。但有學者考證，新界錦
田鄧氏家族是早期南來香港的望族，明朝末年有鄧元勳與其堂
兄鄧聖嶽曾到現在的香港島開荒墾地，並向當時的東莞縣署納
糧稅，其糧冊便寫有"裙帶路田畝"。現在該處還存有其祖先向
新安縣（原屬東莞，後改此名，即寶安縣，當時管轄現今稱為
香港、九龍、新界等的地方）知縣的呈文："承祖鄧春魁等所遺
存乾隆年間受東莞稅田總名裙帶路，內分土名黃泥涌（即今天
的跑馬地）等處……"由此可知，"裙帶路"至少是乾隆年間已

有的古地名。也另有一些說法，認為“裙帶路”是指上環、中環等地方，如同治時，桂文燦編纂《廣東圖說》，記載香港島是在新安縣東南海中，並加注說明了它的位置和別稱：“在九龍尖沙嘴之南，中隔一港；一名裙帶路。……裙帶路為上環、中環、下環。”這裡就指出“裙帶路”是包括上環、中環和下環一帶的地方。但同治上距乾隆，至少有六十餘年，當以“裙帶路”之名早在乾隆時已有之此一說法為準。

〔2〕忍道石仍塘，歎覆巢墜鶯，決少完卵：首句“忍”有怎、豈的含義，如杜甫《丹青引贈曹將軍霸》詩云：“幹惟畫肉不畫骨，忍使驊騮氣凋喪！”此句“忍道石仍塘”，意謂怎樣細說石塘咀至今仍然存在的緣由呢。後二句“歎覆巢墜鶯，決少完卵”，化用了成語“覆巢之下無完卵”的典故，典出《世說新語·言語》：“孔融被收，中外惶怖。時融兒大者九歲，小者八歲。二兒故琢釘戲，了無遽容。融謂使者曰：‘冀罪止於身，二兒可得全不？’兒徐進曰：‘大人豈見覆巢之下，復有完卵乎？’尋亦收至。”此句“歎覆巢墜鶯，決少完卵”，則慨歎良家婦女一旦淪落風塵，被賣至石塘咀當流鶯，在近墨者黑的惡劣環境影響下，難以潔身自愛跳出火坑了。

〔3〕吹浪豈無魚，千嬌去、風絲不搖歌扇：前句“吹浪豈無魚”乃“豈無魚吹浪”的倒裝句。後句“千嬌”乃“百媚千嬌”的縮略語，形容女子姿容體態美好。如南朝徐陵《雜曲》詩：“綠黛紅顏兩相發，千嬌百態情無歇。”唐張文成《遊仙窟》：“千嬌百媚，造次無可比方；弱體輕身，談之不能備盡。”“風絲”指微風或很小的風。如唐雍陶《天津橋望春》詩：“津橋春水浸紅霜，煙柳風絲拂岸斜。”納蘭性德《採桑子·詠春雨》詞：“嫩煙分染鵝兒柳，一樣風絲，似整如欹，才著春寒瘦不支。”此二句“吹浪豈無魚，千嬌去、風絲不搖歌扇”雖直接襲用杜甫《城西陂泛舟》詩中“魚吹細浪搖歌扇”之字面，但卻師其辭

而不師其意。蓋杜詩大意謂小魚兒在水底吹吐著氣沫，水中的小船不停地搖動著船槳，好像歌舞女郎"搖歌扇"般向前進發。而廖詞此二句則謂石塘咀這個煙花之地為甚麼沒有魚兒在吹浪，自從那位千嬌百媚的女子離去後，這裡的女子如今在炎夏也不用再藉著"搖歌扇"來驅走暑氣了。（按：五十年代的石塘咀風月場所不少已設置了電風扇。）

〔4〕落花誰主，路遺裙帶牽愁遠：前句"落花誰主"謂這個有意跳出火坑的女子，自從離開石塘咀後，就像飄零的落花那樣無人為主。後句"牽愁"謂牽動愁緒。如唐韓偓《別緒》詩："別緒靜悄悄，牽愁暗入心。"元楊載《題胡伯衡〈飛雲圖〉》詩："塵沙客路牽愁遠，泉石家鄉入夢稀。"《紅樓夢》第四五回："淚燭搖搖爇短檠，牽愁照恨動離情。"此句"路遺裙帶牽愁遠"，謂這個女子不慎在路上遺留下裙帶，而拾得這條裙帶的人，不知是否能體會到它牽動著原來物主的愁緒，藉以睹物思人呢。（此句亦暗寓詞題所說的裙帶路）

〔5〕打來睡鴨縈恨在，鴛憶魂和雨戰：前句"打來"即從來之意。"睡鴨"是古代一種香爐，銅制，狀如臥著的鴨，故名。如李商隱《促漏》詩："舞鸞鏡匣收殘黛，睡鴨香爐換夕熏。"黃庭堅《有惠江南帳中香者戲答六言》詩："欲雨鳴鳩日永，下帷睡鴨春閒。"明張鳳翼《灌園記·君後制衣》："睡鴨香消，韡燭頻頻換，疏鐘遠寺傳。"清金農《龍涎香》詩之一："懶與人間鬥檀麝，夕熏睡鴨已心灰。""縈恨"即"縈愁"之意，喻牽惹愁思恨怨。如蘇軾《和人回文詩》之三："看君寄憶傳紋錦，字字縈愁寫斷腸。"沈祖棻《浣溪沙》詞之十："故國青山頻入夢，江潭老柳自縈愁。"此句"打來睡鴨縈恨在"謂從來"睡鴨"香爐都是牽惹愁思恨怨的所在。後句中之"雨"乃"雲雨"之省稱，喻指男女歡會。如劉禹錫《巫山神女廟》詩："星河好夜聞清珮，雲雨歸時帶異香。"晏幾道《河滿子》詞："眼底關山無

奈，夢中雲雨空休。"《紅樓夢》第六回："說到雲雨私情，羞得
襲人掩面伏身而笑。"此句"鴛憶魂和雨戰"即"憶鴛魂和雨
戰"的倒裝句。意謂"睡鴨"香爐往往惹人勾起昔日鴛鴦相宿
相棲的回憶，令這個曾經的石塘咀風月的女子，憶起昔日的靈
與慾的糾纏。

〔6〕劉郎到底多情，正獨客江干，孤燈枕畔：前句"劉郎到底多
情"，謂劉伯端始終不脫多情種子本色。中句"正獨客江干"謂
劉伯端自從妻子去世後，現在只剩下他一個人客居在香港了。
後句"孤燈枕畔"借指劉伯端孤眠幽獨的景況。惟作者於此句
自注曰"伯端自云詞每成於枕上"，加上此詞小序所云"伯端近
以香港地名裙帶路入詞，觸余綺緒"。由此觀之，則劉伯端雖過
著"孤燈枕畔"的生活，但老來仍見"劉郎到底多情"，不乏
"以香港地名裙帶路入詞"且能觸人綺緒之作。

〔7〕扶起夢遊身，天台賦、釵朵髻旛招展：前句"扶起夢遊身"謂
劉伯端扶起身軀從夢遊中重歸現實。後句"天台賦"謂從天台
山歸來後有感而賦詩。"釵朵"指釵頭鑲飾的珠寶。"髻旛"即
"春幡"，指婦女髮髻插著的小春旗。舊俗於立春日或掛春幡於
樹梢，或剪繪絹成小幡，連綴簪之於婦女之髮髻，以示迎春之
意。"招展"亦作"招颭"，謂飄揚、搖曳之意。如關漢卿《五
侯宴》第三折："番將雄威擺陣齊，北風招颭皂雕旗。"《三國演
義》第七一回："法正見曹兵倦怠，銳氣已墮，多下馬坐息，乃
將紅旗招展。"洪昇《長生殿·舞盤》："花枝招颭柳枝揚，鳳影
高騫鸞影翔。"此二句"扶起夢遊身，天台賦、釵朵髻旛招展"，
其實虛用了"劉郎"即漢人劉晨天台山遇仙的典故，喻劉伯端
夢中亦曾有艷遇，故其自夢遊中重回現實後遂有"以香港地名
裙帶路入詞"之作。

〔8〕剛腸鐵似，笑桃含淚瓊卮勸：前句"剛腸鐵似"即"剛腸似
鐵"的倒裝句，即成語"鐵石心腸"之意。後句"笑桃"喻笑

靨迎人的歡場女子。“瓊卮”喻玉制的酒器，亦可用作酒器或酒的美稱。“含淚瓊卮勸”指歡場女子在飽受委屈之餘，仍須含淚強笑向客人勸酒，可見神女生涯之酸辛，實不足為外人道。

〔9〕也青衫透山公載，遑等敲殘檀板：前句“青衫透”亦稱“青衫濕透”或“司馬青衫”。“司馬”為古代官名，唐代詩人白居易曾貶官為江州司馬。衣衫為淚水所濕透，藉以形容深受感動或極度悲傷。此處化用白居易《琵琶行》詩意，其末二句云：“座中泣下誰最多？江州司馬青衫濕。”廖氏此句以“司馬青衫”自況，對那些淪落風塵的煙花女子的不幸遭遇深表同情，因而流下感觸之淚。“山公載”即成語“山公倒載”的省稱。山公倒載指人醉酒後躺倒在車上，形容爛醉不醒，完全不知人間何世。晉朝時期，山簡嗜酒成性，是一個十足的酒鬼。他鎮守襄陽時，經常約朋友到高陽池遊玩，少不了要飲酒作樂，他一喝就要喝得爛醉如泥，經常是躺倒在車上，後就用“山公倒載”來形容這類醉鬼。如白居易《酬裴相公題興化小池見招長句》詩：“山公倒載無妨學，范蠡扁舟未要追。”元好問《與張杜飲》詩：“山公倒載群兒笑，焦遂高談四座驚。”後句“檀板”為樂器名，指檀木制的拍板。如杜牧《自宣州赴官入京路逢裴坦判官歸宣州因題贈》詩：“畫堂檀板秋拍碎，一引有時聯十觥。”《京本通俗小說·碾玉觀音》：“斜插犀梳雲半吐，檀板輕敲，唱徹《黃金縷》。”陳去病《惜別詞》：“南東金粉足清妍，檀板清樽奏管絃。”此二句“也青衫透山公載，遑等敲殘檀板”，謂作者目睹歡場女子強顏歡笑向客人勸酒，不禁深表同情，還未等到樂師把檀板敲殘，他已為之灑一掬同情之淚。

【評　析】

此詞作於壬辰歲（1952）夏，如小序所云：“伯端近以香港地名裙帶路入詞，觸余綺緒。前塵萬斛，揉作狂吟，博社燕閩堂也，並依聲上闋。"明言此乃觸其綺緒借題發揮之詞，意在賡和劉伯端同調詞篇之作而已。

（周兼善箋注）

前　調　伯端拈魯逸仲體應社課賦春水，余讀之擊節，貿然步均續貂，仍守故習，依聲魯作。[1]

　　鴛波皺碧，漫銀塘、窺鏡惜愁容。[2]人蹋青谿歌去，吹笛浪花中。[3]草已鬭贏應喜，怎江般、淚滴午牕東。[4]聽艣聲咿啞，正魚書杳，疑又喚來鴻。[5]　　忍見岸痕咫尺，乍平添、微雨濕飛紅。[6]鷺覆鳧翻鷗弄，閒了落鐙風。[7]橋下畫艭流過，恁衣香、扇影太忽忽。[8]吐夜明珠麗海，蟾臨世少矇矓按海蟾姓劉[9]。

【箋　注】

〔1〕伯端拈魯逸仲體應社課賦春水，余讀之擊節，貿然步均續貂，仍守故習，依聲魯作：意謂此詞仍然襲用魯逸仲《南浦》（春水）原詞的聲韻寫成，惟非步韻之作。魯逸仲宋代詞人。

〔2〕鴛波皺碧，漫銀塘、窺鏡惜愁容：前句謂鴛鴦游弋嬉戲的池面，呈現碧綠色水波皺紋。後句"銀塘"指清澈明淨的池塘。如南朝梁簡文帝《和武帝宴詩》之一："銀塘瀉清渭，銅溝引直漪。"蘇舜欽《和解生中秋月》："銀塘通夜白，金餅隔林明。"納蘭性德《浪淘沙·秋思》詞："霜訊下銀塘，併作新涼，奈他青女忒輕狂。""窺鏡"即照鏡子。如《楚辭·九辯》："今修飾而窺鏡兮，後尚可以竄藏。"《戰國策·齊策一》："鄒忌修八尺有餘，而身體昳麗，朝服衣冠窺鏡。"南朝謝朓《詠邯鄲故才人嫁為廝養卒婦》："開篋方羅縠，窺鏡比蛾眉。"此二句"鴛波皺碧，漫銀

塘、窺鏡惜愁容”，謂看到碧綠色的水波紋，使人聯想到對鏡發愁的遲暮美人，越發珍惜她略帶憔悴的芳容。

〔3〕人蹋青谿歌去，吹笛浪花中：前句“人蹋青谿歌去”即“青谿人蹋歌去”的倒裝句，謂在春水洋溢的青谿兩岸，許多游春的人也去參與蹋歌活動，歡聲此起彼伏，生機盎然。“蹋歌”即“踏歌”，指拉手而歌，以腳踏地為節拍。如儲光羲《薔薇篇》：“連袂蹋歌從此去，風吹香去逐人歸。”《資治通鑒·唐則天后聖曆元年》：“尚書位任非輕，乃為虜蹋歌。”胡三省注：“蹋歌者，聯手而歌，蹋地以為節。”《二十年目睹之怪現狀》第二五回：“記得昨宵踏歌處，有人連臂唱刀鐶。”後句“吹笛浪花中”謂游春者乘一葉輕舟，在翻飛的浪花中吹奏著竹笛。

〔4〕草已鬥贏應喜，怎江般、淚滴午牕東：前句“草已鬥贏應喜”即“鬥草已贏應喜”的倒裝句，謂能在強手雲集的“鬥百草”比賽中勝出，本來應該是一件值得欣喜的事。“鬥草”亦作“鬥百草”，是古代的一種民間遊戲。參與者競採花草，比賽其多寡優劣，常於清明端午之際行之。如南朝宗懍《荆楚歲時記》：“五月五日，四民並蹋百草，又有鬥百草之戲。”唐鄭谷《採桑》詩：“何如鬥百草，賭取鳳皇釵。”宋無名氏《張協狀元》戲文第十七出：“清曉，侍婢不惜千金，相呼鬥百草。”明高明《琵琶記·牛氏規奴》：“院公踢氣毬不好，便和你鬥百草耍子。”白居易《觀兒戲》詩：“弄塵復鬥草，盡日樂嬉嬉。”《紅樓夢》第二三回：“每日只和姊妹丫頭們一處，或讀書，或寫字，或彈琴下棋，作畫吟詩，以至描鸞刺鳳，鬥草簪花，低吟悄唱，拆字猜枚，無所不至。”清彭孫遹《金粟閨詞》之四四：“鬥艸歸來香徑裡，裙花深處洿芹泥。”後句“午牕”即“午窗”，指中午時分睡房內的窗子。如宋曹邍《午窗》：“午窗破夢角巾斜，自瀹銅鐺煮茗芽。滿院綠苔春色靜，冥冥細雨落桐花。”朱淑真《眼兒媚》：“午窗睡起鶯聲巧，何處喚春愁？”此句“怎江般、

淚滴午牕東”，意謂怎麼竟會在中午時分的睡房內，眼淚像江水般奔流不止，更把它灑向午窗的東方呢？

〔5〕聽艣聲咿啞，正魚書杳，疑又唳來鴻：前句“艣聲”即“櫓聲”，指搖櫓聲。如劉禹錫《步出武陵東亭臨江寓望》詩：“戍搖旗影動，津晚櫓聲促。”明粲悅《題鳳洲草堂效吳體》詩：“枕邊驚聞櫓聲過，檻外俯看雲影浮。”“咿啞”乃象聲詞，常用以形容物體轉動或搖動聲。如李賀《美人梳頭歌》：“轆轤咿啞轉鳴玉，驚起芙蓉睡新足。”唐韓偓《南浦》詩：“應是石城艇子來，兩槳咿啞過花塢。”元鄭光祖《倩女離魂》第二折：“聽長笛一聲何處發，歌欸乃，櫓咿啞。”元馬熙《和韻》：“桑麻莽蒼接平野，機杼咿啞聞隔牆。”此句“聽艣聲咿啞”謂在春水盈盈的江河可聽到搖櫓的咿啞聲。中句“魚書”即書信。如《樂府詩集·相和歌辭十三·飲馬長城窟行之一》：“客從遠方來，遺我雙鯉魚。呼兒烹鯉魚，中有尺素書。”後因稱書信為“魚書”。唐韋皋《憶玉簫》詩：“長江不見魚書至，為遣相思夢入秦。”明無名氏《鳴鳳記·秋夜女工》：“心似剖，為隴外魚書無有。”此句“正魚書杳”謂正為久未收到親友的書信而煩惱不已。後句“唳”指鶴、雁等禽鳥所發出的高亢鳴叫聲。“疑又唳來鴻”乃“疑來鴻又唳”的倒裝句，謂外面傳來疑似是鴻雁歸來所發出的鳴叫聲，可能會有親友的音訊傳送過來。

〔6〕忍見岸痕咫尺，乍平添、微雨濕飛紅：前句“忍見”即豈忍見、不忍見的意思。“岸痕”謂兩岸河溪留下的水痕，如唐張先《題西溪無相院》：“積水涵虛上下清，幾家門靜岸痕平。”而“咫尺”形容距離很近。如《左傳·僖公九年》：“天威不違顏咫尺。”《淮南子·道應訓》：“終日行不離咫尺，而自以為遠，豈不悲哉！”唐牟融《寄范使君》詩：“未秋為別已終秋，咫尺婁江路阻修。”明都穆《都公譚纂》卷下：“天昏黑，咫尺莫辨。”此句“忍見岸痕咫尺”，謂豈忍見兩岸的水痕離自己這麼近。後句

"平添"指平白或自然而然地增添之意。如清百一居士《壺天錄》卷上:"草堂翠活,暗生冉冉芳塵,平添明媚之陽光。"鄭觀應《盛世危言·治河》:"河水當春夏之交,積雨平添,一瀉千里。""飛紅"喻落花,如秦觀《千秋歲》詞:"日邊清夢斷,鏡裡朱顏改。春去也,飛紅萬點愁似海。"明高啟《樓上》詩:"春風似念無花看,遠送飛紅到硯臺。"此句"乍平添、微雨濕飛紅",謂水面上平白地增添了許多給微雨弄濕後辭枝而去的落花。

〔7〕鷺覆鳧翻鷗弄,閒了落鐙風:前句形容一陣突如其來的暴雨把白鷺、野鴨和鷗鳥打至東歪西倒。後句"落鐙風"原指每年農曆正月十八日左右所刮起的風。由於元宵通常是十三日上燈,十八日落燈,所以民間把在正月十八日所刮的風稱為"落鐙風"。"閒了落鐙風"謂如今已過了正月,不會再有"落鐙風"出現了。

〔8〕橋下畫艓流過,恁衣香、扇影太怱怱:前句"艓"乃古書上說的一種小船。袁宏道《和小修詩》:"露梢千縷撲斜窗,黃笙藤枕夢吳艓。""橋下畫艓流過"意謂橋下有裝飾華美的小船逐流而過。後句"恁"有怎麼、為甚麼之意。"衣香"形容婦女衣著華麗、儀態閑雅。如庾信《春賦》:"屋裡衣香不如花。""扇影"指女子歌舞時搖扇的風姿韻態。如唐李嶠《雪》詩:"逐舞花光動,臨歌扇影飄。"杜甫《至日遣興奉寄故人》詩之二:"麒麟不動爐煙上,孔雀徐開扇影還。"《花月痕》第七回:"(采秋)每年四五月到了並門,扇影歌喉,一時無兩。"此句"恁衣香、扇影太怱怱",謂在江面上穿梭來往的畫舫裡,為甚麼那些衣著華麗的婦女,以及歌舞時搖扇的女子,總是這樣來去匆匆呢?

〔9〕吐夜明珠麗海,蟾臨世少矇矓(按海蟾姓劉):前句"吐夜明珠麗海"乃"明珠夜吐麗海"的倒裝句,謂維多利亞港夜景,就像夜明珠在美麗的海面吐艷般炫目亮麗。後句之"蟾",傳說月

中有蟾蜍，所以稱月為"蟾"或"海蟾"。如梅堯臣《聞角》
詩："高樹朝光動，城頭落海蟾。""少"有稍稍、稍微的含義，
如《戰國策·趙策》："少益嗜食。"此句"蟾臨世少矇矓"，謂
月亮降臨世間，但因香港維多利亞港的燈飾夜景璀璨絢麗，相
形之下，明月的光輝也顯得朦朧暗淡。

【評 析】

此詞作於壬辰歲（1952）夏。此闋詠物詞所題詠者仍為春水，
而此詞亦屬作者與堅社詞友劉伯端彼此唱酬贈答之作。

（周兼善箋注）

玉女搖仙佩　觀舞。屯田聲均。[1]

　　銷魂舞也，舞柘枝顛，帶有唐宮遺意。[2]動地聲淒，遼
陽鼙鼓，散卻小腰身妓。[3]那想銀鐙底，再迷離倩影，霓裳
成隊。[4]送春了、殘鶯賸燕，留待祛愁伴酌樊尾。[5]休羅袖
誇長，半脫曾窺，酥胸雪臂。[6]　　依樣畫圖謝蝶，夢入莊
周，管甚笙邊醒醉。[7]趙后一般，輕盈旋轉，板蠟應平於
砥。[8]掌上將軍倚，正翻覆、常恐花隨風墜。[9]看兩兩、池
鴛戲罷，草裙獠女，儘鄰蜂媚。[10]又遑計，湖山剗韉空
煙水。[11]

【箋 注】

〔1〕屯田聲均：指依柳永《玉女搖仙佩》（佳人）詞聲韻。

〔2〕銷魂舞也，舞柘枝顛，帶有唐宮遺意：前句"銷魂"謂靈魂離
　　開肉體，形容極其歡樂。如秦觀《滿庭芳》詞："銷魂，當此
　　際，香囊暗解，羅帶輕分。"《聊齋志異·西湖主》："明允公，

能令我真個銷魂否?"此句"銷魂舞也"形容舞者表演時全情投入,彷似靈魂離開肉體。中句"柘枝"即"柘枝舞"的省稱,乃唐代西北民族舞蹈,自西域石國(今中亞塔什干一帶)傳來。最初為女子獨舞,舞姿矯健,節奏多變,大多以鼓伴奏。後來有雙人舞,名《雙柘枝》。又有二女童藏於蓮花形道具中,花瓣開放,出而對舞,女童帽施金鈴,舞時轉動作聲。宋時發展為多人隊舞。范文瀾、蔡美彪等著《中國通史》第三編第七章第八節云:"胡騰、胡旋和柘枝都由女伎歌舞。"如唐章孝標《柘枝》詩:"柘枝初出鼓聲招,花鈿羅衫聳細腰。"清吳偉業《贈妓朗圓》詩:"輕靴窄袖柘枝裝,舞罷斜身倚玉床。"此句"舞柘枝顛"謂表演者舞姿矯健,一如古代的柘枝舞那麼卓越。後句"遺意"指前人的心願、意見或餘緒。如清王士禛《池北偶談·談故一·起居注》:"江陵相定議,以修撰、編、檢、史官充日講者,日輪一員,記注起居,兼録聖諭詔冊等。今日之制,即本江陵遺意也。"此句"帶有唐宮遺意",謂是次觀賞的舞蹈,可謂帶有唐代宮廷"柘枝舞"的胡風餘緒。

〔3〕動地聲淒,遼陽鼙鼓,散卻小腰身妓:前二句"動地聲淒,遼陽鼙鼓"即"遼陽鼙鼓動地聲淒"的倒裝句。此處虛用了白居易《長恨歌》"漁陽鼙鼓動地來"之典故,謂舞者歌聲淒怨,鼓聲動地而來。後句"腰身"指身段,體態。如鮑照《學古》詩:"嬛緜好眉目,閑麗美腰身。"韓愈《辭唱歌》:"幸有伶者婦,腰身如柳枝。"此句"散卻小腰身妓",讚譽舞者身段靈巧,體態優美,頗能惹人遐思,足以把唐宋時以善舞見稱的"小腰身妓"比了下去,令後者遭到班主解僱"散卻"的命運。

〔4〕那想銀鐙底,再迷離倩影,霓裳成隊:前句"那想銀鐙底"謂怎會想到在現代社會的璀璨燈光下,再次看到這樣出色的舞姿。中句"迷離",朦朧貌,喻模糊不明,難以分辨。如《木蘭詩》:"雄兔腳撲朔,雌兔眼迷離。"宋張先《山亭宴》詞:"碧

波落日寒煙聚,望遙山迷離紅樹。"清吳偉業《鴛湖曲》:"煙雨
迷離不知處,舊隄卻認門前樹。"而"倩影"指俏麗的身影。如
《紅樓夢》第三七回:"芳心一點嬌無力,倩影三更月有痕。"清
黃鈞宰《金壺遁墨·吳逸香》:"仙魂招取,把亭亭倩影描。"此
句"再迷離倩影"謂如今又再看到俏麗舞者朦朧的身影。後句
"霓裳"指霓裳羽衣舞,亦可借指舞女。如唐裴鉶《傳奇·薛
昭》:"妃(楊貴妃)甚愛惜,常令獨舞《霓裳》於繡嶺宮。"元秦
簡夫《東堂老》第一折:"想當日個按《六麼》,舞《霓裳》未了,
猛回頭燭滅香消。"清納蘭性德《明月棹孤舟·海澱》詞:"一
片亭亭空凝佇,趁西風,《霓裳》徧舞。元戴善夫《風光好》第
一折:"教莫把瑤箏按,只許鳳簫閒,他道是何用霓裳翠袖彎。"
此句"霓裳成隊"謂彷似看到唐宮中的霓裳羽衣舞隊又再重現
人間。

〔5〕送春了、殘鶯賸燕,留待祛愁伴酌樊尾:前句"送春"指送別
春天。如白居易《送春歸》詩:"杜鵑花落子規啼,送春何處西
江西。"清周亮工《白櫻桃》詩之二:"嶺外麥英雪是膚,送春
新脫紫霞襦。"龔自珍《西郊落花歌》:"先生探春人不覺,先生
送春人又嗤。""送春"亦屬舊時立春日的一種風俗。胡樸安
《中華全國風俗志·山東·惠民縣之歲時》:"立春日,官吏各執
彩仗……制小春牛遍送搢紳家,謂之送春。"而"殘鶯賸燕"指
晚春的黃鶯鳴聲和燕子身影,亦可省作"殘鶯"。如唐李頎《送
人尉閩中》詩:"閶門折垂柳,御苑聽殘鶯。"白居易《牡丹芳》
詩:"戲蝶雙舞看人久,殘鶯一聲春日長。"後句"樊尾"又稱
"藍尾"或"藍尾酒"。唐代,飲宴時輪流斟飲,至末坐,稱
"藍尾酒",有喝下壓軸酒的含義。如白居易《歲日家宴戲示弟
侄等》詩:"歲盞後推藍尾酒,春盤先勸膠牙餳。"

〔6〕休羅袖誇長,半脫曾窺,酥胸雪臂:前句"休羅袖誇長"即
"休誇羅袖長"的倒裝句,語本蘇軾《趙昌四季芍藥》之"倚

竹佳人翠袖長，天寒猶著薄羅裳”，惟彼此意思有異。蘇詩謂美
人身倚修長的竹子，舞動著長長的翠綠衣袖；雖然天氣已經寒
冷，但她還是穿著薄薄的羅綺衣裳而不懼寒。但廖詞此句“休
羅袖誇長”則謂不要誇唐代宮廷舞女的舞衣袖子長，因為她們
所跳的舞蹈是少穿衣服的。後二句“半脫曾窺，酥胸雪臂”謂
舞者以半裸示人，是以觀眾都曾經窺看過她們潔白的胸脯和雪
藕般的手臂。

〔7〕依樣畫圖謝蝶，夢入莊周，管甚笙邊醒醉：前句“謝蝶”即
“謝蝴蝶”之意。據鄭振鐸《蝴蝶的文學》之二云：“李商隱、
鄭谷、蘇軾諸詩人並有詠蝶之作，而謝逸一人作了蝶詩三百首，
最為著名，人稱之為：‘謝蝴蝶’。”此句“依樣畫圖謝蝶”，謂
作者擬仿效謝逸作蝶詩三百首的前例，每個舞者的舞姿“依樣
畫圖”以存其真。中句“夢入莊周”即“莊周夢蝶”之意。典
出《莊子·齊物論》：“昔者莊周夢為蝴蝶，栩栩然蝴蝶也，自
喻適志與！不知周也。俄然覺，則蘧蘧然周也。不知周之夢為
蝴蝶與，蝴蝶之夢為周與？周與蝴蝶，則必有分矣，此之謂物
化。”李商隱《無題》有句：“莊生曉夢迷蝴蝶，望帝春心托杜
鵑。”此句“夢入莊周”，謂自己彷若已化身為夢中的莊周，不
知是自己做夢變成了蝴蝶呢，還是蝴蝶做夢變成了自己。後句
“管甚笙邊醒醉”，謂不管笙歌旁邊的自己是醒還是醉，只須及
時行樂就是了。

〔8〕趙后一般，輕盈旋轉，板蠟應平於砥：前二句謂表演的舞者身
形嬌小，好像漢成帝之后趙飛燕一樣體態輕盈，能在人的掌上
起舞，旋轉自如。事見《白孔六帖》卷六一。後以“掌上舞”
或“掌上儛”指體態輕盈的舞蹈者。如《南史·羊侃傳》：“儛
人張淨琬，腰圍一尺六寸，時人咸推能掌上儛。”後句“板蠟”
即“蠟板”，乃樂器名，指打了蠟的拍板。如李賀《安樂宮》
詩：“歌迴蠟板鳴，左悺提壺使。”王琦匯解引徐渭曰：“蠟板，

以蠟研光拍板也。"而"砥"指質地很幼細的磨刀石。如《夢溪筆談·活板》:"則字平如砥。"此句"板蠟應平於砥",意謂"蠟板"這種樂器應比質地幼細的磨刀石還要平坦,較適宜體態輕盈的舞者站在其上演示"掌上舞"的高難度舞姿。

〔9〕掌上將軍倚,正翻覆、常恐花隨風墜:前句"掌上將軍倚"即"倚將軍掌上"的倒裝句。傳說趙飛燕能站在將軍的手掌之上揚袖飄舞,宛若飛燕。掌中舞從此成了趙飛燕的一個獨有標誌。唐徐凝《漢宮曲》:"水色簾前流玉霜,趙家飛燕侍昭陽。掌中舞罷簫聲絕,三十六宮秋夜長。"後句"翻覆"指翻飛、翻動。如蘇舜欽《楊子江觀風浪》詩:"大艦失所操,翻覆如轉丸。"而"正翻覆"謂作者想像趙飛燕在將軍的手掌上上下翻飛,翩翩起舞。"常恐花隨風墜"則以花喻人,謂擔心她會從掌中飛墜下來。

〔10〕看兩兩、池鴛戲罷,草裙獠女,儘鄰蜂媚:前句"兩兩"謂成雙成對。如《史記·天官書》:"魁下六星,兩兩相比者,名曰三能。"南朝徐陵《為陳武帝作相時與北齊廣陵城主書》:"既通宮闈,無容靜默。兩兩相對,俱有損傷。"宋梅堯臣《送石昌言舍人還蜀拜掃》詩:"舍人亦與泰階近,兩兩聯裾如雁行。"元張可久《小梁州·郊行即事》曲:"小橋流水落紅香,兩兩鴛鴦。"此句"看兩兩、池鴛戲罷"謂看完了成雙成對的男女舞者表演。中句"獠"乃借指穿草裙的夏威夷跳舞女郎。後句"蜂媚"謂跳舞女郎蜂擁趨前向觀眾獻媚,此句"儘鄰蜂媚"謂那些舞女表演完畢,即竭力向鄰座的觀眾獻媚示好,冀能獲取嘉賞之資。

〔11〕又遑計,湖山剗韤空煙水:前句"又遑計"謂又哪有空去計較。後句"剗韤"又作"剗襪",謂只穿著襪子著地。唐無名氏《醉公子》詞:"門外猧兒吠,知是蕭郎至。剗襪下香階,冤家今夜醉。"李煜《菩薩蠻》詞:"剗襪步香苔,手提金縷

鞋。”宋吳曾《能改齋漫錄·記詩》:“公在鎮，每宴客，命聽分行剗襪，步於莎上，傳唱《踏莎行》。”清俞正燮《癸巳存稿·書〈舊唐書·輿服志〉後》:“剗韤是大腳不履，僅有韤耳。剗，如騎剗馬之剗。”而“湖山剗襪空煙水”句中之“湖山”、“煙水”，乃虛筆而已，無實則意義，謂舞女們為了嘉賞即使只穿襪子向觀眾示好，也沒空斤斤計較呢。

【評　析】

此詞作於壬辰歲（1952）夏。

（周兼善箋注）

春風嫋娜　前題，依聲馮雲月，再成。[1]

漸紅衰青盛，麗景偷移。[2]春已去，好些時。雨黃梅濺起，蝶情蜂緒，繞園愁眄，花滿將離。[3]燕唾殘餘，鶯形輸與，妙舞裙釵真可兒。[4]獨怕蠻腰細堪抱，難為鸞影強教支。[5]　推想東皇正了，搖槐擺柳，又分付、裂笛重吹。[6]螺屏背，指揮誰。泰西劇臺前置蚌殼形小屏，以掩蔽指導歌舞者。箏琵按處，長袖宵垂。[7]竟體飄蘭，褐能銜接，眾肌飛玉，突取攻圍。[8]宵歸來後，漫氍毹徒憶，妖鬟宛在，翻徧羅衣。[9]

【箋　注】

〔1〕前題，依聲馮雲月，再成：意謂此詞仍用上一闋所詠之觀舞為題，惟在用韻上則改為依馮雲月《春風嫋娜》（春恨·黃鍾羽）詞之聲韻。馮雲月即馮偉壽，字艾子，號雲月，宋朝人。

〔2〕漸紅衰青盛，麗景偷移。前句謂紅花日漸衰謝而綠卉正盛開。

中句"麗景"即美景。如南朝謝朓《三日侍宴曲水代人應詔》詩之四:"麗景則春,儀方在震。"唐顧況《在滁苦雨歸桃花崦傷親友略盡》詩:"麗景變重陰,洞山空木表。"宋劉子翬《建康六感·陳》詩:"麗景明新妝,清波映鮮服。"此句"麗景偷移"指春去夏來,不同時序的美麗景色已偷偷地變換了。

〔3〕雨黃梅濺起,蝶情蜂緒,繞園愁眄,花滿將離:首句"雨黃梅濺起"乃"黃梅雨濺起"的倒裝句。"黃梅雨"指黃梅季節所下的雨,也可省稱"梅雨"。如杜甫《多病執熱奉懷李尚書》詩:"思霑道暍黃梅雨,敢望宮恩玉井冰。"蘇軾《舶趠風》詩:"三旬已過黃梅雨,萬里初來舶趠風。"清唐孫華《小病束松》詩之二:"十日黃梅雨滯淫,爐香繞卷靜愔愔。"此句"雨黃梅濺起"謂黃梅季節路上常飛濺起惱人的雨水。次句"蝶情蜂緒"即"蜂蝶情緒"的倒裝句,意謂蜂蝶都不免懷有傷春的情緒,對於春天的離去依依不捨。第三句"眄"的本義是斜視之意,如《蒼頡篇》:"旁視曰眄。"而"繞園愁眄"謂蜂蝶繞著園林飛來飛去,像是滿懷愁緒注視著初夏的景物。第四句"花滿將離",謂蜂蝶未能明白花開總有辭枝而落的時候。

〔4〕燕唾殘餘,鶯形輪與,妙舞裙釵真可兒:前句"唾"即"咳唾"的省稱,語本《莊子·漁父》:"竊待於下風,幸聞咳唾之音以卒相丘也。"後以"咳唾"稱美他人的言語、詩文或藝術餘緒。此句"燕唾殘餘",謂那些舞者的表演好像深得趙飛燕的舞藝餘緒。中句"鶯形輪與"謂中國傳統舞者的身形通常較為嬌小玲瓏,與眼前這些體態勻稱,身高手長的外國舞者相比不免稍遜一籌。後句"裙釵"亦稱"釵裙"。中國傳統婦女著裙插釵,故以"裙釵"作為婦女的代稱。如明梁辰魚《浣紗記·打圍》:"彼勾踐不過一小國之君,夫人不過一裙釵之女,范蠡不過一草莽之士。"《紅樓夢》第一回:"我堂堂鬚眉,誠不若彼裙釵。""可兒"喻可愛的人或能人,如《世說新語·賞譽》:"桓

溫行經王敦墓邊過，望之云：'可兒！可兒！'"清唐孫華《題文姬入塞圖》詩："地下交情能不負，終歡曹瞞是可兒。"高旭《俠士行》："眼底少可兒，雄心不可說。"後句"妙舞"指美妙之舞。杜甫《陪王侍御同登東山："笛聲憤怨哀中流，妙舞逶迤夜未休。"陳子龍《柳枝詞》之一："妙舞新傳回鶻隊，紅燈碧月鬪清宵。"此句"妙舞裙釵真可兒"謂這些跳着美妙之舞的外國舞女，真是討人歡喜的可人兒。

〔5〕獨怕蠻腰細堪抱，難為鶯影強教支：前句"蠻腰"喻善舞女子的細腰。典出唐孟棨《本事詩·事感》："白尚書(居易)姬人樊素善歌，妓人小蠻善舞，嘗為詩曰：'櫻桃樊素口，楊柳小蠻腰。'"而"堪"與"可堪"在傳統文言詩詞中，往往寓有"那堪"、"怎堪"的意思，也就是藉以表示"哪能禁得住"、"怎能受得了"之意。如李商隱《春日寄懷》："縱使有花兼有月，可堪無酒又無人！"辛棄疾《永遇樂·京口北固亭懷古》："可堪回首，佛狸祠下，一片神鴉社鼓。"此句"獨怕蠻腰細堪抱"，謂只怕眼前這些善舞女子的腰肢過於纖細，不能禁受得住作者的熱情擁抱。後句"鶯影"比喻女子的身影。如唐顧況《晉公魏國夫人柳氏挽歌》："魚軒海上遙，鶯影月中銷。"元戴表元《浴鹽沙溪水為上饒陳烈婦作》詩："烈婦何所言，絃中意纏緜。一說鶯影孤，二訴雛巢穿。"明程羽文《鴛鴦牒》："李弄玉鶯影早孤，哀憤成響，藏名隱語，不減驛字雞碑。""強教支"謂強行要自己苦苦撐持下去。此句"難為鶯影強教支"，意謂難為那些腰肢細小的舞女，為了完成連串高難度的舞姿，而強行要撐持下去。

〔6〕推想東皇正了，搖槐擺柳，又分付、裂笛重吹：前句"推想"乃推測揣度之意。"東皇"指司春之神。如戴叔倫《暮春感懷》詩："東皇去後韶華在，老圃寒香別有秋。"姜夔《卜算子·梅花八詠》詞："長信昨來看，憶共東皇醉。此樹婆娑一惘然，苔

蘇生春意。"明陳所聞《懶畫眉·春閨四詠》曲:"愁他春盡問
東皇,為甚不住些兒去得忙。"此句"推想東皇正了"謂猜想司
春之神所掌管的春天剛好過去了。中句"搖槐擺柳"表面是說
初夏時分槐樹和楊柳在迎風搖擺,實則是藉"搖槐"比喻男的
舞蹈員,以"擺柳"形容女的舞蹈員。後句"分付"指囑咐或
命令,如唐方干《尚書新創敵樓》詩之二:"直須分付丹青手,
畫出旌幢遶謫仙。"《水滸傳》第四五回:"石秀又分付道:'哥哥
今晚且不可胡發説話。'"李漁《慎鸞交·就縛》:"分付眾將們,
從今以後,晝夜須行五百里。""裂笛"即"鐵笛裂裂"之意,
"裂裂"乃象聲詞,意謂吹奏者因內心情緒激動而似將鐵笛吹裂。
如康有為《詩集自序》:"其或因境而移情,樂喜不同,哀樂異
時,則又玉磬鏗鏗,和管鏘鏘,鐵笛裂裂,琴絲愔愔,皆自然
而不可以已者哉!"而辛棄疾《賀新郎·把酒長亭説》:"鑄就而
今相思錯,料當初、費盡人間鐵。長夜笛,莫吹裂。"《太平廣
記》卷二〇四所記獨孤生善吹笛,"聲發入雲,……及入破,笛
遂敗裂"。又納蘭性德《琵琶仙·中秋》詞:"一任紫玉無情,
夜寒吹裂。"紫玉乃紫竹的別名,古人多截紫竹為簫笛,因以紫
玉為簫笛之代稱。凡此皆與"裂笛"有關。

〔7〕螺屏背,指揮誰。箏琵按處,長袖甯垂:前二句謂螺屏背後的
指揮究竟誰呢。作者在此句後的"自注"已就此提問加以説明:
"泰西劇臺前置蚌殼形小屏,以掩蔽指導歌舞者。"第三句"箏
琵按處"謂現場樂聲奏響之際。第四句"長袖甯垂"喻這些歌
舞女子不會閒著,她們長袖善舞,全情投入,絕不欺場。

〔8〕竟體飄蘭,褫能銜接,眾肌飛玉,突取攻圍:首句"竟體飄蘭"
喻那些舞女郎香氣飄溢,通體散發著如蘭的芳香,令人陶醉。
次句"褫"指脱去上衣,露出身體的上半部分,這裡是指那些
脱去上衣的男舞蹈員。此句"褫能銜接",謂脱去上衣的男舞蹈
員在表演時與女伴配合默契,每個動作都銜接自然。第三句

"飛玉" 乃 "飛珠濺玉" 的省稱，通常形容水的飛濺猶如珠玉四散一般。惟此處 "眾肌飛玉" 則指那些半裸的男女舞者，他們身手矯捷地在場內穿梭，眾人身上的肌膚就像羊脂白玉在空中飛來飛去那樣，教人看得賞心悅目。第四句 "突取攻圍" 乃 "攻取突圍" 的倒裝句，形容男女舞蹈員在進行雙人表演時，進退騰挪，緊密配合，就像戰場上一方想進攻而另一方要突圍那樣扣人心弦。

〔9〕宵歸來後，漫氍毹徒憶，妖鬟宛在，翻徧羅衣：首句謂深夜歸來之後。次句 "氍毹" 指舊時演劇用紅氍毹（地毯）鋪地，因用以為歌舞場、舞臺的代稱。如張岱《陶庵夢憶・劉暉吉女戲》："十數人手攜一燈，忽隱忽現，怪幻百出，匪夷所思，令唐明皇見之，亦必目睜口開，謂氍毹場中那得如許光怪耶！" 李漁《閒情偶寄・聲容・鞋襪》："使登歌舞之氍毹，則為走盤之珠。" 此句 "漫氍毹徒憶"，謂自己仍在思憶回味紅地毯上曼妙的舞蹈。第三句 "妖鬟" 本指古代婦女所梳的美麗環形髮髻，亦可借喻姿容艷麗的女子。"宛在" 指聲音容貌彷彿還在眼前。如唐曹松《巫峽》："年年舊事音容在，日日誰家夢想頻。應是荊山留不住，至今猶得睹芳塵。" 此句 "妖鬟宛在"，意謂想起那些姿容艷麗的跳舞女郎，她們的聲音容貌彷彿還在眼前出現。第四句 "翻徧羅衣"，謂身穿華麗舞衣的跳舞女郎，他們優美的舞姿還在作者的腦海中翻騰呈現。

【評　析】

此詞作於壬辰歲（1952）夏，仍用上一闋所詠之觀舞為題。

（周兼善箋注）

集外詞

編者按：

　　《懺盦詞》及《懺盦詞續蒙》、《半舫齋詩餘》、《捫蝨談室詞》、《影樹亭詞》這四種詞集之外，廖恩燾尚有不少詞作散見於《午社詞》、《同聲月刊》及其他私人文集和報刊雜誌中。茲就搜集所得，按發表年份先後整理如下，並略作箋釋。網羅難周，學識所限，遺漏、錯誤之處相信不少，仍望各方大雅君子不吝賜教斧正。

金縷曲　題友人《仗劍東歸圖》

萍梗悲身世，滿天涯、酒襟塵帽，飄零如此。萬里還家猶帶劍，不減當年豪氣。算赤手、屠鯨閒事。一桁畫樓簾外卷，早有人、笑向兒童指。騎白馬，君歸矣。[1]　　淵明竟遂田園計。[2]便而今、奚奴分付，琴書料理。三徑[3]未荒秋已老，休負韶華似水。且拚對，黃花沉醉。從古蛾眉遭嫉妒。[4]向尊前、莫拭英雄淚。聊起舞，珊瑚碎。[5]

【箋　注】

〔1〕以上應該是描寫《仗劍東歸圖》這幅畫的內容。

〔2〕淵明竟遂田園計：陶淵明有《歸去來辭》。

〔3〕三徑：孟浩然《秦中感秋寄遠上人》："一丘常欲臥，三徑苦無資"。

〔4〕從古蛾眉遭嫉妒："蛾眉"通"娥眉"，指美貌女性。以香草美人比喻正人君子，是中國古典文學作品的經典套路。美貌女性遭人妒忌，猶如正人君子被小人妒忌陷害。辛棄疾《摸魚兒》："娥眉曾有人妒。"

〔5〕珊瑚碎：疑化用張炎《高陽臺》"老桂懸香，珊瑚碎擊無聲"句。該詞為張炎憑弔南宋韓侂冑別墅南園（又名慶樂園）遺址之作。廖恩燾寫這首詞時，不到四十歲。到了1941年，廖恩燾已經七十八歲，加入汪偽政權，寫下《定風波》詞，又提及韓侂冑，何其巧合！抑數有前定？

【評　析】

這首《金縷曲》應該是目前所見廖恩燾的最早詞作，原載於邱煒葰《五百石洞天揮麈》，該書為邱氏粵垣刻本，刊行於光緒二十五年（1899），當時廖恩燾四十歲不到。可見廖恩燾《抦盦談室詞》中《添字採桑子》小序曰"余年五十，學為倚聲"云云，並不確切，也許是廖氏自謙之詞或者"悔其少作"之語。

邱氏《五百石洞天揮麈》卷七收錄此詞，並有題記："歸善廖鳳舒太守恩燾，余著《贅譚》已載其詩，今又得其詞《題友人仗劍東歸圖·調金縷曲》。"之後雙行夾注云："太守於詞本非慣家，出筆便能不俗，殆性之所近者。太守居羊城河南，其弟碧侯孝廉恩熊，於余爲同年。丁酉（1897）夏，五兄弟來港，余遇之蔡君寓，知欲作粵遊，堅約至時必主其家。後雖不果往，而殷殷之意，則有令人難忘矣。"按："恩熊"當爲"恩煦"之誤，廖恩煦即廖仲愷；"蔡君"即蔡紫淙。

又邱煒葰《五百石洞天揮麈》上述題記"余著《贅譚》已載其詩"云云，指廖恩燾律詩《遣懷》二首，載邱煒葰《菽園贅談》，光緒二十三年丁酉（1897）刊，卷十四《羈香雜綴》。其一："年來枯菀兩蹉跎，白眼青天醉後歌。萬事拚同塵土視，百年爭奈鬢絲何。無多鶴俸償書債，有限光陰被墨磨。匣裡龍泉吟不得，與君奚日斫蛟黿。"其二："休將踽踽怨鹽車，紫絡金覊卻笑余。處世但能留退步，居官遑敢釣虛譽。無裨時局空籌策，聊慰親心密寄書。何日扁舟歸栗里，黃雞白酒飯園蔬。"邱煒葰並有題記云："歸善同年廖碧侯孝廉恩熊之兄雪崖太守恩燾，風雅好事，殆深于情者。予此行羈香，始訂交焉。知予編輯《贅談》，承鈔舊作見示，尤好倚聲。惜予性粗浮，不能悉心領取耳。茲錄其遣懷律詩二首。"按"羈香"云云，可知邱煒葰是在逗留香港期間認識廖恩燾兄弟的。

（卜永堅箋注）

玉樓春　和心盦[1]

蓬萊仙島迷雲色，下界鐘聲天半隔。[2]洪崖[3]棲處是花多，花落花開空九陌。　　無邊煙雨江南北，送盡征帆悲去國。暮鴉終古咽垂楊。[4]頭白長安歸不得。

【箋　注】

〔1〕心畬：即溥儒，號心畬，擅詩、書、畫，與張大千齊名，有"南張北溥"之目。1949 年渡臺後，又與張大千、黃君璧合稱"渡海三家"。該詞所和者，為溥心畬《玉樓春·晚眺》，載氏著《凝碧餘音詞》，收入氏著《寒玉堂詩集》（北京：新世界出版社，1994）。詞曰："黃沙連海邊疆色。夕照橫空雲路隔。鶯花一散不成春。草滿天涯迷舊陌。　　蒼茫愁望秦城北。攜恨登臨懷故國。玉門羌笛鎖春風。處處青山行不得。"

〔2〕下界鐘聲天半隔：白居易《寄韜光禪師》："前臺花發後臺見，上界鐘聲下界聞。"

〔3〕洪崖：傳說中長生不老的道教仙人。

〔4〕暮鴉終古咽垂楊：李商隱《隋宮》："於今腐草無螢火，終古垂楊有暮鴉。"

【評　析】

葉恭綽《廣篋中詞》選廖恩燾詞十首，這是第六首。見葉恭綽選輯、傅宇斌點校《廣篋中詞》（北京：人民文學出版社，2011 年 12 月）。但是，本書所收廖恩燾詞作四種，並無這一首。由於葉恭綽《廣篋中詞》出版於 1935 年，則該詞之撰寫年份當不晚於 1935 年。

（卜永堅箋注）

水調歌頭　限賀東山^[1]體

　　樓月引簫起，燭漸向花移。歌筵人倚，鬱輪袍^[2]勸鶴
南飛。多照秦簪丫髻，一撥湘絃么字，彈淚溉江蘺。吾本
蒼生耳，哭罷峴山碑^[3]。　　笑共工^[4]，頭觸處，裂天維。
紺塵何世，英雄成敗付斑騅。香散堂前酒氣，光卸簾間珠
翠。翠^[5]臺沼入愁漪。燈火今宵事，明旦訪鴟夷。^[6]

【箋　注】

〔1〕賀東山：北宋詞人賀鑄（1052—1125），字方回，有《東山詞》。

〔2〕鬱輪袍：琵琶曲名，舊傳王維所作。據活躍於唐文宗太和年間
　　（827—835）的薛用弱的《集異記》卷二，王維“性閑音律，
　　妙能琵琶”，經岐王細心安排，在公主面前表演一曲《鬱輪袍》，
　　贏得公主賞識，因而“一舉登第”。

〔3〕峴山碑：西晉初年名臣羊祜，在湖北一帶指揮西晉伐吳戰役，
　　不嗜殺，不黷武，深得兩國軍民敬服，吳國與之對壘的名將陸
　　抗亦對之敬重有加。《晉書·羊祜傳》：“襄陽百姓於峴山祜平生
　　游憩之所建碑立廟，歲時饗祭焉。望其碑者莫不流涕，杜預因
　　名為墮淚碑。”

〔4〕共工：中國古代神話，共工觸天柱導致天崩。

〔5〕原文有兩“翠”字，其一應為衍文。

〔6〕鴟夷：范蠡幫助越王勾踐復國後，深知勾踐為人伎刻專橫，可
　　與共患難，難與共安樂，遂自行逃走，浪跡江湖，隱姓埋名。
　　“鴟夷”原意指“皮囊”，是范蠡化名之一。《漢書·貨殖傳》：
　　“（范蠡）乃乘扁舟，浮江湖，變姓名，適齊為鴟夷子皮，之陶為
　　朱公。”

【評　析】

　　該詞原載《如社詞鈔》，民國二十五年（1936）刊，第六集。

（卜永堅箋注）

高陽臺　限訪媚香樓遺址題[1]（四首）

　　筵燭搖情，杯漪弄影，秦淮幾處迷樓。歌筵[2]翻殘，行雲黯向芳洲。血猩染就桃花瓣，那更堪、綵管痕留。費銷凝，憑弔莓苔，鴛瓦凋秋。　　風塵閱盡誰知己，對簾間飛燕，雨外言愁。心有靈犀，盆蘭早悟前修。人天今古蕭條甚，只淚珠、滿貯箜篌。付年時，彈與江南，聊譜清謳。

　　煙颭林容，風收花氣，遊人此地魂銷。華屋山邱[3]。歡場忍向前朝。鵑紅濺上新羅扇，畫折枝、惱煞歌嬌。太無端，一點燕支，一寸鮫綃。　　詞流百輩渾多事，又頹闌敲韻，淺岸停橈。何處珠簾，當時翠袖曾招。雲痕雨影昏鐙夜，正秣陵[4]、與訴迴潮。不堪聞，城上吹笳，城畔吹簫。

　　一曲鵾絃，三生鴛譜，淘愁有酒如淮。珠箔籠妝，玉顏羞比寒鴉。新詞解寫江南怨，怕錯翻、扇底桃花。管興亡，人隔秋煙，曾抱琵琶。　　青桑東海尋常恨，醒笙歌閒夢，裙屐伊家。溝不流紅，情根斷向天涯。芳名孰與梅嬌重，任素娥、鏡裏猜他。歎山川，才思都無，猶共韶華。

啼鴂山河，飄花身世，相逢未嫁羅敷。甚惡東風，愁痕吹上蘼蕪。娉婷慣是天憐惜，墜畫樓、不碎明珠。裊垂楊，便作千絲，分付鶯扶。　　當時扇上斑斕點。看似桃蔥舊，比屬清臞。送客江頭，榴巾有淚沾濡。笙場散盡衣冠隊，悟劫灰、篆鼎消餘。但香巢，一抹荒煙，尋徧城隅。

【箋　注】

〔1〕訪媚香樓遺址：據孔尚任《桃花扇》，媚香樓是明末南京名妓李香君居所，也是《桃花扇》重大劇情的場所。

〔2〕歌箑：箑即扇子。

〔3〕華屋山邱：曹植《箜篌引》："生存華屋處，零落歸山丘。"

〔4〕秣陵：南京古稱之一。

【評　析】

該四首詞原載《如社詞鈔》，民國二十五年（1936）刊，第七集。媚香樓既然出自《桃花扇》，則作者之用意，該四首詞之消息，亦當從《桃花扇》哀悼國破家亡的主題和氣氛求之。也許《桃花扇》的"餘韻"即結幕詩最適合作為該四首詞之註腳："漁樵同話舊繁華，短夢寥寥記不差。曾恨紅箋啣燕子，偏憐素扇染桃花。笙歌西第留何客，煙雨南朝換幾家。傳得傷心臨去語，每年寒食哭天涯。"

（卜永堅箋注）

倚風嬌近　懷倦鶴[1]海上

行篋新詞，麗情歌滿江左[2]。萬花喧海、樓中坐。笙壁語丹螺，柳陌囀黃鸝，憶得當時，雨臥長淮燈舸。

應喚歌嬌，妝閣眉峰低鎖，吹徹銀簫遙和。夢綺霞光翠瀾
溯。釵飛墮[3]。鳳雲正掠紗窗過。

【箋　注】

〔1〕倦鶴：即陳世宜，字匪石，以字行，南京人，1884 年生。編著
　　有《宋詞舉》、《舊時月色齋詞譚》等，與廖恩燾同屬如社成員。

〔2〕江左：即江東，泛指江蘇南部。海上即上海，上海位於長江三
　　角洲，故云。

〔3〕釵飛墮：歐陽修《臨江仙》：“水精雙枕，傍有墮釵橫。”

【評　析】

　　該詞原載《如社詞鈔》，民國二十五年（1936）刊，第九集。

（卜永堅箋注）

倚風嬌近　半櫻讀若飛、映盦、秋岳、眾異[1]觀舞詩有感，
　　　　　　依草窗均成詞，示余。因復繼聲。

　　迴屧生蓮，練裙看似冰縷。燕偎鶯抱、聯翩舞。肌雪
沁香城，臉玉轉雲屏，十足娉婷，淡素西鞏添嫵。　　休
放春心，勾煞蠻腰纖處，仙隔蓬山何據。過眼群芳帶層霧。
翻鴛譜。漫猶蘸筆花梢露。

【箋　注】

〔1〕半櫻：即林鵾翔，字鐵尊，著有《半櫻詞》等；若飛：姓名字
　　號不詳；映盦：即夏敬觀，字劍丞，著有《映盦詞》、《忍古樓
　　詩》等；秋岳：即黃濬，著有《花隨人聖盦摭憶》、《聆風簃
　　詩》；眾異：即梁鴻志，著有《爰居閣詩》。

【評　析】

該詞原載《如社詞鈔》，民國二十五年（1936）刊，第九集。

（卜永堅箋注）

紅林檎近　閏三月立夏遣懷

　　谿草青彌遠，經桃紅尚鮮。步石度危巇，撥雲聽流泉。勝如珠偎翠擁，醉後臥笛鶯邊。只惜放耳歌天，風緊殢新蟬。　　枉擊燕市筑[1]。空著祖生鞭[2]。腰間扇在，元規塵[3]卻依前。問夷吾江左[4]。平原[5]座上，暮年博得詩幾篇。

【箋　注】

〔1〕燕市筑：《史記·刺客列傳》：“荊軻既至燕，愛燕之狗屠及善擊筑者高漸離。荊軻嗜酒，日與狗屠及高漸離飲於燕市，酒酣以往，高漸離擊筑，荊軻和而歌於市中，相樂也，已而相泣，旁若無人者。”汪精衛刺殺攝政王載灃不遂，被捕入獄，作詩云：“慷慨歌燕市，從容作楚囚；引刀成一快，不負少年頭。”

〔2〕祖生鞭：見《晉書·劉琨傳》：“琨少負志氣，有縱橫之才，善交勝己，而頗浮誇。與范陽祖逖為友，聞逖被用，與親故書曰：‘吾枕戈待旦，志梟逆虜，常恐祖生先吾著鞭。’其意氣相期如此。”後因以“祖生鞭”為勉人努力進取的典故。亦作“祖逖鞭”。

〔3〕元規塵：“元規”是東晉外戚權臣庾亮的字。據《晉書·王導傳》，庾亮權傾朝野，擁重兵“雖居外鎮”，但“據上流，擁強兵”，朝廷大小臣工紛紛黨附庾亮。王導很看不過眼，但又不敢公開

挑戰庾亮，只好指桑罵槐："常遇西風塵起，舉扇自蔽，徐曰：'元規塵污人。'"

〔4〕夷吾江左：指輔助東晉的名臣王導。"夷吾"即春秋時期齊國名臣管仲，輔助齊桓公成霸業；"江左"泛指今江蘇南部一帶。據《晉書·王導傳》，東晉立國之初，偏保江左，岌岌可危。東晉重臣桓彝很擔心，但會晤王導之後，認為王導才幹相當於管仲，大感放心，說："向見管夷吾，無復憂矣。"

〔5〕平原：當指南宋權臣韓侂冑。一般情形下，我們傾向於把"平原"理解為戰國時期趙國重臣平原君；但是，在廖恩燾詞作的意象世界裏，"平原"的指涉對象不是平原君而是韓侂冑，韓侂冑於南宋寧宗慶元五年（1199）被封為少師、平原郡王，因此南宋人往往尊稱韓侂冑為韓平原，歌頌、諷刺韓侂冑的詩篇，不少還流傳至今。因而符合該詞"暮年博得詩幾篇"之說。

【評　析】

該詞原載《如社詞鈔》，民國二十五年（1936）刊，第十集。

該詞頗堪玩味，廖恩燾寫作該詞時，已年逾古稀，故末句"暮年博得詩幾篇"，當是夫子自道。上闋開始時氣氛開朗愉悅，登山臨水，青草紅花，娛心悅目，勝過美人醇酒作伴。但是，此時雖為"閏三月立夏"，作者卻借蟬聲說出一"惜"一"緊"，內心的焦慮和不祥陡然而生，氣氛急轉直下。下闋以"枉"來形容荊軻、高漸離之刺殺秦王，以"空"來形容劉琨之北伐，這兩樁英雄事業，的確以失敗告終，曰"枉"曰"空"，固然不錯。最後，韓侂冑開禧北伐，也以失敗告終。而像王導那樣才比管仲的自己，形格勢禁，無所作為，只能接受韓侂冑的豢養，寫寫無關痛癢的詩歌。以後見之明視之，廖恩燾是否在說自己追隨汪精衛？廖恩燾應該不會預料到汪精衛附日，但也許預料到汪精衛將徒勞無功，自己也無所作為？汪精衛之刺攝政王載灃，既合"枉擊燕市筑"之典，汪精衛於寧漢分裂後之奔走折騰，也未嘗不合"空著祖生鞭"之典；日後廖恩燾也的確用韓侂冑的典故來維護汪精衛（見本書 1119 頁《定風波》）。再考慮到廖恩燾與汪精衛為舊交，詩詞唱和頗多，1930 年，廖汪會晤於東京三河屋（見本書 1134 頁《庚午春，自美洲歸，晤雙照樓詩人於東京，約詣三河屋小飲，即席口占》詩），則以上推測，似不盡屬捕風捉影云。

（卜永堅箋注）

繞佛閣　哭展堂[1]，聲依清真。

　　故人紺海。層霧阻絕。書雁初斷。花信吹暖。乍聞病起。飛旌指江畔。　　望霓大旱。霖問降否。風怕呼轉。天道乖舛。隕星在野。城烏叫愁亂。　　這局未收拾。怪似浮雲今古變[2]。從此漫吟。蓬頭搖羽扇。記論世。挑鐙春韭同薦[3]。可憐巢燕。自翠影迷離。芳事消散。忍銜泥。畫簾教卷。展堂游歐洲回。以畏寒留粵。入夏。病良已。苟無泥之者。則北來有期矣。乃方共協之對弈。猝患急疾。遽爾下世。悲夫。

【箋　注】

〔1〕展堂：即胡漢民（1928—1931），國民黨早期元老，廣東番禺人。

〔2〕浮雲今古變：杜甫《登樓》："錦江春色來天地，玉壘浮雲變古今。"

〔3〕挑鐙春韭同薦：杜甫《贈衛八處士》："今夕復何夕，共此燈燭光。……夜雨剪春韭，新炊間黃粱。"

【評　析】

　　該詞原載《如社詞鈔》，民國二十五年（1936）刊，第十一集。

據龍楡生《唐宋詞格律》,《繞佛閣》分上下闋,前片八仄韻,後片六仄韻,而廖氏該詞格律卻有所不同。

(卜永堅箋注)

訴衷情　限用溫飛卿體（二首）

簾卷,天晚,人去遠,小闌二。和淚倚,臨水,翠衣單。影落玉簪寒,珊珊。凌波微波[1]難,徑苔斑。

花貌,娟好,春易老,只樓前。衣帶水,長翠,浪痕圓。湧出月團圞,年年。嫦娥還,在天弄華妍。

【箋　注】

〔1〕凌波微波：跟據詞律,該第四字當為仄聲,疑為"凌波微步"之誤。

【評　析】

該詞原載《如社詞鈔》,民國二十五年（1936）刊,第十二集。

(卜永堅箋注)

女冠子　限用牛松卿體（二首）

蝶尋花到,比較花枝嬌小,不禁風。幾度搖珊佩,多般動玉容。　　過牆欺舞燕,翻檻怯喧蜂。一上鞦韆架,隔芳叢。

密圍紅霧，此際銷魂無數，入蘭房。粉臂蟬紗透，冰肌鳳篳涼。　　撕磨親耳鬢，移動觸衣香。莫遣佳人喚，薄情郎。

【評　析】

這兩首詞一片艷詞風格。原載《如社詞鈔》，民國二十五年（1936）刊，第十一集。

（卜永堅箋注）

歸國謠　依溫庭筠體（之三）

敧枕。轉漏到花天尚喑。小規涼月窗浸。被鴛翻蜀錦。　　忍聽念奴鄰飲。吼笙喧擾甚。粉顋紅雨飄祚。認梅嬌姓沈姓作上聲。

【評　析】

該詞亦艷詞也。查該詞原有三首，這是第三首，原載《午社詞》，民國庚辰（1940）刊。而《半舫齋詩餘》中有《歸國謠·溫飛卿體（二首）》（本書426頁），卻沒有收錄這第三首。

《午社詞》（半櫻翁挽詞坿）封面由"述菴"即仇埰題簽，扉頁有"葆恒"即林葆恒訒盦題字。查上海圖書館古籍部，《午社詞》凡四本，編號分別是"線普長46064"、"線普長90241"、"線普長383689"、"線普長385069"。其中，編號"線普長383689"這一本，夾有林葆恒用自己印有"有道"及"壬申伏日訒盦製"字樣的特製箋紙寫給葉恭綽的親筆信函一封，內容如下：

昨走謁不遇為悵。留呈各書亮荷

詧存。《午社詞》奉贈，車中偶檢，始知中抉

一葉，茲補呈一冊□詧□《清詞抄》稿十六

至廿卷，能檢交生（?）是（?）弟下為感，手上

遐菴先生箸席弟葆恒稽首六月三日

可見，林葆恒原本打算送《午社詞》予葉恭綽，途中發現有缺頁，於是補送另一本。查編號"線普長 385069"的《午社詞》，缺了頁 1a - 1b 和頁 9a - 10b。頁 1a - 1b 正好就是廖恩燾這一首及以下一首即《荷葉杯·皇甫松體》（三首之一）所在；頁 9a - 10b 正好就是廖恩燾《卜算子·荷花五首》所在，但這五首已收錄於《半舫齋詩餘》（見本書 429 頁）。這有缺頁的一本，極可能正是林葆恒信中所指的那本。

（卜永堅箋注）

荷葉盃　依皇甫松體（之一）

鳳鑰獸鐶雙綰，深院，簫寂晝樓寒。粉塗朱堊舊迴欄，曾染袖香繁。　　凌亂踐獪殘局，休續，傳語折花人。尋花須只趁清晨，花怕見黃昏。

【評　析】

該詞原載《午社詞》（半櫻翁挽詞坩），民國庚辰（1940）刊。該詞情形與上一首類似，同樣是《午社詞》收錄三首，但《半舫齋詩餘》則只收錄二首（見本書 427 頁）。

（卜永堅箋注）

霜花腴　重九潘園置酒，籬葩未放，僅瓶供者嫣然對客。拈夢窗韻，約大厂[1]、秋齋[2]、春草[3]同賦。

媚瓶瘦菊。笑早開紅萸。怊伴簪冠。秋老花遲。鶴飛

琴碎。青山欲買應難。帶忘沈寬。喚釀杯。堆籍窗前。便
園林暮色蒼茫。噪鴉依柳幾曾寒。　　仙曲鳳簫休按春草能
度曲。自風騷不作。賸唱低蟬。吹角天昏。蟠籬根秀。題詩
漫怯裁箋。那煩載船。理畫幭。椎髻人娟。待研珠。繪影
陶潛。九華鐙下看。

【箋　注】

〔1〕大厂：即易孺（1874—1941），號大厂（ān）。曾為廖恩燾《半舫
　　齋詩餘》題詩。

〔2〕秋齋：即王秋湄（1884—1944），名王薳，字秋湄，號秋齋，廣
　　東順德人。

〔3〕春草：此人姓名、事蹟不詳，待考。

【評　析】

該詞原刊於《同聲月刊》第一卷第四號（1941 年 3 月 20 日）。
是年底，易孺逝世。

（卜永堅箋注）

定風波　眉孫、貞白招社集。是日適為陸放翁生日，同人
　　　約以為題，拈翁此作，并用原均率成。

　　團扇歌殘帶月回，可曾圖影陸家梅。應諒南園翁作記，
毋謂，千秋集矢一人來。　　今祝生辰聊酹酒，叉手，且
教吟社逐樽開。強半狂朋霜壓鬢，懺甚，詞成休聽鼓蛙催。

　　史載陸游為韓侂冑作《南園記》，見譏清議。按：侂冑定策伐
金，與秦檜主和議，皆出於當時事勢，不得不然，近世學者辨之詳

矣。熙、豐、元祐間，士類門戶之見深，雖程、蘇尚水火不相容，何論於荊公之行新法！猖猖狂吠，舉國盲從，古今一轍。平原在相位，無禍國誣民之迹。玉津園之禍，識者哀之，自不可與惇、京、確、抃輩同詆為神姦巨蠹。觀於朱熹之歿，偽學禁方嚴，無一人敢往弔，獨辛稼軒毅然為文哭之。辛殆亦正人也。而《沁園春》、《西江月》二詞，極稱平原勳業。或疑詞非辛作，然玩其語氣，實辛作無疑。則《南園》一記，烏足為放翁詬病乎！余是以有千秋集矢一人之歎耳。半舫齋附記。

【評　析】

　　該詞原刊於《同聲月刊》第一卷第四號（1941 年 3 月 20 日）。詞後之附記，謂"侂冑之定策伐金，與秦檜主和議，皆出於當時事勢，不得不然"，把韓侂冑與秦檜等量齊觀，似為汪氏辯護。又由於韓侂冑被目為負面人物，陸游曾為韓侂冑寫《南園記》，因此"見譏清議"，作者既為韓侂冑抱不平，也為陸游抱不平，說辛棄疾也曾寫詞歌頌韓侂冑。這番措辭，似也有為自己作為文人騷客投奔汪偽政權辯護的味道。

（卜永堅箋注）

長亭怨慢　詠餅中蠟梅

　　慣消受、千巖風露。點染殘冬。色香餅貯。庾嶺人回。暮雲橫岫最憐汝。屐痕黏了。誰掬上、斜陽樹。樹不比梅寒。結細萼、枝枝還古。　　蝶妒。記蜂黃夕褪。粉墜又遭簾雨。檀奴在也。漫贏得、月欄偷覷。第一是、淺淺妝成。笑匀額、何曾留譜。算裊似金釵。難引鈿娥飛舞。

【評　析】

該詞原刊於《同聲月刊》第一卷第四號（1941 年 3 月 20 日）。

（卜永堅箋注）

瑤　華　收燈乍過，又近花朝，春陰釀愁。依聲夢窗譜此。

春光早洩。柳綫千絲。向苑墻青拂。喧簾燕子。先放教。金井闌干飛越。鑪熏微燼。卸頭上。釵鸞聊撥。倒翠尊、憑酒酬歌。夢影嬌鶯能說。　　悄悄細雨斜陽。解花後催花。不任香歇。雕鞍繡轂。游隊裏、惜取泥黏羅襪。老夫耄矣。且漫怨、芳菲鳴鴂。恐鳳靴、挑菜人歸。未了蜂腰殘雪。

【評　析】

《同聲月刊》第一卷第十期（1941 年 9 月 20 日）。

（卜永堅箋注）

唐多令（三首）

高閣倚晴空。明霞幻海虹。閱滄桑、人世匆匆。二十四番花信過。又零落、幾香紅。　　愁釀酒偏釀。澆殘塊壘胸。問草間、偷活昆蟲。孰與半間堂促織。鳴得意、玉盆中。

華屋幾山邱。[1]笙歌處處樓。舞當筵、漫錯伊州[2]。除是周郎能顧曲[3]。為誰誤、拂箜篌。　　　燕子觸簾鉤。無聊豁醉畔。忍題紅、暗付宮溝。欲託魚書傳恨去。渾怕逐、水東流。

　　窗月太多情。陪人到五更。隔簾櫳、萬籟無聲。只有猧兒嬌喘細。答蓮漏、聽分明。　　　山黛兩痕青。犀心一點靈。怎偏教、喚作傾城。酒入愁腸都化淚。窮塞主、可憐生。[4]

【箋　注】

〔1〕華屋幾山邱：曹植《箜篌引》：“生存華屋處，零落歸山丘。”

〔2〕漫錯伊州：《伊州》應該是唐代歌曲名目，內容以閨思懷人為主。

〔3〕除是周郎能顧曲：《三國志・吳書・周瑜傳》：“瑜少精意於音樂，雖三爵之後，其有闕誤，瑜必知之，知之必顧，故時人謠曰：‘曲有誤，周郎顧。’”唐人李端《聽箏》：“鳴箏金粟柱，素手玉房前。欲得周郎顧，時時誤拂弦。”

〔4〕酒入愁腸都化淚。窮塞主、可憐生：指北宋名臣范仲淹。范仲淹嘗作《蘇幕遮》：“酒入愁腸，化作相思淚。”又，魏泰《東軒筆錄》卷十一：“范文正公守邊日，作《漁家傲》樂歌數闋，皆以‘塞下秋來’為首句，頗述邊鎮之勞苦。歐陽公嘗呼為窮塞主之詞”。

【評　析】

《同聲月刊》第一卷第十期（1941 年 9 月 20 日）。

（卜永堅箋注）

彩雲歸　六月二十三日，德、義、芬、羅對蘇俄宣戰，歐局益趨惡化。[1]淫雨匝旬，夜不成寐，檢柳耆卿此調，惘惘譜成。昔有人譏辛稼軒《永遇樂》詞用人名過多，余是作亦難自解嘲也。

颼然戰雨悔西荷。舊京十刹海。荷花最盛。夢驚回。舞蝶婆娑。光透窗。半榻殘燈在。揮扇手、嬾撲飛蛾。無端費。女媧天補。有共工恁多。此恨付。故年書眼。次第銷磨。　稱戈。將軍功狗。笑功人、又只蕭何。[2]玉蟾蘸盡花淚。翻作萬頃愁波。恐不須、虞淵換景。地滿荊棘銅駝。[3]休攜酒、猶忍憑高。目送山河。

【箋　注】

〔1〕指第二次世界大戰時期軸心國向蘇聯宣戰一事。

〔2〕功狗、功人句：《史記・蕭相國世家》：漢高祖劉邦平定天下後，論功行賞，蕭何功勞最大，獲封為鄼侯，群臣不服，劉邦毫不客氣，用黑話訓斥群臣："高帝曰：'夫獵，追殺獸兔者狗也，而發蹤指示獸處者人也。今諸君徒能得走獸耳，功狗也。至如蕭何，發蹤指示，功人也。且諸君獨以身隨我，多者兩三人。今蕭何舉宗數十人皆隨我，功不可忘也。'羣臣皆莫敢言。"

〔3〕虞淵換景。地滿荊棘銅駝：《晉書・索靖傳》："靖有先識遠量，知天下將亂，指洛陽宮門銅駝，歎曰：'會見汝在荊棘中耳！'"引申為國破家亡之兆。虞淵，中國古代神話的日落之處，作者預料，太陽還未下山，就會國破家亡。

【評　析】

該詞原載《同聲月刊》第一卷第十期（1941年9月20日）。原文沒有詞牌,茲查證補入。

1941 年 6 月,納粹德國向蘇聯宣戰,戰事擴大。在此詞發表不到三個月後,與納粹德國友好的日本,於 1941 年 12 月 7 日偷襲珍珠港,向美英等國宣戰,並隨即與德國和意大利建立軸心國同盟。廖恩燾出身外交官,對於國際外交形勢,認識自深,雖然還未能預料到日後局勢的發展,但對於大局的走向並不樂觀,認為很快就會淪落到"地滿荊棘銅駝"的局面,還恥笑那些賣力的"功狗"。但他本人這時已加入汪偽政權,所以難免"夜不成寐"。

(卜永堅箋注)

玲瓏玉 梓彝[1]園中看菊聽歌,主人新購得牡丹一盆,花大如盌,紅豔欲絕,座客咄咄稱奇。據云,滬上有二盆,價逾百金,其一已屬沙吒利[2]矣。秋齋索詞,因賦,亦社選姚調。

花對笙筵。早叢菊、博得清謳。仙香忽洩。絳紗淺護燈篝。我也浮雲在眼。問東籬高士。[3]誰肯低頭。嬌羞。非人間。紅粉一流。　　恨煞花神醉筆。向牌名輕點。教殿殘秋。倒鳳顛鸞。願情天、譜漫鴛修。爭知孤芳寒瘦。再添箇、環妃國色。本可消憂。兩娥黛。怕難容。還鬮未休。座中某君將營金屋。故借以調之。

【箋　注】

〔1〕梓彝:疑即潘梓彝,潘漢年之兄,江蘇宜興人,民國年間富甲一方。

〔2〕沙吒利:據《太平廣記》卷四八五引唐許堯佐《柳氏傳》,唐代蕃將名沙吒利者,佔奪韓翊姬柳氏。又據《全宋詩》,江特立

《感舊》："忽見鶯鶯挾兩雛，因人感舊易欷噓。佳人例屬沙吒
利，春去春來能囀無。"作者引用此典，暗示得到其中一盆牡丹
的是"蕃將"即外國軍人，得無即日本軍官乎？

〔3〕東籬高士：見陶淵明《飲酒詩》之五："採菊東籬下，悠然見
南山。"

【評　析】

　　該詞原刊於《同聲月刊》第二卷第一號（1942 年 1 月 15 日）。

　　　　　　　　　　　　　　　　　　　　　（卜永堅箋注）

瑣窗寒　昔年放琴客，口占送之云："到底游絲總情薄，春
　　　　然輕放落花飛。"夢窗詞涉及去姬事，數見不鮮，
　　　　誠有如海綃說詞所印證者。渺兮予懷，黯然成均。

　　絮影漫天。黏花惹蝶。此情今改。王孫恨草。野火劫
殘猶在。算腰刀、對河便抽。亂流斷若春冰解。但酒香染
得。青衫痕舊。浣除須待。　　無奈。傷懷倍。見夢翠盈
窗。怨紅入海。雲裳幻想。頓渺徽圖容彩。只釵鸞還抱故
恩。幾曾為。惜歌舞買。記當時。范蠡湖邊。早約吳艖載。

【評　析】

　　該詞原刊於《同聲月刊》第二卷第一號（1942 年 1 月 15 日）。
副題"放琴客"三字其義未明，及至"夢窗詞涉及去姬事"，始知
"琴客"應該是廖恩燾姬妾之流，至於為何、何時、如何被廖恩燾離
棄，則語焉不詳，全詞充滿追憶傷逝的味道。下一首詞本事，亦與
該詞相同。

　　　　　　　　　　　　　　　　　　　　　（卜永堅箋注）

紫萸香慢　夏映老以社課選詞，酬余《瑣窗寒》"追賦昔年放琴客"之作，步均腰一解報呈，索同社諸君和章。因寄楡生金陵，海綃翁粵中。

　　暮年抛、芬芳穠緒。壁蛛嬾作盤絲。誦君貽佳詠。囀鶯舌、隔牆枝。喚起幽窗閒睡。又春懷撩動。未覺吾衰。恨青山。無故玉瘞劇多時。姬琵琶別抱後，紫玉成煙八年矣。杏鏡裏。兩痕淡眉。　　尋思。感舊成詞。休歷歷。叩前期。記章臺走馬。乘鞭拾取。飄粉零脂。幾回笑桃人面。悔崔護浪題詩。想嬌禽。繡籠愁閉。放教飛去。林壑隨處生機。紅翠四圍。

【評　析】

　　該詞原刊於《同聲月刊》第二卷第一號（1942 年 1 月 15 日）。該詞本事，見上一首詞。惟廖恩燾於該詞云"恨青山、無故玉瘞劇多時"，又自註云"姬琵琶別抱後，紫玉成煙八年矣"，則似乎這位被廖恩燾離棄的姬妾已經去世八年了。

（卜永堅箋注）

水調歌頭　羅君任挽詞

　　君髮尚垂額。我挈渡鯨洋。學成重又邀約。遵陸辦歸裝。君年十一。尊甫命赴越南習法文。適余有星洲之行。因囑攜同航海。光緒丙戌。君畢業倫敦牛津大學。余賀英皇加冕畢。取道西比利亞回國。復約偕行。轉瞬雄飛虎嘯。迭掌法曹譯部。勛業杜黃裳。年甫過強仕。冠挂直須忙。　　論人品。癡絕似。顧長康。勃然使酒罵座。誰諒灌夫狂。不死覆盆冤獄。不死覆巢戰禍。脫屣豈容傷。待看峴山麓。碑淚發秋棠。

【評　析】

　　該詞原刊於《同聲月刊》第二卷第二號（1942 年 2 月 15 日）。這位羅任的生平事蹟不詳，待考。

（卜永堅箋注）

八寶妝　訒盦以吳諺"螺殼道場"喻吾人今日處境。丐朱君繪圖便面，賦《玲瓏玉》一闋，映盦和焉，詞均極工。午社因拈作課題，并限《八寶妝》調。余從李景元體，媵得此解。

　　尋鏽逃囂。鬩嫌蝸角。礙我嘯歌環堵。蛇影杯弓成底事。擾擾恒河沙數。諸尊色相便空。吹法螺來。迴旋猶引天魔舞。那管駕輪如齒。行蟲迷路。　　憑扇畫稿工描。縮人變蟻。一方乾淨誰土。訴煩惱。梵王座下。眾生似。蠅頭瓜聚。歠齋粥。僧貧未煮。粒中無現金身處。甚信手兜羅。蠶餘半葉還爬取。

【評　析】

　　該詞原刊於《同聲月刊》第二卷第二號（1942 年 2 月 15 日）。副題所謂"吳諺螺殼道場"者，寧波話有"蛳螺殼裡做道場"之諺語，意即局面狹小，形格勢禁，抱負難以施展。對於投入汪偽政權的作者而言，這句諺語也許特別能夠引起感觸。全詞以佛家故事，自嘲紛紛擾擾，一事無成。

（卜永堅箋注）

木蘭花慢　海綃翁挽詞

　　對南風不競。弔詞客。越王臺。似鵝墜深潭。雲崩絕嶠。珠割飛崖。生涯。白頭橐筆。賦高邱無女為誰哀。獨記纖綃成海。登壇拜將江淮。　　雄才。十五年來。彊老去。晦翁埋。數晨星幾點。天猶幻作。野馬塵埃。安排。霜花篋稿。問名園感舊甚時開。忍聽端陽簫鼓。送歸仙鶴蓬萊。

【評　析】

　　該詞原刊於《同聲月刊》第二卷第七號（1942 年 7 月 15 日）。海綃翁即陳洵（1871—1942），著有《海綃詞》，與作者為至交。

（卜永堅箋注）

婆羅門引　太疎約過橋西草堂賞桂，酒後折贈一枝，歸供案頭，感香成韻。

　　吳剛砍處。著花依舊綠婆娑。詩人笑覆杯螺。休憶木樨香裏。曾惹秀師訶。問西風吹過。醒未顏酡。　　蟾宮綺羅。怎贈比握蘭多。前日侵籬莠種。一一都鋤。憑持斧柯。共雲氣當空頻盪摩。重潤色咫尺山河。

【評　析】

　　該詞原刊於《同聲月刊》第二卷第九號（1942 年 10 月 15 日）。

（卜永堅箋注）

春從天上來　癸未元旦立春，時方對英美宣戰。用王秋澗聲韻，索得此解。按王作與吳彥高作，上段三字不叶韻，白樸、邵亨貞則叶韻，似較諧暢，從之。

雲裏珠宮。正兩降佳辰。裝飾春容。鴦旛釵試。牛土鞭融。漫道帖子裁紅。自羊隨禮去。臈革故天意偏同。笑相逢。記迎年鬧徧。城闕笙鐘。　　銅駝幾回荊棘。冷燈火秦淮。不見鶯櫳。一色旌旗。千門刁斗。鐵驥敵騎潛蹤。喜謝堂新燕。巢更穩。傳語飛鴻。引杯空。醉把花扶起。還倩東風。

【評　析】

該詞原刊於《同聲月刊》第二卷第十二號（1943 年 1 月 15 日）。

廖恩燾該詞可與《彩雲歸》（本書 1123 頁）互相發明，所用典故如"荊棘銅駝"一樣，那種不祥的感覺也一樣，不過，臨末仍強顏歡笑，慶祝春節。又，"癸未元旦立春，時方對英美宣戰"一句值得推敲，蓋癸未為 1943 年，而日本偷襲珍珠港、對美英宣戰，事在 1941 年 12 月，至 1943 年元旦，戰爭已打了一年，何得云"時方對英美宣戰"？另外，廖恩燾謂"時方對英美宣戰"這一句的主語從缺，似亦非無心之失。

（卜永堅箋注）

金縷曲　久不得榆生書，忽一紙飛來，知患牙痛，倚此寄懷，聊博莞爾。

久歎書鴻杳。忽飛傳故人病齒。竟同溫嶠。我齒搖搖懸旌似。輸爾堅如城堡。算難肋食殘能保。痛定緣何還思痛。豈金針度處遲收效。些箇患，患猶小。　　吾儕大患憑誰療。只除非伐毛洗髓。仙丹靈妙。幾夜詩吟渾難落。贏得菜根常咬。漫二豎再容侵擾。列戟建牙他年事。願眾生無疾無煩惱。持此語，向君報。

【評　析】

該詞詼諧滑稽。原刊於《同聲月刊》第三卷第八號（1943 年 10 月 15 日）。

（卜永堅箋注）

霓裳中序第一

癸未十月十七日，橋西草堂招集拜放翁生日，以翁六十吟分韻賦詩。余未赴，主人為拈得葉字索詞，依聲白石。

千秋漫再說。記作南園麾士節。公論翕然判決。說見余庚辰集午社拜放翁生日所作定風波詞附論。向懸像獻觥。催詩飛牒。將軍興烈。正草堂西共橋接。豪吟罷。一痕淺碧。繞郭帶淮月。　　聲咽。畫廊殘葉。冷酒夢笳鳴遠堞。乾坤無數戰骨。簇錦池亭。斂影蜂蝶。放翁名未滅。萬世後芳馨尚擷。生辰也。移樽同看。樹樹野梅發。

【評　析】

該詞原刊於《同聲月刊》第三卷第九號（1943 年 11 月 15 日）。關於陸游為韓侂胄寫《南園記》一事，及廖恩燾對韓侂胄典故的運用，詳見本書 1119 頁《定風波·眉孫、貞白招社集……》。

（卜永堅箋注）

燭影搖紅　贈錢仲聯

　　班馬文章。蔚然奇氣通詞賦。萬邦龍戰血玄黃。飛向毫端訴。呵壁捫天漫語。夜沈沈霜虬起舞。舊家宗派。江上峯青。千年心素。　　不換兜鍪。儒冠肯被蟬貂誤。男兒三十立功名。豈必為房杜。吾道干城寄與。遏穨波中流砥柱。河山淚點。甚采芳馨。紐囊同貯。

【評　析】

該詞原刊於《同聲月刊》第三卷第十二號（1944 年 6 月 15 日）。

（卜永堅箋注）

高山流水　汪主席[1]輓詞

　　夜風瑟瑟響霜竿。倒陶籬、花更闌珊。鸞翅九霄來。東皇詔敕遙頒。淒然覯斷索鄰潘[2]。安危事。蠆薑[3]誰同掃滅。唱煞刀鐶[4]。但形銷影在。颯颯爍雲端。　　黎元。宦□[5]口碑也。勳業早信史流丹。裘劍冷西州。老卻灑淚羊曇[6]。下邳游。掌故掀翻。聲秦暴。公較留侯膽勝。[7]半壁扶殘。想生前，本當奇絕古人看。

【箋　注】

〔1〕汪主席：即汪精衛，國民黨派系領袖之一。抗戰期間附日，進
　　　行所謂"和平運動"，建立偽南京政權，1944 年 11 月 10 日因傷

病死於日本。

〔2〕斷索鄰旛：鄰國旗幟的繩索已斷，寓意日本敗局已定。該詞刊
　　登於 1945 年 7 月 15 日發行的《同聲月刊》，時距美軍以原子彈
　　轟炸日本，日本宣告投降尚有大約一個月，但任何人憑常識都
　　知道日本必敗。

〔3〕蠆蠆：會刺人的蜂和有毒的蟲，引申為狠毒的敵人。《左傳‧僖
　　公二十二年》：“君其無謂邾小，蠆蠆有毒，而況國乎。”孔穎達
　　《春秋正義》解釋曰：“《說文》云：‘蠆，飛蟲，螫人者也；蠆，
　　毒蟲也。’”又引《通俗文》：“蠆長尾謂之蠍。”又，元稹《授李
　　愿檢校司空宣武軍節度使制》：“一戰而蜂蠆盡殲，不時而梟獍
　　就戮。”

〔4〕刀環：指西漢李陵投降匈奴後拒絕重歸漢朝一事。《漢書‧李廣
　　蘇建傳》：“昭帝立，大將軍霍光、左將軍上官桀輔政，素與陵
　　善，遣陵故人隴西任立政等三人俱至匈奴招陵。立政等至，單
　　于置酒賜漢使者，李陵、衛律皆侍坐。立政等見陵，未得私語，
　　即目視陵，而數數自循其刀環，握其足，陰諭之，言可還歸漢
　　也。”所謂“數數自循其刀環”，顏師古註曰“循，謂摩順也”。
　　任立政不便當着單于面和李陵私語，就向李陵傳遞眼神，又假
　　裝欣賞一把帶有刀環的刀，順序從數刀環的數目，暗中傳達霍
　　光邀請李陵重歸漢朝的意思。後來任立政又與李陵密晤，但李
　　陵以“丈夫不能再辱”為由，拒不歸漢，最終病死於匈奴。李
　　陵雖投降匈奴，但仍屬悲劇英雄，作者顯然以之比喻依附日本
　　的汪氏。

〔5〕此字原文漫漶，無法辨認。從詞牌格式看，當為平聲字。

〔6〕羊曇：《晉書‧謝安傳》：“羊曇者，太山人，知名士也，為安所
　　愛重。安薨後，輟樂彌年，行不由西州路。嘗因石頭大醉，扶
　　路唱樂，不覺至州門。左右白曰：‘此西州門。’曇悲感不已，
　　以馬策扣扉，誦曹子建詩曰：‘生存華屋處，零落歸山丘。’慟

哭而去。"作者以東晉重臣謝安比喻汪精衛，而以謝安所愛重的羊曇比喻自己。

〔7〕下邳、留侯：留侯即西漢開國功臣留侯張良。據《史記·留侯世家》，張良與力士於博浪沙行刺秦始皇，事敗，逃亡下邳。作者以此比喻汪精衛行刺清攝政王載灃，且認為汪精衛比張良更有膽略。

【評　析】

原作發表於《同聲月刊》第四卷第三號（1945 年 7 月 15 日）。該詞對於汪精衛，將之比擬李陵、謝安、張良，並坦言自己得到汪的器重，銘感在心，一如羊曇之於謝安。當時汪已死，日本敗局已定，汪偽政權之滅亡，漢奸罪行之懲處，不問可知。而作者竟不避忌，暢所欲言，依舊輸誠如此，何哉！

（卜永堅箋注）

附半舫齋詩三首

題潘蘭史徵君[1]《江湖載酒圖》（之一）

世界久榛莽，江湖猶歲年。

青樽名士酒，紅藕美人船。

醉拾滄海月，夢游雲水天。

鐵簫驚野鶴，衝起白蘋煙。

題潘蘭史徵君《江湖載酒圖》（之二）

今日扁舟處，明朝散髮時。

志從浮海大，才自著書奇。

溢浦青衫淚，珠江紅豆詞。

千秋一悵望，涼月浪花吹。

庚午春，自美洲歸，晤雙照樓詩人[2]於東京，約詣三河屋小飲，即席口占。

笑上高樓倒玉樽，憑欄共抖素衣塵。

下臨谿壑疑無地，再造河山賴有人。

酒後怒呼遼海月，花時懃對故園春。

天教博浪沙錐誤，留與陰符擊暴秦。[3]

編者按：懺盦先生以詞名，絕少為詩，偶得其舊作三章，亟為刊出，他日好為詞林增一重故實也。

〔1〕潘蘭史：潘飛聲（1858—1934），字蘭史，號劍士、老蘭、老劍，又號獨立山人。廣東番禺人。遊學德國，加入南社，長於詩詞書畫，與羅癭公、曾剛甫、黃晦聞、黃公度、胡展堂並稱"近代嶺南六大家"。

〔2〕雙照樓詩人：即汪精衞，庚午為1930年。

〔3〕天教博浪沙錐誤，留與陰符擊暴秦：《史記・留侯世家》，張良收買力士，於博浪沙刺殺秦始皇不遂，逃亡下邳，遇見老人，得授太公兵法，後來輔助漢高祖劉邦滅秦滅楚，平定天下。此處借指汪精衞刺殺攝政王事。

【評　析】

該三詩原刊於《同聲月刊》第一卷第四期（1941年3月20日），頁89。《同聲月刊》由龍榆生等人創刊於1940年12月20日。該刊物收錄不少當時詞流名家作品，是研究近現代文學史的珍貴史料之一。

《同聲月刊》所載這三首詩，套用《同聲月刊》編者按語，能為廖恩燾生平事蹟增加故實，遂因利乘便收入本書中。又，第三首可見廖恩燾與汪精衞交情頗深，於庚午即1930年在東京會晤汪精衞時，以張良與力士在博浪沙刺殺秦始皇比喻汪精衞刺殺清攝政王載灃，又盛讚汪精衞有"再造河山"之力。廖對於汪的這種高度評價，直至汪精衞病死、汪偽政權日落西山，仍一以貫之。詳見《高山流水・汪主席輓詞》一詞。

（卜永堅箋注）

廖恩燾先生年譜簡編

朱志龍

廖恩燾先生年譜簡編①

一八六四年（同治三年 甲子）　一歲

十一月二十八日（陰曆十月三十日），廖恩燾出世。②

廖恩燾，字鳳書、鳳舒，號懺盦、懺盦主人、懺綺盦主人，筆名珠海夢餘生、春夢生、外江佬，齋名半舫齋、捫虱談室。先世原籍福建省，清道光年間，祖父廖景昌遷至廣東歸善縣鴨仔步白石坎陶前村（今惠州市惠城區陳江鎮幸福村）。景昌原務農，後往香港經商，娶妻楊氏，生兩子，長名竹賓，幼名維傑。

先生父親廖竹賓，早年在香港聖保羅書院讀書，畢業後在香港匯豐銀行工作。先生九歲左右，廖竹賓被調往美國舊金山工作，協助處理匯豐銀行在美商務，因而舉家遷美。廖竹賓曾因出面協助籌建華人醫院受到當地報紙讚揚。③

---

① 作者：朱志龍，福建莆田人，畢業於中山大學歷史學系，現從事博物館工作。

② 關國煊：《廖恩燾（1864—1954）》，《傳記文學》，第 59 卷第 5 期，1991 年，第 132—134 頁。廖恩燾的出生年份有 1863、1864、1865 三種說法，因其自身記載的年齡有所出入，他人對其年齡的記錄也不盡相同，尚難定論。鑒於此，本文姑且按廖恩燾墓碑上所刻出生年月編寫年譜。

③ 關國煊：《廖恩燾（1864—1954）》，《傳記文學》，第 59 卷第 5 期，1991 年，第 132—134 頁。陳福霖、余炎光：《廖仲愷年譜》，長沙：湖南出版社，1999 年，第 1—6 頁。

廖恩燾家族譜系①

廖恩燾祖父廖景昌，妻楊氏，生二子。長子廖竹賓，妻梁氏，另有一妾。次子廖維傑，妻謝氏，另有六妾。

廖竹賓長子廖恩燾，1864 年生，妻邱琴（碧桐 Ida Liao）；二子廖恩煦（字仲愷，1878—1925），妻何香凝；三女廖靜儀（1879—1964），適黃少棠。以上皆出梁氏。四子廖恩勳（1895—1960），妾生，妻陳瑞清（1900—1967）。

廖恩燾與妻子邱琴合共養育十名子女，分別是：

廖承鈞（長子，Singuen Liao，妻陳瑞雲，生三子一女）

廖承恒（二女，Isabel Liao，又名香詞，1917 年適陳應榮，生六女，二女陳香梅適陳納德）

廖承梅（三女，Victoria Liao，適沈覲鼎，早逝。生兩男，分別是沈祖榮和沈祖勛）

廖承□（四子，Harry Liao，早夭）

廖承鎏（五子，Henry Liao，妻賀小姐。生兩男一女）

廖承麓（六女，Alice Liao，1922 年適許崇清，生兩男三女，長女許慧君適朱光亞）

廖承蘇（七女，Susie Liao，1925 年適高瑛，生兩男一女）

廖承鑒（八子，Christopher Liao）

廖承荔（九女，Inez Liao，1931 年適錢乃文，生兩男兩女，分別為錢天美、錢天麗、錢天佐和錢天佑）

廖承芝（十女，Blanche Liao，適陳紀一，生三男三女）

---

① 廖恩燾家族譜系的史料來源有：（1）美國愛麗絲島移民博物館（Ellis Island Immigration Museum）館藏的乘客名單。（2）廖恩燾堂弟廖恩錫在 1982 年編訂的《廖家族譜》。（3）陳香梅：《陳香梅自傳》，濟南：山東人民出版社，2003 年。（4）陳福霖、余炎光：《廖仲愷年譜》。又，陳香梅提到廖恩燾五子英文名叫 Henry Liao（廖亨利），但據錢念民說，廖恩燾四子英文名叫 Henry Liao，五子英文名叫 Harry Liao，筆者在此暫從陳香梅所言。

一八七八年（光緒四年 戊寅） 十四歲

四月十二日，胞弟廖恩煦出生在美國加利福尼亞州舊金山。廖恩煦，字夷白，后改名仲愷，在香港讀書時或以"恩熊"之名行世，筆名屠富、淵實、微塵。

一八七九年（光緒五年 己卯） 十五歲

是年，胞妹廖靜儀出生，先生歸國。當時陳伯陶在廣東澄海縣設館，經時任汕頭招商局總辦的叔父廖維傑介紹，先生入陳伯陶專館攻讀國學，"學問大進，經史詞章，均有根底"。①

叔父維傑，字紫珊，洋務官員，曾任香港招商局總辦和電報局總辦等要職，他有一妻六妾，九個兒子和十八個女兒，家境殷實。②

一八八〇年（光緒六年 庚辰） 十六歲

是年，先生仍在家鄉歸善（今惠陽）求學。③

一八八四年（光緒十年 甲申） 二十歲

先生以舉人身份進京趕考。④

《申報》載："汕頭招商局廖維傑、顧泰珠兩君募太古賬房六元

① 王韶生：《紀香港的兩大詞人》，《崇基學報》，第3卷第2期，1964年。
② 陳福霖、余炎光：《廖仲愷年譜》，第1頁。
③ 廖恩燾：《捫蝨談室詞》（壬午），第8頁，《水調歌頭·吾鄉羅浮飛雲頂，奇境也。余年十九往遊，今別六十二年矣。憶及紀以此解》。廖恩燾：《捫蝨談室詞集外詞》（乙酉），第6頁，《思越人·廣九路軌經惠陽，望豐湖在暮色蒼茫中，余離鄉六十餘年，浩然思歸之志，聊寄此詞，期異日以示故山猿鶴耳，鹿虔扆均》。
④ 廖恩燾：《捫蝨談室詞集外詞》（乙酉），第6頁，《思越人》中有自注"余弱冠赴京兆試"。*The Daily Picayune*, New Orleans, Mar. 26th, 1890, p. 6. 該英文報道中提到廖恩燾是 "A Literary of the Chinese second degree"。若此為確，則廖恩燾應未考取進士身份。

一角。"又該版面《上海北市絲業會館主施善昌少欽氏叩托各埠代收直隸順天山東江浙等處接募春賑啟》列有"汕頭招商廖君紫珊"之名。①

一八八五年（光緒十一年 乙酉） 二十一歲

廖仲愷進入舊金山的美國學校學習英文，同時，每日下午到華人區陳馨甫的專館攻讀唐詩和古文等科目。②

一八八七年（光緒十三年 丁亥） 二十三歲

是年，先生经叔父廖維傑的帮助，进入外交界。因兼擅中英文，任清廷駐古巴馬丹薩領事館翻譯官、二等書記官。③在此期間，與出生於加州的華人邱琴在舊金山結婚。④

十月十三日，《申報》載先生父親廖竹賓向上海四馬路文報局內協賑公所捐款五元。⑤

一八八八年（光緒十四年 戊子） 二十四歲

七月十六日，《申報》載廖竹賓向上海北市絲業會館籌賑公所捐款十元。⑥

---

① 《申報》，1884 年 4 月 8 日，第 4 版。《上海陳家木橋金州礦務局內順直山東核獎賑捐公所經收三月初六至初十第五十一單》。

② 陳福霖、余炎光：《廖仲愷年譜》，第 9—10 頁。

③ 陳福霖、余炎光：《廖仲愷年譜》，第 2 頁。

④ 陳香梅：《陳香梅自傳》，濟南：山東人民出版社，2003 年。*Los Angeles Herald*，Dec. 3rd，1891，p. 2，Image2（Calif. 1890—1893）"Feminine Fancies"："Mrs. Liao Ngantow, wife of the Chinese consul at Havana, speaks English, Spanish, German and French fluently, besides her native language."

⑤ 《申報》，1887 年 10 月 13 日，第 5205 號，第 9 版，《上海四馬路文報局內協賑公所經收賑捐八月中旬清單》。

⑥ 《申報》，1888 年 7 月 16 日，第 5474 號，第 11 版，《上海北市絲業會館籌賑公所施少欽經收河南皖北賑捐三月初四五日第一千六百八十九次清單》。

一八九〇年（光緒十六年 庚寅） 二十六歲

三月，先生經美國赴古巴領署擔任隨員，①五月兼任古巴中西學堂漢學教習，②後以"浙江試用同知"任清廷駐古巴馬丹薩領事。③

一八九一年（光緒十七年 辛卯） 二十七歲

是年初，古巴中西學堂倒閉。廖仲愷在美國金山中西學堂學習中文。④

一八九四年（光緒二十年 甲午） 三十歲

父親廖竹賓在美國去世，廖仲愷陪同庶母及胞妹廖靜儀歸國，寄居叔父廖維傑家中。⑤

七月，中日甲午戰爭爆發。

一八九五年（光緒二十一年 乙未） 三十一歲

是年，同父異母弟廖恩勳出生，不久恩勳生母去世，由叔父廖維傑撫養成人。廖仲愷回家鄉歸善，從儒師梁緝暇攻讀國學。

---

① *The Daily Picayune*, New Orleans, Mar. 26th, 1890, p. 6.

② 《總理各國事務衙門》，《據稟悉准如所請即派廖恩燾兼充漢學教習由》，中央研究院近代史研究所檔案館藏，館藏號01—40—004—04—023。

③ 故宮博物院明清檔案部、福建師範大學歷史系編：《清季中外使領年表》，北京：中華書局，1985年，"清朝駐馬丹薩（古巴）領事年表"，第88頁。馬丹薩即今馬坦薩斯。

④ 《總理各國事務衙門》，《申報中西學堂查各學童等第姓名年籍清冊請察核施行由》，01—40—004—04—041。

⑤ 陳福霖、余炎光：《廖仲愷年譜》，第11—12頁。

一八九七年（光緒二十三年 丁酉）　三十三歲

五月，先生與新加坡華僑富商邱菽園在香港相識，并結交為友。①

八月十八日，澳門《知新報》刊載："續登不纏足會倡始人名氏：吳應揚、程道元、鄭壽者、杜清怡、韋朝選、何子銓、杜文祥、廖鳳舒、楊祖孔、容達楷、業侶珊、陳步墀。"②

十月底，經叔父廖維傑的安排，廖仲愷與何香凝在廣州結婚，婚後居住在廖恩燾廣州河南（今海珠區）家中的天臺小屋，兩人名其小屋為"雙清樓"。③

一八九八年（光緒二十四年 戊戌）　三十四歲

六月一日，廖仲愷因要參加會試，未能隨出使美、西、秘國欽

---

① 邱菽園：《菽園贅譚》，廣東省立中山圖書館藏，香港：香港中華印務總局，1897 年，第 14 卷，《羈香四則》："歸善同年廖碧侯孝廉恩熊之兄雪崖太守恩燾，風雅好事，殆深於情者。予此行羈香，始訂交焉。知予編輯贅談，承鈔舊作見示，尤好依聲，惜予性粗浮，不能悉心領取耳。茲錄其遺懷律詩二首：'年來枯菀兩蹉跎，白眼青天醉後歌。萬里拼同塵土視，百年爭奈鬢絲何。無多鶴俸償書債，有限光陰被墨磨。匣裏龍泉吟不得，與君奚日斫蛟鼉。 休將踞踖怨鹽車，紫絡金鞿卻笑余。處世但能留退步，居官惶敢釣虛譽。無裨時局空籌策，聊慰親心密寄書。何日扁舟歸栗里，黃雞白酒飯園蔬。'辭旨含蓄，餘味曲包。"

② 《知新報》，光緒二十三年七月二十一日（1897 年 8 月 18 日），第 28 冊，第 281 頁。

③ 陳福霖、余炎光：《廖仲愷年譜》，第 14—15 頁。

差大臣伍廷芳赴美。①

六月十一日，光緒帝頒發"明定國是詔"，宣佈變法，新政持續至九月二十一日，史稱"百日維新"。

九月，戊戌變法失敗。

一九〇〇年（光緒二十六年 庚子）　三十六歲

八月，英、法、美、德、俄、日、奧、意八國聯軍侵華。

一九〇二年（光緒二十八年 壬寅）　三十八歲

一八九八年美國藉口"緬因號"軍艦在古巴哈瓦那港被炸沉，向當時統治古巴的西班牙宣戰，美國獲勝，古巴獲得獨立，但受美國控制。一九〇二年，清廷承認古巴，兩國正式建立外交關係。

五月，古巴政府頒佈排華法案，禁止華人入境。

一九〇三年（光緒二十九年 癸卯）　三十九歲

一月，廖仲愷赴日留學，抵達東京不久，即入日語學校補習日

---

① 丁賢俊、喻作鳳：《伍廷芳集》，北京：中華書局，1993 年，第 57 頁，《奏為張蔭棠暫署舊金山總領事片》："臣前奏調隨帶出洋同知盧蔚助行抵金山患病回籍，舉人廖恩熊因留會試，未能到差，自應添派人員以資臂助。"另外，邱菽園在《菽園贅譚》載廖恩熊之兄即廖恩燾，又在《五百石洞天揮麈》（清光緒二十五年邱氏粵垣刻本，卷七，廣東省立中山圖書館藏）中記錄："歸善廖鳳舒太守恩燾，余著《贅譚》已載其詩，今又得其詞《題友人仗劍東歸圖·調金縷曲》，云：'萍梗悲身世，滿天涯，酒襟塵帽，飄零如此。萬里還家猶帶劍，不減當年豪氣。算赤手、屠鯨閒事。一桁畫樓簾外卷。早有人，笑向兒童指。騎白馬，君歸矣。　淵明竟遂田園計，便而今，奚奴分付，琴書料理。三徑未荒秋已老，休負韶華似水。且拚對、黃花沉醉。從古蛾眉遭嫉妒。向尊前，莫拭英雄淚、聊起舞，珊瑚碎。'太守於詞本非慣家，出筆便能不俗，殆性之所近者。太守居羊城河南，其弟碧侯孝廉恩熊於余為同年。丁酉夏，五兄弟來港，余遇之蔡君寓，知欲作粵遊，堅約至時必住其家。後雖不果往，而殷殷之意，則有令人難忘矣。"上述可知，廖恩熊即廖恩煦（仲愷）。

語。四月，何香凝亦赴東京，二人在日與孫中山多次會面。①

　　四月，先生以原鹽運使銜、浙江補用知府出任清廷駐古巴二等參贊兼總領事官。②

　　光緒五年（1879），清廷設駐古巴總領事一人，領事一人。光緒十年（1884）後，駐古巴領事改為駐馬丹薩領事。光緒二十八年（1902），駐古領署改為使署，使臣由駐美使臣兼。駐古總領事兼駐古參贊，常川駐紮代辦使事。③

　　七月，梁啟超《新小說》第 7 號的《雜歌謠二》發表先生沒有署名的粵謳作品《粵謳新解心六章》。④

　　八月，梁啟超《新民叢報》第 38、39 合刊號的《飲冰室詩話》中載有先生"自為粵謳《新解心》題詞六首"以及梁啟超對先生的一段介紹："鄉人有自號珠海夢餘生者，熱誠愛國之士也。游宦美洲，今不欲著其名。頃仿粵謳格調成'新解心'數十章。且自為題詞六首。詞曰：'百粵雄藩鎮未開，尋春怕上越王臺。可堪流盡珠江水，尤有秦箏洗耳來。（一）　樂操土音不忘本，變征歌殘為國殤。如此年華悲錦瑟，隔窗愁聽杜秋娘。（二）　軟紅何處醉花仙，一掬胭脂灑大千。不見秦時舊明月，鷓鴣啼破夢中天。（三）　萬花扶起醉吟身，想見同胞愛國魂。多少皂羅衫上淚，未應全感美人恩。

----

　　① 　陳福霖、余炎光：《廖仲愷年譜》，第 18—19 頁。

　　② 　故宮博物院明清檔案部、福建師範大學歷史系編：《清季中外使領年表》，第 87 頁。The St. Louis Republic. Mar. 27th, 1903, p. 7, Image 7（Washington. D. C. 1854—1972）"Wu's Successor To Continue His Policy, Sir Cheng Tung Liang Cheng Arrives at San Francisco With a Numerous Retiune"："Liao Ngan Tow will go to Cuba, where he will take charge of the consulate, succeeding Chow Tsee Chi, who will come to San Francisco as Consul."

　　③ 　故宮博物院明清檔案部、福建師範大學歷史系編：《清季中外使領年表》，第 87 頁。

　　④ 　《新小說》，第 7 號，光緒二十九年七月十五日，《雜歌謠二》中《粵謳新解心六章》，有《自由鐘》、《自由車》、《天有眼》、《地無皮》、《趁早乘機》和《呆佬祝壽》，未署名。

（四）　小蠻妝束最風華，螺髻香盤茉莉花。除卻後庭歌玉樹，不叫重譜入琵琶。（五）　當筵誰唱望江南，傳遍珠江亦美談。一樣俠情今日記，簫聲吹滿白鵝潭。（六）'　芳馨悱惻，有《離騷》之意，吾絕愛誦之。其新解心有《自由鐘》、《自由車》、《呆佬祝壽》、《中秋餅》、《學界風潮》、《唔好守舊》、《天有眼》、《地無皮》、《趁早乘機》等篇，皆絕世妙文，視子庸原作有過之無不及，實文界革命一驍將也。"①同月十五日，《新小說》發表先生署名"春夢生"的戲曲作品《團匪魁》。②

十二月，《新小說》發表先生署名"春夢生"的戲曲作品《維新夢》。③月底，《新民叢報》發表先生戲曲作品《學海潮傳奇》一部分。④

一九○四年（光緒三十年 甲辰）　四十歲

三月三十一日，廖仲愷進入早稻田大學預科，其學籍表"原籍"一欄注明是"清國廣東省歸善縣燾弟"，保證人是"清國公使館內（？）馬廷亮"。⑤

六月，梁啟超《新小說》第 9 號的《雜歌謠二》發表先生署名"外江佬"的粵謳作品《粵謳新解心四章》。⑥同月，《新民叢報》發

①　《新民叢報》，第 38—39 號合本，光緒二十九年八月十四日，《飲冰室詩話》載有"自為粵謳《新解心》題詞六首"。

②　《新小說》，第 8 號，光緒二十九年八月十五日，《團匪魁》，署名"春夢生"。

③　《新小說》，第 12 號，光緒二十九年十二月二十三日，《維新夢》，署名"春夢生"。

④　《新民叢報》，第 46—48 號合本，光緒二十九年十二月二十九日，《學海潮傳奇》，署名"春夢生"。

⑤　陳福霖、余炎光：《廖仲愷年譜》，第 22、24 頁。

⑥　《新小說》，補印發行第 9 號，光緒三十年六月二十五日，《雜歌謠二》中《粵謳新解心四章》，有《學界風潮》、《鴉片煙》、《唔好發夢》和《中秋餅》，署名"外江佬"。

表先生戲曲作品《學海潮傳奇》餘下部分。①

七月，梁啟超《新小說》第 10 號的《雜歌謠》發表先生署名"珠海夢餘生"的粵謳作品《粵謳新解心四章》。②

九月，梁啟超《新小說》第 11 號的《雜歌謠》發表先生署名"外江佬"的粵謳作品《粵謳新解心三章》。③

冬，朱執信、胡漢民、汪精衛等粵籍學生五十六人，到日本留學。④

一九○五年（光緒三十一年 乙巳）　四十一歲

四月，梁啟超《新小說》第 16 號的《雜歌謠》發表先生署名"珠海夢餘生"的粵謳作品《粵謳新解心五章》。⑤

八月二十日，中國同盟會在東京舉行成立大會，推舉孫中山為總理。⑥

九月一日，經黎仲實、何香凝介紹，廖仲愷與胡漢民一起加入同盟會。⑦

---

① 《新民叢報》，第 49 號，光緒三十年六月三十日，《學海潮傳奇》，署名"春夢生"。

② 《新小說》，補印發行第 10 號，光緒三十年七月二十五日，《雜歌謠》中《粵謳新解心四章》，有《勸學》、《開民智》、《復民權》和《倡女權》，署名"珠海夢餘生"。

③ 《新小說》，補印發行第 11 號，光緒三十年九月十五日，《雜歌謠》中《粵謳新解心三章》，有《珠江月》、《八股毒》和《青年好》，署名"外江佬"。

④ 陳福霖、余炎光：《廖仲愷年譜》，第 24 頁。

⑤ 《新小說》，第 2 年第 4 號，原第 16 號，光緒三十一年四月，《雜歌謠》中《粵謳新解心五章》，有《黃種病》、《離巢燕》、《人心死》、《爭氣》和《秋蚊》，署名"珠海夢餘生"。

⑥ 陳福霖、余炎光：《廖仲愷年譜》，第 27 頁。

⑦ 陳福霖、余炎光：《廖仲愷年譜》，第 27 頁。

一九〇六年（光緒三十二年 丙午） 四十二歲

梁啟超《新民叢報》第85號《飲冰室詩話》載有先生的《紀古巴亂事有感》和《灣城竹枝詞》，梁啟超評"其詞亦感韻頑艷，且可作地志讀"。①

一九〇七年（光緒三十三年 丁未） 四十三歲

十一月，先生卸去古巴總領事職，由黎榮耀繼任。②

一九〇八年（光緒三十四年 戊申） 四十四歲

是年，先生居留古巴哈瓦那。

十一月十四、十五日，光緒皇帝、慈禧太后先後去世，年幼的溥儀被立為帝。

一九〇九年（宣統元年 己酉） 四十五歲

二月十七日，美國《紐約先驅報》報導先生妻子廖邱琴招待友人打橋牌事。③

二月二十五日，美國《紐約先驅報》報導先生妻子廖邱琴招待

---

① 《新民叢報》，第4年第13號，原第85號，光緒三十二年七月一日。

② 故宮博物院明清檔案部、福建師範大學歷史系編：《清季中外使領年表》，第87頁。

③ *New York Herald*, Feb. 17th, 1909, "Social News of Cuban Capital": "Mrs. Liao Ngantow entertained at bridge on Monday afternoon. Her guests were Mrs. Henry Runken, Mrs. Georgia Sowers, Mrs. De Reese, the Misses Springer and Miss Clara Davis."

友人打橋牌，同時介紹廖家在古巴房屋的建築情況。①

　　六月，廖仲愷在日本中央大學政治經濟科畢業，隨即返回北京，參加清廷的留學生科舉考試，中法政科舉人。不久被授予七品小京官。②

　　七、八月間，廖仲愷在吉林巡撫陳昭常公署擔任翻譯工作。③

　　十月五日，先生攜全家乘船從哈瓦那到達美國紐約港。④

　　十月二十七日，先生一行到達夏威夷。⑤

一九一〇年（宣統二年 庚戌）　　四十六歲

　　是年，先生在外務部任丞參處行走。⑥

　　是年，先生為弟媳何香凝《虎嘯圖》題跋："弟婦香凝素習繪

---

　　① *New York Herald*, Feb. 25th, 1909, "Mrs. Liao Ngan-tow entertained at bridge on Thursday afternoon in the villa in Vedado which Mr. Liao Ngan-tow, formerly Chinese Consul General here, has had built and decorated by Cuban architects and artists under his supervision. The ceiling in the dining room is of polished precious woods of Cuba, placed in squares; the dado, of white marble; stucco ceiling in the drawing room, a design of Chinese dragons, and furniture of teakwood, inlaid with ivory. Mural paintings by Mr. Armando Menocal, one of Cuba's chief decorative artists, adorn the rooms. In the grounds are a miniature lake, an artificial grotto and a boat house. Cuban palms, roses and tropical flowers and foliage fill the gardens."

　　② 陳福霖、余炎光：《廖仲愷年譜》，第 45 頁；《國風報》，1911 年第 16 期，《諭旨》。

　　③ 陳福霖、余炎光：《廖仲愷年譜》，第 45 頁。

　　④ 據愛麗絲島移民博物館館藏 1909 年 10 月 5 日乘客名單。

　　⑤ *The Hawaiian Star*, Oct. 27th, 1909, p. 2, "Shipping in Port, Passengers Arrived, For Hongkong": "Liao Ngantow, Mrs. Liao Ngantow, Infant and servant Liao Sing Quang, Miss Isabel Liao, Miss Victoria Liao, Miss Susie Liao, Miss Ines Liao, Master H. Liao, Master C. Liao." P. 5, "Honolulu Passengers": "Minister Liao Ngantow, accompanied by his family, is Chinese minister to Cuba and returning from his post."

　　⑥ 施肇基：《施肇基早年回憶錄》，臺北：傳記文學出版社，1967 年，第 40 頁。

事，研究日本新派美術，略有心得。庚戌暑假，遊京師，既以山水
圖幅獻霽老，顧筆墨清秀，不及所繪猛獸饒有鬚眉氣。是秋，香凝
復東渡，瀕行，檢笥中得此幅以示余。余以霽老賞鑒眼法較余尤高，
因以奉贈。歸善廖恩燾懺盦甫。"①

二月二十八日，《申報》載"駐紮古巴國領事廖恩燾昨日到道
辭行"。②

八月二十六日，《申報》載外務部選派先生等四人充任資政院
委員。③

九月八日，《申報》公佈《學部考取東西洋遊學畢業生名單》，
廖恩煦在"日本政治經濟科一百三十五名"之列。④

九月二十五日，《申報》公佈《遊學畢業生等第名單》，廖恩煦
在"中等三百二十二名"之列。⑤

十月六日，《申報》公佈《上諭》，廖恩煦等人被授予文科舉
人。⑥同月，《廣東教育公報》中《派赴東洋遊學生表下》載有"日
本（國家），廖恩煦（學生姓名），廣東歸善縣人、美國小學暨日本
早稻田大學（籍貫履歷），中央大學校（所入學堂），經濟科（所習
學科），光緒三十一年九月（撥給官費年月），日幣四百九十五元
（每人第年學費），三年（豫計幾年回國）"。⑦

十月二十二日，《雲南教育官報》刊載一份《附錄各省應補官

① 何香凝：《虎嘯圖軸》，深圳博物館藏，1910 年作。
② 《申報》，1910 年 2 月 28 日，第 19 版。
③ 《申報》，1910 年 8 月 26 日，第 5 版。
④ 《申報》，1910 年 9 月 8 日，第 18 版。
⑤ 《申報》，1910 年 9 月 25 日，第 5 版。
⑥ 《申報》，1910 年 10 月 6 日，第 3 版。
⑦ 《廣東教育公報》，1910 年 10 月，第 9 號。

費各生姓名單》中，廖恩煦在"廣東上下學期開除九名"之列，①因廖恩煦已畢業，官費補助名額轉與他人。

年底至次年初，先生以外務部章京身份參與籌備接待德國皇儲來華事宜。②

一九一一年（宣統三年 辛亥） 四十七歲

二月十一日，報載"聞振貝子赴英賀英皇加冕之隨員現已派定數員，內中有外務部丞堂周自齊、廖鳳書及農工商部參議趙福瀛、李忠等"。③

二月十六日，報載先生確定隨載振赴英。④

四月二十七日，黃興率同志在廣州起義，進攻兩廣總督衙門，遭遇失敗，史稱"黃花崗起義"。

五月十五日，先生以外務部參議上行走身份，獲賞二等第二寶星。⑤

五月二十二日，《申報》刊出《留學生廷試榜揭曉》，廖恩煦在

---

① 《雲南教育官報》，1910 年 10 月 22 日，第 25 期，《文牘》，《護督院沈準駐日大臣胡咨各省留東學生出有官費名額以自費生資格相合者照章補給行司查照文》。

② 《清代名人書札》編輯組：《清代名人書札》，第 6 冊，北京：北京師範大學出版社，2009 年，第 1442—1445、1450—1451 頁。

③ 《申報》，1911 年 2 月 11 日，第 6 版。

④ 《申報》，1911 年 2 月 16 日，第 6 版："欽派赴英慶賀英皇加冕專使振貝子擬定三月初六日請訓出京，聞那中堂薦舉華倫大藥房西醫韓珍山為振貝子醫員，蓋因韓醫深通英文，且與英國官場中人相識最多，故特保其隨同出洋。而貝子奏調之隨員則有農工商部左丞祝瀛元、右參議邵福瀛、員外郎力鈞、外務部左丞周自齊及廖鳳書諸人。"

⑤ 《申報》，1911 年 5 月 26 日，第 3 版。1911 年 6 月 2 日，第 13761 號，第 2 版："四月二十七日欽奉諭旨，農工商部右參議邵福瀛、外務部參議上行走廖恩燾均賞給二等第二寶星"。"四月二十七日"即公曆 5 月 15 日。另參見《清實錄·宣統政紀》，第 60 冊，北京：中華書局，1987 年，第 957 頁。

"二等二百四十八名"之列。①

六月九日,《申報》載廖恩煦等廷試遊學畢業生被授以七品小京官,按照所學科目分部補用。②

六月二十九日,《申報》刊出《廷試有學生分部分省掣簽名單》,廖恩煦在"河南知縣十一員"之列。

七月二十二日,《申報》載"內閣存記之出使人才梁士詒、廖恩燾、孫士頤、周萬鵬、周長齡。因攝政王屬意梁士詒、周萬鵬,二人不久即可簡任"。③

十月十日,武昌起義成功,次日湖北成立軍政府,推黎元洪為都督。隨後,全國各地紛紛響應。先生因武昌起義事不能出使墨西哥。④

十一月,廣州光復,廖仲愷出任廣東軍政府財政部副部長。

---

① 《申報》,1911年5月22日,第12版。

② 《申報》,1911年6月9日,第3版。

③ 《申報》,1911年7月22日,第4版。

④ 曹汝霖:《一生之回憶》,香港:春秋雜誌社,1966年,第87頁:"後慶邸面保余出使法國,已蒙俞允,並特賞二等雙龍寶星。那相告我,此系慶邸特保,以你尚未到過歐洲,故令使法增廣見識,以備大用,將來黑頭宰相,大有希望,可為預賀。我想不到慶邸寄望於我,雖遜謝不遑,然內心卻很高興,以為得使歐洲,可轉變環境,從此可避免親日之名,以後對我,可另一看法。但是尚須由部遞折請簡,才能明發上諭。外部遞奏日期,規定每月十日二十日。正擬二十日上奏,恰值八月十九日武昌起義,慶王囑咐此折緩遞,等亂平再遞,想是慶邸看重留京之意。那知此折一擱,竟無再遞之時,使法之事,即成空花。可知人生遭遇,自有命運之安排,只是冤了廖鳳書(恩燾),因此折附有附片,派廖出使墨西哥,正折不遞,附片當然一同擱置。鳳書不比我,他是走了振貝子的路,化了本錢得來的。"

十二月九日，先生隨唐紹儀一行南下，①但並非北方代表。②

十二月十八日，南北舉行議和。伍廷芳代表革命軍，唐紹儀代表清廷，雙方在上海舉行議和。

十二月二十九日，孫中山當選中華民國臨時大總統。

一九一二年（民國元年 壬子）　四十八歲

一月一日，中華民國成立，孫中山在南京就任中華民國臨時大總統。同月，廣東省議會討論維持紙幣案。廣東光復後，由於大量發行紙幣，導致紙幣信用日下，商民拒用，官銀局出現擠兌現象。

二月十二日，清帝宣佈退位。翌日，孫中山向參議院辭職，並提議選舉袁世凱繼任大總統。

五月二十三日，廖仲愷被委任廣東都督府財政司司長，廖仲愷此後長期努力解決廣東財政問題。

七月，報上抨擊廖恩燾侵吞公款，稱其為"前清之遺孽"。③

---

① 《申報》，1911 年 12 月 16 日，第 4 版：清廷議和代表唐紹儀於十九早九點三十分乘專車赴漢。同行者有參贊楊士琦、嚴修、幕府王孝縉、歐賡祥、廖恩燾、唐寶鍔及袁世凱指派之各省代表傅增湘、嚴復、章宗祥、劉若曾、許鼎霖、劉承恩、關冕鈞、張國淦、馮耿光、孫多森、侯延爽等。"十九早"即公曆 12 月 9 日早。

② 章仲和：《南北議和親歷記實》，《中國近代史通鑒（1840—1949）》（辛亥革命5），北京：紅旗出版社，1997 年，第 1197 頁。

③ 《申報》，1912 年 7 月 19 日，第 3 版，《嗚呼！前清之遺孽》："外務部管庫一席，向為部中紅司員調劑優差，王爺、中堂之專賣品，歷任庫官莫不滿載而去，其聲名最劣者數人。陸總長視事以來，甚為注意，現已查出證據，行將澈底根究云。曾述榮於本年正月二十九號北京兵變時，串同管庫供事姜沛霖，報被搶去部款二萬兩，曾宅並未被搶，而供事家中乃至寄存公款至二萬兩之多，□其為侵吞無疑。嗣聞陸征祥總長將到部，曾知不免，乃運動交通部秘書長。而去廈門接待美艦、北京接待德儲所有備辦一切，皆那桐家走狗廖鳳書一人經理，兩項共領去公款一百三十六萬七千兩，至今並無一字報銷。曹汝霖分其餘潤，遂竭力為之彌縫。接待德儲時，外部向栢林某行定製馬車四輛，每輛約五千馬克，後因德儲不來，曾述榮將花車二輛送入宮內，常車二輛拉回家中自用，後以一輛送施肇基，遂得交通部秘書長。外務部新建迎賓館時，添置外洋器具共十四萬餘金，施肇基署左丞，大營堂構遂將精美器具搬回家中，名為借用，實則久假不歸。文溥以公款建造洋花廳時，亦效尤搬去器具無數。"

一九一三年（民國二年 癸丑） 四十九歲

三月初，廖仲愷被袁世凱任命為廣東國稅廳籌備處處長。

三月二十日，宋教仁在滬寧車站被刺，兩天後離世。

四月，征得廣東都督胡漢民同意後，財政總長周學熙決定呈請總統任命廖仲愷仍兼財政司長。

五月初，廣東財政司委派廖恩燾赴美，商量借款及印製新紙幣事宜。①

五月十八日，《申報》載："粵省息借美金，經國稅廳長廖仲愷復行進京向財政部磋議，經與美商雙方議妥，由粵派員賡續接收此項金幣，並允直匯香港，由港花旗銀行經理，藉免匯滬轉駁之繁。原約合同由周總長畫押後，寄滬交粵特派員廖鳳書齎至美京向美商接收此項借款。"②

五月二十六日，廖恩燾抵達檀香山，當地報紙報導先生此行目的乃為借款而來。③

六月，廖仲愷自京回粵後，從多方面解決廣東紙幣問題，除清

---

① 《華字日報》，1913 年 5 月 6 日、8 日。

② 《申報》，1913 年 5 月 18 日，第 3 版，《粵借美款近信》。

③ *Honolulu Star – Bulletin*, May 26th, 1913, 3：30 Edition, Image 1, "Chinese is en route to the mainland to negotiate big loan"："With a view of negotiating a large loan for the Republic of China, and to complete arrangements for a bank note issue. Liao Ngantow, prominently identified with the life of the new republic, is a passenger on the Pacific Mail liner Siberia, from the Far East, enroute to the mainland. Prior to his being commissioned on this important mission, the Chinese official was for some years stationed at Havana, Cuba, where he served in the capacity of Imperial Minister. A currency reform is in progress throughout China, and Liao Ngantow will, while away, take steps for the issue of paper currency more in conformity with the prevailing system now adopted by the republic. Prior to the downfall of the monarchy, China was inflicted with currency problems that are said to have greatly retarded material；progress of the country. "

點庫存外，還令造幣廠趕鑄毫幣，並急電赴美籌款以及印製新幣的胞兄廖恩燾，著其將新幣速付回粵，以作收回廣東紙幣之用。①

七月十二日，李烈鈞在江西舉兵討袁，"二次革命"爆發。

七月十八日，陳炯明宣佈廣東獨立，出兵討袁。同日，報載先生前往美國借款，"回粵甚遲，緩不濟急"。②

八月三日，袁世凱任命龍濟光為廣東都督兼民政長。

八月五日，廣東討袁失敗，廖仲愷避居沙面，翌日轉赴香港，八月中旬以後前往日本。

八月十八日，袁世凱免去廖仲愷廣東國稅廳籌備處處長職務。

九月，廣東都督龍濟光電告廣東財政困難及紙幣事，提及先生赴美定造之紙幣。③

---

① 陳福霖、余炎光：《廖仲愷年譜》，第80—81頁。

② 《申報》，1913年7月18日，第6版："新紙幣換回舊紙幣之先聲陳都督昨與廖財政司磋商，以中國銀行粵支行一時尚難規復，紙幣收換實無定期，惟本省紙幣式樣參差，最易偽製，故各屬現時仍常有偽幣發現。政府前曾命廖鳳書往美洲訂印新式紙幣，但回粵甚遲，緩不濟急。現不若一次印足二千萬悉數寄回，將全省紙幣一概換發，一則可以防範偽製，二則可以調查全省紙幣究有若干實數，於規復兌換機關有絕大裨益。至用費一層，除前所支三萬元外，現尚須續付四萬元方畢事，現由該司與官銀錢局總理磋商在貯存現款內提出即日付往云。粵省財政之饋貧糧，陳都督刻接梁士詒電，稱中央撥濟粵款一事，迭經本部籌議先撥三百萬來粵，以濟眉急。該款已由部商定就近由香港匯豐銀行匯劃，合先電聞。聞陳督接電後即復電請示接收手續，一面商財政司長準備派員赴港迎提，粵東財政前途得此，庶有瘳乎？"

③ 《申報》，1913年9月15日，第6版，《紙幣事覆財政部電》："北京財政部鈞鑒，漾電敬悉，查新紙幣原版早經承印商店繳司銷毀存庫，此後並未續印發行。電示有大幫紙幣運粵，難保非奸商偽造圖利，已飭警廳派探嚴密偵查，並劄行稅務司暨令飭各關卡一體嚴搜毋令進口。至廖鳳書赴美定造之紙幣，非用原版印刷，其花紋式樣紙質均與現行紙幣迥異，似與此事不相關聯。近日據報英差在港搜獲製造偽紙幣機器一具，尚幸未經印用，經財政司胡司長赴港察驗屬實，否則偽幣侵入，貽害靡窮。總之，紙幣粗劣，易於仿造，難免奸人生心。只可隨時嚴加查緝，盡法懲治，除將發行紙幣號數出示通告外，謹覆。粵都督兼民政長龍濟光叩印。"

十月，袁世凱通緝孫中山和"二次革命"首要人物，其中包括廖仲愷。先生赴美定造紙幣三千萬元尚未全部到粵。①

一九一四年（民國三年 甲寅） 五十歲

一月十日，袁世凱下令解散國會。

一月二十二日，龍濟光懸賞通緝廣東國民黨要人，其中有陳炯明、朱執信、廖仲愷等。

五月，廖仲愷加入中華革命黨。

十二月，先生第三次被派遣到古巴任總領事兼代辦古巴使事。

十二月二十四日，外交部向美國駐華使館發"請准簽新駐古巴代辦兼總領事廖恩燾一行護照函"。②

---

① 《申報》，1913 年 10 月 22 日，第 6 版，《粵省財政問題》："李民政覆財政部電云，北京財政部鈞鑒，東電敬悉，新紙幣原版早經承印商店繳司銷毀，此後並未續印發行，曾於九月魚日電呈並將發行實數出示通告在案。查廣東新紙幣臨時省會議決，發行額一千五百萬元，嗣因十元舊紙幣，市面流通不便，續印一元票四百萬元，以為收回舊紙幣之用，共計一千九百萬元。內印壞銷毀者約三十六萬元，實新紙幣發行總額一千八百六十餘萬元，加以前清舊幣約一千二百萬元。除前收回封存之十元舊幣四百萬元，陳炯明獨立時提用一百餘萬元外，尚封存二百餘萬元，實舊紙幣流通市面約九百餘萬元。現在新舊紙合計流通額共二千七百餘萬元，其舊紙幣號數，前清時久已紊亂，光復後無從清查，新紙幣發行號數，係用千字文編列，每字均編十萬號，計五元紙幣由天字型大小起至往字型大小止，共一千萬元。二元紙幣用天字型大小起至月字型大小止，共二百萬元。一元紙幣由天字型大小起至奈字型大小止，共六百萬元。五毫紙幣由天字型大小起至往字型大小止，共一百萬元。合計一千九百萬元，連印壞銷毀紙幣在內，此後經已截止，並無續印及增發情事。至廖鳳書赴美定造之紙幣三千萬元，非原版印刷，其花紋式樣紙質均與現行紙幣迥異，尚未運齊到粵，且未編號，現擬絕發行，謹覆。"

② 廣西師範大學出版社編：《中美往來照會集（1846—1931）》，第 12 冊，桂林：廣西師範大學出版社，2006 年，第 499 頁，"逕啟者：本部新派駐古巴代辦使事兼總領事廖恩燾隨帶妻室一人，兒女共十一人，教讀一人，廚役、跟役共三名，行李十六件，前往古巴履任，請發給護照，前來茲特備就護照一紙函送。貴公使簽字蓋印送還，惟該員起程在即，務請從速辦理，為感，順頌日祉，附照一紙。孫寶琦。十二月二十四日"。

十二月二十九日，美國使館回外交部"批復古巴代辦使事兼總領事廖恩燾護照函"。①

一九一五年（民國四年 乙卯）　五十一歲

是年，先生開始學填詞。②

二月二十三日，美國《紐約先驅報》報導先生一行在美國紐約的行踪，妻子廖邱琴接受該報采訪。③

---

①　廣西師範大學出版社編：《中美往來照會集（1846—1931）》，第 12 冊，第 372 頁，"遞啟者接准：來函並附古巴代辦使事兼總領事廖恩燾護照，請為簽字蓋印送還等因，本公使已於本月二十六日將此項護照直接送交廖君矣。為此，函達即希查照，可也，此頌時祉，附照一紙。美國使署啟。十二月二十九日"。

②　王韶生：《紀香港兩大詞人》，《崇基學報》，1964 年 5 月，第 110 頁，"鳳舒先生曾對筆者云：'年五十，在古巴代辦任內，始學填詞。以鶴俸所入，購置一別墅，水木清華，饒亭台池榭之勝，曾廣徵丹青妙手繪製影樹亭填詞圖數十幀，各極其妙；並親撰影樹亭填詞圖記，以紀其事。及後積得長短句一百四十首。及辭職歸滬，攜詞稿往訪朱彊村；彊村讀畢，盛家推挹。許為比傳之作。'彊村云：'以前吾儕在非園（按非園，乃香山商人甘翰臣別墅，海上詞流，多於暇日在該處作文酒之會）把晤。以君為辦理洋務人才耳，今始知為同調。海綃之外，又得一人。'"

③　*New York Herald*, Feb. 23rd, 1915, "Chinese Envoy, Wife and Their Nine Children at Savoy Hotel – Mrs. Liao Ngantow, Before Starting for Cuba, Chats in Excellent English of Affairs in Orient News of the Other Hotels"："Occupying a large suite at the Savoy Hotel is Mr. Liao Ngantow, the new Chargé d'Affaires from China to Cuba. Mr. Liao is accompanied by Mrs. Liao, who speaks excellent English; their nine Children, a cousin and Mr. and Mrs. Loo Kuochi. Mr. Loo is the Chinese Vice Consul at Havana. Mrs. Liao said that her husband had gone out and probably would not be back until a late hour last night. She said that the party left China on January 19, when everything was quiet in the republic. For the last five years Mr. and Mrs. Liao have been residing in their native land, where Mr. Liao held a post in the Foreign Office. Mrs. Liao has given English names to eight of her children, whose ages range from four years to twenty-four. She said they would remain only a day or so in this city before leaving for Cuba. She lived in San Francisco for many years, and it was there that she learned to speak English. Her cousin, Mr. Chow Kantung, is accompanying the party as a student."

三月二日，先生在古巴哈瓦那履新，陸國祺任副領事。①

五月九日，袁世凱接受日本"二十一條"。

五月十日，駐美兼駐古巴公使夏偕復致電北京外交部并知照先生，告知在美與古巴外交部人員商談取消古巴對華人入境的嚴苛法律等情況。②

五月二十九日，先生致電北京外交部，報告與古巴當局交涉取消對華人苛例的進展情況。③

十月，孫中山發表"討袁宣言"。

十月二十五日，顧維鈞擔任駐美兼駐古巴全權公使，古巴使事仍由先生代辦。④

十二月十二日，袁世凱宣佈承認帝制，接受帝位，三十一日下令改明年為"洪憲"元年。

十二月二十五日，雲南起義，護國戰爭爆發。

十二月二十九日，先生致電北京外交部，"據古巴中華商會稱，托廖仲愷為選舉代表，乞知照農商部"。⑤

十二月三十一日，袁世凱下令明年改為"中華帝國洪憲元年"。

一九一六年（民國五年 丙辰）　　五十二歲

是年，先生繼續代辦使事。

---

① 全國圖書館文獻縮微複製中心編：《民國外交檔案文獻匯覽》，第 1 冊，北京：全國圖書館文獻縮微複製中心，2005 年，第 7、14 頁。

② 全國圖書館文獻縮微複製中心編：《民國外交檔案文獻匯覽》，第 1 冊，第 284—285 頁。

③ 全國圖書館文獻縮微複製中心編：《民國外交檔案文獻匯覽》，第 1 冊，第 308—309 頁。

④ 錢實甫編著、黃清根整理：《北洋政府職官年表》，上海：華東師範大學出版社，1991 年，第 182—184 頁。

⑤ 全國圖書館文獻縮微複製中心編：《民國外交檔案文獻匯覽》，第 4 冊，第 1515 頁。

二月十二日，先生獲政事堂頒授的三等嘉禾勳章。①

二月十五日，《新青年》載先生為古巴華僑事奔忙。②

三月，袁世凱被迫撤銷"承認帝制案"，翌日廢止"洪憲"年號。

六月六日，袁世凱在京病逝。翌日黎元洪繼任大總統。

六月二十九日，黎元洪宣佈遵行臨時約法，國會繼續開會，任命段祺瑞為國務總理。

一九一七年（民國六年 丁巳）　　五十三歲

二三月，孫中山極力反對中國參加第一次世界大戰。

五月，北京政府"府院之爭"加劇。

六月，黎元洪被迫宣佈解散國會，孫中山在滬商討"護法"。

七月，張勳擁廢帝溥儀在北京復辟。孫中山同唐紹儀、程璧光、章炳麟等決定通電全國，南下廣東護法。

八月，國會非常會議在廣州開幕。

九月，孫中山任中華民國軍政府海陸軍大元帥。月底，廖仲愷任軍政府財政部次長。

十一月，俄國十月革命，建立蘇維埃政府。同月，先生被免去領事職務。③月底，妻子攜女兒從哈瓦那搭乘 Mexico 號前往華盛頓。④

---

① 《申報》，1916 年 2 月 16 日，第 2 版。又見《安徽公報》，1916 年，第 125 期。

② 《新青年》，第 1 卷第 6 號，1916 年 2 月 15 日。

③ 中華民國政府官職資料庫：《政府公報》，第 661 號令，外交部部令第 119 號，"代辦駐古巴使事署理駐古巴總領事廖恩燾即開缺回國，另候任用。此令"。另見錢實甫編著、黃清根整理：《北洋政府職官年表》，第 184 頁。

④ 據愛麗絲島移民博物館館藏 1917 年 11 月 24 日到達美國紐約港的乘客名單。

一九一八年（民國七年 戊午）　　五十四歲

三月，先生攜全家從哈瓦那乘船經美返回北京，途經紐約。①

三月二十一日，美國《紐約先驅報》報導先生一家回國途經紐約時的行踪。②

---

① 據愛麗絲島移民博物館館藏 1918 年 3 月 18 日到達美國紐約港的乘客名單。

② *New York Herald*, Mar. 21st, 1918, "Chinese Envoy's Little Girls Stars of Ship's Concert-Mr. Liao Ngantow, Who Has Quit Cuban Post, Arrives Here with Family": "In the twenty-five years that Mr. Liao Ngantow has been in the diplomatic service of China he has undoubtedly learned that one of the first essentials of diplomatic success is inscrutability and conversation conducted with all brakes set. Therefore, when Mr. Liao arrived on board an American steamship at an American port yesterday he had a neatly printed statement regarding conditions in Cuba, where he has been Chinese Ministers for four years. The statement read: 'China and Cuba are both heart and soul with the Entente Allies. I, Liao Ngantow, am resigning from the diplomatic service of China after twenty-five years. I am to stop in New York and then go to China.' So far as that little tidbit of news was concerned all was exceedingly well, but Mr. Liao was accompanies by Mrs. Liao, five sons and three daughters had proved the bright particular stars of the steamship's concert, an effort was made to obtain some details regarding the family. Mr. Liao considered the matter at length and decided that a statement concerning the family and its views could be best prepared when all had arrived at the Savoy Hotel. Other persons aboard the steamship explained subsequently that Susie Liao, who is four years old, had become the idol of the concert through her rendition in English of 'The Star Spangled Banner', and that her sisters, Blanquita and Victoria, thirteen and fourteen years old, had sung the same anthem in Chinese. Through the efforts of the girls more than \$100 was raised for a Red Cross fund. All efforts to reach Mr. Liao at the Savoy Hotel were futile, for when he was sought the information was imparted that he had gone out and might not return until today. This being rather strange, the HERALD files were looked up to see if Mr. Liao had ever made a statement on a previous trip to New York. He was in New York in 1911, and inquiries at the hotel brought the response that he would not be back until late at night. In 1915 he stopped in New York, and inquiries made it clear that he would not return to the hotel until very, very late. Yesterday eclipsed all previous diplomatic escapes. Mr. Liao would not be back until morning."

六月七日，先生調任駐日公使館一等秘書官。①先生赴日本後，寄寓橫濱。

十一月十一日，歐戰結束。

十二月，北京政府和廣州軍政府決定召開南北和議。

一九一九年（民國八年 己未） 五十五歲

是年，先生在中國駐日本公使館繼續擔任一等秘書官職務。

二月，南北和談在上海舉行。

五月四日，北京爆發學生愛國運動，抗議和會關於山東等問題的決議。全國民眾紛紛響應。

六月，出席巴黎和會的中國代表拒絕在對德和約上簽字。

七月，蘇俄第一次發表對華宣言，表示放棄沙俄在華一切特權。

八月二十八日，孫中山覆函先生，答復先生征詢其對國事的看法，告知近期閉戶著書，冀以學說喚醒社會。②

---

① 中華民國政府官職資料庫：《政府公報》，第 1202 號令，外交部令第 70 號，"王鴻年現經派令暫行署理駐朝鮮總領事。所遺駐日本使館一等秘書官一缺派廖恩燾暫行署理。此令。部印。中華民國九年九月十五日"。日本國立公文書館アジア歷史資料センター（即日本国立公文书馆亚洲历史资料中心），《廖一等秘書官住宅ニ電話架設方ノ件》："敬啓者，本館一等秘書官廖恩燾寄寓橫濱山手町五五番，因与貴国各官廳及本館職務上便利起見，擬在該處裝置電話，乙具為此專函。懇請尊處迅轉遞信省，通知該管官署速為架設為荷，專此。順頌日祉。中華民國駐日本公使館。七年十二月二十二日。"

② 中國第二歷史檔案館編：《中央黨務月刊》（5），南京：南京出版社，1994 年，第 12 期，民國八年總理函稿（下），《致日本廖鳳舒》（八月廿八）："頃頌惠緘，知安抵東島山居習靜，甚慰想念。文近時觀察國事，以為欲圖根本救治，非使國民群懷覺悟不可。故近仍閉戶著書，冀以學說喚醒社會。政象紛紜，未暇問也。知勞注念，特此奉復。并頌旅祉！"。

一九二〇年（民國九年 庚申）　　五十六歲

九月十五日，外交部免去先生駐日本使館一等秘書官職務。①

十二月十八日，日本外務大臣伯爵內田康哉授予先生頒發三等瑞寶勳章。②

一九二二年（民國十一年 壬戌）　　五十八歲

二月二十二日，外交部派先生暫代駐朝鮮總領事。③

五月二十日，外交部派遣廖恩燾署理駐日本一等秘書官並加參事銜。④

五月二十四日，《順天時報》載："駐日代辦馬廷亮氏因留學經

---

①　中華民國政府官職資料庫：《政府公報》，第 1651 號令，外交部令第 109 號，"署理駐日本使館一等秘書官莊璟珂暫署駐日本使館一等秘書官，廖恩燾均開缺回國另候任用。此令"。

②　日本國立公文書館アジア歴史資料センター，《在本邦支那公使館一等秘書官廖恩燾敘勳ノ件》："在本邦支那國公使館一等秘書官勳三等瑞寶章廖恩燾右者去ル大正七年十一月在本邦支那國公使館一等秘書官事務取扱トシテ來任同八年六月十二日一等秘書官ニ昇任着任以來二箇年間本邦ニ在勤シ彼我交際事務上ニ盡力尠カラス候處今般離任歸國可致候趣ニ付此際右功績ヲ御表彰被遊頭書ノ通敘勳被仰出候樣仕度此段謹テ奏ス大正九年十二月十八日外務大臣伯爵內田康哉"。

③　中華民國政府官職資料庫：《政府公報》，第 2149 號令，外交部令第 29、30 號，"馬廷亮暫行調署駐日本使館參事銜一等秘書官。此令。派廖恩燾暫行代理駐朝鮮總領事。此令。部印。中華民國十一年二月二十二日。外交總長顏惠慶"。

④　沈雲龍主編：《近代中國史資料叢刊》，臺北：文海出版社，第 3 編，《外交公報》，第 13—14 期，1922 年 7—8 月，載 "部令 馬廷亮回駐朝鮮總領事本任，所有駐日本一等秘書官一缺，派廖恩燾署理並加參事銜。此令。十一年五月二十日"。另見中華民國政府官職資料庫：《政府公報》，第 2238 號令，外交部令第 76 號，"馬廷亮回駐朝鮮總領事本任，所有駐日本一等秘書官一缺，派廖恩燾署理並加參事銜。此令。十一年五月二十日。部印。中華民國十一年五月二十日。外交總長顏惠慶"。

費無着，特回國與政府方面為接洽，惟所謀不遂，是以馬氏總不再作回任之想。茲聞外交部以馬氏辭意堅決，擬令駐朝鮮總領事廖恩燾氏繼馬氏之任。日前已任廖氏為駐日使館一等秘書并加參事銜，蓋即為升任代辦之預備云。"①

五月二十六日，外交部命令先生暫行代辦駐日使事。②

七月一日，先生電北京外交部，報告與日本外務大臣內田康哉交涉間島頭道溝日本領事分館被燒及日本人員死傷事件，以及庚子賠款展期事宜。③

七月十一日，《申報》載廖恩勳從交通大學上海學校電機科鐵路工務門畢業。④

七月三十日，《申報》載"日外部詢廖恩燾中日鴨綠江劃界事，中國已否派定勘界員。廖電外部請示（二十八日下午十鐘）"。⑤

九月二日，北京外交部致電先生、莫斯科沈崇勛總領事、赤塔王鴻年總領事，"日俄長春會議，已面告日使、勞農代表，會議時如有涉及中國領土主權或中國權利利益，如事非先得中國同意，概不

---

① 《順天時報》，1922 年 5 月 24 日，《廖恩燾將任駐日代辦》。

② 沈雲龍主編：《近代中國史資料叢刊》，《外交公報》，第 15—16 期，1922 年 9—10 月，載 "《知照派廖恩燾代辦使事函》（十一年五月二十六日）：致日本國外務大臣，敬啟者。駐紮貴國特命全權公使胡惟德前因公回國，曾調駐朝鮮總領事馬廷亮充任貴國中華使館參事銜一等秘書官，暫行代辦使事在案。現在馬廷亮仍回朝鮮總領事本任，於新公使未蒞以前，另派廖恩燾為駐貴國中華使館參事銜一等秘書官，暫行代辦使事。廖代辦曾任貴國中華使館一等秘書官，才識優長，必能謹慎將事。用特泐函介紹，尚冀貴大臣隨時匡助，俾盡厥職為荷。此致。大日本帝國外務大臣伯爵內田康哉君閣下。中華民國外交部總長署名"。

③ 中央研究院近代史研究所編：《中日關係史料·東北問題（四）——中華民國六年至十六年》，台北：中央研究院近代史研究所，1996 年，第 2251 頁。

④ 《申報》，1922 年 7 月 11 日，第 15 版，《交大滬校今屆畢業學生》。

⑤ 《申報》，1922 年 7 月 30 日，第 3 版。

承認等語。日使、姚飛代表允達政府，希即向該政府為同樣聲明"。①

九月下旬，廖仲愷、何香凝和許崇清赴日本東京。

十月十一日，大總統令授予先生二等大綬嘉禾章。②

十月二十四日，六女廖承麓（又稱廖六薇）和許崇清在中國駐日使館舉行婚禮，廖仲愷參加婚禮，即席賦《千秋歲》詞。③

十一月二十九日，《申報》載："駐日公使官廖鳳舒氏，上次奉政府電召，搭東洋汽社之大洋丸歸國，即入北京，刻已事畢，昨日出京南下到申後，住大東旅館一號房間，現擬三十日赴日本公使之本任，已在東洋汽船會社購定大洋丸之艙位，大洋丸定三十日上午到申，下午二時由小火輪在海關碼頭送客至吳淞，換乘郵船，廖公使即於二時起行放洋，又有使館中之海軍武官林國賡君攜帶家眷等，亦於三十日乘太洋丸與廖公使同輪赴日任事。"④

一九二三年（民國十二年 癸亥） 五十九歲

是年初，先生參與中日"二十一條"（又稱"民四條約"）交涉。

一月六日，先生致電北京政府，慶賀張紹曾榮膺國務總理。⑤八日，報載"北京電廖恩燾催汪榮寶到任，並請速濟學費以彌風

---

① 《北洋政府外交部》，《日俄會議事》，中央研究院近代史研究所檔案館藏，館藏號 03—32—478—01—007。年譜中出現的"越飛"和"姚飛"，實為一人。

② 《申報》，1922 年 10 月 18 日，第 2 版。

③ 陳福霖、余炎光：《廖仲愷年譜》，第 168 頁。廣東省社科院歷史研究室編：《廖仲愷集》增訂本，北京：中華書局，1983 年，第 294 頁。

④ 《申報》，1922 年 11 月 29 日，第 13 版，《駐日廖公使明日東渡》。

⑤ 《政府公報》，1923 年 1 月 19 日，第 2464 號，公電，"東京廖代辦恩燾來電：國務院張總理鈞鑒新十碼榮膺總揆中外臚歡謹賀恩燾六日"。

潮"。①

　　一月三十日，北京外交部致電先生，"俄勞農代表越飛前以養疴赴滬，現據報告，擬於本月廿七日前赴日本，是否邀往及日政府取何態度，有無表示，探明電復。外交部。三十日"。②

　　二月二日，先生覆電北京外交部，"詢據外務省稱，越飛由北京致函日俄協會之長，後藤擬以個人資格來東養疴，後藤復允本日已抵東，一切均後藤招待，政府毫無關係等語。對於其人態度，尚無表示，容隨時密探再報"。③

　　二月四日，先生致電北京外交部，"越飛在東，只有後藤私宴，且連日會晤，促其速赴熱海養疴，并無公式讌會。惟探聞越飛此行，實有運動長春會議復活之意，後藤邀其來東，必經日政府諒解等語。又聞越飛對人云，各國駐東各使，素昧生平，擬不拜訪，惟伊在中國逗留甚久，對於中國頗有感情，將來或拜訪中國公使等語。果有其事，應如何應付。俯乞鈞示"。④

　　三月十日，先生派秘書將"二十一條撤廢案"交付日本外務省。⑤

---

　　① 《申報》，1923 年 1 月 8 日，第 3 版。

　　② 《北洋政府外交部》，《越飛赴日事》，中央研究院近代史研究所檔案館藏，館藏號 03—32—469—01—022。

　　③ 《北洋政府外交部》，《報告越飛抵東事》，中央研究院近代史研究所檔案館藏，館藏號 03—32—470—03—004。

　　④ 《北洋政府外交部》，《報告越飛在東情形事》，中央研究院近代史研究所檔案館藏，館藏號 03—32—473—02—010。

　　⑤ 《申報》，1923 年 3 月 11 日，第 4 版："北京電，'二十一條撤廢牒文'本日東京、北京同時送出（十日下午二鐘）；北京電，'二十一條撤廢案'東京廖恩燾來電，決今日午前交付日本外務省。外部今日亦將照會交付日使，併發通電將全文通電歐美各國駐使，通知各國政府，一方本日外交部發表。全文計八九百字，以參議院諮文為骨，佐以中日親善目的，望全部撤廢（十日下午二鐘）。"

三月十四日，日本派使答復先生，拒絕“二十一條撤廢案”。①

三月二十日，先生急電“學費窘絕，使館被困，速先續匯一萬八千”。②

三月二十一日，先生致電北京外交部總長、次長，“探聞日政府擬設法挽留越飛於未回中國之前，先與訂約。越飛秘書來館一次，尚未談及，但聞越飛已聲言與日訂約有礙中國主權，斷不遷就等語。擬俟伊下次到來，切告以能拒絕先與訂約更妙。是否有當？乞鈞示”。③同日，中國留日學生舉行遊行示威，一是抗議日本無理拒絕取消“二十一條”，二是抗議中國駐日使館外交的失敗。④

三月二十三日，外交部覆電先生，“再晤姚飛時，可照尊意勸告，如彼確有商訂之事，并查照上年九月二日電，再向雙方聲明為要”。⑤

三月二十七日，外交部致電先生及莫斯科沈崇勳總領事，“政府因重視中俄交涉，二十六日奉令特派前外交總長王正廷籌辦中俄交涉事，宜希同志勞農政府轉飭姚飛迅速回京，以便開議”。⑥

三月二十八日，先生覆電外交部，“姚飛病難行動，尚在熱海，

---

① 《申報》，1923 年 3 月 15 日，第 4 版：“北京電，日本答復二十一條照會，十四日午由小幡送外部，聞完全拒絕（十四日下午一鐘）；北京電，日本訓電小幡拒絕二十一條廢止交涉係十三日下午，到十四午後，小幡送覆文到外部，語中無商量餘地（十四日下午七鐘）；北京電，十四午，日使派西田持二十一條覆文致外長，聲明同日午前十時內田康哉以同式照覆面交廖恩燾（十四日下午八鐘）。”

② 《申報》，1923 年 3 月 21 日，第 4 版。

③ 《北洋政府外交部》，《日政府擬越飛訂約事》，中央研究院近代史研究所檔案館藏，館藏號 03—32—476—01—013。

④ 《申報》，1923 年 3 月 27 日，第 11 版，《中華留日學生的示威運動》。

⑤ 《北洋政府外交部》，《二十一日電悉再晤姚飛》，中央研究院近代史研究所檔案館藏，館藏號 03—32—478—01—012。

⑥ 《北洋政府外交部》，《王前外交總長奉派籌辦中俄交涉請轉姚飛迅速回京事》，中央研究院近代史研究所檔案館藏，館藏號 03—32—481—05—006。

已電約伊秘書來館面告"。①

三月三十一日，《申報》載："二十一條二次覆稿，將日本覆文駁覆，并依法律事實，說明該約無存在餘地，仍請查照三月十日照會，全部廢止。張閣以議會重在無效，援美對凡爾賽約，雖經威總統承認，國會不通過，至今不生效力。但民四以後中日各交涉案，根據換文辦理，不下十餘起。政府對否認不能下筆，國會可否認。昨閣議決對人民否認一層嵌文內，應請速予撤廢，并電廖恩燾將前稿照此修正，待電兩京同送（三十日下午一鐘）。"②

四月一日，《申報》載："政府對日第二次照會猶未送出，而旅大租期已屆滿矣。各省致電中央力爭廢換文有七八十通。國務院不閱，捲送無人負責之外部。廖恩燾電京報告，東京空氣極嚴重，而北京態度反冷淡。聞日本方面對於我國提出二次照會，已著手準備種種應付之策矣。據前日京電，二十一條二次覆稿，將日本覆文駁覆，并依法律事實，說明該約無存在餘地，仍請查照三月十日照會，全部廢止。張閣以議會重在無效，援美對凡爾賽約，雖經威總統承認，國會不通過，至今不生效力。但民四以後中日各交涉案，根據換文辦理，不下十餘起。政府對否認不能下筆，國會可否認。昨閣議決對人民否認一層嵌文內，應請速予撤廢，并電廖恩燾將前稿照此修正，待電兩京同送。該項照會仍將為日本所拒絕為意料中事，國人其再接再厲以謀對付之道也。"

五月二日，先生致電北京外交部，告"日前姚飛秘書來館，謂姚飛病勢增劇，乃近日各報紛傳姚飛將與日政府議約，密探確有其事，且後藤已代定旅館，姚飛星期五由熱海遷東京，昨晚歐美局長松平在後藤處攜回姚飛致外務省節略一件，聞系答覆日前由後藤提出三條，一是否注重開議關於承認問題。二對於結束尼港案持何方

---

① 《北洋政府外交部》，《復二十七日電姚飛病難行動已電伊秘書面告》，中央研究院近代史研究所檔案館藏，館藏號 03—32—481—06—021。

② 《申報》，1923 年 3 月 31 日，第 4 版。

針。三有無割讓劃出薩哈連島之意。至答覆内容，尚未探悉。擬俟姚飛抵東京時，遵照鈞部上年九月二日電，先向雙方正式聲明。姚飛應否用文或面告，仍候鈞示”。①

五月五日，北京外交部覆電先生，“日俄如果開議，仍可用文向雙方重行聲明，詳情仍盼隨時密探”。②

五月七日，中國留學生在東京集會紀念國恥日，會後整隊赴中國駐日公使館責難先生。中國駐日公使館官員因此全體聯名向北京外交部電請辭職。③

五月十五日，日本為先生頒發二等瑞寶勳章。④

五月二十二日，報載先生乘新銘號輪船前往天津。⑤

---

① 《北洋政府外交部》，《日俄訂約事》，中央研究院近代史研究所檔案館藏，館藏號03—32—476—02—001。

② 《北洋政府外交部》，《日俄會議事》，中央研究院近代史研究所檔案館藏，館藏號03—32—478—01—011。

③ 中央研究院近代史研究所檔案館：《人名權威檢索系統》，《廖恩燾》。另參見《民國日報》，1923年5月15日，第6版，《留日學生之五七紀念——全體赴公使館逐廖恩燾》。

④ 日本國立公文書館アジア歷史資料センター，《元在本邦支那国公使館一等秘書官廖恩燾敘勳ノ件外二件》：“元在本邦支那國公使館參事官簡任官勳二等瑞寶章勳三等廖恩燾右者去ル大正十一年六月在本邦支那國臨時代理公使トシテ着任以來彼我交際事務上ニ盡力尠カラサルノミナラス 終始彼我ノ交誼ヲシテ鞏固親密ナラシメンコトニ努力致候處今般離任歸國可致趣ニ有之候ニ付テハ此際右功績ヲ御表彰被遊頭書ノ通敘勳被仰出候樣仕度此段謹テ奏ス大正十二年五月十五日外務大臣伯爵内田康哉。”

⑤ 《申報》1923年5月22日，第14版，《船業要訊》：“此次昌興之坎拿大皇后號來滬，有駐亞太樺之中國總領事夫人還國，又有比國財政家德伏氏來滬，又揚子機器公司之總理王康君亦從美國返滬，又今日招商局之新豐輪赴津，本埠有胡礽泰君動身往津，又有廖鳳舒闕少平則乘新銘往津云。”

七月二日，外交部召先生回部辦事。①

一九二四年（民國十三年 甲子）　六十歲

是年，先生在北京出版粵語作品《嬉笑集》和《新粵謳解心》，署名"懺綺盦主人"。②

春，時任廣東全省沙田清理處處長的許崇灝贈送先生之弟廖恩勳書法一幅，內容為明代詩人陳鶴的《夜坐寄朱仲開張鷗江》。③

胞弟廖仲愷為先生《新粵謳解心》題詞，名為《賀新郎·題大兄懺盦主人粵謳解心稿本》。④

一九二五年（民國十四年 乙丑）　六十一歲

是年，先生擔任金陵關監督兼江寧交涉員。

一月十二日，李仙根日記載："晚程譜荃請晚飯，梁季典、廖鳳書、陳興祺在座。"⑤

---

① 沈雲龍主編：《近代中國史資料叢刊》，《外交公報》，第 27—28 期，1923 年 9—10 月，載"部令。署理駐德意志館一等秘書官張允愷署理駐日本使館一等秘書官。廖恩燾均回部辦事。此令。十二年七月二日"。另見中華民國政府官職資料庫：《政府公報》，第 2627 號令，外交部令第 78 號，"署理駐德意志館一等秘書官張允愷署理駐日本使館一等秘書官，廖恩燾均回部辦事，此令，部印，中華民國十二年七月二日。外交次長代理部務沈瑞麟"。

② 《嬉笑集》於 1949 年由廖恩燾在港修訂、重印，其中多有增刪。1970 年有曾清的校正本。1995 年又在澳門印行。《新粵謳解心》由唐紹儀題字，廖仲愷題詞，1977 年重印。其中詞作全部是廖恩燾 1921 年至 1923 年間的作品。2011 年 1 月香港天地圖書有限公司重版，署名廖鳳舒。可參見夏曉虹：《近代外交官廖恩燾詩歌考論》，第 97—98 頁。

③ 翰墨軒/香江博物館藏：《許崇灝寫贈予廖仲愷弟弟廖恩勳的行書五言詩》。

④ 廣東省社科院歷史研究室編：《廖仲愷集》，第 293 頁。

⑤ 王業晉主編，黃健敏、李寧整理：《李仙根日記·詩集》，北京：文物出版社，2006 年，第 74 頁。

一月二十三日，外交部任命先生為金陵關監督兼江寧交涉員。①

二月二十五日，先生到達南京，定日內接任視事。②

三月十二日，孫中山在北京逝世。

三月二十六日，《申報》載："新簡金陵關監督兼江寧交涉員廖恩燾到省多日，原代理監督冒景瑋，因有奧援，不肯交代。刻廖已仿照從前江海關辦法，自刊木質關防，報明部省啟用，即在惠隆飯店暫行辦公。"③

五月八日，《申報》載："鎮關監督問題業已解決，鎮江關都督兼交涉員前曾由張軍長委派程伯容代理，惟當時本係從權辦理，現在軍事業已收束，自應恢復前狀，國會議員沙彥楷等近特代電省公署，謂軍事之初，張軍長委派冒景瑋代理金陵關監督兼江寧交涉員，程伯容代理鎮江關監督兼交涉員，原係一時從權辦理，現今軍事漸次收束，冒代監督已將關務交涉交與廖監督恩燾執行職務，賈監督士毅與廖恩燾，同係中央簡命人員，且在鎮有年，領事稅司暨本埠士紳感情素洽，應請商明張軍長，飭令賈監督回任，以重公務。"④

---

① 沈雲龍主編：《近代中國史資料叢刊》，《外交公報》，第45—46期，1925年3—4月，載 "臨時執政令：外交部呈請將兼江甯交涉員姚煜免去兼職，應照準此令。十四年一月二十三日。見十四年一月二十四日政府公報，臨時執政令。外交部呈請任命廖恩燾兼江寧交涉員應照准此令。十四年一月二十三日。見十四年一月二十四日政府公報"。另見劉壽林、萬仁元、王玉文、孔慶泰編：《民國職官年表》，北京：中華書局，1995年，第251—252頁，"江蘇省軍政民政司法職官年表"。另見《申報》，1925年1月31日，第5版。另見中華民國政府官職資料庫：《政府公報》，第3168號令，"臨時執政令：任命廖恩燾為金陵關監督。此令。中華民國臨時執政印。財政總長李思浩。中華民國十四年一月二十三日。臨時執政令：外交部呈請任命廖恩燾兼江寧交涉員，應照准此令。中華民國臨時執政印。外交總長。中華民國十四年一月二十三日"。

② 《申報》，1925年2月25日，第10版。

③ 《申報》，1925年3月26日，第6版；1925年3月9日，第10版。

④ 《申報》1925年5月8日，第10版。

　　五月，先生參與南京紫金山孫中山墓地籌備事宜。①

　　五月三十日，上海發生"五卅慘案"，引發全國反帝浪潮，史稱
"五卅運動"。

　　六月四日，《申報》載："寧交涉員廖恩燾、蘇實業廳長徐蘭墅
與教育廳長蔣維喬，奉盧宣撫使、鄭省長派令來滬，調查英捕槍殺
學生工人案，早誌本報。茲悉廖徐蔣三君同車抵滬後，皆下榻於靜
安寺路滄州旅社四十三號，昨日（星期三）同乘汽車赴總商會、省
教育會、交涉署、各團體，會晤領袖，詳詢肇事始末及最近情況。
學生會方面，并推代表孫伯池，將三十日與一日被捕被殺情形，向
三君詳細陳述。下午，因二日新世界附近巡捕，曾以機關槍轟擊，
損傷世界飯店及附近店鋪門面，故又驅車前往詳視一週。"②

　　六月五日，《申報》載上海各中等以上學校教職員推選之臨時委
員殷芝齡等到滄州別墅訪晤先生，并提出諸種解決建議，先生"頗

　　　① 《申報》，1925 年 5 月 23 日，第 9 版，《南京紫金山孫墓籌備之進行》：
"南京紫金山孫中山墓地由宋夫人、孫哲生與葬事籌備委員宋子文、林煥庭、主
任幹事楊杏佛等分期前往視察後，旋於四月二十三日由駐滬葬事籌備委員會議
決定以紫金山之中茅山之南坡為陵墓地點，當時即擬向政府方面進行圈撥手續，
惟因韓省長交卸在即，不得不稍延擱。現因新任鄭省長已就職，特由委員會推
定哲生代表家屬，陳佩忍代表委員會，偕同常務委員林煥庭、主任幹事楊杏佛
及馬超俊等於十八日謁鄭省長，並拜訪與墓地有關之地方紳耆仇徠之、孫紹筠
諸君。鄭省長對圈撥墓地，極願盡力促其早成，並謂將請廖交涉員、徐實業廳
長專辦此事。仇徠之、孫紹筠兩君皆為南京義農會之主要職員，因墓地包括該
會林地一部分，亦表示極願得此偉大紀念建築，將來造林事業亦必因此而益進
步云。二十日晚，由葬事籌備委員會假揚子江飯店宴請與墓地有關之地方官紳，
到者為仇徠之（由張曾墅代表）、孫紹筠、徐蘭墅、廖鳳舒、曾孟朴、陳潤甫
諸君等，由姚雨平君作陪。現聞墓地範圍均已商定，一俟測量局將紫金山詳圖
測繪就緒，即將實行圈撥。其中一部分民地將由政府給價收買，以備墓地及紀
念公園之用，孫哲生君等已於二十日晚車回滬矣。"另外，"內務部關於先撥建
墓築路等用地致葬事籌備處函（1925 年 8 月 31 日）"和"徐蘭墅、廖恩燾就圈
用墓地致江蘇省長呈"兩文參見南京市檔案館、中山陵園管理處編：《中山陵
檔案史料選編》，南京：江蘇古籍出版社，1986 年。

　　　② 《申報》，1925 年 6 月 4 日，第 13 版，《省派專員來滬後之調查》。

為容納"。①

六月七日，《申報》載："縣公署昨日之會議，上海縣知事李祖夔、淞滬警察廳長常芝英為公共租界西捕慘殺學生一事，全埠震驚，各界商店一律罷市工，風潮擴大，特於昨日午刻在縣公署設筵會請滬地各官員會商，交涉辦法，計到者教育廳長蔣維喬、江寧交涉員廖恩燾、滬海道尹張壽鏞、上海交涉公署代表楊念祖、第一軍參議李伯仁、縣商會會長姚曾綏等，並無議案，僅席間口頭討論。"②

六月八日，《申報》載先生等人乘車至上海總商會拜訪虞洽卿、方椒伯兩位正副會長，咨詢有關"五卅慘案"事宜。③

六月十五日，《申報》載："此次省派之南京交涉使廖恩燾來滬調查慘案，昨以南京別有要公，急待辦理，故特於昨夜附滬寧車遄返云。"④

六月十九日，省港大罷工爆發。

七月三十一日，南京下關英商和記洋行勞資雙方發生衝突，英艦登岸槍傷華人，造成南京和記慘案。

八月一日，先生致電執政府外交部報告情況。二日，外交部復電要求切實調查續報。三日，先生報告與英總領事交涉情況及警廳的匯報。五日，外交部復電先生稱英國使館所得報告與其詳略不同，要求查究竟英兵是否開槍傷人以及當時實在情形。六日，先生答復英兵實無開槍，學生散佈傳單所言均非事實。⑤

八月八日，天津《益世報》專門報道《寧學界質問廖恩燾》一

① 《申報》，1925年6月5日，第10版，《殷芝齡等與省特派員之談話》。
② 《申報》，1925年6月7日，第14版，《縣署消息》。
③ 《申報》，1925年6月8日，第13版，《關於交涉之消息》。
④ 《申報》，1925年6月15日，第9版，《廖交涉員返寧》。
⑤ 上海《時報》和《申報》在1925年8月上旬對南京和記慘案均有詳細報導。中國第二歷史檔案館編：《五卅運動與省港罷工》，南京：江蘇古籍出版社，1985年，第169—174頁，《執政府外交部為英水兵槍傷和記工人與廖恩燾來往電（1925年8月1—6日）》。

文，報載南京後援會對先生處理和記慘案前後態度不一的情況提出質疑。①

八月二十日上午九時五十分，胞弟廖仲愷為參加國民黨中央執行委員會例會，抵達中央黨部，在門口遇刺身亡。

八月二十日，外交部任命先生五子廖承鎏署理駐古巴秘書官三等秘書官兼理駐古巴副領事事務。②

十二月三日，外交部派先生代辦駐智利使事。③

十二月十六日，臨時執政段祺瑞指令："呈悉。曹雲祥、陳慶龢、魏文彬、廖恩燾、龔安慶、余祐蕃鈞準以全權公使存記。此令。（外交總長沈瑞麟呈前本部參事曹雲祥等於國際事務夙精研究，擬請準以全權公使存記由）十四年十二月十六日，見十四年十二月十七日《政府公報》。"④

一九二六年（民國十五年 丙寅）　六十二歲

一月二十七日，北京外交部擬升先生為古巴公使。一月二十九日，外交部議廖恩燾擔任古巴公使一事不變更。⑤

---

① 《益世報》，1925 年 8 月 8 日，第 3 版。

② 中華民國政府官職資料庫：《政府公報》，外交部令第 197、198 號，"駐古巴使館二等秘書官派張國輝署理，三等秘書官派廖承鎏署理。此令。派張國輝兼理駐古巴總領事事務廖承鎏署理駐古巴副領事事務。此令。部印。中華民國十四年八月二十日。外交總長沈瑞麟"。

③ 中華民國政府官職資料庫：《政府公報》，第 3479 號令，外交部令第 285 號，"派廖恩燾代辦駐智利使事。此令。部印。中華民國十四年十二月三日。外交總長沈瑞麟"。

④ 外交部情報局編輯：《外交公報》，1925 年，第 56 期，獎敘令（供六件，呈一件）。

⑤ 《申報》，1926 年 1 月 29 日，第 4 版，載"北京外部擬將曾宗鑒任為智利公使，先不到任，留任次長館務，派王天木代辦。又擬任王廷璋為葡萄牙公使，施紹常為秘魯公使，前任智利代辦廖恩燾升任古巴公使，原任古巴公使刁作謙則開缺即提閣議"。《申報》，1926 年 1 月 31 日，第 5 版。

二月六日，外交部議決簡任先生為駐古巴特命全權公使。① 二月十四日，先生被正式任命為駐古巴全權公使。②

三月六日，先生攜夫人廖邱氏及秘書一人抵達上海，寄寓靜安寺路滄州別墅。③

三月十三日，《北華捷報》報導先生寄寓上海，準備赴古巴任職一事。④

---

① 《順天時報》，1926 年 2 月 7 日，《昨日閣議又修正新庫券條例，議決廖恩燾使古巴施紹常使秘魯》。

② 沈雲龍主編：《近代中國史資料叢刊》，《外交公報》，第 57—58 期，1926 年 3—4 月，載 "臨時執政令。外交總長王正廷呈駐古巴國兼駐巴拿馬國特命全權公使刁作謙懇請辭職刁作謙准免本兼各職此令。十五年二月十四日。見十五年二月十八日政府公報。臨時執政令。任命廖恩燾為駐古巴國特命全權公使此令。十五年二月十四日。見十五年二月十八日政府公報"。另見中華民國政府官職資料庫：《政府公報》，第 3540 號令，"臨時執政令。外交總長王正廷呈駐古巴國兼駐巴拿馬國特命全權公使刁作謙懇請辭職刁作謙准免本兼各職。此令。中華民國臨時執政印。國務總理許世英。外交總長王正延。中華民國十五年二月十四日。臨時執政令。任命廖恩燾為駐古巴國特命全權公使。此令。中華民國臨時執政印。國務總理許世英。外交總長王正延。中華民國十五年二月十四日"。另外，廖恩燾與刁作謙交接事宜，參見國家圖書館藏歷史檔案文獻叢刊編委會：《外交部收發電稿》，北京：全國圖書館文獻縮微複製中心，2008 年。

③ 《申報》，1926 年 3 月 7 日，第 14 版，《派駐古巴廖公使到滬，十八號放洋赴美》："北京政府派駐南美古巴國公使廖恩燾由津乘船南來，已於昨午到滬，同行者為其夫人及秘書一人，寄寓靜安寺路滄洲別墅。廖氏曾任古巴總領事有年，駕輕就熟，或能有裨華僑也。聞已向大來洋行購定惠爾遜總統號客位，准定十八日放洋，俟到三藩市後，再過巴拿馬運河，赴古巴履新。此次南京紫金山舉行孫中山先生陵墓奠基禮，廖使夫婦聞將偕往參與云。"

④ *The North-China Herald*, Mar. 13th, 1926, p. 470, "MR. Liao En-siu, who has been promoted to the post of Chinese Minister to Cuba, has arrived here with Mrs. Liao and their children, a son and two daughters, and they are staying at the Burlington Hotel. Mr. Liao, who is considered to be one of the ablest of modern Chinese diplomats, is a man in his forties. He is a capable linguist speaking not only English and Spanish, but a number of other European languages as well. After attending the observances for the first anniversary of the death of the-late Dr. Sun Yat – sen, Mr. Liao will leave for Cuba, via America, by one of the President boats in about a fortnight's time."

三月十四日，旅滬惠州同鄉會宴請先生及其夫人，席上，百餘名惠州同鄉推舉先生為名譽會長，先生答詞，略謂："同鄉會為敦睦鄉誼，講求互助而設，用意甚善。古人云，同聲相應，同氣相求，實饒有深意。既屬同鄉，則聲應氣求之感益切也。要在各人有熱心毅力宏願，共策會務進行。鄙人此次遠行，經過各埠，極力勸導海外同鄉捐款，建築會館、創辦學校等舉，俾早日觀成，務必有以副同鄉諸君之期望。"①

三月十八日上午九時，先生登威爾遜總統號郵船赴古巴任職。②

四月二日，《申報》載三月中下旬，廣州小北門外飛來廟製彈廠工人對該廠主任廖恩勳發生迎拒問題。反廖工人要求該廠永遠隸屬兵工廠，不得變為獨立機關，而擁廖者支持該廠直隸軍事軍委會。③

七月，廣州革命政府在廣州東較場誓師北伐。

十一月十五日，上海惠州同鄉會致函先生，感謝其為籌建惠州會館一事提供幫助。④

---

① 《申報》，1926 年 3 月 16 日，第 14 版。

② 《申報》，1926 年 3 月 19 日，第 14 版，《廖恩燾昨日放洋》："新任古巴公使廖恩燾，來滬寓滄州飯店，摒擋各事，業已完竣，於昨日上午九時，由新關碼頭乘特別小輪，登傑克遜總統號郵船放洋，赴古巴任所。聞尚有曹汝霖之兩女，亦與廖氏同船，赴美留學。"

③ 《申報》，1926 年 4 月 2 日，第 9 版，《廣州製彈廠之罷工潮》。

④ 《申報》，1926 年 11 月 19 日，第 10 版，《惠州同鄉會致廖恩燾函》："惠州同鄉會致廖恩燾公使書云，鳳舒公使鄉先生勳鑒，敬肅者，（上略）航海鄉友加入本會者，愈形踴躍，現計會員總數已達千名，會務發展，有一日千里之觀，此可為告慰者一也。籌建會館，本會確定計劃前，承雅意勖勉，經向海內外同鄉募捐，積極進行，其中航海鄉友及南洋群島，均各捐款數千金，香港並惠屬認捐，亦復稱是，夫以短期時日，成績如此，若假以期年，鉅款無難，募集會館必可觀成，此可告慰者二也。最近會務統計，本年介紹鄉友職業百人有奇，保學各校肄業者五十餘名，代辦護照出洋者三千餘張，此外贈藥、賑災、恤貧諸義舉，亦盡力以赴，不敢後人，故旅滬同鄉有各得其所之樂，無投閑失業之憂，此可為告慰者三也。邇來外交多事，內戰頻仍，本會隨各團體之後，盡國民之責，呼號奔走，不敢告勞，雖和平曙光尚未實現，而比約失效，則明令已頒，是努力奮鬥之結果，深得各方之同情。而本會在滬所居之地位，益為社會所推崇，此可為告慰者四也。凡此諸端，非同人棉力所逮，實賴我公宣導之功，仍望本敬恭之義，宏慷慨之德，鼎力募捐，將伯助我，他日大業完成，同沾福利，溯厥由來，皆拜我公之賜矣。臨穎拳拳，曷勝繾綣，肅此布臆，惟希愛照不宣，旅滬惠州同鄉會敬啟。十一月十五日。"

十一月十六日，廣州當局委任廖恩勳等十人為整頓兵器製造廠委員。①

十一月二十二日，《申報》載先生任旅滬惠州同鄉會名譽會長後，極力鼓勵海外華僑捐款。②

一九二七年（民國十六年 丁卯）　六十三歲

是年，先生繼續擔任駐古巴全權特使。③

三月三十日，天津《北洋畫報》首版刊出先生十女廖承芝個人照。④

四月十八日，南京國民政府成立。

五月四日，天津《北洋畫報》首版刊出先生九女廖承荔與友人的合影。⑤

是年，英國駐古巴領事匯報中國駐古巴公使廖恩燾的個人及家

---

① 《申報》，1926 年 11 月 16 日，第 5 版。

② 《申報》，1926 年 11 月 22 日，第 11 版，《惠州同鄉會在美募捐紀》："惠州同鄉會為旅滬惠屬士女及客籍同鄉之合作機關，自名譽會長廖恩燾公使宣導籌建會館以來，海內外同鄉捐款贊助者異常踴躍，大有登高一呼萬山響應之勢。其在美洲募捐代表，金山大埠則有張木、沈庚、蘇漢如三君。二埠有陳祝鈞君。紐約有張富、曾木、曾方三君，非史挪有謝才、林甲兩君。統計各埠捐款有三千多圓，特托他輔船執事廖譚、易佩文兩君回滬報告，瀕行時，各埠鄉友殷殷送行，依依不捨，並誦"舉頭望明月，低頭思故鄉"之句，並以敬恭桑梓、愛護鄉國之意，望轉致滬上同鄉，好自為之，彼等謹當充分接濟，達到建築會館目的云云。現他輔船抵滬，廖、易兩君親赴乍浦路安□里四七五號該會接洽矣。"

③ 錢實甫編著、黃清根整理：《北洋政府職官年表》，第 194 頁。

④ 《北洋畫報》，1927 年 3 月 30 日，第 74 號。

⑤ 《北洋畫報》，1927 年 5 月 4 日，第 84 號。

庭情況。①

一九二八年（民國十七年 戊辰）　六十四歲

是年，先生仍擔任駐古巴兼巴拿馬全權特使。②

十二月二十九日，張學良在奉天宣佈東北易幟，接受南京國民政府領導。

一九二九年（民國十八年 己巳）　六十五歲

三月二十三日，先生致電外交部稱古巴政府允將駐華使館遷往南京。③

---

① 英國外交部檔案，FO 420/273, Confidential Print: Latin America, 1833—1969, South and Central America: Further Correspondence (Folder 18), 1927, Jan. —June, pp. 128—129, "Mr. Liao Ngantow arrived here as Minister last may. He knows Cuba well, having been here twice before, first as consul at Camaguey and later in Havana. He got into trouble previously, I understand, through using his official privileges for trading purposes and had to leave. He is well over 60 and expects, he tells me, to retire next May. I think he has a good deal of money, but is not a man of much personality and, unlike his predecessor, he is seldom seen. His wife was educated in the States and speaks English perfectly. She has a good many friends in the American colony here, and socially is very agreeable and exceedingly friendly to us. Her daughters have an English governess."

② 錢實甫編著、黃清根整理：《北洋政府職官年表》，第 194 頁。

③ 《申報》，1929 年 3 月 23 日，第 8 版，《古巴使館即將南遷》：（南京）外部昨接廖恩燾電，古巴政府允即將使館遷往南京，並電知該國駐平代辦，先行結束南下。其駐使則定四月初旬啟程赴滬，總理奉安典禮，若公使未到，即由代辦攝行。所贈樹秧，徑由古巴運華。（二十三日）

四月，國民政府派先生參加五月二十日古巴總統就職儀式並致賀。①

六月二十六日，國民政府派先生為答謝古巴專使。②

六月，國民政府駐美國舊金山副領事高瑛，因販賣巨量煙土被美國海關查獲，在國民政府要求下，高瑛及廖恩燾女兒廖承蘇被引渡回國受審。此事經過江寧地方法院、江蘇高等法院和最高法院從1929年到1931年間多次審理，廖承蘇最終被判徒刑四年，罰款四千元（後減刑至兩年），被羈押在蘇州司前街江蘇第二監獄。1933年1月5日，廖承蘇刑滿釋放，離開蘇州返回廣東原籍。

---

① 《申報》，1929年3月28日，第10版，《國府派員賀古巴總統就職》："國府外交部前接駐華古巴使館照會，內開為照會事。查本年五月二十日為敝國大總統在古巴京都就任之期，如承貴政府遣派專使參與，則敝國政府甚為欣感，蓋古巴現任大總統馬沙多將軍，以一介國民，受古巴各政黨全體推戴，於此次大選時，獲大多數選票，泰然得保極峰地位，蟬聯新任，任限六年。馬將軍素持國家主義，施政行事，隨地流露。當中華國民政府成立伊始，宣佈改造原則之時，世界列強對於新政府前途，猶存觀望，馬將軍並未與任何列強交換意見，即毅然提交國務會議，正式承認國民政府，非具有政治遠識者，謂能如是歟，貴我兩國政府向來幸有之睦誼，以及兩大民國國民多年之摯交，均足使本代辦希冀貴國政府對於本代辦之願望，惠加重視，遣派專使，參與五月二十日古巴總統就任大典，須至照會者等由到部，當由王正廷外長轉呈國府蔣主席鑒核，蔣閱悉後，即於昨日致書古巴總統奉賀，並派駐古特命全權公使廖恩燾，代表國府參與古巴總統受職大典，茲將蔣主席致馬總統書原文錄下：大中華民國國民政府主席蔣中正謹致書於大古巴民國大總統馬沙多將軍閣下，茲值貴大總統再當大選，繼主中樞，所有本主席景仰之意，及願中古向有睦誼益臻親善之熱忱，亟思借此表示，乃命廖恩燾代表中華民國國民政府，以特命全權公使資格參與本年五月二十日貴大總統在古京受職大典，該使才具素所深悉，榮膺使命，定能勝任愉快，尚冀推誠相與，信任有加，貴大總統信孚全國，擁戴久而不替，關於本主席慶賀之誠及欽佩之意，該使當均能曲為陳述，並囑其代表本主席及中華國民，奉祝古巴民國國運熾昌，暨貴大總統政躬納福，統希垂鑒。"

② 中華民國政府官職資料庫：《國民政府公報》，第202號令，"國民政府令。十八年六月二十六日。派廖恩燾為答謝古巴國事專使。此令"。另見《申報》，1929年6月28日，第9版。

十月三日，外交部著令先生回國。①

十一月六日，報載"駐古巴公使廖恩燾，奉外部電令回國，日內可抵滬。高瑛妻之高廖承蘇，即廖恩燾之女，所遺古巴公使一職，聞擬以凌冰繼任"。②

十一月八日，國民政府決議"駐古巴特命全權公使廖恩燾著即免職，遺缺任命凌冰繼任"。③

十一月十一日，國民政府任命凌冰為駐古巴全權公使，免去廖恩燾"古巴國特命全權公使"職務。④

十一月十二日，天津《益世報》刊載《高瑛之自白，孫垣希望判決無罪，廖恩燾已免職歸國》。高瑛在自白中提到："古巴公使廖恩燾雖為予妻之父，并聞已奉令免職回國，但予深信與本案無關。"⑤

十二月十三日，《申報》載："外部昨呈行政院，轉呈國府，請頒發古巴公使凌冰赴任國書，及前任公使廖恩燾辭任國書，請用國璽頒發。（十二日專電）"⑥

---

① 中國第二歷史檔案館編：《南京國民政府外交部公報》，南京：江蘇古籍出版社，1990年，第6冊，1929年9—12月，載"外交部部令：部字第八四五號，駐古巴特命全權公使廖恩燾著回國。此令。民國十八年十月三日。外交部部長王正廷。國民政府令：十八年十一月十一日，任命凌冰為中華民國駐古巴國特命全權公使。此令。駐古巴國特命全權公使廖恩燾著即免職。此令"。

② 《申報》，1929年11月6日，第7版。

③ 《申報》，1929年11月9日，第10版。

④ 中華民國政府官職資料庫：《國民政府公報》，第318號令，"國民政府令：十八年十一月十一日，任命凌冰為中華民國駐古巴國特命全權公使。此令。駐古巴國特命全權公使廖恩燾著即免職，此令"。另見《申報》，1929年11月12日，第4版。

⑤ 《益世報》，1929年11月12日。

⑥ 《申報》，1929年12月13日，第7版，《首都紀聞》。

一九三〇年（民國十九年 庚午）　六十六歲

是年，先生旅居海外。

一九三一年（民國二十年 辛未）　六十七歲

一月六日（陰曆庚午年十二月初七小寒），先生六十六歲初度。十六日先生作生日詞《柳梢青》聊以自況。①

六月二十八日，廖恩勳等人擔任"兩路被難員工追悼大會"祭官。②

八月二十日，先生搭乘輪船抵達吳淞。二十九日攜 1926 年至 1931 年間所寫百首詞向詞家朱祖謀"親詣就正"。③

九月，日軍在瀋陽發動"九一八事變"，不久東北淪陷。

年末，先生與胡漢民在上海相會，胡漢民贈《答懺盦見和十二疊惻韻》："十二年前事，回頭盡可憶。海上又逢君，相對惟太息。君去海之南，我行塞以北。寶玉歸神奸，孰惠此中國。討賊幸功成，鬩牆復憂迫。至道何嘗遠，論思咫有尺，細冀曲學袪，大欲橫流塞。國步已艱難，天步諒悱惻。"④

十二月三十日（陰曆十一月二十二日），朱祖謀歿於上海寓廬，年七十五。

一九三二年（民國二十一年 壬申）　六十八歲

是年，先生出版《懺盦詞》。

---

① 廖恩燾：《懺盦詞》，第 7 卷，1932 年。
② 《申報》，1932 年 6 月 28 日，第 13 版，《兩路被難員工（下午行紀念碑奠基禮）》。
③ *The China Press*，Aug. 22nd，1931，p. 16；廖恩燾：《懺盦詞》，自序。
④ 胡漢民：《不匱室詩抄》，第 4 卷，1936 年。

一月五日，先生九女廖承荔與錢乃文在上海舉行婚禮。①二十八日，日軍侵犯上海閘北，史稱"一·二八淞滬事變"。

二月十五日，鐵道部派廖恩勳為京滬杭甬鐵路管理局材料處處長。②

七月十七日，陳洵致函龍沐勛言朱祖謀遺書捐刻事，談及先生曰："前日晤廖鳳書云日將來滬，百圓助款由彼自交。"③

一九三三年（民國二十二年 癸酉） 六十九歲

是年，先生參加南京青溪詩社。④

一月九日，鐵道部免去廖恩勳職務。⑤

一月十五日，陳洵致函龍沐勛為《彊村遺書》捐款助刻，函中言及先生："洵助刻書費二百圓寄上。廖君云明春北遊到滬親交，洵不便再作何語。"⑥

四月二十五日，先生被任命為外交部條約委員會委員。⑦

是夏，林鐵尊與冒鶴亭晤先生，同游後湖。⑧

八月，冒鶴亭為先生書扇一把，附致《修建白香山墓啟事》。⑨

---

① *The China Press*, Jan. 6th, 1932, p. 14.

② 《鐵道公報》，1932 年，第 247 期。

③ 張暉：《龍榆生先生年譜》，上海：學林出版社，2001 年，第 40 頁。

④ 南江濤選編：《清末民國舊體詩詞結社文集彙編》，第 12 冊，北京：國家圖書館出版社，2013 年，《青溪詩社詩抄第一輯》（關廣麟編輯，民國二十五年 1936 年仿古書局鉛印本）。

⑤ 《鐵道公報》，1933 年，第 451 期。

⑥ 張暉：《龍榆生先生年譜》，第 44 頁。

⑦ 中國第二歷史檔案館編：《南京國民政府外交部公報》，第 15 冊，1933 年 1—6 月，載"第一三八號：派廖恩燾為本部條約委員會委員月支薪俸三百元。此令。四月二十五日"。

⑧ 冒懷蘇編著：《冒鶴亭先生年譜》，上海：學林出版社，1998 年，第 336 頁。

⑨ 冒懷蘇編著：《冒鶴亭先生年譜》，第 341 頁。

一九三四年（民國二十三年 甲戌）　七十歲

三月十四日，先生受外交部嘉獎。①

四月，冒鶴亭以先生《懺盦詞》稿本送陳石遺評定，後以稿本還先生。②

六月六日，外交部派廖恩燾代理駐菲律賓馬尼拉總領事。③

六月二十二日，先生辭去不就，外部改委派鄧宗瀛任馬尼拉總領事。④

六月二十三日，外部任命廖恩燾為條約委員會委員。⑤

九月，詞界同人招集玄武湖修禊，先生作《甲戌禊集玄武湖分韻得義字鶴亭約紅豆館主度昆曲一座為之黯然因賦》。⑥

---

① 中國第二歷史檔案館編：《南京國民政府外交部公報》，第 17 冊，1934 年 1—4 月，載 "第一九八至二八一號：條約委員會專門委員徐養秋，方文政，委員陶樹模……廖恩燾……應予嘉獎。此令。三月十四日"。

② 冒懷蘇編著：《冒鶴亭先生年譜》，第 354 頁。

③ 中國第二歷史檔案館編：《南京國民政府外交部公報》，第 18 冊，1934 年 5—6 月，載 "第四〇一號：派廖恩燾代理駐馬尼剌總領事，並以公使待遇。此令。六月六日"。

④ 中國第二歷史檔案館編：《南京國民政府外交部公報》，第 18 冊，1934 年 5—6 月，載 "第四一八號：派鄧宗瀛代理駐馬尼剌總領事，並以公使待遇。此令。六月廿二日"。《申報》，1934 年 6 月 19 日，第 5 版："（南京）外部調駐馬尼剌總領事鄺光林回部，另派廖恩燾繼任。（十八日中央社電）"

⑤ 中國第二歷史檔案館編：《南京國民政府外交部公報》，第 18 冊，1934 年 5—6 月，載 "第四二五號：派廖恩燾為本部條約委員會委員，月支俸三百元。此令。六月廿三日"；又《申報》，1934 年 6 月 24 日，第 6 版，"外部更調駐馬尼剌總領"："（南京）廖恩燾辭駐馬尼剌總領事，外部已照準，任廖為條約委員會委員，別派該部簡任秘書鄧宗瀛為駐馬尼剌總領，以公使待遇並調譚紹華為秘書。（二十三日中央社電）"

⑥ 冒懷蘇編著：《冒鶴亭先生年譜》，第 364 頁。

十一月六日，先生在外交部委員會一職加薪。①

十一月二十三日至十二月初，時任外交部交際科秘書的廖承鑒負責接待尼加拉瓜副總統一行。②

十二月二十七日，吳梅日記記錄"林鐵耕來，約明午同往廖宅吃午飯，且云廖亦工詞，古微所激賞者"。③

十二月二十八日，吳梅在日記中寫道："應林鐵耕之約，往江蘇路赤壁路九號廖宅午飯，覓良久方到。廖名恩燾，字鳳書，即仲愷之兄，亦喜詞，刻有《懺盒詞》，皆丙寅至辛未出使古巴時作，雖分八卷，實止一小冊也。卷首朱古丈評語，有'江山文藻，助其縱橫，幾為倚聲家別開世界'之語，泂然。第細讀一過，殊少真性情，與周岸登《蜀雅》同病，惟七十老翁，撝謙自下，囑余評騭，似不可卻矣。是日同座有莊通、伯唐，企林為舊日老友。"④

一九三五年（民國二十四年 乙亥）　七十一歲

是年，先生在南京參加如社。

一月，《詞學季刊》刊載先生詞作《水調歌頭·東坡樂府題詞即用坡韻》，并注明："廖恩燾，字鳳書，號懺盒，廣東惠陽人，有《懺盒詞》八卷已刊。"

三月，《上海市通志館期刊》載《上海的中外合辦銀行》（郭孝先）一文中述及先生，謂："上海的中外合辦銀行，除上述六類以外（筆者注：此處指中國商人與俄國、日本、法國、美國、意大利、挪

---

① 中國第二歷史檔案館編：《南京國民政府外交部公報》，第 21 冊，1934 年 11—12 月，載"條約委員會委員廖恩燾應晉支月俸四百元。此令。十一月六日"。

② 《申報》，1934 年 11 月 24 日，第 4 版；1934 年 11 月 25 日，第 7 版；1934 年 11 月 29 日，第 3 版；1934 年 12 月 2 日，第 3 版。

③ 吳梅：《吳梅全集》，石家莊：河北教育出版社，2002 年，日記卷（下），《瞿安日記》，第 509 頁。

④ 吳梅：《吳梅全集》，《瞿安日記》，第 510 頁。

威等六國商人合辦的銀行），尚有一中英及英屬加拿大合辦的匯通銀行，籌備于一九二二年（民國十一年）十二月間，係汪大燮、張蔭棠、徐輔洲、李銘、吳鼎新、陳譜韶、林爾茂、朱兆莘、錢永銘、陶新如、李燮南、廖恩燾、林爾準、馮慶桂及福祿善（C. W. Frodsham）等發起，定資額國幣一千萬元，計十萬股，每股一百元，收足四分之一，即行開辦，并由財政部特准立案。設籌備處於北京西總布胡同，以汪大燮為主任；上海籌備處設於海格路，以林爾茂為主任，但以後該行有否開辦，及上（海）有否該分行之設立，均不可考。姑錄之以待日後再行補正。"①

三月九日，先生參加的如社第一次社集。吳梅日記載："余應鐵尊召，至美麗川菜館，為詞社第一集也。到者列下，以齒為序。廖恩燾：字鳳書，廣東惠州人，年七十一。林昆翔：字鐵尊，浙江吳興人，年六十五。石淩漢：字雲軒，又字弢素，安徽婺源人，年六十五。仇垺：字亮卿，江蘇江寧人，年六十三。沈士遠：以字行，浙江吳興人，年五十四。陳世宜：字匪石，江蘇江寧人，年五十二。吳梅：字瞿安，又字霜崖，江蘇吳縣人，年五十二。汪東：字旭初，江蘇吳縣人，年四十六。喬曾劬：字大壯，四川□□人，年四十四。唐圭璋：以字行，江蘇江寧人，年三十八。"三月十日載："昨社集議定，月舉一集，集必交卷，由值課者匯錄成帙，分贈同人。此次題為《傾杯》，依耆卿'木落霜洲'一首格。"②

四月二十一日，吳梅日記載："飯後林鐵尊來，為詞社第二期事，知廖鳳書尚未回京，社集須略緩矣。"③

六月十八日，《申報》載廖仲愷靈櫬於十七日運抵上海，十八日舉行公祭後，即行運送首都，舉行國葬。該報同時介紹靈櫬抵滬情

---

① 《上海市通志館期刊》，1935 年 3 月，第 8 期。原載《新聞報》，1922 年 12 月 24 日，《日中英加拿大匯通銀行通告第一號》。

② 吳梅：《吳梅全集》，《瞿安日記》，第 536—537 頁。

③ 吳梅：《吳梅全集》，《瞿安日記》，第 555 頁。

形："此次中央派赴廣東迎櫬專員許崇清氏，於本月五日抵粵，當與粵當局及廖先烈眷屬接洽運櫬手續就緒後，即於十三日，由粵起程運送來滬，同行者有廖夫人何香凝女士、廖先烈介弟廖恩勳，暨廖夫人隨從秘書張定一及女傭等四人。"①

六月十九日，《申報》載上海各界人士於十八日隆重舉行公祭廖仲愷先烈的活動，何香凝、廖恩勳等親屬在旁答禮。十九日晨，靈櫬離滬運往南京，迎櫬專員陳樹人、許崇清、何香凝、廖恩勳等人隨車晉京。②

六月二十日，如社在南京夫子廟老萬全第四次社集，吳梅日記載："又應如社之約，往夫子廟老萬全，則鐵尊、仲堅、淩漢、伯匋及主人大壯、圭璋、匪石後至。亮卿以家人有恙，鳳書有他約，皆未至。八人一席，甚適。"③

十一月二十八日，吳梅日記載："閱廖鳳書《懺盦詞》，誤書余名為胡霜奎，往返琴尊，約有四五次，乃胡、吳以音誤，奎、崖以形訛，可知此老憒憒矣。刻工為姜毓麟，當囑其改正也。"④

一九三六年（民國二十五年 丙子）　七十二歲

年初，先生由滬回粵，會晤陳洵，兩人一見如故。⑤

一月，龍榆生《東坡樂府箋》由商務印書館出版，線裝二冊。前有夏敬觀、葉恭綽、夏承燾序，朱祖謀逝世前的署簽。此書出版

---

① 《申報》，1935 年 6 月 18 日，第 9 版，《廖先烈靈櫬昨運抵滬，中央代表等到埠迎接，今晨公祭後，運京國葬》。

② 《申報》，1935 年 6 月 19 日，第 9 版，《滬各界昨公祭廖先烈，吳市長主祭，參加者二千餘人，祭畢掛車離滬，下午二時到京》。

③ 吳梅：《吳梅全集》，《瞿安日記》，第 575 頁。

④ 吳梅：《吳梅全集》，《瞿安日記》，第 650 頁。

⑤ 王韶生：《紀香港兩大詞人》，《崇基學報》，第 3 卷第 2 期，1964 年，第 110 頁。

前先生為題詞。①

三月，《鐵路學院月刊》第 32 期刊登關賡麟署名"穎人"的《齊天樂·壽廖鳳書夫婦七十》，詞云："十洲歸載詩才富，吟懷懺後猶綺。筆有珠光，人如鵲健，不信稀齡能此？周情柳思，把粵調新謳，換成宮征。偶憩雙鸞，恰宜歌舞六朝地。詞仙坊宅不遠，小樓高臥處，塵世遊戲，掃葉秋涼，鳴雞埭古，寫盡蠻箋千紙。春濃臘蟻，看兒女擎觴。彩衣歡侍，三日年光，正梅花送喜。"

三月十八日，吳梅日記載："下午應如社課題，作《倚風嬌近》，寄同人。此調僅見草窗詞，拾遺所載張少峰說，鄙見當兩從之。已見初十日記中，遷延至今，方托稿云……得廖鳳書此作，不以玉韻為是，此各人見解不同，無妨也。但詞不甚佳。今錄下，《前調·倦鶴自滬寄示〈泛清波〉詞因拈此調率贈》：'行篋新詞，麗情歌滿江左，萬花喧海樓中坐。笙壁語丹螭，柳陌囀黃鸝，憶得當時雨臥，長淮燈舸。應喚春嬌，妝閣眉峰低鎖，吹徹銀簫遙和，夢綺霞光翠瀾沱。杯飛墮，鳳雲正掠紗窗過。'（廖恩濤）塗金錯采，不知於意云何，此學夢窗而得其晦澀者也。"②

三月三十一日，《詞學季刊》有《嶺南詞家新刊詞集之介紹》謂："惠陽廖鳳書先生（恩燾），鶴山易大盦居士（孺），並以詞名當世，為嶺南詞學專家。廖先生詞，原有排印本，惟斷自辛未夏秋間。茲更取舊本重加刪訂，為《懺盦詞》八卷，益以辛未歸國後作為《懺盦詞續稿》二卷鏤版行世，頃已出書。（廖先生現官外交部）廖先生曩曾出使古巴，久居海外，以辛、吳之詞筆，寫絕域之風光。彊村老人稱其'胎息夢窗，潛氣內轉，專於順逆伸縮處求索消息，故非貌似七寶樓臺者所可同年而語。至其驚采奇豔，則又得於尋常聽覩之外，江山文藻，助其縱橫，幾為倚聲家別開世界'云云，其

---

① 張暉：《龍榆生先生年譜》，第 68 頁。
② 吳梅：《吳梅全集》，《瞿安日記》，第 691 頁。

聲價可想矣。"①

五月十二日，先生好友胡漢民逝於廣州，年五十八。

六七月間，冒鶴亭離開廣州回南京後與先生重晤。②

六月十四日，如社社集。吳梅日記載："乃至廖鳳書青雲巷居，舉行如社。新社員有楊君聖襃，能飲，為鐵尊同鄉。廖氏酒肴皆精，余亦暢飲。此次合十二、十三兩集，十二集題《訴衷情》、《女冠子》，十三集題為《碧牡丹》，三時席散。余方返寓，而旭初驅車接我去，急往，知太炎先生已於今晨逝世。"③

七月二十九日，國民政府任命廖承鎏為駐巴西公使館二等秘書。④

九月二十日，如社社集。吳梅日記載："晚至萬全，是如社詞集，到亮卿、彀素、匪石、大壯、伯匋、木安及余，值課者為唐圭璋、蔡嵩雲也。社題為《夢揚州》。圭璋言社刊已成，共一百四十七元，十二人分攤，每人十四元半，可取三十五部，餘多則分贈課外人。課外人者，僅作社課，不入雅集者也。此法極是。"⑤

九月二十五日，先生致函龍榆生托求夏敬觀作序，曰："榆生我兄詞長吟席：前得惠書，適又病入中央醫院一星期，出院病體雖瘥，然氣體精神尚未復元，故懶握筆作答，故人當能見原也。拙詞再續稿刪完後，擬於本年冬杪再付剞劂。其署檢請兄代求夏映盦先生手筆，其尺寸與弟初集同。懇裁定紙樣交去為托。兄能作一短敘言更感。精衛先生已起程，想秋杪可到寧矣。何日台駕來此，望示一音，

① 《詞學季刊》，1936年3月31日，第3卷第1號。

② 冒懷蘇編著：《冒鶴亭先生年譜》，第397頁。

③ 吳梅：《吳梅全集》，《瞿安日記》，第735頁。

④ 中華民國政府官職資料庫：《國民政府公報》，第2113號令，"國民政府令。二十五年七月二十九日。行政院院長蔣中正呈，據外交部部長張群呈，請任命廖承鎏為駐巴西公使館二等秘書，丁振武為駐孟買副領事，應照准。此令。主席林森。行政院院長蔣中正。外交部部長張群"。

⑤ 吳梅：《吳梅全集》，《瞿安日記》，第782頁。

俾圖暢敘。此頌吟祺，不盡所言！小弟燾頓首，九月廿五日。"①

九月二十九日，先生致函龍榆生，曰："榆生詞長兄大鑒：頃讀手書，慰藉無似。粵方吾兄不去亦好，俟海濱回，如渠來京，弟再與面商，另行設法，或較現局為佳。弟昨已去信小婿志澄，將此意告知。如海濱到粵，囑志澄先對其言之，或志澄管理下有中學校校長，月薪在三百元以上，可兼一事更佳。日前報章謂汪公與戴或鄒同行回國，嗣後又不見提及，據訪聞則汪子彈尚未取出，應俟取出後始能歸也。拙稿即名《懺盦詞再續稿》，因原集均以稿命名，故取一律。署檢即云'懺盦詞再續稿'，不必云'集'也。此稿存上海德鄰公寓三百六十八號鄭雪菴處，因大盦取閱，故托鄭代送去。今已函托鄭君向大盦處取回，轉送兄處。閱畢三五日可仍飭人送回鄭君，（有可改寫處，請大匠加以斧斤，尤感。）因節後鄭君來寧，可帶來交還與弟耳。匆匆不盡所懷。即頌節禧！弟燾頓首。中秋前一日。"②

十一月八日，如社社集。吳梅日記載："余即至萬全，應詞社之約，晤鳳書、鐵尊、嵩雲、匪石、弢素。主人為吳白匋、喬大壯。木安未至。圭璋以婦病沉重，到社交課卷即去。此次社題，限《秋宵吟》，頗不易作業。酒罷，雇汽車歸。"③

十一月二十日，先生致函龍榆生，曰："榆生詞長兄閣下：得書並小令三闋，不惟托意深遠，寄情幽婉，讀之如聽五夜山陽之笛，如聞孤舟嫠婦之歌，令人回環數四，拍案叫絕。其音節直追五代南唐，豈金元之後作者，所敢望其君背哉！尊跋拙稿已由滬寄到，藻飾過情，愧不敢當。其字體並不如雪盦所述之小，可不重煩再寫，

---

① 張暉：《龍榆生先生年譜》，第 78 頁。
② 張壽平輯釋：《近代詞人手札墨跡》（上），台北：中央研究院中國文哲研究所編印，2005 年，第 35 頁。函中提到的汪公，係指汪精衛。戴、鄒分別指戴季陶、鄒魯（別號海濱）。志澄係廖恩燾的女婿許崇清。
③ 吳梅：《吳梅全集》，《瞿安日記》，第 806 頁。

付刊時即照交手民可也。孫、梁日間大約可到，屆時當專訪一談。最好經鄙人初步疏通後，再乞於公一言，較重於九鼎也。尊意以為然否？手復，即頌秋祺！弟燾再拜啟。十一月二十日。"①

十一月二十二日，先生致函龍榆生，曰："榆生詞長兄史側：昨發函後，閱報知孫、梁回京，當即趨訪，乃□即午，又乘機赴滬，晤寒操兄，與談尊事，彼甚傾慕，惟'展堂學院'，現僅開始計劃，經濟困難，一時尚未能著手。俟籌足款項，方有端倪等語。又與之商量暫行設法，俾維目前，梁謂立院高級位置，無可騰挪，中山文化館又無國學詞章等事可辦，容俟孫院長回京，再行從長設法，第圖應命等語。所言似非虛與委蛇，仍俟孫回時，弟再向之切商，另為想法可也。前和作三首，愈看愈劣，雖已改易數句，仍不成詞，乞勿示人，免令人肉麻也。匆此。即頌台安！弟燾拜上。十一月廿二日。"②

十二月二十九日，吳梅日記載："往吳宮舉行如社，到者十二人，余與旭初為主，客十人。石戩素、仇良卿、林鐵尊、陳匪石、程木安、喬大壯、吳白匋、唐圭璋、蔡嵩雲、楊聖葆。惟廖鳳書未到。題擬定《解連環》。"③

一九三七年（民國二十六年 丁丑） 七十三歲

是年，《衛星》第一卷第四號刊靳志的《廖鳳舒恩燾懺盦詞再續稿書後》："余於詩不喜香山，於詞不喜耆卿、玉田，蓋以其文從字順，竈下老嫗皆解，殊少餘味也。詩在唐至昌黎、長吉、義山，在宋至山谷；宋人詞至夢窗，其言語艱澀，其旨趣奧僻，其色香幽

---

① 張暉：《龍榆生先生年譜》，第80頁。又參見張壽平輯釋：《近代詞人手札墨跡》（上），第37頁。函中提到的孫、梁二人係指孫科、梁寒操。廖恩燾與孫、梁皆交好。

② 張壽平輯釋：《近代詞人手札墨跡》（上），第39頁。

③ 吳梅：《吳梅全集》，《瞿安日記》，第828頁。

秀雋永，此獨足矯平易之病者哉！懺盦先生刻意爲詞，老而彌篤，刊落浮艷，走避通迻，直欲入夢窗之室而食其蔽。老輩如彊村，時賢如大厂、榆生，無不傾倒者，無俟贅述已。顧志愚以爲評四部稿者，謂如七寶樓臺，拆下都不成片段。懺盦所爲詞，並不規撫七寶樓臺，如畫漢未央宮殿者。彤墀青瑣，羅列千門萬户。然故將七寶樓臺，拆得紛碎，使之片不成片，段不成段。而自以沈鬱拗折艱深之思經緯之，鈍根人驟讀，墮入幽雲怪雨，迷離悅惝，莫知所謂。然潛心默會，不難於零甎斷甓中，忽覩七寶樓臺，海蜃青紅，當前涌見，此則善學夢窗，得神駿於牝牡驪黄之外，而不爲所囿者也。雖然匠心獨苦，解人難覓，揚子《玄經》，或覆醬瓿矣，此非余一人之私言也！試檢閱懺盦再續稿，寄大厂索敍詞稿，《朝中措》下半闋，有云曾得先生微旨，犀心不屬詞人，自注云大厂詩百折詞心不要通，彊村引爲知言云云。然後知懺盦先生之爲詞，其微尚固，別有在也。承示"再續稿"，謙挹垂問，及於下走。我愧此道，淺嘗輒止，何敢自附解人！管蠡所得，聊書於後，當代詞宗或不河漢斯言乎！"[1]

一月十八日，吴梅爲先生作《懺盦詞續集》跋。[2]

四月二十日，外交部設宴招待各國使節，並邀請在京各軍政長

---

[1] 《衛星》，1937年，第一卷第四號，第23頁。

[2] 吴梅：《吴梅全集》，《吴梅年譜》（王衛民編），第265頁。

官作陪，廖恩燾名列其中。①

七月七日，日本發動蘆溝橋事變，抗日戰爭爆發。

八月十三日，日軍進攻上海，史稱"八一三事變"。

十一月十一日，上海淪陷。

十二月十三日，南京陷落。十四日，偽中華民國臨時政府在北平成立。

一九三八年（民國二十七年 戊寅）　七十四歲

十月三十日午，龍榆生、林子有招集同人於林子有家，參加宴飲者有先生、龍榆生、夏劍丞、冒鶴亭、林鵾翔、李拔可、陳彥通、呂貞白、楊無恙、夏承燾等，席間"談藝甚恰，間及時事，相與感喟"。②

---

① 《申報》，1937 年 4 月 21 日，第 3 版，《王外長昨晚設宴招待各國使節，邀在京各軍政長官作陪》："（南京）王外長於二十日晚在外部設宴招待各國駐華使節，並邀在京各軍政長官作陪，被邀出席之各國使節，有蘇大使鮑格莫洛夫、德大使陶德曼、美大使詹森、日大使川越、法大使那齊亞、英大使許閣森、古巴公使畢安達、葡使邵華祿、捷使費哲爾、丹使歐斯浩、波使魏登濤、和使傅思德、巴西公使賴谷、瑞士代辦勞迪、智利代辦衛賈、瑞典代辦培克飛利思、比代辦戴福、挪威代辦華理、義代辦亞力山得利、美使館參事裴克、蘇使館參事司皮禮瓦尼克、德使館參事勞德士、英使館參專包克本、義使館秘收斐賨樂、和使館秘書包斯、日使館秘書清水與福井、蘇使館秘書梅拉美，在京各軍政長官被邀出席者有魏懷、呂超、陳其采、蔣作賓、何應欽、吳鼎昌、王世傑、俞飛鵬、張嘉璈、吳忠信、陳樹人、劉瑞恒、魏道明、馬超俊、何廉、陶履謙、張道藩、徐謨、陳介、曹浩森、陳季良、陳訓泳、鄒琳、徐堪、程天固、段錫朋、周詔春、錢昌照、胡學沛、顏德慶、唐仲揆、谷正倫、王固磐、林東海、余銘、丁紹伋、王啟江、劉師舜、李迪俊、高宗武、吳頌皋、徐公肅、謝維麟、馮若飛、段茂瀾、周志成、劉乃藩、周降庠、林桐實、唐榴、陳籙、于家楨、廖鳳舒、羅儀元、王廣圻、賀耀祖、淩冰、王正廷、顏惠慶、吳南如、魏子京等，賓主百餘人至十時餘盡歡而散。（二十日中央社電）"

② 夏承燾：《夏承燾集》，杭州：浙江古籍出版社，1997 年，第 6 冊，《天風閣學詞日記（二）》，第 57 頁。

一九三九年（民國二十八年 己卯）　七十五歲

三月十七日，吳梅歿於雲南大姚，年五十六。

四月十五日，《申報》第5版《新粵謳》刊登名為"珠海夢餘生"的《花落了》一首："花落了，花又會開番。妹呀！你青春年紀，使乜自怨花殘？人地話花落開番，唔會開得咁燦爛，我想落完又試開過，更顯得咁靚花顏，唔經過雪壓霜欺，花靚極亦都有限，唔怕蜂狂蝶浪，點使靠到護花旛，睇得見明媚春光，花未必有眼，無奈霎時花落，就春色闌珊，潮水亦會番流，開落你花都見慣，講到迴圈天道，總有人事在其間，人事得到盡時，要憑天理判斷，大眾齊心協力，正打得破呢度難關，四萬萬合做一條心，人地總有點忌憚，江山唔見左，不久亦會合浦珠還。唉，唔會撞板，唔信你睇逆水撐船，就撐得到上灘。"

四月三十日，夏承燾與龍榆生夜飲先生家，夏承燾於日記中記錄其對先生印象："晚榆生招飲。晤廖懺盦翁及其婿。廖翁囑予為其詞集作序。翁歷任美洲各國公使，今年七十五，似四五十人。違亂來滬，所失逾萬。與鐵師至交。"[1]

五月，冒鶴亭以冼玉清《舊京春色手卷》托交先生，請先生為題詞。冼玉清為此餽送桃金二百元給冒鶴亭，以為報之。冒鶴亭推辭。[2]

五月十二日午後，夏承燾與徐一帆到安登別墅拜訪先生，先生以詞稿一冊囑託夏承燾作序。夏承燾在日記中記載廖恩燾有數語。"為詞三十餘年，初學稼軒，後專為夢窗，近稍稍學清真。謂夢窗以三變為骨，不但從清真出。又謂夢窗必卒於宋亡之後。"接著，夏承燾寫道："廖翁為美洲公使廿餘年，今七十餘，矍鑠如四五十人。"[3]

---

① 夏承燾：《夏承燾集》，《天風閣學詞日記（二）》，第96頁。
② 冒懷蘇編著：《冒鶴亭先生年譜》，第424頁。
③ 夏承燾：《夏承燾集》，《天風閣學詞日記（二）》，第99頁。

五月二十三日，先生《懺盦詞》送達夏承燾。①

六月十一日午，夏劍丞招宴，同座者有先生、龍楡生、金籛孫、夏承燾、吳湖帆、林鐵尊、冒鶴亭、呂貞白等。是日，夏承燾在日記中記録："座客十二人，饌甚豐。映翁約每月舉詞社一次。是日年最長者廖懺盦，七十五歲。金籛孫亦七十餘。吳湖帆自謂今年四十六，與梅蘭芳同年。予與呂貞白輪作第六期東道。二時半席散。"②

繼漚社之後，海上詞人又成立午社。據《午社同人姓字籍齒録》載："廖恩燾（字鳳舒，號懺盦，惠陽人，同治乙丑生）、金兆藩（字籛孫，號藥夢，嘉興人，同治戊辰生）、林鵾翔（字鐵尊，號半櫻，吳興人，同治辛未生）、林葆恒（字子有，號訒盦，閩縣人，同治壬申生）、冒廣生（字鶴亭，號疚盦，如皋人，同治癸酉生）、仇埰（字亮卿，號述盦，江寧人，同治癸酉生）、夏敬觀（字劍丞，號映盦，新建人，光緒乙亥生）、吳庠（字眉孫，號寒筜，鎮江人，光緒戊寅生）、吳湖帆（字湖帆，號倩盦，吳縣人，光緒甲午生）、鄭昶（字午昌，號弱盦，嵊縣人，光緒甲午生）、夏承燾（字瞿禪，號瞿髯，永嘉人，光緒庚子生）、龍沐勛（字楡生，號忍寒，萬載人，光緒壬寅生）、呂傳元（字貞白，號茄盦，德化人，光緒戊申生）、何嘉（字之碩，號凱齋，嘉定人，宣統辛亥生）、黃孟超（字夢招，號清盦，川沙人，民國乙卯生）。"

六月二十二日，夏承燾接到先生和林鐵尊的詞社約束，定夏正五月初九在林子有家午宴。③

六月二十五日，午社同人在愚園路林葆恒家第一次集會。先生和林鐵尊做東。拈《歸國謠》、《荷葉杯》二調，不限題。此時社名尚未確定。林鐵尊擬名"夏社"，夏敬觀認爲不可牽惹人名，於是作罷。宴後，夏敬觀談清季大乘教事。冒鶴亭出示冼玉清畫《舊京春

---

① 夏承燾：《夏承燾集》，《天風閣學詞日記（二）》，第102頁。
② 夏承燾：《夏承燾集》，《天風閣學詞日記（二）》，第105頁。
③ 夏承燾：《夏承燾集》，《天風閣學詞日記（二）》，第108頁。

色手卷》。午後三時先生以汽車送夏承燾至綠楊村，並詢問夏是否已經動筆詞序。①

七月一日，林鐵尊發函，擬定社名為"申社"或"午社"，徵求同人意見。②

七月二日，先生致函夏承燾，"示社課《荷葉杯》、《歸國謠》各二、三首"。次日，夏回復先生，並附上自己創作的《荷葉杯·賀夏映翁新居並謝招飲》。③

七月八日，先生致函夏承燾。夏承燾方為先生詞集作序，初稿略具。十九日，夏承燾為先生寫詞集序言仍未成。二十二日，夏承燾夜裏發函先生，告詞序已具稿。④

七月三十日午，先生以汽車攜夏承燾、龍榆生同赴林葆恒詞社設宴，社友新加入吳梅孫。宴談至午後三時。席間，"疚翁與映翁言語時時參商，拈調《卜算子·詠荷花》"。⑤

八月十八日夜，夏承燾為先生寫扇。八月二十日，午社同人聚集復旦中學（原為李鴻章祠），拈調《呂蓋舞風輕》，冒鶴亭、林子有做東。"吳湖帆以其夫人遺跡作箋分贈。"⑥

九月二十四日午，午社同人在林子有家社集，拈調《玉京瑤》。"仇述盦、何之碩做東。吳湖帆為其夫人詞集題詞。"十月三日，夏

---

① 夏承燾：《夏承燾集》，《天風閣學詞日記（二）》，第108頁。
② 夏承燾：《夏承燾集》，《天風閣學詞日記（二）》，第109頁。
③ 夏承燾：《夏承燾集》，《天風閣學詞日記（二）》，第109—110頁。《申報》，1939年7月14日，第8版，《東南詞學界近況》："東南詞家前有漚社之組織，奉歸安朱漚尹侍郎為祭酒，自朱先生作古，社亦無形解體，最近由林鐵尊氏等發起，重組一詞社，社友如廖懺盦、夏映盦、金篯孫、冒鶴亭、仇亮卿、林韌盦、吳湖帆、夏瞿禪、龍榆生、呂貞白、何之碩、黃夢招等均為一時名手，第一期詞會已於前日假愚園路林宅舉行。"
④ 夏承燾：《夏承燾集》，《天風閣學詞日記（二）》，第112、115、116頁。
⑤ 夏承燾：《夏承燾集》，《天風閣學詞日記（二）》，第117頁。
⑥ 夏承燾：《夏承燾集》，《天風閣學詞日記（二）》，第124—125頁。

承燾"過廖懺翁小坐，見其《玉京秋》詞"。①

　　十月十日，夏承燾到先生家，送來《半舫齋》詞序。夏日記載兩人"談汪憬吾先生遺事。憬老前月新作古。懺翁謂憬吾雨屋深燈詞從清人朱、厲入手，後從玉田。於夢窗工力不甚深也。懺翁自謂十餘齡即作詞，讀五代小令甚熟，近亦好為小令。以集稼軒句囑予書聯。句云：'鶯語亂，恨重簾不卷，翠屏平遠。吾廬小，在龍蛇影外，風雨聲中。'上《錦帳春》，下《沁園春》也。燈下為寫二副，仍不佳"。次日一早，夏承燾繼續為先生"書稼軒聯語"。十月十二日，夏承燾日記載："接廖懺翁寄詞，對父親稱老伯，自稱侄。懺翁今年七十六，比父親猶長六齡也。""午後送所寫集稼軒詞聯與廖翁，謂陳述叔年七十，一生不能說普通話，僅一度往江西佐粵人幕，餘皆課蒙為活。近聞在澳門，已老備不堪矣。"②

　　十月二十一日夕，吳湖帆、龍榆生作東，邀集午社同人於延平路（注：民國牛奶商人尤懷皋處）自由農場。八時半夏承燾乘先生汽車歸。③

　　十二月二十日夜，先生在安登別墅招午社同人用宴，夏承燾日記中記錄"其夫人手製西餐，極饜飫。同席劍丞、鶴亭、子有諸翁及榆生、貞白、孟超、之碩"。"往年，廖鳳舒每請客吃飯，亦由其夫人手製，多是西式菜點。"④

　　十二月二十九日，先生致函夏承燾，告正月二日社集無法與會。⑤

---

①　夏承燾：《夏承燾集》，《天風閣學詞日記（二）》，第134—135頁。

②　夏承燾：《夏承燾集》，《天風閣學詞日記（二）》，第141頁。

③　夏承燾：《夏承燾集》，《天風閣學詞日記（二）》，第144頁。

④　夏承燾：《夏承燾集》，《天風閣學詞日記（二）》，第159頁；冒懷蘇編著：《冒鶴亭先生年譜》，第426頁。

⑤　夏承燾：《夏承燾集》，《天風閣學詞日記（二）》，第161頁。

一九四〇年（民國二十九年 庚辰） 七十六歲

一月二日，午社假林子有家宴集，夏承燾和黃孟昭作東，到來者有映盦、鶴亭、亮卿等翁。

一月十六日，先生詞友林鵾翔（字鐵尊）病逝。

一月二十一日，先生與午社同人往海格路中國殯儀館弔謁林鵾翔。①

二月十四日，夏承燾過先生家小坐，問詢"鐵師身後家況，謂二、三兩世兄各有事，可敷衍"。②

二月二十日，夏承燾"接懺盦、映盦二翁二月廿五詞社束"。二月二十五日，午社在先生家會宴。"席上仇亮翁談葉譽虎《清詞抄》。冒鶴翁談傅彩雲、況夔生事，夏映翁談夔生、梅蘭芳事。共到十二人。追念林鐵師不置。金籛翁以腦貧血退社，吳宛春補其缺。"③

三月二十日，汪精衛偽國民政府在南京成立，偽中華民國臨時政府同時宣佈"取消"，改設"華北政務委員會"。

三月三十一日夜，林子有家午社社集。夏承燾在日記中寫道："聞□□將離滬，為之大訝，為家累過重耶？抑羨高爵耶？枕上耿耿不得安睡。他日相見，不知何以勸慰也。"拈調《春從天上來》。④

四月八日，夏承燾在日記中寫道："呂貞白遣人送來午社詞十本，囑改誤字。"四月十日，"途過仇亮翁，謂滬上學生甚不滿於俞君，甚為俞君太息。又謂黃公渚、向仲堅諸詞人群集南京矣。亮翁有家在南京，可歸可不歸，甘在滬市忍窮。武如谷尚在此為律師作

---

① 夏承燾：《夏承燾集》，《天風閣學詞日記（二）》，第170頁。
② 夏承燾：《夏承燾集》，《天風閣學詞日記（二）》，第177頁。
③ 夏承燾：《夏承燾集》，《天風閣學詞日記（二）》，第180—181頁。"吳宛春"有誤，應是"胡宛春"。
④ 夏承燾：《夏承燾集》，《天風閣學詞日記（二）》，第189頁；冒懷蘇編著：《冒鶴亭先生年譜》，第435頁。

書記，恃刻圖章為活，各方招邀不肯往。近日滬上風節之士，予僅知此二人耳。"次日，夏承燾送午社詞還貞白。①

四月十五日，呂貞白致龍榆生函中提到"弟近為廖懺老經手校印《半舫齋詩餘》，大約一月後即可竣事"。②

四月十九日，夏承燾為赴北平燕京大學教書事與先生商量，先生支持其前往任教。③

四月二十八日夜，午社社集。新加入鄭午昌、陸征昭、胡宛春三人。冒鶴亭、林葆恒有事未到。吳眉孫、仇亮卿二人作東。④

五月二十五日，夏承燾"過廖懺翁不值"。二十七日，夏再訪先生，先生謂"俞君月薪九百元"。⑤

六月二日晚，午社社集於先生家，夏承燾和陸征昭作東，夏敬觀、林葆恒、仇亮卿、吳眉孫、鄭午昌、胡士瑩、呂貞白到，冒鶴亭不到，"殆欲出社矣。談各地災流亡情形"。⑥

七月，龍榆生在汪精衛資助下，著手創辦《同聲月刊》，以為《詞學季刊》之繼。八月六日，汪精衛函龍榆生建議刊名為《同聲月刊》。八月二十三日，汪精衛致函龍榆生中提到"懺翁函二封均已收到。容遲日作復。"⑦

八月十日，午社社集。夏承燾記錄"晚六時林葆恒家詞社集飲，則已提早於午時舉行。以今日戒嚴甚緊，恐夜間往來不便"。⑧

九月二日，夏承燾接到先生和夏敬觀九月十五日晚的宴帖。次

① 夏承燾：《夏承燾集》，《天風閣學詞日記（二）》，第190—191頁。
② 張暉：《龍榆生先生年譜》，第101頁。
③ 夏承燾：《夏承燾集》，《天風閣學詞日記（二）》，第193頁。
④ 夏承燾：《夏承燾集》，《天風閣學詞日記（二）》，第196頁。
⑤ 夏承燾：《夏承燾集》，《天風閣學詞日記（二）》，第202—203頁。
⑥ 夏承燾：《夏承燾集》，《天風閣學詞日記（二）》，第205頁；冒懷蘇編著：《冒鶴亭先生年譜》，第441頁。
⑦ 冒懷蘇編著：《冒鶴亭先生年譜》，第103頁。
⑧ 夏承燾：《夏承燾集》，《天風閣學詞日記（二）》，第219頁。

日，夏"過廖懺翁，值其午睡"。①

九月十五日晚，先生和夏敬觀在安登別墅開詞社宴，先生以郭頻伽《西湖餞春圖》囑夏承燾題詞。二十二日，夏承燾為先生題《西湖餞春圖》卷。②

十月二十七日，午社社集，林葆恒和仇述盦值課。十一月十六日晚，社集於先生家，吳眉孫、呂貞白作東。"今日為夏正十月十七日，放翁生日。"③先生作《定風波》一首，後刊載在《同聲月刊》第一卷第四號。

十二月十五日，午社社集於先生家，夏承燾和陸征昭作東，"共用三十六元。席間映翁談端陶齋事、南京圖書館書籍之存佚及華山遊跡。社刊眾推映翁為序，映翁以囑予，予謝之。是夕惟林子有不到。予拈調《長亭怨慢》。九時散"。④

十二月二十日，龍沐勛主持的《同聲月刊》創刊號出版，夏孫桐為題簽。《編輯凡例》言此刊共分十欄，有圖畫、樂譜、論著、譯述、遺著、今詩苑、今詞林、歌劇、雜俎、通訊等。其中《今詩苑》選載近人所作詩歌，以清新俊逸，富有熱情者為主。凡普通酬應之作不載。而《今詞林》則選載近人所填詞曲。⑤其中，《詞林近訊》介紹《半舫齋詩餘》："惠陽廖鳳舒先生，舊刻《懺盦詞》八卷，既為世所傳誦，近復刪定兩年來避難淞濱之作，別為《半舫齋詩餘》一卷，以活字版印行。頃由滬友寄示一冊，中多小令。夏劍丞先生序稱'於唐五代詞，得其精髓，細心微詣，曲折盡變'云云。先生才藻，不稍衰退，宜其克享大年也。"⑥

① 夏承燾：《夏承燾集》，《天風閣學詞日記（二）》，第 225—226 頁。
② 夏承燾：《夏承燾集》，《天風閣學詞日記（二）》，第 230、232 頁。
③ 夏承燾：《夏承燾集》，《天風閣學詞日記（二）》，第 242、246 頁。
④ 夏承燾：《夏承燾集》，《天風閣學詞日記（二）》，第 255 頁。
⑤ 張暉：《龍榆生先生年譜》，第 104、107、108 頁。
⑥ 《同聲月刊》，第 1 卷第 1 號，1940 年 12 月 20 日，第 182 頁，《詞林近訊》。

一九四一年（民國三十年 辛巳） 七十七歲

一月十六日（陰曆十二月十九日），蘇東坡誕辰，午社在先生家社集。陳蒙盦、胡宛春值課。"席間眉孫翁談明年社約，須每人每期必作，且須限題限調。值課者選題拈調，他人不得批評。"一月三十一日，夏承燾日記載："早九時過眉孫翁。謂近以撰《午社詞》刊序，隱譏社中死守四聲者，仇述翁不以為然，堅欲其改，眉翁執不肯易，各甚憤憤。眉孫欲退社。予勸其何必認真遊戲事。"①

二月二十二日，午社社集，先生和夏敬觀作東。夏承燾日記載："夕冒雨赴廖、夏二翁午社社集，僅到仇、呂、陸、胡共七人。述翁為論守四聲事，與眉翁意見參商。席間頗多是非。"②

三月十八日，夏承燾與冒鶴亭"五時同步至廖懺翁家茶敘。映翁、貞白、蒙盦皆在，談榆生《同聲月刊》載眉孫書劄事。談時事，多異聞。疢、映二老見面多譏嘲，時甚難堪"。③

三月二十日，《同聲月刊》第一卷第四號出版。《今詩苑》欄刊先生《半舫齋詩三首》，署名"惠陽廖恩燾懺盦"。④同期的《今詞林》欄刊有先生《半舫齋詞四首（惠陽廖恩燾懺盦)》。⑤

---

① 夏承燾：《夏承燾集》，《天風閣學詞日記（二)》，第266、271頁。
② 夏承燾：《夏承燾集》，《天風閣學詞日記（二)》，第279頁。
③ 夏承燾：《夏承燾集》，《天風閣學詞日記（二)》，第286頁。
④ 《同聲月刊》，第1卷第4號，1941年3月20日，第89頁，《題潘蘭史征君江湖載酒圖》："（一）世界久榛莽，江湖猶歲年。清尊名士酒，紅藕美人船。醉拾滄海月，夢游雲水天。鐵蕭驚野鶴，沖起白蘋煙。（二）今日扁舟處，明朝散髮時。志從浮海大，才自著書起。溢浦青衫淚，珠江紅豆詞。千秋一悵望，涼月浪花吹。（三）庚午春，自美洲歸，晤雙照樓詩人於東京。約詣三河屋小飲，即席口占。 笑上高樓倒玉樽，憑欄共抖素衣塵。下臨溪壑疑無地，再造河山賴有人。酒後怒呼遼海月，花時慚對故園春。天教博浪沙錐誤，留與陰符擊暴秦。編者案：懺盦先生以詞名，絕少為詩，偶得其舊作三章，亟為刊出，他日好為詞林增一重故實也。"
⑤ 《同聲月刊》，第1卷第4號，1941年3月20日，第105—107頁。

三月二十二日，午社社集於多福里林葆恒家，仇、林二人值課。"仇翁主詞社兩月一課，課出兩題。十時散。拈《醉春風》、《卜算子》二調。"①

四月，《午社詞》在滬出版。

五月六日，夏承燾發先生函，托十一日夕午社社集時代議酒食。②

五月十一日，午社集先生家。夏承燾和鄭午昌作東。"各社友在滬者皆到。拈調《唐多令》、《惜雙雙》……是夕眉孫重入社，諧笑甚適……十時散，與午昌同步歸。共費三十六，可謂甚廉。以廖翁為予撙節也。"六月十四日，吳眉孫、呂貞白招午社同人於林子有家，冒鶴亭亦來，十時散。③

八月十五日夜，"黃夢昭作東，午社集辣斐德路五六五號林子翁新居。同社僅懺翁、湖帆不到，談至九時歸。約夏正八月十四，公祝子翁七十壽"。④

九月二十日，《同聲月刊》第一卷第十號出版，《今詞林》欄刊先生《半舫齋詩餘六首》，署名"惠陽廖恩燾懺盦"。⑤

十月十二日，林葆恒招飲，先生赴宴。另有仇亮卿、夏敬觀、冒鶴亭、金籛孫和夏承燾。午後三時夏承燾乘先生汽車歸。⑥

十月二十六日，午社集先生府上。先生和陳蒙盦作東，鄭午昌和吳眉孫未到。拈調《紫萸花慢》、《玲瓏玉》。"席間多談黃金漲價，法幣跌價……十時歸。"⑦

十二月二十一日，午社社集於靜安寺路綠楊村茶室，夏敬觀和

---

① 夏承燾：《夏承燾集》，《天風閣學詞日記（二）》，第287頁。
② 夏承燾：《夏承燾集》，《天風閣學詞日記（二）》，第300頁。
③ 夏承燾：《夏承燾集》，《天風閣學詞日記（二）》，第303、311頁。
④ 夏承燾：《夏承燾集》，《天風閣學詞日記（二）》，第327頁。
⑤ 《同聲月刊》，第1卷第10號，1941年9月20日，第114—116頁。
⑥ 夏承燾：《夏承燾集》，《天風閣學詞日記（二）》，第340頁。
⑦ 夏承燾：《夏承燾集》，《天風閣學詞日記（二）》，第343頁。

林子有二人招集，到十人，拈《八寶妝》、《六幺令》二調。席上先生謂："二十餘歲在上海，嘗於梁卓如席上識黃仲弢。"四時半散。午社自此改用茶點，然亦費四十元。①

十二月，日本偷襲美國珍珠港，太平洋戰爭爆發。

一九四二年（民國三十一年 壬午） 七十八歲

是年，任汪精衛偽國民政府委員。②

一月十五日，《同聲月刊》第二卷第一號出版，《今詞林》欄刊先生《懺盦詞四首》，署名"惠陽廖恩燾鳳書"。③

二月十三日午後，夏承燾到吳眉孫家，值其六十四歲初度。"眉孫謂：午社聚餐太費，開春可不舉行，但拈調作詞耳。"④

二月十五日，《同聲月刊》出版第二卷第二號，《今詞林》刊先生《半舫齋詩餘二首》，署名"惠陽廖恩燾懺盦"。⑤

三月，夏承燾同冒鶴亭赴先生家茶敘，夏敬觀、呂貞白、陳蒙盦在座。後冒鶴亭作《淡黃柳·題廖鳳舒〈半舫詞〉》。⑥

四月三日，"暎盦、子有、眉孫、貞白在子有家為仇述盦、冒疚齋二老祝七十，冒老避不到。午社同人廖懺盦、述盦及予皆將離滬，此殆為最後一集。自己卯夏至今，忽忽四年矣。席間述盦談時事多神怪語。胡宛春以《六幺令》一首送予行。述盦囑題其《鞠宴詞集》。"四月七日，夏承燾詣先生小談。先生謂龍榆生每月家用需千

---

① 夏承燾：《夏承燾集》，《天風閣學詞日記（二）》，第 356 頁。

② 劉壽林、萬仁元、王玉文、孔慶泰編：《民國職官年表》，第 1033 頁，《汪偽國民政府及其直屬各局職官年表》。

③ 《同聲月刊》，第 2 卷第 1 號，1942 年 1 月 15 日，第 131—135 頁。

④ 夏承燾：《夏承燾集》，《天風閣學詞日記（二）》，第 369 頁。

⑤ 《同聲月刊》，第 2 卷第 2 號，1942 年 2 月 15 日，第 145—146 頁。

⑥ 冒懷蘇編著：《冒鶴亭先生年譜》，第 451—452 頁。冒懷蘇整理：《冒鶴亭詩詞曲論集》，上海：上海古籍出版社，1992 年，第 920 頁。

五六百元，水漲船高。①

四月十五日，《同聲月刊》出版第二卷第四號，《今詞林》刊先生《半舫齋詩餘一首》，署名“惠陽廖恩燾懺盦”。②

六月十九日，陳洵（述叔，號海綃）逝於廣州，汪精衛欲出資補刻陳洵詞作《海綃詞》。③

七月十五日，《同聲月刊》出版第二卷第七號，《今詞林》刊先生給陳洵的輓詞，署名“懺盦”。④

十月十五日，《同聲月刊》出版第二卷第九號，《今詞林》刊先生詞《婆羅門引》。⑤

十月十八日，南京文人在橋西集會。先生亦在其中。賦詩者有：李宣倜（太疎）、吳廷燮（向之）、錢萼孫（仲聯）、冒景璠（孝魯）、李佩秋（小山）、郭則豫（楓谷）、高近宸（子鑊）、陳道量（寥士）、黃燧（劫之）、黃培（子平）、陳嘯湖（嘯湖）、陳柱（柱尊）、龍沐勛（榆生）、廖恩燾（懺盦）、潘其璿（叔璣）、楊無恙（無恙）、袁榮法（帥南）、黃懋謙（默園）、張江裁（次溪）、林黻楨（霜傑）、陳世鎔（伯冶）、李宣龔（拔可）、鄭篯（尹起）、曹熙宇（靖陶）等，為一時盛會，當時聚集南京以及與南京有關聯的詩人，此是最要部分。⑥

十一月十五日，《同聲月刊》出版第二卷第十號，《今詞林》刊先生詞《惜黃花慢》。⑦

是年，冒鶴亭為先生作《捫虱談室詞序》，“鳳舒先生以杖朝之大年，為倚聲之鉅子。隨身筆硯，彈指樓臺。舊所刻《半舫齋詩

---

① 夏承燾：《夏承燾集》，《天風閣學詞日記（二）》，第381—382頁。
② 《同聲月刊》，第2卷第4號，1942年4月15日，第108頁。
③ 張暉：《龍榆生先生年譜》，第117頁。
④ 《同聲月刊》，第2卷第7號，1942年7月15日，第116頁。
⑤ 《同聲月刊》，第2卷第9號，1942年10月15日，第104頁。
⑥ 張暉：《龍榆生先生年譜》，第120頁。
⑦ 《同聲月刊》，第2卷第10號，1942年11月15日，第109頁。

餘》，海內脛走，同社傳唱。鍥而不捨，復成《捫虱談室詞》一卷，囑為喤引"。①

一九四三年（民國三十二年 癸未）　　七十九歲

一月，東莞張江裁刊印《汪精衛先生年譜》，載先生《次溪世講近著〈汪精衛先生年譜〉為題粵白話詩二律》："先生年譜肯遲修，材料堆齊枕得頭。天腳底窿捐百足（百足蟲多爪，猶言搜羅富。），人心裏便掛千秋。身經險過應無險，血望流完咪再流。撐到隻船將近岸，竹篙揸穩向前鉤。　　痛苦艱難儘管多，成條鐵柱當針磨。捉蛇就算燒埋草，趕雀無妨打定鑼。年月有人幫去搵，江山有鬼敢㗳摩。呢編書若評親價，點止黃金鑄戩鉈。"②

一月十五日，《同聲月刊》出版第二卷第十二號，《今詞林》刊先生詞《春從天上來》，署名"懺盦"。③

十月十五日，《同聲月刊》出版第三卷第八號，《今詞林》刊先生詞《金縷曲》，署名"懺盦"。④

十月十七日，李宣倜招夏敬觀、楊無恙、李佩秋、龍沐勛和黃默園等集橋西草堂，為陸放翁作生日。先生未赴。

十一月十五日，《同聲月刊》出版第三卷第九號，《今詞林》刊先生詞《霓裳中序第一》，署名"懺盦"。⑤

---

① 冒懷蘇編著：《冒鶴亭先生年譜》，第459頁。冒懷蘇整理：《冒鶴亭詩詞曲論集》，第501頁。

② 北京圖書館編：《北京圖書館藏珍本年譜叢刊》，第199冊，北京：北京圖書館出版社，第668頁。

③ 《同聲月刊》，第2卷第12號，1943年1月15日，第143頁：《春從天上來（癸未元旦立春，時方對英美宣戰。用王秋澗聲韻，索得此解。按王作與吳彥高作。上段三字句不叶韻。白朴邵亨貞則叶韻，似較諧暢。從之。）》

④ 《同聲月刊》，第3卷第8號，1943年10月15日，第54頁。

⑤ 《同聲月刊》，第3卷第9號，1943年11月15日，第66頁。

一九四四年（民國三十三年 甲申）　八十歲

六月十五日，《同聲月刊》第三卷第十二號出版，《今詞林》刊先生贈錢仲聯詞《燭影搖紅》，署名"懺盦"。①

十一月十日，汪精衛卒於日本，年六十二，遺體空運回南京，陳公博代理偽國民政府主席。十五日，陳公博任偽國民政府主席。

一九四五年（民國三十四年 乙酉）　八十一歲

二月十九日，先生詞友張爾田在北平去世，年七十一。

四月二十六日，先生詞友仇亮卿去世，年七十三。

七月十五日，《同聲月刊》第四卷第三號出版，至此停刊。《今詞林》刊先生《高山流水·汪主席輓詞》："夜風瑟瑟響霜竿。倒陶籬、花更闌珊。鷺翅九霄來。東皇詔敕遙頒，淒然覘斷索鄰旛。安危事，蠭蠆誰同掃滅。唱煞刀鐶，但形銷影在，颯颯燦雲端。黎元，寧誰口碑也。勳業早信史流丹。裘劍冷西州，老卻灑淚羊曇。下邳遊掌故掀翻。擊秦暴，公較留侯膽勝。半壁扶殘，想生前，本當奇絕古人看。"②

八月十五日，日本宣佈無條件投降。九月二日，日本簽署投降書，八年抗戰至此勝利結束。

一九四六年（民國三十五年 丙戌）　八十二歲

五月五日，國民政府還都南京。

是年，先生南下避居廣州和香港。

一九四七年（民國三十六年 丁亥）　八十三歲

這一年，先生再次返回上海。

---

① 《同聲月刊》，第 3 卷第 12 號，1944 年 6 月 15 日，第 76 頁。

② 《同聲月刊》，第 4 卷第 3 號，1945 年 7 月 15 日。

一九四八年（民國三十七年 戊子） 八十四歲

是年，先生仍然在上海居住。

一九四九年（民國三十八年 己丑） 八十五歲

年初，先生再次避難廣州，後轉徙香港。刊印《捫虱談室詞》。

春，先生與胡毅生（隋齋）、桂坫（南屏）、張學華（漢三）、商衍鎏（藻亭）、黎國廉（六禾）、詹安泰（无盦）等十三人在廣州參加陳融（顒盦）假寓所舉行之《己丑黃梅花屋春集》，併合攝一影留念（照片載於《廣東歷代詩鈔》）。①

九月，先生重印《嬉笑集》，與 1924 年版本相比，略有改動。

十月一日，中華人民共和國在北京成立。弟媳何香凝任政務院華僑事務委員會主任委員，侄兒廖承志任副主任委員，侄女廖夢醒任"中蘇友好協會總會"理事。

年末，先生避居香港。

一九五〇年（庚寅） 八十六歲

冬，先生和劉伯端發起組織堅社，社址暫設堅尼地道，每月一會，假先生公館舉行，詞社至癸巳冬止，社友有任援道、林碧城、區少幹、曾希穎、張粟秋、羅忼烈、湯定華、王季友、王韶生，加上先生和劉伯端，共十一人。

一九五一年（辛卯） 八十七歲

是年，先生刊印《影樹亭詞》。入呬社。②

冬，先生與劉伯端印行《影樹亭與滄海樓合印詞》，劉伯端

---

① 關國煊：《廖恩燾（1864—1954）》，第 132—134 頁。

② 南江濤選編：《清末民國舊體詩詞結社文集彙編》，第 12 冊，《呬社詩抄四卷》（關賡麟輯 1953 年油印本）。

《影樹亭詞集序》評論先生詞云："余謂丈詞，雖合耆卿稼軒，一爐而冶，實亦導源夢窗。"①

一九五二年（壬辰）　八十八歲

先生寄《玉蝴蝶》詞給冒鶴亭。三月，先生調寄冒鶴亭《沁園春》並序，寄祝冒鶴亭八十壽辰，冒鶴亭復信致謝。②

余少颿寄《羅浮蝶詩》等給冒鶴亭，並"告稱粵友交出壽詩、壽畫之件甚多"。冒鶴亭錄之，"有陳協之、陸光宇、黃麟書、吳荔莊、張紉詩（並七律）、曾希穎（五律）、廖鳳舒（詞已先寄）。少颿所作為五言排律。畫則陳芷町、王商一、徐鏡齋、李鳳公。未到：李研山、鄧誦先、馮康侯。合裝成冊，封面則鄧爾雅書'鶴壽'二字。張大千以匆匆赴南美，不及為之"。③

一九五三年（癸巳）　八十九歲

三月，咫社解散。八月，《咫社詞抄》刊印。④
是年冬，堅社為先生祝九十大壽。

一九五四年（甲午）　九十歲

四月十三日，先生病逝堅尼地道寓所，年九十。劉伯端填《木蘭花慢》一闋為悼，中有句云："百年人事短，數歲月，半天涯。悵落日回帆，蓬瀛三淺，經眼都非。"十五日，先生被葬於"香港華人

---

① 廖恩燾、劉伯端合著：《影樹亭與滄海樓合印詞》，1951年，劉伯端序。
② 冒懷蘇編著：《冒鶴亭先生年譜》，第522、526頁。
③ 冒懷蘇編著：《冒鶴亭先生年譜》，第527頁。
④ 南江濤選編：《清末民國舊體詩詞結社文集彙編》，第12冊，《咫社詩抄四卷》（關賡麟輯1953年油印本）。

基督教聯會薄扶林道墳場”，位於甲段六級第三十九穴。①堅社的年輕詞友曾希穎亦填《木蘭花慢》一首輓之。②

　　一九六六年十月七日，夫人邱琴去世，享年九十九歲，與廖恩燾合墓。十二月，外孫女陳香梅在《傳記文學》發文為悼，文中說道：“外祖父、外祖母都活到九十多歲的高齡，他們對於人生的悲歡離合也全都嘗過了，但最遺憾的是他們卻葬身異域，不能回到老家去了。有一天，回到大陸，我要把兩位老人家的骨灰帶回家鄉去，再合葬在山明水秀的江南，這是我的心願。”③

　　一九七二年九月一日，何香凝在北京病逝，享年九十四歲。六日，靈柩由子女護送，運往南京，與廖仲愷合墓。

　　一九七九年，與廖恩燾為忘年交的羅忼烈在《憶廖恩燾・談〈嬉笑集〉》中回憶道：“那時候，鳳老住在香港堅尼地道一層大洋房，環境幽靜，花木扶疏，俯瞰灣仔區的維多利亞海峽，正是閑吟

---

　　①　關國煊：《廖恩燾（1864—1954）》，第 132—134 頁。《華僑日報》，1954 年 4 月 15 日。2013 年 7 月 23 日，筆者親往香港華人基督教聯會薄扶林道墳場，尋找廖恩燾先生的墓地，得知廖恩燾先生的墓地早已遷至正門西骨庫 A 幅 120 穴，墓碑上書有“廖鳳舒之墓”，其妻廖邱琴墓與之相鄰，為 119 穴。另外還可以參見美國猶他家譜學會（Genealogical Society of Utah）公開的材料，“中國，墓地收藏，1820—1983 年”，images，FamilySearch（https：//family-search. org/pal：/MM9. 3. 1/TH－1－9732－21193－70？cc＝2128186&wc＝MH69－S29：364881101，364881102，364946801，364964601，364966501：accessed 23 Mar 2014），中國，墓地收藏，1820—1983 年〉中國，墓地收藏，1820—1983 年〉China 中國〉Xianggang 香港〉Xianggangdao 香港島〉Chinese Christian Cemetery（Pokfulam）薄扶林基督教華人墳場〉Register of Interments（Adults），1952—1963〉image 12 of 102.

　　②　摘自《文匯報》，2005 年 4 月 11 日，《琴台客聚：聆粵調 勝金縷》（龐眉生）：“春歸琴已碎，枉滄海，覓成連。剩落日爐峰，危亭樹影，到處啼鵑，淒然。翠微路窄，記燈臨清課幾蟬鳴。招手素雲黃蘿，問他蓬島芝田。鷗邊，今日定何年，陂外撿塵箋。羨平生曾是，聲家柳永，輆使張騫。誰傳水樓斷譜，數鶯飛三放恨難填。漫舉家山倦眼，馬塍花夢如煙。”

　　③　陳香梅：《哭外祖母》，《傳記文學》，第 9 卷第 6 期，1966 年 12 月。

清談的好地方。我和劉先生每月總有一兩回應鳳老的邀請，到他的寓所談詞，拿出新作互相觀摩、評論，一談就是整個下午，吃了晚飯才散。鳳老談鋒很健，拿著一根尺多長的京竹旱煙杆，裝上一小斗福建綿煙，用紙條引火，一面慢條斯理的吸著，一面娓娓而談，滔滔不絕。談詞以外無所不談，說過許多清末外交官在外國出洋相的故事，軍閥和達官貴人的醜聞；清末民初的文人學者特別是詞人，他認識很多，軼事自然不少；這一切，都是他耳聞目睹的'掌故'，聽來非常有趣。關於自己的往事，鳳老反而很少提到，所以他的生平行誼，我只粗知大概。"①

---

① 羅忼烈：《憶廖恩燾·談〈嬉笑集〉》，《海洋文藝》，第 6 卷第 3 期，1979 年 3 月。